碧玉蟾

上部

苗雨新 著

北方联合出版传媒（集团）股份有限公司
春风文艺出版社
·沈阳·

图书在版编目（CIP）数据

碧玉蟾：全2册 / 苗雨新著 . —沈阳：春风文艺
出版社，2018.2（2021.1重印）
ISBN 978 – 7 – 5313 – 5363 – 8

Ⅰ . ①碧… Ⅱ. ①苗… Ⅲ. ①长篇小说 — 中国 — 当代
Ⅳ. ①I247.5

中国版本图书馆CIP数据核字（2018）第001213号

北方联合出版传媒（集团）股份有限公司
春风文艺出版社出版发行
http://www. chunfengwenyi. com
沈阳市和平区十一纬路25号　邮编：110003
永清县晔盛亚胶印有限公司印刷

责任编辑：姚宏越		责任校对：潘晓春	
封面设计：冯少玲		幅面尺寸：170mm × 240mm	
字　　数：950千字		印　　张：48.5	
版　　次：2018年2月第1版		印　　次：2021年1月第2次	
书　　号：ISBN 978-7-5313-5363-8			
定　　价：98.00元（全2册）			

关东沃土上正义与邪恶的传奇搏杀

——序苗雨新长篇小说《碧玉蟾》

徐光荣

  年届古稀的苗雨新先生用了近十年时间完成了八十万字的大关东演义《碧玉蟾》，二十多天前专程来到舍下——致远斋，虔诚地邀我作序，令我油然而生几分感动，几分敬意。

  年过花甲犹笔耕不辍的作家，在现当代文苑屡有所记。二十世纪六十年代辛亥之人李六如先生以古稀之年奉献六七十万字的《六十年的变迁》，颇获好评。历史新时期，老作家们经历了一场浩劫后创作热情重新焕发，年近耄耋的周而复完成浩浩三百万字六大卷的《长江万里图》，李尔重完成八卷本《新战争与和平》，全景地展开了中国人民抗日战争的历史画卷，老作家们历尽沧桑，见多识广，笔力老辣，显示出创作上的优势，读来令人振奋。

  然而，上述两部大作都是采用全视角写抗日战争的，作者又长期生活在南国，对中国抗日战争的爆发地，发生九一八事变的辽沈与东北各地的抗日斗争着墨不多，使我心中长存着能读到一部以关东大地上人民斗争为题材的长篇大部头的渴望，因而，当雨新先生告诉我，他这部大关东演义就是写东北人民抗日搏杀的，不禁使我颇生憧憬与期待。

  送走雨新，我以每天五六万字的速度拜读这部大作。然而几年前为完成省社科联科研项目——《辽宁文学史》的写作，我落下了双眼周围神经麻痹，左眼肌无力的后遗症，视力颇受影响，阅读很是吃力。但捧起这部书稿就不忍释手，小说中的故事情节、人物活动，牵动着我，像电视连续剧的一个个悬念吸引着我，使我忘却了阅读的疲劳，连续几天就把它读完了。合上两大厚本的《碧玉蟾》书稿，我的脑际浮现出书中所展现的自一九○○年"庚子之乱"八国联军攻入北京烧杀抢掠所掀起的，夹杂着腥风血雨的历史烟云，翻涌着七十多年前关东之地民众抵御日本侵略者铁蹄践踏所进行的前仆后继的英勇厮杀，活跃着驰骋在白山黑水间纵马挥枪大义凛然与日寇顽强拼搏的英雄豪杰的身影……雨新先生这部大关东演义展开了二十世纪前半叶东北人民反抗外国侵略者的欺凌与掠夺的壮阔画卷，再现了这片黑土地上正义与邪恶的传奇搏杀。

宏阔的历史空间，深刻鲜明的创作题旨，个性生动的人物形象，跌宕起伏的文化碰撞，牵人心魂的情节构建，是这部长篇小说显露出的思想艺术特色，也是作品已经彰显出的艺术魅力所在。

《碧玉蟾》这部长篇选择了一个宏阔的历史空间。北京大学曹文轩教授在《小说门》中引用古希腊哲人柏拉图的话，说明小说选择空间的重要性："一切皆发生于空间。"这是一个朴素的真理。他特别举出沈从文的《边城》关于白河岸畔的描写，来说明环境对翠翠和爷爷两个人物性格形成的影响。《碧玉蟾》中，贯穿全书的道具——原藏于圆明园的稀世珍宝"碧玉蟾"一出现即令人瞩目，这件中华瑰宝在八国联军火烧圆明园的浩劫中几乎被日本骑兵和浪人掠去，是武林豪侠碧螺山庄燕飞天将它抢救出来藏于关东民间。全书正是在碧玉蟾流落于北京与关东的几十年的历史空间展开了故事情节，铺展以燕飞天为代表的中华儿女与妄图窃取碧玉蟾的日本浪人、间谍及后来的日本关东军之间一个个生死搏战的场面。足见作者建构作品的宽广视角。

《碧玉蟾》上部，情节展开后就进入护宝与夺宝的两大阵容，刀光剑影，云谲波诡的激烈厮杀。前大金国完颜兀术的后人，武林奇侠燕飞天遵照孙中山先生的嘱托联手关东山"鹰不落"三寨寨主奋力保护旷世奇珍"碧玉蟾"，日本浪人渡边雄一纠集大批日本浪人组成夺宝决死队，为天皇效命，并买通多股土匪绺子一次次向护宝英杰发起突袭，欲夺中华奇宝。关东大帅张作霖敬重武林奇侠，密派特行队，暗中护宝；渡边密招女间谍，暗中勾结关东军，雇用英国催眠师迈洛等，费尽心机要劫走瑰宝。护宝——夺宝，正是揭示这部长篇小说题旨的主要矛盾，透过这组不可调解的矛盾，作品深刻鲜明的主题——侵略与反侵略的对决，正义与邪恶的对决，两个民族的文化、智慧、精神、勇气的对决，得到充分的展示。这一题旨，在《碧玉蟾》的下部中，得到更充分的展现。从第一章"九一八事变"开始，作品把燕飞天与"关东三寨"护宝的斗争同东北人民抗击日本侵略者占领并宰割关东沃土的浴血奋战交融到一起；绿林豪杰举起抗日义勇军的大旗，参加东北军李杜将军所率部队与日本关东军的绝杀，演绎了中华儿女反抗外国侵略的气壮山河的壮举。这里，东北豪侠义士与日本浪人护宝与夺宝的斗争，已融入中国人民反抗日本侵略者侵占、掠夺、奴役东北人民的政治、军事斗争之中，作品的题旨也进一步得到深化与扩展，绽放出更强大的精神力量。

应该说，这部长篇最令人称快之处，当是作品中塑造出一批个性鲜明、呼之欲出、栩栩如生的人物形象。以燕飞天为代表的爱国武林豪侠，以关东山"鹰不落"三寨之主熊氏兄弟为代表的绿林豪杰，以铁锁（耿鸣）、钟然为代表的东北抗联英豪，以及众多血肉丰满的奇女子：极具中华传统之美的熊天娇，柔弱纯情的于亚涵，辛亥革命烈士遗孤齐柏菊……

正是他们与以狡猾阴险的日本浪人渡边雄一、日本关东军石原、日本间谍山口荷子等为代表的日本侵略者进行的血肉横飞，惊险激烈，起伏跌宕的斗争，震颤着人们的心弦，感染着人们的心灵，冲撞着读者的精神世界长久地与作品中的人物活动与命运产生某种共鸣。除了作者用笔最多的燕飞天（颜浩天），我还喜见在抗日烽火中日渐成长的绿林好汉熊天彪，他在书中上部就已展露光彩，在书中下部，率领三寨绿林豪杰打起义勇军大旗投奔李杜将军，在吉黑两省的黑土地上还击日寇，冲杀在前，果敢勇猛，屡立战功，并最终成为一名抗联斗士，闪耀出更炫目的人文之光，是在反侵略斗争中觉醒的中华儿女的一个成长着的典型人物，值得细品。我一直认为，一部优秀的小说，必须有几位令读者久久不忘的人物才算获得真正的成功。譬如《三国演义》中的曹操、关云长，《水浒传》中的武松、林冲、鲁智深。《碧玉蟾》中，燕飞天、熊天彪、齐柏菊等人物的成功塑造，也是使这部作品会长久留在人们记忆之中的重要因素。

好的作品同样需要唤起读者文化的冲撞，这种冲撞有时是历史的，民族的，有时也是对传统的颠覆与文化的重构。雨新先生在创作这部长篇时，显然具备了丰富的文化积累，有丰厚的历史积淀，因而，建构作品时，能对历史与文化运用自如，又敢于突破传统的藩篱而另辟蹊径。如作品中将燕飞天定为历史上大金国名将完颜兀术的后人，他与日本浪人渡边从国内招来的援兵完达博川，竟是同宗同源，这就会引人遐思，以至联想到历史上中日文化曾有过的交流。又如，作品中既能以浓墨重彩描写绿林英豪熊天彪与日本侵略者的殊死绝杀，又能在紧锣密鼓的厮杀之间，用传情的笔墨勾勒他与日本侠女完达梔子的绝恋，真情纯美，催人泪下。这种异乎寻常的异国婚恋，是在两个民族文化冲撞中，人物命运交织与人性关怀融汇的一种特殊体现，反映出作者在创作意识上的大胆突破，形成这部颇具传奇性的鸿篇巨制的一个亮点。

长篇小说若想长久地吸牢读者的眼球，结构的布局，情节的铺排，人物的塑造，悬念的设置都是举足轻重的建构要素。雨新的《碧玉蟾》，在这方面显出了几分老到，几分熟稔，因而呈现给读者的故事也是环环相扣，步步紧逼，悬念横生，波澜起伏。燕飞天一出场亮相，就以高超的中国武功吸引了读者，对他身手的勾描文笔简洁却能出神入化。特别是经历了与日本浪人决死队，土匪头徐三摸，国民党的特遣队等一场场绝杀后，情节愈来愈紧凑，惊险，引人入胜。以至到上部第二十七章《仙人台喋血绝杀》时，燕飞天携豪杰们为给日军阴谋炸死的张大帅报仇，设计诱渡边赴"仙人台"大决战，英雄豪杰们一举令日本浪人魂断长白山，一队关东军葬身狼腹，形成上部的高潮，使读者产生酣畅淋漓的阅读快感。在作品的下部中，虽然燕飞天出场较少，但得他真心相待的熊天彪等"鹰不落"三寨豪杰，投身抗日烽火，高举反侵略义旗，在林海雪原、重岩叠嶂间又续写一场场惊天地泣鬼神的生死绝杀，将辽西辽南义勇军斗争与吉黑两省李杜将军抗敌——自发的民间义举与中国共产党领导下的抗联斗争，水乳交融地交织在一起，斗争场面更加复杂。"驱鞑虏，逐日寇"的声威更加浩大，把中华民族不畏强暴，誓死捍卫正义的斗争精神推向新的高峰，大长了民族的志气，大振抗日的雄风，长篇小说牵心动魄的情节建构，化作振奋民族自信、自强、自立的正能量，而这也是实现中华民族伟大复兴的"中国梦"所需。从这一点看，《碧玉蟾》这部长篇的确是值得一读的力作。我甚至有某种预感，假若影视界哪位有心的导演或制片人，将它移植到影视屏幕，或可获得不可小视的收视率。

读过雨新先生的长篇，起伏的情感尚未平复下来，乘兴写下以上感言，愿与读者评家再细品之。

2016 年 11 月 24 日

于致远斋

作者：徐光荣，著名作家，文化学者，中国传记文学会副会长，中国青少年美育学会顾问。

目录

第一章 "八一五"高家成收孤

一

一九四五年八月十五日，日本天皇宣布：侵华战争无条件投降。

奉天城内的日本侨民惊恐万状，他们乱成一团，慌乱地收拾行囊，等待接应他们去火车站的军车。

在银行任高职的高仓融信家也慌乱地收拾行装，再有十五分钟，接应他们的军车就到了。

四岁的小高仓俊男瞪着惊恐的小眼睛站在屋角落里，他看着爸爸妈妈惊慌地往皮箱里塞东西。

高仓焦急地对妻子加代子喊道："不要啥都往皮箱里塞了！——挑拣值钱有用的东西带走吧！"

这时，外面响起军车的喇叭声。成群结队的日本人蜂拥向军车跑去。

男人把孩子和女人推上汽车，又把随身的箱包扔在军车上。挤不上去的人大喊大叫。大人们的喊叫声，孩子们的啼哭声，乱成一团。

高仓听到军车喇叭的鸣叫声，焦急地对加代子喊道："看看小高仓是否还在发烧！——我们得马上走了！"

这时小高仓已昏昏沉沉地坐在地板上。加代子走到小高仓身旁，见他闭着双眼，一动不动地坐在地板上。

"小高仓！——小高仓！——"加代子喊叫了几声，见小高仓一声不吭，她赶忙摸了摸小高仓的额头。

"高仓君！——高仓君！——高仓俊男的头烫手哇……"

高仓放下手中整理好的皮箱，从衣袋中掏出一片退热药，他倒了一杯水递到加代子面前："快把退热药给小高仓吃下去，吃完马上抱他走！"说完，他提着两个大皮箱向院内的军车跑去。

高仓跑到军车旁，几辆军车旁已挤满了争先恐后上车的人。他拼命地挤到军车前，把两个大皮箱扔在了军车上，赶忙返回接应小高仓和加代子。

加代子抱着小高仓满脸大汗地跑到军车前，军车上已挤满了狼狈不堪的日本侨民。

高仓焦急地喊叫："加代子！——把孩子给我——你先上车，我再把孩子递给你！"

加代子好不容易爬上了军车，高仓刚要把小高仓俊男递给加代子，突听嗒嗒嗒，附近响起一阵枪声。车上的日本侨民立刻骚动了起来。

有人大声喊叫："俄国兵来了！——快开车跑吧！再不跑，我们就都死在这儿了……"

高仓脸上豆大的汗珠滚落了下来，他大声喊叫："等等我——让我和孩子上车——！"

"嗒嗒嗒……嗒嗒嗒……"枪声近了，头顶上面子弹嗖嗖的。

坐在军车驾驶室里的一个日本浪人对司机努努嘴："俄国人已打到了近前，顾不了那么多了，快开车跑吧！"

汽车启动了，高仓的脸色惨白，他已叫天天不应，叫地地不灵了。他绝望地看着车上的加代子，两行热泪滚落下来。

他咬了咬牙："加代子，对不住你了！"他突然把小高仓抛在地面上，快步跑到汽车驾驶室前。

高仓的一只手拉住了车门把手，蹬上了车踏板，另一只手拽紧了车厢板，他再也没看小高仓一眼。

他对司机大声喊道："快开车吧！——再不跑，都死在这里了！"

小高仓被抛在地面上，疼痛使他睁开了双眼，刚才还在爸爸的怀抱里，这时爸爸妈妈已不在身边了。他挣扎着爬起来，望着已启动了的军车，他的两只小手使劲地抓着地上的泥土，边爬动边哭喊："爸爸——妈妈——妈妈——妈妈……"军车像野马一样狂奔了起来。

加代子望着地上向前爬动的小高仓，撕心裂肺地哭喊起来："小高仓——我的孩子——小高仓——我的孩子——快停车——快停车——我要我的孩子——小高仓俊男——小高仓——小高仓——小高仓……"这时，枪声和爆炸声又响了起来。

加代子两眼模糊地看着小高仓俊男弱小的身躯在爬动，逐渐消失在飞扬的灰尘中……

二

这几天，高家成一直心神不宁。他惦念着同一课室的日本朋友三木秀夫。

高家成在奉天城监狱会计课做事，有一次他得罪了课长荒木谷屯，荒木找碴儿打了他个嘴巴，他一怒之下操起了桌子上的算盘，向荒木头上砸去，荒木头上立刻流下来鲜血。

荒木大怒，解下腰间的皮带要抽打他，指着高家成大骂："巴嘎牙路……亡国奴的干活！你的敢打太君的干活！你的……宪兵队的干活！"

高家成余怒未消，反骂道："你的九嘎牙路……十嘎牙路！你的……王八犊子的干活开路……"

荒木更加愤怒了："高的……你是抗日分子的干活！送你宪兵队的干活！"荒木马上给宪兵队打去了电话。

三木秀夫见高家成要吃亏，他赶忙过来劝说荒木："课长，高先生打破头的干活，大大的混蛋干活！你不打高先生嘴巴的干活，高先生也不会打破你的头的干活。

"高先生打了你的头就是反满抗日分子吗？你咋能随便送高先生到宪兵队呢？高先生是我到专科学校挑选出来的高才生，他若是反满抗日分子，那么我呢？"

荒木知道三木秀夫的堂兄是宪兵队长，他知道三木说话的分量。他不想得罪三木，又不想就此放过高家成。

三木到高家成身旁眨了眨眼睛："高先生，课长打你的，大大的不好，你用算盘打破他的头，也大大的不好！你不要谩骂课长了！向课长道歉的干活，把这件事情化解了吧！"

高家成心想：到了宪兵队还有我的好果子吃吗？不死也得扒层皮，反正我也没吃亏，他头上那一算盘子让我砸得也够解气了，好汉不吃眼前亏。

他走到荒木面前鞠了一躬："课长，大大的对不住了！晚上鹿鸣轩大酒楼的干活，米西米西的干活！大鱼大肉的干活……'老龙口'白酒的干活……嘻嘻！"

高家成笑嘻嘻地看着三木："三木君，今晚你可要作陪噢！"

三木笑容满面地瞅着荒木："给个面子吧！荒木君，'大东亚'共荣嘛！原谅高先生吧！"

荒木看了高家成几眼，咧了咧嘴："高先生，你的，饶了你了！晚上鹿鸣轩大酒楼米西米西的干活！白酒'老龙口'的干活！以后不要说我王八犊子的干活了！"

这时，进来了两个日本宪兵，一个宪兵问道："荒木先生，这里发现反满抗日分子了吗？我们马上带到宪兵队！"

三木赶忙迎上前去："哦！误会了！误会了！这里没有抗日分子，请坐下喝茶吧！"

荒木满脸堆笑："麻烦二位了！我这里无事啦！"

两个宪兵奇怪地看了看荒木头上的血迹："斗殴了吗？"

荒木讪讪地嘻嘻道："算盘子从卷柜上面掉了下来，砸在了头上，血流出来了。这里没有抗日分子。"

两个宪兵讥笑地看着荒木："你军人的不是，小老鼠的干活，再不要开这样的玩笑了！"

自那次三木为高家成解围，他对三木一直感激不尽，两人的交往愈加密切了。他们经常在一起喝酒聊天。三木厌恶这场战争，他同情中国人。

前几天三木秀夫告诉高家成，这几天他就要回国，高家成要到三木家同他道别。吃过中午饭，他对太太张淑媛说道："淑媛，我到三木秀夫家看看，他就要回国了，我去他那儿道别。"

高家成看了看床上熟睡的儿子子凯，在孩子红嫩的小脸上轻轻地亲吻了一口，走出了家门。

张淑媛看着走出家门的高家成："家成，外面兵荒马乱的，早点儿回来！"

高家成来到日本侨民居住区。看到一大群人正从那里往外搬运东西——桌椅箱柜，锅碗瓢盆，生活日用品应有尽有。

哦，我来晚了！看来日本侨民都已撤离回国，三木也一定走了，到他家里看看吧！

高家成来到三木秀夫家，看到房门大开，屋内空旷，凌乱不堪，再也见不到往日的温馨。他默念：三木君，别了！不知我们何时还能相见，望你一路顺风！他向屋内深深鞠了一躬。磨身向回家的路上走去。

高家成刚走出十几步远，见前面一座小楼前围满了人，不知他们在争论着什么。他快步走到人群里，挤向前去。看到一个四五岁的小男孩坐在房门前的石阶上。

小男孩的眼泪已湿透了衣襟，嘴里不停地嘟囔着别人听不懂的日本话。

人群里一个老人看着眼前的小男孩："这是日本人扔下的孩子吧？可能慌乱中日本人丢下了他。"

还有人说："可能孩子的父母已死了，他流落到了这里来。"

一个老大娘瞅着围观的人群："这孩子真可怜，还不得饿死呀！这孩子长得清秀可爱，有没有人把这孩子收留下来？"

一个小伙子嘲讽说："大娘！你别管闲事了！我们还吃不饱肚子呢！再说了，小日本杀害了我们多少中国人，把我们都祸害苦了！这日本崽子死了才好呢！"

大娘瞪了他一眼："日本鬼子有罪，但这孩子无罪呀！他这么小知道个啥？"人们在七嘴八舌地议论。

那个小伙子不服气，还要争辩。那个大娘又瞪了他一眼："你滚犊子吧！——这孩子也是一条人命啊！"

她又对围观的人说道："这孩子这么小，多可怜哪！谁家过得好有钱，行行好，发发善心，把这孩子收留下吧！救这孩子一条小命。"

那个小伙子嘿嘿冷笑两声："大娘，你心肠好，你就收留了吧！"

大娘有些生气了："小王八羔子！你不知道我们家七八口人已断粮两天了吗？我若能养活这孩子，早就把他领回家里去了！"小伙子看了那个大娘一眼，没有吭声。

"嗒嗒嗒……"附近又响起了枪声。

有人大声喊叫起来："不好了！——打枪了……大家快跑哇……"大家伙听了一哄而散。高家成看着跑散了的人群与那个大娘和小伙子没有动。

高家成走到孩子面前蹲下身来，和颜悦色地说起日本话来："你叫啥名字？爸爸妈妈呢？"

小男孩见这个和蔼可亲的叔叔用日本话问他，就像见到了亲人一样，哇的一声哭了起来："我是高仓俊男，爸爸妈妈都坐大汽车跑了！不要我了！呜呜……"

他从石阶上站立起来，一下子扑在了高家成的怀里。他抱住高家成的大腿啼哭："叔叔……带我去找爸爸妈妈吧……"他边哭边用两只脏兮兮的小手摇晃高家成的大腿。

高家成弯腰把小高仓俊男抱了起来，从衣袋中掏出手帕擦干了小高仓脸上的泪水：“高仓俊男，跟叔叔回家吧！”

大娘望着高家成渐渐远去的背影，嘴中叨念着：“好人哪！好人……”

那小伙子大嘴一咧，笑了：“他妈了个巴子的！这小子真尿性！”

满载日本侨民的军车一溜烟地开跑了。

小高仓俊男两只小手在泥地上拼命地抓挠着往前爬行。他哭喊着，望着远去载着爸爸妈妈的军车。他已无力再喊叫了，他的一只小手在空中抓向爸爸妈妈远去的方向。稚嫩的小脸贴在泥土地上。

他有气无力地低喊：“爸爸……妈妈……爸爸……妈妈……”他脸下的泥土地被泪水浸湿了一片。

不知过了多长时间，小高仓俊男慢慢地抬起头来。加代子行前给他吃的退热药起了作用，他退烧了。

他从地面上慢慢地爬了起来，望着没有人迹的侨民住宅区，两只恐惧的小眼睛里又流出了泪水。

他呆呆地站了一会儿，迈着两条无力的小腿向已没有了爸爸妈妈的家中走去。他刚走进家门，听到外面很多人在嘈杂地喊叫：“日本人都跑了！把他们扔下的东西弄回家去。”人们拥向日本侨民住宅区。砰砰啪啪的拆砸声、搬动声、喊叫声交织在一起。

小高仓俊男恐惧地躲到无人的地方藏了起来。后来，他又跑到被洗劫过的房屋前坐了下来。他又饿又怕，不敢大声啼哭，只是默默地流着眼泪。当人们发现他并纷纷议论时，赶巧高家成路过这里。

高家成回到家里的时候，已是下午四点多钟了。张淑媛见他抱回来一个孩子，用疑惑不解的眼神看着丈夫：“家成！怎么……你把谁家的孩子带回来了？”

高家成把高仓俊男放在了床上：“高仓——快叫妈妈，今后她就是你的妈妈了！”

张淑媛更是迷惑了：“家成！这到底是咋回事呀？”高家成把事情的经过一五一十地说了一遍。

张淑媛听了，沉吟了一会儿：“这孩子也真是够可怜的！这么小父母就抛弃了他，能找到他的父母就找，找不到我们就把他抚养成人吧。

“我家已有了子凯，你收留了这孩子，我们就把他当作自己的孩子来养活，两个孩子还有个伴儿！”

张淑媛又道：“家成，给这孩子取个中国名字吧。”

高家成想了想：“咱们的儿子叫子凯，这个孩子就叫子恒吧。”

张淑媛欣然地点了点头："好！就叫高子恒吧！我给孩子洗个澡，你上街给孩子买点儿好吃的东西回来。这孩子的病还没好利索，你再买些药，让这孩子尽快地好起来。"

高家成到厨房里拿起菜筐："淑媛，那我就去了。"

那年，奉天城外响着枪炮声，高家成已几天没有回家。

夜里，外面下了一夜大雪。张淑媛早上起来，大雪已掩住了房门。

子凯已起床了，子恒躺在床上不动。张淑媛觉得奇怪：子恒今天是怎么了？他往日起得很早，今天咋不起床了呢？

"子恒——子恒——"

她见子恒没有回应，赶忙走到子恒床前摸了摸子恒的额头，子恒的头滚热烫人。

"子凯——快帮妈妈推开房门，哥哥病了！妈妈送他去看医生。"张淑媛与子凯拼命地推开了房门。

张淑媛给子恒穿好棉衣，戴好帽子，慌乱地拿起自己的花头巾围在了头上，她背起子恒走出了家门。

外面的寒风在呼啸，雪花还在飞舞，张淑媛艰难地在雪地上行走。突然，张淑媛脚下一滑，她摔倒在雪地里，头磕在了马路边一块石头上，鲜血透过她的花头巾流了出来。张淑媛昏了过去。

子恒在张淑媛背上迷迷糊糊地喊叫："妈妈——妈妈——你怎么了？妈妈！妈妈——起来——我怕！我怕——妈妈……"

张淑媛听到子恒的喊叫声，清醒了过来。她挣扎着爬起身来，一只手捂着还在流血的头，一只手托住背上的子恒，踉踉跄跄地踢开了诊所的大门，她一头栽倒在了诊所门外。

医生见她满头鲜血，背上背着一个迷迷糊糊的孩子倒在了门外雪地上："大嫂！你怎么了？"医生解开张淑媛头上的花头巾。

张淑媛嘴中喘着粗气："不是我……是孩子……"

医生惊讶：母亲，真是伟大的母亲！外面又传来了枪炮声……

中日邦交正常化后，高子恒（高仓俊男）回到了日本国亲人身边。几十年后，高仓俊男回到中国，在张淑媛的坟墓前为中国母亲献上世界上最珍贵的花头巾。他手中捧着保存多年，血迹已暗黑了的花头巾，长跪在张淑媛坟墓前不起。

三

六一儿童节到了。高子恒早早地起了床，他洗漱完，看到厨房里妈妈给他们准备的早餐都已摆放在桌子上。桌上分成几份，张淑媛指着两个鸡蛋："子恒，这份是你的！"

张淑媛又指了指有一个鸡蛋的那两份："这是弟弟和妹妹的！"

高子凯洗完脸过来吃饭，见高子恒的那份是两个鸡蛋，自己的那份是一个鸡蛋，不满意地噘着嘴，看着张淑媛："妈——我也要两个鸡蛋！"

"子凯！——你是弟弟，吃一个就行了！哥哥大，让他多吃一个吧！"

子凯很不服气："妈！——他大我一岁，就应该吃两个鸡蛋哪？"

子恒在一旁看着噘着嘴的子凯："妈妈——你不公平！哪有哥哥吃两个鸡蛋的道理？留给弟弟和妹妹吃吧！"

他赶忙喝了一碗稀粥，吃了半个玉米面窝头，拿起一个鸡蛋揣在了衣袋里。子恒背起书包，说了声："妈妈——我上学去了！"连蹦带跳地走出了家门。

六一儿童节，学校进行爱国主义教育，组织学生看专场电影。电影的内容是抗日战争时期的故事。

放学了，高子恒低头走在回家的路上。他的脑海里一直闪现着日本士兵在中国土地上烧杀抢掠的场面——无数的老人、妇女和儿童倒在了日本士兵的枪口和刺刀下。

他心里在想：日本鬼子太可恶了，为什么要打仗呢？以后可别再打仗了，大家都平平安安地生活有多好哇！

高子恒正低头想着心事，突然听到有个同学大声喊叫起来："他是小日本鬼子！大家伙快来揍这家伙！"

几个同学闻声向子恒围了过来。他们拳打脚踢地把高子恒摁倒在地下。

高子恒根本不知道是怎么回事儿，他一点儿反应都没有，任凭同学们拳打脚踢。

一个同学看着高子恒的衣袋："小日本鬼子的好东西多，看他衣袋里都有啥好吃的东西！"那个同学边说边拽高子恒的衣袋。

高子恒两手死死地捂着衣袋，任凭同学们踢打和拉扯，他两手就是不离开衣袋。

这时候，一个粗壮的男孩子跑了过来。他见高子恒被摁倒在地下，几个同学对他踢打，高子恒两手还在死死地护着衣袋。他不由分说，拽过一个同学，照脸上就是一拳。

他一连打倒了三个同学。剩下的两个一看不好，吓得转身都跑掉了。

高子恒见是弟弟高子凯把几个同学打跑了，有些哽咽："弟弟！还好！你再晚来一会儿，我留给你的鸡蛋就被他们抢走了！"

高子恒从衣袋里掏出了鸡蛋，把已被压扁了的碎鸡蛋递到高子凯面前："弟弟，可惜碎了！"

高子凯看着高子恒手中的碎鸡蛋，两眼有些湿润："哥——我们回家吧！"高子凯搀扶着高子恒走进了家门。

高家成和邻居老张头正在院中的一棵大柳树下下棋，他听到门口的脚步声，抬头见子凯搀扶着子恒一瘸一拐地走进院来。他赶忙站起身来走到他俩面前："子恒！你这是咋啦？"

他见高子恒的头发凌乱，膝盖擦破了皮，露着血色，新买的白衬衫也掉了几个扣子。白衬衫上还有几个鞋印，脸上青一块紫一块。

"爸——我也不知咋回事儿，同学们骂我是小日本鬼子！围上来就打我。多亏弟弟过来帮我，打跑了他们，把我搀扶回家。爸爸！——你告诉我，他们为什么骂我是日本鬼子？"

高家成抚摸着高子恒的头："儿子——别听他们胡说八道！你是我儿子，咋能是日本鬼子呢！看看伤到别处没有？我带你去医院看医生吧。"

"爸爸，我没大碍呀，不用去医院了，过几天就好啦。"

四岁的妹妹子彤跑了过来。看到高子恒狼狈不堪的样子："大哥，真羞！打不过人家，让二哥帮你，还是大哥呢！"

高子恒尴尬地笑笑，挠了挠头："谁让我没你二哥长得高大了？小妹你看——子凯的个头比我都高大！"

他站在了高子凯跟前："爸——你看，别人不知道还以为我是弟弟呢！"

张淑媛从屋里走了出来："子恒！是谁把你打成这样子？找他们的家长理论去！"

高家成笑了："饭好了吗？都进屋吃饭吧！"

高家成出生在奉天城市郊。自小家境贫寒，父亲无力供他读书。姑姑看他聪明伶俐便资助他读书。

姑父是东北军一个团长，他夫妇二人都喜爱高家成。九一八事变后，他就读于奉天城伪满洲国开办的一家国民高等学校。毕业那年，日本人到学校招收一批文职人员充实伪满政权的统治机构。

高家成是个热血爱国青年。他眉清目秀，个子虽不高大，但为人忠厚正直。

当日本人挑选到他时，他拿不定主意是否为日本人做事，决定去找王老师商量。高家成匆匆地吃过晚饭，急忙赶到王老师家里。

王老师吃过晚饭，手中端着茶杯，站在窗前，他望着窗外不知在思索着什么。

王老师中等的个子，三十多岁。短发下的双目炯炯有神。他瘦削的脸上显得有些文弱，嘴角上透着刚毅。但看他整个身架又透着精悍和英气。

咚、咚、咚，院门外响起了敲门声。

王老师对太太说道："是家成来了，快去开门！"王太太打开了院门。

高家成见是王太太："师母，老师在家吗？"

"快进屋吧！老师在等着你呢！"

王老师见高家成走进屋来，笑道："家成，坐下喝茶吧！"

高家成端起来茶杯："老师，咋办呢？我恨死日本人了！我咋能为日本人做事呢？"

王老师静静地望着窗外的夜空，沉思了一会儿："家成，我知道你是个爱国的热血青年，我也知道你不愿意给日本人做事。可是，日本人身边没有爱国的中国人能行吗？在日本人身边做事，能结交日本朋友啊！

"你在日本人身边，可以了解他们很多的事情，你把他们的事情透露给我们，我们共同抗日救国。"

"老师，人家不会骂我是汉奸吗？"

"家成！你也要吃饭，你也要养家糊口，你不做坏事，没有人说你是汉奸，只要对得住自己的良心就行了，你要给我们提供日本人的情报。"

高家成平时就尊重王老师，有什么事都愿和他商量。王老师经常给他讲抗日救国道理，他觉得王老师说得很有道理。

高家成端起茶杯呷了一口："老师，我听您的，明天我就到日本人那里去报到，我绝不会忘记我是个中国人，我会把在日本人那里知道的事情都告诉您。老师，若需要我做什么，您就告诉我，我会尽力而为。"

"家成，你在日本人身边，一定要多加小心，要和日本人深交朋友，多了解他们的情况，我们都为抗日救国尽力吧!"

"老师，放心吧! 我知道应当怎样做。"

高家成家住在奉天城东关。九一八事变后，姑父带领他的部队到了关内，过了一段时间，姑母也去了关内，把一座五间房子的四合院留给了高家成。

第二章　雨燕情迷高子恒

一

高子恒喜欢冰上运动，每当寒假，他都到滑冰场。

他高高的个子，瘦瘦的，白皙的脸上总是展露着迷人的笑容。两只不大不小的眼睛时常透露着深邃的目光。

他瘦削的脸庞，笔直的身架，一举一动都带有吸引女孩子的俊逸和潇洒。他是女孩子们心目中的白马王子。

每当在滑冰场上燕子一样地穿梭飞跃，他都吸引着女孩子们热辣的目光。

冰面上，他身上大红的运动服像一团燃烧的烈火。他优美地甩动着有力的双臂，两条健壮的长腿像鹿儿在跳跃。有时，他把双手背在身后，冰刀在冰面上交叉地滑着圆弧，像一把红红的火炬在冰面上快速地盘旋。他美妙阳刚的身姿时常引发众多女孩子的尖叫声。

又是一年寒假，高子恒吃过中午饭，他背上心爱的冰刀要到滑冰场去玩儿。

子彤跑了过来："哥，我也要跟你去！"

"小妹，你还小，不会滑冰啊！"

"哥，我还小哇！都十三岁啦！我不会滑冰，你教我呀！哥——你带我去吧。"

子恒看了看外面天气："小妹，外面天气还不算太冷，那就跟哥哥去吧，哥哥教你滑冰。"

高子恒平时就很喜欢子彤，他用征询的目光看着张淑媛："妈妈，我要带子彤到滑冰场去玩儿，教妹妹滑冰……"

"别玩得太晚了，早些回来吃饭，要注意安全。"

"妈妈，放心吧，我会照顾好小妹。"

高子恒到了滑冰场，为子彤租了一双滑冰鞋。他在更衣室内换好了运动服，带着子彤来到了滑冰场上。

子恒给子彤穿好了滑冰鞋，开始教她滑冰的基本动作。

高子恒教子彤练习了一会儿，看冰场上穿梭般飞动的人影，他的心里痒痒了："小妹，你坐在椅子上歇息一会儿吧，我到冰场上去溜儿圈儿。"

"哥，你去玩儿吧，我坐这儿体会体会滑冰的动作要领。"

高子恒燕飞般地向冰场中间滑冲过去。

子彤双手扶着椅子练习在冰上的站立和行走，体会滑冰动作要领。

突然，一个十八九岁的漂亮姑娘滑到高子彤身边。"小妹妹，教你滑冰的那人是谁呀？"

子彤瞅了瞅眼前的漂亮姑娘——那姑娘圆圆的脸蛋白里透红，笑起来两个深深的酒窝，两只圆圆的大眼睛乌黑明亮，说话时那对长睫毛忽闪忽闪的，让人心悦。那姑娘小鼻子，小嘴，显得很调皮。

子彤见了她，心里就特别喜欢她。子彤歪着头，调皮地看着那姑娘俊俏的笑脸："姐姐，你滑得真好！刚才教我滑冰的人是我哥哥！我哥哥棒吗？"

那姑娘有些羞涩地笑容满面："你哥哥真棒！像个专业滑冰运动员。小妹妹，我来教你滑冰好吗？"

子彤满脸欢喜地笑了："姐姐，你真好！教我吧！"姑娘拉着子彤的双手在冰面上慢慢地走了起来，并指点她滑冰要领。

这时，子恒飞快地滑了回来。他眼前一亮——见这个漂亮的姑娘在教子彤滑冰。他一个急停，脚下的冰刀在冰面上溅起了冰花。他潇洒地站在了那姑娘面前："小妹，这是谁呀？"

"哥哥，这是我刚认识的姐姐。姐姐真好！在教我学滑冰呢！"

高子恒对那姑娘伸出了右手："你好！我叫高子恒，关东大学的应届毕业生。这是我妹妹高子彤，谢谢你帮我妹妹学习滑冰。"

姑娘的脸有些微红，她伸出来右手："我叫何雨燕，美术学院的大一学生，认识你很高兴，我们能聊一会儿吗？"

"好哇！"他们俩坐在了长椅上。

何雨燕十九岁，比高子恒小三岁。

她坐在长椅上，一对长睫毛忽闪着，两只圆圆的大眼睛瞅着高子恒俊朗阳刚的脸，有些忸怩。

她摘下手上的红毛线手套，拂了拂白滑冰帽下的一缕长发，在有些微红的柔嫩小手上哈了几口气。对高子恒笑道："我每次来到滑冰场，都能看到你英姿勃勃的身影。你的冰刀滑得太棒了！你在冰场上滑动的身姿真美！像个专业滑冰运动员，我们能交朋友吗？"

高子恒看着何雨燕那双会说话的大眼睛在企盼地看着自己，那对长睫毛在不停地抖动，含羞的脸儿有些泛红。

高子恒喜欢眼前这个活泼可爱的漂亮姑娘："好哇！我们交朋友吧！"

何雨燕心中掠过一丝欣喜——真好！我心目中的白马王子。

何雨燕娇羞地看着高子恒："我们聊聊吧！"高子恒微笑着点了点头，两人坐在长椅上聊了起来。他们互相交换了校址和家庭地址。

两人聊了一会儿，一起拉起子彤的手臂在冰场上滑练起来。

何雨燕早已注意到了高子恒，她第一次在滑冰场上见到高子恒，觉得眼前豁然一亮——高子恒俊雅的外貌，洒脱的气质和滑冰场上优美的身姿都深深地吸引住了她。她心里有一种从来没有过的悸动。她喜欢上这个俊朗健美的小伙子了！他是那样的诱人，让人向往。

何雨燕每天都到滑冰场来，每天都企盼能够见到高子恒。她每次见到高子恒都无法接近他，今天她终于有机会认识了高子恒，并与他交了朋友。

他们教子彤在滑冰场上练习了一会儿，高子恒笑嘻嘻地对子彤道："小妹，你休息一会儿吧！我和你雨燕姐姐到冰场上再玩一会儿！"

何雨燕笑着对高子彤道："小妹妹，你自己坐在这里歇一会儿好吗？"

子彤调皮地答道："姐姐，你们玩去吧！"

何雨燕拉住高子恒的手，两人燕儿一样向滑冰场内飞滑过去。

高子恒和高子彤回到家里时，天已快黑了。张淑媛正在做晚饭。见他俩回来了，她问子彤："你哥今天领你玩得咋样，开心吗？"

子彤高兴地蹦了一个高儿，神秘地跑到张淑媛身边，贴着她的耳朵小声道："妈妈，哥哥交了个漂亮的女朋友，可好看啦！我可喜欢了！"

张淑媛听了，停下了手中的活儿，瞅着高子恒："子恒，子彤说的是真的吗？"

高子恒脸上一红："妈——别听子彤瞎说！我们刚认识，还算不上什么朋友。"

"妈——他们都拉手了，那个漂亮姐姐可喜欢哥哥了！"

这时，高家成一脚门里一脚门外地往屋里走。他听到子彤的说笑声。"子彤，谁喜欢你哥哥呀?"

子彤见是爸爸回来了，赶忙跑过去接过爸爸手中的提包："爸爸，你不想抱孙子吗? 哥哥的女朋友真好，我可喜欢了!"

高子恒听了子彤说的话，急得涨红了脸："爸爸——别听子彤瞎说! 我们是今天在滑冰场里新认识的朋友，还互不了解呢!"

高家成笑了："儿子，你说说今天的情况吧! 让爸爸妈妈听一听。若合适的话请她到家里来，让我和你妈妈看一看，帮你拿一拿主意!"

"爸爸——我们刚认识呀! 还不知以后咋样呢! 看情况吧，若我们相处得很好，我会把她请到家里来，让爸爸和妈妈帮我参谋认定。"

"那姑娘在哪所大学读书哇? 学什么专业?"

"爸爸，她在美术学院读书，学的是国画专业。"

"子恒，她家几口人? 爸爸妈妈做什么工作的?"

高子恒羞涩地看着高家成："爸——刚认识呀! 怎好问人家呢!"

张淑媛在一旁笑道："家成，你也真是的! 子恒都说了他们刚认识，他能知道得那么多吗?"

"哈哈! 我性急了，子恒，你们好好相处，成熟了，把她请到家里来。"

高子恒手指点了点子彤的额头："捣蛋鬼! 就你瞎说!"

子彤眯缝着两只美丽的大眼睛，笑嘻嘻地看着高子恒："哥，我看你喜欢雨燕姐姐，我也喜欢雨燕姐姐呀! 我愿雨燕姐姐能成为我嫂子。"

晚饭后，高家成和张淑媛在屋里聊天。张淑媛心悦地说道："这些年我们总算把子恒拉扯大了，他虽是日本人的遗孤，我们对他比亲生的孩子还要亲。他身体壮壮的，我们又供养他念了大学，等他毕业工作了，给他好好成个家，我们两口子这辈子算了结了心愿。"

"是呀! 这么多年也真辛苦你了，把子恒照顾得这么好，真得谢谢你呀。

"当年我把小高仓俊男抱回家来没和你商量，你毫不犹豫地留下了这孩子，你的善良和大度，真让我感动。

"这孩子的父母也不知是死是活，到现在也没有消息。这孩子的父母若还活着，早晚会要找来的!"

"家成，若高仓俊男的父母能来找他倒是件好事儿，他们全家团圆了，我们也高兴，也让日本人看一看我们中国人的博大胸怀。当年日本鬼子杀害了多少中国人! 有多少的孩子惨死在他们的枪弹和刺刀下，让日本人看一看我们是怎样对待他们的孩子! 让他们知道，这个世界要和平，不要战争。有一天高仓俊男就是回到了日本国，回到了自己亲人的身边，他也不会忘记中国父母对他的养育之恩。"

"我们不需要他报什么恩，如果他真回到了日本，能回来看看我们老两口就行了，只要他不忘记养育了他的中国大地和两个中国老人就行了。"

二

高子恒今天起得特别早。他穿好衣服走到院内，东方的太阳已喷薄而出。

院中的桃花飞落满地，几只鸟儿在桃枝上叽叽地鸣叫。院中小径两侧的美人蕉挺着诱人的花冠，几只蜜蜂嗡嗡地在花蕊上点来飞去。

几只漂亮的蝴蝶在美人蕉的花冠上绕来绕去，时而落在花瓣上，时而和蜜蜂争落在花蕊上。

美人蕉翠绿厚实的叶片和娇艳怒放的花冠，似美丽的少女吸引着高子恒的视线。

窗前的两盆君子兰那厚实闪着绿光的叶片，托着正在绽放的花朵。微风吹过，高子恒闻到沁人心脾的清香。

高子恒的心情好极了！他拿起浇花儿的水壶接满了水给花儿浇水。

平时都是高家成早起给花儿浇水，今天他起得早，没等爸爸起床他就给花儿浇水了。他一边给花儿浇水，嘴中一边哼着小曲儿。

高家成起了床，走出门外，见子恒正在给美人蕉浇水："儿子，今天怎么起得这么早哇？"

"爸爸，您起床啦！我给花儿浇过水了，今天我休息，我约好了雨燕出去玩儿。"

张淑媛在屋内听到高子恒说约何雨燕出去玩儿，走出门外："你这孩子！咋不和妈妈早说呢？我给你做饭去，吃完饭再去吧！"

吃过早饭，高子恒推出高家成给他新买的自行车走出了家门。

子彤在屋内大声喊了起来："哥哥——带雨燕姐到咱家来玩儿……"

西湖公园门前，何雨燕早已等候在了那里。淡粉色的连衣裙让她飘逸灵气，她脚上的白凉鞋在地下轻轻地搓动，她有些心焦。

她迈着两条修长迷人的美腿踱来踱去，她向脑后拂了拂黑亮的长发，一双圆圆的大眼睛在公园入口处瞟来瞟去。

他咋还不来呢？哦，来了！她白皙青春的脸上，两只眸子泛着柔光。

高子恒骑辆崭新的自行车在她面前停了下来："雨燕，你早就到了吧，让你等急了吗？"

何雨燕看着高子恒俊朗、轮廓分明的脸，笑容满面。

"子恒哥，让燕儿好心焦，我也刚到，只是心急。哦！怎么——骑辆新自行车？永久牌的，还是名牌呢！"

高子恒看着何雨燕惊异的样子，乐滋滋地瞅着何雨燕笑靥如花的脸儿。"爸爸看我毕业要工作了，怕我上班不方便，特意托他上海的老朋友搞到的。可费了好大的劲儿呢！前天收到的。我刚刚骑了两天——老爸真好！"

他把自行车推到了存车处存放起来，买了两张门票拉着何雨燕走进了公园。

何雨燕挽着高子恒的手臂漫步在树丛和飘着花香的小径上。

花圃中的百合花散发着诱人的清香，彩蝶在花瓣旁振翅寻觅，蜜蜂儿落在花蕊上忘情地吮吸。

杜鹃花儿在翠叶的映衬下似要引来杜鹃鸟儿的啼叫。郁金香飘放着幽香，和风中摇动着诱人的身姿。丛丛紫丁香，簇簇迎春花在晨风中拥抱、放艳。

"子恒哥，这里的景色真美，园中的百花似向我们招手。"

"哦，燕儿你看——"一只小蜻蜓在湖边水面上点来点去。浮萍中的荷叶旁一只欲绽的荷花羞着粉红的艳脸，迎着微风似在诉说：小蜻蜓，做我的信使吧！传递我的爱情……

小蜻蜓似已懂，在欲绽的小荷脸上亲吻了一口：我去了！传递你的爱情……

"子恒，你听——大树上两只美丽的鸟儿在啼鸣，唱得多好听啊！"

一个淘气的男孩子拿着一颗小石子向树上的鸟儿掷去，一对鸟儿受到了惊吓，啼叫几声，扑棱、扑棱地啼叫着向湖面飞去。

高子恒看着飞去的两只鸟儿："燕儿，那对鸟儿是爱侣吧？看它们一起歌唱，一起啼叫，又一起飞去，它们多么幸福哇。刚才的孩子真无知，也许还小，不懂得爱情吧！"

他们坐在湖边大树下的石凳上，何雨燕拉着高子恒的手，深情地看着他的脸，轻声甜甜地说："子恒哥……真想和你像树上的鸟儿那样，同宿同飞，永不分离，永远伴在你身旁。"

高子恒拉起何雨燕另一只手合在掌中，两只眼睛火辣辣地看着何雨燕。

"燕儿，你真美！知道我有多么喜欢你吗？燕儿，你是我遇到的最好的姑娘，我爱你……"

何雨燕的心在怦怦地跳动，娇柔的脸上荡着幸福的笑容。

"子恒哥——我也爱你——我每天的思念近似疯狂……"她两只柔软的小手把高子恒的双手握得更紧了。

她觉得一股热流涌遍了全身，她呼吸有些急促，她嗅到了高子恒身上的男人气味。

她真想拥入高子恒怀抱中，两人默默甜蜜地互相凝视着对方的眼睛："子恒哥，湖边的游人太多了！我们划船玩儿吧。"

高子恒明白何雨燕的用意，他轻轻地拉起何雨燕，向小船儿那边走了过去。

两人买好了船票来到小船儿前："子恒哥，你会划船儿吗？"

"燕儿，你就放心吧，你先到船上坐好，我划给你看。"

高子恒把雨燕扶上小船，让她坐在了船头，他自己也上了小船。高子恒操起双桨笑嘻嘻地看着何雨燕："坐好了，我开船喽！"他荡起双桨，小船平稳地向湖中心驶了过去。

何雨燕、高子恒对坐在小船中："子恒哥，为什么你做什么都这样让人喜爱？可惜——我的画板没有拿来，真想把你青春的靓影勾画下来，我要时刻看着你……"

高子恒调皮地眨了眨眼睛："那明天我就把你娶回家吧！我要每天欣赏你美丽的诗情画意……"

何雨燕笑着把湖水撩在高子恒脸上，哆声嬉笑："我巴不得呢！讨厌！"

小船儿划到了湖心，高子恒伸出双手拉过何雨燕坐在了自己身旁，两人偎依着坐在一起。

高子恒把雨燕柔软的身躯搂在了怀里，他感觉身体像电击一样，热流涌遍了全身。

他全身的血液在沸腾，喘着粗气看着何雨燕起伏的乳峰。他隔着外衣把热唇轻轻地贴在雨燕鼓挺的前胸上。

"燕儿，我的花朵，太阳的光！"

何雨燕把头紧紧地埋在高子恒怀里，她温柔的小手抚摸高子恒宽厚的胸膛。

她微闭双目，嘴中低喃："子恒哥——我爱你——子恒哥，我——爱你——"

高子恒捧起何雨燕的秀发亲吻，又捧起何雨燕燥热的小脸儿，热唇吻向何雨燕湿润的樱红小口。

突然湖中传来喊叫声——"不好啦……我的孩子落水啦……快救命啊……"

高子恒、何雨燕正沉浸在甜蜜的幸福中，突然听到喊叫声。高子恒猛地抬起头来，放开抱着何雨燕的双手。他两道锐利的目光在湖面上飞快地搜索起来。见不远处一只小船上，一个女人在哭叫："快来人哪！——救命啊……我的孩子掉在水里了……"

高子恒挥动双臂，荡起双桨，把小船向出事的小船儿那里划去："雨燕！你在船上等我，不要害怕，我下去救人！"

何雨燕惊慌失措地问道："子恒哥！你会游泳吗？你能行吗？"

"顾不了那么多了！救孩子要紧！"

小船已划到了孩子落水的地方，高子恒三下五除二地脱下了外衣和鞋子，扔在雨燕怀里，他毫不犹豫地跳入了湖水中。

还好，湖水只淹到高子恒脖子。高子恒拼命地用两手在水下划拉着，他划拉了一会儿，没有找到孩子。于是他屏住呼吸潜入水里。

高子恒在水中睁开双目四处寻找，终于发现了孩子。他抓紧了孩子的身体，用力把孩子托举出水面，向小船慢慢地游了过去。

这时，公园的湖面救护队员划着小船赶了过来。救护队员从高子恒手中接过孩子，小男孩四五岁的样子，已昏迷过去。救护队员赶忙把小船划向岸边抢救孩子。

孩子的妈妈已瘫倒在小船上号啕大哭起来："孩子……我的孩子……"救护队员一边劝慰她，一边把她的小船划到了岸边。

高子恒在水中寻找孩子时，何雨燕的心已提到了嗓子眼上，她两眼死死地盯着水面，生怕高子恒上不来。当高子恒潜入水中时，何雨燕急得两眼流泪。她心中默念：子恒哥哥——你快上来吧！子恒哥哥——你一定要坚持住，千万不要出事——子恒哥哥——你可不要扔下我……

当高子恒把孩子托出水面，何雨燕悬着的心才落了下来。

高子恒回到小船边，何雨燕伸出一只手要拽高子恒上船儿："燕儿，你别动！别把小船儿弄翻了！你可别掉到了水里，我推着船儿到岸边吧。"

何雨燕激动得泪花闪闪，深情地看着高子恒："子恒哥哥！能行吗？你不会游泳啊！"

高子恒笑嘻嘻地瞅着何雨燕为他担忧的样子："燕儿！我教你怎样用桨划水，你若能把小船儿划走就行了。"

高子恒告诉何雨燕划船的要领。"好吧！"何雨燕是个聪明的姑娘，一会儿她就能把小船儿划走了。

高子恒高兴地看着雨燕划船的样子："我的小燕儿，你真行！咱们往岸边划吧！"

何雨燕娇笑："子恒哥哥，你才真行呢！我这辈子跟定你了，我们永不分离！"说笑间，他俩把小船儿弄到了湖岸边。

小船儿靠到了湖岸边，何雨燕伸手把高子恒拉上了小船儿。她从背包中拿出手帕擦干高子恒头上的水珠，爱怜地看着高子恒："快坐下歇歇！把你累坏了吧？"

"燕儿，我是有些累了，我歇息一会儿！"

高子恒坐在了小船上，高子恒的裤头在往下滴水，他看了看何雨燕怀中抱着的衣裤："雨燕，咱们还是把船儿划往湖中吧！"

何雨燕不解地看着高子恒："怎么——我们还要玩儿吗？"

高子恒指了指自己的下身，又指了指滴水的裤头。何雨燕恍然大悟，她羞臊得满脸通红——她从没见过一个男人赤裸裸地坐在自己面前。

刚刚触目惊心的一幕，何雨燕的精神一直在紧张中。高子恒的提醒，让她在高子恒身上认真地看了起来。

她噘起小嘴，羞红着脸儿："我看了！我都看了！你男人的美，我喜欢！"她把高子恒的蓝格短袖衫披在高子恒身上。

高子恒笑嘻嘻地瞅着雨燕羞臊的脸："等裤头干了再穿衣裤吧。"他操起双桨向湖中远处荡去。

何雨燕坐在高子恒对面，看着他两条健壮的运动员大腿："子恒哥哥，你为什么这样勇敢？你明知自己不会游泳，不怕被淹死吗？"

高子恒想了想："我咋能不怕死呢？当时的情景不容我多想啊！掉到水中的是个孩子，我是成年人，咋能见死不救呢！何况我不知湖水有多深，会不会被淹死。毛主席号召全国人民学雷锋，我也学雷锋，做好事！"

何雨燕敬佩地拉住高子恒的手放在自己大腿上，她甜甜地笑着："我若真能嫁给你，是我一辈子的福分！"

高子恒瞅着何雨燕那对纯真的黑眼睛，躁动地在何雨燕美腿上抚摸，情不自禁地搂过何雨燕柔软的美躯。

何雨燕满脸羞红地闭上了眼睛，她在等待高子恒的热吻。

突然高子恒低语："雨燕……我有个秘密，早就想对你说了，你愿意听吗？"

"什么秘密？你说吧，你说什么我都愿意听，你想做什么我都喜欢！"何雨燕轻语。

高子恒还在犹豫，他不知该如何和何雨燕说——何雨燕若知道了自己是日本人遗孤，会怎样看待自己呢？他心中很矛盾。

哎！——我不能欺瞒："雨燕——我不是中国人！"

"什么？"何雨燕惊愕地睁大了双眼，"子恒哥哥，你胡说什么呢？你不是中国人，你是哪国人哪？你可别逗我了！"

高子恒认真地说道："燕儿，我不是在开玩笑，我真的不是中国人，我是日本人！我是日本侵华战争中的遗孤。我四岁时，现在的爸爸妈妈收养了我，把我抚育成人，直至今天。"

何雨燕傻傻地看着高子恒，张大着嘴巴，好半天才缓过神来："子恒——你说的是真的吗？你是日本鬼子——？"

高子恒苦笑："燕儿，我真是日本人的遗孤，但我不是鬼子！是中国的土地养育了我，是中国爸爸妈妈含辛茹苦地把我抚养成人，我是合法的中国公民，我要把我所学到的知识贡献给国家，我要为人民服务。"

高子恒说完，何雨燕从头到脚打量了高子恒一番："什么日本人哪！——你是中国人，不要再说你是日本人了！子恒哥哥，说说你是怎样被收养的吧。"

高子恒把高家成夫妇收养他的经过细说了一遍。

何雨燕听了感叹起来："你的中国父母真好，太善良了，他们真伟大呀！子恒哥哥，燕儿依然爱你，也爱你的中国父亲、母亲……"

已是下午三点多钟，高子恒身上的裤头已干爽了，他穿好了衣裤。

"燕儿，我们回家吧！到家我得洗一洗，湖水不是很干净。"

"好吧！子恒哥哥，我们早点儿回家吧！到了家里好好休息一下。"他们来到存车处，高子恒取出了自行车。

何雨燕望了望天色："子恒哥，天还早，我想看看伯父、伯母。"

高子恒笑了："爸爸、妈妈今天休息，你去看望爸爸、妈妈，他们会很高兴。我用自行车驮着你一起走吧！"

三

高家成今天休息。早上高子恒走后，他在院子里把他的花草莳弄了一遍。松松土，除一除杂草，又种了两排鸡冠花。

他吃完中午饭眯了一小觉。睡醒后，他到大街上溜达了一圈，买回来一盆杜鹃花和一盆栀子花。他给两盆花儿换上了大盆又换了腐土。

他给花儿浇完水，美滋滋地吸着烟，蹲在地下欣赏这两盆新买的花儿。

他知道——杜鹃花皮实好养，栀子不好莳弄，但栀子花开时特别香。他很喜欢栀子，他在琢磨怎样才能养好这栀子花。

高家成突然听到院门口响起了自行车铃声，他扭头看去，见高子恒推着自行车笑吟吟地走了进来，他身后跟着一个漂亮的姑娘。姑娘手中拎着两大兜子水果。

他赶忙站起身来冲屋里喊道："淑媛——来客人了！"

张淑媛刚拾掇完屋子，正在休息，听着收音机里郭兰英演唱的《南泥湾》。她听到高家成的喊声，赶忙走了出来。

高子恒领着何雨燕走到他俩面前。何雨燕向高家成和张淑媛各鞠了一躬："伯父、伯母好！"

高子恒赶忙道："爸、妈！这是何雨燕。"

张淑媛拉住何雨燕的手，上下打量着何雨燕："这姑娘真俊俏，快进屋里坐吧！"

高子彤正在自己屋中写作业，听爸爸喊来客人了，她没在意，当她听到高子恒说是何雨燕时，放下铅笔就跑了出来。边跑边喊："是雨燕姐姐吗？是雨燕姐姐来了吗？"

何雨燕听到高子彤喊叫声，赶忙走了过来："小妹，是我，来看望伯父、伯母，还有你这可爱的小姑娘！"

高子彤兴高采烈地摇晃何雨燕的手："雨燕姐姐——我想你了！有时间带我出去玩儿！"

何雨燕笑呵呵地看着高子彤调皮可爱的样子："小妹，有时间，我和你哥哥常带你去玩，好吗？"

高子彤乐得直点头："哥哥，以后你不带我出去玩儿，我就找雨燕姐姐，让雨燕姐带我去玩儿！"

高子恒笑道："小妹，以后带你出去玩，快去洗水果吃吧！"

高子恒拿好洗澡用品："妈妈，你们和雨燕说话儿吧！在家里聊着，我去冲个澡，一会儿就回来。"

"子恒，怎么——刚回家就要去冲澡？雨燕还在这儿！咋不陪雨燕说话儿呢？"

"伯母，就让他去吧！"

何雨燕把今天在西湖公园发生的事情说了一遍。

张淑媛听了，吓得半天没有说出话来，好半晌才说道："你这孩子太虎了！真要是出了点儿什么事儿，让我和你爸爸怎么办？"说着眼泪滚落了下来。

"雨燕，以后你给我看着点儿他，不听话就回来和伯母说，伯母打他屁股！"

何雨燕笑着擦拭去张淑媛眼中泪水："伯母，放心吧！以后我给您看着他。"

高子恒拉住张淑媛的手："妈——我这不是没事嘛！以后我一定不让爸爸、妈妈操心了！子彤——快哄哄妈妈，我冲澡去了！"

张淑媛抹着眼泪："子恒，雨燕在这儿，你快去快回！"

"妈妈，我去了！"

高子恒走后，张淑媛觉得屋里又少了一个人："子彤，你爸爸呢？怎么好半天不见他呢？"

"我也没看见呀！不知爸爸去哪儿了！"

张淑媛心想：怪了——家里来了客人，他咋没影了呢？

这时高家成在屋外说道："淑媛，我去买菜了，让雨燕在我们家吃饭吧。菜都买好了，你做饭吧。"

何雨燕听到高家成说留她在家里吃晚饭，急忙说道："伯父、伯母，我是来看望你们的，别麻烦了！等子恒回来，待一会儿我就回家，回家晚了，爸爸、妈妈会担心我的！"

"雨燕，你伯父把菜已买好了，和我们一起吃晚饭吧。别急，子恒很快就回来了！"

子恒冲澡回来，看到厨房里放着许多新鲜蔬菜。

"爸爸！干吗买了这么多菜呀？"

"傻儿子，这还不明白吗？雨燕来了，留她在我们家吃晚饭哪，你这榆木疙瘩脑袋！快进屋陪雨燕说话儿吧。"

高子恒走进屋内，满脸笑容地看着何雨燕："雨燕，在我们家吃晚饭吧！爸爸买了那么多的菜呢！都是为你准备的！"

"子恒哥哥，我是来看望伯父、伯母的！怎能麻烦伯父、伯母呢？我待一会儿就回家了。"

高家成亲切地看着何雨燕："雨燕，伯父把饭菜都备好了，你初次到我们家来，就和我们一起吃晚饭吧，不要推辞了！"

高子彤拉着何雨燕的手："姐姐——我不让你走，姐姐——我不让你走！"

何雨燕笑道："伯父，那我不走了，和你们一起吃晚饭。"

"子恒，咱俩帮伯母干活吧。"

吃过晚饭，一家人边喝茶边聊天，又提起了高子恒湖中救孩子的事儿。

高家成端起茶杯喝了一口茶水："子恒，你往湖里跳的时候是咋想的？"

"爸爸，我什么也没想啊，听到孩子落水了，我马上过去救人哪！"

"子恒，你不知道有危险吗？"

"爸爸，没有你和妈妈，有我的今天吗？我一个日本人的遗孤，是在中国的土地上长大的，中国的孩子都是我的兄弟姊妹呀。"

高家成笑着点了点头："好孩子！我和你妈妈没有白疼你，你能这样有爱心，我和你妈妈都很欣慰。子恒，看来你的身世雨燕都知道了，是吗？"

"伯父，子恒哥哥都告诉过我了。"

"雨燕，子恒是日本人的遗孤，你和子恒交朋友，有什么顾虑没有？"

"伯父，子恒哥哥是党、毛主席和你们教育出来的好青年，好孩子，他有爱心，是个好人，我喜欢他，也爱他，这和他的身世没有关系。子恒哥不会忘记伯父、伯母的养育之恩，我也应当谢谢伯父、伯母。"

张淑媛说道："谢什么呀，子恒就是自己的孩子呀。"

"爸爸、妈妈，我知道，你们对我比对自己亲生的孩子都好。我知道，你们在我身上付出了太多的心血，以后不管我走到哪里，都不会忘记中国父母的养育之恩，也不会忘记中国的这片土地。"

何雨燕充满敬意地看着高家成、张淑媛："伯父、伯母，你们真了不起，你们是伟大的父亲和母亲。"

天已黑了，何雨燕望了望窗外："伯父、伯母，我该回去了，回家晚了，爸爸、妈妈该惦记我了！有时间我还会来看望伯父、伯母。"

高家成说道："雨燕，那就早点儿回家吧！让子恒送你回家。"

高子彤拉住何雨燕的手："雨燕姐姐，你可要常来玩哪。"

"小妹，我会常来看望你，不要贪玩，好好用功学习，姐姐会给你奖励。"

高子恒推出来自行车。何雨燕告别了大家，向他们挥了挥手，两人走出了院门。

高子恒推着自行车，两人漫步在大街人行道上。已是晚上九点多钟，微风徐徐吹来，带着醉人的槐花香。

何雨燕温柔地挽着高子恒胳膊，轻柔地说道："子恒哥哥，你的家人真好！我好喜欢他们，我若能嫁给你，和他们一定会相处得很好。我会很幸福。"

高子恒痴痴地看着何雨燕秀丽的双眼："嫁给我吧！"

何雨燕默默地看着高子恒傻傻的样子："嫁给你就嫁给你——等着娶我吧！让我做你的新娘。"

高子恒停下自行车，把何雨燕紧紧地搂抱在怀里，他两片火热的唇紧紧地贴上何雨燕的红唇。高子恒的热唇在何雨燕脸上游动。

何雨燕微闭双眼，两手紧紧地抱着高子恒，任凭高子恒双唇在自己脸上狂吻，游动。

何雨燕觉得心脏在剧烈地跳动，热流在全身涌动，她燥热。

这个世界仿佛已不存在，她更加用力地紧紧搂抱住高子恒，两只圆挺的美乳紧紧地抵在高子恒胸膛上。

高子恒头在涨大，觉得浑身血液在急剧地流动，体内阵阵燥热。

他紧紧吮吸住雨燕的舌，两片热唇停留在雨燕嘴上，两只舌在搅动。

何雨燕两个鼓挺的乳峰紧贴在高子恒胸膛上，高子恒心中涌起从没有过的冲动。他把雨燕搂抱得更紧。他的胸膛已感觉到雨燕心脏的剧烈跳动，他俩就这样搂抱着，沉浸在爱情的幸福中。

"嘀——嘀——"

汽车喇叭的鸣叫声使他们俩从幸福甜蜜中惊醒过来。高子恒慢慢松开双手，痴痴地看着雨燕娇媚的脸儿。他轻语："燕儿——爱你——"

何雨燕面绽柔情，吐气如兰："子恒哥——爱你——燕儿至死不渝——"

两人情意绵绵，又不好意思地红着脸儿整理好自己的乱发。

何雨燕拉着高子恒的手："子恒哥，送我回家吧！"高子恒把自行车推到马路上。"坐好了——走吧！"

早上九点多钟，一辆轿车停在了关东大学办公楼下。车上下来一个干部模样的人。他的后面跟着一个三十来岁的女人，他们来到校长办公室。

他对薄校长自我介绍："我是赵原，××地质局局长。他指着身边的女人，这是我儿媳卢杏芳。"

"杏芳，你把昨天发生的情况向校长反映一下吧。"

薄校长客气地说道："赵局长，你们二位坐下谈吧，别急，先喝点儿水。"他拿起热水瓶给赵局长和卢杏芳倒了热水。

卢杏芳笑道："校长，别麻烦了！"她把昨天在西湖公园孩子落水得救经过叙说了一遍。

"我的孩子被救上岸后，大家急着送孩子到医院抢救，没来得及向救孩子的恩人道谢。

"孩子抢救过来后，我们才想起寻找湖水中救出孩子的年轻人。我们急忙赶回西湖公园时，已不见了那两个年轻人。

"我们到他们玩过的小船上去查看，看他们有没有什么遗落的东西，能否找到他们的线索。但年轻人划过的小船里什么东西也没有。

"一个湖中救援队员上了小船，在小船里仔细地搜寻起来。他在船板的夹缝中发现了一个长方校徽。校徽上写着'关东大学'。湖中救援队员把关东大学的校徽交给了我。我接过那枚校徽，心想：我拿着校徽去寻找救孩子的恩人吧！"

赵局长说道："我就这么一个孙子，他爸爸在部队工作，孙子和我们生活在一起。这孩子闹着让他妈妈带他到公园去玩，谁知会出这么大的事儿。

"感谢你们学校教育出这么好的学生救了我孙子，今天我是特意来寻找那个学生，来向他当面致谢的。"

卢杏芳拿出那枚校徽递到薄校长手中。

薄校长接过校徽，看了看："这枚校徽已陈旧了，看起来是快毕业或已毕业的学生，我们认真地查找，找到后会及时通知你们，我们要在全校宣传他的英雄事迹。"

薄校长让卢杏芳把那个学生的体征、长相、身高等描绘一遍。

薄校长道："把你们的电话号码留给我吧，便于我们联系。"

赵局长留下电话号码："薄校长，就拜托你了。等待你的好消息，我们走啦！"薄校长把他们送出门外。

赵局长与卢杏芳回到家中，见小球球在屋中踢球玩耍，昨天发生的事情，球球像没发生过一样。

他左一脚右一脚地在屋里乱踢着一个皮球。一边踢一边喊叫："奶奶——给你飞球，奶奶——给你飞球！"

奶奶在一边大声呵斥："小球球——别踢了！别乱动啊！"

四岁的球球看妈妈和爷爷回来了，便扑到妈妈的怀里："妈妈——找到从水中把我捞出来的叔叔了吗？"

赵原走过来拍了拍他的脑门："球球，还没找到那个叔叔哇！找到了，爷爷就带你去感谢人家。以后可不要再淘气了，要听妈妈和奶奶的话。"

球球嚷叫起来："妈妈，快找到那个叔叔哇！我想马上见到那个叔叔，问他是怎样把我从水中捞出来的。"

卢杏芳摸了摸球球的头："球球，妈妈和爷爷会找到那个叔叔的。"

何雨燕昨晚回到家里，爸爸何默凡已睡着了。妈妈于亚秋调小了收音机音量，在听歌曲，等她回来。

于亚秋见何雨燕回来得很晚，用质疑的目光看着她："雨燕，今天怎么回来这么晚？"

何雨燕笑嘻嘻地看着于亚秋："妈妈，今天太晚了！明天再和你说吧。"

何雨燕出生在一个书香门第家庭，祖上是官宦人家。父亲何默凡受过名人指点，画一手好画，喜欢收藏名人字画和古玩。

妈妈于亚秋是大家闺秀，知书达理，端庄贤淑。

他们生了两个孩子，儿子何雨悠已大学毕业，在外地工作，家中只有他们老两口和何雨燕。

何家的家教很严，只有何雨燕这么一个姑娘。

何雨燕从小就懂事，聪明伶俐，两口子都爱她如掌上明珠。

晚饭后，何默凡在喝茶看报。

于亚秋收拾完桌子，走到何雨燕的屋子里。何雨燕在专心地看着一本画报，看于亚秋走了进来，她放下了手中的画报，调皮地嘻嘻道："妈妈，对女儿有什么指示吗？女儿洗耳恭听！"

于亚秋笑着点了点何雨燕的额头："闺女——说说吧！昨天晚上干什么去了？什么原因回来那么晚？"

何雨燕听到妈妈的问话，不由得脸上泛起了红晕："妈妈，我交男朋友了！"

于亚秋不动声色："那男孩子多大了？是在校读书，还是已经工作了？你把他的情况和妈妈详细说说。"

何雨燕把在滑冰场结识高子恒的经过，高子恒现在的状况说了一遍。

于亚秋问道："他已毕业了，他的工作安排了吗？"

"妈妈，子恒告诉我，组织上安排他到地质局工作，他就要报到了。"

于亚秋想了想："地质工作很艰苦，要常年地在野外工作，在家中的时间很少哇。雨燕，你很爱他吗？"

"妈妈，我太喜欢高子恒了！他的风度，他的品质，他的为人都吸引着我。我深知他是一个有爱心、有责任心的好男人。我若和他结成夫妻，我们一定会幸福。妈妈，子恒很帅气，你见了他一定会喜欢。"她从画夹中拿出一张速写人头像递到于亚秋手中。

于亚秋仔细地看了一会儿："哦，这就是高子恒，小伙子挺帅气的，你们好好相处吧！有时间把他请到家里来，让妈妈和你爸爸看一看。"

何雨燕兴奋地搂住于亚秋，在她脸上亲了一口。她羞红着脸撒娇："妈妈，你可要祝福女儿啊！我找时间把我的白马王子领到家里来，你和爸爸可不要怠慢人家！"

于亚秋笑了："你这鬼丫头！你的白马王子，我们敢怠慢吗？"

上午，薄校长处理完工作事务，刚要到校办公室去，电话铃响了。薄校长拿起了电话。

"喂——薄校长吗？我是赵原，找到那个学生了吗？"

"哦，赵局长，还没有消息呀！我正要到校办公室去，让他们尽快查找，找到后，我会立刻通知你。那个学生可能毕业了，我们正通过组织部门查找他的分配方向，放心吧！我们一定会找到他。"

"薄校长，我的小孙子天天和我嚷嚷，要见到把他从水中捞上来的叔叔。"

"赵局长，放心吧！告诉你的小孙子，我们一定会把救他的叔叔送到他面前。"

"费心了，薄校长！我们等待你的好消息。"

高子恒到地质局报到了。组织处处长见了高子恒："哦！小伙子不错，欢迎你呀！高子恒同志，我们国家正处困难时期，很需要你们这样的专业人才。你是学采矿专业的，先到基层锻炼锻炼，熟悉熟悉工作环境，过了一段时间，再确定你的正式工作岗位。"

"处长，我是刚毕业的学生，没有工作经验，我听从组织的安排，我服从组织决定。"

"局长已下了指示：让你到勘探队锻炼。小伙子，在大山里呀，条件很艰苦，你有什么困难吗？"

高子恒想了想："处长，我响应毛主席的号召，到最艰苦的地方去。我不怕困难，要努力地锻炼自己。"

此刻，四岁时父母把他抛下的一幕在他脑海里一闪而过。他想：我不能忘记，我可是日本人的遗孤哇。

组织处处长听了高子恒的表态，心里说：这小伙子，真不错。

他对高子恒道："就这么定了吧，你回家准备几天，准备好后，局里派车送你到勘探队去。"

高子恒回到家里，张淑媛已做好了晚饭，全家人都在等他回来吃饭。

高子恒今天到地质局报到，已参加了工作，全家人都很高兴。张淑媛做了几道好菜，高家成特意买了一瓶好酒。

高家成今天非常高兴："子恒，今天咱爷俩喝几盅！祝贺你迈入了成年人的行列。"

"哈哈！"

"今天收到了子凯从部队寄来的书信，还有照片。子凯已加入了中国共产党，当了班长，过段时间能回家探亲。子恒，给老爸斟酒！"

高子恒听高子凯来信了："爸爸，把信给我！我看完信再吃饭。"

高家成拿出来书信递到高子恒手里。

高子恒从信封里拿出来书信，高子凯的一张照片夹在信纸里。

高子彤在一旁直嚷嚷："爸爸，二哥来信了！你咋才说呀？快给我看看二哥的照片！"

她伸手从高子恒手里抢过来照片："爸妈！二哥真帅，真威武！"高子彤喜悦地看着高子凯的照片。

高子恒打开高子凯来信，认真地看了起来。

亲爱的爸爸、妈妈：

　　我在遥远的边疆致以你们革命的敬礼！不知爸爸、妈妈身体怎样？爸爸工作是否辛苦、顺利？

　　哥哥已毕业了吧，是否已安排了工作？上次爸爸来信说，大哥已交了女朋友。不知进展怎样？她美丽善良吗？祝哥哥成功，给我们找一个好嫂嫂。

　　小妹还好吗？你们要督促她好好学习，不要贪玩，要做毛主席的好学生。

　　哥哥参加了工作，又处了对象，给他买几件像样的衣服吧。

　　爸爸、妈妈，我一切都好，你们不必挂念。我们边防部队每天都很紧张，我们每天都迎着暴风雪巡逻在喀喇昆仑山上，稍有不慎，都有滑落山下的危险。

　　为了守护祖国的大门，战友们不怕苦不怕累，不怕流血牺牲。

　　在一次围剿特务的战斗中，我的一个战友献出了他年轻宝贵的生命，他的忠骨永远留在了喀喇昆仑山上。

　　那次战斗中我负了伤，但无大碍，很快就康复了。国庆节前，我光荣地加入了中国共产党，又提升为班长，我身上的担子更重了。

　　我要用毛泽东思想武装自己的头脑，做毛主席的好战士。为祖国、为党、为人民献出一切。为爸爸、妈妈争光。

　　还有，把哥哥工作单位的通信地址告诉我，便于我和哥哥通信联系。

　　哥哥和他的女朋友关系若能确定下来，把他俩的照片寄过来，我要看到未来嫂嫂的照片。

　　就到这里，不多写了，我马上查岗去了，外面的风雪真大！

　　爸爸、妈妈，望你们多保重。小妹，好好学习，听爸爸、妈妈的话。

　　哥哥，你要多照顾爸爸、妈妈。过段时间，我就要回家探亲了。回家后，我们再叙吧，祝全家平安快乐！

子凯

九月十六日

　　高子恒看完信，两眼有些湿润，他拿过来高子凯的照片仔细地看了起来。

　　照片上的高子凯——高高的个子，国字脸上一对剑眉，两只细长的眼睛炯炯有神，稍阔的鼻子挺直，两个嘴角微微上翘。军帽下年轻的脸孔威武英俊。

　　高子恒看完高子凯的照片，兴奋地喝了一口酒："爸爸妈妈！子凯了不起，真了不起！弟弟成长得真快，我真羡慕子凯。

　　"今天局里安排我到基层锻炼，我到了基层一定好好磨炼自己，向子凯学习，做一个对国家有用的人。"

　　张淑媛在一旁乐呵呵地看着高子恒："子恒，吃饭吧，菜都凉了！快给爸爸斟酒，边吃边唠吧！"高子恒给高家成斟满了酒，爷儿俩边喝边聊。

　　高子恒把局里安排他到基层锻炼的情况向爸爸做了汇报。

　　高家成道："到基层很艰苦，但对你是有好处的。你刚出校门，要从头做起，磨炼自己，才会逐渐地成长起来。金属矿藏勘探都在大山里工作，你一定要注意安全。做事要细心、冷静，要多思考。要靠近党组织，政治上要争取进步，向子凯学习，早日加入党组织。"

　　"爸爸，放心吧！我一定记住你的话，不辜负你对我的期望。"

　　突然高子彤在屋外喊叫起来："哥，雨燕姐来了！"

　　高子恒赶忙迎了出去。何雨燕把一兜子水果递给了高子彤："小妹，洗水果吧！拿给大家吃。"

　　何雨燕知道高子恒今天到地质局报到，她吃过晚饭来听一听高子恒的工作安排情况。

张淑媛见何雨燕来了，笑着把一杯热茶递到了何雨燕的手中。

何雨燕接过了水杯，笑道："伯母，不用客气，您快坐下歇歇吧！我是来听一听子恒哥的工作安排情况。"

高子彤背着手笑嘻嘻地走到何雨燕面前："雨燕姐，给你看一样东西！"

"什么东西呀？那样神秘！"

子彤伸出右手，把高子凯的照片递给了何雨燕。

何雨燕接过照片看了看："这是谁呀？这么英武漂亮，标准的军人哪！"

高子彤自豪地笑了："这是我二哥，今天收到的书信和照片。"

"我能看看书信吗？"高子彤把书信递给了何雨燕。

何雨燕看完高子凯的来信，笑道："子恒哥，子凯太棒了！真是一个出色的革命军人，他要我们的照片，我们拍张吧，给子凯寄过去，好吗？"

还没等高子恒回答，高家成在一旁笑道："子恒，我看行！你们就拍张照片吧，给子凯寄去。"

高子恒连连点头："雨燕，明天我们就去照相吧。"

今晚的月亮特别圆，地下洒着银色的月光。何雨燕拉着高子恒的手，她傍着高子恒的肩，两人慢慢地走在何雨燕回家的路上。

何雨燕幽幽地看着高子恒的脸："子恒哥，你就要到基层锻炼去了，不知多长时间能回来，明天我们照完相，你到我家见见爸爸、妈妈吧。让爸爸、妈妈看看你，好吗？"

高子恒笑了："我早就想去看望两位老人家了，明天上午，我们照完相就去吧。"

"今晚我和爸爸、妈妈打声招呼，说你明天来我家做客，让爸爸、妈妈有个心理准备。"

他们边走边聊，高子恒把何雨燕送到了她家的楼下，他看着何雨燕走进了楼。

四

第二天，两人早早地来到了一家有名气的照相馆，他们很快拍完了照片。

"雨燕，看望你的父母，买些什么礼物呢？叔叔会喝酒吗？"高子恒看着何雨燕。

"就买两瓶酒吧，再买点儿水果。"

两人买了两瓶竹叶青酒，又买了两兜水果向何雨燕家走去。

何雨燕家住在三楼，于亚秋早早就起了床，她在拾掇屋子，看着刚刚起床的何默凡："雨燕的男朋友今天上午到我们家来，把屋子收拾得干净利索些，别让未来的姑爷子笑话咱家。"

何默凡是个豁达随和、不拘小节的人。他笑呵呵地看着于亚秋认真的样子："收拾什么呀？我们家这样不是很好吗?！姑爷子来，看的是你和我，也不是看屋里的摆设。咱们俩热情些不就行了吗?！我一会儿下楼买菜，中午留他在咱家吃饭。"

于亚秋嗔笑道："去吧，不用你了，我自己收拾。"

何默凡穿好衣衫，从厨房中拿起菜篮子，嘴中哼着西皮流水（京剧声腔）走下了楼去。

高子恒跟随何雨燕来到何家时，已十点多钟了，他俩进到屋内，高子恒向于亚秋鞠了一躬："阿姨好！"

于亚秋笑道："你就是高子恒，快到屋里坐吧！你这孩子，还买这些东西干啥！"

何雨燕冲屋里喊道："爸爸——高子恒来了！"

此时，何默凡正在泼墨作画，听到何雨燕的喊声，他放下画笔，走了出来。

"子恒，这是爸爸。"

高子恒赶忙走上前去："叔叔好！"向何默凡鞠了一躬。

何默凡笑道："快坐吧！雨燕，拿我的上等茶叶，沏一壶水来。"

高子恒坐在椅子上，显得有些腼腆拘束。何默凡坐在高子恒对面，心中喜悦：哦，这小伙子长得不错！有礼貌，看来人也很精明。

何默凡见高子恒有些拘束："子恒，我们家没什么规矩，随便聊吧！"

高子恒已看到了里屋的画案和画笔："叔叔在作画，我能欣赏欣赏吗？"

何默凡笑道："到里屋来吧，看看我的作品咋样。"

高子恒跟随何默凡走到了里屋。他看到画案上一幅没有画完的杜鹃花。再看墙上挂着"岁寒三友"，还有几幅画。每幅画，都画得栩栩如生。

"好画！"高子恒不由得脱口而出。

"叔叔，这都是您的大作吗？"

何默凡笑道："正是拙作，见笑了！"

高子恒仔细地看着没完笔的杜鹃花："叔叔，您这可是大家风范哪！晚辈实是钦佩！叔叔，这杜鹃花是啼血杜鹃吧？"

何默凡心中愉悦：这小伙子还真有眼力。

何雨燕在外屋喊道："爸爸——茶沏好了，你和子恒喝茶吧。"

高子恒与何默凡边喝茶边谈他家的状况，已不像刚进屋时那样拘束了。

何雨燕在厨房帮妈妈择菜、洗菜。她低声问于亚秋："妈妈，你看子恒咋样？你喜欢吗？"

于亚秋笑着狠狠地瞪了她一眼："我喜欢不喜欢有啥用？只要你喜欢就行呗！只要他对你好，你能幸福，我和你爸爸是没说的。你们就好好相处吧，不用你了！回屋陪子恒唠嗑去吧。"

"哎——！那我进屋去了！妈妈，辛苦您了！"她在于亚秋的脸上亲了一口，笑着回到了屋内。

何雨燕回到屋里，美滋滋地看着高子恒："子恒哥，妈妈给我们做好吃的了！爸爸早上特意去买的菜，今天中午就在我们家吃饭吧！"

"雨燕，不要麻烦阿姨了，我待一会儿就回家。要下基层锻炼去了，走前，有很多事情要做，我得回家准备准备呀！"

何默凡笑道："子恒，不差这半天的时间，你阿姨正在厨房做饭呢。知道你今天来，也知道你过几天就下基层锻炼去了，今天特意为你准备的饭菜，你就留在这里吃饭吧！陪叔叔喝几盅。"

"好吧，叔叔，那就麻烦叔叔和阿姨了。"

吃过午饭，何雨燕送走高子恒回到家里。爸爸、妈妈在听收音机。

何雨燕坐在于亚秋旁边，给于亚秋、何默凡各拿了一个桃子。她也拿了一个咬了一口："真甜！爸爸、妈妈，你们看子恒咋样？嫁给他我会幸福吗？"

何默凡笑吟吟地看着何雨燕："丫头！小伙子不错！礼貌，稳重，很精明，长得也帅，你们就好好相处吧！"

于亚秋笑道："雨燕，你爸爸说得对，你们就好好相处吧。只要你们能幸福，我和你爸爸没什么意见。"

何默凡今天很高兴，他随手在收音机旋钮上选台。收音机里响起了机枪嗒嗒嗒的扫射声。

"默凡，这是哪个台呀？播的什么节目？"于亚秋厌烦地发问。

何默凡道："可能是电影录音剪辑抗战片吧。"

接着，收音机里响起了老人、孩子的哭喊声。

于亚秋咬牙切齿地骂道："是日本鬼子这帮畜生在杀害我们中国人，杀的都是老人和孩子！"她的眼圈有些发红。

何雨燕看着有些异样的于亚秋："妈妈，你怎么了？日本人真的那样可恶吗？高子恒还是日本人的遗孤呢！"

于亚秋、何默凡听了，不由得心头一震。于亚秋盯视着何雨燕："雨燕！你刚才说什么？"

何雨燕见妈妈神色不对，心中有些慌乱：我咋这么快就把高子恒的身世说出来了呢！

于亚秋见何雨燕没有回答，厉声问道："雨燕！你刚才说什么？"

何雨燕只好硬着头皮回答："妈妈，我是说高子恒是日本人抛弃的孩子，日本人的遗孤。"

"你说什么？高子恒是日本人！你说的是真的吗？"

何雨燕点了点头："日本投降后，日本侨民回国时慌乱中丢下了他，是高家成夫妇在枪声中收养了他，把他抚育成人。"

"好了！雨燕，你不要说了！你马上和高子恒断绝一切关系吧！我不能让你找一个日本人做我家的女婿。"

"妈妈，高子恒虽是日本人的遗孤，是中国的土地养育了他，是中国的父母把他培养成人，他接受的是共产党和我们国家的教育，他是个很优秀的年轻人。妈妈，他能舍己救落水孩子，他勇敢有爱心，只因为他是日本人的遗孤，我就不能爱他吗？"

于亚秋斩钉截铁道："雨燕！——说什么我也不能让你和他在一起，你也不用和我多说了！"

何默凡一直没有说话，何雨燕求助的目光看着何默凡。

何默凡轻轻地叹了一口气，看了一眼两眼湿润的于亚秋："亚秋，和孩子慢慢地说吧！不要太急！"

他看着何雨燕委屈的样子："雨燕，不要急，让爸爸、妈妈好好想一想，你不知道你妈妈的心结呀！"

何雨燕眼中已溢出来泪水："妈妈！妈妈！这到底是为什么呀？"

于亚秋见雨燕哭得伤心，她哇的一声，泪珠滚滚而下："雨燕——雨燕！你知道吗，你外公、外婆、舅舅，都死在了日本鬼子的刺刀和枪弹下？我一辈子都不会忘记，你要嫁给日本人！你就死了这条心吧！"

何雨燕的脑袋轰的一声，她不敢相信自己的耳朵。她止住了眼中的泪水，睁大了圆圆的黑眼睛，愕然地看着放声痛哭的于亚秋。

她嗫嚅道："妈妈，你说什么？从没听你说起过外公、外婆和舅舅的事呀！真的是日本人杀害了他们吗？"

此时，何默凡默默无语，眼中溢满了泪水，他看着于亚秋、何雨燕，脸色凝重。

他缓缓地对何雨燕道："雨燕，你妈妈心里痛啊！尘封多年的往事，她从不愿和别人说起，更不愿让你知道伤心的往事。妈妈怕伤害你的心灵，影响你健康成长。你知道为什么你从没见过外公、外婆和舅舅吗？为什么妈妈和爸爸从不提及他们？"

"亚秋，雨燕都这么大了！你和孩子说说吧！"

何默凡用帕巾擦干了于亚秋脸上的泪水，给她倒了一杯水。他两手攥着于亚秋的一只手："亚秋，别太激动，慢慢和孩子说吧！"

何雨燕也拉住于亚秋一只手："妈妈，我已是大人了！你就说说外公、外婆和舅舅的事情吧！日本人为什么要杀害他们哪？"

于亚秋凝视何雨燕挂满泪水的脸："雨燕……"双目中的泪水又滚落了下来，几十年前家中的浩劫又浮现在她眼前……

第三章 黑衣客托宝碧玉蟾

一

奉天城中央大街上有一家全城最大的古玩店，店门上方一块大匾上写着"宝聚斋"。因是老字号，东家金少达忠厚老实，为人热情，见多识广，店中的生意兴隆、红火。很多达官贵人都经常光顾店里，有时来看一看有没有他们相中的藏品，有时也拿些古玩字画到店里鉴赏。

店里掌柜的四十余岁，学名于静航，他老成持重，为人热情豁达。

于静航精通古玩字画的鉴赏，又通文墨，他的字画在奉天城中也颇有名气。很多人到店里，都是慕他大名而来，很多藏家都喜欢与他交往。

东家金少达敬重他，两人又意气相投，成了莫逆之交。二人情同手足，金少达凡事都对他高看一眼。

那一年，正值中秋月圆，于静航与家人吃过团圆饭，坐在院中的八仙桌旁品茶赏月，突听院外有嘭嘭敲门声。他对儿子于亚园道："中秋之夜，合家团圆，是谁来造访呢？你去看看，是何方客人。"

于亚园答应了一声，走到院门前："谁呀？"

院门外那人朗声道："这里是于府吗？小辈慕先生大名，特来拜访。"

于亚园打开院门，一个精壮的汉子走了进来。他对于亚园拱了拱手："小子冒昧了！今晚特来拜访于老先生。"他健步走到于静航面前，恭恭敬敬地鞠了一躬。

于静航见这人来到面前，在他身上仔细地打量起来。只见来人二十来岁，个头不高也不矮，浑身上下匀称有致。

乍眼看去有些瘦弱，仔细看来，身架结实，傲骨凛然，俊雅的脸上英气勃勃，剑眉下两只略圆的长目精光四射。

这人满脸的浩然正气，他背上背负一个小布包。看他身着打扮既不像城里人，又不像乡下人。于静航暗思：此人气度不凡，不能怠慢。

他站起身来道："不知小哥高姓大名，何方人士？请坐下来说话。鄙人何德何能敢劳小哥登门求教！"他给来人递过一杯热茶。

精壮小哥见于静航和气有礼，谈吐儒雅，心中暗道：先生果然不凡，不负盛名。

他满脸含笑向于静航拱了拱手："先生，晚辈颜浩天，飘忽不定，就不说根基了吧！"

他笑着坐在椅子上，端起了茶杯："先生，实不相瞒，我观察先生多时，知先生是正人君子，知先生博学多才，只有先生能解我心中疑惑。"

颜浩天解下身上的包裹，把包裹放在了八仙桌上，他慢慢地打开了包裹，一个长方盒子显露了出来，颜浩天小心翼翼地打开盒盖。

于静航眼前一亮，一对碧光四射的三足碧玉蟾露了出来。

于静航的脑袋轰的一声，碧玉蟾——三足金蟾碧玉蟾！难道这就是江湖中传说了上千年的三足金蟾——碧玉蟾吗？他一动不动，两眼死死地盯着盒子中的碧玉蟾。

于静航大气不出地瞅一眼颜浩天的脸："小兄弟！此物何来，此物何来？"

颜浩天笑道："先生，此为何物？"

于静航这时已缓过神来，问道："小兄弟，盒中还有别物吗？"

颜浩天把一对碧玉蟾从盒子中拿出来轻轻放在桌子上，又从盒子里拿出一张鹿皮图递到了于静航手中。

于静航仔细地看了一会儿："哦！这鹿皮图是《双蟾戏水图》。"

于静航又把碧玉蟾拿在手里上下仔细地翻看，自语道："奇也，玄奥也！"

"亚园，快到屋中找个铜盆，盛上半盆清水给我端过来！"于亚园很快把盛有半盆清水的铜盆放在了桌子上。

于静航轻轻地把两只碧玉蟾放入了铜盆中。碧玉蟾放入盆水中，在皎洁的月光洒照下，碧绿剔透，闪着碧绿的幽光。

颜浩天见于静航肃穆的脸上没有丝毫表情，两眼死死地盯着铜盆中的碧玉蟾，他不敢作声，也死死地盯着两只碧玉蟾。

突然，他觉得两只蟾儿的眼睛渐鼓、渐大，蟾儿的眼睛像真蟾儿一样仿佛在动。

　　再看两只蟾儿足上的蹼，细纹可见，透现出红艳的血脉，一只碧绿的蟾背上出现了奇特的金斑。

　　他拉了一下于静航的手："先生快看！蟾儿在动！"他见两只蟾儿在水中游动起来。

　　于静航张大了嘴巴，还没等他说话，两只蟾儿抬起头来，只见两道水雾交叉着射向半空，足有八尺多高。于静航惊讶得一下子坐在了椅子上，他张大着嘴巴，说不出话来。

　　两只蟾儿在铜盆中沿着一个方向游动，向空中交叉地喷射着水雾。虽不是白天，铜盆上空却飞起一道绚丽的彩虹。两只蟾儿游动到一圈时，听到不远处有阵阵蛙鸣声，蛙鸣声清脆悦耳。

　　两只蟾儿的眼睛突然放出四道金光，射向夜空。天空中划过一道闪电，一声雷响，晴朗的夜空飘起了蒙蒙细雨，铜盆中的两只蟾儿不动了。

　　于静航赶忙收起来碧玉蟾和鹿皮图，嘴中不断道："宝贝呀！宝贝！真是旷世之宝哇！老朽空活五十余载，今日所见，实乃人间至宝。老朽不枉活一生，真是大开眼界，真是大开眼界呀！"

　　他对身后的太太卓可姝道："快备酒菜！我要与小兄弟喝上几杯。把我存放的十年老窖拿出来！我要和小兄弟把酒畅谈。"

　　他转过身来对颜浩天道："小兄弟，我们屋里坐，边喝边聊，我讲与你这对碧玉蟾的奥秘。"

　　颜浩天站起身来，恭敬地对于静航道："先生，晚辈怎敢叨扰你老人家，只望先生为晚辈解开这对蟾儿之谜，晚辈就感谢不尽了！"

　　"小兄弟，不要以晚辈相称了，你我兄弟相论，你就叫我老哥哥吧！"

　　颜浩天连连摆手："不可，不可——晚辈实是不敢！"

　　于静航不容置疑道："就这样了！亚园，快过来叫叔叔。"

　　于亚园赶忙在颜浩天面前鞠了一躬："颜叔叔，请落座吧！"他把颜浩天拉坐在椅子上。

　　颜浩天赶忙站起身来，满脸惶恐之色："于老先生，同辈相论万万不可！亚园与我只是兄弟。于先生，你老人家是长辈，我该叫你叔叔哇！"

　　颜浩天心中默念：亚涵妹妹，目前我实不敢以实话相说，怕再连累了叔叔全家老小，待日后安稳时，我再与叔叔言明原委吧。

　　于静航见颜浩天执意不肯以同辈相论，只好作罢，但口中还是叫他小兄弟。

　　颜浩天把两只碧玉蟾上水迹擦干，装在了盒子里。把《双蟾戏水图》放在了盒子上面，包裹了起来。

颜浩天随于静航到了屋子里，于静航喊道："亚秋，快来见过颜哥哥！"

八岁的于亚秋怯生生地看着颜浩天，叫了一声："颜哥哥——"

于家的房屋很宽敞，于静航老两口住在东屋，于亚园自己住在西屋。

东屋的炕上放着小饭桌，桌上的饭菜冒着腾腾热气，一瓶陈年老窖摆放在炕桌上。

于静航和颜浩天盘膝坐在炕上，于静航打开酒瓶盖，屋内飘满了酒香。他给颜浩天斟满了酒，又把自己的酒杯倒满，端起来酒杯："贤契，我二人今日相识是缘分，老夫先敬你一杯！"言罢，一饮而尽。

颜浩天见于静航热情豪爽，谈吐自若，心中暗自欢喜：难怪人家都尊敬他，真有君子风范！

他见于静航一口喝干了杯中酒，赶忙在于静航的杯中斟满了酒。

他站起身来，双手捧着酒杯恭恭敬敬道："今天识见了叔叔，我真是三生有幸，多谢叔叔对晚辈的厚爱。浩天今天本是上门讨教，不料叔叔如此胸怀，晚辈真是钦佩至极！晚辈应敬叔叔。"他举起酒杯一饮而尽。

于静航端起酒杯，缓缓道："浩天，你身上的东西可是神物哇，名为碧玉蟾。那张图为《双蟾戏水图》。江湖上已传闻千百年。

"传闻这碧玉蟾是吉祥、强国、富民之物。若得此物，能解其中玄秘，定当强国富民。此物不知出自何方何处，早时现于江南，只听传闻无人所见。

"太平天国时，有人在天王洪秀全王宫里见过此物。洪秀全自尽，清军攻破南京城，太平天国失败后，此物不知流落何处。

"这对碧玉蟾有雌雄之分，在水盆中背上现有金斑的为雄蟾，另一只为雌蟾，阴阳合作。此物必在中秋月圆月明之夜，在铜盆清水中方显灵性。

"这碧玉蟾暗藏玄机，必先参悟透《双蟾戏水图》方能解开碧玉蟾玄奥。"

颜浩天静静地听着，听到这里，他急切地问道："叔叔，你可参悟透《双蟾戏水图》？"

于静航笑道："浩天，只听我说话了！来，喝酒吧！菜都凉了！咱俩边喝边慢慢说。"

他二人斟满了杯中酒，又干了一杯，于静航放下酒杯，笑道："浩天，要想悟透《双蟾戏水图》，可不是常人能做到的，图中玄奥太深。要想参悟透《双蟾戏水图》，必通晓天文、地理、金属矿藏、五行生克。必得有经天纬地之才。叔叔我才疏学浅，是参悟不透的，想我华夏之大，能人辈出，定有破解这碧玉蟾玄奥之人。"

听了于静航一番言语，颜浩天叹了一口气："叔叔，我华夏虽大，但连年战祸，外夷欺侮，江山不整。想那八国联军破我京城，杀我民众，焚烧圆明园，国人切齿。

"孙中山先生领导的辛亥革命推翻了清朝政府，袁世凯做了皇帝。袁世凯死后，军阀混战，战祸连年不断。

"日本人在东北蠢蠢欲动，暗害了张大帅。现如今，日本人发动了九一八事变，占领了东北。唉！——国家何时才能复兴？老百姓啥时才能过上太平日子？"

于静航叹了一口气："喝酒吧！"于静航看了几眼颜浩天包裹碧玉蟾的布包，"外夷都看我中华是块肥肉，都想争吃一块。日本人的野心还在膨胀，说不定哪一天还要占领全中国。浩天，你身上的宝贝可要保护好哇，那可是我们老祖宗留下的旷世奇宝，万万不可流落到日本人手中。"

颜浩天端起酒杯一饮而尽，朗声道："叔叔，只要我颜浩天三寸气在，他日本人就休想得到碧玉蟾！"

两人越谈越投机，真是相见恨晚。两人商定好：每年八月十五，颜浩天到于静航家来观月赏蟾。

夜已深了，何雨燕睁大着眼睛，静静地听妈妈讲述，她给于亚秋倒了杯水。

"妈妈，碧玉蟾太神奇了！外公真有缘分结识了颜浩天那样的人物？"

"雨燕，正是碧玉蟾，为外公家埋下了祸根。万恶的日本人！"

于亚秋又陷入了沉思……

二

又一年八月十五，于静航早早就准备好了酒菜，等候颜浩天的到来。

他看时候还早，便在画案上泼墨作画，他刚要动笔，脑中突然闪现出《双蟾戏水图》。哦！何不把《双蟾戏水图》复制下来。

他铺好了画纸，挽起双袖在画纸上认真画了起来。于静航心想：真应当有一幅《双蟾戏水图》的赝品以备需时之用。嘿！我先画吧，待颜浩天来时我再与他商量。他在画纸上一笔一笔地勾画起来。

已至中午，于亚园在屋外喊道："爸爸——颜哥哥来了！"

于静航赶忙放下画笔迎了出去。他刚跨出屋门，只见颜浩天拉着于亚秋的手笑呵呵地走进屋来。

颜浩天把手中的糕点和水果递给了于亚秋和于亚园，走到于静航与卓可姝面前笑道："叔叔婶婶可好？"

卓可姝笑道："浩天，叔叔早就盼望你来了，饭菜早已为你备好，快坐下喝茶吧！"

于静航笑道："浩天，你可让叔叔想得好苦哇！"

颜浩天拉着于静航的手笑道："叔叔，晚辈也时刻思念叔叔，今天，浩天还要与叔叔商议一个事儿呢！"

于静航笑呵呵地看着颜浩天："浩天，我也正想和你商量一个事儿呢！"两人相视而笑。

于静航把颜浩天拉到画案前，用手指着画案上的纸墨："浩天，仔细看一看！"

颜浩天看了一眼哈哈大笑起来："真是不谋而合，真是不谋而合呀！叔叔，我们想到一起了！"

于静航道："吃完饭，叔叔就大显身手，把这《双蟾戏水图》临摹下来。"

他二人坐下开怀畅饮，酒到半酣时，于静航笑问道："浩天，去年初次见面，不好唐突问你，这对碧玉蟾你是何处所得呢？"

颜浩天笑了笑，沉思了片刻，端起酒杯一饮而尽："叔叔，说来话长，时光倒移……"

光绪年间，八国联军闯进北京城，烧杀抢掠，火烧圆明园。

那天，圆明园内火光冲天，园内的人，有的被鬼子杀死，有的四散逃命。

火光中，一匹快马从园中冲出，一黑衣人紧紧地贴在马背上。黑衣人的马跑出不到一百米远，几个日本兵骑着快马追了上来。日本兵不停地向黑衣人开枪射击。

黑衣人拼命地踢打坐骑向前面一个小村庄跑去。黑衣人见日本骑兵越来越近，他的坐骑快到小村庄时，日本骑兵距他只有四五十米远了。

日本骑兵没有开枪，他们在马上叽里呱啦地不知说些什么，看样子是想捉活的。

黑衣人跳下马背，嗖的一声蹿上房顶。还没等他脚根站稳，啪啪啪，日本骑兵开枪射击了。黑衣人啊的一声倒在了房顶上。

日本骑兵见黑衣人倒在房顶上，打马向房下冲来。距房前十来米时，只见房顶上黑影一闪，三道金光激射而下，马上的三个日本兵一声没吭，一齐从马背上滚落下来。

后面的那个日本兵哇呀一声："有鬼！"掉转马头就跑。

房上的黑影见那个日本骑兵跑了，他赶忙俯下身去查看中了枪弹的黑衣人。

此时，黑衣人浑身鲜血，胸口血流如注，躺在房顶上一动不动，嘴中大口喘着粗气。

黑影人蹲下身来，攥住他的一只手低声问道："兄弟！还行吗?"

那黑衣人虚弱地道："兄弟……你……你是何人……"

"碧螺山庄燕飞天。"

黑衣人点了点头："多谢大侠出手相救……我已时候不多了！快……快把我背上的包裹解下来……包裹里有件旷世奇宝，千万不要落到日本人手里……此宝日后遇到明主可强国富民，你要向我发誓……不要给咱中国人丢脸……"

黑影人面色凝重："兄弟放心吧！同是华夏子孙，我发誓，人在物在！我中华之瑰宝，绝不让外夷夺去！兄弟——此处不可久留，我带你走吧！"

黑衣人断断续续道："我已不行了……要慎防奸人……日本人用重金收买了园中之人，知此宝存放之地……园中总管为护我携宝逃出，已被日本浪人杀害。兄弟……你不要管我，快走吧！日本人马上会再来……"这时不远处已响起了马蹄声。

黑影人不再说话，抱起黑衣人想背起他逃走。

黑衣人强打精神道："兄弟快走……日本人人多马快……再不走就来不及了！记住我……河间谢三……快走……碧玉蟾……"他用尽最后力气拔出短刀插入了自己心窝。

日本人的马蹄声愈来愈近了，黑影人见谢三二目圆睁，已停止了呼吸。

黑影人目露杀机，抚闭上谢三圆睁的二目，低声道："兄弟！待我为你报仇!"

日本骑兵快到了房前，小队长渡边禁术对日本骑兵中七八个日本浪人高喊："大日本帝国的勇士们，飞上房去，杀了房顶上的中国人，夺下碧玉蟾!"

那些日本浪人跳下马背，哇哇怪叫："碧玉蟾房顶上的干活！鬼！房顶上的干活！中国人！死了死了的干活!"他们挥动手中长刀想蹿上房去。

黑影人手指捻动，三道金光激射而出。三个日本浪人一声没吭倒在地下，每人咽喉上一个蛋黄大的窟窿里血流喷射。只见房顶上黑影一闪，消失在夜幕中。

这一切都发生在瞬间，剩下的几个日本浪人和日本兵都瞠目结舌，呆愣在马背上。

渡边禁术在马上大声吼叫起来："巴嘎！巴嘎！开火！——通通的开火！"日本兵向房顶上噼噼啪啪地开枪射击。

渡边禁术见房上没有了动静，带着日本骑兵下了战马，查看躺在地下的日本兵和三个日本浪人的伤口。见六个日本人咽喉上都有鸡蛋黄大一个伤口，六个人的喉管都被切断，伤口在往外冒着血泡沫，不知是被何物所伤。渡边禁术下令把尸体都运回了营地。

渡边禁术找来了随队军医查看尸体的伤口。军医查看了每具尸体，也没看出这六个日本人被何物所伤，他拿出镊子在尸体的咽喉上探查起来。

镊子探查到伤口深处，碰到了一个硬物，他用镊子夹住硬物，拽了出来放入清水中。

军医洗净了上面的血污，不由得大吃一惊，眼前是一枚金光闪闪的铜钱。上面有"康熙通宝"四个字，铜钱背面刻有"燕飞天"三个字。

渡边禁术见了，不由得目瞪口呆，嘴中连连惊呼："鬼！鬼！东亚魔鬼！不可思议，不可思议……"

他把六枚铜钱洗擦干净，用一块白布包好，放入内衣口袋中。

八国联军打进北京城，到处杀人放火，奸淫抢掠，慈禧太后吓得出宫西逃，消息已传到圆明园中。

圆明园总管梁公公坐立不安，心惊肉跳，他已预感到圆明园要有劫难。

园中近期收藏了一旷世奇宝——碧玉蟾，传说碧玉蟾藏有无限玄机、奥秘，可强国富民，曾流入太平天国天王洪秀全宫中。

八国联军闹得宫内外人心惶惶，皇上和太后还没来得及观赏碧玉蟾，就逃离了京城。

梁公公深知，如这八国联军打进园来，将是一场浩劫，碧玉蟾将不保。

其他的东西已顾不过来了，唯有这新收藏的碧玉蟾必要保住，无论如何也不能让祖宗留下的宝物落入夷人手中。

唉！——大清国气数已尽，皇上和太后都已逃出宫去，国家还有何指望，不如将碧玉蟾送出园外，免得落入夷人之手，他得早做准备，以备不测。

他在房中双手倒背，来回踱步思索：谁能担此重任呢。他一拍脑门，突然想起了一个人来——那喂马的谢三为人忠厚，机警重义，他的轻功也极好。当年是梁公公把他收留在园中。

梁公公马上派人把谢三请了过来。

谢三进门就喊叫："公公，有何差遣？"

梁公公见谢三来了，把他拉入了内屋："三儿，皇上和太后出宫西狩，你已知晓，现在怕我圆明园不保，园中别物已无力顾及，唯有这对新收藏的碧玉蟾定须保住！

"这碧玉蟾本是强国富民之物，万万不可落入夷人之手，我要早做准备，以防变故。

"若八国联军打进园来，你要把这碧玉蟾带出园外，遇有明主以助强国富民。万万不可落入夷人之手，万万不可落入夷人之手哇！"

谢三扑通一声跪在梁公公面前豪言明志："公公，三儿蒙公公厚爱，能把如此重任担我肩上，三儿万死不辞，绝不辜负公公厚望，我这就去做准备，以防不测。"

梁公公拉起来谢三："我把碧玉蟾已包裹好，为你备足了银两，你到马厩挑选一匹好马，加足草料，把水给它饮足，你快些去准备吧！"

说完，他两眼湿润，待身旁无人时，面西跪在了地下，口中念叨："皇上，老奴对不住皇上了，老奴只能以死谢罪了！"梁公公老泪横流。

那日八国联军闯进了圆明园，见人就杀，守园的兵勇非死即伤，大刀长矛扔了一地。

鬼子兵杀进园中，开始疯狂地焚烧抢劫，园中枪声、喊叫声乱成一片。

一队日本兵径直奔管事房而来。谢三藏在马槽底下，看见一个中国人走在日本指挥官身边，后面跟着几个日本浪人。

日本兵快到管事房时，梁公公已开门迎了出来。他毫无惧色，满脸浩然正气，手中提把腰刀，大声怒骂："畜生——！你们这帮畜生——！"

日军指挥官指了指身边的中国人，那个中国人哈着腰赶忙走到梁公公面前笑道："公公，日本人问碧玉蟾在哪里，让你交出来！"

梁公公看一眼这人，觉得面熟，他突然想起这人是天桥的混混儿毛五子，他来园中找过做杂役的二秃子。

梁公公立刻什么都明白了，他大声唾骂："汉奸！辱没祖宗的东西！我这里没什么碧玉蟾，都给我滚开——！"

毛五子的脸涨红得像猪肝，瞪着两只贼溜溜的眼睛："老东西！碧玉蟾就在你手中，你赶快交出来吧！"

梁公公大声喊："我这儿没什么碧玉蟾！你们这帮畜生！烧杀抢掠，践踏我圆明园，你们这帮强盗，滚！快滚！"

谢三知道梁公公在暗示自己，他偷偷解开了马缰绳。

他又听梁公公高声大骂："快滚！快滚哪！"他见梁公公举起腰刀向那毛五子劈去。

谢三知道梁公公在为自己拖延时间，他牵出战马，嗖的一声跨上了马背，他在马肚子上狠狠地磕了一脚，战马噌的一声蹿了出去。

那几个日本浪人见梁公公举起了腰刀，拔刀向梁公公劈去。突听身后响起了马蹄声，他们急忙扭过头去察看。

只听咔嚓一声响，汉奸毛五子的一只肩膀被梁公公一刀劈了下来。

梁公公再举起腰刀时，日本浪人的长刀劈了下来，梁公公惨叫一声倒在血泊中。

混乱中，谢三的坐骑已冲出几十米远，他听到梁公公的惨叫声，知道梁公公已遇难，心如刀绞，强忍悲痛催马向圆明园大门冲去。

日军指挥官见马背上黑衣人背了个包裹，他大声喊叫："快追！碧玉蟾——快追！"日本兵开枪射击，追击谢三。

谢三跃马冲到院中，见地下躺着几十具尸体，有守园的兵勇，也有出来逃命的执事、杂役等人，满地的鲜血和大刀长矛。

几个英国鬼子正用大车往外搬运抢劫来的珠宝、绸缎、瓷器……

谢三顿时两眼喷火，血冲脑顶，他打马冲到英国鬼子身边怒目暴吼一声："纳命来吧！"手起刀落。嚓嚓两声，一刀一个。他连连劈杀了两个英国兵。

他的战马快冲到了大门口，见两个法国兵举枪对准了他，他来了个镫里藏身，马到刀到，咔嚓咔嚓血花四溅。只见两颗血淋淋的人头滚落地下，人头在地下滚动了几个个儿，嘴边的小胡子还在抽搐。

谢三一翻身骑在马背上，两腿紧紧夹住马肚子，身子紧贴在马背上，一溜烟地冲出了圆明园大门。

他身后响起了噼啪噼啪的枪声。

日本兵跑到圆明园门外牵出战马，谢三的坐骑已跑出了一百多米远。

谢三死在了圆明园附近的小村庄里，他死不瞑目。他的英魂护着燕飞天，护着燕飞天身上的国宝——碧玉蟾。

人们不知道他，不知道他的名字，只知道中华民族有这样的英魂。

三

已是春天，山海关脚下一个村庄里来了一个十七八岁的青年。他中等的个子，面目清秀，头上戴大草帽。他身上穿着带补丁的蓝布长衫，腰间扎了一条宽布带，肩上背着一个包袱。

他来到村里一大户人家院门外，叩了几下门环："这是于府吗？"

院子里有人答道："来了，来了！"一个中年人打开了院门。

青年走上前去施了一礼："先生，此宅是于府吗？你家老爷可在？"

中年人答道："正是于府，你找我家老爷有何贵干？"

青年从怀中掏出一封书信递了过去："先生，烦你把此书信呈送你家老爷，我在此静候回音。"

那人接过来书信，说了声："小兄弟稍候片刻，待我回禀我家老爷，去去就回。"言罢，他走回了屋内。

过了一会儿，那人笑呵呵地走了出来："小兄弟，老爷请你堂内叙话。"

青年答应了一声，随那中年人走进了堂内。

这于老爷已五十开外，长得是鹤发松骨，慈眉善目，他学名于静斋，是村中首富。

于静斋为人豪爽仗义，广纳江湖朋友，多做善举，方圆数十里，无人不知无人不晓。

青年进到堂内，见于静斋端坐堂上，他拱手一揖："晚辈颜浩天拜见老爷了。"

于静斋见这青年彬彬有礼，气宇轩昂，满脸透着傲人的英气。

于静斋在青年身上仔细地打量起来——只见这青年笔挺的身架透着傲骨，粉玉般的脸上目光如炬，剑眉入鬓，满脸浩然正气，让人敬畏喜爱。

于静斋看这青年俊朗的风采，心中着实喜欢，他站起身来笑道："小兄弟请落座，书信我已看过，朋友所托，我尽力为之，不知小兄弟欲谋何艺？"

颜浩天回答："老爷，万万不可称呼我小兄弟，晚辈只是到府上学艺，不知可有制豆坊？晚辈欲求制豆之艺，艺成后欲开制豆坊以养家糊口。"

于静斋哈哈大笑："此乃易事，此乃易事也！我家制豆之艺远近闻名，定让你载艺而归。"

颜浩天拱手一揖："晚辈多谢老爷成全了。"

于静斋吩咐下人安排颜浩天住在上房，但他执意不肯，在制豆坊内搭了个板铺，每天吃住在制豆坊内。

烧豆浆的大锅他从不停火，夜间他也把锅内添满清水，让满锅的水一直沸腾翻开。制豆坊内蒸汽弥漫，房顶上的天窗一直敞开。

一晃间，颜浩天于府已两年多，他每天早起晚睡，尽心学艺，从不外出。伙计们有时拉他外出逛街，他每次都婉言谢绝。

颜浩天寡言少语，和伙计们相处得非常和睦，伙计们都很喜欢这个勤快老实的小伙计。一天早起，伙计刘四叨咕："村里卖豆腐的张大叔都到这时候了，咋还不来取豆腐呢？听说张大叔病了，张大叔不卖豆腐，一家人的生活就没有着落了。"

颜浩天问："张大叔家里还有别的人手吗？"

"张大叔家还有一个十五六岁的闺女，父女相依为命。"

颜浩天沉思了片刻："刘四兄弟，你给张大叔家送去几板豆腐，让张大叔的闺女去卖，赚些吃饭钱吧！"

刘四看了看手中的活计，面有难色："颜兄弟，你看我手中一大堆的活计，脱不开身子，你现在有空闲，去一趟张大叔家吧！"

"我不知张大叔家住在哪儿！"

"我告诉你。"

颜浩天找来一辆小推车，装上了几板豆腐，向张大叔家推去。

颜浩天推着小车一会儿工夫就到了张大叔家附近。他见张大叔家的破草房前围了一大帮人，颜浩天赶忙推车走上前去。

几个日本浪人脚上穿着木屐，身上穿着宽大的和服，头上两侧修剪得光秃秃的，头顶上梳了一个高高的发髻。一个日本浪人腰上别着一把长刀。

一个十五六岁的小姑娘哆嗦着畏缩在一个老人身后。老人拄着拐棍，一边咳嗽一边道："各位大爷！我身染重病，已几天没卖豆腐了，待小老儿身体好转，你们再来吧！"

那个腰别长刀的日本浪人嘿嘿干笑了几声："早就看到你家的花姑娘卖的豆腐大大的好吃，豆腐的给我，豆腐的拿来。花姑娘的不要躲在老头的后面，过来的干活！花姑娘鲜嫩的豆腐一样，比豆腐的好吃的干活！"

老人瞪着恐惧的双眼，他什么都明白了。他看着凶神恶煞的日本浪人，扑通一声跪在了地下："大爷呀！——放过我的翠儿吧！她还是个孩子，你们行行好吧！"

一个留有仁丹胡子的日本浪人眼中闪着淫光，咧着大嘴："花姑娘的……大大的好……玩玩的干活……"他走到老人面前，把手伸向老人身后的翠儿姑娘。

翠儿惊叫一声，眼泪夺眶而出："爹爹……爹爹……翠儿怕……"

老人伸出双手，拼命阻拦面前的日本浪人。那个日本浪人猛起一脚，把老人踢倒在地："巴嘎！老不死的干活……"他淫笑着把手伸向翠儿姑娘胸前。

围观的乡亲，有的急得直跺脚，有的摇摇头走了。

忽听啪的一声响，一块白嫩的豆腐砸在了那个日本浪人的腿窝上。

"哎呀——"那个日本浪人跪在了老人面前，两手在空中挥舞乱抓着号叫。

几个日本浪人急忙回头向四周张望，外面什么也没有，他们什么也没看见。

两个日本浪人暗自高兴：哈哈！少了一个和我们争玩花姑娘的家伙了！他俩走到跪在地下的日本浪人身前："你猪的一样！小孩子扔的一块豆腐就把你弄成这个样子，花姑娘……你的别要了！我们玩花姑娘的干活……"

这两个日本浪人狞笑着伸出毛茸茸的大手："花姑娘……屋里的干活……玩玩的干活……"

翠儿姑娘惊吓得一摊泥一样晕倒在了地下。两个日本浪人伸手抓向翠儿姑娘的胳膊。张大叔拼命地抱住一个日本浪人大腿："畜生！——放过我的孩子……"在那个日本浪人腿上狠狠地咬了一口。

那个日本浪人哎呀一声，龇牙咧嘴地挥起了拳头。

啪啪两声响，两块白嫩的豆腐在两个日本浪人面门上开了花。

张大叔惊愕地看着眼前发生的一切，他见两块银圆从空中飘落在他面前。

两个日本浪人鼻孔中在冒血，门牙掉了下来，豆腐满满地塞在了嘴里。两个日本浪人眼前一片黑暗，什么也看不见了。

腰间别着长刀的日本浪人跳了起来，他冲出围观的人群，见一个推着小车的年轻人在前面不疾不徐地走着——是他，一定是他！他拔出长刀，追了上去。

不管他怎样用力奔跑追赶，小车嘎吱嘎吱地响着，愈去愈远，一会儿工夫，小车不见了。

一天夜里，于家大院的人们都已酣睡了，屋子里不时传出伙计们的鼾声。

已是三更天，突然院外跳进来三个黑影，手中的长刀月光下闪射着寒光。

黑影蹑手蹑脚地摸到于静斋的窗前，其中一人用刀尖撬开了窗户，另两人手提长刀欲跳进屋内。突见三道金光激射而至，三个贼人惨叫一声同时倒地。

于静斋正在熟睡中，听到窗外的惨叫声，惊得他坐了起来，他见窗户大开，知道有贼，他高声呼喊："院中有贼！——都快起来捉贼！"他跳到地下，从墙上摘下来大刀。

他打开外屋房门，手提钢刀一纵身跳到了门外。只见三个黑衣人龇牙咧嘴地捂着大腿，一瘸一拐地向院门走去。

于静斋大喊一声："蟊贼！哪里走——？"手提钢刀赶了上去。

那三个贼人一看不好，挺着寒光闪闪的长刀迎了过来。

这时酣睡中的伙计们都已惊醒，他们拿着家伙冲了出来，把三个贼人团团围在了当中。三个贼人哇哇怪叫，一只手捂着受伤的大腿，一只手抡起长刀狂劈乱刺，与伙计们厮斗起来。

于静斋看这三个贼人有些奇怪，哇哇怪叫的都是日本话："伙计们，都停手！我要问话。"

"呔！大胆贼人，何处盗寇？报上名来！"

三个贼人也不答话，嘴中呀呀乱叫，只是乱劈乱刺。这时，颜浩天揉着惺忪的双眼，打着哈欠嘟嘟囔囔地走了过来："我睡得太沉了！哪儿来的贼呢？"

他走到三个贼人面前："哦！日本浪人，你们咋会到于家大院来？"

三个日本浪人听了颜浩天的问话，不做回应，只是嘿嘿地怪笑。

突然，三个日本浪人凄厉地号叫起来，捂着受伤的大腿坐在了地下。

颜浩天笑嘻嘻地看着几个日本浪人："浪人……疼吗？还要我在伤口上摸摸吗？"

三个日本浪人惊恐地看着颜浩天："你的不要摸，伤口大大的疼！我们不浪了，你大大的厉害！"

院中的伙计们七嘴八舌地议论起来："日本人……真是日本人！噢……日本浪人！"

三个日本浪人不敢再动，只得束手就擒。伙计们把三个日本浪人捆绑起来。

于静斋让家人搬来一把椅子坐在了上面，让那三个日本浪人跪在面前："你们是哪路强贼？受何人指使？快快从实招来！你们三个人的腿是何人所伤？"三个日本浪人面面相觑，无人言语。

颜浩天走到一日本浪人面前，伸手摁在了他的伤口上。他稍一用力，那日本浪人杀猪般地号叫起来："我的说……我大大的说！我们是从关外来的。我们是小狼山山寨二当家的王连奎的朋友。王连奎的说……于老爷家钱财大大的有，远近闻名，让我们几个浪人来弄大大的钱的干活！实不知于老爷家有护院的大大的高手……若知这样，打死我们这几个浪家伙，我们也不敢来的干活！"

于静斋心中一凛："你们腿上的伤是我院中人所伤吗？"

三人齐声答道："于老爷，我们撬开窗户，刚想跳进屋里的干活，三枚暗器钉在了我们腿上的干活！大大的疼的干活！暗器大大的厉害，我们逃跑的干活！"

于静斋又问道："看到是何人所为吗？"

三个日本浪人答道："我们没看见，什么也没看见，毫无声息，大大的着了暗器！"

于静斋沉思：日本浪人……王连奎……

"带下去吧！明日送官。"

院中的伙计们都已散去，于静斋回到房中喝茶，他已无心入睡，他在琢磨：院中是谁，有如此高深莫测的武功呢？院中的伙计在他家都已多年，没见一个会武功的，莫非是他……但他从来都是少言寡语，没有丝毫的显露。今夜多亏了那人，若没那人出手，我定遭横祸，我必找出他来，谢他救命之恩。

第二天于静斋早早起床，吃过早饭，他命家人备好马车，把日本浪人抬上马车，送往警局。一路上众百姓围观，议论纷纷。

到了警局，于静斋向刘警长叙说了夜里擒贼经过。

刘警长命人把三个日本浪人带入了审讯室。三个日本浪人跪在地下，刘警长刚审问了几句，见他们腿还在流血，疼得龇牙咧嘴。

他心想：日本浪人在中国时常为非作歹，张大帅也不敢明里得罪日本人，就是严办下去，也是不了了之。

刘警长也不想找麻烦，他吩咐下属去找个郎中为三个日本浪人止血疗伤。

郎中来后，见三个日本浪人的大腿上都有蛋黄大一个伤口，他从每个日本浪人的伤口中取出来一枚铜钱。

郎中洗净了铜钱上的血迹，正面是"康熙通宝"，背面各刻有"燕飞天"三个字。

刘警长拿过铜钱递到于静斋手中，于静斋拿过铜钱仔细看了起来。

他心中一惊！燕飞天——燕飞天！颜浩天，颜浩天！真的是他，真的是他！

于静斋哈哈大笑，对刘警长道："这三枚铜钱老夫我拿走了，这三个日本浪人，你们审问吧！我回府上还有要事。"言罢，向刘警长拱了拱手，走出了警局。

刘警长看着走出门外的于静斋，愣愣地发怔：这于老爷，家里有贼惦记，他倒哈哈大笑地回家去了，真是怪事儿。

于静斋回到家中，吩咐管家："你速把颜浩天请到上房来。"管家答应了一声，一路小跑到了制豆坊。

颜浩天正在两臂用力晃着豆包，屋内热气腾腾，几步远看不清人影，管家在门外高声喊叫："颜浩天——老爷请你速到上房！"

颜浩天在制豆坊内答道："知道了！"颜浩天来到了于老爷上房。

于静斋见颜浩天走进屋来，笑道："浩天贤契，快快上坐！请受老夫一拜！"

颜浩天大惊失色："老爷！不可，不可！不知老爷所为何事？"

于静斋拿出那三枚铜钱递到颜浩天手中："浩天贤契！昨夜若不是你出手相救，老夫命已休矣！"

颜浩天连连摆手："老爷！浩天无此能耐，也许是巧合，路过的朋友路见不平，拔刀相助。"

于静斋见颜浩天矢口否认，他突然喊了一声："燕飞天——"

颜浩天答道："晚辈在。"

于静斋听了哈哈大笑："浩天贤契，快快坐下！你定要受老夫一拜！光绪年间，圆明园夜杀六夷鬼，乾坤镖怒镇东洋兵，闪电乾坤镖燕大侠——燕飞天。三枚铜钱名震江湖。浩天，当今武林唯你藏此神技，请受老夫一拜吧！"言罢，于静斋倒头便拜。

此时，颜浩天已无话可说，他赶忙拉住于静斋的双手："老爷快快请起，大大不可！惩恶扬善，匡扶正义，驱逐外夷，强我中华，我华夏子孙人人应为之！区区小事焉能挂齿！"言罢，二人重新落座，于静斋吩咐管家在堂中备酒设宴。

酒过三巡，颜浩天道："老爷，可知我为何在府上藏匿不出吗？"

"燕大侠，老朽愿闻其详。"

"老爷可知，八国联军火烧圆明园那日，我镖杀了三个日本兵和三个日本浪人，是为救一个从圆明园中逃出的黑衣义士。过了一段时间，日本浪人、朝廷内宫，还有江湖枭雄，他们都疑我从黑衣人身上取走一旷世奇宝——碧玉蟾。

"尤其是日本浪人，他们野心勃勃，用重金收买中国的鹰犬追杀我，以图夺宝。清廷内宫也派出大批高手四处寻访我。

"武林枭雄也想把此物窃为己有，我若现身，必将纷争四起，江湖将血雨腥风。重要之处，日本浪人志在必得。

"此物若落入日本人手中，我国人必将受害，因此我投落先生府中隐匿多年。

"孙中山先生领导的辛亥革命，袁世凯窃取了大总统。日本人对东北虎视眈眈，他们还在寻找碧玉蟾。

"碧玉蟾本是强国富民之物，是老祖宗留下的旷世奇宝，若落入日本人手中，将不利于我华夏，国民将陷入水深火热中。

"思盼有一天，能出明主，强我中华，此宝能助我中华崛起。

"我在贵府隐匿，为的是不露行踪，今我已现身，几日后便会风传江湖。时日不多日本人便会找上门来，多路人马会纷至沓来，先生府上可要遭殃了！我已想好近日离去，以免先生府上生灵涂炭。"

于静斋听了颜浩天的这番言语，脸上微微变色，他端起酒杯一饮而尽："颜大侠，看起来，你身旁已危机四伏，身处险境。当今社会动荡不安，怀有狼子野心的各路枭雄、政客，都不会放过你。更恨那日本人有亡我中华之心。

"颜大侠，宝物万万不可落入日本人和歹人之手，看老朽我能做些什么？我于静斋也要为国为民尽份微薄之力。"

颜浩天笑道："老爷，你帮不上我什么忙，我只怕连累老爷惹来杀身之祸。你要早做准备，匿名藏身，待此劫过后，再返回家园吧。老爷速做准备，待你安顿好后，我方能安心离去。"

于静斋沉思片刻："贤契——只能如此了。明日我为你备足银两，为你备好需用之物，老朽我自有投身之处，贤契不必为我挂心。浩天贤契，你身负重任，此去路途艰难，凶险极多，必有多场恶斗。你定要处处小心，望浩天贤契化险为夷，全身而去。"言罢，两颗老泪滴落了下来。

颜浩天见于静斋心情悲戚，拉住他的手笑道："老爷，不必为晚辈挂心，凭我技艺，他们也奈何我不得。即便是龙潭虎穴，刀山火海，晚辈也笑而迎之。要想从我手中抢夺碧玉蟾！都得纳命来，老爷放心就是了。"

四

次日，颜浩天从集市买回十斤猪水油煮熟放入盆中。他和往常一样，和伙计们煮豆浆，晃豆包。制豆坊内雾气腾腾，雾气中，伙计们忙来忙去。

当天夜里三更时分，制豆坊房上有轻微的声响，两个黑影在天窗旁向下窥视。

只听颜浩天鼾声如雷，睡得死猪一般。两个黑衣人在房上待了一会儿蹿下了房去。

第二天早上，颜浩天来到于静斋房中："老爷，不知您是否安排好投身之处？今日离开府上吧！"

于静斋道："昨日家眷已安顿好了，小女亚涵在奉天读书，只有太太自己，昨日我已送她到娘家去了。府上事务已交付与管家。为避人耳目，今日午后我只身到关外投亲。"

颜浩天连声说："好好好！我已无后顾之忧了！望老爷多多保重，我们后会有期。"言罢，向于静斋深鞠了一躬。

于静斋老泪涟涟："贤契呀——！贤契！定要保重，定要保重啊，望日后有相见之日。"

已是初秋，夜间很是凉爽，制豆坊内大锅中热气腾腾上蹿，屋内雾气弥漫。

颜浩天把十斤猪水油一口气吃了个干净。他穿好了夜行衣后，蹬上牛皮底靸鞋，浑身上下收拾得利利索索。他把包有碧玉蟾的包裹背在了背上，倒头呼呼大睡。一会儿工夫，便鼾声大作。

已近二更天，房上出现了几个黑衣人，他们爬到天窗旁向屋内窥视。

屋内雾气弥漫，雾气通过天窗腾腾上蹿，屋内什么也看不见。

只听一人低声道："房上房下都准备好了吗？"

有人低声答道："二当家的，都准备好了，动手吧！"

颜浩天在屋内已听出房上有四个人，窗外和门外各有两人。他悄无声息地站在锅台上，借助大锅中上蹿的热气，抖起双手中的白布袋子。只见一条黑影闪电般从天窗口穿射而出。

房上的四人正在等房下的四个人动手，突见一条黑影从天窗口激射穿出，像只夜枭一样有一丈多高。

房上四人都惊愕地呆愣了一下，刚要举起手中的二十响匣子枪，空中四道金光激射而下。

只听噗噗噗噗几声轻响，四人都一声不响倒在了房顶上。瞬间，黑影消失在夜幕中。

扑通扑通两声响，有人从房顶上滚落到了地面上。

房下的四人刚刚撬开窗、门，听到房上有人摔倒，忙抬头望去，只见空中有个黑影一闪而去，接着有人从房顶上滚落下来。

房下窗前的两人赶忙走了过去，低头一看，见从房顶上滚落下的两人咽喉上都有个血窟窿，咕嘟咕嘟地往外冒着血泡泡。脖子上鲜血淋漓，嘴鼻中已无半点儿气息。

二人大惊失色，赶忙低声唤来另两人。四个人爬到房上，把房顶上受伤的两人弄了下来。这两人和地下的两人一样，咽喉上冒着血泡泡，脖子上血流如注，鼻中也已无半点儿气息。

院房中的伙计们鼾声阵阵，都在熟睡中。四个人不敢出半点儿声响，偷偷地把四具尸体弄出了院外，连夜赶回了小狼山山寨。

这四个人天亮时赶回了小狼山山寨。喽啰们见四个人的马背上各驮一具尸体，吓得个个惊慌失措。

四个人到聚义厅外，把死尸扔在了地下，跳下马背，径直向大厅内跑去。

小狼山山寨大当家的齐傲白——江湖人称"算破天"，他手下有一百多个弟兄。二当家的王连奎，三当家的许玉。这股绺子占据小狼山已十余载。

齐傲白早听江湖传闻——知燕飞天身怀绝技，独步武林，也知碧玉蟾在燕飞天手中。

前几天，二当家的王连奎私自勾结日本浪人到于府行窃，引出燕飞天重现江湖。

二当家的王连奎野心极大，知碧玉蟾在燕飞天身上，便急红了眼，他极力主张夺取碧玉蟾，齐傲白只是不允。

王连奎仗着手中的家伙硬——德国造的二十响盒子枪。他胸有成竹地执意要去，齐傲白思虑再三，便应允了下来。

他对王连奎道："二弟，到了于府要见机行事，若无机会下手，定要全身而退，燕飞天是侠义之士，万万不可伤了燕飞天性命！"

王连奎面现喜色，连连应允，他带着三当家的许玉，又挑选了三个枪法好的弟兄，骑着快马奔于家庄而去。

自从王连奎带人下山，齐傲白就心神不宁，坐卧不安，他心中不免有些后悔，真不该让二当家的带人下山。他深感二当家的此行凶多吉少，他吩咐喽啰们在山下等候，稍有消息，火速呈报。他一夜没曾合眼，边喝酒边等待山下的消息。

天已放亮，他刚刚打了一个盹，朦胧中，突听厅外喽啰兵禀报："大当家的！三当家的回来了，二当家的死了！"齐傲白的脑袋嗡的一声，他知大事不好。

这时，三当家的许玉跑了进来，扑通一声跪在了他面前。

许玉喊了一声大哥，泪如雨下："大哥！——二哥被杀了。二哥带三个日本浪人在房上压顶，我带三个弟兄在房下准备破门拿燕飞天，可不知咋的，二哥连同房上三个日本浪人都毫无声息地同时毙命。他们四个人都是喉管被切断致死，我只见房顶一黑影闪过，再无声响。大哥！——见了鬼呀，见了鬼呀！我们八个人连开枪的机会都没有，此人鬼蜮一般，真是可怕至极，真是可怕至极呀！"言罢，放声大哭起来。

闪电乾坤镖，镖镖索命。燕飞天，果然名不虚传。齐傲白深知不应与燕飞天为敌。

齐傲白不知王连奎到于府带上三个日本浪人，心想王连奎之死是咎由自取，他告诉许玉不要再思报仇雪恨。

许玉是个莽汉，他的脑子一根筋，他自小死了爹娘，十岁时从关内流落到关东山。

那年冬天，小狼山上飘着鹅毛大雪，齐傲白在回山寨的路上见雪地里有两个黑影在搏斗。

天已渐黑，他看不清是何物，打马跑上前去，见一个孩子手持木棍与一匹雪狼疯狂地厮打，那雪狼张着大口露着尖牙向孩子身上狂扑，那孩子已衣衫零碎，遍体鳞伤，浑身鲜血淋漓。

只见那孩子两眼血红，疯狂地挥动木棍，那孩子毕竟年小，眼见他已气力不支。

只听嗖的一声响，那只雪狼嗷的一声倒在了雪地上——齐傲白的"珠子镖"已掼入雪狼脑中。

齐傲白把许玉带回了山寨，教授他武艺，许玉把齐傲白视为自己父亲。

虽然齐傲白告诫他不要再提为王连奎报仇之事，但他心中总是不甘，他当日放出信鸽，通知关东山各路豪强劫杀燕飞天，夺取碧玉蟾。

几日间，江湖上沸沸扬扬——燕飞天重现江湖，山海关夺命入关东。一时间各路枭雄、政客、武林豪杰、日本国浪人，聚赴关东。

第四章 雁留坡浪人丧胆

一

燕飞天夜走于家庄，往关东大路而去，他晓行夜宿，不沾半点儿水米，因他吃了十斤猪水油，不饥不渴，依旧行走如风。

一日，他头戴竹笠，身穿蓝袍正放步通往关东大路上。只听后面有挂马车，铃响叮当，他回头望去，见一挂马车奔驰而过，车上坐着的人头戴竹笠遮住了面目。车后卷起的尘土使燕飞天面目皆非。

他又赶了一程，见天色已黑，哦！找一店家歇歇脚吧。他见前面山脚下亮有灯光，便向那里奔了过去。

他来到亮有灯光处，见是一家客栈，店门上方一块不大的牌匾——雁留坡。客栈外停放着白天他见过的那挂马车。

他推开店门，见四五个人坐在那里默默地喝酒。其中一人四十来岁，嘴上一撮仁丹胡子，小平头，两只狭小的眼睛中透着狡诈的凶光。

燕飞天已心中有数——兔崽子！日本浪人，等死吧！他走进店内喊道："掌柜的——还有上房吗？"

掌柜的见来了客人，笑答道："还剩有一间，你来看看！"

他随掌柜的走进客房内："就这间吧！"

这间客房的窗户正对后面的小山，小山上是一片树林，房后是一条淌水沟，沟内光溜溜无物。

掌柜的问："先生，用茶饭吗？"

"不用了。"

掌柜的又问："用洗漱水吗？"

"什么都不用了！你忙去吧！我休息了！"

他关上房门，蒙头大睡，不一会儿，屋内响起阵阵鼾声。

约五更时分，一条黑影从屋内箭一般向房后小山坡飞蹿过去。

只听小山坡上嗒嗒嗒、嗒嗒嗒一阵枪响。黑影跌落在山坡上。

山坡上小树林中冲出三个人来，手中都提着闪亮的二十响盒子枪。他们冲到黑影跌落的地方，气得哇哇大叫起来——原来是一件长衫。

三个家伙知道上了当，赶忙从山坡上向燕飞天的客房跑去。他们跑到客房门外，见守在客房门口的两个日本浪人都倒在了地下，两人咽喉上喷冒着血泡沫，鲜血流了一地。两个人的身体还在抽搐，嘴鼻中已无半点儿气息。

嘴上蓄着仁丹胡子的日本浪人瞪着血红的双眼，双手哆嗦着喊叫："鬼！魔鬼！巴嘎牙路！巴嘎牙路！"

仁丹胡子让人把死尸拖到马车上，忽听轰的一声巨响，那辆马车火焰冲天，燃起了熊熊大火。

仁丹胡子在自己头上猛击了一掌，吼叫起来："燕飞天！——我一定抓到你！"他一下子瘫坐在了地下。

此后，江湖传闻更盛，老百姓都议论纷纷："听说燕飞天昨夜在雁留坡又杀了两个东洋人。""我也听说了，五六个东洋人拿着盒子炮把窗户和门都堵住了，不知道燕飞天是咋逃脱的，还杀了两个东洋人！燕飞天真尿性！都说燕飞天是神仙下凡，能钻天入地，刀枪不入，燕飞天太神啦！"

二

已是午夜，渡边雄一的屋里还亮着灯光，他两眼布满了血丝，端着酒盅，不时地叨咕："燕飞天……燕飞天……"

他从内衣口袋里掏出包有六枚铜钱的布包，他打开布包，六枚铜钱更加光亮耀眼。

他把六枚铜钱放在了桌子上，猛地喝了一盅酒，把酒盅啪的一声摔在了地下。他喊了声："来人！"一个人哈着腰疾步走了进来。

"掌柜的！有何吩咐?"

渡边咬牙切齿道："老穆！你明天多布眼线，一定要找到燕飞天。钱——大大的有！你们中国人只要给钱，啥事都能办到。办不好，小心脑袋，去吧！"

老穆走后，渡边坐在屋里，两眼直勾勾地盯着墙上的挂钟，回想着父亲渡边禁术给他讲述的往事。

八国联军撤离后，父亲渡边禁术回到了日本国。日本天皇召见了他，他把大清国的国情向天皇做了报告。

他把神秘的中国国宝碧玉蟾和神秘的中国武功也向天皇做了报告。

天皇听了很感兴趣。他建议天皇，自己还要回到中国，并要求日本政府每年选送几十名年龄小的贵族子弟和孤儿到中国，由他负责在中国留学，准备将来为日本帝国服务。天皇采纳了他的建议，他又返回了中国。

父亲把他带到了中国，他和父亲一起实施他们的计划——他们把选派过来的孩子，先教会说汉语，然后把他们分散到各地、各行各业做学徒，到十五六岁时让他们做谍报队和别动队。

他又选出部分资质好适合习武的孩子，让他们到各地寻师学习技艺，待他们学成，以日本浪人的面目出现，做侵华的马前卒。

渡边雄一决心要找到碧玉蟾，他要找到燕飞天技艺的根。

他研究中国古典文学，研究中国各门派武学的技艺，他现在已是一个地地道道的中国通了。

他以生意人为名，到处游走，督促各地的学生学习、工作，并获取情报。

燕飞天重现江湖，他很快就得到了消息，他挑选出几个身手好的学生作为助手，亲自出马。他认为自己布置得天衣无缝，不料，燕飞天鬼蜮般更加恐怖，稍有不慎便会丧失性命。

他思忖了一会儿，心中暗道："听听各路暗线的消息见机行事吧！"

中国正值多事之秋，袁世凯复辟帝制，没当上几天皇帝就一命呜呼了，各地军阀都心怀叵测，拥兵自重。

碧玉蟾重现江湖，早已传到他们耳中，都听说那碧玉蟾能强国富民，是旷世奇宝，他们个个心怀鬼胎，都想占有碧玉蟾。纷纷派出密探查访燕飞天的下落。

一时间通往关东大路上的人马多了起来，南腔北调的，各地的口音混杂难分。

这一天，关东大帅张作霖闲来无事正在房中练字，贴身护卫小胜子手中拿封书信在门外喊道："报告大帅！外面有人投书求见。"

"谁呀？他妈了个巴子的！进来！"

小胜子双手把书信呈了上去。

张大帅看过书信道："快把客人给我请进来！"言罢，又提笔练字。

不知张大帅什么缘故，他在纸上只写一个"黑"字，一连写了几个"黑"字他都不满意，嘴中连连叨咕："黑龙江……黑龙江……"

一会儿工夫，小胜子在门外喊道："报告大帅！客人到了！"

"进来吧！"

来人走到张大帅面前行了一个坎子礼，笑道："大帅，好雅兴啊！在练字吗？近日可好？早就想来看望大帅了，怕打扰你。"

张大帅哈哈大笑："得礼，什么风把你给吹来了？快坐下说话吧。小胜子！上茶！"

来人学名侯得礼，五十多岁，他问道："大帅！书信看过了吧？"

张大帅点了点头："得礼，你细说说吧。"

侯得礼端起茶杯，呷了一口："大帅，我说与你听！"

于是，侯得礼把碧玉蟾重现江湖，燕飞天镖杀日本浪人入关东，各路人马追杀燕飞天，欲夺碧玉蟾一事，细说了一遍。

侯得礼说到碧玉蟾时，张大帅漫不经心地说道："他妈了个巴子的！什么宝不宝的！老子没有什么宝贝也照样做我的关东大帅，净扯王八犊子！"

当侯得礼说到日本人在追杀燕飞天，欲夺碧玉蟾时，张大帅霍地站起身来。

咣的一声，一拳砸在了桌子上，他刚写完的几张"黑"字震落到了地下。

他赶忙哈腰捡了起来，怒气冲冲地说道："小日本要我黑龙江的黑土地，别说要一块，我他妈的一丁点儿都不给他！还想抢我们老祖宗的碧玉蟾！燕飞天好样的，真他妈的尿性！

"得礼！你给我听好了！别的什么事儿你也别做了，就给我盯着这个事儿，碧玉蟾我不稀罕！但就是不能落到日本人手里。

"你偷着干！就当我不知道，有事儿我兜着，他妈了个巴子的！小日本这帮王八犊子真可恶！"

燕飞天在江湖上已多日没有消息，各路眼线都很奇怪，从不见他投宿住店，也没人见过他吃喝，更不知他身居何处，难道他人间蒸发了？

渡边接连得到多处线报，无燕飞天任何消息，心中很是烦恼，他叫来老穆商议下一步行动方案。

老穆本是京城人氏，原是生意人，此人至孝。因生意亏本倾家荡产，正值老母病故无钱发送，卖身葬母。

渡边看老穆忠厚诚实，用重金收买了他。老穆一直跟随渡边至今。

老穆跟随渡边多年尽心尽力，渡边对他很好，也很信任他，外面的事务他都让老穆去打理。

渡边见老穆走进屋来："老穆，坐下吧，没有外人，你陪我喝几盅。"

老穆恭敬地道："掌柜的，有啥事你就吩咐吧。"

"让你坐你就坐！咱们边喝边说。"

老穆只得坐下，他赶忙给渡边斟满了酒："掌柜的，有什么话你就吩咐吧！"

渡边问道："外面没有什么新消息吗？"

"暂时还没有。"

渡边喝了一口酒，沉思了一会儿："老穆，燕飞天没有一丁点儿消息，本想把碧玉蟾早日拿到手，以不辜负天皇对我的期望。这么多年，可盼到碧玉蟾重现江湖，我却无能为力，真是愧对天皇，白白地耗费了我多年的心血。老穆，你可有好办法吗？"

老穆没有马上回答，他喝了一口酒，思忖了一会儿："掌柜的，我倒有一个办法，你看是否可行？"

渡边眼前一亮："老穆，快说，快说！"

老穆又喝了一口酒，慢慢道："燕飞天杀了小狼山二当家的，小狼山大当家的和三当家的不会善罢甘休，定会寻机报仇。但以小狼山的家底根本就无力寻仇。

"我们在江湖上行走，势单力薄，而江湖群豪和各路枭雄都在提防我们，我们成功的难度极大。不如我们联合小狼山山寨，让他们在前，我们在后，不显山不露水地操纵他们，待时机成熟，定能成功。

"我们可先提供给他们武器弹药，花钱买通他们内部的人，到时，不怕他们不听我们的。若有挡道的，暗中除掉。告诉我们的人，不要说我们是日本人，千万不要露出蛛丝马迹，更不能让外界知道我们是日本人。"

渡边听了，连连拍手叫好："妙计，妙计！老穆，待事成之后，厚厚赏你！你就着手办理吧，用钱说话儿！你辛苦些吧，我敬候佳音。"

老穆赶忙道："为掌柜的效力，应该的，应该的！我明天就开始行动。"

三

许玉自从二当家的王连奎死后，一直在寻思怎样报仇。无奈身单势孤，技不如人。他深知，以己之力找燕飞天报仇比登天还难。

这天，他在赤阳镇上酒馆中喝酒，边喝边琢磨那天夜里在于府发生的怪事。

自己在房下，没听到一点儿声响，房上的四人都倒地身亡，燕飞天怎么那么快从天窗中飞出，房上的人连出手的机会都没有。

真是无法想象，那是什么神功……用什么方法才能破解呢……咋样才能报此大仇……

他边想边喝，喝了几个时辰，觉得头有些晕。他看外面天色已晚了，扔下酒钱，晃晃悠悠地走出了店门。

他解开马缰绳，刚想引镫上马，一阵风吹来，他只觉得天旋地转，一头摔在了地下。

许玉醒来时，发现自己躺在炕上。他揉了揉有些模糊的双眼，又摸了摸腰，枪还在。他大声喊叫起来："来人！——这是什么地方？"

屋外有人答道："来了，来了！"

走进一个中年人："兄弟，你喝醉了，从马上摔了下来，你不省人事，是我把你背回家中。你醒了！快喝点儿水清醒清醒吧！年轻人！咋喝了那么多的酒哇？"

许玉听了，坐起身来，连连拱手施礼："多谢大哥相助，日后定当厚报，不知大哥咋称呼？"

那人道："我叫吴明，今天是碰巧了，我卖货归来，天已黑，路过酒馆门前，见你从马上摔了下来，不省人事，呼叫你不醒，只得把你背回家中。你的马匹我已拴在了院子里。"

许玉见这吴明言语实在，善良厚道，心中暗自庆幸遇到了好人，何况自己身上还带着短枪，实是险些丧命。

他向吴明拱手一揖："大哥！实不相瞒，我是小狼山山寨三当家的许玉，这几天心情烦闷，自己下山散散心，不料多喝了几杯，若不是哥哥好心相助，小弟不知性命安在！

"日后哥哥有啥难处尽管告知小弟，小弟会倾力相助，小弟也会常来看望哥哥。哥哥若想小弟了，尽管到山上来，我们大块肉，大碗酒，吃喝个痛快。"

他看天色已晚："哥哥，我得回山了，再不回山，大当家的该惦记我了！"言罢，把几块大洋扔在了炕上。

他牵出坐骑，向吴明拱了拱手："哥哥，后会有期！"他转身上马，一阵马蹄声，消失在夜色中。

几天后，吴明在家中收拾杂货，听门外有人喊道："吴先生在家吗？"

吴明听到有人找他，赶忙出来问道："谁呀？找我啥事？"

来人道："我是旺宾楼酒店的伙计，你有朋友请你吃饭，让我套车来接你，你快上车吧！你的朋友在等候你呢！"

吴明狐疑道："是谁呀？我没有这样的朋友哇！"

来人道："快走吧！到那儿你就知道了。"

吴明换了一件干净的衣服跟随旺宾楼的伙计上了马车。

到了旺宾楼，伙计把吴明请到了二楼的一个雅间，吴明一下子愣住了，他见许玉坐在椅子上，旁边还有两人。

许玉见吴明走进屋来，赶忙站起身："哥哥！你可来了，快快落座吧！"

吴明坐下来道："兄弟，你这是干啥呀？哥哥我咋能消受得了哇？"

许玉笑道："哥哥，小弟今日设宴感谢哥哥相助之情，哥哥就不必客气了！"

他向身旁的那两人道："大当家的，周先生，这就是那晚我醉酒背负我回家的吴先生。"

齐傲白站起身来向吴明拱了拱手，笑道："三弟那夜回山寨说了先生援手之德，我齐傲白今备薄酒代三弟向先生致谢。二弟王连奎被燕飞天所杀，我生怕三弟再出意外，我小狼山众弟兄谢谢先生了！"

吴明愣了一下："燕飞天——有人追杀的燕飞天吗？"

齐傲白心中一动："怎么——吴先生，你也知道燕飞天吗？"

吴明道："前段时间，我南方一个做大生意的朋友领来一伙人，说是在追杀燕飞天。看那伙人的样子，财大气粗，家伙又特别硬。

"有一天，我到客栈去看望我南方的那个朋友，进到客店屋里，见他们身上都别着德国造的镜面匣子枪，他们还把我训斥了一顿，说我没敲门就进了屋。

"后来听我的朋友说，他们在找落脚的地方，要找什么……合作的人！他们说不怕出钱，还可出硬家伙，我没敢搭茬，一听而过。"

许玉听了吴明这番言语："哥哥，他们没说为什么追杀燕飞天吗？"

"他们没明说，只听他们说要为什么——大哥、二哥报仇。"

齐傲白一直没有吭声，坐在他身边的周先生说话了："吴先生，不知你的那位朋友是做什么生意的？"

"做茶叶生意。"

"哦！他们来了多少人？"

"十几个人吧。"

"他们都是啥地方的人？"

"我也叫不太准，江浙一带的吧。"

齐傲白对周先生道："周先生，我们喝酒吧！关东山不得安宁了！"他们喝到很晚，带醉而去。

第二天，齐傲白、许玉、周先生在聚义厅议事，提到昨晚酒桌上吴明说的话。

齐傲白道："两位兄弟，昨天听了吴先生的一席言语，不知你们都做何思想？说来听一听！周先生，还是你先说说吧！你昨天问吴先生很多话，定有用意吧？"

周先生思忖了一会儿："大当家的，乱世之秋大丈夫应有所为，不求进取但要自保。凭我山寨现存之力不堪一击。别说找燕飞天报仇，就是自保都难矣！若他人来攻打我山寨，我山寨必丢失。当务之急应尽快壮大实力，添枪添人，招兵买马。若有他人可利用之处定要利用之，不知可否？"

齐傲白看了一眼许玉："三弟，你有何见解？你也说说吧！"

许玉端起茶杯呷了一口："大哥，我现在已不想那什么碧玉蟾了，一心只想给二哥报仇。我们势单力孤，只好借助他人了。听吴先生昨日所言，可找吴先生试探试探，若那伙人确有实力，我们可利用他们以报二哥的大仇。"

齐傲白沉思了片刻，问道："先生，你看三弟所言可行否？"

周先生微闭二目，用手捻着他那几根山羊胡子，脑袋在微微地晃动。

许玉见周先生闭目不语，问道："先生，咋不言语？愿听高见！"

周先生微微睁开二目，呷了一口茶，看了看齐傲白的脸色缓声道："大当家的，三当家的说得不无道理，以我山头雄险之利，用他人财物之利，增我声威，壮我实力。但有一点是大忌，若把他们引到我山头来，久之，怕有谋我之心！若引狼入室，悔之晚矣！"齐傲白听罢周先生的言语连连点头。

齐傲白对许玉道："三弟，你先把这伙人的底细摸清楚，再做定夺吧。王连奎身亡，咎由自取，我不想找燕飞天报仇，我要壮我山寨的声威和实力。"

第二天，许玉骑马下山，找到吴明说明了来意。

吴明笑道："兄弟，那可是我一时多言哪，你若真想见我那朋友，你稍候片刻，我把他请过来，你们面谈。"

过了一会儿，吴明领进一个人来。

他对许玉道："兄弟，这就是我南方的朋友刘达，我什么都不懂，你俩坐下唠吧。"

许玉对刘达一抱拳："兄弟有礼了！"

刘达也拱手回礼，两人落座。

刘达道："我是江南人，本是做茶叶生意的，受雁鸣山老当家所托，带领一帮兄弟来到关东，因他们对关东不熟，我只好做个向导。"

许玉问道："刘兄，不知雁鸣山这帮弟兄到关东来有何贵干？"

刘达答道："燕飞天在关东重现江湖，雁鸣山老当家的已有耳闻。雁鸣山老当家的与燕飞天有不共戴天之仇，故派众弟兄到关东来追杀燕飞天。但这帮弟兄大多都是南方人，水土不服，吃住都不习惯，想找一个落脚的地方，好好调养，一直没有找到合适的地方。"

许玉问道："啥样的地方适合他们呢？"

"要上山哪！能据险可守，可按南方人习惯营建房舍，按南方人习俗吃喝。"

"他们有多少人马？"

"十多人吧。"

"哦！我能见一见这帮弟兄吗？"

"明天吧，我要事先安排。"两人约好，第二天上午与他们见面。

许玉回山后把和刘达见面的情况向齐傲白细说了一遍。

齐傲白在大厅里来回踱步，他思谋着下一步应该怎样走，他是江湖上有名的算破天，能不谋算吗？

王连奎死后，山寨士气受挫，如今江湖纷争不息，燕飞天在江湖上惹得沸沸扬扬，不知哪天又刮扯到我小狼山山寨，若不增添人马，日后难以应付局势。

我小狼山应尽快增添人马，扩充实力。王连奎到于府找燕飞天抢夺碧玉蟾，都怪我自己一念之差，没劝住王连奎，也赶巧周先生不在山寨，酿下了如此大祸，此时如错走一步后果不堪设想。

周先生看齐傲白踱步思索，表情凝重，一直没有作声。他的脑中也在缜密地思考，想找个万全之策。

齐傲天仰天长叹一声："三弟，此事重大，攸关性命，你明日去见那帮家伙时，一定要细心多智，千万把事情做得稳妥了！"

周先生也开口了："三当家的，大当家的说得极是，你要用心，可不能再出差错了！"

他又对齐傲白道："大当家的，开出价码吧，让三当家的心中有数。"

齐傲白寻思了一会儿："十把镜面匣子枪，一千发子弹，外加一万块银圆，这还得我看好他们，否则，滚他妈的蛋！"

四

许玉按时来到一家客栈，刘达已在门外等候，他见许玉到了，忙迎上前去："许兄弟果真守时，跟我来吧！"

刘达把他领到客房，推开房门把他让了进去。

进到屋内，许玉见屋里有十几个人，有站着的，有坐着的，个个面无表情。但看他们的眼神，便知个个武功不弱，每个人的腰间都别着镜面匣子枪。

一个三十多岁的大个子拱了拱手："三当家的，兄弟张华阳有礼了！"

许玉也拱了拱手："不知兄弟们何方人氏？在关东受苦了吧？"

张华阳笑道："没到过关东，不习惯这里的气候和食住，因此要找个合适的落脚之地。"

许玉一伸手把张华阳腰中的盒子枪拔了出来。

屋里的这帮人大惊失色，都伸手拔枪。

许玉哈哈大笑，把枪中的子弹退了出来，打开机头看了看枪管，照着枪管里吹了一口气："不错——硬家伙！"

张华阳笑道："喜欢吗？送给你了！"

许玉笑道："不可，不可！君子不夺人之爱。"

张华阳一摆手，两个人抬过来一个木箱子放在了许玉面前。两人打开了箱子，只见十几支蓝汪汪的镜面匣子枪摆放在箱子里。

许玉眼前一亮，两眼贪婪地死死盯着箱子里的盒子枪。

张华阳让两人盖好了箱子盖抬到了一旁，对许玉道："三当家的，是好东西吧？"

许玉从箱子上收回了目光，连声道："好东西！好东西！真是好东西！"

张华阳又道："就不知你那小狼山是否适合我们了。"

"兄弟若感兴趣可到我山寨遛一圈儿！"

"好吧，恭敬不如从命，我定到山寨拜访。"

"那就一言为定，我和弟兄们在山寨恭候。"

张华阳道："你就叫我老张吧！"

许玉满脸喜色："张兄弟，你准备何时上山，我回山禀报大当家的，备宴款待。但你要遵我山规，只能带一人上山。"

张华阳满脸笑容："请三当家的放心，关东山里的规矩，我老张还是懂的！就在后天吧，午时必到。"

"好吧，我带弟兄们在山下恭迎华阳兄。"言罢，他提起马鞭向张华阳和刘达拱了拱手。

"华阳兄，我立马回山禀报大当家的，我们小狼山山寨见！"他提着马鞭走出门外，上马回了小狼山山寨。

两日后，张华阳带着刘达准时来到小狼山下，许玉带领几个弟兄早已在山下等候。

他打马迎上前去："华阳兄真是守时，好好看看我这小狼山吧！"他陪同张华阳上了山来。

一路上，张华阳举目四望——这小狼山森林茂密，遮天盖日，灌木丛生，人在蒿草中不见踪影。

再看山势——怪石林立，悬崖峭壁处处可见，松涛声呼啸震耳。长长的山谷中一道溪水潺潺而下，满山坡的野花争奇斗艳，林中鸟儿啼声不绝，真是山清水秀，风景如画。

张华阳连连道："好山，好山水呀！"

许玉笑道："华阳兄，到了我小狼山山寨，那里更是好去处。我小狼山后便是老狼山，那里地势更是雄险无比，易守难攻。"

许玉带领张华阳来到了聚义厅。到了聚义厅上，只见大厅两旁的喽啰兵们个个腆胸昂首，倒也是个个健壮，颇有拔山举鼎之势。

张华阳快步走到齐傲白面前，拱手施礼道："大当家的！江南张华阳前来拜山，小弟有礼了！"

齐傲白拱了拱手："小的们——给张兄弟看座！上茶！"

齐傲白看着张华阳雄赳赳气昂昂的样子："张兄弟从江南远道而来，想必是身手不凡，能给弟兄们露两手看看吗？"

张华阳笑道："小弟不才，练过几天三脚猫功夫，只怕众位兄弟见笑。既然大当家的发话了，小弟就献丑了!"

齐傲白说了一声:"好!——小的们备马! 到后山把式场!"

众人来到了后山，只见悬崖旁一片平地，悬崖下深不见底，形状各异的怪石包围住这片小小的开阔地。山上的小树林中挂着几串小葫芦迎风摆动。

张华阳对齐傲白一拱手:"大当家的，江湖人称算破天的珠子镖技压武林，可否让小弟开开眼界?"

齐傲白拈须微笑:"那愚兄就献丑了!"言罢，从腰中摘下了他的铁算盘，手指连动，三颗算盘珠子夹着风声激射而出。

只听噗噗噗三声轻响，树上的三个小葫芦各穿了一个洞。众人哗的一声拍手叫好。

齐傲白看了一眼张华阳:"愚兄献丑了! 张兄弟，看你的了!"

张华阳微微一笑，从腰中拔出来二十响盒子枪，他一伸手，叭叭叭三声枪响。

树上拴着小葫芦的绳线应声而断，三串小葫芦飘落了下来。

众人正要叫好，叭叭叭又是三声枪响，只见三串还没落地的小葫芦各从中间分了开来。

众人拍手叫绝，目光投向林旁走出的一个十二三岁的小姑娘身上。

她手中提支闪着蓝光的盒子枪，跑到张华阳面前，噘着小嘴:"我老爹不会用枪! 干吗和我老爹比枪法? 不知羞! 要想比枪法，我来跟你比试!"说完，跑到齐傲白面前，嗲声嗲气地撒起娇来:"爹爹——你们在这里玩耍，咋不喊人家呢?"

齐傲白心中暗乐:鬼丫头，今天可给老爹挣足了面子。

齐傲白笑呵呵道:"菊儿，不要胡闹，爹爹在陪客人，快回房去吧!"

菊儿撇了一下嘴，看了一眼张华阳，扭头跑到小树林里，她牵出雪兔马，翻身上马，一溜烟地跑回了前山。

齐傲白转过身来对张华阳笑道:"小女顽劣无知，让兄弟见笑了。"

张华阳一直怔在那里，心中暗自惊奇:在江南，这般大的小姑娘都是养蚕缫丝，习做女红，这关东的女子真是奇了! 这样俊秀的小姑娘骑马打枪，而这枪法又出神入化，真是不可思议，太不可思议了! 直到齐傲白和他说话，他才醒过神来。

他尴尬地笑笑，问道:"大当家的，不知令爱的枪法何人所授? 小小年纪有此绝技，足以名扬江湖了!"

齐傲白笑道："女孩儿家，瞎玩耍，他的师父吗——是她妈妈的一个老朋友。"

"哦！看起来是个很了不起的人物吧？"

"是吧！他是革命党人。"

众人回到山寨大厅，酒宴已备好，众人入座开怀畅饮。酒过三巡，涉入正题，齐傲白道："张兄弟，看我这小狼山山寨怎样？能遂心如意吗？"

张华阳笑呵呵地站起身来，举起了酒杯："大当家的！我先敬众弟兄一杯。"言罢，一饮而尽。众人共同举杯也是一饮而尽。

张华阳满面春风："这小狼山山势险要，进能攻，退可守，而又风光秀丽，是个好地方啊！各位兄弟更是让我喜欢。不知大当家的有何要求，请大当家的直言吧！"

齐傲白道："兄弟，那我就不客气了！周先生，把我山寨所需求的财物清单拿给张兄弟过目。"

张华阳接过周先生手中的清单，看过后哈哈大笑："要十支镜面匣子吗？给你十二支，再加马步枪十支！一千发手枪子弹照给，外加步枪子弹一千发。至于一万块银圆嘛——小弟做不了主，待我回去与老当家的商议，近日便可定夺，可行否？"

齐傲白心中暗暗高兴："张兄弟，就候你三日，三日后，再做决断。"

张华阳道："大当家的，一言为定，你静候佳音，如若事成，距你大厅一百米外，为我弟兄筑建房舍，要能容下十几个人居住，要有议事大厅。"

齐傲白道："此事不难，都可照办，不知你们对燕飞天做何打算？"

齐傲白又假意道："我只一心为二弟和死去的弟兄们报仇，至于那碧玉蟾，我不以为然，都是中国人，只要不落入日本人手里我便安心了。"

张华阳听后心中窃喜："大当家的，我定助你一臂之力，杀了那燕飞天，为我们老当家的和你们死去的弟兄报仇。至于那碧玉蟾嘛……我们掌柜的是志在必得。"

齐傲白道："我看那碧玉蟾不是什么好物件，到谁手中都会引来杀身之祸，随你们的便吧！"

三日后，张华阳带领十几个弟兄骑着健马，赶着一辆马车来到了山寨。

许玉美滋滋地迎了出去，与张华阳一起来到聚义大厅。

齐傲白走出大厅笑道："张兄弟，果然守信义！"

张华阳哈哈大笑："大当家的！过目验货吧！你看这镜面匣子枪，多馋人！

一万块银圆一块不少。"

齐傲白顺手拿起一把盒子枪，看着许玉道："三弟，照顾好张兄弟，我到后院让我那丫头教我使枪。"

许玉答应了一声："去吧！大当家的，让菊儿也高兴高兴！"

齐傲白背着手走到菊儿的房内，笑眯眯地看着菊儿："闺女，看爹爹给你带来了什么好东西！"

菊儿在房内把她的盒子枪零件拆解了一炕，她正在擦洗，见爹爹走进屋来，笑嘻嘻地瞅了齐傲白一眼："爹爹！有什么好东西？快给菊儿看看！"

齐傲白把手往前一伸，菊儿乐得蹦了起来。一把崭新的德国二十响镜面匣子枪在她面前闪着油亮蓝光。

"爹爹！快给我！爹爹！快给我！"菊儿蹦跳了起来。

齐傲白笑道："丫头！得有个条件。"

"老爹，什么条件？快说！"

"教老爹使枪。"

"好好好！收下你这个徒弟，快把枪给我吧！"

齐傲白正色道："菊儿，爹爹自幼习武，那时还没有这玩意儿，只把这算盘珠子练成了看家本领。山寨上人多枪少，爹爹也无意使枪，现在和以往不同了，没有枪，山寨保不住哇！爹老了！你要用心习技，将来这山头只能交给你了，你不要枉费了爹爹的一片苦心。只要你活得好，爹爹死了也能对得住你娘亲了！"

菊儿嗔怒道："爹爹！不要说不吉利的话儿，爹爹好好活着，女儿还要好好孝敬爹爹呢！"

这时，屋外有喽啰兵喊叫："大当家的！三当家的请你到大厅有要事相商！"

"你去吧！我马上就过去！"

齐傲白回到大厅，见许玉和一个四十多岁的人在商量着什么，那人手中还拿着一张图纸。

许玉见齐傲白来到了面前："大当家的，这是张华阳那边的人，叫赵默林，要商量建筑房舍的地皮。他们要选哪块地皮，小弟不敢做主。"

齐傲白道："把周先生请来，你们三人看好后禀报我，去吧！"

过了一会儿，周先生来到齐傲白面前，齐傲白把他拽到一边，低声道："你要看好地形，不可对我不利，懂吗？"

周先生点了点头："大当家的，放心吧！我明白。"

山上现成的木材，又有那么多的喽啰兵，半月余，按赵默林的要求房舍建成，张华阳带领他的弟兄们住进了新居。赵默林每天下山买菜做饭。

他们的人马每天都出出进进收集山下各路消息，两家的弟兄们互不走动，有要事时两家的头领坐在一起商议。

五

于静斋那日按照燕飞天吩咐躲在了一个朋友家里，那里离于家庄不远。他一夜辗转未曾合眼，第二天，他早早地派人到于家庄打探消息。

那夜五更天时，豆腐坊的伙计们早起上工，见房门紧锁。

往日，颜浩天早已起床，大锅下的火都烧得正旺，但今天一点儿动静都没有，不管伙计们怎样敲门，屋里都没有回应声。

等到天亮时，伙计们叫来了管家，只得破门而入，颜浩天早已不知了踪影。大家查看窗门，都很完好，不知颜浩天去了哪里。

伙计们发现地下有片片血迹，又发现房顶上也有四大摊血迹。伙计们看血迹通往墙外，就明白了，夜里发生了血案。

伙计们奇怪了，夜里咋一点儿动静也没听到呢？东家不在家，大家惊慌失措，都没了主意，管家只得派人到警局报了案。

刘警官带人来到于家大院勘查了一遍，什么也没说，带人回了警局。他心里明白——燕飞天确是重出江湖了。

于静斋听了回报，心里一下子稳定了：燕飞天夜杀四人，无半点儿声响，大院中无人知晓，全身而退，真是奇侠，闻所未闻。

他每日都派人外出打探消息，他又听说燕飞天在雁留坡杀了日本人，炸了他们的马车。

他也得知各地的军阀和江湖势力为争夺碧玉蟾，都在追杀燕飞天。他每天都在为燕飞天担忧，每天都在思念燕飞天，心想不知何时再能与他见面。

燕飞天那晚来到客栈，推开门时见房内坐着几个人，他觉得那几个人的眼神不对，满脸透着杀气。

燕飞天看到外面的马车，心里顿时就明白了，在这荒山僻壤，中国人谁到这地方？好哇！日本浪人，在这里等我呢！想杀了我，抢夺碧玉蟾。杀了我，还不想让外界知道。

他心中暗笑：日本浪人，浪吧！想得倒美，等死吧！燕飞天杀了两个日本浪人，炸了他们的马车，奔出了雁留坡。他回头看着身后的火光，心中痛快极了。

——这帮人来得好快，日后追杀我夺宝的人会更多了，这碧玉蟾不能带在身上，我死了也就算了，但碧玉蟾不能落入日本人手中，我得把碧玉蟾收藏起来。

藏好碧玉蟾，我行走江湖更稳妥了，只有我知道碧玉蟾的下落，我不说，谁也拿不到碧玉蟾。

哈哈！他们只能抓我而不敢杀我，哈哈！谁也奈何不了我燕飞天。燕飞天仰天哈哈狂笑，一拧身形，消失在夜色中。

第五章　渡边设计逐敌手

一

渡边很少外出，外面的事儿都是老穆打理。这段时间没有燕飞天的消息，他每天都坐在屋里琢磨怎样捉拿燕飞天。他从各地又调来了一批日本浪人，都在待命。

各地的暗线不断传来消息告诉他，有些军阀也派人到了关东，国民党也在关注碧玉蟾。

他想：夜长梦多，应尽快找到燕飞天。他正聚精会神地静思，老穆走了进来。

渡边问道："有什么新消息吗？"

"接到线报，有人见到了燕飞天，他只空身一人，碧玉蟾已不在他身上，他现在已无所顾忌了，他若是一死，再也无人能拿到碧玉蟾。"

渡边听了老穆的这番话，喊道："我不能让燕飞天死！他若是死了，我们到哪儿去找碧玉蟾？"

老穆道："可江湖上很多人都在找他寻仇，这如何是好？"

渡边思虑了片刻，把手往桌子上一拍："统统地杀掉！吩咐下去，我们的人马上行动，但不要暴露是我们干的，一定要保守秘密。还有！可嫁祸他人，可借他人之手，明白吗？"

老穆诡异地一笑："那就是燕飞天杀的吧！"

渡边哈哈大笑："好主意，好主意！"

没过几天，江湖上沸沸扬扬——燕飞天连杀仇家，又现身江湖。被杀的人，伤口上都有一枚铜钱。

这天，许玉和张华阳下山，两人到县城各自的线点布置任务，两人约好中午在悦宾楼饭庄见面。

中午，两人来到悦宾楼楼上。

许玉道："华阳兄，我们哥儿俩好久没在一起喝酒了，今天点几个硬菜，好好喝一回！"

"许兄，正合我意，下午无事可做，我们哥儿俩尽情畅饮！"

二人点了几道适合自己口味的菜，上了两壶好酒，两人边喝边聊。两人喝得正酣，一人推开房门探头向里面看了一眼，说了声："哦！走错了！"转身关上了房门。两人喝得高兴，谁也没有介意。

两人喝得兴起，一直喝到天已渐黑。

张华阳道："兄弟，天快黑了，我们回山寨吧，回去晚了，大当家的该不放心了。"

许玉喝得已多："华阳……兄，我们回山寨吧，改日我们哥儿俩……再聚……"两人结完账，上马奔回山寨。

许玉与张华阳行到山下小树林，张华阳突见树林中有人马晃动，他知道不好，赶忙拔出来盒子枪。

啪啪啪几声枪响，许玉哎哟一声，他左肩中弹。许玉摇摇晃晃地伸手拔枪，张华阳的枪声响了。

啪啪，树林中有两人滚落马下。

许玉忍着剧痛，两脚紧磕马肚子，转身举枪向树林中还击。

张华阳见林中人多，有大树做隐蔽，他不敢恋战，把身子紧贴在马背上，双枪齐发。

树林里的人见张华阳枪法奇准，没敢出林追击。张华阳与许玉一溜烟地跑回了山寨。

齐傲白和周先生在聚义厅内喝茶闲聊，齐傲白看着外面的天色："这天都黑了，老三和张华阳怎么还没回来呢？现在赤阳镇上纷乱，燕飞天又杀了多个仇家，凡事都要多加小心才好。"

周先生道："是呀，燕飞天又现江湖，风声鹤唳，真不知每天会有什么事情发生。"

二人正在担心许玉和张华阳，只见张华阳搀扶着许玉走进了聚义厅。许玉满身鲜血，半个膀子耷拉着，疼得龇牙咧嘴。

齐傲白吃惊不小，忙问道："咋回事？老三咋受伤了？"张华阳把山下小树林中遇袭的经过说了一遍。

齐傲白道:"快去给三弟包扎,这是谁干的呢? 除了燕飞天,我们和谁也没有结下梁子呀!"几个人都百思不解。

齐傲白对张华阳道:"华阳兄弟,今天若不是有你,三弟的性命休矣! 老哥哥多谢华阳兄弟了!"

张华阳笑道:"大当家的,都是自家的兄弟,咋能见死不救呢! 你就不要客气了!"

"华阳兄弟,可看出是哪儿来的人马吗?"

"天色已黑,看不清他们面孔,隐约听到日本人的说话声。"

齐傲白踱步沉思:"明天我们到林中看看有没有什么蛛丝马迹吧。"

第二天,天一放亮,齐傲白带着周先生与张华阳来到山下的树林中查看。

周先生在林中走了几步,发现脚下有一硬物,他弯腰捡起,是一枚铜钱,铜钱上刻有"燕飞天"三字。

"……莫非是燕飞天?"

齐傲白接过周先生手中的铜钱,他在沉思:燕飞天从不用枪,他的乾坤镖咋会在这里?

他们在草丛和大树上又搜寻了一会儿,没有发现其他可疑之物,上马回了山寨。

过了几日,山下传来了消息,说燕飞天收服了关东三寨。那三寨弟兄个个都是悍匪,愿为燕飞天效命,并扬言要血洗小狼山。

齐傲白听了,不由得心中一凛:关东三寨,他早有耳闻,距小狼山五百余里。

分为三个山头,前面两个山头——熊黑山、卧虎山。二当家的熊天黑把守左面的熊黑山,三当家的熊天彪把守右面的卧虎山,成掎角之势。两座山头地势险要,相隔不到一里地远。

后面的一座山头叫鹰不落,更为雄险,大当家的熊天鹤坐镇后山统领前山两寨。亲哥儿仨各占一个山头,各寨都有百多号人马,大多都是老炮手,三个山寨遥相呼应。

老大熊天鹤清末中过秀才,博学多才,此人寡言少语,为人忠厚义气,疾恶如仇。熊天鹤侍母至孝,他的暗器——透骨钉打得出神入化。

山寨中的寨兵都是闯关东来的拓荒人,他们自食其力,不扰乡里,也不与官府为敌,多年来,官府也拿他们没有办法。关东山各山头的绺子都畏惧他们三分。

齐傲白深思了好半天，半信半疑，燕飞天收服关东三寨是何用意呢？关东三寨距我小狼山路途遥远，为何先拿我小狼山下手呢？不能单凭一枚铜钱断定是燕飞天所为。应静观其变，再做打算，但也不可不防，应做防变准备。

他对周先生道："你对此事怎么看，有何见解？"

周先生思忖了良久，见齐傲白发问，答道："此消息不会是空穴来风，事情没搞清之前，不可妄下定论。我山寨可多派暗探密往关东三寨摸清底细，再做定夺。我想燕飞天绝不是卑鄙无耻小人，说不定此事是有人嫁祸于人，别有用心。"

齐傲白道："先生言之有理，江湖纷乱，不可不防奸人，明日遣人下山，前往关东三寨打探消息。寨中严加防范，不报我知，谁也不许下山。"

已近中午，张华阳还在想着昨晚遇袭的事情，真是有些蹊跷，林中设伏人为何只想射杀许玉，而不向自己开枪？他们人多为何不出林追杀？这里到底有何文章？

他百思不解。嘿！——先不想它了，我去看看许玉吧。

他刚走出房门，李墨林过来喊道："掌柜的该吃饭了。"

"你们先吃吧，不要等我了，我到许玉那儿去看看。"

张华阳走进许玉的屋内，许玉正在吃饭。炕上放着一个烧鸡，还有一盘花生米，两碟小咸菜。一个喽啰兵在伺候他。

他靠在炕墙上坐着，能动的那只手端着酒杯。喽啰兵拿着一个鸡大腿正在往他的嘴里塞。他见张华阳来了，赶忙把嘴中的鸡肉咽了下去："华阳兄，快坐，快坐！来，喝两口！"

张华阳笑道："我说兄弟！你的伤这么重，怎么还敢喝酒呢？不要命了吗？"

许玉笑道："华阳兄，我的命大，当年，大当家的从雪狼嘴里把我救上山时，我身上被雪狼撕咬得遍体鳞伤，到了山寨我就和大当家的要了一碗酒喝，几天后，我身上的伤就长好了。哈哈！这酒能不喝吗？华阳兄，你说这事儿也怪，我没想和别人争夺碧玉蟾哪！我就是想杀了燕飞天替二哥报仇，我也没和任何人结下梁子，咋有人要杀我呢？"

听了许玉的这番话，张华阳的心中不由得一动——昨夜和上午没猜透的谜，立刻就明白了几分。哦，不让燕飞天死，燕飞天死了，无处找宝，想杀燕飞天的人必死。他心中暗念：许玉呀许玉！你性命难保矣！

张华阳迟疑片刻道："兄弟，我也想不明白，慢慢查访吧，看是何人所为。你在山上好好调养，千万不要下山去了！"

张华阳坐下说了一会儿闲话，回到了自己的住处。

二

燕飞天藏好了碧玉蟾，更换了衣衫，浑身上下重新装扮了一番。他买了一匹坐骑，日夜兼程地奔奉天城而去。

燕飞天到了奉天城，这奉天城果然不一般，行人川流不息，商号林立，建筑辉煌，比照关内显得繁荣。他找了一家上好的客店住了下来。他泡了一个热水澡，解除多日奔波的疲劳，又美美地睡了一觉。

一觉醒来已是掌灯时分，他装扮了一番，准备下楼吃饭。他刚穿好外衣，门外响起敲门声——不好！这么快追杀我的人就到了吗？

他不慌不忙地问道："找谁呀？有事吗？"

门外一人答道："是故人，开门便知了。"

燕飞天闪电般打开了房门。

眨眼间一人飘进了屋内。来人哈哈大笑："果然是你！果然是你呀！"

燕飞天定睛一看，也不由得哈哈大笑起来："原来是你——原来是你！多年不见，怎会在这里遇见了你呢？孙先生还好吗？"

来人道："你来住店，我找热水沏茶，发现了你和掌柜的订客房，也知道了你住几号房间。先生还好，是先生遣我来到关东山。"

颜浩天道："都兄，下楼吧！找个僻静的地方我们边喝边聊，我请你。"

来人道："浩天兄，我比你早来几日，我都迅不该请你吗？想当年你我身居日本为先生做贴身护卫，生死患难，情同手足，今天异地相逢，我都迅一定请你好好喝几杯！"

颜浩天笑道："好了，好了！听都兄的，我们下楼吧。"

两人找了一个清静的酒楼，拣了一个雅间，点好了酒菜。都迅吩咐堂倌，外人不可打扰，堂倌答应了一声："好咧！二位爷，喝好！"

两人端起酒杯喝了起来。

颜浩天问道："都迅兄，你此次奉天城之行，所为何事？"

"浩天兄，与你有关哪！自从广东一别，我一直跟随在廖先生身边。你燕飞天与碧玉蟾重现江湖，孙先生知道碧玉蟾是强国富民之物，生怕落入夷人和奸人之手，深为忧虑。

"孙先生与廖先生商议，委托我来关东寻你。孙先生让我转告你，碧玉蟾不可交付任何人之手，更万万不可落入日本人和奸人之手。

"你若丢失了碧玉蟾，将是民族罪人，你要等待中华民族的复兴和崛起。廖先生还说，让我助你一臂之力。

"我还要到关东三寨走一趟，去看望我党同志熊致远的家人。熊致远父亲是我党的朋友，他的关东三寨颇具实力。你应当随我走一趟，日后会对你有所帮助。"

"都迅兄，我谨记先生训导，至死不渝。"

颜浩天又问道："都兄，你何时动身到关东三寨？"

"你歇息几日，养足精神，随我同行吧。"

第六章　燕飞天三寨献艺

一

颜浩天与都迅来到熊罴山下已是日落时分。一路上他们没有见到多少人家。

到了熊罴山下，眼前豁然开朗，一个小小的盆地里种满了庄稼。

黑黝黝的土地上，高粱、玉米、大豆，成熟的果实惹人喜爱。

远处的山坡上布满了果树和随风飘动的野花。山谷里充满了生机。

一条不大的河从熊罴山下流过。晚霞中，河水泛着耀眼的鳞波，少有人迹的深山里是这样的安逸宁静。

熊罴山与卧虎山，两山相隔一里余地，两座大山巍峨雄伟，气势磅礴。遍山的翠绿林木遮盖天日，山上巨石陡立，沟沟岔岔左右连环，让人望而生畏。

两山背后便是那高耸入云的鹰不落山。山峰陡立如利剑直刺青天，峰顶上常年缠绕着云雾，苍鹰飞过也不敢落脚。

颜浩天赞叹道："好个关东三寨，真是雄险无比！不知那大当家的何样人也？"

都迅笑道："颜兄，上山吧，到了那大寨便知了。"

二人到了半山腰，只见山寨设在险要处，寨栅栏大木锁立，大钉钉固，坚固无比。寨内布满了沙包掩体，寨门紧闭。寨门上方是耀眼的三个斗大黑字"熊罴山"。守寨门的喽啰兵个个精神饱满，身体健壮。

都迅、颜浩天二人打马上前刚要问话，一个喽啰兵大声喊道："你们是何人？——不知这是关东三寨吗？"

都迅马上说道："小兄弟，我们是来拜会大当家的！我这里有大当家的家书。"

喽啰兵听有大当家的家书，马上答道："二位爷稍候，我马上禀报二当家的！"

喽啰兵一路小跑到了聚义厅。二爷熊天罴手持书卷背着手正在沉思。

突听喽啰兵喊道："二爷！寨外有人投家书！"

熊天罴听有人投家书，马上道："快把来人请到大厅来！"

一会儿工夫，只见喽啰兵领着两个骑马的人来到了大厅前。那两人跳下马背，随着喽啰兵走进了大厅。

颜浩天与都迅走进大厅，见厅内宽敞明亮，正厅上一把虎皮交椅，厅两旁是议事用的桌椅，大厅内朴实简单。

再看熊天罴，虎背熊腰，四方大脸，满脸的胡须似猪鬃一样。他两眼不大，但目光如炬，一米八的个头往那儿一站，威风凛凛，虎虎生威。

二人赶忙走上前去拱手施礼。

都迅道："二当家的，在下都迅，这位是我的挚友颜浩天，我这儿有熊致远先生的家书。"言罢，把书信递给了熊天罴。

熊天罴见二人彬彬有礼，气度不凡，喊了声："王四！看座！上茶！"

熊天罴坐在虎皮交椅上，看信封上写着：熊天鹤大人亲启。问道："二位先生，不知此信何人所托？"

都迅道："是熊老先生的大公子熊致远所托。"

熊天罴一闻此言，骂了一声："小瘪犊子！这么多年才有消息，可把我大哥给想坏了！"

"都先生，我马上送你们到鹰不落老寨。"

"王四！快备马！随我送二位先生到老寨。"

四个人策马前行，不大工夫便来到了鹰不落老寨。还没进聚义厅大门，熊天罴就高声喊叫起来："大哥！——致远来信了！致远侄子来信了！"

熊天鹤听到喊叫声，赶忙迎了出来，他见熊天罴领着两个陌生人走了进来。

熊天罴把书信递给了熊天鹤："大哥！是这两位先生捎来致远侄儿的书信。"

都迅和颜浩天赶忙上前施礼。都迅道："晚辈都迅、颜浩天。"

熊天鹤把二人让到聚义厅内，吩咐看座上茶。急忙打开书信：

父亲大人钧鉴：

　　孩儿在外多年，追随孙先生革命，为推翻帝制建立共和，奔走于南北间，为革命，儿不惜抛头颅洒热血。

　　儿不能守候在祖父母、父亲大人身边实为不孝。但儿无法忠孝两全，只能为中华民族大业搏之！望祖父母、父亲大人谅之！

儿甚念祖父母、父亲，不知何日可归乡探视。今我党同志都迅先生赴关东公务，特委托都迅先生代视老人家，望款待之！

小女灵芝可好否？甚念，望父亲善教芝儿茁壮成长。愿祖父母、父亲大人松鹤延年，同望中华共和之福光。

儿致远顿首

民国元年七月十八日

熊天鹤看完书信欣喜万分。熊致远离家多年音信杳无，今日有了致远的书信，知儿子追随孙先生为国效力，心中十分欣慰。

他对熊天罴道："二弟，速把三弟请来，设宴款待两位先生。"

颜浩天进到聚义厅，看到厅内很简陋，厅中的布置也不气派，根本就不像山大王的议事之地。

哦！——熊天鹤果然不一般，不摆排场，生活俭朴，也没有山大王的那种霸气，给人一种平常百姓的感觉，看起来是个心有远志、不图富贵的人。

熊天鹤没有坐在他的虎皮交椅上，他坐在了都迅和颜浩天身边，边喝茶边谈论国家和江湖上的大事。

熊天鹤道："辛亥革命死了那么多的国民党人，袁世凯却想做皇帝！不知道国民党啥时能建立真正的共和国。"

都迅道："国民党的同志们都在努力，只是各地的军阀都怀有野心，天下动乱，我们任重道远！"

熊天鹤又道："近段时期江湖骚动、纷乱，各种势力都在追杀燕飞天，抢夺那碧玉蟾。据说，日本人也在抢夺那碧玉蟾。"

都迅刚要回话，厅外有人大声喊叫："大哥！——致远来信啦？"

熊天鹤道："三弟天彪来了。"

来人正是老三熊天彪。熊天彪二十多岁，长得双目细长，鼻挺嘴阔，面色红润透白，腰身细挺，倒是像个大姑娘。

他刚跨进门来，熊天鹤道："你又大呼小叫的！这里有客人，像个什么样子！"

熊天彪看了一眼都迅和颜浩天，不好意思地冲他俩笑了笑："大哥，我好想念致远侄儿啊！"

熊天彪是老寨主熊定边的老来子，和大哥熊天鹤相差二十多岁，比侄子熊致远还小一岁。他爷儿俩从小到大很是投缘，也不分什么辈分，相处得像亲兄弟一样。

熊致远离家多年没有音信，他忧心忡忡，多次派人下山打探消息，他对熊致远既担心又思念。

他们哥儿仨的秉性脾气不一样。熊天鹤宽厚大度，老成持重，寡言少语，不善言谈。

熊天罴长得人高马大，喜读兵书，遇事沉稳不乱，善于思谋划策，为人豪爽义气。

只有老三熊天彪和两个哥哥不一样，看他长得像个大姑娘，但脾气火暴，疾恶如仇，不拘小节，顽皮孤傲。

哥儿仨中，他的功夫最好，方圆几百里的绺子都惧怕他三分，他从不把别人放在眼里。

熊天彪与都迅、颜浩天互通姓名见过礼后，熊天彪笑嘻嘻地看着颜浩天："这位仁兄就是闹得江湖上血雨腥风的燕飞天吧？"

颜浩天心中一动，忙道："我叫颜浩天。"

熊天彪笑道："不是吧！刚听你说燕飞天哪！"

颜浩天笑了笑："仁兄！——你耳误了吧！"

这时，熊天鹤道："酒宴已备好，都入座吧！"

不知什么缘故，熊天彪和颜浩天一见面就有一种似曾相识的感觉，心中就有种奇怪的情结——他真是燕飞天吗？

熊天鹤今天分外高兴，他乐呵呵地举起酒杯："二弟，三弟，我们哥儿仨共敬两位先生一杯！荒山僻壤路途遥远，两位先生一路颠簸辛苦了！干——！"言罢，一饮而尽。

熊天鹤不善言辞。熊天罴边喝酒边思忖颜浩天与都迅的身份，熊天彪和颜浩天的对话他听得明明白白。

熊天彪嘻嘻哈哈地与都迅、颜浩天推杯换盏。熊天彪已有醉意，不慎把颜浩天的酒杯碰落到桌子下。他喊了一声："不好！酒杯！"这时酒杯已快落地了。

他只见颜浩天脚尖稍稍一动，酒杯噌地蹿了上来，刚要落到桌面上，颜浩天伸出两指轻轻地夹住酒杯放在了桌子上。

熊天彪，熊天罴同时喊了一声："好身手——！"

熊天罴看了熊天彪一眼：三弟果然聪明。莫非真是燕飞天？他端起酒杯对颜浩天道："颜兄！好身手，想必你定是燕飞天了！"

颜浩天看了看都迅，默不作声，只是微笑。

熊天彪霍地站起身来："都兄——说句实话吧！颜浩天——燕飞天定为一人！都是致远侄子的朋友，有啥不可说的呢？"

都迅哈哈大笑："诸位，就不要猜想了！他是颜浩天——也是燕飞天！他身负孙先生重托，不便道出踪迹，望诸位谅之！"

熊天鹤听了，惊讶得啊了一声："我看老三有点儿不对劲，果然是燕飞天，燕飞天是我敬重之人！"

他端起酒杯看着俊朗、英气逼人的颜浩天："燕大侠，能到寒舍，蓬荜生辉呀！大家都举杯，干了！"言罢，又是一饮而尽。

熊天彪更是欣喜若狂，他拿起酒壶给颜浩天斟满了酒，端起酒杯连干了三杯。他放下酒杯笑道："颜兄稍候……"走出了大厅。

过了一会儿，熊天彪换了一身打扮走了进来，只见熊天彪身穿白色的对襟无袖粗布小褂，腰间扎一根大带，下身穿条黑色蚕丝裤，黑腿带扎紧了两个裤脚，脚蹬一双黑色布底靸鞋。

熊天彪腰间的大带上挂着镖囊，两支二十响盒子枪斜插在腰间。

他走到颜浩天身边："颜兄，早闻你技艺高绝，誉满江湖，今日得见，望颜兄赐教！"

颜浩天见熊天彪英姿飒爽，傲气凌人，心中暗想：好一个威武俊朗的小哥，调教好了，倒能成为一个顶天立地的英雄好汉。

颜浩天微微一笑："天彪兄，大当家的接到致远书信喜乐至极，我们怎好扫他的喜兴。颜某才疏学浅无有炫耀之处，更不敢在关东三寨逞能献丑！"

熊天鹤已明白了老三的几分用意，他默不作声。

哈哈！借此机会见识一下燕飞天的高绝技艺也未尝不可。

熊天罴更是心存疑虑，燕飞天到底有多大的能耐，孙先生能委以他重任，他也希望看到颜浩天的绝技。

颜浩天看大家都不说话，他瞅了一眼都迅："都兄，你意下如何？"

都迅笑道："你身怀绝技，江湖盛传，与天彪贤弟较技，点到为止吧！"

颜浩天听了都迅的言语，满脸浩气地看着熊天鹤："大当家的，晚辈不敢在鹰不落撒野，望大当家示下！"

熊天鹤哈哈大笑："燕飞天，不要忸怩，老夫是想开开眼界，你就放开手脚吧！"

"大当家的！晚辈遵命了！"他随熊天彪来到了聚义厅外。

此时，夜幕降临，喽啰兵们在聚义厅外早已点燃了灯笼、火把，院内如同白昼一般。

众人来到了院中，熊天鹤吩咐，院内五十步处点燃几十炷香火，每炷香火间隔一拳。喽啰兵们很快地点燃好香火。

熊天鹤道："老三，下面就是你们俩的事了，各显绝技吧！都是自家兄弟点到为止，开始吧！"

熊天彪跨前一步："颜兄！先请吧！"

"天彪兄！还是你先来吧！"

"颜兄，天彪献丑了！"熊天彪言罢，三枚追魂钉激射而出，只见三炷香火应声而灭。院内一片叫好声。

颜浩天连声叫好。

仰天长啸——

　　霜叶飞，

　　雪花飘，

　　雁去冬来冷萧萧。

　　铜钱薄，

　　迎风啸，

　　豪燕飞天任逍遥。

在颜浩天吟诵声中，三道金光闪电般划出。三炷香火瞬间而灭。

哗！——院内又是一片掌声和叫好声。

熊天彪不由得暗暗叫好。

只见他噗的一声摔倒在地，三枚追魂钉瞬间而出。又是三炷香火应声而灭。

哗！——院内又一片叫好声。

颜浩天笑呵呵地看着熊天彪："天彪兄！好镖法！"——

　　山河碎，

　　谁之罪？

　　何问苍天是与非。

　　定乾坤，

　　谁可为？

漫天鸿鹄逐寇追。

吟诵声中，只见颜浩天身形一动，拔起一丈多高，如鲲鹏展翅一般。

又是三道金光激射而下，三炷香火无声而灭。

院中人都看呆了，好半天才爆发出掌声和叫好声。

熊天彪惊出了一身冷汗。

心中暗思：燕飞天——燕飞天——不愧叫燕飞天，这朋友我交定了。

熊天鹤拉着都迅的手："燕飞天不负盛名，果然神技独步江湖！"

熊天彪拔出腰间的两支盒子枪左右开弓。

只听嗒嗒嗒、嗒嗒嗒，六炷香火头应声而落。院内又是一片叫好声。

颜浩天走到熊天鹤身边："大当家的，我不会使枪，给我六发子弹吧！"

熊天彪见颜浩天不会用枪，咦！不会用枪，这一局看他怎么办。

颜浩天从熊天鹤手中拿过来六发子弹，两手稍一用力把子弹头都拔了下来。他从衣兜中掏出一把小豆粒大小的东西，每个弹壳里填装了两粒，把子弹头又插在弹壳上。

颜浩天豪兴大发——

我中华，

神州大，

夷人笑我是散沙。

为共和，

热血洒，

惊天泣鬼强中华！

只见颜浩天双手齐动，六炷香火头一齐灭落。

接着，只听啪啪啪、啪啪啪六声爆响，六炷香火背后的墙壁上出现了六个小洞。此时院中鸦雀无声，众人都不敢相信自己的眼睛。

真是不可思议，颜浩天不使枪，但比使枪更恐怖，真是鬼神之技！等大家缓过神来，颜浩天已不知了去向。

熊天鹤问众人："咋不见了颜浩天？"

众人面面相觑，无人知晓颜浩天去了哪里。众目睽睽之下，颜浩天竟然无影无踪。

只有都迅心中明白，但不言明。

突然间，大家听到聚义厅内有吟诗声——

关山枫叶四月花，
东吴江水悲征伐。
烈士血染黄花岗，
何日崛起我华夏。

熊天鹤听到吟诗声，大叫道："燕飞天！是燕飞天！"他大步流星地向聚义厅内走去。

众人跟着他回到了聚义厅内，只见颜浩天手举酒杯仰天吟诵。

都迅快步走到颜浩天面前："好你个颜浩天！何时练就了我的转身遁法？"

颜浩天哈哈大笑："都兄，你我在日本共事多年，偷你神技，望谅之，望谅之！哈哈！哈哈！"

这时只见一个姑娘从厅后室走了出来，她对熊天鹤道："大哥，为何这般大声喧哗，刚才还有枪声？娘亲让我过来看一看。"

熊天鹤赶忙道："天娇小妹，是三弟和燕飞天较技，惊吓了娘亲吗？"

熊天鹤对颜浩天和都迅笑道："这是舍妹熊天娇。"

"小妹，快过来见过燕大侠和都先生。"

熊天娇转目一看，只觉得眼前一亮，好个燕飞天——神采奕奕，飒爽英姿，面如粉玉，目如朗星。真是个俊朗儒雅的人中豪杰。

她满脸泛红，赶忙上前施了一礼，羞怯地道："燕大侠，小妹这厢有礼了！"

熊天娇又向都迅施了一礼："都先生，小妹有礼了！"

燕飞天赶忙回了一礼，心中暗道：好个妩媚娇美的姑娘！

熊天鹤道："小妹，你回后堂去吧，过一会儿我去给娘亲请安。"

熊天鹤吩咐重整酒席，熊天彪乐得手捧着酒坛子坐在了燕飞天身旁。他给燕飞天、都迅斟满了酒，笑呵呵地看着燕飞天。

"燕大侠，我熊天彪今天可真是大开眼界，小弟佩服至极，佩服至极呀！来来来！今天喝他个一醉方休！"

酒过三巡，熊天彪问道："燕大侠，方才你在院中往子弹壳内填充的是何物件，引发了子弹爆炸？"

都迅也在旁道："是呀！燕兄！在日本时，可没发现你有此绝技！"

燕飞天笑道："二位有所不知，我在于静斋老爷府上隐匿时，在他那制豆坊内偷偷研练成此技。弹壳内装填的是两块引火石，子弹头碰到硬物后，撞击两块火石发火，引燃火药。我炸那日本浪人的马车用的就是此物。"

熊天彪拍手叫绝："妙极了！真是妙极了！"

都迅道："浩天，你偷学了我的转身遁法，又练就了惊人绝技，真是长进，大有长进啊！多年没见，对你更应当刮目相看啦！"

熊天罴看老三与燕飞天、都迅聊得高兴，也不便插嘴多言。他对熊天鹤道："大哥，前山无人照看，我回前寨，让老三在这儿陪他们哥儿俩多喝一会儿吧。我就不去给娘亲请安了，过一会儿你到娘亲那儿请安时，陪娘多说会儿话儿，娘也一直在惦念着致远呢。"言罢，他与都迅、燕飞天道过别，回了熊罴山山寨。

二

熊天娇回到后堂，老夫人问道："娇儿——聚义厅里为何那般热闹？"

"娘亲——为大哥捎来书信的两人，其中一人是独步江湖的奇侠燕飞天。小弟与燕飞天较技，才闹出那般动静来。"

老夫人一听是燕飞天，不由得心中一震——燕飞天！常听老大熊天鹤谈起，是日本浪人、各地军阀和江湖上各种势力都在追杀的神奇人物。

他有一对碧玉蟾是旷世之宝，各地军阀和日本人都想争夺。听说那燕飞天武功奇绝，独步江湖，神龙见首不见尾，谁也奈何他不得。

燕飞天今天到了我鹰不落山寨，老身可要见识见识他。

老夫人问道："娇儿——你见过此人了？是个什么样的人物？"

熊天娇满脸绯红："娘亲……人长得俊秀，文武双全，小弟对他佩服得五体投地，从没见过小弟这样敬服的人。"

老夫人道："好好好！明天我倒要看看这小子啥模样！"

老夫人与熊天娇正在说话儿，熊天鹤走了进来："娘亲，都迅先生和燕飞天本想与孩儿一起来给娘亲请安，但时候已晚，怕扰娘亲安寝。孩儿已安排好他们歇下了，明天早起他们来给娘亲请安。"

老夫人道："儿啊！——听天娇说燕飞天武功与人品都极佳，想必是名副其实了？”

熊天鹤道：“娘亲，燕飞天真是难得的天之骄子！他们和致远都是孙先生的学生，国之栋梁也！”

老夫人又问道：“燕飞天年方几何，不知可曾娶妻否？”

熊天鹤立刻明白了娘亲的意思，他看了看熊天娇笑道：“娘亲，刚见面，咋好问人家呢。”

熊天娇坐在老夫人身旁满脸羞涩，两眼不敢正视熊天鹤。

老夫人笑道：“天娇已老大不小了！二十几岁的姑娘早该嫁人了。只是她心气太高，一直没有着落，你当大哥的，多操操心吧！”

熊天鹤道：“娘亲，孩儿会上心的！”

熊天娇噘着小嘴看着老夫人：“娘亲——孩儿才不嫁人呢，我陪伴娘亲！”

老夫人笑道：“傻闺女——哪有陪伴娘一辈子的！明天让你大哥在燕飞天身上费费心，早点儿把你嫁出去，娘就了却心愿了。”

熊天鹤道：“娘亲，就让孩儿从长计议吧。”

夜已深了，熊天娇难以入睡。自从见了燕飞天，心里就像揣着个小兔子。一想到燕飞天，心就怦怦直跳。

晚间熊天彪与燕飞天较技的过程她偷看得一清二楚。她太喜欢燕飞天了！——那对清澈明亮的眸子，威严中透着温柔。俊俏英气的脸上，嘴角挂着刚毅的笑容。谦和礼貌、温文尔雅的谈吐，有着一种吸人魂魄的引力。真是太让人着迷了。

她心中暗笑自己，我这是怎么了？真不知害羞，刚见面就想人家，真丢人！不想他了！想想别的事吧。

想来想去，她想到了自己的身世。

记得五六岁时，有一天晚上睡梦中，寨子里响起了锣声。爹爹熊家安听到锣响声，跳到地下，从墙上摘下来大刀：“娇儿——爹出去了，爹爹若回不来，老寨主会收养你。”

她听了爹爹的话，心中害怕极了，拽着爹爹的手哭喊起来：“爹爹……你一定要回来……娇儿已没娘了……不能再没有爹爹了呀……”

熊家安眼含热泪抱起小月娇：“爹爹去拼命，就是让你将来能过好日子。娇儿不怕，爹爹一会儿就回来了，等爹爹回来给娇儿炖肉吃！”他在月娇小脸上亲了一口，转身走出了家门。

月娇伸着小手在屋内喊叫：“爹爹……爹爹……快些回来！娇儿等爹爹回来

炖肉吃……"

老寨主熊定边召集全寨精壮寨兵，告诉大家旗人要霸占寨中的土地，他们今夜要来偷袭山寨。他告诉大家要誓死捍卫自己开垦出的黑土地。

他见熊家安到了："家安，你功夫最好，带领一百名老少爷们打头阵。我让天鹤和天黑各守山寨两翼，我统一指挥，马上做好厮杀准备！"

一场血战，寨兵们舍生忘死，拼命厮杀，阻挡攻打山寨的旗人。

攻打山寨的旗人有二百余人，到了寨门口一拥而入。他们哪知，鹰不落山寨可不是一般的绺子，他们都是闯关东来的兄弟和乡亲。

在山东老家时，很多人都习练武艺，有的人武功高强，又练就了极好的枪法。

自从他们闯关东到了鹰不落山寨，忙时开荒种地，闲时习武护身，丰衣足食，个个体魄健壮。

冬日里，他们在冰天雪地里打虎、宰熊，个个都是彪悍的好汉。

熊家安带领一百多个弟兄不露声色地埋伏在寨内，待旗人冲进山寨时只听一声锣响，火把通明，如同白昼一般。

熊家安率领弟兄们把那帮家伙围在了中间。他大喊一声："杀——！"众弟兄饿虎扑食般冲上前去。

只见熊家安如猛虎下山，他的那把大刀上下翻飞，如砍瓜切菜一般。旗人见了个个抱头鼠窜。

只见刀光剑影，只听哭爹喊娘，喊杀声连天。这一百多个弟兄个个以一当十，刀劈枪挑，只听惨叫声连连。不到半个时辰，那帮旗人死伤了二三十人。

旗人虽有长短快枪，但近距离肉搏，已无法发挥作用，只得逃离了山寨大败而去。

熊天鹤、熊天黑哥儿俩已备好了松树炮，当两翼的旗人快冲到山寨跟前时，双炮齐发，打得旗人死伤一片。

哥儿俩各带几十个人，土枪、强弩齐发。旗人又倒下了二十几具尸体。

要知道，鹰不落山寨的寨兵每家每户都有枪支，忙时是农户，冬日闲时上山狩猎，枪法都极准，个个都是好炮手。

那帮有钱有势的旗人看鹰不落山寨有那么多的良田，分外眼红，纠集了一帮胡子带领家丁想抢占人家的土地。

不料，鹰不落山寨真厉害，让他们死伤了众多的家丁。偷鸡不成蚀把米，只得吃个哑巴亏。他们抬着几十具尸体灰溜溜地滚下了山。

熊家安见旗人退出了山寨，他带领弟兄们打扫战场，他发现不远处一具尸体好像在动，便赶忙走上前查看。只听一声枪响，他一头摔倒在了地下。

他慢慢抬起头来，只见一个家伙坐在地下，浑身鲜血，手中的枪还在颤抖。

他把手中的大刀一下子撇了过去，只听嚓一声，大刀从那家伙的胸中穿了出去。

熊家安被抬到大厅时，已奄奄一息。老寨主见了老泪纵横。

他喊道："快找郎中！"

熊家安气息微弱，断断续续地说道："老寨主……不要找郎中了，我不行了……快把娇儿给我唤来吧，我有话说……"

老寨主喊道："快把小月娇领过来——！"

片刻工夫郎中已到，急忙给熊家安止血。熊家安断断续续地呼叫："闺女……月娇……月娇……"

小月娇跑进屋里，见爹爹满身鲜血躺在地下，她一下子扑在爹爹身上放声大哭起来："爹呀……爹爹……你可别走哇……爹爹……娇儿已没娘亲了！爹爹走了……孩儿可咋活呀……"

熊家安慢慢睁开了无神的双眼，伸出颤抖的双手，拉住月娇的小手道："娇儿啊……爹不行了……爹和你娘领你到关东山来……就是为了让你过上好日子……你忘了你娘死前跟你说的话了吗？到了关东山鹰不落山寨，只要找到熊大当家的，我们就有活路了……"

他又断断续续地对熊定边道："老当家的……土地是咱穷人的命根子，可不能丢失呀……闺女……我就交给你了……等娇儿长大了，给她找个好人家我就安心了……"

熊定边泪流满面拉着他的手："兄弟！好兄弟！放心走吧！月娇就是我的亲生闺女！"

熊家安无力地拉住月娇的小手，用尽最后力气道："娇儿……娇儿……爹陪伴你娘……去……了……"他二目圆睁，两手耷拉了下来。

小月娇双手抓着爹爹身子号啕大哭："爹呀……爹呀……爹爹不能走哇……俺还等爹爹给娇儿炖肉吃！爹爹……爹爹……"

熊定边站起身来，拔出腰间的手枪向空中射出了愤怒的子弹。

他老泪横流，大声吼起来："老少爷们！都听好了！只要鹰不落关东三寨有一人在，就不能丢失我们的土地！"

熊月娇只大熊天彪一岁，熊定边老两口当亲闺女养，为她更名熊天娇。老两口没有闺女，都把她看作掌上明珠，对她比亲闺女还亲。

熊天娇时常想念娘和爹爹，有时梦中也会哭醒。娘死前的影子时常在她眼前晃动——爹爹挑着两个箩筐领着她和娘从山东老家一路讨饭到关东。

一头筐里坐的是自己，另一头筐里装的是破被子和讨饭碗。

娘说，关东山有个好地方，大山里有很多没有人开垦的黑土地，在那里种的粮食每年都吃不完。

娘说，关东山有个鹰不落大山，山上有个和我们同姓的好汉占山为王，他只收留我们闯关东的山东人。在他的山寨里，只要你有力气，开出的荒地都种不完。老寨主保护寨里的弟兄们和土地。

娘说，到了鹰不落大山，娘和你爹有使不完的力气，开垦多多的土地，咱多种粮食给俺闺女攒嫁妆，让咱闺女美美地嫁个好人家。

娘已三天没吃东西了，晚上讨了半碗稀饭，她一口都没舍得吃，都给了我和爹爹。娘说她已吃过了，到了第二天早上我喊娘时，娘已奄奄一息。

娘哆嗦着身子，蜡黄的脸上带着微笑。

娘轻轻地拉着我的手："娇儿——娇儿他爹——到了鹰不落大山没？山上出太阳了，好温暖哪。看那漫山遍野的鲜花儿，蝴蝶儿在飞，好香啊。黑土地……是黑土地发出的芳香吗……娇儿……娇儿……娇儿他爹……"

娘拉着我和我爹的手慢慢地松开了。娘脸上带着微笑——娘可能还在想着鹰不落大山的黑土地吧。

熊天娇辗转难以入睡，她又想起了爹娘临死前说的话——爹娘都盼我找个好人家。

我已长大成人，是该嫁人了。想到这里，脑中不由得又浮现出了燕飞天。

哎！——我咋就管不住自己呢？我喜欢上人家了吗？

羞羞羞！真羞！她越不让自己想燕飞天，那燕飞天却又偏偏来到了她面前，把她羞臊得满脸通红。

这时养父熊定边走到了她面前。

老爹爹笑呵呵地看着她："娇儿啊！老爹爹做主，已把你许配给了燕飞天，待选好了黄道吉日，就给你们办喜事成亲。好闺女，老爹爹和你娘亲为你准备嫁妆去了。哈哈，哈哈！"

熊天娇喊道："爹爹——你别走！爹爹——你别走……"可已看不到老爹爹了，熊天娇放声大哭起来。

老夫人听到熊天娇的哭声，走进屋来，她推醒了熊天娇："娇儿！你这是怎么了？娘在这儿呢！别哭……别哭！"

熊天娇从梦中醒了过来，她一下子扑在了老夫人怀里啼泣。

"娘亲！娇儿梦到爹爹了，我不让爹爹走，可看不到爹爹了。"

老夫人听了，眼中吧嗒吧嗒滚落下泪水。

老寨主已病故几年了，临终前拉着老夫人的手："我最不放心的就是没看到娇儿嫁人，一定给娇儿找个好人家，要对得住她死去的爹娘！"

他又对熊天鹤说道："天鹤，你是大哥，天娇以后就交给你了，可不能让天娇受屈呀！"

熊天鹤满眼泪水对老寨主道："爹爹，你老人家放心吧，我一定按你的吩咐做，为天娇小妹找个好人家。"老寨主点了点头，闭上了眼睛。

老夫人想到这里，不由得紧紧地搂住熊天娇。她心里明白，孩子不小了，是有心事呀。这些年来，熊天鹤没少费心，可一直没有合适的人家。再有，熊天娇的心气太高，这样，她的婚事就拖了下来。

老夫人紧搂着熊天娇："娇儿——咱们睡觉吧，明天娘亲让你大哥问燕飞天个明白！"

熊天娇在老夫人脸上亲了一口，撒起娇来："娘亲——娇儿要搂娘亲睡觉！"

三

第二天，老夫人早早起了床，熊天娇帮她梳洗完毕，吃过早饭，娘儿俩坐在堂上喝茶。

老夫人心中有些焦急：燕飞天咋还不来给老身请安？老身已等不及了，天鹤这东西，咋就不知娘的心思呢！

她正在思忖，见熊天鹤领着两人走了进来。两人来到老夫人面前刚要俯身下拜，只见老夫人手指一动。

那二人寻思不好，一转身都没了踪影。

老夫人、熊天鹤、熊天娇，都大惊失色。熊天娇惊出一身冷汗。

片刻之间，只见那二人又从门外走了进来，二人来到老夫人面前跪地请安。

燕飞天双手捧着一只金耳环道："老夫人，这是你老人家耳上所佩之物吧？晚辈燕飞天失礼了！"

老夫人哈哈大笑："燕飞天——果然好个燕飞天！怪老身眼拙，失礼了，失礼了！快快请起，快快请起！"

都迅对燕飞天笑道："颜兄，果真胜我一筹。"

老夫人对熊天娇道："娇儿——快给二位先生上茶！"

熊天鹤道："娘亲，可把孩儿吓坏了！人家来给娘亲请安，娘亲咋能用龙须指呢？"

老夫人瞪了他一眼："都说燕飞天身怀绝技，独步武林，我试他一试何妨，有什么大惊小怪的！"

老夫人又问道："两位贤契，昨夜安歇得可好？"

燕飞天答道："不劳老夫人挂心，晚辈们歇息得很好！"

老夫人看着燕飞天，满脸堆笑，嘴中不住地说："好好好！"燕飞天果然好人品，眉清目朗，面如粉玉，彬彬有礼，老成持重，武学又居上乘，真是老天有眼，娇儿的亲事可望矣！

熊天鹤已看出了娘的心思，他把都迅拉到后堂："都先生，我有一事相求，不知可否？"

都迅笑道："大当家的何事所求，说来无妨，不必客气！"

熊天鹤道："让先生见笑了，小妹天娇，芳年二十岁出头，尚未许配人家，高不成，低不就，家母心急如焚。不知燕飞天年方几何？可有家室？望先生周全。"

都迅笑道："此乃天赐良缘，男婚女嫁，应两情相悦，待我于燕兄探之，愿促成二人佳配。"

老夫人见熊天鹤把都迅领入了后堂，心中已明白几分。过了一会儿，她见熊天鹤与都迅笑吟吟地走了出来，心中暗自高兴：看来天娇的婚事八成有望。

老夫人喜滋滋地看了熊天娇几眼。

熊天娇满脸羞红，低喊了一声："娘亲——"

老夫人看火候已到，笑着对熊天鹤道："你陪两位贤契喝茶，我与天娇到内堂稍息片刻。"

燕飞天见老夫人与熊天娇进了后堂，刚才见熊天鹤与都迅到了后堂，又满脸喜色地走出来，心觉蹊跷：老夫人刚才与他说话的样子怪怪的，真是让人难以捉摸。

都迅见老夫人进了后堂，对燕飞天笑道："颜兄，我俩分别多年，不知可有家室？"

"都兄，你知我到处漂泊，四海为家，国无宁日，我辈任重道远，不知何日丢却性命，怎敢拖累他人！"

都迅笑道："燕兄，不尽然，娶妻生子，人之常情。大丈夫居天地间，不要古板，当做之事必做，方是人间常道。"一席话说得燕飞天默默无语。

都迅又道："天娇姑娘正值芳龄尚未许配人家，老夫人意欲将天娇姑娘许配与你，不知燕兄意下如何？你思虑思虑，若有意，天鹤兄可禀明老夫人。"

燕飞天思虑再三，对都迅道："都兄，婚姻大事，必有父母之命，媒妁之言，不可唐突！小弟不敢擅自做主，绝难从命！"

都迅哈哈大笑："媒妁之言，我不是媒人吗？父母之命！我行前，孙先生还提及你——也不知那颜浩天是否娶妻生子，代我问之。颜兄，孙先生不大于父母吗？你还有何话可说？"弄得燕飞天瞠目结舌。

燕飞天昨晚初见熊天娇，对她确有好感，一对丹凤眼灵光四射，白里透红的脸蛋光亮无瑕，一张小嘴像一颗大樱桃镶嵌在妩媚的俏脸上，均匀爽目的身姿像一枝风中摇动的百合花。

虽不能说是天香国色，但也是百里挑一的美娇娘。今日又见熊天娇端庄素雅，秀外慧中，心里也是喜欢。

他听都迅说得也不无道理，先应下这门亲事吧。何时成亲，待禀明父母再做道理。

他站起身来对都迅道："但凭都兄安排吧，成亲之事，必待小弟禀明父母大人后再做道理。"

老夫人与熊天娇坐在屋内，外面的言语都听得清清楚楚。

只见熊天娇胸脯上下起伏，一张小脸羞得像个熟透的红苹果。

那老夫人喜得边亲熊天娇的小脸边笑道："闺女——娘这回可放心了！娘可算是了却了心愿。"

这时，熊天鹤笑呵呵地走进屋来："娘亲，咋办哪？"

老夫人嗔笑道："什么咋办？你这个木头脑袋！快备家宴，给他们俩换帖呀！喊老二老三都回来！"

老夫人笑呵呵地回到了内堂。

燕飞天赶忙上前搀扶："老夫人，慢行！"

都迅在一旁笑道："燕兄，还叫老夫人吗？"

燕飞天满脸羞红，改口道："岳母大人，请慢慢落座！"

老夫人满心喜欢，笑逐颜开。坐下来对都迅道："贤契，多谢你的大媒！老身有礼了！"

都迅笑道："天成佳偶！老夫人——可喜，可贺！可喜，可贺呀！"

老夫人喊道："娇儿！写好你的生辰八字，与天儿换帖！"

熊天娇走到大堂内备好了笔砚，二人各自写好了生辰八字，用红布包好放入了帖封。四目凝视，爱意浓浓。

熊天娇看燕飞天是英俊潇洒，目现柔情。

燕飞天看熊天娇更是千娇百媚光彩照人，两人交换了帖封，熊天娇恋恋不舍地回到了内堂。

熊天彪坐在山寨大厅内，手中端着茶杯，脑中还在琢磨燕飞天的满身绝技，真是不可思议。有时间一定好好讨教讨教，艺不压人哪！精学武艺有利无弊。

他正在静心思忖，老寨的陈嵩跑了进来："三当家的！大当家的让你马上回老寨！"

熊天彪一听乐了，马上又能见到燕飞天了。他向山寨的弟兄们交代了一番，牵出战马，跨上马背，双脚一磕，战马一声嘶啼蹿了出去。

熊天彪到了老寨直奔后堂，没等进屋就喊了起来："大哥！——有啥急事？我回来了！"

熊天鹤迎出门外："三弟！咋又大喊大叫的，不能学稳重些吗？家中有客人不知道吗？"

"嘻嘻！大哥，以后改，以后改！"说着，手提马鞭随熊天鹤走进了内堂。

熊天彪到了堂内，见娘亲喜气洋洋地与燕飞天、都迅说话儿。

老夫人见熊天彪回来了："彪儿过来，今天是个大喜的日子，你姐姐与燕飞天喜结连理了，大家在一起庆贺庆贺！"

熊天彪听了，心中一愣，太突然了，这么快姐姐就与燕飞天定亲了？心中不觉有一丝不快——姐姐要嫁人了！

熊天彪走到燕飞天身边，笑道："燕大侠，我该怎样称呼你了呢？叫姐夫呢，还是叫哥哥？"

燕飞天脸泛红晕："随便吧，你愿咋叫就咋叫吧！"

熊天彪笑道："还是叫你天哥吧！"

都迅在一旁笑道："都是一家人了，都随便些吧！"三人一起哈哈大笑起来。

这时熊天黑也随着熊天鹤走了进来，他径直走到燕飞天身边，呵呵笑道："燕大侠，我就叫你妹夫了，二哥恭喜你！"

燕飞天赶忙站起身来笑道："多谢二哥了！"说话间，酒宴已备好，熊天鹤请大家入席。

老夫人兴高采烈地坐在首席，她把燕飞天拽到了自己身边。还差熊天娇没有入座。

老夫人道："不要等了，开席吧！天娇还有点事儿要做，她一会儿就过来了。"

熊天鹤先给老夫人斟满了酒，笑道："娘亲，小妹如今有了依托，娘亲了却了一桩心事，开心地喝几杯吧！"

老夫人满脸堆笑："好好好！我就多喝几口。"

熊天罴笑道："娘亲，也给爹爹满杯酒吧，让爹爹荫庇妹妹、妹夫。他老人家也该放心了！"

熊天鹤道："二弟说得极是……"他马上斟满了一杯酒放在了老夫人身旁。

老夫人感慨道："老头子！——娇儿有托了，你可安心了！"

刚开宴一会儿，熊天娇端着一道菜放在了燕飞天和老夫人面前。

老夫人笑道："天儿——这是娇儿亲手给你做的野味，快尝尝！"

熊天彪在一旁道："姐姐偏心眼！咋不往我这儿放呢？"

熊天娇笑道："小弟稍等。"

熊天娇马上又端上来一道江鱼放在了熊天彪面前，但鱼头对着燕飞天。

熊天彪捅了捅熊天罴，笑道："二哥，看见没有，心眼已向外了！"弄得熊天娇满脸羞红。

熊天罴笑道："小弟，那你也快点儿讨媳妇哇。"

老夫人听了嗔笑道："彪儿——快喝酒吧！没正行！娘也在为你物色呢！"

都迅在一旁道："天娇姑娘，你也坐下吃饭吧，你怎么谢我大媒人呢？"

熊天娇红着脸，抿着嘴，给都迅斟满了酒，笑道："多谢都哥哥玉成，小妹感激不尽，日后定让我的儿孙孝敬你老人家！"

都迅嘴中的一口酒喷了出来，哈哈大笑："你二人真是有缘，两人都带个天字，真是天天娇妻，天天添福添寿，日后添子添孙，我老都也借光了！"老夫人开怀大笑。

燕飞天也笑道："都兄，但愿天下安定，早日共和，黎民百姓共享太平。"

掌灯时分，熊天彪回到了山寨，姐姐与燕飞天定了亲事，在他心中掀起了很大涟漪。

熊天娇大他一岁，两人从小一起长大，以姐弟相称。他喜欢这个小姐姐，两人一起习武，下河摸鱼，上山采野花，天娇凡事都让着他。

十几岁时，有一年春天，两人在山上采野花，挖山菜。快到中午时，天气有些闷热，天娇脱去了外衣。天娇发育得较早，两个小奶子在内衣里鼓鼓地显露了出来。

天彪有些饿了，他看着熊天娇鼓鼓的前胸。咦！姐姐身上有好吃的东西吧？我不和她要，我偷偷地去拿。

他悄悄地走到天娇身后，把两手向天娇前胸摸去。咦！姐姐胸前有两个软软的东西。哈！是馍吧。

他刚想说姐姐我要吃馍，只听天娇惊叫一声，一转身把他推倒在了地下。

天彪摔倒在地，头磕在了一块石头上，鲜血立刻流了出来。天娇见天彪头上流出来鲜血，吓得她赶忙把天彪扶了起来："小弟，疼吗？"

天彪捂着流血的头："姐！俺饿了！要吃馍！你不给俺馍吃，咋还打俺？"

"姐姐没什么馍呀！"

"姐姐撒谎！你把馍藏在了胸前不给俺吃！俺摸着了，软软的，是娘给做的！"

天娇急得红着小脸道："小弟……没有……真没有馍呀……"

"俺不信！你让俺看！你让俺看！"

天娇又急又气，羞臊得哭了起来。

"姐姐！回去告诉俺娘，姐姐不给俺馍吃！"天娇只得劝说他回家去。

回到了家里，老夫人见天彪的头破了，问天娇："闺女！天彪的头咋了？"天娇只是哭不说话。

天彪见天娇不说话："娘！——姐姐不给俺馍吃，还把俺的头打破了！"

老夫人听了奇怪地问道："天娇！什么馍呀？"

天娇抹着眼泪："娘——我没什么馍呀！"

老夫人更奇怪了："那天彪咋说你有馍呢？"

天娇哭道："娘……小弟摸了俺前胸……说俺藏了馍！"说完又哭了起来。

老妇人立刻明白了，她拽过天彪，照着他的小屁股就是几巴掌。

天彪哭道："娘！——姐姐不给俺馍吃，还打俺！你咋也打俺呢？"

老夫人怒道："小东西，跪下！以后再摸姐姐的胸，娘打断你的腿！你姐姐胸前藏的不是馍，女孩子家的东西不要碰！记住了吗？"

小天彪哭道："娘！俺记住了！姐姐胸前藏的不是馍是啥东西呀？"

老夫人又乐了，骂道："小兔崽子！啥东西！等你长大就知道了！"从此后，熊天彪再也不敢碰熊天娇半点儿。

随着年龄的增长，熊天娇出落得越发水灵漂亮，两个奶子圆大鼓挺，他似乎明白了娘说的话，他越发喜欢熊天娇了。

熊天娇处处关爱他，照顾他，就是话语很少。

熊天彪每天都想见到姐姐，每当他从外回来都先跑到娘的屋里看娘，也想看到姐姐熊天娇。

娘一直为姐姐挑选合适的夫君，不知娘为什么不想着自己的儿子。

有时他在心里也埋怨娘，不知娘心里想的是什么，可自己又不好意思和娘开口。

熊天彪听到熊天娇和燕飞天订了婚事，心里痛了一下，姐姐真要嫁给别人了吗？他从心里喜欢熊天娇，真后悔自己没有早日向娘袒露心迹。

他又一想，燕飞天也确是人中豪杰，姐姐嫁了燕飞天也是风风光光。他心里在思念着熊天娇，思来想去辗转难眠……

深秋的关东山漫山枫叶，远处望去红彤彤的一片，利剑倒悬般的鹰不落山顶，一群南去的大雁排着"人"字形鸣叫飞过。

山中的涧水跳跃着顺流而下，溪水中的小鱼儿游来荡去，不愿随流而去，似在看不够山中的美丽景色，似在眷恋着这巍峨连绵的山岭。

起风了！山坡上的黑松林发出呜呜的呼啸声，挺拔的白桦在松涛声中毫不示弱地摇动着坚韧的躯干。

风带着丝丝凉意吹起燕飞天和熊天娇的衣衫。燕飞天看熊天娇有些寒意，脱下身上的长衫披在了她身上。

熊天娇眉目含情地拿下披在身上的长衫，又披回到燕飞天身上："天哥哥——还是你披上吧，我是山里长大的姑娘，较你耐寒，我不冷！"

燕飞天柔声道："娇妹——我是男人！你把终身托付与我，我就要一生一世地照顾你，山风大，免得着凉，不要推托了！"

说话间，他把长衫又要披在熊天娇身上，熊天娇赶忙伸出两手阻拦，四只手交织在一起。

燕飞天自行走江湖，从没接触过女孩子，也很少和女孩子说话，当他触摸到熊天娇那双柔软滑腻的小手时，有着一种奇妙的感觉，不由得脸红心跳。

熊天娇的小手柔软滑腻，柔若无骨，一种心醉的感觉袭上了燕飞天心头。

熊天娇温柔的小手被燕飞天结实有力的大手攥在手中，一股热流涌遍全身，她满脸羞红，心似鹿跳，她真想像只小兔子钻到燕飞天的怀抱里。

她的娇躯有些抖动，她把脸儿轻轻地贴在燕飞天宽实的胸膛上，嘴中娇声呢喃："天哥……天哥哥……"

燕飞天握着熊天娇温柔的小手,痴痴地看着熊天娇如花似玉的脸儿和两个挺圆起伏的乳峰。

扑鼻的清香气息,伴着熊天娇呢喃的莺语声,让燕飞天有些心猿意马。

熊天娇的那对丹凤眼中爱意浓浓,喷射着炽热企盼的欲光,她真想让燕飞天把她搂抱在怀里。

她心里在说:"天哥哥……妹要你抱!天哥哥……妹要你抱!天哥哥……妹要……"她的美胸在急促起伏。

燕飞天松开紧握熊天娇的小手,轻轻地捧起熊天娇妩媚红艳的小脸儿,他的两片热唇轻柔地贴了熊天娇樱口上。

熊天娇的双手紧紧地箍住了燕飞天的身体,两片红唇吮吸住燕飞天的舌。

几片枫叶飘落在他们的脚下,一对斑斓绚丽的蝴蝶在他们的身旁绕来绕去,又落在他们头上。

两只蝴蝶在他们头上抖动美丽的翅膀,久久不愿离去——是为他们而欢愉,是为他们祝福吧。

一切都静止,燕飞天和熊天娇在品尝人类初恋的幸福。

又起风了!落在他们脚下的枫叶随风飘了起来。他们头上的蝴蝶在冷风中飞入了还没有衰败的山花中。

燕飞天拿开了放在熊天娇身上的双手:"娇妹,别着凉了!我们回房吧!"他把长衫披在了熊天娇身上。

四

燕飞天与都迅在鹰不落山寨已有多日。这天他俩与熊天鹤在聚义厅内闲聊,山下暗线送来消息。

江湖传闻——燕飞天带领关东三寨众炮手刺杀了小狼山三当家的许玉,并扬言还要血洗小狼山。

众人听了都大吃一惊。燕飞天道:"咋会有此事,真是无稽之谈!"

都迅略加思索:"不好……我本想过几天要到小狼山,看望大当家的齐傲白和我的爱徒菊儿。江湖善变,要出大事,这其中必有阴谋。我与燕飞天在鹰不落山寨何曾下过山去，熊大哥何曾派人与燕飞天下过山去。很显然，各派势力为碧玉蟾在明争暗斗，江湖上又要血雨腥风了。"

燕飞天问道："都兄，你与小狼山有何瓜葛？"

"燕兄有所不知，小狼山大当家的齐傲白的夫人——常瑛女士是我同盟会同志，我们相处得甚好，我有时叫她姑姑，有时又叫她姐姐。

"那年她被捕入狱，临刑前托付我照看她的女儿齐柏菊，那年菊儿只有三岁。常瑛就义后，齐傲白在小狼山上拉起了杆子。我到小狼山寨去看望菊儿，收下了她这个小徒弟。

"另有一事，我要告知齐傲白，小狼山二当家的王连奎是胡大帅的卧底，他争抢碧玉蟾是为向胡大帅邀功请赏。齐傲白与许玉并不知其中缘故，因此，许玉誓要找你燕飞天报仇雪恨。"

"哦！"燕飞天惊叹了一声，"原来如此呀，那王连奎死得不屈！"

都迅又道："颜兄，你明日随我下山去吧，如若去得晚了，小狼山必遭涂炭。齐傲白与菊儿性命难保。"

燕飞天道："都兄，明日我便与你下山，把那帮人的阴谋诡计弄个水落石出，再到小狼山与齐傲白、许玉冰释前嫌。我倒要看看是何人在兴风作浪！"

熊天鹤一直没有言语，但他听得清清楚楚。他见都迅和燕飞天要明日下山："都先生，你与燕飞天明日下山，人单势孤，一路多有风险，不如我多派好手与你二位同行，以防不测。"

都迅道："也好！那就烦哥哥调度几位兄弟随我们同行，以应不测。"

熊天鹤即刻命陈嵩到前山，请熊天黑和熊天彪同来老寨，共同商议此事。

他又到后堂禀明了老夫人，也告诉了熊天娇。老夫人听完了事情的缘由，心疼姑爷子怕出意外，她对熊天鹤道："可不能让天儿出任何差错！要挑选山寨中的精英好手与天儿同行，助天儿平安归来。"

熊天娇在一旁听了，心中暗忖：燕哥哥此次下山极为凶险，江湖纷乱，遍地枭雄，何况燕哥哥又是众矢之的。

她双眼有些湿润，喊了声："大哥！"眼泪便流了下来。熊天鹤见了，心疼地安慰道："小妹尽管放心！凭妹夫的本事，大哥再多派些山寨的精英好手随妹夫与都迅先生同行，定让妹夫完好无损地归来见你。"

老夫人笑道："娇儿——天儿的本事你已看见，当今江湖无人奈何了他。我山寨同去的弟兄也必当以命效力。娇儿啊！你就放心地在家里与娘亲等待天儿的归来吧！"熊天娇听了熊天鹤和老夫人的话又破涕为笑。

熊天罴与熊天彪回到老寨，熊天鹤与他俩商量这次下山的人选。

都迅对熊天鹤道："大哥，下山的人宜精不宜多，有五六个人就可以了。但家伙要硬，子弹要足，每人要多备一匹好马。"

熊天彪没有到过太远的地方，他一直寻找机会到江湖上历练自己。

他对熊天鹤道："大哥！从我的山寨里选人吧，我寨中的好手多。找五六个武功好、枪法准的弟兄毫不费力。大哥！我要到外面见见世面！"

熊天鹤道："三弟！你脾气暴躁，桀骜不驯，大哥不放心你，你别再惹出别的麻烦来，那可就坏了大事。娘再三叮嘱我让燕飞天平安归来，可不是儿戏！"

熊天罴想：是呀，应让三弟到江湖上历练历练了，三弟的武功还拿得出手，只是没有江湖经验。他脾气暴躁，桀骜不驯，但有燕飞天与都迅两个老江湖带着他，并严加约束，也不会出啥大错。

熊天罴道："三弟，你若想去，要答应几个条件：一、只要出了山寨，一切都要听从都迅和燕飞天的安排；二、要少喝酒不要惹事；三、不要鲁莽，多用心计，凡事要三思而后行。"

熊天彪道："大哥！放心地让我去吧！我会遵循二哥的教诲，听从都先生和天哥的话，就让我去吧！"

熊天罴对熊天鹤道："大哥！就让三弟去吧！让他到江湖上历练历练也好！不让他经风雨见世面，天彪啥时也长不成大人！"

熊天鹤道："三弟！一定要记住你二哥说的话，这对你可是个好机会，好好地历练自己吧！"

燕飞天在一旁道："大哥，就让天彪去吧！我和都兄都喜欢天彪，我们也能照应好天彪。"

第二天早上，聚义厅前的广场上，人马早已聚齐，只等燕飞天与都迅出来便即刻出发。

燕飞天与都迅向老夫人跪别，老夫人再三叮咛，一路小心，平安归来。

熊天娇拿出一个小红布包放在燕飞天手里依依不舍："天哥哥——娇儿时刻在你身边，一路多小心，多加保重自己，小妹盼哥哥快回！"

燕飞天打开布包，只见一个鸳鸯戏水的红布兜肚里包着一绺黑发。

燕飞天热血上涌，两眼默默地看着熊天娇迷恋的双目："娇妹，我燕飞天绝不负你，即使走遍千山万水，也定安然归来。"

他把红布包放入了贴身衣袋里，深情地看了熊天娇一眼，赶忙向聚义厅前广场走去。

都迅已等在了广场上，只见都迅一身白西装，头戴白色遮阳帽，鼻梁上架着一副金边眼镜，真不知是哪家的少爷公子。

燕飞天头戴竹笠，一副跟班的模样。

熊天彪带领他的五杰弟兄——都是与熊天彪从小玩大的伙伴，生死弟兄。他们被称为"鹰不落六杰"。

五杰兄弟个个武艺高强，枪法好，听说是跟燕飞天下山，个个精神抖擞，摩拳擦掌，每个人的腰间都插着镜面盒子枪。

熊天彪把草帽挂到脑后，背着一个钱褡子，倒像个账房先生。

一切就绪，熊天鹤道："都先生，出发吧！"

众人跨上了马背，燕飞天回头张望的一瞬间，见熊天娇靠在聚义厅前大门旁，两手掩面在擦拭眼泪。

燕飞天仰天长叹一声，脚踢黄骠马。只听那黄骠马长嘶一声，马蹄声骤起，马蹄扬起的尘土中，一队人马狂奔而去。

第七章 小狼山群雄聚会

一

燕飞天一行黄昏时到达了奉天城北门外，他们找了一家客栈安顿下来。燕飞天吩咐五杰喂好马匹，都迅更换了装束，他二人带着熊天彪进了奉天城内。

"麻花——天津大麻花！"

"馅饼——馅饼——海城馅饼！"

"包子——包子——西关包子！"

吆喝卖啥的都有。满街人声嘈杂，人流络绎不绝。街面已渐黑，各家商号都点燃了汽灯，商铺里人进人出，看这奉天城甚是繁华。

三个人在大街上随意游荡，留意过往行人的言谈举止。他们走到客不留饭庄门前，见里面客人很多，燕飞天道："进去吧！吃点儿便饭。"

仨人走进了店内，堂倌见来了客人，喊道："来了——三位屋里请！"

仨人见里面有个干净的空桌，便坐了下来。

堂倌赶忙送上来茶水。仨人随便点了几个小菜，要了两壶好酒边吃边喝。

突听掌柜的大声道："张大哥，到哪里发财去了？咋好久没到我店里来啦？"

张大哥答道："掌柜的，我最近出了一趟远门，到赤阳镇贩回来一车豆饼。"

燕飞天仨人一听赤阳镇，马上精神了起来。

掌柜的问道："还顺利吗？"

"就算顺利吧，那面不太平，胡子太多了！老死人！头些日子还被打死了两人！"

掌柜的又问道："谁干的呀？"

"听说燕飞天干的！听说关东三寨的人马也去了。赤阳镇上，不明来历的人一拨一拨的，啥地方的口音都有，整得我们晚上都不敢出屋！"

他又小声神秘地对掌柜的道："听说燕飞天在赤阳镇又要大开杀戒了！"

仨人草草吃完饭回到了城外客栈。熊天彪看着燕飞天："天哥，这奉天城太大了，真好玩！不多停留几日吗？"

都迅道："天彪，江湖险恶，事事都要谨慎，要留意身边的过往行人，千万不可掉以轻心！我们把小狼山的事情办妥，回来时你有的是时间游玩儿。"

都迅又道："燕兄，饭庄内张大哥所言你都听明白了吧，事不宜迟，明晨早些动身吧！"

他瞅了一眼心有不甘的熊天彪："天彪，告诉弟兄们把马匹都喂好，多加草料，天不亮我们就赶路。"

这日，渡边得到密报，燕飞天已到了奉天城，他心中暗暗高兴，燕飞天果然来了。

他派人刺杀许玉的目的是利用他们原有的矛盾嫁祸燕飞天。

燕飞天为洗刷自己的清白必来查访，他的第一步计划已实现。

他的第二步计划——只要燕飞天到了小狼山，追寻燕飞天的人都会浮出水面。

他要知道有多少路人马在追杀燕飞天，都是哪方面的势力要争夺碧玉蟾。他要一个个地铲除他们，碧玉蟾只能落入他的手中。

第三步计划是制造矛盾，让各路人马自相残杀，以坐收渔利。

渡边把他新调来的助手——日本浪人的精英武士小泉琢寺和老穆叫进屋来。

他面带微笑地看着小泉："小泉君，穆先生，要有劳二位了！"看起来，渡边今天的心情特别好。

他对小泉道："小泉君，你来到这里已有月余了吧？在中国的土地上觉得愉快吗？"

小泉挺身答道："我很好！我喜欢这美丽富庶的土地，我喜欢这里的花姑娘！把这些美好的东西都变成我们大日本帝国的肥肉。我是天皇陛下的亲兵武士，有什么事情需要我做，请吩咐吧！我会效忠天皇！"

渡边哈哈大笑道："你要尽快把自己融入中华民族中，让中国人看到你是个'中国人'。我们任重道远，不能辜负天皇陛下的期望，懂吗？"

小泉答道："小泉明白！誓死效忠天皇！请下命令吧！"

渡边道："你的任务是铲除和我们竞争的对手，先从弱者下手，逐个击破，强硬的对手放到最后。只要是和我们争夺碧玉蟾的人都统统地杀掉！做得要隐蔽干净，不能让任何人知道是我们大日本帝国勇士所为。拿出小泉家族的勇气，为小泉家族增添荣誉吧！"

小泉挺直了身躯，一脸傲色："哈依！属下明白！"小泉退了下去。

渡边转着狡诈的眼睛："穆先生，你的任务是盯住燕飞天，随时掌握他的一切行踪，我们要铲除小狼山的头领，嫁祸燕飞天。主要的目的就是让向燕飞天寻仇的人看到燕飞天的阴毒和残忍，知难而退。我们夺了小狼山山寨，就可以以绺子的身份做掩护，实施我们的夺宝计划。一石二鸟。"

老穆听了连声称赞："好计，好计！掌柜的，只要燕飞天一到赤阳镇，我们就动手杀了齐傲白和许玉。"

渡边点了点头："哟西！穆先生，施展你的才华吧！在东亚，我们共荣，我做好了进驻小狼山山寨的准备。"

二

赤阳镇依山傍水，镇北三里多地就是小狼山，镇南是一条大河。大河与镇中间便是通往关内外的大道。

赤阳镇四通八达，交通便利，镇上生意红火，往来的客商频繁。

这段时间里，镇上的外地人逐渐多了起来，南腔北调的，啥地方的人都有，客店、酒馆里的生意红火。

一连几天，渡边得到的密报不断——关内胡大帅的特遣队已到了赤阳镇。山西韩大帅的人也出现在赤阳镇。江苏雁趟山，广西虬龙山，他们的人都住进了旅馆、客栈。

天色已晚，赤阳饭庄内的客人已见稀少，只有一伙南方人还在大吃大喝。月已升空，快要入夜了，他们还在划拳行令，吆五喝六。

掌柜的见夜已深了，怕影响第二天的生意，他小心地与那些人周旋。

"各位爷，已快夜深了，明日我们还要谋生，各位爷是否早些歇息？"掌柜的小心地赔着笑脸。

一个大汉站起身来瞪大了眼睛："喝你家的酒不给酒钱吗？吃你家的饭不给饭钱吗？拿我们广西人当猴耍！"他掏出两块银圆扔在了桌子上。

掌柜的惶恐道："大爷！不是那个意思，只是太晚了，明日无法正常开张。"

那大汉暴吼一声："还说吗？小心我拆了你的店铺！"

掌柜的吓得嗫嚅道："各位爷，慢慢喝，慢喝吧！"

这时，只听咣当咣当两声响，门窗大开，几个手提盒子枪的人冲进屋来。

"嗒嗒嗒，嗒嗒嗒……"

一阵枪响，屋内的七八个人倒在血泊中，没有留下一个活口。地下留有三枚铜钱，铜钱背面仨字——"燕飞天"。

过了几天，宏通客栈的伙计早起打扫房间，发现屋内的六个江浙人都死在了屋内。死人咽喉上都有一个伤口，血流满地。只见地下有三枚铜钱，铜钱背面仨字——"燕飞天"。

一时间，赤阳镇上风声鹤唳，人心惶惶，都在说："燕飞天带领关东三寨的人马到了赤阳镇，杀了多路仇家，要踏平小狼山。"

那些心怀叵测的人都在想：燕飞天果真是歹毒残忍，我等是自不量力，还寻什么仇？还想什么碧玉蟾？保命要紧，赶紧跑吧！他们都纷纷离开了赤阳镇。

齐傲白在小狼山上早已得报，燕飞天在赤阳镇又杀了多个仇家。

他百思不解其意，燕飞天杀了我小狼山山寨的人，还要前来寻仇，我与他有何仇恨呢？他反复苦思，疑虑重重。不管怎样，静观其变，多加防范吧。

他正在心事重重地苦思冥想，许玉走了进来："大哥！山下有人投书。"言罢，把书信呈了上来。

齐傲白看过书信面露喜色："三弟！快把来人请入我的密室，外人不可进入。"

都迅随许玉来到密室，齐傲白哈哈大笑："都老弟，是什么风把你吹到了小狼山上？可想死老哥哥了！快快坐下来叙话！"

"老三！快备茶！"

都迅坐下来问道："老哥哥与菊儿可好？"

"菊儿还好，只是想念师父，时常叨念你。你来之前，我正心烦意乱，山寨中一大堆事儿理不清头绪。"

都迅笑道："老哥哥，有何烦心之事可说与小弟听，看小弟是否能为老哥哥排忧解难？"

齐傲白听了都迅之言，长叹了一口气，把山寨眼前之事细说了一遍。

都迅听了，哈哈大笑："老哥哥，你说燕飞天吗？他就在山下。"

此言一出把齐傲白和许玉惊得都出了一身冷汗。许玉咬牙切齿道："都先生！你把燕飞天带到我小狼山意欲何为？我与他有切齿之仇！他杀我二哥王连奎，又派人刺杀我，近日要血洗我小狼山山寨。你把他引上山来，不知做何道理？"

都迅笑道："你们不明白这里的来龙去脉，我出关之前就已查明——那王连奎乃是胡大帅的卧底。他当初投奔小狼山是别有用意。

"他要杀燕飞天是为夺碧玉蟾，向胡大帅邀功请赏。你们都蒙在鼓里，可我还是晚来了一步。

"王连奎要杀燕飞天夺取碧玉蟾，难道燕飞天杀了他不应该吗？他私自串通三个日本浪人寻找燕飞天夺宝，杀了他们还有什么可惜的吗？

"燕飞天与你们无冤无仇，他咋能要血洗你小狼山山寨呢？我与燕飞天早已到了赤阳镇，已查访清楚，有一股势力在搞一个大阴谋。

"你山寨里有奸细密通山下，此次我与燕飞天带人上山，你定要守密，除你们二人之外，他人不可知我等身份。江湖上无人识得燕飞天，万万不可走漏了消息。你们对外说，我们是做生意的亲戚路过这里。"

都迅这番话把齐傲白和许玉惊得直冒冷汗。

齐傲白道："王连奎这畜生险些毁我，许玉，听明白了吗？"

许玉拍着大腿道："我的妈呀！我咋像个傻子呢！都先生，你现在来得也不晚，否则我们真是没有主意了！"

许玉看着齐傲白："大哥！奸细会是谁呢？"

齐傲白晃了晃头："三弟呀，我也不知，留神吧！"

都迅笑嘻嘻地捅了齐傲白一下："老哥哥，你看那燕飞天可否让他上山？"

齐傲白拍了一下脑门："哎哟！我亲自下山去接燕飞天。"

都迅道："老哥哥，还是我去吧！"

都迅与燕飞天、熊天彪等一行人来到了大寨聚义厅内。

齐傲白、许玉也不知哪个是燕飞天，只见这些人个个雄壮俊美，目闪精光，看了哪个都让人喜爱。为避人耳目，齐傲白只好把这些人都安排在了后堂。

过了一会儿，都迅把燕飞天和熊天彪领到了密室。都迅对齐傲白、许玉道："燕飞天来了，二位看吧！哪个是燕飞天？"

燕飞天、熊天彪齐声道："给老哥哥问安了！"

齐傲白心中有些紧张，他笑呵呵地展目细看，这两个人个头不一，年龄不一，哪个是燕飞天呢？

他看年龄小一点，个头大一点的这人，两眼细长，目放寒光，眉梢上挑，宽有两分，脸中间的鼻子挺而阔。一张阔嘴两角上翘，略方的脸面白里透红，再看身形，肩宽腰细，双腿粗细均匀，往那儿一站，确有英雄气魄。

齐傲白心里赞了一声，好小子！难道这个人就是燕飞天？

齐傲白又把目光转向了另一人，看这人——二目圆长，精光四射，双眉有致、平和，眉宇间一股浩气。鼻挺略钩，唇上薄下厚红润如朱，嘴角略翘，一张略圆的脸面白净无瑕。身形细长，似弱不禁风，但一身傲骨，站在那里，稳如山岳。

齐傲白暗叹：此人不俗，内含大智、大勇，定是个身怀文韬武略之人。

他思忖再三，真不知哪个是燕飞天，只好笑着对都迅道："都先生，老朽眼拙，实难辨别哪位是燕大侠，还是请都先生指点吧。"

都迅哈哈大笑道："关东山除关东三寨外，只有你与许玉见识了燕飞天的真面目。"

都迅又对燕飞天、熊天彪道："你们二位自己亮相吧。"

熊天彪向前跨了一步："晚辈关东三寨三当家的熊天彪，见过齐老寨主！"

忽听吟声连连——

　　燕冲雨雾射云端，
　　飞洒铜钱锁凶顽。
　　天红日出映九州，
　　豪踏关山几回还。

齐傲白乐得拍手叫好："好个燕飞天——真是燕飞天！这才是燕飞天！快快备宴！快快备宴！"

都迅在一旁道："颜兄，又诗兴大发！这关东山可要留住你了！"燕飞天哈哈大笑。

这时只见菊儿推门而入，她大声嚷道："爹爹为何这般高兴？来客人了吗？"她见都迅坐在屋里，乐得蹦了起来。

"师父！"一下子扑在了都迅身上，"师父！啥时来的？咋不叫俺？"

都迅笑道："菊儿，几年不见，都长成大姑娘了！想师父吗？"

"菊儿咋不想呢！也不来看望菊儿，明天徒儿打枪给师父看，师父再多教徒儿几手绝技吧！"

都迅笑道："好好好！只要菊儿肯下功夫，定能练就绝技，做个江湖女奇侠。"

熊天彪坐在那里听大家说话，自己一时也插不上言。菊儿来到了屋内，他的眼前一亮——哦！好漂亮的小姑娘，两只大大圆圆的眼睛，清澈得像两潭深水。长长的眼睫毛忽闪忽闪的像两只蝶儿在飞。小巧的鼻子透着古怪精灵，樱红小嘴边两个小酒窝，像盛满了美酒，诱人心醉。她那欢快调皮的样子真像山里的一只小鹿儿。

他想起了姐姐熊天娇——不知姐姐在做什么。他从没出过远门，现在有些想姐姐了。

他正在胡思乱想，忽听都迅道："天彪！快来认识一下，这是菊儿，齐当家的掌上明珠！"

熊天彪赶忙站起身来："齐姑娘，关东三寨熊天彪有礼了！"

菊儿见了，问道："三当家的，关东三寨远吗？好玩吗？"

齐傲白愉悦地看着菊儿："菊儿，快来见过燕叔叔！"

菊儿扑哧一声笑了："爹爹，他才多大呀？俺不叫他叔叔，俺叫他哥哥！"

齐傲白听了有些气恼："菊儿！休得无礼，快叫叔叔！"

菊儿看着燕飞天："不！俺叫他哥哥！"

菊儿向燕飞天施了一礼："燕哥哥，小妹这厢有礼了！"

齐傲白气得连撅胡子带瞪眼："菊儿！气杀爹爹了！你这丫头，咋这般目无尊长呢？哎！你从小没娘，都是爹爹给你宠坏了！"

菊儿嘻嘻笑道："爹爹不要生气，菊儿重叫还不行吗？"

她羞红了小脸儿，冲燕飞天调皮地叫道："燕哥哥叔叔……小妹重新有礼了！"

齐傲白被弄得哭笑不得："丫头耶！你说的是啥呀？乱七八糟的！"

都迅在一旁笑道："老哥哥，不要生菊儿的气了，菊儿她愿咋叫就咋叫吧。"

燕飞天有些不好意思，笑道："齐寨主，小孩子家，就不要苛求她了，让她随意吧！"

菊儿听了燕飞天的话，有些不高兴："燕哥哥叔叔，我不是小孩子，我已是大人了！都别拿我当小孩子看，明天让你见识见识我的本事，我是大人还是小孩子！"

燕飞天听了，只好不再作声——咦！这丫头真是刁蛮无理。

都迅在一旁赶忙道："菊儿！休得无礼！不要耍小孩子脾气！"

菊儿噘着小嘴撒娇道："师父！你也说我是小孩子，不理你了！"扑哧一声，她又笑了。

熊天彪想笑——这小丫头片子！周身透着精灵古怪，可也着实可爱。

这时，许玉已备好了酒宴，齐傲白招呼大家入座。菊儿坐在都迅身边。

许玉对熊天彪道："熊兄，你带来的弟兄们我都已安排好了，你就放心地喝酒吧！"

齐傲白今天分外高兴，他兴致勃勃道："我多日忧虑小狼山危在旦夕，今日天降诸位贤契，我心已宽矣！愿诸位在我山寨多盘桓几日，助我渡过难关。谢谢诸位了！大家喝酒吧！"言罢，杯中酒一饮而尽。

燕飞天坐在许玉身边："许兄，还记恨燕某吗？"

许玉笑道："燕兄，你们此次若不来山寨，我们还蒙在鼓里，多亏了你和都先生，否则我们都会死在那些奸人之手。多谢燕兄的大恩大德，我许玉日后为燕兄赴汤蹈火在所不辞！"

燕飞天笑道："许兄，言重了，日后肝胆相照，同进退吧！"二人端起酒杯一饮而尽。

齐傲白对熊天彪道："三当家的，关东三寨果然名不虚传，你带来的弟兄们个个如狼似虎，真是让老夫羡慕极了。"

熊天彪笑道："老寨主！不要叫我三当家的了，以后就叫我天彪侄子吧！"

齐傲白哈哈大笑："好好好！就叫你天彪贤侄吧。"

菊儿拿起酒壶笑嘻嘻地看着燕飞天："燕哥哥叔叔，你远道而来，鞍马劳顿，小妹敬你一杯。"

齐傲白道："菊儿，还有你那熊哥哥呢！"

菊儿笑答道："爹爹，一个一个地来嘛！"她给燕飞天、熊天彪斟满了酒。这小丫头端起酒杯一饮而尽，她舔了舔红唇。

"二位哥哥，请吧！"

燕飞天抿嘴一笑："天彪，我们干了吧！"二人端起酒杯一饮而尽。

燕飞天刚放下酒杯，菊儿又给二人斟满了酒，她端起酒杯说了一声："干——！"又是一饮而尽。她端着空酒杯笑嘻嘻地看着燕飞天和熊天彪。

熊天彪一看这架势，心想：我的妈呀！这小小年纪咋会喝酒呢？这小丫头片子真是离奇古怪。

都迅在一旁道："菊儿，你咋会喝酒了呢？"

菊儿笑道："师父，我没事儿无聊时偷爹爹的酒喝，慢慢地就能喝上几口了！"齐傲白坐在那儿也不吱声，只是抿着嘴儿乐。

燕飞天奇怪：这小丫头，一连干了好几杯，还说自己只能喝上几口，真是奇异的小女子。

菊儿与燕飞天、熊天彪一连干了三杯。只见她的小脸儿红扑扑的，鼓鼓的前胸一起一伏，笑时就像一朵绽放的玫瑰花。

熊天彪看得心都醉了。也不知是咋的，他又想起了姐姐熊天娇。

他看了一眼身边的燕飞天，心里暗暗地叹了一口气……

三

赤阳镇已不像往日那样热闹了！街上行人已见稀少，显得萧条沉寂，可能是那几场血案的缘故吧！

渡边见第一步计划进展顺利，他马上要实施第二步计划。

他问老穆："燕飞天和小狼山近况如何？"

"掌柜的，燕飞天已到赤阳镇多日，可他一点儿声息都没有，不知他藏匿在了哪里。小狼山近日来了几个陌生人，说是齐傲白的亲戚做生意路过这里，没见其他异样。"

"人手都准备齐全了吗？"

"掌柜的，两股绺子都在待命，能有百十来号人吧！"

"好好好！我们打着燕飞天与关东三寨的旗号攻取小狼山。胡大帅和老西子的人马必定跟随而来，只要他们跟随过来，让小泉兜住他们的后路。你的人马分为两队，第一队攻取小狼山，第二队回身攻击胡大帅和老西子的人马。这样你的第二队人马与小泉的人马合击，吃掉胡大帅和老西子的人马，这又是一石二鸟之计。"

老穆略思片刻："掌柜的！弄这么大的动静，让张大帅知道了能行吗？"

渡边不屑一顾地道："即便张大帅知道了，也不能把我们怎样，我大日本帝国在东北有特权，我们有辽东半岛和南满，张大帅还要依赖我们日本人，先不理会他，我们干我们的！"

胡大帅的关东特遣队和山西王老西子的关东行动组都得到了密报：燕飞天已调集了关东三寨人马要血洗小狼山。

胡大帅的特遣队较精悍，武器配备齐全，战斗力很强。队长唐珊是胡大帅的心腹，颇有心计。

胡大帅对碧玉蟾是志在必得，特殊交代唐珊不惜代价，随时掌握燕飞天的行踪。唐珊不敢掉以轻心，他思虑再三，决定跟踪燕飞天乘机夺取碧玉蟾。

山西人最会算账，从不做亏本的买卖，虽对碧玉蟾垂涎三尺，但路途遥远力不从心，只能派少量人来浑水摸鱼。但来人个个是精英，不是泛泛之辈，但凡有机会绝不放弃。

已是五更天，人们还在熟睡中，小狼山下的树林中人影晃动，几十人在黎明前的黑暗中向小狼山山寨摸去。

他们摸到山寨前见山寨内没有灯光，听到鼾声正浓，他们点燃了火把向寨内冲去。

只听一声枪响，一个匪徒应声倒地，紧接着山寨内枪声四起，喊杀声一片。

这伙劫寨的匪徒趴在地下高喊："我们是燕飞天带领的关东三寨人马……不要抵抗……快缴械投降吧！——否则，我们杀进寨内鸡犬不留……"

只听山寨内有人喊道："我们不管你们是什么山寨的王八犊子……有种你们就冲进来吧……你许玉爷爷在这里已等候多时了……"双方展开了激战。

都迅告诉大家："千万不要点灯，他们拿着火把在明处，我们在暗处，他们奈何不了我们。"

许玉带领山寨的弟兄们守住西寨角。熊天彪带领他的弟兄们守住东寨角。齐傲白与菊儿居中。

都迅四处查看，只是不见了燕飞天。只听山上山下杀声四起，喊声阵阵。

熊天彪带领的五杰弟兄都是光腚长大的小兄弟，从小在一起摸爬滚打，习武练枪，个个出类拔萃，都是换命的弟兄。

他们见山下的匪徒嗷嗷叫着冲上山来，并不觉得害怕。平时冬天里，他们上山狩猎，射杀老虎和野猪是常事，他们看眼前的匪徒并没觉得有老虎野猪可怕。哥儿几个相视一笑，稳稳举枪。

只听嗒嗒嗒、嗒嗒嗒，倒下了几具尸体。

熊天彪喊道："来呀！兔崽子们！爷爷们还不过瘾呢！"

几个胆大的匪徒带头前冲，他们刚一露头，只听啪的一声枪响，一个匪徒顿时脑浆飞溅。又是几声枪响，那几个匪徒滚下了山去。

熊天彪吹了吹枪口，喊道："小瘪犊子们！来呀！打你们这帮王八蛋，比打老虎、野猪容易多了！"

双方僵持了一会儿，一个匪首高声喊叫："弟兄们！都往上冲啊！我们他妈的就是老虎和野猪！冲上山去，吃了他们！拱死他们！整死山上的那帮犊子！我们回去领大洋啊！"匪徒们听了，都一窝蜂似的向山上冲去。

只见鹰不落六杰弹不虚发，一阵枪声，山下又倒下了十几具尸体。

一个年长的匪徒喊叫："二顺子！——别他妈的往上冲了！山上的炮手都是打老虎、宰野猪的杀手，我们都是家猪、笨猪，送给人家吃肉哇！"

二顺子哭咧咧地喊叫："三叔！——你别说了！我都尿裤子了！咋办哪？"

"你他妈的笨蛋，趴下！装死！"

"三叔！——我不行了！我害怕，我真的要死了！"

扑通一声，二顺子倒在了地下，一时间，匪徒们都趴在了地下。

熊天彪他们把守的寨角是稳如泰山。

许玉那面压力较大，他那儿虽然人多，但枪法欠佳，他们打退了匪徒们的三次进攻，自己也伤亡几个弟兄。

都迅看许玉那面吃紧，纵身跃到许玉身旁，双手抡起二十响匣子枪。

嗒嗒嗒、嗒嗒嗒，嗷嗷怪叫的匪徒不叫了，端枪往上冲的匪徒转身了。

"我的妈呀！是哪个爹给咱们点名了！一二三四五六，脑袋都开了花呀！娘啊，快跑吧……"

进攻中路的匪徒人数众多。

齐傲白手提崭新的二十响匣子枪，嗒嗒嗒、嗒嗒嗒。"咦！我咋一个匪徒也没有打中。"

"老家伙！——把手中的破玩意儿扔了吧！不中用的老东西！哈哈哈！"一个匪徒嘲笑齐傲白。

齐傲白一赌气，把二十响匣子枪扔在了地下，从腰中摘下了那个大算盘。

"小瘪犊子！我让你笑！"齐傲白手指连动。

嗖嗖嗖。

嗖嗖嗖。

山下的这帮匪徒见齐傲白的枪法不准，放心地冲了上来，离齐傲白越来越近，当他们听到嗖嗖嗖的响声已晚了。

"娘啊！——我的眼珠子！

"妈呀！——我的鼻子！"

"娘哟！——我的耳朵！"

"娘哟！——我的嘴！"

"娘啊！——妈呀！——我的根被打掉了！"一阵乱喊乱叫。

咕噜噜、稀里哗啦，这几个家伙连滚带爬地滚下了山去。齐傲白身旁的喽啰兵们乐得前仰后合。

菊儿捡起齐傲白扔在地下的匣子枪，插在了腰后："爹爹！这枪可归菊儿了！不许赖账！"

齐傲白见菊儿在前面乱跑，大声喊道："丫头！——枪弹不长眼，别伤了你——！"

菊儿只当没听见，她像个野姑娘，一点儿都不害怕，听噼噼啪啪的枪声觉得很好玩。

齐傲白和都迅都怕她年小不知深浅，不让她上前，菊儿不听，总往前凑。

突然间，堑壕里哎呀了一声，一个十八九岁的小伙子倒了下去。

只见他胸口咕嘟咕嘟地往外冒着鲜血，小伙子已气若游丝。菊儿认识这个小伙子——刘铭。刘铭平时没事时总给菊儿抓鸟儿玩，给菊儿采山花儿，菊儿时常叫他哥哥。

菊儿见刘铭倒在了堑壕里，她不顾齐傲白的阻拦跑上前去，她见刘铭满身鲜血已断了气。

这时山下的匪徒又冲了上来。菊儿心中怒火燃烧，她没有恐惧，咬紧银牙，瞪圆秀目，手一抬——啪啪啪三声枪响。

三个匪徒一声没吭滚下了山去，把她乐得又喊又叫。

都迅边照看菊儿边向匪徒射击，他弹不虚发，双枪齐射，山下的匪徒又倒下了几具尸体。一时间，山下的匪徒们都不敢轻举妄动了。

菊儿对都迅道："师父，你先顶一会儿，我去去就回！"她扭头跑了。

自从与匪徒交火，菊儿没见到燕飞天，她一直想见识见识燕飞天的本事，可没有机会，现在燕飞天又不见了，她心感蹊跷。

菊儿摸着黑悄悄向聚义厅后堂走去，她想寻找燕飞天。当她快到了齐傲白的寝房时见一个黑影一动不动地贴在墙壁上。

她屏住呼吸，不敢有丝毫声响，静观其变。稍过一会儿，只见有个黑衣人蹑手蹑脚地来到齐傲白的寝房前，那人点燃了火把，还没等那人往屋里扔，只听妈呀一声，火把掉在了地下。

黑衣人捂着受了伤的手腕抬腿想跑，只见一个黑影站在了他面前，黑衣人吓得又是妈呀一声。

这时只见一人提着枪跑了过来高喊："什么人！——在干什么？"

菊儿已听出是张华阳的声音。

只听黑影冷冷道："你没看到他要纵火吗？"

菊儿喊道："张华阳！——他要纵火！"

张华阳大吃一惊："哪儿来的奸细？"他拽下黑衣人的面罩，啊了一声："是你——二麻子！你咋做了奸细？"他抬手就是一枪，二麻子倒在了血泊中。

黑影冷森森道："谁让你杀死他？"

菊儿在一旁道："是呀！张华阳，你咋杀了他呢？要问明白呀！"

黑影冷笑一声："是呀！你还不如一个小姑娘吗？"

张华阳结结巴巴道："我今晚喝醉了酒……刚清醒过来，听到枪响，我想问问老寨主发生了什么事，正巧遇上了这二麻子要纵火，一心急就杀了他。这人是我的手下，不知他咋就做了奸细？让我的脸儿往哪儿放！"

这时张华阳手下的五六个弟兄跑了过来："掌柜的！发生什么事了？"

张华阳道："发现山寨有奸细，山寨出事了！我们赶快去帮老寨主吧！"他领着他的弟兄向前山跑去。

菊儿傻傻地看着黑影："你是谁……"

黑影并不答话，身形晃动便把她抱了起来。菊儿只听耳边风响，转眼间到了前山。

黑影放下菊儿，摘下了头上的面罩："隔墙有耳，不能让任何人知道我在小狼山上。"

菊儿气得直拍打燕飞天："破哥哥……坏哥哥……你抱我……你抱菊儿了！"

燕飞天和菊儿回到前山，燕飞天对菊儿笑道："你这个鬼精灵，不要乱跑了，快到爹爹跟前去吧！"

菊儿笑道："燕哥哥……你才是鬼精灵，我早就知道你干啥去了。"

燕飞天听许玉那面枪声暴响，他纵起身形跃到了许玉那里。

一个满脸胡子的土匪头，挺着个大脑袋，扯着破锣嗓子喊叫："弟兄们！——快冲上山头，拿下山寨，每人再加两块大洋！"匪徒们吼叫着蜂拥而上。

燕飞天不动声色，见那帮匪徒离得近了，双手捻动，六道金光带着飕飕的风声激射而出，冲在前面的六个匪徒咽喉上血流如注，滚落到山下。

这时天已见亮，只听山脚下响起了一阵激烈的枪声，山坡上的二十多个匪徒向小狼山脚下冲了下去，影影绰绰见一队人马被两伙匪徒夹在了中间。

听阵阵枪声，战斗特别激烈，但攻山的匪徒们攻势没有减弱。

老穆坐在山下的一块青石上，脸色铁青，一个嘴角在往上抽搐。

匪首徐三摸叼着个大烟袋，吧嗒吧嗒地抽烟。"蛤蟆癞"的烟味呛得老穆直咧嘴。

老穆突然站起身来怒吼起来："徐三摸！——还要钱吗？还抽你那蛤蟆癞？我只给你半个时辰，拿不下小狼山，一万块大洋别想要！"

徐三摸也怒气冲冲地道："我咋知道点子这么硬，你不是说小狼山上就那小丫头片子有两下子吗?！剩下的都是白吃饱，咋冒出了这么多的好炮手？那枪！——他妈的打得也太准了！一枪一个，我都给整死三十多个弟兄了！你让我怎么办？"

老穆恶狠狠地道："我不管！只限你半个时辰，你看着办吧！"

徐三摸把大烟袋锅子往腰上一别，咧开满是黄板牙的大嘴，迈着两条罗圈腿，佝偻着腰，提着枪跑上前去："小兔崽子们！都给我往上冲！谁他妈的后退，我就崩了谁！拿下小狼山大洋加赏！"

他骂完，一手提着枪，一手攥着大烟袋杆子，啪一烟袋锅子砸在了二秃子头上。

二秃子一咧嘴："哎哟，大烟袋锅子，干吗打我？"

"你妈的！给我往上冲！不冲，我崩了你！"

"哥！我冲，我冲！"

三秃子看二秃子挨了一烟袋锅子，瞪了徐三摸一眼。

"你妈的！瞅啥？你也冲！我崩了你！"啪，三秃子头上也挨了一烟袋锅子。

三秃子眨巴眨巴斗鸡眼，摸了下脑袋，像兔子一样向前跑去。

张三、李四、王二麻子见了："爹！真是活爹呀！徐大烟袋锅子！这个王八蛋！弟兄们，冲吧！冲到山顶抓鸡吃！冲到山顶抢大洋，冲到山顶抢娘儿们！"

徐三摸哈哈大笑："弟兄们！——我和你们一起干！"他带头冲了上去。这帮匪徒们呐喊着，又蜂拥向山顶冲去……

天已渐亮了，小泉带领他的浪人精英武士都埋伏在山下的小树林里，焦急地等待唐珊的特遣队。

其实唐珊带领他的特遣队早已到了小狼山下，天还没亮，他不敢贸然行动。唐珊见天色已亮，才带领他的人马谨慎地向枪声密集的方向走去，他在琢磨咋样才能找到燕飞天。

听枪声，山寨的火力很猛，山下这帮人的损失也不会小，若真是燕飞天的人马，我倒好对付了。

这时他派出的两个侦探回来了。侦探报告说，前面不远处发现了燕飞天，因攻打山寨不力，死伤惨重，准备撤退。

唐珊问道："你们是怎么得到消息的？"

两人答道："我们偷听了他们的谈话。"

唐珊心中暗喜，天赐良机呀！他命令两个侦探带路，快马奔袭。他们跑出二百多米远，侦探道："队长，就是这里了。"

唐珊命令弟兄们把马都停了下来，想看看这里的地形。他刚拿起望远镜，只听嗒嗒嗒、嗒嗒嗒一阵枪响，六七个人从马背上摔了下来。

唐珊反应极快，他一个镫里藏身，双枪齐发。他大喊："撤！——我们中埋伏了！"他的战马噌的一声蹿了出去。可是，对面又是一阵枪声，又有几个人从马背上摔了下来。

他妈的！能逃出几人是几人吧！他催马拼命地向一道壕沟冲去。他跳下战马伏在壕沟里双枪齐发，射击追兵，掩护其他的弟兄。

他的人马撤入壕沟时只剩下十几个人了，好在他们子弹充足，枪法都好，不一会儿工夫壕沟前就躺下了五六具尸体，毕竟他们人少，四面受敌，又倒下了五六个人。

小泉带领浪人行动队又发起两次冲锋，扔下了几具尸体。唐珊身边只剩一个人了，两人都受了重伤，两人只有等着拼死了。

小泉看唐珊的特遣队只剩两人了，心中暗自高兴，他高声喊道："勇士们——！冲啊——！"二十多个日本浪人嘴中呀呀怪叫着蜂拥而上。

嗒嗒嗒。

嗒嗒嗒。

嗒嗒嗒。

嗒嗒嗒。

对面山坡的草丛里枪声骤起，小泉带领的这些日本浪人立刻被打蒙了。等他们清醒过来，已被撂倒了五六个人。

只见山坡草丛中跳出三十多个关东大汉，脚蹬马靴，一色的青衣裤，腰扎大带。光头下，个个双目如炬。他们双手轮着盒子枪从山坡上冲了下来，把那老穆带领的第二队人马吓得扭头就跑。

但已晚了。一阵枪响，老穆带领的人马，被撂倒了十几个人。

小泉不敢恋战，退回了小树林里。

这时徐三摸带领攻山的匪徒都撤了下来支援小泉，他们与老穆的第二队人马会合，仗着人多冲了过来。

这三十多个关东大汉根本没把他们放在眼里，抡起双枪如入无人之境，只听枪声阵阵，只见枪枪见红。喊杀声，惨叫声连成一片，片刻工夫，徐三摸的匪徒又被他们撂倒十多个人。

徐三摸一看不好——这帮爷咱可惹不起，还要什么大洋！要命要紧哪！跑吧！

他大喊了一声："弟兄们扯呼——！"他的喽啰们一哄而散，炝蹶子就跑。

小泉一看傻眼了，说了一声不好——我还要什么武士道精神？我还浪什么？我也跑吧，他领着剩下的十几个人撒腿就跑。

老穆见都跑了，急得他趴在一块大石头后面，大骂起来："徐三摸！滚你祖宗！你不管我了！瘪犊子！一块大洋你也别想要。小泉！你这个日本王八犊子！给我回来！"

小泉听到老穆的叫骂声，带领他的日本浪人折了回来。

该他倒霉，这时，从旁边的一个小山沟里跑出一匹枣骝马，向他们奔了过来。一匹空马谁也没有在意，当枣骝马跑到小泉他们身边，只见马肚子下钻出一个孩子来。

这孩子十五六岁的样子，他骂了一句："他妈了个巴子的！敢在我的地盘上扯犊子！"他双枪齐发。

小泉一看不好，倒在地下打了个滚，躲过了这一劫，可那十几个日本浪人可惨了，一下子就被那孩子放倒了两三个，剩下的那几个日本浪人钻到小树林里跑掉了。

那孩子也不追赶，嘴中骂了一句："这帮王八羔子！我手不黑，他们也不怕我！"他打马跑了回去。

山下不明身份的人遭夹击，山寨后奸细纵火，燕飞天顿有所悟，是何人设下的圈套呢？意欲何为？他突然想到了日本人——欲得碧玉蟾先铲除对手，不想我死。灭了小狼山山寨，占小狼山山寨落脚为根，以江湖人谋事，不露他日本人的狼子野心。

燕飞天长叹："这日本人费尽心机，绞尽脑汁，窥我沃土，欲掠宝藏，难道是想灭我中华吗？"

燕飞天正思忖间，攻山的匪徒们在徐三摸的驱赶下又蜂拥而上。匪徒们大呼小叫，枪声如爆豆一般。

菊儿非但不害怕，两眼倒笑成了一条缝，她对齐傲白道："爹爹！看菊儿给爹爹出气！"

说话间，啪啪啪、啪啪啪，她双手抡起了盒子枪，六个匪徒滚落了山下。

齐傲白乐得从菊儿腰后拔出盒子枪："菊儿！爹爹的枪不好用，我打给你看！"他瞄准了山下一个匪徒的脑袋。

啪的一声枪响，齐傲白哎呀了一声，只见他的胳膊上鲜血直流。

菊儿喊道："爹爹受伤了！——快来人哪！"两个喽啰兵赶忙把齐傲白扶到了后面。

张华阳咬牙骂道："看爷爷怎么收拾你们！"他一连几枪，又有几个匪徒滚落山下。

徐三摸看许玉把守的西寨角火力较弱，他调动匪徒重点攻打西寨角。燕飞天见西寨角吃紧，对都迅道："你这儿顶住，我去助许玉。"

燕飞天见西寨角下匪徒们蜂拥而上，许玉满脸是汗大声喊叫："弟兄们！——顶住！——狠狠地打！"说话间又有两个弟兄倒下了。

燕飞天从衣袋中掏出来一把子弹——啪啪啪，三个匪徒的脑袋炸开了花。匪徒们哄的一阵喊叫："我的娘哟！这是什么枪啊？打到脑袋上咋都开了大红花？"

一个匪徒喊道："二哥！——快趴下！这枪咱没见过，太他妈的霸道了！咱的脑袋不抗打！"

"六驴子！——别说话了！再说话，你的脑袋也开大红花了！"

"嗯！我不说话了！"匪徒们再也不敢往上冲了。

熊天彪听了，心中惊奇——燕飞天果然神鬼莫测。

菊儿一直在暗中观察燕飞天，只有她见到了燕飞天连动三指射杀了三个匪徒，心里暗暗惊异——燕哥哥，你是人吗？咋如鬼蜮一般。

想到燕飞天抱她的一刹那，她心里热乎乎痒痒的，有一种小虫子在爬咬的感觉，她不由得满脸绯红。

突然间，攻山的枪声停了，匪徒们开始后撤，山脚下的枪声愈加激烈。

天已大亮，山脚下的情景看得清清楚楚，燕飞天见被夹攻在中间的马队逃到壕沟里只剩十余人，几次交锋后，壕沟里只剩下两人了。

他忽听枪声爆响，见三十几个大汉从山坡草丛中冲出，一阵疯狂扫射，不停地绝杀，把群匪和树林里的伏兵打得抱头鼠窜。

他又见那孩子马肚下毙敌，燕飞天此时真是想不明白了，何处人马这般威风？看武器，看人的装束，都非同小可，可谓一流斗士，能是谁呢？

马肚下毙敌的孩子跑回喊道："侯叔！——受伤的人咋样了？"

侯得礼笑道："小胜子！离开大帅你就胆大了，以后不得擅自行动，你要是出了个一差二错，我无法向大帅交代！"

小胜子道："他妈拉了巴子的！敢在我的地盘上扯犊子！大帅说过：对付日

本人，手就得黑！侯叔，我不会出事，收拾那几个王八羔子不费劲。"

唐珊的伤势不算太重。他看着这帮雄赳赳气昂昂，身挎双枪的大汉，问道："多谢各位英雄救命之恩，不知尊驾是哪路人马？"

侯得礼看唐珊狼狈的样子："我先问你，你是谁的属下，为何与这些人结下了梁子？"

唐珊龇牙咧嘴地瞅着满脸威严的侯得礼："你等救我性命，我应据实相告。我是胡大帅派遣到关东的特遣队，是为寻找燕飞天，夺取碧玉蟾。"

侯得礼问道："可知围杀你们的为何人？"

唐珊狐疑地瞅着侯得礼："只知燕飞天率关东三寨人马攻打小狼山，为寻找燕飞天，我们就跟随到小狼山下，不知是何处人马在夹击我们。"

侯得礼又问道："你认为是何人所为呢？"

唐珊答道："树林中的那伙人夹杂着日本话，我疑是日本浪人所为。"

侯得礼听了，点了点头："我明白了，你知道这是什么地方，这是谁的地盘吗？"

"回爷的话，这是关东山，张大帅的地盘。"

侯得礼两眼有些冒火："不是你家的地方，你来干什么？可恨的日本人！刚才咋没把他们都杀绝了！兄弟，我本应杀你，但念你是被日本人所伤，我们都是中国人，我放你回去。你告诉胡大帅以后不要到别人家扯犊子了！"

唐珊扑通一声给侯得礼跪了下来："恩公可否告知大名，日后定报救命之恩！"

侯得礼道："起来吧，记住关东侯得礼就是了。有本事就都对付日本人吧！"

第八章　张大帅密计关东

一

小狼山一战，可说是惊心动魄，大当家的齐傲白胳膊受伤，弟兄们死伤二十余人。可这一战威名远扬，方圆几百里无人不知无人不晓。

这日，齐傲白、许玉、都迅、燕飞天，坐在聚义厅内，又提起那日纵火之事。齐傲白道："奸细不除，我心之大患，不知都先生与燕先生有何妙策？"

燕飞天道："不知那张华阳是何来路？"齐傲白把张华阳的来龙去脉细说了一遍。

许玉道："他说他是江浙雁鸣山人，为碧玉蟾到我小狼山寻找落脚之地。那次我小松林遇刺，他射杀二敌救我一命。这次迎敌前我去找他与我共同护寨，不料他与他的弟兄都酣然大醉，咋样踢打也不省人事。他来迎敌时，我等人见他射杀多个匪徒，他怎能是奸细呢？"

燕飞天又问道："我们来时有个周先生，为何多日不见？"

齐傲白道："此人老母病重归家侍母。"

都迅道："张华阳杀死奸细确是可疑，但无其他证据。大当家的，可佯作不知，暗中留意，多加防范，静观其变吧。"

小狼山一战后，江湖暂时风平浪静，燕飞天在小狼山已滞留多日。

燕飞天一直在思想：自从夜走于家庄，不知于老先生咋样，他很是挂念。燕飞天决定下山去一趟于家庄，探望于老先生，回来时再打探江湖消息。

第二天早晨，燕飞天告别都迅、齐傲白准备下山。菊儿得知燕飞天急于下山，赶忙跑来相送，菊儿把燕飞天送到山下。

菊儿恋恋不舍眼圈发红："燕哥哥——此行不知何日归来？菊儿会思念哥

哥，燕哥哥可要早回呀！"言罢，秀目中两滴晶莹的泪珠滚落下来。

燕飞天见菊儿目中流泪，温言道："菊儿，哥哥快去快回，不要挂念，在山寨跟师父勤学武艺，哥哥回来时看你是否长进。"

"燕哥哥——你下了山去，菊儿无心习武，人家只怕天天思念你！"

燕飞天笑道："傻菊儿！燕哥哥能不离开你吗？燕哥哥早晚是要走的呀。"

菊儿红着小脸儿，噘着小嘴："菊儿不要燕哥哥走——菊儿不要燕哥哥离开我！"

燕飞天以为菊儿在耍小孩子气，哄说道："菊儿，燕哥哥即使走了，也会常来看望你。"

菊儿眼现柔情，娇滴滴地说道："燕哥哥——菊儿不要你来看我……菊儿要和你在一起……"

燕飞天觉得菊儿眼神不对，不由得心中一震，他局促不安地在菊儿脸上凝视，哎呀——菊儿虽只有十三四岁，看起来她已是大姑娘了，这孩子春心已动，这让我如何是好？

燕飞天肃容道："菊儿！你还是小孩子！不懂这男女情爱之事，你要专心习武，助爹爹守护好山寨。"

菊儿听了，争辩道："燕哥哥！我已不是小孩子了！你亲眼所见，我杀了那么多悍匪，我还是小孩子吗？燕哥哥，菊儿喜欢和你在一起！"

燕飞天听了，怕菊儿再说出别的话来，脚踢战马冲了出去："菊儿！——不要胡思乱想，快回山寨吧！"

"燕哥哥……快些回来……菊儿等你……"

二

那日，侯得礼来到大帅府，径直到了张大帅的书房。张大帅在低头练字，他见侯得礼来了："得礼，坐吧！等我把这个'黑'字写完。"

他喊了声："小胜子！给你侯叔上茶！"

张大帅写完了那个"黑"字，把笔往桌子上一扔。

"我说老侯哇！这个'黑'字，我咋就写不好呢？我的脑子里整天都是这个'黑'字，他妈了个巴子的！小日本整天地惦记我的黑土地——今天拓荒团，明天开工厂的，净他妈的跟我扯犊子！我看他们就是想占我黑龙江的土地。拿我老张当面瓜吗？我他妈的得'黑'他！得礼，说说你办的事情吧。"

"大帅，关东三寨我已探访清楚，那里有三百多号人马，都是闯关东来的山东人。他们开荒种地，自食其力，寨内土地不许买卖，没有地主和贫民。为保护自己的土地，他们拉杆子建寨，寨内每家每户都有武器。寨民习武护寨，山寨从不骚扰乡里，是一群良善之辈。

"燕飞天确是去了关东三寨，但从没下山，更没有攻打小狼山之说。自传出燕飞天与关东三寨攻打小狼山后，赤阳镇聚集了多路人马——胡大帅派出了特遣队，老西子派出了行动组，江南也来了几路不明人马。

"日本人活动频繁，看来都奔的是燕飞天，抢夺碧玉蟾。我怀疑是日本人设的陷阱。"

张大帅听了，兴奋地说道："关东三寨好哇！这才叫拓荒团呢！山东人来开荒种地我高兴，他们吃饱了肚子，个个棒棒的！都是我的兵，别让小日本小瞧了我老张。

"胡大帅派人来干啥？少在我的地盘上扯犊子！小日本没安好心，他们设局大有名堂。你去赤阳镇，见机行事，该黑的就都给我黑了！小日本和胡大帅的人一个不留。他妈了个巴子的！敢在我老张的地盘上扯犊子！得礼，给你三十个人的特别行动队，够吗？"

侯得礼赶忙说道："大帅！够了，够了！但我要精英！"

"好好好！到我的警卫营里选拔，把刚从德国弄来的镜面匣子每人配备两支，满意吧？"

侯得礼又说道："大帅，还有一个事儿！"

"啥事？说吧！"

"大帅，把小胜子借我玩几天！"

"什么？——你带他干啥呀？"

"大帅，我想他了，顺便历练历练他。"

"他走了，我不顺手哇！"

侯得礼笑呵呵地说道："行了！大帅！就把小犊子借给我玩几天吧！"

张大帅盯了他一眼笑道："你自己问他吧！"

正好小胜子进来换茶，侯得礼问道："胜子！跟侯叔去玩几天好吗？"

小胜子斜楞了侯得礼一眼，笑道："侯叔！你别寒碜人了！我都多大了？都快娶媳妇的人了！还跟你去玩儿？"

侯得礼笑道："你才十六岁就娶媳妇哇？"

"侯叔！俺爹十五岁娶的俺娘，我还比俺爹大一岁呢！"

张大帅哈哈大笑道："胜子！你知道你侯叔让你玩什么吗？"

小胜子摇了摇头，侯得礼在他耳边悄悄地说了几句话。

小胜子一下子蹦了起来："大帅，我去！我跟侯叔去玩儿！"

张大帅道："胜子！我告诉你，他妈了个巴子的！敢在老子的地盘上扯犊子，黑他！机灵点儿，手黑点儿！"

三

说来话长，小胜子叫谭同胜，从小就没娘，跟随爹爹和姐姐在江湖卖艺，他们流落到关东。

有一天，姐姐表演马术，刚从马上下来，几个日本浪人看姐姐长得漂亮上前欲行非礼。爹爹见了上前阻拦，一个日本浪人拦住了爹爹，两个日本浪人撕开了姐姐的上衣，姐姐拼命地挣扎呼叫。爹爹气急，顺手抄起防身的大刀向日本浪人砍去，一个日本浪人惨叫一声，半条手臂被劈了下来。

那几个日本浪人挥起长刀劈向爹爹，爹爹倒在了血泊中。姐姐趁乱把他抱上了马背逃了出去，那几个日本浪人骑在东洋马上紧追不舍。

姐姐见已无活路可走，含泪说道："小弟！姐姐已无活路，你要记住，长大了给爹爹和姐姐报仇！"

说完，她跳下了马背，在马背上狠狠地抽了一鞭。马噌的一声蹿了出去。

小同胜在马上大声哭喊："姐姐……姐姐……我一定给爹爹和姐姐报仇……"

那几个日本浪人见姑娘跳下了马背，目露淫光，抓向姑娘："花姑娘……花姑娘大大的玩玩的干活……"

小胜子姐姐见日本浪人到了面前，挥出了手中的长鞭，一个被长鞭缠住了脖子的日本浪人摔落马下。

马上的那两个日本浪人气得哇哇怪叫："花姑娘！良心大大的坏了！花姑娘，良心大大的坏了！"

两个日本浪人恶狠狠地举起了长刀。小胜子姐姐睁着圆圆的双眼含恨倒在了地下，身上鲜血淋漓。

赶巧几个骑马巡逻的中国军人路过这里，看得清清楚楚。

一人说道："大哥！——这小日本也太欺负咱中国人了！那孩子也保不住啦！"

被叫大哥的那人说道："得礼！快把上衣脱了！哥儿几个快！"

这几个人脱下了身上的军衣，那大哥说了一声："打！"

啪啪啪几声枪响，那两个日本浪人从马上栽落下来。小胜子见那两个日本浪人被打落马下，他磨过马头跑了回来。他到了姐姐面前，跳下马背抱着姐姐的头放声大哭起来。

这时马上的大哥带着几个人走了过来，他走到小胜子面前："孩子别哭了！赶快把你姐姐安葬了吧，时间长了，就麻烦了！"

他对侯得礼道："你去找人把这孩子的姐姐安葬了，我们得赶紧走！"

他把小胜子抱上了马背，带着他的几个弟兄一溜烟地跑了。

小胜子在马背上看着地下躺着的姐姐，大声哭喊："姐姐……我一定给你和爹爹报仇！"

小胜子聪明伶俐又乖巧，张作霖夫妇都喜欢他，把他认为义子，此事只有侯得礼清楚。

小胜子从小就跟随爹爹习练马术，在不备马鞍的马背上可任意翻滚。张作霖又教他枪法，他练就的枪马功夫出神入化。张作霖做了大帅后，他一直跟随在张作霖身边。

四

于老先生今天起得很早，他推开房门，见院外大柳树上的小鸟叽叽喳喳地叫，心情好极了！

他把鸟笼子拿出屋外，挂在院内的梨树上，听着院内外鸟儿的啼鸣。

女儿于亚涵从屋里走到院内："爹爹真是好兴致。"

"涵儿，天气有些寒意，给爹爹拿件衣服来。"

于亚涵答应一声，走进了屋内。

这时院外有嘭嘭的敲门声，于静斋问道："这么早，谁呀？"

外面人答道："是故知，老爷开门便知了！"

于静斋打开了院门，哎呀了一声："贤契——可把老夫我想死了！快快到屋里说话！"于静斋兴奋地双手抖动。

燕飞天满脸带笑地拉着于静斋的手："老人家！这些时日可好？晚辈无时无刻不在思念你老人家！"

二人走到院内，于亚涵拿出一件衣服走了过来，她见爹爹领着一个陌生人来到家中，不由得惊异地站在了那里。

于静斋见于亚涵惊异地站在那里："涵儿，快过来见过颜哥哥！"

他又对燕飞天说道："贤契，这是小女亚涵。"

燕飞天抬头看去，咦，好标致的小姑娘——粉面娇艳，两只妙目露出惊疑的神色。

于亚涵羞答答地看着燕飞天，腼腆地轻语："颜哥哥——请到屋里坐吧！"

燕飞天听她声如燕语，娇柔悦耳，笑道："于姑娘，颜浩天打扰了！"他跟随于静斋走进了堂内。

于亚涵站在院内望着燕飞天的背影——好俊朗的颜哥哥，满脸的英气逼人，超凡脱俗，想必不是凡夫俗子，不由得心存几分敬意。

燕飞天与于静斋诉说别后的曲折经历，于静斋不住地叹息："贤契，老朽一直为你担忧，尤其是小狼山一战，我更是在五里雾里，现在我明白了，日本人贼心不死，想必还要卷土重来，不知贤契做何打算？"

"老爷，我正是为此事而来，日本浪人和江湖人都知我在你府上隐匿多年，我顾忌他们加害于家，我欲与老爷寻找个清静安全之处，这样我才能安下心来，以解我后顾之忧。"

于静斋听了频频点头："贤契此言有理，只是夫人病重无法脱身，待夫人病情好转再做道理吧！"

这时于亚涵从内室走了出来："爹爹，娘亲请颜哥哥到内室说话儿！"

燕飞天歉疚道："老爷，我早该给老夫人请安了，我这就过去给太太请安。"

于静斋道："也好！"他领燕飞天到了内室。

燕飞天见老夫人躺在病榻上，面黄肌瘦，二目无光。

他扑通一声跪倒在地下："太太，浩天早该来给太太请安了！只是国事不宁，晚辈身负重托，望太太谅之！"

老夫人欠了欠身子，孱弱地笑道："孩子，快起来坐下说话儿吧。"

老夫人叹了一口气："浩天——你刚才与老爷的谈话我都听得清清楚楚，想我于家几代书香门第，现逢乱世，多灾多难。我儿亚枫远在异国求学，我与我家老爷年事已高，死不足惜，只是涵儿我放心不下。涵儿本在奉天城读书，因我病重累她放弃学业。多事之秋，我恐涵儿遭遇不测，欲将涵儿托付与你，待我离世可安然而去了！"言罢，两滴浑浊的泪水滚落下来。

于亚涵两眼泪花闪动："娘亲——你怎能这样说呢？娘会好起来的，涵儿精心地侍奉娘亲，涵儿不让娘走！"

于静斋两眼湿润："夫人不可多想，好好将养身体，会好起来的！"

老夫人摇了摇头："老爷——我知我已时日不多，恳求老爷把涵儿托付给浩天吧！"于静斋默默地看着颜浩天不知如何是好。

于亚涵在娘身旁又羞又喜，满脸绯红，她两眼不时地偷看着燕飞天。

燕飞天此时急得满头是汗——这可如何是好？自己已有婚约，怎好再应他人！

他结结巴巴地说道："我已有婚约……"

还没等他说完"婚约"二字，老夫人说道："老身知你已有护花之心。"

燕飞天急忙说道："我不是那个意思……"

还没等他把"意思"二字说出来，老夫人道："天儿——我知道你要说你不是个坏人，你若是坏人，老身能把涵儿托付与你吗？"

燕飞天急得满头是汗："太太，天儿万万不能从命……"

没等他把话说完，老夫人又说道："天儿——老身听明白了，你是要说，万万不能丢下涵儿不管，老身明白了，老身可以死而瞑目了！"言罢老泪横流。

她拉住于亚涵的手又拉过燕飞天的手，有气无力地说道："涵儿——你有了依托，娘放心了，涵儿——娘放心了！"说完，老夫人昏迷了过去。

于亚涵吓得哭叫起来："娘啊……醒醒……娘亲……涵儿害怕！娘亲……快醒醒啊！"于静斋也上前呼叫。

燕飞天跪在老夫人跟前，拿过老夫人的手臂，把两根手指点按在老夫人的郄门穴和内关穴上。燕飞天点压了几分钟，输入了自身的真气。

老夫人慢慢地睁开了双眼："天儿——老身好多了！觉得身上有了些力气。"老夫人竟慢慢地坐了起来。

燕飞天道："伯母所患之病为胸痹，气滞痰凝，瘀阻心络。伯母气阴两虚，待我开出方剂，与伯母调养吧！"

于亚涵拿过纸墨，燕飞天在纸上写出了方剂——炙黄芪四钱、白芍四钱、党参三钱、白术三钱、茯苓三钱、熟地黄三钱、麦门冬两钱。

燕飞天开好方剂，递到于亚涵手里，再也不敢多言——只好日后找机会解释吧!

已至午夜,于静斋辗转难以入睡,白天老夫人把于亚涵托付给颜浩天,他在反复思索。

颜浩天言语搪塞,似有难言之苦,老夫人不分青红皂白,一厢情愿。

颜浩天乃是百里挑一的人中豪杰,他何尝不愿把于亚涵托付与颜浩天。可颜浩天似已有妻室,无法言明。

但看于亚涵的样子,对颜浩天情有独钟,这让我如何是好呢?除非让涵儿给颜浩天做小,但还不知颜浩天与亚涵是否愿意,他反复思量难以定论。

看老夫人的病情将不久于人世,怎能让老夫人死不瞑目呢?哎!——待我日后再做道理吧!

于亚涵躺在床上难以入睡,想着白天娘在病榻上,把自己的终身托付与了颜浩天,脸上在阵阵地发热。看颜浩天言语不畅,似有难言之隐。

也不知颜浩天的心里想些什么,他颜浩天到底想咋样呢?我于家虽不是名门望族,但也是书香门第。论相貌我是名花一朵,那些公子哥儿都望而却步。

有生中,还没有遇到过我意中的男人,不知颜哥哥是怎样地品评我。看那颜哥哥,真是让我心跳,怎知他就是同学们口中议论的大英雄燕飞天,今生若能与他结成连理,我死亦足矣。

也不知咋的,颜浩天的影子在她面前晃来晃去,若即若离挥之不去。天哪!——颜哥哥——你要涵儿迷恋死你吗……

燕飞天躺在床上更是思潮澎湃,他手中拿着鸳鸯戏水的红布兜肚,看着那一缕青丝,熊天娇的身影在她面前晃动——燕哥哥……娇妹就在你身旁……莺啼燕语声在他耳边响起。

他把红兜肚放在胸前仿佛又嗅到沁人心脾的幽香——天娇,你在想哥哥吗?哥哥在思念你。

燕飞天的思绪又转在了于亚涵身上,当初于于府藏匿多年,于老先生知我避难,心明如水,不予道破。

于老先生待我恩重如山,到如今为我又受牵连,于亚涵家将难保,无依无靠,我如避之何以为人,我咋能让老夫人死不瞑目呢?

亚涵倒是个好姑娘,但我已有婚约,这叫我如何是好?我若道明已有婚约,老夫人怎堪打击,恐怕性命难保,真叫我左右为难。罢了,罢了!还是先保住老夫人性命要紧。

次日燕飞天到老夫人室内请安,他见老夫人精神多了,老夫人的言语也有了些气力，全家人都很高兴。

于亚涵对老夫人更是体贴入微，一会儿喊声娘亲，渴吗？闺女给你倒水！一会儿喊声娘亲，饿吗？闺女给娘做好吃的！一会儿又给娘亲削个苹果。

燕飞天心中有些欣慰——昨天亏我没把事情道明，否则真不知老夫人今日会咋样。

自燕飞天来后，老夫人的身体日渐硬朗，屋内每天都有于亚涵的笑声。

于亚涵时常陪伴燕飞天聊天，燕飞天愈加怜惜于亚涵，于亚涵在燕飞天面前甜甜蜜蜜。

老夫人见了乐不可支。于静斋看在眼里，心里觉得踏实多了。燕飞天在于府滞留多日，他见老夫人身体日见好转，决定返回小狼山。

他对于静斋道："伯父，我在小狼山不会太久，重要的是我要探访日本人的活动和各地军阀的政治倾向，来判定敌友。待我回到关东三寨，选择确定你们的落脚之地。"

于静斋赞同燕飞天安置于家的计划。燕飞天又说道："伯父，精心将养伯母的身体，待我在关东三寨把一切安顿就绪，便前来接二位老人家与涵儿到关东三寨。"

于亚涵知道燕飞天要走，心中十分依恋和惆怅。她与颜浩天多日相处，觉得颜浩天的心中似有隐情，她又不敢深问。像颜浩天这样出类拔萃的好男儿，身旁能没有女孩子吗？我不管，我就要我的颜哥哥！

颜浩天俊朗英气的面孔，刚挺飘逸的身姿。颜浩天潇洒自若的神态，儒雅风趣的谈吐。颜浩天遇事不惊的沉稳，睿智的头脑思维，老成持重，大山一样的男人。

颜哥哥……小妹今生非你不嫁，小妹情愿随你浪迹天涯。娘现在重病在身，小妹不能离去，待娘身体康复我定随你而去。

颜哥哥……你若离去，带走了小妹一片痴心。颜哥哥……涵儿要你的温暖，涵儿要你的爱！颜哥哥……涵儿美丽，涵儿温柔，颜哥哥……爱涵儿吧……

老夫人得知颜浩天要走，对于亚涵道："涵儿——娘今天精神好多了！天儿要走，你多陪天儿说说话儿吧！"

于亚涵媚脸娇红，喊了一声："娘亲——！"

燕飞天随于亚涵来到她房中。燕飞天见于亚涵满脸恋意，眼中透着不舍的目光，泪欲滚滴。他心中有些不忍："涵儿，哥哥身负重托，民族兴亡待我辈奔波，待哥哥把那面的房舍都置办妥当，便来接你与伯父、伯母。你要照看好伯父、伯母，也要保重自己，身逢乱世，你处处要多加小心。我会常捎书信来与你，家中若有情急之事可报知小狼山山寨，他们会飞鸽传我。"

于亚涵从屋内拿出一把剪刀走到燕飞天面前，咔嚓一声，她剪下了一缕青丝，用红布包好，递到了燕飞天手里。

"颜哥哥……颜哥哥……"泪水滴落在燕飞天手中的红布包上。

燕飞天两眼有些湿润，他拉住于亚涵温柔的小手，柔声道："亚涵妹妹……哥哥很快就会回来，不要在心里苦坏了自己！"

于亚涵的小手在燕飞天的手中，她觉得一股热流涌遍了全身。她的身体仿佛在燃烧，在熔化，她觉得自己的血液已融入颜浩天的身体中。

她闭目娇语："天哥……天哥哥……抱抱我……抱抱涵儿……"

第九章　完达受蛊赴中华

一

渡边精心设置好了圈套，他满以为拿小狼山易如反掌，胡大帅的特遣队已是囊中之物，可他万万想不到的是小狼山山寨坚如磐石。

山上的内应不知何人所杀，更奇怪的是，已是瓮中之鳖的特遣队队长唐珊被救走。是什么人从天而降，屠宰了小泉行动队的十几个日本浪人？

燕飞天与关东三寨的人马既然到了赤阳镇，可到哪里去了呢？他百思不解。小狼山上提供的情报：山上只是来了几个探望齐傲白的生意人，难道问题出在这里，他真后悔没有搞清楚他们的身份。

看来——问题是出在这里了，那么螳螂捕蝉黄雀在后，救走唐珊，又是谁的人马呢？哎呀！莫非是燕飞天，是燕飞天和关东三寨的人马？

是了，是了！定是那燕飞天和关东三寨的人马，看来我失算了！他燕飞天果然是神鬼莫测。

我不能就此罢了，定要雪耻，从燕飞天手中夺取碧玉蟾。可怎样才能对付得了燕飞天呢？他又搜肠刮肚地思谋着对策。

他的脑海中突然间闪现出一个人来——完达博川。完达博川家武学渊源很深，他身怀绝技，自视清高，不问世事。

完达博川从不行走江湖，也不多与人交往，渡边年少时，曾在完达博川门下学过几天拳脚。

以日本浪人做掩护的侵华先锋川岛浪速，他为刺杀张大帅组建的决死团，也有完达博川的弟子。

嘿嘿！何不请他前来助我一臂之力，对付燕飞天。不如这般……他拿起笔来奋笔疾书，命人将此书信速寄回日本国。

这天，完达博川闲来无事与朋友品茶，有人送上一封来自中国的书信，完达博川启开信封，信中写道：

> 完达老师，多年未曾谋面，可安好？我在华多年，甚思完达老师。
>
> 为效忠天皇，小辈在华多经沧桑。中华地大物博，多奇珍异宝，只是难以得之。中华江湖中人更是武功奇绝。武林中人燕飞天武功绝伦，幻如鬼蜮，他持有国宝"碧玉蟾"。
>
> 我与他多次较量均败他手下，燕飞天可谓天下无敌。小辈知完达老师身怀绝技，无可匹敌，不妨来华施展，与燕飞天一较高下，扬我大日本帝国国威，弘扬完达家武学！望完达老师思之。速来华。盼回音。
>
> 渡边雄一

完达博川看到信中提及"碧玉蟾"心中震动，当提及燕飞天时更是热血沸腾。

哎呀！几百年了！碧玉蟾总算有了着落，祖上留有遗训：流落在外的祖传奇宝——碧玉蟾，后人必当收回。如今是苍天有眼，让我完达博川有望收回祖传之物。

夜里，完达博川请出了祖宗的画像和牌位，摆设好香炉，净手焚香。只见那画像上的人物——方头大耳，双目传神，阔嘴边的胡须飘洒，满脸雄风浩气。

牌位上一行篆书：大金国四王爷完颜兀术。

完达博川又拿出来一面奇镜，只见那奇镜光芒耀眼，让人不能直视。奇镜的后面刻有岳飞岳武穆的诗词《满江红》——

> 怒发冲冠，
> 凭栏处，
> 潇潇雨歇。
> 抬望眼，
> 仰天长啸，
> 壮怀激烈。
> 三十功名尘与土，
> 八千里路云和月。

莫等闲，

白了少年头，

空悲切……

铜镜上面还刻有四个金光闪闪的大字"精忠报国"。完达博川摆放好奇镜，插好了香火，跪在地下向完颜兀术画像连磕了几个响头："列祖列宗在上，不肖子孙完达博川定赴中国东北寻回碧玉蟾，望列祖列宗佑我成功，平安归来。"

完颜兀术病逝后，他的后人移居到了甘肃的九顶梅花山，后又移居中原和江南。

明朝时期，完达博川祖上完颜秋生不慎丢失了碧玉蟾，完颜秋生为寻找碧玉蟾杀了多名大内锦衣卫高手。完颜秋生因没能寻找到碧玉蟾而东渡扶桑定居了日本国，后人姓氏"完达"。

几百年来，与日本人通婚嫁娶繁衍后代，已融入了大和民族中。完达家不问政事，只是专研武学，习武护身。

连山码头熙熙攘攘，渡边雄一见完达博川身后跟着一男一女两个年轻人，他们一起走下轮船。

他喜上眉梢，快步走上前去，拉住完达博川的双手连连鞠躬："完达老师，辛苦了，辛苦了！渡边盼望完达老师多时……"

完达博川呵呵笑道："渡边君，你见到了碧玉蟾吗？"

"完达老师，难哪！燕飞天形如鬼蜮，神龙见首不见尾，只有完达老师可与之一搏了！"

"哈哈！我完达博川多年未逢高手对决了！看我怎样降伏他！现在就去拜会那个什么燕飞天吧！"

渡边晃着脑袋："完达老师，燕飞天鬼的一样……摸不到，看不到……根本就不知道燕飞天在哪里……"

"巴嘎！——让我来干什么？与魔鬼打交道吗……"

"不是魔鬼，是人——是魔鬼一样的人……"

"愚蠢……你的说不明白！公馆的干活，我喜欢与魔鬼对决……"

完达博川与两个年轻人坐上了渡边的小轿车，来到了公馆。到了公馆，完达博川拽过两个年轻人。

"渡边君，这是我的女儿完达栀子，外甥山口横寒。"

栀子向渡边鞠了一躬："请多多关照！"

山口横寒也向渡边鞠了一躬："渡边君！燕飞天三头六臂吗？我掰下他几个头臂扔到北海道的大海里！"

渡边笑道："山口君，好气魄！燕飞天虽不是三头六臂，但此人的技艺闻所未闻，见所未见，确是个很难缠斗的人物，你们与他交手时便知了！"

完达博川瞪了山口一眼："不要放狂！中国不是日本国，收敛收敛你的浪劲吧！小心燕飞天拆了你的骨头，妄自尊大！"

山口横寒愣了一下，看了栀子两眼："栀子妹妹，舅舅说我是王子，说我嘴大。栀子妹妹，哥哥是白马王子吗？哥哥的嘴大好哇！哥哥领你吃中国馋人的大餐。嘻嘻！"

完达博川哭笑不得："我说你妄自尊大，什么王子嘴大呀？巴嘎！"

坐在旁边的栀子笑得前仰后合："嘴大，蛤蟆的干活，水里喝水的干活，吃中国大餐，蛤蟆的上不了餐桌！"完达博川和渡边一起哈哈大笑起来。

山口横寒懵怔了："我不是王子，我是蛤蟆？哦！也好，癞蛤蟆是蟾蜍，中国人说蟾蜍是药材，能治疑难杂症，哈哈！"

山口横寒二十岁出头，高大粗壮，满身的蛮力。他从小就愚笨，完达博川知他练不出上乘武功，只教授他柔道、拳脚功夫和劈刺。

山口自己偷练些轻功和暗器，虽没达到上乘，但也有一定的造诣。他的柔道已达到八段，拳脚功夫和劈刺练得纯熟，在日本国也算个知名人物。

完达博川本不想带他到中国来，碧玉蟾是完达家的事，他不想让外人插手。

可山口横寒天天黏着栀子，完达博川知道山口的用意，他不喜欢山口，栀子的心里也根本没有山口。是完达博川的姐姐恳求他，让他带山口到中国来见识世面。

完达博川碍于姐姐的面子，只得带着山口横寒来到了中国。

渡边见山口高大魁梧，傲气凌人，听他的言语，倒像个英雄人物。可这完达栀子面如桃花，弱不禁风，这样一个貌美如花的女孩子随父前来能有何作为呢？

渡边正在思忖，完达博川问道："渡边君，不知何时可与那燕飞天会面？"

渡边答道："完达老师，你初来乍到，还不了解这里的风俗人情，明日我与你们同到奉天城，在那里多待些时日，熟悉熟悉这里的环境，再共谋如何对付燕飞天。"

完达博川点了点头："也好，任渡边君安排吧！"

完达博川行前思虑再三，我本源自中华，祖上无奈迁居日本国，现虽是日本国臣民，也不能与同族相残。我赴中华只为取回祖上流失的碧玉蟾，应谨记祖上遗训：不行杀掳，不与人为恶。至于那燕飞天，我倒应见识见识他，看我完达家的武学是否能与他匹敌，我居岛国不能妄自尊大。

他只是不放心女儿和外甥，他二人虽练就绝技，但他二人怎知中华地大物博，能人极多。他二人心高气傲，别生出别的枝节来，我应严加管束。

<h1 style="text-align:center">二</h1>

自从燕飞天离开小狼山，山寨倒也风平浪静。齐傲白的伤势日渐好转，都迅每天点拨熊天彪、菊儿的武艺和枪法。

只是菊儿时常发呆，郁郁不乐，她有时坐在那里，两眼发直，似乎有很多的心事。

都迅看在眼里——这丫头是怎么了？莫非与燕飞天有关？他也不解。

熊天彪看在眼里，他觉得这菊儿怪极了！但又让人怜爱。不知咋的，每当他看到菊儿，就想起了姐姐熊天娇。

燕飞天走后，菊儿觉得身边缺少点儿什么，见不到燕飞天她心里觉得空落落的。

——颜哥哥，你咋还不回来呀？她心里又思、又气。坏哥哥！臭哥哥！你回来，我也不理你！

她又想起那晚燕飞天抱起她的那一瞬间，那种挥之不去的奇妙感觉，让她脸红心跳——真羞！菊儿，想臭男人了！

燕飞天回到了小狼山山寨，他向齐傲白、都迅介绍了山下的情况。

他已查明，日本浪人的头领叫渡边雄一，是个老中国通。光绪年间，他的父亲渡边禁术，随同八国联军毁劫过圆明园。

此人工于心计，阴险毒辣。他手下有三十多个日本浪人武士，又收买了匪首徐三摸。这渡边对碧玉蟾志在必得。眼下渡边已不在赤阳镇，不知去了哪里。

燕飞天告知大家，那日山下被渡边和徐三摸夹攻的人马，是关内胡大帅的唐珊特遣队。他们中了渡边的圈套，他们被渡边放出的烟雾所迷惑，误以为攻打小狼山山寨的人马，是我燕飞天和关东三寨的人马。

唐珊他们想在背后袭击我，趁机夺取碧玉蟾，他们哪知，陷入了渡边布下的陷阱。若不是突然杀出的那标人马，唐珊也就魂飞关东山了！只是不知救走唐珊的人是哪路人马。

老西子的行动小组，那天在山下见了唐珊特遣队被歼灭，吓得没敢露面就跑回了山西。

有人说救走唐珊队长的是关东三寨的人马，关东三寨在江湖已是名声大震。

大家听了都是莫名其妙，尤其是熊天彪心中疑虑重重，丈二和尚摸不着头脑，他又思念起娘亲、两个哥哥和姐姐熊天娇来。

都迅听了燕飞天的一番言语，看着默默无语的齐傲白："大当家的，燕飞天此次下山，收获极大，很多事情都已弄明了，看来山寨眼前已无危机，我已完成孙先生所托，欲近日返回广东。我不放心之事，山寨奸细未除，实乃是后患，望大当家的慎防之！"

齐傲白频频点头，忧心忡忡。看眼前形势，我小狼山仍是众矢之的："都先生，有何法铲除那奸细呢？"

都迅沉思片刻："大当家的，我欲南归，暂无良策，我走后还是与燕飞天谋划吧！"

次日，都迅叮嘱了众人一番，他对菊儿仍不放心，把燕飞天叫到身旁："燕兄，这孩子从小没娘，常瑛烈士牺牲前再三叮嘱我，帮她照顾好这孩子！我远离关东力不从心，只有拜托燕兄了！"

燕飞天拉住都迅的手："都兄，国家事大，你放心地去吧！我会照看好菊儿，我们后会有期。"

都迅与众人依依惜别，跨上马背下了小狼山。菊儿站在山梁上，两眼流泪，大喊："师父——不要忘了，来看望菊儿……"

燕飞天在小狼山盘桓了多日，心中惦记着于静斋全家老少，想速回关东三寨，安排于家老小的安身之处。齐傲白这几天见燕飞天有时怔怔发呆，知他有心事，我何不问之，以解他烦恼。

"燕先生……看你心事重重，是否有苦衷？"

燕飞天长叹了一声，把与于家联姻之事细说了一遍。

齐傲白听了，心中不由得更加敬佩燕飞天——好个有情有义的君子，真乃天下大丈夫也！

"燕先生，明日启程吧！早些安顿好于家老小，以解你心中忧虑。"

燕飞天忧心忡忡："大当家的，我明日可行，只是放心不下山寨之事——奸细未除。奸细是山寨大患，我走了咋能安心？"

他唤过许玉："许兄嗜酒如命，有时误事，如许兄能把握住自己，处处留意，奸细不难除。"

许玉听了大加惭愧："燕兄，小弟知过，你放心地去吧！今日起小弟律己戒酒，处处留神，定要找出奸细来。"

燕飞天略为宽心："许兄，我走后，你要好自为之，菊儿还未成年，山寨存亡你责任重大！"

燕飞天又对齐傲白道："大当家的，疏而不漏，在己不在他呀！望大当家的慎之又慎！"

齐傲白捻须点头："燕大侠言之有理，言之有理呀！"

菊儿闻得燕飞天要走，竟然啼哭了起来："师父走了……燕哥哥也要走……没人理我了！只剩下爹爹了！我不要燕哥哥走……我不要燕哥哥走……"

燕飞天心中不忍，好言道："菊儿，哥哥身负重托，不得不走，待哥哥处理好诸事，便回来看望你！你在爹爹身边要好自为之，你要知道，你已是个大姑娘了！"

燕飞天不说便罢，菊儿听到这里，竟然扑在他身上痛哭起来："燕哥哥……我不让你走……燕哥哥……菊儿不让你走！你答应了师父要照顾菊儿，菊儿不让燕哥哥走……菊儿要和燕哥哥在一起……"

燕飞天只好哄劝她："菊儿，燕哥哥再来时，给你买糖葫芦吃，还给你买糖人玩，还给你买奉天城里的天津大麻花，保证都是你没吃过没玩过的好东西！"

菊儿扑哧一声笑了："菊儿想燕哥哥了怎么办？"

"你放鸽子呀！你放鸽子，哥哥就知道了！我再放鸽子给你，好吗？"

菊儿噘着小嘴："反正你不来看我，我就再也不理你了！你不理我，我就到关东三寨去找你！"

燕飞天笑道："菊儿，说定了！燕哥哥不会不管你！"

燕飞天与熊天彪告别了众人，率鹰不落五杰离开了小狼山。

菊儿一直送到赤阳镇，见燕飞天一行人上了大道，秀目中两行热泪滚落下来："燕哥哥……燕哥哥……何时来看望我……燕哥哥……"

三

这天傍晚燕飞天一行人到达了奉天城，为避人耳目，他们在城外一家客店住了下来。一行人吃过晚饭，熊天彪满脸含笑地看着燕飞天："天哥……"

燕飞天立刻就明白了："天彪，告诉掌柜的照看好马匹，我们进城。"燕飞天带着熊天彪与五杰兄弟来到了城里。

大街上灯火通明，夜市喧嚣，人来人往好不热闹。小贩子的吆喝声此起彼伏，妓院前的姑娘们花枝招展，嗲声连连——"大爷呀！跟小妹玩玩嘛！看我多温柔可爱，你搂着我，骨头都让你酥软了！"有的姑娘更是泼辣，竟伸手强拉客人，熊天彪和他的几个弟兄看得是目瞪口呆。

众人信步游逛，一抬头眼前是一座宫殿，哦！这就是大清国的故宫吧！此时夜已黑，故宫高墙外已无行人。

燕飞天眼快，只见两条黑影连闪，越过高墙，窜入了故宫院内。

燕飞天惊异，身形微动，越过高墙，他飘上了房去。瞬间，熊天彪不见了燕飞天，知他已进了故宫院内。他两脚点地越过高墙，飘落在故宫院内。

他正展目观望，只听哧哧哧三声轻响，熊天彪觉得左肩一麻。不好，中暗器了！他右手一动，三支追魂钉激射而出。

只听哎呀一声娇嘘。又听嗖嗖嗖破风声，三支暗器直奔熊天彪面门而来。

又见三道金光激至。嚓嚓嚓三声响，三道火星飞溅，奔向熊天彪面门的三支暗器被打落在地下。

真是令人匪夷所思。

惊愕！——院内没有声响，只见一条黑影抓起熊天彪蹿起一丈多高飘落院墙外。

燕飞天、熊天彪与众人回到客店，燕飞天扯开熊天彪上衣，只见三支小巧羽毛状的暗器钉在他左臂上。燕飞天拔出来暗器，为熊天彪上好了金疮药。

熊天彪看了看暗器："天哥，此暗器为何物?"

燕飞天道："还好！此暗器无毒，力道不大，应是女人所发，看起来她不想要你性命，只是告知你勿管闲事。她发暗器的力道不大，并没取你要害，不像是歹毒之人。后发暗器之人，力道极大直取你要害，是个心狠手辣之人。我若不打掉他的暗器，你命休矣。"

燕飞天又道："这女子发射的暗器名为'金雀荡'，是仿长白山金雀的脖羽制成，轻荡无声甚是难防。你那三支追魂钉打得倒也狠辣，只是你已受伤力道不足，已失准头，否则，那女子也是性命不保。

"我真不知奉天城咋会出现如此人物，难道是为我燕飞天，为碧玉蟾而来吗?

"天彪，今晚之事，你鲁莽唐突，如出意外，我如何向老夫人交代？日后做事要多察言观色，善用心机。"

"天哥，我见你飘入宫内，也是好奇，想看看故宫里是啥模样。"

"天彪！我是见有人蹿入宫内才随身跟进，你日后可不要再鲁莽了！"

熊天彪连连点头，心想：燕飞天，你真如鬼蜮，同在院墙下行走，我咋就没见有人蹿入宫内呢？难怪姐姐那么倾心于你。

山口横寒搀扶着完达栀子回到公馆，完达博川吃了一惊："栀子！你这是怎么了？受伤了吗？何人所为？"

山口横寒哭丧着脸："舅舅，给你看一样东西！"

他拿出来一枚残缺的铜钱，递给了完达博川。

完达博川接过铜钱，铜钱虽已残缺，铜钱上的一个"燕"字依稀可见。

"燕飞天"——是燕飞天！完达博川心中一凛：哎呀！难怪他名扬江湖，所向披靡，凭山口横寒的武功竟不堪一击，我倒真要会一会这位怪才了！不制服燕飞天，碧玉蟾是绝难到手！

完达博川不动声色："山口，你与栀子今晚到何处玩耍？又怎样遭遇了燕飞天？"

"舅舅，我与栀子妹妹闲来无事游玩到那皇太极的故宫外，一时心血来潮，想要看一看皇太极的龙座。我俩越墙刚进入院内，便有人跟了进来，栀子妹妹发现了来人，射出了金雀荡。

"来人武功不弱，中了栀子妹妹的金雀荡后连发三支暗器伤了栀子妹妹。我性急之下连发三支雀尾镖，不料被三道金光击落。一黑影提起受伤之人越墙而去，我在地下发现了这枚铜钱。"

完达博川突然板下脸来："巴嘎！真是胆大妄为，你们以为这是日本国吗？中国人武功高深莫测，中国的能人极多。燕飞天心无杀机，否则，你三个山口横寒也死在了他的乾坤镖下，日后没我应允不得外出！"

完达博川到内室脱去栀子上衣，见一支追魂钉插在栀子肩窝上。好在发镖的力道不足，入肉只有寸许。

完达博川为栀子上好了金疮药："女孩子家，不要太疯野了！你要惹出事端来，可就误了爹爹的大事儿。"

"爹爹呀！女儿没想惹事，只是想到皇太极的故宫里玩一玩，到皇太极的龙座上坐一坐。不料有人跟了进来，我只是想教训他一下，让他莫管闲事。我只是轻轻地打了他三支金雀荡，他却把我弄得这么疼！日后若见了那人，我定饶不了他！"完达栀子如花的脸上小嘴噘得老高。

山口横寒被舅舅训斥了一顿，心中老大的不服，我在日本国未逢对手，中国人也是人，你燕飞天就算有三头六臂，难道我山口横寒还怕你不成，日后如再能交手，定决雌雄！

四

> 霜天寒袭，
> 枫叶彤彤。
> 雁去南鸣，
> 归心似风。

燕飞天与众人一路疾驰，日落前到达了鹰不落大寨。熊天鹤见燕飞天与众人平安归来，满心欢喜地报知老夫人。

熊天鹤、燕飞天、熊天彪，一起到内堂给老夫人请安。

老夫人见了，乐得合不拢嘴："儿呀——你们都回来了！可想死娘亲了！天鹤——快备酒宴。"

燕飞天不见熊天娇，两眼看着老夫人似在疑问，老夫人见了，笑呵呵地说道："天儿啊！——自你走后，娇儿日夜思念，人已憔悴了许多。每日黄昏里，她都到后山亭内观望山下，思盼你平安归来，快去看看吧！"

燕飞天叹息了一声！转身向后山走去。夕阳渐下，枫林片片，白云在山顶飘动，一群大雁伴着白云南飞归去。

太阳的余晖伴着冷风吹洒在枫叶上，红光闪动，沙沙作响。山腰间的泉水跳跃而下，在潺潺溪水中唱着忧思的歌。

> 雁越山，
> 百花残。
> 霜染枫红，
> 黄叶飞天半。
> 高山流水斜阳里，
> 蜂蝶已去，

又见寒风起。

梦君现，
展罗衣。
一帘幽梦，
泪洒栏独倚。
小楼春风化细雨，
与君交颈，
白头长相依。

一曲《苏幕遮》在洞箫声后飘飘洒洒，悠扬婉转，如诉如泣，藏满了相思和幽怨。

熊天娇身披大红披风，冷风中，头发有些散乱，她面容憔悴，双手捧着洞箫，二目痴痴地望着远处的山岚。

"娇妹——！"

熊天娇从痴痴中清醒过来："天哥——！是我的天哥哥吗？"她回过头来，扑到了燕飞天怀里。

她浑身颤抖着，紧紧地抱住了燕飞天，迷人的丹凤眼中泪珠滚滚而下："天哥……天哥……天哥哥……"

她把脸紧紧地贴在燕飞天胸膛上，身体里热流滚滚："娇儿温暖……我幸福……思君归……与君双双飞……"

第十章　许玉血洒小狼山

一

渡边带领完达博川等人到了赤阳镇，他已摸清了燕飞天与小狼山的关系。他还要利用小狼山诱出燕飞天。

他部署了下一步的行动计划，从各地又调集来几十个日本浪人充实了小泉的行动队。

徐三摸上次虽没能拿下小狼山，但他死了不少的弟兄。为了继续利用徐三摸，渡边还是给了他不少的银圆。

徐三摸得到了钱财，倒也愿意为渡边卖命。渡边在思谋，让老穆督促徐三摸攻打小狼山，只是围而不打，引诱燕飞天率关东三寨人马前来救援，待燕飞天带领关东三寨人马将至小狼山时，让完达博川带领山口横寒、完达栀子截拿燕飞天。

小泉带领他的行动队对付关东三寨的人马，三箭齐发，一举成功。

已是初冬，关东山飘起了雪花，松涛声阵阵，此起彼伏，一阵大风过后，漫天的黄叶零落。

小狼山山寨的哨卡上，喽啰兵自言自语："真他妈的冷！黑灯瞎火的！这天在热炕头上喝上两盅老酒，再搂个小娘们儿多得劲！"他又骂了自己一句："损样吧！手指盖大的地都没有，还想搂娘们儿呢？净做他妈的美梦！"

哎！——抽袋烟吧！他拿出了烟袋锅子，刚要点烟，不行！——寨中有山规，晚上放哨不许抽烟。嘿！——大冷的天谁能出来，没人看得见。

他点燃了烟袋锅子刚抽了两口，只听啪的一声枪响，他倒在了地下。

他捂着受伤的胳膊大声喊叫："不好啦——快来人哪——有人攻山啦——齐

爷爷——快来呀——"

只听一声锣响，山寨里冲出十几个人来。山下已是枪声一片，只听枪声、喊叫声，不见人冲上山来。

齐傲白手里提溜着大算盘子，腰中插着盒子枪，望着山下沉思：渡边这老鬼子葫芦里又在卖的什么药呢？只听枪响和呐喊声，不见匪徒的踪影。

许玉道："大哥，天气寒冷，不见敌人进攻，我们都守在外面，怕把弟兄们冻坏了！不如这样，我们分成三伙，我俩与张华阳各带二十多人，轮流值守，其余弟兄到屋内暖和身子休息，敌人若攻山，弟兄们就都出来全力抗击，免得大家人困马乏。"

齐傲白点了点头："三弟言之有理，就这样吧！你与华阳先休息，我在这儿顶着，你们去吧！"

齐傲白对身边的喽啰兵们喊道："弟兄们！——都精神点儿！可别让山下的那帮兔崽子钻了空子！都把眼睛给我瞪圆了！"

菊儿把信鸽带在身边，看着齐傲白道："爹爹，给燕哥哥送信吧！"她手一松，那信鸽扑棱扑棱地飞了出去。"菊儿，咋这般性急！待摸清了匪徒们的用意，再放信鸽也不迟呀！"

"爹爹呀！待摸清了敌人的用意就晚了！事不宜迟，还是让燕哥哥早知道为好，免得酿出大祸。"

齐傲白笑道："菊儿，长见识了！真愿燕飞天速至小狼山。"

一夜间，山下的枪声不断。一白天匪徒们还是没有攻山。

二

一夜的小雪，山坡上已白茫茫一片。关东山真是神奇，白天还是晴朗的天空，昨夜一场大雪，把群山装扮得素裹妖娆，阳光照射下的群山银光闪烁，万物都在冰雪中等待复苏。

燕飞天回关东三寨已有月余，他望着窗外的大雪，心绪飞到了于家庄。他心中惦念于家老少——天寒地冻，伯母重病在身，怎耐得了路途的颠簸，我先修书一封，看伯母病情再做定夺吧！

他不顾夜里寒冷，燃灯疾书，哎——待天亮时，遣人下山。

他又想到小狼山齐傲白和菊儿，想到奉天城故宫所遇之事，他有种预感，要有一场大的血战。

燕飞天早早起身，刚刚派走下山投书之人，只见熊天彪急匆匆地走进门来。他怀里揣着信鸽，拿出一个字条来，递给了燕飞天。

燕飞天打开字条过目即呼："天彪——坏了！小狼山必有大祸！我们速禀知大哥与娘亲，早做定夺！"

燕飞天与熊天彪见过熊天鹤一同到后堂禀明了老夫人。

老夫人听了："天儿啊！国家多难，忠孝不能两全，去吧，你还是带着天彪去吧！让他多加历练。只是苦了娇儿，娘也揪心哪！去吧——去吧！国事为重，暂抛儿女私情，娘亲只盼望你们平安归来。"

熊天娇在一旁听了，泪眼婆娑，花容抖动，竟然抽泣起来。燕飞天见了黯然神伤，哎——劝慰劝慰天娇吧！

"天娇！不要忧虑，我燕飞天是命大之人，不要为我担心，国贼不锄，外虏不灭，我燕飞天岂能坐视？待我处理妥当眼前诸事，稍有安闲，便八抬大轿娶你过门，你我朝朝暮暮，同宿同飞，何不乐乎！"熊天娇听了，扑哧一声破涕为笑。

燕飞天心急如焚："天彪！你速放出信鸽，报知齐寨主，我们今天就出发，让弟兄们备好马匹，带足弹药，万万不可误事！"

熊天娇走到熊天彪身旁："小弟！江湖多险恶，你与天哥哥要相互照应，不要让姐姐挂念，不要让娘亲担心。"

熊天彪心里一热："姐姐——就是想你！还惦记娘亲。"

熊天娇两眼湿润，拉着燕飞天的手："燕哥哥，此行凶险极多，娇儿知你路为正道，事为正理，你不要挂念于我，安心前去吧！你我虽没拜堂成亲，但我已为你妻，任你走到天涯海角，不要忘记鹰不落你的妻……"

回到后堂，燕飞天看着偎依在自己身旁的熊天娇，动容地说道："娇妹，你达理贤淑，慧心难得，有你这样的佳人伴我终身，我燕飞天足矣！娇妹……我的玉人儿……"他把热唇紧紧地贴在了熊天娇红唇上……

吃过晌午饭，十来匹快马冲下了鹰不落山寨，一阵马蹄声，只见雪地上掀起一片弥漫的白烟。

三

第二天傍晚，赤阳镇上白雪皑皑行人稀少，燕飞天找了一家客店："天彪，不远处就是小狼山，让弟兄们喂好马匹，填饱肚子，准备上山。"

熊天彪答应了一声，让弟兄们检查好各自的枪支弹药和随身携带的暗器。

出了赤阳镇，燕飞天环视周围的地形地况："天彪，不管遇啥处境，都不要管我，若他们人多，你带弟兄们钻到林子里，凭弟兄们的本事，谁也奈何不了你们，你万万不可随我而来。"

熊天彪虎里虎气地笑道："天哥放心吧！我定让那帮兔崽子尝尝鹰不落六杰的厉害！"

眼前已见了小狼山，用不了半个时辰就可上山了，燕飞天突然喊了声："天彪——小心！"

话音刚落，只听小狼山下枪声大作。"天彪！快钻林子！"燕飞天大喊一声。熊天彪率五弟兄迅速蹿入树林中。

嗒嗒嗒，嗒嗒嗒，对面已射出了一排排子弹。

燕飞天是何等人物，他早已听到西面林中有人埋伏，听那声音有二十几个人。六杰进入林中，燕飞天已无所顾忌了。

哈哈哈！——伴着一声大笑，一个老者与一个年轻人飘然来到燕飞天面前。只见那老者六旬开外，面色红润，目放精光，三绺胡须飘然悦目。

那年轻人二十多岁，两眼圆大，目光如炬，一对墨黑的扫帚眉，像两只死蝉横卧在眼上。他年纪不大，倒是满嘴的黑胡楂子。

"你便是那燕飞天吗？"老者发问。

"燕飞天！我不知道什么燕飞天！我只知道燕子飞在天上拉屎，那屎拉到谁头上谁倒霉！"

那老者道："好好好！年轻人，我也不和你饶舌，我只问你，碧玉蟾是否在你身上？"

燕飞天嘻嘻一笑："你说什么？碧玉蟾？在我身上咋样，不在我身上又咋样？"

只听那年轻人冷哼一声："少废话！"手一动，三只雀尾镖奔燕飞天面门而来。

只听一声长啸，燕飞天已无影无踪了，他坐下的那匹黄骠马站在雪地里悠闲地直晃头，前腿的马蹄子刨着地下的积雪，低头啃着露出雪地的枯草。

山口横寒惊出了一身冷汗，不知所措。

完达博川大惊失色，此人武功已至巅峰，神鬼莫测，万万不可轻敌大意。

山口横寒忽听身后树上传出声音来："咋样，还玩吗？我不理会于你，让那老人家与我说话！"

完达博川望了望树上的燕飞天："小兄弟，请下来说话。"

燕飞天飘落在他面前："老人家，有话快说，我有要事不能耽搁！"

"老夫来自日本国，完达家，名博川。只因碧玉蟾乃是祖传之物，为寻回碧玉蟾，我祖上几代人费尽心机。今知碧玉蟾现身中华大地，老朽特来寻之。"

"老人家，此言谬矣！碧玉蟾在我中华大地几千年，怎知是谁家所有呢？何况中华动荡，乱世之秋，谁知谁居何心？老人家还是回去吧！莫要中了他人的圈套。"

完达博川呵呵冷笑："碧玉蟾……我志在必得，拿不到碧玉蟾，我誓不回日本国！"

"好！——那你就试试看吧！看你也是武学大家，颇具君子风范，那我们怎样对决呢？火器、暗器、轻功，任便！"

完达博川道："好！——看你身无火器，我们也身无火器，就以武学说话吧！"

"好！公平！一言为定！"二人飘起身形，各展绝技在树林中交起手来……

鹰不落六杰跳下马背躲在大树后沉着应战。雪地里打枪，射杀猎物是他们的家常便饭。每到冬天他们都在深山里狩猎，野猪、狍子、梅花鹿都是他们的枪下之物，有时遇到黑熊、老虎，他们也照样弄回山寨来。

他们个个枪法奇准又有一身的武功，这六杰根本没把眼前的这伙人放在眼里。

熊天彪在担心燕飞天，忽听身后有脚步声，他回头一看，距他十几步远的地方站着一个花容月貌的小姑娘。"哎！你是谁家姑娘？这里在打仗，危险！别伤了你，赶快走开吧！"

那姑娘气呼呼地看着熊天彪："果然是你！你骑在马上过来时，看你身形，就像那晚故宫里飞镖打我的人，我知你会到这树林里来，早在这里等候多时了！"

熊天彪莫名其妙："你说的都是啥呀？我咋听不明白呢！快走——快走吧！别伤着了你！"

"我们俩的账还没算呢！我往哪儿走？"

熊天彪更糊涂了："我说小妹妹，快走吧——别把你打死啦！"

他走上前去，想推那姑娘离开，谁知那姑娘身法奇快，一转身飘出几步远，熊天彪大吃一惊！

"你是谁？"

"我是谁？完达栀子——忘了奉天城故宫里打我的那一镖吗？"

熊天彪大吃一惊："哎呀！原来是你！是你先钉了我三镖哇！"

"我到那里去玩儿，谁让你多管闲事啦？我只是吓唬你一下，谁知你那一镖把我弄得好痛好痛！"只见她手一动，三支金雀荡飞了过来。

熊天彪气得只好躲避，他无心还手，他得顾及面前的敌人。"姑娘家家的！我不理你，赶快走吧！"

谁知那姑娘非但不走，回手又是三支金雀荡，熊天彪气得喊道："张舒！率弟兄们顶住，我把这小丫头片子撵走！"

他揣出三支追魂钉，心想吓唬吓唬她吧！"小丫头片子，看镖！"三支追魂钉向她头顶射去。

栀子笑嘻嘻地又飘出了十多步远。

"再打呀！"

"就打你！"

熊天彪又打出三支追魂钉，栀子又飘出十多步远。

"快走吧，快走吧！我熊天彪可没工夫搭理你，陪你玩耍！"

熊天彪刚往回走，那姑娘又跟了上来，又是三支金雀荡。

张舒边向对面开枪边回头喊道："哥——干啥呢？逗小姑娘玩呢？"

"闭嘴！你看我不整死这小丫头片子！"

小狼山上，齐傲白两眼充血，他大声吼叫："弟兄们！——关东三寨的人马就在山下，燕飞天就在山下，大家要顶住，老子和你们一起跟他们拼！哪怕弟兄们拼光了，也要护住山寨！这是弟兄们的家呀……"

齐傲白心里明白，燕飞天在山下遇到了麻烦，他必须带领弟兄们多顶一些时间。

徐三摸带领他的匪徒们为报前仇，拼命地向山上冲锋。匪徒们嗷嗷地胡喊乱叫，枪声响成一片。

许玉两眼喷火，他脱下外衣扔在雪地上，拿着一支长枪瞄准山下的匪徒。

乒的一声，一个匪徒滚下了山去。

"哈哈！不要命的就上来吧！老子就是死了也要多抓几个垫背的！"

张华阳领着他的十几个弟兄守着一个寨角，他们打得有章有法，都像是受过训练的军人。匪徒远了他们不打，待匪徒靠近了就一起开火，他们的寨角下已躺下了十几具尸体。

菊儿一直在齐傲白身旁，她怕爹爹再次受伤，不时地挡在齐傲白前面。

天已快黑了，徐三摸下了赌注。他右手提着枪，左手拿着大烟袋锅子，驱赶匪徒们向山上冲锋。他不时地用烟袋锅子敲打匪徒们的脑袋："谁他妈的不往上冲，老子就崩了他！往上冲啊——"

匪徒们在徐三摸的驱赶下蜂拥冲锋。

许玉身边又倒下了几个弟兄，眼看匪徒快冲上了掩体，许玉嗖的一声拔出了大刀："弟兄们！抄家伙！"十几把大刀砍杀起来，只见血肉横飞，哭爹喊娘。

许玉暴怒得像头狮子，他二目喷火，只见他的大刀上下翻飞，舞动如风，片刻工夫就被他劈倒了两三个人。

一个匪徒大声喊叫："我的妈呀！可不得了啦……大刀王五来啦……快跑啊……"这帮匪徒又屁滚尿流地退了下去。

张华阳那面稳如泰山，打退了匪徒们的三次进攻，无一伤亡。齐傲白觉得奇怪——张华阳打仗咋这般有章法呢？这个人真是捉摸不透。

在徐三摸的驱赶下，匪徒们开始向山寨正面疯狂进攻。

菊儿挡在齐傲白前面，双枪齐发，火红的小棉袄在山头上闪跃。她把白狐皮帽子扔在了地下，嘴中咬着她油黑的大辫子，两只俊秀的眸子中放射母狼一样的凶光。

嗒嗒嗒……

嗒嗒嗒……

菊儿已杀红了眼，只见匪徒们一个个倒下去。

在徐三摸的威逼下，匪徒们不顾死活地蜂拥而上，离掩体已不远了。齐傲白怒目圆睁，大喝一声！只见他手指连动。

啪啪啪……

啪啪啪……

噗噗噗……

噗噗噗……

“哎呀妈呀……我的眼珠子掉出来一只！”扑通倒下了。

“哎呀……我的爹！我的卵球打掉了！我要绝户了！”这家伙捂着根蹦了几下，哗啦啦滚下了山去了。

有的满嘴冒血，直咧嘴，“啊……啊……”哗啦啦滚下山去了。

有的一声没吭直挺挺地滚下了山去。

菊儿又是一阵疾射，又有五六个匪徒滚落了山下。

一个匪徒大叫：“徐大烟袋锅子……我他妈的不干了……这山上有阎王，杀人也太狠啦！赶快跑吧……”

黑松林中，松枝上的积雪纷纷飘下，两个身影在大松树旁你来我往。

燕飞天不想伤害完达博川，只是想让他知难而退。可完达博川步步紧逼，空中连发几掌。燕飞天并不还手，轻转身形飘落在旁边的一棵大树上：“老人家不要再打了！我不想伤害你，你还是回去吧！”

完达博川只是不理，又是连发三掌。燕飞天气往上撞，教训教训你吧！

他揪下一把松针，手一抖，一片针芒对准完达博川当头罩下。

完达博川毫不示弱，掏出一把金雀羽迎面撒去，只见斜阳下的金雀羽泛闪金光，似一片花雨把燕飞天罩在了当中。燕飞天只觉得光芒耀眼，二目难睁。他轻咦一声，这完达博川咋会这般绝技？燕飞天转动身形，已无了影踪。

完达博川的金雀羽是长白山的金雀羽毛，用铜镜放入铜盆浸水而成。铜镜是奇特之物，金雀羽经铜镜浸水后坚硬如针，见人身体热量吸附而入，钻入肌体游走，乃是鬼神难防之物。

完达博川暗乐，看你燕飞天何以逃脱。可不知咋的，燕飞天没有了踪影。

完达博川正惊愕间，只听小泉那面有人喊叫：“鬼呀！有鬼……”

完达博川伏身飘了过去，只见地下躺着三具尸体，咽喉中鲜血喷射，冒着血泡，声息全无。完达博川惊得目瞪口呆，身冒冷汗。

山口横寒更是惊骇地张嘴瞪眼，手心冰凉，大气也不敢出，只是看着舅舅干瞪眼。

完达博川真是不解，我的金雀羽没有不着道儿的！燕飞天是如何逃脱的呢？心中实是不服。

“老人家，请回吧！可别跟这帮浪人混了！回岛上养老去吧！”燕飞天规劝完达博川。

完达博川气得手一动，又是一把金雀羽，随后又推出了一掌。

只见金雀羽密如群蜂，遮住了斜阳。燕飞天眼前一片黑暗，他淹没在金雀羽中，又不见了踪影。

又是三声闷响。

扑通。

扑通。

扑通。

小泉的行动队又倒下了三人。

树林里传来冷森森的声音："老人家，还不走吗?！待我把小泉行动队的日本浪人杀绝了，你再走吧!"

完达博川两眼血红，两手青筋暴起，他飘起身形疯了一样向燕飞天扑了过去。

山口横寒在地下急得直跺脚，惊恐地喊叫："舅舅——我做甚?"

完达栀子在小树林里等候熊天彪，是为报故宫中一镖之仇。

因事前父亲多次告诫——不可杀掳，不可与人为恶，她只想找熊天彪出气。但她见熊天彪面目俊朗，敦厚豪爽，心生敬意，她不想为难他了。

但双方交手也不能随意任之呀！只好诱他远离他的弟兄，让小泉的行动队抢占先机，尽快解决搏杀。自己虽没动手杀人，但也尽了大日本臣民对天皇的忠心。

她几次激怒熊天彪，熊天彪还拿她当小妹妹看待，她深受感动，一生中从没见过这样好的男人，难怪爹爹常说，中华地大物博，能人极多，看来，中华大地情深义重，怜香惜玉之人让人倾慕。

她身居小小岛国，今中华之行，算是开了眼界，长了见识。完达栀子已喜欢上了熊天彪，想到此处，她脸红心跳，不由得停了下来。"小哥哥……你做你的事儿吧！我不妨碍你了!"

——什么小泉的行动队，渡边的夺宝计划都与我无关，管他呢！她坐在了地下，看熊天彪与小泉行动队的恶战。

她看熊天彪左挪右闪，威风凛凛，两支匣子枪在他手里就是两个判官，死活由他而定。

小泉的行动队，不时有人哀号："妈呀！疼死我了！妈呀！我回不了日本国了！妈呀！我见不到你了!"栀子在想：见不到娘了，怨谁呀？到中国来干啥？

熊天彪见小姑娘不再纠缠自己，我的小活祖宗，我可算是静心了!

熊天彪再也不理睬栀子，带领五杰弟兄把小泉的行动队打得鬼哭狼嚎。

张舒边向对面打枪边说道："哥！这里不用你，陪小姑娘玩儿去吧!"

熊天彪百嘴难辩："张舒，别砢碜哥了！看着点儿对方的子弹，别和我胡扯了！"

鹰不落六杰的枪法再加上燕飞天的乾坤神镖，小泉是心寒胆战。

完了……又完了……燕飞天与关东三寨可真是让人打怵，太难对付了！不行！我不能这样认输！不能损害我大日本帝国的威名。

"大日本帝国的勇士们！我们浪人是天皇陛下的忠诚亲兵，为天皇陛下尽忠的时刻到了！杀出去，让中国人看看我们日本武士的勇气！冲啊——"小泉高声呼喊。

啪啪啪，三声枪响，先冲出去的那几个大脑袋都开了花，白花花的脑浆伴着鲜血喷流。后面扑通，扑通……又是几声闷响，燕飞天又杀了几个。

小泉绝望了，他拿起战刀对准了自己的肚子：愧对天皇啊！我大日本帝国浪人永垂不朽！嘿！——进去吧！

一阵风飘过，小泉觉得握刀的手一麻，有人打下了他手中的弯刀。

"小样吧！还想死，中国话叫——别扯王八犊子！天皇没让你死。走吧！现在干不过人家，咱们再想办法。"小泉抬头一看，是山口横寒。

"谢谢山口君！我的不死了！我要学你完达家的功夫，报仇的干活！"

山口龇着牙笑了笑："以后就跟舅舅学我完达家的武功吧！共同对付燕飞天。"

完达博川在一旁听了，气不打一处来："山口！小瘪犊子！刚才没让燕飞天把你给吓破了胆，你现在装个狗屁英雄，别在这儿给我完达家丢人现眼啦！"山口横寒一声不吭，脸臊得像猪肝一样。

天已黑了，小狼山上枪声阵阵，齐傲白觉得身上有些寒冷，他想穿上白天脱下的长衫，可长衫不见了。

他看了看左右都没有："菊儿！你在这儿顶住，爹爹有些寒冷，回房找件衣衫。"

"爹爹，你白天穿的长衫呢？"

"我白天放在了掩体上，现在不知道哪儿去了，我回房找一件吧！菊儿！千万小心！爹爹去去就回。"

"爹爹！天已黑了，还是菊儿去吧！"

"菊儿，你不知放在哪儿，还是爹爹自己去吧！"

"爹爹，要多加小心哪！"

齐傲白回到寝房内，胡乱找了一件长衫披在身上，他急忙跨出了门外。

他脚刚落地，只觉得头上被猛击了一下，脑袋嗡的一声，两眼一黑，倒在了地下，只听有人冷哼："渡边老鬼子！别想找便宜。"他就什么也不知道了。

小狼山上已刮起了小北风，寒气逼人，又飘起了零星小雪。突然枪声大作，匪徒们高举着火把喊叫着开始了狂攻，子弹雨点一般向山上泼来。

许玉高声怒喊："弟兄们！——拼了！"瞬间，又有几个弟兄倒了下去。

匪徒们边冲锋边向山寨的掩体里扔火把，一时间，山寨的掩体里火光冲天，掩体里固守的喽啰们都暴露在匪徒们的视线中。一阵枪声，山上的掩体里又倒下了五六个弟兄。

有人喊道："张华阳受伤了……"

菊儿此时已不顾生死，火光把她的小红袄映得更红，白狐皮帽子被烟熏得有些发黑。她小巧的身影在山寨前飘来飘去，她的两支匣子枪连连怒吼，只听一阵阵的号叫声。

爹爹咋还不回来呢？菊儿有种预感，爹爹出事了！她大声呼喊："爹爹——爹爹——"

她见没有回应，跑到许玉身旁："许叔叔！爹爹失踪了！你千万顶住，我去寻找爹爹！"

她几个起伏到了后寨，不见齐傲白踪影。

"爹爹——"她又到了齐傲白的寝室还是不见齐傲白踪影。

"爹爹——爹爹——"她疯了一样奔回了前山。

山上的弟兄们见大当家的失踪了，一片慌乱。匪徒们趁着混乱攻上了山寨，山寨里火光四起，鸡飞狗跳，哭喊声一片。

菊儿俊目圆睁，柳眉倒立，小白牙咬得咯嘣咯嘣直响。她的两支匣子枪喷着火蛇，匪徒们一个个中弹倒地。菊儿大声疾呼："燕哥哥——燕哥哥——"

许玉身上已多处受伤，浑身是血，他挡住了十几个匪徒，对菊儿喊道："菊儿——快走——留得性命下山去找燕飞天，再回来寻找你爹爹，快！快走——！"

菊儿跺了跺脚："许叔叔！许叔叔！"

许玉状如疯虎，挡住群匪厮杀了起来。

菊儿跑到后寨牵出了她的雪兔马，两眼含泪跨上了马背，趁着月色从后山小路跑下山去。

四

燕飞天已识破渡边的诡计，知道小狼山危在旦夕，他在担心齐傲白、菊儿、许玉。

只因完达博川缠着他没完没了，不能尽快脱身，他心急如焚，只得痛下杀手。

只见他手腕微动，大喊了一声："天彪！上马冲山！"

完达博川见三道金光激射而来，急转身形，嚓的一声，颏下的胡须被削下了一大截。他惊得张着嘴巴作声不得，眼看着燕飞天跨上了马背，带领着鹰不落六杰向小狼山上冲去。

这时小狼山上火光冲天，枪声已渐稀疏。

燕飞天的心已揪起："坏了……坏了……不知菊儿和齐傲白咋样？"他紧催坐下黄骠马向小狼山急冲。

徐三摸见燕飞天和鹰不落六杰冲了过来，带着三十多个匪徒围了上来。

熊天彪六弟兄伏在马背上，各显神威，一阵枪响，他们前面倒下了十几具尸体。

燕飞天掏出一把火石弹，手指疾动。啪啪啪，三个脑袋开了花。

匪徒们惊呼："我的妈呀……这是啥玩意儿？脑袋都崩开了！可不好了……快跑吧……阎王又到这儿来了！"

燕飞天喊道："天彪！——不能恋战，到后山寻找菊儿、齐傲白和许玉！"

熊天彪打马向后山绕去，徐三摸带领他的匪徒们在马上紧追不舍。

菊儿跑下了后山，我到哪儿找燕哥哥呢？她已听到了不远处的枪声，可能是燕哥哥来了吧！她打马向枪声密集的地方跑去。

今晚的月亮特别圆，把雪后的大地照得如同白昼，熊天彪见前面不远处一匹快马跑来，马上一个娇小的身影，红红的小棉袄，月光下清晰可见，他高声喊叫："是菊儿姑娘吗——？"

"天彪哥！燕哥哥呢？"

燕飞天在后面听到是菊儿的声音，心里一阵欢喜，谢天谢地！菊儿还活着："菊儿——菊儿——你爹爹呢？"

"啪啪——"

两声枪响，菊儿从马上一头摔了下来，她的雪兔马受了重伤，倒在地下咴儿咴儿直叫。熊天彪打马冲到菊儿面前，一伸手把菊儿抱上了马背。

他紧紧地搂住菊儿，不料菊儿惊呼一声："天彪哥！——摸我哪儿呢?"

熊天彪只觉得手中软软的，哎呀！小时候在山上摸姐姐的胸要馍吃，被姐姐推倒磕破了头，那场景浮在眼前，他不由得松开了抱住菊儿的手。

谁知这坐骑受到了惊吓猛向前冲，熊天彪从马上一头摔了下来。菊儿一看不好，掉转马头跑到熊天彪身边伸出小手拽住了熊天彪。熊天彪借力蹿上了马背。

"抱紧我！天彪哥！"

匪徒们越聚越多穷追不舍，鹰不落五杰在后掩护熊天彪和燕飞天。

只听枪响人号，匪徒们纷纷落马。这哥儿五个，在深山老林里都是打飞禽走兽的高手，对付眼前的这伙匪徒不算费力。

徐三摸仗着人多势众，沾沾自喜：这回能捉到燕飞天，可就发大财了！渡边的银圆美女都在等着我呢！

他正在做着美梦。只听两边的树林里枪声大作，他的人噼里啪啦纷纷从马上坠落下来。

树林里有人高声喊叫："徐三摸——听好了！——我们是关东三寨的二路人马，在这里已等候你多时了，还不下马领死！"

又是一阵枪声，又有几个匪徒从马上摔了下来，徐三摸吓得魂都没了——他妈的！这整的是啥事儿? 棒子手哇！尽他妈的打我闷棍！关东三寨——你尿性！燕飞天——你尿性！我不跟你玩了！

"弟兄们——快跟我大烟袋锅子跑哇……"

"小三——干他妈啥呢? 咋还不快跑?"

"烟袋锅子！——我不知道往哪儿跑哇！"

"妈了个巴子的！那就别跑啦，等死吧！"

"大哥——我尿裤子啦！"

事态的突变，燕飞天如在梦里：难道大哥熊天鹤真的派来了二路人马接应? 不对呀！大哥咋知我们的处境呢?

"林中的朋友……哪路人马……道个蔓儿……我燕飞天日后定报援手之恩！"

林中人答道："燕飞天……现不便通名，你日后便知，我们后会有期，记住侯得礼就行了！"

燕飞天见徐三摸的人马逃跑了，告诉大家下马歇息。

菊儿跳下了马背，跑到燕飞天身旁，一头扎在了燕飞天怀里放声大哭起来："燕哥哥……爹爹没了……找不到爹爹了……燕哥哥……我没有家了……燕哥哥……没人管我了！我要找爹爹……"

菊儿哭得泪人儿一样，真是梨花带雨，风吹荷动。

燕飞天只得好言安慰："菊儿……不要着急，你爹爹不会有意外，待天亮我们派人打探，定有你爹爹的消息。"

燕飞天对熊天彪道："弟兄们奔波苦战了一天，找个落脚之处歇息吧！待明日早起，我再到小狼山打探齐寨主下落。"

燕飞天到小狼山打探了两天，还是没有齐傲白消息，只知许玉战死在小狼山上，他的尸体旁布满了匪徒的尸体。

菊儿茶饭不思，只是啼哭："许叔叔为我而死……爹爹下落不明……我已无家可归……爹爹呀……菊儿的命咋这般苦哇……"想到此处，菊儿又放声痛哭起来。

熊天彪在一旁心中阵阵酸楚，眼中含满了泪水："天哥！我们带菊儿回鹰不落吧！回到山寨安顿好菊儿，我们再设法寻找齐寨主。"

燕飞天低头不语，他在思谋万全之策。熊天彪见燕飞天默默无语，有些心急："天哥——不知你还顾虑什么？我鹰不落六弟兄还保护不了菊儿吗？天哥——放心地把菊儿交给我们吧！"

燕飞天面沉如水："我燕飞天已对不住齐寨主了！不能让菊儿再出差错，我知你六弟兄侠肝义胆，我担心完达博川截拦。完达博川身怀绝技，你等万万不是他的对手，你要多加防范！但——凭你和菊儿的武艺再加上你的五个弟兄，只要留心谨慎，完达博川也奈何不了你们。"

菊儿在一旁听了，又哭啼起来："燕哥哥……为何不和我们一起走……不管菊儿了吗？师父把我托付与你……现在爹爹没有了！你也不管我了！菊儿怎么办哪？爹爹……爹爹呀……师父哇……师父……"

"菊儿——不要啼哭了！燕哥哥留在此处是为寻找你爹爹，有了你爹爹的消息，我立刻追赶你们。有你天彪哥哥六杰护着你，放心地跟随天彪哥哥去吧！"

菊儿停止了悲啼："燕哥哥——找到了爹爹，带爹爹快些来看我！"

燕飞天的眼睛有些湿润："菊儿！跟天彪哥哥走吧！"

第十一章　燕飞天追古前金

一

燕飞天彻夜辗转难眠，思绪万千。小狼山丢失，许玉战死，齐傲白下落不明，菊儿无家可归，都是己之过，我若早些打发了完达博川，不至于如此。

完达博川使出金雀羽时，已看出了端倪，金雀羽的功夫与自己的武功出自一脉。

完达家与我颜家似有渊源，难道是一祖的子孙同室操戈吗?

想我颜家祖先乃是前大金国四太子完颜兀术（宗弼）。先祖逝后，我等后人移居关内九顶梅花山下，后又分迁中原、江南，难道……

北宋年间，辽东的长白山里有一女真部族首领完颜阿骨打，完颜阿骨打天生神力，能开千斤硬弓。完颜阿骨打统一了周边的各部族，建立了大金国。

大金国与大宋国联手灭了北方的霸主大辽国，大金国日渐强盛，粮草充足，兵勇个个似虎豹。

这年冬天，北风卷着烟雪裹打着山坡上的毡房，毡房内一个十二三岁的少年搂着两只羊儿取暖酣睡。

突然间，轰隆一声霹雳爆响，天降巨物，天崩地裂，地动山摇。山上的冰雪瞬间融化，山林间燃起了熊熊大火。

毡房中熟睡的少年被巨响声惊醒，他被巨响声震得有些耳聋。他瞪着恐惧的双眼望着毡房外山上的熊熊大火，山上的大树被烧得噼啪直响，不时有石头的炸裂声，半边天都被映得通红。

热浪烤得他皮肤有些发烫，他躲在毡房内见大火燃烧了很长时间，才渐渐地熄灭了下去。

第二天清晨，他早早地来到山上，只见山上草木皆无，黑漆漆的一片。山上的石头都已被烧焦，山脚下出现了一条长长的山沟，一个深深的洞穴往外冒着清水，形成了一条溪流。

他在山上走了一会儿，发现不远处有一块大石头，他走到大石头旁，见这块大石头有一千多斤重，闪着耀眼的金光。他感到惊奇，从没见过这样的石头，他走得有些乏累，在大石头上坐了下来。

少年坐在大石头上，突然觉得屁股有些发热，紧接着热流遍布全身。"哎呀!"——太热了！他觉得浑身在燃烧，手指节发胀，里面好似啪啪作响。

他头好晕好大，脑海里闪现出一个瘦弱慈祥的面孔——娘亲。

娘亲——兀术儿要死了！他头一歪，昏死了过去。

不知过了多长时间，完颜兀术渐渐地醒了过来。他只觉得脑清神爽，似一个闷葫芦开了一个口子。

小时候先生教的《百家姓》和四书五经都历历在目。他觉得都能倒背如流，豁然间，通晓了许多不知的道理。他站起身来，只觉得四肢百骸轻松舒展，身上似有无限巨力。

他看着金光闪闪的大石头，神矣！怪矣！天降此物与我不知祸福，待我运动这大石头，看看是何道理。他轻轻地去推动大石头，大石头竟然动了起来。

他索性张开两臂搂抱那大石头，不料那大石头竟被他搂抱了起来。

他惊愕得一身冷汗，娘亲哪！我哪来的这么大力气？娘亲！——娘亲！——孩儿害怕呀！他愣了半晌，我管它呢！把它抱回毡房吧！他抱起大石头回到了毡房。

完颜兀术乃是大金国太祖完颜阿骨打的四皇子，母亲身份卑微，生下他时，无人问及。他有三个哥哥都是大妃二妃所生，得太祖恩宠，他见不到父皇。三个哥哥时常欺负他，母亲只是暗暗流泪。母亲怕他遭到意外，当他八九岁时，母亲为他讨了一座毡房让他牧羊。母亲有时偷偷地来看望他，母子俩只能相拥而泣。

完颜兀术自得了大石头，便白日牧羊，晚间与大石头为伴。他疲累时坐在大石头上立觉精神焕发，精力旺盛。

这日夜里，他酣睡间忽现异梦，夜空中飘落一鹤发童颜道者，那道者笑道："兀术小儿，小小年纪牧羊终生吗？何不跟老道学些武艺，待时机来时，到中原古地开开眼界。"言罢，道人取出一柄金雀大斧，只见那大斧——斧柄一丈余长，斧头大如半个锅盖，刃如寒霜。斧背上蹲伏一只振翅欲飞的金雀，金雀张着尖利的锐嘴似在啼叫。道人舞动大斧，呼呼风声响，一片斧影，金光四射罩住了道人的身形。

风声伴着金雀的啼鸣声，让人心神迷乱望而生畏。道人突然收住了大斧，笑呵呵地看着完颜兀术。

"孩子，好自为之吧！"言罢，不见了踪影。

完颜兀术醒来，惊恐得睡意全无，梦中的道人似在面前，道人使的斧法历历在目，他索性在毡房内比画起来。他比画了一会儿，心想：没金雀斧咋行！可去哪儿找金雀斧呢？

嘿！——有了！他趁着月色走到山坡上，他看好了一棵碗口粗的白桦树。他双臂一较力，"嘿！"——白桦树被他连根拔了出来。

他削去了树梢，去了树根，拿在手中舞动起来，哎！——太轻飘了些，将就用吧！此后，碗口粗的大棍不离身旁，一有空闲，他就舞动起来。

大金国灭了辽国后日见强盛，兵强马壮，粮草充裕。大金皇帝太宗完颜吴乞买（金太祖完颜阿骨打的弟弟）见大宋国皇帝昏庸无道，朝臣腐败无能，无良兵战将，常怀觊觎中原之心。

他想开疆拓土，游历江南的花花世界，那日金殿之上，他召群臣议事。

"我大金国兵强马壮，个个都是似虎儿郎，我思进取中原，开疆拓土，夺大宋锦绣江山，掠他的财帛子女及能工巧匠，充我大金国力，众爱卿有何良策？"

谋臣张若冰，本是汉人，饱读经书，博学多才，颇有谋略，大金皇帝请他为座上宾，出谋划策。

张若冰奏道："皇上，大宋国徽宗皇帝昏庸无能，朝纲不振，奸臣当道，连年来国力日下，正是我大金国出兵中原的良机。我大金国虽兵强马壮，但缺少能征惯战、排兵布阵的帅才，当务之急是选拔能征惯战的兵马大元帅。"

金太宗听了哈哈大笑："先生果然我良臣也，明日辰时金殿上比武选帅，从诸王子起至平民百姓。"

次日辰时，金殿外聚满了看热闹的人。金殿内，三个皇子踌躇满志，摩拳擦掌，跃跃欲试。

太子完颜斡本手持熟铜大棍，一阵劈头盖脸，滚动如风，上下左右，横扫千军，金殿内一片喝彩声。他停下大棍，大气不出，面不改色，他撇着嘴，斜视着那哥儿俩。

二皇子完颜斡离不，气往上撞，挥起他的狼牙棒在完颜斡本面前一个鹞子翻身，我打你的头！又一转身，我扫你的腿！狼牙棒上下翻飞，舞得风车一般，金殿内又是一片喝彩声。他停下身来，面不改色心不跳，稳如泰山。他两眼瞪着完颜斡本，嘴角轻动：小样吧！跟我扯啥犊子！

三皇子完颜讹里朵见两个哥哥都要完了把式，嘴露讥诮——就那两把刷子还拿出来玩哪！看我老三的吧！他拿起泼风大刀，一招力劈华山，身形一动，一招乌龙摆尾，一招犀牛望月，一招横扫千军。唰唰唰，连环三刀，金殿内连声喝彩。完颜讹里朵趾高气扬，又来了个风雨不透，转了个怀中抱月收了刀式。他颜面平和，就像没活动过一样。

太宗皇帝乐得直拍手叫好："皇侄呀！——你仨人虎豹豺狼也，我大金国开疆拓土可望，指日可进兵中原也。"

张若冰见三位皇子的武艺在伯仲之间，心想：看看他们的攻防战略吧。

"太子，若你执掌帅印，如何攻防，排兵布阵？"

完颜斡本道："我大金国乃虎狼之师，南蛮人瘦小枯干，我只像宰猪赶羊一样赶杀他们，无须防守！大兵压境，一哄而上夺城占地，掠他子女，抢他牛羊，还排什么兵，布什么阵！"

"二皇子，如你执掌帅印，如何攻防，排兵布阵？"

完颜斡离不答道："我大金国众儿郎彪悍勇猛，深山里的狼虫虎豹我们都任意宰之，攻杀他们，只当撵兔子罢了！无须防守。我率众儿郎冲杀进城去，全城的子女、财帛、牛羊尽归我大金国，无须排兵布阵。"

"三皇子，你来说说看。"

完颜讹里朵看了看两个哥哥，面带嘲讽："张先生，我带三分之一人马攻城略地，留下三分之一人马守城，我再带三分之一人马攻城略地，我再……"

"行了……行了……三皇子不要往下说了！"张若冰长叹了一声，连连地摇头，"皇上——皆蠢材也！可叹大金国无栋梁之材，发兵中原，难也……难也……"

太宗皇帝听了，脸上勃然变色："你们这三个愚昧之人，只知道舞枪弄棒，长的都是猪脑子！牛脑子！羊脑子……你们以为是在自己家里杀猪宰羊吗？大宋国地大物博，幅员辽阔，能人极多，天哪……天哪……我大金国栋梁何在？"

他话音刚落，忽听金殿外有吵闹之声，他正火气难消，大怒道："何人殿外吵闹？推出去斩首！"

他正在喘着粗气，余怒未消，见一彪形大汉手提一碗口粗大棍闯进殿来。

殿两旁武士上前拦截，大汉扔下大棍，两手齐动，一手抓起一个武士扔出一丈多远。他拿起大棍向殿内走来，满朝文武惊骇不已。值殿将军提刀向他头顶劈去，他手中大棍轻轻一动，大刀被震飞两丈多远。

金太宗吓得一身冷汗，心想：当年太祖皇帝力大无穷，能拉千斤硬弓，看这大汉比太祖皇帝还要厉害。

他见大汉向殿上走来，嘴中连喊："护驾——快快护驾——！"

满朝文武都张大了大嘴巴无一人敢动，太宗皇帝惊坐在龙椅中。

大汉到了龙案前，扔下大棍，两膝一曲，跪了下去："皇上，四皇侄儿完颜兀术给皇上叩安了！"此言一出，满朝文武皆大惊失色。

太宗皇帝见大汉跪了下来，没听清他说的什么，满脸疑惑地说道："你再说一遍……说一遍……你是谁？"

"皇上，臣是侄儿完颜兀术。"

太宗听了，心中一震："什么……你说什么……你是完颜兀术！我的四皇侄儿！你再说一遍，让我听清楚了！"

完颜兀术见皇上还呆坐在龙椅上，他想站起身来靠近皇上。太宗皇帝连连摆手："跪下……跪下……跪下回话！"

完颜兀术只好跪在那里："皇上，我是你的四皇侄儿完颜兀术，给皇上叩安了！"

太宗皇帝心里已安稳了许多，他听得清清楚楚，眼前的大汉是他四皇侄儿完颜兀术，喜得他摇头晃脑，胡须抖动。

他霍地坐直了身子："皇侄儿啊……这些年你到哪里去了？自你生下，皇叔就没见过你呀！快快起来……快快起来……让朕好好看看你。"说着他走出龙案双手拉起了完颜兀术。

他喜滋滋地在完颜兀术脸上、身上仔细地看了起来。只见这兀术方头大耳，目若朗星，一对漆黑的卧蚕眉，鼻挺口阔，面如粉玉，颏下已现微须。再看他身高八尺，虎背熊腰，真是威风凛凛，英气逼人。太宗皇帝越看越爱看，越看心里越喜欢。

"皇侄儿啊！——今日殿上选帅，非你莫属了！"

完颜兀术正色道："皇上，侄儿不显露功夫怎能服众！"言罢，走下殿去。

他见殿前有一大鼎，足有一千多斤，只见完颜兀术蹲伏下去，一只手攥住了鼎腿，单臂较力把那大鼎举了起来。

他把大鼎抛起，另一只手接住大鼎，在殿内走了三圈，只听殿内外一片叫好声，文武百官狂喊："完颜兀术……完颜兀术……大元帅！大元帅……完颜兀术……"

太宗皇帝乐得手舞足蹈："四皇侄儿，快放下来吧！帅印是你的了！"完颜兀术轻轻地放下大鼎，气不长出，面不改色。

张若冰心中暗叹：国之栋梁，国之栋梁啊！真乃大金之幸，真乃大金之幸也！

张若冰又问了完颜兀术兵书战略，完颜兀术对答如流。

张若冰喜不自胜，匍匐在地："吾皇万岁、万万岁！我大金国已有了定海神针，国威大振，指日便可挥兵中原。"

太宗皇帝乐得合不拢嘴："退朝！——设家宴！"

完颜兀术执掌了帅印，整日里操演三军，他绘出了金雀斧图形命匠人制作。匠人几次拿来验看，完颜兀术都不满意。

完颜兀术命人取来大洞中泉水淬火处理，金雀斧从泉水中取出后锃明瓦亮，斧头金光闪闪，斧背上蹲伏的金雀张嘴似啼，振翅欲飞。斧柄油亮炫目，大斧足有八十多斤重。

完颜兀术大喜，他提起金雀斧舞动了起来。轻重正称手，只听呼呼风声响，日光暗淡，真有开山裂石之势，横扫千军万马之威。

完颜兀术收住了斧式，跨上马背，提起金雀斧奔回了校场。

二

大金国万事俱备，一切准备就绪，完颜兀术率五万铁骑儿郎挥军大宋。

完颜兀术心想：我要征服那大汉民族没有一个汉名咋行，于是他给自己取汉名为完颜宗弼。

完颜宗弼一路上攻城略地，所向披靡，势如破竹，他的金雀斧不知斩杀了多少大宋战将，宋军望风而逃。

完颜宗弼一路杀到了东京汴梁掳走了徽钦二帝，把满宫的嫔妃宫娥同徽钦二帝一起带回了北国。他又掳走了大批能工巧匠、金银财帛。

金兵过处尸横遍野，血流成河，惨不忍睹。

正当大宋朝岌岌可危之时，北宋出了个抗金英雄岳飞（字鹏举）。岳飞自幼家境贫寒，自小立有壮志，母在其背后刺有"精忠报国"四个字。

岳飞得高人指点，学得浑身武艺，文韬武略无一不精。岳飞率他的岳家军拒金兵黄河以北。

完颜宗弼率金兵与岳家军多次交战屡屡不敌，他的金雀斧也敌不过岳飞的沥泉枪。

岳飞人品极正，忠义薄天，投奔他麾下抗金的猛将如云，他的岳家军坚如磐石，攻无不克，战无不胜。岳飞斗志正旺之时，却屡遭奸臣迫害，但他矢志不渝，为国为民宁愿肝脑涂地。

完颜宗弼只恨两国交兵，无缘结交这样的忠勇之士。岳飞的诗词《满江红》，他大加赞赏，岳飞真乃大丈夫也。连年征战，生灵涂炭，百姓流离，处处悲歌，为何掠人土地，杀人妻女，同是黄皮肤，为何相残。

岳飞精忠报国，常面北而泣，为迎回徽钦二帝，他呕心沥血。无奈宋高宗赵构昏庸无能，奸臣当道，他饮恨死于"风波亭"。

完颜宗弼得知岳飞死于风波亭，满目垂泪——忠良报国，奸佞误国，日后不知我身置何处。

岳鹏举……岳鹏举……今生不能为友，来生相伴吧！此后，完颜宗弼日渐消沉，不思进取江南。完颜宗弼安排好军前诸事，返回了上京。

皇上见四王爷回到了上京分外高兴，他亲自下殿迎接完颜宗弼："当宫执事……把那大宋掳来的宫娥美女挑选二十名送到四王爷府上。再送上十坛御酒，四王爷难得回了上京，尽情地享受吧！"完颜宗弼谢过皇上回到了府内。

进了府内，见宫中执事带领着二十个美女正候他回府，十坛御酒摆放在大厅内。完颜宗弼见这二十个美女搔首弄姿，满脸的梨花盼雨。

谁知完颜宗弼不近女色，连年征战，他王妃都没娶。他冷哼了一声："都去牧羊吧！"

第十二章　宗弼钟情汉娇娘

一

完颜宗弼常年征战很少回到故乡，他常思念少年时的毡房，想看看生养他的大山。

完颜宗弼回到军前，料理好军中事务，回到了松花江畔。完颜宗弼一觉醒来，天已大亮，他出了王府向山坡上走去。

难得轻闲，散散步吧！已是初秋，山坡草地上洒满了露水，他蹚着露水信步向他少年时牧羊的地方走去。

太阳已升上了山顶，金灿灿的阳光照射在洒满露珠的草地上闪闪发光，翠绿的草儿散发着诱人的清香。

完颜宗弼张大着嘴巴在故乡的土地上深深地呼吸，看着远处翠绿的青山，听着山下女儿河哗哗的流水声，他闭上了眼睛陶醉在这美丽的大自然景色里。

他静静地待了一会儿，又慢慢地睁开了双眼，见不远处少年时的毡房依然还在。

毡房旁一个汉家姑娘手中抱着一个小羊羔儿，她把小羊羔儿紧紧地贴在脸上，另一只手拿着牧羊鞭儿轻轻地驱赶着羊群。

突然间，传来了汉家牧羊姑娘的歌声——

> 草儿青青羊儿密，
> 羔儿与母难分离。
> 关东青山长江水，
> 魂魄分离两依依。

少女采桑桑林里，
蚕儿化茧织罗衣。
丛山峻岭鸟难越，
梦里泪洒相思雨。

歌声婉转清越，充满了幽怨和哀思，回肠荡气的歌声催人泪下。

完颜宗弼听了，咦，这曲儿极是好听！只是这姑娘为何这般忧伤？他加快了脚步向毡房走去。

姑娘见有生人走来，赶忙在地下抓起一把泥土抹在了脸上。

完颜宗弼更加奇怪，他走到姑娘面前，见姑娘战战兢兢低头不语。

"姑娘……那曲儿是你唱的吗？为何这般忧伤？"

姑娘低头偷看了他一眼，还是默不作声。

"姑娘，不要害怕，抬起头来。"

姑娘见来人说话和气，没有恶意，她抬起了头，瞪着那双美丽的大眼睛怯生生地打量眼前的大汉——咦，雪白的衣裤，腰间雪白的大带，脚下雪白的厚底战靴。雪白的披风，雪白的缎帽，方头大耳，双目传神，面如粉玉，颏下美髯微动。

姑娘心中怦怦直跳——北国寒蛮之地竟有这般俊朗英气的豪杰，她不由得多看了几眼。

完颜宗弼似乎看穿了她的心思，笑道："姑娘不放心吗？我不是虎狼之人，蛮横无理，快去把你的脸洗干净吧！我不是老虎，不吃人哪！"

姑娘听了这话，扑哧一声，笑出了声，她跑进了毡房。待姑娘从毡房内出来时，完颜宗弼不由得愣住了，怎么——换了一个姑娘。

只见这姑娘不施粉黛，美艳惊人，杏眼含娇，柳眉带俏，面如桃花，嘴似熟樱。

只见她慢移莲步，轻启朱唇，向完颜宗弼道了一个万福："哥哥——小妹有礼了！"

完颜宗弼暗叹：好个汉家女儿，礼仪有加，媚而得体，我寒蛮之地的女子真应效仿之！

完颜宗弼心中有些慌乱，他虽贵为王爷，万马军中如履平地，但对这女子也不敢仰视。

"姑娘，我只是路过的狩猎人，不必多礼。"

姑娘嫣然一笑："壮士，小女子虽不幸流落蛮野之地，也不应失大邦待人之礼仪，我华夏美德人人皆知，望壮士不要笑小女子黑土掩面的无奈之举。"

完颜宗弼听了莺歌燕语之声，心中羞愧难当，对这女子不由得心生敬意。

"姑娘，你适才所歌，心怀幽怨，不知你如何流落此地?"

只见女子媚眼中泪水滚滚而下："壮士，我乃苦命之人，祖居金陵，本生自书香门第，家父考中功名，不幸因瘟疫父母双亡。我十六岁那年嫁与江北韩家。成亲那日，我与夫君拜完天地，欲入洞房，保长传来军令——金兵犯境，我夫应征。当晚我夫随队出征，一场恶战，我夫死于乱军之中。我夫死得倒也壮烈，他身负三处刀伤，最后一击与一金兵同归于尽。"言罢，她泪水涟涟，身体颤动不已，真似风中百合，雨中梨花。

完颜宗弼如坐针毡，在这女子面前他觉得自己很渺小。一对幸福的花季夫妻被自己活活地拆散了!

"姑娘，你又如何流落到这北国呢?"

"夫君死后，奴家日夜啼哭，那日夜里奴家困极昏睡了过去。睡梦中一阵喊杀声把奴家惊醒，见村中火光冲天，金兵已杀进了村来。

"慌乱中，奴家穿上亡夫的衣衫，把灶灰抹在脸上，随着逃命的人群跑到村外。

"一队金兵截住了逃难中的青年男女，强送到北国。都说北国是寒蛮之地，金人个个如狼似虎。奴家为守节怕遭遇不测，整日里黑土掩面，望南思乡。

"每当秋风瑟瑟，雁鸣南归时，奴家都肝肠欲断，心随寒雁飞去。无奈! 奴家只能目视关山，泪洒衣襟。"

完颜宗弼见姑娘粉面挂泪诉说哽咽，脸色微变："姑娘，莫要啼哭，有话慢慢道来!"

姑娘见眼前这壮汉和颜悦色，目光凝重，止住了悲声。她羞涩地一笑，低头瞟了完颜宗弼一眼。

"也不知这大金国四王爷完颜兀术做何思想? 毁人家园，夺人妻女，遍地哀鸿，处处悲歌，两国交兵，尸积如山，血流成河。要知道，娘亲怀胎十月生儿，又含辛茹苦养大，到了战场上片刻工夫血肉模糊。两国兵丁都是父母所生，可知父母盼儿归来望眼欲穿，怎知他们的孩儿尸骨无存，魂飘他乡。"

完颜宗弼这个杀人如麻、铁石心肠的汉子，闻听姑娘这番言语面现悲情，两眼湿润。

姑娘见眼前的壮汉默不作声，脸上表情几度变化："哥哥，我说错了什么吗？"

完颜宗弼摆手道："姑娘，不要惊慌，继续说下去吧！"

姑娘转身到毡房内拿出来一碗煮熟的羊奶，递到完颜宗弼手里。

"哥哥——渴了吧？"

完颜宗弼只觉得一股暖流涌遍全身，多少年来，从没有女人对他这般关爱。

"姑娘，你继续说吧！"

"连年征战厮杀，苦的是两国百姓，害的是两国前程，何不各守疆土，和睦相处，让百姓安居乐业。"

完颜宗弼心中凛然：哎呀！奇女子！真乃奇女子也！都说江南多才子，就这柔弱女子都让人刮目相看。

要想灭了大宋，难也……难也……我完颜宗弼自恃文韬武略，却不如眼前这女子的见识，愧也……愧也……

完颜宗弼见日已正中："姑娘，听了你这番言语，我获益匪浅，我狩猎时常路过这里，你若缺少需用之物，我尽力相助。从即刻起，你不必黑土掩面，还你本来面目吧！再无无耻之徒敢来欺辱你。你就好好牧你的羊吧！明日我来送与你衣食及需用之物。"

姑娘异常高兴："哥哥，琐事无碍，只要无人来欺辱奴家，奴家就千恩万谢哥哥了！奴家也不问哥哥是谁，日后便叫你哥哥可好？哥哥就叫我蚕娘好了！"

二

蚕娘早上起来抱着羊羔，拿着鞭儿，唱着她的歌儿，赶着羊群依然去牧羊。

草儿青，
残阳斜，
碧海天鸟儿歇。
风无语，
羊儿卧，
北风萧寒霜夜。

> 望南国，
> 长江阔，
> 秋蚕丝北国落。
> 关山隔，
> 女红罗，
> 梦现东吴烟波。

残阳的余光还是那样柔和，羊儿咩咩地欢叫着在摇动的枫林中穿过。

蚕娘看着雪白的羊群在洞泉下的溪水边喝水，在溪水旁青青的草地上玩耍，她笑靥如花的脸上掠过几丝欣慰。

日落前，蚕娘拿着鞭儿轻轻地赶着羊群回到了毡房。她惊异地发现，她那破旧的毡房旁新搭建起一座崭新的大毡房，毡房门前站立着两个威武的卫兵。

卫兵见了蚕娘忙躬身施礼："我家主人吩咐，这是为姑娘新搭建的毡房。"言罢掀开了门帘。

蚕娘见毡房内摆放着汉家的家具和汉家的日常用品，女孩儿家需用的东西，应有尽有。

一个崭新的马桶摆放在毡房的角落里。一个漆亮的桌面上放满了食物——烧鸡、腊肠、腊肉、甜点、果脯。

红红的厚毡毯上整整齐齐地摆放着汉女的衣裳，绫罗绸缎，无一重样。一个盒子里装满了胭脂花粉，女人梳妆之物应有尽有。

蚕娘心下骇然，她惊恐万分，不知是何样人物有这般的豪华富贵，我战乱流落之女怎敢受之。

"两位军爷，不知你家主人何样人物，咋送我这般厚礼？小女子实不敢受之！"

两个卫兵惊恐地说道："姑娘，万不可叫军爷，我们俩只是主人的奴才。主人吩咐，不能走漏主人姓名，望姑娘谅之！姑娘，快请进毡房吧！我家主人说了，姑娘还需用何物，让小的立马送来。"

蚕娘更是如在梦里，能是谁呢？昨日的哥哥吗？他是狩猎人？蚕娘不知是何缘故，真是糊涂了。

"两位军爷，不知毡房与房内之物何人所赠，小女子万万不能受之！请两位军爷回复你家主人，小女子多谢了！"

两个卫兵扑通一声跪了下来，声带哭腔道："姑娘，快进毡房吧！你若不进到毡房内，小的们无法向我家主人交代，弄不好脑袋搬家！"

蚕娘看两个金兵惶恐的样子："两位军爷，快快请起，小女子进去便是了！两位军爷，你们回复你家主人去吧！"

阳光洒在布满了野花的山坡上，不时飘来沁人心脾的山花香。一只百灵鸟掠过花儿的上空，振翅啼唱。羊儿在幽静地吃草，青翠的山坡上传来一阵悠扬悦耳的牧笛声。

完颜宗弼驻足在山坡上。蓝天上飘动的白云，山坡下青青草地上幽静的羊群，百灵鸟的放歌，山谷中回响的牧笛声，完颜宗弼闭上了眼睛——安宁、静谧、祥和。

秀美的山水，蓝蓝的天空，和风中的花香，替代了他往日脑海中喷射的血浆和厮杀声。

完颜宗弼的心情从没有这样愉悦过，他向那散养着羊儿的山坡上走去。山坡上的牧笛声愈来愈近，在他的耳边不停地飘绕。

完颜宗弼突然见一只大雕从高空向幽静的羊群扑去。他见蚕娘手中拿着牧笛，疯了一样跑向一个羊羔儿。

大雕的利爪刚抓起羊羔儿，蚕娘的牧羊鞭已缠在了大雕的脖子上，大雕用力振翅欲飞，蚕娘死死地拽着牧羊鞭不放，大雕被牧羊鞭缠得有些窒息，它拍打着双翅，啊啊地啼叫。

大雕松开利爪，丢下了小羊羔儿，它两爪蹬地，猛地冲向了天空，蚕娘手中的牧羊鞭被带向了半空中。蚕娘摔倒在草地上，她不顾疼痛，抱起了受伤的羊羔儿，羊羔儿已奄奄一息。

她把羊羔儿紧紧地贴在脸上，搂在怀里，眼泪唰唰地滚落在羊羔儿柔软的身体上。她坐在草地上像失去了自己的孩子痛哭起来，她哭得是那样伤心，眼泪打透了她的衣衫。

完颜宗弼走到她身边，她毫无察觉。完颜宗弼静静地站在蚕娘身旁。蚕娘云鬟散乱，泪眼婆娑地吻着羊羔儿渐渐冷去了的躯体，她乏累了，倒在柔软的草地上昏睡了过去。

完颜宗弼看着昏睡的蚕娘，不想惊动她，他解下白披风盖在了蚕娘身上。完颜兀术心潮起伏，思绪万千，望着眼前的蚕娘：昨日为她布置的新毡房她不接受，毡房内的用物她丝毫未动。

看似柔弱的女子，才智过人，铁骨铮铮，惜惜爱心，视羊羔儿生命为己命而奋不顾身。这般爱及万物生灵的大爱，若天下之人都有如此爱心，咋还会有杀戮，生命咋还会凋零。

完颜宗弼看着白披风下熟睡的蚕娘，她粉红的小脸儿上晶莹剔透的泪珠，让她的脸儿更加妩媚娇艳。

蚕娘姑娘，你是爱神的化身吗？你是美丽的天使化身吗？

"咩咩……"羊儿的叫声，把蚕娘惊醒，她见完颜宗弼站立在自己面前，羞涩地坐了起来。

她看着身上的白披风："哥哥——不知你来到这里，蚕娘失礼了！"

她赶忙站起身来，整理一下散乱了的头发，把白披风披在完颜宗弼身上。

"哥哥，见笑了！只是这小羊羔儿把奴家弄得神魂颠倒。"言罢，嫣然一笑。

完颜宗弼心中一荡，这蚕娘姑娘，刚才为那羊羔儿伤心至极，现醒来笑靥如花，她粉红的小脸真像早上初升的太阳，她美丽的眼睛似晚上明亮的月亮。

完颜宗弼有些心醉，他看了看西下的斜阳："蚕娘姑娘，天色已不早了，我们回毡房吧！"

完颜宗弼从蚕娘手中拿过牧羊鞭儿，轻轻地赶着羊群回到了毡房。

完颜宗弼进到新毡房内，蚕娘为他煮了奶茶。

"哥哥——这毡房不知何人所赠，蚕娘不敢领受。虽生活之物应有尽有，蚕娘怎能享用这不明不白之物？锦衣玉食，豪华富贵，蚕娘不求，只想如鸟儿一样自由飞翔。"

完颜兀术看蚕娘那一副认真的样子，展髯微笑："蚕娘姑娘，我敬你贤才之女，济世心肠，铮铮铁骨，柔肠善念。普天之下，我喜遇知己，应善待你，只是无颜言明我的身份，虑姑娘视哥哥为仇敌。这新毡房与一切物件都是哥哥所为，哥哥现已言明，不知蚕娘姑娘做何理会？"

蚕娘闻了完颜兀术之言，心下暗思：这哥哥是何人呢？能是完颜兀术四王爷吗？我何不直截了当地问他。

"哥哥，说来说去，哥哥还是没有说出哥哥是谁，难道你是那大金国四王爷完颜兀术吗？"

完颜兀术笑道："哥哥正是此人。"

完颜兀术此言一出，他以为会惊吓到蚕娘，不料蚕娘却嘻嘻笑了起来："哥哥——都说那完颜兀术面目狰狞，心毒手狠，杀人如麻，从无怜悯之心。我看哥哥威武雄壮，面目俊雅，言辞温和，怎会是那虎狼之人呢？"

完颜兀术羞红了脸面："蚕娘姑娘，我完颜兀术确是杀人如麻，两国交兵各为其主，我岂能引颈任他人宰杀。我并非无怜悯之心，也不想做虎狼之人，我也在思想，怎样能避免杀戮，造福天下苍生。

"我多日郁闷，到姑娘这里来获益匪浅，姑娘的善良和见识时刻扣动着我的心弦，让我茅塞顿开。真不想要战争了！我每天都想看翠绿的山水和飘着白云的蓝天。

"我不想看到战场上血流成河，我不想听战场上厮杀号叫声，我也不想听到无辜百姓的呼号声。"

蚕娘听完颜兀术说得情真意切，心想：这四王爷并非是大奸大恶之人，为人耿直正派，心存善心，他若能回心转意，不再入侵中原，那将是中原百姓的福分，也是大金国百姓的幸事。

蚕娘突然跪了下来："四王爷——难得你为天下苍生所想，以两国百姓为念，蚕娘代天下百姓谢谢王爷了！"言罢，泪涕交流，跪地不起。

完颜兀术赶忙双手搀扶起蚕娘："蚕娘姑娘，你可不要谢我，天下百姓应谢你才是，是姑娘点醒了我，使我日后不落恶名，遗臭万年。"蚕娘站起身来破涕为笑。

"四王爷，以后该如何称呼你呢？"

"蚕娘姑娘，不要王爷、王爷地叫我！我的汉名——完颜宗弼。你就叫我宗弼哥哥吧！我可以称呼你小妹吗？"

"宗弼哥哥，我就是小妹嘛！"二人相视而笑。

"那么——我送给小妹的礼物收下了？"

"宗弼哥哥——小妹不推辞了！"

完颜兀术心中多日的郁闷和压抑减去了许多，显得开心愉悦，他已没有了往日三军前的威严，在蚕娘面前他觉得既拘谨又随便。他笑吟吟地说道："小妹……你搬入了新毡房，庆贺一下吧！"

蚕娘看着有些孩子气的完颜兀术，笑道："宗弼哥哥，小妹就借花献佛吧！这里有你拿来的琼浆玉液、山珍海味。小妹与哥哥共饮，岂不快哉！"

完颜兀术喜得手舞足蹈，迫不及待："小妹……快快拿来……与哥哥共饮！快哉……快哉……"

蚕娘为完颜兀术斟满了美酒，屋内飘满了酒香。完颜兀术笑呵呵地说道："小妹，这是大宋皇帝的御用之物，是用你家乡之水酿制而成，你我饮此美酒，就当作你回归了故里吧！"

蚕娘端起酒杯面现悲情，几颗大滴的眼泪滴落在酒杯里。

"可恨大宋皇帝！不知勤政，每日里玩狗斗鸡，吃喝玩乐，朝纲不振，奸臣当道，贪官遍地，民不聊生，国无强兵，战无良将，如此国力，强敌怎能不侵犯擒之！

"只是损了大宋国威名，坑害的是黎民百姓，真乃国之大耻！

"可叹那岳飞，精忠报国，却含恨被残害于风波亭。哥哥呀！这样的国家焉有不败之理？"

完颜兀术心中暗赞：好个忧国忧民的蚕娘姑娘，若能娶得这般贤才之女陪伴终身，一生足矣！

"小妹，岳飞，也是我生平最敬重之人，只恨他有生之年，我不能与他结交为友，今日就与鹏举兄一起共饮吧！"

蚕娘止住了悲啼，望空举起酒杯——

怒发冲冠，
凭栏处，
潇潇雨歇。
抬望眼，
仰天长啸，
壮怀激烈。
三十功名尘与土，
八千里路云和月。
莫等闲，
白了少年头，
空悲切……

"岳元帅，小女子蚕娘敬你了！"言罢，把杯中酒泼在了地下。

完颜兀术端起酒杯表情肃穆："鹏举兄，你我疆场征战，各为其主，两国交兵实属无奈。我已心灰意冷，无意进取中原，来生定与你结为挚友，叙相慕之情。"言罢，他望空三拜，把杯中酒泼在了地下。

完颜兀术开怀畅饮。他本豪爽，一连喝了三杯，喝得淋漓尽致，豪兴大发："小妹，咋只看哥哥喝？陪哥哥喝一杯吧！"

蚕娘看着完颜兀术只是哧哧地憨笑。

"宗弼哥哥——小妹不胜酒力，小妹就勉为其难地陪哥哥喝一杯吧！"

为了不让完颜兀术扫兴，蚕娘端起酒杯张开樱桃小嘴一仰脖，把那杯酒送入了口中："哎哟！好辣！"

完颜兀术哈哈大笑："小妹，快吃点儿你汉家的菜肴吧！"

蚕娘拿起一块烧鸡递到完颜兀术面前。

"宗弼哥哥——这东西很好吃的！纯正的中原名品，北国之地是无人能烹制出来的！"

完颜兀术接过蚕娘手中的那块烧鸡，一下子塞进了嘴里。鸡块太大，在他嘴里翻不过个来，他用力地咀嚼着鸡块，嘴中含混不清地说道："好香……好香……"

蚕娘看完颜兀术的吃相，似个孩子，她抿着嘴乐。

"宗弼哥哥……慢慢吃……可别卡着了。"

完颜兀术看着蚕娘关爱自己的目光，心中一热，他端起酒杯。

"小妹……再陪哥哥喝一杯吧！"

蚕娘见完颜兀术手端酒杯笑容可掬地站在那里，便赶忙站起身来端起了酒杯。

"宗弼哥哥，我蚕娘千里之外流落到这异国他乡，孤苦伶仃，无依无靠，今生有幸结识了哥哥，得哥哥的庇护和眷顾。哥哥的大恩大德小妹铭记在心，愿哥哥洪福齐天，施福于民，小妹先喝为敬！"言罢，杯中酒一饮而尽。

完颜兀术微微一笑："小妹，你我二人既为知己，就不要说什么大恩大德了！洪福齐天恐为奢想，施福与民，哥哥尽力为之吧！小妹……喝酒……喝酒……"言罢，自己连饮了三杯。

蚕娘几杯酒下肚，脸色渐红，娇喘吁吁，两只桃花中碧潭似的美目，在烛光下更加妩媚动人。她一只手托着香腮，一只手攥着酒杯。她见完颜兀术魁伟的身影在眼前晃动，便有些恍恍惚惚，感觉似回到了阔别已久的家园——微风伴着桂花树轻轻地摇动，满庭院扑鼻的桂花香。

"姐姐——我要吃桂花糕！姐姐做的桂花糕真好吃……"

"手干净吗？小馋猫！自己去拿吧！"

蚕娘听到身边有人在呼叫自己："蚕娘！你这是怎么了？酒用得多了吗？小妹！我是哥哥！"

"哥哥……韩哥哥！我的韩郎吗……我的夫君吗……"蚕娘摇摇晃晃地站起身来，一头栽在了完颜兀术怀里。她紧紧地抱着完颜兀术，眼泪滚滚而下，娇躯抖动不已："郎君哪！不知你是何时归来的？新婚夜夫君走后，连年征战，无你半点儿消息。奴家日夜思念，梦中泪洒罗衫，如今两国已不动刀兵，今郎君归来，你耕我织养儿育女，岁月相依，你我白头偕老……"

完颜兀术见蚕娘不胜酒力有些昏昏沉沉，他站起身来呼唤蚕娘，不料蚕娘一头扎在了自己怀里，口中念着韩哥哥，述说离别之苦。

完颜兀术看她哭得可怜，心中已明白了几分，哎！——让她说下去吧！

他想推开蚕娘，稍一动，蚕娘更加紧紧地抱住了他。

"郎君……不要离开奴家！哥哥……不要离开小妹！哥哥……抱紧奴家！哥哥的胸膛好温暖，哥哥的肩膀好坚实，小妹与哥哥再不分离，哥哥……"

完颜兀术呆若木鸡地坐在那里，两只手耷拉在膝下。他看着怀中泪眼婆娑的蚕娘，不敢乱动，生怕惊动了她。

他在蚕娘耳边轻声道："蚕娘……小妹……我是哥哥，我是哥哥呀！"

蚕娘闭着眼睛，轻轻抽泣："哥哥……我知道你是我的韩哥哥！哥哥……不要走！小妹要哥哥陪伴蚕娘！"

完颜兀术怀抱蚕娘呆傻地坐在那里，不知如何是好。一会儿工夫，蚕娘鼻中响起了鼾声。

完颜兀术轻轻地动了一下，蚕娘娇吁一声："哥哥……不要离开蚕娘……"双手又紧紧地搂抱住完颜兀术。

完颜兀术不敢再动，他不由得伸手拂了拂散落在蚕娘脸上的乱发，不料手指轻轻地触摸在蚕娘的脸上。

滑腻、柔嫩的感觉让完颜兀术心中一荡，蚕娘酥软的身体在自己怀里一动不动，就像一只可爱的羊儿偎依在自己怀里。

这真是一个让人尊敬、让人爱恋的好姑娘，她与亡夫有其名无其实，但仍怀拳拳念夫之心。

蚕娘熟睡在完颜兀术怀抱里，粉红小脸上，时展微笑，时露悲戚。她抱着完颜兀术的双手时松时紧。

夜已深了，月光皎洁，山上不时传来夜枭的啼叫声。完颜兀术见蚕娘已熟睡过去，把她抱到了床榻上，他为蚕娘盖好了被子。

蚕娘在床榻上伸出双手抓挠了几下，嘴中不知说些什么，又熟睡了过去。

完颜兀术安顿好蚕娘，无事可做，想回王府，又怕蚕娘遭遇不测。嘿！——索性喝酒吧！他换上了大碗，自己狂饮了起来。也不知过了多久，他觉得困倦了，倒在地毡上鼾睡起来。

早上，一阵呼噜声把蚕娘惊醒。她睁开惺忪的双眼四处张望，我这是在什么地方？哪儿来的呼噜声呢？她见地毡上躺着一个大汉，发出呼噜呼噜的鼾声。

她赶忙下床站起身来，走到那大汉面前。哎呀，这是宗弼哥哥！他这是怎么了？咋会在这里呢？

"宗弼哥哥……宗弼哥哥……你这是怎么了？快醒醒……快醒醒……"

完颜兀术转了一下身子，呀的一声坐了起来，他嗖的一声抽出来腰刀。只见他目中威光四射，让人望而生畏。

"小妹！——出什么事了吗？"

"哥哥，小妹无事，小妹是怕哥哥出啥事呀！宗弼哥哥……小妹昨夜咋没住旧毡房，咋和哥哥到了这里？"

完颜兀术打了个哈欠，伸了个懒腰："小妹……昨晚你酒用得多了，醉得不省人事，昨晚的事儿一点儿也不记得了吗？"

蚕娘猛然想起昨晚与完颜兀术把酒言欢，酒至半酣，她恍恍惚惚似回到了故乡江南，还抱住了夫君。她不知自己嘴中都说了些什么——坏了……坏了……她羞得满脸娇红，心如鹿跳。

"宗弼哥哥……小妹昨夜失态出丑了吗？"完颜兀术笑而不答。

"宗弼哥哥……快快说与小妹听嘛……你咋又留在了这里不归王府呢？"

完颜兀术本是忠厚诚实之人，他涨红了脸，吭吭哧哧地把昨夜蚕娘酒醉迷离，抱着自己睡到深夜，后来他又把蚕娘抱到床榻上据实说了一遍。

蚕娘听了，一下子瘫坐在毡毯上，她两眼发直，嘴中嗫嚅道："宗弼哥哥……我抱着你熟睡到深夜？我的脸儿紧贴你的胸膛！我不要你走？要你陪伴我？天哪……我蚕娘不知廉耻，竟然做出这般伤风败俗之事，羞愧也……羞愧也……"

言罢她泪如雨下："苦命的蚕娘……苦命的蚕娘……我已无颜见人，咋能苟活？"

"宗弼哥哥……小妹走了……来生再报哥哥的恩德吧！"她泪如泉涌，顺手拽出完颜兀术的腰刀向颈上抹去。

完颜兀术见了大惊失色。他手疾眼快，夺下来蚕娘手中的腰刀。

"小妹呀！小妹！你咋这般糊涂呢？你酒醉迷离，思乡思夫，无可非议，女子就要从一而终吗？丈夫故去，应重新嫁人，怎能误人终身，这是大宋国的什么狗屁规矩？你又做什么贞妇烈女？"

完颜兀术慷慨激昂的言辞把蚕娘说得愣在了那里，她止住了哭声。

"宗弼哥哥……自古男女授受不亲，小妹搂抱了你身体，又在你怀中睡到深夜，我与你已肌肤相连，这样的夫妇之亲传扬出去，我蚕娘怎样做人，我不如还是死了好!"言罢,又泪涕交流。

完颜兀术现在是六神无主,不知如何是好。他暗责自己昨晚心慈,无法推开蚕娘,怕伤了蚕娘的心,谁知惹下这般祸患。

"宗弼哥哥……你还是把刀给我,让蚕娘自行了断吧!"蚕娘坐在地下哭得是上气不接下气,眼泪湿透了衣襟。

不管完颜兀术怎样好言相劝,蚕娘只是啼哭不止。看着蚕娘梨花带雨、凄楚可怜的样子,完颜兀术心如刀绞。

哎!——都是我完颜兀术惹的祸。我已年过三旬尚无王妃,蚕娘这般端庄秀丽、光彩照人、国色天香的美女,与我完颜兀术倒也匹配。

完颜兀术自见了蚕娘那一刻起,就喜欢上了蚕娘,这汉家奇女子处处都吸引着他,他每天都想见到蚕娘,完颜兀术决定要娶蚕娘为妃。

我若娶汉女为妃,不知皇上是否应允,哎——管不了那么多了!

这完颜兀术虽说是一代英雄,冲锋陷阵百般威风,但他却从没有过儿女情长。

他思虑了半天也不知怎样开口。他见蚕娘哭得气已欲绝,心中刀绞一样地难受。

"小妹!——不要啼哭了!给宗弼哥哥做王妃吧!我完颜宗弼给小妹以终身依托!"

完颜兀术声如洪钟,字字震耳,把蚕娘惊得立刻停止了哭声。她瞪着圆圆的大眼睛,惊愕地看着完颜兀术,她真不敢相信自己的耳朵。

"宗弼哥哥……你无王妃吗?即使你无王妃,又咋能娶为奴的汉女为妃!即便哥哥愿意,皇上岂能容你。我是汉女,两国交仇,我又咋能委身与你!

"我蚕娘已有过夫君,昨夜又醉酒迷离失了贞节,哥哥呀!——小妹已是残花败柳!怎敢奢望与哥哥为妃呢?"

"蚕娘……此言差矣!哥哥连年征战,无暇娶妃,也无顺心女子能应我意。我娶小妹为妃心意已决,皇上咋想我不理会。大汉朝时,前有昭君出塞嫁与塞外大单于,后有蔡文姬,她们不都是汉女吗?

"现在虽是两国交兵,小妹若能嫁与哥哥为妃,可助哥哥渐离战事,使两国百姓少受战争之苦。小妹确有夫君,但有其名无其实,你醉酒迷离念乡思夫并无过错,更无什么有失贞节残花败柳之说。

"况且哥哥对小妹痴痴倾慕,有小妹这样才貌双全的妃子伴我终身,是我完颜兀术的福分。"

完颜兀术的这番话把蚕娘说得怔在了那里，蚕娘细思：完颜兀术说的也不无道理，若宗弼哥哥能思己过，洗心革面，我从旁助之，能施福与两国百姓，也不枉华夏大地生养我一回。何况宗弼哥哥乃正人君子，铿锵丈夫，也是个难寻的好夫婿。

"宗弼哥哥！这……这……这叫小妹如何是好呢？宗弼哥哥，蚕娘已没有主见了！"

完颜兀术跨动虎步上前抱起来蚕娘，用他的美髯扫拂蚕娘媚脸，把热唇贴在了蚕娘脸上。他吻去蚕娘脸上泪痕，厚热的唇紧紧地摁在了蚕娘樱红小口上。

蚕娘的娇躯柔若无骨地依在完颜兀术的怀抱中，她觉得自己的身体在燃烧，浑身燥热地娇喘吁吁。

"宗弼哥哥……宗弼哥哥……抱紧小妹……把小妹抱得再紧些……"

三

又是一个风和日丽的早晨，山坡上披着露珠的野花开得是那样鲜艳。羊儿还是那样幽静地吃草，林中的鸟儿还是那样欢快地啼鸣。

白云越过山峰向南缓缓飘去，阳光照射在女儿河上，水面闪动着鳞动光波。完颜兀术一身素白装扮，白披风随着微风轻轻地摆动。

蚕娘一身素白汉家衣衫，大红披风衬得她似一枝出水芙蓉。完颜兀术神清气爽地挽着蚕娘的手臂向山顶攀去。

他二人来到了山顶，蚕娘已气喘吁吁，额现汗津。完颜兀术掏出巾帕为蚕娘擦去额头的汗水。

蚕娘目含柔情，满脸的娇媚："宗弼哥哥——本应为奴的蚕娘，让哥哥如此疼爱，小妹今生死亦足矣！"言罢，似一只乖顺的羔羊偎依在完颜兀术宽阔的怀中。她吐气如兰，小嘴压在了完颜兀术厚厚的热唇上："宗弼哥哥……今天起蚕娘的一生就交给了你！"

她从完颜兀术怀里抽出来身子，拿出一个纸包打了开来，走向山顶。

风吹起她的大红披风和白衫在山顶上飞舞，她在随风南去的白云中，似那百花仙子来到了人间。她手轻轻一扬，纸包中的黑灰洒向了空中，瞬间，黑灰飘散在南去的山风中。

"大宋……蚕娘的发灰飘至故里，蚕娘已安心了！蚕娘不会愧对大宋！蚕娘不会辱没祖宗！"

完颜兀术随即在蚕娘头顶抛了一把花瓣，花瓣在蚕娘头顶飘洒着向南飞去。

"完颜兀术愿蚕娘的家乡繁荣似锦，再无战乱。"

蚕娘不愿离开她住惯了的毡房，她不愿在王府里使奴唤婢，她每天还是陪伴着她的羊群，挤奶，牧羊。她每天像一只快乐的鸟儿在山坡、草地上歌唱。

每当完颜兀术归来，她都像一只快乐的小鸽子扑到他怀抱里。

北国的冬天是银白的世界，片片雪花在不停地飘落。远处松涛声呼啸震耳，刺骨的北风卷起阵阵烟雪。

蚕娘拿着火钳往火炉里加炭，毡房内温暖如春，突然间房门开了，一个雪人伴着风雪走了进来。

他抖动着身上的雪花，两手抹着眉毛和须髯上的冰凌。

"宗弼哥哥……宗弼哥哥……"蚕娘燕儿一样飞到完颜兀术身边，她解下完颜兀术身上半湿的披风，摘下来他的白狐皮帽，用她两只柔弱小手揉搓完颜兀术冰冷的脸。

"哥哥！咋在这鬼天气归来？多冷的天哪！冻坏了吧！"她用巾帕擦干了完颜兀术脸上的水珠。

"小妹！哥哥知道天寒地冻，雪花纷飞，但哥哥思念小妹归心似箭。哥哥安排好中原各处的防务要事，处理完几个要案，不做逗留急速归来。"

蚕娘为完颜兀术递上一杯热气腾腾的奶茶，又脱下来他的战靴。

完颜兀术温柔地看着蚕娘："有家真好……我的蚕娘真好……"他搂过蚕娘，在她脸上胡乱地狂吻起来。

蚕娘闭上眼睛，尽情地享受着夫君的爱抚。

"哥哥……歇息一会儿吧！小妹为哥哥烤羊腿，哥哥路途劳累，回到家里来，让蚕娘尽心地服侍夫君。"

片刻间，蚕娘将酒菜备齐，完颜兀术连连赞叹。

"蚕娘，真是好厨艺！快与哥哥把盏对饮吧！"

蚕娘咮咮笑道："哥哥——这次到中原又抢夺了人家多少好东西带回给蚕娘？"

"小妹呀！别再砢碜哥哥了！哥哥已告诫属下，他们的暴敛抢夺已收敛。有一户长强奸民女，民愤极大，多数衙门都护着，不予惩处，哥哥查明后，斩立决！百姓无不拍手称快。但强势欺人由来已久，慢慢地教化吧！哥哥确为小妹带回很多好东西，但都无半点儿血腥味，哥哥自掏腰包哇！哈哈，哈哈！"

"我的好哥哥！我的好夫君……小妹替中原百姓谢谢哥哥了！小妹敬哥哥一杯。"

"我的好蚕娘……我的好小妹……哥哥也敬爱妃一杯。"二人相视而笑，举起酒杯一饮而尽。

蚕娘喝下一杯酒后，已不思再饮。

她笑吟吟地看着完颜兀术："哥哥……小妹有些不适，无意再饮，小妹为哥哥备烫脚、净面水，待哥哥用膳后，洗漱完毕早些歇息。"

完颜兀术看着面现蜜意的蚕娘："小妹……哥哥明白你意，速速去吧！哥哥片刻用膳！"

完颜兀术狂饮了几杯，张开阔口，一阵风卷残云。

"好了……好了……小妹……哥哥用膳已毕！"

完颜兀术洗漱完毕，宽衣解带钻入了锦被中。

烛光下——蚕娘的妙体晶莹如玉，两乳如雪山的顶峰，娇艳如玉的脸儿似一朵绽放的雪莲花。

完颜兀术已按捺不住心中欲火，他抱住蚕娘，把她压在了身下。

蚕娘嗲声娇语："哥哥——不要猴急！小妹有话说。"

"小妹……你今天是咋啦？不想要哥哥吗？"

"哥哥……小妹每日都想要哥哥，与哥哥行鱼水之欢。可今天不同往日，哥哥……你不知，小妹腹中已有了孩儿！不要动了胎气，伤害到孩儿！"

完颜兀术听了，把他喜得一下子坐了起来。他把手放在蚕娘肚子上轻轻地抚摸，嘻嘻笑道："小妹呀！我们要有小王爷啦！你咋不早告知哥哥呢？"

"哥哥……你到中原两月有余，小妹也是这几日方知。"

第十三章　天孕神物碧玉蟾

一

夏日的长白山脉风景如画，祥和、宁静，是那样的巍峨美丽。连绵起伏的群山一片葱绿。蓝天白云下，女儿河河水碧波鳞闪，清澈见底的河水里鱼儿在自由欢快地游荡。雪白的羊儿幽静地吃草，点缀着青青的草地。山坡上野花斗艳，大山里洒满了金色阳光。

蚕娘手中拿着牧羊鞭儿坐在一块青石上，看着河中的一群孩子在嬉耍。

她看着河中两个可爱的小王爷，心中满是幸福甜蜜。一阵嗒嗒嗒的马蹄声，完颜兀术飞驰到蚕娘身边。完颜兀术翻身下马，脸上洋溢着久别重逢的喜悦。

蚕娘站起身来，拉住完颜兀术的大手，粉脸贴在了完颜兀术胸前。

"宗弼哥哥——这次到中原为何这么长时间？蚕娘想死哥哥了！"

完颜兀术在蚕娘娇艳的脸上轻吻了几下："皇上要我发兵南进，我劝说皇上，此时发兵不宜，过年开春再说吧！皇上听了我的进谏，暂时不动刀兵，这样我从上京回到了这里来。"

蚕娘凤眼微闭，她樱红小嘴贴在了完颜兀术厚唇上。

"王爷……郎君……我的好哥哥！蚕娘谢谢夫君了！江南百姓又躲过了一劫。"

"蚕娘，咱不说了！看看咱们的孩儿吧！"

蚕娘放开抱着完颜兀术的双手，冲河中喊道："完颜浩阳——完颜皓月——快快上岸来，看看谁回来了！"

只见两个五六岁大的孩子从水中钻了出来，跑到完颜兀术身边齐声喊叫："阿玛！"

"阿玛!"

完颜兀术伸出两只大手，一手一个把他俩抱了起来。"哈哈哈！蚕娘，哪个是老大？哪个是老二？我分不清了！"

蚕娘嗔笑道："让他俩自己说吧！"

"我是老大！"

"我是老大！"

"蚕娘，我实在是分辨不清了！你快说吧！"

蚕娘照着一个孩子的屁股轻轻拍了一下："你自己看吧！"

"哈哈哈！这孩子屁股上有块痣，这小子是老大！"完颜兀术抱着两个孩子，"走喽——蚕娘！我们回家！"

蚕娘随完颜兀术回到府中，完颜兀术道："蚕娘，我让你见两个人来！"言罢，吩咐下人道："把霍先生、谭先生请过来！"

一会儿工夫，两个老先生走了进来。二人到了完颜兀术和蚕娘面前跪地叩头："王爷、王妃吉祥！"

完颜兀术笑道："二位先生请起，快快落座！"两个老先生站起身来坐在了椅子上。

完颜兀术对蚕娘道："这两位先生是我从中原和江南为两个孩儿请来的师父。两个孩儿都已渐大，应习练武功了！"

蚕娘看两位先生是中原和江南人，心中觉得亲切，她在两位先生身上打量起来。

霍先生精瘦，中等的个儿，布满皱纹的脸上，一对不大的眼睛，充满了智慧。

谭先生略胖一点儿，个子稍高，慈眉善目，目射精光。蚕娘一看两人便知是良善之辈。

蚕娘问道："不知两位先生祖居何地？"

霍先生答道："回王妃，小老儿祖居江南吴地。"

谭先生答道："回王妃，小老儿祖居中原嵩山。"

蚕娘听了二人回话，心中备感亲切，她唤过完颜浩阳和完颜皓月。

"快来拜见两位师父！"两个孩儿跪倒在地，叩头齐声喊叫师父。

霍先生看这两个孩子玉人儿一般，分不出大小，不由得说道："好一对让人赏心悦目的双胞兄弟！"

完颜兀术知道那霍先生不但武艺绝伦，也是吴地的铸剑名家。那谭先生内外气功无可匹敌，还有祖传制玉绝技。

浩阳、皓月哥儿俩在两位师父的指点下武功日渐精进。二人天资聪慧，又肯用功，十几岁时已武功超群。

完颜兀术看在眼里喜在心头。他想：几年后，孩子就要为国出力或行走江湖，手中没有称手的兵器咋行！他在思谋为两个孩子打造兵器。

他突然想起那块天降的巨石还在旧毡房内，我何不把那巨石搬出让两位师父探看，是否能打造出上好的兵器来。

完颜兀术把那巨石搬回府内，他请来了两位先生，让他二人观看。

二人看了这大石头不由得都轻咦了一声，这东西很是古怪，像金不是金，像铜不是铜，似铁不是铁，似玉不是玉，似石不是石。

二人用手在大石头上轻轻地抚摸起来，一会儿工夫，二人觉得手心发热，热流涌遍了全身。二人觉得身上轻松舒服，神清气爽。二人骇然，大呼神物也，神物也！

霍先生对完颜兀术道："王爷，此物罕见，地面上没有，此乃天降之，待我与谭先生剥离外皮看是否可冶炼，若能冶炼，定能造出上好兵器来。"

那块大石头极其坚硬，两位师父足足用了两年时间方剥离开外皮，中间是一团晶莹剔透的碧玉，二人惊异不已。

完颜兀术见了，哈哈大笑："霍先生，你把这大石头外皮拿去冶炼吧！看是否能打造出兵器来。谭先生，我知你有制玉绝技，你把这玉石拿去为我雕琢一对长白山的蟾蜍吧！"

二

霍先生把那大石头的外皮放入炉中百般冶炼，因炉温不够，那东西无法熔化。霍先生又采挖深山里的黑石炼成焦炭放入炉中，总算把那东西熔化了。

霍先生兴奋地告诉完颜兀术，此物可炼锻，能打造出上好兵器来。

完颜兀术大喜过望，他对霍先生道："霍先生，你先给我打造出两把利剑和一对镜子吧！"

霍先生废寝忘食，整天围在火炉旁尽心地锻造，可那东西杂质太多，愈打愈少。霍先生用了将近十年时间，只打制成一把"独龙剑"和一对"鸳鸯镜"。

完颜兀术让霍先生在鸳鸯镜上刻了岳飞的诗词——《满江红》；在"独龙

剑"剑柄上刻有"完颜飞天"四个字。

谭先生把玉石精心雕制，可玉石过于坚硬，好在完颜兀术处有更坚硬的金刚石用来打制，偌大的一块玉石只打制成一对三足"碧玉蟾"。

谭先生也足足耗费了他十年光阴。十年时间里，谭先生已两鬓如霜，腰也弯了，他喜滋滋地请来完颜兀术，告知他大功告成。

他让人拿来一个铜盆，盆中盛满了清水，他要把碧玉蟾放入水中清洗干净。

他把碧玉蟾放入水中，清洗了一会儿，突然间，觉得手中的碧玉蟾三足在动。

只见碧玉蟾双眼泛光，谭先生大惊失色，放开了拿着碧玉蟾的双手。

只见两只蟾儿在水盆中竟然游动起来，完颜兀术惊得连连咂舌，两眼都呆直了。

完颜兀术定下神来，仔细地观察水盆中的碧玉蟾。蟾儿背上的斑点突起清晰可见，蟾儿脚上的蹼，细细血丝泛着红晕。一只蟾儿背上时隐时现的金色斑点突起让人迷惑。

突然间，两只蟾儿喷起了水雾，两道交叉的水雾在水盆上空交织成一道绚丽的彩虹。

突然外面响起了阵阵蛙鸣声。本是十五晴朗的夜空下起了蒙蒙细雨，蟾儿不动了。

谭先生把双手伸到水盆里，一股热流涌遍了全身，他腰间的骨节咔咔作响，他突然间直起了腰来，十年来的疲惫荡然无存。

谭先生大呼："王爷！神物，神物也！"

完颜兀术惊喜万分，知道碧玉蟾是旷世之宝，他精心地把这对碧玉蟾收藏了起来。

霍先生打制完独龙剑和鸳鸯镜，他把双镜浸泡在铜盆中，他想看一看鸳鸯镜是否会生锈。

突然一阵微风吹过，几支金雀羽毛飘落在水盆中。

完颜兀术收藏好碧玉蟾，他想看看这鸳鸯双镜有何奇状，他来到铜盆前。

霍先生把手伸入水盆中想要捞出鸳鸯镜，只见霍先生双手哆嗦了一下：哎呀一声，他从水盆中抽出了双手。一只金雀羽已叮入了肉中。

只见金雀羽还在往肉里钻，霍先生赶忙拽住金雀羽拔了出来。

完颜兀术见了心中凛然：这金雀羽经鸳鸯镜水浸泡后，如何变得如此坚硬。竟自动地吸附人体，真是邪门了！他知这鸳鸯镜也是旷世之宝。

霍先生把鸳鸯镜从水盆中捞出，只见鸳鸯镜锃明瓦亮，没有丝毫锈色。

霍先生想在铜盆中洗洗手，他双手在盆水中刚搓了几下，只觉得浑身燥热，四肢百骸通畅无比，浑身舒服极了！他神清气爽，感觉身轻如燕。

霍先生兴奋地大呼："王爷！怪哉——怪哉！——旷世之宝，旷世之宝也！"

完颜兀术欣喜万分，又拿起了独龙剑。他看那剑身只有手指宽，三尺长，薄如蛇皮，金光耀眼，让人不敢正视。

再看那剑柄上刻有"完颜飞天"四个字。完颜兀术手指在剑身上弹了几下，只听独龙剑嗡嗡作响，发出龙吟虎啸之声，让人胆战心寒。

完颜兀术心想：这样窄薄的宝剑若能缠在腰里就更好了，他在自己腰里比试了一下。独龙剑碰到了他的体温竟软了下来，完颜兀术把独龙剑缠在了腰间。独龙剑在完颜兀术腰间竟柔软得如绳索一般，完颜兀术哈哈大笑。

"老天赐宝……随我心愿也！"

三

这年春节，正月十五晚饭后，霍先生、谭先生，陪完颜兀术在房内喝茶聊天。浩阳、皓月哥儿俩在庭院内燃放鞭炮，忽见南方夜空中远处有一亮点向王府方向飞来。

亮点飞得近了，见个碟子样的圆物，闪着一片清冷耀眼的银光飞到了王府上空。

浩阳赶忙跑到屋里喊道："阿玛快出来看！空中有一奇物！"

没等完颜兀术说话，只听屋里响起了蛙鸣声，两只碧玉蟾在鸳鸯镜上跳跃鸣叫，一对鸳鸯镜放出七彩毫光。

突然……两只碧玉蟾跳跃到地面上，鸣叫着向庭院蹦去。完颜兀术赶忙拿起鸳鸯镜跟了出去。

完颜兀术把鸳鸯镜放在了外面的石桌上，两只蟾儿跳跃到鸳鸯镜上，对空鸣叫起来。

这时，空中飞行的圆物在王府上空发出了道道霞光。忽听屋中响起了龙吟虎啸声。只见独龙剑嗖的一声从屋中飞了出来，变成一个圆环，把碧玉蟾和鸳鸯镜圈在了中间。

伴着蛙鸣声，独龙剑射出了金色耀眼的光环，与空中飞行物发出的霞光连接在了一起。

瞬间，王府上空如同白昼，只见七个美极了的娇女围绕着碟状圆物时隐时现地飞舞，天空中纷纷飘下七色花瓣。

只见王府内冰雪融化为水流，府中的人都觉得燥热难忍，眼看着庭院内地面上长出了青草，桃树、梨树发出了枝芽，片刻间，庭院中飘满了桃花和梨花香。

轰隆一声巨响，空中七个飞舞的娇女不见了。飞行物发出一片耀眼的冷光，像一个银色的大碟子飞走了，瞬间消失在夜空中。

碧玉蟾不动了，鸳鸯镜也收回了七色毫光，独龙剑在石桌上闪着瘆人的冷光。

王府中鸦雀无声，个个呆若木鸡。完颜兀术拊掌仰天哈哈大笑："蚕娘，天现奇观，你我所见，福也……福也……我手中的宝物与天相通，珠联璧合，定能造福苍生，强国富民，可喜可贺，可喜可贺也！"

蚕娘站在桃花丛中更加光彩照人，每个人都觉得年轻了许多。

霍先生博学多才，他不只是精通武艺，冶炼铸剑，他也通晓天文地理。今夜天现奇象，他惊骇不已。

不明飞行物为何能与碧玉蟾、鸳鸯镜、独龙剑交融？这几件宝物具有人类未知的无尽能量，是浩瀚宇宙中什么无形的物质呢？他想解开这个谜。

他望着寒星闪烁的夜空，又看着满庭院盛开的桃花、梨花，太深奥了，慢慢地参悟吧！这真是一部无字"天书"哇！

外面是天寒地冻，王府内温暖如春，完颜兀术吩咐家人，庭院中设宴饮酒赏花。

自从正月十五晚上天现奇观，霍先生与谭先生日夜参悟这几件宝物的奥秘。

霍先生道："你我耗尽了十年的光阴，从千斤巨石中打制出这几件宝物。这几件宝物是天上来到地面的未知能量和精华，这几件宝物中有我们参悟不透的玄秘。我们只知古老美丽的传说——天帝、太上老君、无尽功力的神，还有不食人间烟火的九天玄女。他们都是哪里来的大能大量呢？天帝、太上老君——天是天空，太与天，是太空，太空是浩瀚宇宙，宇宙没有极限地大。我们只是宇宙中的微尘，可想而知，宇宙中有多少我们人类未知无穷尽的能量和暗物质。

"现只知经鸳鸯镜浸泡过的水能去百病，能给人体增加能量。可不知这种暗能量物质是什么？——无形，无味，看不到，摸不着，这种能量来自哪里呢？"

谭先生道："我也想不明白，我练就的内外气功，那种能量哪里来的呢？一块顽石可以砸烂人的手掌；运满了气功的手掌可击碎一块顽石，这能量到底是什么呢？"

霍先生道："看来这能量是来自宇宙无形的暗物质。这种无形的暗物质能量不是每个人都能接受到的，到底是——思、灵、感、念、意、神、想，还是互通的感应呢？应是遥感相通的无形暗物质能量吧！"

谭先生道："看那七个妙曼的娇女围绕不明飞行物时隐时现地飞舞，若没有独龙剑放射的光环与不明飞行物的霞光连接，我们根本看不到美丽的娇女在飞天。

"看碧玉蟾、鸳鸯镜、独龙剑，似在迎接久违了的朋友。八月十五日、正月十五月圆时透着各种宝物与不明飞行物的玄机，这可能就是最深的奥秘。"

四

转眼间过去了两个冬夏，霍先生、谭先生一直在参悟碧玉蟾这几件宝物的玄秘。两人废寝忘食，通宵达旦，还是无法破解。

这天夜里，两人忽觉浑身发热，燥热难耐，血液中似有一股力量推动血液急速地流动。一会儿两人就大汗淋漓。

霍先生道："谭兄！不好了！你我可要性命不保。"

"我也有预兆，觉得身上的血流急涌！"

霍先生喊道："快备两大缸冷水来！"片刻工夫，下人们把两大缸冷水备好，两人跳入了水缸中。

一会儿，缸中的冷水冒出了热气，两人觉得身上舒服了些，再过一会儿，缸中的水有些烫人了，霍先生喊道："再备两大缸冷水来！"

二人又跳入了水缸中，一连换了五六次的缸水，两人才稳定下来。

霍先生道："谭兄！我们俩在打制宝物十年的时间里，吸收了巨石中太多的宇宙未知暗物质能量，如我们每日用冷水浸泡自己，消除体内的能量，就不会变成现在的样子了。

"我们体内集聚的暗物质能量过多，已把我们的心血烧干，我们现在每天用心参悟这几件宝物的玄秘，诱发了体内暗物质能量的爆发，我俩已无能为力，我们的时日已不多了！"

"霍兄，四王爷对我俩不薄，对我们有知遇之恩，我们把王爷请来，向他交代后事吧！"霍先生吩咐人请来了完颜兀术。

完颜兀术见两位先生一夜间眼窝塌陷，精神恍惚，言语吃力，完颜兀术心中万分悲痛。

他安慰两位先生道："两位先生为我完颜兀术披肝沥胆，耗尽心血，我完颜兀术一定要保住两位先生性命！"

他命人请来了御医。御医为二人把脉后摇了摇头。

"王爷，下官无能，准备后事吧！"

完颜兀术大怒，一脚把御医踢翻在地，骂道："狗奴才！治不好两位先生的病，我砍了你的狗头！"

御医匍匐在地道："王爷！就是杀了奴才，奴才也无能为力呀！"

霍先生道："王爷，不要难为他了！我知病根，无药可医，听天由命吧！"

霍先生又道："你我知遇之恩，小老儿没齿不忘！只是我俩不能再服侍王爷了！我俩费尽心机，也破解不了几件宝物的玄秘，让王爷失望了！

"我孤身一人，别无牵挂，只是我有一义子，也是我的徒儿熊方印，他现居江南，烦王爷遣人把他找来，向他交代我的后事。"

完颜兀术道："先生静心养病，我立马遣人到江南。"

霍先生又说道："烦王爷请出鸳鸯镜，用缸水浸泡，我与谭先生用缸水洗身以延缓生命。我俩要向王爷与两个徒儿交代如何用宝物助己练功，如何参悟宝物的奥秘，可不要像我俩这样，反受其噬。"

完颜兀术唤来了浩阳、皓月。哥儿俩到了两位先生病榻前跪倒在地，四目含泪，齐喊："师父——！"

霍先生道："两位小王爷请起吧！坐下来说话。"二人站起身来坐在了两位先生病榻前。

霍先生道："两位小王爷，我与谭先生将不久于人世，你二人听好，这长白山脉人杰地灵，孕育出王爷这样豪气千秋的人物。天降巨石并非偶然，是宇宙中的大能、大灵、大量，看中了这片黑土地。天降巨石中打制出的宝物，是在提示人类，宇宙中蕴藏无限的未知能量暗物质，是想让人类破译宇宙未知暗物质能量的密码。

"这个题目太深奥了，我与谭先生资质愚钝无法破译，望后人努力吧！现在只能把我与谭先生从宝物中悟出的练功方法告诉你们。"

"谭先生说与两位小王爷听吧！"

谭先生说道："两位小王爷，要想借助宝物练成上乘的武功，先把根基打好。必须打通任督二脉，聚集真气激发自身能量，这时宝物中的能量和你们自身的能量才能融合一体。宝物中的未知能量可把你们带入至高境界，它可以使你飞天入地，它可以让你身如钢铁，它可以让你闪电般任意穿越。

"实质上，是宇宙中无形暗物质能量催发你自身能量而起作用。每当月圆之夜，要采集晨露。太阳欲出时，用鸳鸯镜浸泡过的清水配甘露洗身，以克宝物中的能量过大伤身。切记……切记……你二人要知，天地阴阳要平衡，日月阴阳要平衡，鸳鸯双镜阴阳要平衡。

"碧玉蟾传递太空未知暗物质能量与人体能量相融合，最后要做到天地人的'太极'。'太'是浩瀚宇宙至上无限，'极'是太空中没有极限的物质能量。太空宇宙无形的暗物质能量与人体能量相融合，就应是我们看到的不明飞行物周围飞天玄女的奥秘。

"练功的方法霍先生已都写在了秘籍里，还有我与霍先生研制的各种暗器也都写在了秘籍里。你们哥儿俩的武功是否能达到登峰造极的地步，就看你们各自的资质和造化了。"

转眼间十几天过去，这天完颜兀术与蚕娘探视两位先生。他们正在屋里说话，外面报，熊方印已到王府。

完颜兀术吩咐道："快快请到这里来！"熊方印随人进入了大堂。

蚕娘见走进的这年轻人好生面熟，她在年轻人脸上仔细地看了起来。

"哎呀！弟弟！方印——！"

熊方印听王妃喊自己弟弟，大吃一惊！他愣愣地看着蚕娘。

"弟弟！不认识姐姐了吗？"

熊方印听王妃说是自己的姐姐，在她脸上仔细地看了起来。

"姐姐！是姐姐！"熊方印放声大哭，一下子扑到了蚕娘怀里。

"姐姐……姐姐……弟弟以为姐姐已不在人世了！想不到竟在这里遇到了姐姐！姐姐……姐姐……可想死弟弟了！"

蚕娘泪流满面，抱着熊方印的头说道："小弟，不要啼哭了！快来见过王爷。"

熊方印擦干了泪水，跪地向完颜兀术磕头："王爷，熊方印有礼了！"

完颜兀术哈哈大笑："真乃天意也！霍先生的徒儿竟是我王妃的弟弟！可喜可贺，可喜可贺呀！方印，我们先看看两位先生吧！"

熊方印匍匐在病榻前，拉着霍先生和谭先生的手泪流满面。

"义父哇！十几年不见，只知义父在北国，但不知在王府里，怎知义父病成了这样？让孩儿想念死义父了！"

霍先生眼中滴下泪水："方印——义父也想念徒儿啊！这些年来，王爷待我与谭先生亲如手足，我俩怎忍心离去，只能为王爷尽心尽力。我与谭先生已时日不多，我俩归西后，把我俩的骨灰送回江南，魂归故里。你每年到坟上添土焚香，我还要与谭先生相伴。我们也不枉父子一场！印儿……切记……切记……"言罢，老泪横流。

蚕娘两眼湿润："霍先生，两位老人家放心吧！我每年都安排方印到江南祭奠两位老人家，看望两位先生，不会忘记老人家的大恩大德。"

霍先生与谭先生病逝后，完颜兀术以熊方印的名义在江南为他俩建造了两座大坟，每年熊方印都回乡祭奠。

蚕娘找到了弟弟，欢喜得不得了！熊方印每天陪她说话唠嗑。她离开弟弟时，弟弟还是个十来岁的小孩子，现在弟弟已长成大人了。

"弟弟，这些年不知你是怎么过来的？"

"姐姐，金兵进村那天夜里，我躲在柴草垛里。后来看你被金兵抓走，我无家可归流落回江南。霍先生见我可怜，喜欢我聪明伶俐收留了我，我认霍先生做了义父。

"岳元帅被害后，义父恨透了大宋皇帝和那帮祸国的奸臣，与谭先生来到了北国。义父走时给我留下了很多银两让我自己度日。

"我长大后，本想到北国来寻找义父，但不知义父在北国何处，只得罢了。"

蚕娘又问道："不知小弟日后做何打算？"

"找到了姐姐，我也安下心来，过段时间，我回江南再做些小买卖。"

蚕娘听了不由得又流下泪来："弟弟！我姐弟好不容易团聚了！还要离开姐姐吗？姐姐不舍呀！"

完颜兀术坐在旁边一直没有吱声，他看方印长得面如冠玉唇红齿白，身姿挺拔，如玉树临风。

他不愿方印离开蚕娘，心中一动——我何不把小妹猜儿公主嫁与方印，这样他姐俩能经常见面，也了却了蚕娘一桩心事。

猜儿公主是完颜兀术同父异母的小妹妹，自幼喜学汉文。完颜兀术每次从中原回来，都给她带回很多书籍和化妆品。猜儿长大后，喜欢穿汉装，时常纠缠哥哥带她到中原去玩耍。

完颜兀术想好了，哈哈大笑！

蚕娘见了，有些奇怪："宗弼哥哥——你这是怎么了？"

完颜兀术笑道："小妹，我已想好了办法，不让方印离去，我欲将小妹猜儿公主嫁与方印，你意下如何？"熊方印吃了一惊。

蚕娘满心欢喜，笑吟吟地说道："我的王爷呀！那可是再好不过了！那猜儿公主知书达理，温柔贤淑，是个小美人，若能嫁与方印，小妹求之不得呢！不知皇上和猜儿那边——"

完颜兀术笑道："猜儿向来听我的话，皇上那里我自有办法。哈哈，哈哈！"

猜儿公主那里自不必说。

皇上对完颜兀术向来是言听计从，何况猜儿公主也不是自己的女儿，人家兄妹的事，让人家自己做主吧！不如送个顺水人情。

婚后小两口卿卿我我，情意绵绵。猜儿也不管自己是公主的身份，对熊方印是百依百顺。

蚕娘看在眼里，心中默默叨念：爹娘啊！方印有家了！孩儿没愧对爹娘的在天之灵。她眼中流下来两行热泪。

太宗皇帝完颜晟驾崩后，熙宗——太祖的孙子完颜亶继位。完颜亶继位时只有十六岁。

完颜兀术辅佐朝政，熙宗亲政后，完颜兀术再不问朝事。多年的鞍马征战，巨石中过多能量的吸入，他的身体已日渐消瘦，他知自己时日已不多了。

熙宗生性多疑，在海陵王完颜亮的阴谋下滥杀无辜。

完颜兀术知道海陵王完颜亮要篡夺帝位，宫廷势必内乱，可他已无能为力，一病不起。他怕日后危及他的子孙，便把完颜浩阳、完颜皓月叫到病榻前。

完颜兀术忧心忡忡地看着两个爱子！"儿啊——完颜亶残忍嗜杀，完颜亮荒淫无道，我怕祸及子孙。我在关内、江南已为你们置好了田地庄园。

"阿玛过世后，若有不测，速去避之，就在那里繁衍后代吧！你们的舅舅姑姑不愿离开，就随他们吧！

"我手中的宝物你二人分持之，武功秘籍你兄弟各持一集。一对碧玉蟾是不能分离的，浩阳持之。独龙剑皓月持之。鸳鸯镜浩阳持雄，皓月持雌。

"独龙剑应护碧玉蟾之尊，鸳鸯镜是碧玉蟾和独龙剑之根魂。你二人到中原大地遍访高人，破解手中宝物的玄秘，造福天下苍生，你二人都好自为之吧！不要辱没了祖宗……"

第十四章　齐傲白临终托孤女

一

燕飞天一夜不曾合眼，他早就听祖上说过碧玉蟾是完颜家之物，不知日本人完达博川为何说是他家之物，难道这完达博川出自我完颜家一脉吗？

若出自我完颜家一脉，他咋成了日本人呢？哎！——待我慢慢地查访吧！

燕飞天回到了赤阳镇，夜里他收拾停当，上了小狼山。燕飞天轻车熟路来到聚义厅外，他见大厅里亮有灯光，蹿上了房顶。

他轻轻掀开房瓦，扒开了一道缝隙，见渡边、老穆、小泉、张华阳、徐三摸等人在聚义厅里议事。

只听渡边说道："华阳君，我们拿下了小狼山，怎不见了那齐傲白？没有人见他从山上逃脱，这齐傲白哪里去了？"

"掌柜的，我在山上策应你们，我咋知齐傲白哪里去了！"

"这齐傲白至关重要，只有他知道燕飞天的底细，我们一定要找到齐傲白，抓到他，要挟燕飞天。"

"掌柜的，我会尽心尽力，你就放心地下山去吧！"

"小狼山上，我不会常来，这山寨你是寨主，以便于收服齐傲白的部下，我若有事和你单独联系，你务必尽快找到齐傲白！"

"掌柜的，我会与你精诚合作。"

燕飞天在房上听得清清楚楚，明明白白。这张华阳到小狼山果然别有用心，但不知他何处来头。齐傲白失踪，和他定有干系，只要我跟住张华阳定能找到齐傲白。

张华阳当初上山时，找齐傲白选好地势，筑建好房屋后，在地下修建了密室，他把齐傲白关押在密室里。

齐傲白被关押在密室中，他后悔当初不该收留张华阳，到如今，山寨失守，许玉和菊儿生死不明，也不知燕飞天怎样，是否救走了菊儿。

一想到菊儿，他老泪横流，常瑛啊，常瑛！我愧对于你呀！

张华阳来到密室，见齐傲白不吃不喝，极力劝说齐傲白："大当家的，我也不瞒你，你可知上海滩的大佬×××势力之大。

"他的高徒日后必得天下。那人得知碧玉蟾现世，托付上海滩大佬网罗精英寻夺碧玉蟾。

"我受师门大师兄之托，在江浙物色了一批高手，为夺取碧玉蟾。我也不想为难你，那人与常瑛先生同为革命党人，我们有什么不可以合作的呢？那人得了天下，你也是大功一件哪！"

齐傲白听了哈哈大笑，鄙视地看着张华阳："卑鄙无耻的小人，为了自己的权欲，竟然与日本人合作，真是不知廉耻！张华阳！要杀要剐随你，让我说出燕飞天的底细，妄想！"

张华阳愠怒："难道你不怕我把你交给日本人吗？"

齐傲白道："那你就更猪狗不如了！我即便死了，也不会出卖朋友，你随便吧！"

张华阳胁迫道："齐兄，难道你不为菊儿着想吗？"

齐傲白哈哈大笑："凭你们也想捉拿我的菊儿？想那燕飞天也不会让你们的阴谋得逞。"

张华阳知道一时说服不了齐傲白，只得作罢。张华阳哪知，他与齐傲白的谈话燕飞天听得一清二楚，还没等他走出密室，燕飞天已鬼魅般站在了他面前。

"华阳兄别来无恙？不要急着走哇！把话说清楚再走不迟！"

张华阳脑袋轰的一声，两眼发直，呆傻地站在了那里。齐傲白见了哈哈狂笑，眼中笑出了泪水。

燕飞天鄙视地看着张华阳："你与日本人联手作恶，不怕国人唾骂吗？今天我不杀你，你赶快解开齐寨主的镣铐！"

张华阳像老鼠见了猫一样乖乖地解开了齐傲白的镣铐。

燕飞天道："张华阳！你告诉渡边那个老犊子，我燕飞天早晚取他项上人头！"

燕飞天背起齐傲白走出了密室，一纵身消失在夜幕中。

突然密室外响起了枪声。燕飞天只听齐傲白在他的背上啊了一声。燕飞天一回手，几只夺命乾坤镖飞射出去，几个大汉倒在了地下。燕飞天连发火石弹，五六个日本浪人脑浆迸裂，鲜血淋漓一命呜呼。

张华阳被一个大汉撞倒在地下，总算保住了一条性命。

燕飞天见齐傲白身受重伤，连夜赶回了关东三寨。菊儿见爹爹身受重伤昏迷不醒，趴在爹爹身上放声大哭起来。

"爹爹……爹爹……你快醒来！爹爹呀！不要扔下菊儿……菊儿已没有娘了！不能再没有……爹爹！爹爹……爹爹……"

燕飞天在齐傲白背上输入真气，稳住了他的心脉。一会儿工夫，齐傲白睁开了双眼，他看着哭成了泪人儿的菊儿，热泪滚滚而下。

"菊儿……爹爹不能照料菊儿了……爹爹愧对你娘亲……"

齐傲白拉过燕飞天的手断断续续地说道："飞天贤契呀！菊儿的终身就托付与你了！九泉之下，我和菊儿她娘亲都会感激你……"菊儿听了，又号啕大哭起来："爹爹……菊儿不要爹爹走！菊儿不要爹爹走哇……"

齐傲白伸出无力的双手拉住菊儿的手，两眼死死地盯着燕飞天。燕飞天点了点头，齐傲白闭上了双目。菊儿两眼一黑倒在了地下。

二

燕飞天抱起菊儿大声呼唤，他让熊天娇把菊儿抱入了她的闺房。

齐傲白临终前说的话，熊天娇听得明明白白，她看出菊儿对燕飞天是情有独钟。

她也看出燕飞天心中的苦衷和无奈。燕飞天这样的男人有谁不敬，燕飞天这样的男人有哪个女孩子不爱呢！她深深爱着燕飞天，也深深地理解燕飞天。

熊天娇把菊儿当小妹妹一样看待，她知道失去爹娘的痛苦，两个苦命的女人惺惺相惜心心相连。

每当燕飞天来看望菊儿时，熊天娇都借故躲出。时间长了，菊儿觉得自己有些对不住熊天娇——天娇姐真是个好姐姐，我抢走了燕哥哥对天娇姐姐的爱，她心中有些愧疚。

每当燕飞天来时，菊儿也主动借故离开，让他俩有充裕的时间说悄悄话儿。

熊天娇看出燕飞天对菊儿只是兄妹之情，齐傲白临终对菊儿终身的托付燕天无法拒绝。

熊天娇知道，菊儿是个好姑娘，只是年龄还小，有些孩子气——菊儿也真是可怜，和自己一样失去双亲，我还好，有老寨主夫妇把自己养大，老寨主和老夫人把自己当亲闺女一样，可这菊儿无依无靠，只有燕飞天一个亲人了。

燕飞天既然答应了齐寨主的托付，就应该善待菊儿，以慰齐寨主在天之灵。她在开导自己，不要心生醋意，自己也要善待菊儿这个小妹妹。

这天燕飞天来到熊天娇闺房，见熊天娇刚梳洗打扮完，只见熊天娇身穿紧身小袄，不施胭脂的脸上清丽脱俗，那种妩媚和娇艳胜过涂脂抹粉的俏女，别有韵味。

燕飞天心荡神摇，目现柔情："娇妹，这些天琐事繁多，冷落了娇妹，没有气恼哥哥吧？"

熊天娇站起身来，美目中情意绵绵："天哥哥，说哪里的话！天娇不是小肚鸡肠之人，为妻的应为夫排忧解难，何况天哥哥没有做出有负小妹之事。

"菊儿可怜，你答应了她的爹爹，就应善待菊儿。菊儿只你一个亲人了！不要再让她伤心。我的天哥哥是顶天立地的大丈夫，我熊天娇为之骄傲，菊儿小妹钟情与你，你不要负她。

"天娇是深明大义的人，我这里你不必多虑，快去看看菊儿妹妹吧！"

熊天娇真是女中丈夫——好个深明大义的贤惠娇娘。燕飞天心中暗赞。

燕飞天笑道："娇妹，你化解了我心中多日的烦恼，你有这样的胸怀，你这样善解人意，我燕飞天更加敬重你了！我不是那朝三暮四之人，事到眼前，实属无奈。天娇，我燕飞天谢谢你了！"

"天哥哥，你我虽没拜堂成亲，但我已是你妻了！还说什么谢不谢的话，快去吧！菊儿小妹已等急了！"她嫣然一笑，把燕飞天推出了房外。

燕飞天向熊天娇拱手笑道："娇妹，那我就去菊儿妹妹那里了！"

外面白雪皑皑，菊儿的房里温暖如春，屋中火炉炭火正旺。菊儿身穿杏白缎的碎花夹袄，油亮的长辫子拖在脑后，她坐在窗前，两只出神的秀目望着远处白茫茫的山岚。

自从齐傲白离世后，菊儿像变了一个人一样，她已不像往日那样任性贪玩。

小狼山上血与火的亲历，爹爹的含恨而终，菊儿心里充满了仇恨。菊儿已长大成熟了，她身上已没有了孩子气。

燕飞天走进屋内，见菊儿憔悴的脸上布满了哀思，一扫往日天真烂漫的样子，娇艳如花的脸上透着丝丝恨意。

她见了燕飞天，双目中滴下两滴清泪："燕哥哥，难为你了！我知道你与天娇姐姐两情相悦，早已订了终身，可菊儿不知，菊儿自见了燕哥哥那一刻起就钟情于燕哥哥，也许是菊儿的无知吧！可菊儿心中就是放不下燕哥哥，总想与燕哥哥相依为伴。师父走时把我托付与你，爹爹临终前也把我托付与你，看来菊儿命中注定要做燕哥哥的妻子，让燕哥哥为难了！你已有了天娇姐姐，不知燕哥哥是否还能容纳下菊儿？只是菊儿命苦，再无一个亲人了！燕哥哥——"菊儿泪如雨下。

燕飞天见了，不由得心中痛楚，他攥住菊儿冰凉的小手，柔声道："菊儿……不要思虑得太多了！我燕飞天既然答应了你爹爹，我就会把你当亲人看待，我也会照顾你一生一世。

"哥哥知道菊儿是个好姑娘，哥哥不是不喜欢你，只是哥哥已有了婚约，我不能负你天娇姐姐。可你天娇姐姐深明大义，又可怜你，她劝说我接纳你。她不让我食言，让我做个真正的大丈夫，你也应多谢天娇姐姐！"

菊儿眼含热泪："燕哥哥，菊儿知道天娇姐姐的一片苦心，菊儿日后拿天娇姐姐当亲姐姐看待！"言罢，哇的一声扑在了燕飞天怀里。

她娇媚的小脸儿贴在燕飞天胸前，两手用力地抱住燕飞天，滚烫的泪水洒透了燕飞天的胸襟。

燕飞天轻轻地抚摸菊儿的秀发，怜爱地说道："菊儿，你已是大姑娘了！不知你日后做何打算？"

菊儿泪眼婆娑地说道："燕哥哥，把你的上乘武功传授给菊儿吧！菊儿要为爹爹报仇！菊儿日后陪伴燕哥哥行走江湖，菊儿护着燕哥哥，就是菊儿死了，也不让燕哥哥出丝毫差错！"

燕飞天在菊儿娇艳的脸上轻轻刮了两下，笑道："小鬼头……燕哥哥还用菊儿保护吗？哥哥保护你还来不及呢！"

菊儿表情肃穆："燕哥哥！你自己行走江湖，天娇姐姐也放心不下，就是为了天娇姐姐，我也要跟随你，你就尽快传授菊儿上乘的武功吧！"

燕飞天心存感动——菊儿小小年纪就这样有情有义，也不愧是我的红颜知己，我就传授她上乘武功吧！

冬日的长白山是银色世界，地面上的积雪一尺多厚。山风旋过，扬起耀眼的雪瀑。

松鼠在挂满积雪的松枝上跳跃，偶尔有几只山鸡从山坳里飞出，拖着漂亮的尾翎咯咯叫着向远处飞去，雪域里看不到人迹。

远处山坡上几个黑点儿在蠕动，一会儿听到了远处山坡上的狗叫声。

已进了腊月，临近年关，熊天彪带着他的五杰弟兄到深山老林里打回了很多猎物。

几只大黑狗嘴中喘着粗气，耷拉着舌头拉着雪爬犁飞跑。雪爬犁上装满了獐狍野鹿。

熊天彪笑呵呵地对哥儿几个道："大雪封山，山下什么消息也没有。小狼山山寨被灭，齐寨主遇害，我咽不下这口气，待来年开春我和天哥商量，带你们下山，找那帮王八犊子算账去！咱们先过个好年，养足了精神，待冰雪融化咱们就下山去收拾那帮王八蛋！"哥儿几个齐声叫好。

李志道："三当家的，放心吧！咱哥们儿没有孬种！"

燕飞天见熊天彪兴高采烈地打回来那么多猎物，笑道："天彪，真有你的！这长白山上的东西都是你的囊中之物哇！"

菊儿站在雪地里笑嘻嘻地看着熊天彪："天彪哥，下次上山狩猎，带着菊儿吧！让菊儿也见识见识。"

熊天彪看着菊儿，见菊儿身穿红缎棉袄，外罩一件无袖的狐皮外套，一根皮带扎在腰间，两把盒子枪斜插在腰间。头上的白狐皮帽映着她娇艳的笑脸，英姿飒爽，真像雪地里一枝绽放的蜡梅花。

熊天彪看着她鼓鼓的前胸脸一红："菊儿妹妹，只要天哥说话，天彪哥带你到哪里都敢去！"

菊儿脸儿一红嗔笑道："天彪哥，欺负菊儿！"燕飞天看着菊儿的样子，突然想起了于亚涵。

他望着银白连绵的群山，思绪飞到于静斋一家人身上——不知老夫人病况如何。

小狼山已失守，有什么危难也无人相助，于家庄离关东三寨路途遥远，眼前又是大雪封山，燕飞天甚是挂念于家老少。

他一想到于亚涵，心中就有种愧疚感——本与熊天娇订了终身，当着于家两老人的面又应允了与于亚涵的婚约，如今又接纳了菊儿，这样让于亚涵怎样想呢？

他一想起于亚涵情意浓浓的样子，情不自禁地摸了摸内衣口袋中的红布包。于亚涵剪下青丝的样子历历在目，他仿佛又看到了于亚涵泪眼婆娑的脸。

燕飞天哪，燕飞天！——你是孽种、情种吗？他不愿再往下想，看了几眼雪爬犁边欣赏猎物的菊儿："菊儿，不要冻坏了！赶快回屋去吧！"

三

　　山口横寒自从来到了中国东北，就喜欢上了这片美丽富饶的地方。

　　这里有山有水，有丰富的森林和矿藏，还有漫山遍野的大豆高粱，难怪日本国朝野上下都对这块好地方垂涎三尺。

　　窗外飘着鹅毛大雪，山口横寒和渡边、小泉，坐在暖榻上对饮。

　　山口横寒道："掌柜的，这中国的东北真是好地方，我是不想回日本国了！我要随掌柜的在这里为天皇效忠，等我的儿子长大了，也让他到中国来，把这里变成我们自己的国土。"

　　渡边哈哈大笑："山口君，我的父亲就是这样告诉我的！这疙瘩好东西太多了！都要统统变成我们的！大日本帝国万岁——！"

　　小泉在一旁道："掌柜的，我们连一个燕飞天都对付不了，怎么可能夺下这么大的地方呢？"

　　渡边嘿嘿冷笑两声："我已有了对付燕飞天的好办法，你们到时乖乖地听我的命令吧！"

　　长白山的冰雪融化了，山坡上的小草冒出来嫩芽，山间的布谷鸟在啼叫，涧水叮咚奔流欢歌——欣赏春天给群山披上的绿装。

　　燕飞天同熊天娇来到老夫人堂内，禀明老夫人要为于家修建房舍。

　　老夫人笑吟吟地看着熊天娇："娇儿——这天儿朝三暮四，你咋还护着他呢？今天冒出个菊儿，明天又冒出个于亚涵，再往后不知又冒出多少个豆儿啊、花儿的呢！"燕飞天满脸羞红，尴尬得不敢正视老夫人。

　　熊天娇见燕飞天尴尬的样子，掩着嘴咻咻地笑了："娘亲——娇儿知道燕哥哥心里有难言的苦衷，燕哥哥是义薄云天的英雄好汉。在小狼山时，先有都先生对菊儿之托，齐寨主临终前对菊儿又有终身之托。

　　"娘亲哪！——你想有几个男人能让人这样厚爱与信任？于静斋老先生对燕哥哥有恩，因燕哥哥又受牵连，于家无奈托女，燕哥哥能回绝吗？

　　"娘啊！——这样知恩图报、有情有义的男人才是我心目中的夫婿。"

　　老妇人听了熊天娇这番话，哈哈大笑："娇儿好见识，说到娘的心里去了！天儿不愧是我娇儿的好夫婿。天儿——明日破土动工吧！"

燕飞天亲自督建的于家房舍日渐竣工，他遣人下山到于家庄告知于老先生早做准备，他指日下山去接于家老小。

于静斋接到燕飞天的书信异常欣喜，于亚涵更是心花怒放，很快就要见到燕哥哥了，她双目中流下来幽思的泪水。老夫人在病榻上道："都是我拖累了你们，这下好了！过两天，天儿就来接我们走了！亚涵哪！——只要你和燕飞天在一起，娘即便不在人世，也可瞑目了！"

于亚涵正在收拾东西，听了娘说的话，刚想回话，只见院外冲进来几个大汉。

这几个人个个手提兵刃，凶神恶煞一般。于静斋见了大惊失色。于亚涵吓得跑到屋里坐在了娘的身旁，身上瑟瑟发抖。

一个头目走到于静斋面前："于先生！我们大当家的请你和你家小姐到小狼山山寨一叙，赶快动身吧！"

于静斋已不像刚才那样惶恐，镇静地看着那个小头目："你们要请我到哪里去？你们到底是何人？不说清楚，我是不会跟你们走的！"

那个头目凶恶地说道："于先生！不要问得那么多了！你走也得走，不走也得走！"

他喊了一声："弟兄们！——带人！"只见几个匪徒冲进屋内，架起于亚涵就往外走。

于亚涵双腿乱踢，大声喊叫："爹爹——爹爹呀——！"

于静斋见了，怒火上撞，他想和这帮匪徒拼个你死我活，无奈匪徒人多，他力不从心。

只听屋内老夫人呼喊："老爷！闺女！"又听扑通一声。于静斋拼命冲回屋内，见老夫人倒在地下，已奄奄一息。

于亚涵挣脱匪徒，扑在老夫人身上放声大哭起来。老夫人气息微弱，嘴唇断断续续地嚅动："涵儿……找到燕飞天……为娘报仇！"老夫人两眼圆睁，停止了呼吸。

于亚涵号啕痛哭，骂道："你们这帮畜生……还我娘的命来——！"于静斋老泪纵横，与匪徒撞头拼命。

众匪徒架起于静斋父女拖出院外，架上了马车扬长而去。

四

于家的新宅已建造完，熊天娇和菊儿屋里屋外地忙着布置屋内的摆设。

菊儿打趣地看着燕飞天："燕哥哥——亚涵姐姐比菊儿好看吗？和天娇姐姐比呢？"

熊天娇在一旁笑嘻嘻地瞅着菊儿："小妹，燕哥哥的心早已飞到你亚涵姐姐那里去了！亚涵姑娘能不好看吗?！"两个美人看着燕飞天嘻嘻地笑了起来。

燕飞天心中激荡："天娇……菊儿……不要取笑哥哥了！你们仨个个都好看，哥哥都喜欢！"

这时熊天彪风风火火地走进屋来："天哥——山下有人投书，必你亲启！"燕飞天赶忙打开书信，脸色大变，顿足大呼："哎呀！是我害了于老先生！是我害了亚涵妹妹——！"

"天彪！快请大哥到娘亲房中议事！"

熊天娇在一旁见了，惊恐地问道："天哥哥——到底出了什么大事儿？"

燕飞天双目垂泪："娇妹呀！那帮畜生把于老先生和亚涵妹妹抓上了小狼山山寨，于家伯母生死不明。我燕飞天罪人也，我燕飞天罪人也！"

熊天娇和菊儿见出了这样的大事儿，急得团团乱转，都不知如何是好。

燕飞天道："快都跟我到岳母房中商议吧！"

燕飞天与熊天娇、菊儿到了老夫人房中，熊天鹤、熊天彪已等候在那里。

老夫人见燕飞天面目严峻，知道事关重大。

"天儿——慢慢道来，不要乱了方寸！"

燕飞天道："日本浪人把于老先生和亚涵妹妹抓上了小狼山，于家伯母生死不明。日本人让我只身上山，不能携带丁点儿兵刃。若我不上山去，他们先杀于老先生，后杀亚涵妹妹！"言罢，双目垂泪。

老夫人镇定自若："天儿——你意欲何为？"

"岳母大人，孩儿只能独自上山去了！日本人早已做好了准备，人多无益。我一人上山他们也奈何我不得，我到了小狼山山寨，寻机救出于家父女。"

熊天彪在一旁火冒三丈："这帮王八犊子！我还想找他们算账呢！我跟天哥一起上山，救出于家父女！"

菊儿噘着小嘴，咬牙切齿地说道："让菊儿去吧！我要为爹爹报仇！和燕哥哥一起救出于家父女。菊儿宁愿死，也不让燕哥哥出任何差错！"

老夫人看了一眼熊天鹤："天鹤，你做何打算？"

熊天鹤瞅了瞅燕飞天："飞天哪！——你独自上小狼山，有几成胜券？能救出于家父女吗？即便救出于家父女，你能全身而退吗？"

燕飞天两眼湿润："为救出于家父女，我燕飞天赴汤蹈火在所不辞！何况当今武林，长短兵刃、火器，都奈何我不得！大哥！我意已决，你们尽管放心吧！我燕飞天重任在身，我的命不是他们可以取走的！"

老夫人哈哈大笑："好男儿！——大丈夫！都不要多说了！天儿——你打点好自己，独自上山吧！老身到时派天彪带领人马接应你。"熊天娇站在老夫人身边，急得泪珠滚动，已泣不成声。

第二天，天刚放亮，日出月落时，燕飞天把独龙剑窝成圆环放入大缸中，他在大缸中注入清水。

一会儿，缸水旋起了旋涡。燕飞天脱光了身子，跳入了大缸中。只见缸水似有一股能量在推动旋转，燕飞天头顶冒着咻咻热气，与日月交融的灵光相接。

燕飞天随着缸水旋转，越转越快，燕飞天仰天长啸！只见缸水伴着他长啸声把他旋弹起五尺多高，他又轻轻飘落在地面上。

熊天娇和菊儿坐在院中角落里，燕飞天练就的神功让她俩目瞪口呆，两人痴痴地看着燕飞天。

燕飞天穿好衣裳，清风一样飘到她俩身旁，揶揄地笑道："两个小美人，偷看哥哥光身练功，不害羞！"

熊天娇和菊儿见燕飞天毫无声息地飘到她们身边，齐声娇语："为妻的看丈夫的俊功夫，看丈夫的俊身子，喜欢、高兴！"两人说完，脸儿羞得像红布一样。

燕飞天哈哈大笑："两个好妹妹，不说笑了！看了哥哥的功夫，不用为哥哥担心了吧！"

熊天娇还是忧心地看着燕飞天："天哥哥——凡事小心，不可掉以轻心！我和菊儿盼你早回，快些把涵儿妹妹给我们带回来！"

燕飞天规规矩矩地给两人鞠了一躬，情意绵绵地拉起熊天娇和菊儿的手："燕飞天得两位妹妹倾情垂爱，只要燕飞天不死，永结同心！"

菊儿赶忙站起身来，捂住燕飞天的嘴，用情地看着燕飞天："燕哥哥，就是菊儿死！也不要燕哥哥死！"言罢，泪水涟涟。

熊天娇在一旁强忍泪水："菊儿……好了……好了……燕哥哥吉人天相，福大命大！会平安归来。"

燕飞天吃下了十斤猪水油，收拾停当，备了两匹快马，告别老夫人与众人，晨曦中心急如焚地奔下鹰不落山寨。

第十五章　密兵关东山

一

燕飞天不食不宿，马不停蹄地日夜兼程，次日黄昏时来到了小狼山下。

早有人迎在山下，引领燕飞天来到山寨。张华阳、老穆、徐三摸，迎出聚义厅外。

张华阳见了燕飞天恭恭敬敬地说道："燕兄！可把你盼来了！我们共图大业吧！"

他看着老穆和徐三摸："这就是誉满江湖的燕大侠——燕飞天！"

老穆皮笑肉不笑地说道："燕大侠！久仰，久仰燕大侠的威名了！"

徐三摸看了燕飞天一眼，见燕飞天目露寒光，他身上有些哆嗦，龇着黄板牙战战兢兢地说道："燕爷……大侠燕爷爷……多多关照！米西的干活！不！——不——是哟西……哟西……多多关照……嘿嘿！"徐三摸被燕飞天的气势吓得竟胡乱地说起日本话。

燕飞天鄙视地看了徐三摸一眼，大踏步向聚义厅内走去。

徐三摸身上一哆嗦，放了一个响屁。老穆嘻嘻笑了起来："燕飞天果然英雄豪杰，三摸兄弟竟然吓得屁滚尿流！嘻嘻！"

徐三摸白睖了老穆一眼，暗骂："滚王八犊子吧！我只吓出个屁来，你老穆才屁滚尿流呢……"

燕飞天到了聚义厅内，见上首坐着一个人——五短身材，看上去有五十多岁，宽大的和服穿在身上，肚子有些微凸。狭窄的双目中，眸子透着狡诈的凶光，稍有些歪斜的嘴上一撮仁丹胡子。

哦！想必这就是渡边老浪人了！燕飞天不屑一顾地看了他一眼。

"想必阁下就是渡边雄一了！在下燕飞天，我们是老朋友了！今日能得相见，幸会……幸会呀……哈哈，哈哈！"

渡边心中一凛：好个燕飞天！果然好男儿！不同凡响！他不由得心生敬意。

"燕大侠！我们是老朋友了！快请上座，品一品我们日本国的茶道吧！"

燕飞天毫不客气地坐了下来："渡边先生！查看查看我的身上吧！"燕飞天脱下了上衣和鞋子。

渡边嘿嘿干笑两声："你燕飞天是信义之人，不必了！不必了！"燕飞天穿上上衣和鞋子，呷了一口茶："渡边先生，咱们书归正传吧！今天我来到了小狼山山寨，按你的要求我身无寸铁，你大可放心了吧！有什么话你就说吧！"

"燕大侠，我渡边雄一看你是个英雄人物，想与你精诚合作，交个朋友，为东亚共荣携手共进。"

燕飞天哈哈大笑："渡边先生，要想合作，你先拿出诚意来吧！让我见见于老先生和于小姐，若不让我见于老先生和于小姐，我们就免谈了！"

渡边在狡诈盘算：我就让燕飞天见一见于家父女，让他看到关押他们父女的地方，坚如铜墙铁壁，让燕飞天打消救出于家父女的念头，挫挫燕飞天的锐气。

渡边嘿嘿干笑两声："燕大侠，很好……你去看看他们父女吧！你看到他们父女都很安好，就放心了！"

渡边把燕飞天领到了新修建的密室外。燕飞天见几个日本浪人和几个匪徒守护在那里，渡边命人打开了三道铁门。

燕飞天走到密室里，见于静斋披头散发地坐在地下，二目微闭，满嘴水疱。

燕飞天见了，心如刀绞，他轻叫一声："伯父！"

于静斋听是燕飞天的声音，慢慢睁开双目："天儿——是天儿吗——？"

"伯父，是我！是天儿啊！"

于静斋见燕飞天来到面前，放声大哭起来："天儿啊！——这帮天杀的畜生害死了涵儿她娘，又把我和涵儿抓到了这里来！天儿啊！——不要顾及我，快去救涵儿吧！"

燕飞天双目垂泪："伯父！你老人家尽管放心，待天儿看过涵儿即刻下山，料理伯母的后事，先发送走她老人家。天儿给伯母披麻戴孝！让她老人家入土安眠。料理完伯母后事，天儿便回到山上来，解救你老人家和涵儿。"

燕飞天对门外的日本浪人喊道："老人家口渴！快给老人家拿过一壶茶水来！"

那日本浪人咧咧嘴："茶水的没有，尿大大的有！"两个日本浪人哈哈大笑起来。

突然间……只听咔吧咔吧两声响，两个日本浪人号叫着在地下打起滚来。两个日本浪人的肩胛骨被捏得粉碎。

还有几个日本浪人和匪徒想拔枪，可是，都扑通扑通地倒在了地下。燕飞天鬼蜮般点中了他们的穴道。

燕飞天笑嘻嘻地看着渡边："渡边先生！这帮畜生不懂礼貌，我教训他们一下，不好意思了！就麻烦渡边先生给我拿来一壶茶水吧！"

于静斋哈哈大笑："天儿！教训得好！真是解了老夫的心头之恨！"

渡边的脸色一会儿发青，一会儿发白，咧着满口黄牙的大嘴讪讪地说道："燕大侠……好……好身手！这帮浑蛋不懂规矩，回过头来，我好好地教训他们！"

他冲门外呼叫："快把我的好茶拿过一壶来！"

他看着两个在地下号叫的日本浪人骂道："巴嘎牙路！统统的巴嘎牙路！"

燕飞天坐在于静斋身旁，梳理好他散乱的头发："伯父，你老人家在这里耐心地等我，我看过亚涵妹妹立刻下山。"

"天儿，不要为我父女有负国人，不能做民族的罪人！老夫死不足惜，只是苦了涵儿！"

"伯父放心，我燕飞天知道怎样做！"

燕飞天给于静斋倒了一杯水："伯父，他们不敢把你怎样，料理完伯母后事，我便回来解救你老人家与涵儿妹妹，我去看望涵儿妹妹了！"

于静斋老泪滚滚："天儿啊！——我已年迈，不中用了！你一定要救出涵儿啊！"

燕飞天咬牙切齿道："伯父！谁也不能留在这里！天儿自有道理！"

渡边让人打开了另一间密室，于亚涵见有人进来，她不敢相信自己的眼睛。

"燕哥哥……燕哥哥……这帮畜生害死了娘亲，又把我和爹爹抓到了这里来！燕哥哥……快救爹爹呀……"于亚涵抱住燕飞天放声大哭起来。

燕飞天把于亚涵搂抱在怀里，轻轻抚摸她洒满了泪水的脸，柔声轻语："涵儿，有燕哥哥在这里，不要害怕，我已见过了伯父，他老人家很好，你尽管放心好了！我即刻下山料理伯母的后事，我给老人家披麻戴孝！送老人家入土为安。"

渡边在一旁假惺惺地说道："于小姐，不要难过了！燕大侠来到了这里，我们不会为难于小姐和于老先生。"

于亚涵愤怒地呸了他一口："老鬼子！我恨不得扒了你的皮，你还我娘的命来!"

渡边装模作样地说道:"于小姐,对不起了!都是我手下的那帮浑蛋办事不力,我会狠狠地教训他们!"

燕飞天目光凌厉地看着渡边:"渡边先生,我即刻下山料理岳母的后事,你要为我照料好老先生和于小姐,一切饮食用品不可缺少,想必渡边先生你应该知道怎样做!"

渡边嘿嘿地干笑:"燕大侠,我知道于老先生和于小姐对你有多么重要,我会照顾好他们,你尽管放心地下山去吧!我知道你不放心于老先生和于小姐,你很快就会回到山上。"

燕飞天快马加鞭,火速赶到了于家庄。燕飞天进了于家大院,见院内停放一红漆棺木,棺木前摆放着老夫人灵位。院内挤满了前来吊唁的人。

燕飞天扒开众人,挤到老夫人灵前,跪倒在地放声大哭起来:"岳母大人哪!——天儿来晚了!让你老人家含恨九泉,孩儿以后不再游走了!孩儿与亚涵妹妹侍奉爹爹,让爹爹安享天年!"

管家听有人在老夫人灵前哭灵,急忙赶了过来。他见是燕飞天,哎呀了一声:"颜爷,可把你盼回来了!快快起来,到内堂叙话吧!"

管家把燕飞天请到内堂,跪倒在地,泪涕交流:"颜爷,自从你与我家小姐定亲走后,我家小姐盼望你两眼欲穿。

"老爷接到颜爷书信,知道你近日前来接全家老小,全家老小都欣喜万分。可咋想到飞来的横祸,老夫人当场气绝身亡。我家老爷与小姐被匪徒抢上了小狼山山寨。

"好在老爷平时乐善好施,善结乡里,十里八村的乡亲们闻讯,都前来帮我渡过眼前的难关。

"我备了上好的棺木盛殓了老夫人,等候颜爷前来操办老夫人的后事。"

燕飞天眼含热泪:"老管家,请受颜浩天一拜,于家危难之时,你能遇险不乱,没让老夫人暴尸户外,颜浩天给老人家磕头了!"言罢,燕飞天跪伏在地。

老管家赶忙拉起来燕飞天:"颜爷呀!老夫人生前与老爷待我不薄,拿我当兄弟一样,为人应知恩图报,就是有再大的风险,我老身也豁出去了!"

燕飞天道:"我已上了小狼山,见过了老爷和小姐,老爷与小姐都安然无恙,待我料理完老夫人的后事,再回到小狼山上,设法营救老爷与小姐。"

燕飞天披麻戴孝,日夜守护在老夫人灵前。他请来了庙里的和尚做道场,为老夫人超度亡灵。出殡那天,燕飞天一身孝服,以儿子的身份手持引魂幡,亲手安葬了老夫人。乡亲们感念老夫人生前的恩德，送葬的队伍有一里多地长。

夜已深了，于家的屋里还亮着灯光，于亚秋泪水涟涟，她有些疲倦地看着何雨燕："雨燕，你大姥姥是我们于家第一个被日本人害死的人！雨燕——妈妈累了！明天再讲述吧！"

何雨燕眼中含着泪水："不！——妈妈！我还要听你讲亚枫舅舅呢！他不知道家里的事情吗？"

"孩子——你亚枫舅舅在美国留学，一心攻读学位，他咋知家里发生的事情呢？"

"妈妈——燕飞天太神奇啦！他能救出大姥爷和亚涵姨妈吗？"

"雨燕——燕飞天的武学近似神话，他的身体可能接受了来自宇宙空间的无形暗物质能量。他把自身的能量和暗物质能量结合了起来，练就了人类还解释不了的武功。现在各国科学家都在探索人体功能与太空的未知暗物质能量，是一门全新科学。"

"妈妈，你继续讲述吧！我要知道大姥爷和亚涵姨妈的命运。妈妈，燕飞天救出了亚涵姨妈吗？妈妈，燕飞天有三个优秀的女人，他娶了亚涵姨妈吗？"

"雨燕，妈妈困了！明天再讲吧！"

"不——妈妈！燕儿要听妈妈继续讲述！"

于亚秋默默地看着何雨燕："燕儿，你还在想着高子恒吗？"何雨燕低头不语。

"妈妈，你讲述完了燕飞天的故事，让燕儿思考决断！"

"好吧！妈妈今晚不睡觉了！"

二

燕飞天下了小狼山，渡边派出密探跟下山去，暗中掌握燕飞天的言行踪迹。

渡边知道，燕飞天鬼神莫测，强行威逼他没有作用，杀又杀不得，更何况他也没能力杀了燕飞天，只能好言相抚，威逼、收买燕飞天，让他诚心与日本国合作。

只要我抓住于静斋和于亚涵不放，慢慢征服他的心志，不怕他燕飞天不为我所用。

　　燕飞天回到了小狼山山寨，渡边关切地问道："燕大侠，老夫人的后事料理得圆满吗？还有需要我渡边做的事情吗？老夫人不能白白死去，我要严厉地处罚那些浑蛋。你离山多日，快去看看于老先生和于小姐吧！"

　　燕飞天长叹一声："渡边先生——人生如梦，命中注定，我燕飞天不想浪迹江湖了！我去看看于老先生和于小姐吧！"

　　燕飞天与渡边来到了密室，守卫密室的那些日本浪人和匪徒见了燕飞天，个个都像见了鬼蜮一样躲得远远的。

　　渡边让人打开了三道铁门，燕飞天走到于静斋面前，目光凌厉地看了渡边一眼。

　　渡边倒也知趣："嘿嘿！你们聊吧！"他退了出去。

　　燕飞天跪在于静斋面前悄声低语："岳父大人在上，天儿披麻戴孝，手持灵幡亲手安葬了岳母大人。岳母的丧事办得隆重风光。乡亲们都念及岳母大人的好处，前来送葬，老人家九泉之下得以安心了！你老人家与涵儿不要多虑，一切由孩儿安排。岳父大人，你好自为之吧！我去看望涵儿了！"

　　渡边见燕飞天与于静斋谈话平稳，心中暗自高兴，他领燕飞天来到了关押于亚涵的密室。

　　到了密室里，渡边向于亚涵鞠了一躬："于小姐，渡边雄一治下无方，伤害了老夫人，渡边雄一向于小姐谢罪，明日当众处决致老夫人丧生的凶犯，以慰老夫人在天之灵。渡边就不妨碍你们说悄悄话了，告辞！"

　　渡边雄一从心中佩服并且喜欢燕飞天。没见面时，暗算厮杀，见了燕飞天，他已肃然起敬。

　　他在中国多年，所交往的中国人中，没有一个像燕飞天这样，情深义重，铁骨铮铮。

　　他想学汉代曹操感化关云长那样感化燕飞天。他知道关云长后来背曹操而去，他想在混乱的中国创造一个奇迹。他要与燕飞天交朋友，为大日本帝国建立功勋。

　　渡边走后，燕飞天坐在了于亚涵身边："涵儿妹妹，渡边这老浪人居心叵测，他取悦于我，是想让我丧失斗志，让我拱手交出碧玉蟾，实现他们'大东亚共荣'的美梦。

　　"我已见过了岳父大人，把安葬岳母大人的详情告知了老人家。涵儿妹妹，我披麻戴孝，手持灵幡，以长子身份亲手安葬了岳母大人，以后你我就是有名分的夫妻了。

"你在这里少安毋躁，一切听从哥哥安排，如此……这般，听明白了吗？"

于亚涵媚脸绯红，频频点头："燕哥哥——小妹日后便是哥哥的娘子了！夫唱妇随，按夫婿说的做就是了！"

第二天早上，燕飞天来到聚义厅，见渡边威严地坐在那里。老穆、张华阳、小泉、徐三摸等人坐在那里面面相觑。

张华阳见燕飞天走了进来，赶忙站起身来："燕兄，就等你了，赶快落座吧！"

渡边双目直视燕飞天："燕大侠，今天就还给你个公道！"

"徐三摸！——把那天去请于老先生和于小姐的几个人叫来！"

"张华阳，你把于老先生和于小姐也请过来。"

一会儿工夫，于静斋父女来到了聚义厅。渡边见了，站起身来满脸堆笑："于老先生，于小姐，请落座吧！今天我还给你们一个公道！"

这时候，徐三摸领着那几个匪徒走了进来。

于亚涵见了那个小头目，两眼喷火，指着那小头目哭叫起来："燕哥哥！——就是那个畜生把我从娘的怀中抢走！娘拖住我不放，那个畜生在娘的肚子上踢了一脚，娘摔倒在地，他们把我拖到外面，娘气绝身亡！"于亚涵扑到燕飞天怀里，放声大哭起来！

渡边嘿嘿冷笑两声："徐三摸，你都听清楚了吧？我让你们去请于老先生和于小姐，我让你们抢人了吗？你们这些中国人的败类，坏了我大日本帝国的名声！"

"燕大侠！是你动手，还是我动手？"

那个小头目见了，吓得浑身乱抖，扑通一声跪倒在地下。

"太君！——不要杀我，我家还有七十岁的老母哇！"

于亚涵怒骂："你有七十岁的老母，我娘就不是七十岁的老母吗？"

那小头目又跪爬到燕飞天脚前哀求："燕大侠！——放过小人，饶过小人一命吧！"

燕飞天飞起一脚，把他踢出一丈多远："畜生！你还想活命吗？"

渡边抬手就是一枪，正中那小头目脑门，只见那小头目浆血喷射，倒地身亡。

旁边的那几个匪徒吓得扑通扑通都跪倒在地下。

渡边怒吼道："都给我拉出去毙了！统统的毙了的干活！"

徐三摸拿着大烟袋锅子的手直哆嗦，战战兢兢地看着渡边："太……太君……都杀吗……"

渡边叫喊："为了给于家父女出气，为了给燕大侠出气，统统都死了死了的有！"

燕飞天知道，渡边是做样子给自己看，他冷冷地看着渡边："渡边先生，算了吧！杀了那小头目，已给我岳母大人抵命了，就放过他们吧！"

渡边顺势说道："不是燕大侠说情，你们统统的死了死了的！还不过去谢过燕大侠！"

那几个匪徒跪爬到燕飞天身边："燕爷爷！饶了我们这帮小瘪犊子吧！我家没有七十岁的老母，我家有七十多岁的老叔哇！"

"燕祖宗！饶了我们这帮小兔崽子吧！我家没有七十岁的老叔，我家有七个小猪崽子呢！"

"活祖宗！饶了我们这帮王八蛋吧！我家一个'七'都没有哇！"

燕飞天憋不住想笑："你们都别跟我扯犊子啦！快滚下去吧！"

渡边笑嘻嘻看着于静斋父女："于老先生！我敬重燕大侠，想与他交朋友，我不把你们二位请上山来，燕大侠不肯光临哪！渡边实属无奈。于老先生，晚辈多有得罪，当着大家的面，渡边赔罪了！"他站起身来，向于静斋和于亚涵鞠了一躬。于静斋父女默不作声。

渡边又道："这段时间，让于老先生、于小姐受委屈了！"

"老穆！你安排人手收拾好两间上房，让于老先生和于小姐居住。安排人手伺候他们父女俩，这样也便于燕大侠与他们父女见面。"

渡边脸转向燕飞天："燕大侠，我这样安排于老先生父女，你还满意吗？为了与你交朋友，我渡边只能这样做了！"

燕飞天哈哈大笑："渡边先生，多谢你的美意！你这朋友，我燕飞天交定了！"

燕飞天在小狼山上不急不躁，每天到于静斋和于亚涵房中陪他们父女聊天，有时与渡边下棋。

一晃间，燕飞天在山上已有月余，渡边半点儿不提碧玉蟾。

燕飞天表面悠然，若无其事，可他心急如焚。他在麻痹渡边，暗中查看渡边在山上的火力布置及暗道机关。

要想救出于家父女一人容易，但同时救出于家父女两人他没有胜券。

燕飞天知道，渡边在小狼山上的防范措施非常严密，稍有不慎，便前功尽弃。

好在于家父女不动声色，配合默契，燕飞天在苦思冥想万全之策。

这天，燕飞天到茅厕出恭，他见张华阳提着裤子急三火四地向茅厕跑来。"燕兄，我拉稀了！"

他蹲在茅坑上，看四下无人，递给了燕飞天一个字条，燕飞天顺手揣在衣兜里。

燕飞天回到房内打开字条，字条上一行小字：孙先生逝世，蒋先生已揽大权，欲得碧玉蟾，另辟途径，军统×老板，集黄埔精英欲寻你。渡边为碧玉蟾不失他手，又调集浪人精英拒蒋夺宝，华阳兄感上次不杀之恩，唯有图报。

燕飞天看过字条，长叹了一声："哎！"——又要血雨腥风了！看来，这蒋先生的人马来势凶猛啊！

三

熊天娇望着窗外的春色，见树上两只鸟儿在啼叫，她有些心烦："菊儿妹妹，燕哥哥下山一个多月了！杳无音信，姐姐甚忧之！"

"姐姐，菊儿梦中时常梦到燕哥哥，不管菊儿怎样呼叫，燕哥哥就是不说话！"

"菊儿妹妹，我们到娘亲房中吧！去跟娘说说话儿。"

两人来到老夫人房内，见熊天鹤、熊天彪都在那里。老夫人见熊天娇和菊儿走了进来："天娇，都先生遣人送信来了，你看看吧！"

熊天娇从熊天鹤手中接过书信，认真看了起来。

燕兄：

别来无恙！风云变幻，孙先生病逝，先生终前念及你——慎保碧玉蟾。

蒋先生已独揽大权，现国共两党合作北伐，两党摩擦不断，中国的政治前程暗淡。

我现被聘任为军统局总教官，得知军统局集军统、黄埔之精英赴关东欲与日本人决一死战。寻找燕兄争夺碧玉蟾，望兄慎之！

告知老夫人与天鹤兄，熊致远已赴美国留学，代问齐傲白、菊儿安好。

熊天娇看过书信，泪水在眼圈里打转："娘亲——燕哥哥杳无音信，他身处险境，这如何是好哇？"

菊儿跺脚搓手，眼泪欲滴："娘啊！——燕哥哥下落不明，我们快去寻找燕哥哥吧！"

老夫人也是心急如焚："天鹤！快拿主意吧！"

没等熊天鹤说话，熊天彪大叫起来："大哥！——我带人下山吧！"

菊儿也嚷叫："娘！——大哥！让我也下山吧！"

这时熊天罴走了进来，他已看过了都迅的书信，料理完山寨的事务急忙赶了过来。

他见熊天鹤沉吟不语："大哥，我已思虑好了！"

"二弟——那你就快说吧！"

"大哥，燕飞天这次下山麻烦极大，先有渡边设下圈套，现又有戴老板的人马接踵而来，由此可知，燕飞天身处险境。

"我想让天彪带他的五杰弟兄先行下山打探消息。我带领五十人马，为掩人耳目，分五批下山，定好集合地点，待弄清情况，我们再设法配合燕飞天救出于家父女。

"只是我和天彪走后，山寨安危和我熊家老小就都靠大哥了！"

熊天鹤微微笑道："二弟，哥哥还没老，打发那些山毛野兽还绰绰有余，放心地去吧！有大哥在，山寨万无一失！"

老夫人断然道："天罴！就这么定了！山寨里不是还有我和菊儿吗，你们赶快准备下山吧！"

四

晚间，奉天城北市场满街灯火通明，人流不断，街面上的小吃应有尽有。

街面上，耍猴的、变魔术的、吹糖人的、捏面人的，还有唱蹦蹦戏大口落子的。这一群，那一伙，热闹非凡。

东南角有一摔跤场，晚饭后，人们闲来没事常到这里来看热闹。也有喜欢摔跤的老少爷们儿上场玩一会儿。

今天跤场上非常热闹，一个嘴边挂满了硬胡楂子的壮汉，嘴中呀呀地叫着与一摔跤手角斗。

片刻工夫，只见那壮汉转身磨腰，一个大背摔招式把他的对手扔出一丈多远。

那壮汉咧咧嘴："你们谁的还来？中国人大大的不行！"

一个二十多岁的小伙子，约一米八的个头，他仗着身壮力大，不服气地从地下捡起褡裢。

他遛了几下跤步，二人厮斗起来。他攥住对手褡裢的小袖，一个架梁脚，可那壮汉两膝前屈，双臂一用力，小伙子被推出几米远，倒在地下。

那大汉狂妄地哈哈大笑："你们统统的屁蛋，快快的给我上茶来！"

跤场外几个日本浪人哈哈大笑起来："茶的上来，我们统统的喝茶！"

跤场外一个师兄唤过一个小徒弟："赶快去找师父，不好，这家伙要踢场子！"小徒弟一溜烟地跑了出去。

张舒碰了碰身旁的熊天彪："天彪哥，这小子太狂妄了！你上场会会他！"

熊天彪早已按捺不住了，听张舒这么一说："好咧！兄弟！瞧热闹吧！"

熊天彪大步走到场内，双手一抱拳，对看热闹的众人道："老少爷们儿，我熊天彪路见不平，陪这位票友玩一玩！"他脱下外衣，露出满身的肌肉疙瘩。

熊天彪穿上褡裢，两手一抱拳，对壮汉道："请吧！千万不要手下留情！哈哈！"

那壮汉撇撇嘴，也不说话，伸手就薅熊天彪。

熊天彪手腕微动，切开了壮汉的那只手掌，壮汉的另一只手又到，熊天彪气定神闲，与壮汉厮斗起来。

这时候，跤场的师傅，摔破天——耿三，已回到了跤场。他见了那壮汉心中一惊，我见过这小子，日本浪人——山口横寒，柔道八段！

嘿！——那小哥好俊的功夫，山口横寒绝不是那小哥的对手！

山口横寒知道遇上了对手，但还是不把熊天彪放在眼里。哼！我是日本国的柔道八段，看我不揉碎了你！二人厮斗了一会儿，只见熊天彪闪电般薅住山口横寒的褡裢小袖——背步，磨身，变脸，扑通一声，山口横寒摔倒在地。

耿三大喊一声："好哇！——手别子！"

哗！——场外一片掌声和叫好声。

山口横寒的脸臊得猪肝一样，他爬起身来，又向熊天彪扑了过来，二人又厮斗在一起。

熊天彪又薅住了山口横寒的小袖——背步，磨身，下腰，小臂用力。

只见山口横寒像根棍一样在熊天彪肩上直立起来，"啪！"山口横寒直条条地摔在了地下，把耿三乐得手舞足蹈。

他对手下的那帮徒弟道："看见了吗，小哥的揣用得多漂亮！"

熊天彪瞅着趴在地下喘着粗气的山口横寒："三跤两胜，我不和你玩了！"熊天彪明早还要赶路，他不愿招惹是非。

山口横寒拽住熊天彪："你的不能走！我们的打架，比拼功夫的干活！"

熊天彪厌恶地看了山口横寒一眼："我不会功夫，恕不奉陪！"

场外的几个日本浪人唰地拔出来长刀："劈斗的干活……中国人……大大的胆小的干活！"

张舒大怒，从背上拽出来大刀，一个虎步跳到几个日本浪人身前。

"滚犊子！我张舒单挑你们几个王八蛋！"

李志唰的一声，也抽出来大刀。

唰唰唰，五杰背上的大刀都提在了手里。

熊天彪知道自己有要事在身，不愿惹出麻烦，笑嘻嘻地对山口横寒说道："不要他们劈斗了！我陪你玩儿！"

山口横寒恼羞成怒，拽住熊天彪不放，拉开架势，就要动手。

突见一个姑娘走到山口横寒面前："哥哥，摔不过人家耍赖，不知羞！"

"栀子！打他！用你的金雀荡打他！"

"打谁呀？我还打你呢！别在这儿丢人现眼了！"

熊天彪感到意外，他已认出是那次小狼山树林中纠缠他的小姑娘。

"姑娘，你咋会在这里？"

"天彪哥哥，你认出我啦！这是我姑妈的儿子，山口横寒，他有点儿浑，不要和他一般见识！"

山口横寒在一旁嘴中嘟囔："谁浑哪？不帮我打他，你才浑呢！"山口横寒见栀子认识熊天彪，不再说话了。

耿三见跤场上平息了下来，走到熊天彪面前笑呵呵地说道："小兄弟，借一步，请到屋里喝茶说话！"

熊天彪瞅了栀子几眼。栀子笑道："天彪哥哥——你去吧！我在外面等你！"

熊天彪随耿三来到了屋内。

耿三喊道："上茶——"

屋里有五六个摔跤手，还有几个小徒弟，那大个子上前大咧咧地看着熊天彪："小兄弟，好样的！你真厉害！"

耿三一瞪眼："小犊子！跪下！你叫他什么？好意思！快叫师叔！"

那大个子扑通一声跪在地下，满脸羞红："师父！徒儿错了！我叫师叔，我叫师叔！"言罢，双手抱拳向熊天彪施礼："师叔！——晚辈有礼了！"

耿三笑呵呵地看着熊天彪："小兄弟，好身手！不知怎样称呼你？何方人氏？出自谁人门下？"

熊天彪笑道："耿先生，鄙人熊天彪，来自长白山里，我没承师门，摔跤功夫是祖传之技。"

耿三哎呀了一声："小兄弟摔跤功夫炉火纯青，想必祖上不是泛泛之辈！小兄弟，我耿三交下你这个朋友了！不知小兄弟这是要到哪里去？"

熊天彪道："耿先生，小弟走趟赤阳镇。"

"有需要哥哥我帮忙的吗？"

"多谢哥哥美意！小弟带了人手。"

熊天彪知道栀子和他的五个弟兄在外面等候自己，他向耿三匆匆告辞。

耿三道："天彪兄弟，日后再到奉天城来，一定到舍下小聚，我们哥儿俩好好亲近亲近。"

熊天彪笑道："小弟日后一定会来拜访哥哥。"熊天彪告别耿三，走出了门外。

耿三送了出来，见熊天彪身后跟着五个轩昂的大汉。耿三点了点头："此人不凡，是个了不起的英雄人物。"他日后方知，熊天彪与燕飞天为救于家父女保护碧玉蟾，大闹赤阳镇，血拼小狼山。

栀子见熊天彪走了出来，迎上前去："天彪哥哥——这是要到哪里去？"

熊天彪奇怪地看着栀子："你咋会在这里？你哥哥呢？"

"我让哥哥先回公馆了！"

栀子瞅着熊天彪俊朗的脸，眉目含情地说道："天彪哥哥——我肚子饿了！要天彪哥哥陪我去吃饭。"言罢，她红着脸儿看了看熊天彪身后的五个弟兄。

张舒在熊天彪身后嘻嘻道："天彪哥！我要拉稀，我去找茅房！"

李志也嘻嘻地笑了起来："天彪哥！我也拉稀，我也去找茅房！"

"我也拉稀，我也拉稀！"熊天彪的五个弟兄嘻嘻哈哈地都跑了。栀子乐得笑弯了腰。

熊天彪和栀子找了一家清静的饭馆，拣了雅座包房。栀子打了一盆清水，端到熊天彪面前。

"天彪哥哥，先净净手吧！"她又递过来擦手巾。

熊天彪心中一荡——好个温柔美丽的姑娘。他见栀子面如梨花，杏眼含媚，樱桃小口中碎牙如玉。

熊天彪洗完了手，栀子端出去水盆，他见栀子迈着碎步，腰如摆柳，婀娜多姿。

"天彪哥哥——点菜吧！喝酒吗？"

栀子唤过来堂倌："天彪哥哥，喜欢吃什么，你点吧！"

熊天彪怔怔地看着栀子：这么温柔乖顺的女孩子，咋会用暗器伤人呢？他也不知是怎么了，眼前又浮现出姐姐熊天娇。

栀子给熊天彪斟满了酒，她自己在杯中也倒了一点儿："天彪哥哥——你喜欢喝酒，就喝吧！"

熊天彪心中一直在想：上次小狼山树林中，她为何要尾随自己？这次又意外相逢，她到底是何来历呢？

"栀子姑娘，能说说你的来历吗？我只知道你与完达博川有关联，不知你到中国来的用意。"

栀子妩媚地笑了："天彪哥哥——是渡边雄一先生请我父亲来对付燕飞天。

"父亲说，碧玉蟾是完达家祖传之物，几百年前丢失了。祖上有遗训：后人务必寻回碧玉蟾。我祖上是中华人氏，因避难移居到日本国。

"父亲执意寻找碧玉蟾，渡边想利用父亲对付燕飞天。表哥山口横寒糊里糊涂，他要为大日本帝国效力。

"我随父亲来到中国是为了玩耍。都说中国地大物博，有好多好玩的地方。我到中国来不关心什么碧玉蟾！也不像很多日本国民那样，贪图别人的东西，掠夺他人的资源。

"我不喜欢杀人，也不喜欢别人杀人！小狼山树林里尾随你，是因那晚故宫里生你的气，我才百般地纠缠你。谁知你不顾自身和弟兄们的安危，像大哥哥一样关心爱护我。一个女孩子家，还有什么比得到漂亮男人的关心和爱护更重要呢？

"天彪哥哥——那天我就喜欢上了你，我想和你在一起！我每天梦里都能梦到你。天彪哥哥——你不喜欢栀子吗？"

熊天彪看着眼前如花似玉的栀子，觉得这姑娘真是温柔可爱，他心中也喜欢上了栀子。

眼前的局势，让熊天彪忧虑，和日本人拼杀在所难免，不知栀子日后何去何从。哎！——走一步看一步，顺其自然吧！

"栀子妹妹，你钟情于我熊天彪，可你那父亲和哥哥会怎样想呢？何况日后我们还要对阵厮杀，那时候你如何是好呢？"

栀子不假思索地说道："我劝说父亲避免杀戮，和平解决碧玉蟾的争执。让父亲管住山口横寒，只要你们不杀了父亲和哥哥就好。"

"栀子妹妹，事情并非这样简单，走一步看一步吧！"

"天彪哥哥，我已让山口横寒坐火车去赤阳镇了，我明日与你同行到赤阳镇，我不想离开天彪哥哥！"

五

侯得礼带领他的特别行动队这段时间一直在赤阳镇，他知道于家父女被渡边抓上了小狼山，他知道燕飞天被诱逼上了小狼山。

他从密探探回的消息中判断出，燕飞天在谋划与于家父女的脱身之策。侯得礼在静观其变，寻机解救于家父女帮助燕飞天脱身。

这几天，侯得礼放出的眼线不断密报：赤阳镇又集聚了很多可疑的人，听口音，大多都是南方人。这些人都很规矩，不像往日那些人张牙舞爪，横冲直撞。这些人从不到外大吃大喝，也不到大街上闲逛。侯得礼告诉眼线盯死他们，不可疏忽大意。

眼线又密报：听他们提过燕飞天、碧玉蟾。侯得礼明白了，又是奔燕飞天和碧玉蟾而来。看来，这伙人不简单，行动诡秘，要掀起大的风波。

大帅吩咐过，只要是到关东地盘来抢夺碧玉蟾的人，格杀勿论，侯得礼眼中顿现杀机。

军统的关东特遣队队长黄品单，此人办事沉稳，机警干练，心狠手辣，残忍嗜杀。

黄品单的关东行动队分两个组。第一组由二十名黄埔在校生组成，组长是个排长，叫李石勇。第二组由十名特工组成，组长陈雁行。

黄品单自从来到赤阳镇，心中就有一种无形的压力，他总觉得有千百只眼睛在看着自己。赤阳镇太神秘了，处处布满了杀机。

他的第二行动组已探明，赤阳镇的人行事谨慎，眼神游离，时常见到飘忽诡异的人影，黑夜中更是暗伏杀机。

黄品单在山坳里租借了一大院落，把他的人马安顿在了那里。他要探明燕飞天的去处，他想探明张作霖的底细，还要探明日本人的动向。

黄品单躺在床上辗转难眠，这任务太艰巨了！他在思谋下一步行动计划。

啪啪，外面响起了枪声。"弟兄们！——操家伙！"黄品单大声喊叫，翻身下床，冲出门外。

李石勇带领他的弟兄们已冲到院子里。李石勇带领的二十名黄埔生都经过正规训练，参加过北伐战争，他们都有丰富的战斗经验。

在李石勇的指挥下，他们爬上墙头与围攻大院的侯得礼行动队对峙起来。

黄品单爬上墙头高声喊叫："你们是什么人？——哪部分的？"

侯得礼答道："我们是关东三寨人马！你们是干什么的？"

黄品单轻视地哼了一声："是帮胡子！弟兄们！——给我打！"二十条枪一齐开火。

"兔崽子们！谁是胡子？"小胜子抬手就是一枪。黄品单只觉得头顶发凉，帽子被打飞了出去。

黄品单大声吼起来："弟兄们！——那是乌合之众，给我狠狠地打！——一个也不留——都消灭他们！"

侯得礼摸清了黄品单这伙人的藏身之处，夜里带他的行动队包围了这所院子。

黄品单的暗哨发现有人来袭，鸣枪示警。

侯得礼本想问清这伙人的来路再动手，可这伙人一听是关东三寨的人马，不再回话，枪弹一齐射了过来。

侯得礼听枪声有序，并不杂乱，知道这伙人不是胡子，也不是江湖中人，看起来是训练有素的正规军人。

"妈了个巴子的！敢在老子的地盘上扯犊子！"小胜子带领十几个弟兄向大院摸去。趁着夜色，小胜子摸近了大院，他抬手就是两枪。扑通扑通两声响，墙头上两人滚落到院内。

院内的人并没有慌张，沉着应战，枪声更激烈了。

侯得礼见小胜子攻到了大院前，他对身边的十几个兄弟说道："那帮家伙还挺抗揍，你们都上去，端了他们！"

侯得礼话音刚落，身后响起了枪声，他身边的弟兄倒下了两三个。

侯得礼有些蒙了，他趴在地下，见十来个人向他们冲了过来。

侯得礼见这些人个个身手矫健，黑夜里飘忽不定，他知道遇到了劲敌。可他手下的这帮弟兄也不含糊，他们都是大帅护卫营的精英，也没把对方放在眼里。双方都不敢贸然进攻，黑暗中都在寻机歼灭对方。

黄品单见来了援军，哈哈大笑起来："弟兄们！——陈雁行的特工组来了！加强火力，压住院外的那伙人，不要让他们跑了！"

李石勇和他的弟兄们士气大振，子弹雨点般泼在小胜子他们面前。

小胜子突然听到侯得礼那面响起了枪声，见侯得礼身边倒下了几个弟兄，他知道发生了变故，心中有些慌乱。

他想撤回去探个究竟，可是，院内的火力压制得他抬不起头来，他只好让弟兄们隐蔽好，寻机撤离。

黄品单见陈雁行的特工组牵制住了侯得礼那伙人，院外的十几个人已被自己的火力压制在院外，心中暗自高兴。待我消灭了院外的敌人，再与陈雁行夹击剩下的那伙人。真是不自量力！就你们这几个毛贼还够我一捏的吗?！

"哎哟！"

"哎哟！"

"我的脸！"

"我的眼睛！"

两个人号叫着从墙头上滚落下来。

黄品单感到莫名其妙：也没人打你们，瞎喊啥呀？咋还从墙头滚下来了，笨蛋！

"我的妈呀……脖子……我的脖子……"

"耳朵……我的耳朵听不见了……"

扑通扑通，墙头上又滚下两个人来。黄品单傻了——谁是笨蛋哪？我才是笨蛋呢！

无声……

无息……

无影……

什么也没听见，什么也没看见，这四个人咋就从墙头上滚下来了呢！他觉得身上发冷，汗毛孔都在张开。他看着四周黑漆漆的夜色，他的身体开始颤抖，他瞪着恐惧的双眼强作镇静地四处张望。

"哈哈！不要看了！都回家吧！"鹰不落六杰双枪齐发。可怜这批前程锦绣的黄埔优秀生还没明白是怎么回事，都倒在了血泊中。

"天彪哥哥！这杀人也太快了！"栀子有些恐惧地看着熊天彪。

李石勇已奄奄一息，他伸手拉住熊天彪的一条腿："好汉……让我说几句话！"

熊天彪看了他一眼："你说吧！"

李石勇断断续续地说道："大丈夫战死疆场，各为其主，你我生死各由天命，我已是将死之人，烦好汉代我寄回家书。我本南方人氏，老母哪知孩儿魂飘关东。"言罢，从衣袋中掏出一封书信递到熊天彪手里。

熊天彪道："兄弟，你让我代寄老母书信我熊天彪答应你，但你要说出是谁指派你们到关东来，为何而来，你要说出到关东来的真正用意。"

李石勇勉强地苦笑了一下："为校长效力，学生怎能违之！"

只听啪的一声枪响，李石勇头一歪，两手耷拉下来，他头上流出的鲜血喷溅在熊天彪腿上。

啪，又是一声枪响，黄品单半坐的身子抖动几下，倒在了地下，脑浆和鲜血喷洒了一地。谁也不知道，这个双手沾满了共产党人鲜血的刽子手竟死在了关东山，死在鹰不落六杰的枪口下。

张舒吹了吹冒着微烟的枪口："真是一条疯狗，临死还咬人！"

小胜子突然间听到大院内一阵枪声，墙头上的人都滚落到院子中。小胜子带着十几个弟兄撤回到侯得礼身旁。

侯得礼道："看得出大院里的人和眼前的这伙人是一伙的。"

小胜子道："不知大院中发生了什么变故，那伙人这么快就销声匿迹了。"

侯得礼咬牙道："不管那些了，先打发眼前的这帮犊子吧！"

黄品单诡计多端，他把第一行动组安排在山坳的一个院落中，把第二行动组安排在不远的另一院落中，形成掎角之势，如一方遇袭，另一方可及时援救。

陈雁行听到黄品单处响起了枪声，知道黄品单遇到了麻烦，他带领第二行动组向黄品单驻扎的大院摸了过来。

他见围攻大院的那伙人火力猛烈，不敢轻易冒进。陈雁行见围攻大院的敌人已逼近了大院，便带领他的特工组向侯得礼的那伙人出其不意地冲了过去。

他的特工组撂倒了几个侯得礼的人，可无法再向前挺进。对方的火力太猛烈，而对方的枪法又好，他的弟兄已倒下了两三个，他已无能力向前冲锋，只能静观其变。

陈雁行听到大院内一阵枪响后再无声息，他知道事情不妙，命令属下偷偷地撤退。当侯得礼带人追上去时，他们已不见了踪影。

侯得礼感到奇怪，这伙人刚才还在前面，转眼工夫怎就不见了呢？他咋知道，陈雁行的特工组是经过都迅特殊训练的，个个身手敏捷，行动自如。

侯得礼正踌躇间，只听前面黑暗中一阵枪声，扑通扑通有人呻吟摔倒。

侯得礼马上想到，大院中的枪声和现在的枪声是一伙人所为。可是谁在帮助我们呢？侯得礼如在雾中。

"前面是侯先生吗？"侯得礼听有人问话，他更惊讶了！

"你们是哪路人马？请报上名来——"

"关东三寨熊天彪——"

"哎呀！关东三寨的好汉，快快过来叙话！"黑暗中，侯得礼只见一个身形矫健的壮汉站在面前。

"你就是关东三寨三当家的熊天彪？"

"侯先生！在下正是关东三寨熊天彪。"

"你咋识得我侯得礼？"

"哈哈！侯先生忘记了！小狼山失守，日本人和徐三摸的匪徒追杀我们，是先生援手相救，自报大名侯得礼呀！"

"哎呀！小兄弟！我险些忘记了！小兄弟！大院中的那伙人是你们宰杀的吗？"

"侯先生，正是小弟所为！"

"你咋知道我带人到这里来了呢？"

"我从关东三寨赶到赤阳镇就已探明那伙人的来路，也探明你要对那伙人下手，我怕你吃亏便跟了过来。"

"小兄弟呀！今晚多亏你出手相助，我老侯和弟兄们能活到现在，是托了小兄弟的福哇！"

小胜子捅了熊天彪一下："熊大哥！你杀人咋神出鬼没的？毫不费力！"

熊天彪道："小兄弟，我算得了什么！与燕飞天相比，那就是九牛一毛！"

小胜子吐了吐舌头："我的妈呀！燕飞天到底是鬼还是人？"

熊天彪道："当然是人啦！"

侯得礼道："小兄弟，带着你的人，跟我一起回赤阳镇吧！咱们慢叙。"

陈雁行见形势不妙，带领他的特工组在夜幕掩护下撤出了阵地，他们还没走出几步远，听到前面有轻微响动声，他轻喊了一声："有情况！"他已趴在了地下。

"嗒嗒嗒、嗒嗒嗒……"

一排子弹向他们扫射过来，他看到几个弟兄倒在了地下，他大气不敢出地趴在一块石头后面一动也不敢动，他不知道是什么人向他们开枪，他什么人也没看到。

这关东山太神秘了！处处充满杀机，看起来大院中的黄品单已全军覆没了！可惜这二十个前程大好的黄埔优秀生都殒命在这山坳里。

他听到了熊天彪和侯得礼的对话，这熊天彪是什么人呢？神出鬼没，太可怕了！

若没有熊天彪的出现，说不定眼前的这伙人早被自己的人吃掉了！可围攻大院的那伙人又是什么人呢？他不再往下想了。哎！——找机会逃跑吧！

熊天彪带着栀子和他的五杰弟兄跟随侯得礼回到了赤阳镇，侯得礼吩咐设酒宴。

进到了屋内，灯光下，侯得礼见熊天彪仪表堂堂，目射威光，满脸英气，让人敬畏。

再看他身边的栀子，好个俊秀的小姑娘！貌美如花，温柔依依，小手拽着熊天彪的胳膊，羞涩好奇地看着屋中的每个人。

熊天彪身后站着五个身材匀称的年轻人，个子一般高，每个人都俊秀儒雅，目现威光。再看他们的家伙，每人腰间都别着两把匣子枪。

侯得礼哈哈大笑："好个关东三寨，好个熊天彪！真是名不虚传，我侯得礼交你熊天彪这个朋友了！"

小胜子瞪着小眼睛看着熊天彪："侯叔！我冲动……我要和熊大哥结拜兄弟！"他笑嘻嘻地看着熊天彪。

侯得礼听了，哈哈大笑："拜兄弟！算我一个，不知天彪兄弟是否愿意。"

熊天彪笑道："小弟今晚得逢先生——上次得先生援手，无缘相见，今日相见，都是性情中人，我熊天彪喜欢还来不及呢！"

侯得礼愣了一下："不对呀！小胜子！你管我叫啥？"

"叫叔哇！"

"哎呀！这兄弟拜不成了！差辈了！好了……差就差吧！今天就便宜了你这小犊子！改口吧！"仨人哈哈大笑起来。

仨人举行过结拜仪式，大家举杯庆贺。

侯得礼道："天彪弟，你不问哥哥的来路，便与哥哥结为兄弟，不怕误了前程吗?"

"哥哥,上次你出手救了小弟与燕飞天,打的是日本人,能和日本人较劲的人,小弟还有什么不放心的呢!"

"好兄弟!我们已是兄弟了!哥哥就实话告诉你吧!哥哥是张大帅的幕僚,张大帅让我组建特别行动队对付日本人,在我们的地面上保护燕飞天和碧玉蟾。哥哥我不能明着和日本人干,就用了你们关东三寨的旗号。这次被你们干掉的那伙人,我怀疑是军统派来的人。他们是奔燕飞天和碧玉蟾而来,我想干掉他们,是为了保护燕飞天和碧玉蟾。"

"哥哥,你想对了!小弟已验证了他们是军统派来的人马。小弟知道燕飞天被日本人困在了小狼山上,又有燕飞天的朋友捎来书信,让燕飞天提防军统的特遣队。为解救于家父女,助燕飞天脱身,小弟先行来到赤阳镇打探消息。我二哥熊天黑带领五十人的马队分五批随后就到。"

"小弟呀!你们关东三寨果然了不起,情深义重,让哥哥汗颜。小胜子!来!——我们同敬小弟一杯!"

熊天彪对他的五杰弟兄说道:"以后我们都是一家人了!你们都自报姓名吧!"

"二杰张舒。"

"三杰李志。"

"四杰王璞。"

"五杰夏凡。"

"六杰徐克。"

小胜子乐得高举酒杯连连喊叫:"哥们儿……干了……哥们儿……都干了……"

侯得礼看熊天彪憨憨的样子,笑道:"你的这些弟兄个个如狼似虎,真让哥哥羡慕,你还没说你身旁的小妹妹呢!"

熊天彪笑了:"哥哥,她是日本人,叫完达栀子,我的红颜知己。别看她是个小姑娘,大院中的那伙人是她先下手,毫无声息地放倒了几个人,我和弟兄们才能得手。"

小胜子瞪圆了两眼,死死地看着栀子如花的粉脸,哎呀了一声:"小嫂子!你咋那么能耐呢?"把栀子羞得脸上白里泛红,更加娇艳妩媚了。

第二天黄昏,赤阳镇外,奉天城方向大道上马蹄声阵阵,尘土飞扬,十几匹健马在大道旁停了下来。

熊天罴满脸征尘滚鞍下马，他身后马背上十个关东大汉，一字排在那里。个个肩背大刀强弩，腰间插着二十响匣子枪，个个紧身打扮，干净利落。

这十个小伙子，身手矫健，威风凛凛，二目生威，真似那深山里来的虎豹一般。

熊天彪早已等候在那里，他见熊天罴跨下马背，上前一步。

"二哥，来得好快，你的贴身十勇兄弟好威风！"

熊天罴道："三弟，小狼山上有何消息？燕飞天与于家父女可知咋样？"

"二哥，到了客栈再说吧！"

他对小胜子说道："三弟，快来见过哥哥！"

"二哥，这是我刚结拜的小兄弟谭同胜。"

小胜子见这熊天罴虎背熊腰，高大雄壮，声若洪钟，威风凛凛，他赶忙跪下叩头："哥哥，小弟有礼了！"

熊天罴哈哈大笑："三弟呀！你真行！一夜间冒出了把兄弟来！"他拉起来小胜子。

到了客栈，侯得礼迎了出来。熊天彪对熊天罴说道："二哥，这是我的结义哥哥侯得礼。"

熊天罴见侯得礼年长，赶忙跪了下来。

"哥哥在上，请受小弟一拜。"侯得礼赶忙双手搀扶起熊天罴。

"关东三寨二当家的果然威风，英雄人物！"

众人到了屋内，熊天彪向熊天罴叙说了这两天的情况。

熊天罴道："看来事情愈来愈复杂，这姓蒋的又掺和了进来，他不会就此罢休，还会派人再来。"

侯得礼道："燕飞天在小狼山上，与于家父女暂无危险，渡边用于家父女要挟燕飞天，想让燕飞天主动交出碧玉蟾。燕飞天在小狼山上不露声色，是在筹谋与于家父女的脱身之策。我现在与二弟天彪联手，不怕他什么军统，也不怕他什么日本浪人！"

熊天罴道："眼前燕飞天与于家父女没有危险，我就放心了，不知侯兄下一步做何打算。"

"渡边老浪人诡计多端，他在小狼山上修筑了暗堡和暗道机关，又在险要处埋设了炸药。如我们强攻，必玉石俱焚，燕飞天倒有法脱身，可于家父女性命不保。当务之急，是要与燕飞天取得联系，内外齐动，里应外合，方能成其大事。二当家的尽管放心，我会设法与燕飞天取得联系，想出万全之策。"

栀子在一旁听了他们的谈论，思虑一会儿说道："侯大哥，让我想想办法吧！"

侯得礼看着妙颜如花的栀子："你一个姑娘家，有何办法？"

栀子道："让我想想再说吧！"

熊天彪道："二哥，我与得礼哥哥联手，这里已不用这么多人马了！你带领人马转回山寨吧！这里人多目标大，不便于行事，家中山寨空虚，千万不要出什么意外。"

熊天罴道："看得礼哥哥做何思想。"

侯得礼笑道："天彪弟弟说得极是，我这里不缺少人手，我随时可到大帅那里要人，二当家的尽快转回山寨吧！告知家中盟娘，让她老人家尽管放心，待我与天彪解救出于家父女和燕飞天一起去看望她老人家。"

熊天罴道："那就多谢得礼哥哥了！我给天彪留下我的贴身十勇，我们要有足够的力量对付日本人和蒋介石的特遣队……"

第十六章　小狼山同室操戈

一

渡边在小狼山上早已得到密报，小狼山下两伙人马血拼，其中一伙已被全歼，他知道这两伙人马都与碧玉蟾有关。

渡边心急火燎，怕夜长梦多。我还是把完达博川请来吧！他们都是武林中人，和碧玉蟾都有关联，让他们切磋技艺，拉近情感，看他燕飞天到底做何思想。

完达博川带领山口横寒和栀子来到了小狼山上。渡边道："完达先生，碧玉蟾本是你家祖传之物，你先与燕飞天切磋技艺，再好言规劝，看燕飞天做何道理。"

完达博川知道渡边用意，心想：我完达博川就是得到了碧玉蟾，也不会拱手交到你手里。

他点了点头："好吧！我与那燕飞天切磋技艺，再好言相劝，探一探燕飞天的虚实。"

渡边备了一桌上好酒席，还备了多样新鲜水果，他请出燕飞天。

燕飞天见了完达博川，面带笑容："老朋友，我们又见面了！"

渡边眨着小眼睛："燕大侠，都是朋友了！大家在一起尽情畅饮吧！"

燕飞天毫不客气地端起酒杯："完达先生，请吧！燕飞天有得罪之处望先生海涵。"言罢，杯中酒一饮而尽。

完达博川哈哈大笑："燕飞天，爽快！老夫陪你便是了！"一仰脖，一杯酒倒入了口中。

也不知咋的，山口横寒一见了燕飞天心里就发毛，他看着谈笑风生的燕飞天，心里就有一股凉气往上冒。他不敢多看燕飞天，躲得远远的，喝他的闷酒，还不时地抬头偷看燕飞天。

大家喝了一会儿酒，渡边问道："二位大侠还要切磋切磋技艺吗？"

完达博川道："老夫愿意讨教！"

"我燕飞天就奉陪了！"

栀子在一旁欣赏燕飞天——好个儒雅倜傥、傲骨铮铮的美男子！难怪天彪哥哥把自己比作小孩子一样。渡边要想夺碧玉蟾，比登天还难！

完达博川亮开了架势，使出了祖传绝学。

只见燕飞天像只金雀儿在树林中穿来绕去，似玩耍，似嬉戏，看得大家神情激荡，眼花缭乱。

完达博川像一只雀鹰跟随在燕飞天身后，怎么也啄不着燕飞天。二人游斗了一会儿，燕飞天像金雀儿一样站在一棵大树的树杈上不动了。

完达博川掠过，照着燕飞天的后背就是一掌。

哎哟！完达博川缩回了手掌，他觉得手掌拍在了金雀儿多刺的羽毛上。那羽毛坚如钢针，他手掌上流出鲜血来。

完达博川心中一震，这燕飞天咋会我完达家功夫？他细看燕飞天的身形——我完达家的功夫，这是老祖宗的东西——金雀旋呀！完达博川有些傻眼了！我们是一脉相承吗？我再试探试探他吧！

完达博川仰天长啸一声，在地下猛跺了一脚，两手上下合成一个圆圈。只见完达博川的衣衫被他的肌体紧紧地吸附在身上，整个人像收缩了一样，他体内似聚满了能量场。

完达博川照燕飞天后背又是一掌。完达博川觉得手掌被一张厚厚柔软的牛皮包裹住了，那张牛皮似大海波浪一样汹涌滚动。

完达博川的手掌在燕飞天后背上，想推推不动，想抽抽不出来，被吸附在那里。完达博川脸色煞白，脸上的汗珠滴答滴答地滚落下来。

只听燕飞天长啸一声，燕子钻天般蹿起五六尺高，完达博川被带飞了起来。

突然，燕飞天嘴中发出一声鸟啼，完达博川跌落下来。完达博川通身大汗，傻傻地站在地面上。

燕飞天飘落在地面上，看完达博川站在那里不动，笑嘻嘻地说道："完达先生，干啥呢？玩哪！"

"玩啥呀？我不玩啦！"完达博川怔怔地站在那里不动。

燕飞天回到酒桌前端起酒杯笑嘻嘻地看着完达博川："完达先生，在那傻站着干啥？回来喝酒哇！"

"啊……喝酒……我手中没酒！"

山口横寒见完达博川尴尬地站在那里不动，端起酒杯走了过去。

"舅舅，我这儿有酒，喝我的，解解渴吧！"

"滚你爹的蛋！我喝你个头！别在这儿和我扯犊子啦！你傻了巴唧的！"

山口横寒咧嘴笑了："栀子妹妹……你爸爸说我傻了巴唧的！嘿嘿！"

栀子走到完达博川面前："爹爹，别在这儿站着了！回去喝酒吧！都是朋友，谁也不会笑谁。"栀子拉着完达博川回到酒桌前。

完达博川端起酒杯，脸色凝重地看着燕飞天。

"燕飞天君，不知祖居何处？"

"中华呀！"

"中华何处？"

"大江南北呀！"

"南是哪儿？北是哪儿？"

"南是金陵，北是关东。"

"关东哪儿？"

"长白山！"

完达博川不再说话。

渡边听了完达博川的问话，觉得完达博川问得蹊跷——他怎么问起了燕飞天的祖居在哪里呢！整不过人家，要刨人家祖坟吗？这可是中国人的大忌呀！不行……这样大大的不行！我得告诉完达博川这个笨蛋，可别干这蠢事，太缺德，太碜碜了！哎！——来到中国时间太短了！什么都不懂，我告诉告诉他吧！

"完达先生……不要问人家的祖坟在哪儿！中国人的祖坟是不能刨的，那样做，良心大大的坏了坏了的！"

完达博川听了，心中这个气呀！说啥呢？这是哪儿和哪儿啊？我的日本娘哟！我干吗要刨人家的祖坟，那也是我老祖宗的坟哪！要刨……也得刨你渡边家的祖坟，巴嘎！渡边……

渡边见完达博川坐在那里不吱声，打着圆场说道："燕大侠，我们说点儿别的吧！你的碧玉蟾啥时能让我欣赏欣赏啊？"

燕飞天看了完达博川一眼："完达先生说碧玉蟾是他家祖传之物，让完达先生说吧，何时适宜观赏碧玉蟾。"

完达博川道："碧玉蟾是有灵性的宝物，不是任意可以观看的！必得八月十五月圆时，天空要晴朗；必得阴阳交合之时，否则是死玉一块，你见不到任何启示你的东西。"

燕飞天只是频频点头，一声不吭。

渡边急促地说道："现在是六月，还要等两个多月呀？"

燕飞天冷冷地看着渡边："渡边先生，你要鉴宝，慢慢地学吧！悟不透宝物的玄妙，你拿去了也没用，你还是把我和于家父女留在山上，慢慢地耗磨时间吧！"

渡边抓耳挠腮，实在有些耐不住了。

"完达先生，你没有好办法了吗？"

完达博川看了一眼燕飞天："碧玉蟾在他手里，他说得算！"

山口横寒在一旁低声嘟囔："我完达家的东西，凭啥他燕飞天说得算？我看舅舅是怕人家了！"

完达博川怒视山口一眼："小犊子！你说什么？"

"舅舅，你咋叫我小犊子呢？我不小了！我还要娶栀子给我生孩子呢！你应叫我大犊子。孩子大了，也让他到中国来抢东西。"

完达博川见山口横寒浑浑噩噩地胡言乱语，脸在涨红，他举起了手，但把手又放了下来。

"山口，你柔道已练到八段了吧？"

"舅舅，是八段，日本国无敌手！"

完达博川对燕飞天笑道："燕飞天，你喜欢玩柔道吗？"

"将就比画呗！"

"山口是柔道八段，你可否与他比试比试？"

燕飞天点了点头："我就向山口君讨教讨教吧！"

完达博川又说道："燕飞天，你只能用柔道的招式，不能用别的功夫。"

燕飞天笑了："晚辈按前辈说的做，只玩柔道，不玩其他功夫。"

完达博川笑眯眯地看着山口横寒："你是日本国柔道国手，怕燕飞天吗？"

山口乐了——只玩柔道，我会害怕他燕飞天吗？

"燕飞天，你过来！今天我好好揉揉你！"山口伸手就抓燕飞天。

燕飞天一转身，到了山口身后。

"嘻嘻！燕飞天，别挠我的肩窝呀！嘻嘻，痒死了！"

完达博川喝道："山口，正经点儿！"

"舅舅，我正经，燕飞天不正经啊！"

燕飞天从身后抓起山口的脚踝，把他倒提了起来。

"山口！我咋不正经了？"

山口脑袋朝下，两手在地下乱抓："燕飞天——你正经！我不正经，快放下我！"

燕飞天双臂稍一用力，把山口扔起一丈多高，山口的身子平摔下来。燕飞天伸出两根手指在山口腿上轻轻一拨，山口稳稳地站在了地下。

燕飞天嘻嘻笑道："山口君，继续揉我呀！"

山口傻傻愣愣地站在地下，两腿哆嗦着："燕飞天，我揉不到你，还是你揉我吧！嘻嘻！"

山口突然一个虎跳，一头向燕飞天撞去。燕飞天哈哈一笑，一转身，到了山口身后，只听妈呀一声，山口一个大长条扑倒在地下，抢得满脸是伤，眼睛肿成了一条缝，鼻孔里往外冒血，嘴中的门牙已松动，往外吐着血沫。

"舅……舅……栀子……燕飞天想杀我！"

完达博川只是冷笑，栀子走到山口身边拽起来山口。

"谁想杀你了！你自找的！"

"栀子妹妹……你看我难看吗？我还能娶媳妇吗？"

栀子满脸羞红："缺心眼的东西！想得倒美，真不知道羞耻，癞蛤蟆想吃天鹅肉！"

这时完达博川冷冷地说道："山口！舅舅怕燕飞天吗？"

"舅舅……你不怕燕飞天，是燕飞天大大的厉害！舅舅……燕飞天要杀我，你咋不管呢？我回家告诉妈妈，让妈妈打你！"

完达博川哭笑不得："你快起来吧！不要趴在那里耍赖了！我完达家的事，你少插嘴，你不是我完达家的人，碧玉蟾的事儿，你少掺和！"

山口讪讪地从地下爬了起来："渡边君，舅舅不让我掺和碧玉蟾的事，以后我偷偷地掺和吧！"

完达博川骂道："畜生……巴嘎……看我不废了你的武功！"

吓得山口躲到了渡边的身后："舅舅，别废我！"

啪、啪，山口脸上挨了两巴掌。

完达博川怒道："你再说话，我打烂你的嘴！"

渡边已明白了完达博川的几分用意，他不再理会完达博川。

渡边两眼死死地盯着燕飞天："燕大侠，让我关押于家父女一辈子吗？"

燕飞天嘿嘿冷笑："渡边先生阁下，随你的便吧！我燕飞天奉陪到底！"

二

晚上，完达博川把山口横寒和栀子叫到身旁："你们知道吗？我们不是日本人，我们是中国人！"

山口横寒听了，咧着大嘴喊叫起来："舅舅瞎说！你怎么了？被燕飞天吓疯了吗？刚到中国几天，就把自己变成了中国人！你这不是忘了祖宗吗?!"

完达博川骂道："小王八犊子！你才忘了祖宗呢！我告诉你，我们的祖宗是谁……"

完颜兀术病逝后，完颜浩阳在甘肃九顶梅花山下的泾川定居下来。

元朝末年，完颜浩阳后人完颜佩随朱元璋起兵，转战江淮。他跨着枣骝马，手持先祖完颜兀术的金雀斧，血战陈友谅、张士诚，扫荡江淮，屡立战功。朱元璋赏识完颜佩，对他恩宠有加，封他为大将军。完颜佩定居安徽肥东繁衍后代。

万历年间，有一年八月十五晚上，月色正明，完颜秋生心血来潮，有几年没观赏碧玉蟾了，他让父亲完颜俊老将军捧出来碧玉蟾。

他父子二人正聚精会神地看铜盆中的碧玉蟾喷云吐雾，突觉身后风声响，二人猛回头，见五六个人奔碧玉蟾而来。

完颜秋生功夫精绝，没把这些人放在眼里。

"父亲！快护碧玉蟾回屋，我来对付这帮家伙！"他抽出佩剑与那伙人厮杀起来。

完颜俊年轻时曾驰骋沙场，镇守边关，但他毕竟年迈，手中捧着碧玉蟾刚跑到屋门外，被两人扭住脖颈，一把利剑架在了完颜俊脖子上。

"完颜秋生！——想要你老父活命，让他放下手中的碧玉蟾！"

完颜俊大呼："秋生！——不要管我！祖上的宝物不能在你我手中丢失……"

完颜秋生行走江湖，本是行侠仗义之人，咋能眼看父亲在自己面前丧生，他咬了咬牙："父亲！放下碧玉蟾！"

完颜秋生话音刚落，那两人从完颜俊手中夺过碧玉蟾越房而去。

只听房顶上哎呀了一声，房顶上飘落下一物，那人捂着肩臂遁入黑夜中。完颜秋生的雀尾镖射中了那人。

完颜秋生捡起房上落下之物，哎呀了一声："父亲！大内锦衣卫，这是锦衣卫的腰牌！"

完颜俊顿足大哭："我完颜俊丢失了祖上的宝物，无颜面对子孙，无颜面对族人！我活着还有何用？秋生——务必寻回碧玉蟾，父亲去了！"言罢，他一头撞在了墙上，脑浆迸裂，气绝身亡。

完颜秋生跪在完颜俊身旁，放声痛哭："阿玛……都是孩儿的过失，是孩儿害了阿玛，孩儿不杀了那帮畜生誓不为人！阿玛……孩儿誓报此仇，夺回碧玉蟾！"

完颜秋生料理完完颜俊后事召集族人，对族人们说道："碧玉蟾丢失，阿玛丧生，此仇不能不报，我誓夺回碧玉蟾！我完颜秋生不能愧对先祖，更不能无颜面对族人和子孙。

"我这一去免不了杀戮，为避免族人受到连累，你们迁移到别处去吧！我看好了中原地面，你们迁移到河南鹿邑吧！"

族人们推选德高望重的完颜佩曾孙完颜必重操持，带领族人们从安徽肥东迁入了河南鹿邑。

完颜秋生见族人在鹿邑安顿停当，他只身来到一隐蔽的山洞中。山洞中有一深潭，他把鸳鸯镜放入深潭中，又采集晨露放入潭水中。

他每天浸泡在潭水里，吸潭水中的阴气与鸳鸯镜雄镜的阳气相融合。

他在潭水中浸泡到十余天，浑身骨节啪啪作响，水中的旋流涌动，把他弹起两丈多高，他身轻如燕，使开祖传的金雀旋身法，满山洞中都是他的身影。

完颜秋生打点好行装，带着他短小的狼头棒踏上了奔往京城的大道。

第十七章　秋生蹂躏锦衣卫

一

京城一座豪华的酒楼里，东厂锦衣卫铁杆六雄豪情狂饮。老大滴血红道："老三，你的肩臂好了吗？真笨！你平时身法好快呀！那天是怎么了？"

老三吴恶道："大哥！我的身法是快，可那小子的暗器更快，防不胜防啊！"

老二透天道："这次公公给的银两真不少，够我们哥们儿玩一阵子了！"

那老六指鹿道："那小子不是孬种，早晚还不得找上门来呀！"

老四柯辞道："怕他个球！他还能斗过我们哥儿几个吗？"

老五裴弼道："老四，别吹牛了！就怕鬼缠身！"

老五裴弼话音刚落，啪的一声，一支雀尾镖带着一个字条钉在了桌面上。

裴弼惊恐地喊叫："来了！来了！真他妈的快！"他拔下雀尾镖，把字条递给了老大滴血红。字条上一行黑字：

> 先索命，后取碧玉蟾！雪域独狼客

字条上一个黑黑的狼爪印。

滴血红嘿嘿冷笑两声："吓唬谁呢！听狼嚎，还不上山了呢！""呜——呜——"房门外真就响起了呜呜的狼嚎声。这狼嚎声凄厉恐怖，瘆得人汗毛竖立。

指鹿惊恐地喊叫起来："我的妈呀！这狼咋跑到屋里来了？"

铁杆六雄抓起长剑，闯出门外，门外什么也没有，他们什么也没看见，哪儿来的狼嚎声呢？

完颜秋生已探知，抢夺碧玉蟾的是东厂锦衣卫铁杆六雄，这六个人铁得像一个人一样，吃饭在一起，睡觉在一起，去茅厕在一起，就连玩女人都在一起。无人能拆散他们。他们深得闫公公的信任和庇护。这六个人凶恶残忍，杀人无数，坏事做绝。

闫公公出自北方，自幼父母双亡，十几岁时净身进宫。得宠后，他收养了六个孤儿，用重金聘武林名师教授他们武艺，他做了他们的干爹。他没有亲情，他冷酷无情，他仇恨这个世界，他仇恨身边的每一个人。他收养的六个义子像他一样，都是人面兽心的虎狼之辈，不知道有多少贤臣良将和他们的后人惨死在铁杆六雄的刀剑下，不知道有多少忠义之士做了他们的刀下冤魂。

完颜秋生思谋好对策，他既要夺回碧玉蟾，还要把他们斩尽杀绝。他先试探，看那铁杆六雄怎么个"铁"法，他要各个击破，逐个折磨死他们，再夺回碧玉蟾。

滴血红这几天昼夜难眠，狼嚎声总是在他耳畔回绕。这天他起得很早，见房门一支雀尾镖钉着一张字条。字条上一行黑字：

黄昏时城西仙女湖畔晤面。雪域独狼客

字条上一个黑黑的狼爪印。

他叫醒五弟兄，把字条拿给他们看。那五雄看完字条嚷嚷起来："我们哥六个，难道还怕他不成，今天扒了他的皮，让他死无葬身之地！"

黄昏时分，仙女湖畔游人已见稀少，一蒙面人头戴大竹笠，面对湖水，两手背在身后，默默地看着湖面上浮动的荷花。

他听到身后响起了脚步声，并不回头，冷冷地道："你们都来啦！今天想扒我的皮吗？"

这六个人惊得面面相觑，今天早上说的话，他咋会知道呢？这人神出鬼没，不可轻敌。

"是否交出碧玉蟾？你们想想吧！"

滴血红气冲牛斗地喊叫起来："你就是那雪域独狼客！——还挺吓人呢！你就是北方虎，我们也不怕你，真是狂妄至极！我们哥六个宰你一个，也不算为过。尝尝我们铁杆六雄的厉害吧！弟兄们！——宰了他！"

"哈哈，哈哈！看谁宰了谁！"

铁杆六雄抽出六把长剑把雪域独狼客围在了中间。只见剑光闪闪，人影晃动，一片剑芒把雪域独狼客罩在了中间。雪域独狼客使开金雀旋身法，只见仙女湖畔闪动他变幻的身影，他如鬼蜮般穿插在六把剑锋间。铁杆六雄见身边到处都是雪域独狼客的身影，可就是碰不到他，急得大呼小叫。

一声瘆人的狼嚎声，老三吴恶妈呀一声。只见雪域独狼客的狼头棒扫在了吴恶屁股上。

雪域独狼客的狼头棒是由活动的狼嘴构成，有一个活动机关，只要打中了对方，就会发出狼嚎声，狼嘴的下颚就撕咬住不放，只要雪域独狼客手一用力，便会撕咬下一块皮肉来。

狼头棒的棒柄上有一小孔通至狼嘴，狼嘴中有一簧片，只要独狼客手一用力，把他的内力输入狼头，气流鼓动簧片就会发出呜呜狼嚎声，就像那吹喇叭一样。

狼头的下颚也受独狼客控制，棒柄上有一个机关，独狼客只要触动机关，机关带动狼头上下颚锁紧，就像一把大铁钳一样咬住不放。狼牙是精钢打制，锋利无比。

铁杆五雄听吴恶惨叫声连连。咔嚓一声，吴恶屁股上的皮肉已被独狼客的狼头棒撕下来一块，鲜血淋漓。吴恶哇哇乱叫，忍着剧痛一头扎进仙女湖中。

只见独狼客身形微动，他已飘落湖水中，独狼客从湖水中抓起吴恶，一纵身，飘落到湖岸上，如飞而去了。

铁杆五雄呆傻地站在湖边，个个浑身全是冷汗——完了！完了！老三算是完了！

二

京城外深山里，吴恶躺在潮湿的山洞里。

"你叫吴恶吧！无恶不作，你杀过的人数不过来了吧？你没有父母，你没有兄弟姊妹，你没有爷爷奶奶；你不知道什么是亲情，你不知道什么是友谊。你杀人时，想过他们家人的感受吗？你知道他们的痛苦吗？你不知道，因为你是兽不是人！你既然是兽，就应有兽的样子，准备接受我对你的术疗吧！"

独狼客找来了一些麻醉药——什么川乌、草乌、洋金花等。

吴恶已吓得半死："狼爷！你要给我做什么术疗哇！不疼吗？"

"你还知道疼吗？你杀人时，问过他疼吗?! 我不会让你很疼，你把麻药喝下去，一会儿就好了！"

吴恶知道，他落在了独狼客手里，只能听任摆布，他一闭眼喝下了麻药，昏睡了过去。

独狼客用细绳勒住吴恶的胳膊，剥下来他小臂上的皮肤。独狼客宰杀了一只黑狗，他剥下狗皮粘贴在吴恶的小臂上。

一个月后，狗皮完好地长在了吴恶小臂上，独狼客如法炮制，四个月后，吴恶的双臂和双腿都换成了狗皮。

独狼客找来一个技艺高超的皮匠，把两块狗皮熟制好，独狼客看熟制好的狗皮柔软结实，便在一块狗皮上绘制了碧玉蟾图形。

独狼客精于工笔，他画的花鸟鱼虫都栩栩如生，狗皮上画的碧玉蟾惟妙惟肖，如真蟾一般。

他又在另一块狗皮上画了他的独门兵器狼头棒，狼头张着满是利牙的大嘴，吐出的舌头上鲜血欲滴。

独狼客拿出两张图来，对吴恶道："这两张皮，一张是碧玉蟾，一张是狼头棒，你拿回去给你那五个铁杆兄弟看。他们看过后，再拿给你那干爹闫公公看。碧玉蟾是否交还与我，你们自己琢磨吧！你告诉他们，我独狼客不会很快就杀了你们。我要让你们知道，什么是恐惧，什么是痛苦，什么是懊悔，什么叫生不如死。让你们死前知道怎样做人！"

吴恶恐惧极了，他看着小臂和小腿上让人生畏的狗毛，看着两张皮图，他心中往上直冒凉气，心在收缩，浑身抖动。

吴恶穿上长衫长裤回到了京城，他直奔东厂。铁杆五雄见吴恶穿着肥大的衣衫走进屋来。

滴血红惊讶地喊叫起来："老三没死——老三没死呀——"

他一下子抱住了吴恶："哎哟！你身上是什么呀？咋扎人？"

吴恶推开滴血红，脱去了衣裤，露出来胳膊和腿上的狗毛，他坐在地下放声号啕大哭起来。

老二透天惊讶地叫了起来："哎呀！你是谁？你是吴恶吗？"

"我是吴恶，我是无恶不作呀！"

"我说无恶不作呀！你的胳膊和腿上咋变成了狗皮呢？"

"一言难尽——都是独狼客，他给我做了换皮术。他剥下来我小臂和小腿上的人皮，给我换上了狗皮，让我做了狗人！"弟兄五人听了，毛骨悚然——独狼客也太狠毒了!

吴恶从衣袋中掏出两张人皮图递到滴血红手中:"大哥,看看这两样东西吧!"

滴血红接过两张皮图,用手捏了捏:"咦!这东西又柔软又结实,是啥东西做的呢?"

"大哥呀!是我的人皮做的呀!"

"啊!"——滴血红两手一哆嗦,皮图掉在了地下。

透天道:"大哥,害怕也没用,看看这图上画的是啥吧!"

滴血红战战兢兢地捡起来皮图,图上的碧玉蟾栩栩如生,似若跳跃,狼头棒上的狼嘴狰狞可怖,狼舌上鲜血欲滴,就像刚吃过人的样子。

看着皮图上的狼嘴,透天战栗了:"不交还碧玉蟾,独狼客就要吃人了!大哥,你快想辙呀!"

滴血红咬牙切齿地说道:"我就不信了!我们这么多人,就对付不了一个独狼客!找干爹吧!看干爹有什么好办法!"

他们来到大内见了闫公公,闫公公见了吴恶这副模样,惊呼一声:"三儿啊!你咋变成这副模样了?前几天还是好好的一个人,现在咋变成了一条狗人呢?"

"干爹呀!孩儿在你面前是一条狗,在独狼客面前还不如一条狗呢!干爹,独狼客放出了狠话——不送还他碧玉蟾,他要一个个地折磨死我们!"

"想送回碧玉蟾,妄想!白日做梦!你看你们一个个的窝囊样,哪像我东厂锦衣卫,真给我丢脸!"

吴恶哭丧着脸:"干爹——你不知道独狼客有多厉害!"

他递上了两张皮图:"干爹!这两张皮图,就是独狼客用我的人皮制作的!"

闫公公妈呀一声,把皮图扔在了地下:"三儿!——此话当真?这图真是用你的人皮制作的吗?"

"干爹!千真万确,是独狼客剥了我的皮,给我换了狗皮。干爹若不相信,看看孩儿的胳膊和小腿吧!"吴恶脱去了衣裤,四肢毛茸茸地暴露在闫公公面前。

闫公公见吴恶的双臂和双腿与狗没有两样:"三儿啊,你咋就任他摆布呢?难道你不想做人,想做狗吗?"

"干爹,独狼客太恐怖了!别说把我变成狗,就是把我变成驴,我也得认栽呀!"他从地下捡起两张皮图又递到闫公公手里。

闫公公两手抖动,两张皮图在他手里就像是两把利刃,随时都能刺入他的心窝。他只觉得一股凉气从脚底蹿到脑顶，瘫软地坐在软榻上。他略提了提神，看着吴恶泪水涟涟的样子："让枯井二剑出道吧，助你们缉拿独狼客！"

枯井二剑是同胞兄妹，自幼不知被何人抛入枯井中。闫公公路过枯井边，听井下有啼哭声，他命人从枯井中救出两个孩子，把他俩抚养成人。

兄妹二人自幼习武，他们的师父是个见首不见尾的世外高人。二人从不示人，不交结朋友，性格孤僻。

兄妹二人长得如凤似凰，是一对妙颜金童玉女。二人武功高深莫测，大内锦衣卫中，没有一个人可与之匹敌。

铁杆六雄好久没在一起集聚欢饮了，有了枯井二剑在身后助阵，他们又忘乎所以，他们现在已不怕独狼客了。他们想引出独狼客现身。

他们在酒楼里大呼小叫，猜拳行令，酒楼被弄得乌烟瘴气。酒喝得多了，老五裴弼有些内急："大哥，我去撒尿，一会儿就回！"

滴血红道："老五，快去快回！要不要我们跟你一起去？"

"不用了！怕啥呀，有枯井二剑呢！"咚咚咚，他走下楼去。

楼上的哥五个推杯换盏，热闹非凡。过了好大一会儿工夫，滴血红瞅了大家一眼："不对呀！老五咋没回来呢？"

五雄知道大事不好，抓起长剑就向楼下跑去。他们到了茅厕，见不到裴弼人影，他们四处寻找起来。

指鹿喊道："大哥！——大哥！——这里有独狼客的雀尾镖和字条！"

滴血红拿过字条，字条上一行黑字：

　　人我已领走，今晚月升时，城东野狐坡见面。独狼客

字条上一个黑黑的狼爪印。

月已升空，野狐坡下一片银色。铁杆五雄手提长剑狐疑地看着山上的小树林。

"往山上看什么？小树林里有漂亮姑娘吗？"这声音冷森森瘆人，五个人一齐转过身来。

独狼客冷冷地说道："还有两个人呢？现身吧！"

突见两条黑影一闪，枯井二剑飘落独狼客面前。

"想必你们兄妹就是欧阳长风、欧阳驭风啦！"

枯井二剑齐声道："想必你就是雪域独狼客！你咋知我兄妹的名字？"

"我不但知道你兄妹的名字，我还知道你兄妹是谁家的孩子！"

兄妹二人听了，不由得心中一震，欧阳长风道："小妹！不要听他胡说，救人要紧！"

"小兄弟咋又要救人了？裴弼下楼时，你兄妹不就在他附近吗？"

欧阳驭凤有些恼怒："一个臭男人出恭，还让我一个姑娘家跟过去吗？"

独狼客道："姑娘说得有道理，哪能让一个女孩子家去闻他的臭味呢！哈哈！哈哈！"

黑暗中，看不到欧阳驭凤脸色，她的脸色有些微红。

"臭嘴！看剑！"两道剑光当头罩下。枯井二剑上下盘旋，左右游动。月光下，两把长剑珠联璧合，疾如闪电，夹杂着风声，道道剑芒把独狼客裹在了中间。

剑芒中只见独狼客身影飘动，滴溜溜旋转。只听当嘟一声响，火花四溅，独狼客的狼头棒发出了狼嚎声。只听野狐坡四周，小树林里，狼嚎声骤起。一只只饿狼的绿眼闪着幽光。呜呜的狼嚎声，阴森森地在夜空中回荡，空旷的夜色阴森可怖。狼嚎声骚扰得欧阳长风和欧阳驭凤心烦意乱，两把长剑稍慢了下来。

只听独狼客长啸一声，旋起一丈来高，狼头棒对准欧阳长风当头砸下，欧阳驭凤一看不好，闪电般刺出一剑，迎架独狼客的狼头棒。谁知独狼客的狼头棒没有用力砸下，只是在欧阳驭凤的剑尖上一点，借助欧阳驭凤长剑的力道，斜飞了出去。

铁杆五雄站在一大石旁，看枯井二剑与独狼客酣战，都瞪大了眼睛。

老三吴恶心中直打鼓：我的欧阳姑奶奶！我的欧阳姑爷爷！快杀了独狼客吧！你兄妹若不杀了独狼客，我以后可没好哇！哎哟！不对，人家是兄妹俩，我咋能叫姑奶奶、姑爷爷呢！我真他妈的浑蛋！弄乱套了！

老大滴血红大气都不敢喘：这一战太重要了！老五裴弼还在独狼客手里，枯井二剑打不赢，裴弼性命难保。他心都提到了嗓子眼上。

老六指鹿只顾看欧阳驭凤了！她太美了！夜风中，白衫飘动，旋动的身姿似在婆娑起舞，虽看不清脸面，但那诱人的朦胧美让人遐想。哥儿几个都胆战心惊地观望月色下仨人的厮杀，只有他在美滋滋地观赏欧阳驭凤的美，在意淫。

一声狼嚎，"呜——"独狼客飞落到指鹿面前，他只觉得身上一麻，独狼客拽起他，几个纵跃，消失在夜幕中。

三

指鹿跟随独狼客走进山洞，见裴弼老老实实地躺在草席上。裴弼惊讶地看着指鹿："老六，你咋来了？"

"狼爷说你自己寂寞，让我来陪你。"

"你傻呀！你以为这里有小姑娘吗？"

"我才不傻呢！我不来行吗？！你才傻呢！说下楼去撒尿，咋不打招呼就跟狼爷来了呢？"

"狼爷说怕影响你们喝酒，不让我跟你们打招呼。"

二人怕得要命，为了放松自己，只得拿闲话磕打牙。

独狼客瞪视着指鹿："你小子死到临头还色心萌动，看那小姑娘美吗？！可惜你再也看不到她了！你杀戮无数，罪孽深重，你还有什么话要说吗？"

"狼爷！我不喜欢杀人，都是闫公公逼的呀！"

"我问你！你的好友邵明是怎么死的？"

"闫公公说他要背叛朝廷，指派我杀了他，他死后，我还厚葬了他呢！嘿嘿！"

"你真是个指鹿为马的卑鄙小人！邵明只是想脱离东厂锦衣卫，想过正常人的生活，邵明的心事只和你说过。只因锦衣卫较技时，你败在了他手下，怀恨在心，在闫公公面前诬陷他谋反。

"你指鹿为马，编造他联络十几人谋反，重刑下逼他们招供，这十几人都死于你手。你杀害邵明时，手段更是残忍。邵明念及你们好友一场，让你来个痛快的，可你为报那一脚之仇，竟砍下了他双腿。

"这还不算，你竟把他的双腿用炭火烤熟喂狗，那邵明死后尸首不全，你这可恶之人！你想咋个死法？"

指鹿跪在地下，连连磕头："狼爷！我知我死有余辜，你就给我来个痛快的吧！"

独狼客连连摇头："不好——不好——那样太便宜你了！这样吧！我要你一只腿！"

指鹿浑身发抖，冷汗浃背，扑通一声跪在了地下。"狼爷！要我一条腿，咋个要法？从大腿根切下来，还是从脚脖子切下来？"

独狼客道："哪儿也不切，我要烧烤。"

指鹿磕头如捣蒜："狼爹爹！——狼爷爷！——狼祖宗！——烧烤我干啥？这儿没有狗吃呀！"

"你自己吃呀！"

"狼爷爷！——你要吓死我了！干脆给我一刀吧！"

"想得倒美！"

独狼客点燃了木炭，给指鹿喝下麻药，他把指鹿的一条腿放在炭火上，刺鼻的腥臭味充满了山洞。

指鹿龇牙咧嘴，脸上豆大的汗珠滚落下来，他杀猪般地号叫起来，吓得裴弼躺在草席上昏死过去。

裴弼清醒过来向独狼客磕着响头："狼爷呀！你什么都不要问我了！我干的坏事让我自己说吧！我坦白交代，狼爷可要从轻发落我呀！"

"好吧！你自己说，我就不费口舌了！"

"我看中了刘将军家的小姐，夜里偷偷地摸到刘小姐房中，我抱起熟睡中的刘小姐强行非礼，刘小姐醒来呼叫，惊动了刘家家丁。

"刘将军来到小姐闺房，我拿出锦衣卫腰牌，可刘将军不买我的账，我借故逃出了刘府。我怕刘将军告发我，在闫公公面前编造谎言，说刘将军在边关通敌，被我抓住了把柄，我给刘将军编织了罪状，闫公公在皇上面前奏了一本。

"皇上偏听偏信，下旨把刘将军全家老小五十余口满门抄斩。头天夜里我偷走了刘小姐，刘小姐被我糟蹋后投井自尽了。

"我太卑鄙了！我罪该万死！我竹筒倒豆子，都倒出来了，狼爷从轻发落我吧！"

"好好好！你交代得很好，我狼爷从轻发落你，你把麻药喝下吧！我给你做换皮术。"

裴弼扑通一声跪在了地下，使劲地磕起头来，把地面上磕了一个坑。

"狼爷——你已给吴恶换过皮了！还给我换啥皮呀？"

独狼客嘻嘻笑道："大不一样……大不一样……吴恶换的是胳膊和腿，你要换的是身上和脸上。"咣咣咣，裴弼头上已磕起了大包。

"狼爷！饶了我吧！我还年轻，你若把我变成了狗人，我咋活呀？"

"哦！你强暴了十几岁的刘小姐，她不年轻吗？你没法活吗？我也没让你活呀！喝药吧！还要我动手吗？"

扑哧，满山洞的臭味，裴弼的臭屎已拉到了裤子里。裴弼闭上了眼睛，咕噜咕噜地喝下了麻醉药。

独狼客依葫芦画瓢——一个月后，在他前胸和两腮上也粘贴上了狗皮。

独狼客看着狗模狗样的裴弼："你现在倒有了狗模样了！尝尝做畜生的滋味吧！我不杀你们了！指鹿的一条腿走路不方便，你搀扶他回京城吧！你们俩告诉闫公公，我也会整治折磨他！"

两个人跪在地下，千恩万谢独狼客不杀之恩。裴弼搀扶着指鹿，一瘸一拐地回到了京城。

滴血红和那哥儿仨见裴弼与指鹿回到了大内，高兴地大呼小叫："你们俩没死呀！哥们儿团圆了！喝酒！"

"喝个屁！你们看我们俩都变成啥模样了！还喝酒呢！"

滴血红看着指鹿裤腿里往下流淌的脓血："哎哟！你们哥儿俩这是咋的了？咋都变了模样？"

吴恶咧着嘴："老六哇！你这腿是咋了？咋有烧烤味呢？被独狼客吃烧烤了吗？"

"哎哟三哥，疼死我了！快扶我坐下。"指鹿龇牙咧嘴地坐在椅子上。吴恶摸了一下指鹿的小腿，一块腐肉掉了下来。

"妈呀！——疼死我了！——不要碰我的腿！"

透天拽下来指鹿的裤子，指鹿的小腿一直黑到大腿根，黑乎乎的一片，血肉模糊。

滴血红脸色铁青："老六！完了！完了！你完了！你这条腿要一直烂到头顶。"

指鹿号啕大哭起来："我不活了！那独狼客也太损了！他是要折磨死我呀！呜呜——"泪流满面。

吴恶嘴中喘着粗气："老五！三哥我就够狗的了！你咋比我还狗？"

裴弼坐在地下泪流满面："大哥！——你看我这身狗毛，就是两腮也像狗，这让我咋出门哪！这大热天的，热也把我热死了！我就是出了门，人家也得拿石头像打狗一样打我！呜呜——我不想活了！"

老三吴恶坐在地下也放声大哭起来。屋里这哥儿仨呼天号地，乱成了一锅粥。

哥儿仨脚冒凉气，手心冰凉，头皮上的头发已竖立起来。冷风飕飕，哥儿仨心脏在抽搐，浑身在抖动，身上的血液似已凝固。

老四柯辞面色苍白，妈呀一声，一头拱在了床底下："独狼客！独狼客！不要折磨我们了！我要死——我要死呀——！"

滴血红嗫嚅地说道："弟兄们，都别哭了！好死不如赖活着！碧玉蟾，碧玉蟾！独狼客呀！独狼客！"扑通一声，他晕倒在地下。

枯井二剑见独狼客瞬间掠走了指鹿，他兄妹二人紧跟了上去。他兄妹二人见独狼客进了山洞，欧阳驭凤道："哥哥，你我自小被公公收养，不知谁是我们的父母，也不知道我们是谁家的孩子，听独狼客的言语，似乎知道我们的身世，我们俩先不要进去，听一听独狼客在里面都说些什么，做些什么，再做定夺。"

欧阳长风道："小妹言之有理，看看独狼客到底何许人也！我早有耳闻，铁杆六雄不是什么好东西！丧尽天良，坏事做绝，若不是公公多次相劝，我才不管这肮脏事儿呢！毕竟是公公把我们抚养成人。"

兄妹二人屏住呼吸潜伏在洞外，洞内独狼客的问话，指鹿的回话，裴弼的自白，兄妹俩都听得清清楚楚，明明白白。

当裴弼说到刘将军一家被满门抄斩时，欧阳驭凤道："想那刘将军一家老小五十余口死得可怜，不知有逃出的没有。这个天杀的裴弼，真该碎尸万段！"

她不由得想起自己和哥哥的身世，两眼有些湿润。他兄妹二人听独狼客说话和缓平稳，不像是奸恶凶残之人，他只是要惩治他们。

他兄妹二人恨透了指鹿和裴弼——这样的恶人不杀，真是便宜了他们。他兄妹二人不想与独狼客交恶，转回了京城。

第十八章　四恶人魂断京都

一

指鹿的腿日渐腐烂，脚上已现白骨，满屋的腥臭味熏人，成群的苍蝇嗡嗡乱飞。滴血红找来了几个郎中，可都无能为力。指鹿每天抱着腿，疼得他鬼哭狼嚎，尤其到了夜里，他的哭号声传出去很远，瘆得人睡不着觉。

他身旁的这帮兄弟更是难熬，昼夜难眠，个个自危。

裴弼已好几天没睡好觉了！他恍恍惚惚地来到酒馆，点了两个菜，喝了一斤老白干。他晃晃悠悠地走在大街上，他酒劲上涌，见有一个门洞就钻了进去。

天已见冷，他把头钻在柴草里，脱下外衣盖在了腿上。这几天街上闹起了疯狗，那疯狗已咬伤了好多人，街坊们怕疯狗伤人过多，组成了打狗队。

一个路人见一大狗蜷卧在门洞中，他喊来了一帮手拿棍棒的小伙子，只听噼啪一阵棍棒响，大狗哼哼了几声，脑浆迸裂，蹬了几下腿，没气了。

众人扒开柴草，拽出大狗。

"天哪！这哪里是什么大狗，是个人哪！锦衣卫！锦衣卫！我认识这家伙！他叫裴弼！"听了这人喊声，人们轰的一声都跑散了。

滴血红得知了消息，把裴弼的尸首弄了回去，兔死狐悲，这帮家伙更惶惶不可终日了。

这天晚上，指鹿抱着大腿又在号叫。已夜深人静了，外面响起了狼嚎声，狼嚎声凄厉刺耳，恐怖至极，黑夜中让人毛骨悚然。

只见柯辞突然从床上跳到地下，哈哈大笑起来："我的朋友来了！狼爷来请我喝酒！哈哈，哈哈！"

他赤身裸体跑了出去，他光着身子坐在地下，端起了马桶："来来来！公公，来来来！滴血红，来来来！狼爷——喝酒，喝酒！"

他突然把马桶内的尿水和粪便倒在了自己头上，他跪在地下，磕着咣咣的响头。

"狼爷——狼爷爷！——啥时来折磨我呀？——我现在就去死！哈哈，哈哈！"

疯了！疯了！屋里的人都面无血色，柯辞被折磨疯了。外面又响起了瘆人的狼嚎声，夜空下，缠绕人们的耳膜，穿入脑髓。

闫公公刚刚起床，见柯辞赤身裸体，披头散发地闯了进来，知道柯辞这是疯癫了。

柯辞见了闫公公伸手向闫公公裆下掏去。

"畜生！放肆！"闫公公抽出宝剑向柯辞心窝刺去。柯辞哎呀了一声，口吐鲜血："报……应……报应啊……"他嘴中喷着血沫，瞪着双眼倒在了地下。这时，滴血红和透天已跑到了屋内。

闫公公骂道："你们这两个浑蛋！咋能让他跑到我这里来，给我丢人现眼？把枯井二剑给我叫来！"

二

枯井二剑见铁杆六雄死了两个，心中倒也痛快，为了敷衍闫公公，他兄妹二人只得出去查访。

欧阳驭风不但对独狼客没有反感，反倒想见一见独狼客这个神秘人物。野狐坡一战，那是夜晚，她根本看不清独狼客面目，她和欧阳长风商量好，一定要寻找到独狼客。

指鹿的腿已烂过了膝盖，小腿已见了白骨，腿上的脓水腥臭味四溢，已是冬天了，腐肉里的蛆虫还在爬动。

这天夜里，外面飘着雪花，寒风凄厉，瘆人的狼嚎声又钻入了他的耳朵，一直钻到了他心底，他浑身抖动，心口发热，他觉得口中发咸，一口鲜血喷了出来，他已无法活下去了！

指鹿拔出短剑，用尽力气插向了心窝——下辈子做好人，再也不做坏事了！

吴恶见他们铁杆六雄已死了三个，嘿！——我还不知道什么时候死呢！得过且过，能乐就乐和吧！他每天出入酒馆。天气寒冷，他穿上了狗皮大氅，戴着狗皮帽子和狗皮手套；今天吃点儿狗不理包子，明天吃点儿狗肉，后天喝点儿狗杂汤。

冬天里，都爱吃狗肉，有的年轻人调皮，偷人家的狗勒死吃狗肉。这天晚上，吴恶要了一盘狗肉，喝点儿小酒，吃的狗不理包子喝的狗杂汤，他很爽，哼着小调在外闲逛。

他走到一大户家门外，听到院里呀一声房门响。"闺女，天都黑了！你出去干啥呀？"

"娘哟！孩儿尿急，到院门旁方便方便！"

嘿！——这小妞说话太好听了！像春天里的莺歌燕语，不知这小妞长得能有多漂亮。我偷偷看她，我还要听她的尿尿声。

可人家的大门紧闭，什么也看不到，吴恶看大门下有一道宽缝，他趴在了地下，把头伸向了门缝里。

他刚看到小姐蹲下，只觉得脖子上一紧，听人说声："好大的一只肥狗，够我们哥儿几个吃几天啦！"之后吴恶什么也听不到了。

天已渐黑，欧阳驭凤坐在暖阁里想着她的心事：铁杆六雄已死了四人，个个死得都那么恐怖、痛苦，剩下的滴血红和透天两人大门不出，二门不迈，眼前一点儿独狼客的消息都没有，真是奇怪，她愈想见到独狼客，可愈偏偏没有独狼客的一丁点儿消息。

独狼客到底是个什么样的人呢？他并没亲手杀了那四个恶人，可那四个恶人确实死在他手里。他机敏过人，行事诡秘，不温不火，鬼神莫测。

那晚野狐坡，听他言语，知我和哥哥身世，待找到他，我一定问个明白。

欧阳驭凤兄妹虽说是闫公公养大，但他兄妹二人反感闫公公的所作所为，他兄妹二人不想像锦衣卫那样胡作非为，乱杀无辜。也许是父母带给他们的天性使然吧！他们想做正直善良的人。

欧阳驭凤正在胡思乱想，头顶上飘落下一张字条，她赶忙打开了字条，字条上一行黑字：欲知身世，跟我来。字条上一个黑黑的狼爪印。

她喊了一声："哥哥——！"跃出了门外，她与欧阳长风蹿上房顶，见如银的雪地上一个人影在飘动，她兄妹二人脚下用力，紧跟了上去。

转眼工夫，他们来到了城外，只见独狼客在雪地上飞跃飘动，他兄妹二人紧跟不舍，半盏茶工夫，他们来到城郊外一山坳里。

欧阳驭凤兄妹见山坡下一茅屋里亮有灯光，在茅屋不远处，独狼客停了下来。

欧阳长风心里琢磨：雪夜天，独狼客把我兄妹引到这里来，意欲何为？难道有诈吗？不管咋样，先斗他一斗，看看他到底有多大的本事。

唰、唰，两把长剑一齐刺下。独狼客也想看看他兄妹俩的真本领，仨人在雪地上斗杀起来。

欧阳驭凤的红披风随着她的剑气飞舞，独狼客和欧阳长风的白披风带着风声猎猎旋转，旁边大树上的积雪，被欧阳长风兄妹的剑气带动得纷纷飘落。

独狼客的狼头棒带动的罡风把飘落的雪花又卷了起来，在他们的头顶飞动，三个人似在梨花中飘舞。

枯井二剑齐声长啸，飞起一丈多高，两把长剑绞在一起，对独狼客当头刺下。绞在一起的两把长剑发出嗡嗡鸣叫声。

两道剑气的鸣叫声刺人耳膜，使人头脑发涨。突然，"呜——"一声狼嚎，独狼客雪狼一样，闪电般在雪地上滑出一丈多远。他两膝着地，仰面朝天，手中狼头棒往后一递，只见那狼头张开了大嘴。

咔嚓一声响，两把长剑的绞合处火星四溅，两把长剑同时折断。欧阳驭凤兄妹并没有惊慌，只是轻咦了一声。只见欧阳长风把断剑从上往下画了一个圆圈，欧阳驭凤把断剑从下往上画了一个圆圈，兄妹俩的阴阳能量交融在一起。

只见火花四溅，当啷一声响，两把断剑的折断处吸附在一起。兄妹二人各持剑柄，像拉着一张剑网向独狼客兜了过去。

独狼客大喝了一声："好——！"雪狼一样旋起一丈来高，躲开了剑网，又轻轻飘落在雪地上。

欧阳驭凤赞道："好个独狼客！好俊的身法！"她本不想争斗，一是年轻人心傲气盛，二是想见识一下独狼客的真本事。

她对欧阳长风道："哥哥，罢手吧！看看他意欲何为。"

这时只见一白发婆婆从茅屋中走出："秋儿——还不把那两个孩子领到屋里来，外面天冷，不要冻坏了他兄妹俩！"欧阳驭凤虽看不清婆婆的面孔，听婆婆说话的声音极是慈祥。

独狼客对他兄妹二人拱手施礼："快请进屋吧！婆婆已等不及了！"他兄妹二人跟随独狼客进到了屋内。灯光下，白发婆婆慈祥的脸上布满了皱纹，婆婆拉住他兄妹二人的手放声大哭起来：“聪儿——梅儿啊！婆婆可找到你们了！你们的爹娘可安心了！”

欧阳长风兄妹二人见了婆婆觉得特别亲切，朦朦胧胧觉得似曾相识。

欧阳驭凤道：“婆婆不要啼哭！有话慢慢道来。”她为婆婆擦去了眼泪。

“梅儿啊！你们的生父当年是镇守边关的刘将军，只因得罪了当朝奸佞，家遭横祸，被满门抄斩。刘将军遇害前得知了消息，托付我带出你兄妹二人避祸，让我保留刘家血脉。你兄妹二人只有一个姐姐，被锦衣卫强暴致死，刘家只剩你与聪儿了。

“那天夜里，我带你兄妹二人刚出刘府大门，一帮如狼似虎的锦衣卫带领兵丁围住了刘府，我带领你兄妹二人躲在暗处，见你们的爹娘与全家老小五十余口被押赴刑场，我见你爹爹张目四处观望。

“我知道你们的爹爹担心你们俩是否能安然逃生，你们的爹娘被押出很远，还在回头张望。

“突然几个锦衣卫带领兵丁跑了回来，听他们喊，还有两个小崽子不知了去向，公公让我们回来寻找。

“我慌乱中把你二人放入枯井中，我隐藏起来，待那些人走后，我到枯井中寻找你兄妹二人时，已不见了你兄妹二人踪影。

“从此后，我隐居山坳里，到处寻找你兄妹二人。这些年来，我的足迹遍布了京城，没有你们兄妹的音讯。

“那时，你兄妹二人已近四岁了！你二人还记得奶娘吗？不知你兄妹二人还记得否，奶娘背上有一个蛋黄大的肉瘤？”

欧阳驭凤眼前依稀闪现出爹娘的影子，爹爹每次从边关回来，都把自己抱在膝上玩耍。

她有时还揪爹爹的胡子，有时爹爹的胡子在她小脸上蹭，扎得她咯咯直笑。

她想起了奶娘背上的肉瘤，有时玩耍奶娘的奶头，有时和哥哥争抢玩奶娘后背上的肉瘤。

这时，奶娘撩起了后背，一个蛋黄大的肉瘤显露了出来。兄妹二人哇的一声，跪倒在奶娘面前，扑在奶娘怀里放声大哭起来。

“奶娘——你就是我兄妹的亲娘啊！”奶娘抱着他兄妹俩放声痛哭起来。

欧阳驭凤哭道：“奶娘——你咋知我与哥哥在京城大内？”

“梅儿啊！问你秋生哥哥吧！”

欧阳驭凤愣了一下：“啊！——秋生哥哥，好耳熟哇！”她站起身来，在屋中四处查看，屋里哪有什么独狼客！只见灯光下一面如冠玉、身穿白袍的翩翩美男子。

"独狼客……独狼客哪里去了……"

"小妹……不识得秋生哥哥了吗?"

欧阳驭凤一下子蒙住了："秋生哥哥! 你是哪个秋生哥哥?"

奶娘泪流满面："梅儿——好好想一想! ——小时候，你完颜伯伯带他到家中来玩耍，老爷还开玩笑说，要把你嫁与你秋生哥哥呢! 你聪儿哥哥还羞你说，小妹要给人家做媳妇了!"

欧阳驭凤脸泛红晕，她隐约想起一个漂亮的男孩子，她还是有些不明白："奶娘——独狼客呢?"

"什么独狼客? 你秋生哥哥就是独狼客呀!"

三

欧阳驭凤恍然大悟，看着眼前的完颜秋生，她脸泛红晕，羞怯地向完颜秋生施礼："秋生哥哥，小妹有礼了!"

欧阳长风也赶忙向完颜秋生拱手施礼。

欧阳驭凤狐疑地看着完颜秋生："秋生哥哥，你咋知我与哥哥流落到大内?"

完颜秋生笑道："小妹，说来话长，刘将军与家父完颜俊同守边关，两人是至交，家父完颜俊年老多病，告老还乡。

"那日家父接到刘将军书信，刘将军在书信中说，他得罪了当朝权贵，性命不保，他托付家父将他的一对儿女抚养成人。

"刘将军在信中说，他已安排了奶娘，让奶娘带领两个孩子到安徽投奔家父完颜俊。家父看过书信，即刻赶赴京城，家父赶到京城时，刘家已被满门抄斩。

"家父得知刘家逃出了一对儿女，他遍布京城寻找刘将军的遗孤。家父在京城待了大半年的时间，也没有两个孩子的下落。家父后来又到了京城几次，也没有寻找到刘将军的遗孤。

"家父年老多病，已行动不方便了，他看自己已时日不多，告诉与我，让我继续寻找刘将军的遗孤。我本想过完八月十五赴京城完成家父的心愿，可八月十五月夜丢失了碧玉蟾，家父为碧玉蟾丧生。

"我为报父仇，为寻回碧玉蟾，也要完成家父生前心愿，我迁移了族人，赶赴到京城。

"我在大内锦衣卫口中探知了枯井二剑身世，得知你兄妹二人便是刘将军后人。可我无法与你兄妹二人相认，我只得寻找奶娘。我知道奶娘离京城不会太远，找了一些地面上的混混，给他们银两，让他们寻找奶娘。

"我从小在刘府就见过奶娘，我还记得奶娘模样。我精于工笔，画下了奶娘模样交与那帮混混，让他们四处寻找奶娘的下落。我这段时间没有露面，就是为了寻找奶娘。"

听了完颜秋生这番言语，奶娘道："当初我丢失了你们兄妹俩，无颜去见完颜老爷，只想寻找到你们兄妹俩再投完颜老爷府上。可这一晃十几年过去了，若不是秋生少爷，我还见不到你们兄妹俩。"言罢，又放声大哭起来。

欧阳长风道："秋生哥哥，你整治死了铁杆六雄的四个畜生，替我兄妹报了血海深仇！又帮我兄妹俩查明了身世，秋生哥哥是我兄妹的恩人哪！"欧阳长风跪下身去，就要磕头。

完颜秋生赶忙搂起欧阳长风："兄弟！你以为裴弼那些人死了，就算报了仇吗？真正的罪魁祸首，我们的大仇人是闫公公和滴血红、透天。你们家的大冤案都是他们几个人一手策划。"

欧阳驭风听了，两只杏眼怒睁："秋生哥哥，此话当真！哥哥细细道来，我要把他们碎尸万段！"

完颜秋生道："闫公公专横跋扈，把持朝政，残害忠良。你爹爹在皇上面前参了他一本，闫公公怀恨在心，他让滴血红编造你爹爹通敌的证据。透天潜入边关勾结金人使离间计陷害你爹爹。

"裴弼受闫公公指使，夜晚摸入你家府中，探听你爹爹的言行。他摸到你姐姐房中，见你姐姐貌美，想强暴你姐姐。你姐姐大声呼救，你爹爹与家丁赶来时，裴弼掏出来锦衣卫腰牌。你爹爹愤怒异常，当时就要把他拿下。

"那裴弼跪地求饶。你爹爹怕毁了你姐姐的名节，放了他一马。谁知那畜生变本加厉，在闫公公面前诬陷你爹爹在家中痛骂皇上。又有滴血红、透天、裴弼做伪证，皇上信以为真下旨把你刘家满门抄斩。"

欧阳长风哭道："小妹呀！我们俩为虎作伥，愧对九泉下爹娘，我定要杀那奸贼，为爹娘报仇！"

完颜秋生道："你兄妹二人回到大内，要不露声色，暗中探查碧玉蟾下落，我来对付滴血红和透天。"

欧阳驭凤道："秋生哥哥，让哥哥去探查碧玉蟾的下落吧！我随秋生哥哥去对付滴血红和透天。滴血红阴险狡猾，诡计多端，我助秋生哥哥一臂之力，手刃仇人，报我刘家血海深仇！"

完颜秋生道："那样也好！小妹对大内熟悉，可掌握滴血红的行踪，我们寻找机会，先杀了滴血红和透天，再和闫公公那老狗算账。"

欧阳长风兄妹二人回到大内，到闫公公那里去探听虚实。二人推开闫公公房门，大吃一惊。见闫公公倒在软榻上，口吐鲜血，暴毙身亡。他兄妹二人赶忙去找滴血红和透天，他二人已不知去向。欧阳驭凤与哥哥赶忙去找完颜秋生。

完颜秋生道："闫公公已死，碧玉蟾去向不明，我们要马上追踪滴血红和透天。"

闫公公暴毙后，皇上让刘公公掌管东厂。刘公公为人良善，他很喜爱欧阳长风，让他做了锦衣卫副指挥使。

欧阳长风不便离开大内，只能让欧阳驭凤跟随完颜秋生去追杀滴血红和透天。

完颜秋生与欧阳驭凤到滴血红和透天的住处，寻找他二人逃离的线索。他二人在屋内翻检过滴血红和透天的衣物，完颜秋生道："小妹，我知道他二人逃到哪里去了！他二人去了辽东长白山。"

欧阳驭凤道："秋生哥哥，你咋知道他二人去了辽东长白山？"

"小妹，你看他二人的御寒之物所剩无几，这里还有新缝制狐皮大氅的残物，只有在冰天雪地里才能用得上这御寒之物。"他二人整理行装，准备赴长白山追凶。

完颜秋生看着赤手空拳的欧阳驭凤："驭凤妹妹，上次你的长剑被我的狼头棒咬断，没有称手的兵器了吧？"

欧阳驭凤咴咴娇笑："秋生哥哥，看我手中没有兵器吗？"她伸手往腰间一按，一把银光闪闪的软剑弹了出来。只见那软剑的剑尖是一锋利的蛇头，蛇口中有一银光刺眼的芯须。

欧阳驭凤看着完颜秋生："秋生哥哥，这是师父走时给我留下的蛇芯剑，平时不带在身上，这次我与秋生哥哥远赴长白山，小妹必用之！"

完颜秋生见那蛇芯剑银光耀目，剑头芯须可怖，连连称赞："好剑！真是一把好剑！"他二人打点好行装，奔赴了冰天雪地的长白山脉。

第十九章　完颜驭雪狼报仇

一

完颜秋生与欧阳驭凤过了山海关，天气逐渐严寒，他二人进了后金国地界，换上了女真人的服饰。

二人头戴白狐皮帽，身穿白狐皮大氅，脚蹬白鹿皮毡靴，腰间扎白丝绦缎带，他二人你看看我，我看看你，哈哈大笑起来。

欧阳驭凤笑起来，浑身乱颤，似雪中随风舞动的梅花，寒天中她的脸儿依然娇艳柔嫩。

完颜秋生痴痴地看着欧阳驭凤："小妹真美！——美极了！似云中仙子！"欧阳驭凤的脸儿愈加红艳。

"秋生哥哥——喜欢小妹吗？"

"小妹，哥哥咋不喜欢呢！"欧阳驭凤拉起完颜秋生的手："秋生哥哥，我们赶路吧！"

完颜秋生攥着欧阳驭凤的小手，虽隔着狐皮手套，但他心中有一种异样的感觉，身上暖烘烘的，神情愉悦。

几日后，完颜秋生与欧阳驭凤来到沈水地面，二人找了一家客栈住了下来。两人腹中有些饥饿，找了一家上好的酒馆。

"掌柜的！给我来一条沈水冰窟中的鲤鱼，再来一大碗山鸡炖蘑菇。"

掌柜的见这两个俊俏后生英气勃勃，言语是中原口音，他不敢怠慢，满脸堆笑说道："两位小爷，能吃得惯这疙瘩的饭菜吗？拣一拣你们喜欢吃的东西吧！"

完颜秋生看着欧阳驭风娇艳的俏脸："小弟，看看这里有什么你喜欢吃的好东西？"

欧阳驭风笑道："哥哥，我也不知这里有什么好吃的东西，有花生米吗？再来个熘豆腐吧！"那掌柜的听了二人的吩咐，跑到灶房去了。

完颜秋生怜惜地看着欧阳驭风："小妹，一个女孩子家，到这冰天雪地里来，跟哥哥吃苦了！"

"哥哥说到哪里去了！二贼不除，我寝食难安，小妹愿随哥哥浪迹天涯。"

他二人正吃饭间，楼下传来孩子的啼哭声。抱着孩子的大嫂呵斥啼哭的孩子："你这小东西，还要啼哭！不怕夜里被夜鬼风抓走吗？"孩子立刻止住了啼哭。

欧阳驭风觉得奇怪，她走下楼去："大嫂，为何这孩子一听夜鬼风，立刻停止了哭声？"

大嫂看了一眼欧阳驭风："小哥，大明朝中原人吧！你初来乍到咋能知道夜鬼风呢！这些时间里，常有人家的孩子夜里丢失，有人见过孩子的尸体，每个尸体的胸口上都有一个小洞。每到晚上家家户户紧闭房门，不让孩子外出玩耍，啼哭的孩子一听夜鬼风，就被吓得立刻停止了啼哭声！"

欧阳驭风回到楼上对完颜秋生道："秋生哥哥，定是滴血红了！"

滴血红和透天见他们铁杆六雄已惨死四个，变得惶惶不可终日，只要一闭上眼睛就觉得独狼客站在他们面前。

滴血红要靠幼童的心脉鲜血滋养自己。他每隔七日，就要吸食童血，无童血供养，他便发不出半点儿的功力来。独狼客现身后，他再不敢寻找童血，他已无半点儿抵抗独狼客的能力。

他和透天商议，到辽东偏远的深山里，躲避独狼客的追杀，再偷食童血，恢复功力。

他二人做好了一切准备，神不知鬼不觉地溜出了京城，逃奔到辽东长白山。

滴血红夜深人静时，盗走幼童，用细银管插入幼童心脏吸食心脉之血。他只要吸入一滴，脸色便可变红润。他已吸食了十几个幼童的心脉之血，面色红润，精神焕发。他已恢复了九成的功力，再吸食几个幼童心血，便可大功告成。

透天不一样，每天盘膝打坐，微闭双目，也不知他每天都在想什么。他有时到外面捧回积雪放在鼻下闻嗅，有时把耳朵贴在地面上静听。他从不吃辛辣的东西，那么严寒的天气，他白酒都不入口。

这天夜里，滴血红又偷盗一幼童。他看着怀中的胖儿，哈哈！这胖儿的心血会更好，他加快了脚步飞蹿而去。他咋知，完颜秋生和欧阳驭凤紧随在他的身后。过了一条冰封的大河，滴血红猿猴一样蹿进了半山腰的山洞里。

完颜秋生和欧阳驭凤像两只雪狐跟随滴血红进了山洞。他二人进了山洞，见洞内温暖如春，燃着松明火把，如同白昼一般。

只见那洞内景象奇异，洞壁上怪石林立，奇形怪状。有的如冬中雪树霜花，有的如醉猴卧石，有的如观音静坐莲台，还有的似那嬉笑的卧佛。

再看洞顶，垂石遍布，如利剑似的垂笋，还有的如珍珠闪闪。有的垂笋与地面的石笋相连，似根根碧莹的玉柱，怪异的石莲花朵朵绽放。

洞顶上的水滴答答地落在下面的暗河中。洞中宽敞之处，有一石桌，石凳上两个神采奕奕的石人老者在对弈，栩栩如生。

石桌上的两只茶杯似在冒着热气，山洞内雾气缭绕，石桌前有一条暗河直通山洞深处。

完颜秋生和欧阳驭凤见滴血红飘上了小船向山洞深处划去。他二人在暗河上燕子抄水般飞掠过去。

山洞深处有一宽阔高台，滴血红上了高台把孩子放在了草席上。

孩子小脸红扑扑的，闭着眼睛，还在熟睡中，那可爱的样子，让人心疼。

滴血红拿出银管，对准孩子胸口："嘻嘻！小宝贝，谢谢你了，再托生吧！"

他刚要把银管插下，透天喊道："等等！"他话音刚落，呜呜——洞内响起了狼嚎声。

滴血红手一哆嗦，银管掉在了地下，他和透天抓起了长剑。

只见眼前站着一人，白狐皮帽前一缕长发飘动，镶着白狐皮的小红袄腰间一条白丝缎带，雪白的披风在雾气中微微飘动。欧阳驭凤横眉立目，蛇芯剑横在他们面前。

滴血红哎呀了一声，惊异万分："欧阳驭凤……你……你咋会在这里？"

"咋的！滴血红，这怪洞里你能来，姑奶奶就不能来吗？你这畜生！忘记了十几年前欠我刘家的血债吗？纳命来吧！"

滴血红惊恐地看着欧阳驭凤："你忘记了公公的养育之恩吗？"

"那老狗！更应碎尸万段！"唰的一声，蛇芯剑的蛇头吐出了舌芯。

滴血红知道，十几年前的恶事败露了，他赶忙举剑招架。透天转到欧阳驭凤身后递出了长剑。

滴血红和透天都是一身黑狐皮装，两黑一白在高台上斗杀起来。

欧阳驭凤报仇心切，剑剑不离滴血红和透天要害。只见欧阳驭凤翻转跳跃，剑芒片片。

滴血红已恢复了九成功力，他二人围斗欧阳驭凤毫不费力。

滴血红心想：小丫头片子，今天就死这里吧！透天心中明白，独狼客就在附近。狼嚎声没起时，他就嗅到了独狼客的气味。他无心恋战，只想怎样逃跑。

"呜呜呜——"狼嚎声骤起，只见完颜秋生飘落在滴血红和透天面前。

透天道："独狼客！你到底来了！今天就一决胜负吧！"

透天的长剑如风，向完颜秋生刺了过来。完颜秋生咦了一声："这家伙的功力大进哪！透天！把你的本事都使出来吧！赢得了我手中的狼头棒，碧玉蟾就是你的了！"

透天唰唰唰连攻几剑，跃下高台，落在暗河水面上。完颜秋生身形飘动，一声狼嚎，空中的狼头棒张开了血口。

透天的长剑剑芒闪闪。完颜秋生的狼头棒狼嚎声不绝。二人在暗河两岸时穿时跃，厮杀起来。

透天在河面上如蜻蜓点水，完颜秋生如燕子钻天。完颜秋生见欧阳驭凤与滴血红厮杀激烈，怕欧阳驭凤有什么闪失，心想：快些打发透天吧！

他见透天的长剑递了过来，旋起身形，把狼头棒的狼嘴对准了透天的剑尖。一声狼嚎，咔嚓一声响，透天的剑尖折下了一截。滴血红见了，心中慌乱，一不留神被欧阳驭凤刺中了肩臂。

滴血红哎呀一声，转身就跑，他跳上小船向洞外划去。透天见了，心慌意乱，蜻蜓点水，向洞外疾奔。他二人刚跑出洞外，见几只雪狼蹲伏在洞外，伸着长长的舌头，眼中闪着绿光向他俩扑了过来。

透天脚冒凉气，妈呀一声挥动断剑，拔脚就跑。滴血红见了，从山坡上滚了下去。

完颜秋生手一动，他的狼头棒又发出了狼嚎声。几只雪狼不动了，吐了吐舌头，摇了摇尾巴，转身跑回了漆黑的山林中。

完颜秋生大笑，高声喊道："滴血红——透天——看你们何时交出碧玉蟾！"

欧阳驭凤道："秋生哥哥！为啥不杀了他们？"

"小妹，还没到火候。"

"秋生哥哥，雪狼咋听你的话呢？"

"小妹，你忘记了！我家先祖完颜兀术——四狼主，是狼王啊！"

完颜秋生和欧阳驭凤从高台山上抱起孩子，送回孩子家中。孩子还在熟睡，孩子的爹娘也在熟睡，他们谁也不知道发生了什么。也许是他家祖上积了德吧！

滴血红和透天逃到山下，透天道："大哥！半山腰的水洞是不能回去了，我们还是往深山里跑吧！独狼客很快就会追来。到了深山里，再做道理吧！"

滴血红道："这独狼客到底是人还是鬼？他咋会知道我们到了辽东？那小丫头片子咋会知道他兄妹的身世？一个独狼客就够我们对付了，又来了欧阳驭风，我们俩可要多加小心了！"

透天嘿嘿冷笑两声："那小丫头倒不足为虑，还是认真地对付独狼客吧！你抱回了那孩子，我就嗅到味道不对，你要对那孩子下手时，我知独狼客已来到了眼前。我奇怪的是，独狼客没有动手，而欧阳驭风先现身。我们刚跑出了山洞，他却呼来了雪狼助阵。别说那独狼客，就是雪狼我们俩也对付不了。大哥，我们往深山里隐蔽处跑吧！"

滴血红道："二弟，我怎么觉得你的功力大有长进？看你和欧阳驭风游斗时轻描淡写，毫不费力。你与独狼客游斗时更是八面威风，你的轻功更是让我吃惊——蜻蜓点水，八步赶蟾，你啥时偷学的呢？你在这长白山里背着我吃了千年老参吗？"

"大哥！不要胡说八道，我到哪里去弄那千年老参？只是我天天打坐，养精蓄锐，你时刻在我身边，我还有瞒得了你的东西吗？"

"二弟，哥哥和你开玩笑，你我性命相连，同舟共济，设法躲过这场劫难吧！"

他二人向深山里走去。他俩找了一处避风的山坳，砍来了树木，搭建了一木屋。二人饿了打些野味充饥，渴了吃些冰雪。透天和往日一样，不多言语，整天闭目打坐练功。

这天夜里，木屋外响起了狼嚎声，只见几十只雪狼从雪地里向木屋冲来。只只狼眼闪着绿光，像点燃的小灯笼集聚在木屋周围。群狼围住木屋，仰天长嚎。

静静的雪夜中，狼嚎声伴着飕飕的小北风，阴森可怖，让人心生寒栗。

滴血红毛骨悚然，瑟瑟发抖，口中的牙齿咯咯乱响——完了！完了！我们要葬身狼腹。

他看透天盘膝坐在那里，微闭双目，无动于衷，就像外面什么事情都没有发生一样——这透天吓傻了吗？他连一动都不敢动了吗？

忽然，透天睁开双眼长啸一声。他抓起长剑蹿出门外，只见他的长剑在狼群中飞舞起来。雪狼飞纵跳跃，围住透天旋扑撕咬。

透天的长剑挥动如风，雪狼惨叫声不绝于耳，片刻工夫，十几只雪狼倒在了地下。

透天刚想端口气，呜呜的狼嚎声又响了起来，十几只雪狼瞪着绿光闪闪的血眼，疯狂地向透天跃扑过来。

滴血红在木屋里见透天杀死了十几只雪狼，他也来了胆气，抓起长剑冲了出去。

狼嚎声又起，又有十几只雪狼嚎叫着扑了上来。二十多只雪狼把透天和滴血红围在了中间。

剑光闪闪，狼影飞旋，二十多只雪狼又倒下了一片。透天和滴血红已遍体鳞伤。

"呜——"一声狼嚎，第三队雪狼更疯狂地扑冲过来。滴血红惊呼一声，转身就跑，透天已支持不住和滴血红一起跑回了木屋。

群狼把木屋又围了起来，利爪搭在木屋的房壁上拍打嚎叫。有的雪狼蹿上了屋顶，抓刨房盖，狼嚎声和狼爪的拍打声更加恐怖。

"滴血红——透天——滋味好受吗？何时交出碧玉蟾？"

滴血红在木屋中喊道："独狼客——我们手中没有碧玉蟾——碧玉蟾在闫公公手中——"

完颜秋生哈哈狂笑："滴血红——闫公公已死了——难道你不知道吗？"

"独狼客——我们离开京城时，闫公公还好好的呀！——你咋能说闫公公死了呢？——你还是去找闫公公要碧玉蟾吧！"

欧阳驭凤怒喊道："滴血红——透天——我不管你们手中是否有碧玉蟾！还我爹娘和我刘家老小五十余口命来——"

"小姐——都是闫公公那老狗逼迫我们干的呀！——小姐——放过我们吧！"

完颜秋生喊道："滴血红——透天——你们二人干的坏事，罄竹难书！残害忠良，乱杀无辜，祸国殃民，败坏朝纲，不杀你们，天理不容——"

透天喊道："独狼客——你放过我们吧！——我们随你回京城，帮你寻找碧玉蟾——"

完颜秋生狂笑起来："哈哈！哈哈！小儿的把戏——拿来骗我独狼客吗？——你们就等死吧！"

滴血红和透天心中明白，独狼客现在不想杀了他们，独狼客要折磨他们至死。二人不再说话，在思谋脱身之策。可二人已无力再与雪狼搏斗，群狼围困在外，就是饿也把他们饿死了。

群狼已围困他们三天三夜了，滴血红只能用长剑挖地下的冰块润喉。冰块上沾满了黑土，他二人只得连冰带泥吃下去。

完颜秋生和欧阳驭凤坐在猎人留下的小木屋前，木架上烧烤着雪狼捕来的野兔、山鸡、黄羊。

欧阳驭凤偎依在完颜秋生身旁，雪狼在完颜秋生和欧阳驭凤外面围成一圈儿，脸冲外守护他们的主人。

完颜秋生撕下一块块兔肉塞到欧阳驭凤嘴里，把他们啃过的骨头扔给狼群。

一个狼崽子跑到欧阳驭凤面前，前爪搭在欧阳驭凤腿上挠舔，嘴中发出嗷嗷的叫声。欧阳驭凤把嘴中嚼碎了的黄羊肉吐到手中，送到狼崽子眼前。

狼崽子把两只前爪搭在欧阳驭凤手上，一口把欧阳驭凤手上的黄羊肉吃到嘴里。狼崽子吃完黄羊肉，像孩子一样钻到了欧阳驭凤怀里。

欧阳驭凤惊异地看着完颜秋生："秋生哥哥，狼崽子咋钻到我怀里了呢？"

完颜秋生哈哈大笑。他又撕下来一块兔肉递到欧阳驭凤手中。没等欧阳驭凤伸手喂那狼崽子，那狼崽子一口叼住了兔肉，咽到了肚里。

狼崽子突然跳到完颜秋生怀里，又跳回欧阳驭凤怀里，它来回跳跃，竟然在完颜秋生和欧阳驭凤怀里玩耍了起来。

欧阳驭凤抱住了狼崽子，轻轻地抚摸它的皮毛，狼崽子闭上了眼睛，竟在她怀里睡着了。

欧阳驭凤道："秋生哥哥，这雪狼也懂感情啊？"

完颜秋生笑道："动物都是有感情的，看人类和它们怎样相处。人类互相残杀，同类互相残杀，异类互相残杀，整个世界充满了邪恶。

"人类要有爱心，又要铲除邪恶。别人眼里凶残的雪狼，可能是我们的朋友。道貌岸然、看似君子的人，他们可能是我们的敌人。

"雪狼不会任意伤害人，它不会主动向人类发动攻击。它也不贪婪，它只要吃饱了肚子，没有其他的占有欲。

"人类呢？自私，贪婪，无穷尽的占有欲。他们吃得再好，住得再好，也还要残忍地杀戮，还要邪恶地占有。像滴血红、透天这样的人，他们还不如狼！

"这个世界上，像闫公公、滴血红、透天这样邪恶贪婪的人不铲除掉，永远没有太平。

"皇帝身边有一帮这样的人，国家能好吗？早早晚晚得让成吉思汗那样的英雄消灭。

"长白山部落里的努尔哈赤野心勃勃，对中原虎视眈眈。那努尔哈赤的儿郎虎豹一样，看那貌似强大的大明王朝有可能禁不住努尔哈赤一击。

"那皇帝，还在做着大国的美梦。朝廷贪官遍地，奸佞当道，只会欺压百姓。若那努尔哈赤攻打大明，大明将不保。"

"凤妹，想那闫公公竟敢指使铁杆六雄抢夺我完颜家碧玉蟾，皇上未必可知，即使皇上知道了，他也毫无办法，只能睁只眼闭只眼，望火无水。"

雪地上的火光映得欧阳驭凤脸儿更加妩媚娇艳，她紧紧地抱着完颜秋生温暖的身体。

"秋生哥哥——国家大事，我们无能为力，那是狗皇帝的事儿了！不知滴血红和透天这两个畜生现在会咋样，他们还能挺多长时间。"

"小妹，透天已挺不住，他要吃人了！他会把滴血红一点点地吃掉。小妹，透天的功力咋长进了呢？现在就是几个滴血红也不是他的对手。"

"秋生哥哥，我也觉得奇怪，大内锦衣卫里，他只是个平庸之辈，现在他的武功日渐精进，真是邪门！"

"小妹，不管咋样，他现在就是有天大的本事，也别想逃脱了！明天就有热闹瞧了！"

滴血红和透天被狼群围在木屋中已是第五天了，透天眼中已露出了绿光。

他瞅了滴血红好大一会儿："大哥！我们俩一起死吗？"

"不一起死，那又能咋样？"

"大哥！想个两全其美的办法吧！"

"二弟，有什么好办法，你说吧！"

"大哥！现在让你出去，你走得了吗？你只要走出这木屋，便会被群狼撕碎。你怎么也是个死，不如让我吃了你，我逃出木屋，还能背着你的骨头走。若你被群狼吃了，连骨头都找不到！"

"你说什么，你要吃了我？我是你大哥呀！都什么时候了，还开玩笑！"

透天勉强地笑了笑："正因为你是大哥，才应该让二弟活下去，我不吃了你，我咋活下去呀？现在还说什么大哥二哥的！谁是强者，谁活下去！"

"透天！你不顾兄弟情义，真的要吃了我？"

"不是假的，大哥，不要抱怨我！"

"你这个丧尽天良的东西，看我不杀了你——！"滴血红抓起长剑向透天刺了过去。

透天一伸手打下滴血红手中的长剑，他拽住滴血红的胳膊啃咬起来，疼得滴血红嗷嗷乱叫。滴血红的胳膊上已露出了白骨，滴血红昏死了过去。

透天又抓起滴血红的另一只胳膊啃咬了几口，把撕下的皮肉塞到了滴血红嘴里。滴血红的嘴动了动，把自己的皮肉咽了下去。他肚子里有了东西，一会儿，他苏醒了过来，疼得他又嗷嗷大叫起来。

透天嘴上脸上满是滴血红的鲜血。透天在滴血红衣服上擦了擦手上的鲜血。

"大哥！你现在不能死，我要慢慢地吃你，等我养足了精神好逃出去。"静静的夜空中，木屋中的号叫声清晰恐怖。

"凤儿，透天开始吃人了！等着让我的雪狼捡他们的骨头吧！"

欧阳驭凤望着星光闪闪的夜空："爹娘——孩儿和秋生哥哥在为你们报仇！"她双目中流下了两行热泪。

滴血红已奄奄一息，他的双臂和双腿都已露出白骨。他对透天道："你还要破开我的膛腹，吃了我的心肝吗？"

"大哥！你就成全二弟吧！我吃完你的脏腑，你的身体就轻便了！我背你的全尸逃出木屋，找个风水好的地方把你安葬了，以尽我们弟兄情义。"

"老二啊老二！我当初咋就没看出你是这等凶残之人呢！罢了，罢了！我还是自行了断吧！下辈子再托生人，但愿不遇到你！我要做个好人！"他咬断了舌根。

透天冷笑了两声："你死就死了吧，下辈子再说下辈子的吧！免得我和你废话！"他盘膝坐在冰地上闭上了双眼。滴血红已死，透天清净多了。

他潜心用功，又有滴血红的脏腑充饥，七天后，他体内的阴阳能量已交合，功力大增。

透天站起身来，活动活动手脚，觉得浑身轻松舒展，精力充沛。

哈哈！独狼客，我要走了！

阴沉沉的天空飘着鹅毛大雪，北风卷起雪花漫天飞舞，完颜秋生已预备好了雪爬犁，他套上了四只健狼："凤儿——准备出发吧！"

欧阳驭凤怀中抱着小狼崽子上了雪爬犁。五十多只雪狼蹲伏在完颜秋生身旁，长长的舌头伸出嘴外，瞪着幽绿的眼睛看着木屋，等待完颜秋生命令。

忽听木屋内一声长啸，透天蹿到了木屋外。

完颜秋生的狼头棒发出了嚎叫声，木屋外的雪狼冲进了木屋，把滴血红的尸体撕咬得七零八碎。雪狼叼着滴血红的骨头啃舐起来。

透天刚蹿出门外，只听狼嚎声四起，五十多只雪狼在雪爬犁前向透天狂扑过去。

欧阳驭凤怀中的小狼崽子突然跳下雪爬犁，跑进了狼群，随着群狼向前跑去。

完颜秋生和欧阳驭凤坐在雪爬犁上，看着透天在雪地上狂奔。透天觉得凭他的功力雪狼不会追上他，可他整整狂奔了一天，雪狼还是紧追不舍。

天已黑了，透天已精疲力竭，他见一猎人的木屋，钻了进去。他现在已饥饿难熬，四肢无力，嘴中喘着粗气，扑通一声倒在了地下。

一大群雪狼把木屋围了起来。

完颜秋生道："小妹，我们再等他几天，看他还有什么新花样！"

"这畜生罪大恶极，折磨他几天也好！秋生哥哥，你现在也变成狼王啦！"

"哈哈！对付恶人就应像狼一样！"

透天又已两天没吃东西了，不恢复功力无法脱身，可吃什么东西呢？外面的狼群把他围得风雨不透，水泄不通，木屋中又没有丝毫可吃的东西。

透天一狠心，咬着牙，举起了长剑，嚓的一声，他砍下了自己的一只胳膊。他封住了穴道，把断臂中的鲜血喝干，把他的那只胳膊啃得只剩下一根白骨。他盘膝坐在地下，吐纳调气，运气周身打通七经八络。

第二天清晨，他在木屋顶挖了一个洞，探出头去，见群狼在打瞌睡，他见时机已到，从房顶钻出木屋。

晨曦中，一尺多深的雪地上，透天像一只受伤的黑狐在狂奔。

"呜呜——"狼嚎声四起。透天被狼群围在了中间，他的长剑拼命地挥舞，群狼拼命地撕咬。一对碧绿的东西从透天怀里滚落在厚厚的雪地里。

透天又奔跑了一会儿，倒在了雪地上。突然，群狼不动了，完颜秋生和欧阳驭凤站在透天面前。欧阳驭凤的妙目闪现杀机。

"透天！你死前还有什么话说吗？"

透天躺在地下，偷偷地运气，他突然旋起一丈多高，斜飞挥剑，一道剑气向欧阳驭凤罩来。

欧阳驭凤轻咦一声，眼中露出母狼一样的凶光，手中的蛇芯剑嗡的一声迎了上去。一黑一白在雪地上斗杀起来。

欧阳驭凤咬紧银牙，妙目含威——眼前浮现出儿时在爹爹膝上玩耍的画面和爹爹脸上的笑容。

一道道银蛇旋转的剑影把透天罩在了当中。透天只觉得条条银蛇吐着芯须，让他眼花缭乱。欧阳驭凤清啸一声，蛇芯剑像一条毒蛇缠住了透天握剑的胳膊。

透天知道不好，急忙撤身抽剑。

只见欧阳驭凤的蛇芯剑芯须一吐，透天的胳膊立刻麻木无力。欧阳驭凤娇喝一声："下来吧!"

透天握剑的胳膊齐着臂根断了下来，疼得透天在雪地上转了一圈。透天的鲜血在雪地上画成个圆圈，散发着血腥味。群狼扑到血圈上，低头嗅了起来。

独狼客手中的狼头棒嚎叫了一声，群狼抬起了头，吐着长长的舌头，眼露凶残的碧光死死地盯着满身是血的透天。

透天的双臂刺心地疼痛，透天极度地恐惧，他的身体在抖动，抖动出他身体里最后的一滴鲜血。

他恐怖的脸已变了形，上下抽搐。他看见周围张着血盆大口的雪狼向他扑来，他倒在了雪地上——我不是人……片刻间，雪地上只剩下一堆支离破碎的白骨。

完颜秋生攥着欧阳驭凤微微抖动的双手，看着眼前这七零八落的白骨："透天哪透天! 偷天换日，恶事做绝……天理不容!"

完颜秋生与欧阳驭凤回到了京城，把追杀滴血红和透天的经过与欧阳长风细说了一遍。

欧阳长风喜道："我刘家大仇已报，待来年开春给爹娘修建坟墓。不知秋生哥哥日后做何打算?"

完颜秋生道："自闫公公死后，碧玉蟾没有了下落，滴血红和透天死时，也没有发现他们身上带有碧玉蟾，我怀疑透天与碧玉蟾有很大的关联，不知透天在大内是否还有余党。透天已死，无从可知，我要遍访京城和全国各地寻找碧玉蟾。不找回碧玉蟾，我完颜秋生无颜面对族人，也无颜面对祖宗!"

欧阳驭凤情意浓浓地看着完颜秋生："秋生哥哥——小妹跟你一起去寻找碧玉蟾吧! 无论天涯海角，上天入地，凤妹都和秋生哥哥在一起!"

欧阳长风道："小妹，哥哥已看出你的心意，你就随秋生哥哥去吧!"

欧阳驭凤道："哥哥，我与秋生哥哥走后，你把奶娘接入府中，奉养她老人家吧!"

欧阳长风笑道："小妹，你与秋生哥哥安心地去吧! 我把奶娘接入府中当亲娘奉养，碧玉蟾我会在宫中留意。

"闫公公暴毙，实是蹊跷，待查明了闫公公死因，也可能有碧玉蟾的线索。大内里的事情就交与我吧!"

完颜秋生有些忧虑道："现在朝纲不振，宦官当道，小弟要多加小心，慎防奸人。我给你留下信鸽，若有要事，放信鸽与我，我与凤妹会及时赶回。"

"秋生哥哥，我会多加小心，你与小妹放心去吧! 你二人在外要多多保重!"

欧阳驭凤、完颜秋生与欧阳长风挥泪作别，他二人踏入了江湖。

二

不多日，完颜秋生与欧阳驭凤来到南京城里，看那市面倒也繁华。只见衣衫褴褛、挎筐讨饭之人极多，还有那瘦骨嶙峋的老人倒毙街头。

他二人心绪难平，这江南富庶之地，怎到了这般田地？二人连连叹息，照此下去，大明朝将不保。

他二人为寻访碧玉蟾，时常夜间穿越于达官贵人府中。这天夜里，二人来到一官宦人家府内，见府内亮有灯光，他二人蹿上了房去。

只听屋内一男人道："今天下午收受刘家的三百两打点银子收好了吗？"

"老爷，放心吧！我已放在了炕洞中。"

"三姨太，真是好主意，明天上街还给你扯料子！"

也不知咋的，屋内的蜡烛突然熄灭了，男人连打了几下火石，就是点不亮那蜡烛。

男人道："小美人！这蜡烛受潮了，我们到西屋去玩吧！嘻嘻！今晚好好搂搂你！"

"老爷，今早上刚干完，还要干哪！你不怕短命吗？"

"你没看我的那些名贵壮阳药都生虫子了吗！"

"馋猫！到西屋吧！我好好侍奉你！嘻嘻！"

他二人刚出了房门，一条黑影从窗内飞蹿出去。完颜秋生和欧阳驭凤轻咦了一声，见那黑影越墙而去。

二人好奇，紧紧跟随了过去。只见那黑影几个起伏，轻轻飘落在一破院落中。

他二人飘落房上，听屋内有说话声。一婴儿在无力地啼哭，一老人咳嗽着说道："儿啊，我这小孙子快要饿死了！你倒想想办法呀！"

"娘——你的病还没钱治呢！哪有钱给孩子买吃的！娘——遍地饥民，我讨要都没去处哇！那大户和官宦人家根本不管我们的死活，这苦命的孩子饿死就饿死了吧！娘——你老人家咋办哪？"一个五尺壮汉抱着媳妇放声大哭起来。

啪的一声，一个布袋子扔到了屋内。屋中人都吓了一跳，壮汉打开布袋子，愣住了——布袋中是白花花的银子。夫妻俩跪在地下，向窗外磕着响头。

"好汉爷爷！好汉爷爷……救了我们全家老小性命的大恩人哪，咋不留下姓名呢？好让我们全家报恩哪！"

那黑影刚飘出院外，完颜秋生、欧阳驭凤站在了他面前。

黑衣人手中利剑唰唰唰就是几剑。完颜秋生、欧阳驭凤闪到一旁。

完颜秋生道："好汉不要动手！我们并无恶意，想要与你交个朋友，我们到僻静处说话，不要吵闹了这院中的老小！"

那黑衣人见他二人并无恶意，停下了手中的长剑。

"二位仁兄跟踪我，意欲何为？"

完颜秋生笑道："这位兄弟，此处不方便，我们到茶楼说话去吧！"仨人来到了茶楼，拣一僻静处坐了下来。

黑衣人道："在下金陵人氏熊不邪，敢问二位仁兄何方人氏，怎样称呼？"

完颜秋生答道："安徽肥东完颜秋生。"

欧阳驭凤答道："京城人氏欧阳驭凤。"

"哎呀！仁兄就是那独狼客吗？想必这位仁兄就是女扮男装的蛇芯剑侠——欧阳驭凤了！"

完颜秋生道："不邪兄弟，你咋知我二人呢？"

"江湖上早已传得沸沸扬扬，完颜秋生为报父仇，寻找被抢夺的碧玉蟾，京城内外智斗大内锦衣卫铁杆六雄。欧阳驭凤报家仇随独狼客远走长白山。独狼客既灭了大内铁杆四雄，又同蛇芯剑侠欧阳驭凤远赴长白山，雪域追杀滴血红、透天为民除害。滴血红、透天抛骨雪原，百姓无不拍手称快。"

欧阳驭凤笑道："铁杆六雄乃是至奸至恶之人，我与秋生哥哥杀了他们。一是为报家仇，二是为民除害，不邪兄弟过誉了。看不邪兄弟一表人才，武功不俗，咋做起夜间的勾当来了？"

熊不邪道："哥哥、姐姐！我熊不邪可不是鸡偷鼠盗之辈，我祖上是大金国驸马爷，这金陵是我祖居之地。

"你们没见遍地饥民、遍野哀鸿吗？朝纲不振，奸佞当道；连年灾荒，官府暴敛；民不聊生，尸骨遍地。我只是做些我力所能及的义举，拿那些贪官污吏的银两周济无法活命的穷苦百姓。

"我知这是杯水车薪，有朋友约我到陕西，说米脂有一英雄豪杰李自成，他聚天下英雄豪杰，欲起事推翻大明王朝。我近日便奔赴陕西投奔李自成麾下共谋大事。"

完颜秋生叹道："大明气数将尽，天下必大乱，又要生灵涂炭了。不邪兄弟，你说先祖是大金驸马爷，可否告知先祖名讳？"

熊不邪道："先祖乃是完颜兀术亲妹妹猜儿公主的驸马爷——完颜兀术王妃亲弟弟熊方印。"

完颜秋生大吃一惊："我乃是完颜兀术先祖长子完颜浩阳后人，我们也算是至亲了！真是幸会，幸会呀！"

熊不邪听了欣喜万分："哥哥，想不到我们兄弟如此有缘，请受小弟一拜吧！"言罢就跪下要磕头。

完颜秋生拉起熊不邪："不邪兄弟，到了陕西好自为之，大丈夫应顺应潮流，建功立业，不枉活一生！"

熊不邪道："不知秋生哥哥日后做何打算？"

"不邪兄弟，我费尽周折，只报了杀父之仇，可那碧玉蟾还是没有下落。大明王朝飘飘欲坠，华夏大地将要烽烟四起。现已临近乱世，祖传的碧玉蟾更难寻找了！我寻找不到碧玉蟾，无颜面见族人，更是愧对祖宗。我实不愿杀伐征战；不愿看血流成河，百姓流离失所。待我避过乱世，再做道理吧！"

"秋生哥哥，你想到哪里去呢？"

"我要远离战乱之地，到没有杀掠征战的地方。"

"家兄熊不恶与南洋诸岛有生意往来，家兄在南洋有很多朋友，你随家兄的朋友到南洋去吧！待国内安稳时，你再回国寻找碧玉蟾。"

"不邪兄弟，如果这样那最好！就麻烦家兄和他的朋友了！哥哥先行谢过！"

完颜秋生、欧阳驭凤回到京城告别欧阳长风。欧阳长风也看透了大明朝的前途。

他对欧阳驭凤道："小妹，跟随秋生哥哥走吧！大明朝已没有前途，你们走后，我带奶娘隐居山林，不再问世事。你们安心地走吧！碧玉蟾，我会时刻留心，一旦有了消息，我会盯住不放，待秋生哥哥回来定夺。"

欧阳驭凤与完颜秋生挥泪告别了欧阳长风，到南海与熊不恶的朋友会合，下了南洋。

后来又从南洋东渡扶桑，在扶桑岛定居了下来。他时常遣人到国内打探碧玉蟾的着落，一直没有消息。

完颜秋生在日本国繁衍后代，姓氏用了"完达"。完颜秋生临终前立下了遗嘱：子孙后代务必寻找回碧玉蟾，寻找回碧玉蟾认祖归宗。

欧阳驭凤与完颜秋生走后不久，欧阳长风带着奶娘离开了京城，到一山清水秀的地方隐居了起来。

第二十章　小狼山群雄血战

一

完达博川讲述完先祖的来龙去脉，脸色凝重，他长长地舒了一口气，凝视着山口横寒和栀子。

山口横寒不以为然地撇撇嘴："完颜家先祖英武过人，是一代英雄。自完颜秋生祖宗移居日本国，已有几百年了，我们就是日本国的臣民了！我们应像完颜秋生祖宗那样从燕飞天手中夺回碧玉蟾，为大日本帝国天皇效忠。"

完达博川脸色凝重："你可知那燕飞天是谁吗？他是我们同一个祖先的后人。他的祖宗和我们的祖宗同是完颜兀术先祖的儿子，是一对同胞兄弟！"

山口横寒咧咧嘴："那又咋样？千百年了，谁还认识谁！我只知道我是日本人，燕飞天是中国人。你看中国人的穷样，连裤子都穿不上，碧玉蟾在他们手里都可惜了！我们拿回到日本国去，我们日本国会更加国富民强，还管他什么中国人、燕飞天！"

完达博川脸上勃然变色："畜生！完颜家不肖的子孙，跪下！祖宗遗训，找到碧玉蟾认祖归宗，你倒要为虎作伥，同室操戈，忘记了祖训，禽兽不如！"

山口横寒反驳道："舅舅！我妈妈是你们完达家的人，我是山口家的人——我山口家的人统统都是日本人！你要认祖归宗，去和我妈妈说，她愿意认谁就认谁，与我无关，我是大和民族的日本人！"

完达博川气得胡子撅得老高，骂道："是了，是了！你是日本犊子！我也不用和你妈妈说，以后，你滚得远远的，不要让我再看到你！"

栀子在一旁说道："爹爹，我们在日本国几百年了，我们与大和民族已同化，哥哥对日本国有感情，慢慢地教化他吧！我们不能忘记我们的根在中国，找到碧玉蟾就应认祖归宗。我们不能像有些日本国民那样——贪婪掠夺，强占人家财产。我们应促进中日友好，和睦相处。我可不喜欢打打杀杀的！以掠夺他人的好东西为乐！"

山口横寒不服气地看着完达博川："先祖完颜兀术发兵中原，占据了大半个中国，难道日本国就不可以吗？"

完达博川怒道："浑蛋！怎能以此相比？中华一块土地上兄弟之间的争战，是兄弟间内部的事情，夷人远道而来抢夺你家的东西，你不反抗吗？"

山口横寒道："舅舅——我不明白，我糊涂了！我只知道我现在是个日本人。舅舅，你想认祖归宗，可燕飞天会给你碧玉蟾吗？你没有碧玉蟾，拿什么认祖归宗？你不要忘记了你的身份，你现在是日本人。燕飞天就是认了你这个同族兄弟，他也不会把碧玉蟾交给你。舅舅，好好想一想吧！"

完达博川坐在那里默默无语，他也不知道该怎么办好。

栀子道："父亲，不要心急，从长计议吧！"

第二天早上，完达博川和渡边说要与燕飞天单独会面。渡边道："完达先生，你们都是武林中人，说话较我方便，这样长此拖耗下去对谁都没好处，燕飞天有什么条件可提出来，只要他能交出碧玉蟾，什么条件我都应允，你尽力地游说他吧！"

完达博川道："渡边君，我知道该怎样做，我尽力而为吧！"

完达博川见燕飞天走进屋来，赶忙站起身来客气地说道："小兄弟，请用茶！今天我们好好叙谈叙谈。我完达博川也不绕弯子了，我们就直截了当吧！

"我已知我们是一个先祖完颜兀术的后人，也知你的先祖与我的先祖是同胞兄弟。你我的武功本出自一脉，我们也不要再争高低了！

"我祖上完颜秋生明朝万历年间丢失了碧玉蟾，因寻找不到碧玉蟾，为避战乱流落到日本国。

"我祖上曾留有遗训，后人寻回碧玉蟾认祖归宗。碧玉蟾现世，都知道在你燕飞天手中，我不能不遵祖训，我要取回碧玉蟾认祖归宗。"

燕飞天哈哈大笑："我早已知道你是我同宗血脉，只是不知道你的先祖为何流落到日本国。光绪年间，碧玉蟾圆明园现身，日本军为抢夺碧玉蟾，杀害了护宝义士无名客——谢三。

"我燕飞天从死去的无名客手中接过碧玉蟾，那时我燕飞天便知这碧玉蟾是我完颜家祖传之物。我完颜家出自中华，这碧玉蟾必然也是我中华之物。

"从光绪年间到现在，日本人一直在追寻碧玉蟾，碧玉蟾本是我中华之物，我完颜家会拱手相让吗？这碧玉蟾已在我完颜家手中，也并不失你先祖的脸面。

"你就是把碧玉蟾拿回到日本国去，你能安宁吗？你也会惹来杀身之祸。日本国的那些怀有狼子野心的家伙也不会放过你。"

"小兄弟，可日本人能放过你吗？渡边会罢手吗？你现在难以脱身，千万不要玉石俱焚。"

"前辈，你还是转回日本国吧！你想认祖归宗，待时局平稳时，我陪你去就是了！碧玉蟾不能落入任何人手中。我这里自有道理，他渡边奈何不了我燕飞天。"

"这几天，我已思虑过了，我想回日本国，把祖上传下的鸳鸯雄镜拿过来，与你的鸳鸯雌镜相交合，验证你我先祖的血脉同源。验证鸳鸯镜后，我想见识见识我祖传的碧玉蟾。飞天兄弟，不知可否？"

"前辈之言极是，你拿来那雄镜与我的雌镜交合，验证同源后，我当然会让你见识碧玉蟾。但要严防渡边的诡计，不得走漏半点儿风声。"

"小兄弟尽管放心，我也不想让碧玉蟾落入恶人之手。我即便拿不走碧玉蟾，但碧玉蟾还是在我完颜家，我完达博川也可安心地去见祖宗了！"

燕飞天问道："不知前辈何时动身？"

"我近日就要动身，我只身回国，让山口横寒与栀子留在这里。我这外甥有些浑浑噩噩，你不要和他一般见识，我那姑娘倒是稳重，我会让她带给你我的消息。"

二

完达博川走后，燕飞天很少见到渡边，他也不知渡边在忙碌什么。这天早上起来，他发现门内有一字条，他打开字条，字条上一行小字：熊天彪已到赤阳镇，他与张大帅的行动队消灭了军统的特遣队，军统还会派人来。留意渡边在调集人马，对付军统的人马夺取碧玉蟾。

这字条上的消息对燕飞天太重要了，下面没有署名，是谁送来的呢？字条上的消息固然重要，但不知真伪，燕飞天陷入沉思中。

第二天他去茅厕时，碰到了张华阳，张华阳塞给他一个字条。字条上写的和前一天早上字条上写的消息几乎一样。燕飞天放心了，可早上的字条是谁送来的呢？他百思不解。

夜里，栀子又给燕飞天送去了字条，她回到屋内，刚点燃了蜡烛，烛光下，燕飞天站在她面前，她手一哆嗦，蜡烛掉在了地下。

"燕飞天！你是人还是鬼？刚才看你还在你的房间里，现在怎么到了我的房间里？"

燕飞天笑道："栀子小姐，不要大惊小怪，你不知道完颜家的金雀旋法吗？"

"我知道这是祖传的身法，可你太鬼神莫测了！"

"栀子小姐，有什么话就说吧！没人知道我来到这里。"

"燕大哥，实不相瞒，我已钟情于熊天彪哥哥，我愿意为天彪哥哥做任何事情。天彪哥哥让我和你联系，想里应外合救出于家父女。蒋介石的二路人马已到了赤阳镇。你把你的谋划写与我，我带与天彪哥哥，共同谋划你与于家父女的脱身之策。"

军统局S先生派出黄品单到关东后，一直坐卧不安。他思虑再三，总觉得黄品单的特遣队凶多吉少。他深知张作霖不是等闲人物，在他的眼皮底下想夺取碧玉蟾，他真怕他的人马有去无回。如果真是那样，他无法向上司交代，他愈想愈怕，头上冒出来了冷汗。

他马上让人叫来了唐珊（现在的唐珊已投奔了军统局门下）。唐珊来到S先生办公室："先生！不知叫属下来有何吩咐？"

"唐珊，你到过关东吧！"

"报告先生！属下在胡大帅手下时到过关东。"

"好——我派你到关东执行一特殊任务。我已选拔出几十名精英，由你带队到关东，接应我先前派遣去的黄品单队长。如黄品单失利，你要设法联系上海大佬派往关东的人马，务必找到燕飞天，夺取碧玉蟾。你这次去关东，设法避开张大帅的人马，你要与上海派出的人马合兵一处，从日本人手中抢出燕飞天和碧玉蟾。"

唐珊带领的人马走后，S先生又派人到上海，告知上海大佬他的行动计划，并让大佬派人到关东，敦促他的人马配合他的两路人马行动。

唐珊在山海关与从关东逃出的陈雁行接上了头，陈雁行对唐珊说道："我们到了关东的赤阳镇，就发现那里充满了神秘和杀机，黄品单怕出意外，把我们隐藏在山坳里。不想张作霖的人马夜里包围了黄品单他们，我去救援时，被关东三寨的人马截杀。黄品单带领的二十名黄埔生全军覆没，我带领的特工队只剩下五六个人，拼命逃了出来。"

唐珊道："你可知张大帅的特别行动队是谁统领吗？"

"听他们的对话，是一个叫侯得礼的人。"

"关东三寨呢？"

"叫熊天彪。"

唐珊听了，便已全都明白了，心想：上次中了日本人的埋伏，他带领的兄弟都死在了日本人的枪口下，是侯得礼的特别行动队救了他一命。他决定单独去见侯得礼。一是谢他救命之恩，二是和他说明来意，以免发生误会。

侯得礼与熊天彪坐在屋内正在观看栀子从山上带回的短信，知道燕飞天在谋划救出于家父女的良策。他们在思谋怎样配合燕飞天救出于家父女。这时，外面有人求见。

侯得礼见来人头戴大草帽，身穿对襟白小褂，脚下蹬一双靸鞋。

侯得礼一愣："小兄弟，我与你素不相识，找我有何贵干？"

只见那人俯身下跪："恩公！不认识我了吗？"他摘下来大草帽。

哎呀！是唐珊。他赶忙说道："兄弟，你咋来到了这里？快快起来，坐下说话。"

侯得礼指了一下熊天彪："这是我的义弟，关东三寨熊天彪。"

唐珊赶忙施礼："早闻关东三寨六杰威名，今日得见熊当家的，果然风采照人，名不虚传！"熊天彪赶忙站起身来回礼。

侯得礼明白，唐珊前来，必有要事。

唐珊坐下道："侯爷，唐珊这次前来，一是谢侯爷上次救命之恩，二是与侯爷商议燕飞天与碧玉蟾之事。不瞒侯爷，我现已投奔Ｓ先生门下，在军统局下任职。

"派我来接应黄品单的特遣队，让我会合黄品单他们，从日本人手中抢出燕飞天手中的碧玉蟾。但我并不知黄品单的特遣队被你的特行队和关东三寨人马歼灭。

"我到山海关见了他们逃出的残部，才知他们冲撞了侯爷和关东三寨。小弟这次前来见侯爷的意思是解除误会，我只是想对付那些日本人，何况我与他们有刻骨仇恨。我在他们手上死去了三十来个兄弟，此仇我不能不报。

"至于那碧玉蟾，我心中明白，凭燕飞天的本事，我唐珊是拿不到手的！但军命难违，听天由命吧！我不管他蒋先生咋想，我这次要找日本人报仇，望侯爷与熊当家的助我一臂之力。"

侯得礼哈哈大笑："好兄弟！好男儿！有血性！我与二弟助你干掉那帮王八

犊子！至于碧玉蟾，谁也拿不走，都死了那份心吧！"

张华阳在小狼山上收到了密信。上海大佬在信上把他骂得狗血淋头。告诉他，务必配合好戴笠的人马抢夺碧玉蟾。若拿不到碧玉蟾，提自己的头去见他。

张华阳在赤阳镇外与唐珊秘密接上了头，商量里应外合拿下小狼山。张华阳道："渡边在山坡上容易攀登的地方都已埋设了炸药，山顶上修筑了连环暗堡，还有密集的暗哨。

"关押于家父女的房屋，地下都埋设了炸药，燕飞天居住的房屋事先也埋设了炸药，只有后山的悬崖上没有设伏。

"我明日午夜里干掉点燃炸药的人，同时点燃山上的炸药，你带领你的人马事先埋伏在山下，待我把炸药点燃后，你趁乱攻山，我在山上配合你们，扫清渡边的暗堡。

"燕飞天也会趁乱带出于家父女逃走，我在山上见机行事，伺机夺取碧玉蟾。"

唐珊道："我与张大帅的人马已说好，他们配合我们的人马干掉小狼山上的这帮日本浪人，把这帮日本浪人赶尽杀绝，不留活口，免得日本人向蒋先生发难。"

张华阳把他的计划告知了燕飞天。

燕飞天道："于家父女房屋下的炸药你不用担心，由我处理，我房下的炸药我早已做了手脚，只要你点燃了山上的炸药，我就有办法带领于家父女逃脱出去。你要谨慎行事，成败在此一举。"

三

燕飞天这些日子里，把山上的情况摸得了如指掌，他在山上备好了一切需用之物，他在等待时机。他知道，熊天彪会摸上山来，到时候能接应他，他偷偷地告知于静斋和于亚涵做好逃脱准备。

第二天夜里小狼山上响起了轰隆轰隆的爆炸声。山顶上一片火光，紧接着枪声四起。

燕飞天悄无声息地点倒了于家父女房屋周围的暗哨，他接出于家父女向事先探好的小路摸去。

这时，张华阳也摸了过来，他对燕飞天说道："燕兄，我路熟，让我领路吧！"他走在了前面。

黑暗中，四周都是枪声，子弹在头顶嗖嗖乱飞。于亚涵拽着燕飞天的一只胳膊，燕飞天的另一只胳膊搀扶着于静斋，弓着身子向后山摸去。

爆炸声响后，唐珊带领他的人马向山顶摸了上去。黑暗中，他们与山顶上的日本浪人不断地交火，不时地传来日本人中弹的号叫声。

山顶上的几个暗堡很隐蔽，唐珊一时攻不上去。陈雁行说道："唐队长，交给我特工队吧！"

陈雁行的特工队队员个个身手灵活矫健。他们一闪身，消失在夜幕中。不一会儿工夫，前面传来阵阵枪声，手榴弹的爆炸声。

唐珊知道特工队已得手，带着他的队员向山上冲去。

唐珊大声喊："兄弟们！——见一个，杀一个，一个也不留！"

张华阳的人在暗中偷偷地清杀隐蔽中的日本浪人暗哨。山顶上，枪声阵阵，惨叫声不绝。

燕飞天与于家父女已快到了后山，张华阳道："燕兄，你带着两个人行动太慢！我搀扶于老先生吧！"他拽过来于静斋。

突然，前面响起了枪声，张华阳喊了声不好，便拽着于静斋向悬崖边跑去。

燕飞天把于亚涵摁伏在地下，他四周看了看，觉得有些不对劲儿，他想背起于亚涵到于静斋那面去。他刚要纵身，一阵枪声，一道火网把他封锁在那里。他怕伤到于亚涵，只得把于亚涵放在地下。

于亚涵见于静斋被张华阳带到了悬崖那面，焦急地喊叫爹爹。

燕飞天道："涵儿，不要喊了！别暴露了目标！"于亚涵只得停下声来。

黑暗中，燕飞天突然听到于静斋喊叫起来："张华阳！——你要把我带到哪里去？我要跟燕飞天与闺女一起走！"

张华阳压低了声音："于老先生，不要大声说话，让日本人听到了，我们就跑不了啦！"

于静斋喊道："我不跟你走，死我也要跟闺女死在一起！"

燕飞天觉得事情有变，张华阳说话的声音虽然很低，但他听得清清楚楚。

张华阳又说道："于老先生，我把你带到上海隐藏起来，让日本人无法找到你，燕飞天与于亚涵会来看望你。"

燕飞天什么都明白了，他已知道了张华阳的用心——好你个张华阳，等死吧！

他刚要飞蹿过去，突然间，张华阳身后亮起了火把。只见李墨林一手举着火把，一手提着盒子枪哈哈大笑。

"张华阳！我在这里等候你多时了！你想把于老先生带走吗？打错了算盘，你去死吧！"

张华阳大惊失色："李墨林，你到底是什么人？"

"什么人？日本浪人！我早就留意你，跟踪你多时了！渡边先生的判断没错，你果然另有根基。"

张华阳举起了手枪："你这个臭做饭的，看我不杀了你！"

"啪啪啪！"

几声枪响，张华阳倒在了血泊中。李墨林看了几眼地下鲜血淋漓的张华阳。

"于老先生，还是跟我们大日本帝国合作吧！难道你也想像张华阳这样吗？"

于静斋愤怒地照李墨林脸上呸了一口："小鬼子！跟你们日本人合作，妄想！"

他大声喊叫起来："天儿！——快带涵儿走吧！——我不能拖累你们了！天儿——照看好涵儿！爹爹去了——！"

燕飞天知道于静斋已抱死志，他的身体闪电般激射过去。只听哎呀哎呀几声轻号——李墨林和他身后的几个日本浪人都倒在了地下。

这时于静斋已跃下了悬崖。

燕飞天看着黑洞洞的深渊，泪流满面，大声呼喊起来："爹爹——爹爹——！"

于亚涵听到燕飞天的喊叫声，知道爹爹出事了，她站起身来，大声哭喊起来。突然，哭声停止了，燕飞天见几个大汉扭住了于亚涵，捂住了她的嘴。于亚涵在拼命地挣扎。

燕飞天大声喊道："涵儿——不要怕！——有我燕飞天在，谁也不敢把你怎么样！"

"哈哈！燕飞天，你太不够朋友了！想离开小狼山也该和我渡边打个招呼哇！你想走，我不阻拦你，你应该把于亚涵或碧玉蟾给我留下来！"渡边站在于亚涵身后得意扬扬。

燕飞天嘿嘿冷笑两声："渡边！你以为你能留住于亚涵吗？如果你不想死，赶快放了于亚涵！否则，你别想活着离开小狼山！"

渡边一副无所谓的样子："燕飞天！你现在杀了我也没用，我身边有这么多的浪人精英勇士，于亚涵照样保不住性命！"

"渡边！你手下的那些人也没用，照样都得死！"

"燕飞天，那我们就看！"渡边的话音刚落，冰凉的枪口顶在了他后背上。

燕飞天道："渡边！你回头看看，你以为你手下的这些日本浪人都能活命吗？"

渡边的身子哆嗦了一下，他脚下开始往上冒凉气，他慢慢地转过身去，见熊天彪身后站着十五六个壮汉，个个手中端着两把二十响盒子枪。

燕飞天飞身掠了过来，他抱起瘫软在地的于亚涵："渡边先生，谢谢你多日的款待，不好意思了！我带我的夫人度蜜月去了！"

渡边的脸色煞白，嘿嘿讪笑："燕飞天，来日方长，我就不远送了！让你的兄弟们都退下吧！"

熊天彪道："渡边先生！你带着你的那帮犊子先滚吧！"渡边一挥手，带着那帮日本浪人退了下去。

熊天彪带着五杰弟兄守护在悬崖边上。燕飞天带着于亚涵和十勇弟兄顺着悬崖上的绳索滑下了山去。

熊天彪见燕飞天和十勇弟兄已到了山下，带着五杰弟兄顺着绳索下滑。

几个日本浪人见熊天彪与五杰滑下山去，到悬崖前向下滑的熊天彪五杰开枪射击。熊天彪照着悬崖上枪响的光亮就是两枪，两个日本浪人惨叫着从悬崖顶上摔下山去。

熊天彪刚到山下，前面响起了阵阵的枪声。燕飞天道："天彪！渡边老浪人诡计多端，这是他事先安排好堵截我们的人马！"

熊天彪道："天哥，得礼大哥早已预料到这一招，他已做好了安排，瞧好吧！"

熊天彪目露杀机，看着五杰、十勇："弟兄们！——来活儿了！咱们包饺子吧！"

燕飞天把于亚涵抱到一块大石头后面，又抱起两块大石头挡在她两侧："涵儿不要怕！你在这里休息，哥哥去杀那帮畜生，替爹爹报仇！"

于亚涵把热唇贴在燕飞天脸上轻吻了两下，眼泪汪汪地说道："燕哥哥……我想爹爹……"

"涵儿，哥哥这就去给爹爹报仇！"

四

熊天彪把他的弟兄们一字形排列在山坡上，前面都有石头做掩体。

熊天黑留下的十勇弟兄从背上摘下强弩，站立在大石头后面，他们把弩箭装在了强弩上。

徐三摸见熊天彪只有十几个人，心中暗自高兴：我把这十几个人都宰了！这回可要露脸了！我拿着他们的人头到渡边处领赏。银圆、美女，要啥有啥，哈哈！我徐三摸，这回可摸着了！

"弟兄们！——把眼前的这十几个犊子都给我宰了！宰了他们，窑子里的姑娘随你们玩，大洋任你们用！"

徐三摸忘乎所以地咧着臭嘴，满嘴的黄板牙散发着熏人的烟臭气，乐悠悠地等着到窑子里去快活。

他见他的弟兄们冲上去了。

他见熊天彪的人马无声无息。

他高兴，他手舞足蹈。

哈哈！我徐三摸，摸哪儿哪儿好使！

"噗噗噗……"

"哎哟!"

"哎哟!"

冲在前面的十几个人，胸膛都被弩箭射穿。没有挣扎，没有号叫声，都倒在了地下。只见他们胸前血如泉涌，徐三摸怔住了！

他妈了个巴子的！这是啥东西？不用枪就宰杀了我的这些犊子！好哇！我要你们的脑袋！

徐三摸狂喊起来："弟兄们！——前面就十几个犊子，冲上去，宰了他们！让你们一人搂俩娘儿们！"冲啊！——匪徒们嗷嗷怪叫，枪声大作。

"噗噗噗……"

"哎哟!"

"哎哟!"

"哎哟!"

又有十几个人被射穿了胸膛。

徐三摸疯狂了！左手抢起了烟袋锅子，右手挥起了二十响盒子枪。

"小瘪犊子们——都给我上！一百多号人还整不过十几个小犊子！真他妈的废物！"

啪，一抬手，他毙了一个喽啰兵。

一个喽啰兵近似疯狂地喊叫起来："弟兄们！——这他妈的徐大烟袋锅子疯了！往上冲吧！反正也是死，爱咋咋的吧！"

匪徒们乱吼怪叫："冲啊！——杀啊！——冲上去宰了他们！有银圆花，有娘儿们玩！快活一会儿是一会儿！"一百多个匪徒蜂拥而上。

"嗒嗒嗒……"

"啪啪啪……"

熊天彪怒极了——仗着人多吗？六杰的双手抢开了匣子枪。熊天彪的五杰弟兄个个都是狙击手。

别看那徐三摸的人多，一会儿工夫，他们面前又倒下了二十多具尸体。

老穆按渡边的部署，埋伏在山下截击燕飞天与于家父女。他见山上下来二十来人，知道是营救于家父女的人马，他命令徐三摸截击。

徐三摸这次纠集了一百五十多人，都是些亡命之徒，其中有三十多个骑匪。

老穆命令他先消灭眼前的十几个人，再冲上山去围剿劫寨的人马。徐三摸见没咋的就死了几十个弟兄，气往上撞。他拿着大烟袋锅子指着骑匪的头目刘大脑袋高喊："大脑袋瓜子！带着你的骑勇冲上去！干掉眼前的这伙硬点子，我多给你大洋！窑子我全包了！窑子里的姑娘你们任意挑选！快去！把眼前的这十几个犊子都给我整死！"

刘大脑袋撇撇大嘴，哈哈怪笑两声："徐爷！把你的大烟袋锅子点着，你用不着抽完这袋烟，我就把他们的人头摘回来了！"

徐三摸拿着他的大烟袋锅子照着刘大脑袋的马屁股就是一下："滚犊子吧！你以为你是关云长咋的？看你的了！白马坡关公斩颜良！摘了他们的脑袋，回来让你搂十个窑姐！"

刘大脑袋咧嘴哼了一声："大烟袋锅子，别扯犊子了！脑袋钻个眼，啥烟也不舒服了！"

他呼哨一声，摇着马刀带着他的骑匪冲了上去。刘大脑袋的骑匪摇晃着雪亮的马刀，嗷嗷叫着扑向熊天彪的阵地。

忽听一阵马蹄声骤响，三十多人的马队在刘大脑袋马队的侧面一齐开火，刘大脑袋的骑匪有五六个人从马鞍上滚落下来。

只听马蹄声响，这伙人抽出雪亮的马刀天神般冲进刘大脑袋的马队。一阵疯狂的劈杀，惨叫声连天。只见刘大脑袋的骑匪断臂少腿，脑袋搬家，只剩下十余人落荒而逃。

这伙马队又在群匪中砍杀起来。小胜子收起马刀，掏出了双枪，他侧身在马下，点射，连发，匪徒们的脑袋一个个地开了花。

他大声向山坡下的熊天彪喊叫："二哥——小弟来了！把这帮王八犊子赶尽杀绝！"

熊天彪在山坡下见小胜子杀得兴起。

大声喊叫："三弟——干得好！——抓住徐三摸那大烟袋锅子，把他的黄板牙给我掰下来——！"

"好咧……二哥……我这就去掰他的牙……二哥！剩下的这帮兔崽子，你和我的人马把他们都打发了吧！"

侯得礼在山坡上戏弄地喊道："胜子——徐三摸的黄板牙有毒……"

"侯叔！——有毒我也要……"

老穆和徐三摸见突然冲出一标人马，把他们的人马杀得七零八落，老穆跺着脚喊叫："大烟袋锅子呀！大烟袋锅子！你看我们都死多少人了，你还在这儿抽烟！你的大脑袋瓜子'关云长'呢？脑袋搬家了吧！还他妈的抽烟！我把你的烟袋杆子撅了算了！"说着伸手就去拽徐三摸的烟袋锅子。

徐三摸瞪了老穆一眼："死的都是我的人，你以为我不心疼吗?！我算倒老霉了！你给我的那俩破钱还不够抚恤金呢！"

老穆怒道："你个王八蛋，又要钱！你赶快给我督阵去！——打赢了怎么都好说，打输了我要你的大板牙和脑袋！"

"好了，好了！你是我爹！"他把烟袋嘴塞在嘴里咕嘟咕嘟狠吸了两口，一只手提溜着大烟袋锅子，从腰间拔出二十响盒子枪，龇着黄板牙冲上前去。

他刚跑出几步，就听熊天彪喊要掰他的黄板牙，又见一匹枣骝马向他冲了过来。

他妈了个巴子的！不知是哪个倒霉蛋被砍杀了，这马倒投奔我来了！不会是刘大脑袋吧？一转眼工夫，枣骝马冲到他面前。

突然间，马肚下钻出一个十六七岁的少年，他勒住马缰绳，跳下马背。

"大烟袋锅子！快把你的黄板牙给我掰下来！"

徐三摸心中一惊："哪儿来的小瘪犊子！和我说啥呢？快躲开！别耽搁老子

的正事儿！"

"滚你妈的蛋！我找你才是正事儿呢！"

"哎！——你这小犊子，挺横啊！我宰了你！"

"看他妈的谁宰了谁！把黄板牙给我吧！"

"滚你妈个蛋！小兔崽子！我的板牙再黄，也不能掰给你呀！"

他刚想抬枪，手腕子一麻，枪掉在了地下。

"哎呀，小犊子，有两下子呀！我他妈的整死你！"徐三摸亮开架势和小胜子厮打起来。

徐三摸仗着身高力大，没把小胜子放在眼里，他想几脚就把小胜子端趴下，再杀了他。可他端出的几脚都落空了。

小胜子像只猴子在他身旁窜来绕去，弄得徐三摸眼花缭乱。徐三摸连踢带打，就是够不着小胜子。

老穆在一旁见了，气得心里直骂：徐三摸呀徐三摸！我骂你八辈祖宗的！这都啥时候了，你在这还和小孩子打架玩……

他想开枪打死小胜子，可他俩滚在了一起，他怕伤到徐三摸，只好不管了。他提着枪跑到前面督阵去了。

这里只剩下他俩在地下滚打。一会儿工夫，徐三摸就大汗淋漓，气喘如牛。

他趴在地下呼哧带喘地龇着黄板牙："小兄弟……咱们不打了……有什么话好说……你这摔跤的功夫真好！不知是跟哪个爹学的？"

"想知道吗？我告诉你，奉天城北市场的耿三爷是家师！"

"哎哟！小兄弟，我们有缘哪！我在北市场的跤场也混过几天，我认识耿三爷。小兄弟，我们交个朋友吧！"他从衣兜里掏出来两根金条递给了小胜子。

小胜子瞅着龇着黄板牙的徐三摸："大烟袋锅子！你也不用和我套近乎，跤场里没有你这样的败类！——给日本人当狗，杀害自己的兄弟姊妹。你那两根金条沾满了我们中国人的鲜血，你还有脸拿出来！把你的黄板牙给我吧！你自己掰，还是我动手？"

徐三摸浑身哆嗦着说道："小兄弟！你不能碰我的黄板牙呀！刚才你没听有人喊吗，说我的黄板牙有毒？"

"好哇！我就要你的毒牙！"

"小兄弟！放过我吧！我给你跪下了！"

徐三摸跪在地下，向前爬了过来，他突然伸出双手想抱住小胜子的双腿。

小胜子一个后空翻站在他面前，抬腿就是一脚，踢在徐三摸的臭嘴上。他的两颗上门牙带着鲜血掉了下来。

小胜子骂道："好狠毒！想暗算小爷！下面的两颗门牙也给我吧！"他从马靴中拔出了匕首。

徐三摸满嘴是血，跪在地下连连磕头，嘴中含混不清地说道："小爷……放过我这个畜生吧……好歹都在一个跤场混过，我叫你师叔……师爷……我叫你师祖宗还不行吗？我再也不敢为非作歹了……你饶了我这条狗命，你就是我再生爹娘啊……"

小胜子一听，气更大了，饶了你这条狗命，我是你的再生爹娘，我不也是狗了嘛！

"徐三摸，你骂谁呢？"小胜子从地下捡起一块石头递给了徐三摸。

"你的黄板牙还得我用刀撬吗？别淌我一手的狗血，自己动手吧！"

徐三摸看着小胜子手中寒光闪闪的匕首，双手哆嗦着接过小胜子手中的石头。

"大……大哥……石头砸在嘴上，疼啊！别……别要我的黄板牙了！你还是拿我的金条吧……"

小胜子把寒光闪闪的匕首捅到了徐三摸嘴里。

"滚犊子吧！和我做买卖呀？砸不砸？"

徐三摸一闭眼，一咬牙："哎哟！小爷……我还不知道你是谁呢！我不能就这样稀里糊涂地把我的黄板牙给你呀！"

"哈哈，哈哈！让你知道，让你知道！张大帅御前带刀护卫——掰牙大侠——谭同胜！"

"妈呀！——张大帅！黄板牙给你！给你！"徐三摸举起了握着石头的手。

咔嚓。"疼死我了……我哪还有牙了……"徐三摸的两颗下门牙掉了下来。

小胜子鄙视地看了一眼徐三摸："今天我不杀你了！看你以后怎样做人，你如有半点儿含糊，我定取你性命！"

小胜子从地下捡起徐三摸的四颗带血的黄板牙揣在了兜里，转身向他的枣骝马走去。

徐三摸跪伏在地下，两只小眼睛转来转去，他从马靴中拔出匕首向小胜子掷去。

只见小胜子一转身，他的马刀寒光一闪，徐三摸的人头滚落在地下，脖腔中的鲜血喷出三尺多高，徐三摸的人头在地下啃了几下泥土不动了。

小胜子扯下徐三摸的衣衫，包上他的人头挂在马脖子上，跨上枣骝马向山坡那面跑去。

徐三摸的人马只剩下了一半，地下的死尸一片。老穆挥动着手枪指挥徐三摸的人马拼命抵抗。

侯得礼的马队都已下了战马，隐蔽在树木和大石头后面，各找有利地形射击。

为了保护于亚涵，熊天彪的人马也不敢轻举妄动，双方处于胶着状态。

小胜子跑到侯得礼身旁，举着徐三摸的人头大声喊道："兔崽子们！——你们看看这是什么东西？——大烟袋锅子已被我杀了！这就是他的狗头——"说完，把徐三摸的人头顺着山坡扔了下去。

徐三摸的人头咕噜咕噜地滚到老穆的阵地里，老穆的阵地里一下子炸锅了。

"娘哟！这是大烟袋锅子呀！妈呀！牙都给掰下去了！老徐呀！老徐！你都死了，我们还干啥？我们在这儿卖命找谁要钱哪？我家的高粱米还够老娘吃上一个月，我是不干了！跑吧！"几个人扔下枪，向后面跑去。

侯得礼见时机已到，大喊了一声："兄弟们！——上马！"

熊天彪的人马一阵扫射压制住了匪徒们的火力，小胜子一勒枣骝马带着兄弟们冲了上去。

只听马蹄声嗒嗒，只见刀光闪闪，喊杀声震天。熊天彪留下五杰保护于亚涵，带着熊天罴的十勇兄弟也冲杀了过去。

熊天彪带领的十勇兄弟似在打活动靶，小胜子的马队似在砍瓜切菜。

老穆只带着几个人逃跑了出去，这一仗，徐三摸的人马被全歼，也为百姓除了一大祸害。

小胜子跑到熊天彪身旁，拿出了徐三摸的四颗门牙。

"二哥，请验货！"

"三弟呀，二哥只是开个玩笑，你咋当真了！"

侯得礼笑道："二弟，你开的这个玩笑可值钱了！你不开这个玩笑，老三咋能这么快就杀了徐三摸，让我们大获全胜！"

熊天彪道："掰下了徐三摸的四颗门牙也好！送给渡边吧，让给他做狗的人知道，给日本人做狗的下场！"

侯得礼听山上还响着激烈的枪声，他对小胜子说道："你和天彪的弟兄守住各个下山的路口，逃下山的日本人一个不留！"

这时候，燕飞天领着于亚涵来到他们面前。

侯得礼眼前一亮——好个燕飞天！真是人中魁首，他身上没有一处不让人喜爱。

再看于亚涵，清丽脱俗，似那林黛玉再生，好一对金童玉女。

"燕大侠，老哥哥今天终见真容，这些日子受苦了吧！"

"老哥哥，天彪结拜了你这样的兄弟，我燕飞天荣幸之至。你也是我的老哥哥了！请受小弟一拜！"

"燕大侠，不可，不可！你为国为民披肝沥胆，铁骨铮铮，不畏豪强，你这样响当当的英雄人物，我侯得礼拜你才是！"

熊天彪道："都是自家兄弟，就都不要客气了！我们守住山下的各处路口，等待山上唐珊的消息吧！"

五

渡边眼睁睁地看着熊天彪救走了于亚涵，他带着一帮日本浪人退回到山上。

他听山下响起了激烈的枪声，知道是老穆带领徐三摸的人马和熊天彪的人马接上了火。

哈哈！燕飞天，你插翅难逃！他正在暗自高兴，几声炸响，见几个暗堡火光冲天。

他知道，是唐珊的特遣队在肃清他的暗堡。他又听山顶上枪声不绝，他知道是张华阳的人在配合唐珊作战。

好在事先他让李墨林跟住了张华阳，并杀了张华阳，他的人马群龙无首，都在各自为战。

哈哈！等徐三摸的人马剿灭了熊天彪的人马，冲上山来，从后面兜住唐珊的人马，上下夹击，稳操胜券。

唐珊听到山下激烈的枪声和喊杀声，知道是侯得礼和熊天彪的人马阻住了渡边埋伏的人马。

他已无后顾之忧，带着他的弟兄们稳扎稳打一米一米地向前推进。

陈雁行的特工队起了大作用，他们神出鬼没，一颗手榴弹就解决一个地堡。

张华阳的人把渡边布置的暗哨几乎都肃清了。

渡边有些焦急起来，他听山下的枪声和喊杀声愈来愈不对劲，看来山下不只是熊天彪的人马，他战栗了。

他开始用心地指挥他的部下，他喊来了小泉。

小泉一直在指挥暗堡群的战斗，他穿梭于暗堡之间。山顶上的几个主要暗堡都配有轻机枪，火力很猛，唐珊他们一时攻不上去。

渡边对小泉道："徐三摸的人马指望不上了！你要死守暗堡！我带人到侧翼去消灭唐珊的特遣队。你一定用火力吸引住他们，便于我的行动。"小泉接受了命令，回到了暗堡群。

渡边把暗堡外的日本浪人集中到一起，还有五十多人，他说道："山上张华阳的人已没剩下几个了！我留下十人在山上对付张华阳的人，其余的人跟我去消灭唐珊的特遣队。大日本帝国的勇士们！——为天皇陛下效忠的时候到了！跟我一起去抓住唐珊，为死去的大日本勇士复仇！"他带着这帮亡命之徒向唐珊的两翼包抄了过去。

唐珊的特遣队正稳步向前推进，一个特工队员机警地高呼："队长！——有人从两翼包抄了我们！"

还没等唐珊反应过来，枪声大作，五六个队员倒在了血泊中。密集的子弹压制得他们抬不起头来。

唐珊心中有些慌乱，这张华阳是怎么了？山上的日本人怎么又集中了力量呢？他告诉弟兄们找好掩体，静观其变。

日本人开始冲锋了！他们在山石掩护下，用手榴弹开道，跳跃前进。

唐珊的特遣队员又有几个人倒下了，唐珊两眼冒火："弟兄们！——和小日本死磕了！打死一个够本，打死两个赚一个，谁也不能做孬种！"

正在这紧要关头，两翼日本人的身后响起了枪声，只见日本浪人噼里啪啦地倒下了几个。

只听熊天彪大喊："唐队长——不要惊慌——我和三弟来收拾这帮王八蛋来了！"

唐珊只见熊天彪、谭同胜，左右翼一边一个，带领他们的弟兄个个凶神恶煞一般，枪口中喷着火舌。打得日本浪人屁滚尿流。

渡边大惊失色，心中凛然，他百思不解，我在山下布置了那么多的人马，熊天彪已逃下了山去，他咋又转回来了呢？真是鬼神莫测。完了！完了！精心策划的这盘棋又输了！

渡边咬牙切齿地吼叫起来："燕飞天哪燕飞天，我绝不会放过你！"

唐珊的特遣队精神大振，陈雁行带着剩下的几个特工队队员爬上了小泉指挥的暗堡，几个手榴弹塞了进去。

"轰隆！轰隆！"一会儿工夫，山顶上暗堡群里机枪都哑巴了。

唐珊与熊天彪、谭同胜会合到一起，冲上山去。满地是日本浪人的尸体，渡边已不知了影踪。

几个张华阳的人和他们会合在一起，找遍了整个山头，也没有找到张华阳。

唐珊对陈雁行道："还找燕飞天吗？我们能找到燕飞天吗？"

陈雁行笑了："鬼知道燕飞天在哪里，可我们俩都是人哪！也许张华阳能找到燕飞天吧，可我们找不到张华阳啦！我们只能这样向戴老板交差了！"

燕飞天与于亚涵在悬崖下找到了于静斋的遗体。燕飞天买了上好的棺木盛殓了于静斋。

熊天彪带领他的弟兄们护送于静斋的灵柩回到于家庄，举行了隆重的葬礼。

燕飞天和于亚涵把于静斋与于老夫人合葬在了一起。

第二十一章　大帅密约燕飞天

一

何雨燕放学后早早地回到家里，见于亚秋正在厨房做饭，她放下手中的画夹子："妈妈，我来帮你吧！"

"不用你动手了！还是想想你自己的事情吧！高子恒走了吗？"

"妈妈，子恒已走了！他说到了山里给我写信。"

"孩子！他是日本人，他可是日本人哪！昨天晚上，我给你讲的你大姥爷是我们于家死在日本人手里的第二个亲人！"

"妈妈，亚涵姨妈后来怎样了？妈妈，燕飞天真是我们的民族英雄，是我们这块黑土地上的骄傲！妈妈，我还要听亚涵姨妈和燕飞天的故事。"

"燕儿——再往下，快轮到我们家的不幸了！"

"妈妈，我们快些做饭吧！"

赤阳镇又恢复了往日的平静，街面上的人多了起来。人们脸上已不像往日那样神秘恐慌。

侯得礼的大厅里坐满了弟兄，侯得礼端起茶杯呷了一口："燕大侠，渡边这老浪人把你羁绊在小狼山上，可是用尽了心机，他的日本浪人全军覆没，徐三摸的绺子被全歼，我们可安静一时了！不知你日后做何打算？"

"侯大哥，我与完达博川先生有约，我要等他前来验证本族同源的国宝。"

燕飞天看了一眼栀子："栀子小姐，有你父亲的消息吗？"

"父亲走时说快去快回，这几天就应有消息了！"

小胜子在一旁嬉皮笑脸地看着栀子："二嫂，有二哥在这里陪你，不想爹爹了吧?"

熊天彪的脸一红,拧了一下小胜子的胳膊。

"三弟,又要贫嘴!"

小胜子哈哈大笑:"二嫂!快来帮小猴子,二哥欺负我!"众人哈哈大笑起来。

侯得礼道:"这次剿灭渡边和徐三摸的人马,还多亏栀子姑娘帮了我们大忙。"

燕飞天道:"天彪,栀子可是我的同族妹妹,你可要好生待她!"

熊天彪红着脸,看着身边的栀子:"天哥……"

唐珊从小狼山上撤下后,清点了他的人马,带来的三十个弟兄还剩下十四五个,其中一个重伤,两个轻伤。陈雁行的特工队只剩下两人。

他对张华阳剩下的五个弟兄说道:"你们剩下的都是精英,你们还能回上海吗?不如跟我一起投奔戴老板吧,另寻前程!"

五人齐声说道:"唐大哥!以后弟兄们就跟随你干了!赴汤蹈火,在所不辞!"

陈雁行两眼垂泪:"我的十个弟兄,只剩下我与车俊二人,其他的弟兄都留在了这关东大山里,见了老板还不知他要怎样惩罚我呢!"

唐珊道:"兄弟,还有我呢!我会替你把话说清楚。兄弟——记住了!我们谁也没见过燕飞天,我们杀了那么多日本人,死了这么多弟兄,也没找到燕飞天。"

"那就多谢唐大哥了!"

唐珊前来向侯得礼辞行,他没有进入侯得礼的大堂,他让人把侯得礼请到门外。

他对侯得礼说道:"侯爷!我知道燕飞天在你那里,我们不便相见,我心中已有了他这个朋友。你代我问候吧!我马上回南京复命,望哥哥多多珍重。"

侯得礼道:"你稍候片刻,我去去就回。"侯得礼转身回到屋内取来一封书信。

"兄弟,燕飞天托付你把这书信带与都迅总教官,不要外泄。"

唐珊点了点头:"兄弟明白!侯爷,后会有期。"唐珊告别了侯得礼,回了南京。

突然的变故,对于亚涵打击太大。爹娘相继离世,让她悲痛万分。这天夜里,她发起了高烧,嘴中说着胡话。

"爹娘啊……你们去了哪里?涵儿咋见不到你们呢……娘啊!涵儿好冷……涵儿害怕!天哥……天哥哥……你在哪里?他们要杀我……涵儿怕呀!天哥

哥……快来抱住我，他们要抢走我……"

燕飞天的泪珠在眼眶里打转，他抱紧了于亚涵，用湿毛巾敷在于亚涵额头上。

于亚涵紧紧抱着燕飞天，身上滚热烫人。

燕飞天轻轻地呼唤于亚涵："涵儿——涵儿——我是天哥，我是天哥哥呀！天哥在这里，你不要害怕！有天哥保护你，有天哥照顾你终生！涵儿……醒来……涵儿……醒来……"

一会儿，于亚涵清醒过来，她慢慢地睁开眼睛。见燕飞天紧紧地抱着自己，她把脸贴在燕飞天脸上，放声大哭起来。

"天哥……天哥……我好想爹娘啊！天哥哥……我想爹娘啊……"

"涵儿……不要哭坏了身子！爹娘走了，有燕哥哥照顾你一生一世！"

燕飞天拂开于亚涵脸上散乱的头发，把嘴唇贴在于亚涵炽热的嘴唇上，他要用爱去滋润极度痛苦的于亚涵。

于亚涵抱住燕飞天，热唇在他的脸上移动，她呢喃："天哥……不要离开我！天哥……娶我！"

"涵儿！你已是我的女人了！我能愧对你的爹娘吗？"于亚涵滚烫的泪水夺眶而出，洒落在燕飞天的脸上。

于亚涵这场大病不轻。燕飞天每天都精心地护理她，陪她说话，逗她开心。于亚涵愈来愈离不开燕飞天了。

熊天彪和小胜子也常来看望于亚涵，给她买些新鲜的水果和好吃的东西。

这天熊天彪和小胜子又来看望于亚涵。

小胜子见于亚涵有些好转："燕大哥，看嫂嫂有了精神，病情好转，有些话儿总想和哥哥说。"

"小兄弟，自家的弟兄，还客气什么？说吧！"

小胜子对于亚涵做了一个鬼脸。

"嫂嫂，我想跟燕大哥学艺，不知燕大哥能否收下我这个小徒弟。"

于亚涵心中一乐："兄弟呀，还想上天吗？你这个小猴子！"

"嫂嫂，我的武功差劲哪！对付个歪瓜裂枣的还行，遇上真正的高手我就屁了！我让二哥来跟燕大哥说，二哥非让我自己跟燕大哥说。"

燕飞天哈哈大笑："你这小鬼头！知道嫂嫂有病，先过你嫂嫂这一关。你可不能叫我师父！我们是弟兄，我点拨你就是了！"

熊天彪笑道："天哥，这小子野心大着呢！他都缠了我好几天了！"

小胜子兴高采烈地洗了一堆大白梨端了上来，他拿起一个大个的递到于亚涵手里。

"嫂嫂，这梨可水灵了！吃了败火，多吃点儿，你的病就好了！"

于亚涵眼泪汪汪地看着燕飞天："燕哥哥有这么多的好弟兄，我心里真是高兴！"

这天，侯得礼来探视于亚涵，见于亚涵已见康复，心中很高兴。

他对燕飞天道："我回了趟奉天城，到大帅府见了大帅，大帅听了我的报告，非常高兴。大帅说，这次给日本人和姓蒋的一个很大教训，你燕飞天和关东三寨的弟兄们干得好。大帅想见一见你这久闻大名的燕飞天。我看于姑娘身体已见康复，你和于姑娘商量一下，看我们何时动身去见张大帅。"

于亚涵听了："侯大哥，不用和小妹商量了！我身体已无大碍，大事要紧，你和燕哥哥准备动身吧！"

燕飞天见于亚涵已精神如常："涵儿——我走后，让栀子妹妹来陪伴你说话吧。我快去快回。"

"侯大哥，明天我们就动身吧。还带别人吗？"

"小胜子想大帅了！让小胜子回去看看大帅，这里的一切事情都交给天彪了！"

燕飞天道："有天彪在这里，我就放心了！"

第二天下午，燕飞天跟随侯得礼来到大帅府。到了张大帅的会客厅外，小胜子啪的一个立正："报告大帅！我和侯叔回来了！还带来了一个客人！"

只听屋里喊道："进来，快进来吧！"小胜子推开房门，跑到张大帅跟前扑通跪在了地下。

"大帅呀！——几个月没见到你，想死狗剩儿了！"

咣咣咣，小胜子给张大帅磕起头来。

"起来吧，小犊子！让我好好看看你。听说你掰了徐三摸的四颗门牙，还剁了他的脑袋！小兔崽子，手够黑的！像他妈的我老张！"

燕飞天看这张大帅个子不高，五十岁左右，满脸豪气，目放精光，言语中透着超人的智慧——这就是日本人如鲠在喉的克星？

"哎哟！小胜子，只顾跟你说话了，别冷落了客人！"

燕飞天赶忙上前施了一礼："小子燕飞天给大帅问安了！"

张大帅哈哈大笑："好小子，好小子！好个燕飞天，快快请坐吧！"

小胜子沏好了茶，递给张大帅和燕飞天。

侯得礼道："大帅，你们谈吧，我和小胜子出去了。"

小胜子道："燕大哥，我和侯叔在外面等你。"

侯得礼和小胜子在外面不知张大帅和燕飞天都谈些什么。

只听客厅里不时传出张大帅开心的笑声，有时也听到燕飞天的笑声。他们谈了很长时间，燕飞天开门走了出来。

只听张大帅在屋内自言自语："不图富贵，不贪钱财，不要官位，为国为民，好男儿！好男儿！真是我老张极少敬佩之人！"

侯得礼见燕飞天走了出来："小胜子，你把燕大侠送到公馆去，我和大帅还有话说。"

他又对燕飞天笑道："燕大侠，我和大帅再谈点事儿，一会儿我到公馆陪你。"

侯得礼回到客厅内，见大帅凝眉沉思。

"大帅，你对这燕飞天感觉如何？"

"得礼呀！江湖上的英雄好汉我见得多了！燕飞天不是常人，俊杰中的俊杰呀！得礼呀！燕飞天在我关东，不能出任何差错，我不稀罕什么碧玉蟾，我稀罕这燕飞天！

"我要给你盟弟熊天彪的关东三寨暗拨枪支银圆，壮大他们实力，对付日本浪人的不轨。不管是对付日本人还是姓蒋的，你都要打着关东三寨的旗号。

"哈哈！我让胡子对付他们，这和我老张有关系吗？得礼，明白了吗？"

"大帅，姓蒋的这次输得很惨，估计他不敢再轻举妄动，日本浪人贼心不死，他们还会卷土重来。"

"他妈了个巴子的！他们啥时参刺，你就啥时黑他！"

侯得礼告别了张大帅，去了公馆。

二

自从完达博川回日本国，山口横寒不敢到处游逛。完达博川走前告诫他，不要招惹燕飞天和关东三寨。他每天在小狼山上和小泉饮酒，教授小泉完达家武功。渡边有时也和他饮酒聊天。

渡边那天和他俩一起饮酒，渡边道："山口君，你舅舅回日本国有很多事情要做吗？不知何时归来？"

"舅舅说回去取一样东西，可能回来要和燕飞天大战一场吧！"

渡边心中暗自高兴："你这几天不要待在山上了！到奉天城去等待你舅舅吧！"

山口乐了——我在这小狼山上，早已烦闷了！到奉天城里溜达溜达也好。山口想找栀子和他一起去，可他这两天没见到栀子，心里痒痒的——这小美人不知又野到哪里去了？他找不到栀子，自己去了奉天城。山口在奉天城待了多日，没有找到栀子。

这天晚上，山口盘膝坐在屋里练功，突然房门大开，只见渡边灰头土脸地闯了进来。他后面跟着五六个日本浪人。有的吊着胳膊，有的瘸着腿，个个狼狈不堪。

山口惊得从地下一下子蹦了起来："渡边先生！你这是——"

"我的七八十个大日本帝国勇士，都死在了小狼山上！燕飞天——熊天彪——我不相信我渡边斗不过你们！"他疯了一样推翻桌子上的茶具。哗啦撒了一地。

"山口，你还练狗屁的武功？"他把手中的枪扔在了山口身旁。

"用这个！用枪杀了他们！——用枪的杀了他们——！"

"他们救出了于家父女吗？"

"那老东西不想活，跳崖了！于亚涵被他们救走了！"

突然，老穆像夹尾巴狗一样走了进来。渡边看老穆那样子，吼叫起来："徐三摸呢？——他的那帮人马都哪里去了？"

老穆一屁股坐在了地下："完了，完了！都死了！都死绝了！徐三摸被掰了黄板牙，还被砍了脑袋！"

渡边呀呀呀地狂叫起来："燕飞天！——熊天彪！——我渡边和你们没完……"

山口突然问道："你们见到栀子了吗？"

渡边没好气地瞪视山口："鬼见到了她！她没跟你在一起吗？"

"哎呀！栀子可是我未来的媳妇！我得找她去！"

山口装扮好自己，带好各种暗器，转身就走。渡边瞪着血红的双眼："把这个带上！"他把手枪递到山口手里。

燕飞天与侯得礼、小胜子走后，熊天彪每天与弟兄们习武练枪法。

这天晚上，栀子给他打来洗脚水，熊天彪坐在椅子上，栀子把他的脚放了水盆里。外面天气闷热，栀子穿得少，她蹲在地下给熊天彪洗脚，两只圆鼓的白奶子露了出来。

熊天彪眼前立刻浮现出姐姐熊天娇窈窕的身子和鼓鼓的前胸。他想起来小时候在山上和姐姐要馍吃，被姐姐推倒磕破了头。

他痴痴地看着栀子的白乳和妙颜如花的娇脸儿，脸红心跳。

栀子见熊天彪满脸通红地看着自己："天彪哥哥——你今天这是怎么了？"

"小妹，你太美了！"熊天彪伸出双手捧起栀子的脸。栀子站起身来，闭上了眼睛。

山口倒趴在房檐上，头冲下，屋里的情景看得清清楚楚。娘哟！完了！我做了王八了！我的花姑娘的白奶子给了熊天彪，我的媳妇让给熊天彪了！

老舅哇老舅，你咋不看着点儿你姑娘呢？他的身子一哆嗦，差点儿从房上摔下来。

他想杀了熊天彪，可院中防守森严，他怕下手后无法脱身。他不愿再看下去，蹿下了房去。"咦！"这间屋子里还亮有灯光，他扒开窗缝，见一个姑娘在低头看书。

他仔细一看。于亚涵，这不是于亚涵吗？！于亚涵文雅地坐在那里，灯光下是那样的妩媚动人。

美人，绝顶的美人！花姑娘，大大的花姑娘！他暗笑两声。

已是三更时分，天空没有月亮，漆黑一片。山口听着人们熟睡的鼾声，狞笑了两声："于亚涵小美人，我把你偷出来。我玩够了，再把你送给渡边，也是我的大功一件。熊天彪，你玩了我的媳妇，我就玩燕飞天的媳妇，看咱谁玩过谁？"

这个畜生，他暗恋表妹栀子，明知栀子不喜欢他，他还死缠不放。

山口轻轻地撬开窗户，跳进屋内。他摸到于亚涵床前，拿出毛巾想塞住于亚涵的嘴。没想到，只听床上有人惊呼一声："谁？"那人飞起一脚，正踢在他脸上。

山口忍痛后退了两步。他正在呆愣，栀子蹿下床来，双掌齐飞。

"哪里来的恶贼？看姑奶奶不宰了你！"

山口一听是栀子的声音，心想不好，他转身要跑。栀子见他身影熟悉，愣了一下，山口趁机蹿出门外。他刚跑出十几步远，一条黑影追了上来。他回手就是三支雀尾镖。

那人并不躲避，两根手指轻点，两只雀尾镖被拨落在地下。他一张嘴，叼住一支雀尾镖镖头。

山口看来人这般厉害，他掏出来手枪。

啪的一声枪响。

啪的又一声枪响。

第二枪的子弹顺着第一枪的亮光正打在山口的手腕上。山口捧着一只受伤的手腕，跳脚地号叫："疼死我了——疼死我了——！"

熊天彪追到他面前拽下来他脸上的面纱。

这时栀子追了上来："表哥！怎么会是你？"

山口横寒攥着滴着鲜血的手腕子，龇牙咧嘴地说道："栀子妹妹……哥哥我想你了……来看看你。你不高兴了……咋……咋还打我？我就……就跑呗！熊天彪开枪打我……我的手要掉了！栀子妹妹快救救我！"

熊天彪怒视山口横寒："山口！我在屋中洗脚时，就知道房上有人，早已留意了！真想不到竟会是你！你意欲何为？"

山口嘿嘿冷笑两声："熊天彪！你强占了我媳妇，不许我玩燕飞天的媳妇吗？"

栀子满脸羞愧，骂道："谁是你媳妇？你这个畜生！还想毁了于小姐吗？"照着他脸上就是一巴掌："真给我们完达家丢脸！"

山口喊叫起来："我和舅舅说——我要娶你……"

栀子气得两眼流泪："快闭上你的臭嘴！滚回日本国去吧！"

熊天彪鄙视地看着山口："看完达先生和栀子的面子，我就不杀你了！你快快走，滚蛋吧！"

山口瞅了瞅栀子，捧着一只受伤的手："栀子妹妹——我好想你！我要疯狂了！你不要和土匪头子在一起！舅舅说，让我照看你，跟我走吧！你不跟我走，我让渡边来抓你走！"

栀子气急："山口！——你走还是不走，还得让熊天彪请你走吗？"

熊天彪拔出来匣子枪："山口，要我动手吗？"

山口嘎巴嘎巴嘴："熊天彪——你狠！你尿性！来日方长！"他灰溜溜地回了奉天城。

三

燕飞天在奉天城见过张大帅，侯得礼对燕飞天说道："于姑娘的病已痊愈，让天彪把赤阳镇的人马都撤回来吧！让天彪一路上小心照顾于姑娘，待他们到了奉天城，我们一起出发到关东三寨。一是把大帅的心意送到，二是我和小胜子去拜见盟娘。"

小胜子早早地就等在小西门外，他见西边大道上尘土飞扬，知道是二哥熊天彪到了。

他打马上前高喊："亚涵嫂嫂——二哥——我来迎接你们了——！"

于亚涵坐在大篷车里见小胜子到了近前："小猴子！咋不见燕哥哥？"

"嫂嫂，燕大哥在公馆等候你们呢！"

熊天彪一磕马镫，冲上前去："三弟！侯大哥和天哥都还好吗？"

"都好着呢！你关东三寨有喜事啦！"

"我关东三寨有什么喜事？别忽悠我了！"

"见了侯叔，你就知道了！"

一行人马到了公馆，侯得礼和燕飞天迎了出来。众人进到公馆大厅，熊天彪见大厅里摆放着十几个大木箱子。

熊天彪有些奇怪："侯大哥！这木箱里都是啥东西？"

"二弟——自己看吧！"熊天彪打开了木箱大吃一惊。崭新的马步枪闪着蓝光。熊天彪睁大了眼睛："侯大哥，这是啥意思？"

侯得礼哈哈大笑："什么意思？这是大帅送给你们关东三寨的礼物！"

小胜子在一旁笑嘻嘻地看着熊天彪："二哥！是小弟忽悠你吗？"

"小胜子！你再忽悠二哥几次吧！哈哈，哈哈！哈哈，哈哈！"

众人进到屋内，燕飞天问熊天彪："我们出来这些日子，你们都很平安吗？"

熊天彪把那天夜里发生的事情说了一遍。燕飞天长舒了一口气："栀子妹妹，难为你了！哥哥在这里谢谢小妹了！"

栀子道："山口这浑蛋，我为他感到羞耻！哥哥——不管咋说，嫂嫂没出差错就好！"当晚，侯得礼设宴，众弟兄尽欢而眠。

第二天晚上，熊天彪对燕飞天说道："天哥，我要到北市场跤场去看望一个朋友。"

小胜子凑了过来："二哥，我也跟你去凑凑热闹！二哥！咋不知你在跤场还有朋友哇？"

"三弟，是我上次去赤阳镇路过这里结识的！"

燕飞天道："不要惹事，快去快回！"

二人到了北市场跤场，小胜子跑了进去，见了耿三就大声喊叫师父。

熊天彪心里直乐。这小子到哪儿都是自来熟，见了老头就叫师父。

耿三见是小胜子，惊喜道："你小子不在大帅身边守护大帅，咋跑到这里来了？"

"师父！我还领来一个人，你认识吗？"

耿三抬头一看："哎哟！天彪兄弟！快快请到屋里说话！"

耿三看着小胜子："你咋认识熊天彪？"

"师父，他是我的结义二哥！"

"啊！——小东西，快到屋里说话吧！"

跤场上的跤师和那帮小徒弟见熊天彪来了，都瞪大了眼睛站在那里观望。

"哎呀！熊天彪——大闹赤阳镇，血拼小狼山，关东三寨三当家的。"这帮人不敢进屋，挤在窗外往里面观看。

耿三道："天彪兄弟，小狼山一战，你们干掉了那么多日本浪人，杀了徐三摸，真是大快人心，老百姓个个拍手叫好！"

小胜子嘻嘻笑道："师父！徐三摸说他认识你老人家，说他在跤场跟你老人家混过！"

耿三呸了一口："这个王八犊子！摸人家大姑娘的屁股，还强奸了一个小姑娘！他跑到山里拉起来了杆子！这小子坏事做绝，早就该死了！听说他被人掰下了门牙，还被砍了脑袋，真是罪该万死！"

小胜子哈哈大笑起来："掰他的门牙——是我二哥要他的门牙；砍他的脑袋——是他要暗算我！"

耿三大吃一惊："怎么——小胜子，是你干的？"

"师父，正是徒儿！"

耿三瞪大了眼睛："你啥时长了这么大的能耐？"

"师父！你不知道，我现在是燕飞天的徒弟！"

"你说什么？你认识燕飞天？"

"哈哈！我还告诉你，燕飞天是我二哥的亲姐夫。"

"哎哟！——小胜子！这回你可要上天了！小胜子，燕飞天也来了吗？我能见到燕飞天吗？"

"师父，这个不能说！你见不到燕飞天！"

"哦！燕飞天，燕飞天！太了不起的英雄人物了！可惜，我见不到他！"

熊天彪在一旁听了，心中暗乐：这小东西，燕飞天啥时收你为徒了？

"小胜子，跟耿师父唠点儿别的吧！"

"哎哟！二哥，净是我在这儿说话了！你们是朋友，你俩唠嗑吧！我给你俩沏茶去！"

燕飞天一直在惦记山寨的老小，他最不放心的是菊儿。也不知她现在咋样了，一个没有爹娘的苦孩儿。一想到菊儿凄凄楚楚的样子，他就心疼，他归心似箭。

明天早上就要动身了，栀子偎依在熊天彪身旁，她眼泪汪汪地看着熊天彪俊朗的脸："天彪哥哥——我不能随你去了，我要等待爹爹，爹爹不知何时回来。爹爹回来见不到我会心急，有了爹爹的消息，我放信鸽给你们，你们来接应爹爹。"

熊天彪握着栀子的两只小手："栀子妹妹——你自己在这里要多加注意，人心不古，世事难测。我看你表哥怀恨在心，要防他勾结渡边打你的主意。"

"天彪哥哥——有什么风吹草动，我立刻放信鸽给你。"二人情意绵绵，一直到天亮。

第二天早上，熊天彪与栀子挥泪惜别。

栀子拽着于亚涵的手："嫂嫂，一路多多保重，让燕哥哥途中好好照顾你吧！"

于亚涵泪流满面："栀子妹妹，嫂嫂盼你与完达先生早日到关东三寨，让老人家了却心愿。"

一标人马，生龙活虎，护送几挂大马车出了奉天城。

不日间，燕飞天一行人到了熊罴山下。寨兵见燕飞天和熊天彪带领众弟兄归来，大呼小叫地报知熊天罴去了。

熊天罴大喜，迎出了寨外。熊天罴见了侯得礼和小胜子，更是喜出望外。他让人飞马报知老妇人和大哥熊天鹤。众人在前寨没做停留，直奔了老寨。

老夫人听说燕飞天和熊天彪回来了，喜得她站起身来，就要出迎。

熊天鹤道："娘亲——他们一会儿就来看望你老人家了！你老人家可别磕碰了身子！"

老夫人坐了下来。熊天娇和菊儿一边站立一个，乐得合不拢嘴，直叫娘。

老夫人只见燕飞天、熊天彪昂首挺胸大步走进门来，后面跟着两个陌生人。还没等燕飞天、熊天彪跪下请安，小胜子哧溜一下子钻到燕飞天和熊天彪面前。他跪倒在地，瞅着老夫人的脸。

"娘哟——孩儿给你老人家磕头请安了！你老人家就是俺的亲娘！"咣咣咣，

小胜子在地下给老夫人磕起响头来。

老夫人一下子愣住了:"天儿——你把谁家的丑孩子领到我家来了?"

小胜子跪在地下瞅着老夫人慈祥的脸。"娘哟!孩儿再丑也是娘的儿哟!"咣咣咣,小胜子又磕起了响头。菊儿在老夫人身旁见了,抿着嘴直乐。

燕飞天和熊天彪见了,赶忙跪下。侯得礼也赶忙跪了下来。

燕飞天道:"娘亲——这两位是天彪的结义兄弟。前面的丑小子是谭同胜,后面是张大帅的幕僚侯得礼。"

小胜子回头看了燕飞天一眼:"师父!你咋也说我是丑小子呢?"

燕飞天笑道:"小胜子,别贫嘴了!娘亲一会儿就疼你了!"

老夫人哈哈大笑:"快都起来吧!小儿子,过来,让娘亲好好看看!不丑,不丑!我的儿子都不丑!"众人哈哈大笑。

侯得礼站起身来道:"盟娘,我与小胜子这次来——一是来给盟娘请安,二是张大帅让我给山寨送来礼物。"

侯得礼让人把几个大木箱子抬了上来,打开了箱盖。蓝汪汪的马步枪展露在众人面前。熊天鹤、熊天罴乐得连连拱手道谢。

熊天鹤道:"我关东三寨何德何能,浪得大帅垂青。"

侯得礼道:"天鹤哥哥,你关东三寨,豪侠尚义,仁善为人,自耕自食,不扰乡里,疾恶如仇,不畏夷人。更有燕飞天、熊天彪这样的人中魁首,可敬,可畏,可赞。我中华若都像关东三寨这样,何愁日本人欺辱,不国强民富。大帅认定你关东三寨是民族的典范,要他人效仿,特鼓励之!"

熊天鹤叹道:"大帅高瞻远瞩,培育精英以备制敌。我关东三寨定不负大帅厚望,养精蓄锐,听候大帅差遣。"

老夫人吩咐设家宴,款待客人。

老夫人退到了后堂。燕飞天领着于亚涵来拜见老夫人。马上就要见到老夫人了,于亚涵心中忐忑不安:不知道老夫人是什么样的老人?像娘亲吗?她老人家能喜欢我吗?能像娘亲那样疼爱我吗?于亚涵胡思乱想,跟随燕飞天来到后堂。

老夫人见了于亚涵,满心喜欢。她见于亚涵仪态雍容清雅,面若桃花,身如摆柳,一步一步地走了过来。老夫人见了,不由得有些心疼。

于亚涵见老夫人坐在大椅上,满脸笑容,目露慈光。伸出两手,目不转睛地看着自己,一副似要把自己搂抱在怀里的样子。

于亚涵心中一阵温暖,眼泪夺眶而出。她就像见到了久别的亲娘一样,扑到老夫人怀里放声大哭起来。

"娘啊——娘亲！你老人家就是我的亲娘……娘啊！涵儿又有娘亲疼了！"于亚涵泪雨纷飞。

菊儿在一旁见了，哇的一声，也扑到老夫人怀里放声大哭起来。

她抱住于亚涵："姐姐——我们都有娘亲疼了！"熊天娇在老夫人身旁也抹起来眼泪。

老夫人心疼地两手轻轻抚摸于亚涵和菊儿的脸儿。"好孩子！好闺女！都不要啼哭了！你们三个人都一样，娘都像疼亲闺女一样疼爱你们！"燕飞天站在那里，双眼湿润。

熊天娇拉起于亚涵和菊儿，她们坐在一起，说起悄悄话来。

燕飞天坐在老夫人面前。老夫人拉住燕飞天的手："天儿啊！你好福气，他们三个都是苦命的好孩子！你要善待人家，不能有薄有厚！"

"娘亲，天儿说过的话就要算数。娶了人家，就要做个好丈夫！娘亲，你老人家放心吧！"

晚上，于亚涵、燕飞天、熊天娇、菊儿，一同来到燕飞天为于家修建的宅院。

庭院内种满了花草。几个人进到屋内，屋里宽敞明亮，室内的需用物品一尘不染。

熊天娇道："亚涵妹妹没来时，我和菊儿每天到房中打扫，妹妹你看是否中意？"

于亚涵笑道："多谢姐姐、小妹了！"

"燕哥哥——这么多间冷清宽敞的房子，还有这偌大的庭院，小妹自己居住有些孤单害怕！"

这庭院，燕飞天本是为于家老小准备的，可现在只剩于亚涵一人，自己又不好单独和于亚涵住在这里，他心中有些犯难。

熊天娇看出来燕飞天的难处："天哥哥——亚涵妹妹确是无法单独居住，一个女孩子家咋能挑起这么大的庭院？我看这样吧！不如我和菊儿妹妹一起搬过来，我们各居一室，无事时说说闲话，还可互相照应。天哥回家时，我们还能一起见到天哥哥。"

菊儿乐得一下子蹦了起来，她搂住熊天娇："姐姐——你真是我的好姐姐！"

于亚涵眼中闪着泪花："姐姐——燕哥哥不愧有你这样的好夫人，小妹多谢姐姐了！"

熊天娇笑道："涵儿妹妹！我们姐妹都爱天哥哥，就要为天哥哥着想，我们是一家人，就应同舟共济。"

于亚涵两眼湿润："姐姐——你不愧是姐姐！"燕飞天见熊天娇心胸宽广，识大体，不禁心存感激。

"天娇！——我燕飞天谢过你了！愿你们姊妹和睦相处，我燕飞天在外可安心奔波了！"

当天，熊天娇和菊儿搬了过来。姊妹几个共同收拾房间，嘻嘻哈哈，倒也欢乐。燕飞天见了，满心欢喜，心儿在醉……

第二十二章　栀子虎穴遭残

一

关东三寨添了三百支新枪，乐得熊天鹤、熊天罴每天都到校场看寨兵操练。

熊天罴思忖后道："大哥，这些天来入伙的小伙子络绎不绝，是否全收下？"

"二弟，我关东三寨不同往日，要严格地筛选来人，我们要收留穷苦正直的本分人，杂七杂八不务正业的人一概不要。我们可不能辜负了大帅的厚望。天罴，操练人马，调度诸事，你都安排吧！天彪要常外出，我要照看娘亲，你就多费心吧！"

"大哥，三弟这段时间可真是出息了，竟能得到大帅的信任，可真是不易！"

"二弟，天彪三弟天性豪爽率真，忠厚好义，疾恶如仇。小狼山——他救了侯得礼、小胜子二人性命。又与侯得礼剿灭了渡边的日本浪人和徐三摸。

"你想那侯得礼是何等人物，那可是大帅的老哥们儿啊！那小胜子似大帅的亲儿子一般，而他二人又都是难得的忠义之士，正人君子。他们俩交下的朋友，大帅能不信服吗？

"还有——燕飞天在张大帅眼中胜过碧玉蟾。由此可见，燕飞天在大帅心目的分量！"

"大哥，把我的十勇弟兄都交与天彪，让天彪带领十五个弟兄组成我关东三寨的灵魂。再让燕飞天用心调教，待日后为大帅效力。"

"二弟，你看得很远，你就安排吧！"

熊天彪自从回到山寨，带领他的五杰、十勇弟兄，天天练功。这十五个弟兄，个个年轻体壮，根基扎实——攀岩、爬树、枪打飞鸟，无一不精。

燕飞天时常点拨他们的轻功身法，又传授他们使用暗器。燕飞天告诉他们：

"必须练好夜间的厮杀本领，要用暗器毙敌。不到必要时不动用火器。只要动用了火器，就要枪枪见血，不给敌人留有还手的余地。"

燕飞天让熊天彪督促他们，尽快练成让对手丧胆的绝杀高手。

这帮精灵古怪的小伙子能得到燕飞天的指点，都感到很荣幸。个个用心，不分昼夜地苦练。

熊天彪回到山寨一个多月了。每到晚上闲下来时就思念栀子。也不知完达博川是否到了奉天城，栀子孤身一人在奉天城里，他实在不放心。

这天晚上，他躺在床上辗转难眠，眼前总是栀子的影子在转。他迷迷糊糊地睡着了。

早上，熊天彪朦胧中，见一只信鸽蹲伏在他身上，咕咕地叫。

熊天彪立刻清醒了，他发现信鸽腿上绑着一个小竹管。熊天彪赶忙解下竹管，从小竹管内取出一个纸条。熊天彪打开纸条大吃一惊：父未归，渡边企图扣押我，要挟燕飞天。

熊天彪脑袋嗡的一声，他跳下地来，急忙去找燕飞天。燕飞天接过熊天彪手中的字条看过后，沉思了一会儿："天彪！事情坏在了山口横寒身上，是他向渡边告知了栀子和你的关系。渡边扣押栀子，醉翁之意不在酒，还是要引我燕飞天上钩，夺取碧玉蟾。天彪！准备人马下山！"

山口捧着受伤的手，连夜叫开了一家诊所。好在没伤到骨头，他包扎好伤口，去了火车站。

熊天彪——你抢了我的花姑娘，我和你没完，我找渡边，早晚整死你！

渡边一直在琢磨小狼山失利的原因。缜密的谋划，精心的布置，绝妙的连环计，都被燕飞天一一识破。燕飞天的里应外合，是谁在穿针引线，他现在找到了答案。他根本没有怀疑到栀子身上，他做梦也没想到是栀子背叛了他的大日本帝国。

他恨得咬牙切齿，他要把栀子抓起来，折磨她，以泄他的愤恨。他要让栀子把燕飞天引出来，寻机夺取碧玉蟾。

山口按照完达博川走时留下的地址找到了栀子。他见了栀子，假惺惺地说道："栀子妹妹，哥哥从三四岁时就爱你，一直爱你到现在，你咋能爱上了那个胡子头呢？你爱就爱呗，你咋还让他打我？你看我的手，都要残了！栀子妹妹，别跟熊天彪混了！我不在乎你让熊天彪给那啥……那啥……了！我还要你。你跟我走吧！不要让熊天彪再找到你。"

啪，一记响亮的耳光打在山口的脸上。

"你这个不要脸的东西！快给我滚出去！我不认识你这个浑蛋表哥！"

"好哇栀子，你还敢打我！你看我不整死熊天彪那犊子！你等着瞧吧！"

"山口君！你在做什么？对女孩子咋这样没礼貌？你快快地向栀子小姐道歉！"

山口一看是渡边来了，赶忙对栀子说道："表妹，刚才我说错了话，你还不知道我吗，笨得像个猪？不会说人话，不要和我一般见识！"

渡边笑道："我来是想问问栀子小姐，怎么没有完达先生的消息，我太想念完达先生了！"

栀子道："我也不知道什么原因没有父亲的消息，也可能父亲快到奉天城了吧，渡边先生不要心急！"

渡边笑道："栀子小姐，不要和山口君怄气了！我们一起去吃饭吧！"

栀子不好推辞，跟他们来到了酒楼。

渡边拿出来一瓶日本清酒："栀子小姐，这是朋友从日本国给我捎来的，你也喝一点儿吧！"

栀子知道日本的清酒不是烈酒，她端起酒杯。栀子半杯酒刚下肚，头一晕，倒在了桌子上。栀子醒来时，发现自己在一地下室里。外面的两道铁门紧锁，她知道自己被渡边暗算了。栀子在想方设法给熊天彪报信。

过了一会儿，渡边让人打开铁门走了进来："栀子小姐，实在不好意思，委屈你了！我这也是没有办法。"

栀子笑了："渡边先生，我还是个日本人，有什么话，你就说吧！"

"很好！你能配合我吗？"

"渡边先生，为什么不能？"

"好好好！你给熊天彪写信，说你想念他了，让他来看望你，能做到吗？"

"渡边先生，我真的想念熊天彪了，你不说，我也要给他写信了，你让我回到住处，取些需用的东西，女孩子家有很多不方便的地方！"

"只要栀子小姐能配合我就好，那就去吧！我知道，你不会跑掉，你的亲人还都在日本国。"

渡边又调集来二十几个日本浪人，准备捕捉燕飞天。渡边给日本国去了书信，阻止完达博川到中国来。他不想让完达博川知道他对栀子下了毒手，他要利用山口横寒和完达栀子达到他的目的。

栀子回到了住处，对跟随她的四个日本浪人说道："我要到卫生间方便一下，女孩子的事儿多!"

栀子到卫生间里迅速地写好了字条，塞到竹管里。她从鸽笼中取出信鸽，在信鸽腿上绑好竹管，放飞了信鸽。

二

栀子回到地下室，渡边瞪着狡诈的小眼睛假惺惺地说道："栀子小姐，我和你父亲是朋友，你即便做了对不住叔叔的事，叔叔也不会为难你。你给熊天彪写信吧! 让他到这里来，我要和他交朋友。我要和他好好谈一谈。"

栀子顺从地说道："渡边叔叔，谢谢你的美意，我时刻都在想念熊天彪哥哥，我立刻写信，让他到你这里来。"

栀子提起笔来。

天彪哥哥:

分手多日，时刻想念! 不知你近日可好否? 自别后，栀子朝思暮想，寝食不安，无奈父亲不归，无法到你处相聚。天彪哥哥，我作为一个日本姑娘爱上一个中国人，我感到自豪和骄傲。中国太美了!

中国人的心地更善良，更美! 我喜欢这片神奇的黑土地。我喜欢这里的人! 当然，因为这片土地上有你——我心爱的哥哥熊天彪，我心目中的白马王子。

天彪哥哥，我不喜欢杀掠，我喜欢和平; 我不喜欢打斗，我喜欢安宁。我不想看到血与火，我想看到遍地的鲜花、老人和孩子的笑容。天彪哥哥，你来吧! 我用翅膀拥抱你! 天彪哥哥，你来吧! 我用热唇亲吻你! 我要做和平的天使，与你融为一体。

天彪哥哥，拿出你的勇气，运用你的智慧，做一只彪悍的长白山雪狼。

永远思念、爱你的栀子

栀子的两滴清泪滴落在信纸上。她把书信递给了渡边。

渡边看完了书信，眉宇间拧成了一个疙瘩："栀子小姐! 长白山雪狼是什么意思？雪狼很厉害！长白山雪狼狡猾大大的！长白山雪狼勇猛、残忍，大大的！让雪狼来吃了你的渡边叔叔吗？不好，不好！不要写他是雪狼，把他改写成绵羊吧！我们大日本帝国的勇士才配称为雪狼！"

栀子如花的脸上闪过一丝嘲讽："渡边叔叔，谁是绵羊，谁是雪狼，我说得不算！到时候就知道了，让事实证明吧！"

山口看了栀子给熊天彪的书信，嫉妒得两眼发红。他气呼呼地看着栀子："栀子妹妹，你就那样爱熊天彪吗？我和你青梅竹马，从小一起长大，我一直爱着你，你没有一次要用翅膀拥抱我！你亲吻了熊天彪，熊天彪和你睡觉了！熊天彪不是什么雪狼，我看是色狼！"

栀子看着山口猥琐的样子："表哥，你不要再说了！你想占有我，不顾亲情，不惜和渡边串通一气。你以为你这样做，就能得到我吗？我的心是熊天彪的，你永远也别想得到我！"

渡边冷酷地看着栀子："栀子小姐！你背叛了大日本帝国，已出卖大日本帝国的利益，你应立功赎罪，帮助我们捕捉到燕飞天，夺取碧玉蟾！"

栀子藐视地看着渡边："渡边叔叔，你不要忘记了，碧玉蟾是我完达家的祖传之物，为什么要送与你们？即使我完达家寻回了碧玉蟾，也不会拱手送给你们！"

渡边恶狠狠地说道："栀子小姐，那就不要怪渡边叔叔不讲情面了！"

栀子冷笑几声："由你吧！"

渡边回到办公室里，愈想愈气，他狡诈地看着山口横寒："山口君，你真的很喜欢栀子吗？你再不想让她见到熊天彪吧？"

山口结结巴巴地说道："渡边先生，我真的好喜欢栀子呀！我要娶她做我的妻子，再也不能让她见到熊天彪了！"

渡边阴险地说道："山口君，栀子小姐的武功卓绝，我安排看守她的人，是无法保证她不逃脱的！"

山口焦急地嚷叫："渡边先生，可不能让栀子跑出去！她只要跑出去了就会去找熊天彪！那样，我又该做王八了！你可要想方设法看守好栀子！"

"山口君，你让我用什么办法呢？"

"渡边先生！我不管你用什么办法，只要栀子不跑出去找熊天彪，你咋样做都行！"

"好吧！山口君，我尽力为之，到时候你可不要怪我！"

"渡边先生，多多拜托了！我可不愿意做王八！"

渡边嘿嘿干笑了两声:"山口君,栀子小姐是跑不掉的!"

第二天早上,山口惦记栀子,早早起来给栀子送早饭。他走进地下室大吃一惊:只见栀子的锁骨被钢丝穿锁在木柱上。栀子面色苍白,胸前流满了鲜血。栀子闭着双眼,脸上在痛苦地抽搐。

山口愤怒地喊叫起来:"巴嘎牙路!这是谁干的?把钢丝给我解下来!"

守卫地下室的几个日本浪人不屑地看了山口横寒一眼:"去找渡边先生吧!"

山口冲进渡边的办公室,怒气冲冲地嚷叫起来:"渡边先生!——你为什么要伤害栀子?——你快让人把她锁骨上的钢丝取下来——!"

渡边嘿嘿笑了几声:"山口君,我敢取下她锁骨上的钢丝吗?若取下她锁骨上的钢丝,她就会跑出去寻找熊天彪。我们又不能开枪伤害她,你知道栀子武功的厉害,我们是很难对付她的!只有这样做,栀子才能留在我们这里,你也不会再做王八了!你希望栀子小姐跑出去找熊天彪吗?你希望自己做王八吗?"

山口支支吾吾:"渡边先生,栀子太痛苦了!我宁愿做王八,也不让栀子受罪了,渡边先生!放了栀子吧!"

渡边怒喝:"山口横寒!——是你不想做王八,让我设法留住栀子的,你又反悔了吗?我现在不管你做不做王八了,我都不会放栀子!她背叛了大日本帝国,她要付出代价!燕飞天不来,我是不会放过她的!山口君,不要再说了,配合我吧!"

山口心里懊悔极了,真不该为一己之私坑害了栀子。到现在他心中还不明白,渡边在利用他。

渡边这次是不惜一切代价,宁可得罪完达博川,也要达到他的目的。他已让老穆派人到关东三寨给燕飞天送去了书信。

三

燕飞天和熊天彪带领五杰、十勇兄弟星夜赶到奉天城,他们在城外驻扎了下来。

燕飞天对熊天彪道:"在这奉天城里不比小狼山,城里有日本人的驻军,看起来渡边得到了日本军方的支持,你我要慎重行事。渡边这次扣押了栀子,和他在小狼山扣押于家父女不同,他会吸取小狼山的教训,防范措施会更加严密,我们要谨慎行事。"

熊天彪心急如焚："天哥，渡边通过山口已知道了栀子在小狼山上为我们做了内应，他肯定不会放过栀子，我怕栀子凶多吉少！"

"天彪，我也怕栀子受到伤害，今天夜里我们就去探明情况，摸清情况再做道理吧！"

三更时分燕飞天和熊天彪摸到栀子居住的公馆，见栀子房内亮有灯光。燕飞天和熊天彪在公馆四周查看一番，见渡边没有设伏。

燕飞天让熊天彪在门外望风，他蹿入屋内。屋内空无一人，桌子上留有一封书信，燕飞天打开了书信。

燕飞天：

　　明日午时我带栀子姑娘在鹿鸣轩饭庄恭候你和熊天彪。

渡边雄一

燕飞天暗忖：鹿鸣轩饭庄是奉天城驰名的饭庄，生意红火，客人不断，在那里动起手来，会伤及无辜。光天化日之下，渡边能把栀子带到鹿鸣轩饭庄，说明他已做了精心的安排。不管咋样，我与熊天彪明日一定赴约。

正午时鹿鸣轩饭庄内，客人爆满，厨师的叫勺声不绝，堂倌的吆喝声此起彼伏。食客中夹杂着多双贼溜溜的眼睛。

燕飞天把熊天彪的五杰、十勇弟兄安排在饭庄四周。他与熊天彪来到鹿鸣轩饭庄楼上。

今天楼上的客人不多，显得很清静。老穆早已等候在那里。

他见了燕飞天和熊天彪赶忙迎了过来，满脸堆笑："燕大侠！熊寨主！幸会，幸会！渡边先生和栀子姑娘已等候多时了！"他把燕飞天和熊天彪领到包厢内。

熊天彪一跨进包厢，脸色骤变，两眼立刻暴睁起来。他见栀子面色苍白，两眼黯淡无神，两手耷拉着一动不动。锁骨上穿着钢丝，鲜血顺着钢丝还在滴落。

栀子见了燕飞天和熊天彪，哇的一声大哭起来："燕大哥……燕大哥……天彪哥哥……天彪哥哥……"

她忍着疼痛想站起身来，站在她身后的两个彪形大汉把她摁在了椅子上。

熊天彪伸手就要拔枪。渡边冷冷道："熊寨主，你就是杀了我，栀子姑娘也活不成。年轻人坐下吧！我要和燕飞天谈条件。"

燕飞天看了熊天彪一眼："天彪，不要莽撞！我和他谈条件。"

"渡边先生，谈你的条件吧！"

渡边指了指满桌子的鱼肉大菜："燕大侠，不要急嘛！我们边吃边谈吧！"

燕飞天眼中射出两道犀利威慑的寒光，停留在渡边的脸上："渡边先生，不要废话了！什么条件？说！"

渡边不紧不慢地说道："燕大侠快言快语，那我们就开门见山吧！燕大侠，我渡边还是想和你交朋友，你还应该留在我这里。但你必须脱下身上的全部服装，换上我为你准备好的服饰。你身上不能携带任何武器，我们每天聊天下棋，你能陪伴我吗？"

燕飞天不假思索地说道："渡边先生，如果我答应了你的条件，你马上放了栀子姑娘吗？"

"当然，当然！按照你们中国的古语讲——君子一言，驷马难追！"

"渡边先生，拿来你为我准备好的服饰吧！"

栀子见了，哭喊："燕大哥……燕大哥……你不要答应他……妹妹宁死，也不能让哥哥为我涉险！"

燕飞天笑道："小妹，不要为哥哥担心，你就安心地跟天彪走吧！哥哥在这里陪伴渡边先生玩儿几天。"

熊天彪焦急得连声道："天哥！你不能留在这里，我留在这里吧！你带栀子回关东三寨。"

渡边戏弄地干笑两声："熊寨主，你还是带你的栀子姑娘走吧！我喜欢的是燕飞天！"

山口在一旁听了，急得结结巴巴地质问渡边："渡边先生！你答应我从熊天彪身边夺回栀子妹妹，你怎么又把栀子妹妹送给了熊天彪？你还想让我当王八吗？"

渡边冷笑一声："你别不知道害臊了！栀子姑娘根本不喜欢你，她喜欢的是熊天彪！你别做梦了！"

山口气得哇哇地哭叫起来："渡边先生！——你的良心大大的坏了！——待舅舅回来，我要告诉舅舅，是你把栀子妹妹送给了熊天彪！"

渡边向身后一努嘴："带山口君下去休息吧！"两个日本浪人上前架起山口横寒的胳膊走了出去。

燕飞天朗声道："渡边先生，快快拿出你的衣服来！"

燕飞天到后面脱得一丝不挂，换上了渡边为他准备好的和服。

燕飞天拿过木屐看了看："渡边先生，这破玩意儿能穿吗？有我的牛皮底靰鞡鞋结实吗？"

渡边眨了眨三角眼："燕大侠,这是用海南的铁梨木为你定制的!铁的一样坚硬,你穿上试试吧!"

燕飞天看了看套在脚上的木屐,他两脚轻轻捻动,两只木屐顷刻间变成了碎末。

栀子身后的两个大汉见了,目瞪口呆——这燕飞天鬼蜮一般,看来我们满蒙决死团要死绝呀!

燕飞天的脚扒拉一下脚下的碎木末:"渡边先生,这东西不抗穿,还是把我的牛皮底靰鞋拿来吧!"

燕飞天拿过自己的靰鞋,鞋底对鞋底地磕打了几下。"渡边先生,我还是穿自己的靰鞋吧!"燕飞天哈哈大笑,"渡边先生,这样你满意了吧!"

渡边扭头看着身后的老穆:"你这铁梨木做的木屐不会是假货吧!"

老穆惶恐地说道:"我亲自试过的,钢刀砍上都卷刃!"

渡边脸色微变,对栀子身后的两个大汉说道:"取下栀子姑娘锁骨上的钢丝,让她到熊天彪那里去吧!"

栀子哭喊:"我不要取下钢丝……我不要燕哥哥跟你们走……"

燕飞天笑呵呵地对栀子柔声道:"小妹——听哥哥的话!你跟天彪哥哥走吧!过段时间哥哥回去看你!"

熊天彪见燕飞天心意已决,知道他改变不了燕飞天的主意,只得听之任之。

燕飞天突然板起面孔:"天彪,还不带栀子快走,难道让我生气吗?我已很累了!我在渡边先生这里休息一段时间,你们快走吧!我还要和渡边先生把酒言欢呢!"

熊天彪一咬牙,搀扶起栀子走出了门外:"天哥——多多保重!"

栀子哭叫着哥哥,一步一回头地跟随熊天彪走出鹿鸣轩饭庄。

燕飞天看熊天彪领着栀子走了出去,他哈哈大笑:"渡边先生,他们走了,我们清净了!来来来!我们喝个一醉方休!"他端起酒杯和渡边干起杯来。他要拖延时间,让熊天彪带领栀子尽快离开眼前的是非之地。

熊天彪与五杰、十勇兄弟会齐,回到城外客栈。

熊天彪为栀子伤口上了金疮药,栀子扑在熊天彪怀里痛哭起来。

"天彪哥哥……燕哥哥落入了渡边手中,这次是凶多吉少。渡边雄一从川岛浪速手中调集来一批满蒙决死团的高手。十年前川岛浪速的满蒙决死团刺杀张大帅未遂,这次渡边要用满蒙决死团来对付燕哥哥。他绝不会放过燕哥哥。天彪哥哥……这可如何是好哇?"

熊天彪为栀子擦去眼泪，安慰道："小妹——你知道燕飞天有多大的本事吗？别说川岛浪速的满蒙决死团，整个日本国的浪人，他都没放在眼里。我看天哥要留在渡边身边另有深意。"

栀子突然想到在小狼山上时，她和燕飞天讲过川岛浪速和满蒙决死团的往事。看起来哥哥留在渡边身边确有深意，她心里渐渐平静下来。

熊天彪看栀子平静了下来，心想：当务之急是给栀子疗伤。他心里挂记燕飞天，自己又不敢离开栀子。

他叫过李志："你赶快到城里去！找侯大哥和三弟，请他们赶快过来帮我为栀子疗伤。我好分出身子去打探天哥的消息。"

李志答应了一声："大哥！你在这里安心守护好嫂子，我速去速回！"他牵出战马，跨上马背，一溜烟地奔城里而去。

一个时辰的工夫，小胜子随李志满头大汗地跑进屋来："二哥，出了这么大的事儿，咋不早告诉我？渡边这个王八犊子！你看我不早晚整死他！嫂嫂的伤势咋样了？我已找好了医院，马车马上就到。侯叔到大帅府去了，我让人告知侯叔从大帅府回来直接去医院。"

这时一挂俄式马车到了客栈外，熊天彪抱起栀子上了马车。众人跟在马车后面护送栀子去了医院。医生为栀子清理好创口，熊天彪给栀子敷上祖传金疮药。包扎好伤口，栀子觉得好多了。

小胜子出去买回来一大堆水果，他洗了一个桃子送到栀子嘴边："日本花姑娘嫂嫂——吃个桃子吧，逃出这一劫！渡边那个日本老浪人、老犊子！小弟一定宰了他！给花姑娘嫂嫂的报仇的干活！"

栀子扑哧一声乐了："你这中国小弟弟，良心大大的好！"她想伸手去拽熊天彪的手，可她的手动不了。

熊天彪轻轻地攥住栀子小手，内疚心疼地说道："都是我们连累了你，让你受了这么大的苦！"

栀子轻声道："天彪哥哥——千万不要这样说！我做的都是我应当做的事，我的根在中国，我也爱你天彪哥哥！"

这时，侯得礼气喘吁吁走进屋来："二弟——可把老哥哥吓死了！栀子姑娘好些了吗？"

熊天彪道："侯大哥，栀子已无大碍了！我只是担心燕飞天还在渡边那里。"

熊天彪把事情的经过详细地说了一遍。

侯得礼道："川岛浪速的满蒙决死团个个训练有素，心毒手辣。当年他们刺杀大帅未遂，只是汤玉麟受了轻伤。这次燕飞天怕难以脱身！"

栀子道："在小狼山上时，我与哥哥谈起满蒙决死团。哥哥那时脸现忧色，他自言自语，担心大帅的安危，怕日本人对大帅再下毒手。他说要随时掌握日本人的动静，防范日本人对大帅下毒手。关东有大帅在，日本人不敢妄刺；如大帅不在了，关东恐怕要落入日本人之手。他说一定要保护好大帅。"

侯得礼长叹一口气："日本人看大帅是颗眼中钉肉中刺。他们垂涎富饶的关东大地，就是不敢动手。我们也都为大帅担心。燕飞天，燕飞天！真是好男儿，义薄云天！大帅没有看错他，真可谓士为知己者死，顶天立地的大丈夫！天彪二弟，你们不用为燕飞天担心，燕飞天足智多谋，武功莫测，他既然敢身入虎穴，定有惊人的谋略和本领，我们在暗中配合他吧！"

燕飞天知道，熊天彪带领栀子只要脱离了渡边的魔掌，就不会再有危险。

熊天彪有五杰相伴，十勇跟随，奉天城里还有侯得礼和小胜子，足以保证栀子的安全。他现在已没有后顾之忧，要静心地和渡边周旋。

他和渡边多次打交道，深知日本浪人在关东的势力，还有日本人在奉天城里的驻军，都在虎视眈眈。

燕飞天知道，日本人最怕的就是张大帅，简直如鲠在喉。他真怕有一天大帅被暗算——那样，关东将不保，东北的丰富资源和大片的土地将沦落在日本人手里。

他早就听说过日本浪人的头目川岛浪速在奉天城组建了满蒙决死团，后来又听说满蒙决死团刺杀张大帅未遂。

他在小狼山上听到栀子说起满蒙决死团，心中又画起了一个问号——渡边死死盯着碧玉蟾不放，明目张胆地带领大批日本浪人和土匪，在大帅眼皮底下抢夺碧玉蟾。

是想挑起事端呢，还是想激怒张大帅，还是试探张大帅对日态度的虚实？因此他要设法留在渡边身边，刺探日本人的真正用意，以防日本人对张大帅下毒手。

渡边上次小狼山损兵折将，受到了川岛浪速的严厉斥责。川岛浪速听了渡边新制订的计划，觉得渡边的计划可行。他从满蒙决死团中拨给渡边三十个日本浪人，告诉他这次只许成功不许失败。川岛浪速又协调奉天城的关东军配合他行动。

渡边告诉燕飞天，他的活动范围只能在他居住的那所院子里。渡边在院外布满了岗哨，配备了多挺轻机枪。可以说，大院内连一只麻雀都飞不出去。

燕飞天心中明白，但也不理会那些。他每天在大院中和渡边聊天下棋，有时与渡边品味日本的茶道。

第二十三章 迈洛催眠燕飞天

一

这天晚上，渡边领回一个蓝眼睛大鼻子的英国人，他把英国人带入燕飞天房间。渡边笑嘻嘻地看着燕飞天："中国燕子，看你寂寞无聊，我特意请来一位遥远的大不列颠英国朋友，我们在一起喝茶聊天吧！"

燕飞天看这个英国人四十多岁，个子不高，胖乎乎的满脸堆笑。两只不大的眼睛，让人看了有一种迷乱的感觉。

英国人伸出一只柔软臃肿的胖手，用不流利的中国话自我介绍："迈洛……大不列颠远方朋友！见到燕先生很高兴……我们交朋友……日本人说交朋友的干活！"

燕飞天听他说话的声音带有磁性，引人专注，他客气地拉住迈洛的肥手："哦！大不列颠！英格兰，还是北爱尔兰？似乎，好像……八国联军践踏圆明园的元凶吧？在传授强盗技艺吗？哦！有了徒子徒孙——日本人！嘻嘻！"

"很高兴见到迈洛先生，我正寂寞呢！坐下一起品茶吧！"

燕飞天觉得迈洛的手软绵轻柔，有一种让人轻松舒服的感觉。

渡边拿出一套崭新的茶具，鼓捣起他的茶道来。仨人边品茶边聊天。迈洛端着茶杯，笑眯眯地看着燕飞天的眼睛："燕先生，形象俊朗潇洒，带有绅士风度，酷似英格兰骑士！不知仙乡何处？"

燕飞天笑嘻嘻地看着迈洛："哦！踏过美利坚，路过英格兰，到过樱花之乡富士山。我乃山野村夫，行走高山大川间，漂游英格兰大洋，会聚于朋友间，居无定所，有何仙乡来？"

"燕先生贵庚呢？"

"虚度二十有半。"

"可有妻小?"

"也有也无。"

燕飞天看着迈洛的眼睛，眼皮有些发沉，他觉得困倦，有些恍惚，头一低，伏在了桌子上。

迈洛见了，笑眯眯地看着燕飞天："燕先生，困倦了，想睡觉吗?"

燕飞天迷迷糊糊地点了点头："迈洛先生，你与渡边先生聊吧，我稍稍休息一会儿，不好意思了!"燕飞天的鼻翼一张一张地响起微鼾声。

迈洛狡诈地看了渡边一眼，笑眯眯地说道："渡边先生，我可以问话了吗?"

渡边点了点头："开始吧!"

"燕先生，你还想睡吗?"

"哦! 还想睡!"

"还记得故乡在哪里吗?"

"碧螺山下羞剑山庄。"

"家中可有老小?"

"爷爷与双亲健在。"

"你可有妻小?"

"没过门的媳妇仨美人。"

"三个夫人都叫啥名字?"

"大夫人熊天娇——从小父母双亡。二夫人齐柏菊——父亲齐傲白在小狼山为渡边所害。三夫人于亚涵——父亲于静斋在小狼山跳崖身亡。"

"三个媳妇为啥不过门呢?"

"忙着收拾日本人，没工夫!"

"杀了多少日本人?"

"百八十个吧!"

"还杀吗?"

"抢我中华的东西，我就杀!"

"你太狠了!"

"对付日本人，不狠不行!"

"日本人抢你啥东西了?"

"国宝碧玉蟾。"

"日本人抢走了吗?"

"妄想！有我燕飞天三寸气在，日本人休想拿到碧玉蟾！"

"你把碧玉蟾放在哪里了？"

"我藏起来了。"

"藏哪儿了？"

"千山万花洞。"

"好找吗？"

"好找。埋了三丈深，做了暗记——阿弥陀佛！"

渡边在一旁乐得合不拢嘴："迈洛先生，你的催眠术太厉害了！大大的厉害！"这时，燕飞天鼾声愈来愈响。

"渡边先生，就到这里吧。你满意吗？"

"迈洛先生，我非常满意，我非常感谢你！待我们拿到碧玉蟾，杀了张作霖，大关东就是我们大日本帝国的了。我会报知天皇陛下，大大的奖赏你。"

"渡边先生，我不要什么奖赏，到时候，为我们大英帝国开方便之门就行了。"

第二天晚上，渡边很晚才回来。燕飞天见他风尘仆仆，满脸不高兴。

"渡边君，今天忙什么去啦，把你累得水裆尿裤的？"

渡边嘿嘿干笑两声："没忙什么，和人玩柔道去了，有些累，有些累呀！"

燕飞天笑嘻嘻地看着渡边："老渡边先生，你偌大年纪了还玩柔道吗？想玩柔道，咋不找我老燕子？我天天闲得闹心，我在这里陪你玩呗！"

"嘿嘿！我能揉过你吗？别把我给揉零碎了！"

两人正在喝茶闲聊，迈洛走了进来，燕飞天见了，赶忙站起身来。

"迈洛先生，想念我燕飞天了吗？快坐下喝茶吧。昨天晚上，我喝茶喝醉了，怠慢了迈洛先生，请迈洛先生不要介意。"

迈洛笑眯眯地看着燕飞天："燕先生不要客气！渡边先生的茶艺高超，不知渡边先生今天让我们品味哪里的名茶？"

渡边笑嘻嘻地看着迈洛："高傲的英格兰绅士，今天品味中国福建的大红袍吧！"

燕飞天端起茶杯呷了一口："渡边先生，这茶好味道，愈品愈有味。"

迈洛笑眯眯地看着燕飞天的眼睛："燕先生，你喝得太少，这茶喝得愈多愈有味道。"

燕飞天笑嘻嘻地看着迈洛的眼睛："恐怕今天又要喝醉了！"

迈洛让人迷离的眼神放着幻光，他盯着燕飞天的眼睛，笑眯眯地说道："醉了好，醉了没有烦恼。"

燕飞天眯缝着眼睛："好好好！那我就一醉方休吧！"他接连喝了三杯："哎呀！这茶好醉人，我咋又想睡觉了呢？"

迈洛柔声笑道："燕先生——睡吧，睡吧！梦里有娇娃。"呼！呼！燕飞天鼻翼在动。

"燕飞天——碧玉蟾放在哪里了？"

"千山万花洞。"

"好找吗？"

"好找，埋了三掌深。"

"多深？"

"三掌深。"

渡边瞅了迈洛一眼，心想：坏了，坏了！不是三丈深，是三掌深——二十多人整整费了一天的工夫，顺着大石往下挖了一个三丈多深的大坑一无所获。

三掌深的地方早被二十多个日本浪人一阵乱掘，泥土都被扔到了山沟里了。渡边连夜派人到千山去，封锁了那条山沟。

渡边第二天早早地赶到千山，让人从山上扔下的泥石中翻找碧玉蟾。二十多个日本浪人把从山上扔下的泥石翻了几遍，个个累得狗乏兔子喘的，还是一无所获。

渡边坐在一块石头上，像一只斗败了的公鸡，垂头丧气——迈洛的催眠术不灵吗？可迈洛问话时，燕飞天是在昏睡中啊！是燕飞天有诈？燕飞天说的不像有诈呀！

他说出来三个没过门的夫人，一个都无差错。岳父——于静斋、齐傲白都说得清清楚楚。还是我们没问明白，晚上让迈洛再仔细问问吧！

燕飞天和迈洛坐在屋内正在闲聊，见渡边蓬头垢面地走了进来，燕飞天站起身来哈哈大笑起来。

"燕飞天！你笑什么？"

燕飞天指着渡边，笑得更厉害了。

"老燕，小燕子！你笑啥呀？"

哈哈，哈哈！燕飞天也不说话，瞅着渡边只是大笑。笑得渡边心里有些发毛。

"我怎么了，燕飞天你这样笑我？"迈洛在一旁也哈哈大笑起来。

渡边心里更毛了："老燕子！英国佬！你们笑我傻吗？"

燕飞天止住了笑声："渡边先生，看看你这个埋汰样，骨碌得像个泥猴！看你浑身上下，是老母猪打腻（东北方言）去了吗？"

"燕子，泥猴的我懂，说我是个满身泥土的猴子！什么是老母猪打腻的干活？我的不明白！"

燕飞天又哈哈大笑起来："你的不明白！我的告诉你，老母猪就是肚子中能生出很多猪崽子的猪。老母猪打腻就是炎热的天气里，老母猪耐不住炎热，跑到有臭水的污泥里翻滚降温，满身沾满了臭泥巴。就像你这样，懂了吗？"

"老燕子，你说得不对！我不是老母猪，我是老公猪！老燕……不对，不对！公猪也是猪哇！我是泥猴，不是猪！"

迈洛在一旁笑得前仰后合："渡边先生，我的听明白了！你不是猪，你是猴子。猪和猴子，都不是人的干活！"

渡边尴尬得有些恼羞成怒："英国佬！你他妈的咋骂我不是人？良心大大的坏了！"他又不想得罪迈洛。"嘻嘻！"他冲迈洛又龇牙一笑。

迈洛笑道："我们大不列颠也有个一头公猪的故事。有一头凶恶的公猪总想到大河里去偷吃美人鱼。

"这一天，公猪来到大河边。它见美丽的美人鱼在河面上跳舞，馋极了，它向河中游去。

"美人鱼见一头公猪向她游来，哦，是一头公猪，她没感到危险，依然在河面上欢快地跳舞。

"公猪扑到美人鱼面前，一口咬住了美人鱼的尾巴。美人鱼痛苦地呼叫，她又苦苦地哀求公猪：'你不要吃了我，我给你跳舞唱歌！'公猪笑了：'我喜欢你现在的样子。'它一口吞下了美人鱼。

"突然间，河面上掀起一个巨大的浪花，一只鳄鱼向公猪扑来：'这是我的家园，你竟然吃了我的美人鱼！'

"公猪并不知道鳄鱼的厉害：'哪儿是你的家园？我想吃什么就吃什么！你这丑陋的鳄鱼，快躲开！我还要吃掉更多的美人鱼！'

"鳄鱼怒了，它张开长满利齿的大嘴，一口咬住了公猪。公猪疼得大叫起来：'你快放开我！我的老母猪已生下来很多的公猪，他们马上就会过来帮我！'

"鳄鱼松开了嘴：'愚蠢的公猪，看看你的身边吧！'公猪傻眼了！一群小鳄鱼把他围了起来。

"鳄鱼张开大嘴，又咬住了公猪，鳄鱼流下来眼泪：'都是生命，你残杀了我的同类，我悲伤！我要保卫我的家园。'这头凶恶的公猪就这样死了。"

渡边听完了迈洛讲的故事，心中有些别扭，觉得迈洛在暗示自己什么。他看着迈洛的蓝眼睛："要想吃到美人鱼，猪的脑子是不行的！怎样才能对付鳄鱼呢？"

迈洛笑嘻嘻地看着渡边："英国人走遍了各大洲，知道对付鳄鱼的很多办法。

"你知道蟒蛇吗，它经常侵袭鳄鱼的领地？也可能只有蟒蛇吧，和鳄鱼可匹敌。"

燕飞天看着他们俩："迈洛先生讲的故事很有意思，那头凶恶的公猪已死到临头了，它还要告诉鳄鱼，它有很多的同类能来帮它，它忘记了一个重要问题。"

"那头公猪忘记了什么重要问题？"渡边发问。

"它和它的同类都是猪！"

渡边满脸通红，尴尬地说道："是的，都统统是猪！他们只能吃了美人鱼，他们根本对付不了鳄鱼。"

"从古至今，还没见哪种动物能对付得了鳄鱼。就是蟒蛇也奈何不了鳄鱼。鳄鱼一直在守护自己的领地。"燕飞天笑嘻嘻地看着渡边。

迈洛说道："强大的蟒蛇制服不了鳄鱼，但蟒蛇还是想吃掉鳄鱼。可是，愚蠢的猪想吃掉鳄鱼，不是白日做梦吗？"

渡边看着燕飞天，心里直翻个儿：眼前的燕飞天就是一条凶悍的鳄鱼。他在暗自咬牙：我不做蠢猪，我要做蟒蛇！燕飞天，我就要和你斗到底！

燕飞天知道渡边的心里在想什么，他笑吟吟地捧来一大壶茶水。

"渡边先生，也不知何故，你今天弄成这样子，像个小埋汰孩儿！你一定很渴吧！快喝些水，再洗个澡吧！"

渡边不管茶水凉热，咕嘟咕嘟喝了一壶茶水。

二

渡边放好了洗澡水，脱光了衣服，跳进浴盆中。他身上刚打完香皂，突然一阵肚子疼，他觉得要拉肚子，赶紧跑进厕所。

"哎哟！我的肚子……疼死我了！"

燕飞天喊道："渡边先生，你是不是得了霍痢拉？得了霍痢拉是要死人的！我去给你找郎中吧！"

"燕飞天——你的不能出去，外面好多挺机枪会打死你的干活！快喊老穆来，让他去请医生。"

老穆已听到了渡边的喊叫声，他赶忙跑去找郎中了。过了一会儿，老穆领着一个日本军医跑了进来。军医到卫生间里捂着鼻子，给渡边注射了盘尼西林。

老穆洗净渡边的身子，把他搀扶出卫生间（渡边咋知，燕飞天在凉茶里下了巴豆霜）。渡边穿好衣服，躺在了床上，他捂着肚子龇牙咧嘴地看着燕飞天。

"让燕先生和迈洛先生见笑了！天气炎热，不能乱吃东西，吃东西要讲卫生，老母猪打腻那样，更不好了！很容易得霍痢拉。我中午没吃饭，可能是吃了两个香瓜把肚子吃坏了吧！那香瓜太好吃了！我们日本国没有，中国的好东西太多了！"

迈洛打趣地说道："渡边先生，还要吃吗？我让人去买。"

"英国佬，不要取笑我了，我们还是和老燕一起品茶吧！"

迈洛笑眯眯地看着燕飞天："好好，我们品茶！"

燕飞天看着躺在床上佝偻着腰的渡边。

"渡边先生，我老燕不懂茶道，还是你渡边先生鼓捣茶道吧！"

"嘿嘿！小燕子，跟我老渡好好学习吧！"渡边忍着肚子疼爬了起来。

迈洛盯视着渡边："渡边先生，你到底是不是得了霍痢拉？你若得了霍痢拉，我们可不敢喝你的茶了！"

渡边强忍着肚子疼，急忙摇手："迈洛先生，我的，不是霍痢拉的干活！我的肚子已不疼了！"他为了让迈洛和燕飞天相信他肚子不疼了，证明他得的不是霍痢拉，他站起身来。可是渡边的肚子不争气，再次疼起来。

渡边趴在床上闭着眼睛，两手揉着肚子痛苦地呻吟。

燕飞天看着渡边的样子，心中暗自好笑："渡边先生，看来你们日本人的盘尼西林不好用，我来给你治疗吧！"

"你——你有药吗？"

"我没有药。"

"没药咋治呀？"

"手术呗！"

"什么——用刀割我的肠子吗？燕飞天，你要害我！"

"渡边先生，我能害你吗？害了你，我咋跑？你的大院外那么多的日本兵和机枪。"

"那你咋手术？"

"我不用任何器械，只用我的手指，你放心了吧！"

"老燕子，我们大日本帝国的科技很先进，也不能用手指当手术刀给人做手术哇！我不是瞧不起你们中国人，看你们中国人一个个的穷酸样！穿得破衣罗婆的，一家人就一条裤子，谁出门谁穿，还会用手指做手术？你别蒙骗我了！"

"渡边先生！闭嘴！中国人再穷，也没去抢别人家的东西！不要说侮辱我们中国人的话！我要用手指为你手术治病，你信便信，不信就疼死你吧！"

"燕兄，我只是开个玩笑，生气的不要！别的中国人我不信，我信你燕飞天，给我手术吧！"

"脱光衣服，躺好了！"

渡边脱得只剩下裤头仰卧在床上，任燕飞天摆布。燕飞天手掌贴在渡边的天枢、中脘、气海穴上，分别在天枢、中脘、气海穴周围揉摩几分钟，又用手指点按中脘穴一分钟，在双侧天枢穴各点按一分钟。在内关、合谷、足三里各穴点揉一分钟。

渡边只觉得燕飞天点按的穴位酸胀发麻，腹中阵阵发热，肚子里咕噜咕噜直响，噗噗放出来几个冷屁。渡边的肚子不疼了，腹中舒服极了！他坐了起来。

"妙手哇！妙手什么来着？"

"老穆！妙手——什么来着？"

"妙手回春！"老穆赶紧回答。

"燕大哥，你是妙手回春哪！"渡边喜形于色，竟叫起燕飞天大哥来。

"我不是霍痢拉！我不是霍痢拉！我是霍痢拉！我是霍痢拉！老燕你能治霍痢拉！燕飞天，跟我到日本国开医院吧！我出资金。"

"哈哈！开医院的事儿先放下，我还是给你们摆弄茶道吧！品茶！"

燕飞天心中好笑："农夫和蛇"，冻僵的蛇，忘不了还要咬我！

迈洛笑嘻嘻地看着燕飞天："渡边先生，我见到了东方最神奇的人，他的手指是上帝的化身！我马上要带走燕先生，把他放在大英帝国的博物馆里保护起来。"

"英国佬，说什么呢？和我抢生意吗？你忘记了我请你来做什么吗？"

"喏！喏！喏！渡边先生，开个玩笑嘛！不必当真。"

渡边嘴一咧："嘻嘻！燕兄，我们都在开玩笑！"

燕飞天笑了："你们就玩吧！我一直在笑！渡边先生，我们还是玩茶道吧！"

渡边瞅着迈洛："今天的茶是否能品出味道来，就看你英国佬的了！你可要好好地品味！"

"渡边先生，只要你的茶好，我会品出味道的！"

燕飞天瞅着迈洛笑眯眯的眼睛。

"英国佬，施展你的才华吧！"燕飞天端起来茶杯。

"燕先生，你觉得这茶味道咋样？"

"甘醇，香浓四溢，茶的韵味绵长，确是好茶！应是茶中的极品了！只是好景不长，怕我又要昏睡过去了！"

迈洛的眼睛放着诱人欲睡的幻光："燕先生，想睡就睡吧！沉睡中忘记了一切，没有烦恼，是一种幸福。"他双手在燕飞天面前晃来晃去。

燕飞天轻声低语："渡边先生——我不礼貌了！咋又困倦了呢？你们慢慢地品茶吧！我是没有这个口福喽！"

"燕飞天——燕飞天！"

"不要喊了！我是燕飞天，我要睡觉！"

"燕飞天——碧玉蟾藏在哪里了？"

"千山万花洞。"

"好找吗？"

"好找，埋了三丈深。做了暗记——阿弥陀佛！顺着大石往下炸。"

"是挖还是炸？"

"不是挖，是炸。"

渡边心中暗自高兴：头两天都弄错了！这回弄明白了，是顺着大石往下炸三丈深，都怪迈洛没问明白。问了三天，才问清楚，明天就要大功告成了！

"迈洛，你再仔细问问吧，免得明天再出差错。"

"燕飞天！"

"嗯！"

"燕飞天！"

"嗯！"

"你刚才说的都对吗？"

"嗯！"

"你再重复一遍！"

"嗯！"

迈洛看了渡边一眼："过了催眠期，燕飞天已睡死过去了！"

只听燕飞天的鼾声时起时伏，嘴中流着口水，燕飞天已沉睡过去，迈洛再也问不出什么了。

渡边在想：顺着大石往下炸，要炸三丈深，若不慎把碧玉蟾炸坏了，前功尽弃。不对……不对……不会是炸，耳误吧！应该是扒。

那样的宝贝敢用炸药炸吗……还有——是另一块大石吧！哈哈！明天多加人手扒吧！不能用铁器，以免损坏了碧玉蟾。

管他什么我是猪还是猴，只要我得到了碧玉蟾，说我是啥都行。

三

第二天早上，渡边多准备了人手，带着二十多个日本浪人赶赴到千山。果不然，渡边又找到一块有暗记的大石，哈哈！就是这里了，可三丈深咋扒呀！还是炸吧！

一周时间过去了，大石旁已被炸了将近三丈深。渡边怕伤到碧玉蟾，他吩咐："不用炸药了，用人工凿撬。"这帮日本浪人都挥动铁锤，个个汗流浃背。可算见到了泥层，渡边见天色已黑，他怕出差错，命令停工。

"待明日天明时再寻找碧玉蟾吧！"

第二天早上，渡边兴冲冲地带着一帮日本浪人早早来到了万花洞。今天已不用爆破了，这帮日本浪人挥动锹镐，一会儿工夫，有人喊叫："这里有个硬东西！"一帮日本浪人围了过去。

众人往下挖掘，一个铁箱子露了出来。"铁箱子——铁箱子！"众浪人大呼。

渡边闻讯，赶忙跑了过来。不知是谁抱起了铁箱子，只听轰的一声响，铁箱子爆炸了。五六个日本浪人倒在了血泊中。

渡边只觉得胳膊一麻，鲜血顺着手臂流了下来。渡边趴在地下，忍着胳膊的剧痛怒骂起来："巴嘎！——巴嘎！巴嘎牙路！统统的蠢猪的干活！"

渡边站起身来，踢打趴在地下的日本浪人。

"都起来！统统的都起来！寻找碧玉蟾的碎块！"这帮日本浪人开始四处寻找碧玉蟾的碎块。他们寻找了很长时间，七拼八凑地把碧玉蟾碎块拼成了两只不完整的碧玉蟾。

渡边脸色铁青，嘴中喘着粗气，咬牙切齿道："燕飞天哪燕飞天！——你竟敢暗算我，你毁了碧玉蟾，你就得死！不对呀！燕飞天咋会毁了碧玉蟾呢？都是迈洛没有问清楚，燕飞天若说有炸弹，我们谁也不会动那铁箱子。迈洛，迈洛！

你这个没用的英国猪猡！哎，回去再说吧！"

渡边回到奉天城，包扎了伤口，好在没伤到骨头。他换身宽大的和服，回到燕飞天的住处。

他见燕飞天坐在椅子上打盹，一副昏昏欲睡的样子。迈洛坐在那里跷着二郎腿悠闲地喝茶。

渡边像什么事情也没发生一样。

"噢，小燕子，好清闲，咋又睡着了？"

"我才没睡呢！你把我关在这里，走不出庭院半步，我在想念我的三个夫人呢！"燕飞天睁开了眼睛。

"渡边先生，你的和服好光鲜！啥时为我也做一套？"燕飞天站起身来，伸手在渡边的胳膊上摸了一下，只见渡边一哆嗦，哎呀一声："疼死我了！"

"燕飞天！你不要动我的胳膊！你咋像小孩子一样——动手动脚的！"

"小气鬼！不就是一件新和服吗？害怕我摸脏了吗？"

"不是，不是！是疼！"

"噢，心疼你的日本和服哇！不摸了，不摸了！"

渡边又装作轻松的样子看着燕飞天："小燕子，想你的三个小妹妹了吗？你还是睡觉吧！梦中能见到她们，三个花姑娘搂你一个人，你大大的美呀！"

"迈洛帮我！让我快些入睡！我急不可待地要见到我的三个花姑娘！"

迈洛笑眯眯地看着燕飞天："燕飞天——不要急！看着我的眼睛！你的三个花姑娘立刻就会来到你身旁！"

"我在看着你的眼睛，来了吗？来了吗？咋看不见？哦，来了！你们都来了！我好喜欢！"燕飞天嘴中流出口水来，他的两手似在搂抱。

渡边撸起和服的袖子："迈洛！你干的好事！不问明白，让我们挨了炸弹！死了五六个大日本勇士，还好，我只受了轻伤。"

"你们的日本勇士猪的一样！不会动脑子，发现了铁箱子就不要乱动了！没有教养的乌合之众！一点儿都没有我们大英帝国的绅士风度！"

"英国佬，不要和我废话了！赶快问燕飞天吧！"

"燕飞天，你在做什么？"

"在搂我的花姑娘玩儿！"

"你先歇一会儿，回答我的问题好吗？"

"我不累，你问吧！"

"大石下为啥要埋铁箱子？"

"怕碧玉蟾受潮。"

"铁箱子中的碧玉蟾是真货还是假货？"

"是赝品。"

"是赝品，铁箱中为何装炸弹？"

"怕人偷，赝品也值钱！"

"你为什么不告诉我，万花洞大石下的碧玉蟾是赝品？"

"你没问我是真品还是赝品。"

"你是个浑蛋！"

"你妈的蛋浑！"

渡边听了两人的对话，有些急了："迈洛！你这个英国佬！你在做什么？你在和梦中的燕飞天掐架吗！巴嘎！"

"渡边先生，你的才是巴嘎！我是大英帝国的贵族，你不要侮辱我！"

"迈洛，我的巴嘎，我的巴嘎！你赶快往下问哪！"

"燕飞天！"

"嗯！"

"真碧玉蟾藏在哪里了？"

"嗯！"

"我问你，藏在哪里了？"

"嗯！"

渡边一咧嘴："完了，完了！燕飞天又睡死过去了！你这个没用的英国佬！"渡边向门外一努嘴，门外冲进几个彪形大汉。

迈洛一下子站了起来："渡边先生！你要绑架我吗？我们英国人一直在抢掠别人的东西，我不怕你们日本人抢劫我！"

"英国佬，你是我渡边大大的朋友，你坐下吧！"

冲进屋中的几个大汉掏出绳索，把燕飞天的手脚捆绑在了椅子上。燕飞天鼾声如雷，浑然不知。

"渡边先生，你想把燕飞天怎么样？"

"燕飞天狡猾大大的！我把他当作朋友，他欺骗了我们！我不能让他自由，我要让他死在这座屋子里。我现在不能让他死，等我们杀了张作霖，再逼他拿出碧玉蟾。

"川岛浪速和土肥原先生已与军部取得了一致观点，我们一定要杀了张作霖！张作霖不顾我们大日本帝国在东北的利益，是我们侵占东北的绊脚石。

"碧玉蟾是强国富民之物，我们杀了张作霖，有了碧玉蟾，我们日本国在东北很快就会强大起来，我们大日本帝国还要占领整个中国。

"张作霖正在和蒋介石开战，在北平一直没有回来，他很快就要死在我们日本人手里。"

四

燕飞天被渡边留在那里，他就知道渡边有一个大的阴谋，果不然，渡边请来了英国催眠师。

迈洛的催眠术在英国名气很大，他从来没失过手。这次他想在渡边面前露一手，显示一下英国人的厉害。可他万万没有想到，他的对手是不受催眠术控制的燕飞天。

虽然燕飞天身上没有任何武器，可燕飞天身上却有抵制催眠术的能量，迈洛的催眠术对于燕飞天只是儿戏一般。

燕飞天将计就计，他要教训渡边和满蒙决死团，他开始耍弄渡边。

渡边以为，他调来的日本士兵把整个院子围困得铁桶一般，燕飞天插翅难逃，你燕飞天武功再高，院外四周的轻机枪也会把你打得稀烂。

他咋知，燕飞天的转身遁法，就是白天也无人能见到他的踪迹，何况到了夜间，燕飞天更是来去自如。

迈洛施用催眠术的当天夜间三更时分，燕飞天遁出了布满满蒙决死团浪人和日本兵戒备森严的大院。他找到了侯得礼和熊天彪，把他的计划告诉了他们。千山万花洞从没间断过侯得礼安排的人。

渡边炸到三丈深的土层时，当天晚上，小胜子弄来炸弹放在铁箱子里。他和熊天彪一起把铁箱子埋进了三丈多深的泥土中。

自从铁箱子爆炸后，就再没有了燕飞天的消息。已十多天了，还是没有燕飞天的消息。侯得礼和熊天彪焦急万分。侯得礼忧心忡忡地对熊天彪道："燕飞天为大帅赴汤蹈火，可我们在外面不知道他的消息。万一燕飞天出了差错，大帅回到奉天城我们无法交代！"

小胜子在一旁焦急万分："侯叔，我带人硬闯吧！找到我师父，弄不好，我就跟他们干！我把渡边那老瘪犊子宰了！"

"不行，不行！大帅在和蒋介石开战，这个时候，不要招惹日本人，不能让大帅腹背受敌。"侯得礼也没有好主意，急得他在地下团团乱转。

熊天彪见侯得礼无奈的样子："得礼哥哥，不如夜里我去一趟那宅院吧！我探探虚实，听听风声，看可有天哥的消息。"

侯得礼急忙摆手："二弟呀，你不知道那机枪的厉害，打出去就是一片，想躲都躲不了！何况那宅院不止一挺机枪，还有三十多人的满蒙决死团。不要打探不到燕飞天的消息，把你再陷了进去！"

栀子见大家一时商量不出好办法，她两眼流泪："哥哥毕竟是为我留在了渡边那里，哥哥现在生死不明，我心中实是不安。我身上的伤已痊愈，我的轻功比你们都好，还是我去吧！"

熊天彪道："小妹！你身上伤势刚好，还是我去吧！不能让你去冒这个风险。"

栀子不假思索地说道："天彪哥哥，不要和我争执了！你若去了，我怕你回不来；我的轻功比你好，我的性命不至于扔在那里。侯大哥，天彪哥哥，还是我去吧！"

侯得礼眉头紧锁，他思索了一会儿："栀子姑娘说得也有道理，我们不是去打仗，是探听消息，栀子姑娘的轻功超出二弟很多，她身小，目标也小，我看还是栀子姑娘去吧！但二弟和小胜子要带领五杰在近处接应，以防不测。"

三更时分，栀子与熊天彪、小胜子带领五杰来到关押燕飞天的宅院。熊天彪与小胜子带领五杰隐藏在小胡同中。

栀子对熊天彪说道："天彪哥哥，你们不要往前去了！以免暴露了目标。"

"栀子，一定要小心！如若危险早些出来，千万不要把自己陷在里面！"

"放心吧！天彪哥哥，我去了！"栀子一转身，消失在夜幕中。

栀子的转身遁法虽不像燕飞天那样出神入化，但也达到了一定的境界。她潜到宅院外时，已听到了日本兵的呼吸声，她避开日本兵的火力点，一转身飘到了院墙内。

院内几个满蒙决死团的日本浪人提着枪在来回走动巡逻。

栀子见一屋子中亮有灯光，她转到了屋后，趴在地下。栀子见房后的窗户大开着，近处也有流动哨在走动，便不敢再动。

转身遁法在运动中无人可见，一旦停留下来，便会暴露身形。栀子要想接近后窗，她必须引开房后的流动哨。她灵机一动，从地下摸起一块小石子向院墙根扔去，那流动哨听见墙根有响动，便向墙根走去。

待流动哨到了墙根时，栀子又学起了耗子和猫的叫声，趁机转到后窗下。

她向屋里看了一眼，大吃一惊，只见燕飞天被捆绑在一把结实的木椅上。燕飞天的双腿被紧紧地捆绑在椅腿上，两手被反绑在椅背上。屋内坐着四个彪形大汉，在打着瞌睡。

这时，那个流动哨走了回来，栀子趴在地下不敢再动，突然听到燕飞天喊叫。

"你们这帮蠢猪！——是看守我，还是睡觉？就不怕我跑了吗？就你们这帮蠢猪还想暗杀张大帅！张大帅那么精明的人，能不提防你们吗？"

"燕飞天！都大半夜了，你不睡觉，瞎喊叫什么？"

"我要拉屎！——你们快拿盆来接着！噢，太臭，太臭！别熏了你们，快走开吧！好了，好了！我拉完了！给我擦屁股！"

栀子是个极聪明的姑娘，她听出燕飞天是在暗示她日本人要暗杀张大帅，让她快走——哥哥真是个了不起的英雄人物，他坐在那里，就知道我来到了窗外，并让我快走。

栀子强忍住泪水，心中说道："哥哥，你受苦了！我们一定会来救你出去。"她转身向墙外遁去。

谁知房后的那个流动哨听到屋里燕飞天的喊叫声，注意了窗口。他突然见一个黑影旋起，向墙外蹿去，盲目地向黑影开了一枪。

院外暗伏的日本兵听到院内响起了枪声，几挺机枪同时扫射，在空中织成一道弹网。

栀子不敢蹿越墙头，强制控住身形，手一抖，三枚雀羽荡激射而出，房后的那个流动哨扑通一声倒在了地下。三枚雀羽荡正中他的咽喉。

栀子飘落地下，见十几个决死团浪人提着枪向墙边搜寻了过来。

燕飞天在屋中听到外面响起了枪声，知道栀子暴露了。为了吸引院内的满蒙决死团浪人，他大吼一声，一提气，他连椅子一起蹿起三尺多高。只听捆绑他的绳索咔咔作响。

渡边这时已走到屋内，他大声喊叫起来："外面的人都到屋里来——不要让燕飞天跑了——！"

外面的日本浪人都跑进了屋内，把这间屋子围得水泄不通。窗口、门口外都架起了机枪。

栀子见院内的人都撤回了屋内，知道燕飞天在掩护自己，她寻机遁出院外。

熊天彪与小胜子在大院外听到院内一声枪响，紧接着又听到机枪的疯狂扫射声，知道栀子出事了。他们看到院墙上空交织的弹网，偷偷地向机枪火力点摸了过去。

熊天彪见三挺轻机枪吐着火舌，封锁住高墙上空。他对小胜子和五杰说道："我和小胜子各去打掉一挺机枪，你们哥五个去打掉一挺机枪。"

小胜子点了点头："二哥，瞧好吧！"他向一挺机枪摸了过去。

张舒道："天彪哥，放心吧！我们不会把嫂嫂扔在里面！"五杰兄弟也向一挺机枪摸了过去。

熊天彪施展轻身功法向一挺机枪摸了过去。他摸到近处，见机枪的火力点设在一个破仓房里。他屏住呼吸摸到了仓房根。听出仓房里有四个人。只见一个日本士兵抱着机枪肆无忌惮地向大墙上面扫射。

熊天彪怒火上撞，抬手就是一枚追魂钉，钉在了那个日本兵咽喉上，那个日本兵身子一仰，摔倒在地下。

仓房内的另三个日本兵见了，大吃一惊，他们不知什么缘故，举枪向外射击。

一个日本兵蹿出门外，又抱起来机枪向大墙上面扫射。

熊天彪见日本兵没有发现他，抬手又是一枚追魂钉，扑通，这个日本兵又倒下了！仓房内的两个日本兵觉得奇怪，没听到什么声响，这两个同伴怎么都倒下了呢。

这两个日本兵不敢出来了！蹲在仓房里观察外面的动静。二人端着枪，战战兢兢地喊叫："有鬼呀！遇到鬼了吗？"

呜——突听仓房外响起了狼嚎声，一条黑影一闪而过。

"来狼了！这城里咋还有狼呢？快打！"这两个日本兵举枪朝仓房外就打。

啪啪，两声枪响。

啪啪，又是两声枪响，熊天彪的两发子弹射穿了两个日本兵的脑袋。

小胜子自从得到燕飞天的点拨，轻功长进很多，他悄无声息地摸向一个机枪火力点。小胜子见一棵大树旁边垛着沙袋子，一个日本兵架着机枪向高墙上面不断地扫射。两个日本兵端着步枪在大树后面东张西望。

小胜子乐了，心中暗骂："这两个傻子，看啥呢？看小爷怎么收拾你们吧！"

他顺着墙根轻轻摸到距大树十来步远的地方，从地下捡起一个石子向端着步枪的两个日本兵打去，正打在一个日本兵手上。疼得那个日本兵差点儿把枪掉在地下。

他低头一看，手背上冒出来鲜血，他疼得一咧嘴："巴嘎！什么人的干活？"

他对一个日本兵说道："你在这里守着，我过去的看看的干活！"

这些日本兵在中国骄横惯了，根本没把中国人放在眼里，他端着枪向墙旮旯走去。

"巴嘎牙路！出来！巴嘎，出来！中国人的良心大大的坏了坏了的！"

墙旮旯里漆黑一片，伸手不见五指，这日本兵端着上了刺刀的步枪拨来拨去。

突然，他身后一个黑影一跃而起："巴嘎！小鬼子！回家见你姥姥去吧！"

咔嚓一声！刀光一闪，只听啪的一声，这个日本兵的脑袋从脖子上滚落了下来。

留在大树下的那个日本兵听到啪的一声响，见他的伙伴没回来，喊道："山本！你哪里去了？快快的回来！"他见没有回应，端着上了刺刀的步枪向墙旮旯那里走去。

"这地方这么黑，山本这小子哪里去了呢？山本——山本！"

他觉得脚下碰到一个圆东西，他用手一摸，黏糊糊的，他把手放在嘴边一闻，血，是血！

"哎呀！山本是你，你死了？"

一个阴森森的声音从他身后传来："是山本！山本的脑袋已被我砍下来了！你也一样。"咔嚓！啪！这小子的脑袋也搬了家。

大树下的机枪射手一边扫射，一边观察高墙上面。"山本！子弹的拿来——子弹的干活！"

他见没有回应，又喊道："小林！——子弹的干活！"还是没有回应。

"巴嘎，巴嘎牙路！你们都哪里去了？快快地——子弹的干活！"

"山本！——小林！"没有回应。

不好，这两个家伙出事了！他蹲身装好了弹夹，想要寻找那两个人。可小队长铃木下了死命令：不管外面发生了什么事情，也要封锁住高墙，一个雀儿都不能让它飞出去。他只好端起机枪向高墙上空扫射。

小胜子顺利地解决了两个日本兵，他又向机枪射手摸去。

他见机枪手一边射击，一边用另一只手拿弹夹，还要观察高墙上空。

小胜子趁机钻到大树后面，他拿起一个弹夹递到机枪手手里。

"山本！——你这个浑蛋！去哪儿了？咋才回来？"

"你才是浑蛋！我现在回来也不晚，照样要你的狗命！"

"你山本的不是！你是谁？"

"你爷爷！"咔嚓！小胜子的马刀一闪，这个机枪手的脑袋被劈成了两半。

张舒和李志见熊天彪和小胜子各自向一个机枪火力点摸去。

张舒对李志道："天彪哥和小胜子，都去独端小鬼子的机枪了，我们哥五个可要干个漂亮活儿！我们在燕飞天身边这么长时间了，学得也差不多了。我和李志在前，你们哥几个在后，看我的手势行动。"哥几个向那个机枪火力点摸去。

张舒与李志摸近了机枪火力点，见五个日本兵把机枪架在一座水磨盘上。机枪手正在不停地扫射。几个日本兵叽里呱啦地不知在说些什么，可能他们已听到有一挺机枪哑巴了，在互相询问。机枪射手身边的四个日本兵警惕地四周张望。

张舒心想：我们是五个人，对方也是五个人，对方有一挺机枪，一对一，怎么打呢？张舒灵机一动："李志，我到北面学猫叫秧子，吸引他们的注意力，现在天黑，他们什么也看不见。你们从南面摸过去，不要用枪，要用刀，你们一人砍杀他一个，机枪手留给我。"

李志点了点头，领着三个弟兄向南面迂回过去。机枪射手还在向高墙上空扫射，那四个日本兵还在东张西望。

突然北面响起一阵公猫母猫的嚎叫声，深夜里凄厉瘆人。一个日本兵听了，紧张地说道："这是什么声音？让人恐怖。"

一个日本兵道："中国人说猫夜晚嚎声叫猫叫秧子！"

"什么是猫叫秧子？"

"就是夜间多只公猫为争夺一只母猫，为了交配而打斗。"

一个日本兵嘻嘻笑道："我的明白了！几个男人争一个花姑娘在打斗！天太黑了！看不到那么多公猫在争一个花姑娘猫！"

咔嚓咔嚓，四把大刀一起挥动，四颗人头滚落下来。机枪射手正向高墙上空扫射，听到咔嚓咔嚓声，他回头张望，见四条人影的大刀寒光闪闪，四个伙伴的人头滚落在地下。

他端枪就要扫射，一把尖刀飞来，正扎在他胸口上，他两手一松，机枪掉在了地下。咔嚓一声，他稀里糊涂地死在了关东大地上。

栀子躲在角落里，听机枪的子弹声在高墙顶上嗖嗖飞过。

她知道现在无法越墙逃走，她趴在地下，手中扣着雀羽荡防范院中满蒙决死团的日本浪人。

过了一会儿，栀子听机枪不响了，她知道是熊天彪和他的弟兄们得手了，她旋起身形越墙而去。

第二十四章 飞天荡寇大帅遇难

一

渡边听到外面的机枪声不响了，知道出了问题，他也管不了那么多了，只是严令他的满蒙决死团浪人死死守住屋中的窗门，防止来人救走燕飞天。

过了一会儿，一小队日本兵冲进了院内。铃木小队长气得哇哇大叫："渡边先生！什么人的干活？我的人统统的死了！我的三挺机枪也被中国人抢走了！"

燕飞天被捆绑在椅子上哈哈大笑起来："外面的人——死了死了的！顶好，顶好！关东三寨大大的厉害！"

铃木脸色铁青，暴跳如雷，他拔出来军刀："燕飞天！——死了死了的有！"

渡边看那铃木发疯的样子，照着他脸上左右开弓就是两巴掌："巴嘎！你猪的一样！要想杀了燕飞天，还能等到你来杀吗？"

铃木马上立正："哈依！"

铃木气呼呼地说道："渡边先生！杀死我们大日本皇军的人，他们没有动用火器，用的是暗器和大刀！鬼的一样，鬼的一样！没有人看到他们是什么样子！"

渡边冷笑两声："没见过鬼吗？这燕飞天才是真鬼！燕飞天，你再鬼也被我抓到了这里来，我看你还能鬼到哪里？铃木君！从现在起，你的小队不能离开这院子半步！"

"哈依！"

栀子会合了熊天彪、小胜子等众人，回到了侯得礼处。

侯得礼见栀子和熊天彪与众兄弟都安全归来，心中才踏实下来。栀子告诉侯得礼，燕飞天暗示日本人近日要暗杀张大帅，让大帅早做提防。

侯得礼听了，脸色勃然大变："果不然，日本人要下毒手了！明早我便告知警察厅多做防备，速给大帅发电，让他多做防范。栀子姑娘，辛苦你了！不知燕飞天被关押在那里咋样？"

听了侯得礼的问话，栀子的两眼又要流泪："得礼大哥，燕哥哥在渡边那里，可是吃尽了苦头！他被捆绑在一把椅子上，手脚都不能动，大小便都在那把椅子上。我听燕哥哥喊让日本浪人给他擦屁股。"

侯得礼哈哈大笑："燕飞天真是受苦了！他那折腾日本人的豪气，真是让人佩服！日本人给他们的燕爷爷擦屁股，哈哈！倒也解气！"栀子眼泪汪汪地说："不知哥哥啥时能脱离牢笼？"

熊天彪道："凭天哥的本事，他现在走出那所院子，也无人可挡。天哥宁愿在那里受苦，不想脱离牢笼，必定另有深意。"

侯得礼叹了一口气："只是苦了我那燕飞天兄弟了！不管咋样讲，我们都要做好搭救燕飞天的准备。"

熊天彪道："我们这次干得干净利落，只有我开了两枪，其余的都是刀刀见红，那日本人也不会想到大帅身上。但这次打草惊蛇，日本人对天哥的看守会更加严密，只怕夜长梦多，到那时天哥难以脱身。"

侯得礼道："不能让燕飞天再冒风险！我们还是要想个万全之策，让燕飞天早日脱身。"

熊天彪道："不如我调集三寨人马，与渡边拼个鱼死网破！"

侯得礼道："你可让三寨人马做好准备，到时我让小胜子带领我的特别行动队与你的三寨人马一起出动，干掉渡边救出燕飞天。但不到万不得已不能这样做，要知道日本关东军会随时出动。"

小胜子豪气地嚷叫："那他妈的日本人没啥了不起的！我的马刀连砍了他三个，照样一声没吭！他们的轻机枪还让我抱了回来。"

五杰兄弟也连声说道："快点儿打吧，不能让天哥再受罪了！我们哥五个砍日本人的脑袋还没过瘾呢！"

侯得礼道："各位兄弟，你们可要知道，守护关押燕飞天大院的可是日本关东军的正规部队，日本关东军的战斗力很强，早些年，在辽南和旅顺口，老毛子的军队都几次败在了日本军队的手下。你们这次能轻易得手，因为是夜间行动，日本兵看不到你们，你们的轻功又都好。

"日本兵在中国骄横惯了，也没把中国人放在眼里。他们也想不到是武林豪杰袭击了他们，当然他们就都被你们干掉了！

"要是打常规战就不同了！日本兵训练有素，作战顽强，是很难对付的！没有救出燕飞天的必胜把握，我们绝不能动手。"

哥几个听了侯得礼的这番话，都觉得颇有道理。熊天彪道："听得礼大哥的安排吧！"

二

渡边把燕飞天捆绑在椅子上，心中踏实了很多。心想：我天天陪着你，让你不离开我的眼睛，我还有这几十个满蒙决死团的浪人勇士守护着这院落。外面有关东军的一个小队士兵把守，你燕飞天插翅难逃。

他实在不敢让燕飞天自由行动，他怕前功尽弃，只好把燕飞天捆绑在椅子上。他让人在椅面上抠了一个窟窿，吃饭时，他让老穆喂燕飞天，小便时，让人拿盆接着，大便时，让人把盆放在椅子底下接着。

燕飞天大便时，渡边让老穆给他擦屁股，燕飞天不干，非让日本浪人给他擦屁股。渡边无奈，只得让日本浪人给他擦屁股。

燕飞天像个中风的瘫痪病人一样——吃喝拉撒睡，都在那把椅子上。燕飞天被捆绑在椅子上，像个没事的人一样，照样大吃大喝，天天品茶。

渡边真是奇怪：这燕飞天被捆绑在椅子上，也不知道疼痛，像个植物人一样，只知吃喝，莫非他禁不住折磨，脑子坏了吗？

这天晚上，迈洛又来到了这里，渡边见了迈洛："英国佬，你又来做什么？燕飞天的脑子已坏死了，他已变成了植物人！"

"喏、喏、喏！渡边先生，脑子坏了好，我催眠的效果会更好！我这些天在潜修我的催眠术。既然燕飞天的脑子已坏，我有足够的把握让燕飞天说出真话来。"

迈洛呷了一口茶，向燕飞天脸上喷去："燕飞天——这茶味道咋样？"迈洛的声音带有磁性，让人大脑兴奋。

燕飞天含混不清地说道："好茶——浓香四溢。"

"你口渴吗？"

"我想喝茶。"

"乖乖，喝吧！"迈洛把茶杯递到燕飞天嘴边。燕飞天一张嘴，把一杯茶吸到了肚子里。

"你知道我是谁吗？"

"英国佬。"

"你听到我说的话了吗？"

"愿为大英帝国效劳。"

"好孩子，我的宝贝！我问你什么，你就说什么。"

"我的女王陛下，问吧！"

"你的碧玉蟾不想交给日本人吗？"

"我想交给女王陛下。"

"好孩子！碧玉蟾有何好处？"

"碧玉蟾暗藏宇宙玄秘，暗物质能量无限，可强国富民。"

"你都参悟明白了吗？"

"我太笨，女王聪明！"

"你决定把碧玉蟾送给英国女王吗？"

"是的！渡边是癞蛤蟆，英国女王是天鹅！"

"那么你说一说，碧玉蟾放在了哪里？"

"这里有日本人吗？我怕他们听到。"

"这里没有日本人，都是英国人。"

"哦，我放心了，我告诉你们吧！"

渡边听了迈洛的问话，两眼开始变红："英国佬，你这个骗子！想把碧玉蟾拿给英国女王吗？"

"喏、喏、喏！你的猪脑子又犯病了！我是以英国女王的名义向燕飞天要碧玉蟾，我拿到了碧玉蟾后，再交给你，你的明白？"

"噢，我的明白，我的明白了！我的朋友，你继续问吧！"

渡边又一想：不对呀，迈洛已知道了碧玉蟾的好处，他拿到了碧玉蟾还能给我吗？他们英国人做强盗是爷爷辈的；我们做强盗是孙子辈的。孙子能争斗过爷爷吗？英国佬良心大大的坏了！还是我自己问吧！

"迈洛，我看你有些累了，还是我来问吧！"

"喏、喏、喏！渡边先生，不相信我吗？你自己玩不明白，可不要怪我！想做强盗，还是向我们英国绅士学习吧！"

渡边有些恼火："滚你妈个蛋！现在是在我的窝里，我说得算！"

迈洛有些不解："渡边先生，妈妈滚蛋，我的不懂，让你的妈妈滚个样子看看吧！你的窝，是猪窝吗？当然当然，猪在自己的窝里，自己说了算，你说吧！"

渡边真生气了："闭上你的狗嘴！"

"喏、喏、喏！我明白了，我闭上狗嘴，你闭上猪嘴！"

渡边拍了拍腰间的战刀，迈洛拍了拍腰间的手枪。

渡边心想：正事要紧，我可不和你英国佬斗气了！

"燕飞天，我是谁？"

"渡边雄一。"

"哪国人？"

"大海里老强盗的孙子！"

"碧玉蟾呢？"

"我就让你馋！"渡边一听，不对呀，这也不像植物人哪！他明白，知道自己又上当了。

渡边开始孤注一掷了。

"燕飞天——看来，你没变成植物人，你还在骗我。现在你既然清醒，我就明白地告诉你，你把碧玉蟾藏在了关东山，是指望张作霖庇护你。明天我们就要杀了张作霖，看谁还来庇护你！不如你早些把碧玉蟾拿出来，我们交个朋友。你随我到日本国去，我出资给你开办个大医院，你做院长，为老百姓治病，这不正是你愿意做的事情吗？"

燕飞天听渡边说到这里，脸色大变："渡边先生！你们若是杀了张作霖，我是一点儿指望也没有了！我留着碧玉蟾也没用，你们现在就随我去取吧！"

迈洛听了，马上站起身来："渡边先生，你大英帝国的朋友向你告辞了！"他转身向门外走去。

渡边拔出来战刀，向迈洛的后背刺去："想把今天知道的秘密带走吗？"迈洛向前踉跄两步，倒在了地下。

他伸出一只满是鲜血的手，指着渡边的脸："日本人……你们……要杀……张大帅！"

忽然，燕飞天坐着的椅子在渡边面前飞旋起来。燕飞天身上的绳索都被渡边的刀锋割断。渡边哇呀一声，钻到了桌子底下。

屋中站着的四个日本浪人一时惊呆了，他们刚想拔枪，只见燕飞天旋起身形，口中噗噗连响，四个满蒙决死团浪人，咽喉被燕飞天口中飞射出的刀片切断，鲜血喷射，倒地身亡。

燕飞天一转身，即刻没了踪影。

院子中几个满蒙决死团的日本浪人根本不知道屋中发生了什么。只见一道剑光袭来，只听咕咚咕咚响，这些人的脑袋都滚落在地下。

高墙外一小队的日本关东军士兵什么也不知道，什么也没听见，什么也没看见。待渡边出来喊叫时，燕飞天早已不知了去向。

铃木带领他的日本兵气势汹汹，剑拔弩张地冲进院内。见满蒙决死团浪人的人头像西瓜一样滚落地下，铃木开始号叫，他端起机枪向高墙上空扫去。

渡边看到院中地下的人头，他抓过铃木，照他的脸上啪啪就是两巴掌："巴嘎！蠢猪！一个小队的关东军，都在睡觉吗？燕飞天哪里去了？"

铃木忍着脸上的疼痛："哈依！哈依！我马上去追赶燕飞天，把他抓回来！"

"就凭你们，还想去追抓燕飞天！"渡边心里的气更大了，火冲脑顶，头一晕栽倒在地下。

三

熊天彪收到了熊天罴的来信，熊天罴在信中告知他，关东三寨已备好了五十精兵，连同先前拨给他的"十勇"，兄弟随时听从调遣。

于亚涵得知燕飞天身陷囹圄，每日啼哭不止，菊儿吵闹着要前来营救燕飞天。老夫人担忧燕飞天的安危，已染病在身；只有熊天娇屋里屋外忙活，稳住了众人。

熊天彪看过熊天罴的书信，很是担忧老夫人的病情。他对侯得礼说道："哥哥，让天罴二哥发兵吧！我担心娘亲思盼燕飞天心切，病情加重，她老人家若有个三长两短，让我如何是好？"

侯得礼一咬牙："小胜子！把你的那帮虎犊子都给我准备好！天彪——放信鸽！让熊天罴发兵奉天城！"

呀的一声，房门开了，燕飞天突然站了在大家面前。

"众位兄弟，干吗要大动干戈？我燕飞天这不是回来了嘛！"

太突然了！谁也没想到，燕飞天这时回来了。屋内鸦雀无声，一时间，都愣在了那里。小胜子噢的一声，一下子蹦到燕飞天身边，抱住了燕飞天："师父——你可回来了！把大家伙都担心死了！"

栀子拽住燕飞天的手，泪水涌流："哥哥……哥哥……你可回来了！"

侯得礼、熊天彪围在燕飞天身边左看右看。燕飞天道："得礼大哥！大事不好，大帅有难！日本人这两天要暗杀大帅！快快通知大帅知道！"

侯得礼面色骤变："啊！——情报可靠吗？"

"渡边亲口所说，他怕迈洛泄密，还亲手杀了迈洛！渡边以为我必死无疑，想不到我会逃脱出来。"

侯得礼头上立刻沁出了汗珠："大帅今日从北平返奉，坐火车归来，现在天还没亮，我马上到警察厅，沿途全城布防。

"小胜子！你带行动队全天待命，人在马旁，随时出击，等候我的命令！天彪二弟！大帅的精锐部队都在关内，为防奉天城内事变，放出信鸽，让熊天罴多带人马火速赶到奉天城来。

"飞天兄弟，我先代大帅谢过你！若大帅安然无恙，我们定会在一起欢聚。飞天兄弟，你先好好休息！我走了！"

外面车已备好，侯得礼直奔警察厅而去。

张作霖在军阀大战中，顶不住蒋介石联军的压力，全线溃退。他让少帅张学良留守北平，决定自己返回奉天城。

张大帅返回奉天那天，日本公使芳泽谦吉来会见张大帅。

芳泽谦吉见了张作霖："大帅，你前线战事不利，你的军事实力敌不过蒋先生的部队！你还是退回东北吧！有大日本帝国做你的后盾，我们可以出钱出武器帮你对付蒋先生。你与我们大日本帝国合作，东亚共荣。你让我们日本人在你的领地上开采矿藏，建立工厂，让我们日本人为你拓荒。你的大东北很快就会富强起来。那时你财力雄厚，兵强马壮，何愁不扫平南北，统一中国。到时候你就是中国的天皇！"

"芳泽先生——我老张虽没念过几天书，但我知道驴被马踢了的滋味！你们开我的矿山，用我的煤炭炼我的钢铁，你们用我的钢铁制造武器再卖给我。我还要听命于你们！我是个狗屁天皇？我是根黄瓜！芳泽——你想做什么，不要和我老张绕圈子了，直说吧！"

"大帅——在满蒙悬案书上签字吧！只要你签字了，回到奉天，你的好处会接踵而来。要枪支吗？有！要钱吗？有！我们大日本帝国都会满足你。"

"你们以为我老张是个狗屁不懂的小犊子吗？我宁愿就这样扛着姓蒋的，我也不会钻你们的圈套！我把东北的土地、矿山、森林都给了你们，我是什么东西？东北的父老乡亲骂我！我的子孙后代骂我！东北乡亲的后人还要骂我的子孙！什么'满蒙悬案书'？让我签字！我签个屁字？"

"张作霖，你不考虑后果吗？"

"我这身臭皮囊，随你们的便，我考虑个狗屁！送客！——我马上回奉天城！"

芳泽谦吉的脸一阵红，一阵白，他咬了咬牙，讪讪地走出了门去。他回到公使馆，给奉天城的关东军司令部发去电报。

芳泽刚走了一会儿，一个秘书急匆匆地走了进来："大帅！奉天警察厅密电，铁路沿途有日本人活动，有密报警察厅，日本人要暗杀大帅！"

张作霖听了，并没感到吃惊，他思索了一会儿，一声没吭："走！——到车站！"他暗自思忖：我若不回奉天城，不知日本人会鼓捣出啥幺蛾子来，我宁可舍了我这身臭皮囊，也要赶回去，不能让日本人钻了空子。他妈了个巴子的！等我回了奉天，看这帮王八犊子还跟我扯啥，让我签"满蒙悬案书"，滚犊子吧！

侯得礼从警察厅回来告诉大家，警察厅已电告了张大帅。少帅张学良已命令部队在铁路沿途做了警备。警察厅已安排了人手在火车站严密防守。

侯得礼还是不放心，他对燕飞天道："铁路沿线太长，有部队防守。小胜子原地待命。飞天兄弟与天彪五杰随我一起到火车站吧！以防大帅遭遇不测。"

侯得礼知道大帅的专列早上亮天时才能到达奉天火车站。晚上黑天后，侯得礼与燕飞天、熊天彪带领五杰到了火车站。

燕飞天与熊天彪在火车站细心观察过往行人，没发现可疑之处，一整夜，大家都没有合眼。天已大亮，按时间计算，还有十多分钟大帅的专列就要进站了。车站周围无异常现象，侯得礼的心中松了一口气。

可就在这时，皇姑屯方向轰隆一声巨响。侯得礼说声"不好，大帅出事了"，众人跑出车站外，只见皇姑屯火车站方向浓烟滚滚。

侯得礼高喊一声："上车——！"侯得礼他们到了北两洞桥时，北两洞桥已被军警戒严了。在北两洞桥西，张大帅血肉模糊地被抬下了炸毁的车厢。救护车向大帅府疾驰而去。

第二天傍晚，熊天罴带领关东三寨五百骑兵赶到了奉天城北。侯得礼安排熊天罴的五百人马驻扎在了北大营附近。

侯得礼对熊天罴说道："大帅生死不明，你带领人马先驻扎在这里，静观其变，要慎防日本人趁机作乱。"

侯得礼和张大帅只是单线联系，张大帅身边的杨宇霆也不知底细，侯得礼只能等待大帅的消息。

几天后，大帅府传出来大帅去世的消息。侯得礼与小胜子痛哭流涕，小胜子对天发誓："我一定要为大帅报仇！"

燕飞天黯然神伤——自己在渡边身边费尽了苦心，也没有保住大帅性命，关东要有灾难了！

又过了一段时间，侯得礼见日本人没什么动静，便让熊天罴返回了关东三寨。他找机会见了少帅张学良。张学良很重视侯得礼的特别行动队，要侯得礼和以往一样——大帅去世后更应当掌握日本人的动向，有什么要事向他直接报告。

燕飞天见渡边那面日本浪人暂时没有什么动向，就告别了侯得礼与小胜子，带领熊天彪、栀子和众弟兄回了关东三寨。

第二十五章　鹰不落佳人合欢

一

老夫人见燕飞天、熊天彪和众弟兄回了山寨，熊天彪还带回了一个日本小美人，老夫人欢天喜地，乐不可支，她的病好了一多半。

老夫人把栀子叫到面前，拉着栀子柔软的小手，在栀子小脸上左看右看，看个没够："好姑娘，好姑娘！老身又多了一个闺女！"

"天彪儿——以后可不要欺负这日本闺女！"众人哈哈大笑。

燕飞天笑道："娘亲，栀子可不是日本人，她是我的同族妹妹！"

老夫人听了更乐了："天儿啊！——老天对我熊家真是不薄，把你们兄妹二人都送到了我熊家来！老身有福，老身有福哇！哈哈，哈哈！"

"天儿——快过去和你那三个没过门的媳妇说话去吧！你没看她三个急得都快要流泪了！"熊天娇与于亚涵、菊儿，羞得满脸通红。

熊天娇嫣然一笑："娘亲——又取笑我们姊妹三个了！"老夫人哈哈大笑。

三姊妹欢天喜地地把燕飞天迎到她们大院里。进到屋内，三姊妹忙活了起来。

天娇到瓜地里摘瓜，于亚涵与菊儿到树上又摘李子又摘桃。一会儿工夫，桌子上摆满了各样的果品。

菊儿雀儿一样飞来飞去，给燕飞天掰个香瓜，递个桃子。

于亚涵站在燕飞天身边，痴痴地看着燕飞天，眼中流泪，嘴中在咻咻地笑。

熊天娇关切地看着燕飞天俊朗英气的脸："天哥哥——自从你被渡边关押后，涵儿妹妹整日里啼哭，菊儿妹妹天天吵闹着要到奉天城去营救你，娘亲也为你急出了病来。我是姐姐，有天大的事儿，我也要照看好娘亲和两个妹妹。我知道天哥哥是人中之龙，会平安归来。还好！娘亲和两个妹妹没出什么差错，都安然地见到了天哥哥，我就安心了！"

燕飞天站起身来，两眼充满柔情地看着熊天娇："天娇！我燕飞天刀锋上行走，浪迹江湖，有你这样的玉人儿在家中照料老小，我燕飞天可要多谢妹妹了！"

菊儿在一旁咔咔地笑："燕哥哥——咋谢姐姐呀？"她一下子把熊天娇推到燕飞天怀里。

熊天娇的脸正贴在燕飞天脸上，燕飞天就势把熊天娇搂在怀里。

熊天娇嘴中喃喃低语："天哥……天哥哥……"

熊天娇抬起头来，见于亚涵和菊儿在偷笑。她羞红了脸儿。

"天哥哥——亚涵妹妹都快要想死你了！快到她房中去吧！"

于亚涵羞怯地看着熊天娇："姐姐——你与燕哥哥温存吧！妹妹看到了燕哥哥就心满意足了！"

菊儿看着于亚涵绯红的脸儿："涵儿姐姐，还不快走！小妹要和你抢燕哥哥了！"她把于亚涵推出了门外。

燕飞天进了于亚涵屋内，于亚涵一头扎在了燕飞天怀里，她再也控制不住自己，两片红唇紧紧地贴在燕飞天热唇上。她疯狂地吻着燕飞天双唇和脸，两手紧紧地抱住燕飞天，莹莹泪水涌流下来："燕哥哥——你身入虎穴，身陷囹圄，小妹心急如焚，恨不得飞到你身边。可小妹手无缚鸡之力，没有半点儿用处，只能暗中心急流泪。自从小狼山上你我浴火重生，小妹再也离不开燕哥哥了！涵儿真想天天伴随在哥哥身边，朝朝暮暮永不分离！"

燕飞天双手捧住于亚涵泪眼婆娑的媚脸，双眉微锁。轻轻地叹了一口气，内疚地看着于亚涵："涵儿妹妹呀，我何尝不想与你们姊妹三人朝夕相守，可现在是乱世之秋，国事不宁，日本浪人和关东军又谋杀了张大帅。时日不久，日本人将会在关东掀起大的风浪。关东大地将要血雨腥风，关东的老百姓就要受苦了！

"我燕飞天不能坐而视之！何况日本人对碧玉蟾还贼心不死。

"蒙你爹娘之恩，我在你家府上藏匿多年。到如今连累了你爹娘两位老人家为我燕飞天双双殒命。我愧对你九泉下的爹娘！

"我不想让你再为我担惊受怕，不能让你再出丝毫差错，否则我燕飞天更是无颜见人了！我思虑再三，想让你到国外寻找你哥哥于亚枫，在国外暂避几年。待国内安静无战乱时，你回国我们团聚。"

于亚涵睁大了闪着泪花的双眼，痴痴地看着燕飞天的脸："燕哥哥——小妹怕你为我分心，耗费精力，小妹也有此意，只是小妹舍不得离开燕哥哥！"于亚涵抱着燕飞天失声痛哭起来："燕哥哥……燕哥哥……小妹实是舍不得你呀！我若是走了，怕再也见不到你了！燕哥哥……燕哥哥……"

于亚涵双肩抖动，把脸儿紧贴在燕飞天胸口上，哽咽不止。

燕飞天抚摸着于亚涵的秀发，热唇轻轻地吻干了她脸上的泪水："涵儿——走吧！我已对不住你爹娘了，不能再对不住你！待国内安宁了，你再归来，你我白头偕老！"

于亚涵哽咽："燕哥哥，我走也不放心，不走也不放心，心中无法放下燕哥哥……爹娘啊……让涵儿如何是好？"

燕飞天柔声道："小妹呀，你放心走吧！哥哥会活着等你回来。"

于亚涵伏在燕飞天怀里不再说话，抽泣喃语："燕哥哥！燕哥哥……燕哥哥……"她双手死死地抱着燕飞天，昏睡了过去。她长睫毛下的双眼微动，两滴清泪顺着眼角在白皙的脸上淌落下来。

二

第二天早上，燕飞天与于亚涵来见老夫人。燕飞天把他的打算禀明了老夫人。老夫人听了，面现悲戚，眼中不由得落下泪来。她对于亚涵说道："亚涵姑娘——你到我山寨虽时日不多，我视你如亲闺女一样，你与天娇、菊儿一样，都是没有爹娘的孩子。天娇虽在我身边长大，但我同样看待你们，没有薄厚和亲疏。你们都是我的孩子，我不想你们其中有一个人离开我！涵儿初到山寨，是否不习惯？还是天娇与菊儿待你有不周之处？"

于亚涵听了老夫人这番言语，怕老夫人误解自己，赶忙跪在了地下。她眼中泪花闪动："娘亲哪！涵儿自从来到山寨，娘亲比我亲娘还亲！天娇姐姐和菊儿妹妹对我更是倍加呵护。一个没有了爹娘的孩子，能得到亲娘和亲姊妹一样的关怀和照顾，我于亚涵还是有福。娘亲——涵儿生长在大户人家，自小娇生惯养。长大后又在城里读书。孩儿身体弱不禁风，什么事情也不会做，只能给娘亲和姐妹添累赘。更重要的是——燕哥哥为国为民，奔波在外，时常为我分心，孩儿实是怕燕哥哥有个一差二错！

"孩儿比不上天娇姐姐和菊儿妹妹——姐姐从小在山寨长大，外柔内刚，遇事冷静稳重，料理一切事情得心应手。菊儿妹妹浑身武艺，不让须眉。

"孩儿到国外找我哥哥，暂避几年，以解燕哥哥的后顾之忧。有天娇姐姐和菊儿妹妹照料燕哥哥，我就是走到天涯海角也放心了！"

老夫人看着跪在地下满脸流泪的于亚涵，心中一阵阵痛楚。老夫人道："闺女，快起来坐下说话，不要跪在那里，心疼死娘亲了！"熊天娇和菊儿抹着眼泪，赶忙扶起来于亚涵。

老夫人坐在那里，好一会儿没有吱声，她两眼一会儿看看燕飞天，一会儿又看看熊天娇，一会儿又看看于亚涵。

老夫人瞅着熊天娇突然说道："娇儿——娘要和你商量一件事情，不知你是否愿意？"

熊天娇从没见娘像今天这样，心中觉得奇怪："娘亲，有什么事情吩咐孩儿就是了，无须与孩儿商量。"

老夫人略加迟疑，笑道："娇儿，那就要委屈你了！"

熊天娇疑惑地看着老夫人："娘亲，娇儿在娘亲面前没有什么委屈不委屈的，有什么话娘亲就说吧！"

老夫人沉吟了一会儿："娇儿啊，亚涵姑娘去意已决，想她已逝双亲，孤苦伶仃。涵儿这一走不知何日归来，我意欲为涵儿、天儿圆房，让涵儿的爹娘在九泉之下得以安心。只是娘亲顾及娇儿是天儿的正室夫人，至今还没有拜堂成亲，我为涵儿与天儿圆房，怕娇儿心有不甘。为娘的只能与娇儿相商了！不知娇儿意下如何？"

燕飞天和于亚涵听了，都是心中一震。

于亚涵心如鹿跳，满脸羞红，扑通一声跪在了地下。她双目流泪，惶恐地看着老夫人："娘亲哪，涵儿虽孤苦伶仃，但与燕哥哥婚约在后，怎能抢在天娇姐姐的头里？正室的名分应是姐姐的！涵儿绝不能做出有悖伦理之事。姐姐还没有与燕哥哥拜堂成亲，涵儿怎敢奢想！娘亲——不如就为天娇姐姐与燕哥哥操办婚事吧！涵儿走后，也就安心了！"

熊天娇坐在老夫人身旁，见于亚涵跪在那里，两眼垂泪，凄凄楚楚，似那林黛玉再生一般。她心生怜意，心中叹道：亚涵妹妹真是个知书达理的好姑娘！我熊天娇岂能不成人之美。

她站起身来，扶起于亚涵，拿出帕巾擦去她脸上的泪水。对老夫人道："娘亲欲为亚涵妹妹与燕哥哥圆房，正合孩儿之意。孩儿不计较什么名分，只要我们能照料好燕哥哥，就是我们的福分了！娘亲，就为涵儿妹妹与燕哥哥操办喜事吧！"

老夫人站起身来，哈哈大笑："娇儿，娘没白自小疼你！待时局安稳，你便与天儿完婚。"

于亚涵扑通一声，跪在了熊天娇面前，拉住熊天娇的手，泪如泉涌："姐姐，我的好姐姐！小妹不管走到哪里，都不会忘记姐姐——不管到什么时候，你都是燕哥哥的正室夫人，涵儿永远是你的好妹妹！"

老夫人满脸含笑看着燕飞天："天儿，你可否愿意？"

燕飞天一直愧疚于亚涵的爹娘因自己而离世，今天见老夫人这样安排，心中真是感激不尽。燕飞天满心欢喜，心怀敬意地看着老夫人："娘亲，孩儿并无主见，但凭娘亲安排，孩儿唯有从命。"

菊儿心想：天娇姐姐真是难得的好姐姐，谁不想把燕哥哥搂抱在怀里！谁不想让燕哥哥施爱！天娇姐姐能这样大度待人，自己日后也是有福，她更加敬重熊天娇了。

她噘着小嘴笑嘻嘻地看着于亚涵："亚涵姐，你真有福气，你可以天天搂抱着燕哥哥了！"

于亚涵脸上一阵羞红，破涕为笑："坏小妹！取笑姐姐！"一时间，堂内喜气洋洋。

老夫人吩咐人唤来熊天鹤，让他与熊天罴、熊天彪哥俩尽快操办于亚涵与燕飞天的婚事。

于亚涵与燕飞天圆房那日不亚于大婚，三寨上下大摆酒席，喜气洋洋，寨兵们尽情豪饮。满山寨，一片片为燕飞天和于亚涵祝福声。

于亚涵与燕飞天拜完天地，众人将他二人送入了洞房。燕飞天看于亚涵楚楚动人的娇羞样子："涵儿——你在房中等候哥哥，哥哥去给娘亲和众兄弟敬酒，不要冷落了众位兄弟。"

于亚涵深情地看了燕飞天一眼："燕哥哥——我也要去！"

"涵儿——你可是大家闺秀，洞房之夜抛头露面可好？"

于亚涵看着燕飞天老夫子一样的样子，咪咪地笑了起来："燕哥哥——在这山寨里，还讲什么大家闺秀，我已与大家是同路人了！还要什么陈规旧矩。涵儿没走之前，要好好孝敬娘亲。娘亲对我恩重如山，我咋能坐在这里，让你一人去为她老人家敬酒。再有——涵儿还要去谢天娇姐姐——你的正妻！"说完，嫣然一笑。

"燕哥哥，让为妻与哥哥一起去吧！"

燕飞天满心喜悦，深感涵儿是个知恩图报的好姑娘。燕飞天牵着于亚涵温柔的小手，一起走出了洞房。

老夫人坐在宴席上首，熊天娇和菊儿坐在她两旁，熊天彪张罗着为老夫人敬酒。

栀子坐在熊天彪身边，看熊天彪那忙忙活活的样子，忍不住偷偷地笑。她看燕飞天与于亚涵走了出来，赶忙站起身来迎上前去。她看于亚涵被燕飞天牵着小手甜蜜的样子，笑道："怎么——亚涵嫂嫂也一起出来了？"

于亚涵笑道："没有栀子妹妹，我与哥哥咋能在小狼山脱险？妹妹又深入渡边的狼窝为燕哥哥涉险，嫂嫂早就该敬妹妹几杯水酒了！"

栀子笑道："嫂嫂说到哪里去了！都是自家人——完颜兀术的后人，能不相亲相爱吗？"

燕飞天笑道："都不要说了，快去给娘亲敬酒吧！"于亚涵赶忙与燕飞天来到老夫人面前。

老夫人见于亚涵跟燕飞天一起来到面前，惊讶道："涵儿——你怎么也出来了？"

于亚涵笑道："娘亲——你老人家待我恩重如山，似我亲娘一样！涵儿在娘亲身边时日不多了，涵儿要好好孝敬你老人家。孩儿独在洞房中，不如与娘亲在一起亲近。待孩儿走后，不知孩儿何日再能孝敬娘亲了！"

于亚涵为老夫人斟满了杯中酒，双手捧着酒杯，递到老夫人面前。

老夫人满面春风，笑呵呵地接过酒杯："涵儿——娘亲知道你是个好姑娘，不管你走到天南地北，都是娘的孩儿！娘都会挂念与你，娘亲盼望你早日归来。今天是你大喜的日子，不要说伤感的话了！只要你在外面平平安安就好。天儿——我们一起喝酒吧！"熊天娇、菊儿一起都举起了酒杯。

于亚涵又给熊天娇斟满了酒："姐姐——自从小妹来到山寨，得到姐姐的关怀和照顾，这次姐姐又大义待我，小妹实是愧疚。小妹日后归来，定会报姐姐之恩德，尊姐姐以长者相待。菊儿妹妹，我们一起干了这杯酒吧！"

熊天娇端起酒杯，温柔地看着于亚涵："涵儿妹妹——我们都是女人，我们又都同爱着一个男人，只要我们爱的人好，我们就都好。只要夫君不为我们分心，我们怎样做都是应该的！我只是做了对夫君应该做的事儿。亚涵妹妹，我们是同样的奉夫之心，你不要愧疚了！也不要谢我，我们一起喝酒吧！"

菊儿端起酒杯，站起身来，满脸豪气地看着燕飞天："燕哥哥好福气，两个漂亮温柔的姐姐都这样爱你！菊儿还小，不太通事理，菊儿只能听两个姐姐的话，不让燕哥哥为我分心。若燕哥哥有危难之时，我挺身去为燕哥哥拼命！"

老夫人听了菊儿的话，笑得她把刚抿入口中的半杯酒喷了出来："你这小丫头！你的燕哥哥还用你为他去拼命吗？那就不是你的燕哥哥了！"

菊儿满脸羞红，伸了一下舌头："娘亲，菊儿说错话了吗？"

熊天娇笑道："菊儿妹妹，你没说错什么，姐姐知道，你把燕哥哥的生命看得比自己的生命还重要。好了，好了！菊儿妹妹，燕哥哥，我们一起和娘亲喝酒吧！"众弟兄齐声叫起好来。

小胜子端起酒杯，嬉皮笑脸地看着于亚涵："嫂嫂，啥时给小猴子生个小师弟？我好领他一起玩耍！"于亚涵大红着脸，拽着燕飞天的手："燕哥哥——小猴子要挨打！"她举起小拳头照小胜子肩上捶了两下。众人哈哈大笑起来，一起端起了酒杯。

众兄弟与燕飞天热闹了一会儿，熊天鹤对燕飞天说道："妹夫，时候不早了，你与亚涵姑娘早些回房歇息吧！你就不要照料这些弟兄了，有我在这里照料众弟兄，你就安心度你的洞房花烛夜吧！"

熊天娇也连连催促："天哥，快早些与亚涵妹妹入洞房吧！娘亲有我和菊儿呢，你就放心好了。"

菊儿见于亚涵和燕飞天还是不动，她拽过于亚涵，在她耳边私语："亚涵姐姐，你再不走，小妹可要替你入洞房了！今晚姐姐可搂不到燕哥哥了！"

于亚涵粉脸泛红，挥起小拳头，在菊儿背上捶了起来："坏小妹！待你和燕哥哥入洞房时，看姐姐怎样整治你！"

老夫人见燕飞天和于亚涵不回洞房，对熊天娇和菊儿嗔怒道："你们两人快把天儿与涵儿送回洞房，良宵一刻值千金！天儿，涵儿，还不快快回到洞房去！"

燕飞天与于亚涵见了，只好给老夫人又斟满了酒："娘亲，孩儿回房了，让天娇和菊儿陪伴你老人家吧！"

老夫人嗔怒道："啰唆！还不快走！难道娘的话也不听了吗？快快回到洞房，给娘亲做出个孙儿吧！"众人哈哈大笑起来。熊天娇和菊儿把他俩推出了门外。

燕飞天与于亚涵回到洞房，于亚涵一下子扑到了燕飞天怀里。她妩媚的双眼放着欲光，柔情蜜意地把脸贴在燕飞天脸上。

"燕哥哥——娘亲让我俩给她老人家造出个孙儿呢！"

燕飞天双手捧着于亚涵俊俏迷人的小脸儿："涵儿，现在可行，你要出国了，现在若怀上了孩子，你到了国外，如何抚养孩子？"

于亚涵嗲声嗲气道："我不管！到了国外，还有哥哥呢！哥哥会帮我照料孩子。"

燕飞天叹了一口气:"涵儿,顺其自然吧!哥哥真怕你在国外受苦。"

于亚涵紧紧地抱着燕飞天:"为了燕哥哥,吃多大的苦,涵儿都愿意!燕哥哥……涵儿要你……"于亚涵突然松开抱着燕飞天的双手,宽衣解带。

她解下胸前的红布兜兜……

燕飞天看着于亚涵晶莹如玉的娇躯洁白无瑕,让人销魂。燕飞天看着于亚涵让人怜爱的样子,轻轻抱起于亚涵,把热唇紧紧贴在了于亚涵的樱红小嘴上。两个人的肌肤紧紧地贴在一起。

于亚涵的身体一阵战栗,滑腻的躯体在燕飞天身下蠕动,她柔软的小舌伸到燕飞天嘴里,疯狂地在燕飞天嘴里吮吸。她滑腻的小手在燕飞天坚实的胸膛上揉搓,她要把自己的血液融入燕飞天身体里。

于亚涵全身舒服极了,觉得脑中似开了一扇窗户——以往的不知都已知,以往不明的事情都已明。儿时与爹娘嬉耍的画面历历在目。课堂上老师讲课的内容,她现在能倒背如流。于亚涵心内惊异,我于亚涵这是怎么了?

三

第二天早上,燕飞天与于亚涵到老夫人房中请安。熊天娇和菊儿坐在老夫人身旁,见于亚涵神清气爽,脚步轻盈,身无半点儿倦意。于亚涵本就妩媚艳丽的脸上更加鲜嫩如花。

菊儿看着于亚涵蝴蝶般飘逸的样子,调皮地笑道:"姐姐——怎见你不倦,越发耐看了呢?"

熊天娇也笑道:"亚涵妹妹一夜间出落得仙女一般,真让姐姐嫉妒了!"

老夫人笑呵呵地在于亚涵身上打量起来:"变了,变了!涵儿是变了!让娘亲都认不出我的涵儿了。"

老夫人拽过于亚涵温柔的小手,在她粉嫩的小脸上亲了一口:"娘的好涵儿——让娘越发地疼爱你了!"

于亚涵并不知自己外表的变化,见大家都异样地看着自己,不免有些慌乱地说道:"娘亲——涵儿有变化吗?不是又羞臊人家吧?"她不解地看着身后笑嘻嘻的燕飞天:"燕哥哥——涵儿的模样果真有变化吗?"

燕飞天笑道："涵儿——娘亲没有取笑你，你真的和以前大不一样，大家都越发地喜欢你了！"

于亚涵哆声扑到老夫人怀里，搂住老夫人脖子，把脸贴在老夫人脸上撒起娇来："娘亲——涵儿好有福！涵儿好喜欢！"她在老夫人的脸上连连亲吻了几口。熊天娇和菊儿都嘻嘻地笑了起来。

燕飞天与于亚涵这小两口，新婚宴尔，夜夜缠绵。一连多日，于亚涵还是那样不知疲倦，她的脸上更加光彩照人。于亚涵每天像一只欢快的小鸟，像一只飘逸的蝴蝶，飞来飞去。

她有时在老夫人房里陪老夫人聊天，有时和姐妹们一起玩耍。她要尽情享受行前暂短的美好时光。

这一天，姊妹三个一起捉蟋蟀。菊儿见一只雄壮的蟋蟀跳到一块石头底下，菊儿想把那头蟋蟀捉出来。可那块石头太重，她无法搬动，她又舍不得那只健壮的蟋蟀。

她对熊天娇说道："姐姐，我去找燕哥哥，让他搬开这块石头，帮我捉住这只蟋蟀吧！"

熊天娇笑道："菊儿妹妹，想燕哥哥了？你快去吧！把燕哥哥找来，我们一起斗蟋蟀。"熊天娇说完，冲着于亚涵哧哧地笑了起来。

于亚涵笑道："菊儿妹妹，让姐姐试试吧！姐姐若能搬开这块石头，就不要找燕哥哥了！可不要让燕哥哥笑我们姊妹仨人无能。"

菊儿嘻嘻笑道："亚涵姐姐，小妹不是笑你——你手无缚鸡之力，弱不禁风的样子，就是把天娇姐姐合进来，我们三个人也难动得了这块大石。"

于亚涵看了一眼自己的双手："菊儿妹妹，我觉得我比照以往健壮了！"

"天娇姐姐，让我来试试吧！"

熊天娇当作于亚涵调皮好玩，她笑嘻嘻地看着菊儿："菊儿妹妹，看看亚涵妹妹比照与燕哥哥合房前增添了多少力气，也许亚涵妹妹能得益于燕哥哥的功力吧？"

菊儿眨着眼睛笑道："亚涵姐姐，你若累坏了，可不要让燕哥哥来找菊儿算账！"菊儿哧哧地嬉笑起来。

于亚涵嗔怒笑道："调皮鬼！看姐姐来试给你看！"

于亚涵站在大石面前看了看，这大石足有一百余斤。她把双袖往上挽了挽，两手推住大石头一角，她一用力，那大石竟然翻倒在地下。

菊儿见了，吐了一下舌头："我的娘亲哪！亚涵姐姐，你哪儿来的这般大力气?"

熊天娇惊讶地上下打量着于亚涵，伸出双手，关切地攥住于亚涵柔软的小手："妹妹，你用了这般大的力气，伤到了妹妹吗?"

于亚涵突然哈哈大笑起来："姐姐，小妹我不知哪来的这般大力气，我们快去问娘亲吧! 我好怕!"这三个女孩子叽叽喳喳地来到老夫人房中。

老夫人见仨人叽叽喳喳地跑进屋来，笑道："都是有夫婿的人了，还在外面疯野，看不让天儿笑掉你们的大牙!"

仨人齐声喊道："娘亲——又羞笑我们了!"

老夫人见这三个姑娘一反常态，心中有些奇怪，一向稳重的熊天娇也像个小孩子没有了姐姐的仪态。

老夫人不动声色，也不问什么因由，只是看三个姑娘到底说出些什么来。

熊天娇见老夫人不再言语，走到老夫人面前："娘亲，亚涵妹妹适才掀动了一块百余斤的大石，我们姊妹三人都觉得奇怪，不知亚涵妹妹哪里来的力气。就是亚涵妹妹自己也觉得害怕，我们姊妹不明原委，想问娘亲个明白。"

老夫人听了，心内一惊："娇儿，你说什么? 涵儿掀动了百余斤的大石?"

"涵儿，果有其事吗?"

于亚涵答道："娘亲，千真万确，涵儿确是翻动了一块百余斤的大石。"

老夫人又问菊儿："菊儿，你亲眼所见吗?"

"娘亲，菊儿亲眼所见，我们三姊妹都惊异万分，才来问娘亲是何道理。"

老夫人着实吃惊不小，她把于亚涵叫到身前。拉住于亚涵纤细的小手捏了捏，又在于亚涵肩上按了按。她觉得于亚涵的身子骨比照她与燕飞天合房前结实多了。

按她肩背时，有一股反冲的力道。老夫人明白，这是于亚涵与燕飞天媾和有关。

老夫人对她三人说道："你们都是女孩子，夫妻房中之事还都不明了! 为娘的要多问问涵儿房中之事。娇儿与菊儿听好，日后与天儿同房时，便减少了很多麻烦。"

姊妹三人见老夫人说得郑重，羞红着脸儿不敢作声。

老夫人看着于亚涵："涵儿，不要害羞，娘问的话，你要据实说来，好让娘亲捋出事情的来龙去脉。"

于亚涵小脸儿绯红，她低着头，两手拈动衣衫，娇羞道："娘亲，问吧! 涵儿多有不明之处，望娘亲解析。"

熊天娇与菊儿听得面红耳赤，二人看着于亚涵哧哧地笑。

这时，燕飞天推门走了进来。

老夫人见燕飞天走了进来，乐悠悠地看着燕飞天："天儿，快坐到娘亲这里来！你媳妇快要变成武圣人了！一个孱弱的女孩子竟能翻转一块大石头！哈哈，哈哈！"

于亚涵见燕飞天来到面前，媚眼顾盼，娇羞地噘着小嘴："燕哥哥——娘亲又在羞笑人家！"

老夫人看着于亚涵娇羞的样子，又哈哈大笑起来。熊天娇与菊儿跟着老夫人一起笑了起来。

于亚涵一下子扑到老夫人怀里，嗲声嗲气娇语："娘亲——姐姐和妹妹也笑我！"

老夫人满脸笑容地抚摸于亚涵的秀发和小脸儿："好了，好了！都不要笑了！和天儿说说话吧！"

熊天娇与菊儿刚听完老夫人问话，见燕飞天走了进来，不由得面红耳赤，心中怦怦跳动。二人不敢正视燕飞天，只是抿着嘴哧哧地笑。

其实燕飞天在门外已听了多时，老夫人的问话，他听得一清二楚。老夫人的剖析，他心中早就清楚，他只是没有对于亚涵说明罢了。他知于亚涵胆小，怕于亚涵体内的突然变化惊吓到于亚涵。

他见老夫人对于亚涵点明了此事，才推门走了进来。燕飞天看着老夫人怀中温顺的小鹿儿一样的于亚涵，对熊天娇和菊儿笑道："是涵儿的姐姐和妹妹欺负涵儿了吗？看把涵儿吓得都不敢离开娘亲了！"

菊儿噘着小嘴笑道："燕哥哥——欺负我和姐姐！啥时我和姐姐也能像涵儿姐姐一样融合你的能量？"

老夫人听了，嗔怒地笑了起来："傻丫头！你想融合就融合吗？到时候，娘亲就为你天娇姐姐和你安排了！猴急！"

熊天娇大红着脸，拍打一下菊儿："妹妹呀，你可羞杀姐姐了！"菊儿看着熊天娇的大红脸，嘻嘻一笑。燕飞天看着她们姊妹仨，倒也有趣。

燕飞天对老夫人说道："娘亲，涵儿已有了我体内的未知能量，已阴阳融合，涵儿的内力已不比常人。日后涵儿行走在外，遇事自保绰绰有余。我再教她些应手的功夫，日后，她不在我身边，我也放心了！"

老夫人点头微笑："天儿想得真精细——涵儿在外，娘亲也放心了！"

"娇儿，菊儿，听到了吗？天儿会像疼爱涵儿一样，疼爱你俩！"

熊天娇和菊儿心如鹿跳，面羞如花，美目含情痴视燕飞天。

熊天娇娇滴滴轻语："娘亲——又羞臊孩儿了！"

老夫人看眼前的几个孩子其乐融融。她心中感叹：老天真是对老身不薄，偏得了这些好儿女。她心中高兴，吩咐道："备酒宴！娘亲与孩儿们饮酒。"

四

燕飞天已派人到南京为都迅送去了书信，托付都迅联系国外的于亚枫。待联系上于亚枫，燕飞天要亲自护送于亚涵到北平与都迅会面，商定于亚涵的行程。

这段时间里，燕飞天教授于亚涵护身功法。于亚涵已具内力，资钝又开，燕飞天教授她的武功路数，她都一一牢记。

于亚涵每日与菊儿研练，她的功力突飞猛进。燕飞天看在眼里，着实放下心来。一想到于亚涵时日不久将奔赴国外，燕飞天有些惘然，心中有一丝失落感。

他长叹了一口气：走吧，走吧！再不能牵累涵儿了，让她过上几年安稳的日子吧！

二十余天后，燕飞天接到了都迅回信，信中说：他托朋友在美国找到了于亚枫，并在联系于亚涵赴美国留学的相关事宜。

都迅约燕飞天与于亚涵到北平会面，商定赴美国的行程。

于亚涵看过都迅的书信，得知哥哥于亚枫在美国，心中异常高兴。想到不久就要见到哥哥了，于亚涵两颊流下泪水，她和燕飞天开始打点行装。

于亚涵行期将近，她心中烦躁不安，一想到离开燕飞天，将要登上异国的土地，她就要流泪。

她真不想离开燕飞天，她太爱燕飞天了！燕飞天是她的一切，燕飞天是她的生命，可又不得不离开燕飞天。

她为燕飞天的生命担忧，她不想让燕飞天为自己担当风险，她要用离开燕飞天的方式保护燕飞天的生命。

明天就要动身了。烛光下，于亚涵拿出一封书信递到燕飞天手里。

她凝重地看着燕飞天："燕哥哥，涵儿这一走，不知何年月方能归来，国内时局动荡，怕又起战乱。爹爹生前在小狼山时与涵儿留有书信，让涵儿必要时转交与燕哥哥。书信涵儿已看过了，燕哥哥，你过目吧！"

燕飞天手中拿着于静斋的书信，心中不由得有些悲伤，他两眼湿润打开了书信。

天儿：

老朽知自己将不久于人世，这小狼山上，你若救出我父女一人可行，想救出我父女二人比登天还难，渡边老鬼子已布下了天罗地网。

天儿，你带着涵儿走吧！不要管我，老朽死志已决。你速与涵儿脱身，老朽离世后，涵儿就交托与你了！望你善待涵儿。如若涵儿留在身边不便，可送涵儿到国外她哥哥于亚枫处，待时局安稳时，再接涵儿回国。

如若涵儿奔赴国外，你与涵儿的联系将不便，你日后可到奉天城内中央大街聚宝斋古董店，找我弟弟，涵儿的亲叔叔于静航。

他在店中做掌柜，我早已把你与涵儿的详情告知了涵儿的叔叔。切记，切记！

于静斋绝笔

燕飞天看完于静斋留下的书信，两滴热泪顺着脸颊滚落了下来："涵儿，爹爹他老人家为了你我脱险，不惜自己性命，他老人家怕你拖累我，早已做好了安排。涵儿，日后若有变故，我俩到叔叔家联络吧！"于亚涵两眼落泪，不禁又思念起爹娘来。

燕飞天看于亚涵凄凄切切的样子，安慰道："涵儿，我们到北平前，先到爹娘的坟上看望两位老人家，给二老的坟上添些新土，再给两位老人家烧些纸钱，祭奠两位老人家。"

于亚涵哽咽道："涵儿走后，燕哥哥要常到爹娘的坟上看望，替涵儿尽孝。"

燕飞天柔声道："涵儿啊，你的爹娘也是我的爹娘！燕哥哥会尽心看护好爹娘的坟墓。"

第二天早上，于亚涵与燕飞天来到老夫人房中。于涵亚跪倒在地，向老夫人磕了三个响头。

"娘亲——孩儿就要走了，不能在娘亲身边尽孝，娘亲要多多保重！"言罢，她站起身来，抱住老夫人痛哭起来。

熊天娇与菊儿也是泪水涟涟，娘几个抱在一起，哭成了一团。

老夫人道："涵儿，你们都不要啼哭了！你还要赶路，自己在外，好好照顾自己吧！到了国外，给娘亲常捎书信来。"

老夫人收住了眼泪，对燕飞天道："天儿，带着涵儿走吧！一路上多加小心，快去快回！"于亚涵恋恋不舍，一步一回头地走出了门外。

院内熊天彪与五杰弟兄已备好了于亚涵乘坐的马车。熊天鹤、熊天黑也在院中等候相送。

于亚涵上了马车，燕飞天与熊天彪带领五杰弟兄跟随在车后，走出了大寨。

于亚涵望着走出门外相送的老夫人、熊天娇、菊儿，热泪又唰唰滚落下来。

"娘亲——涵儿会回来侍奉你老人家！"马蹄声嗒嗒地响了起来……

于亚涵与燕飞天到爹娘墓地上祭拜过后，他们来到了火车站。

燕飞天对熊天彪说道："我与亚涵坐火车抵北平，你带领五杰弟兄转回鹰不落三寨。日本人不会死心，还会打碧玉蟾的主意，你让栀子留意完达博川先生的消息。渡边有可能要拿完达博川先生做文章，我会速速归来，凡事不要粗心大意。"

熊天彪点头道："天哥放心地去吧！山寨若有何变故，我找得礼哥哥商议，不决之事，待天哥归来定夺。"

燕飞天与于亚涵登上了赴北平的列车。熊天彪带领五杰弟兄返回了关东三寨。

第二十六章　燕飞天巧施反间计

一

渡边自从燕飞天走脱后，灰溜溜地来到川岛浪速的办公室。川岛浪速见了渡边，脸色铁青，一言不发，他两眼死死地盯着渡边。

渡边大气也不敢出，他惶恐地站在川岛浪速面前，等待川岛浪速的训斥。

川岛浪速鹰隼一样的目光在渡边的脸上转来转去，他突然举起手掌，在办公桌上猛击了一下，震怒地吼叫起来："渡边雄一！——你还有脸活着吗？——你已损失了几十个大日本帝国的精英武士，丢尽了大日本帝国的颜面！你愧对天皇陛下！"

他拿起桌上的军刀扔在了地下："渡边君！自裁吧！"

渡边咬了咬牙："川岛长官！渡边雄一不怕死！渡边雄一现在不想死！我还没有捉到燕飞天，还没有得到碧玉蟾，我死不瞑目！"

川岛浪速沉思了一会儿，余怒未消地说道："渡边雄一，你还有什么办法能够拿到碧玉蟾？你多次设计，要什么，我给你什么，我大日本浪人的精英——'满蒙决死团'都调拨给了你，可你损兵折将，一无所获，还让我怎么相信你？"

渡边冷静地说道："川岛长官！我已想好了对付燕飞天的良策。川岛长官再给我一次机会吧！这次我定能拿到碧玉蟾。这次我若拿不到碧玉蟾，我愿剖腹向天皇谢罪！"

川岛的脸色渐渐地平缓过来："好吧！渡边君，我再给你一次机会，拨给你一小队皇军，满蒙决死团归你指挥，如若再拿不到碧玉蟾，你向天皇谢罪吧！"

栀子自从随熊天彪来到关东三寨，她与熊天彪每天形影不离。栀子悉心地指导熊天彪轻功身法，也经常教授五杰弟兄武功路数。

栀子喜欢这里青翠巍峨的大山，也喜欢山下碧绿的江水。晚霞时栀子与熊天彪在江边嬉耍捕鱼，把江鱼拿回山寨烹调，品尝江鱼的美味。

栀子很喜欢这里的山花，她像一只美丽的蝴蝶在花丛中飘来飘去。

熊天彪有时看得心醉，抱着她坐在花丛里，听着鸟儿啾啾的鸣叫声，看着美丽的蝴蝶在他们身边绕来绕去。

他们爱这里秀丽迷人的风光。他们爱这里诱人心醉的山水。他们爱这里的宁静。他们更爱这里善良纯朴的人们。

已是深秋，满山的枫树一片火红。大松树上美丽的小松鼠嬉耍跳跃。阳光照在片片枫叶上，泛着耀眼的红光。

熊天彪看着树上活泼可爱的小松鼠，嬉笑地看着栀子小鹿儿一样活泼可爱的样子。

"栀子妹妹，我到树上捉下小松鼠，拿回去给你玩耍！"他一纵身，飘上树去。

熊天彪只听嘻嘻笑声，栀子已先飘到了树上。树上的小松鼠被二人惊吓得跳跃飞奔。

他二人像两只大鸟在树上飘来蹿去。栀子特别喜欢这只可爱的小松鼠，她怕伤到小松鼠，不忍心用力去抓。

熊天彪一伸手把小松鼠抓到了手里，小松鼠吱吱地叫了起来。

栀子心疼地喊叫："天彪哥哥，快松手！别把它弄伤了！"

熊天彪手一松，小松鼠掉在了树下的草地上。栀子飘落树下，见小松鼠瞪着两只圆圆的小眼睛，恐惧地看着自己。

"天彪哥哥，这小东西受伤了！把它带回去疗伤吧！"她轻轻地抓起小松鼠，把它捧在怀里。

熊天彪见栀子对小松鼠爱怜的样子，有些内疚，他温柔地看着栀子："小妹，都怪我，都是哥哥不好，我出手太重了！"

栀子嫣然一笑："天彪哥哥——咋能怪你呢？你的功力未到火候，功夫达到一定境界的人，就是捏到一个苍蝇，也伤害不到它。要想像燕飞天哥哥那样，收放自如，常人是达不到的。天彪哥哥不要自责，以后努力用功吧！"

熊天彪面现羞涩，见栀子一副温柔正经的样子，笑道："栀子妹妹，你倒有一副天娇姐姐的样子，真是让我喜欢！"他把栀子揽入怀中。

栀子手中捧着小松鼠，把两片红唇贴在熊天彪热唇上游动起来。栀子在熊天彪身边，她每天欢乐无比。

几个月过去了，她常常思念爹爹完达博川。爹爹走时，说很快就会回来，可这么长时间了，一直没有爹爹的消息。

栀子忧心忡忡，她怕因她跟随了熊天彪，渡边告知国内政要，不利于爹爹。

她让熊天彪安排人手，在奉天城内完达博川走时留下的线点日夜守候，生怕完达博川来到奉天时遭到意外。

完达博川回到京都，仔细地拜读了祖宗的遗训，又按祖传的武功秘籍研习功法。他请出鸳鸯雄镜浸水洗身，增添体内未知能量。

完达博川在京都待有月余，他放心不下栀子，急于赶赴中国，不料，外务省派人来让他培训浪人武士，他无法推脱，只得留在了京都。

几个月过去了，栀子在中国杳无音信，完达博川焦虑万分，心急如焚。

这一天，外务省来人告知他，让他带领他培训的浪人武士赴中国渡边处报到。

完达博川欣喜万分，可算能尽快赶到中国见到栀了了。

完达博川收拾好鸳鸯雄镜，带好随身用品，与那帮日本浪人武士赶赴了中国。

二

燕飞天与于亚涵顺利抵达北平火车站。都迅在车站外已等候多时，只见一个清丽可人的女孩子，一身的学生装束，她挽着燕飞天的胳膊，一脸亲昵的样子和燕飞天一起走出了火车站。

燕飞天见都迅笑嘻嘻地站在那里，拽着于亚涵紧走几步来到都迅面前。

"都兄，还麻烦你到车站来接我！"

他对于亚涵说道："涵儿，快叫都迅哥哥！"

没等于亚涵张嘴，都迅笑道："不知是叫你嫂嫂，还是叫你弟媳？哦，叫你于小姐吧！"

于亚涵彬彬有礼道："都迅哥哥费心了，于亚涵不胜感激！"

都迅笑道："于小姐，不要寒暄了！上车吧！"

都迅事先已在朋友处找好一空闲豪宅，他们一起住了进去。

都迅看着燕飞天："这里清静，你多住些时日，待于小姐出国后，你再返回关东三寨。"

几年的光景，燕飞天见都迅颌下已长出胡须，笑道："都兄还是孤身一人，不修边幅？"

都迅摸了摸颌下胡须："我怎能比得上燕兄——行走高山大川间，蹚尽江河湖泊，穿行于山花蜂蝶间，有美女的陪伴。看燕兄脸色俊艳，飘逸如仙，我都迅实是羡慕！哪像我，生存在国共两党的旋涡中，在人面前，不敢吐露半点儿真言。蒋先生清除共党，弄得人人自危，好在我是孙先生的挚友，否则我也被他们当作共党清除去了！"

燕飞天听了都迅的言语，心中骇然，不禁暗思：这国共两党真是你死我活吗？这国家更不会太平了！

燕飞天心存迷惑："都兄，蒋先生不是很赏识你吗？咋又有人打起你的主意来了？"

都迅满脸愤懑："蒋先生喜欢我的人品、武功，他让我做军统局的总教官。可军统局局座看我是孙先生的挚友，知我的根基很深，他怕日后难于驾驭我，总想方设法要除掉我。我确有共产党的朋友，可我和他们没有任何来往。我不知那家伙咋探知我与周恩来先生有过接触，他总是在蒋先生面前搬弄是非。可蒋先生并没听从他的谗言，只是点拨与我，燕兄，你说我能不气恼吗？！"

"燕兄，自从我离开小狼山，你把那小狼山闹得天翻地覆。熊天彪那小子可是出息了！他杀了蒋先生的十多个得意门生，陈雁行的特工队也被他杀了多人。

"陈雁行拿回了你给我的书信，我就知你燕飞天对日本人和蒋先生的人有了大手笔，你倒要变成关东山的恶魔了！

"军统局特遣的人马失利后，再不敢轻易对你下手，那帮日本浪人都说你杀人不眨眼，他们一听到燕飞天仨字和关东三寨，个个吓得都没了魂儿！

"哈哈，哈哈！燕飞天——好个关东恶魔！"

燕飞天叹了一口气："都兄，可我燕飞天还是没有阻挡住日本人谋害张大帅，我燕飞天至今还是耿耿于怀。时日不久我回关东山，还会大开杀戒。我预感，有一场更大的风暴在等着我。都兄听好消息吧！"

于亚涵听了燕飞天的言语，心中涌起寒意，她一把拽住了燕飞天的手："燕哥哥——我不走了！涵儿实在放心不下你！等这场风暴过后，我再走吧！"

燕飞天看着于亚涵脸上的忧色，脸上轻描淡写地一笑："涵儿，你放心地去吧！哥哥说过，会活着等你从国外归来，哥哥还没有爱够你呢，哥哥的性命咋会轻易地就丢给日本人！"于亚涵痴痴地看着燕飞天，不再说话。

都迅见燕飞天眼中已露杀机，疑虑地问道："燕兄，张学良将军与蒋先生拜了把兄弟，东北已易帜，东北已归依了国民政府，你咋知要有一场大的风暴？"

燕飞天微微一笑："渡边几次扣押我，被我杀得人仰马翻，损兵折将，百余名日本浪人都丧生于我与关东三寨之手。他处心积虑地想得到碧玉蟾，他会咽下这口气吗？他已和我燕飞天较上了劲儿，他要找我为日本浪人复仇，最终还是要从我手中夺走碧玉蟾！

"这次是我与渡边的最后较量，肯定是他死我活！他根本就小瞧了我们中国人，他更小瞧了我燕飞天！

"这次——我必杀他！我要给日本人颜色看看！我还要宰了川岛浪速那个日本浪人的头目！我要为张大帅报仇！"

都迅倒吸了一口凉气："燕兄，你杀了渡边，倒也扬眉吐气，可你若杀了川岛浪速，可要惹出大的麻烦！国民政府蒋先生也不敢得罪日本人，你若杀了川岛，会给日本人造成口实，日本人会借故大动干戈，挑起全面侵华战争。蒋先生正全力在南方清剿共产党，他怕日本人在东北挑起事端。"

燕飞天恨恨道："偌大的一个中国，一盘散沙，内忧外患，竟然惧怕一区区小邦，悲哉，愤哉！"

"燕兄，要以大局为重，三思而后行，千万不要轻易动川岛浪速。"

燕飞天叹道："国内政局动荡，两党争斗得血流成河，外夷虎视眈眈，我燕飞天报国无门，只有回那关东山与日本浪人周旋了。"

都迅忧虑地说道："燕兄！时局难测，中华前途不明，你要好生看护好碧玉蟾！"

燕飞天语调铿锵地说道："都迅兄弟，你我结交多年，同在孙先生身边，受先生的教诲，我会遵照先生嘱托，让碧玉蟾在我中华强国富民！"

都迅哈哈大笑："好了，燕兄！不说了，不说了！说说我的徒弟菊儿吧！她在你身边可好？常瑛夫妇就这么一个宝贝女儿，你可要好生待她！小丫头长大了，更漂亮了吧？你燕飞天真是好福气！可不要辜负了齐傲白先生的重托。"

燕飞天笑道："菊儿姑娘现在可是懂事多了！每日里研习武艺。老夫人拿她比亲闺女还亲，菊儿倒也欢乐。"

都迅突然对于亚涵说道："于小姐，你这次到了美国，见到哥哥于亚枫，还可能见到熊天鹤的公子熊致远。他们父子分别多年，你将关东三寨和他家人的情况与他细谈吧！到了美国，他也可以帮助你。"

于亚涵见都迅把事情安排得这样妥当，心中很是感激，她对都迅道："都迅哥哥，不知我何日能成行？"

"这几日待上海的朋友来了消息，燕兄送你到上海登船到美国。"

几日后，燕飞天与于亚涵登上了赴上海的列车。

三

完达博川与三十多个日本浪人在连山港口下了轮船，渡边和山口横寒早已接应在那里。

完达博川没见到栀子，问道："渡边君，栀子为何没有前来接应？她到哪里去了？"

渡边嘿嘿干笑两声："完达先生，我们到公馆再说吧。"

几辆军车把他们接入日本人的公馆。到了公馆，完达博川还是没有见到栀子，他见山口横寒欲说又罢的样子，觉得事情不妙。

"山口！说话！你哑巴了吗？栀子哪里去了？"

"舅舅——栀子跑了！"

"你说什么？什么叫跑了？"

"舅舅——栀子跟熊天彪跑了！"

"跑到了哪儿？"

"关东三寨！"

"栀子跟熊天彪跑到关东三寨干啥？"

"她跟熊天彪睡觉去了！"

啪啪，两记响亮的耳光打在山口的脸上。

"巴嘎！栀子什么的睡觉？"

山口捂着红肿的脸颊，支支吾吾地说道："舅舅——我的说不明白！让渡边先生说吧！"渡边把完达博川按坐在椅子上，给他倒了一杯茶。

"完达先生——息怒！栀子小姐的确是跟胡子头熊天彪去了关东三寨，她已背叛了大日本帝国！她与燕飞天、熊天彪联合起来，与我们大日本帝国的浪人武士对抗，我们又损失了几十个浪人和精英武士。被我攥在手中的燕飞天，被栀子做内应解救了出去，浪速先生很是震怒，让我捉拿栀子小姐问罪。我碍于你的脸面，无法动手，等候完达先生回来处理。"

完达博川的脸色一阵红一阵白，后背冒出来冷汗。他知道事情的重大，日本国内还有一大家的族人，弄不好，都要受到牵连。

完达博川端起茶杯，呷了一口，缓缓道："我到关东三寨去吧，找回那小畜生！让她向天皇谢罪！"

渡边狡诈地笑道："完达先生，你若能拿到碧玉蟾，将功折罪，栀子的事情就不算事情了！"

完达博川点了点头，暗忖：渡边诡计多端，我不能不防，待我到了关东三寨再做道理。

渐近初冬，长白山里已见零星雪飘，片片白桦树寒风中摇动着挺拔的身躯，斜阳在林隙中穿过，照射着山寨中袅袅升起的炊烟。

茅草屋内的寨民们在热炕头上，盘腿坐在炕桌前，望着窗外满囤子的粮食。

吃着山上打来的野味，喝着自酿的老酒，山寨中宁静，大山宁静，长白山的夜晚静谧和平。

熊天彪盘膝坐在热炕头上，炕桌上摆着酒壶和两只酒杯。栀子端上一盘鲜美的鳌花鱼，又端上一大碗山鸡炖蘑菇。她弄了两个自己腌渍的日本风味小菜摆放在炕桌上。

栀子给熊天彪斟满了老酒，自己倒满了米酒，二人端起酒杯对饮起来。

栀子喝了一杯米酒，放下酒杯，看着熊天彪："天彪哥哥——这天气已见寒冷，还没有爹爹的消息，我也不知怎么了，这些天晚上都梦到爹爹，也不知爹爹咋样。"

熊天彪安慰道："小妹，你不要焦虑，也许老先生已到了奉天城，我再派人到奉天城打探。如有什么消息，让他们放信鸽报信。小妹，安心地喝酒吃饭吧！"

"天彪哥哥——亚涵嫂嫂也不知是否登上了赴美国的客船，哥哥也不知何时归来，我也在思念哥哥。

"自从爹爹向我们讲明了祖宗的渊源，知道了燕哥哥是我的同脉兄长，我觉得哥哥特别亲切，觉得燕飞天似我的亲哥哥一样。

"哥哥看我被渡边用钢丝穿了两个锁骨，他心疼我换出来我，宁愿自己在渡边那里受折磨。哥哥真是好男儿！我想渡边那狗东西不会放过哥哥和他手中的碧玉蟾。

"我想待爹爹归来，让爹爹与哥哥好生计议。都是同族血脉，为何不能合在一处保护祖传的碧玉蟾？"

"小妹，我看得出完达先生也是仗义之人，他老人家回到日本国是为了拿取与燕飞天相认的同宗信物，一旦完达先生与燕飞天相认同宗，燕飞天便去了一块心病。他早已知道与完达先生是同宗，他处处为完达先生留有余地，是为了与老先生相认。"

栀子看了看炕桌上的酒菜，笑道："可惜——爹爹不在！我俩与爹爹同饮，岂不快哉！自小爹爹拿我当掌上明珠，百般呵护，爹爹喜欢栀子做的鲜鱼和小菜。现在不知爹爹身在何处，栀子真是想念爹爹了！"言罢，栀子抹起来眼泪。

过了一会儿，她竟啼哭起来。栀子哽咽道："难道是我连累爹爹了吗？是渡边那畜生难为爹爹了吗？"栀子放声大哭起来。

这时，夜已深了，他二人咋知完达博川就在房上。栀子与熊天彪在屋中的言语，完达博川听得一清二楚。他已明白了事情的来龙去脉。

渡边竟穿了栀子的两个锁骨，完达博川在房上恨得直咬牙：好你个渡边，栀子就是有再大的过错，你也不该穿她的锁骨，一个柔弱的女孩子，咋受得了？

燕飞天真是好男儿，竟用自身换出遭受折磨的栀子，好个年少的英雄人物！熊天彪潇潇洒洒，忠义薄天，也是个英雄人物。栀子与他两情相悦，没有什么过错。渡边老东西威胁我，就是为了拿到碧玉蟾，我完达博川是完颜兀术的子孙，我岂能做出对不住祖宗的事。

他飘下茅草房，飞奔而去。

完达博川回到奉天城，没有去见渡边，他找了一僻静处暂住下来。山寨里茅草房内栀子的啼哭声还在搅动他的心。他心疼栀子，他恨栀子，但又想念栀子。

从小到大，栀子也没离开过他这么长时间，他心里混乱极了：栀子背叛了大日本帝国，渡边能放过她吗？我要处理不好，还要连累完达家族，即使我拿到碧玉蟾，会交与渡边吗？

到那时，渡边也不会放过我，本是我完颜家族的东西咋会落入他人之手？

我多日不能赶赴中国，看来是渡边做了手脚，那段时间里，他扣押了栀子折磨她，是为了对付燕飞天，夺取碧玉蟾。为今之计，我还争夺什么碧玉蟾！我拿到碧玉蟾也是死路一条，不如让燕飞天护住祖宗的宝物，也不愧对列祖列宗了。

若不按渡边的意思办，栀子与我的家人逃脱不了厄运，我完达博川也毫无生路。罢了，罢了！只有我死！只能这样做了！

燕飞天不在关东三寨，待他归来，我与他计议——渡边必须死！

一连几日深夜，他都潜入关东三寨，探听燕飞天的消息。他暗中看望栀子，他见栀子和熊天彪每天欢欢乐乐，甜甜蜜蜜，晚间睡觉各居一室，完达博川更加钦佩熊天彪。栀子终身有托，我完达博川闭上眼睛，也安心了。

燕飞天送走于亚涵，日夜兼程赶回了关东三寨。老夫人见燕飞天安然归来，也知于亚涵顺利登上了赴美国的客船，心中分外高兴。

栀子见燕飞天顺利归来，扑上前去："哥哥，你可回来了！爹爹还是没有消息，妹妹心急死了！"

燕飞天笑道："小妹，叔叔在日本可能有什么变故，我想他老人家已到了奉天，这几天，就该有消息了。"

栀子笑道："哥哥回来了！我有了主心骨，妹妹也相信哥哥的预言。"

菊儿见燕飞天回来了，雀儿一样飞奔过来："燕哥哥——师父可好？他咋不来看望我？菊儿好思念师父！"

燕飞天笑道："你以为你师父是自由之身吗？他可是保密局的总教官！他走得出来吗？"

"那他老人家可好？"

"好好好！不修边幅，像个小老头儿！"

菊儿眼圈有些发红："不知师父何时能来看我？"

燕飞天哈哈大笑："他不来看你，待时局安稳时，我带你去看他吧！"

"真的！——燕哥哥？"

"小鬼头，不骗你！"

菊儿高兴地蹦了起来。

晚饭后，燕飞天在熊天娇房中聊天。已很晚了，熊天娇道："燕哥哥，你一路奔波劳累，早些歇息吧！"

菊儿也嚷道："燕哥哥，快去睡觉吧！让亚涵姐姐知道你歇息得晚，该说姐姐和菊儿不心疼哥哥了，快去睡觉吧！"

燕飞天刚要动身，他突然吹灭了蜡烛，说了一声："菊儿，护住姐姐！"他飞飘出门外。

月亮地里，一条黑影飘跃如飞，燕飞天旋起身形紧跟其后。一会儿工夫那黑影掠过寨栅栏，飘落山下。

燕飞天心中早已知来人是谁，他不动声色，心里喜欢——叔叔，你还是来了！

当那黑影在山下定下身形时，燕飞天已站在他面前："叔叔，你可是来了！侄儿有礼了！"燕飞天对完达博川深鞠一躬。

完达博川脸色微微一红，面带愧色："贤侄——今天我老夫算是服了你了！我们说正事吧！"

燕飞天笑道："叔叔，山下风大寒冷，我们到山寨里说话吧。栀子妹妹没有你的消息，心急如焚，叔叔，上山叙谈吧。"

完达博川迟疑不决，燕飞天笑道："叔叔，你我同宗血脉，栀子妹妹又与熊天彪结了百年之好，想必叔叔不会反对吧？叔叔到了山寨里不会有人不敬，何况栀子妹妹思父心切。"

完达博川叹道："罢了，罢了！我就舍着这张老脸皮上山吧！我那闺女可让我想死了！"

熊天彪已安然入睡，茅草房中响着粗重的鼾声。燕飞天轻轻敲了下房门，只听熊天彪问道："谁呀？半夜三更来叨扰我！"

"天彪！快起来！我是燕飞天，你把栀子妹妹也叫醒！"

栀子思父心焦，一直没有入睡，她听是燕飞天的声音，赶忙穿衣下地开了房门。栀子不敢相信自己的眼睛，爹爹含笑站在燕飞天身后。栀子欢叫一声，扑入完达博川怀里。

"爹爹——想死孩儿了！为啥去了那么久才回？"

"都是渡边那个浑蛋做了手脚，把我羁绊在国内。"

熊天彪出了房门见是完达博川，一时不知如何是好。栀子笑道："天彪哥哥，还不快请爹爹进到屋里来？"

熊天彪大红着脸："叔叔，快请到屋里说话吧！"大家一起进了屋，栀子赶忙沏上了热茶，把完达博川推到热炕头上。

完达博川见熊天彪局促不安地站在一旁，笑道："天彪，咋不见了你那虎虎生威的气概？快坐到我这里来！"熊天彪憨憨地笑了笑，坐在了完达博川身边。

燕飞天坐在炕沿上，亲切地对完达博川笑道："现在都是一家人了！叔叔有啥话就说吧！"

完达博川沉思了片刻，缓缓说道："我已想明白了，碧玉蟾不能到我的手中，即使到了我手中，我也护不住碧玉蟾。

"初到中国寻碧玉蟾时，是遵祖宗遗训，为了我完颜家的脸面，现在知道碧玉蟾还在我完颜家手中，无所谓在你我谁之手了。

"有德有能力护住碧玉蟾者方有资格持有碧玉蟾。碧玉蟾在你燕飞天手中，我完达博川倒也放心了，只是我们如何对付渡边那个畜生！

"要想护住碧玉蟾，渡边必须死！不能让他再活在世上，他若还活着，不知还要死多少人！

"我要和贤侄商议如何对付渡边，渡边这次让我带过来我亲手培训的三十个浪人武士。

"我得知他在川岛浪速那里又搬来满蒙决死团的全部人马，川岛浪速还给他配备了一小队日本皇军。

"我已看出——渡边想威胁利用我夺取碧玉蟾，他这次下的赌注很大，志在必得。"

燕飞天锁眉沉思，他知道渡边这次来者不善："叔叔，依你之见呢？"

"渡边用栀子和我的家人要挟我，想让我与你拼个你死我活，他坐取渔人之利，我是进退两难。我完达博川怎样做都没有生路，不如用碧玉蟾诱出渡边，杀了他以绝后患。但不知贤侄有没有足够的把握对付他的满蒙决死团和一小队日本皇军，碧玉蟾还须完整无损。"

燕飞天站起身来，紧锁眉头，倒剪双手在屋内踱起步来。燕飞天沉思了良久，斩钉截铁道："请君入瓮，聚而歼之！我还要碧玉蟾完好无损！"

燕飞天对熊天彪道："天彪，你自小在这山里长大，可知有孤峰平坦之处？"

"天哥，距我鹰不落山峰五十里处，有一仙人台山，山顶平坦，四周群山秀丽，山顶飘着白云，仙人台包裹在其中。站在仙人台山顶，俯瞰群山，云雾缭绕，涧水飞溅，鸟语花香，如仙境一般。相传八仙游历天下名山，到了辽东长白山天池，又游历了仙人台。曹国舅与吕洞宾见这山景秀丽，一时兴起，在那山峰平坦之处点化一巨石，二仙在巨石上对弈起来，这便是仙人台山的来历。"

完达博川有些奇怪，他二人咋谈起名胜古迹来？他焦虑地看着燕飞天："贤侄，你到底做何打算？"

燕飞天看完达博川疑虑焦急的样子，笑道："叔叔，你可告诉渡边，你已不想夺取碧玉蟾，只想见识碧玉蟾，你见识了碧玉蟾即刻回日本国。你说因是同宗关系，燕飞天答应了你的要求，你告知渡边，让他备好兵力，趁你我观赏碧玉蟾时夺取碧玉蟾。"

完达博川惊道："贤侄，风险太大了！你能做到碧玉蟾万无一失吗？"

燕飞天笑道："侄儿胸有成竹。叔叔，你就按我的意思和他说吧，你只管把他引上山来，侄儿便会取了他性命！"

完达博川把自己的生命早已置之度外，他已不考虑自己的死活，他要协助燕飞天杀了渡边，他要与燕飞天保护碧玉蟾。

燕飞天又道："叔叔先回到奉天城回复渡边，就说等待我的消息。叔叔回去后，把渡边的确切人马情况密报与我，我要做到知己知彼。"

燕飞天对熊天彪道："天彪，明天我们上仙人台山。"

第二十七章　仙人台喋血绝杀

一

燕飞天与熊天彪、栀子，带领五杰、十勇，登上了仙人台山。燕飞天、熊天彪、栀子，与众弟兄上到仙人台峰顶，果然一块巨石横卧在平坦的峰顶上。四周群山间乱云飞渡，群峰陡立似剑刺青天，山中林海呼啸，峰顶寒气逼人。

孤峰上怪石林立，蒿草没人，燕飞天连连自语："好去处，好去处！渡边就死在这儿吧！"

他对熊天彪道："我把碧玉蟾放在这巨石之上，我与完达叔叔坐在巨石上观蟾，从远处便可看到，不怕他渡边不来。"

他又对五杰弟兄道："你们哥五个带十勇中的五组人马（一组五人），各带强弩、暗器，埋伏在山头周围。天彪——你带十勇的五组人马备好强弩暗器埋伏在半山腰中，在蒿草中布好掩体，以防日本兵的机枪。大家都记住了，我与完达叔叔在巨石上观蟾，渡边必带领满蒙决死团倾巢而上。

"你五杰带领十勇的五组弟兄射杀他们，记住不要用枪，以免惊动山下的日本兵。

"天彪你带领十勇的五组弟兄截杀向山上冲杀的日本兵，记住，先干掉他们的机枪，不要用枪，以免暴露自己。

"让日本人不知道你们在哪里，千万不能让他们的机枪发挥威力。我再请得礼哥哥带领小胜子的特行队在山下截杀日本人的退路。"

熊天彪与众弟兄听了个个拍手叫好。

燕飞天又说道："关东三寨的弩技是娘亲的绝技，娘亲只传授了二哥熊天罴。我知道近日你们十勇兄弟得到了二哥的真传，你们的弩技个个精绝，这回看你们弟兄的了！"

五杰与十勇弟兄嗷嗷叫："燕大哥，瞧好吧！这回杀绝这帮王八犊子！"

栀子在一旁拉着熊天彪的手："天彪哥哥，你说哥哥是人，是神，还是鬼？"

熊天彪哈哈大笑："小妹呀，都让你说中了！"众弟兄都哈哈大笑起来。

燕飞天与弟兄们回到山寨，他立刻疾书让人到奉天城请侯得礼与小胜子上山。

二

完达博川回到奉天城，渡边急不可待地问道："完达先生，见到燕飞天了吗？"

完达博川不露声色："渡边君，真要夺那碧玉蟾吗？虽说碧玉蟾是我完达家的东西，我也不想要了，送给我们大日本帝国吧！我完达博川总要观赏观赏吧！我已告诉燕飞天，我不与他争夺了，我只是要见识见识我完达家祖宗留下来的东西。燕飞天看在我们是同宗的面子上，他已答应了我。燕飞天怕你抢夺碧玉蟾，只能让我秘密观赏，他没告诉我时间地点，让我等待音信。"

渡边听了，心中大喜，暗想：燕飞天，这次看你还往哪儿跑！哈哈！碧玉蟾，碧玉蟾！马上就要到我的手里了！

"完达先生，你不想告诉我，你们秘密观赏碧玉蟾的地点吗？"

"渡边君，不要难为我，做人要讲信誉！我答应了燕飞天，只我们两人知道，我怎好和你讲呢！我见识过碧玉蟾，就带领栀子回日本国，再也不理世事，你与燕飞天去争夺碧玉蟾吧！"

"完达先生，回了日本国，栀子的事儿，就完了吗？她要被砍头的！你也要坐牢，你帮我拿到碧玉蟾，栀子和你就什么事情都没有了！老朋友，好好想一想吧！"完达博川迟迟疑疑，不再说话。

"完达先生，还没想好吗？你不要栀子的性命了吗？"

山口在一旁急得团团乱转："舅舅……栀子不能死！我喜欢栀子，我从小就喜欢栀子！栀子是我的女人！她被熊天彪抢去了，把她抢回来给我做老婆！舅舅……我是大大的日本浪人！那熊天彪算个什么东西！他是个关东胡子，土匪！"

啪啪，两记耳光打在山口的脸上。

"日本浪人！你可真浪！浪得你猪狗不如！熊天彪是土匪，你还不如土匪！

你别在我这儿浪了！你到地狱里浪吧！"

"舅舅……栀子给我做老婆，我就不在这儿浪了——我回日本国浪去！好舅舅，和渡边先生合作吧！我不要栀子死！——我要像熊天彪那样和栀子在一起！"

啪啪，他的脸上又挨了两记耳光。

"畜生！我姐姐怎么生了你这么个混账东西！跪下！"

啪啪！"我让你浪！"

啪啪！"我让你浪！"

啪啪！"还浪吗？"

"舅舅……把栀子给我……我就不浪了……"

完达博川更怒了："给你……我给你……我给你巴掌！"

啪啪、啪啪，渡边看完达博川怒火不消，劝慰道："完达先生，消消气吧！山口是个浑蛋，不要理他了！"

山口捂着流着鲜血的嘴巴，跳了起来："渡边！——你才是浑蛋！你是大大的浑蛋！——你把栀子送给了熊天彪，你把栀子还给我——！""呜呜——"山口竟坐在地下哭叫起来。

渡边真是哭笑不得："来人！把山口君带下去！"

"渡边浑……渡边浑……渡边浑蛋！"山口哽咽着走出门外。

渡边看着走出门外的山口："完达先生！你也看到了，都不想让栀子死！你还没想通吗？"

完达博川猛地在地下跺了一脚："罢了，罢了！到时候我告诉你，就让燕飞天骂我吧！渡边君，我乞求你了，到时候你们可不要杀了燕飞天！"

"完达先生，这就对了，燕飞天是我的朋友，我咋会杀了他呢，我等待你的好消息。"

三

自从张学良将军东北易帜，东北换上了国民党的青天白日旗。蒋介石为了消耗东北军的实力，挑拨张学良与苏联人搞边境摩擦，张学良顺从地听从蒋介石的话，在边境上被老毛子吃掉了好几个精锐旅。

他穿行于奉天与北平，穿梭在北平城里花丛间。

自从张大帅皇姑屯遇难后，侯得礼与小胜子无所事事，只能每日里操练五十名特行队员。

燕飞天回了关东三寨后，一时间日本浪人也没什么风吹草动。

侯得礼与小胜子闲暇时，到戏院看看戏。到北市场听听评书。要不看看蹦蹦戏（评剧前身），倒也优哉。

这日里，侯得礼接到燕飞天密信，约他与小胜子火速上山。侯得礼沉吟片刻："胜子！燕飞天约你我上山，必有火急之事，天气寒冷，你我本应备车前往，为了不惊动日本人，我们缩小目标，乘坐骑去吧。"

小胜子心急道："侯叔！管他乘什么，乘马不就是冷嘛，无所谓！尽快赶到关东三寨要紧！"他二人收拾好行囊，连夜奔赴关东三寨。

侯得礼与小胜子赶到了关东三寨，燕飞天、熊天彪与众弟兄迎出门外。

侯得礼与小胜子到后堂给老夫人请过安，回到了议事厅。

小胜子见菊儿满脸喜悦地为大家沏茶，嘻嘻地说道："菊儿小嫂嫂，多日不见，越发漂亮了！听天彪二哥说，你的功夫又有了长进，待有时间，我与小嫂嫂切磋切磋！"

菊儿笑道："小猴子！又在贫嘴！我俩也不用比试了，仙人台上瞧好吧！"

燕飞天笑道："好了，好了！书归正传吧！"

燕飞天扫视了一眼上座的熊天鹤、熊天罴："天鹤大哥，你是一家之主，山寨之事，应你做主，大哥把我的谋划说说吧！与众人计议。"

熊天鹤把燕飞天的详尽计划细说了一遍。小胜子听完，没等侯得礼说话，从椅子上蹦了起来："好哇！好哇！这回我能为大帅报仇了！杀了渡边那狗卵子！一小队的日本兵——够我杀了！一个犊子也不能让他跑回去！"

侯得礼瞪了小胜子一眼："不怪菊儿叫你小猴子，又猴急得蹦了起来，快坐下吧！听听燕飞天的详尽安排。"小胜子嘻嘻一笑，吐了吐舌头，坐在了椅子上。

燕飞天对熊天罴说道："二哥，娘亲的绝技——花雕弩，你把它演变成强弩，你的十勇弟兄被你调教得个个弩技精绝，这次，可派上用场了。"

熊天罴笑道："我的十勇弟兄，练就了过人的本领，个个可连发三只弩箭，百发百中。妹夫，为了山寨，为给大帅报仇，我熊家不遗余力。妹夫，箭头上喂毒吗？"

燕飞天不假思索道："大帅说过——对付日本人，手就得黑！箭头支支喂毒！只要到了仙人台山的日本人，一个不留！"

侯得礼担忧道："会损伤到碧玉蟾吗？"

　　燕飞天道："哥哥大可放心，我燕飞天胸有成竹，万无一失。我若不用碧玉蟾做诱饵，渡边不会倾巢出动。我这次要彻底歼灭川岛浪速的满蒙决死团，杀了渡边雄一！绝了日本人对碧玉蟾的念想。"

　　侯得礼拍案而起，哈哈大笑："燕飞天——好好好！——与那渡边雄一决战仙人台！"

　　今天正是阴历十五，月亮正圆。渡边带领满蒙决死团的悉数人马白天已埋伏在仙人台山下。他让一小队日本兵隐藏在山腰的森林中。他带着满蒙决死团向山顶攀去。

　　完达博川走在前面，快到山顶时，完达博川对渡边说道："渡边君，你们就到这里吧，见到山顶巨石上放出七彩毫光，你的人马便动手。我上去了。"完达博川头也不回地向山顶掠去。

　　渡边放心地让满蒙决死团埋伏在蒿草中，他不怕完达博川使诈，他手中攥着完达博川家族的命运，何况完达博川也逃脱不了他今晚布下的天罗地网。

　　这时，山上刮起了飕飕的小北风，穿着麻鞋的满蒙决死团浪人把棉袍拉在了脸上，遮挡灌入脖子里的寒风。

　　渡边看着一个个蜷曲着身子的日本浪人，对他们说道："到了山顶，你们统统的用刀，打枪的不要！不要伤了我的碧玉蟾！""哈依，哈依！"那帮日本浪人频频点头。

　　月光皎洁，燕飞天与完达博川迎着寒风端坐在山顶的巨石上。月光如银照洒在燕飞天与完达博川身上。完达博川神色肃穆，银须飘动。

　　燕飞天如玉童端坐莲台，神采耀人。突然，完达博川怀中的鸳鸯雄镜一起一伏地动了起来，燕飞天怀中的鸳鸯雌镜也一起一伏地动了起来。

　　燕飞天从怀中掏出雌镜，放在巨石上，鸳鸯雌镜在巨石上竟然跳动了起来。只听唰的一声响，完达博川怀中的鸳鸯雄镜穿破完达博川的衣衫，飞落到雌镜旁，一对鸳鸯镜在巨石上跳跃起来。

　　燕飞天从怀中掏出碧玉蟾摆放在两只鸳鸯镜中间。他二人闭目端坐，任凛冽的寒风掀起他们的衣衫。

　　突然间，巨石上的鸳鸯镜亮光闪烁，二人睁开双目。只见鸳鸯镜放出七彩毫光，两只碧玉蟾紧紧地吸附在鸳鸯镜上，放出耀眼的金光。

　　碧玉蟾放出的金光在鸳鸯镜七彩毫光的映衬下，似一朵莲花托着光柱直通云天。

　　碧玉蟾在吸聚宇宙中的能量，宇宙中的能量灌入了巨石中，巨石中的能量又灌入了燕飞天和完达博川的体内。

燕飞天和完达博川头上毫光缭绕，雾气腾腾，雾气飞入空中，冬夜里，巨石上空形成一道绚丽的彩虹。

山顶下四周的草丛中，一只只眼睛在惊痴地望着。渡边见了山顶上的七彩毫光和光柱，欣喜若狂，他一挥手，满蒙决死团蜂拥而上。

他们悄悄地摸到巨石下，燕飞天和完达博川视而不见，二人端坐在那巨石上，面现微笑，天地中似乎只有他二人。

突然间，日本浪人中跃起两个白衣人，向巨石掠去，一人奔向燕飞天，一人奔向完达博川。

还没等这俩白衣人掠到巨石前，只听两声娇笑，巨石旁飘起两道红烟，迎向两个白衣人。两个美若天仙的红衣少女在空中飘动，手中的雀羽荡连连射出，两个白衣人袍袖挥动化解雀羽荡的攻势。

"妹妹，你传授我的雀羽荡倒是好用，嫂嫂只是力道不足，如若有亚涵姐姐的力道，嫂嫂我杀人更快当了！"

"小嫂嫂，还不满足吗？你才修炼几个月，已达到了上乘的火候，知足吧！"

"妹妹，哪里钻出的两个白猴子，快些料理他们吧！燕哥哥和叔叔还要喝茶呢！"

两人手中的雀羽荡如飞花般在两个白衣人身前绽放。那两个白衣人大袖飘动，罡风猎猎，把雀羽荡卷入罡风中。

两个白衣人凛然：这两个美丽娇艳的小姑娘，咋会有这上乘的武功？轻敌不得，一人喊道："桥本——不要大意！这两个小姑娘身怀上乘绝技，不可轻敌！"

另一白衣人喊道："智郎——巨石上就是碧玉蟾吗？"

"桥本——想必就是了！"

"智郎——要夺吗？"

"咋的不夺！桥本——双鹤寻鱼！"两个白衣人旋起身形，拔起一丈多高，双手朝下，手指呈鹤嘴形向栀子和菊儿顶门啄了下来。

栀子和菊儿身形微动，两人手拉着手在半空中飘旋起来，两人的红披风在月光下飞舞，似两个美艳玄女在飞天。

智郎和桥本眼花缭乱，见满天的红影在穿梭，无数个娇女在飞旋，两个人的鹤指手不知啄向哪里。

突然，栀子站在了完达博川头顶上，菊儿站在了燕飞天头顶上。她二人的红披风寒风中猎猎飘动，脸儿娇艳如花。

栀子和菊儿两手上张，轰、轰，智郎和桥本啄下的鹤指手被两股大力撞击出一丈多远。他二人不顾手臂酸麻，又向栀子和菊儿扑了过来。

本是晴朗的夜空，突然飘起了雪花，栀子和菊儿在纷飞的雪花中与智郎、桥本又游斗起来。

鸳鸯镜的七彩毫光照射在片片飞雪上，就像天空中飘动着缤纷的花瓣。两红两白时飘时落，在五彩缤纷的飞雪中飞旋飘斗。

草丛里的人都睁大了圆圆的眼睛，屏住了呼吸，他们已不知自己在哪里，已不知自己来做什么，只是傻傻呆呆地看着地下空中伴着花瓣雪飘厮杀的靓影。

一个日本浪人咧咧嘴："傻川子，看见没，这就是中国人传说中的玄女飞天？什么克里姆林宫的天鹅湖，什么英国皇家大戏院的交响乐，统统的逊色！统统的逊色！最美的东西在中国。"

那个叫傻川子的日本浪人哑巴哑巴嘴："龟板君，我他妈的比你明白，你没看，我都傻呆了吗？中国的花姑娘大大的好！比照樱花美极了！"

渡边一时怔住了！他也在欣赏飞飘的彩雪中厮杀的美丽。

突然，巨石上传来完达博川的训斥声："智郎——桥本——我知道你家的渊源，你们的先祖在嵩山少林寺修为过。但要知，中华之大，能人辈出，不要妄自尊大！碧玉蟾——你们是拿不去了！不要受渡边的利用，即使你们得到了碧玉蟾，渡边也会杀了你们。碧玉蟾是渡边必得之物！你们执迷不悟，会惹来杀身之祸的！"

听了完达博川的这番言语，智郎大吃一惊——那老伯说得不错，渡边带来了几十人的满蒙决死团，后面还跟有一小队的大日本帝国皇军，我们来做什么？做替死鬼吗？

"桥本——我们上当了！快走——"

"智郎——"他二人一纵身，掠下山去。

渡边见智郎和桥本跑下了山，立刻缓过神来，他刚想说话，他身边的老穆突然大声呼叫起来："燕飞天——快带碧玉蟾走——渡边在山上伏有重兵，再不走，就来不及了！"

渡边气得哇哇大叫："老穆！——良心大大的坏了！死了死了的干活！"渡边举起来战刀——老穆倒在了血泊中。

渡边见完达博川还端坐在巨石上，他怒不可遏，举枪向完达博川射去，完达博川一声没吭，倒在了巨石上。

燕飞天已顾不上碧玉蟾和鸳鸯镜了，抱起完达博川遁入夜色中，栀子和菊儿也没有了踪影。

四

渡边看着巨石上毫光四射的鸳鸯镜和闪射金光的碧玉蟾，狂呼起来："决死团的勇士们，上啊——！"一群决死团浪人向巨石猛扑过去。

"嗖嗖嗖！"

"嗖嗖嗖！"五杰的暗器与十勇弟兄的强弩齐发。

"噗噗噗！"

"噗噗噗！"只有弩箭和暗器的插肉声。

"扑通、扑通、扑通、扑通！"只有死人的摔倒声。张舒带领的五杰、十勇弟兄开始了绝杀。

渡边不顾死活地爬向巨石，想拿碧玉蟾和鸳鸯镜，嘴中狂呼："碧玉蟾是我的了！——碧玉蟾是我的了……"

"嚓嚓、嚓嚓！"渡边的双腕和双膝被切上了四枚金光四射的铜钱，枚枚入骨，鲜血淋漓。渡边惨叫着还要往巨石上爬。只听栀子骂道："渡边！你这畜生！你害死了我爹爹，去死吧！"

"唰！"一把雀羽荡钉在了渡边的面门上，渡边的两眼立刻流出来鲜血。"碧玉蟾是我的！——碧玉蟾是我的……"渡边声嘶力竭地喊叫。

菊儿拿起爹爹齐傲白的铁算盘，手指捻动："渡边老贼，还我爹爹的命来吧！"

"噗噗噗！"

"噗噗噗！"铁珠子顺着渡边吼叫的臭嘴掼入了渡边的脑中。渡边像一条被砸碎了脊梁骨的疯狗一样躺在了巨石下。

山顶上的满蒙决死团浪人只听弩弓响，见不到人影，四周阴森恐怖，他们慌作一团。

没有渡边的命令，他们又不敢开枪，只能挥刀乱劈。只听弩声连响和弩箭的插肉声，一会儿工夫他们就倒下了一片。五十多人的满蒙决死团只剩下了十多个人了！

这十多个人狂怒到极点，挥舞长刀乱劈乱叫："巴嘎！巴嘎！中国人出来的干活！劈刀的干活！中国人，耗子的，胆小的干活！"

五杰在蒿草里听日本浪人狂喊乱叫，要和中国人拼劈刀，不由得气往上撞，个个暴眼环立，张舒怒道："我弟兄五人再加上十勇的五个弟兄，收拾他们日本浪人十五人。不和他一对一，我们十个劈他十五个！谁去？"

十勇老大耿铁锁，老二耿铁蛋哥儿俩唰地抽出大刀。三勇、四勇、五勇哥儿几个都唰的一声，拔出来背上的大刀。

张舒高喊一声："弟兄们——上！——劈杀他们！"哥儿十个跳出蒿草丛，扑向十五个日本浪人。

山顶上剩下的十五个日本浪人是满蒙决死团的精英，他们个个身手敏捷，刀法精通娴熟。他们见十个中国人扑了过来，讥笑道："中国人都是胆小鬼，就这十个人敢出来，剩下的都是老鼠，藏在那里不敢动了！"十五个日本浪人挥起了长刀。

张舒手中的大刀是六岁随爷爷闯关东时，爷爷带到关东山的。到了关东三寨，爷爷天天手把手地教授他祖传的刀法。

张舒把这把祖传的大刀使得出神入化。他的这把大刀舞动起来，如山间瀑布晕人眼目，若杀起人来，似虎入羊群一般。

张舒的刀法在关东三寨数一流，他闯入日本浪人群中，挥起了大刀，只见他的大刀上下翻飞，快如闪电。三个日本浪人见他凶猛，把他围在了当中。

张舒毫无惧色，施展开了祖传刀法，只见刀影片片，刀挂风声。

三个日本浪人心生惧意，呀呀地怪叫，以助声威，小心地在张舒周围应战。

张舒见三个日本浪人的刀法倒也不弱，心想：我先劈倒他一个，杀杀这帮日本浪人的威风。张舒见眼前的日本浪人举起长刀向他劈来，他身形拧动，转到日本浪人的侧面，手中大刀顺势粘贴在日本浪人的长刀上。

张舒手腕翻转，大刀向日本浪人的脖子上抹去，真是快如闪电，刀锋锐利。

只见那日本浪人的头颅滚落三尺多远，脖腔中的鲜血喷起五尺多高，扑通，死尸倒在了地下。

张舒身后的两个日本浪人见了，发疯似的挥舞长刀向张舒劈来。

张舒已宰杀了一个日本浪人，胆气愈勇，手中的大刀舞动如风，与那两个日本浪人又拼杀起来。

张舒这帮弟兄见张舒宰杀了一个日本浪人，士气大振，个个如猛虎一般，喊杀声一片。

五杰、五勇的喊杀声与日本浪人的哇呀怪叫声交织在一起，一直传到山下。

埋伏在半山腰的日本兵听到山顶响起了拼杀声，以为渡边带领的满蒙决死团与燕飞天交了手。铃木小队长一挥手，一小队日本兵向山顶冲去。

川岛浪速为了增强渡边的信心，特意为一小队日本兵增添了一个小分队。日本兵抱着三挺轻机枪在前面开路，蜂拥扑向山顶。

天空乌云飘动，月光时隐时现，山腰上怪石林立，寒风吹得没人深的蒿草涌动，沙沙作响。

攀爬在前面的三个日本兵机枪射手穿着笨重的皮鞋，气喘吁吁，不时地用一只手拽着身边的灌木枝前行。

山顶上的厮杀声时起时伏，不时传来阵阵惨叫声。铃木小队长望着隐约的山顶，焦急地催促日本兵。

"快快的！快快的！"

熊天彪带领的五勇五个小组的强弩上早已装好了弩箭，等候熊天彪的命令。熊天彪见日本兵笨拙地往山上攀爬，他告诉五勇的弟兄们，待日本兵靠近，见月光明亮时，一起发射弩箭。

熊天彪带领十勇弟兄的弩箭开始了绝杀。

"嗖嗖嗖！"

"嗖嗖嗖！"

"嗖嗖嗖！"

"嗖嗖嗖！"

只听蒿草中弩声连响，支支利箭插在机枪手的胸膛上、咽喉上。

"咕噜噜、咕噜噜！"三个机枪射手滚落到山下。铃木小队长惊骇地连连喊叫："什么的干活？笨蛋！怎么都滚下山去了？"乌云遮住了月亮，山上漆黑一片，什么也看不见。

铃木大声吼叫："机枪！——机枪！——机枪的干活！"后面的日本兵又抱起来机枪。

"嗖嗖嗖！"

"嗖嗖嗖！"

三个日本兵又滚落到山下，铃木大吼起来："开火！——开火！——统统的开火！"

日本兵举起步枪向草丛中乒乒啪啪地射击起来。三个日本兵又抱起来机枪。

"嗖嗖嗖！"

"嗖嗖嗖！"

"咕噜噜……"

"咕噜噜……"

"咕噜噜……"

这三个日本兵又滚落到山下，再也没有人动机枪了。"嗖嗖嗖、嗖嗖嗖！"又倒下了几个日本兵。"嗖嗖嗖、嗖嗖嗖！"又倒下了几个日本兵。

铃木喊叫："趴下！——统统的趴下！——我们见鬼了！——我们见了中国大大的鬼了！"日本兵不敢再动，蜷曲在茅草里和大石头后。

山顶上厮杀惨烈，日本浪人只有十个了，现在是一对一。日本浪人收缩成一团，举着长刀布成了战阵。

张舒见日本浪人布成了环形战阵，鄙视地一笑："他妈了个巴子的！学了我们老祖宗的东西！弟兄们！——给大帅报仇！都劈杀了他们！"

只见他旋起身形，疾风般在眼前的日本浪人头上劈了一刀，那日本浪人举刀招架。他哪知张舒这一刀是虚招。张舒缩下腰身，手腕翻转，"嚓、嚓！"那日本浪人的双腿从小腿处断了开来。那日本浪人哇呀一声倒在了地下。张舒手起一刀，把那日本浪人的脑袋劈成了两半。

张舒带领他的弟兄们做最后的绝杀。"哇哇呀呀！"又有几个日本浪人被五杰弟兄劈倒在地。

铁锁、铁蛋弟兄不甘落后，长刀猛剁："妈了个巴子！小日本！妈了个巴子！小日本！"

山顶上的日本浪人已抵挡不住，哇呀呀地乱叫。

张舒与弟兄们抖擞精神，片刻工夫，山顶上的日本浪人都倒在了血泊中。刚刚被劈死的几个日本浪人脸上仁丹胡子还在抽搐。

半山腰的日本兵已死伤过半，铃木小队长听山顶上的厮杀声已停止，他知道，山顶上的满蒙决死团已全军覆没。大山里死一样的寂静、恐怖。

铃木悄悄地命令因寒冷恐惧而浑身瑟瑟发抖的日本兵下山，剩下的几十个日本兵连滚带爬地退下了山来。铃木见山上的蒿草丛中没有人追杀出来，他心中稍有宽慰。

天上已没有了乌云，圆圆的月亮把雪后的大地照得白昼一般。铃木带着几十个日本兵借着月光来到山下。山下是一平坦的开阔地，日本兵到开阔地旁树林里牵出来他们的战马。

突然，四周响起一阵旋风般的马蹄声。月光下，五十多个壮汉骑在马背上，这五十多个壮汉身穿虎皮坎肩，头戴狗皮帽子，脚蹬马靴。

嗒嗒嗒，铁蹄狂奔，几十把耀眼的马刀，把几十个日本兵围在了垓中。战马嘶鸣，马刀狂劈，小胜子飙起了绝杀。他带领他的特行队在日本兵中劈杀了起来。

日本兵慌乱中跨上战马，拔出马刀，拼命地抵抗。

枪声，喊杀声，惨叫声！夜空里，凄厉恐怖。

小胜子挥舞马刀，高声呼喊："弟兄们！——给大帅报仇！"

小胜子仰天呼吼："大帅！——看着狗剩儿！——孩儿为大帅——报仇！"一时刀光剑影，惨叫连天。

铃木拿着王八盒子枪一边射击，一边慌忙跨上战马急窜。

"哪里跑？留命吧！"小胜子的马快，追了上去。

唰唰唰，小胜子连劈三刀，都被铃木招架过去。"嘿！王八犊子！还有两下子！"小胜子又连劈三刀，铃木急忙招架。

小胜子一个镫里藏身，马刀带着风声斩在了铃木的马腿上，铃木的大洋马一声嘶叫，倒在了雪地上。

小胜子跳下马背，马刀指着铃木："你们大日本皇军不都是遵守武士道精神吗？让我这个小猴子见识见识你们的武士道精神！"

唰唰唰，小胜子一连就是三刀。铃木哇哇怪吼，瞪着血红的双眼，举起长刀迎着小胜子的刀锋疯狂地劈了起来。他架过小胜子的前两刀，跪在地下躲过了小胜子的第三刀。

小胜子旋风般地连劈，铃木啊的一声倒在了雪地上。他捂着一只鲜血淋漓的手臂，嘴中喘着粗气，闭上了眼睛。

"你的起来，浑蛋的干活！拿出你的武士道精神来！"小胜子把马刀压在了他脖子上。

铃木爬了起来，从雪地上捡起军刀，他怪叫一声，挥刀向小胜子劈去。

小胜子避开刀锋，马刀劈扫，铃木的人头滚落在雪地上。月光下，铃木脖腔中的鲜血喷向夜空。

小胜子扒下铃木的军服，把铃木的脑袋包裹好，挂在了马鞍上。小胜子大喊一声："给大帅祭灵——！"

侯得礼那面，雪地上尸横遍地，侯得礼拿着手枪在死尸堆中查看，只要有活气的，侯得礼就补上一枪。

他见小胜子的马鞍上挂着铃木的人头："小胜子！要那个狗头干啥？"

"侯叔，给大帅祭灵啊！"

"小胜子，干得漂亮！"

这时，只见燕飞天、熊天彪、栀子、菊儿飘然而至。燕飞天看了看满地的日本兵死尸，他把两根手指食入口中："呜——呜——"他的口中发出来狼嚎声。顷刻间，一只只眼睛放着绿色幽光的雪狼向日本兵的尸体围了上来。

一群，几十只，又来了一群，几十只，狼群在日本兵的尸体上撕咬起来。白骨遍地，七零八落。仙人台山的雪地里，一小队"大日本帝国皇军"消失了。

谁也不知道，没人知道，只是有人听到仙人台山下寒夜里曾响起过枪声。

燕飞天让人把老穆的尸体抬回了关东三寨，他要厚葬老穆。他知道——老穆也是个真正的中国人。

燕飞天看着小胜子马鞍上的人头："侯大哥——天彪！小胜子！明天我们给大帅祭灵——"

侯得礼看着满地的白骨："燕飞天，山下的日本兵没有一个漏网，没有一个活口跑出去，真是干净利落！"

燕飞天笑道："侯大哥，现在山顶上满蒙决死团浪人的骨头都已被雪狼叼走了！渡边雄一——到地下惦记碧玉蟾去吧！川岛浪速——梦中你也见不到碧玉蟾了！"

群雄在皎洁的月光下跨上马背，回了关东三寨。

川岛浪速坐在他宽敞的办公室里烦躁不安，渡边已三天没有消息了！他心惊肉跳，他实在想不明白——几十个人的满蒙决死团，还有那一小队的"皇军"，难道都死在了燕飞天手里吗？燕飞天有那么大的实力吗？渡边即使没有得到碧玉蟾，也不应该全军覆没。

三天的时间里，怎么没有一个人回来报告，他愈加觉得不妙，他坐不住了！让人去请川岛芳子。

苏联人公馆的舞厅里，响着金嗓子周璇甜蜜的歌声，一对对舞伴翩翩起舞。一个漂亮的姑娘眯缝着诱人的媚目，搂抱着一个苏联人在飞旋。

她开衩很高的旗袍下两条修长的玉腿诱人眼目，她怀中的苏联人色眯眯地看着她的妙目，垂涎欲滴。

他刚想把嘴唇贴在美人的嘴上，一个人走到姑娘面前："芳子小姐，川岛先生请你速回！"

川岛芳子推开怀中的苏联人，不情愿地问道："什么事情，干爹这样急？"

"小姐，我也不知道，川岛先生请你马上见他！"

川岛芳子对苏联人飞去一个媚眼："撒由那拉！"随来人走出了苏联人公馆。

川岛芳子来到川岛浪速办公室："干爹——叫芳子来有何吩咐？我与苏联人

有约会，在跳舞。"

川岛浪速阴沉着脸："芳子，还跳什么舞？渡边带领满蒙决死团和一小队皇军去捉拿燕飞天，夺取碧玉蟾，已经三天了！渡边杳无音信，不知他们是死是活，到现在，连一个送信的人都没有！我觉得事情不妙，渡边已出了大问题！你安排人手速到关东三寨附近打探消息，务必找到渡边他们的下落。芳子，此事事关重大，你马上派人速去速回！"

川岛芳子听了，心中一惊——这个老渡边，心中整日里都是碧玉蟾，这下可好，他不知死活，满蒙决死团和一小队皇军都跟他倒了霉，真烦人！今晚的舞会玩不成了。

"干爹，不要焦虑，芳子马上派人到长白山。"

几日后，川岛芳子领着她派往长白山的暗探来到川岛浪速的办公室。关东三寨方圆百里没有渡边雄一的踪迹，没有人看到满蒙决死团和一小队日本皇军。

听一个猎户讲："有天夜里，仙人台山下有枪声，但枪声并不密集。猎户在仙人台山上下发现了遍地的白骨，还有被撕碎了的皇军军服。那几天，仙人台山上下聚满了狼群，是雪狼吃了那些人。"

川岛浪速想不明白了，是雪狼，还是燕飞天？是燕飞天，还是雪狼？可——几挺轻机枪为什么不发射呢？几挺轻机枪哪里去了？

渡边哪渡边！你这个死鬼，可把我害苦了！一小队皇军无声无息地失踪了！我怎样向关东军司令部交代呢？

第二天，他会见了土肥原。土肥原同意川岛浪速的说法——一小队皇军在长白山执行任务时，遭遇狼群效忠了天皇，上报了关东军司令部。

川岛浪速咬牙切齿地自言自语："燕飞天……关东三寨……"

第二十八章　鹰不落花好月圆

完达博川见渡边布置了那么大的力量，知道自己必死无疑。他想：只要能见识到祖宗的碧玉蟾，就心满意足了！他把生死早已置之度外。

他与燕飞天坐在巨石上，见识到了碧玉蟾和鸳鸯镜的玄妙，他在鸳鸯镜的七彩毫光和碧玉蟾的光柱下已陶醉。他觉得生与死都已无所谓，哪怕几挺机枪的子弹都射在他身上，他也不会躲避。

他知道渡边会向他开枪，他也知道渡边向他开了枪。他愿意在鸳鸯镜的七彩毫光和碧玉蟾的金光中死去。他不想离开鸳鸯镜和碧玉蟾。

他咋知，渡边射出的子弹在巨石中蕴藏的磁力能量的阻滞下已没有了力量，只是射入了他的皮肉。

燕飞天的智慧、燕飞天的武学、燕飞天身上的未知能量——完达博川清楚，在这个世界上已无人可及。

他喜欢燕飞天，他爱燕飞天，他不想和这个满身是谜的年轻人分离，他为完颜家族有燕飞天这样的人而骄傲。

好大的一场雪，把山坡上的灌木丛覆盖得面目全非。向阳处的窝窝里，几只山鸡咯咯咯地叫着向前面山梁飞去，美丽的尾翎在寒风中像飞流的箭花。

"砰砰砰！"几声枪响，几只山鸡掉落在雪地里。菊儿几个纵落从雪地里捡起来山鸡挂在身上。

没见过面的公公要来，她要亲手打些野味孝敬公公。菊儿看着身上挂满了的山鸡、野兔、飞龙，满意地笑了，赶回了山寨。

雪后，又是一个晴朗的艳阳天，关东三寨的寨门上粘贴了两个斗大的喜字。山寨里张灯结彩，喜气洋洋。燕飞天与熊天彪同时大婚，满寨的老少都来祝贺。

老夫人满面春风，端坐在太师椅上，就等她那老亲家了。

"天儿——你与天彪已快到了拜堂成亲的时辰了，我那老亲家咋还不到来呢？"

燕飞天不急不躁地笑道："娘亲，爹爹说了，他老人家会准时前来！"

"天儿啊，这大雪的天，路不好走，我那老亲家恐怕一时来不了啦！"

"谁说我来不了啦？来了，来了！我这不是来了吗！老朽不会误时。"

只听燕飞天哎呀了一声，跪倒在地："爹爹——爹爹！想死孩儿了！"众人见了，皆大惊失色，燕飞天面前站着一个三十多岁的壮汉。

大厅内寂静无声，众人一时无语——这燕飞天怎么了？竟然管这个年轻的壮汉叫起了爹爹来。老夫人惊异得张大了嘴巴。

"天儿……你……怎么了？一天收纳两个夫人，高兴得糊涂了吗？"

那壮汉目光如炬，环视四周，笑吟吟地说道："熊天彪、熊天罴、熊天鹤，我是识得你们的！——前大金国驸马爷——熊方印的后人。侯得礼、小胜子，你们我也识得——大帅的挚友和大帅的贴身护卫。五杰、十勇，我都见过你们。"

他又对老夫人说道："老姐姐！我不像天儿的父亲……不像吗？我是燕飞天——难道我不是燕飞天吗？"言罢，竟然仰天哈哈大笑起来！

满堂老少都如在雾中，面面相觑，不敢多言，弄得老夫人更加糊涂了。

"天儿，娘亲实是不明白了！他咋也是燕飞天？来和你争媳妇吗？快快说与娘亲明白吧！"

燕飞天见满堂的老少都傻傻愣愣地站在那里，他把壮汉请坐在一把大椅上，又恭恭敬敬地为壮汉端上了茶水："爹爹用茶，稍候片刻。"

燕飞天走到老夫人面前："娘亲，你有所不知，我完颜家自完颜皓月先祖起，吸聚日月之精华，练就了驻颜术。

"我的独龙剑上铸有'完颜飞天'四个字，先祖是要我完颜皓月家世代沿用燕飞天名号行走江湖。

"先祖定下了规矩：历代的掌门燕飞天，年过三十五岁便不能再行走江湖，要有新的燕飞天出现，这也是先祖的苦心，让江湖人看到的燕飞天永远年轻，精力旺盛。

"光绪年间，圆明园外，乾坤镖怒杀八国联军日本兵，受托保护碧玉蟾的人，便是眼前的爹爹颜纵天——燕飞天。"

满堂的老少，除老夫人外，哗的一声都跪在了颜纵天面前。

老夫人哈哈大笑："好个颜纵天！——我的小亲家！和我那天儿一样，神出鬼没，从天而降，神仙般飘到了大堂来！"

颜纵天见满堂老少跪了一地，笑呵呵地说道："都快快起来吧，羞杀老朽了！"

完达博川快步走到颜纵天面前："兄弟呀，我完达博川可算归宗了！完颜飞天，代代飞天！完颜兀术先祖地下可欣慰了！"大堂上下个个赞叹称奇。

"爹爹——爹爹——叔叔——"三个如仙的妙人儿跑了进来。熊天娇怔住了，菊儿怔住了，栀子也怔住了！

这哪里是公公、叔叔，眼前的壮汉二目如炬，俊朗、英气、洒脱，又一个让人遐想的燕飞天。

"怎么！——不认识我——我倒认识你们。你是熊家的掌上明珠——熊天娇。你是齐傲白的掌上明珠——齐柏菊。你是我的日本国兄弟完达博川的掌上明珠——完达栀子侄女。哈哈，哈哈！"

燕飞天赶忙拉过她仨人："快叫爹爹！快叫叔叔！"

菊儿嗫嚅道："燕哥哥……咋不像……"

"菊儿……什么不像？爹爹已是花甲之年还不像爹爹吗？"言罢，他浑身上下看了看自己，"哦！不像，不像！"

颜纵天满脸笑容："天儿——那也得叫爹爹呀！"言罢，又哈哈大笑起来。

熊天娇拉着菊儿和栀子的手，一起跪倒在了颜纵天面前："爹爹——孩儿有礼了！"

"爹爹——孩儿有礼了！"

"叔叔——孩儿有礼了！"哎呀，满堂这个乐！欢乐无比。

颜纵天看大家的眼神还在自己身上移动，知道大家还在惊奇自己的言语："你们是奇怪我这老头子怎么知道这么多的事儿吧！哈哈！"

"天儿离开我时，是初出茅庐，武功还没入化境，他在于府潜修多年，已成大器，自从他夜走雁留坡，我就一直没有离开过他。

"小狼山上和渡边的几次斗智厮杀，为救大帅卧底渡边狼窝，栀子夜闯虎穴，熊天彪、小胜子、五杰弟兄端日本兵的机枪，我都清楚。

"迈洛催眠，天儿戏耍渡边，口射飞刀杀浪人，独龙剑斩杀日本浪人，我离天儿都不远。

"你们仙人台绝杀，我老朽就在那仙人台山上，就在我的天儿身边，只是你们不知罢了。

"我的好天儿，他已成大器，又娶了三个称心如意的美娇娘，我老燕飞天放心了！日后，老朽再不用为天儿担惊受怕，也不用跟随他了。老朽归隐山林，再不问世事。"

燕飞天泪涕交流:"爹爹——孩儿不孝,这么多年来,你跟随孩儿四处奔波,孩儿有时也有察觉,只是见不到爹爹,孩儿时常思念爹爹。可日本人的狼子野心已暴露无遗,孩儿不能辜负孙先生遗托,不能不顾民族、家园,只能与那日本人争斗厮杀到底!"

"天儿——不要忘记了这关东大地是祖宗开拓建立的家园,不能让关东父老受苦受难,儿有鸿志,爹爹欣慰。待有了孙儿,爹爹享受天伦之乐!哈哈,哈哈!哈哈,哈哈!"

这时,老夫人从内堂拿出一个画轴:"小亲家——你适才不提及熊家先祖的名讳,我就不说了。我给大家看一样东西。"

老夫人肃穆地看着熊天鹤:"熊天鹤!——备香案!"熊天鹤与熊天罴赶忙备好了香案。

"娘亲,还有何吩咐?"

老夫人把画轴交与熊天鹤手中:"天鹤——把这画轴打开,供奉在香案上,净手焚香!"

熊天鹤打开了画轴,画卷中一风度翩翩老者,栩栩如生。

下书——大金国驸马爷江南熊方印。

老夫人肃穆道:"熊家儿女!跪地叩头!拜见先祖!"

哗!——满堂老少都跪了下来。老夫人跪伏在地,泪流满面。

"列祖列宗在上,我华夏儿女不做鱼肉,不任人宰割,我关东大地,不任人践踏,华夏儿女不会愧对列祖列宗!"

老夫人望着窗外银装素裹的群山:"孩子们——燃放鞭炮!"

"燕飞天——熊天娇、齐柏菊,熊天彪——完达栀子——拜堂成亲——"

今天是休息日,窗外下着蒙蒙细雨,何雨燕望着外面阴霾的天空:"妈妈,今天是休息日,外面又下着小雨,妈妈继续讲述燕飞天和外公家的故事吧!"

于亚秋望着窗外的蒙蒙细雨:"高子恒来信了吗?你还想和他继续交往下去吗?"

"妈妈——让我好好想一想!我已是大人了,我知道咋样做!"

"燕儿——你不要让妈妈失望!妈妈下面讲的,悲剧就要发生在外公家了!"

九月的天,天高气爽,山坡上的红高粱饱满的穗头迎风摆动,大豆的叶子已见枯黄，鼓鼓的豆荚让人喜爱，再过二十多天，就要开镰了。又是一个好年成。

熊天娇、菊儿、栀子在河边洗衣服，清清的河水泛着粼光，三个漂亮的少妇一边洗衣服，一边嬉笑。栀子看着熊天娇已渐隆起的肚子。

"嫂嫂——这个能是带把儿的吗?"

熊天娇嘻嘻笑道:"燕哥哥说了，都一样。"

菊儿笑道:"栀子妹妹——是都一样，我的小淘淘也是天娇姐姐的!"

栀子笑嘻嘻地看着熊天娇和菊儿:"天彪哥哥说了，让我给他生多多的小天彪!"

山坡上几个孩子在戏耍。

"妈妈——我要淘淘哥哥手中的蝈蝈!"

淘淘把包着蝈蝈的倭瓜叶背在身后:"秀儿——自己去抓，抓不到，哥哥给你!"

栀子在河边喊道:"秀儿——自己去抓，妈妈喜欢你自己去抓!"

"妈妈——我这就去抓!"

淘淘看着身边的妹妹:"娟儿——哥哥的这个蝈蝈给你，哥哥再去抓一个。"

"哥哥——娟儿不要! 我和秀儿一起去抓!"

嗒嗒嗒，河边突然响起了马蹄声。

"天娇嫂嫂——燕大哥在山上吗?"

"李志! ——什么事这么慌张?"

"嫂嫂——日本人攻打'北大营'，占领了奉天城! 发生了九一八事变! 张学良把部队撤到了关内!"

熊天娇皱起双眉，高呼一声:"菊儿——栀子——带孩子回山——!"

碧玉蟾

下部

苗雨新 著

北方联合出版传媒（集团）股份有限公司
春风文艺出版社
·沈阳·

目录

第一章　九一八事变

一

九月的天，秋高气爽，过些天就是中秋节了。晚间侯得礼与小胜子从戏园子回来品茶，二人边喝茶边谈论京剧《打渔杀家》中角儿的功底。

二人兴致正浓，突听柳条湖方向传来爆炸声，过了一会儿，北大营方向响起激烈的枪声。

侯得礼心中一震，他抓起电话，拨通了辽宁省警务处处长兼奉天市公安局局长黄显声家的电话。

"警钟兄！我是侯得礼，听到爆炸声和枪声了吗？"

黄显声急促地说道："侯兄！接到报告：柳条湖铁路被炸，日本兵攻打北大营！"

"警钟兄！——少帅知道了吗？"

"王以哲旅长已来过我处，少帅下令不抵抗，我管不了那么多了！马上组织我的警察部队抵抗！侯兄，我集合人马去了！多保重！"啪，黄显声撂下了电话。

黄显声马上命令三经路警察署、商埠三分局、南市场与其他的警察大队约两百余人，在二经街构建简易掩体抗击日军。

侯得礼端着茶杯，眉头紧锁，他突然大喊："小胜子！集合弟兄们跟小鬼子拼！"

小胜子骂骂咧咧地已从墙上摘下两把盒子枪。"王八犊子！大帅死了就开始爹刺！看小爷咋收拾这帮兔崽子！鄂二江！告诉弟兄们备马！"一个二十多岁的小伙子跑出门外。

弟兄们刚跨上马背，二经街方向已响起激烈的枪声。

侯得礼的马队到了二经街附近，见黄显声的警察部队与日本兵正在激战。警察部队在掩体里拼命抵抗日军的进攻。日军架起小钢炮向黄显声的阵地猛烈轰击，炮弹在阵地里爆炸，硝烟弥漫。

黄显声亲临阵地鼓励他的警察部队拼命还击。炮弹在阵地上不停地爆炸，已倒下了十几个弟兄，日军的机枪子弹和炮弹压制得他们抬不起头来。

侯得礼见附近有家大院："小胜子！让弟兄们下马，把马匹藏到那大院里，弟兄们摸小鬼子的屁股！"

小胜子敲开了那家的大门，一个六十多岁的老先生走了出来。他看门外站着三十多个腰插短枪挎着马刀的壮汉，惶恐道："你们——"

"老先生，日本人打进了北大营，前面在开战，我们去打日本人！把马匹暂寄放在这里。"

老先生听了，伸出大拇指："好样的，小伙子！我儿子也在东北军里，可惜，他现在跟少帅在关内。你们放心地去打小鬼子吧！我给你们的马匹多加草料。"

小胜子对老先生拱手一礼："谢谢老先生了！"磨身带领弟兄们向日军后路兜去。

侯得礼的特行队经过小狼山、赤阳镇多次夜战的磨炼，精于夜战。小胜子带领三十几个弟兄悄悄地摸到鬼子后面，小胜子怒视日军的机枪手和迫击炮手。

"弟兄们！——先干掉日本人的小钢炮和机枪。"

嗒嗒嗒、嗒嗒嗒，几个日军的机枪手和炮手倒在了血泊中，三十多个弟兄一阵狂射，又有几个日本兵倒在地上。

黑暗中，侯得礼特行队的突然袭击，日本兵有些蒙怔了，看不到什么人在袭击他们，只是胡乱地向黑暗处开枪射击。

黄显声阵地上有人高喊："你们是哪部分的弟兄？"

小胜子答道："我们是侯得礼的特行队！"

黄显声喊道："侯先生在吗？"

"警钟兄——我的人少，只有短枪，我只能配合你骚扰日军，你要审时度势！好自为之！"

"侯先生！——谢过了，多保重！"

二十一日，日军调来坦克进攻炮击，黄显声的警察部队抵抗不住，有的人逃跑了，有的人缴械投降了。

侯得礼见大势已去，无可挽回，炮火中，他找到黄显声。"警钟兄，你们快撤退吧！日本人的坦克上来了！我们无法抵挡，不能等死！"

几发坦克炮弹又落在黄显声的阵地上。

侯得礼道："警钟兄！快撤吧！留得青山在不愁没柴烧，我掩护你们，快撤吧！"

"侯先生！我命令部队以分局为单位往西撤退，我们后会有期！"

黄显声带领他的警察部队撤到辽西，组建了几支警察骑兵部队抗击日军。一九四九年十一月二十七日，黄显声将军被蒋介石秘密杀害于重庆白公馆。

侯得礼见黄显声的部队撤了下去，对小胜子道："我们也撤吧！我们没有重武器，手中拿的都是短家伙，不能白白送死，告诉弟兄们，撤——"

眼看日军的坦克冲上来了，日本兵抱着机枪疯狂地扫射，小胜子心有不甘地大喊："弟兄们！——撤回大院！"借着夜幕掩护，小胜子他们撤回到大院。

老先生已备好了茶水："我姓叶，弟兄们辛苦了！喝点水解解渴吧！听刚才枪声激烈，不知战局如何？"

侯得礼道："叶先生，刚才与日本人接火的是黄显声局长的警察部队，正规部队奉少帅命令撤出了奉天城。黄局长寡不敌众，率弟兄们也撤出了奉天城。"

叶先生怒道："少帅不要家了吗？大帅的坟墓他也不要了吗？他咋能扔下了关东的父老乡亲撤退到了关内？东北军三十多万人马——有飞机、有大炮，咋就怕日本人呢？"

侯得礼面色黯然："蒋介石下了命令，不让抵抗，少帅不能抗命。"

叶先生顿足长叹："什么介石、不介石的！大帅不死，小日本他敢参刺吗？这东北大好河山就拱手让给日本人了吗？东北的老百姓要做亡国奴了！"叶先生泪流满面。

侯得礼两眼湿润："叶先生，东北的老百姓不能做亡国奴，我和弟兄们誓死与日本人血拼到底！我们自己想辙吧！"

叶先生端起茶杯递到侯得礼手中："我儿子在东北军里是个连长，我要写信给儿子，让他回来抗日。小王八羔子！他不回来，我就不认他这个儿子了！"

侯得礼看着痛心疾首的叶先生："叶先生，保重吧，我们得走了！"

"你们去哪里？"

"我们出了奉天城再说吧！"

小胜子喊道："弟兄们！——上马！"

侯得礼跨上马背："叶先生，我叫侯得礼，这个瘦小子叫谭同胜，谢过叶先生了！若有缘我们还会见面。"侯得礼一磕马肚子，带领弟兄们向西而去。

叶先生二目流泪，高喊："弟兄们——走好！"

天已大亮，侯得礼他们到了新民境内，找了一家大车店停了下来。侯得礼见弟兄们人困马乏："胜子，忙活了一夜，大家歇歇脚吧！让弟兄们好好吃顿饭。"弟兄们吃过饭，倒在大铺上呼呼地酣睡起来。

侯得礼思绪万千："胜子，大帅的大仇未报，又添新恨，少帅不知做何打算，说什么我也不去关内，你做何思想？"

"侯叔，去鹰不落吧！找天彪二哥，会合他们打鬼子！"

侯得礼笑道："好小子！和我想到一起了，去鹰不落！"

侯得礼看着三十几个弟兄："弟兄们！我们走出奉天城，不知啥时能打回来，随时都有丢命的危险，弟兄们有不想跟我走的吗？"

躺着的鄂二江霍地站起身来："侯叔！你走到哪儿，我二江跟到哪儿，我家就在小西门外。爹娘、哥哥、妹妹，一大家子人。日本人占了咱奉天城，让他们做亡国奴我不干！我铁了心跟侯叔与胜子哥打小日本！我宁可战死，也不受窝囊气！"

三十多个弟兄齐声吼叫起来："侯叔！——我们没孬种，跟小日本死拼了！我们都跟你走！"

二

熊天彪带领五杰兄弟马不停蹄地到了开原老城。行前燕飞天告诉他，一定找到侯得礼与小胜子。

途中不断有从奉天城中撤出的零散东北军官兵，他们不愿意离开家乡到关内去，他们想撤到吉林、黑龙江寻机抗击日本人。

熊天彪看已到晌午了，他告诉五杰兄弟："张舒，咱们打尖吧！再喂喂马，顺便探听探听奉天城里的消息。"

熊天彪与五杰兄弟正在吃饭，十几个当兵的歪戴着帽子，倒背着枪，向饭馆走来。进到饭馆内，这些当兵的高声喊叫："掌柜的！把我们饿坏了！快弄点吃的来！"

掌柜的见了这些当兵的不敢怠慢，马上端过几十个馒头，又端过来一盆汤。

一个当兵的咧咧嘴："就弄这东西吃呀？来几个菜，再弄几壶酒！"

掌柜的马上喊了一嗓子："掌勺的！——给弟兄们炒几个菜，再烫几壶酒！"这些当兵的狼吞虎咽，大口地喝酒，一阵风卷残云，吃完饭抹抹嘴抬腿就走。掌柜的心想咋不给钱呢："各位兄弟，小本买卖，给我酒饭钱哪！"

一个当兵的斜楞着眼睛："我们在北大营跟日本人刚打完仗，好不容易活了下来！哪儿来的钱？弟兄们，走！"

三杰王璞见了，有些不平："各位兄弟，掌柜的开个小买卖不容易，咋也得给饭钱哪！不能让掌柜的做赔本生意！"

一个当兵的瞪起来眼睛："小瘪犊子！多说话，和你有啥关系？"

王璞火往上蹿："兔崽子！你骂谁呢？有能耐和日本人干！跑出来干啥？"

那个当兵的骂道："小兔崽子！我崩了你！"他端起了枪。

王璞哪儿听那个邪，从腰间拔出来两把盒子枪："王八蛋！想干吗？爷爷陪你！"唰，十几个当兵的都端起来枪。

熊天彪大吼一声："没见过你们这样的浑蛋！打日本人没能耐！跑到这里要威风来了！"唰唰，哥儿几个一起拔出来盒子枪。先前端枪的那个家伙有点傻眼了。"你们是胡子——？"

熊天彪敞开衣怀，拍了拍腰间的盒子枪："小子！说对了！我们是关东三寨鹰不落的胡子！老子是熊天彪！"

十几个当兵的面面相觑，心里直打鼓：鹰不落熊天彪，听说过，了不起的英雄人物。他们脸上冒汗了，端枪的手开始下垂。

嗒嗒嗒，外面响起一阵马蹄声。大家向门外望去，三十多个腰插短枪挎着马刀的大汉从马背上跳下来。

侯得礼与小胜子走进屋内。"大哥！——小胜子——！"熊天彪大声喊叫迎了上去。

熊天彪眼含热泪："得礼哥哥！胜子兄弟，可见到你们了！天哥让我前来务必寻找到你们，山上众兄弟都为你们担忧。小日本已进军吉林，天哥约你们上山共谋大事，抗击日本人。"

侯得礼道："天彪兄弟，奉天城丢了！少帅下令不抵抗。事变晚上，黄显声局长的警察部队在二经街与日本人接了火，日本人的坦克、小炮火力猛烈，黄局长的警察部队损失惨重，我暗中助他撤向了辽西。我不想撤到关内，想与你们鹰不落共谋抗日大计。"

侯得礼看着屋内站着的十几个失魂落魄的散兵:"天彪,这是咋回事儿?"

"让他们自己说吧!"屋内的十几个散兵已放下来手中的枪,怔怔地听熊天彪与侯得礼的对话。他们知道侯得礼不是个等闲人物,都默默地傻站在那里。

他们见侯得礼发问,领头的散兵看着熊天彪:"我叫王长生,班副,是北大营王铁汉团长的兵。事变晚上,我们慌乱地穿上衣服抓起枪要往外冲,王团长接到命令,不让我们抵抗,让我们缴械投降。我们营长、连长坚决抗击。王团长拒不执行上面的命令,带领弟兄们抗击突围。几个营长带领部队拼命抵抗日本人的进攻冲杀了出去,我们死了三百多个弟兄。我们团已被打散了,我们也不想随大部队撤到关内。我们这十几个弟兄家都在吉林,我们想回家看看再做道理。"

侯得礼道:"我叫侯得礼,我们是大帅的特别行动队,我不想去关内,我要抵抗日本人为大帅报仇。你们先回家看看,若想抗日,到关东三寨找我们,你们若是孬种,也就算啦!做亡国奴吧!"

王长生涨红了脸:"侯爷!什么话?我们手中的枪不是烧火棍!我不做亡国奴!整死他妈的小日本鬼子!"

他又问其他弟兄:"你们愿意做亡国奴吗?"

那些弟兄齐声喊叫:"我们不做亡国奴!跟小日本干!"

王长生看着侯得礼的脸:"我王长生就当和那三百个弟兄死在了北大营。我回家看看爹娘,帮爹娘收完地里的庄稼,到关东三寨找侯爷,和小日本死磕!"

那十几个弟兄个个摩拳擦掌:"我们回家看看爹娘,也去鹰不落。侯爷,带领我们跟小日本干吧!"

侯得礼神情激动:"弟兄们,好样的!我在鹰不落随时恭候你们!"

侯得礼掏出钱来放在桌子上:"掌柜的,他们的饭钱我付了!"

掌柜的连连摇手:"这位爷,我还要什么钱?你们都是有血性的中国人,只盼你们把小日本撵出去,我们老百姓能过安稳日子!"

王长生笑着拉了熊天彪一下:"兄弟,刚才冲撞了各位兄弟,多有得罪,不好意思了!日后我们到你鹰不落一起打小日本吧!"

熊天彪笑了:"只要铁心打小日本,我们就是好兄弟。兄弟们!盼你们早到我关东三寨。"

王长生笑道:"一言为定!"王长生与众位兄弟辞别了侯得礼与熊天彪,回了吉林。

三

侯得礼的特行队与熊天彪的弟兄们吃过晌饭，赶回了关东三寨。侯得礼与他的特行队来到关东三寨，熊天鹤吩咐杀猪宰羊，款待众弟兄。腾出两处宽敞的大院与侯得礼的特行队居住。

燕飞天见侯得礼与小胜子已平安到来，心中甚是欣慰。

燕飞天看着侯得礼："侯兄，少帅带领部队撤到了关内，东北很快就会丢失，不知吉林与黑龙江形势会咋样？"

侯得礼略加思索："少帅撤到关内，东北已群龙无首，日军已向吉林推进，这两日便会有确切消息，就看吉林的军署参谋长熙洽和黑龙江的马占山咋样做了。"

燕飞天道："大帅已死，少帅撤到了锦州一带，我燕飞天不能愧对大帅对我的嘱托，先静观几日吧！再做定夺。"

两日后，山下传来消息，熙洽已投降了日本人，做了"吉林省省长"。熙洽通电全国：脱离南京政府，要求各部服从新政府。

一时间，各市县致电依兰镇守使李杜。李杜将军一九二四年任依兰镇守使兼十旅旅长，后升任师长。第二次直奉战争，他不愿意看到军阀混战，不愿看到老百姓流离失所，不愿参战。

张作霖喜欢李杜的为人，偏袒他的爱将，降职使用，让他做了依兰镇守使。

熙洽的全国通电发到依兰，李杜怒火填胸，他下令吉林各县署的守备部队和警察不听从熙洽傀儡政府的命令，坚决抗日。

几日后，锦州方面又传来消息，黄显声在辽西整编组建了三个骑兵总队，新编的骑兵总队在锦州城北整训。黄显声以省警务处的名义集结了全省各市县的警察部队，消灭了张学成、凌印青两支汉奸队伍。

黄显声又联络说服了辽西的各路土匪组成了抗日部队。

吉林方面，李杜将军以依兰镇守使名义号召各县团结起来，又通知各县武装力量集结到依兰准备抗击日军。

燕飞天、侯得礼，与熊氏兄弟坐在议事厅内商讨目前局势。

侯得礼道："黄显声在锦州聚集了全省的警察部队，又联络了各路土匪抗日。还有——少帅撤出的部队都在锦州一带，小狼山也处在辽西，我们很熟悉那里的环境，我们是否投奔黄显声呢？"

燕飞天道："奉天、长春都已失守，李杜将军与马占山将军联手，在哈尔滨外围坚决抗击日军，我们应协同李杜与马占山守住哈尔滨，阻击日军北进。"

熊天罴道："若能守住哈尔滨，东北还有希望，若哈尔滨失守，整个东北就落在了日本人手里，那我们可就保土无望了！东北的老百姓可就做了亡国奴！"

侯得礼道："你们的意思是到依兰找李杜将军吗？"

燕飞天道："得礼哥哥，给你看一样东西。"燕飞天从里怀兜中掏出一个信封，从信封中拿出一"硬纸片"递给了侯得礼。"硬纸片"上写着四个大字："如我亲临。"纸片上一鲜红方印——张作霖。

侯得礼手中拿着纸片愣在了那里，他疑惑地看着燕飞天。

燕飞天肃穆道："侯兄，那次你领我去见大帅，你知道大帅都和我说些什么吗？

"大帅是个了不起的人物，大帅与我说，他知道日本人不会放过他，日本人早晚要除掉他。他怕他不在人世后，日本人会侵占整个东北。

"大帅与我说，东北的军政人员，谁投降了日本人，李杜、黄显声也不会投降日本人。

"大帅说，李杜爱国爱民，刚直不阿，不贪钱财，两袖清风，如若日本人打进来，你可投李杜将军联络各路人马抗日。

"得礼哥哥，我为何忍辱负重在渡边身边卧底，就是为了保护大帅的安全。可惜，我燕飞天无力回天，大帅还是死在了日本人手里！"

侯得礼两眼湿润，一把攥住了燕飞天的双手："燕飞天，燕飞天！我那大帅哥哥慧眼识人，我们去找李杜将军吧！"

熊天罴道："得礼哥哥与妹夫到李杜将军处联络，我与天彪在山寨操练五百弟兄，我们有十二挺轻机枪，还有足够的手榴弹，与日本正规军作战，没有真能耐不行。我给弟兄们增加伙食，马加好料，让弟兄们养精蓄锐，随时与日本人开战。"

熊天鹤道："天罴、天彪，日后你们要随队征战，我在家中照料山寨与老小，你们都放心地去对付日本人吧！没有国，哪儿有家！"

第二章 五百铁血男儿

一

十月的天，秋高气爽，湛蓝的天空飘着白云，山上的枫树已见红，山坡上、沟膛里，收割完的高粱一架架戳立在地面上。

粗大的苞米棒子一堆堆的，在地里晾晒，收割完的大豆地里，一堆堆山民们烧毛豆吃留下片片灰迹。

秋风瑟瑟，一行三十多人的马队疾驰在山路上。

李杜将军在指挥部里低头踱步，他刚与马占山将军通完电报，在思索分析目前的局势。

突然卫士在门外喊道："报告镇守使！外面来了三十多人的马队，有人求见。"

李杜听了，心中一愣——三十多人的马队，看来必有要事："让来人进来吧！"

燕飞天与侯得礼进到了屋内。

侯得礼向李杜施了一礼："植初兄，想必不识得侯某了吧？"

李杜仔细看去，哎呀一声："侯先生！咋能不识得你呢！快快落座！"

李杜对卫士喊道："李成！给先生看茶！"

李杜满脸欢笑地看着侯得礼："侯先生，多年未曾谋面，是什么风把您吹来了？"

侯得礼笑道："国难当头，匹夫有责。我来介绍一下，这是大帅的挚友燕飞天。"

李杜愣了一下："燕飞天！——怀有国宝碧玉蟾，仙人台绝杀渡边雄一的燕飞天吗？"

燕飞天拱手施礼道："正是在下！"

李杜道："大帅生前提及过你，你是大帅赞扬敬佩之人！"

燕飞天道："为国为民、驱逐外虏，是我中华男儿抛头颅洒热血应尽之事，不足挂齿。"

李杜道："果然好男儿，难怪大帅如此高看你！"

燕飞天道："大帅生前，已知必有今日，大帅告知我，与将军共抗小鬼子！"言罢，从内怀兜中掏出来装有"硬纸片"的信封递到李杜手中。

李杜打开信封，拿出了"硬纸片"。李杜面色骤变，他喊了一声"大帅"，涕泪交流："大帅生前如此信任我，我李杜肝脑涂地也在所不辞！我誓与日本人拼杀到底，以慰大帅在天之灵！"

侯得礼道："植初兄，这些年来，知道我做什么吗？我受大帅之托和燕飞天一直与日本浪人周旋。大帅极敬重燕飞天，让我带领特别行动队保护燕飞天手中的碧玉蟾。大帅告诫我与燕飞天，碧玉蟾不能落入日本人手中。

"几年里我们与川岛浪速的浪人几经搏杀，消灭了川岛浪速的满蒙决死团。

"当年大帅看好了我盟弟关东三寨熊天彪，并暗中拨与关东三寨武器弹药、银圆。关东三寨现有五百精锐骑兵在待命，随时上阵杀敌。我与燕飞天这次来就是与你联络抗击日军。

"燕飞天有大帅生前嘱托：一是必保碧玉蟾不能落入日本人手中，二是让关东三寨的人马随你杀敌。"

李杜泪流满面，叹道："大帅高瞻远瞩，可惜大帅不在了！若大帅健在，他日本人休想侵占我东北河山。

"燕飞天，你关东三寨的五百骑兵可与我李杜共同抗击日本人，但你身负孙先生和大帅重托。我们战场上与日军厮杀，你不要厮杀战场！你用心保护好碧玉蟾吧！待国家复兴之日，让碧玉蟾造福于国家和人民。"

燕飞天道："镇守使，我燕飞天不会辜负孙先生和大帅的嘱托，只要我人在，祖宗的东西就在，他们日本人永远也拿不走我手中的碧玉蟾！"

侯得礼道："植初兄，我的特行队只有三十多个骑兵，但都是大帅卫队营的精英，个个以一当十。我把我的特行队就驻扎在你这里，随时投入战斗。燕飞天可速回关东三寨，让关东三寨待命，若有大的行动，让关东三寨五百铁骑立即前来参战！"

李杜道："大战不会太远，日本人正向哈尔滨逼近，很快就要打响哈尔滨保卫战。我想与马占山将军在哈尔滨外围联手抗击日军。战前我通知关东三寨义勇军，但燕大侠你就不要前来了！你手中的碧玉蟾是宝贝，你燕飞天也是我们民族的宝贝，若有什么闪失，我李杜愧对中华民族，愧对大帅。”

燕飞天只得听从侯得礼与李杜的安排，赶回关东三寨。

二

一九三二年一月，日本关东军司令部决定在春节前拿下哈尔滨。

熙洽在日本人指使下，委任于琛澄为“吉林省剿匪司令”，率领王满堂、李永久两个旅及马麒麟、刘玉林两个混成旅向哈尔滨步步逼近。

哈尔滨形势危急，李杜将军率领主力部队于二十六日火速抵达哈尔滨。吉林省警备司令兼第一旅旅长冯占海也率部赶赴到哈尔滨与李杜会合。

二十七日早上，天刚放亮，冯占海的部队与于琛澄的伪军拉开了战幕。李杜亲临前线指挥战斗。冯占海的部队与李杜的部队在“上号”一带把于琛澄的伪军夹在了中间，两支抗日军拼命厮杀，猛烈地攻击于琛澄的伪军。

枪声震天，手榴弹的爆炸声不断，喊杀声阵阵。寒冷的冬季里，抗日战士视死如归，成束的手榴弹扔在伪军的阵地里。伪军哭爹喊娘，开始溃退。

下午，于琛澄的四个旅伪军又集结了兵力，向小北屯的抗日军开始了反扑，一场大战更激烈了。

于琛澄的伪军被两支抗日军围在了中间，抗日军的人数虽然少于伪军，但伪军被李杜和冯占海巧妙地包围在一大片开阔地里，无法充分发挥火力。

于琛澄见被两支抗日军包围，有些惊慌，他喊过旅长王满堂：“妈了个巴子的！你这旅长还想干吗？我们四个旅的人马还整不过李杜他们吗？你上去！告诉弟兄们给我冲！回去给弟兄们加饷。”

王满堂道：“司令，我全力抗击，你告诉那三个旅，别他妈的保存实力，要我王满堂！要死咱们一起死，要散一起散！”

于琛澄道：“你快到前面督战去吧！我马上到李永久他们那里去！”

战场上的枪声更激烈了，伪军开始疯狂地反攻。日本人的飞机也开始了轰炸，战场上已形成了胶着状态。忽听西北方向响起一阵马蹄声，只见几百人的马队狂奔而至。

一面大旗迎风猎猎——"鹰不落抗日义勇军"。冲在前面的马上大汉怀中抱着机枪，他身后的十余个大汉怀中都抱着机枪。这几百铁骑冲到伪军面前，十二挺机枪喷出了火舌。

大汉身后的五百骑兵挥起了手中的大刀。机枪疯狂扫射，大刀疯狂地劈杀，伪军溃退了。

"娘耶！快跑吧！天兵来了！我家还有几斗高粱米，够俺娘吃俩月了！这几斗高粱米俺不要了！"

这群伪军只恨爹娘少生两条腿，拼命地逃跑。

李杜与侯得礼站在高处，观察战场上两军的厮杀。小胜子带领他的三十个弟兄骑在马上，已成了李杜将军的卫队。

小胜子见突然出现骑兵，大声喊叫："侯叔！——关东三寨——熊天罴！熊天罴哥哥！看——鹰不落抗日义勇军大旗！"

侯得礼惊喜道："是天罴！是鹰不落关东三寨的人马！"

李杜死死地盯着熊天罴五百铁骑在伪军中疯狂地劈杀。

"这帮虎犊子！咋来晚了呢？侯先生，你早已通知了关东三寨，他们咋才到呢？看来，他们途中遇到了什么变故。"

侯得礼道："植初兄，别急！打完这仗，见了熊天罴就知道了！"

日本人的飞机在空中见伪军开始溃退，低空飞行向熊天罴的马队俯冲。熊天罴见敌机俯冲过来，大吼一声："弟兄们！——都架起机枪！把那玩意儿给我干下来！"

十二挺机枪对准了俯冲的日军飞机。十二挺机枪同时喷射出火舌，只见日军飞机冒出一股黑烟，侧了侧膀子，轰的一声，摔落在不远处地面上。阵地上，抗日军一片欢呼声。

李杜兴奋地拍着手掌："了不起！真了不起！关东三寨熊天罴，将才也！"

李杜与冯占海的部队见击落了日本人的飞机，士气大振，勇猛地向伪军扑去，伪军溃退了！

小胜子见伪军溃退了，打马向熊天罴的马队跑去。

熊天罴老远见一匹马跑来，觉得马上的人身影熟悉。只听马上人大喊："天罴哥哥——到我这里来——"

熊天罴听出是小胜子的声音，带领马队向小胜子驰去，跑到近前，熊天罴问道："胜子兄弟，得礼哥哥在哪里？"

小胜子笑道："天罴哥哥，好威风！李杜将军大大赞赏你的鹰不落抗日义勇军，快去见李杜将军吧！"熊天罴率他的五百铁骑随小胜子来到了李杜将军指挥部。

李杜见小胜子引领熊天罴的五百铁骑风驰电掣般来到指挥部前，他与侯得礼迎了出去。

熊天罴见李杜与侯得礼迎了出来，知道那人是李杜将军，他滚鞍下马，拱手施礼道："鹰不落关东三寨熊天罴见过镇守使！"

李杜看这熊天罴——身材魁伟，满面黑须，两只长目中，一对眸子炯炯有神。

他身后的五百骑勇——背插大刀，肩背马步枪，个个健壮彪悍。十勇弟兄——肩背大刀、强弓弩箭，怀中抱着机枪，腰中缠着子弹带，个个威风凛凛，目光如炬。

李杜将军喜得哈哈大笑："大帅英明！暗中培育了精兵良将！天罴兄弟，快到屋里说话吧！"

李杜又对小胜子说道："胜子！快把关东三寨的弟兄们安排到已备好的驻地歇息，让弟兄们饱餐一顿，养足精神，好跟那帮犊子们干！"

众人进到指挥部内，卫士捧上茶水。侯得礼道："天罴兄弟，你们咋误时了呢？"

"得礼哥哥，说来也巧，我带领弟兄们行至白狼沟时，发现一拨几百人的马队，其中夹杂着七八个日本人，我看他们也是奔这方向。心想有可能是增援攻打哈尔滨的援军，我也不知道他们是哪部分的，但我看见了日本人，我决定干掉他们，我和弟兄们冲了上去。

"我们一阵机枪扫射，干倒了他们十多个人，把他们一下子打蒙了，日本人缓过神来，指挥他们开始反击。

"我带着一百个弟兄下了马，把六挺机枪找好掩体迎战敌军。

"我让大勇耿铁锁、二勇耿铁蛋哥儿俩各带三挺机枪、二百弟兄绕到敌人两翼包抄了他们。

"镇守使！可过了瘾了！我们一阵搂火，整死了他们二三十人。

"日本人指挥伪军也架起了机枪，我们对干了起来。这帮伪军在日本人的指挥下拼命抵抗。我们打了一个多时辰，又撂倒了他们十来个人，他们还是不退。

"我心急赶路，我想不干掉他们的机枪，我们撤不出战斗，我让人告诉铁锁、铁蛋哥儿俩，用弩箭射杀敌人的机枪手，看住敌人的机枪手，不让敌人的机枪发挥作用，我们用大刀突杀他们。

"一会儿工夫，敌人的机枪不响了，我们三路人马跨上了马背，一阵旋风般冲杀上去。我们的大刀飞舞，疯狂地劈杀，那帮伪军又从马上滚落十几个人。

"日本人支持不住了，他们开始逃窜，我们又是一阵机枪扫射，又干掉了他们五六个人！"

李杜听得入了神，他听完熊天罴讲述后，哈哈大笑："天罴兄弟，这仗让你打得太漂亮了！你进过讲武堂吗？"

熊天罴不好意思地笑道："镇守使，我哪儿进过什么讲武堂！我自幼喜读兵书，大丈夫应冲锋陷阵，为国捐躯。自大帅为我关东三寨暗拨武器弹药，我便知大帅用意。我研究日本人的飞机大炮，我研究对付日本人的办法。大帅遇难后，我知日本人会侵占东北，必有大战，我更加用心操练我的五百铁骑，我知我的五百铁骑会派上用场。"

李杜叹道："天罴兄弟！将才也！胜过了讲武堂的高才生，以后你就随我左右吧！你的五百骑兵编为一个骑兵大队，由我直接指挥。"

熊天罴道："谢谢镇守使栽培！我熊天罴只望报国有门，与日本人决战到底！"

侯得礼道："天罴兄弟，天彪没有急着要来吗？"

"天彪是想前来，可我们不能不顾燕飞天身上的碧玉蟾哪！冲锋陷阵由我熊天罴带领五百弟兄顶着，天彪应协助燕飞天保护碧玉蟾。

"战场上，枪炮无眼，不知哪天丢了性命，我不能让天彪死在战场上！天彪与燕飞天应在暗中作战，他们可暗中除掉罪大恶极的汉奸，他们可探取日军的情报。

"我与燕飞天已商议好，不能辜负孙先生与大帅的嘱托，必保碧玉蟾完好无缺。

"日后，枪炮战场上，不能让燕飞天露面，他应隐藏起来。"

李杜道："天罴兄弟运筹缜密，说得极是，让燕飞天与熊天彪内线作战，配合我们外线行动，不失为良策。"

李杜又说道："天罴，明天还会有战事，你的骑兵大队就不要参战了！你的骑兵大队是我的宝贝，不到万不得已，我不动用，你与弟兄们好好休息吧！"

第二天，李杜将军的抗日部队主动向于琛澄的伪军发起攻击，于琛澄的伪军彻底溃退了，李杜将军完成了第一次哈尔滨保卫战。

三

一九三二年二月一日，打响了第二次哈尔滨保卫战，日军动用了二十多架飞机和坦克。

二十二旅旅长赵毅在双城火车站阻击日军。战斗异常惨烈，在日军飞机和坦克的猛烈攻击下，双城失守。抗日军的一个团长投敌，有的指挥官临阵脱逃。

哈尔滨警察署署长也带领警察部队投敌，日军带领城内的叛军又杀出了城。

李杜将军孤军奋战，腹背受敌，李杜将军誓与阵地共存亡。李杜将军为掩护赵毅旅长突围，要拔枪自尽，被卫士夺下手枪。赵毅旅长发起了反冲锋，带领李杜和部队突出了重围。

第二次哈尔滨保卫战失败后，李杜退守依兰，依兰又汇集了多路的抗日人马。

一九三二年四月下旬，李杜将军的抗日军分三路纵队向哈尔滨进发，欲收复哈尔滨。三路大军进展顺利，节节逼近哈尔滨，不料日军趁依兰空虚，派重兵偷袭了依兰抗日大本营。

李杜将军率留守的少量部队拼命抗击，无奈寡不敌众，依兰失守，李杜率残部撤出了依兰。

熊天罴的骑兵大队在逼近哈尔滨途中，军中传来了依兰失守的消息。

前线一片混乱，各部队群龙无首无意再战，熊天罴率他的五百铁骑疾驰回救依兰，寻找李杜将军的下落。

熊天罴告诉耿铁蛋卷起义勇军大旗，不让日本人识别他的队伍，遇到小鬼子和伪军就顺便干他一把。

这日，熊天罴的马队行至一村镇附近，听前面响起一阵枪声，熊天罴命令率队向枪声处奔去，他发现三百多人的队伍荷枪实弹拦在路前。

那伙人有的穿着东北军的军服，有的是老百姓的装束。他们见了熊天罴的马队，一个当官的上前问道："兄弟，你们是何处的人马？这是要到哪里去？"

熊天罴答道："我们是鹰不落义勇军，从哈尔滨前线下来，回依兰急救大本营。"

那个当官的说道："依兰已失守，李杜将军已不知去向，依兰到处都是日本人，你们去送死吗？"

熊天罴问道："前面为何有枪声？是什么人在开战？"

那个当官的说道："是罗志焕部义勇军被日本人和伪军包围了！"

"你咋不前去帮他一把呢？"

"我帮个屁！那小子太狂了！我杨二木大小是个营长，我让他与我联手，归我统领一起打鬼子，他不干！仗着自己三百多号人马非要自己独干，他瞧不起我杨二木，让他自己和日本人干吧！

"管他呢！他太牛了！自己和小鬼子、伪军接上了火，咋样？让人家包馅了！哈哈！"

啪的一声，熊天罴的马鞭抽在了杨二木脸上："你们是中国人吗？你们手中是烧火棍吗？"

杨二木咧了一下嘴，摸了一下脸上的鞭痕，看着五百威风凛凛的铁骑，一声没吭。

熊天罴吼道："带着你的人给我往上冲——！"他端起来机枪，大手一挥："弟兄们抽刀——！"铁蹄声骤响，五百铁骑向前扑去。

罗志焕的三百多义勇军已被日伪军打垮了！死伤了五六十人，有的弟兄被日本兵挑开了肚子，鲜血淋漓，肠子流了一地，惨不忍睹。还有二十多个弟兄被俘虏了。

日伪军在地上摆上了铡刀，他们脱光了俘虏的上衣，把头摁在铡刀上，一颗颗血淋淋的人头滚落在地上，日本兵已杀害了十几个义勇军俘虏。

伪军抬过来身受重伤的罗志焕，扒下他的破棉袄，罗志焕身上伤口还在流着鲜血。罗志焕圆睁二目，大声吼叫："你八辈祖宗小日本！——我罗志焕二十年后还是一条好汉！我还和你小日本死磕！"

伪军刚想把罗志焕的头摁到铡刀下，忽听响起阵阵马蹄声，只见一面大旗迎风猎猎飘扬——"鹰不落抗日义勇军"。

黑压压的铁骑挥舞雪亮耀眼的战刀狂扑过来。熊天罴的十二挺机枪同时开火，嗒嗒嗒、嗒嗒嗒……

日伪军傻眼了，那帮伪军发了一声喊："娘耶！快跑吧！那马刀可比铡刀厉害！"兔子一样撒腿就跑。

日本兵见狂奔的马队中机枪喷射着火舌，他们已倒下了十几具尸体，不禁大叫："哎呀！这马胡子大大的厉害！"日本兵也慌忙四处逃命。

熊天罴喊道："铁锁！——带弟兄们追杀！"

熊天罴在罗志焕身旁停下战马，他看着满地的人头，热泪盈眶。他跳下马背，扶起罗志焕，给他穿上了破棉袄。

罗志焕嘴唇发紫，浑身哆嗦着说道："你们……是鹰不落关东三……"他昏了过去。

这时，杨二木带领他的人马已跑了过来，他见满地的尸体和人头，跪在罗志焕面前放声大哭起来："罗兄弟——我杨二木是个浑蛋！我对不住你！为了争地盘，为了扩大自己的队伍，坐山观虎斗，害这么多兄弟丢了性命！我若帮你一把，从背后打日本人，你们就不会死这么多的兄弟！我浑蛋哪！——我浑蛋！"

熊天罴冷冷地看着杨二木："把罗兄弟和受伤的兄弟们抬回去疗伤吧！我还要赶往依兰。"杨二木道："哥哥，我杨二木再也不做这混账事了！请哥哥留下大名！"

"鹰不落——关东三寨熊天罴！"

四

熊天罴带领五百铁骑奔依兰而去。熊天罴到了依兰附近，听说李杜将军奔了勃利，熊天罴又赶往勃利。

途中，路过一个村庄，熊天罴见天色已晚，他对耿铁锁道："铁锁，天快黑了！我们扎营吧！让弟兄们吃饭歇息，到老乡家烧些热水，找地方安顿下来，明早动身赶往勃利。"

熊天罴让部队驻扎在村外，耿铁锁带领几个弟兄向村里走去。耿铁锁带领几个弟兄到了村内，见没有几家亮有灯光，觉得奇怪。

耿铁锁见一家大宅亮有灯光，他走上前去叩了叩门环。

好半天院内有人问："谁呀？天已黑了！这么晚了！有啥事儿？"

耿铁锁道："掌柜的！我们是路过的，天已晚了！想借宿！"院内人打开了院门，他见全副武装的耿铁锁，妈呀一声关上了院门。

"义勇军爷爷，我家已没有什么东西了！白天你们不是都拿走了吗？咋又来了？"

耿铁锁更惊异了："掌柜的！我们是从哈尔滨前线下来的义勇军，赶往勃利，下午我们与日本人打了一仗，现在天已黑了，我们要休息吃饭哪！我们白天根本没有来过这里！"

院内人道："白天来了一伙人，说是义勇军，他们抢走了我们的牲畜，连被褥棉衣都抢走了！一个当官的看好了老刘家的二丫头，明天要强抢人家的姑娘做老婆，我咋相信你们不是白天的那伙人？"

耿铁锁已明白了几分，他从兜中掏出两块大洋扔到了院内："掌柜的！我先给你两块大洋作为烧热水钱，还不相信我们吗？"

院内人见了两块大洋，心中去了疑虑，他打开了院门。耿铁锁随那人到了屋内："掌柜的，我们是李杜将军的自卫军，我们奉命收复哈尔滨。快要攻打下哈尔滨时，日本人偷袭了我们依兰大本营，我们回兵救援路过这里。"

那人说道："兄弟，不要怪罪我，我叫黄祯弘，白天来了一伙义勇军，把我们作践得够呛！抢了我们的东西，还抢女人做老婆！"

"黄先生，我们是打日本人的，不是他们那样的人，我们有五百弟兄还在村外野地里冻着呢！让乡亲们打开房门，让弟兄们暖暖身子，我们不会骚扰乡亲。"

"看出你都是好人，我去叫老少爷们儿开门，让弟兄们进屋喝些热水暖暖身子！再弄点饭吃。"

黄祯弘拿起铜锣，边敲边喊："老少爷们儿——打开房门！村外是真正的抗日队伍。烧些热水，让他们进屋暖暖身子吧！不要冻坏了弟兄们！"

老乡们点燃了油灯，大锅中添满了清水，家家灶下的柴火烧得通红。

熊天罴来到黄家大院，让铁锁、铁蛋带领众兄弟到各家各户休息。村中老少听说是关东三寨的人马，都放下了心来。他们早听说过关东三寨，更知道关东三寨熊天彪六杰。他们也听说过关东三寨熊天罴的十勇兄弟，他们也知道关东三寨的人马都是山东人。

这个屯子叫"野猪坳"，大多都是闯关东来的山东人。老乡见老乡，他们对关东三寨的人马很是热情，他们拿出了瓜子、炒黄豆，有的人家贴起大饼子来。

黄祯弘领来了刘家二丫父女，对熊天罴道："二当家的，你看咋办？明天早上，磨盘山的义勇军大队大队长邱二愣子就要来娶亲，二丫姑娘已哭了一整天，二当家的，咋办哪？"

熊天罴抬头看了看二丫姑娘——这姑娘长得真俊，一对眼睛哭得像桃儿一样，还是掩饰不了她妙美的容颜和身姿，难怪邱二愣子动了色心。

熊天罴在想：咋办呢？他们也是抗日的队伍，不好与他们动硬的，还不能与他们伤了和气，他在踱步思索。

耿铁锁哥儿俩看出熊天罴有些犯难，耿铁蛋突然说道："二当家的，我有个主意，看可行否？"

熊天罴瞅了铁蛋一眼："铁蛋，说吧！"

"二当家的，明天我与那邱二愣子较技打赌，他若赢了我，他便娶二丫姑娘，他若输了，就要放过二丫姑娘。"

熊天罴说道："铁蛋，你有把握赢吗？"

"二当家的，我受燕大哥调教了那么长时间，你教授我的弩技我已炉火纯青，我定会压倒那地头蛇！"

熊天罴笑了："小铁蛋，好主意！明天就这么办！既不伤和气，也要让邱二愣子知难而退。"

黄祯弘听了耿铁蛋的主意："小兄弟，那邱二愣子身高力猛，有些能耐，否则，一大队的人马咋能服他？可不要误了二丫姑娘！"

铁蛋笑嘻嘻地看着黄祯弘："黄先生，放心吧！二丫姑娘不会到了那家伙手中。"

熊天罴说道："黄先生，不用担心，我的兄弟，我知底，明天瞧好吧！"

二丫姑娘刚才听了铁蛋的言语，仔细地在铁蛋身上打量了起来——好俊的小哥，浓眉大眼，满脸豪气，匀称挺直的身架，骨子似钢浇铁铸一般，二丫姑娘心中暗暗喜欢。

第二天早上，只听外面喇叭响，邱二愣子骑着高头大马，身披大红花，肩挎盒子枪，后面跟着三十多个弟兄，荷枪实弹直奔刘家小院。

邱二愣子进了刘家小院心中一愣：哪来的那么多肩背马枪、背插大刀的人呢？他仗着带领三十多个弟兄，跳下了马背。

"嘻嘻！刘老伯，你家来客人了？不耽搁我的婚事吧？"

刘老伯灵机一动："哎呀！邱大队长，来麻烦了！这位小兄弟也看上了我家二丫姑娘，我也不知如何是好！"

邱二愣子一瞪眼："哪儿来的这伙人？干啥的？"

熊天罴看了一眼邱二愣子："哪儿来的！哈尔滨战场上下来的！干啥的！打小鬼子的义勇军！"

"咋的？你们是义勇军，我也是义勇军！跟我抢媳妇咋的？得有个先来后到哇！"

"什么先来后到？刘家二丫姑娘愿意嫁给你吗？她若愿意嫁给你，你就领走！她若不愿意嫁给你，你就回去吧！"

邱二愣子见到了手的媳妇领不走了，火冒三丈，伸手就要拔枪。

只见熊天罴把手指放在嘴中，一声呼哨，忽听外面响起战马的嘶鸣声。

邱二愣子抬头望去，见几百铁骑荷枪实弹坐在马背上。邱二愣子傻眼了："你们不能不讲理呀！是我先来找的媳妇，凭啥让给你们？"

耿铁蛋笑了："凭啥！凭本事呗！你若打得赢我，二丫姑娘你领走，你若打不赢我，二丫姑娘给我留下！"

邱二愣子听了，心中暗自高兴，心想：小犊子，就怕你说话不算数，你看我不整死你！你他妈的小样，能干过我吗？

"小子！说话算数吗？输了可不要打赖！"

"好！输了我不打赖，就怕你打赖！"

邱二愣子手下那帮弟兄见熊天罴没有动武的意思，耿铁蛋要与邱二愣子公平比试，胆气也壮了起来，一起给邱二愣子打气。

一个家伙说："邱大哥，怕啥？都是堂堂五尺汉子！到了手的漂亮媳妇不能白白地给了那小子！你若让给他了，咱丢不起人！"

邱二愣子手下的弟兄一起嚷嚷起来："老邱！——邱队长！二愣子！咱和日本人干，不一定哪天就没命了！死前女人的毛都摸不着，白做了一回男人！"

"邱大哥！你搂着女人了！弟兄们也跟着你高兴高兴！"

熊天罴明白，男人谁不想讨老婆，可是不能用抢啊！也不能因为打小日本就祸害老百姓。

熊天罴看了一眼众人："你们是抗日义勇军，我们也是抗日义勇军，我们的共同目的都是打小日本，但是不要觉得我们打小日本就有功，就可任意胡为！

"邱二愣子！你看上了二丫姑娘，二丫姑娘未必看上了你，婚姻大事，应是两相情愿的事儿，不能用抢！我的弟兄耿铁蛋也看上了二丫姑娘，咱先不说二丫姑娘愿意嫁给谁，二丫姑娘总不能嫁给两个人吧！二愣子兄弟，你与我兄弟铁蛋比试高低，胜者可向二丫姑娘提亲。若二丫姑娘愿意，亲事可成，若二丫姑娘不愿意，也就罢了！二愣子、铁蛋，你们俩愿意比试吗？"

邱二愣子高声喊叫："好好好！你这当官的说得有道理，认赌服输。铁蛋小子！过来！我们动手吧！"

耿铁蛋不慌不忙地走上前去："邱队长，我们比什么？"

邱二愣子看铁蛋块头不大，心想：我人高马大，力大如牛，只要我拽住他，就能把他扔出一丈多远。

他嘻嘻一笑："小子！咱先撂跤吧！你若输了！往下就不比了！你若赢了咱俩继续比，咋样？"

铁蛋听了，心中暗喜：兔崽子！算你倒霉！看我咋收拾你！

"愣队长，你的主意不错！有点不公平，我若输了，你有权娶二丫姑娘；我若赢了你，还要继续往下比，不公平就不公平吧！我和你赌了！"

二丫姑娘听了，沉不住气了，她见二愣子高出铁蛋半头。二愣子膀大腰圆，铁蛋和他一比显然不是他的对手。

她走到黄先生面前："叔叔！不公平啊！看铁蛋能行吗？"

黄先生对熊天罴说道："二当家的！铁蛋能行吗？可不要误了二丫姑娘！"

熊天罴笑道："黄先生，放心吧！一会儿你就知道了！"

二丫心里揣着个小兔子，两眼不停地偷看铁蛋，她的脸儿有些发红，她为铁蛋担心，也为自己担心。

大冷的天，邱二愣子脱去棉袄扔在地上，两只粗壮的胳膊像小檩子。

铁蛋脱去了外衣，小夹袄外套着虎皮坎肩。二人在各自兄弟们的喊叫声中亮开了架势。

只见邱二愣子一把攥住了铁蛋，凭空把铁蛋抡飞起来，他想撒手把铁蛋扔出去，可铁蛋的双手就像粘在了他身上。

邱二愣子用力抡动，咋也扔不出铁蛋，只见铁蛋在邱二愣子手中随时都有摔出去的危险。

二丫见铁蛋被抡起飞转的身子，心都提到了嗓子眼儿上，脸色煞白，双手紧紧地拽着刘老伯。

"爹爹——爹爹——咋办？铁蛋哥哥要被摔坏！"她竟然管铁蛋叫起哥哥来，不由得脸泛红晕。刘老伯也惊慌失措。

这时，邱二愣子已大汗淋漓，嘴中喘着粗气，他抡动铁蛋的速度放慢了。

只见铁蛋两臂一收，两腿紧紧地夹住了邱二愣子的双腿，铁蛋双臂双腿较力，邱二愣子仰面朝天倒在了地上。

"哗——"几百铁骑一起叫好。二丫姑娘乐得蹦了起来，娇艳的脸儿像绽放的蜡梅花儿。

铁蛋气定神闲地说道："邱队长！还要比什么？"邱二愣子满面羞红，慌忙爬起身来，他拍了拍屁股上的灰土，拔出来身上的盒子枪。"好小子！有你的！咱比枪法。"

铁蛋冲铁锁喊道："哥——把我的弩弓拿过来。"耿铁锁从马背上摘下弩弓，又抽出三支弩箭递到铁蛋手中。"铁蛋，好样的！熊家的跤法没白练！"

邱二愣子见铁蛋拿过来弩箭："咋的？不会玩枪吗？"

"玩枪！我欺负你！就用这弩箭与你比试，说吧！我们射什么？"

邱二愣子心想：我就不信！难道你的弩箭还有我的枪厉害吗？

他叫过来三个弟兄："你们去老乡家拿几个萝卜，你们五十步远每人头上顶一个萝卜。"

没等那三人走出几步，一个老乡已拿来三个萝卜递到他们手上。这三个弟兄站在五十步远处，把萝卜顶在了头上。邱二愣子咧嘴一笑："诸位看好，我抄家伙了！"他抬手就是三枪，三个萝卜从三人的头顶飞了出去。"哗——"邱二愣子的那帮弟兄叫起好来。

铁蛋不慌不忙地说道："乡亲们，谁家有比这小的东西？借我一用！"

一个小伙子卖呆不怕乱子大。"兄弟，我家有山梨蛋子！能用吗？"

"兄弟拿来！凑合用吧！"

那小伙子跑到家里，揣了一兜山梨蛋子跑到铁蛋面前。

他从兜里掏出两把山梨蛋子："兄弟，你看哪个合适？你挑着用吧！"

铁蛋挑出三个蛋黄大的山梨蛋子递给了八勇、九勇、十勇兄弟。"哥儿仨，五十步远顶好了！"

哥儿三个笑道："铁蛋哥，到时候，我们可叫二丫姑娘嫂嫂了！"

铁蛋笑道："别贫嘴了！精神点，站好了！"

二丫看着铁蛋三个兄弟头上的山梨蛋子，看着铁蛋搭上了三支弩箭，她不敢看了，把头埋在了爹爹怀里，她的心激烈地怦怦跳动。

只听一声弓弦响，三支利箭激射而出，三勇兄弟头上的山梨蛋子飞了出去。

鸦雀无声，邱二愣子的弟兄都张大了嘴巴，熊天罴的五百铁骑都张大了嘴巴。

二丫姑娘激动得两眼放光，脸蛋绯红，嘴中高声喊叫："铁蛋哥——"她不好意思喊下去了。

"哗——"好半天爆发出一片叫好声。邱二愣子耷拉下来脑袋，他的三十多个弟兄也都耷拉下了脑袋。

熊天罴高声道："二愣子兄弟，还要比下去吗？"

邱二愣子有气无力地看着熊天罴："还比个屁！比啥呀！我这熊样的输给那小犊子了！媳妇——我不要了！便宜了那小犊子吧！"

熊天罴又说道："二愣子兄弟，打日本人靠我们自己能行吗？没有老百姓帮我们，要吃没吃，要穿没穿，老百姓不欢迎我们，到时候躲避的地方都没有！打得了日本人吗？二愣子兄弟，想打日本人，好自为之吧！"

邱二愣子垂头丧气地看着熊天罴："我整不过你们，你们都是爹！媳妇没讨成，还挨了你一顿臭骂，我算倒了霉了！后会有期，弟兄们撤！"邱二愣子带着他的弟兄们灰溜溜地离开了野猪坳。

大家见邱二愣子走了，都凑到耿铁蛋面前，黄先生心悦诚服地说道："铁蛋兄弟，英雄啊！英雄！关东三寨果然个个英雄好汉！我老黄今天算是开了眼界了！邱二愣子死了歪心，二丫姑娘可放心了！"刘老伯两眼笑眯眯地不离铁蛋刚毅俊朗的脸儿，喜滋滋地看个没够。他对熊天罴说道："铁蛋这孩子小小年纪就这般英雄可爱，不知谁家的姑娘有福能找到这样的好夫婿？"

熊天罴道："铁蛋这孩子，是我看着长大的，仁义忠厚，好学上进，是我关东三寨拔尖的好小子！这孩子将来必成大器。"

二丫姑娘见大人们都围着熊天罴和铁蛋说话儿，她站在外面看着有些忸怩的铁蛋——真好！这铁蛋哥哥真好！这铁蛋哥哥真让人喜欢。

二丫姑娘心跳加剧，脸儿开始发热。二丫突然磨过身子，向屋中跑去。待二丫出来时，马队正在集合要出发了。

铁蛋已跨上了马背，二丫羞红着脸，跑到铁蛋马前："铁蛋哥哥——"她把一个荷包塞到铁蛋手里。铁蛋看着手中的荷包心中一愣，他刚想开口说话，二丫一转身跑了。

铁蛋看二丫跑开了，仔细地看了看手中的荷包——大红的荷包绣工精巧，荷包上一对鸳鸯绣得活灵活现，荷包中装满了沁人心脾的香草。

铁蛋愣愣地看着香荷包，他明白，这是二丫姑娘的一颗心。他见二丫姑娘站在刘老伯身旁，正目不转睛地看着自己。

铁蛋热血上涌，他喜欢这个漂亮的姑娘，他真想跑过去和二丫姑娘说上几句话。

熊天罴在铁蛋身旁看得明明白白，他看了铁蛋两眼，笑道："铁蛋子！过去吗？"

铁蛋羞红着脸儿说道："二爷，不撵走日本人没好日子过，再说了！和日本人打仗，不知哪天马革裹尸，不能耽误了人家姑娘！二爷，出发吧！"

铁蛋深情地看了二丫姑娘几眼，把荷包揣在了内衣兜里。马蹄声骤起，铁蛋高举着抗日义勇军大旗紧紧跟随在熊天罴马后狂奔而去。

二丫姑娘看着铁蛋渐渐远去的背影，两串泪珠滚落下来："铁蛋哥——铁蛋哥哥——"

五

熊天罴带领五百铁骑到了勃利，听说李杜经勃利去了梨树（现黑龙江省鸡西市梨树区），熊天罴又率五百铁骑奔赴了梨树。

侯得礼与小胜子随李杜到了梨树后，一直惦念熊天罴和他的五百弟兄。

依兰的大本营遇袭后，哈尔滨前线的部队群龙无首，各奔东西。侯得礼与小胜子不知熊天罴和他的五百铁骑现在咋样，不知熊天罴是死是活，他二人每天都到大道上观望，盼望能见到熊天罴和他的弟兄们。

这日已是黄昏，小北风裹着清雪，街面上行人稀少。侯得礼与小胜子穿着皮大衣，戴着狗皮帽子站在路口上眺望远方。

侯得礼看着大道远方："胜子！也不知天罴咋样了！这都好几天了！咋就一点消息都没有呢？他带领队伍回关东三寨了吗？"

"侯叔，天罴哥哥是有心计的人，他打起仗来有章法，他的弟兄不会有损失，他也不会回关东三寨，看起来天罴哥哥是在寻找我们的下落，途中遇到了麻烦。"

二人正说话间，见前面大道上烟雪飞扬，一面抗日义勇军大旗在马背上飘动。

小胜子大叫："侯叔——是天罴哥哥！是天罴哥哥！"侯得礼与小胜子满脸喜色地迎着马队跑了过去。

五百铁骑扎着狗皮帽带，眉毛上挂满了白霜，嘴中哈出的热气使帽耳下两旁已结了冰凌。五百铁骑已冻得半僵，手脚都已麻木。

侯得礼两眼垂泪，喊了一声："天罴兄弟！"再也说不下去了。

小胜子跑到熊天罴马前，拽住熊天罴的双手，眼中泪水滚动："天罴哥哥，这冰天雪地的，可苦了你和弟兄们了！"

熊天罴道："可算找到你们了！李杜将军还好吧？"

侯得礼眼含热泪："李杜将军每天都叨念你们，为你们的安危担心，这下好了！李杜将军见了你们不知咋高兴呢！"

"胜子！赶快回去报信，让弟兄们烧好热炕和热水，告诉伙房备饭！"

李杜将军听了小胜子回报大喜："可算把他们盼来了！熊天罴忠勇之士！忠勇之士也！"他披上大衣迎出了门外。

五百铁骑随小胜子驻进了营房，熊天罴随侯得礼来到了李杜的指挥部。李杜将军见熊天罴迈着刚劲的大步走了过来，他伸出双手热泪盈眶。

"天罴兄弟！我白山黑水有你这样的英雄儿女，何愁日房不除！"进到了屋内，卫士李成递上了热茶。

熊天罴伸出双手来接茶杯，啪的一声！茶杯掉在了地上。熊天罴的双手冻得麻木僵硬，已拿不住茶杯了。

熊天罴笑道："这小日本折腾得我手脚麻木，有朝一日，我折腾他们灵魂出窍!"言罢，竟然哈哈大笑起来。

李杜见熊天罴这样英雄豪迈，更加器重熊天罴。他对李成喊道："成子! 你速到伙房备几样好菜，弄两瓶好酒，我要与天罴兄弟好好喝上几杯!"

一九三二年秋天，周恩来派周保中来到了李杜将军的抗日队伍，成立了东北的第一支抗日联军，李杜将军任司令，周保中任参谋长。在这支初建的抗日联军里，熊天罴结识了共产党人周保中将军。熊天罴率他的骑兵大队随李杜与周保中将军与日本人周旋。

日本人攻下哈尔滨后，集中优势兵力解决了马占山的抗日部队，日本人已显得没有那么大的压力了。

川岛浪速坐在办公室里，他一天也没有忘记渡边之死和一小队日本军人不明不白的失踪；他一天也没有忘记燕飞天和他手中的碧玉蟾，他更没忘记鹰不落关东三寨。

川岛浪速要完成渡边没有完成的愿望，他要找燕飞天与关东三寨，为他的满蒙决死团复仇，他要继续抢夺碧玉蟾。

川岛浪速找到土肥原："土肥原先生，我大日本皇军已占领了整个东北，我的满蒙决死团不能就这么死在燕飞天和关东三寨的手里，我要为我们大日本勇士复仇! 我要为天皇陛下夺得碧玉蟾。土肥原先生，你要帮我!"

土肥原道："川岛先生，你想让我怎样做?"

"土肥原先生，我知道你手下有很多优秀的特工，你可以让你的特工摸清关东三寨的底细，我们剿平关东三寨，寻找燕飞天，夺取碧玉蟾。"

土肥原笑道："我正有此意，我会缜密安排，听我的消息吧!"

自熊天罴带领五百铁骑下山后，燕飞天每天都关注山下的形势。

他从熊天罴放回的信鸽得知，熊天罴带领五百弟兄参加了两次哈尔滨保卫战，又得知熊天罴率五百弟兄随李杜将军去了梨树。

山寨的五百精兵随熊天罴投奔了李杜将军，山寨里又来了很多参加义勇军的年轻人，熊天彪每天忙着演练新兵。

这天寨兵报知，有个年轻的姑娘要见大当家的熊天鹤，熊天彪让寨兵把姑娘带入大厅。

熊天彪看那姑娘十七八岁的年纪，面目姣美，体态丰腴，满脸一股辣气。

熊天彪道："姑娘，你到山寨来，有何要事儿?"

姑娘道："我要见大当家的!"

"咋了？我三当家的熊天彪还不配与你说话吗？"

"哎呀！三当家的熊天彪！耳闻大名，小女子与你诉说无妨。我叫刘草儿，野猪坳人氏，那日二当家的熊天黑带领队伍经过我们屯子，我与你山寨耿铁蛋订了终身，我上山寨来是为寻找铁蛋哥哥！"

"什么？你和他订了终身！铁蛋随队出征，不在山上啊！我咋知道你与铁蛋订了终身？姑娘，快下山去吧！"

刘草儿双眉扬起："俺不和你说了！俺要找铁蛋娘，俺和铁蛋娘说去！"

"姑娘，我问你，你咋和铁蛋定亲的？"

"我的鸳鸯荷包已送给了铁蛋哥哥，铁蛋哥哥已收下了！我是铁蛋的媳妇哇！咋不让我见铁蛋哥哥的娘亲？"

"好好好！那我就请铁蛋的娘亲过来，你与她老人家说吧！"

"李志！去把耿家婶婶请来，看她是否认这没过门的媳妇？"

这时，燕飞天带着淘淘和娟儿走进门来："天彪，有客人哪？"

"天哥，你咋来了！这姑娘说是铁蛋没过门的媳妇，她来找铁蛋，我已让李志去请耿家婶婶了。"

刘草儿听熊天彪叫眼前这人天哥，咋这么耳熟呢！"三当家的，这天哥咋称呼？"

"啊！他是我姐夫，叫燕飞天。"

刘草儿怔怔地思忖起来，嘴中自语："燕飞天……燕飞天……"

熊天彪笑道："刘草儿，你嘟囔什么？你也知道燕飞天吗？"

刘草儿见熊天彪发问，定了定神："是日本人要找的燕飞天吗？"

熊天彪心中一愣："你咋知道日本人要找燕飞天？"

刘草儿有些羞臊地说道："三当家的与燕飞天哥哥不要笑我，我来这儿途中有些尿急，在一向阳的壕沟下方便，忽听壕沟上面有两人坐着说话。

"一人说：'勾巴君，燕飞天对于日本人那么重要吗？'那个叫勾巴君的人说：'你们中国人愚蠢的干活！燕飞天手中有国宝碧玉蟾，大大的天下最好的宝贝！我们日本人已找它几十年了！我们死了很多大日本勇士也没能得到碧玉蟾。这次土肥原机关长与川岛浪速先生已下了决心，要剿灭关东三寨，活捉燕飞天，拿到碧玉蟾的干活！''哦！勾巴君，我的明白了！咱们先探听清楚关东三寨的底细，皇军大大的发兵，整死关东三寨的那帮犊子，捉住燕飞天那小子，把他的碧玉蟾抢过来的干活！'

"'巴嘎！什么抢过来！是请过来！蠢猪，说话要文明些！''太君，我的明白了，不是抢，也不是偷，是请，是请！是请碧玉蟾的干活！'"

刘草儿说完，两眼疑惑地看着燕飞天与熊天彪，又说道："他们说的燕飞天，就是这天哥吗？他们要剿灭关东三寨，三当家的！山寨要遭殃了！铁蛋娘也要遭殃了！"

燕飞天双目闪现杀机，恨恨道："天彪！果然来了！动员全寨老少爷们儿护寨保土！"

熊天彪略思片刻，挥拳吼道："发信鸽！——让二哥回兵鹰不落！"

熊天彪看着草儿一眼，对下面的寨兵喊道："给草儿姑娘上茶！"

刘草儿听了燕飞天与熊天彪的对话，知道事关重大，她看了一眼熊天彪："我见过二当家的，我见过铁蛋哥哥的本领，二当家的若回兵，我就能见到铁蛋哥哥了！二当家的与铁蛋哥哥回来了，定能保住山寨！"这时，李志领着耿大婶走了进来。

熊天彪看着铁蛋娘笑道："婶婶，这姑娘说是铁蛋的媳妇，她说已和铁蛋订了终身。铁蛋随二哥在外，我也不知如何是好，只有请你老人家做主了！"

铁蛋娘见了眼前的草儿姑娘，咦！好俊俏的娃！"姑娘，你何时与我家铁蛋订了终身？说与娘听！"

刘草儿一五一十地把经过说了一遍。

"娘亲，铁蛋哥收下了我的荷包，我就是铁蛋哥的人了！不管铁蛋哥是否在家，我都在娘亲身边侍奉娘亲，我等待铁蛋哥哥回来。"

铁蛋娘喜不自禁："好闺女！好媳妇！随娘亲回家吧！"刘草儿随铁蛋娘回到了家中。

燕飞天抱起淘淘，熊天彪抱起娟儿，二人回到老寨与熊天鹤商议固守山寨良策。

第三章　老人浴血关东山

一

老夫人端坐议事厅内，她看着身边的熊天鹤："天鹤，国有劫难，家也有劫难了！想我关东三寨百年多的基业，你爹爹活着时留有遗言：关东三寨只要有一个男人在，就不能丢失自己的土地。娘亲老了！你带领三寨儿郎维护祖宗的尊严吧！

"娘亲不惜死，看护好我们的淘淘、娟儿、秀儿。孩子是我们的希望，我们熊家不能没有后来人。

"天鹤，尽快督制四门松树炮，备好卵石碎铁。天彪，把那些老炮手都调集起来，他们可是个个以一当十呀！

"天儿，你的功夫现在用不上了！你不要亲临战阵，你还有大的用场！"

熊天鹤道："娘亲不用担心，四门松树炮几日内便可完工，卵石碎铁已备足。四门松树炮完工后，我们共有六门松树炮，六门松树炮把守几个寨角也够日本人喝一壶的了！"

熊天彪道："娘亲，能战的老少爷们儿计三百多人，王长生带来的十几个弟兄都打过仗，这几日他在演练弟兄们的战阵。"

燕飞天道："现在是春季，山里的草木已茂密，我们在进山的路上让老炮手设伏，用弩箭暗中射杀日本人的机枪手和小钢炮手。

"告诉老炮手，射杀一个日本兵换一个地方，让日本人摸不着头脑，待他们到了我三寨山下，恐怕他们已草木皆兵，到那时我们就好对付他们了。"

熊天鹤道："妹夫好计谋！我挑选十几个弩箭射得准枪法好的老炮手在林子里伏击那帮兔崽子，让他们走几步就扔下一具死尸，看他们还敢再来！"

关东三寨万事俱备，做好了临战准备。

五月的长白山一片葱绿，山坡上的野花在摇曳，林中的鸟儿欢快地啼唱，人们在山坡、山谷里的黑土地上播种。

十几辆满载日本兵和伪军的卡车颠簸在崎岖不平的山路上，汽车驾驶楼上架着机枪。

土肥原调拨了一个中队的日军和一百多个伪军向关东三寨奔来。

几个日本兵看着大山里美丽的景色，听着林中鸟儿悦耳的鸣叫声，不由得嘴中也发出吱吱声，学鸟儿的啼鸣。

忽听嗖的一声响，一支弩箭插在了头车机枪手的太阳穴上，机枪手一声没吭，头一歪倒在了车内。

汽车上的日本兵乱成一团，他们东张西望，不见人影，只听鸟儿还在欢快地啼鸣。

日军中队长龟田隆夫拔出了指挥刀，他刚要挥刀喊叫，见尾车一片骚乱。尾车的机枪手也被弩箭射穿了脖颈。

那帮伪军一看不好，纷纷跳下汽车钻到茅草中。日本兵慌乱地向山上开枪射击。

山上种地的山民听到枪声，都吓得钻到树林中，有人低声咒骂："王八犊子小日本！这地没法种了！啥时滚犊子呀……"

龟田见山上没有动静，也没人还击，他命令伪军和日本兵上车继续前进。车上的日本兵和伪军都睁大了眼睛，心有余悸地观察山路的两侧，生怕再受到袭击。

时间长了，他们的眼睛瞪花了，脖子也酸了——爱他妈咋的咋的吧！活受罪，该井里死，不能河里亡！该河里亡，不能井里死！闭眼睛吧！十几车的日伪军提心吊胆向关东三寨进发。

汽车正在颠簸前行，啪啪啪三声枪响，三个机枪手的脑袋开了花。这次日本兵听到了枪响处，车上的机枪疯狂地向山上扫射起来。

只见山上的小树被拦腰切断，山上没有人还击，什么人也看不到，只听风吹树枝沙沙地响。

龟田愤怒极了，他挥舞起指挥刀："前进的干活！——前进的干活——！"日军军车加大了油门向前冲去。

山坡上的密林里，两个老人叼着旱烟袋锅子，嘴中吐着丝丝青烟，怀中抱着长管猎枪。那个年长些的老人说道："老六兄弟，你那孙儿铁蛋真有出息，跟二当家的才出门几天，就有媳妇找上门来了！那姑娘可真俊俏！不知我家的舒儿啥时能讨上媳妇？"

耿老六笑道："张大哥，你家舒儿可不含糊，他可是我们关东三寨六杰之一呀！小伙子武艺高强，精明能干，讨媳妇不愁！"

这老哥儿俩——一个是张舒的爷爷张宗海，一个是耿铁蛋的爷爷耿老六。

"老六哇！你说那日本人的汽车啥样啊？咱也没见过呀！"

"张大哥，燕飞天不是说了吗！那家伙能有四挂马车大小，是个铁家伙！腿上是四个皮轱辘。"

"老六兄弟，这小日本他妈的太不是物了！听说他们住在大海里的一个岛子上，人数也不多呀！咋就占领了咱东北呢？"

"哎！张大哥，没听说呀！少帅连祖坟都不要了，跑到了关内。"

"他的兵不是好几十万吗？咋就怕那么点的日本人呢？"

"听说少帅和姓蒋的是把兄弟，蒋先生不让他打。"

"真他妈的窝囊！东北他不要了！可老寨主熊定边给咱积攒下的这片黑土地咱谁也不给！咱从山东到这鹰不落大山流了多少血汗，开垦出这片好田，还指望着儿孙们过好日子呢！"

"我那孙媳刚来，还没见到铁蛋呢！我关东三寨若让日本人祸害了可咋办？我耿老六还想抱重孙子呢！"

"老六兄弟，豁出命和日本人干吧！我们都这么大把年纪了，怕他啥犊子！为儿孙们护住这片黑土地！"

"张大哥，我老六是豁出去了！当年熊家安兄弟为了护我三寨的土地，抗击旗人豁出了性命，我们还不如家安兄弟吗？"

"老六兄弟，待会儿日本人来了，你的枪头上可要准点儿，王八犊子！专打他们的脑袋瓜子！"

"张大哥，你还不知道我吗？别说打他们的脑袋瓜子！就是打他们的眼珠子我老六也不含糊，瞧好吧！张大哥。"

"老六，燕飞天说了，整死他两个小日本就下山，我们骑马跟在日本人屁股后面，待日本人攻山时，我俩隐蔽在暗处专干他的机枪和小钢炮。"

这老哥儿俩相视一笑，吧嗒吧嗒地抽起了老旱烟。

两个老人正在悠闲地抽烟，突见远处山路上尘土飞扬，一长串的铁家伙闪着亮光跑了过来，铁家伙上站满了日本兵和伪军。

"汽车！汽车！这就是汽车！"老哥儿俩开始检查子弹。

"张大哥！把子弹检查好了，可别臭子了！打不着老虎，老虎就要吃人了！"

"老六兄弟，我打头车的机枪手，你打第二个车的机枪手，我们俩同时开枪。"

"好咧！看看日本人的脑袋瓜子抗不抗打！"老哥儿俩靠在大树后面，端起猎枪。

日本人的汽车愈来愈近，车上的日本兵和伪军端枪四处张望，车上的机枪手手指扣扳机时刻准备开枪射击。

近了，日本人的汽车更近了，日本兵的眼睛和鼻子都已看得清清楚楚。

"兔崽子！死在这关东山吧！打！"老哥儿俩同时扣动了扳机。

啪、啪，汽车上的两个日军机枪手头一歪，倒在了车内。

嗒嗒嗒、嗒嗒嗒，啪、啪、啪，日本人的机枪、步枪一起向山上开火，树林中的鸟儿惊吓得扑棱扑棱乱飞，小树刀砍的一样倒下了一片。

山上见不到人影，没人还击，只是一片葱绿。

二

近中午，一中队日军和一中队伪军到了熊罴山下。日伪军们都饿了，龟田看着雄险的熊罴山——山上死一般寂静，看不到一个人。"马胡子的大本营！统统的都死了死了的干活！"

他看了一眼伪军中队长白福禄："白队长，带领你的弟兄们攻山，杀死了马胡子吃饭的干活！"

他又命令日本兵架起了小钢炮："炸平山头！统统的炸死马胡子！"

咣咣咣，日本兵刚发出三发炮弹。

啪啪两声枪响，两个炮手的脑袋开了花。

龟田拔出来指挥刀大声吼叫："呀几给！——向山上冲锋的干活！"

日本兵抱着机枪与伪军蜂拥向山上冲去。啪、啪，又有两个机枪手倒在了地上。山上没有动静，没人还击。

龟田觉得不对——是山下有人暗中狙击。他命令一个班的日军滞留不进，观察周围的动静。

啪、啪，又有两个炮手倒在了地上，龟田发现了枪响的地方，他命令十几个日军向那里围去。

山寨上抗日义勇军大旗迎风猎猎飘扬。

白福禄见山上没有动静，胆子壮了起来。"弟兄们！——冲上山去，杀了熊天彪！活捉燕飞天，日本人大大的有赏！"

日伪军眼看冲到了寨门，忽听，轰轰轰几声松树炮响，卵石碎铁迎面泼来，日伪军倒下了一片，接着枪声大作，弩箭嗖嗖，日伪军又倒下了十几人。

龟田见他的对手终于出手了，挥舞着指挥刀驱逐伪军冲锋。伪军在前，日军在后，日伪军又开始冲锋。

白福禄心中明白，这关东三寨不好惹——当年他的爹爹随旗人夺关东三寨土地，被打断了一条腿，现在还拄着拐棍。

白福禄心中发毛，又惧怕日本人不敢不冲，他挥着盒子枪，狂呼乱叫："冲啊！杀呀！山上有漂亮娘儿们等我们！冲啊！杀呀！山寨的土地随我们占！"

白福禄心中嘀咕：去你妈的吧！你们冲吧！"哎哟！我咋绊摔了！脚脖子拧了，动不了啦！"白福禄趴在了地上。日伪军疯狂上拥，枪声响得爆豆一般。

轰轰轰，松树炮连响。嗒嗒嗒，山上的机枪也怒吼起来，日伪军又死伤一片。

熊天彪站在掩体里圆睁二目，指挥弟兄们英勇抗击日伪军的进攻。

五杰弟兄不离他的左右，挥动手中的盒子枪射杀逼近的日伪军。

熊天鹤指挥六门松树炮，轮换装填火药、卵石碎铁，待敌人逼近时，三炮齐发。

王长生打过正规阵地战，他协助熊天彪到各处查看指挥。一时间，日伪军被压制在山下。

双方已交战了一个半时辰，龟田心急火燎：我一个中队的大日本皇军加上一个中队皇协军，咋就攻不下这马胡子山寨！我要重整旗鼓，给马胡子颜色看！

他见白福禄趴在地上不动，拔出来指挥刀压在了白福禄的脖子上。"白队长！——趴在地上舒服吗？我的战刀让你永久舒服的干活吧！"

"太君，别！太君，别，别价呀！我起来，马上的起来的干活！"白福禄站起身来，挥舞着盒子枪破口大骂，"你妈的！你们这帮兔崽子！我脚脖子崴了起不来，你们的脚脖子都折了吗？脚脖子折了变成了废人，你们的媳妇都归我！还想要媳妇的都跟我往上冲！"

那帮伪军暗骂："滚你妈蛋吧！我老婆才不给你呢！我还想要你媳妇呢！你媳妇比我媳妇漂亮，比我媳妇骚！"

龟田命令迫击炮手集中炮火轰击，日伪军开始集团冲锋。战斗异常激烈，日伪军已冲到了山寨阵地的前沿。

轰轰轰，松树炮连响，几挺机枪狂吐火舌，山寨的阵地里甩出了手榴弹。日伪军又倒下一片，龟田见强攻受挫，只得命令部队退了下来。

耿老六与张宗海打死了几个日本兵，见十几个日本兵向他俩围了过来。

耿老六看着张宗海："张大哥，小鬼子发现咱们了！咱俩别在一疙瘩，咱俩分开对付他们！"

"好咧！我往右移几十步。"张宗海下了一条小壕沟到了小壕沟的右面。

日本兵趴在地上架起了机枪，十几个日本兵分左右两翼向耿老六和张宗海包抄过去。

耿老六与张宗海见日本兵走近了同时开枪射击，两个日本兵被射穿脑袋倒在了地上。

嗒嗒嗒，日本兵的机枪响了，耿老六一时抬不起头来，手持步枪的日本兵一起向张宗海开火，张宗海只得把头低下。

几个日本兵的火力压制住张宗海，另几个日本兵偷偷地向张宗海摸过去。耿老六已发现了日本兵的用意，他避开敌人的机枪火力，向张宗海那面的日本兵开了一枪，又一个日本兵倒下了。

张宗海趁日本兵惊慌的一瞬间开了一枪，一个日本兵的脑袋开了花。突然日军机枪手把机枪瞄准了张宗海。嗒嗒嗒，张宗海哎呀一声，他肩背中弹。耿老六心中一惊，啪啪连开两枪，两个日本兵趴在地上不动了。

他举枪射击时，日本兵的机枪瞄准了他。

嗒嗒嗒，耿老六哎呀一声，胸口血流如注，他微弱地喊叫："张大哥……我不行了……"

张宗海见耿老六受了重伤，两眼冒火，他想干掉敌人的机枪手抢救耿老六，可他抬不起头来，他身子一滚滚下了壕沟。

耿老六紧闭二目，两手捂着汩汩流血的伤口，心中默念：铁蛋……快回来看你媳妇吧……让你媳妇给爷爷生个重孙孙！孙媳妇……爷爷不能给铁蛋儿丢脸……爷爷不能让山寨遭日本人祸害，爷爷不能让孙媳妇遭日本人祸害……

耿老六强忍胸口剧痛，他两手颤抖着端起了枪——啪，日本兵的机枪手倒在了血泊中。

耿老六眼前一黑，昏了过去，他的耳边隐约听到嗒嗒嗒的马蹄声。

耿铁蛋带领二百铁骑旋风般猛扑过来，阳光下战刀耀眼，飞舞狂劈，日本兵来不及抵抗，一眨眼工夫，十来个日本兵倒在了血泊中。

铁蛋跑到耿老六身前翻身下马，看爷爷浑身鲜血淋漓，铁蛋抱起耿老六，两眼的泪珠成串地滚落下来。"爷爷……爷爷……爷爷……"

"铁蛋子……铁蛋孙孙吗……"耿老六慢慢地睁开了双眼。

"孙儿……爷爷可见到你了……你媳妇在山寨里等你呢！给……给……爷爷生个……重孙……重孙吧！爷爷没让孙媳笑我……爷爷拼命是怕山寨被日本人祸害……爷爷是怕孙媳遭日本人祸害……铁蛋……爷爷没给孙儿丢脸……"耿老六两手死死地抓住铁蛋双手，头一歪，停止了呼吸。他圆睁二目死死地盯着铁蛋的脸。

铁蛋已没有了眼泪，他抚摸着合上爷爷圆睁的双目，双手抱起爷爷的遗体平放在一块大石上，他脱下上衣盖在了爷爷身上。

铁蛋光着膀子，两眼血红举起了大刀。"弟兄们！——为我们的爷爷奶奶，为我们的父母，为我们的兄弟姊妹，拼命吧！"

他看了爷爷遗体一眼，跨上马背，双脚一磕马镫，疯了一样带领二百铁骑向山脚下的日军扑去。二百铁血儿郎见亲人都被日伪军围在山上，个个双眼冒火，挥舞手中战刀，喊杀声惊天动地。

龟田两次攻山失利，见天已黄昏，他要做最后搏击。他命令迫击炮手搬出全部的炮弹，开始向山寨狂轰滥炸。

日本兵刚打出几发炮弹，忽听一阵马蹄声和阵阵喊杀声。

余晖中，马背上的骑兵战刀耀眼，瞬间铁骑狂奔而至。嗒嗒嗒、嗒嗒嗒，冲在前面的骑兵怀中抱着机枪疯狂地扫射。

龟田蒙怔了，他命令日伪军架起机枪阻击，可已晚了，两百匹战马已踏入日伪军群中。只听咔嚓、咔嚓、咔嚓、咔嚓，二百铁血儿郎在日伪军中就像砍瓜切菜——脑袋被劈开的、膀子被劈下的、缺胳膊断腿的。只听哭爹喊娘，惨叫连连，杀声震天，日伪军开始向汽车旁溃退。

龟田见白福禄带着伪军先溃退了，瞪着血红的双眼："白福禄！——逃跑的不要！死了死了的干活！"白福禄战战兢兢地磨过身来，向铁蛋的骑兵开了两枪，他对伪军大声喊叫："兔崽子——别跑——！顶住——！"

他话音刚落，铁蛋的大刀已劈在了他头上，白福禄一声惨叫，他的脑袋被铁蛋的大刀劈成了两半。

日伪军慌忙地逃上汽车，一面还击一面开车逃跑。天已黑了，铁蛋见日伪军已爬上汽车逃跑了，他不再追击，命令收兵。

龟田丢下几十具日伪军尸体在黑暗中钻入汽车驾驶楼里。驾驶楼里传出一个冰冷的声音："龟田君，这就是鹰不落关东三寨！"

"山口荷子小姐，这正是致渡边雄一丧命的鹰不落关东三寨！我已尽力，也是我的耻辱！"

"他们都是些什么人呢？仗打得有章有法，有智慧！战斗力甚胜正规部队。那后来的骑兵又是些什么人呢？他们的战斗力是我见过的中国一流骑兵部队！"

"我知道的也不多，只知这里有个身怀碧玉蟾的燕飞天和寨主熊天彪。"

"你以为他们是一般的马胡子吗？我预感，这是一座难以征服的山寨，是一伙比正规军人更加可怕的中国人！"

"荷子小姐，我们不会承认失败，我们还会再来！"

"那当然，我们不会放弃碧玉蟾！"龟田带领残败的日伪军连夜逃回了县城。

三

燕飞天与熊天彪在山上见耿铁蛋率二百铁骑把日伪军杀得落花流水大败而逃，命令寨兵打开寨门迎接二百儿郎。

熊天鹤带领众人迎下山去，见铁蛋与众兄弟抬着耿老六和张宗海走上山来。张舒见众兄弟抬着爷爷，知道爷爷出了大事，他急忙跑上前去，见爷爷的肩上鲜血淋漓，微闭二目，眼中噙满泪花。

"爷爷……爷爷……你咋样了？快睁开眼睛！我是舒儿……"

张宗海听是张舒喊叫自己，他微微睁开二目："舒儿……爷爷无大碍，可你那老六爷爷走了……"张宗海抓住张舒的双手，号啕大哭起来。

熊天鹤与众人见铁蛋抬着爷爷一句话也不说，两眼发直。

熊天鹤赶忙扑到耿老六身上，掀开盖在身上的衣服。

见耿老六胸口上有几个血洞，耿老六的脸色蜡黄，但很安详。熊天鹤拽住耿老六的一只手跪在地上放声大哭起来："老哥哥……自从你带领铁锁铁蛋娘儿仨到我关东三寨，拼命垦荒劳作，风里来雨里去，从不偷闲，你与世无争，从没见你与人发过脾气。如今你为保护山寨的土地和老小豁出了性命！我熊天鹤佩服你！你是我们关东三寨的骄傲！"

熊天鹤站起身来喊道："燕飞天！——熊天彪！——上手！我们抬送老六兄

弟！到聚义大厅祭拜老六兄弟！"

熊天鹤、燕飞天、熊天彪接过耿老六遗体，与铁蛋将耿老六遗体抬入聚义大厅。

这时，铁蛋娘与草儿已闻讯，一路小跑来到聚义大厅。铁蛋娘见耿老六脸色蜡黄，二目紧闭躺在大厅内，喊了一声爹爹……两眼一黑昏倒在地上。

草儿见铁蛋娘昏倒在地，她泪珠涟涟，赶忙扶起铁蛋娘，两手在铁蛋娘胸口揉搓大声喊叫："娘……醒醒……娘……醒醒！娘……铁蛋哥回来了！娘……铁蛋哥回来了……"

这时，铁蛋已跪伏在地上扶着娘大声呼叫起来："娘——醒醒！我是铁蛋！娘——醒醒！我是铁蛋哪！"

铁蛋娘慢慢睁开了双眼，她双手攥住铁蛋的手，眼泪哗哗地流淌下来。

"铁蛋……你爷爷……铁蛋……你爷爷被日本人杀害了……"

铁蛋泪流满面："娘——孩儿知道了！娘！我为爷爷报了仇！娘！不要哭坏了身子！"

"铁蛋哪！你小时候，那年闹学潮，你爹爹不知了去向，家里已无法生活，你爷爷领着我们娘儿仨下了关东。你爷爷领我们一路讨饭来到这鹰不落关东三寨。

"你爷爷为了养活我们娘儿仨，没白天黑夜地在荒地里开垦，每当你爷爷看你哥儿俩吃得圆圆的小肚子，都特别开心。

"你爷爷说，就是豁出老命也要给你哥儿俩娶上媳妇。草儿前来寻你，你爷爷乐得好几个晚上都没睡好觉，没事就叨咕：咱铁蛋有出息！咱家铁蛋要娶媳妇了！

"你爷爷听说日本人要来剿灭咱关东三寨，他和大当家的说，这地咱可不能丢！咱还指望靠这地给俺两个孙儿娶媳妇呢！

"你爷爷这几天跟娘说过：'日本人若打进了山寨，大家可就遭殃了！日本人还不得祸害死我们哪！我那草儿孙媳刚来，也难免遭毒手，我要豁命护寨，等铁蛋孙儿回来娶媳妇！让他俩给我生个胖重孙。'

"你爷爷昨天晚上就摆弄他的长筒猎枪和子弹。你爷爷说，长筒猎枪射程远，他要狠狠地收拾日本人，让他们不敢再来。你爷爷今天早上揣了几块大饼子和你张爷爷上了山。"

这时张舒跑进了大厅，他跪在耿老六遗体前放声大哭起来："我爷爷说了！六爷爷见爷爷中了枪，为了救助爷爷，被日本人的机枪射中，六爷爷是为爷爷而死。六爷爷……六爷爷……我定为你老人家报仇雪恨！"

燕飞天道："我关东三寨老少爷们儿个个英雄义气。铁蛋！你爷爷是我们关东三寨老少爷们儿的典范，我们全寨上下都不会忘记他老人家。

"日本人这次吃了大亏，一定会卷土重来，我关东三寨还会有血战，弟兄们都要有精神准备，迎战日本人！"

熊天鹤带领铁蛋在后山选了一块向阳宽敞的山坡安葬了耿老六。

熊天鹤让匠人刻了一个石碑。上书：

"鹰不落抗日义勇军"老英雄耿老六

孙儿　耿铁锁

耿铁蛋

日军集中优势兵力击垮了马占山的抗日部队，去了一块心病，又开始了对李杜将军的救国军进行围剿。

李杜的救国军最多时聚集有五六万的人马，可是那些部队都不能一心听从李杜的统一调遣，又都各怀杂念，保存实力，争地盘，互相掣肘。

有时内讧互相残杀，大鱼吃小鱼，相互吞并。有的军纪涣散，打家劫舍，弄得老百姓见了他们就跑。

日本人看到了他们的弱点，对他们各个击破。一九三三年一月，李杜只得带领两千多人马经虎林渡乌苏里江到了苏联境内。

熊天罴看到东北各救国军、自卫军、义勇军的弊病，他满怀一腔抗日杀敌的热血——可东北境内的抗日队伍大部都失败。

熊天罴看到国民政府已没有希望，他没有跟随李杜将军到苏联，他留在了周保中将军的抗日队伍里，同日本人周旋。

侯得礼见少帅张学良对东北的形势无能为力，甚至下令东北的抗日部队不能用部队的番号，日军名正言顺地以剿灭马胡子为名攻击抗日队伍。

侯得礼决定亲去北平面见张学良鼓动他回兵抗日。

张学良曾电令侯得礼与小胜子一同到北平任职，小胜子说死也不去北平，坚决带领他的弟兄们在东北抗日。

熊天罴接到熊天彪的飞鸽传讯，正赶上周保中的抗日部队躲避日军的围攻化整为零，他让铁蛋率二百铁骑回援关东三寨，他随周保中将军与日本人周旋。

铁蛋率二百铁骑回援关东三寨的第二天早上，小胜子来见熊天罴。他听说日本人要攻打关东三寨，铁蛋率二百铁骑已回援，他和熊天罴商量："天罴哥哥，我也回关东三寨，我想念天彪二哥了！哪儿都是打小鬼子！我带我的人马赶回关东三寨，帮二哥收拾小日本鬼子！我马上准备出发！"

熊天黑道："也好！你也可避开日本人的围攻，为了保存实力，先在关东三寨扎下脚跟吧！待日后再做主张。"

小胜子的马队备好行装，当日赶赴关东三寨。

第四章　密遣

一

铁蛋办完爷爷的丧事，铁蛋娘大病了一场，草儿每天端水煎药侍奉铁蛋娘。

草儿整天忙里忙外地料理这个家，铁蛋娘躺在炕上别提有多高兴了！她瞧着草儿总想乐，咋也看不够草儿。

按理说，草儿大老远的从野猪坳来到关东三寨找铁蛋，铁蛋应当高兴才对，可这铁蛋一天不冷不热，和草儿的话也不多，有时还躲避草儿。

铁蛋娘已看在心里了，她也纳闷，这铁蛋是咋了？这么漂亮的好姑娘，不喜欢人家吗？

若不喜欢咋收了人家姑娘的荷包呢？铁蛋娘咋也捉摸不透。

草儿也有所察觉，铁蛋没有野猪坳走时深情的目光，似乎当她不存在，草儿也奇怪——铁蛋若不喜欢我，为啥收下我的荷包呢？草儿真想问个明白。她又想，也许爷爷刚过世铁蛋的心情不好吧！草儿时常暗暗发呆。

过了一段时间，铁蛋娘的病情已见好转，说话也有了力气，她想：我得问铁蛋个明白，到底咋回事？不想要人家草儿姑娘吗？这样好的媳妇到哪儿去找，可不能让他爷爷死不瞑目。

这天吃过晚饭，铁蛋见娘的身体好转心中高兴，对草儿道："草儿姑娘，多谢你这些天来对娘的精心照顾，娘的病已好转，你明天回家吧！"

草儿心中一愣："铁蛋哥，你说啥？回家！回哪儿家呀？"

"回野猪坳哇！"铁蛋从怀中掏出荷包递到草儿手里。草儿一时没明白是怎么回事儿，她接过荷包，傻傻地看着铁蛋娘。"娘——草儿不明白，这是咋回事儿？"

铁蛋道："咋回事儿！还不明白吗？荷包我退给了你！"

草儿已明白了，她跺脚放声大哭起来。"我不明白！铁蛋哥！我让你说明白！草儿咋了？铁蛋哥！——你不喜欢草儿吗？你不喜欢草儿！为啥收下草儿的荷包？娘——娘——给草儿做主！"

铁蛋娘脸色煞白，双手哆嗦着抡起来笤帚疙瘩："小兔崽子！——翅膀硬了！你爷爷的遗言都忘了！娘要抱孙子！你若撵草儿走，娘和你没完！

"收了人家姑娘定情物，想退还给人家！凭啥？草儿姑娘有多好哇！把你爷爷喜欢得不得了！草儿就是我儿媳，谁也别想撵走！"

草儿扑到铁蛋娘怀里号啕大哭起来。"娘！俺不走！这就是俺的家！铁蛋是俺男人！俺是铁蛋哥媳妇！"

铁蛋一时无言，闷在那里，任娘手中的笤帚疙瘩在身上抽打。

草儿心疼铁蛋，从铁蛋娘手中抢下了笤帚。"娘！别打铁蛋哥了！爷爷刚过世，铁蛋哥心情不好，不怪铁蛋哥！"草儿反倒劝起铁蛋娘来。

铁蛋见娘真的生气了，不敢再多言。"娘——消消气！都是铁蛋不好让娘生气了！娘的病刚好，别再气坏了身子！"

铁蛋娘从草儿手中拿过荷包塞在铁蛋手里："小犊子，揣好了！那是人家草儿姑娘的心哪！都多大了！不定性！"铁蛋只好把"荷包"揣到怀里。

草儿这时已平静了，她知道铁蛋心中另有原因，哎！——待我慢慢地问他吧！

铁蛋娘身体已康复，这天她见草儿没在屋里便问铁蛋："孩子，和娘说说！咋不喜欢草儿吗？草儿是多好的姑娘啊！咋要撵人家走呢？铁蛋！你心中有啥话跟娘说，别憋在心里！"

"娘！——我也说不好，咋说咱家也不能留草儿！还是让草儿走吧！"

"到底为啥呀？你跟娘说明白了！咋能不明不白地让草儿姑娘走呢？"

"娘！——我现在说不明白，还是让草儿走吧！"

铁蛋娘火了："好小子！和娘顶嘴了！你爷爷不在了！没人管你了！你去把铁锁给我找回来。

"草儿姑娘送你荷包定情，你哥哥是见证人，铁锁若说同意你撵草儿走，我就不管了！铁锁若让你留下草儿姑娘，你就得留下！

"有父从父，无父从兄！你快去把铁锁给我找回来！"

"娘！——哥哥在和日本人打仗，一天没有准地方，你让我到哪儿去找哥哥？"

"你找不到铁锁，就得把草儿姑娘给我留下来！"铁蛋坐在炕上就是不吭声。

草儿在门外已听了多时，她见铁蛋坐在炕上不动也不吭声，推门走进屋里。"铁蛋哥，我在门外已听半天了！你说话吧！你说明白了，草儿就走，你若说不明白，草儿今天就死在这里去陪爷爷！"草儿从炕席底下摸出来剪刀。

草儿两眼泪流滚滚，把剪刀对准了胸口。"铁蛋哥！你羞辱草儿！草儿无颜再活！"

铁蛋娘吓得赶忙抢下草儿手中剪刀。"草儿——好闺女！可别做傻事儿！娘有法子让这小犊子服软！"

铁蛋娘穿起衣服就要往外走，这时张舒在门外喊道："铁蛋在家吗？"

铁蛋娘在屋里答道："是舒儿吗？快进屋！"

张舒推开房门进了屋内，见铁蛋娘手中拿着剪刀，屋中的气氛不对："婶婶！这是咋了？"

铁蛋想借故躲避出去。"舒哥，找我有事吧！我马上跟你去。"

铁蛋娘道："小犊子！今天你哪儿也不能走！不把事儿整明白，你哪儿也不能去！"

"舒儿！正好你来了，我就不出去了！你把大当家的请来，我有话说！"

张舒见草儿满脸是泪，嚷着小嘴，铁蛋低着头一言不发。张舒知道铁蛋家出事了，他不好说别的。"婶婶，那我去请大当家的去！"

不到半个时辰，熊天鹤、燕飞天、熊天彪，骑着马随张舒来到铁蛋家。

进到屋内，熊天鹤见草儿姑娘两眼哭得通红，铁蛋娘正在责骂铁蛋，铁蛋只是抱着脑袋不说话。

熊天鹤问道："铁蛋娘，这是咋的啦？铁蛋，你咋惹你娘生气了呢？草儿姑娘，你这是咋啦？"

铁蛋娘见熊天鹤、燕飞天、熊天彪都来了，放声大哭起来。"大当家的……你们可来了！铁蛋爷爷走了，我当娘的管不了他啦！这小犊子说啥也要撵草儿走！我问他为啥撵草儿走，他也说不出什么子午卯西来……就是让草儿走！

"收了人家的定情信物，人家草儿姑娘大老远地找来了！凭啥撵人家走？草儿做错了啥？大当家的，把铁锁找回来吧！让铁锁管教他！"

熊天鹤听了，也觉得奇怪，铁蛋平时为人忠厚讲信义，做事爽快，办事从来都很周到。草儿这么好的姑娘！他咋撵人家走呢？看来其中必有缘故。"铁蛋——有话不要憋在心里，你说说看！让你娘也心中明白！"

铁蛋抱着头，还是不吱声。熊天彪有些气恼："铁蛋子！——你这是咋啦？还像个爷们吗？咋不会说话啦？"铁蛋还是不吱声。

燕飞天见了，走到铁蛋面前："铁蛋，我看出你心中有难言之隐，我也看出你不是不喜欢草儿姑娘，你想撵草儿姑娘走，可能有你的苦衷，说给大家听一听，让你娘明白，也让草儿姑娘明白呀！"

铁蛋两眼含着泪珠瞅了娘一眼："娘——俺咋不喜欢草儿呢？俺不喜欢草儿，能收草儿的信物吗？俺喜欢草儿！但又不能留下草儿！

"娘啊！这段日子里，我转战多处，眼见多少好儿郎与日本人拼死在战场上！日本人挑开义勇军弟兄们的肚子，鲜血淋漓，肠子流满一地。那帮畜生手提血淋淋的铡刀铡下被俘虏的义勇军弟兄头颅！

"娘！——孩儿决心抗日，不知哪天也会血洒疆场，孩儿思虑再三，不能误了草儿姑娘！让她为我担惊受怕！我若魂断沙场，岂不苦了、害了草儿！

"娘！——让孩儿咋说？孩儿说了这些，娘又要为孩儿担心了！娘——孩儿真是不知该咋说！"

铁蛋又道："大当家的，天彪哥哥，二当家的在李杜将军处任骑兵大队长，我与哥哥铁锁任中队长，每次与日本人交战，我们哥儿俩都带头冲在前面，打仗能不死人吗？"

"草儿！铁蛋哥哥怕愧对你呀！"草儿听到这里，扑到铁蛋身上放声大哭起来，多日憋屈的泪水滚滚而下。"铁蛋哥哥……草儿不怕！草儿不怕……草儿就是喜欢你！草儿活是你的人，死是你的鬼！你放心地去打鬼子吧！草儿在家侍奉娘，草儿非你不嫁！"

"草儿——净说傻话！铁蛋哥若是明天就没了呢？你还不嫁人了吗？"

草儿伸手捂住了铁蛋的嘴，泪流满面。"铁蛋哥——不要说！不要说！铁蛋哥不会！铁蛋哥哥不会死！铁蛋哥命大福大，草儿天天为你烧香祈祷！"

草儿拽着铁蛋的胳膊："不然我就跟你一起去打小鬼子，天天在你身边，你饿了草儿给你做饭，渴了草儿给你倒水，伤了草儿给你包扎伤口！"

铁蛋见草儿这样用情，叹了一口气，两眼温柔地瞅着草儿："草儿——你不要命了吗？"

"铁蛋哥哥——草儿死也要和你死在一起！"

铁蛋紧紧地把草儿搂在怀里："草儿……草儿……"

铁蛋娘欣喜万分，手指在铁蛋额头上点了两下："小兔崽子！不早和娘说，娘心疼死草儿了！草儿——放心了吧！别哭了！帮娘做饭，好好谢谢大家。"

"娘——草儿不哭了！铁蛋哥——草儿去灶下点火烧水。"草儿的脸上挂满了笑容，跑进了灶房。

二

熊天鹤见铁蛋与草儿解开了心中的疙瘩，笑呵呵地说道："铁蛋，你小子有福，草儿多好的姑娘，要好好待人家！"铁蛋只是点头笑。

燕飞天把一切都看在眼中，心想：铁蛋这孩子有情有义，看事情长远，是个光明磊落能忍辱负重的人，我要多传授他武功，将来必有作为。

"铁蛋，日后做何打算？"铁蛋见燕飞天问自己，愣了一下："师父，日本人吃了大亏能就此罢休吗？我不想回到李杜将军那里去了，我要和弟兄们一起守护山寨。日本人若再来，会增添人马和重武器，会有一场大战！"

燕飞天连连点头，瞅着熊天鹤说道："大哥，铁蛋之言有理，日本人若再来是来者不善，我们应早做准备。可日本人那里没有我们的人，掌握不了日本人的动向！"燕飞天陷入沉思中。

熊天鹤见燕飞天不再说话，知道燕飞天在思谋对策。他对熊天彪说道："三弟，让弟兄们抢时间构筑工事，多派探子到县城打探消息，让弟兄们养精蓄锐，再狠狠地整小日本一家伙！"

熊天彪刚要说话，听外面有人呼叫："二哥——天彪二哥——"

熊天彪推开房门跑了出去。"胜子！小胜子！啥时到的山寨？"熊天彪抱着小胜子连连拍打，两眼笑成了一条缝。

小胜子拽着熊天彪的手大呼："二哥——想死胜子了！"

"二江——把咱们带来的猪肉、好酒拿下来，在铁蛋家喝个痛快！"

铁蛋见小胜子来了，一个高蹿到门外，他攥住小胜子的手摇动大笑。

"胜子哥！救兵如救火，我走时来不及和你打招呼，你咋也跑来了？"

"天黑哥哥说，日本人要攻打关东三寨，你带领二百弟兄回援。我那天带领弟兄们干掉了一个日本人的镇公所，晚上见到天黑哥哥，说你回了关东三寨回援。

"我担心二哥、师父、盟娘遭遇不测，急于赶回关东三寨。

"周保中将军的抗日队伍已化整为零，我的队伍也得化整为零，我干脆化回鹰不落关东三寨吧！哈哈！在哪儿都是跟小鬼子死磕，在关东三寨跟小鬼子磕，有二哥和师父在身边，我小胜子底气更足！"

"胜子哥，我哥哥现在咋样？"

"铁锁一直跟着天黑哥哥，你走的那天下午与日伪军在碾子沟遭遇，一场恶战，死伤了二十几个弟兄。铁锁胳臂受了伤，仗着我们的弟兄都是骑兵，快速突击杀出一条血路！"

铁蛋娘听铁锁受了伤，迈着两只小脚急三火四地跑了过来。"胜子！快告诉大娘，铁锁伤到哪儿了？重吗？"铁蛋娘两眼噙满了泪花。

"大娘——别急！铁锁并无大碍，他带领弟兄们冲锋时，被小鬼子的机枪扫中了胳臂。"

"他的马快，冲上去一刀把小鬼子机枪射手的脑袋劈成两半。"

"胜子！大娘是问你铁锁伤得重不重！"

"大娘！没伤到骨头，皮肉伤，铁锁还壮实得像个小虎犊子！"

"那就好，那就好！找到他爹爹时，我要把两个孩子完好地交给他，也不枉他爷爷的一片苦心！"

"二哥，铁蛋，我们进屋吧！还没见过师父和天鹤大哥呢！"小胜子到了屋内，喊了声"师父——大哥——"跪地就要磕头。

燕飞天笑道："小胜子，别和我装模作样的了！快说说侯得礼哥哥的情况！"

"师父，这仗也真难打！小鬼子才几万的部队，我们留在东北没有撤走的部队少说也有几万人。遍地的抗日义勇军少说也有二十万人，可就奈何不了小鬼子！少帅下令不抵抗，东北的各部队群龙无首，各自为战。

"少帅不让我们用部队的番号，日本人名正言顺地拿我们当马胡子打！我们的人也不争气，争山头，保存实力，互不配合，有时还互相吞并，更有甚者，抢劫老百姓财物，弄得老百姓坚壁清野，连吃住的地方都没有。

"日本人看到了我们的弱点，各个击破我们的抗日队伍。

"我在李杜将军那里见到了共产党方面的周保中将军。周保中与李杜将军成立了一支抗日联军，时日不久也被小鬼子打散了！

"李杜将军越过乌苏里江到了苏联境内，我与天黑哥哥留在了周保中身边。我们现在只有一千多人马，为保存实力已化整为零。

"侯叔看局势不妙，痛心疾首，只身赴北平面见少帅劝说少帅重整旗鼓收拾残局。

"可少帅萎靡不振，不图收复东北失地，并把侯叔留在了北平，致电让我到北平任职。

"姓蒋的扔下东北不管，在南方与共产党打得你死我活，我看还是跟师父你们在一起保靠。"

燕飞天忧心忡忡，仰天长叹："偌大个国家，不御外虏，为权益争斗，待国破家亡吗？我燕飞天不管他什么党！我遵循孙先生教诲：死保碧玉蟾，让碧玉蟾造福国民！我燕飞天只能靠自己和弟兄们了！与日本人死磕到底！"

燕飞天两眼死死地盯着小胜子："胜子！愿意与我燕飞天同生死吗？"

小胜子二话没说，两眼含泪，扑通一声跪在了地上："师父！——胜子哪儿也不去，与师父生死相随！"

铁蛋也跪在了地上，脸上浩气冲天："师父！——铁蛋自结识了师父，便以师父为楷模。铁蛋愿意追随师父左右，与日本人死磕到底！为咱中国人扬眉吐气！"

熊天鹤叹道："国难当头，匹夫有责！后辈儿郎壮志可嘉，我关东三寨不负大帅在天厚望！与小鬼子死拼到底！"

熊天彪拉起小胜子与铁蛋，哈哈大笑："我关东三寨虽不能说是铜墙铁壁，但山下已给日本人挖好了坟墓！弟兄们！——今天畅饮！为我胜子兄弟接风！"

燕飞天瞅着铁蛋说道："铁蛋，晚上到我处，我与你有要事相商。"铁蛋频频点头。

晚上，铁蛋来到燕飞天住处。铁蛋进了屋内，只见燕飞天、熊天鹤笑吟吟地坐在屋内。

燕飞天见铁蛋来了，肃容道："铁蛋！我与天鹤大哥商议过了，要委你一重任，你是否愿意？"

铁蛋不假思索："师父！大当家的，说吧！铁蛋赴汤蹈火，在所不辞！"

燕飞天道："铁蛋！你和草儿要长久分离不能见面，没有朋友在你身边，你要孤独。

"没人帮你，凡事都要靠自己分析判断，还有生命危险！你要想好！"

"师父！说吧！为了山寨，为了你手中的碧玉蟾，为了对付日本人，铁蛋宁愿上刀山下火海无怨无悔！"

"好吧铁蛋！你明天放下手中的二百弟兄，交付小胜子统领，你静心在我处，我教授你轻功武艺与各种暗器的用法。十天后你要下山到南京去找我的一个朋友，到了那里一切听从他的安排。机会难得，到了那里你就知道了，此事只有我与天鹤大哥知道，你不要说与他人，你与娘亲和草儿都不要讲，这对她们有好处，听明白了吗？"

熊天鹤道："你走后，家里的事情不要担心，你娘亲与草儿我们山寨照料，你放心地去好了!"

燕飞天又说道:"铁蛋,你此去责任重大,我思谋多日,只有你能担此重任,千万好自为之,不要辜负我和大当家的厚望!"

"师父,让铁蛋做啥呢?"

"铁蛋,你只要走出山寨,就不叫耿铁蛋了!你叫耿飞。让你做啥,有些东西我也不懂,到了那里你就明白了,我的朋友会训练你怎样对付日本人!"

铁蛋点了点头:"师父,大当家的,铁蛋不会辜负你们的厚望,我耿铁蛋不会忘记我是鹰不落的爷们儿!啥时也不会给鹰不落老少爷们儿丢脸!"

十日后,耿飞怀揣燕飞天写与都迅的书信,扮成学生模样奔赴了南京。

三

奉天城里,大街上人流不息,时而见到大街上巡逻的日本宪兵。

一辆人力车(黄包车)停在一所宅院门前,车上下来一男一女两个人。男人西装革履,戴着礼帽,鼻梁上架着一副墨镜,嘴上两撇胡须。女人是个年轻漂亮的姑娘,面目俊秀,身着浅红旗袍。男人叩动了门环。

于亚秋在院内正给杜鹃花儿浇水,听到叩门声,问道:"谁呀?找谁?"

"开门吧,开门便知了!"于亚秋打开了院门,"咦!不认识你们,先生、小姐,走错门了吧?"

男人诡异地笑道:"我认识你,亚秋妹妹,长高了!越发漂亮了!"

"你是——你是——"于亚秋急忙喊叫,"爸爸——来客人了!我不识得!"

于静航闻声走出屋门:"亚秋!谁呀?大呼小叫的!"于静航一抬头,愣住了:"你们是——"

"叔叔!我是浩天!"燕飞天摘下来墨镜,手往嘴上一抹,两撇胡须不见了。

"浩天!可把老朽蒙坏了!咋这个打扮?快到屋里说话!"

于亚秋这才看明白:"颜哥哥!好久不来,咋装扮这样?小妹都看不出是颜哥哥了!爸爸常叨念你,为你担忧。"

"好了,小妹!颜哥哥这不是来了吗!到屋里说话吧!"进了屋内,卓可姝笑道:"天儿——你领来的是谁家小姐?这般娟秀靓丽!"

"婶母,坐下细说吧!"这时,于亚秋捧上了热茶,她两眼热辣地看着眼前的姑娘，似乎在问——你是谁？比亚涵姐姐美丽、动人吗？

燕飞天看到大家疑虑的目光，笑道："叔叔、婶母、小妹，不要多想了！"

"草儿，来见过叔叔、婶母和亚秋妹妹！"

草儿向于静航、卓可姝道了万福，笑道："叔叔、婶母，山沟里来的孩子没见过世面，叔叔、婶母、小妹多多关照！"

于静航还是莫名其妙："浩天！这是——"

燕飞天沉吟片刻："叔叔，浩天这次来有一事相求，草儿姑娘是我山寨一个弟兄的未婚妻，她男人我已委以重任，我领她到这里来，想让她与叔叔学习鉴宝技艺。"

于静航惊讶地看着燕飞天："浩天，一个姑娘家咋好抛头露面，周旋于富商大贾之间？"

燕飞天笑道："叔叔，你有所不知，日本人已占领了全东北，日本人能放过我手中的碧玉蟾吗？那渡边死后，川岛浪速与土肥原还没有忘记碧玉蟾，他们更会处心积虑地寻找碧玉蟾。

"我在山寨里瞎子、聋子一样，不知日本人的动向，无法防范日本人。我想让草儿学会叔叔的鉴宝技艺，混迹于富商与日本人间，获取日本人的情报！"

于静航恍然大悟："明白了，明白了！店里常光顾达官贵人，日酋无赖，他们的口中除了宝就是宝，确能摸些他们的底细，这倒是个好主意！"

"叔叔，肯帮忙了！"

"浩天，叔叔当己之任！让我想想咋办好。浩天，涵儿近日有书信吗？涵儿啥时可回国？"

"叔叔，涵儿好长时间没有书信了！上次来信说，她在攻读学位，我复信她：东北沦陷，烽火四起，不可归国，让她在美国用心学习先进科技，待国家安稳后，回国效力。"

"浩天，我就说草儿姑娘是我侄女于亚涵。外人不知涵儿与你的关系，我的东家金少达也知道我有个侄女，就让草儿叫涵儿的名字吧！"

燕飞天沉思片刻："叔叔，对外叫草儿亚涵，平时就叫她草儿吧！"

于亚秋在一旁听了，拍手叫好："亚涵姐姐，我身边有姐姐了；草儿姐姐——草儿姐姐——"

于静航正色道："亚秋，到外不可胡说，切记切记！"

"爹爹，秋儿缺心眼吗？想要个姐姐，无处找，颜哥哥送来个姐姐，秋儿好开心，秋儿还怕你们说漏了呢！"

燕飞天笑道："亚秋妹妹，你草儿姐姐啥都会做，让草儿姐姐帮妈妈照料你。"

"颜哥哥，秋儿已是大姑娘了！不要草儿姐姐照料，我们会是好朋友，我与草儿姐姐互相照料。"这时，院门外一个十五六岁的少年向于亚秋招手，卓可姝瞅着于亚秋笑道："秋儿，默凡来了！快出去吧！"

"妈妈，我看见了，让他等一等，我要和草儿姐姐说话儿！"

燕飞天笑道："亚秋小妹，你的小朋友？去吧！以后草儿姐姐住在你家里了，你们有好多的时间相处。"

"颜哥哥，草儿姐姐，我去了！"于亚秋跑出了门外。

燕飞天对卓可姝说道："婶母，我已为草儿备了花销费用，你带草儿去买些衣饰、化妆品，让草儿尽快适应城里的环境，让外人看她是富家女儿。"

于静航笑道："浩天，不要提钱财的事儿，我们把草儿当闺女养了！你尽管放心吧！"

燕飞天又说道："叔叔，还有一事要麻烦叔叔，关东三寨不会支撑太久，日本人腾出手来，会全力对付关东三寨。

"到那时怕关东三寨不保，我带来些金条，烦叔叔在奉天城僻静处购置房舍，以备熊家老小危难时安置所用。"

于静航叹道："难怪哥哥与涵儿都喜欢、敬重你，好男人！大丈夫！用心良苦。你深思远虑，叔叔责无旁贷，奉天这面的事儿就交与叔叔吧！"

燕飞天安顿好草儿和奉天的诸般事宜，赶回了关东三寨。

四

九一八事变后，山口横寒在奉天城繁华处开办了一家浴池——大和汤。他开办的浴池设备齐全，备有休息的雅间，大多都是日本人到这里来洗浴。日本人时常带女人到这里来嫖娼，他的生意兴隆红火。

山口横寒庆幸自己当初没有跟随渡边到仙人台。渡边已死，舅舅下落不明，不知死活，栀子嫁给了熊天彪。渡边手下的浪人几乎死绝，山口横寒无所事事，开办了这家浴池。

这天晚上，山口刚喝完酒、吃完饭，手中拿着牙签剔牙，嘿！真他妈的爽！

大把的金钱进了口袋，天天捏着烧酒壶，就他妈的少个娘们儿！哎！无所谓，我这里有的是！哎！不行！看那一个个的臭骚样，没有一个比得上栀子妹妹漂亮。栀子，栀子！你在哪里？哥哥想你了！栀子，栀子……

突然，一个俊美的年轻人推开了山口的屋门。"山口君在吗？"

山口横寒醉醺醺地瞪着牛眼，看着进来的年轻人——噢！还戴个礼帽，还穿身西服！"哪儿来的小犊子！我不认识你，滚出去！"

年轻人也不说话，只是瞅着他嘿嘿地笑。

"瞅啥？大日本浪人武士——山口横寒的干活！咋的？还看我笑！小崽子，再笑！我八段柔道揉你！"那年轻人还是笑，就是不吱声。

"你还不走？我揍你了！巴嘎！"山口把毛茸茸的大手伸向了年轻人。

那年轻人娇笑一声，转身到了山口横寒后面，年轻人手指轻轻一点，山口哎哟了一声，一条手臂酸麻难动。年轻人摘下来头上的礼帽，一头乌黑的美发飘散下来。

山口横寒眼前一亮："栀子——栀子！你咋来了？想死哥哥了！快让哥哥看看！"他伸手就拽姑娘的手。

"还是那个熊样！妈妈就是不放心你，连个音信都没有！舅舅呢？我问你，舅舅呢？"

"啊！你问啥？你说谁舅舅？你咋认识我舅舅？"

"哥哥——我是荷子！"

"荷子，荷子！不是栀子，不是栀子？荷子！你咋来了？妈妈让你来看我吗？我好想妈妈，山口好想妈妈！呜呜——"

山口横寒就兄妹俩，山口对妹妹极好，荷子小时候，山口经常背着荷子玩耍。山口荷子有时拿他当马骑，山口从不生气，啥时荷子玩够了，他才起来，有时手掌和膝盖磨破了，他也不叫疼。

有啥好吃的，山口都给荷子吃，自己舍不得吃半口，荷子从小到大知道哥哥对她好。

山口随完达博川来到中国，荷子正在读书。荷子从小跟妈妈完达豆花习练武功。荷子的资质好，她的轻功、暗器都已出神入化。荷子是个漂亮的美人儿，被日本情报机关选中培训成高级间谍。

自从舅舅与哥哥、栀子到中国，几年时间里一直没有消息，完达豆花一直焦虑、惦记。荷子见母亲时常惦记舅舅和哥哥，她向情报机关请求到中国来。此时，日本政府准备全面发动侵华战争，在中国需要特工，荷子来到奉天城土肥原处报到。

荷子沏了一壶茶放在桌上。"哥哥，咋不给家中捎信？妈妈时常叨念你和舅舅与栀子姐姐！"

山口已清醒了许多，看是妹妹荷子来了，既惊讶又委屈地哭了起来。"荷子妹妹……哥哥想念妈妈了……哥哥也想你……舅舅丢了！栀子妹妹不给我做媳妇……被马胡子抢去做了老婆！呜呜——哥哥好想你栀子姐姐！"

"哥哥！舅舅咋丢的？栀子姐姐咋被马胡子抢走的？"

"舅舅随渡边雄一带领一小队皇军，还有几十名浪人决死团到仙人台山捉拿燕飞天。"

"燕飞天！——身藏碧玉蟾的燕飞天吗？"

"还有别的燕飞天吗？舅舅与燕飞天约好月圆时共同观赏碧玉蟾，燕飞天要求舅舅消息不能外泄。渡边用栀子妹妹威胁舅舅，若不把观赏碧玉蟾的地点告诉他，他要砍栀子妹妹的头！"

"哥哥，荷子咋听不明白了！渡边为啥要砍栀子姐姐的头？"

"渡边说栀子妹妹与关东三寨马胡子熊天彪合谋攻破了他的小狼山老窝。"

"哥哥！荷子咋越来越不明白了呢！栀子姐姐咋能与马胡子熊天彪合谋呢？"

"哎！咋说呢！栀子妹妹喜欢上了熊天彪，跟熊天彪睡觉了！"

"啥？栀子姐姐喜欢上了熊天彪？那熊天彪漂亮吗？栀子姐姐那样的美人儿不会随意看中一个男人吧？"

"漂亮，漂亮！再漂亮也是个胡子头！有我们山口家族荣耀吗？"

"哥哥，往下说！"

"舅舅回日本国时，渡边把栀子妹妹关在地下室里，用钢丝穿了栀子妹妹的两个琵琶骨。熊天彪与燕飞天解救栀子妹妹，燕飞天只身换出栀子妹妹，身陷囹圄。"

"哥哥，果有此事，可当真？"

"小妹，哥哥眼见咋不真哪？"

"哥哥，荷子明白了！说舅舅吧！舅舅咋丢的？"

"舅舅随渡边去了仙人台山，与渡边带领的皇军和浪人满蒙决死团再无音讯。川岛芳子派密探到长白山探访，发现仙人台山上遍布白骨与撕碎的皇军军服，没见一个活人！"

燕飞天……关东三寨……山口荷子陷入沉思中：燕飞天可谓英雄人物，满身的谜让人不解，碧玉蟾到底有什么样的奥秘呢？真似传说的那样吗？

关东三寨又是个谜，熊天彪啥样的人物呢？让栀子姐姐爱得死去活来。舅舅哪儿去了呢？是死是活？不把燕飞天搞明白，啥也弄不明白！

渡边雄一不是泛泛之辈，在华多年的老浪人，又有军方协助，咋就败在了燕飞天手中呢？看来燕飞天非同小可，神秘莫测。

要想拿到碧玉蟾并非易事，放长线钓大鱼吧！燕飞天——我山口荷子定与你较量高低。

五

舞厅内，灯火辉煌，草儿与于亚园跳完一曲坐下喝茶，一个胖乎乎的家伙走了过来。"亚园兄，可以请这位小姐跳一曲吗？"

"哦！曹翻译官！"

"亚涵妹妹，这是皇军司令部的曹翻译官！"

草儿冷傲地微微一笑："先生请吧！"她优雅地伸出手。

舞厅内一派歌舞升平——光头下留有仁丹胡子的脸在流汗，打着领带的小白脸紧贴粉腮。旗袍内的屁股在扭动。

草儿与于亚园回到家里已很晚了，草儿躺在床上不能入睡，她思念起铁蛋，思念起山上的铁蛋娘、菊儿、老夫人——菊儿手把手地教她打枪，传授她轻功身法，老夫人把压箱底的绝技——龙须指传授了她。

草儿看着手指上的几只黄灿灿的指环，耳边响起老夫人的话——孩子！勤习指法，关键时，指环可保你性命！你是龙须指的唯一传人。孩子，好自为之吧！愿你与铁蛋早结良缘，我老人家还要看重孙孙呢！

铁蛋娘把她送下山时泪水涟涟："孩子，娘不在身边，好好照顾自己……"草儿，草儿！不——于亚涵。你可不要辜负山寨众人期望，铁蛋哥——草儿不会给你丢脸！

耿飞到了南京，按信上的地址来到一大院落，门口有荷枪实弹的士兵站岗，耿飞在警卫室里递上书信。

接过书信那人拨打了一个电话，一会儿工夫来了一个精壮的小伙子把耿飞领到院内，进了一个宽敞的房间。耿飞见一个四十多岁的人坐在那里。

他显得有些瘦弱，两只脚放在桌子上，脸上胡须杂乱，头发蓬乱也不梳理，两只眼睛炯炯有神。

小伙子向座上那人毕恭毕敬地说道："总教官，学生退下了！"他转身走出门外。

那人一言不发站起身来，他走到耿飞身旁，在耿飞肩上按了一下。耿飞自然反应，肩一动，一股柔和的力道传到他手上。

"好小子！燕飞天眼力不错！小伙子，坐下吧！"

耿飞顺从地坐在椅子上，他的屁股刚沾到椅子上，也没见那人咋动作，耿飞臀下的椅子飞了出去。耿飞硬生生地收住下落的身体，站住马步不动。

"哈哈！燕飞天没有白调教你——素质、反应都堪为一流！收下你这个徒弟了！知道我是谁吗？"

"老师！师父没有告诉我，您可是军统保密局总教官都迅先生？"

"没错，没错！你师父那老小子还好吗？"

"报告老师，师父说，他比您好！就是想您！"

"哎！想就想吧！东北沦陷，日本人还要发动全面侵华战争，我为党国培育精英，有时间去瞧他吗？关东恶魔，日本人的克星！咋不来瞧我？"

"老师，师父忧心忡忡，寝食不安，日本人还会大举围攻鹰不落山寨，师父在做战前准备。师父一日都不敢偷闲，运筹与日本人的长期周旋。"

都迅仰天长叹："燕兄——我定助你，我定助你一臂之力！"

"耿飞！知道你来做什么吗？我要把你培养成特级间谍，你可打入日本人情报机关内部，为燕飞天提供日本人的秘密情报，保护燕飞天与他手中的碧玉蟾及关东三寨的安全。

"你在我这里只有十个月的时间，枪法与武功我就不用教授你了！你十个月中要学的都是全新的东西，你从我这儿走出后，将是另一个人——一个在日本人身边的幽灵。"

"老师，学生耿飞明白了！耿飞绝不辜负师父与老师的厚望！"

耿飞在都迅身边刻苦打磨自己，承受难以忍受的魔鬼训练。

半年后，一天都迅把耿飞叫到办公室："耿飞，晚上到我家里吃饭吧！让你见一个客人。"

"老师，你会做饭吗？"

"不要管了！有人做，到时张嘴吃就可以了！"

耿飞心里琢磨：老师今天是咋啦？他从不在家里吃饭，耿飞不敢多想，晚上到了都迅家。

耿飞进了屋内，见都迅在喝茶，听厨房里有响动，有人在做饭。"老师，雇的厨师吗？老师今天生日吗？老师咋不早说，学生没有备礼品！"

都迅也不说话，瞅着耿飞只是笑，笑得耿飞有些发蒙。"老师，学生咋啦？"

"好了，好了！你没咋！"他冲着厨房喊道："客人出来吧！"

一个漂亮姑娘，一身笔挺的军装，秀发飘洒在肩上，手中端着一道菜走了出来。咦！眼熟，在哪里见过呢？谁呢！谁呢？姑娘只是笑，不说话。

今天是咋的了呢？咋都怪怪的？耿飞心里直嘀咕。

"老师！这客人——"

"耿飞，好好看看，仔细看看！"耿飞在姑娘脸上细看了一会儿，"哎呀！我的草儿！草儿——"

"我不叫草儿，我叫于亚涵！"

耿飞一愣："啥，啥？于亚涵！于亚涵是我师娘，我见过的！我见过师娘！"耿飞蒙怔了。

"耿飞！想想看，这是我出的一道试题！"

耿飞冷静地看着姑娘，笑了。"老师，她叫于亚涵，音同字不同吧？她叫刘草儿，是真草儿。她的装扮可以改变，她的声音可以改变，但她内在的东西不会改变，她的特征不会改变。

"她耳边小小的痦子，她的眼神告诉我——草儿正在改变农家姑娘的命运，她面临新的生活，她面临新的挑战；她将要承担重担。"

"耿飞，你的考试通过了，你们拥抱吧！她是草儿，燕飞天的一个新杰作！"

"铁——不！耿飞哥哥——"草儿伸出双臂拥抱住铁蛋。

"草儿——不！亚涵——"铁蛋眼中溢满了泪水。

这时又有一个美丽的姑娘走出了厨房，她拍着手笑道："老师，这都是燕飞天在关东网罗的精英吧！"都迅笑眯眯地看着这个姑娘。"雄灵，难道你不是关东精英吗？"

"老师，雄灵没有忘记小时候爷爷抱着我在雪地里看长白山野鹿！"

"耿飞，这是亚涵的电文密码老师。亚涵在她身边已三个月了！明天给你一天时间陪亚涵，后天亚涵就要回奉天城。日本特工与关东军也在紧锣密鼓地张网欲夺碧玉蟾，关东三寨时刻都有危险！"

第五章　雪原飓风

一

天已奇寒，大雪封山，松潘县城日军大队部里，石原拓圳大队长手中端着热茶，两眼死死地盯着桌上的作战地图。他指点地图上的一个圆圈，嘴中在嘟囔："鹰不落，关东三寨。"

他在思忖：抗日义勇军已所剩无几，只有鹰不落、关东三寨在地图上还是那么抢眼，石原拓圳如鲠在喉。每到冬季，他的部队都战功显赫，把没有吃穿的抗日义勇军撵得满山乱跑，最后各个击破。

就凭他小小关东三寨——大雪封山，没有后援，他们又没有重武器，我一顿迫击炮把他山寨轰个稀巴烂，把那帮马胡子赶出山寨，雪地里我当山兽打，一个也跑不了！我拿下关东三寨，为天皇陛下再立新功。他向司令部请战。

山口荷子很快就知道了军方的行动计划，她找到土肥原。"机关长，剿灭关东三寨为时过早，还没到火候，关东三寨不是简单的马胡子！据我多日的调查，大清国末年官府曾多次围剿山寨，都无功而返。

"张大帅未死时曾密拨武器弹药、银圆与关东三寨，关东三寨实力雄厚，以马胡子为名暗中对付我们日本人。渡边雄一与一小队日本皇军的失踪就是最好的例子。

"关东三寨二当家的熊天罴率五百铁骑赴哈尔滨与马占山、李杜一起阻挡皇军夺取哈尔滨，可见关东三寨的战斗实力。

"关东三寨地势险要，易守难攻，他们有自己的物资来源，不像其他的马胡子，居无定所，吃穿不保。近期有些被我们打散了的马胡子也投奔了关东三寨，关东三寨现在的战斗力不低于一个正规旅，更让人恐怖的是燕飞天神鬼莫测！"

"荷子小姐，我向军方陈述了我们的观点，关东三寨不是一块好啃的骨头，可那些少佐、大佐没有碰到过真正的对手，他们狂妄自大，急于为天皇建立功勋，我也无可奈何。也好，让他们去关东三寨长长见识吧！"

土肥原把山口荷子的意见告知了军方，军方不予理会，决定实施石原拓圳的行动方案。

议事大厅里灯火通明，燕飞天表情严肃，熊天鹤捻须闭目。熊天彪一只脚踏在椅子上二目圆睁，小胜子嬉皮笑脸地在打趣："师父，这人肉也不能吃呀！人肉若能吃，扒了皮冻起来，满山寨的人够吃一冬天了！"

熊天彪笑道："胜子，小鬼子的肉若能吃，不得撑死你小子呀！"

燕飞天正色道："说正经的吧！山下送上来的情报很详尽，小鬼子调动了石原拓圳一个大队，还有一个营伪军。

"小鬼子从伪军中挑选出一批在山里狩过猎的精英要从后山攀上偷袭，石原想里外开花。天彪，你的弟兄有多少会滑雪的？"

"天哥，我们哥儿六个都会呀！"

"还能挑选出多少好手？要枪法好的！"

小胜子道："师父，咋忘了我？"

"你另有用场！"

熊天彪略加思索："天哥，要讲滑雪好、枪法好的，还有几位老人家，只是上次铁蛋爷爷——"

熊天彪话音刚落，张宗海走进大厅。"天彪！我们都一把老骨头了，怕个啥！王老倔、刘三枪让我代他俩请战。天彪，你知道那哥儿俩的身板硬朗着呢！那哥儿俩的枪法，满山寨的人谁不知道，那叫——绝！"

燕飞天点了点头："天彪，吸取上次教训，穿好滑雪板，撂倒一个就跑，不给小鬼子机会，明白吗？"

"天哥说吧！咋打？"

"从进山的沟口到熊罴山下，有十余里路程，你在每一里路程处安插一个狙击手，和上次一样打他的机枪射手，再打他的汽车轮胎。打一枪换个地方，让小鬼子乱了阵脚，拖延小鬼子的进山时间。

"小鬼子到山下前，你们要全部撤回到熊罴山下，待小鬼子架起迫击炮时，小胜子的马队从后面包抄冲击，你们趁乱干掉小鬼子的炮手，一句话，不让小鬼子发挥火力。

"小胜子不要硬拼，把小鬼子冲乱后，马上撤出隐蔽，待小鬼子人困马乏时，你们再冲击。

"我与天鹤哥哥在山上阻击小鬼子。天鹤哥哥，你事先组织人力在上山的要路上泼水结冰，让小鬼子上不了山。我们把小鬼子拖到天黑，让他吃不上饭，饿蒙他们！冻僵他们！我们再趁机狠狠地杀他一个回马枪！

"后山交给菊儿了！那三十多个上山狩过猎的伪军惯于雪地攀登，我已给菊儿布好了局，一个也跑不了！"

燕飞天说完，熊天鹤问道："都听明白了吗？告诉弟兄们，伙食加厚，猪肉炖粉条子管够造，白面馒头可劲吃！冰天雪地里，不能让弟兄们断了热水喝，我这里还有几十坛多年窖藏老酒，干趴下小鬼子弟兄们畅饮！"

关东三寨老少爷们儿都动员了起来，做好了临战准备。

半夜时分，天空晴朗。石原拓圳踌躇满志，骑着高头洋马，带领一大队日本兵和郭麻子一个营伪军，乘二十余辆汽车开出了县城，奔关东三寨而来。汽车上的日本兵和伪军跺着脚瑟缩着身子，有的迎着寒风闭目打盹。

将近黎明，山顶上出现了曙光，日军的汽车已开进了山口。尽管天气不太冷，坐了一个多小时汽车的日本兵和伪军也觉得手脚麻木。龟田中队长骑在大洋马上见天色渐明，心有余悸地向白茫茫的山上观看，他生怕山上再突发枪声，不由得握紧了腰间指挥刀的刀柄。

石原见天色已明，命令部队停下埋锅做饭，他要让士兵们吃饱饭再进攻关东三寨。

突然前面山梁上跑过三只黄羊，郭麻子见了三只黄羊，心里乐了："二噶头！你的枪法好，把那黄羊打下来，弟兄们烤了吃。"

二噶头举起了枪："大哥，让人去扛吧！"啪、啪，黄羊倒下了！一个日本兵机枪射手也倒下了！

郭麻子手舞足蹈地大呼："打中了！打中了！快去扛回来！"

只见龟田怒冲冲地跑了过来："巴嘎！谁的开枪？"二噶头见了，炫耀地立正挺胸："太君！我的开枪，打中了的干活！我的枪法大大的厉害！"

龟田圆睁二目，拔出来指挥刀："你的，良心大大的坏了！"二噶头扑通一声跪在了地上，结结巴巴地解释："太……君……我开枪打死黄……黄……黄……"

"巴嘎！你打死了皇军！死啦死啦的干活！"咔嚓，二噶头的脑袋被龟田劈成了两半。

郭麻子见了！吓得直放响屁，战战兢兢地指着前面的山坡："太君……皇军……皇军！黄羊死了的干活！"

龟田揪住了郭麻子的耳朵："你的看看！他打死了皇军……机枪射手的干活！"

啊！郭麻子见前面汽车上一个日本兵的脑袋耷拉在汽车驾驶楼上，头上鲜血淋漓。

郭麻子大惊失色："太君！不是二噶头！不是——"话没说完，啪，又是一声枪响，一个日本兵的脑袋开了花。

龟田举起了指挥刀："山梁上马胡子的干活！开火！开火的干活——！"只见前面山梁上一个白影一闪不见了。

嗒嗒嗒、啪啪，日本兵和伪军疯狂地向山上扫射起来。

熊天彪与王老倔撂倒两个日本兵，蹬起滑雪板风驰电掣般滑下山梁。二人滑到一背风处，熊天彪说道："老倔叔，喝口酒，歇一会儿！"熊天彪递过了酒壶。

"天彪，没过瘾！应当再敲死几个王八蛋！"

"老倔叔，你的猎枪打得真霸道！一枪一个准！"

"天彪，老倔叔是干啥的？在这大山里蹚了一辈子，没有我打不了的野兽，这小鬼子不比野兽霸道！怕他个毛！"

"老倔叔，你家二升子要来，你都这把年纪了！咋不让他来呢？二升子的枪法好，滑雪也不错！打小鬼子是咱年轻人的事儿！"

"天彪，我可舍不得让他来，他刚捡了个媳妇，我还要抱孙子呢！我可不能做绝户头！"

"老倔叔，二升子有福气，白捡了一个漂亮媳妇！老倔叔等着抱孙子吧！听说是个朝鲜族人？"

"她说到县城投亲，没找到亲戚，没有了盘缠饿昏在大街上，我家二升子遇上了领回了家里。她看我家二升子老实厚道，愿意嫁给我家二升子做老婆！"

"老倔叔，打完这仗，我到你家给你贺喜，走吧！老倔叔，小鬼子折腾得也差不多了！咱爷儿俩到下一站。"

熊天彪与王老倔来到虎尾坡山梁下，见张舒也在那里，熊天彪问道："张舒，咋不在你那垭口待着？"

"我的前站有刘三枪爷爷，我不放心爷爷，过来看看！"

张宗海笑道："孙儿啊！你滑雪、打枪还是爷爷教你的呢！有啥不放心的？爷爷上次受伤是没经验，我还要为你老六爷爷报仇呢！"

熊天彪道："张舒，你赶快回到你的位置，这里有我陪着爷爷。老倔叔，你赶快回到熊黑山下预定地点！"张舒与王老倔蹬起滑雪板飞驰而去。

一会儿工夫，熊天彪与张宗海已听到了汽车的马达声，熊天彪与张宗海把头探出了山梁。见小鬼子的汽车在山路上颠簸，车上的日伪军端着枪紧张地东张西望。

刚才的那阵折腾，把石原气得暴跳如雷，他为了赶路，命令部队草草地吃了早饭向关东三寨进发。

往日里，石原就是在这山岗、雪地里屠杀了多股的义勇军战士。他不屑地看着白雪皑皑的山丘和山梁，鼻子里哼了一声："偷鸡摸狗的马胡子，打一枪就跑！待我攻打下关东三寨，把你们赶尽杀绝，我大日本皇军的军刀永远是锋利的！"

啪啪两声枪响，日伪军的机枪疯狂地扫射起来，山梁上飘飞走两个白影，日军军车上倒下两具血淋淋的尸体。

石原挥舞着指挥刀，连连怒吼："小小的马胡子的干活——不要理会他！快快地！关东三寨的干活！"日军军车加足了马力，把军车上的日伪军颠起老高，向关东三寨挺进。

熊天彪与张宗海见小鬼子没有停留，急忙向刘三枪的狙击点滑去。两人刚滑到刘三枪身旁，已听到了日军汽车的马达声，熊天彪对刘三枪说道："三枪叔！小鬼子来得好快！"

刘三枪道："天彪！我不能打一枪，你知道三枪叔，我抬手就是三枪！若不咋都叫我刘三枪呢！"

"好！三枪叔，我们多折腾小鬼子一会儿！别让他们跑得太快了！三枪叔！我们分散开，不要在一个地方，打一枪换一个地方，先打那个骑洋马当官的！谁打？"

张宗海抢着说道："天彪！给我！我收拾那个老犊子！宰了他给老六兄弟报仇！"

"好了！都找好狙击点。"近了，小鬼子的军车近了，张宗海举起了枪，熊天彪、刘三枪举起了枪。

啪、啪啪啪、啪，石原命不该绝，张宗海击发时，风吹过一片树叶打在他的眼睛上。石原觉得臂上一麻，鲜血流了出来，接着，军车上倒下四具尸体。

石原歇斯底里地挥舞起指挥刀："机枪！——冲锋的干活！——马胡子死了死了的有！"

日伪军跳下军车，架起机枪向山梁上疯狂地扫射起来。

一小队日本兵开始向山梁上冲锋，郭麻子命令连长孙斗带领一个连伪军冲了上去。日伪军冲上山梁，山梁上白茫茫一片，只有几道滑雪板的痕迹。日伪军胡乱地放了一阵枪，退了下去。

石原钻入汽车驾驶楼内，捂着一只包扎好了的胳膊，两眼瞪得像两个铃铛，嘴中喘着粗气。

一对俊美的眼睛看着他："石原君，不要与零散的马胡子纠缠了！我们待天黑后到关东三寨吗？想让大日本皇军饿死、冻死在这没有人迹的长白山里吗？"

石原吼叫："出发！——快快地出发！中午前一定要赶到关东三寨！"军车又开始在山路上颠簸，向关东三寨挺进。

熊天彪见日军不再停留，把狙击手都撤回了熊罴山下。

二

中午时分，石原的部队到了熊罴山下。石原命令埋锅做饭。日伪军刚架起锅灶，一队骑兵从山坳里冲了出来。

骑兵手中的五六挺机枪疯狂地向日伪军扫射，日伪军乱成一团。石原命令龟田中队组织反击，待龟田布置好阵地，前面的骑兵撤走了。

日伪军军锅里的雪水还没有融化，山丘上又响起了枪声，一个日本兵倒在了雪地里。

郭麻子跺着脚大骂起来："你妈的马胡子！不让老子们吃饭！有种让我们吃完饭再干！"

山上有人喊叫："郭麻子——就是不让你们这帮兔崽子吃饭！老子刚喝完酒，吃的猪肉炖粉条子！老子爽得很！就等你们来送命了！哈哈！哈哈！"

"你们关东三寨也太他妈的损了！"

"郭麻子！——不服咋的？还要老子给你一枪咋的？"

"爹！别打，别打！好歹咱都是中国人！"

"去你妈的吧！是中国人就别做狗！"

"兄弟，混饭吃，混饭吃！咋也得让我们喝口水呀！"

"你妈的！一会儿枪口冲上！"

"兄弟明白，兄弟明白！"

"我不打你，喝水吧！"

曹翻译官两手抄在衣袖里走了过来："郭麻子！干啥呢？和谁说话？"

"朋友，从小玩大的朋友！"

"他咋当胡子了呢？"

"啥胡子，关东三寨义勇军！"

"哎！郭麻子！为谁说话呢？啥义勇军？"

"啊！打小鬼子的义勇军呗！"

"你妈的！你和谁一伙的？"

"曹翻译官，不顺气咋的？可不是我让你到这儿来的，我们这儿的翻译官老娘病了！他回家去看老娘了！是石原太君调你来的，你们不是故交吗？"

"故交咋的？没他妈的好事！这关东三寨横着呢！看这架势，皇军要吃亏！"

"曹翻译官，你我都是混饭吃的，别他妈的认真！保自己命要紧，到时心眼儿活泛点！"

"还他妈的用你说吗！我明白！"

日伪军手忙脚乱，还吃啥饭！都怕子弹射穿了脑袋。他们雪水泡炒面胡乱地吃了几口，眼睛四处察看，生怕子弹射穿自己的脑袋。一会儿工夫，几个伪军叫了起来。"我的妈呀！肚子疼！我的妈呀！要拉稀！"

石原看了看腕上的手表，命令各部准备攻山。他看了一眼捂着肚子的伪军："集中炮火把山寨炸平！"一排排迫击炮瞄准了山寨，咣咣两发炮弹落在了山上。

突然，马蹄声骤响，雪地上几百骑兵挥舞耀眼的马刀风驰电掣而来，骑兵手中的机枪喷射着火舌，日伪军马上掉转了枪口阻击骑兵。

啪、啪啪、啪、啪啪，炮手的头上鲜血淋漓，一个个地倒在了雪地上，突然，骑兵撤退了。

"开炮，开炮！开炮的干活！"石原挥舞着指挥刀狂吼。预备炮手胡乱地开炮，只见山上一阵阵白烟，不知炮弹飞到了哪里，山上死一般寂静，日伪军开始了冲锋。

日伪军在布满了坚冰的山路上攀爬。哧溜、哧溜，不时有日伪军滑下山去。郭麻子滑倒在地高喊："孙斗！——路滑！你看我——"咕噜噜，郭麻子滑下山去。

孙斗已会意："弟兄们！——路滑！"他也咕噜噜滚下山去。咕噜噜，伪军们纷纷滚下山去。

日本兵穿着大皮鞋吭哧吭哧地往山上攀登。突然，山上弩弓响，几个日本兵滚下了山坡。后面的日本兵被撞倒了一大溜,咕噜噜、咕噜噜,十几个日本兵滚下了山去。

石原在望远镜里看到日伪军纷纷滚下山来,他也没听到山上有枪声,咋都滚下来了呢?龟田跑到他面前:"石原君!山路太滑,无法进攻!"

"军锹!军锹!军锹的干活!"龟田不解,"石原君——军锹……"

"军锹的破冰……破冰开路的干活!"

"哈依!军锹开路的干活!"

日伪军拔出背上的军锹在山路上铲冰攻山。日伪军的机枪一面向山上扫射,一面破冰前进。

日伪军已登上了山腰,轰隆隆,山上松树炮声连响,成片的卵石倾泻而下,机枪声连成一片,手榴弹雨点般抛下。

这是一支什么样的部队?是一群什么样的人呢?智慧、力量、天衣无缝地狙杀!啪啪、啪啪、啪啪。

山林间,猎人的钢枪在射杀野兽,一群中国人在自己的土地上维护民族的尊严。

啪啪啪,枪声不断。石原惊呆了。一个娇小的美人在摇头:燕飞天——一个什么样的人?关东三寨……鹰不落……

石原把几个中队长和郭麻子叫到面前:"三个中队集中炮火轰炸鹰不落山寨!三个中队分三路进攻!郭营长你配合龟田中队正面进攻,天黑前拿下山寨!"

炮声隆隆,满山的黑烟遮天盖日,石原挥起了指挥刀,漫山遍野的日伪军铲冰向山寨逼近。

寂静,山寨里是让人汗毛悚立的寂静。山上的日伪军喊叫声连成一片。近了,山寨越来越近,日伪军猫腰端着枪小心翼翼地向上攀爬。

突听吱嘎、吱嘎几声响,几棵大树倒了下来,十几个日伪军被压在了大树下,哭爹喊娘声一片。松树炮爆响,满山轰隆声。

飞石、弩箭、手榴弹、机枪子弹在倾泻。见不到人影,听不到山寨里的喊杀声,白雪皑皑的长白山默默地送给日伪军死亡。

树洞里有人开枪,大树后有人开枪,巨石后有人开枪;没人的草丛中弩弦声不断,山上一簇簇的雪堆都暗藏杀机。

日伪军只能没有目标地乱放枪,郭麻子知道不妙:"孙斗!——人家在暗处打兔子,我们等着让人吃兔子肉吗?溜!"

"大哥!——让他们吃日本人的肉吧!弟兄们!扯呼!再不跑,可就都是傻子了!"伪军连滚带爬地退下山去。

石原见了:"巴嘎!死啦死啦的干活!"他挥起指挥刀连连劈杀两个伪军。

郭麻子吓得带领伪军赶忙磨回身来开枪射击。三个中队的日军还在强撑着不肯后退,在大树后面架着机枪闭着眼睛扫射。

石原在山下,心中直打鼓:偷袭小队咋啦?没有动静!山寨里没有火光和爆炸声。

预先埋伏在鹰不落后山的家伙们咋一点动静都没有呢?石原看了看天色,再有一个时辰太阳就要落山了,他的脸上开始冒汗。

三

石原组建的偷袭队有三十多人,队长常跋二十多岁,有一身的武功,人都称他"猴儿登"。常跋目中无人,放荡不羁,我行我素,交朋友不分善恶,只要瞧得起他的人有求必应。郭麻子请他吃饭设了一个局:"常跋,听说过关东三寨吗?"

"咋啦?听说过——燕飞天、熊天彪,大名鼎鼎!"

"燕飞天、熊天彪可不是等闲人物!想到他们的山寨里拿一根柴火棍都难!"

"说啥?那么厉害吗?我猴儿登倒想见识见识!"

"兄弟,真的吗?"

"说啥呢?我猴儿登早就想到关东三寨溜达溜达去了!"

"常跋兄弟,尿性!我要带弟兄们攻打关东三寨,你顺便去溜达溜达呗?"

"咋溜达?"

"我挑选三十个身手好的弟兄交与你带领,我从前面攻山,你从后山带领弟兄们攀爬上去,看那燕飞天能奈你何?"

"郭大哥,啥意思?当我常跋傻子吗?你打你的仗,和我常跋有啥干系?"

"常跋兄弟,有干系呀!只要你带领弟兄们上了山,皇军会大大的给钱!"

"给多少?"

"你说!"

"三千大洋!"

"兄弟,我郭麻子替皇军答应你了!先付给你一千块大洋,上山回来,再付你两千大洋。"

"郭麻子！说话算数？"

"兄弟，不算数扒了我的皮！"

"郭麻子！不怕你赖账，没有大洋，我就扒了你的皮！"

常跋带领三十个伪军，备好了汽油、炸药等物品，事先埋伏在鹰不落后山。他们听到前山枪响，知道日伪军动手了。常跋率先向崖顶攀登，他对那三十个伪军说道："我先攀上去探看风声，崖上若无声响，你们再攀上来。"

常跋不愧叫猴儿登，他身手矫捷，在雪壁上身轻如燕，不大工夫，他攀上了崖顶。他上了崖顶见毫无人迹，心中暗自欢喜——哈哈！三千块大洋唾手可得，我还要到山寨里见识见识燕飞天！

常跋正在得意，突觉脖子后一麻，他知道不好，想喊叫，可发不出半点声音，他明白被点了哑穴。他眼见前面的雪堆在动，一个美妇人笑吟吟地从雪堆中走了过来。

常跋伸手向美妇人当胸抓去，美妇人身形微动，转到常跋身后，伸出玉掌在常跋颈上一拍，常跋扑通栽倒在雪地上。雪堆中又钻出两个大汉，掏出绳索把常跋结结实实地捆了起来。

常跋趴在雪地上，嘴中喘着粗气，像一头待宰的猪，直嘎巴嘴说不出话来。

美妇人笑道："小子！委屈一会儿吧！等等你的伙伴们。"

突然，山崖上的雪堆、茅草中钻出几十个壮汉，手中抖动着绳索："菊儿嫂嫂，马上抓猪吗？"

菊儿笑道："兄弟们，上来一个捆一个！上来一对捆一双！捆结实些，免得他们不长记性！"

山下的三十个伪军见常跋攀上崖顶没有动静，一个伪军说道："平安无事，弟兄们，上！"

伪军开始向崖顶攀登，先攀上崖顶的伪军刚探出头来，一把雪塞在了他的嘴里，呛得说不出话来，被两个壮汉拽上崖顶捆了个结结实实，一块破布塞在他口中。菊儿如法炮制，活捉了二十几个伪军。后面的几个伪军攀到半山腰发现情况不对，拔枪向崖顶射击。菊儿趴在崖顶上甩响了二十响盒子枪。

啪、啪、啪，半山腰的几个伪军号叫着摔下山去。

太阳已落山了！西面山顶上现出一抹残阳的余晖。起风了！小北风夹杂着清雪寒冷袭人。石原垂头丧气地看着撤下来的日伪军和伤兵，他拉着长脸，咬着牙狠狠道："关东三寨！燕飞天……"

他话还没说完，马蹄声骤起，几百骑兵暴风般狂奔过来。日伪军冻得已手脚麻木，慌乱地端枪乱放。日伪军被小胜子的骑兵砍杀得七零八落，开始向汽车旁逃跑。

石原瞪着血红的双眼挥舞着战刀，阻止不了日伪军的溃退。

小胜子的骑兵在劈杀，山上的十几个狙击手在射杀，日伪军拼命地拥上汽车。石原看大势已去："开车！——开车撤退的干活！"小鬼子的军车发动了马达，趁着暮色慌乱地逃窜了。

小胜子的马队停止了冲杀，跳下马背架起了机枪。又是一阵惨烈的厮杀，军车驾驶楼内，娇小的美人面色苍白——燕飞天……你是魔鬼！燕飞天……山口荷子会与你见面，看鹿死谁手！

石原拓圳损失惨重，丢盔卸甲地逃出了鹰不落大山，他丢下的几十具尸体一夜间被雪狼啃成了白骨。

常跋被蒙着双眼押进大厅，燕飞天笑呵呵地坐在椅子上，熊天彪与菊儿站在两旁。燕飞天吩咐摘下常跋的眼罩，笑道："兄弟，你就是猴儿登常跋？"

"咋的？我是猴儿登常跋！"

"不咋的！为啥帮日本人？"

"我没帮日本人，我赚日本人的钱！"

"与日本人做生意到我山寨里来做什么？"

"郭麻子说，我把他们的人领上山给我三千块大洋，顺便到关东三寨溜达溜达！我还没见过燕飞天，谁是燕飞天？让我瞧瞧！"

"为啥要瞧瞧燕飞天？"

"都说燕飞天虎背熊腰、三头六臂，似云里金刚，手中有无字天书！"燕飞天听了常跋的言语，心想：此人不是奸恶之人，只是不辨良善，若以理说服，有可用之处。

燕飞天吩咐给常跋松了绑，笑道："小兄弟坐下说话，你被我山寨活捉，有什么不服气的吗？"

常跋毫不客气坐了下来："常跋是有些不服气！漂亮姐姐点了我的哑穴，我不能全力施展，被你们拿下。现在我若能与漂亮姐姐较技，漂亮姐姐若赢了，我愿认漂亮姐姐为姐姐！"

菊儿在一旁扑哧一声笑了："常跋！——此话当真？"

"漂亮姐姐，你拿了我，我不气恼，应公平对决，姐姐若赢了我，我常跋认你为姐姐，姐姐若输了，放我下山！"

菊儿瞅了燕飞天一眼，燕飞天点了点头。菊儿倒了一杯热茶递到常跋面前："小兄弟，你适才已叫我姐姐，把姐姐的热茶喝了吧！暖暖身子，你再与姐姐比试！"

常跋接过热茶一饮而尽，站起身来："姐姐！亮招吧！"

菊儿身形微动，转到大厅中间："常跋兄弟，过来吧！"常跋纵到菊儿面前，使出绝技，二人在大厅中游斗起来。

菊儿并不进攻，出手引常跋发招，她要试探常跋的武功造诣。

常跋武功确也不弱，身法极快，招招凌厉。只见菊儿身形飘动，轻如浮云。常跋的手掌几次眼见抓到菊儿，也不知怎的，就是碰不到菊儿。

突然，大厅外飞进两只麻雀，只见菊儿身形飘动，两只麻雀被抓在手中。

常跋见了，自叹不如，跪倒在地："姐姐！不比了！请受小弟三拜，今后，姐姐就是我亲姐姐！"

菊儿笑道："好了！小弟，起来吧！我认下你这个弟弟了！"

"姐姐，谁是燕飞天？让小弟见见好吗？"

菊儿笑道："小弟，你已见过啦！"常跋左看右看，嘴中嘟囔："虎背熊腰……"

燕飞天哈哈大笑："什么虎背熊腰？在下便是燕飞天！"常跋有些惊讶地凝视燕飞天，摸了摸后脑勺，"啊！不是三头六臂！真俊美……"

菊儿笑道："小弟，快叫姐夫！"常跋跪倒磕头："姐夫燕飞天！燕飞天姐夫！"满堂哄然大笑起来。

熊天彪喊道："设宴——！"

熊天鹤吩咐搬出来多年陈酿："好好犒劳弟兄们！全寨上下共庆胜利！"大厅内，热闹非凡，大敌已去，个个开怀畅饮。

张宗海端起酒杯："天彪，大当家的！我咋就那么点背呢？我的枪法从无虚发，那阵风吹来的树叶救了那老鬼子的命，下次再让我遇见，我就啪一枪要那老犊子的命！"

刘三枪笑道："张大哥，还是我刘三枪过瘾！抬手三枪，三个小鬼子的脑袋开了花！"

王老倔有些不高兴："三枪，我也干掉俩，就比你少一个呗！天彪不让我再打，我的枪法你不知道咋的？"

老哥儿仨喝得高兴，斗起了嘴来。

燕飞天端着酒杯笑呵呵地走到老哥儿仨面前："三位老人家，谢谢你们为山寨的老少爷们儿做出了榜样，我燕飞天敬你们一杯！"燕飞天一饮而尽。

燕飞天又走到王长生面前："长生兄弟，你训练弟兄们没有白白付出心血，山寨外的鏖战堪称你的杰作！"

王长生恭敬地站起身来："燕大哥，若不是你的点拨，我王长生咋会打这样的怪仗！我在大帅军营多年，没见过你这样有雄才大略的人！长生只为抗日尽微薄之力！"

燕飞天笑道："好兄弟，我们干杯！"二人一饮而尽。

小胜子凑了过来："师父！我孬咋的？小鬼子可没少死在我们马刀下！"

"胜子！师父记着呢！你的骑兵是我们关东三寨义勇军军魂！"

"师父！干杯！"

突然，老夫人拄着拐杖走进大厅，后面跟着熊天娇、菊儿、完达栀子。众人见了都站立起来。

燕飞天赶忙跑过去把老夫人扶坐在一把大椅上。老夫人又站起身来："天娇！拿酒来——"

熊天娇拿过酒杯斟满了酒递到老夫人手里。老夫人面容肃穆："老少爷们儿！众儿郎！我关东三寨今天打出了威风！我关东三寨挫了小鬼子的锐气！我关东三寨打出了我们中国人的尊严！天娇爹爹熊家安临终前说过——豁出命也要护住我们开垦出的土地！老寨主生前说过——关东三寨只要有一个人在，就不能放弃我们的黑土地！我老身敬大家一杯！"老夫人一饮而尽。

张宗海流泪了，王老倔流泪了，刘三枪流泪了！熊天鹤、熊天彪、燕飞天，流泪了！常跋也在流泪。

哗，地上跪倒了一大片，众儿郎齐呼："老夫人——三寨儿郎不会愧对祖宗！"喊声震耳。

四

夜里，常跋遍体鳞伤地被两个寨兵扔进了山洞里。"小子！睡一会儿觉吧！寨主说了，明天送你们上西天！"

常跋瘫在地上大口喘着粗气，两个伪军爬过来："常跋兄弟，能挺住吗？"

"挺啥呀？挺到明天等死吗？"郭麻子的小舅子顺子带着哭腔，"常跋兄弟，明天真杀我们吗?"

"日本人被他们打死了好几十人,还能留着我们吗?"

"大哥!咋办?我们不想死!"

"谁他妈的想死!我想死吗?"

"咋办?咋办?大哥!想想法子呀!"

"你们没挨打吗?"

"我们都好好的,谁也没受伤。"

一个寨兵喊道:"嘀咕个啥?好好睡一觉,明天精精神神地上刑场,哎!真他妈的困!"

另一个寨兵说道:"柱子!你精神精神行不?老哥求你点事儿!"

"啥事呀!我怪困的!"

"嘻嘻!你嫂子从山东老家刚来,赶上了打仗,今晚安稳了,我得碰碰她!嘻嘻!"

"老哥,憋不住了!你回家吧!常跋那小子伤得不轻,剩下的这帮家伙没能耐,跑不了!"

"柱子!精神点!一个时辰我就回来了,千万看住他们!"

"老哥!别啰唆了!快回家搂老婆去吧!"

"老哥回来给你带好酒!嘻嘻!"

山洞里有人哭了起来:"完了!完了!以后再也喝不到酒了!娘耶!儿死后把酒倒在儿子的坟上吧!娘——娘——娘!去哪儿找儿的坟哪?儿明天死了!就得被狼掏了!只能剩下一堆白骨。

"娘耶!——你知哪具白骨是儿啊!"呜呜——呜呜——山洞里哭声一片。

常跋吼道:"都别哭啦!哭个毛!安排后事吧!"

"安排啥?咋安排呀?"伪军们面面相觑。

常跋走到门前:"柱子兄弟,柱子兄弟!"

"喊啥?有屁就放!"

"柱子兄弟,和你商量点事儿!明天我就死了!我有几根金条藏了起来,俺娘不知藏在哪儿了,你给俺娘捎个信,告诉俺娘金条放在了哪儿!"

"你说吧!俺听着呢!"

"柱子兄弟,不能让他们听见,万一这里有没死的跑了风咋整?你过来,我在你耳边说。"

柱子听说有金条,他把脑袋凑到了门前,把耳朵贴了过来。只见常跋伸出大手薅住了柱子的头发，照着他的脑后就是一拳。柱子一声没吭倒在了地上。

常跛从柱子身上解下钥匙打开了房门，拔出来柱子腰上的大刀。突来的变故，伪军们都呆傻了！不知如何是好。

常跛骂道："你们他妈的都是猪！等着挨宰吗？快逃哇！啊！啊！"这帮伪军钻出了山洞就跑。突听前面有脚步声，常跛小声道："都别动，等我干掉那小子！"伪军们都战战兢兢地趴在了雪地里。

只听咔嚓一声响，一会儿工夫，常跛一手提着大刀，一手提着一颗血淋淋的人头走了过来。常跛把人头扔给一个伪军："把你的外衣脱下来，把人头包裹起来，背上！"

外面刮着小北风，郭麻子坐在热炕头上，守着火盆在涮锅子，他喝了一盅酒，吧唧吧唧嘴，塞嘴里两片羊肉。"他妈的！没死就得吃呀！死了吃啥也不香了！"

他摸了摸还有些红肿的屁股。"他妈的！少点儿心眼儿就完犊子了！我的皮鞋就是打滑！上不了山，你小鬼子能把我咋的？"吱溜一盅烧酒又倒了的嘴里，"美！真他妈的美！哎！常跛那个傻子不知是死是活，咋他妈的一点动静都没有呢？"

咣咣咣、咣咣咣，外面的大门被敲打得直晃动。"妈的！谁这么胆大？敢砸我郭麻子家的大门？"

"王八犊子！就我常跛胆大，快开门，晚了我把你家房子扒了！"

"哎呀！我的妈呀！这不是我爹来了吗？这犊子回来了没我好！"郭麻子自言自语。

"常跛兄弟！想死哥哥了！哥哥天天不停地哭你！"郭麻子打开了房门。

"郭麻子！看起来，你知道我去送死呀！进屋咱俩再算账！兄弟们！都进屋！"二十多个伪军一拥而入。进了屋内，常跛啪的一声把人头扔在了炕上。

郭麻子看着还带着血水的人头，妈呀一声："常跛兄弟！你可不要杀我！有话好商量，有话好商量！"

"商量个屁！你还欠我两千块大洋，我带回的兄弟一个兄弟一千块，二十六个兄弟每人一千块计两万六千块，再加上先前的两千计两万八千块大洋。这颗人头卖给你五千块，我在山寨里还打死了一个胡子也值五千大洋，你给我拿三万八千块大洋，我们俩扯平，否则，我就扒了你的皮！"

常跛扔在炕上的人头被热气一熏，已融化了，血水流淌了一炕。郭麻子看着炕上的人头像在龇牙咧嘴，惊吓得在地上团团乱转："这是咋回事呀？这是咋回事呀？三万八千块大洋……妈耶！把我的房子卖了也不值三万八千块大洋啊！"

他瞅了瞅坐在炕沿上的小顺子："顺子！你是我小舅子，你倒说话呀！"

"我说个屁！哪有他妈的姐夫把小舅子往虎口里送的！若不是常跛大哥，我们都死在关东三寨了！我们上了崖顶就都被按住了！像猪一样被捆了起来。夜里常跛大哥被打得半死，常跛大哥设计杀了看守我们的胡子，救出我们。我们刚跑出山洞又遇上了胡子，常跛大哥砍下了那个胡子的脑袋，我们才跑了回来。"

"顺子！姐夫让你去是为了提携你。皇军要组建便衣队，你若立了功，姐夫推荐你当便衣队队长。"

"你滚犊子吧！那便衣队队长谁都能当吗？除非让常跛哥干，我顺子只信服常跛哥！"

那帮伪军七嘴八舌地议论起来："这满县城也找不到常跛大哥这样的人，别人当便衣队队长，我打他的黑枪！让常跛大哥干便衣队队长！"

"对！常跛大哥干！谁敢和常跛哥争队长，我跟他玩命！"

郭麻子听了大家的议论，把他点醒了——哈哈！三万八千块大洋，日本人——拿货吧！"顺子！把这人脑袋送到仓房里冻起来，别让猫咬耗子啃了！我有用！"

"常跛兄弟！啥都好说，大洋大大的有！我请你和大家伙喝酒吃饭！好好犒劳大家，明天我到皇军那里为你请功领赏！"

第二天早上，郭麻子用油纸包裹好人头，骑着高头大马来到石原办公室。石原见郭麻子手中提着一个包裹，奇怪地问道："郭的！什么的干活？送礼大大的有？"

郭麻子啪的一个立正："太君！礼物大大的！太君会喜欢！"

"哟西，哟西！打开的看看！"郭麻子打开了包裹，一颗血淋淋的人头露了出来。

石原心中一惊，后退了一步："郭营长！你杀了人！什么人？"

"报告太君！——我们撤出关东三寨后，偷袭队夜里摸上了山寨，杀死十几个马胡子。常跛砍了一个马胡子头领的干活！头拿回来邀功领赏的干活！我们的弟兄只战死几个人，常跛的功劳大大的干活！"

石原眼中闪着狡诈的目光："哟西！哟西！常跛大大的厉害！功劳大大的！请他来见我的干活！"

"哈依！我马上去请常跛先生！"常跛随郭麻子来到石原办公室，石原在常跛的脸上死死地盯视几分钟，伸手在常跛的肩上拍了一下："常跛！你的黑夜上山，杀了马胡子的干活？"

"太君！马胡子的不厉害！我只是到山上玩耍！"

"哦！皇军攻山时，你们为什么不行动的干活？"

"太君！白天马胡子的防范严密，无法下手，不能丢了弟兄们的性命！夜里动手，马胡子大大的吃亏！"

"哟西！哟西！"

郭麻子在一旁说道："太君！常跋先生大大的厉害！我推荐常跋先生任便衣队队长的干活！"

石原点了点头笑道："常跋先生，愿意做便衣队队长吗？"

常跋看了郭麻子一眼："郭兄，问问太君，给我钱吗？钱给少了我不干！"

郭麻子对石原笑嘻嘻地说道："太君，钱多多的干活！钞票大大的干活，太君的明白？"

石原突然哈哈大笑："郭营长，中国人贪财大大的！贪心不足大大的！金票大大的有！"

"常跋先生，只要你为皇军效力，金票大大的有！常跋先生，你杀了十几个马胡子功劳大大的干活！皇军一万大洋的给！便衣队队长大大的风光！你上任吧！"

常跋站起身来："哈依！哟西、哟西！常跋愿意为大日本皇军效劳！"常跋心中暗乐：小鬼子你给我一万块大洋，就是一块大洋不给我，这便衣队队长我也要干！我不能辜负了菊儿姐姐的重托。

第六章　民族实业家

一

聚宝斋珠宝店生意还是那样红火。日本人伪"满洲国"的达官贵人，乱世中寻宝的人经常光顾。于亚园手捧一个香炉走入后堂，见草儿正坐在椅子上看书。

"亚涵妹妹，你验看验看这香炉，出自何年代?"

草儿笑道："亚园哥哥，考验小妹吗?"

于亚园笑道："小妹，你得到了爹爹真传，你的眼力和学识已胜我一筹! 那个货主急于出手，我不敢妄下定论，还是小妹看看吧!"

草儿接过铜香炉，看了几眼，用手摸了摸铜香炉的内外壁，放在了一旁。

"亚园哥哥，这是茅坑里沤出来的赝品，不值钱! 你看这内外的锈色，不是自然氧化，这是奸商的杰作!"

于亚园惊叹不已："亚涵妹妹，果然好眼力，好学识! 爹爹真是偏心!"

草儿笑道："这也怪不得叔叔，还是你自己不知用心上进!"

"小妹说的也是，哥哥日后多与小妹沟通参悟，小妹，今晚还去跳舞吗?"

"去呀! 多结交些各界朋友。"

"小妹，我们一同去吧!"

日本人占领东北后，向东北大量移民，拓荒种地，在东北开采矿山资源。他们建立钢铁公司，用中国的矿石冶炼钢铁，他们又在重镇开办兵工厂制造武器，做全面侵华战争的准备。

金少达从祖上手中接下一爿珠宝店，他又开采了一座矿山。他开采的铁矿石品位高，他有自己的冶炼厂，是个民族实业家。他为了提高冶炼技术，早年让儿子金祖德到日本留学，学习钢铁冶炼技术。

日本人占领东北后，他见日本人疯狂地掠夺中国的矿产资源，他很想把自己的矿山和冶炼厂发展扩大起来。他担心日本人抢走他的矿山和冶炼厂，几次催促儿子金祖德从日本回国。

金祖德在日本接到父亲的几次书信，知道东北的局势对父亲不利，他急于回国帮助父亲。他的几个同学过段时间也要到东北来，约他同行，他耽搁了时间。

金少达接到金祖德的来信，知道儿子近日归国，他到连山码头迎接儿子。他见金祖德与几个人一起下了船，心想：儿子带来帮手了吗？他迎上前去大呼："祖德——祖德——爹爹来接你了！爹爹在这里——"

金祖德听到金少达的喊声，见金少达向他招手，赶忙跑了过来："爹爹——爹爹！你老人家还好吗？"

"爹爹好！爹和你娘都好！只是怕家业不保！"

"爹爹，此话从何说起？"

"到家里再说吧！与你同行的都是你的朋友吗？"

"我的日本同学，同专业。"

"他们来做什么？"

"说是建钢铁公司。"

"啊！不是来帮你的？"

"爹，回家再说吧！"金祖德上了小汽车。

"小田君，奉天城再会！"金祖德向几个日本同学挥了挥手。

晚上，金少达举行家宴，他把于静航全家都请了过来——一是两人是莫逆之交，二是金少达忙于矿山和冶炼厂，珠宝店全靠于静航打理，进项颇丰，他真心感激于静航全家。

于静航把于亚园留在店里打点顾客，把于亚秋留在家里，他夫妇与草儿早已到了金少达家里。金少达与于静航在聊天，金太太与卓可姝、草儿说话儿。

于静航笑道："金兄，你家少爷学业已成，有些事情交与少爷打理吧！你该歇歇了！"

"于兄，国家危难，虎狼入室，怕祖宗的基业不保，怎敢偷闲哪？祖德归来，倒可助我一臂之力，只怕那日本人釜底抽薪，断我生路！"

"金兄，世事难料，往好处里想吧！想我关东民众不会任人宰割，义勇军还在苦战，听说又有了什么抗日联军！"

"于兄，隔墙有耳，小鬼子的狗多着呢！"

这时，金祖德走了进来："爹爹，你们说什么呢？哪儿那么多狗哇？"

"祖德，我是说日本人的走狗。祖德——快见过于叔叔和婶婶！"

于静航笑道："祖德，你爹爹早就盼你归来，你学业已成可要大显身手哇！"

金祖德笑道："叔叔，婶娘，祖德多年在外，多谢叔叔、婶娘用心为爹爹料理店铺生意！"

于静航笑道："谢什么！我与你爹爹是多年的至交，为朋友做事应尽心尽力呀！"

草儿坐在一旁，看这金祖德倒也风流倜傥——西装革履，打着领带，一看便知是大家的阔少。心想：看他颇有学识的样子，不知对自家和国家的前程有啥样的见解，我多察言观色吧！

这时，于静航道："亚涵，你们认识认识！"

草儿站起身来，礼貌地伸出手："金少爷，我叫于亚涵！"

金祖德早已注意到这个漂亮的姑娘，只是没有机会说话。"哦！于亚涵小姐，早听父亲说过了！于叔叔的侄女，也是于叔叔的高徒——聚宝斋的鉴宝专家！"

草儿笑道："过誉了，都是你家老爷的栽培！还要谢谢你家老爷呢！"

金祖德见草儿貌美稳重，言辞得体，心中有几分喜欢。"于小姐真是美人儿！于叔叔有福，技艺有了传人。"

金少达笑道："祖德，亚涵姑娘的珠宝、字画鉴赏功力奉天城内已颇有名气，好多的达官贵人、政府要员、古董商贾都慕名而来，倒把你于叔叔冷落了！哈哈！才女，才女呀！"

金太太瞅着草儿笑道："不知谁家公子有福能把这如花似玉的才女娶回家里来？"于静航只是默默地笑。

草儿忸怩地笑道："亚涵不嫁人了！陪伴叔叔和婶娘！"

金祖德笑道："于小姐说笑了！哪儿有姑娘不嫁人的道理！只怕你没有中意的郎君吧？"

金少达看着草儿，又看了看于静航夫妇，若有所思："祖德，亚涵姑娘是鉴宝专家，她的眼中常人可配吗？儿子！奋发图强吧！壮大我金家基业，让他人刮目相看，也让小鬼子不要小瞧了我金家！"

金祖德看了草儿一眼："爹爹，孩儿虽没有雄才大略，但也不是泛泛之辈，我这次归来定要发展祖宗的基业，光耀门庭！我就不信小鬼子他吞噬了我们！"

于静航看金祖德信誓旦旦的样子："公子，你从日本国归来，可知日本国朝野上下对东北的用心？他们在东北掠夺资源，冶炼钢铁，建造兵工厂，他们做何打算？他们在压制、吞并我们的民族工业，是何居心？

"公子，日本人要占有我们东北的一切，他们把东北作为全面侵华战争的基地，你在日本多年没有这种感觉吗？"

"于叔叔，我金祖德是中国人，我的家在奉天城，我不是不知道日本人的狼子野心，可我们能做什么？张学良带领部队撤到了关内，东北大好河山落在了日本人手里，扔下了我们这些人怎么办？义勇军浴血抗战，被日本人杀得所剩无几，让东北的儿郎赤手空拳地对付日本人的刺刀吗？

"于叔叔，侄儿明白，我无奈！我只能守好祖宗的基业，多聚钱财，以备需时之用。"

草儿听到这里，问道："金公子，你适才说是要大展宏图的，现在咋又无奈？让人费解，莫非日本人的血腥让你恐惧？"

金祖德笑道："于小姐，做什么都需要资金，我只能与日本人暗中周旋，我不能让日本人吞并了我金家的基业！"

草儿幽叹一声："覆巢之下无完卵！城门失火，殃及池鱼！金公子，我不愿看到铁蹄下的歌女！"

金祖德心中一愣，这妙颜如花的柔弱女子竟心怀忧国忧民之心，他自嘲道："惭愧，惭愧！我金祖德堂堂五尺男儿竟不如于小姐的见识，祖德愧也！愧也！"

草儿笑道："金公子，不好意思了！你刚从国外归来，我就这般胡言乱语，让金公子见笑了！"

金少达坐在那里一直没有插言，他听了草儿的言语，不由得心生敬意——这才貌双全，心怀大志的女孩子，不知谁家有福……

于静航笑道："亚涵，都不要说这些了！金公子舟车劳顿，吃过晚饭早些休息吧！"

金祖德回国后，他多次到父亲的矿山勘查，他知道父亲的矿山铁矿石品位很高，矿石的蕴藏量也很大，他雄心勃勃，想建造最好的炼钢炉，冶炼上好的钢铁。

二

这几天，金祖德发现经常有陌生人到矿山上转悠，有时他们还捡几块铁矿石走。金祖德让人跟踪他们，发现他们说日本话，金祖德觉得事情蹊跷，回到家中，他与父亲说了此事。

金少达听了，面色凝重："祖德——我担心的事情终要发生了！日本人早已放出口风，相中了我的矿山，他们要把我的矿山弄到他们手里去！"

金祖德道："我同来的同学说要在东北建造最大的炼钢厂，我还觉得奇怪，他们哪儿来的铁矿石呢？看来，日本人早已有了预谋。"

"祖德，大帅没死前控制日本人。日本人占领东北后更肆无忌惮了！他们已开采了部分矿山，但要建立钢铁基地没有大量的矿石不行，他们能不把眼睛盯上我们吗？祖德，要想办法呀！"

金祖德道："我到老同学那儿打探打探消息吧！"

"祖德！我们要尽快好做应对准备。"

晚上，金祖德请来小田原一一起吃饭。"小田君，自你来到奉天很少见到你，在忙些什么呢？"

"金兄，我们是学习采矿和冶炼的，还能做什么？每天化验矿石的品位，测算矿石的蕴藏量。"

"小田君，结果呢？"

"金兄，富矿很少，品位不高。"

"小田君，没有好矿石，你们咋建钢厂？"

"听上面说，东北有蕴藏量丰富的矿山，在你们中国人手里，我想我们日本人会在你们中国人身上想办法。"

"小田君，那么你们日本人会怎样做呢？"

"金兄，整个东北都被日本国占领了！你想象不到吗？他们会为所欲为的！金兄，你今天是怎么了？你要知道，占领者只要需要，他们不会顾及他们领地里人们的利益和生命！"

"小田君，那么我们就任人宰割吗？"

"金兄，那是你们中国人的问题，我也不知道你该怎样做！"

"小田君，你们日本人在东北建立钢铁基地，开办兵工厂，是为全面侵华战争做准备吗？"

"金兄，糊涂！钢铁只能做机具吗？刺刀用来掘地吗？好了！好了！我是大日本帝国国民，我只能维护大日本帝国的利益。但我们是老同学，我们是朋友！希望你维护好自己家族的利益吧！"

金祖德请小田原一吃过饭已有些醉意，他心情烦闷，来到了珠宝店。草儿坐在屋内看书，在研究一件古董，她见金祖德来了，赶忙站起身来："金公子，今天咋得空闲，来到这里？"

金祖德看着草儿如花的脸儿："于小姐，不欢迎吗？来看看你！"

草儿看金祖德有些醉意，笑道："金公子，坐下喝茶吧！咋用多了酒呢？"

金祖德坐下端起来茶杯，瞅着草儿俊俏的脸："于小姐，我心烦，心烦哪！"

草儿笑道："金公子，有啥烦心事，说来听听嘛！"

金祖德摇晃着脑袋："于小姐，你上次说的没错——覆巢之下无完卵！我金家怕要大祸临头了！"

草儿惊异道："金公子，此话咋说，家中有什么突来的变故吗？"

金祖德端起茶杯呷了一口，两眼有些湿润："于小姐，我从日本归来，踌躇满志，要大展宏图把祖宗的基业发展壮大。可现在日本人要开办炼钢厂，看中了我家的矿山。我家的矿石品位极高，矿山矿石的蕴藏量极大，日本人要用我家的矿石冶炼钢铁制造武器，屠杀中国人！

"我金家基业将不保，中国人要遭殃！我金祖德堂堂五尺身躯却无能为力。于小姐，我金祖德束手无策，无可奈何，无可奈何呀！"

言罢，他两眼垂泪，拽住草儿的一只手竟像孩子一样掉下眼泪。

草儿安慰道："金公子，你也不要心急，这么大的事情你一人的确无法应付，你把日本人的动向随时告知我，我们大家一起想办法吧！"草儿掏出手帕擦干了金祖德的眼泪。

金祖德用力攥了攥草儿的手，泪眼婆娑地说道："于小姐，你才智过人，帮帮我吧！"

草儿抽出了手："金公子，不要乱了方寸，男儿有泪不轻弹，待我与朋友们商议看有何良策。"

金祖德看草儿镇定自若的样子，心中有一种依赖感。"于小姐，你若是我的亲人该有多好！"他凝视着草儿的脸。

"干吗这样盯视我，不是亲人，我也会帮你！我们都是中国人，何况叔叔与你父亲是莫逆之交。金公子，同舟共济吧！"草儿知道金祖德在想什么。

金祖德突然笑了："于小姐，我懦弱吗？让你见笑了！我觉得在你面前有一种感觉，不知是什么，我也说不好！"

"啥感觉？是信赖吧！我们是朋友，应互相帮助，金公子，会渡过难关的！"

草儿看着眼前暗露爱意的金祖德又想起了铁蛋。

这时，于亚园走了进来，他看金祖德在这里，两眼还有泪迹，他觉得奇怪：

"金公子，你咋在这里？"

金祖德抹了一下眼睛，有些尴尬地笑了："亚园，穿得这般整齐，要干吗去？"

"哦！我来找亚涵姐姐去跳舞。"

"于小姐，我们一起去好吗？"金祖德看着草儿深邃的目光。

"亚园哥哥，我们一起去吧！"她笑意浓浓地看着于亚园。

舞厅里，草儿与金祖德在旋转，草儿飘逸的舞姿让人欣赏，草儿的美丽吸引着人们的眸子。

金祖德随着草儿旋转，他的眼睛一直不离开她的脸。他没有语言，只是默默地陶醉在对草儿的情丝中。

于亚园的眼睛不离开他们的脸，他看着金祖德的眼神，知道金祖德喜欢上了草儿。

草儿、于亚园在起舞，于亚园的眼睛痴痴地露出温情，直觉告诉金祖德，于亚园喜欢于亚涵。怎么？他们是堂兄妹呀！咋可能？

这天晚上，金祖德急匆匆地来到珠宝店，他告诉草儿，日本人已找到了他，要收买他家的矿山。草儿问道："金公子，日本人怎样说？"

"日本人要和我合资开矿，他们出设备和资金，他们控股，生产出的矿石全部卖给日本人的钢铁公司。"

"你咋回复的？"

"我说要与家父商议再回话。"

"你先拖延他们一段时间，我与朋友们想对策！"

三

几日后，聚宝斋珠宝店来了一个漂亮姑娘，拿着遮阳伞，鼻梁上架着一副墨镜。于亚园见来了客人，问道："小姐，是出货还是找货？"

"都不是，我找于亚涵小姐！"

于亚园见来人雍容华贵，气度不凡，喊道："亚涵姐姐——有客人见你！"

草儿听到喊声走出内堂。"小姐，我是于亚涵，不知有何贵干？"

"哦！我们到内堂说话吧！"她径直向内堂走去。

到了屋内，她摘下来墨镜。"于亚涵同志！收到你的电文，戴老板立即派我前来，并委任我为东北站站长。"

她从皮包中拿出委任状——兹委任：雄灵为军统局东北站中校站长。

草儿啪地一个立正："老师，是您！老师辛苦了！"草儿赶忙给雄灵倒了一杯热茶。"老师，请指示！"

雄灵笑道："不急于谈工作，先唠唠家常吧！"

"老师，你也是东北人？"

"亚涵，不要问，纪律！"

"老师，总教官还好吗？"

"他很好，壮得像头牛！"

"老师，我很想念他们！"

"想念他们！还有谁？"

"老师，明知故问！"

"哈哈！他好着呢！他现在是总教官最欣赏的学生，戴老板都高看他一眼。"

"老师，不知我何时能见到他？"

"亚涵，上峰觉察到日本人马上要发动全面侵华战争，日本人把东北作为战争基地和大本营。戴老板严令我们密切掌握日本关东军的动向和战略物资的调配。

"日本人在东北扩大钢铁生产，这是一个信号，说明日本人发动全面侵华战争为期不远了！我们不能让他们的阴谋得逞，要破坏他们的计划！亚涵，这样的时刻你能去见他吗？"

"老师，学生明白！我会放下心中的情感，为党国效力！"

夜深了，草儿回到家里，见屋内还亮有灯光，她推开房门。

于静航迎了出来："亚涵，回来得这么晚！快进屋看看谁来了！"

"燕大哥！"她见燕飞天、熊天彪、小胜子坐在屋内。夏凡、徐克站在他们身后笑吟吟地看着自己。

燕飞天笑道："草儿，我们来得不晚吧？接了你的线报，我们马上赶了过来。"

"燕大哥，南京的人白天已到了！他们在制订下一步行动计划，我们看怎样帮金祖德？只要金祖德不在议定文本上签字，日本人就毫无办法，他们现在还不敢明目张胆地抢劫！"

燕飞天略加思索："草儿，日本人明里不敢把金祖德咋样，就怕他们暗中下手，威逼金祖德与家人就范，我们不能让金祖德出现任何闪失。"

熊天彪道："天哥，我们暗中保护他吧！"

燕飞天道："但不能让金祖德知道，那样一个文弱书生禁不住惊吓。草儿，你了解金祖德，看怎样安排为好？"

草儿思虑片刻："燕大哥，白天我可以金祖德的秘书身份出现，伴在他的左右。再挑选两个武功好的弟兄扮作金祖德的跟班，不离金祖德左右。若有个什么风吹草动，我们凭技艺保护金祖德，不能用火器以免引来麻烦。"

"只是晚上要多加防范，黑暗中谁也不可见，只能凭头脑的思维和反应。武功、火器皆可用，就看谁胜出一筹了！"

燕飞天赞道："草儿，真是长进了！南京之行大有收益，士别三日，应刮目相看。白天需要两人，你看谁合适？"

草儿思忖了一会儿："燕大哥，听铁蛋说，六杰老末的夏凡、徐克年纪最小，二人刻苦修炼燕大哥的武功，已超越了前几个弟兄。我也不太清楚，都是铁蛋哥说与我听的！"

熊天彪哈哈大笑："用人之时，我关东三寨英雄辈出，我的那两个小兄弟没让我白疼，天哥的期望没有落空。五弟、六弟，明天你俩就听从草儿姑娘的安排吧！"

夏凡、徐克给燕飞天跪了下来，夏凡道："师父，夏凡、徐克不会给师父丢脸！也不会给天彪哥哥与山寨丢脸！"

燕飞天笑道："起来吧！只要做个关东好男儿，我燕飞天没白费心血！"

小胜子在一旁说道："这铁蛋子！咋瞧不起我小猴子！晚上、夜里的活儿我包了！"

燕飞天笑道："胜子，又猴急了！哪儿能少得了你，你的枪法、你的胆量，无人可比，晚上的活儿就交给你了！记住了，有玩横的，格杀勿论！不能留活口，不要暴露了何人所为，懂吗？"

"师父，小胜子明白，让日本人摸不着头脑，让他们不敢小瞧了金少爷！"

草儿笑道："燕大哥安排得天衣无缝，明天看南京方面的人咋安排，各为其主，各行其是！我就是个阴阳人了！我只能游离在魔鬼与天使之间，不负关东三寨父老使命。"

燕飞天道："草儿，不后悔吗？"

"燕大哥，草儿生是关东三寨的人，死是关东三寨的鬼！燕大哥，我与铁蛋就是死了，也要魂归关东三寨！"

燕飞天从不掉眼泪，听了草儿的话，眼中热泪滚动："草儿，燕大哥谢谢你了！燕大哥误了你与铁蛋的好年华！"

草儿突然给燕飞天跪了下来："燕大哥！你教会了我怎样做人，不撵走日本人，我与铁蛋也没有好日子过，娘也要受罪！弄不好草儿还要沦为天涯歌女。

"无国、无家，草儿不愿做奴隶！燕大哥，草儿真希望关东三寨永享太平！"

燕飞天已滴下热泪："草儿——好妹妹！燕大哥竭尽全力为后辈幸福搏杀！"

众人无不对草儿肃然起敬。

雄灵住在一家上好的酒楼里，她送走草儿已很晚了，躺在床上久久不能入睡。

关东大山里是她的出生地，她还依稀记得大山里的模样。四岁时，爷爷抱着她坐在雪爬犁上看山间的小鹿跳跃。爷爷每次外出回来，都给她买回糖葫芦、棉花糖，还有小玩物。

可她没有爹爹的印象，妈妈说，她刚出生，爹爹就离开了家。说是参加革命党了，爹爹再也没有音信。

后来妈妈为了让她受良好的教育把她带出了大山，到了北平外公家。

雄灵的外公是个皮货商。那年冬天，雄灵的外公到长白山收集皮货。一个大雪天在深山里迷了路，天已黑了，雄灵外公还没有走出大山。

天空飘着鹅毛大雪，四处响起狼嚎声，雄灵外公冻饿已浑身无力，又听到狼嚎声，他惊吓得晕倒在雪地里。

雄灵外公醒来时，发现自己躺在热炕上，身上盖着被子，一碗老姜红糖水放在头前，他知道是被好心人救了回来。雄灵外公与爷爷订下儿女婚约，雄灵妈妈十六岁时嫁到父亲家。

雄灵爹爹少年时就怀有壮志，生下雄灵那年，他参加了同盟会。雄灵四岁那年，妈妈把她带出大山到了外公家。

那时几个爷爷和姑奶奶都喜欢她，整天把她抱在怀里，她现在还记得几个爷爷和姑奶奶的模样。妈妈带她走出大山后，她再也没有回过关东山。

她在北平读书，十六岁时参加了国民党青年干训团。军统局看中了她，她在都迅的精心培训下，成了一名高级特工。根据东北的局势，要建立军统局特工站，都迅推荐她来到了东北。

雄灵摸了摸脖子下的鸡血石吊坠，想起了爷爷说的话。

爷爷知道妈妈要带她离开大山，用鸡血石为她赶制两个吊坠，作为她长大出嫁时的礼物。

妈妈领她走得太急，爷爷只制成了一块吊坠，另一块吊坠是半成品。她现在还记得那块半成品吊坠的样子。纪律告诉她，她不能去见爷爷，不能见任何亲人，雄灵躺在床上默默地流着眼泪。

第二天，草儿把她的行动计划告知了雄灵，雄灵笑道："亚涵，想不到你这几年结交了这么多的江湖朋友，告诉你的朋友们，一定要做到万无一失！当然，我们的人也会配合他们。"

草儿道："老师，我会尽力，绝不让日本人的阴谋得逞。"

"亚涵，明天开始行动！"

第七章　双凤胆

一

　　早上金祖德与草儿来到办公室，草儿为金祖德沏好茶。"金公子，我现在是你的秘书，你要吩咐我做事儿，不要拘泥！"

　　金祖德见草儿坐在身边，心中觉得特别踏实。"于小姐，真希望你能成为我的秘书！"

　　草儿笑道："我现在已是你的秘书啦！"她看了看坐在外屋衣冠楚楚的夏凡、徐克。"老板！你的保镖我都找好了！我已为你工作了！放宽心与日本人周旋吧！"

　　"于小姐，我真不知怎样谢你！"他两眼温柔地看着草儿。

　　突然，夏凡敲门："于秘书！外面有人求见。"

　　"什么人，几个？"

　　"两个人，说是日本人。"

　　"让他们进来！"

　　夏凡把两个人引进屋内，金祖德惊异地站起身来："小田君！咋会是你？"

　　小田原一笑道："老同学，我来介绍一下，这是加藤知郎先生。"金祖德疑虑地看了加藤知郎一眼："加藤先生请坐！"

　　"于秘书上茶！"小田与加藤坐在沙发里，小田道："金兄，他们知道我们是老同学，让我来与金兄引见加藤先生。"

　　"哦！小田君，有事情吗？"

　　小田看了加藤一眼："哦！加藤君，你们谈吧！"

　　加藤扶了扶鼻子上的金边眼镜："金先生，我们大日本帝国想与金先生精诚合作，共同开发矿山。我们知道你在日本国学习采矿、冶炼，你对钢铁很感兴趣。

"你想大量开采矿石、建造炼钢高炉，你没有雄厚的资金和技术！我们大日本帝国可以与金先生合作，繁荣东亚经济，共存共荣！"

金祖德瞅了草儿一眼："加藤先生，我正在筹措资金，你们应当知道，家父在奉天城地面上是颇有声望的，在商界筹措资金并非难事儿。"

"只是家父近日身体欠佳，事情耽搁了下来，待家父病愈，再商议吧！"

加藤嘿嘿干笑了两声："金先生，我们可探视金老先生吗？"

金祖德笑道："加藤先生，家父在北平将养。"

"哦！金先生，望你认真考虑我们大日本帝国的建议，告辞！我们会再来！"草儿面无表情地把加藤与小田送出门外。

"于小姐，我的话说得得体吗？"他看着草儿闪现笑意的妙目。

草儿笑道："瞅我干啥？有学问的人就是不一样，推托得他们没有话说，只怕他们要打金老先生的主意。"

"家父与于叔叔每天喝茶、对弈、聊天，他们能找到家父吗？"

"金公子，金老先生千万不要外出，暂避风头，免得日本人拿老先生做文章。"

金祖德笑道："于小姐，还是你与家父说吧！家父愿意听你的话儿！"

"好吧！我与金老先生说知。"

这一天，加藤与小田又来到金祖德办公室，加藤咄咄逼人地说道："金先生，不想与我们交朋友吗？一家人不能团圆在一起尽享天伦之乐，何必让金老先生躲避起来？我们手眼通天，未必找不到金老先生！我们想要做的事情，谁也阻挡不了！

"金先生，中国有一句俗话——识时务者为俊杰，望金先生三思！"

草儿听了加藤的话，突然笑了起来。

加藤一愣："美丽的小姐，你有什么高见吗？"加藤两只狭小的眼睛在草儿脸上不停地转动。

"加藤先生，你们口口声声东亚共存共荣，为啥只要你们的工业发展壮大，不让我们的民族工业生存呢？共存共荣还要明火执仗地抢劫吗？要想把中国的民族实业家投入监狱吗？

"你们不敢！你们敢吗？不要威胁金先生，这片土地上都是中国人！你们想见金老先生吗？金老先生不想见不知廉耻的人！在别人的家里说话要客气些！"

加藤的脸涨得通红："金先生，她什么的干活？秘书！太太的干活？"

金祖德张大了嘴巴，不知如何回答，草儿笑了。"加藤先生，我大大的，太太的，秘书的干活！"

加藤有些茫然不解，他挠着头："小田君，什么意思？我的不明白！"

小田笑道："加藤君，你的不明白？哦！于小姐说她是金先生太太的秘书。"

"哦！金先生太太秘书？太太秘书？秘书太太？"

他突然站起身来："哦！明白了！金先生秘书太太，加藤失敬了！嘻嘻！"

"金先生，不好意思，不好意思了！"金祖德心中不知是什么滋味——我的秘书，我的太太！我的太太，我的秘书！

他站起身来："加藤先生，不好意思，不好意思了！"

小田面无表情地说道："金兄，三思吧！即使我们不来，别人也会再来，何去何从速做决断，以免于你不利！"金祖德明白，小田在点拨他。

草儿微笑着盯视小田一眼："小田先生，你与金先生是老同学了！请多多关照！"

小田苦笑一下："到时候怕小田无能为力，金兄，好自为之吧！"小田与加藤离开了金祖德办公室。

小田与加藤走后，金祖德凝视着草儿的脸："于小姐，你这样尽力帮我，不能做我的太太吗？"

草儿笑道："这样不是很好吗？我尽心尽力地帮你，日本人把我称为金太太，对于你未曾不是好事！你也可以对日本人宣称我是你的太太，但我不能做你的太太！"

金祖德不解地问道："为什么你不能做我的太太？"

"每个人都有自己的一片净土，每个人都有自己的苦衷和无奈，我现在不能说为什么，将来你会知道，用心地对付日本人吧！"

"于小姐，我等你……"

"金公子，我们不会有结果，我知道，我不会嫁给任何人，我的心……"金祖德有些不解，他迷茫——这是一个什么样的女人呢……

二

土肥原从关东军司令部回来，立刻给山口荷子拨打了电话，让山口荷子马上到他办公室。

半个小时后，山口荷子来到了土肥原的办公室。"土肥原先生，有重要任务吗？"

"荷子小姐，军部已决定要发动全面对华战争，我们正在完成战略物资储备。战争打的是钢铁，我们在东北已建造了钢铁基地，我们的炼钢炉正在等待原料。可丰富的矿山资源在中国人手中，他们不愿意交出来，我们又不能在大庭广众之下抢夺过来。你马上秘密行动，解决这个棘手问题，明白吗？"

"土肥原先生，荷子知道该怎么做！土肥原先生，我们的人力、物力、财力，都有限，我们有必胜的把握吗？"

"荷子小姐，军部的头脑们研究了中国的历史，蒙古人几万人的铁骑踏平了整个中国大地，他们挥舞长刀越过多瑙河横扫欧洲，把伊斯兰国家的王子赶进了大海！

"前大金国的完颜兀术率几万女真儿郎扫平了黄河北岸，俘虏了大宋徽钦二帝。坐了几百年帝位的大清王朝先祖努尔哈赤起兵时只不过几千人。我们大日本帝国正是强盛时期，我们大和民族的勇士难道不及他们吗？

"中国人自私、贪婪、贫穷、落后，只会窝里斗。蒋介石与毛泽东势同水火，蒋介石的军队与毛泽东的红军在南方拼杀得你死我活，这正是我们征服中国的好时机。

"我们已占领了整个东北，这里的人力、物力、财力，都是我们大日本帝国的！铁矿石，统统的拿过来！荷子小姐努力吧！为大日本帝国建立功勋。"

"哈依！山口荷子明白！我马上行动！"

这天下午，金祖德、草儿上了汽车，夏凡、徐克把金祖德夹在了中间。

一个醉汉晃晃悠悠地摔倒在小车旁，口吐鲜血昏过去。一群日本浪人蜂拥过来，围住了金祖德的小汽车。"中国人良心大大的坏了！撞死了日本人的干活！"一个日本浪人大呼。

日本浪人开始打砸小汽车，金祖德惊慌失措。草儿心中明白，日本人迫不及待地动手了！

夏凡、徐克下了小汽车："住手！一群流氓！我们的汽车没动，咋就撞死了他？想讹诈吗？"

这群日本浪人哇呀乱叫，抽出棍棒就打。夏凡、徐克心想：好好教训教训这帮家伙。他二人施展手脚，片刻工夫撂倒了五六个日本浪人。这时警察跑了过来："都住手！咋回事儿？"

日本浪人开始大声吼叫："中国人的汽车撞死了我们日本人，警察局的干活！他们死了死了的干活！"

警察问道："是你们撞死了这个日本浪人吗？"

草儿下了小轿车笑道:"警察先生,这个日本浪人死了吗?"

几个日本浪人喊叫:"死了!死了的!吐血了的干活!大大的死了!"

警察看着漂亮的草儿:"小姐,出人命了!我也没办法,都到警察局吧!不偿命,也得坐牢!"

草儿板起脸:"警察先生,这个日本浪人若真的死了!我们跟你到警察局,若没死,我们就不到警察局了!"警察点了点头。

草儿走到躺在地上的日本浪人身前,伸手点在他的笑穴上,只听那个日本浪人哈哈狂笑起来,笑得他满脸是泪。日本浪人抓起衣襟擦干了嘴脸上的血迹,他的脸上完好无损。

草儿笑道:"撒由那拉!警察先生。"夏凡与徐克乐得前仰后合,上了小轿车。小轿车一溜烟开走了。

那帮日本浪人对地上的日本浪人拳打脚踢:"巴嘎!巴嘎!让你装死的干活!巴嘎!你猪的干活!"地上的日本浪人任凭踢打,只是狂笑不止。

警察低声骂道:"猪!一群日本低能蠢猪!"他望着远去了的小轿车,这个女人……

草儿把金祖德送回家中,金祖德惊异地看着草儿:"于小姐!你咋知道那家伙装死?你咋又把他弄笑了?"

草儿笑而不答,夏凡冲着金祖德笑道:"你咋知草——你咋知那帮草包好收拾?坐在车里镇定自若。"他看了草儿一眼。

草儿笑了,点了点头:"金公子,今晚吃草鱼吧!今天你不高兴吗?"

"高兴,高兴!有于小姐在身边,吃啥都高兴!就吃草鱼,就吃草鱼吧!"

山口荷子躺在床上,眉头紧皱:金祖德一个文弱书生,他撞死了人,把他弄到警局里,任意安个罪名,不怕他不就范。他身边的女人……事情不是这样简单,他身后有人支持他、保护他……

那个女人的武功不俗……笑穴……我遇到了对手,好!荷子愿意与高手较量。

她拨通了石原拓圳的电话。

三

常跛与顺子正在下棋,忽听石原在后面说道:"常队长,你的马大大的厉害！把对手的炮辄辘踢飞了！哈哈！哟西！哟西！常的，到我的办公室里来！"常跋放下棋子随石原来到办公室。

"常队长，山口荷子小姐很赏识你，要你到她的身边效力，你的喜欢？荷子小姐大大的漂亮！你在便衣队中挑选十个人，明天到奉天城荷子小姐处报到，为皇军大大的效力的干活，不要让我丢脸的干活！"

"哈依！谢谢太君栽培，为皇军效力，为太君脸上大大的争光！"

"哟西，哟西！"常跋打点行装，让妹妹常青连夜上了鹰不落山寨。

山口荷子调来常跋，一是身边缺少得力助手，二是她想在中国人中选拔能忠于日本的精英。她在石原处了解到常跋不是等闲之辈，她把常跋调来，要考验常跋，重用常跋。山口荷子开始布置陷阱。

土肥原来到山口荷子办公室，荷子正在拟订行动计划。

"土肥原先生，有什么新的指示吗？"

"不——知道你缺少人手，给你安排一个助手来。"他把一份材料放在桌子上。

荷子拿起来材料过目：付冰，辽宁人，清朝八旗后裔，二十一岁，十八岁到日本国进入情报机关，成绩优秀。

荷子又拿起付冰的照片："哦！俊朗，清秀！"荷子放下手中材料。"土肥原先生，付冰何时报到？"

"人已到了连山，明天便可工作，常跋到了吗？人我给你调配齐了！施展你的才华吧！"

"谢谢土肥原先生，山口荷子誓死为天皇陛下效忠！"几日后，荷子打开了一份卷宗。

> 于亚涵：其父于静斋，乡绅，死于渡边雄一手中。
> 于静航：于亚涵嫡亲叔叔，聚宝斋珠宝店掌柜。于亚涵一九三〇年下嫁燕飞天，于一九三〇年赴美国留学，其后不详。

又一个于亚涵，这个于亚涵是谁呢？这个于亚涵是哪方面的人呢？难道于亚涵没有出国，燕飞天布的局？燕飞天为啥这样做？要么是于亚涵耐不了山寨的清贫和寂寞？一个大家闺秀，省城里读书的女孩子会久居深山吗？即使她是真的于亚涵，她为何不遗余力地帮金祖德呢？

于静航与金少达是多年的过命朋友，金少达那么大的珠宝店交与于静航打理，可见两人情同手足。中国人俗话说——为朋友两肋插刀，看来于家是豁命保护金家。

不管咋说，我也要查明于亚涵的真伪，要见过于亚涵本人。舅舅下落不明，栀子姐姐我无法见面，只能问哥哥了！看哥哥咋说吧！

山口荷子来到大和汤浴池。山口横寒端着酒杯醉醺醺地看着山口荷子。"荷子……咋不来看望哥哥？哥哥想妈妈，哥哥想舅舅，哥哥想栀子妹妹！"

"哥哥，不能少喝些酒吗？你整天这样，妈妈会更惦记你了！你回日本国吧！免得妈妈惦记你。"

"我不回日本，中国好，中国大大的好！大把地赚钱，要啥有啥，我开心、痛快，就是没有了栀子妹妹！"

山口荷子从皮包中拿出一张照片："哥哥，认识这个人吗？"

"谁呀？"山口横寒接过来照片，"荷子，你咋有她的照片？"

"谁呀？"

"燕飞天的老婆于亚涵呗！"

"哦！看准了吗？"

"差不了！嘿嘿！"

"小美人！当初我……"

"哥哥，以后少喝酒吧！我走了！有时间再来看你。"

"走吧，走吧！哥哥不送你了！喝……我喝……"

山口荷子放心了！于亚涵既不是南京的人，也不是共产党的人，更不会是苏联人的间谍！

燕飞天，我先拿你夫人开刀！金祖德，我摘下你的护身符，不怕你不臣服！

这天晚上，草儿走出舞厅，叫了一辆黄包车，草儿刚上了黄包车还没等坐稳，车夫便急奔起来。

草儿道："兄弟，天黑了！慢些，小心摔倒了！"

车夫边跑边说道："小姐，我路熟着呢！"

"兄弟，你走的路不对吧？没有路灯，咋越走越黑？"车夫也不答话。

草儿忽见后面有一辆黄包车紧紧地跟了上来，跑到前面，堵在了路上。

突然黑暗中钻出几个人来，围住了草儿乘坐的黄包车。堵在前面路上的黄包车中走下两个小伙子，喝道："抢劫吗？"

那几个人也不说话，直奔草儿，他们想把草儿按在黄包车里捆绑起来。

草儿冷笑一声，突然飞起一脚，踢在一个家伙的下巴上，那家伙捂着下巴倒在了地上。两个小伙子也毫不留情地动起手来。

黑暗中只听噼啪的打斗声。"徐克，加把劲，把他们都摞趴下！"

"夏凡哥，我要用绝技了！"只见徐克拳脚齐动，只听：妈呀！我的腿断了！爹呀！我的胳膊折了！娘耶！我的卵子球掉了！片刻工夫，全趴下了。

突然黑暗中又钻出几个人来，手中的短枪闪着寒光，一个人道："于亚涵小姐！乖乖地跟我们走吧！"

黑暗中，突然亮起小汽车的灯光，在一伙持枪人脸上晃动。灯光刺得他们睁不开眼睛。

啪啪啪几声枪响，两个持枪人倒在了地上，付冰低声喊叫："卧倒！"几个人向小轿车开枪射击。啪啪啪，卧倒在地上的几个家伙脑袋开了花。

"他妈的！找死！"小胜子吹了吹枪口。

一辆小轿车停在草儿身旁，一个娇小女人推开了车门："快上车！"

"是你——！"草儿惊呼一声。草儿与夏凡、徐克钻进了小轿车。小轿车风驰电掣地开跑了。

黑暗中，一对俊秀的眼睛在转动，是谁黑暗中枪法如此出神入化，她迷惑地看着远去了的小轿车。

草儿对那娇小的女人道："马上奔金府，金家有情况！"

四

常跋按照荷子的吩咐，带领他的便衣队来到金府，他让几个弟兄跳到金家院内向外放起枪来，让外面的弟兄也放起枪来。

一会儿工夫，警察局局长刘恬带着二十多个警察赶到了金府。突然金府院内响起了枪声，两个警察倒在了地上，这时，外面也响起了枪声。

刘恬蒙了——报警说是金府进了胡子！咱咋被胡子夹在了中间？"他妈的！弟兄们，开火！"

枪声响成一片，子弹乱飞，一会儿工夫，金府内没有了枪声，警察冲进了院内。

刘恬喊道："把金府的人都带走，到底是谁他妈的开枪？打死了我的几个弟兄！"

警察搜遍了金府，没有见到一个人影，只见院内满地的弹壳，刘恬喊叫起来："不管咋说，他金府院内的人打死了我的弟兄，金祖德推脱不了干系！要找到他！"嘀、嘀，外面响起小轿车鸣笛声。

刘恬跑出门外，他见金祖德从小轿车中钻了出来。"金祖德，你家院子里有人开枪打死了我的弟兄！跟我到警局吧！"

"刘局长！说啥呢？我还要问你呢！半夜三更的带着警察到我家来干啥？"

"有人报警说，你家进了胡子，我能不来吗！"

"那你抓胡子呀！你找我干啥？我家的东西被抢了吗？刘局长，半夜三更的，辛苦了！"

"辛苦个屁！跟我到警局！"

"刘局长！我不在家里，与朋友喝酒，你的弟兄被打死了，与我有何关系？"

"我咋知你在不在家！谁能证明你不在家。"

小轿车内有人喊道："刘局长！——啥意思？金先生与我在一起喝酒，还要啥证明？"曹翻译官钻出车外。

"金先生，快进屋取出你的百年茅台吧！我们哥儿俩接着喝。"曹翻译官瞅了刘恬一眼，"刘局长，一起去凑个热闹吗？"

"曹翻译官，不好意思了！我认倒霉，我认倒霉！"

吱嘎，又一辆小轿车停在了门外，草儿下了小轿车："咋啦！咋啦？这是咋啦？祖德，咋不请客人进屋喝茶？咋？这地上有死人！快弄走，快弄走！吓死我了！"

刘恬尴尬地看着草儿："金太太，不好意思了！我马上弄走。"

"来人！搬死尸！"刘恬向曹翻译官点了点头，悻悻地走了。黑暗中，一双俊秀的眼睛看着警察在搬运尸体，她感觉有一股杀气逼向自己。

草儿随雄灵回到住处，雄灵拿出一张照片递给了草儿。"亚涵，看看这张照片！"

草儿接过照片，照片是一个极美丽的姑娘。

"老师，是谁？"

"今天晚上这两件事件的策划者，日军情报机关的高级间谍山口荷子。她已为你布好了网，挖好了陷阱。我得到情报，他们今晚要对你下手，金祖德家的事情我没有料到，但不知何人安排得这样巧妙。

"金祖德金蝉脱壳，化险为夷！让山口荷子白费了心机。"

草儿笑道："老师，只有一人鬼神莫测！"

"是谁呢？"

"燕飞天!"

"你识得燕飞天?"

"老师,没听说过吗?我只听说过燕飞天。"

雄灵笑了:"我也听说过燕飞天。"

"亚涵,以后晚间不要出去了!山口荷子不会认输,她还会有新的行动。"

"老师,学生明白!我会认真防范。"

山口荷子回到驻地,两眼死死地盯着付冰:"你为什么不直接用武器捉拿于亚涵?"

"荷子小姐,我不想开枪惊动中国人——让他们感觉在皇军统治下没有安全感。我想毫无声息地让于亚涵消失,想不到她早有防范。他的两个保镖可谓高手,我失算了!小轿车来得太突然,车灯晃得我们睁不开眼睛,我们损失了两个弟兄!"

"不要再说了!我看得清清楚楚,你要吸取教训,我们面临的是个训练有素的特工,自勉吧!"

"常跋!你确定金府一直有人吗?"

"荷子小姐,我的弟兄跳进院内时还听到屋内有说话声,屋内关灯后,弟兄们才动手,屋中的人咋么快就没有了呢?人从哪儿走的呢?他们是鬼吗?"

荷子在思忖:自己安排潜伏在金家大院四周的人,谁也没见到有人跳出墙外,是谁在屋中说话?人又哪儿去了呢?

莫非又是燕飞天……他是魔鬼……看起来,我若不亲自出手,永远也不知庐山真面目。

五

近日于静航不在珠宝店里,白天都是草儿和于亚园打点顾客。这天来了一个衣着华贵的人,他说家中有一古物欲出手,但不便拿到珠宝店里,他请求于亚园到他家中看货。

于亚园看那人态度诚恳,冲内堂喊道:"亚涵姐姐——我出去一趟,一会儿即回!"

草儿在堂内答道:"亚园,店内缺少人手,速去速回!"

于亚园答应一声，随来人走出店外。

两个时辰过去了，于亚园还没有回来，草儿觉得于亚园要出意外，她想到了雄灵说的话，脸上立刻冒出了冷汗。草儿立刻写好字条，放入竹管中，放飞了信鸽。

一直到了晚间，还是没有于亚园的消息，草儿如热锅上的蚂蚁团团乱转。她知道，又是山口荷子下的手，看来麻烦大了！

于亚园与衣着华贵的人来到一豪宅，进到屋内，头被猛击一下，他昏了过去。于亚园醒来时，发现自己在一地下室里，他被反剪双手绑在一木柱上。于亚园知道，遭了暗算。

于亚园眨了眨眼睛，头上剧烈疼痛，他镇定镇定自己：什么人？把我弄来干啥？与亚涵姐姐有关联吗？还是与金家有关联？他想不明白。突然他听到脚步声，有人走下了地下室，一个妙颜姑娘身后跟着几个人走了过来。

姑娘笑道："于少爷，不要害怕，会有人来接你出去，你先委屈委屈吧！你想一想，谁会来接你出去呢？"

于亚园又惊又怕："小姐，我一个珠宝店的伙计，身无分文，把我弄在这里干啥？"

姑娘笑道："你就是珠宝，你可换来燕飞天！"

于亚园大吃一惊，心里立刻就明白了。"小姐，你爱咋的咋的吧！我管不了什么飞天入地！有本事自己去找燕飞天吧！干吗拿我搓球玩？"

荷子笑道："中国人最讲亲情了！燕飞天不会不管你！"

这时有人跑下地下室："荷子小姐，来了……来了……"

"什么来了？慌里慌张的！老虎来了吗？"

"不！是燕……燕飞天……"

"哦！好快！长得啥样？是真的燕飞天吗？"

"哈哈！就这个样，一个农夫！"一个六十多岁的老人走下了地下室。

山口荷子大惊失色："咦！咋自己走下来了？没人阻拦你？"

"哦！你的手下很客气，说你在地下室里等我，他们把我送到地下室门外。"

"咋证明你是燕飞天？燕飞天的年纪只有三十多岁，你一个老农夫咋会是燕飞天？"

"哈哈，哈哈！也是，也是！不像燕飞天。"他把手往脸上一抹，一个面目俊朗、英气逼人的美男子站在荷子面前。

只听于亚园惊呼一声："姐夫——！"

"哈哈！亚园弟弟受苦了！回家吧！"

燕飞天圆睁二目："山口荷子小姐，我燕飞天到了！你马上放了于亚园！还要我自己动手吗？"

山口荷子见燕飞天自己走下了地下室，惊讶得一时说不出话来——地下室上面没有声息，那么多人没人阻拦住燕飞天，真是匪夷所思，燕飞天真是高深莫测。

山口荷子镇定了情绪，笑道："燕飞天，你果然让我刮目相看，你既然来了，我们不会为难于少爷。松绑，放于少爷回去！"过来两个大汉松开了于亚园的绑绳。

于亚园揉了揉麻木的双手："姐夫，我不走，我要与姐夫一起走！"

燕飞天笑道："傻弟弟！快回家吧！姐姐不放心该急了！姐夫留在这里与荷子小姐聊天，快走吧！"

于亚园明白燕飞天的用意："姐夫，不要聊得太晚，姐姐还要等你回家吃饭呢！"于亚园走出了地下室。

山口荷子觉得奇怪，于亚园在这里一点也不惊慌，燕飞天留在这里，他一点也不担心，难道我留不住燕飞天吗？

山口荷子的两只秀目死死地盯着燕飞天放荡不羁的脸："燕飞天，难道我留不住你吗？"

燕飞天笑道："荷子小姐，看我喜欢不喜欢留在这里！我若想走立刻就走，我现在想喝茶！荷子小姐，不要小气！"

山口荷子喊道："上茶！"

"谢谢荷子小姐！想说什么？说吧！"

"燕飞天，完达博川在哪里？完达栀子现在咋样？"

"为啥要问这些？你们相识吗？"

"哦！一个朋友托付我打探他们的消息。"

"栀子小姐现在很好，很幸福！她有了可爱的孩子！完达博川先生下落不明，我也不知道在哪里！"

"哦！我能见到完达栀子吗？"

"我不知道栀子小姐是否想见你，你们是什么关系？"

"不见也好，就不要问我们是什么关系了！"

"荷子小姐，还要问啥？你说个痛快吧！"

"好！我直截了当了！不介意吧？"

"很好！我喜欢你的性格！"

"你是在保护金祖德的生命，还是在保护金祖德的矿山？"

"都保护！"

"你有那个能力吗？"

"我尽力！"

"大日本皇军的军刀不锋利吗？"

"中国人的长剑可刺穿敌人的胸膛！"

"我们的坦克、大炮可毁灭你们的城堡！"

"中国人的血肉可筑长城！"

"这里不是关东三寨！"

"这里也不是龙潭虎穴！"

"你武功盖世吗？"

"我自信！"

"燕飞天！那么我们对决吧！"

"我愿意奉陪！"

山口荷子见燕飞天不卑不亢，豪气冲天，今天一定要杀杀他的威风，让他知道大日本皇军的威力和我山口家族的绝世武功。

"燕飞天，我们对决吧！用实力说话。"

"在这里吗？是你一个人还是这里所有的人？"

"我自己不可以吗？"

燕飞天看着娇小、美艳如花的山口荷子："荷子小姐，我燕飞天是怜香惜玉的人，我不愿意看到一个漂亮姑娘的狼狈相，我也不愿意看到年轻漂亮的姑娘在我面前解带宽衣擦汗！荷子小姐，我对决你们全部！"

山口荷子看着俊朗、潇洒的燕飞天，粉脸微变，有些气恼，对属下喊道："我与燕飞天对决，你们都不要插手！"

"燕飞天！我们就在这里，有本事从这里走到上面去！"她手腕一翻，向燕飞天抓去，真是疾如狂风闪电。

可眼见坐在面前的燕飞天不见了，狭小的地下室里没有燕飞天的踪影。

山口荷子惊呼一声："金雀旋法！"山口荷子只听身后嬉笑声："荷子小姐，算你识货！"山口荷子身形微动，狭小的地下室里飘起两人的身影。

无法辨清男女，无法辨清谁是燕飞天，谁是山口荷子，也看不到他二人出了什么招式。

完达博川的姐姐完达豆花从小极富天资，她的轻功身法和暗器都高出完达博川一筹。完达豆花把一身绝技都传授了山口荷子，山口荷子的武功青出于蓝而胜于蓝，难怪她敢与燕飞天较技。

燕飞天已看出山口荷子的武功出自一脉，山口荷子也看出燕飞天的武功出自一脉。

山口荷子要为天皇尽忠效力，燕飞天为了捍卫民族尊严，二人各不相让，拼命游斗。燕飞天身形飘动，已到了地下室上面，山口荷子紧随其后，空旷的大厅里二人又施展绝技。

常跋与付冰等众人看得瞠目结舌，无人敢大声喘息。

山口荷子手一探："燕飞天，接我的金雀花羽！"

燕飞天长笑一声："荷子小姐，我尽收囊下！"燕飞天嘴中发出金雀啼声，金雀花羽纷纷坠下。

燕飞天高声喊道："荷子小姐，燕飞天告辞了！"山口荷子知道无人可挡，她怕属下受伤，喊道："常跋——！"

她想提醒常跋躲开，谁知付冰误听为"枪拔"。哦！荷子小姐命令我们开枪，他端起冲锋枪向燕飞天扫去。只见燕飞天手中多了一柄利剑，剑光耀人眼目，付冰睁不开双眼，付冰的子弹不知射到了哪里，付冰被一股大力撞击飞跌而出。

山口荷子纵身接住付冰，付冰口吐鲜血，昏了过去。外面飘来燕飞天的声音——完达博川已入深山悟真，山口荷子可知长白山完颜？

山口荷子怔怔地看着窗外的天空，喃喃低语："长白山完颜……长白山完颜……大和民族山口家……大和民族完达家……"

山口荷子看着怀中的付冰，怒骂道："巴嘎！谁让你拔枪？自讨苦吃，我是提醒常跋躲开，耳误哇！耳误，咋把常跋当枪拔了！"

付冰嗫嚅道："为天皇尽忠……怕荷子小姐受伤害！"

"蠢驴，蠢驴！"山口荷子把付冰放在地上。

燕飞天与山口荷子决斗，常跋胆战心惊：燕飞天真尿性，中国人的骄傲，难怪关东三寨上下崇敬，菊儿姐姐钟情。尿性，尿性！我要做个尿性的中国男人！

第八章　冯三姑

一

　　一九三七年，日本军国主义者做好了全面侵华战争的准备。土肥原向山口荷子交代任务："荷子小姐，我们马上要发动全面对华战争，金祖德已无关紧要，战争打起来，我们就无所顾忌了！矿山、矿石都是我们的！东北抗日义勇军所剩无几，我们要扫平最后的障碍；关东三寨要彻底剿灭！以保大本营无后顾之忧。

　　"你让潜入关东三寨内部的山猫尽快提供情报，配合石原大队一举歼灭关东三寨抗日义勇军的有生力量。"

　　"土肥原先生，军方准备动用多少部队？我们的火力配备咋样？"

　　"司令部下了决心，石原一个大队，一个团皇协军，配备有山炮和坦克。燕飞天就是有天大的本事，也逃脱不了啦！记住！不要杀了燕飞天，大日本帝国需要碧玉蟾！

　　"攻破关东三寨后，要盯住燕飞天，寻觅他的落脚之地，铲除他的一切党羽，让他陷于孤立之中。待他走投无路时，让他心悦诚服地交出碧玉蟾，这不是一朝一夕的事儿，懂吗？"

　　"土肥原先生，荷子明白！"

　　关东三寨自从那次日本人进攻失败后暂时风平浪静，山寨里的人照样垦荒种地，抗日义勇军大旗一直飘扬，熊天彪每日都在督练义勇军战士。

　　山寨里几百匹战马膘肥健壮，小胜子率领的骑兵每天都滚爬在马背上。

　　王老倔倒也优哉，每日里叼着烟袋锅子垦荒种地，上山狩猎。他犯愁的是儿媳不见怀孕，抱不上孙孙。

这几天二升子到省城去出售皮货，家里只有王老倔与儿媳金姬。晚上金姬做好了饭菜。"公公，吃饭吧！我给你烫一壶老酒！"

王老倔看着金姬穿着薄薄的内衣，两只鼓挺的奶子在颤动。"儿媳，天已见冷，多加衣服，免得着凉生病！"

金姬咻咻笑道："公公，金姬不冷，金姬与公公喝些老酒身子就暖和了！"

"金姬，这么长时间了！你与二升子咋不让爹爹抱孙孙？"

"公公，都是二升子的那个东西……"她咻咻地笑了起来。

王老倔见金姬似有隐情："不说了，不说了！吃饭吧！"

金姬给王老倔斟上了老酒，自己也倒了半杯，她举起酒杯："公公——喝酒吧！"吱溜，她喝了一口。

王老倔喝了一口酒，想着心事：二升子咋啦？他有什么病吗？待他回来好好问问他。吱溜，金姬又喝了一口酒。

"公公——这酒我咋愈喝愈冷！"

王老倔道："奇怪——金姬！我咋愈喝愈热，这酒的度数咋高了呢？"

"公公——金姬冷，金姬冷！"金姬把身子靠向了王老倔身旁。

"金姬！你这是咋啦？"

金姬突然倒在了王老倔怀里："金姬好冷！金姬好冷！"金姬把脸贴在了王老倔胸膛上。

王老倔突然觉得身上燥热似火，头有些晕。不知所以："我咋啦？我咋啦？金姬！你咋啦？金姬！你咋啦？"他坐立不住，倒在了炕上。

王老倔第二天早上醒来，觉得头有些疼痛，他睁开眼睛见金姬光溜溜地趴在身旁。他惊呼一声坐了起来："金姬！——你这是干啥？"

"公公——我没干啥！是你干啥！"

"我干啥了？"

"你知道你干啥了！公公——"

金姬拿出来王老倔的内裤："公公——你看！内裤上是什么？"

"不是我的！不是我的！"

"好了！不管你认不认账，内裤我收起来了！"

"金姬！你想干啥？"

"不干啥，以后你要听我的话，不听话，我拿内裤找大当家的！嘻嘻！听话吗？"

王老倔涨红了脸："你——你——"

"好了！别你——你的啦！"她叉开双腿，"还要吗?"

"妖精！——你是妖精！我没要！我没要！"

"闭嘴！"金姬板起脸，"我去找大当家的!"王老倔捂着脸呜呜地哭了起来。

二

山口荷子坐在办公室里，一只手托着腮，二目呆呆地想着心事：妈妈又来信了！打探舅舅的消息。舅舅已入深山悟真，悟啥真呢? 长白山完颜……长白山完颜……

"报告！"机要员站在门外。

"进来!"

"荷子小姐，山猫密电!"

"念!"

"燕飞天近日不在关东三寨，去向不明。有迹象表明，山寨增添了枪支弹药，卑职在侦察山寨要塞火力布防，近日可绘制出山寨布防图。山猫。"

山口荷子拟好电文："把它发出去!"

"是！荷子小姐。"机要员拍发出电报：皇军万事俱备，只欠东风，七日内拿出山寨布防图。山猫辛苦，再接再厉！菊花。

金祖德见日本人不再威逼自己，知道日本人马上要发动全面战争，他为关东三寨捐出三万块大洋交与了草儿，以购枪支弹药。

燕飞天用金祖德捐献的大洋安排人手到各处收购溃散的义勇军与散落东北军手中的武器，又收留了一批溃散的义勇军战士。

燕飞天知道大战将临，做好了迎战准备。燕飞天知道这是一场决战，山寨会毁灭，他与熊天鹤安排了山寨老小和女人的去处，给每家每户发放了大洋，让他们投亲靠友，留下青壮年与日本人死拼。

老人们不愿离开山寨。有的老人在自己的土地里捧了一把黑土用巾帕包好带在身上，有的老人在自己的房屋上拽下一把茅草包裹好揣在内衣兜里。他们眼中含着热泪，依依不舍地离开了自己的家园。

老人们嘱托儿孙：我辈为你们开垦了土地，建造了家园，你辈要守住自己的土地和家园，为儿孙造福。爹娘生养了你们，你们就要保家护土！不要贪生怕死，要给儿孙们做出榜样！不要做孬种。

　　大家都知道，留在山寨里的人极少有活着的希望，但大家宁愿与山寨共存亡。

　　张舒回到家里，见爷爷不在家里，心想爷爷哪儿去了呢？他见墙上挂着的大刀不见了！他问了几家邻居，有人告诉他爷爷到自家的地里去了。张舒赶忙到山坡下寻找爷爷。

　　张舒来到山坡下，见爷爷坐在一块青石上。青石前面是张舒爹娘的坟墓。

　　"爷爷，找了你好半天，咋到这里来了？"

　　"孙儿！爷爷哪儿也不走，爷爷就是死也要与你爹娘死在一起！爷爷离不开这片黑土地！"

　　"爷爷，你们老哥儿几个都要走的，老偃叔，三枪叔都领取了大洋，爷爷，走吧！"

　　"往哪儿走？扔得下这黑土地吗？扔得下你爹娘吗？你爹娘咋死的，你知道吗？"

　　"爷爷，爹娘已没了！再不能没有爷爷呀！孙儿给您跪下了！"张舒扑通一声跪在了地上。

　　"孙儿——知道爹娘咋死的吗？爷爷年轻时在山东家耕田种地，一家人倒也能糊弄温饱。八国联军打进了北京城，祸害百姓，你奶奶外出遇见洋兵，洋兵见你奶奶年轻漂亮，欲强暴你奶奶。

　　"你奶奶武功不弱，打翻了几个洋兵，赤手空拳砸碎了洋兵的枪托，洋兵射杀了你奶奶。

　　"爷爷愤然参加了义和团，烧教堂，杀洋兵！那慈禧太后惧怕洋人，竟下令捕杀我们。爷爷无奈，带领你爹娘下了关东。爷爷带领你爹娘来到关东山，不分白夜地开垦土地。

　　"你六岁那年，天降暴雨，你爹娘怕新开垦的土地被山洪冲毁，冒着大雨跑到山坡上搬石阻水。不曾想，山上滚下一块巨石，正砸在你爹娘身上。

　　"爷爷那晚染病在身，不放心你爹娘，跑到山坡上，见你娘已气绝身亡，你爹爹已奄奄一息。

　　"你娘是为了救你爹爹，扑在你爹爹身上，巨石砸烂了你娘的头，你娘腹中还怀着孩子。

　　"你爹爹拽着我的手说：'爹爹——我不想死！爹爹！舒儿还没成人！'你爹爹喊着'爹爹，爹爹'，离开了人世。"

张舒已泪流满面，抱着张宗海放声大哭起来。"黑土地，黑土地！黑土地是爹娘的命换来的！爷爷——你老人家走吧！孙儿在这里陪伴爹娘和黑土地！"

"孙儿啊！爷爷要你活着，爷爷在这里陪伴你的爹娘和黑土地！"

"宗海老哥干啥呢？咋都哭了？"

张宗海擦了擦眼泪："老偎——干啥去了？"

"咳！——要打仗了！不知死活，我给二升子娘的坟添些土！"

"老偎，坐一会儿吧！"

"宗海老哥，把大刀拿来干啥？"

"老偎——你想走吗？枪弹打完了，我用大刀哇！我带着大刀最后看看俺儿子和儿媳，与我的黑土地告别！"

"宗海老哥，我老偎也是最后给二升子娘上坟，我要死在黑土地上！陪伴二升子娘！宗海老哥，都怪我，那年我若不是染病，咋能让二升子娘上山拾柴。

"天黑了，就回家呗！偏要到地里看看庄稼被野猪拱了没，遇上了狼群，被狼掏得只剩下了一只手臂。若不是她手上的镯子，咋知道是二升子娘！

"哎！我王老偎命苦，大升子三岁时就死了！二升子娘让狼掏了！可算把二升子带大了！小鬼子又来搅和。他妈的小鬼子真不是人，存心不让咱们活！"

"老偎！不走了？"

"往哪儿走？与小鬼子死磕！就是死了！骨头也要扔在长白山里！"

张舒听爷爷与王老偎唠嗑，忽见刘三枪背着两只山鸡走了过来。"三枪爷爷，上山咋回来得这么早？"

"回家山鸡炖蘑菇，好好喝一壶！等小鬼子来送命！"

"三枪爷爷，给你分发了大洋，咋不走？"

"咋啦？收了大洋就得走吗？大洋买酒喝，再买两双结实鞋，与小鬼子在山里兜圈玩！哈哈！给他三枪我就跑！小鬼子别想逮着我。

"他妈的小鬼子，老子本想讨个老伴，老了享享福，天杀的小鬼子搅了老子的美梦！老子光棍一个，无牵无挂，走！往哪儿走？长白山是我的家，老子不要坟墓，死时坐在大树底下，让人看到我刘三枪死得尿性！"

"三枪，说准了！"张宗海瞅着他笑。

刘三枪笑道："王老偎！——你呢？"

"我咋啦？早说准了！哈哈！""哈哈！""哈哈！"三人哈哈大笑起来。

三

燕飞天白天忙完山寨的大事，晚上与熊天鹤、熊天彪商议全家老小的安排。老夫人面色凝重，端坐在太师椅上。熊天娇、栀子、菊儿坐在老夫人两旁。

燕飞天道："娘亲，奉天城内我已备好了房舍，条件、设施都很完好！娘亲带领全家老小近日动身吧！天鹤哥哥跟随娘亲前去，照料娘亲及全家老小。那里的安全娘亲尽管放心，有草儿、夏凡、徐克在那里，我再安排些其他人手，保管娘亲安稳无忧。

"山寨里我与天彪打理，只待小鬼子到来决一死战！山寨里的老小、妇女已疏散完。粮食、饮水都已备足。郎中、药品都已安置妥当，娘亲尽管放心吧！

"天鹤哥哥，娘亲与全家老小交付与你了！哥哥重任在身，千万照料好娘亲！家中外面的事情天鹤哥哥料理，家里面的事情天娇多多费心，全家老小的安全交与菊儿了！

"栀子妹妹，你要费心照料好几个孩子，不要出了差错！"

老夫人端坐太师椅上，闭目静听，她突然睁开双眼："天儿！全寨的老小、女人都要走！唯有娘亲不能走！全寨的儿郎死守山寨，娘亲要坐镇山寨，以鼓舞众儿郎士气！

"有老身坐在这里，儿郎们会有主心骨，老身不怕死，难道儿郎们怕死吗？娘亲要与山寨共存亡！我要眼见小鬼子在关东三寨尸横遍野，让日本人知道中国人不是奴隶，任凭他们宰杀！"

燕飞天扑通一声跪在了地上："娘亲万万不可，娘亲万万不可！孩儿宁愿粉身碎骨，也不能让娘亲涉险！"

一帮儿女都跪在了地上，熊天鹤道："飞天说得极有道理，娘亲不必涉险，全寨儿郎上下一心，众志成城！娘亲不必要留在这里，以免天儿与天彪分心！"

老夫人突然双眉倒立，铿锵道："我志已决！都不要多说了！明日你们都走吧！不要顾及娘亲！

"天鹤！——听好了！照看好我的孙孙们！"

"娘——"

"娘——"

"娘——"喊娘声一片。

熊天鹤双目流泪:"我陪娘亲留在这里,天娇你带领栀子、菊儿与孩儿们走吧!"

熊天娇两眼垂泪:"娘亲!我来陪娘亲吧!娇儿在你身边惯了!娘亲咋离得开娇儿呢?娘亲!让娇儿留下吧!"

菊儿看得出老夫人不走是抱有死志。心想:说啥我是不会走的,我不能离开燕哥哥!天娇姐姐有两个孩子,让姐姐带着我的淘淘一起走吧!我伴娘亲和燕哥哥。

"天娇姐姐!你们谁也不要说了!我志已决:姐姐!菊儿妹妹把淘淘交与姐姐了!你与栀子妹妹、大哥一起走吧!我来陪伴娘亲,照料娘亲和燕哥哥!"

老夫人怒道:"娘亲的话你们都不听了吗?都走!——都走!——我只要你们护住我的几个孙孙!"

熊天鹤泪涕交流:"娘亲——天鹤是长子,天鹤不能离开娘亲左右,娘亲既然不走,天鹤伴在娘亲身边吧!"

熊天娇泪流满面:"栀子妹妹拜托你了!你带几个孩子走吧!我在这里陪伴娘亲,我照料娘亲,让菊儿妹妹照料天哥和天彪!"

栀子两眼垂泪:"娘亲!让栀子如何是好?"

栀子对燕飞天泣道:"哥哥!娘亲最听你的话了!哥哥!咋办哪?"

燕飞天垂泪道:"娘亲,孩儿做主了!天彪!明早备车送娘亲和一家老小下山!"

四

日军石原大队在集结人马和火力配备。一个团皇协军已到达松潘县城,只等待五辆坦克车和五门山炮。

已是秋天,天高气爽,适合大部队行动。石原按照山口荷子提供的山寨要塞布防图制订了进攻方案。

燕飞天在他的指挥部里部署迎战方案。他对王璞道:"炸药的用法弟兄们都掌握了吗?"

王璞道:"按照师父传授的方法,弟兄们演练了好多遍,弟兄们胸有成竹。"

"王璞！五辆坦克，你至少要炸毁三辆，剩下两辆就好对付了！我到北平去，侯得礼哥哥好不容易帮我搞到这些炸药。我去南京，都迅先生教授我的爆破技术万无一失。让我带回来的炸药送小鬼子上西天吧！"

"天彪！你带领弟兄们制作的十几张大弩演练得咋样了？"

"天哥！弟兄们都高兴极了！手榴弹绑在弩箭头上，发射出去，像炮弹一样，弟兄们都跃跃欲试！"

"王璞！小鬼子的坦克进了山口你就先炸他们的坦克。炸药一定要埋设好，不要露出痕迹！"

"天彪！——你在另一侧趁乱发射弩弹，炸小鬼子的山炮。记住了！发射一轮后马上钻林子！找机会发射第二轮，只要小鬼子的坦克和山炮发挥不了作用，小鬼子就等着前来送死吧！"

"长生！阵地战是你的拿手戏，你调教的弟兄们都大有长进。狙击手都配备在你的前沿阵地，归你指挥！有问题吗？"

"燕大哥！我王长生跟随你学了很多的东西！弟兄们的士气足着呢！就等小鬼子来送命了！"

"张舒，李志！你二人不能离开天彪左右，以备急用。"

"师父！我们明白！"

"胜子兄弟！你的骑兵另有重用，你不要离开我的身边，随时听从我的调遣。"

"师父，我都要睡着了！我以为没有我的事儿呢！"

"没有你的事儿！等着小鬼子割脑袋吗？"

"师父！等着我割他们的脑袋吧！"

不见燕飞天疲倦，他双眼还是炯炯有神。

金姬发完最后一封电报，把发报机装在皮箱里，收拾好行囊，钻入后山的密林中。金姬快到山下时，突听王老倔问道："儿媳！到哪里去？"

金姬吃了一惊，她抬眼见王老倔怀中抱着猎枪坐在一棵大树下。

"公公——你咋在这里？"

"守株待兔！"

"公公——日本人要来了！你咋不跑？还打什么兔子？"

"我打完兔子还要打日本人！"

"公公——日本人不好惹！二升子也不回来，你跟我一起跑吧！"

"我跟你往哪儿跑？"

"嘻嘻！跟我过日子！"

"跟你过日子？把我送给日本人领赏吧！"

"公公——到了日本人那里，日本人也会奖赏你。你为我提供了那么多的情报，皇军大大的喜欢！"

"哦！我提供的情报有用吗？"

"皇军说大大的有用，皇军按照我们提供的情报制订了进攻计划。公公！跟我走吧！"

"金姬！到了日本人那里，我死定了！"

"为啥？"

"我提供的情报都是假的！你知道，我是猎人！我斗不过狐狸吗？"

"什么？你——你——"金姬掏出来手枪。

"老东西，去死吧！"

啪，一声枪响，金姬的手腕被击穿了！手枪掉在地上。

"金姬！——你以为我没回来吗？"

"二升子！你——你——你咋在这里？"

"你以为爹爹是孬种吗？你以为你的阴谋能得逞吗？爹爹与燕飞天早已布好了局，日本人来送死吧！"突然金姬又拔出一支手枪。

啪、啪两声枪响，王老倔的子弹射穿了金姬的胸膛，二升子的子弹射穿了金姬的脑袋。

五

"师父！——小鬼子的坦克已进了山口！"鄂二江跑进来报告。

"二江！传令！准备绝杀！"

"胜子！娘亲走了吗？"

"还是不走！"

"胜子！把娘亲抱上车！"

"师父！我——我——不敢！"

轰隆隆、轰隆隆，响起了炸药的爆炸声，枪声响成一片。小鬼子的三辆坦克车瘫在山路上。王璞高兴得喊叫起来。"弟兄们！——马上撤回，从后山上山。"

王璞带领一帮弟兄钻入密林中。

石原见三辆坦克被炸毁，气得暴跳如雷，他跳下战马吼道："坦克！——坦克！全速前进的干活！"剩下的两辆坦克加大了油门横冲直撞地在山路上前进。

还没等石原缓过神来，他的炮队里响起了爆炸声，几匹驮马倒在地上四腿抽搐。

石原大惊失色："马胡子有大炮？什么炮的干活？怎么没有开炮的声响？射击——！"机枪向密林中疯狂扫射，密林中的树叶在飞舞，树枝纷纷地折落。

石原想：不能在路上耽搁时间，要尽快赶到关东三寨，集中全部迫击炮炮火先轰击山寨，待山炮到达后，用重炮轰击。

他命令一小队日军掩护炮队前进，他要快速到达关东三寨。

石原吼叫："汽车的全速前进！——到了关东三寨，集中坦克和迫击炮的炮火轰击马胡子的山寨！"

六

燕飞天跑入后堂，见老夫人凝目不动，山上已响起了炮弹的爆炸声。老夫人喃喃道："来了，来了！小鬼子来了！"

她扫视了燕飞天一眼，喊道："天鹤！——天娇！——快带孩子们走！菊儿！——栀子！——咋不动？天儿！——你来做什么？快到前面去指挥儿郎们打小鬼子！快走——！"

轰隆、轰隆，外面又响起了爆炸声，老夫人怒道："天儿！——炮弹已落在头顶上了！还不快走！要扔下全寨的儿郎吗？"

燕飞天一咬牙："天鹤大哥！把娘亲抱上车下山！"燕飞天向阵地纵去。

老夫人一手抱起小蝌蚪，一手拉着小淘淘："天鹤！天娇都上车！"熊天娇把娟儿抱到车上，栀子把秀儿也抱到了车上。

菊儿从老夫人手中接过小蝌蚪："娘亲，菊儿扶你上车！"

老夫人道："菊儿！娘亲有几句话忘记告诉天儿了！等娘亲片刻，娘去去就回！"老夫人把一个小布包塞在菊儿怀里。老夫人快步向阵地走去。

山下炮声隆隆；山上阵阵爆炸声，山寨里硝烟弥漫，火光冲天四起。

熊天鹤、熊天娇见老夫人走向阵地，赶忙赶了过去，只听老夫人大声喊道：

"关东三寨的好儿郎！——奶奶在这里——不要怕小鬼子！——奶奶当年带领红灯照和义和团的弟兄们也杀过洋鬼子！我冯三姑曾一口气劈杀了六个洋鬼子！儿郎们！——不要给中国人丢脸——"

老夫人身旁落下了炸弹，老夫人迎着炮火前进。突然，两发炮弹落在老夫人身旁。熊天鹤和熊天娇扑在老夫人身上。

山寨上下，老少敬仰、爱戴的美妇人熊天娇倒在了血泊中；忠厚善良的老寨主熊天鹤已奄奄一息。

老夫人翻转身来，抱起熊天娇放声大哭起来："儿郎们！——你们看到了！日本人杀害了熊天娇！杀害了你们的寨主！儿郎们！——讨还血债！"老夫人抱着熊天娇的尸体向阵地前沿走去。

炮声中、火光中，老夫人抱着熊天娇的身体倒下了，这一切，都发生在一瞬间。

燕飞天大声呼喊："娘亲！——娘亲！——天娇！——天娇——！"燕飞天大滴泪水滚滚而下。

"胜子！把娘亲他们抬下去，下山找郎中救治！你的马队全数下山！日本人在后山设有骑兵埋伏，你下山必然要遭遇日本人的骑兵，你做好准备杀退日本人的马队，救治娘亲他们，护送走全家老小！"

小胜子眼含热泪："师父！胜子下山与日本人决战！娘亲他们都交与我好了！"

七

小胜子跑到老夫人面前，见老夫人双手紧紧地抱着熊天娇。老夫人口吐鲜血，双目紧闭，熊天娇已没有了气息。

小胜子热泪滚滚："天娇嫂嫂……天娇嫂嫂……娘亲……娘亲……待胜子给你们报仇！"他抱起老夫人，鄂二江抱起熊天娇，后面的弟兄抬着熊天鹤奔后山而去。

菊儿与栀子见老夫人与熊天鹤、熊天娇不回，正在焦急，见小胜子抱着老夫人，鄂二江抱着熊天娇，后面抬着熊天鹤，知道大事不好。菊儿把小蝌蚪递给了栀子跑向前去。

见老夫人口吐鲜血，已奄奄一息，熊天鹤满身是血，呼吸微弱，熊天娇已气息全无，菊儿不由得放声大哭起来。

她抱过老夫人，把嘴贴在老夫人耳旁大声呼唤："娘亲……娘亲……菊儿在这里！娘亲醒来！娘亲……"

老夫人微微睁开二目："菊儿……娘不行了……你天娇姐姐走了……"老夫人眼中流下两行浑浊的泪水。"菊儿……娘喜欢你不够……好孩子……把你天娇姐姐两个孩子抚养大……让他们好好做人……让娘亲九泉下欣慰……想娘亲时……打开布包……看看布包中娘亲留给你们的白发……蝌蚪还小……好好照料他……"老夫人头一歪，闭上了眼睛。

菊儿喊叫："栀子妹妹！——照料娘亲！"

菊儿抱起熊天娇，把脸贴在熊天娇脸上，眼泪哗哗地流淌在熊天娇脸上。

"姐姐……姐姐……好姐姐……菊儿若不为娘亲、姐姐、大哥报仇，誓不为人！姐姐放心！娟儿、蝌蚪，都是我的孩子！姐姐……姐姐……"

小胜子强忍住眼泪说道："菊儿嫂嫂！不要哭啼了！下山救治娘亲和大哥要紧，山下有伏兵，嫂嫂做好准备！"

只听菊儿怪吼一声，"常青妹妹！备我的雪龙驹！小鬼子纳命吧！"

"栀子妹妹！照看好孩子们！我与胜子杀出重围，下山救治娘亲与天鹤大哥！"

栀子已泣不成声，握着老夫人的双手呼叫，几个孩子坐在老夫人身边："奶奶……奶奶……"不停地啼哭。

小胜子两眼血红，抽出战刀："弟兄们！——拔刀！与日本人决战！"二百关东铁血儿郎抽出了战刀。二百铁血儿郎高举战刀大呼："决战！决战！与日本人决战！"

小胜子与菊儿带领二百铁骑下了鹰不落后山。

山寨阵地里的鹰不落众儿郎见老夫人抱着熊天娇的尸体倒在炮火中，哭声一片——有喊奶奶的，有喊婶婶、姑姑的，有喊嫂嫂、姐姐的。

王长生两眼流泪，大吼："弟兄们！——怕日本人吗？怕日本人的坦克、大炮吗？老夫人与姐姐为我们做出了榜样！弟兄们！——与小鬼子拼命决战！"

阵地上呼声一片："决战！决战！与日本人决战！为老夫人和熊天娇报仇！为老寨主报仇！报仇！"鹰不落三寨众儿郎同仇敌忾，筑起了血肉长城。

石原在望远镜里看到老夫人抱着熊天娇倒在炮火中。他愕然地摇了摇头："老太太……抱着一个女人……在炮火中前进……荷子小姐，你听，山上有哭声！他们怕了吗？"

"石原君——山上是哀兵！《老子》曰：哀兵必胜！"

"荷子小姐，不要说哀兵必胜，待我的五门山炮到了！我要削平整个山头，就没有哀兵了！荷子小姐，你的'山猫'怎么还不到？我在等待她引导进攻路线！"

"再等一会儿吧！密林、山路很难行走。"

熊天彪带领二十多个弟兄，第一轮攻击日军的炮队，炸死了日军的几匹驮马。石原命令一小队日军和一个排伪军推着炮车掩护炮队前进。伪军推着炮车行进缓慢，熊天彪找好机会又是一轮攻击，日军的炮队又倒下几匹驮马。日伪军疯狂地向山上密林中扫射，可见不到人影，日伪军无奈，只得缓慢地前行。

熊天彪几轮攻击后，日军已没有了驮马，伪军只得推着炮车前行。熊天彪还在不停地攻击，日伪军已被炸死了十几人。日伪军不敢抛下炮队追击熊天彪，只能提心吊胆地行进。

石原几次派人前来催促，可是毫无办法。石原见炮队迟迟不到，山口荷子的密探"山猫"也没有影踪，他决定进行攻击。

八

石原开始布置进攻方案，他把伪军团长迟鹏和三个营长、三个中队长都召集在一起，石原道："我们不能再等待炮队了！我们的内线已失去了联络，我决定对关东三寨发起攻击！

"迟团长，你带领两个营配合皇军两个中队分别攻打熊罴山和卧虎山。你们一个营皇协军配合一个中队皇军还拿不下一个山头吗？我给你们每个中队配备一辆坦克，天黑前必须拿下两个山头！迟团长！你的明白？"

"太君，属下明白！愿意为皇军效劳！"

"郭营长！你的营留下，配合龟田中队继续炮击鹰不落老寨，待拿下熊罴山、卧虎山，我们合力攻打鹰不落老寨！你们的明白？"

"明白！"

"明白！"

"明白！"

石原严厉地扫视他们一眼："行动吧！"

两路日伪军扑向熊罴山、卧虎山。

燕飞天见日伪军开始行动了，命令把两只信鸽放飞给驻守熊罴山的罗志焕和驻守卧虎山的杨二木。杨二木与罗志焕自从那次与熊天罴相遇，熊天罴救了罗志焕，杨二木深觉惭愧，他把罗志焕的伤养好后，二人合兵一处与小鬼子打了几仗，后因寡不敌众，一起投奔了关东三寨。

燕飞天委他二人以重任，罗志焕驻守熊罴山，杨二木驻守卧虎山。

罗志焕与杨二木接到燕飞天放来的信鸽，按照燕飞天信中的谋略做好了迎战准备。

张宗海、刘三枪、王老倔、二升子见小鬼子已进山了，谁也没走，坐在老林子里抽烟。忽听山下炮声响，见山寨里冒起火光，又听山下炮声隆隆，无数发炮弹落在山寨里。山寨里火光冲天，忽听老夫人在山上呼喊，鼓励山寨儿郎。

张宗海听老夫人说她是当年红灯照大师兄冯三姑，他妈呀一声站起身来，想起当年她……

义和团失败后，那天晚上，清廷的鹰犬把张宗海堵在一破庙里。他已身负重伤，无力再战。几个大汉举刀刚要剁下，只听几声破风响，几个大汉倒在了地上，一蒙面人背起他蹿出门外，消失在夜幕中。

张宗海醒来时，见一个老大娘端着稀饭在喂他，老大娘说：“什么也不要问，养好伤下关东吧！这里已容不下你了！”老大娘再什么也不说了。

张宗海养好伤要走了！他问老大娘是谁救了他，老大娘咋样也不肯说。

张宗海说道：“大娘！你不说，我就不走了！宁愿死在清廷刀下。”老大娘见张宗海执意不走，说道：“孩子！大娘不是不想告诉你，红灯照大师兄冯三姑救了你，清廷在追捕、缉拿冯三姑，冯三姑已下了关东。冯三姑怕连累他人，已隐姓埋名。”

张宗海到了关东山，到处查访他的救命恩人冯三姑，可大海捞针一样……

咋知老夫人就是冯三姑：“三姑！三姑——我张宗海到今天才寻找到你！可我无法与你说上一句话了！”

炮弹爆炸声中，他见老夫人抱着熊天娇倒在了山梁上。他知道，冯三姑为关东山的黑土地流尽最后一滴血。

“三姑！待宗海与老姐姐报仇！”

惊异，都惊异了！二升子张着嘴：“我也听老人讲过红灯照大师兄冯三姑连劈六洋兵的故事!"

突然,熊罴山与卧虎山上响起了枪声。

张宗海猛然提起老枪:"小鬼子!——纳命来吧……"他疯了一样向熊罴山跑去。

刘三枪、王老倔、二升子紧跟其后。"干啥?与我张宗海一起去死吗?"

刘三枪红着眼睛说道:"老张头!——我们傻呀?死了咋打小鬼子?这长白山就是小鬼子的坟墓!走!——给冯三姑、熊天娇、大寨主报仇!"

王老倔在地上抓起一把黑土抹在脸上:"我们是土地神!我们要索命!"

每人抓起一把黑土抹在了脸上:"我们要索命!绝杀!——索命……"

他们像猎豹,像猛虎,瞪着复仇的双眼,扑向熊罴山和卧虎山。

九

小胜子与菊儿带领二百铁骑下了鹰不落后山,栀子把老夫人抱在腿上,不停地呼唤老夫人。"娘亲……娘亲……栀子好怕!娘亲……娘亲……栀子要娘亲活过来!"

菊儿骑在马上不时地看着奄奄一息的老夫人、熊天鹤。熊天鹤突然睁开双眼。"娘亲……娘亲……娘亲……"

菊儿见了!下马坐在熊天鹤身旁。"大哥!你可醒过来了!菊儿与胜子送你与娘亲去疗伤。"

"菊儿……哥哥不行了……做大哥的没有尽到责任……让娘亲身受重伤……哥哥早些把娘亲拖上车……娘亲不会……

"菊儿……哥哥有一事相托……"熊天鹤的手颤抖着从怀中掏出一块鸡血石的半成品吊坠。"菊儿……致远娘生下致远时难产……大山里缺医少药……致远娘不治身亡……哥哥再没有续弦……致远十岁时……深山里哥哥救了一个北平老客……后来我们订下娃娃亲……"

熊天鹤喘了一口气,又断断续续地说道:"夏桐十六岁时嫁与了我家致远,次年夏桐生了孙儿灵芝。致远那时在北平读书,后来参加了孙中山先生的同盟会,再无音信。

"灵芝上四岁时,夏桐为了灵芝前程,带灵芝到北平外公家接受教育,灵芝从没见过父亲！哥哥为了灵芝将来与他爹爹相认，打制了一对鸡血石吊坠。是为将来他们父女相认。

"夏桐带着灵芝走得急促，哥哥只打制成一个吊坠，另一个半成品在我的手中。灵芝走时，哥哥给灵芝看过这个吊坠的半成品，哥哥想灵芝现在还会记得。这些年乱世之中，一直没有灵芝消息，灵芝一小在我身边长大，哥哥一直想念我的孙儿。

"哥哥知道自己不行了！哥哥把这鸡血石吊坠的半成品交付与你，你有机会找到灵芝，告诉她，爷爷、祖奶奶都死在了日本人手里！你若有机会见到致远，把这鸡血石交与他，让他们父女相认。菊儿——哥哥要随娘亲去了……"

熊天鹤伸手想抚摸老夫人的手，嘴中喊着："娘亲……娘亲……娘亲……"他的手不动了，瞪着两只圆圆的大眼睛望着蔚蓝的天空。

菊儿没有哭，她看着父亲一样的熊天鹤静静地躺在老夫人身旁。她像女儿一样轻轻抚合上熊天鹤圆睁的二目，撕下一块包布盖在了熊天鹤脸上。她像生怕吓醒了熟睡中的父亲一样，柔声道："栀子妹妹——不要让苍蝇落在哥哥脸上！抱好姐姐的小蝌蚪！不要让脏东西落在娘亲、哥哥、姐姐身上！"

"常青妹妹——打些清水来！我给娘亲、哥哥、姐姐擦擦脸！"

"淘淘！娟儿！秀儿！你们都不要哭！不要吵醒了奶奶、妈妈和大伯！"菊儿从内衣上扯下一块白布系在头上，跨上了战马。"栀子妹妹！娘亲与孩子们交与你了！"

栀子突然站起身来，把小蝌蚪塞在常青怀里："不！——我要报仇！——我会杀人！——嫂嫂！我杀人的本事不比你差！我要杀……我要杀……"

栀子疯了一样想纵到菊儿身旁拔出她身上的盒子枪。她刚一纵起，一头摔在地上。

菊儿喊道："胜子！快派几个弟兄过来，守护好马车！"

菊儿把栀子抱到车上："妹妹——有胜子弟兄、嫂嫂和这么多好弟兄！你好好休息吧！孩子们全靠你了！"

栀子的眼泪像决了堤的洪水滚滚而下："娘亲……姐姐……大哥……"

小胜子跑了过来："嫂嫂！马上到日伪军的伏击点了！我派十个弟兄守护在这里，杀退了伏兵再走！"

十

菊儿来到二百儿郎面前，只见个个头上系着白布，菊儿热泪涌流。"弟兄们！——今天菊儿姐姐带领你们做阎王！看谁的刀快！看谁的枪狠！两个字！绝杀！"

"绝杀！"

"绝杀！"

"绝杀！"

"绝杀！"吼声一片。

"小胜子！派十几个兄弟把小鬼子的马队引出来，你我各带一百个兄弟，三挺机枪，待小鬼子的马队被引出后，我们分左右两侧包抄他们，要狠！要快！坚决全歼他们！"

菊儿与小胜子分带的马队卧伏在山坡树丛中。鄂二江带领二十几个兄弟分左右在山坡两旁向前摸去。一小队日军骑兵和一百多名伪军骑兵，石原根据"山猫"提供的情报，部署在鹰不落后山的山谷中准备截击从关东三寨退下的人马。

石原咋知，燕飞天根据常跛的情报，要用小胜子的二百铁骑全歼他的马队。

日军骑兵小队长五木征融带领他的日伪军马队在鹰不落后山已埋伏多时，他听前山上爆炸声不停，又听熊罴山与卧虎山枪声集密，五木做好了厮杀准备。

为了引诱日军的骑兵出击，鄂二江带领弟兄们坐在路边石头上抽起烟来。

五木见有人下了山，心中暗自高兴：马胡子已溃退，先把这二十几个马胡子消灭了，再截击大批溃败的马胡子！

五木拔出来马刀，他命令三十个日本骑兵和三十个伪军上前消灭那二十几个义勇军骑兵。他挥起指挥刀："呀机给——"日军骑兵挥动马刀向鄂二江的二十多人扑去。

鄂二江见敌人的骑兵出来了，喊声："弟兄们！——撤！"二十几人跨上马背磨身就跑。五六十个日伪军在后面紧追不舍。日伪军见他们不还击自顾逃命，放心大胆地追杀下去。

日军骑兵刚追过一个小山包，突然山坡上冲下一百多个头缠白布的骑兵，个个两眼血红，圆睁二目，挥舞着马刀，一片喊杀声，狂奔而至。

日军骑兵一时蒙怔了！知道中了埋伏，打马磨身想撤退，可已晚了，山坡上又冲下一百多个骑兵堵住了他们的后路。

菊儿高喊："弟兄们！——绝杀！一个不留！"她双手甩起二十响盒子枪，日伪军的脑袋一个个地开了花。二百铁骑把五六十个日伪军围在了当中，只见马刀飞舞，血肉横飞，喊杀声震天，五六十个日伪军片刻工夫死伤一半。

五六个日军骑兵冲出包围欲跑回去报信，小胜子与鄂二江端起机枪一阵狂射，那几个日本兵都坠落马下。

五木听前面响起枪声和喊杀声，知道他的骑兵队与马胡子接上了火。他傲慢地看着眼前的一百多个骑兵："二十多个马胡子死了死了的！你们准备劈杀更多的马胡子的干活！"他兴冲冲地等待捷报。

突然一片黑压压的战马转过山包，旋风般狂奔过来，马背上不见有人。五木奇怪——我的骑兵俘虏了这么多的战马？"厉害，皇军骑士大大的厉害！"

他正扬扬得意，这片奔腾的战马已快到了眼前，他见战马下喷射出火舌。

他的马队毫无防备，瞬间十几个人滚落马下。五木见战马下钻出头缠白布的关东大汉，手挥长刀狂奔而过。

五木正不知所以，又一队骑兵狂奔而至。个个头缠白布，挥舞着耀眼的马刀，口中大呼："绝杀！——绝杀！——绝杀——！"马蹄声嗒嗒，铁流不可阻挡，一百多名怀着满腔仇恨的铁血儿郎狂舞着马刀，向一百多个日伪军冲杀过来。

五木知道，他的三十个骑兵和伪军阵亡了！他一咬牙挥起指挥刀："呀机给——！"一百多个日军骑兵挥舞马刀迎了上去。

突然他们背后传来马蹄声，先前冲过去的那批马队折了回来。

小胜子在马上哈哈大笑："小鬼子！——一个也别想逃！关门打狗！弟兄们！绝杀——！"

"绝杀——！"

"绝杀——！"

"绝杀——！"

战马嘶鸣，二百鹰不落铁血儿郎在怒吼。阳光下，马刀闪着光晕飞舞，秋风中飘着血腥味，惨叫声不绝于耳。

"奶奶！——我又劈杀一个！"

"姑姑！——我又劈杀一个！"

"婶婶！——我又劈杀一个！"

"嫂嫂！——我又劈杀一个！"

"姐姐！——我又劈杀一个！"

"绝杀！——报仇——！"

"绝杀！——报仇——！"

"绝杀！——报仇——！"

二百鹰不落儿郎铁骑，个个如疯虎、狂豹，劈杀！劈杀！劈杀！

菊儿把双枪插在腰间，抽出她从不动用的长剑，她擎着长剑对天大呼："娘亲！——天鹤哥哥！——天娇姐姐！——我菊儿手刃倭鬼！为你们祭灵！"菊儿身骑雪龙驹，冲入战阵中，她的红披风在战阵中飘动，她的长剑道道血光飞泻。

日伪军见了她，个个胆战心惊，菊儿与小胜子带领二百铁血骑兵都变成了阎王。日伪军骑兵纷纷滚落马下，十个，二十个，三十个，四十个……

有的丢下战马，想攀山越崖，啪地滚落了下来。有人盯着山谷两旁的山坡，可这块狭长的谷地是日伪军骑兵的天然坟墓。这里没有缴枪不杀！这里没有俘虏！这里只有绝杀！满怀仇恨地绝杀。

五木征融在来到东北大地几年里，带领他的马队南征北战，不知砍下了多少义勇军战士的头颅。他没有遇到过真正的对手，他狂妄，他傲慢，他瞧不起中国马队，他瞧不起中国军人！

他想不到，他想不通——寂静的大山里咋会有世界一流战斗力的钢铁骑军！他们的指挥官难道是苏联伏龙芝军事学院骑兵科的高才生？

他战栗了，他知道今天要为天皇陛下献出最后一滴血。他看着满地的残肢断臂："勇士们！——感谢你们以往为我争得的荣誉！大日本皇军的军刀永远锋利！我代表你们做最后的决斗！"

菊儿策马跃到五木面前："小鬼子！你们日本人的武士道很精神吗？我们对决吧！"

"花姑娘！你的刀法大大的厉害！你杀死了大日本皇军多多的勇士！我死在你的剑下大大的荣幸！天皇陛下万岁——！"五木征融瞪着血红的双眼，抢起战刀。

菊儿冷笑一声："让你的阴魂转告你的天皇陛下，中国人有长剑、长城！"菊儿手一挥，五木的人头滚落在地上。"弟兄们！——捡起来！给俺娘亲、哥哥、姐姐祭灵！"

青石谷这一战，一百五十多个日伪军无一活口，日军攻破关东三寨后，石原也不知他的一百五十多人的马队是如何被歼灭的。

十一

一个中队日军和一个营伪军冲到熊罴山下开始炮击，他们放了一阵迫击炮，见山上没有动静，开始攻山。

日伪军到了半山腰，山上还是没有动静，日伪军觉得奇怪，怕中埋伏，不敢贸然前进。待了一会儿，日军中队长见山上还是没有动静，他让伪军在前面开路攻山。伪军走在前面，日军随后二十米远谨慎前进。

伪军快到了山顶，一个人影也不见，没人还击，怎么？都吓跑了吗？伪军正在狐疑，轰隆一声巨响，伪军身后一道火光，山林燃起熊熊大火，把日军和伪军分隔开。

突然枪声骤响，密集的子弹射向伪军，伪军措手不及，无处躲藏，他们想退到山林中，又被大火隔住，只有挨打。山腰上，一个中队的日军已被大火包围了。

大火中，獐狍野鹿往外逃窜，几只野猪在日军中横冲直撞，日本兵拼命地往外逃窜。林密、火大，有的日本兵被烧死在密林中，有的日本兵带伤往外逃窜，可他们刚跑到无火处，啪，枪声响了。

一个中队的日军损失惨重退到山下，一个营的伪军在山顶上死死地挨打，所剩无几逃下山去。

罗志焕大呼："燕飞天神仙也！果然锦囊妙计！"

日伪军刚退到山下，还惊魂未定，山下的树林中又响起了枪声。枪声并不杂乱，枪声疏稀。只要听到枪响，就有日伪军倒下。

狙杀！是狙击手在狙杀，日伪军乱作一团，只得向石原部靠拢。

另一路日伪军到了卧虎山下，见这卧虎山与那两个山头不一样，山顶似一只老虎卧在那里，虎头下是一个大山洞。虎头上满山光秃秃的青石，山上林木稀少，没有隐蔽之处。

上山的路径陡峭，后山是悬崖峭壁，无路可行，是个易守难攻的险要之处。

日军中队长对伪军营长说道："我的！机枪、小炮，封锁洞口，让马胡子不能展开火力，你的部队前行攻山，我们大日本皇军掩护你的干活！"

"太君！我的人胆子都小，皇军与我们一起前进的干活！"

"军人的不是！胆小鬼！皇军与你们一起前进的干活！"

"哈依！太君！我马上行动。"

日军架起迫击炮开始向山顶下的洞口轰炸。炮弹准确地落在洞口旁，山洞里没有任何的反应。日伪军开始登山，突然山上的阵地里响起了枪声，日军的迫击炮又对准了山上的阵地。

一阵炮击后，山上阵地里的枪声停止了，日军中队长撇了撇嘴："炮弹的厉害！炮弹大大的厉害！马胡子统统的炸死了！"

他挥起指挥刀："呀机给——！"日伪军开始向山上冲锋。日伪军在陡峭的山路上攀登，个个气喘如牛。

突然轰隆一声炸响，山上的碎石雨点般飞泻下来，日伪军被碎石砸得死伤一片。杨二木站在山顶上看着山下哭爹喊娘的日伪军，乐得拍手喊叫："小鬼子！——上来呀！这满山的石头都是炸弹！老子只要在石头上抠个洞，装填上炸药，比你们的东洋炮弹厉害多了！不信就上来试试看！"

日伪军看着眼前光秃秃的卧虎山，身上直冒凉气，不敢再贸然进攻，坐在山下一筹莫展，突然附近的几块巨石连连爆响，像重磅炮弹在爆炸，漫天的石块横飞，日伪军又是死伤一片。

日伪军如惊弓之鸟，见了大石就跑，生怕大石爆炸。

狙击手的枪声又响了，不时有日伪军倒下。关东三寨充满了恐怖，处处暗藏杀机。日伪军不敢在卧虎山下停留，只好向石原部靠拢。

杨二木在山上见日伪军撤走了，哈哈大笑："我杨二木没伤一兵一卒，就凭这满山的石头炸得小鬼子魂飞胆破！

"燕飞天，燕飞天！真是孙膑再世！孔明重生。"

燕飞天知道杨二木是行伍出身，他与他的弟兄们摆弄炸药都内行。燕飞天告诉他们，就像开矿采石一样，炸得小鬼子血肉横飞，绝妙！真是绝妙！

燕飞天不知道的是，几个长白山老猎人像游魂一样紧紧地贴在日本人身边索命。

天黑了！日伪军的两路人马都撤到了鹰不落山下。石原一整天只用小钢炮炮击山寨，没有进行枪战，炮声停下后，山寨里死一样的寂静。

石原的山炮队天黑了才到鹰不落山下。驮马一个也没有了，炮手也有伤亡，一小队的日本兵和一个排的伪军疲惫不堪。石原瞅着他的五门山炮：明天削平三寨的山头，关东三寨的马胡子，统统死了死了的干活！燕飞天！看你怎样应付大日本皇军的大炮。

他得意地哈哈大笑起来，忘记了今天的损兵折将。

第九章　浴血鹰不落

一

熊天彪带领弟兄们与石原的山炮队周旋了一整天，把石原的山炮队拖得艰难前行。熊天彪见天色黑了，带领弟兄们回到了山寨。熊天彪进了大厅，见众人头上都缠着白布，惊问道："天哥！——这是咋啦？为谁戴孝？"

燕飞天泪流滚滚，抱住熊天彪放声大哭起来："娘亲……大哥……天娇……"熊天彪立刻就明白了，他两眼一翻，一口气上不来倒在地上。

燕飞天赶忙点住熊天彪的人中穴，熊天彪喉中咕噜一声，号啕大哭起来。"娘亲……娘亲哪！大哥……大哥……天娇姐姐……天娇姐姐……姐姐……"

小胜子哭道："二哥！我与菊儿嫂嫂已宰杀了石原的一百五十人的马队，为娘亲、大哥、姐姐报了大仇！"

"不够！——不够！——一千五百个也不够！"

"天哥！娘他们在哪里？"

燕飞天道："菊儿与小胜子兄弟暂把娘他们安置在青石谷附近，待你我选中墓地为娘亲他们安葬。"

"天哥！我俩马上下山！"

"天彪！你自己先去吧！我要去办一件大事儿，鸡叫前，我赶到青石谷。"燕飞天又说道："小鬼子白天在熊罴山和卧虎山吃了大亏，他们损失惨重，明天他们会集中力量全力攻打鹰不落山寨。今天夜里可高枕无忧，明日将有场血战！

"天彪，鸡叫前做好安葬娘亲他们的准备，我准时到，安葬完娘亲他们，天亮前我们一定要赶回山寨！"

熊天彪与小胜子匆匆下了山去。燕飞天夜里自己下了鹰不落山寨。

鸡叫前，燕飞天赶到了青石谷，燕飞天与熊天彪安葬完老夫人、熊天鹤、熊天娇。安排了二十个弟兄化装成贩夫与菊儿、栀子护送孩子奔赴了奉天城。

燕飞天与熊天彪、小胜子，天亮前赶回了鹰不落山寨。

天已放亮，石原拿着望远镜向鹰不落山上观望："荷子小姐，山上的马胡子昨天休息了一天，现在还在睡觉吗？怎么一个人影也见不到？"

"你的山炮已到位了，他们怕你的山炮吧！不敢露面。"

"哟西！哟西！今天不是昨天，我要书写今天的战史！荷子小姐，准备捉拿燕飞天吧！"

"石原君，但愿如此！"

石原看了看腕上手表："久田上尉，准备好了吗？十分钟后开始炮击山寨！"

"哈依！大佐，十分钟后准时发射！"

十分钟后，石原又看了看腕上的手表："时间到，开炮——！"久田上尉落下了令旗，几个胆小的伪军捂上了耳朵。

炮手填弹击发，五门山炮一门也没响，石原惊异了："久田上尉，巴嘎！大炮为何不响？"

啪啪，久田脸上挨了两记耳光。久田与炮手马上检查炮弹，炮弹没有问题。炮手又检查大炮重要部位。

"大佐！——大炮的撞针不见了！"

石原的脑袋嗡的一声："猪！你们统统猪的干活！大炮的撞针哪儿去了？赶快给我找！赶快给我找到！"

山口荷子冷冷道："你让他们到哪里去找？只有燕飞天知道在哪里！"

"哨兵！昨晚的哨兵死了死了的！枪毙的干活！"石原大口喘着粗气，"我的大炮！我的大炮！——燕飞天——死了死了的有——！"

"石原君，燕飞天不能死！我的任务是从燕飞天身上拿到碧玉蟾！"

"坦克，坦克！坦克的干活！"石原命令两辆坦克配合迫击炮轰炸鹰不落山寨。鹰不落山寨里不见人迹，只有抗日义勇军大旗猎猎迎风飘扬。

石原看着山寨里的硝烟和火光，他对身边的龟田、郭麻子说道："你们昨天晒了一天的太阳，今天进攻主力的干活！"

"哈依！"

"哈依！"龟田挥起了指挥刀："呀机给——！"郭麻子拔出来盒子枪，日伪军开始向鹰不落山寨冲锋。日军的两辆坦克在射击跟进。

日伪军刚冲到山下树林中，突然脚下响起爆炸声。日伪军脚下响声一片，只见日伪军血肉横飞，倒下十几个人。

郭麻子跑到龟田面前："太君！什么炸弹的干活？地雷的干活？"

龟田摇了摇头："我的也不明白！我的，没见过这样的炸弹！谨慎前进！"

日伪军胆战心惊，小心翼翼地搜索前进。他们刚走出几十米远，脚下又响起爆炸声，日伪军又倒下了十几个人。

突然一阵枪声，子弹雨点般射来，日伪军又倒下了十几个人。日伪军开始疯狂地向林中扫射，没有人还击，不见一个人影。

石原在望远镜中见攻山部队受阻，大声吼叫："坦克！——前面开路的干活！坦克！——前面开路的干活！"

日军的两辆坦克冲在前面，日伪军跟在坦克后面向山上冲锋。可坦克车不能钻密林，它要在宽敞的地方前进，这样坦克后面的日伪军没有了掩护，暴露在密林中支支枪口下。

突听密林中弩声响，十几颗弩弹落在日伪军中，爆炸声四起。密林中的机枪疯狂地扫射，狙击手大显身手，日伪军纷纷倒下。

日军的两辆坦克只能盲目地开炮，日伪军乱作一团，架起机枪向四周密林中疯狂地扫射。

石原见龟田与郭麻子进攻受阻，命令山本中队和一个营伪军增援。山本中队和一个营伪军刚冲到山下，两侧树林中甩出手榴弹，手榴弹的爆炸声中，枪声骤响。

罗志焕与杨二木一左一右对日伪军开始攻击，枪声、手榴弹爆炸声不绝于耳，惨叫声，喊杀声连成一片。

山本中队与一个营伪军被牵制在山脚下。杨二木手下的弟兄大多都是老兵痞，枪法极准，又擅打阵地战，日伪军被压制在山脚下。

罗志焕的弟兄，都是山林里钻大的，个个灵活矫健，山本中队与一个营的伪军拿他们无可奈何。

石原见山本中队与伪军被钳制住，对伪团长迟鹏道："迟团长！你的，带领一个营，配合宫崎中队，消灭山本中队两侧的马胡子！你功劳大大的！迟团长！祝你马到成功！"

迟鹏与宫崎率队刚出发，突听马蹄声骤响，见山坳里冲杀出一支骑兵，直奔石原的指挥部而来。石原大惊失色："迟团长！宫崎中队！阻击！快快地阻击干活！"

宫崎中队与迟鹏马上组织阻击，日伪军架起机枪，马队并没有攻击，撤退了。

石原不敢再让宫崎中队与迟鹏伪军增援山本中队。石原望着山上双方在交火，一筹莫展。

这时半山腰的日军坦克对准山上的阵地开始平射，炮弹在阵地上不时地爆炸。

燕飞天喊道："天彪！——干掉它！"

"天哥！——没有炸药了！"

燕飞天大喊："谁的手中有射程远的老枪？"

张舒答道："我爷爷手中用的是老枪！"

"你爷爷已走了！到哪儿找老枪？"

"爷爷没走，在山下！我知道在哪儿！"

"张舒！快把爷爷请上山来！快！"张舒磨身跑下山去，不到半个时辰，张宗海随张舒来到燕飞天面前。"老人家！有铅弹子吗？"

张宗海答道："转了一辈子山林的人，没有那东西能行吗？贤侄，有何用处？"

"老人家！铅弹子打入坦克的炮膛里，贴在炮膛上，只要一开炮，炮膛就爆炸！老人家，有把握打进去吗？"

张宗海眯缝着双眼："我老张头这次可派上大用场了！飞天贤侄，说打他的眼睛，不打他的鼻子，想打哪儿，就打哪儿！"

"天彪！两挺机枪掩护老人家，要万无一失！"

张舒抱起一挺机枪："我陪爷爷去！"

熊天彪道："我和你一起陪爷爷去！"熊天彪抱起了机枪。

日军的两辆坦克还在平射轰炸，机枪疯狂地向阵地上扫射。张宗海随熊天彪来到一隐蔽处，熊天彪与张舒架起了机枪，几个点射，压制住日伪军的机枪火力。

张宗海看着冒着白烟的坦克炮口，稳稳地端起老枪。

啪，铅弹子钻进了坦克炮口。张宗海随熊天彪又转移到另一个位置，稳稳地端起老枪。

啪，一颗铅弹子钻入了坦克炮口。轰隆、轰隆两声响，日军坦克的炮膛爆炸了！坦克手当时毙命。山寨阵地里一片欢腾。

熊天彪热泪盈眶："老人家！我们能少死很多弟兄啊！"

张宗海笑道："我还得下山！与那老哥儿几个一起打兔子！"

熊天彪叹道："山下的狙击手是你们！你们都没走？在日伪军身边索命！黑土地上的关东魂！"

石原眼见两辆坦克的炮管从中间炸开了，他不明白，鹰不落山寨用的是什么武器！他的五辆坦克都报废了！

山口荷子面无表情："燕飞天，我们明天定输赢吧！"

"石原君——让我们大日本帝国的精英就这样送死吗？他们也是血肉之躯，撤退吧！明日会有转机。"

"不！——就这样撤退吗？我的五辆坦克战车转战过哈尔滨！越过松江桥，我却把它扔在了深山里，这是我的耻辱！"

"石原君！你又能怎样？这是战争，不是赌气！你自己冲上去吧！以示大日本皇军的勇气！"

"撤退！统统撤退的干活！"啪、啪，他在自己的嘴巴上狠狠抽了两下。

二

日伪军退下了山去，燕飞天吩咐打扫阵地，把战死的弟兄就地掩埋，为受伤的弟兄包扎疗伤。各路人马的首领集聚在大厅里，王长生看着燕飞天："燕大哥！你没当过兵，咋知道手榴弹的用法？"

燕飞天笑道："这大山里，猎人到冬季时常到山上设套，套些野兔、山鸡、獾子什么的，这些小动物只要碰了绳线，不是被套住，就是被夹住。把手榴弹的拉火索绑在树丛中，用树叶子盖上，脚一蹚，不就响了吗？"

杨二木笑问道："燕大哥！你做过石匠吗？你咋会用炸药开石？"

燕飞天哈哈大笑："我可没做过石匠！爆炸这玩意儿是别人教我的！还真派上用场了！"

罗志焕恭恭敬敬地说道："燕大哥！昨天的那场火攻真是妙极了！我的弟兄没有一个伤亡，小鬼子倒死了好几十个，燕大哥，你真是孙膑重生，孔明再世！"

燕飞天意味深长地说道："我华夏大地上下几千年，留下太多的好东西，要用祖宗的好东西保护我们的好东西！"

日伪军进山的第三天早上，天刚蒙蒙亮，山口荷子走进石原的指挥所。石原一夜未曾合眼，见荷子走了进来："荷子小姐，这么早就来到指挥所，有要事吗？"

"石原君，今日做何打算？想撤离这里吗？"

"荷子小姐，我已无能为力，司令部会给我增援吗？"

"一个大队的皇军，一个团的皇协军，攻打不下马胡子的一个山寨，准备回去剖腹向天皇陛下谢罪吗？"

"荷子小姐，坦克没有了，大炮打不响了，损失了那么多的皇军勇士和皇协军！让我怎么办？我只有向天皇陛下谢罪了！"

"我们的坦克报废了，我们的大炮打不响了！马胡子认为我们没有了重武器。马胡子认为我们没有了战斗力，他们已不加防范，正在睡大觉！炮击，炮击！炸平山寨！把马胡子统统的杀光！"

"荷子小姐，做梦吧！我们用什么炸平山寨？用嘴吗？"

"付冰！东西拿上来！"付冰打开一个木箱："太君，山炮的撞针在这里，我从奉天造兵所刚刚抵达！"

石原眼睛一亮，欣喜若狂："荷子小姐！你的，大大的厉害！石原大大的感谢，大大的感谢！"

"哈哈！马胡子在睡大觉，哟西！哟西！今天我要重写战史！"

连续激战了两天，黎明前的山寨里义勇军战士睡得正香，突然间地动山摇，日军五门山炮的炮弹急剧地落在山寨里。

炮声隆隆，震耳欲聋，山寨里血肉横飞，义勇军战士睡梦中被惊醒，胡乱地穿起衣服抓枪就往外跑，有的顾不了拿枪跑到了外面。

山口荷子望着满山的炮火和浓浓的黑烟，心中默念："栀子姐姐，你在山上吗？栀子姐姐，愿你平安！栀子姐姐，荷子无奈……"

突然的爆炸声，燕飞天惊异了——大炮的撞针我拿走了！他们哪儿来的撞针呢？哎呀！日本人在奉天有造兵所，用汽车很快就送来了。

燕飞天知道，血战在所难免，这可是生死关头了！燕飞天跑出门外，见熊天彪、王长生带领弟兄们正进入阵地。王长生大喊："弟兄们！——小鬼子炮击后才能攻山，大家做好隐蔽！"

熊天彪喊道："前沿阵地都听从王长生指挥！谁也不可擅自行动！"

燕飞天喊过来小胜子："胜子！带着你的马队下后山，护住后山退路，要快！抢在小鬼子前面，占领制高点！把杨二木的人马也带上！"

这时，杨二木已跑了过来："燕大哥！我的战斗位置？"

"二木兄弟！事关重大，带领你的弟兄与小胜子扼守住后山路口，不能让小鬼子掐断我们的退路！你是正规军人，打过阻击战！明白吗？"

"燕大哥！我杨二木誓死效命！"杨二木大声喊叫："弟兄们！——跟我到后山！"

燕飞天跑到熊天彪跟前："天彪！不能在阵地上挺着挨打！让弟兄们都撤到林子里，小鬼子只要钻上山，用手榴弹伺候他们！"

"长生！按照你事先演练那样，仨人一组，一定要打到天黑！"

"燕大哥！长生明白！"阵地里的义勇军战士都钻入树林中。

鹰不落山寨的阵地已被日军炮火夷为平地，山寨里到处都是火光，山寨已被炸毁了！

三寨儿郎望着山寨里熊熊的大火，个个热泪盈眶，有的人放声大哭起来——家园！祖辈血汗建造的家园毁于一旦。

家都没有了！我们还怕什么？死，也要死在自己的黑土地上！都说山东人倔，什么叫倔？你要整死我，我等着让你整死我吗？我手中有家伙，不是鱼死，就是网破！

没有人想跑，没人尿裤子！他们个个心中都充满了仇恨；个个心中都憋闷得要爆炸。他们的眼睛在喷火，他们的手指都紧扣着枪扳机，准备射杀，喋血！

日军炮击半小时后，石原在望远镜里搜索山寨阵地："哟西，哟西！马胡子统统的炸死了！统统的炸死了！"

石原挥起指挥刀："呀机给——！"日伪军蜂拥向鹰不落山上冲来。日伪军刚冲上山坡，啪，一颗铅弹子射穿了一个日军机枪手的脑袋，可日伪军见不到人影。

日伪军只好往上冲，啪、啪啪啪，又倒下了几个日伪军。日伪军见只是零星的枪声，无法追击，继续向山上进攻。

几个老人像在野猪群里打野猪一样，活猪不顾死猪疯狂逃窜。

日伪军到了半山腰，突然枪声大作，树林中到处都响起了枪声，手榴弹的爆炸声，喊杀声——绝杀！——喋血！绝杀！——绝杀！

三寨儿郎靠在大树后，蹲在大石旁，有的挖了简易的掩体，每一棵大树都成了日伪军前进的障碍。

熊天彪拿起酒壶，倒了三碗酒泼在地上。"娘亲！大哥！姐姐！你们都走了！现在家也没了！待天彪为你们索命！"

熊天彪捧起酒碗一饮而尽。啪的一声，把酒碗摔在地上，走出了小木屋。

燕飞天道："天彪！天黑前一定回到猎人小木屋！我到小胜子那里看看，要死守退路！"

三

燕飞天下了后山。燕飞天到了山下时，小胜子与杨二木与日伪军已交上了火。小胜子与杨二木各把守在一个山梁上。

龟田挥舞着指挥刀，郭麻子挥动盒子枪，往山上冲锋，想抢占制高点，日伪军的机枪向山梁上疯狂地扫射。

小胜子伏在掩体后面说道："二江！告诉弟兄们，待敌人近了再打！先用手榴弹轰炸他们，免得这帮兔崽子跑得快！"

鄂二江答应了一声，喊道："弟兄们！——准备好手榴弹，待小鬼子近了，我们就让他们死在阵地前！"

小胜子的骑兵是铁蛋带领参加过哈尔滨保卫战的铁骑，打过大仗，见过大世面，再加上小胜子原有的特行队，战斗力极强。

杨二木一个营的弟兄都是跟随大帅参加过直奉大战的老兵，都有战斗经验，他们在山梁上阵地里有说有笑。

一个连长道："大哥，自从我们拉到关东三寨，弟兄们吃得好，睡得好，你看！我都长肉了！这小鬼子真他妈的王八蛋！就不能让我们安静安静！"

杨二木立起双眼："钢墩子！咱是干啥的？不打小鬼子，到关东三寨睡大觉来了？你小子养足了精神，待会儿狠狠地收拾这帮瘪犊子！"

一个弟兄喊道："上来了，上来了！小鬼子近了！"

钢墩子道："别他妈的紧张，放近点再打！"

日伪军见山梁上没有动静，放心大胆地冲了上来。突然，嗒嗒嗒、嗒嗒嗒、嗒嗒嗒，山梁上的几挺机枪同时怒吼，手榴弹雨点般甩下山去。

日军哇哇乱叫，伪军哭爹喊娘，倒下了一片。没死的趴在了地上。

龟田大吼起来："小钢炮的干活！小钢炮的干活——！"

日军架起迫击炮向山梁上轰击，几发炮弹落在了阵地上，几个弟兄倒在了血泊中。日伪军开始了第二轮冲锋。日伪军抱着机枪边扫射，边向山梁上前进。

杨二木喊道："弟兄们！——隐蔽好自己，先不打！听我口令！"

日伪军又逼近了阵地，日本兵的小胡子都看得清清楚楚了！杨二木大喝一声："开火——！"手榴弹爆炸声，机枪扫射声连成一片。阵地里的战士们个个咬牙切齿！"小鬼子！回你姥姥家吧！"

"啪！""小鬼子！见阎王去吧！"

"啪！""小鬼子！在关东山做野鬼吧！"

"嗒嗒嗒！""来呀！——小鬼子！"机枪手瞪着血红的双眼，边扫射边喊叫。

日伪军又退下山去。日军又开始了炮击，杨二木阵地上一片火海。

小胜子在山梁上，见日伪军把兵力都投入到杨二木那面，他心里立刻明白了日军的用意——小鬼子！想各个击破吗？想得倒美！他对燕飞天道："师父！我看明白了小鬼子的意图，我去帮二木弟兄一把！"

燕飞天点了点头："胜子！长进了！我明白你的意思，去吧！我留在山梁上。"小胜子一龇牙："师父，你在山上看戏吧！二江！留五十个弟兄在师父身边，其余的弟兄解马随我下山！"

龟田拿着望远镜正在观察杨二木的阵地，忽听阵阵马蹄声，郭麻子惊慌喊道："太君！——大大的不好！马队，马队的干活！"

只见侧面山坡上风驰电掣般冲下一队骑兵，直奔他的小钢炮。来得太突然，没等龟田反应过来，小钢炮旁的十几个日本兵都被马刀劈开了脑袋。一百多人的骑兵向日伪军背后冲杀过去。

日伪军背后突然受到袭击，乱作一团。小胜子的铁骑如入无人之境——狂劈，绝杀！日伪军乱作一团，死伤遍地，待龟田清醒过来，组织反击时，小胜子的马队已撤走了！

杨二木在阵地上看得清清楚楚，叹道："这才是兄弟，同心打小鬼子的好兄弟！不保存实力，不怕牺牲！我东北抗日义勇军将士若都能这样，识大体，精诚团结，何愁小鬼子猖獗！这样打仗，我老杨心中高兴，死了也值！弟兄们！——狠狠地揍这帮王八蛋！"

四

鹰不落山寨下的树林中，搏杀惨烈。王长生与王璞各带领五个机枪小组，在山林里与日伪军搏杀。张舒、李志，肩背大刀，腰间插着二十响盒子枪，手提长枪不离熊天彪左右，飞蹿于各小组间。

时值正午，日伪军的肚子饿得咕咕直叫，只得集中吃饭。日伪军打开罐头饼干，刚塞到口中，四周一阵枪响，子弹嗖嗖地飞了过来，无奈只得放下食品提枪还击。一连几次，日伪军无法吃饭，只得饿着肚子打仗。

义勇军战士都是关东三寨里长大的孩子，对关东三寨的一草一木都很熟悉，哪棵树上有果子吃，哪条沟里有水喝，他们都清清楚楚。

他们的身上带足了干粮，个个精神抖擞地与日伪军周旋。

一个日军小队长见山坡上有一棵大梨树，树上结满了山梨，他喊过一个伪军："大大的口渴了！摘梨吃的干活！"

那个伪军爬到了树上，摘下一个梨塞在嘴里，刚扔下两个山梨蛋子，啪一声枪响，他从树上摔了下来，嘴中还咬着半个梨。

几个伪军坐在地上，看着刚刚死去的那个伪军，嘴中喘着粗气。一个伪军躺在了地上。"妈耶！又渴、又饿！我不行了！"

那个日军小队长拔出来指挥刀："你的起来，前进的干活！"

那个伪军趴在地上不动："太君！我的大大的不行了！我的腿大大的走不了了！"

"猪，猪的干活！起来，起来！不起来死了死了的有！"

那个伪军在地上磕起头来。"太君！行行好吧！放过我吧！"

"巴嘎！"日军小队长举起了指挥刀。啪一声枪响，日军小队长闷哼一声倒在地上，头上浆血喷射。

熊天彪喊叫："黄狗子快滚！别他妈的给日本人卖命了！"王璞的五个机枪小组同时扫射，日伪军倒下了一片。

日军的机枪手躲在大树后面刚要开枪，熊天彪甩手就是一枪，日军机枪手倒在大树下。伪军都拼命地跑下山去，一小队日军拼命抵抗。

熊天彪喊叫："弟兄们！——绝好的时机，消灭他们！一个不留！"五挺机枪喷射着愤怒的火舌，一小队日本兵开始溃退。

张舒、李志手中的长枪开始射杀溃散的日军。一小队日军被关东鹰不落众儿郎包抄消灭了。

石原的炮火已失去了威力，只能眼睁睁地看着山林里的搏杀，山林里惨叫声不绝。

树林中伏击战、遭遇战、白刃战、游击战，杀声震耳。山林里到处是日伪军和义勇军战士的尸体。

天色已渐黑，山林里的枪声、手榴弹爆炸声还是不绝于耳，石原知道天黑于他不利，决定收兵明日再战，石原下了撤退命令。

两个中队日军和两个营伪军开始撤退。鹰不落义勇军紧追不舍，枪声和手榴弹爆炸声响个不停。日伪军只得边打边退，撤到了山下。

龟田中队和郭麻子一营的伪军被小胜子与杨二木卡在山梁下，寸步难行，他们见天色已黑，拖着几十具尸体退走了。

五

燕飞天与熊天彪众人回到小木屋，燕飞天道："小鬼子已退走，晚上他们不敢进山了，我们把战死的弟兄就地埋葬，不能让死去的弟兄们暴尸荒野。日本人明天攻上山来，让他们见不到一个弟兄的尸体！"

熊天彪道："天哥，今晚咋办？明天咋办？"

燕飞天道："让弟兄们尽快掩埋好阵亡弟兄们的尸体，再好好睡一觉，按预定计划，三更时撤下鹰不落山寨。"

熊天彪道："这么多弟兄，撤到哪里去呢？"

罗志焕道："天彪兄弟，我罗志焕哪儿也不去，我的命是天彪哥哥给的，没有天彪哥哥，我的头早被小鬼子铡刀铡下来了！我带领弟兄们在外面转悠几天，小鬼子一撤，我还回到熊罴山上，守护天彪哥哥的山寨。

"小鬼子来了，我能打就打，不能打就带领弟兄们钻林子，小鬼子走了，我还回来。这么大的深山老林，日本人会常来吗？有机会我就敲他一下子！便宜不了小鬼子！"

杨二木道："我也不走，天彪兄弟的卧虎山险要极了！一夫当关，万夫莫开。小鬼子来了！我就带领弟兄们钻林子，找机会就干他一把！让小鬼子天天闹心！我与志焕兄弟还互相有个照应！"

燕飞天道："也好！两位兄弟不要与日本人硬拼！利用山林与日本人周旋，山寨里有暗仓，有些粮食，你们拿去用，若有大的行动，我会联络你们。"

熊天彪问道："天哥，我们到哪儿去呀？"

"天彪，忘了我们去仙人台山时路过的狼牙碴子吗？天鹤大哥事先已安排人手整理好那里的安身之处，储备了大量的粮食，把弟兄们带到那里去，暂避日本人的风头，再做打算吧！"

关东三寨众儿郎掩埋好弟兄们的尸体，三更时刻含着热泪离开了鹰不落大山，告别了他们的黑土地。

第二天早上，日伪军开始进攻山寨。山寨里死一样的寂静，日伪军蹚着露水向山上前进，轰隆隆、轰隆隆，满山都是手榴弹布置的绊雷。

日伪军小心翼翼地前行，树林中不时响起零星枪声，每声枪响，都有日伪军倒在血泊中。

几个长白山老猎人幽灵一样飘忽在日伪军身边，有时他们听到枪声；有时他们见人影一闪，有时见树枝在动，就是找不到人。

日本人占领东北时期，有时日伪军到山上狩猎，经常有人被击毙在大山里。日军多次派出讨伐队到大山里讨伐，见不到袭击他们的人，可讨伐队每次进山，都抬回几具尸体。

中华人民共和国成立后，人们在深山里一个大树洞中，发现一具坐着的骷髅，怀中抱着枪，枪托上镶嵌三颗子弹头。

老人们记得长白山里的刘三枪与另两个神奇传说中的老人。

第十章　鸡血石

一

一九三七年"七七事变"，日军发动了全面侵华战争。日军在东北更加强化统治。日军为了遏止抗日烽火，在城乡连保并屯，老百姓每天都生活在提心吊胆中。

奉天城大街上还是那样繁华，日本宪兵队在大街小巷不时地巡逻走过，他们到处抓捕反满抗日人士。

关东三寨被攻破，山口荷子受到嘉奖，土肥原督促她尽快查找燕飞天的去向。

土肥原看着山口荷子的妙颜："荷子小姐，皇军势如破竹，已占领了整个华北和华南大部地区，共产党派出大批精英到东北组织抗日联军，你要遏制住燕飞天，不要让他与抗日联军联合一起，到那时，我们的局面就艰难了！"

山口荷子道："土肥原先生，我获得情报：杨靖宇已到了长春，还有李兆麟、赵尚志、先前到东北的周保中。"

"荷子小姐，军部要求，要扑灭东北的一切反满抗日力量，稳固我们的后方。"

"土肥原先生，荷子明白！荷子尽力控制住燕飞天，不让他与共产党搅和到一起。"

山口荷子想找出一个突破口——燕飞天党羽众多，要各个剪除，从哪儿下手呢？她思虑再三，决定要先找到完达栀子。

关东三寨被攻破后，荷子随日军到了山上，她找遍全山，也没有找到栀子的尸体，她知道栀子没有死，已提前隐身。

她要劝说栀子说服熊天彪为日军所用。只要剪除了燕飞天的羽翼，燕飞天孤掌难鸣，功到自然成。

山口荷子安排属下四处寻找完达栀子。这天，淘淘带着三岁的弟弟蝌蚪在院子中玩耍，娟儿与秀儿在踢口袋（女孩子的小玩物）玩。

四合院外一个穿着长衫的老人走了进来。淘淘见这老人头上戴着礼帽，鼻梁上架着一副眼镜，颏下一把胡须，手中提着拐棍。

他的后面跟着一个头戴草帽、担着担子的人。

"老爷爷，找谁？我不认识你！"

"你是淘淘，我认识你！"

老人伸手抱起来蝌蚪，在蝌蚪的小脸上摸了两下。

淘淘喊叫起来："不要碰弟弟！放下弟弟——！"娟儿、秀儿也围了上来："放下弟弟！——放下弟弟！——我们不认识你——"

铁蛋娘听到孩子的喊声，跑了出来："你们是谁呀？不要动我家的小蝌蚪！"

菊儿、栀子听喊声赶忙跑出门外。菊儿、栀子愣住了！菊儿喊了声"燕哥哥！"栀子喊了声"天彪哥哥！"院子中的孩子都惊呆了！

"爹爹？"

"爹爹？"

"爹爹？"几个孩子喊叫起来。

熊天彪哈哈大笑："孩子们都进屋吧！我挑的担子里都是好吃的东西！"

秀儿见是爹爹，一下子扑到熊天彪怀里。"爹爹！咋不来看秀儿？秀儿好想念爹爹！"进到了屋内，燕飞天摘下礼帽和眼镜，抹下了胡须，在蝌蚪的脸上亲吻起来。"小蝌蚪，想爹爹了吗？"

"爹爹！小蝌蚪要找妈妈！"燕飞天紧紧地搂住小蝌蚪，两眼湿润。

娟儿喊道："爹爹骗人！二娘若不出来，俺就用口袋打你了！"

淘淘高兴地跳跃起来。"姐姐！口袋打不疼！我抓爹爹的胡子！"燕飞天哈哈大笑。

燕飞天放下小蝌蚪，与熊天彪来到后堂。燕飞天见老夫人、熊天鹤、熊天娇的牌位上一尘不染。燕飞天与熊天彪净手焚香，跪在地上泪涕交流，燕飞天大哭："娘亲待天儿如生身父母！天儿却让娘亲殒命晚年，孩儿纯属不孝。娘亲——孩儿心明你志，为中华献身做儿孙的榜样。娘亲安息吧！我燕飞天绝不辱没祖宗！"

燕飞天又哭道："天鹤哥哥待我亲如手足，对天娇妹妹慈父一样疼爱，哥哥不能安度晚年，燕飞天之过，燕飞天之过呀！"

"天娇……天娇……我的妻……天娇……我燕飞天痴心与你白头偕老，可恨日本人，让妻命丧黄泉！娟儿，蝌蚪还小，都想念娘亲哪……天娇……娇儿……我的妻……"

熊天彪更是号啕不止。菊儿、栀子与孩子也都跪在了地上，一起大哭起来。铁蛋娘抱着小蝌蚪拉起燕飞天与熊天彪，安慰众人，回到前堂。

大家刚坐下一会儿，常青走进了院门，她后面跟着一个头戴礼帽脚穿靰鞡的年轻人，那人到了燕飞天面前躬身施礼："燕大哥！见你一面不易呀！"

"常跋兄弟！快坐下说话！你约我前来有何要事？"

"菊儿姐姐，你们都一起坐下听我说吧！"

常跋道："共产党已派人到了东北，他们要组建抗日联军。日本人怕燕大哥与共产党联手，要遏止燕大哥与共产党的接触。山口荷子在打栀子姐姐的主意，她让我们找到栀子姐姐，想让栀子姐姐说服天彪哥投靠日本人。山口荷子各处都已布下眼线，想劫走栀子姐姐！"

栀子听到这里，脸色突变："好哇！我还想找她呢！我劝说她回日本国，不要在这里杀害中国人了！那小丫头小时很听我的话，我手把手地教授她武功，哥哥，我去见她吧！"

燕飞天沉思不语。熊天彪道："常跋兄弟，让我投靠他们日本人！他们给我开出了什么条件？"

常跋笑道："天彪哥，官可不小哇！三个县的皇协军大队长！"

熊天彪哈哈大笑："太小，太小！他们的天皇让我做，我就答应他们！"

栀子道："天彪哥，别说笑了，让我去吧！"

燕飞天道："天彪，让栀子妹妹去吧！一是她们姊妹情深，二是让栀子妹妹告诉她，她的舅舅在深山悟道避免杀戮，也许对她有所触动。栀子妹妹的安全问题你不用考虑，荷子会保护栀子妹妹的！"

熊天彪道："那就让她们姊妹见上一面，我只是……"熊天彪两眼痴痴地看着栀子。

栀子扑哧一声笑了。"天彪哥哥——栀子不死！栀子只怕哥哥……栀子要伴哥哥终生！"

燕飞天道："常跋兄弟，你看咋样安排为好？"

常跋笑道："我可告诉山口荷子，我在关东三寨里有我的卧底，知道栀子姐姐的去处，让山口荷子指定会面地点，燕大哥你看是否可行？"

燕飞天略加思索："好！——就这么办！""燕大哥，等待我的消息吧！"

常跋笑嘻嘻地看着菊儿："菊儿姐姐，我小青妹妹在这儿听话吗？"

菊儿笑道："还多亏小青呢！帮我里外忙活。"

"姐姐，我告诉小青了！让她伺候你，让她跟你习练武艺！姐姐，有啥事情让小青妹妹做！自小没娘的孩子！姐姐好好调教吧！"

"常跋兄弟，我没有兄弟姊妹，以后你们俩就是我的弟弟妹妹！你在外面活泛点，提防有人暗算你！"

"姐姐放心，我会多加小心！"常跋不便久留，回了侦缉队。

第二天早晨，草儿来到四合院。铁蛋娘见有人进了院内，赶忙迎了出去，铁蛋娘见是草儿，高兴地喊道："草——"

草儿笑道："娘！草鱼没买到，我买了别的东西！"

铁蛋娘立刻明白了！"好好好！买啥都行！快进屋！"燕飞天见是草儿来了，笑道："草儿，你咋知我和天彪来了？"

草儿笑道："燕大哥，我的消息很灵通，山口荷子到处在寻找栀子姐姐！我能不知道吗？"

"你不是为这事而来，说吧！你的上峰有什么指示？"

草儿道："燕大哥，上峰来了指令，要见燕飞天，我说我不识得燕飞天！上峰说，她不管！让我一周内必须找到燕飞天。我也不明白，上峰咋知我能找到燕飞天！"

燕飞天笑道："我知道你的上峰咋知道你能找到燕飞天。"

草儿愕然了："燕大哥，我咋不明白？"

"我去见她，你就明白了！"

"你去吗？"

"我与你菊儿姐姐一起去！"

"啊！我更不明白了！"

菊儿笑了："草儿，不要问了！我们晚上见你的上峰。"

二

晚上，草儿领着燕飞天、菊儿来到一大宅，守门人把他们引入大屋内。草儿敲开一间房门，一个美艳的姑娘站起身来，客气地说道："请坐！想必你们就是燕飞天先生与燕夫人吧！"

燕飞天点了点头："老朽正是燕飞天与夫人齐柏菊。"

"哦！不隐瞒了，军统局东北站中校站长雄灵。"雄灵奇怪地看着老朽的燕飞天与貌美如花的菊儿——燕飞天咋会这般老朽……

燕飞天笑道："中校雄灵站长，你的老师还好吗？"

"你咋会认识老师？"

"你的老师没有告诉你吗？"

"戴老板指令我找到燕飞天，我无能为力，求助老师，老师让我找于亚涵。"

"哦！老师与你提及菊儿了吗？"

"老师说，我能见到师姐齐柏菊！"

燕飞天似笑非笑地看着雄灵："菊儿，见过你的小师妹！"

菊儿笑道："小师妹，我是菊儿，大名齐柏菊。"

"啊！你是师姐！不对！"雄灵指着燕飞天："老头——老头子！"草儿坐在旁边只是笑，她知道，燕飞天在捉弄雄灵。

燕飞天突然哈哈大笑起来，一抹脸，胡须不见了！一个俊朗潇洒的美男子站在雄灵面前。

雄灵惊讶地睁大了眼睛："你……燕飞天！燕飞天……你……"

"怎么？老师没有告诉你……"

草儿在一旁笑道："站长，燕飞天的易容术神鬼难辨！我的易容术就是燕飞天所授。"

"老师也捉弄我！"

"雄灵，老师不指点你，你永远找不到我燕飞天！什么事？说吧！"

"我们老板得到情报，共产党已派出精英到东北建立抗日联军。蒋委员长不愿意看到燕先生与共产党联手。老板让我找到你陈述利害！不知燕先生做何思想？"

"他还说什么了？"

"老板让我转达委员长的话——燕先生可到南京任职！"

燕飞天拍案怒道："我到南京任职，他来打鬼子吗？不思抗日，排除异己！让你们老板告诉蒋先生，我燕飞天无党无派，我遵循孙先生遗嘱，保护碧玉蟾强国富民！"

雄灵道："燕先生不必动怒，人各有志，不可强求，我会婉转转达老板。"

燕飞天道："雄灵，说说都迅吧！"

"燕先生，老师很想念你！"

"是呀！上次到南京来去匆忙，他教给我的本事狠狠地挫了小鬼子的锐气！小鬼子虽攻破了鹰不落山寨，但他们也损失惨重！"

雄灵问道："燕先生，山寨失落，熊家老小可好？"雄灵此言一出，菊儿落下泪来，雄灵问道："师姐，你这是咋啦？"

雄灵不问还好，她这一问，菊儿竟哭出声来。

雄灵惊道："师姐！你这是咋啦？"

燕飞天垂泪道："老夫人、熊天鹤、熊天娇都死于非命！"

雄灵啊了一声，倒在了地上。燕飞天赶忙点住雄灵的人中穴。雄灵喉中咕噜一声缓过气来："爷爷……太奶奶……姑奶奶……"大家都愣住了，只有燕飞天心中明白。

菊儿与草儿扶起雄灵，菊儿问道："师妹，你这是……"

燕飞天说道："菊儿，让她哭吧！哭出来就好了！免得得病！"

雄灵号啕大哭起来："爷爷……太奶奶……姑奶奶……灵儿军纪在身，不能看望你们。十几年了！灵儿也想念你们哪！小鬼子炮击前两天我遣人潜入关东三寨，知道老少妇孺都已下了山，谁知灵儿再也见不到你们了！"

菊儿似乎明白了，她从内衣兜里掏出鸡血石吊坠。"师妹，可识得？"

雄灵见了鸡血石吊坠，一把抓了过来："这是爷爷的！是没有雕制成的鸡血石吊坠半成品！"

雄灵从脖子上摘下自己的鸡血石吊坠："师姐！这本应是一对，那时我与妈妈走得急促，爷爷只雕制成一只成品。

"爷爷把雕制好的吊坠交给了我，告诉我，半成品留给父亲，因为我没见过父亲，爷爷让爸爸将来与我相认！"

菊儿泪流满面："师妹，你爷爷临终前把鸡血石吊坠交与我，让我找到你父亲，把鸡血石交与他。"

雄灵又号啕大哭起来："父亲……父亲……为何我生下来你就抛弃我？父亲——你在哪里——？"

燕飞天柔声道："灵儿——不要啼哭了！我已安葬好了他们，找时间到墓地祭奠吧！"

雄灵止住悲啼，给燕飞天跪了下来："现在说家里话吧，我不能叫你燕飞天了！姑爷爷！灵儿有礼了！"咣咣咣磕了三个响头。

菊儿在一旁笑道："师妹，咋叫我？"

雄灵脸色一红："师姐，捉弄灵儿！我叫你菊儿姐姐！"

菊儿笑道："随你意吧！咋说你都是我的小师妹！"菊儿拉起来雄灵。

雄灵站起身来，见草儿看着她哧哧地笑："于亚涵同志！立正——！"

草儿站起身来："老师！请训话！"

"闭上嘴！站立十分钟！"

"是！长官！哧哧！"

雄灵问道："姑爷爷，不知二爷爷、三爷爷可好？"

燕飞天道："你二爷爷先前投奔了李杜将军抗日，后又跟随了周保中将军，一直没有消息。也许他现在已是抗日联军的指挥官了吧！你三爷爷很好！他离不开关东三寨的黑土地，他离不开九泉下的爹娘！"

雄灵突然正色道："燕飞天！山口荷子要会见完达栀子，你与熊天彪安排得是否妥当？需要军统局的配合吗？"

"雄灵站长，燕飞天胸有成竹，已安排妥当！雄灵站长不必费心！"

"好！若需要，让于亚涵通知我，军统局东北站全力配合！"

"谢谢雄灵站长！燕飞天告辞了！"

雄灵眼流热泪："姑爷爷——菊儿姐姐——多保重！"她双手擦拭眼泪。

<h1 style="text-align:center">三</h1>

完达栀子一身艳丽的和服坐在大和汤浴池雅间里。山口横寒殷勤地沏茶倒水。"栀子妹妹，咋不来看望哥哥呢？哥哥好想妹妹！那个马胡子对你还好吗？他若对你真好！哥哥也就放心了！"

"哥哥，熊天彪是纯中国爷们儿，栀子妹妹很幸福！哥哥要学会照顾自己！"

"嘿嘿！哥哥每天有酒喝，哥哥在中国多赚些钱，以后开个大买卖！你带秀儿到我这儿吃喝玩乐，那山沟里有啥好的？"

"哥哥，日本人不走，中国人能过好日子吗？天彪哥哥能不报血海深仇吗？"

"嘿嘿！哥哥也无奈！哥哥不去欺负中国人就是了！"

突然，房门打开了。"谁欺负中国人了？我们是中日亲善，大东亚共荣！"

"荷子妹妹！"栀子站起身来抱住了山口荷子。

"姐姐——栀子姐姐！——荷子好想你！姐姐，你还是如花似玉！在大山里我怕你变成了老太婆！"

"荷子妹妹，多年不见，你越发漂亮了！姑姑还好吗？"

"姐姐——妈妈就是想念舅舅和姐姐！妈妈时常叨念你们。"

"荷子妹妹，父亲已不问世事，遁入深山悟道，父亲不愿看到血腥的杀戮！父亲想入道济人，已无尘念。"

"姐姐，大日本帝国并无杀戮之心，我们都是亚洲人，中国太贫穷落后，偌大一个国家无能人治理，他们不知自爱，利欲熏心，为私欲互相倾轧！一个没有凝聚力的民族，一个没有信心的民族，他们自己管理不好自己的国家。我们来帮助他们，亲善共荣，共图发展，于两个国家，两个民族都是好事儿！"

"妹妹，中国的贫穷、落后是暂时的，每个民族都会奋发图强，他们不是没有能人治理国家，只是一时的动乱。

"中国的历史上没有繁荣富强的太平盛世吗？大唐帝国，康熙大帝，我们大和民族那时做什么？我们强盛吗？我们禁得住大明舰队的炮击吗？

"中国人俗话说——家家都有难唱曲，人家唱自己的曲调与你外人何干？你说人家唱得不好听就堵上人家的嘴，或把人家的舌割下来，让人家彻底闭嘴！再把人家的财产划拉走，妹妹，这不是强盗吗？

"为了自己的利益，就可以剥夺他人的生命吗？妹妹！你要醒悟，我们不能做少数人的杀人工具！"

"姐姐！我们并没有任意剥夺他们的生命，是他们向我们发起了挑战！"

"荷子妹妹，你到别人的家里抢夺，人家反抗，这是挑战吗？人家任凭你宰割吗？荷子妹妹，两个民族为啥不能平等和睦相处，看人家现在身体不好、无能力反抗，就想杀了人家，把他人的财富、资源，变成自己的东西！荷子妹妹，是亲善？是共荣？"

"姐姐！可我们大日本帝国已占领了整个东北，我们又占领了华北和华南大部地区。我们要踏平中国大陆，建成强大的大日本帝国共荣圈！"

"荷子妹妹，中华民族会屈服吗？中国人会任人宰割吗？姐姐到中国这些年，没见识过真正的中国人吗？——燕飞天、齐柏菊、你姐夫熊天彪、还有熊天罴、谭同胜、六杰、十勇，太多，太多！

"你们能把他们赶尽杀绝吗？何况日本人的军刀不比中国人的长剑锋利！"

"姐姐！不管咋说，大日本帝国注定要占领整个中国，何不让熊天彪与皇军合作，皇军可以给熊天彪高官厚禄。姐姐也不必东躲西藏，免得荷子妹妹挂记在心！"

"荷子妹妹！姐姐跟定了熊天彪，姐姐至死不渝！姐姐不会去说服熊天彪！姐姐也说服不了熊天彪！"

姊妹二人成了僵局。

山口横寒见姊妹二人僵持不下，嘿嘿笑道："你们俩都是我的好妹妹，哥哥都爱你们！你们俩不会打起来吧？"

栀子笑道："山口哥哥，从小我就疼爱荷子妹妹！手把手地教习荷子妹妹武功，就是荷子妹妹打姐姐，姐姐也不会还手，是吧？荷子妹妹？"

山口荷子笑道："哪儿有妹妹打姐姐的道理？我只是怕栀子姐姐受苦！怕万一熊天彪死在皇军手上，姐姐做了孤孀！"

山口横寒笑道："其实熊天彪没啥不好，我倒很喜欢他，只是栀子妹妹喜欢他，我才忌恨他！舅舅也喜欢燕飞天、熊天彪。

"舅舅说中国人温良恭俭让，舅舅总是说我心眼儿不全，其实我啥不明白！就是装糊涂！

"荷子妹妹，见了熊天彪手下留情！别让栀子妹妹做了寡妇！秀儿没了亲爹可咋办？"

栀子瞅着山口横寒，眼中滚下泪水。她知道山口横寒禀性不坏，只是喜欢自己才做出些让人啼笑皆非的事儿。

"山口哥哥，妹妹谢谢哥哥的好意了！你要珍重自己，妹妹有时间带秀儿来看望你！"

"哟西，哟西！秀儿来看我，好东西大大的有！花衣裳大大的买给她穿！我是舅舅的干活！我是舅舅的干活！"

山口荷子笑道："哥哥喜欢小孩子，我小时候，哥哥倍加呵护我！哥哥，荷子会避免与熊天彪正面冲突，荷子既不能违背使命，荷子也要照顾姐姐！栀子姐姐，让熊天彪好自为之吧！"

栀子道："荷子妹妹，你与燕飞天千万不要动手！燕飞天的功力鬼神莫测，就是父亲那样的功力，在燕飞天面前也走不上几招！

"你知道，我完达家与颜家是同宗，先祖完颜兀术的宝物都在燕飞天手中，燕飞天体内含有宇宙人类未知能量。

"燕飞天手中的碧玉蟾、独龙剑能与天地能量融合，燕飞天的宝物中有人类几千年化解不开的玄秘。

"荷子妹妹，你想，身上没有特殊功力的人能护住宝物吗？

"皇军根本就拿不到碧玉蟾！谁也拿不到碧玉蟾！

"可你身负特殊使命，不能不为之！为了燕飞天手中的宝物，不知还要死多少人。荷子妹妹，姐姐不希望你死！姐姐也不希望燕飞天死！更不希望熊天彪死！大家都不要死！"栀子眼中滚下热泪。

山口荷子见完达栀子情绪激动，眼中也有些湿润。

"栀子姐姐，两国交兵，各为其主，诸葛亮未出茅庐前，便知三分天下，他只能鞠躬尽瘁死而后已！

"荷子妹妹是大日本帝国臣民，只能听天由命了！栀子姐姐，战争不可预料，不知要打到什么时候！必要时，我把你与秀儿送回日本国，免受战乱之苦！"

"荷子妹妹，姐姐哪儿也不去！姐姐离不开天彪哥哥，天彪哥哥若命丧黄泉，姐姐便随他而去。姐姐拜托妹妹把我的秀儿带好！姐姐九泉下便可安心了！"言罢，栀子泪水涟涟。

山口横寒听了栀子的话，不由得滚下泪珠："栀子妹妹，哥哥不要你死！你若真的死了！哥哥把秀儿带大！栀子妹妹，莫哭！"

山口荷子看着栀子和山口横寒，恨恨道："战争……战争……无法从战车上跳下来！"

四

青石谷不远处山坳里，燕飞天、熊天彪、菊儿、栀子陪同雄灵来到老夫人、熊天鹤、熊天娇墓前。

雄灵一身笔挺的国民党军服，她在老夫人、熊天鹤、熊天娇墓前敬礼："国军中校雄灵向中华好儿女冯三姑、熊天鹤、熊天娇致敬！"啪、啪、啪，敬了三个标准的军礼。

雄灵脱下军服，跪在地上放声大哭起来："太奶奶……爷爷……姑奶奶……灵儿来看望你们来了！灵儿是你们的子孙，灵儿不能辱没祖宗！

"灵儿誓为你们报仇！先祖们安息吧！看你们的子孙怎样驱逐外虏！太奶奶……爷爷……姑奶奶……

"爷爷……灵儿好想与爷爷一起坐雪爬犁！灵儿好想吃爷爷买的冰糖葫芦！爷爷……爷爷……"坟墓前一片哭声。

熊天彪热泪涌流："灵儿——熊家你唯一能看到的只有三爷爷了！三爷爷也说不好哪天马革裹尸！撵走小鬼子任重道远，你辈要前仆后继！撵走小鬼子那天到我辈坟上报喜，我辈当含笑九泉了！"

雄灵跪哭道："二爷爷生死不明……父亲远走他乡……眼前只有你一个亲人了！三爷爷可要保重啊！不要让灵儿孤身一人，孤苦伶仃！三爷爷……"

熊天彪拉起雄灵："好孩子！不要辱没祖宗，要为熊家争光！"雄灵擦干眼泪，穿上军装，在各个墓前敬礼。

"姑爷爷！三爷爷！华南战事正紧，灵儿立马回去工作！都多多保重！菊儿姐姐，常来看我！"雄灵下山回了奉天城。

第十一章　狼牙碴子

一

日军源源不断地开赴前线，东北又燃起抗日联军的烽火，土肥原见山口荷子诱降熊天彪的计划落空，心想：山口荷子与完达栀子毕竟是姑舅姊妹，让山口荷子杀了熊天彪不是易事。

山口荷子虽然效忠天皇陛下，可她无法对熊天彪下手，不如让付冰带领人马除掉熊天彪。

杀了熊天彪，燕飞天手中没有人马，孤掌难鸣，燕飞天也没有资本与共产党的抗日联军合作了！

土肥原请来山口荷子："荷子小姐，让你杀了熊天彪，不合情理！让付冰对付熊天彪吧！你盯住燕飞天，截取他们之间的情报，便于付冰的行动。

"近段时间，城内不明电台活动频繁，你要查明，是南京方面的电台，还是共产党的电台或苏联人的电台！"

"哈依！土肥原先生，荷子明白！"

熊天彪回到狼牙碴子，小胜子问道："二哥，栀子嫂嫂见到山口荷子了吗？"

熊天彪笑道："我那小姨子倒被你嫂嫂说得哑口无言！可荷子毕竟是日本的高级特工，我们还要多加防范！"

小胜子道："二哥，自从到了狼牙碴子，弟兄们的手都痒痒了！找机会，干他一家伙！"

熊天彪笑道："好！让弟兄们出去侦察，找准机会再砍小鬼子几颗脑袋！"

第二天晚上，出去侦察的弟兄回来报告说，日军近日经常用汽车往火车站运送粮食，押运粮车的日本兵有十几人。

熊天彪高兴得一拍大腿："干掉小鬼子的运粮车！胜子！率五十人马队出击！五十人马队接应！粮食能带回多少是多少！剩下的烧掉！"

第二天，天还没亮，小胜子带领马队下山了。天亮前人不知鬼不觉地到达了预伏地点。鄂二江带领五十弟兄埋伏在大道两旁，小胜子带领五十个弟兄埋伏在山坳里。

上午九点多钟，五辆日军粮车由东往西开了过来，每辆粮车上坐着几个押运的日本兵，头车的驾驶楼上架着机枪。

鄂二江对弟兄们说道："先打汽车的轮胎和机枪手，只要小鬼子的汽车趴窝了！我们快速出击，把小鬼子全部干掉！"

小鬼子的运粮车已来往几天了，每天都平安无事，小鬼子知道，抗日义勇军已被消灭得所剩无几，押运粮车的小鬼子在粮车上放心地睡觉，只有头车上的机枪手东张西望。

鄂二江见小鬼子的粮车近了，喊道："弟兄们！——打！"突然枪声大作，头车上的机枪手头一歪不动了。

三辆粮车的轮胎被打爆了，鄂二江一挥手："弟兄们冲啊——！"众弟兄跨上战马，挥舞马刀从山坡上冲杀下去。

运粮车上的小鬼子遭到突然袭击，慌忙开枪还击，嗒嗒嗒，熊天彪骑兵的机枪吼叫起来，几个日本兵倒在粮车里。

日本兵惊恐地跳下粮车，依托粮车掩护抵抗。

鄂二江的马队已冲到了面前，小鬼子拼命抵抗。鄂二江带领弟兄们催动战马，战马嘶鸣，刀光闪闪，片刻工夫，七八个日本兵身首异处，鲜血淋漓。

两辆没有受伤的粮车加大油门疯狂逃窜，鄂二江带领弟兄们催动战马紧追不舍。

又一辆粮车的轮胎被打爆了，剩下的一辆粮车拼命地冲了出去。小鬼子正庆幸自己逃脱了出来，突然，前面路中央出现一匹战马，马上的人双手抢起了盒子枪。

粮车的风挡玻璃被击碎，开车的小鬼子头上连连中弹，粮车头一歪，撞在山坡的岩石上。

很快小鬼子的运粮车队被全歼，鄂二江喊道："胜子哥！——车上全是白花花的大米！咋整？"

小胜子喊道："弟兄们——装粮食！剩下的烧掉！"鄂二江带领的弟兄们每人马上都驮着一袋粮食，有的弟兄把衣兜里也装满了，弟兄们七嘴八舌地说道：

"这么好的大米可惜拿不走了！都是小鬼子抢夺我们中国人的血汗！"

小胜子道："弟兄们！别心疼了！打走了小鬼子，就没人抢我们的东西了！二江！带弟兄们把汽车和粮食都炸了！"

大路上响起爆炸声，五辆运粮车冒起熊熊浓烟。小胜子带领五十个弟兄在后面掩护驮粮食的弟兄回了狼牙碴子。

二

石原拓圳接到司令部的电话，被骂得狗血淋头。石原放下电话："熊天彪的干活！熊天彪的干活！粮车！马胡子劫了我们皇军的粮车！统统死了死了的干活！"

"郭麻子！你的，明天的侦察明白！找到熊天彪的巢穴！消灭的干活！统统的消灭！"郭麻子嘿嘿干笑两声。

"太君，我的人大大的笨蛋！他们找不到马胡子！求教土肥原先生和荷子小姐吧！他们大大的有办法！"

"猪，猪！你的人猪的干活！我马上与土肥原先生通话！"

土肥原紧锁眉头："荷子小姐！熊天彪劫了皇军的粮车，杀死了我们十几个皇军，石原先生希望我们能配合他们剿灭熊天彪马胡子。"

"土肥原先生想怎样做？荷子定当效命！不！让付冰去吧！希望常跋先生也能效力！土肥原先生，荷子马上通知付冰、常跋。"

山口荷子明白，土肥原不想让她插手围剿熊天彪。

狼牙碴子在深山里，山路狭窄崎岖，只能容人和马匹通过。山上怪石林立，山坡陡峭，山腰下林木遮天。山腰上是悬崖峭壁，山顶是一排狼牙似的石碴子，石碴子下有一空地。

山上有泉水流下，山势极为险要，大部队根本无法进山。

那年燕飞天与熊天彪寻找伏击渡边雄一之处路过狼牙碴子，燕飞天就看好了这个地方。

从小鬼子第一次攻打关东三寨起，燕飞天就想好了退路，他让熊天鹤暗中安排人手在狼牙碴子下修建了秘洞、房舍，储存了粮食，以备应急之用。

燕飞天与熊天彪在山下安排了多处暗哨，并把眼线安插在狼牙碴子山的附近，只要小鬼子有什么风吹草动，山上立刻会知道消息。这几天眼线报告，常有来历不明的人在山下转悠。

暗哨有时发现密林中有人影晃动，看来来人身手不凡。熊天彪心中明白，日本人要有新的行动，他决定自己在密林中查访，看是什么样的高手在密林中窥视山寨。

付冰与常跋到石原处接受了任务，石原冷冷地盯着付冰与常跋。

"付先生是大日本帝国培训的情报精英！常先生是白山黑水大大的英雄！你们二人摸清楚熊天彪巢穴，配合皇军消灭马胡子的干活！金票大大的有！"

"太君，我对这里的情况不熟悉，我尽力效劳！还仰仗常先生了！"

常跋心想：付冰这小子心机太深，我要多加防备，菊儿姐姐时常提醒我，我不能掉以轻心。

"付兄！小弟只是多爬些山林，打些山猫、野兔什么的！小弟还须向付兄多多讨教。"

石原笑道："哟西，哟西！你们二人精诚合作为皇军效力，皇军大大的奖赏！美女的，金票的，大大的干活！"

常跋笑道："太君，美女付先生的喜欢！金票我大大的喜欢！"石原哈哈大笑起来。

付冰自那次地下室上面山口荷子救他一命，他一直没有忘记山口荷子接抱住他那一瞬间，荷子滑腻柔软的小手，美丽如花的容颜，都让他心醉。他喜欢荷子，这次他要好好表现自己，他要让荷子看到他的实力。

这些天，他与常跋转悠在狼牙碰子的密林中，一连两天，付冰总觉得林中有黑影闪动。"常兄，我觉得这密林中不对劲儿，两天了！咋就找不到上山的路径呢？还有——我咋觉得林中有人在晃动！"

"这上山的路要是好找，让我们来干什么？有啥人晃动啊？我咋不见？"

"说得不错，这密林中是有人影晃动，想知道是谁吗？"一个壮汉站在他俩面前。

付冰与常跋大吃一惊，付冰收腹缩身做好迎战准备，付冰问道："黑影是谁？"

"熊天彪！"

"你是谁？"

"熊天彪！"

"啊！熊天彪！"

"你是谁?"

"付冰!"——哎呀!——我咋告诉熊天彪我是付冰呢!

"付冰,到这深山密林来做什么?"

"哦!与我这个兄弟狩猎。"

"想打啥猎物?"

"还没想好。"

"不对!你们早就想好了,来猎杀人吧?"

"熊天彪!——没错!你想咋样?不如我们先见个高低吧!"

常跋在一旁喊道:"你就是熊天彪?"

"没错!"

"你劫了皇军的粮车?"

"没错!"

"找你找对了!把粮食交出来,否则皇军杀上山去,鸡犬不留!"

"有本事,先杀了我吧!"

"我没本事!我的这个兄弟有本事,你敢与他对阵吗?"

"好小子!待我杀了小付,再杀你这个兔崽子!"

付冰听熊天彪口中叫他小付,气往上撞。

"熊天彪!不用皇军捉拿你了!我把你捉拿回去,岂不省事!免得皇军动手。"

付冰立功心切,伸手抓向熊天彪。

常跋喊道:"老付!用得着我吗?"

"你在那儿凉快凉快吧!看我咋收拾熊天彪!"

"老付!狠点!加油!"

熊天彪冷笑一声,转开了身法。

付冰武功也不弱,闪展腾挪,出手如电。

熊天彪心想:演一场好戏吧!熊天彪双脚疾动,双掌如风罩住付冰,熊天彪的双掌有一股大力压迫得付冰喘不过气来。付冰汗流浃背,腿已发软,熊天彪大喝一声,举掌向付冰当头劈下。付冰已无招架之力,闭目待毙,突听熊天彪哎呀一声,摔倒在地上,口中叫道:"好小子,暗器伤我!"

只见常跋蹿到付冰身前抓起付冰就跑。付冰双腿绵软无力,常跋背起付冰落荒而逃。啪、啪,常跋身后响起枪声。

常跋跑到无人处放下付冰,大口喘着粗气,大汗淋漓。"老付!好险,好险！小弟若出手迟疑，付兄命已休矣！"

付冰道："多谢常兄了！救命之恩定当厚报！你我日后便是亲兄弟，同舟共济！"

付冰暗思：我在日本国培训了三年，特工技能的考核我都优秀，我的武功也名列前茅，只知道燕飞天鬼神莫测，不想这熊天彪的武功也非同一般，若不是常跛出手，我命休矣！

常跛的暗器也是了得！这关东山是虎狼之地，日后可要多加小心。哎！下步咋走呢？看起来，剿灭熊天彪和他的马胡子不是一朝一夕的易事儿，另思良策吧！

付冰觉得自己的体力恢复得差不多了。"常跛兄弟，此处不可久留，我们返回再做计议吧！"他二人回了松潘县城。

三

狼牙碴子五里处有一"马蹄沟"，是大山里的四通八达的地方，沟口有一大车店。南来北往打尖、住宿的人很多，生意红火。每到冬季，来往的客人更多，有拉运木材的，有收山货的，有收皮毛的，还有路过的。

大车店掌柜的是个三十来岁的女人，大家都叫她翠姑。翠姑丈夫早亡，领着十岁的儿子石凳在这沟口开店。

翠姑勤快，为人热诚，心肠热，到店里来的客人，有个小病小灾的，她都热心照料。来往的客人都愿意到她这里住店。

外面已是数九的天气了！昨夜下了一场大雪。

翠姑早上打开房门，喊道："石凳——外面的雪好大！快起来帮娘扫雪！"

石凳躺在被窝里嘟囔："娘——大雪天，这么早，不会有人来呀！怪冷的！"

"石凳——开店要勤快！娘攒钱给你娶媳妇。"

"俺不要媳妇，俺要娘！净砢碜俺，俺不要媳妇，娘老了！俺要侍奉娘！"

"石凳，你娶了媳妇，和媳妇俩侍奉娘，娘才高兴！"

"娘！别说了！我马上起来扫雪！"石凳穿好衣服，下地出了门外。石凳打开院门，大喊了一声，"娘！——院门外有人趴在雪地里了！"

翠姑赶忙跑了出去，见一个二十多岁的小伙子趴在门口。小伙子二目紧闭，身上盖满了积雪，眉毛上挂满了冰霜。

翠姑把手放在那人的嘴上，见还有气息："石凳！——快帮娘把他弄进屋里！"

翠姑用冰雪摩擦那人的手脚，过了一会儿，那人醒了过来。那人慢慢睁开双眼："大姐……这是哪儿？"

"兄弟，醒过来了！我这里是大车店，你咋倒在了店门外？"

"大姐，我叫任春，是天津卫人，到山里收皮货。昨晚天降大雪，我在山里迷了路，后半夜摸到了你家店外，我已没有力气叫门了！就晕倒在了店门外。大姐，多亏你救了我，我就认你做姐姐吧！"

这时有人走进屋里："翠姑！咋回事？"

"梢条，大雪天，咋来得这么早？"

"昨夜雪下得太大了！我不放心，过来看看！"

翠姑对任春道："小兄弟，这是邵学大哥！"

"邵大哥，是姐姐救了我！"

石凳喊道："干爹——我开院门扫雪，他趴在了院门外，我和娘把他救活了过来！"

邵学笑道："好小子！天晴了干爹带你上山狩猎！"

"干爹，教我放枪！"

"不怕？"

"我跟干爹学本事，再有人欺负俺娘，俺就杀了他！"

"可不要像小鬼子那样胡乱杀人！要看准了，坏人必杀！"

"干爹，听你的！"

"哈哈！小犊子！"邵学拍了拍石凳的脑袋。

翠姑道："梢条，没吃饭吧？我做饭，你和任春兄弟喝几盅！"

邵学看这任春白白净净的，倒像个生意人，两眼转动，似精明能干。二人坐在热炕头上唠得很投机。

任春道："邵大哥，你们山里人真好，我没有姐姐，翠姑姐姐救了我，以后翠姑姐姐就是我亲姐姐一样！

"我做皮毛生意，天津卫有很大的买卖，这长白山里我会常来，我喜欢大山，我也喜欢看猎人狩猎。

"邵大哥教我狩猎吧！这山里的规矩我也不懂，邵大哥上山狩猎时带着小弟在山上转转，免得我以后在山上迷路。"

邵学哈哈笑道："就你这身子骨，能上山狩猎吗？不得累趴下你!"

"邵大哥，我从小就锻炼身体，我的身体棒着呢!"他伸出了胳膊，胳膊上满是肌肉疙瘩。

邵学笑道："好!带你上山试试吧!"

"邵大哥，兄弟休养两天便回天津卫，给翠姑姐姐扯些好布料，买些姐姐喜欢的东西和首饰，再给石凳外甥买些好玩好吃的东西。邵大哥，上山狩猎要有枪啊!我再买一支好枪。"

邵学笑道："你给他们买啥我不管，你要买枪我帮你吧!"

"邵大哥，说好了!兄弟肯出钱!"

"说定了!"邵学伸出了双只手，"十块大洋!"

任春笑道："成交!"

邵学——三十多岁，近一米八零的个头，身体瘦长，人都叫他梢条。邵学机警干练，心机较深，武功也不错，他一直是关东三寨负责眼线、暗探安排的头领。

他和熊天彪都是光腚玩大的伙伴。自从到了狼牙碴子，邵学在狼牙碴子周边都布控了眼线、暗探，他每天通过他安置的线点搜罗日伪军的情报。

那年夏天晚上，邵学住在翠姑的店里，邵学让翠姑做了两盘菜，自己喝了几两老白干。他睡到半夜听到翠姑房中有喊叫声，他赶忙起身跑到翠姑房中，见两个家伙按住翠姑，扒翠姑的衣服。

翠姑的上衣已被撕破，翠姑拼命地挣扎，翠姑两个圆圆的奶子在跳动。这时他见九岁的石凳蹿到屋外，他抄起一根劈柴桦子照着一个家伙的头上打去，啪的一声，那个家伙的头上流出鲜血。

那家伙放开翠姑抄起大刀向石凳劈来。危急时刻，邵学纵身上前飞起一脚踢落那家伙的大刀，顺手拔出来盒子枪："哪个山头的？找死吗?"

两个匪徒都傻眼了!跪在地上磕头讨饶。翠姑双手掩住前胸，号啕大哭："畜生!浑蛋!我无法活了!"

邵学脱下外衣递给石凳："拿给你娘穿上!"邵学掰开了盒子枪的机头："你们两个杂种到外面去，不要死在屋里!"

两个匪徒抱住翠姑的大腿磕起头来："大姐呀!大娘呀!救救我们吧!我们再也不敢做坏事了!姑奶奶，救救我们吧!"

两个匪徒痛哭流涕，抱住翠姑的大腿不放。

翠姑止住哭声："畜生!我险些毁在你们手中!邵大哥，放过他们吧!我不愿意看到杀生!"

邵学恨恨道:"畜生!再看到你们为非作歹,定杀不饶!若不是翠姑说话,你们死定了!"

翠姑羞红了媚脸,流泪道:"邵大哥,我咋办?邵大哥,我咋整啊?"

邵学怒视两个匪徒:"放你们出去,不得露出半点口风,你二人若说出今晚之事,你们就是逃到天边,我也要取你们脑袋瓜子!"

两个匪徒连连磕头:"爷爷不杀我们两个畜生,已感恩不尽了,咋还敢出去胡说八道!我们再有半点龌龊言语,天打雷劈!定遭报应!"

邵学在每人屁股上踢了一脚:"滚吧!"翠姑双手捂着前胸,低垂着头,泪流满面:"邵大哥!我咋整?邵大哥,你都看到了我的前……我咋整?让石凳认你做干爹吧!"

邵学叹了一口气:"我就做石凳的干爹吧!"翠姑拽过石凳:"快给干爹磕头!"石凳跳了起来:"我喜欢干爹!我愿意给干爹做儿子!"

石凳跪在地上,咣咣咣就是几个响头:"干爹——我和娘再也不怕恶人了!"

翠姑扑哧一声笑了出来:"邵哥哥——翠姑给你炒菜、烫酒!"此后,邵学一有空闲就到店里来帮翠姑料理生意,有时住在店里,二人倒也甜甜蜜蜜。

邵学把大车店当作自己的一个据点,收集南来北往的消息。

四

任春半月后回到了马蹄沟大车店,他大包小裹地买回很多东西,有布料、首饰等,还有石凳喜欢吃的天津卫食品,乐得石凳直蹦高,一个劲儿地喊舅舅。

任春拿出一盒好茶叶:"姐姐,邵大哥这几天没过来吗?我给他买了一盒好茶!"

翠姑笑道:"任春兄弟,干啥这么破费?既然你认了这个姐姐,就不要把姐姐当外人了!不知小鬼子这些天老是在这儿踅摸啥,邵大哥这几天事情多,今天晚上能过来吧!"

"姐姐,邵大哥都忙啥呀?"

"防备小鬼子呗!"

"邵大哥敢打小鬼子？"

"咋不敢！那狼牙碴子——小鬼子的头疼着呢！"

"那邵大哥是狼牙碴子的人了？"

"我也说不准！"

"邵大哥真尿性！我恨死小鬼子了！我手中没枪，我若有枪也敢打小鬼子！"

"嗬！尿性！有血性！枪我已为你买好了！就怕你小子到时候腿软！"邵学一脚门里一脚门外地笑道。

"邵大哥！枪买好了吗？啥时拿来？"

"明天晚上我给你送过来！"

"邵大哥，好茶！给你买的！"任春把一盒茶叶递到邵学手中。邵学闻了闻："不错，不错！明天教你打枪！"

石凳在一旁喊道："干爹——我也要学打枪！我要学熊天彪的本领！"

"小孩子瞎说啥！熊天彪的本事是你能学得了的吗？干爹天天在他身边转，也只学了些皮毛。"

任春一愣神："熊天彪？关东三寨的熊天彪吗？"

"是呀！听说过？"

"哎呀！大名鼎鼎啊！狼牙碴子的胡子头！小鬼子都惧怕他三分，哪有不知的呀！"

"任春兄弟，不要乱说！我在石凳面前吹牛皮，我根本不认识熊天彪。"

"邵大哥，那样的英雄人物认识认识也不妨啊！"

"不认识，不认识！说着玩，和石凳说着玩呢！"

"邵大哥，我还想打小鬼子呢！怕啥？"

"不说了，不说了！明天我教你打枪。"第三天上午，邵学领着任春来到山上，邵学教给任春打枪射击的要领。

邵学做了几个示范动作，任春端起枪来演示动作，邵学见任春托枪平稳，不见摆动。心想：这小子练过？这枪咋托得这么稳？

"任春！练过？枪咋托得这么稳？"

"邵大哥，我从小就玩双杠，臂力好！"

"哦！我说嘛！好好！你很快就能练好枪法！"

秋天到了，正是动物膘肥的时候，任春跟随邵学上了山。二人在一山梁下见两只黄羊，二人刚要开枪，忽听山梁下响起汽车鸣笛声，两只黄羊吓得噌的一声跑掉了。

二人见山下一辆坐满了伪军的军车奔驰过来，任春骂道："真他妈的扫兴！这小鬼子的狗真可恶！我去杀他一只，教训教训他们！"任春提枪向山下跑去。

邵学想阻拦，已来不及了，忽听一声枪响，邵学见一个伪军从汽车上摔了下来。伪军跳下汽车架起机枪向山坡上扫射。过了一会儿，邵学见任春偷偷地跑了过来。"邵大哥，真过瘾！我干死了一个黄狗子！今天啥也不打了！俺哥儿俩回家喝酒！"

邵学笑道："任春，你小子的胆子也太大了！真冒失！弄不好丧命啊！"

"别说是黄狗子，就是小鬼子，我也照样射杀他！"

邵学心想：看不出这小子是咋回事，竟敢贸然开枪，有胆气，倒也是个爷们儿！

五

天见冷了，邵学要到县城准备山上过冬的用品，他带领几个弟兄，赶辆马车去了县城。他走时告诉翠姑第二天回来。

邵学带领几个兄弟在县城忙活了一天，买齐备了应用的物品。晚上哥儿几个吃完饭，在客栈里早早就歇息了！

邵学没有睡觉，他在拢账，盘算还有什么需要购买的东西。他拢完账，夜已深了！他刚熄灯一会儿，还没有睡着，听店门外有人喊叫："掌柜的起来，查夜！"掌柜的揉着惺忪的双眼迷迷糊糊地说道："大半夜的！来了，来了！"

掌柜的刚打开大门，啪一巴掌打在脸上："你妈的！没听见吗？都睡死了！警察！查夜，查夜！"

邵学听了，知道不好，他赶忙推醒了几个兄弟："快！穿衣服，抄家伙！"

几个弟兄慌乱地套上衣裤，搜出盒子枪顶上了火。邵学道："兄弟们！外面是小鬼子和伪军，我们被堵在屋里了！别慌！打死一个够本，打死两个赚一个！踹开后窗越墙走！"

哥儿几个踹开后窗，刚爬上墙头，几只手电筒的光柱照在他们的脸上。

一个家伙喊叫："跑不了啦！缴枪吧！"邵学啪啪就是两枪，手电筒熄灭了。啪啪啪、啪啪啪，双方交上了火。

邵学在手电筒熄灭瞬间跳出了墙外，他就势一滚，躲到一棵大树下，他抢起了手中的两把盒子枪。

啪啪，爬上墙头的两个兄弟没等跳下去，身中数弹掉到墙外。院内的两个弟兄磨头冲回屋内与十几个日伪军交起火来。邵学在墙外急得满头大汗。

黑暗中，他不停地向日伪军射击；黑暗中，日伪军也不敢追击他。

邵学心想：兄弟们完了！一个也逃不出来了，咋回事呢？小鬼子咋知道我们进城了呢？过了一会儿，院内的枪声停止了，邵学知道，四个弟兄都完了。

邵学在黑暗中隐蔽了一夜，第二天他到城里打探消息，知道跟他一起爬上墙头的两个弟兄被打死了，客栈内的两个弟兄身负重伤被小鬼子活捉了。

邵学想通过城内的眼线打探被俘的两个弟兄消息，可到了中午，他见一队日本兵和伪军押着两个五花大绑的弟兄到了刑场。

邵学见两个弟兄的双腿都已被打断，几个伪军架着他们俩拖到刑场。两个弟兄不停地破口大骂："小鬼子！杀吧！老子皱一下眉头都不是好汉！关东三寨没有孬种！狼牙碴子上的弟兄个个是英雄好汉，他们会来找你们报仇！

"燕飞天不会放过你们！熊天彪不会放过你们！快点给老子来个痛快的！燕飞天！——报仇！——天彪大哥！——报仇——！"

刽子手抄起来大刀，两个弟兄倒在血泊中。四个弟兄的头被长杆挑起挂在广场中。

燕飞天得到密报，星夜赶到狼牙碴子。邵学跪在熊天彪面前，两眼血红，号啕大哭："天彪大哥！弟兄们好样的！被砍头前没有一个皱眉头的！"

熊天彪圆睁二目，双眼通红，眸子中杀机重重："邵学兄弟！弟兄们死前都说什么了？"

"一句话！报仇！燕飞天——报仇！天彪哥哥报仇！"燕飞天已走进屋来，他两眼流泪，拉起邵学："邵学兄弟，此仇不报，我燕飞天誓不为人！天彪！做好准备，把弟兄们的人头抢回来！"

"天哥！咋个准备法？我带领全数人马杀进县城，抢出弟兄们的头颅！再砍杀他小鬼子！"

小胜子吼了起来："师父！我打头阵！我多砍些小鬼子的脑袋，给死去的弟兄们祭灵！"

"天彪！胜子！不能硬拼！让我思谋一番。"

"邵学兄弟！你们在县城里露出什么马脚了吗？有可疑人跟踪你们吗？"

"燕大哥，我们不多言不多语，只顾购货，也没有招惹是非，至于有没有人跟踪我们，我没在意。"

燕飞天道："事出蹊跷，你们住宿的客栈没有人发现你们什么吗？"

"都很正常，没有什么不对劲儿的地方。"

"小鬼子半夜包围了你们，不是事出突然，是否有人透出了你们进城的消息？不管咋说，这次下山，要严守秘密，我们众多人马，大张旗鼓地下山，小鬼子早就有了准备。

"我们要秘密下山，到了县城，给小鬼子来个出其不意，杀他个措手不及！"

燕飞天又道："我们的马队神不知鬼不觉地秘密下山，夜行军天亮前到县城外埋伏起来，我们在山里休息一天一夜养足精神，待第二天黎明小鬼子睡意正浓时突杀进去。

"长生兄弟，你的任务是干掉小鬼子的哨兵和小鬼子的火力点。张舒、李志，你们俩配合长生狙杀小鬼子的机枪手。你们压制住小鬼子的火力，小胜子带领马队冲杀小鬼子的兵营。王璞带几个弟兄趁机把四个弟兄的头颅抢回来。

"但有两个问题必须解决——邵学你提前下山布置城里的眼线，摸准小鬼子和伪军的布防情况，把石原的大队部搞清楚，我与天彪直接找老鬼子算账！

"怎样才能秘密下山？天彪，我们的后山是绝壁，绝壁下面是一条河，谁也想不到我们会从那里下山！"

熊天彪愣住了："天哥！后山是悬崖绝壁，就是人能下去，那马匹咋下去呀？"

燕飞天笑道："天彪，让弟兄们砍些树木制作木笼子，木笼子要装得下马匹，我们在山顶上支起木架，用绞盘把装有马匹的木笼子放到山下，再把木笼子绞上来。

"把马匹放到山下，那河水不深，下到山下的人马立刻隐蔽，待人马齐备我们趁着夜色出发。"

小胜子叫道："师父！好主意！真是好主意！我马上带领弟兄们砍伐树木，制作木笼子！"

熊天彪哈哈大笑："天哥，好主意，好主意！这次连以前的大仇一起报！我去准备制作绞盘！"

燕飞天对邵学说道："你带领两个兄弟下山，一定要严守秘密，你到县城去找一个人，一会儿，我告诉你接头暗号！"

第二天晚上，邵学回到了山上，他告诉燕飞天，四个弟兄的头颅还挂在广场的木杆上。他掏出一封信递给了燕飞天。

燕飞天打开了书信，书信写道：

弟兄们遇害，我事前不知半点消息，付冰已多日不知去向！

县城布防情况——石原大队部、龟田中队、郭麻子一个营在城北布防。城东、城西各有一个中队日军，迟鹏带领两个营的伪军在城南布防。

攻打石原时，我在其他三处纵火，让他们不能增援石原，山寨慎防奸细！

土豹

燕飞天看完书信，对邵学道："你去见的那人，你知，我知，不可泄露！"

"燕大哥，兄弟明白！"

"天彪！即刻起，告诉弟兄们，任何人不可下山，严密封锁消息，木笼与绞盘准备咋样了？"

"天哥，明日完工！"

"好！——后天下山！"

六

小胜子带领他的马队足足地忙活了一夜，全部人马下到后山，蹚过绝壁下的河水偷渡到对面密林中。第二天晚上，熊天彪让弟兄们饱餐一顿，小胜子让弟兄们在马蹄子上缠上破布，趁着夜色悄悄奔向县城，天亮前，马队到了城郊的山林里。

天亮后，邵学带着几个弟兄到县城里打探消息，看小鬼子有没有什么动静。

石原成功地捕杀了四个义勇军战士，心中极是兴奋，他把四个人的人头挂在木杆上。他知道中国人死后要收尸，他要引诱出来收尸的义勇军，再捕杀之。

已经两天了，四颗人头挂在那里，可狼牙碴子一点消息都没有，他有些奇怪，那帮马胡子是最重义气的人，咋不来呢？他们害怕了吗，还是另有图谋？

咋这石鼠一点情报都没有呢？哎！今天是第三天了！还是没有动静。他看了看西下的太阳，看明天咋样吧！最好马胡子能来百八十人的！我要把熊天彪一口一口地吃掉！

县城四周我都布置了人马，不管他马胡子从哪方面进城，我都可合击，稳操胜券。

石原盯着郭麻子："郭的，你的说！马胡子为什么不来收尸？"

"太君，马胡子大大的害怕皇军！皇军大大的厉害！咔咔砍了四个人头，马胡子吓得尿裤子了的干活！太君，他们再不来，明天把马胡子的尸体拿去喂狗吧！"

"喂狗的不要！喂狗的不要！四个马胡子不怕死，勇士的干活！"

"常先生，你怎样看？"

"太君，马胡子不会来了！狼牙碴子距离县城路途遥远，他们知道，他们收走了尸体也跑不了，脑袋也得被咔咔、咔咔砍头的干活！谁也不愿意被砍头的干活！

"暴尸街头，对中国人是最不敬的！中国人大大的愤怒。马胡子不敢来了！明天把他们的尸体埋掉吧！不让老百姓不高兴！"

"哟西！哟西！马胡子不来，明天埋掉的干活！"

常跋心中暗想：石原已相信狼牙碴子的人马不会来了，他已放松了警惕。

天刚见亮，张舒、李志偷偷摸到日军哨所旁。日军哨兵稀里糊涂地被割断了咽喉，倒在血泊中。日军的机枪射手在打瞌睡，听到声响睁开了眼睛，只见眼前身影一闪，咔嚓，脑袋被劈成了两半。

张舒与李志又摸进警卫室，见三个日本兵坐在椅子上打瞌睡，二人抡起大刀，三下五除二，三个日本兵报销了。

日军营房内一片黑暗，张舒打开手电筒向远处晃了晃，熊天彪低声道："胜子！你带弟兄们直扑小鬼子的营房！"

小胜子怪吼一声："弟兄们！——个个做阎王！"嗒嗒嗒，马蹄声骤起，二百多铁骑踏向日军营房。一时间，手榴弹爆炸声，机枪扫射声响成一片，日军营房里火光冲天。

日军睡梦中被惊醒，没等穿衣服就一命呜呼了！有的日本兵端枪跑到营房外，还没明白咋回事儿，马刀就劈在了头上。

石原做梦也没有想到，熊天彪的人马这个时候袭击了他的军营。

他抓起电话："龟田！你的，赶快抵抗的干活！郭麻子的，快快抵抗的干活！"他提着军刀跑出门外。

一小队日本兵向他跑了过来："大佐！龟田君让我们来保护你！大佐！快快躲起来！"

"巴嘎——！"石原挥起指挥刀。军营内一片火光，日本兵开始反击。

小胜子与鄂二江带领二百铁骑发疯一样，先是一阵机枪扫射，接着跃马扬刀——狂劈、猛剁。

一片惨号声，日本兵纷纷倒地，血肉横飞，军营内日伪军乱成一团。

熊天彪带领三十个弟兄直扑城中广场。"王璞！注意小鬼子的动静！我去把弟兄们的头颅取回来。"熊天彪纵马到四根长木杆跟前，抬手就是四枪，吊着人头的绳索被击断，长木杆下面的几个弟兄接住人头，包裹起来背在身上。

埋伏在周围的日伪军瞌睡中听到马蹄声和枪声，抱着枪冲了出来。王璞端起机枪一阵疯狂扫射，都稀里糊涂地倒在了门外。

等他们清醒过来架起机枪射击时，熊天彪带领三十个弟兄旋风一样远去了。

郭麻子的伪军吓得到处乱窜，掉胳膊的，缺腿的，哭爹喊娘，惨叫声一片。

郭麻子喊道："孙斗！——孙连长！别离开我！我害怕！这狼牙碴子咋来了这么多的阎王！"

孙斗战战兢兢地说道："大……大哥……我也害怕！我……我……尿裤子了！"

"妈的！指望不上你了！我跑吧！"这小子吱溜钻到茅厕里。

石原大声喊道："顶住！——顶住的干活！我们的大队皇军很快就到了！彻底消灭马胡子的干活！"他话音刚落，只见其他三个方向冒起火光，紧接着响起了枪声。石原知道其他三处都受到了攻击，他只得集中部队抗击。

他刚把日伪军凑合到一起，只见一个黑影一闪，他的手腕一阵疼痛，指挥刀掉在了地上。

不远处飘来一句话："石原！——今天不杀你，留着你还有用！"突然，马蹄声骤起，马队旋风般撤退了。

石原见熊天彪的人马撤退了，命令龟田追击，他们刚追出不远，其他三处的日伪军赶到了！

迟鹏看石原的狼狈相连连鞠躬："太君——你的手……"

"马胡子的干活！追击，追击！"

迟鹏问道："太君，马胡子在哪里？"

"哦！在哪里？在哪里？郭麻子！马胡子在哪里？"

郭麻子咧咧嘴："太君！我在茅房拉屎，没看见马胡子哪里去了！"

"巴嘎！胆小鬼！让马胡子吓得拉稀了！"

迟鹏迷惑道："太君！你这里没有马胡子，我们那里有马胡子，大大的，放火的干活，我们开枪的干活！马胡子被我们打跑了的干活！"

"迟团长！你的看看！皇军死伤大大的，不是马胡子的干活！是你的干活？巴嘎！"

"哈依！太君，是马胡子的干活！是马胡子的干活！"

迟鹏瞪了一眼郭麻子："还他妈的看啥？追呀！"日伪军盲目地向城外追去，追出不远，听前面山坡上有枪声。

日伪军向山坡上扑去，日伪军到了山坡下，突然从山坡上滚下一个人来，这人一手提着一颗人头。

日伪军冲到那人面前，见常跋满身带伤，嘴中喘着粗气，手中的两颗人头血肉模糊。石原见是常跋，惊讶道："常先生！怎么会是你？你怎么到了这里来？"

常跋丢下手中两颗人头："太君！马胡子死了死了的干活！"

石原瞪着惊异的眼睛："常先生！你怎么会在这里遇到马胡子？你一个人杀死了两个马胡子的干活？"

常跋笑道："太君！晚上我在花姑娘朋友家里过夜的干活！听到枪声的干活！知道城里来了马胡子的干活！

"我跑到山坡上，见马胡子从这里撤走的干活！我躲在草丛中，见两个马胡子到大树下拉屎的干活！我偷偷地，大刀的干活，咔嚓、咔嚓的干活！两颗脑袋拿来的干活！马胡子发现了向我开枪的干活！我从山上滚落下来，身上受伤大大的干活！"

石原拍了拍常跋的肩膀："常先生！你大大的厉害，皇军大大的朋友，哟西！哟西！金票大大的有的干活！"

"太君！金票我大大的喜欢，愿意为皇军效劳！"

常跋纵完火，偷偷地摸回到混乱厮杀的军营，他割下两个还在喘气的日军伤兵脑袋，又偷偷地跑到城外的山坡上藏了起来。

他事先把两颗人头的脸摔乱，让日伪军看不清面目，又把自己的衣服扯破，把身上划伤，待日伪军冲到山下时他从山上滚落下来。

常跋要让日本人相信自己，还要从日本人手中拿到金钱，真可谓一箭双雕。

天亮后，石原清点队伍，日伪军伤亡了好几十人。他让军医检查手臂上的伤口，军医从他的手臂中取出一枚铜钱，正面"康熙通宝"，后面"燕飞天"仨字。石原大惊失色，惊骇不已——燕飞天果然鬼神莫测，恫吓我吗？现在不杀我，留着我还有用处。燕飞天什么意思呢？我大日本帝国皇军的大佐会惧怕吗？

石原拨通了山口荷子的电话。"荷子小姐，你的石鼠是个废物，我看他是个死鼠！让大日本皇军大大的丢脸，熊天彪袭击了我的队部，我们丢掉了几十个皇军的生命，熊天彪这么大的军事行动，石鼠竟然毫无察觉！"

"石原君，你知道，燕飞天与熊天彪是很难对付的，石鼠已尽力了！让他继续潜伏，待时机成熟，将狼牙碴子马胡子一网打尽！"

"荷子小姐，不要让我失望！我急不可待！我要绞死燕飞天！我要让熊天彪化为灰烬！"

"石原君！要有耐心，偌大的中国，不是一朝一夕可征服的！中国人的智慧和耐力不亚于日本人。石原君，你的士兵在流血，中国大地上的皇军士兵都在流血！"石原觉得后背冒着股股凉风。

第十二章　野狼背

一

国民党军统局东北情报站接到指令：共产党将派出联络员到狼牙砬子联络熊天彪组成抗日联军。

南京高层严令燕飞天手中的碧玉蟾不能落入共产党手中。

戴老板指令雄灵阻止中共的联络员与熊天彪接头。

雄灵已获得情报：共产党的联络员钟然即日赴长白山，雄灵决定截杀钟然。

山口荷子也获得了情报：共产党派出联络员钟然到长白山联络熊天彪的抗日义勇军，山口荷子也决定截杀钟然。

杨靖宇将军选派出四名护卫到奉天城护送钟然到长白山，耿鸣为护卫队长。

钟然二十四五岁，曾在东北大学就读，九一八事变后流亡到北平，后秘密参加了共产党。

"七七事变"前，他回到东北从事抗日救亡活动。

这次中共联络员到长白山见熊天彪，是为了把熊天彪狼牙砬子的义勇军联合到抗日联军中，同时也是想通过熊天彪做燕飞天工作，把燕飞天争取到抗日联军里来。

钟然掌握了燕飞天与熊天彪的大量资料及社会背景，知道燕飞天是个没有党派倾向的人，他想：燕飞天能与日本人抗衡到如今，确是个了不起的英雄人物。

不知他是否能接受共产党的思想，融入共产党里来。按照上级指示，钟然下了最大的决心要促成燕飞天、熊天彪与共产党的联合抗日。

刚入冬，两挂大马车一前一后相隔五十米出了奉天城。前面马车上的车把式二十多岁，手中握着丈长的大鞭。

拉车的三匹健马滚圆膘肥，车上坐着身穿羊皮袄，脚上穿着靰鞡鞋（古近代东北各民族冬季穿在脚上的皮革鞋制品，靰鞡里填满东北三宝之一的靰鞡草，是耐寒的天然佳品）的年轻人。

年轻人看上去二十五六岁的年纪，面目清瘦，身上背着个钱褡子，似到大山里收购山货的生意人。

后面马车上三个人，都是一副到深山里去的打扮，个个精明强悍。一路上谁也没有言语，每个人的双眼都警惕地打量着四周。

到了晌午，马车停在一客栈打尖。他们吃过晌饭，刚上了马车，三个手拿哈拉巴（旧社会东北讨饭的帮派手中讨饭的工具，用猪骨制成，讨饭时拿在手中敲打）的乞丐走了过来，手中敲着哈拉巴，口中数说着丐帮的乞语。

> 各位大爷的马车好，
> 我们想坐车捎个脚。
> 各位大爷行行好！
> 出门多捡金元宝！
>
> 大爷不要怕麻烦！
> 俺们途中做个伴，
> 大爷要是抛下咱，
> 前面阴沟就翻船！

车把式瞪了他们几眼，看了看车上的掌柜的，掌柜的点了点头。车把式站起身来，甩起长鞭，啪啪两声脆响。"都是穷哥们儿！上车吧！长点眼色！"

> 大哥大哥是好汉，
> 抡起鞭子鬼胆寒！
> 一路行船多顺风，
> 你喝好酒俺吃饭。

这几个乞丐刚数落完，客栈中走出一个年轻姑娘。花头巾遮盖着半个脸，只露出一只眼睛。"这位小哥面善！俺也要到山里去，捎带俺一程好吗？"她瞅着车把式哧哧地笑了起来。

车把式心中纳闷：今天是咋啦？都要坐我们的大车！是什么兆头呢？我身负

重任，不可掉以轻心。

掌柜的见车把式在犹豫："耿鸣，让她上车吧！女孩子家，出门不易！"

那姑娘上了马车，笑道："掌柜的，多谢了！你们这是到哪儿去？"

掌柜的心不在焉地答道："长白山鸡头岭购木材。姑娘你这是到哪儿去呀？"

"哦！我到熊瞎子沟姨妈家，姨妈病重捎信来，我去看望姨妈，若顺路，我想早些到姨妈家，去晚了，怕见不到姨妈了！"

掌柜的笑道："姑娘，路途遥远，一路颠簸，你可要辛苦了！"

姑娘笑道："掌柜的，穷人家的孩子，身子骨结实呢！"

这时那几个乞丐也拉起话来："掌柜的，这世道不太平，关东山里胡子多如牛毛，小鬼子和伪军路途中时常犯难，弄不好把你们当反满抗日分子抓起来，到时可就傻眼了！"

掌柜的笑道："我们虽是生意人，身上没有那么多的钱财，小鬼子拿我们做什么文章！世道再乱，我们老百姓也要生活呀！咋说也不能不让我们吃饭吧？"

一个乞丐笑道："掌柜的，还是我们讨饭的好，灶王爷贴腿肚子上，人走家搬，四海为家！"

掌柜的笑道："也好，吃饱了，找疙瘩地方就睡觉，没有烦心事，不像我们一家老小，要吃要喝！每天在外提心吊胆，担惊受怕的！"

"掌柜的，若把日本人撵走就好了！咱也不用讨饭了！你做生意也不用担惊受怕，提心吊胆了！"

掌柜的摇了摇头："兄弟，你们敢打日本人吗？"那三个乞丐摇了摇头。

一个乞丐眼睛盯着掌柜的："人家日本人有枪有炮，已占领了大半个中国，我们拿什么跟日本人打！若有人领头给我们枪，我们就敢跟小鬼子干！"

掌柜的道："就是有人领头，给我枪，我也不敢打小鬼子，我手无缚鸡之力，胆小如鼠，见了日本人我就尿裤子了！哈哈！哈哈！"

"不要笑我，我是个无用之人！"那个姑娘一直听着他们说话，这时插言道："听说山里有抗日联军，闹得小鬼子坐卧不安，不知那抗联都是些什么人？"

一个乞丐道："抗联是共产党领导的抗日部队，皇军的死对头！皇军决心要剿灭他们，他们的好日子不会长久！"

姑娘笑道："你咋知道得这么多？你好像是给日本人做事的人！"

那个乞丐觉得自己说走了嘴，赶忙道："讨饭的，哪儿都出溜！道听途说，就我这个熊样的，日本人能看上我吗？嘻嘻！"

这时天已见晚，又刮起了小北风，眼见日头已落山了，天已昏黑。突然，路边的坟丘后面钻出两个人来，手中端着枪。"站住！——把身上的钱财都拿出来！"

众人一看不好，遇到胡子了，一个乞丐把手伸到了讨饭的兜子里。

忽见车把式抡起长鞭，挽起两个鞭花，只听啪啪两声清脆的鞭响，两个土匪妈呀一声，手枪掉在了地上，拉车的三匹健马狂奔起来，冲了出去。

两个土匪刚要低头捡枪，后面的马车赶了上来，车把式甩起来长鞭，啪啪两声清脆的鞭响，两个土匪的脸上起了两条长长的血痕。

两个土匪捂着脸眼见两挂大马车马铃叮当扬长而去。

两挂马车跑出一百多米，放慢了速度，一个乞丐惊叹道："掌柜的，你的车把式大大的厉害！长鞭玩得比枪都好使，俺真是大开了眼界。"

姑娘道："掌柜的，吓死俺了！不知还会碰到啥？"

姑娘的话音刚落，不远处山坡上闪起点点绿光，绿光向大道逼近，姑娘喊道："掌柜的！怕是狼群吧？"

三个乞丐惊慌地向山坡上望去："哎呀妈呀！可不好了！是狼群！掌柜的，咋整？这骡马就怕狼啊！骡马遇到狼就不敢动了！我们不得都叫狼掏吃了呀！"

三个乞丐与姑娘身上已战栗起来，马匹开始嘶鸣驻步不前。

耿鸣喊道："都坐牢稳了！——谁也不要乱动！"耿鸣与后面的车把式擎起来长鞭。

狼群越来越近，几只饿狼已蹿到马车旁四五米远，蹲伏在地上。饿狼伸着长长的舌头，两眼放着绿光死死地盯着马车上的人。

只听耿鸣大吼一声，他与后面的车把式同时甩起长鞭。啪啪、啪啪四声清脆爆响，四只饿狼在地上翻滚嚎叫。

耿鸣抢起长鞭在两匹前马耳根处就是两鞭，前马扬蹄长嘶，狂奔了出去，后面的马车跟着前面的马车冲出了狼群。

两挂马车跑过一片小树林，见前面亮有灯光。到了亮灯处是一家大车店，众人下了马车，三个乞丐每人的一只手还插在衣兜里。

耿鸣笑道："你们的衣兜里有枪吗？有枪干吗不对付狼群？"

"没有枪，没有枪！我们是让狼群吓得一只手不好使了！"

耿鸣不屑地看了他们一眼："就你们这些人，手中有枪也是废物！没有我的长鞭，你们今天都得葬身狼腹！身上没有点真功夫，敢闯荡江湖吗？"

众人进了大车店，大车店掌柜的迎了过来："众位弟兄，这地方叫野狼背，咋这么晚到了我的大车店？这附近有狼群，你们没有遇到狼群吗？前几天有一伙客人被狼掏了！咋不早些到店里来呢？"

耿鸣道："我们遇到了土匪，耽搁了时间！"

那掌柜的道："我们这里很太平，没听说有土匪呀！你们的点子背，压压惊吧！想吃什么？各位爷点吧！"

那三个乞丐坐了下来，已没有了乞丐的模样，吆五喝六地点起菜来。什么胖头鱼，小鸡炖蘑菇，干炸里脊，似乎今天讨到了金条。

姑娘凑到耿鸣身旁："小哥——我想与你一起吃饭，小哥介意吗？"

耿鸣笑道："我们这么多人，不差你一个人，在一起吃吧！"那姑娘痴痴地看着耿鸣，若有所思："小哥，多谢了！我咋瞅你面熟，似乎在哪里见过你！"

耿鸣笑道："姑娘，你不会见过我，我是个命游天涯的人！"

"不！——小哥，我们见过面！"

耿鸣笑道："姑娘，不要套近乎了！你今晚的饭钱我付，不会为难你！"

"小哥，不是这个意思！你太像一个人了！"

"啥？我像谁？"

"你到过野猪坳吗？"

"什么？你咋知野猪坳？"

"我是野猪坳的人！"

"野猪坳的人多了！我咋会认识你！"

"你认识铁蛋吗？"

耿鸣突然坐起身来："你说啥？你认识铁蛋？"

姑娘向四周看了看，低声道："我是二丫！我的香草荷包送给了铁蛋，你是铁蛋的哥哥铁锁！"

"我不是铁锁！这里没有什么铁锁，姑娘，你认错了人！"

姑娘道："铁锁哥哥，你不认也罢，你到外面来！"

耿鸣跟随姑娘到了店外，姑娘在脸上一抹，耿鸣惊异道："二丫！你是二丫！在野猪坳我亲眼见你把荷包塞到弟弟怀里，你咋会在这里？"

"铁锁哥哥，说来话长，那日你们离开野猪坳后，我自己寻到了关东三寨，认了娘亲。日本人来犯关东三寨，铁蛋回援，我见到了铁蛋。日本人那次进犯中，爷爷为保卫山寨死于日本人手中。"

"什么？爷爷不在了？"铁锁眼中滚下泪水。

"铁蛋和娘呢？"

"铁蛋受燕大哥委派有重任，已离家多年。娘亲在奉天城与菊儿姐姐在一起。我是燕大哥派往奉天城卧底的人。时间不多，不细说了！"

"国民党军统局密令截杀共产党赴长白山特派员钟然，日本人也派出特工跟踪钟然。

"我判定钟然是你们其中一人，三个乞丐是日本人的狗。你们一路上多有艰难险阻，要多加防范，进屋吧！以免引起三个乞丐的怀疑。"

二人回到屋内见三个乞丐在狼吞虎咽地吃喝。一个乞丐道："小兄弟，过来喝一杯！今天没有葬身狼腹，多谢小兄弟了！

"传说咱东北的车把式中有鞭神，今天果见神技。我们这些臭要饭的日后口中要常颂扬小兄弟了！不知小兄弟咋称呼？"

铁锁笑道："过誉了！过誉了！叫我耿鸣吧！山东人，常在大山里转，对付山毛野兽什么的是常事儿。"

"打过日本人吗？"

"日本人是山毛野兽吗？若是山毛野兽我照打不误！只要是想伤害我们的，不管是兽是人，我都要留下他的性命！"

那个乞丐脸色微变："小兄弟，有种，真尿性！明天我把要饭的家什扔了！跟你学耍大鞭子吧！嘻嘻！"

铁锁笑道："那倒不必！你们这样游手好闲，东串西闻，倒也有好吃好喝。"

"小兄弟，啥叫东串西闻哪？咋骂咱哥儿几个呢！那不是狗吗？"

"不是狗，你们要用两条腿走路，是狗腿子！"

"啊！狗腿子与狗不一样吗？"

"不一样！你们若是狗，我早就像打狼一样把你们宰杀了！"

"小兄弟，小爷！俺是狗腿子，俺是狗腿子！俺不做狗！不！狗腿子俺也不做了！"

"各位兄弟，今晚睡个好觉，明天滚回奉天城吧！告诉养狗的那些人，让他们把藏獒放出来吧！我喜欢斗舔血的猛兽！"

"小爷！俺们知道你是个好心人，俺们这几个狗崽子扔在锅里烀了也没有几两肉！俺们回去告诉养狗的人，让他们放出几只大肥狗来，让小爷宰了饱餐一顿。"

草儿在一旁哧哧地笑道："狗崽子！别只说拜年话儿了！把身上的家伙都掏出来吧！"三个乞丐面面相觑："啥？啥家伙？"

草儿转到一个乞丐身后，两根手指轻轻一钩，一把手枪飞到空中。"狗崽子！这是什么东西？"

"姑奶奶！谁把手枪别在我的腰上了？我不要这东西！姑奶奶，给你吧！"草儿拿着手枪瞅着几个乞丐只是哧哧地笑。

那两个乞丐摸了摸腰："姑奶奶！我这里也有枪，都给你拿去卖钱吧！"啪、啪，两支手枪放在了桌子上。

草儿笑着把手枪塞到铁锁手中："拿走吧！兄弟们用得着。"

三个乞丐站起身来："小爷兄弟！我们吃饱了！想走！"

铁锁笑道："我们也吃饱了，不会拿你们烀来吃！也好，你们走吧！外面的群狼还饿着肚子呢！群狼会感激你们送去的美餐。"

"小爷兄弟，被狼群掏吃了，我们的骨头都会七零八落，我们不走了！你就是杀了我们，我们还留有全尸！"

铁锁笑道："我不会杀你们，记住了！你们是中国人！去歇着吧！"这三个乞丐如同大赦一般点头哈腰地退了出来。

草儿回到客房，躺在床上辗转难眠——雄灵安排她跟踪共产党的两辆马车竟遇到了铁锁，她不知道应当怎样回复雄灵。

她想来想去，不管咋样，铁锁是共产党的人，别的人我不管，我不能让国民党的人杀了铁锁。凡是我们关东三寨的弟兄，我都要保护，否则我愧对燕飞天。

可我怎么办呢？身边一个商量的人都没有。她思念起铁蛋，不知铁蛋现在在哪里，她心中好思念铁蛋，真想铁蛋立刻来到她的身边。她眼中滴下两滴清泪，迷迷糊糊地睡着了！

二

铁锁与钟然坐在油灯下整理一天里发生的情况，钟然道："耿鸣同志，那个女人是谁？你们认识？"

"特派员，她是我弟弟耿铁蛋的未婚妻刘草儿，是燕飞天派往奉天城的卧底。"

"你弟弟现在在哪里？"

"不知道在哪里！当初二当家的，不！熊天罴同志，带领我们关东三寨五百铁骑投奔李杜将军抗日，我是骑兵大队一支队队长，铁蛋是二支队队长。我们都是燕飞天的学生，燕飞天传授了我们满身的武艺。

"后来，我们跟随了周保中同志，在日军重兵的压力下，我们化整为零与日军周旋。日军攻打关东三寨，铁蛋带领二百弟兄回援，此后铁蛋再也没有音信。

"听刘草儿讲，关东三寨那次保卫战中，爷爷为保卫自己的黑土地，保卫关东三寨，阻击小鬼子献出了生命！

"铁蛋受燕飞天委托去完成一项重要使命，多年没有消息。"

"耿鸣同志，燕飞天太具传奇色彩，他到底是什么样的人呢？"

"特派员同志，燕飞天是民族主义者，他仇视外虏，他没有党派倾向，他爱国，他的身上具有中华民族的灵魂。

"他早年做过孙先生贴身卫士，也是先生的挚友。他遵照先生嘱托，保护国宝碧玉蟾。他舍生忘死，与日本浪人厮杀，多次挫败日本浪人的夺宝阴谋。

"他决战仙人台，绝杀了渡边雄一、满蒙决死团和一小队日本关东军士兵。那次绝杀中我亲历，我与铁蛋、熊天彪的五杰兄弟，带领几个弟兄劈杀了日本浪人决死团最后十五个精英。我也见识到了碧玉蟾的玄妙。"

"耿鸣同志，听起来似神话，燕飞天那么神奇吗？"

"特派员同志，不是神话，是民族精神！是对黑土地的眷恋！他是中华民族智慧的典范！"

"那么燕飞天超越了我们党的思想，是另一党派的领袖？"

"特派员同志，我们党的宗旨不是争取民族的解放吗？我们党的宗旨不也是为人民谋幸福吗？"

"耿鸣同志，我真想马上见到这个燕飞天！见识见识你心目中的英雄人物！我党也希望燕飞天保护好碧玉蟾，不让国宝落入日本人手中。可日本人对碧玉蟾志在必得。这次日本人和国民党军统都截杀我们，阻挠我们与燕飞天、熊天彪见面，各有深意。

"国民党阻挠我们与熊天彪的武装力量联合抗日，是怕壮大我党的武装力量。我们这一路上风险极大的是对付国民党军统的截杀。

"日本人不想我们现在就死，他们要跟踪我们与熊天彪接头，到那时他们要把我们一网打尽。日本人会阻止国民党军统对我们的截杀，他们双方必有一搏，我们现在认真防范的是国民党军统特工。"

铁锁道："特派员分析得很有道理，我们先对付国民党军统特工，后对付日本人的阴谋诡计。我想我们会平安抵达狼牙碴子见到三当家的熊天彪。见到了熊天彪，就等于见到了燕飞天。"

钟然笑道："耿鸣同志，我第一次见到你这样有武功神技的人，你的大鞭子甩得又准又狠！那饿狼挨了你的鞭子，咋就满地翻滚呢？"

铁锁笑道："牲口的耳根子都是敏感薄弱致命之处，只要打中，再厉害的野兽都丧失抵抗能力。"

钟然钦佩地说道："难怪杨军长亲自点将，让你做我的护卫队队长。今天见了你的神技，我的精神放松了很多，这一路上你要辛苦了！我们尽量避免牺牲，圆满完成党交给我们的任务！"

"特派员，只要你安全抵达狼牙碴子，我们做出多大的牺牲都是应该的！为了我党的事业，我们共产党人不怕流血牺牲！"

钟然笑道："耿鸣同志，你是山寨里走出来的我党忠诚战士！"

"特派员同志，我也是个保卫自家黑土地的农民！"

"是呀！土地是农民的根，没有土地，就无法生存，我们必须尽快赶走日本人！"

草儿睡得正香甜，朦胧中听到外面唢呐响。几个姑娘冲进屋里把她拽上了外面的大花轿。

她见铁蛋骑着高头大马，身上披着大红花在花轿旁笑嘻嘻地看着自己。唢呐声中，花轿跟在铁蛋的大红马后面奔铁蛋家而去。

草儿掀开轿帘："铁蛋哥！这路不对呀！自个家的路都忘记了吗？"

铁蛋笑眯眯地说道："草儿——咱先到自家的地里看看，看那庄稼长得咋样，到了老秋打完粮食换了钱，俺给你扯布做花褂子！让我的草儿美美的！草儿，你再给俺生个胖娃娃，俺抱着俺娃娃到咱家的地里拉屎撒尿，肥咱自家的田！"

草儿看着铁蛋喜滋滋的样子："铁蛋哥……俺……俺给你生一大堆娃娃，拉屎撒尿肥咱家的田……"

大花轿抬到地边，草儿见爷爷在地里薅草，突然玉米地里蹿出一头野猪，把爷爷拱起两尺多高。

铁蛋跳下大红马直奔野猪，只见野猪竖起两支一尺多长的獠牙戳向铁蛋，草儿惊呼一声，铁蛋哥哥……铁蛋哥哥……草儿坐起身来。铁蛋哥……铁蛋哥哥……草儿揉了揉眼睛，天快亮了。

三

三个乞丐回到了奉天城，常跛坐在椅子上跷着二郎腿。"真他妈的废物，手中都掐着枪，叫人家几鞭子就吓尿裤子了！枪也给了人家，真给皇军丢脸！"

一个乞丐道："人家说我们是狗崽子！身上没有肉，宰杀了也吃不上几口，说让我们换个儿大、膘肥的狗去，他们要宰杀吃！"

常跂气得照着仨人的屁股就是几脚："滚你妈蛋的！谁是狗？我个儿大吗？我膘肥吗？我去了他们就宰杀得了我吗？"

一个乞丐道："大哥！啥肥瘦的，我看他们不像共产党，被狼群围上了，他们咋不动家伙呢？共产党身上能没有枪吗？我看他们像胡子！"

"你懂个屁！枪能把狼赶走吗？"

"大哥！你去吗？你也不是肥狗哇！"

"滚，滚，滚！一帮狗崽子！"常跂拍了一下自己的脑袋，"他妈的！把我气糊涂了！我不成了大狗吗？"

这时，山口荷子领进一个人来："常先生，我来介绍一下，为了我们的这次行动，军部给我们配备了一个反共专家，来对付南满的共产党抗日联军。这位是村上柳先生！"

常跂站起身来，看着这个二十多岁俊雅的年轻人："村上太君，我是常跂，侦缉队队长的干活！村上太君多多关照！"

村上看了常跂一眼："侦缉队，哟西，哟西，你的，杀过共产党的干活？"

"太君，我的没有见过共产党的干活！见到了，我大大的，杀了，杀了的干活！"

"常跂先生，我用标准的中国话告诉你，共产党不是好对付的，你见了共产党就可以杀了他们吗？"

常跂大吃一惊："村上先生，你是中国人吗？"

"我是中国人会叫村上吗？"

"那你——"

"我是研究中国共产党的专家，我不懂汉语行吗？中国人说不好中国话，是中华民族的悲哀！"

"太君，你大大的厉害！"

"怎么，我刚教训过你，咋还不会说中国话？什么叫大大的厉害？你是日本人吗？"

"太君，我是中国人的干活！"

"巴嘎！你大大的浑蛋中国人！知道什么叫浑蛋吗？"

"巴嘎，是蛋不清！"

"巴嘎！是你的头不清！"

"哦！太君，我明白了！我就是个浑蛋！"

"荷子小姐，很遗憾，你的侦缉队队长是个头脑不清的人!"

"村上君，他是个很能干的人，他斩杀过多个马胡子的头，得到皇军多次的嘉奖!"

"好! 让他亲自与共产党接触，看他用什么方法对付共产党!"

"村上君，让他明天行动!"

"哟西! 我要考核他!"

雄灵的办公室里坐着一个面目冷酷的人，他在听取草儿的报告："于亚涵小姐，你认为他们不是共产党吗?"

"特派员先生，他们手中没有武器，他们只有两条鞭子，几乎是赤手空拳对付群狼，他们能是共产党吗? 日本人的奸细倒是露了马脚，日本人的奸细手中有枪，他们不动手，看起来日本人不想让那伙人马上死掉。"

特派员冷峻地说道："日本人能断定那伙人是他们要找的人吗?"

雄灵问道："特派员，你认为呢?"

"雄灵小姐，日本人马上就会行动，我们要抢在他们前面，不能让那伙可疑的人落入日本人手中，今晚让我带来的特工组行动!"

"特派员，需要我去吗?"

"不! ——让于亚涵小姐带路!"

常跋被村上柳贬低了一顿，心中很不服气，心想：共产党啥样? 也像日本人那样霸道吗? 管他啥党呢! 杀他几个，到日本人那里领赏。我要露一手给村上柳看看! 常跋带领他的侦缉队离开了奉天城。

铁锁他们的马车赶了一天的路，没有遇到什么麻烦，晚间到了一个叫"夹嘴沟"的地方，他们宿在一大车店内。

四

半夜时分，常跋带着他的弟兄摸到了大车店院外，常跋爬上墙头往里探看，见大车店屋内没有灯光，房屋中响着鼾声。常跋跳下墙头，对小顺子低声道："你带弟兄们摸进屋去，尽量抓活的，抓不成活的，统统杀了，砍头领赏!"

小顺子带五六个人爬上了墙头，没等他们跳到院内，突然外面响起枪声，墙头上滚落下两三个人来。常跋大惊失色，赶忙钻到一棵大树后面："弟兄们——

快撤！共产党有准备！"他躲在大树后面开枪射击，黑暗中，双方对射起来。

常跋喊道："你们是哪条线上的朋友？——咋不说话？你们是共产党的人吗？"忽听一个女人喊道："不要管我们是啥人！我们知道你们是日本人的狗！"

黑暗中，常跋见对方身影晃动敏捷，出枪稳健，知道对手训练有素，不是常人，他有些发怵，额上开始冒汗。

常跋正在心急，听黑暗中有杂乱的跑动声。他心想：坏了！被人家包围了！顾不了其他的弟兄了！想法自己逃跑吧！他刚转身几步，一个女人挡在了他面前："常跋！慌了吗？我不会让你送死！"

"啊！荷子小姐！你咋会在这里？"山口荷子一挥手，三十多个日本兵向对方开火，啪啪、啪啪啪，枪声爆响。

突然对方的机枪狂吼起来。嗒嗒嗒、嗒嗒嗒，黑暗中，几个日本兵倒在血泊中。枪声连成一片。

大车店外，双方在激烈地交火；大车店内漆黑一片，房屋中死一样的寂静。突然院门外响起几颗手榴弹的爆炸声。火光中，只见五匹健马冲出院门。嗒嗒嗒、嗒嗒嗒，五把盒子枪同时向日本兵开火。

日本兵又倒下五六个，日本兵开枪还击时，五匹快马已消失在夜幕中。山口荷子望着五匹健马消失在黑暗中，她的俊目在转动，嘿嘿干笑两声："跑吧！我不会让你们马上就死！"

山口荷子恨恨地喊道："我知道，你们是南京方面的人，你们想让共产党特派员死！我现在不想让他们死！我们斗下去，看鹿死谁手！"

一个女人回话道："我知道你们是东京方面的人，在中国的土地上，我也要看鹿死谁手，我们奉陪你们斗下去！"

啪啪、啪、嗒嗒嗒，夜空中的枪声恐怖，瘆人。

第十三章 老风口

一

铁锁他们跑出大车店，钟然听大车店外爆响的枪声："耿鸣同志，为什么我们选择日本兵作为突破口？"

"那个女人的喊话声，我已听出她是谁，她在提醒我们，外面是日本人。

"日本人这次来，不是捉拿我们，他们的用意是防备南京方面的人，他们怕南京方面的人搅乱他们的计划，他们要打破南京方面的计划。

"只有我们与熊天彪接头，日本人才能达到目的，他们能希望我们现在死吗？如我们走另一条路，正中了南京方面的布局，是死路一条，那个女人的喊话帮了我们大忙。"

钟然笑道："耿鸣同志，你很了不起，你的军事能力很强，你会成为我党武装力量的优秀指挥员！"

铁锁笑道："特派员，我差得远了！比照我们二当家的九牛一毛，我们二当家的才是军事天才！"

"哦！他现在在哪里？"

"苏联伏龙芝军事学院深造，和我一样，早年周保中的部下。"

"关东三寨，太神奇！土匪出天才吗？"

"特派员，你错了！我们不是土匪！我们是热爱祖国，热爱黑土地的人！我身上的技艺是民族自保的才华，不是叫作土匪的人身上都具有的！"

钟然思索片刻："被压迫的人都是劳苦大众，被逼无奈才为匪，我想不会有人喜欢为匪吧！"

"是呀！特派员，为什么日本人把反抗他们的人称为匪？是人们被逼无奈起来反抗，成了他们眼中的匪！"

"耿鸣同志，我向你道歉！人民是真正的英雄，你是人民中的一员，当然你也在英雄之列。"

"特派员，我不是争论什么英雄！我是在争论中华民族的精髓，上下几千年中华民族的奋斗史，每个朝代都有民族英雄的出现。"

"耿鸣同志，你看过很多书籍吗？"

"父亲是个学者，我从小受父亲的熏陶，喜欢读书。"

"父亲呢？"

"五卅运动，大革命时期后，父亲不知了去向。为了生计，爷爷无奈带着娘亲、我与弟弟下了关东，辗转到关东三寨。"

"看起来，你父亲是早期革命者，你们父子会有重逢那一天。"

"我不知道！娘亲盼望父亲几乎哭瞎了双眼！"

"耿鸣同志，革命就要付出代价，等待革命胜利那一天吧！"

"哎！——我们现在重要的是把日本人驱逐出中国！摆脱日本人的铁蹄！"

"耿鸣同志，日本人在跟踪我们，国民党的特务在追杀我们，下一步我们应当怎样行动？"

铁锁思索片刻："我们白天隐蔽起来，夜间赶路，让他们摸不着头脑。我们寻找机会诱引他们之间拼斗，待到了狼牙碴子，杨军长会派人来接应我们。"

二

草儿与特派员的行动小组回到驻地，特派员冷峻的脸有些舒展："雄灵小姐，我们虽然没有抓到共产党的特派员，但我们干掉了十几个日本人，这也是我们军统局战士深入到东北的功勋，我为同志们向戴老板请功！"

草儿问道："特派员，我们为什么不早些动用机枪射杀先前的那伙人？"

"于亚涵小姐，那样做，日本人会上钩吗？我料到先前来的人是日本人的狗在探路，日本人紧随其后，我们要打的是日本人，我们让日本人知道，东北也有抗日的国军存在！"

"特派员，我们为什么让共产党的特派员跑掉？"

"我们眼前的两个敌人，一个是夜闯民宅的强盗，一个是两兄弟之间的争斗，难道我不杀死强盗，帮助强盗杀死我的兄弟吗？"

草儿啪一个标准的军礼："特派员先生，属下尊敬你！"

雄灵道："是呀！强敌当前，不应手足相残！特派员，下一步怎样行动，请指示！"

"我们没有必要费心劳神地去跟踪共产党的特派员，我们只要跟住日本人的特工，不愁找不到共产党的特派员。

"日本人会紧紧地跟住共产党的特派员，我们跟住了日本人的特工，到时见机行事。雄灵小姐，我要离开这儿几天，我带来的行动小组听你调遣。

"唐珊队长，你与陈雁行配合雄灵站长行动，记住了！一定要跟住日本人！"

唐珊立正道："特派员，属下明白！"

三

山口荷子坐在办公室里，微闭两只秀目，她一只手托腮在沉思：南京军统的人很干练，训练有素，在战术上有独到之处，看起来是强硬的对手，他们会处心积虑地刺杀共产党的特派员，看起来我必须亲自出手了！否则完成不了军部下达的任务。哎！栀子姐姐，荷子无奈！我不能不效忠天皇。

山口荷子正自出神，想着心事，村上柳推门走了进来。

"荷子小姐，你这是怎么了？不开心吗？"

"村上君，我们损失了皇军十几个士兵，我的心情很沉重！"

"荷子小姐，我们虽然损失了十几个皇军士兵，但我们掌握了南京军统的动向，也摸清了共产党特派员身边的护卫力量。下一步我们要紧紧地盯住共产党的特派员，待他与熊天彪接头时，我们派重兵把国共两党的人与熊天彪一网打尽，一箭三雕。"

山口荷子连连点头："村上君，我要亲自出手了！绝不能放过他们。"

"好！荷子小姐亲自出手，定会马到成功！"

山口荷子接到密报：钟然一行人已到了狼牙碴子十里处的狼窝掌，山口荷子决定自己亲去掌控情报。

四

山坳内一农屋里，钟然与铁锁坐在炕上，钟然道："已离狼牙碰子不远了！这几天日本人与南京军统的人没有什么动静，不知是凶是吉？"

铁锁道："明天我去联络杨军长接应我们的人，只要我们的人到了！我的这次任务就会圆满完成！"

二人正在说话，忽听外面有声响，铁锁马上吹灭了油灯，蹿出门外。他见两个护卫队队员倒在地上口吐鲜血，已没有了气息，铁锁知道不好，出现了突发情况。

铁锁俯下身去，摇晃一个护卫队队员的头，那个护卫队队员艰难地低声道："铁锁哥……有人偷袭……掌力震碎了我的心脉，快保护特派员……"他闭上了眼睛。

铁锁不敢怠慢，两眼向四周搜去，突然一个弱小的蒙面人向他飘了过来，身法极快，蒙面人探出一只手掌。铁锁使出燕飞天教授他的缠丝身法转动身形，穿出左掌叼拿蒙面人的手掌。可铁锁一接触到蒙面人的手掌，就觉得一股大力吸住了他的身体，他的手掌已浑然无力，眼见蒙面人挥出另一只手掌照着铁锁当头劈下。

铁锁已无暇多想，使出燕飞天教授他的绝技仙人腿。铁锁顺势倒地，飞起一脚踢向蒙面人胸口。蒙面人闪身躲过，一掌向铁锁心窝插来。铁锁正在危急时刻，忽见两个瘦小的蒙面人从墙上飘了下来。

草儿伸手向举掌欲落的蒙面人后背抓了过去，雄灵使出都迅教授的武功，二人把蒙面人夹在了中间。蒙面人毫不畏惧，双掌舞动如风，她旋起身形，满院子都是她的身影。

铁锁知道遇到了劲敌，只有燕飞天才有这样的身法。

草儿与雄灵更是惊异，只听那娇小的蒙面人嘿嘿干笑两声："共产党特派员的命，我留着有用，就凭你们南京的虾兵蟹将敢与我争锋！见识一下我山口家绝技吧！"说话间，她一掌向雄灵胸口推下。

草儿知道，这一掌推到雄灵胸上，雄灵性命不保，草儿快如闪电地弹出一指。金指环夹带着风声疾如闪电照着山口荷子咽喉而去。

山口荷子轻咦一声：中国失传多年的龙须指！果然厉害！

草儿连发两枚金指环，把山口荷子逼退了几步，突然外面响起了枪声。铁锁听到枪声拔出来二十响盒子枪，只见山口荷子一纵身飘出了墙外。

雄灵道："是我们行动小组与日本人交火了！亚涵，快！执行任务！杀了共产党特派员！"

"老师！共产党特派员的护卫能让我动手吗？"

"一起杀掉！"

"不！——我可以杀了共产党特派员，但我杀不了他的护卫！"

"为什么？"

"他是我朋友！我的朋友会阻止我。"

"那么——我动手吧！"

"老师，你不能动手！"

"为什么？"

"你不是我朋友的对手，我不希望我的朋友死掉，我也不希望老师死掉！老师，你若一定想杀了他们，先杀了学生吧！"

雄灵跺着脚道："亚涵！你是我的学生，何况你刚才还救了我的命！亚涵！院内就我两人，天知地知，你知我知，撤出去！"二人飘过墙头。

五

山口荷子在黑暗中监视着雄灵和草儿，见她们二人没有冲进屋内，撤出了院外，心中舒了一口气。

铁锁端着枪隐蔽在屋内，他也听到了草儿与雄灵的对话，他知道是草儿救了他，也间接地救了钟然，他不明白草儿到底是什么身份。

钟然傻傻地看着铁锁："铁锁同志，我们的三个战士都牺牲了吗？"

"特派员，日本特工是个不简单的人物，她的武功只有燕飞天能够制服，今天若是没有草儿姑娘援手，我们就都死在这里了！"

"那个刘草儿到底是什么人呢？她既是燕飞天派出的卧底，咋和国民党军统搅和在一起了呢？"

"特派员，详情我也不知，不管咋说，她帮助了我们共产党，找机会再致谢吧!"

钟然自语道:"关东大地真是神奇,关东黑土地上的人更神奇!"

铁锁听外面枪声停了:"特派员,我们眼前已没有危险了!有草儿在,军统的人不会再刺杀我们,日本人更不会马上杀了我们,我们走吧!距离这里五里路的地方是杨军长与我约定的接应点,到了那里,我们再研究下一步行动方案吧!"

钟然道:"耿鸣同志,我的生命交与了你,我听从你的指挥,你说咋办就咋办!"

"好!我们出发!"

山口荷子知道共产党特派员距狼牙碴子不远了,她马上与村上柳联络制订下一步行动方案。

雄灵也知道马上到了决战时刻,她给特派员发去了电文,制订行动方案。

铁锁与钟然走出狼窝掌,看看天色,月亮已快落下去了!铁锁带着钟然向一个山头上爬去,二人踩在积雪上发出吱嘎吱嘎的响声。铁锁看着身后一溜的脚印,心中在盘算怎样摆脱日本特工的跟踪。

他不时地与钟然低语,二人不急不缓地向山顶攀去,有时听到后面跟踪人轻微的踏雪声,铁锁佯作不知。

眼见快到了山顶,铁锁突然把皮大氅蒙在钟然头上,抱住钟然滚下山去。他二人滚到山下,上了大道,返回向狼窝掌走去。大道上光溜溜的没有积雪,留不下行走的痕迹。

几个跟踪铁锁他们的特工见铁锁他们滚下山去,一时不知如何是好,他们连滚带爬地跑下山去。待他们上了大道,已不见了铁锁与钟然的踪影,他们只得顺着大道向前面赶去。

铁锁与钟然回到房舍,跳进院内敲开房门。屋内的老大娘战战兢兢地打开房门:"孩子!咋又回来了?可吓死我了!不怕日本人再来吗?"

铁锁笑道:"大娘,不要害怕,日本人不会来了!我们把外面牺牲的弟兄掩埋了,不能给你老人家找麻烦。"

铁锁与钟然把牺牲了的三个战士背到山坡上用积雪掩埋起来,给老大娘扔下两块大洋。

老大娘道:"孩子,这么晚了!到哪里去?不如在这里歇歇脚吧!待天亮了再走吧!"

铁锁道:"谢谢老人家了!我们稍休息一会儿,天亮前赶路。"

老大娘拿出几个玉米面饼子:"孩子!饿了吧?吃点东西,垫垫肚子,我给你们烧些热水。"

天刚放亮，铁锁与钟然钻入了山林。

六

燕飞天早已得到密报：共产党的特派员不日便到狼牙碴子，他让小胜子带着三十个弟兄在山下留意，要确保共产党特派员的安全。

燕飞天也知道国民党军统在阻挠共产党与他和熊天彪的接触，并知道日本人想借此机会把国民党特工与狼牙碴子的抗日力量一网打尽。

燕飞天在酝酿一场大的歼敌计划，他认真地思忖：国民党军统要刺杀共产党特派员钟然。日本人要借共产党特派员与熊天彪接头的机会消灭国民党的特工。

抓捕共产党的特派员与熊天彪，诱出狼牙碴子的全部人马，布重兵切断义勇军的退路围而歼之。

燕飞天针对日本人的战略意图，做出了缜密的布局，他要让日本人在狼牙碴子山下喋血送命。

石鼠已给山口荷子发回了情报：狼牙碴子的义勇军似有大的行动，有拉出去远距离作战的迹象，伙房里每天在准备干粮和备用品。

山口荷子心中暗自高兴：如若狼牙碴子的义勇军远距离出征，山寨必定空虚，她不但可捕捉到共产党的特派员与熊天彪，还可趁机拿下狼牙碴子山寨。真是一箭四雕。

她决定与村上柳、石原一起研究协作方案。石原听取了山口荷子的战略计划，乐得合不拢嘴，他要报被熊天彪偷袭的一箭之仇。

他对常跛说道："常队长，马胡子砍头的干活！你大大的砍头多多！金票大大的多给！你的明白？"

常跛笑道："皇军金票大大的有！我的大刀大大的锋利！马胡子统统的死了死了！"

村上柳看着常跛张狂的样子："常跛先生，自从我来到这里，你与共产党有过照面，咋没见你砍过一个共产党的脑袋！你的大刀需要我来打磨吗？"

"太君，这次我要砍下共产党的脑袋，共产党的脑袋比马胡子的脑袋值钱吗?"

"哦!共产党的脑袋要比马胡子的脑袋值钱几倍!"

"哟西!哟西!我要大大的发财!"

"不要哟西了!到时怕你拉稀!不!怕你拉稀都拉不出来!"

常跛咧了咧嘴:"村上君,这次我专对付共产党,马胡子留给你们死了死了的干活!"

七

任春自从在马蹄沟大车店认了翠姑干姐姐,拿翠姑当作亲姐姐一样,他几乎住在了大车店里,不管冬夏,他都提着枪在山上转悠。

每次到天津出货回来,都买很多翠姑和邵学喜欢的东西,邵学和翠姑都把他当家里人一样。

邵学闲暇时也经常带着他上山狩猎,任春把狼牙砬子左右的大山都蹚得特别熟悉,他几乎也成了山里人。

邵学自从那次县城中几个弟兄遇害,便非常注意身边的事和人,他怀疑过任春,但他亲眼见过他射杀伪军,他想任春不会是日本人的奸细。但邵学很少在任春面前提及山寨的事,就是在翠姑家里他也不提及山寨里的事儿。

有时任春有意无意地提及山寨,邵学都搪塞避之。

这天晚上邵学来到大车店,见任春不知从哪儿抓来的哈士蟆,在给石凳烤着吃,石凳喊叫:"真好吃——真好吃!干爹,你也吃一个!"

邵学笑道:"任春,从哪儿弄来的?"

任春笑道:"邵大哥!这东西肥着呢!狼牙砬子后山河里石缝中多得很!"

"你到那里干啥?"

"抓些哈士蟆烤着吃,哄石凳玩儿啊!邵大哥,那狼牙砬子后山太陡峭了!简直是绝壁,人能攀上去吗?"

邵学笑道:"你问这个干啥?猴子都爬不上去!"

"哦!真是绝壁!"

这时翠姑喊道:"饭菜都好了!吃饭吧!"

石凳拿起酒杯给邵学和任春倒满了酒,二人对饮起来。酒过三巡,邵学有些醉意，他端着酒杯笑道："这大山里好吗？人家都愿在大码头混，你咋喜欢钻这山沟呢？冬天天气奇寒，夏天满山的小咬，叮得人身上浑身大包！莫非你在大山里寻找金矿吗？嘻嘻！"

"邵大哥，找啥金矿！这年头哪儿都不好混。先闹共产党，小日本又进了中国，咱是个生意人，就是为了赚点钱，还管他什么大城市还是山沟！"

"哦！你见过共产党吗？听说抗日联军是共产党领导的。"

"嘿嘿！我哪里见过共产党！只是听说过罢了！我还真想见识见识共产党啥样！"

"听说共产党要到我们这里来，要与熊天彪组建抗日联军。"

"是吗？共产党啥时来？我能见到吗？"

"这几天吧！说是与熊天彪见面。"

"在哪儿见面呀？"

"老风口吧！"

"哦！老风口，我去过那个地方，我在那地方打过狍子。邵大哥！邵大哥——"

"嗯！"

"邵大哥——"

"嗯！"邵学迷迷糊糊地睡着了。

草儿兴冲冲地走进雄灵的办公室："老师，我们破译了日本人的电报！"

"念！"

"共产党特派员近日在老风口与熊天彪晤面。石鼠。"

"亚涵，请特派员过来！"草儿转身走了出去。

特派员面目严峻地走进屋来："雄灵小姐！说说你的见解。"

"特派员，要想杀了共产党的特派员难度极大，这里是日本人占领区，日本人会派出大批部队。我们的力量薄弱，又没有重武器，接近不了共产党的特派员，最好用狙击手狙杀。"

特派员沉思片刻："即使我们的狙击手狙杀了共产党的特派员，能全身而退吗？"

"特派员，日本人会严密布防，我们的狙击手会做出牺牲！"

特派员对草儿说道："于亚涵小姐，把唐珊队长、陈雁行同志请过来。"一会儿工夫，唐珊与陈雁行来到雄灵的办公室。

唐珊立正道："特派员有何指示？"

"唐队长，你与陈雁行要执行狙杀任务，你们俩谁的把握最大？"

陈雁行抢先道："特派员！狙杀任务交给我吧！我的枪法比照唐队长高出一筹。"

"你要一枪毙敌，不能全身而退，是牺牲！"

陈雁行啪的一个立正："特派员！陈雁行愿意为党国尽忠！"

唐珊啪的一个立正："特派员！我是队长，我来执行狙杀任务吧！我有把握一枪毙敌！为党国利益，我不惜牺牲性命！"

"陈雁行执行狙杀任务！我只给你一发子弹，你没有开第二枪的机会！但你身上短枪的子弹要充足。"

"特派员，属下明白！"

"唐队长，不管狙杀的结果如何，你要全力让陈雁行撤下来，我们不能损失党国的精英！"

"属下明白！"

"我们提前赶到老风口，避开日本人的眼线，夜间行动。"

八

石原日军大队部里，村上柳、石原、山口荷子在部署作战方案，村上柳道："熊天彪的部队拉出去远距离作战，他没有实力进攻松潘县城，他要找一块软骨头啃，在共产党特派员面前显示实力，增添他与共产党合作的筹码。他们山上只有少量部队留守，我们只出动一个中队皇军和一个营皇协军就可拿下狼牙碴子，把熊天彪与共产党特派员一网打尽。待熊天彪的部队回援时，我们在路上设下埋伏，把熊天彪的部队一举歼灭。"

石原伸着大拇指道："村上君，你大大的厉害！我要一雪前耻，让熊天彪死了死了的干活！我带领龟田中队、郭麻子一个营皇协军行动，攻打狼牙碴子，留下两个中队皇军和两个营皇协军，防止熊天彪的部队趁机回窜攻打县城。"

山口荷子道："只要剪除了熊天彪，燕飞天孤掌难鸣，我便可专心地对付他，夺取碧玉蟾。"

太阳已一竿子高了，熊天彪带着张舒、李志，后面跟着十余人来到老风口一农舍。不到半个时辰，两个穿着皮大氅的人走到了农舍院门口。

陈雁行茅草丛中的狙击步枪瞄准了第一个人的脑袋。

啪，枪声没响，子弹哑火了。陈雁行火顶脑门，拽出盒子枪，急忙补射，"啪啪、嗒嗒嗒、嗒嗒嗒、嗒嗒嗒!"四周突然响起了激烈枪声，子弹压制得陈雁行抬不起头来。

山口荷子在望远镜中看着被压制在茅草丛中的陈雁行，不屑地笑道："来了! 南京的猪真送上门来了! 先把他们吃掉，再捉拿共产党的特派员与熊天彪!"一小队日本兵向陈雁行包抄过去。

唐珊见情况突变，他带领二十多个弟兄与日军交上了火，一时间枪声大作，子弹横飞。二十多个日军向农舍扑去，狼牙碇子山下也响起了枪声。

铁锁与钟然在老风口山上听山下响起了枪声，且还不是一个方向，二人觉得奇怪——是杨军长派来的人与日本人遭遇了吗? 他俩在山上见一队日伪军包围了二十多人在激战。二十多个日伪军围住了农舍。

狼牙碇子方向枪声激烈，他二人情况不明，在山上观察事态变化。

老风口近处是杨靖宇军长与铁锁定的联络点，杨靖宇派出一个排的抗联队伍就在老风口附近，准备接应铁锁和特派员。

排长龚二柱听农舍附近响起枪声，见二十多人被日伪军围在了中间，龚二柱心想：是什么人被日军包围了呢? 是我们的人吗，还是熊天彪的队伍? 不管咋样! 与日本人死磕的人没有孬种! 我不能让他们死在日本人手里。

龚二柱拔出来盒子枪："同志们! ——我们不能眼看着中国人死在小鬼子手里，我们冲下山去，解救被围困的弟兄!"龚二柱带领三十多个战士摸下山去。

陈雁行的腿上已中弹，他趴在一个土包后面，不时地伸枪还击。唐珊的火力被压制住，无法前行救助陈雁行，眼见日伪军快冲到了陈雁行面前。

突然日伪军身后响起冲锋号声，只见三十多个抗联战士高声呐喊向日伪军扑去。冲锋号声和抗联战士的机枪扫射声交织在一起，日伪军被突然袭击乱成一团纷纷倒下。

陈雁行听一人喊道："兄弟们! ——不要慌张，我们是抗日联军!"

啊! 共产党的部队来解救我们了! 我……我……我真他妈的浑蛋! 陈雁行心里不知什么滋味。

唐珊见来了援兵，抱起机枪带领二十几个弟兄向日伪军冲杀："弟兄们! ——我们是第一支在东北战场上与日本人交手的国军战士，不能让共产党小瞧了我们! 弟兄们! 杀! ——把小鬼子杀绝!"一会儿工夫，一小队日军顶不住了，双方展开了白刃战。

三十多个抗联战士拔出来大刀，与日军拼杀在一起。唐珊的弟兄手持短枪不断地连连射击。枪声、厮杀声、惨叫声，连成一片。

九

农舍外，二十多个日伪军刚冲到院内。房屋中几声枪响，几个日伪军倒在了地上。

日军在院门外架起了机枪，嗒嗒嗒、嗒嗒嗒，日军向屋内疯狂扫射。

一个伪军向屋内喊道："熊天彪！——共产党的特派员出来投降吧！你们已被包围了！皇军说了，给你大大的官做！"

"外面的小鬼子，黄狗子，听好了！共产党特派员投不投降我不管，我熊天彪不会投降！你问问小鬼子给我啥官做？让我做小鬼子的天皇吧！哈哈，哈哈！"

日军小队长吼道："巴嘎！——统统死了死了的干活！开火！"日军小队长话音刚落，突然响起暴风雨般的马蹄声。一队骑兵风驰电掣般冲杀过来，阳光下马刀耀人眼目。

日军转过机枪就要扫射，啪一声枪响，机枪射手的脑袋开了花，日伪军胡乱地开枪射击。

鄂二江带领的五十人马队已冲到了日伪军面前，只听马刀的劈砍声和惨叫声，伪军抱头鼠窜。日本兵还在顽抗，片刻工夫，二十多个日军被鄂二江的马队砍杀得七零八落。

熊天彪走出屋哈哈大笑："二江！活儿干得利索！这次我让石原吐血！走！会合小胜子，收拾狼牙碴子下的大股日伪军！"

熊天彪带领鄂二江的马队会合小胜子去兜日伪军的后路。

常跋早已埋伏在老风口附近，他见日军围住了国民党的特工队，后来又见抗联的队伍救出了国民党的特工队，双方展开了白刃战。他心想：狼牙碴子自己是不能去，山上都是自己的弟兄，我在这儿打转转吧！管他共产党、国民党，顺手捞一个是一个，自己在村上柳面前夸下了海口，不能空手而归。

龚二柱带领抗联战士和唐珊的特工队与日伪军搏斗了近一个时辰，伪军逃脱了大部，剩下的日军已寥寥无几。又是一阵疯狂的劈杀、枪击，日军只逃走了十几个人。

抗联战士把陈雁行抬到唐珊面前，龚二柱道："你们的战士好样的！"

唐珊看着龚二柱："长官！谢谢贵部援手！有朝一日，我们再联手干他一家伙！"

龚二柱笑道："我只是个排长，你是少校军衔，我应叫你长官！"

"不！——你们救了我们的命，我们都打小鬼子，我们是兄弟！"

这时，铁锁和钟然已跑了过来，铁锁喊道："龚排长！——在山上我就听到了你的喊声，我来介绍一下，这是特派员钟然同志！"

龚二柱看着钟然："特派员同志，我见到了你，龚二柱完成了杨军长交代的……"

突然，啪一声枪响。

"特派员——！"龚二柱猛地推开了钟然，倒在了血泊中。

铁锁拔出盒子枪，见前面草丛中的茅草在动，铁锁抬手就是几枪，只听草丛中有人妈呀一声，茅草一阵窜动，没有动静了。铁锁想追击，但又怕钟然有危险，只好作罢。

唐珊抱起龚二柱，两眼流泪："兄弟！我见到了共产党人的无私无畏！兄弟……兄弟……"

龚二柱慢慢睁开双眼："兄弟……告诉你们的委员长……抗日吧！都是中国人……"

钟然抚合上龚二柱圆睁的二目："同志！你为民族牺牲，人们不会忘记你！你的鲜血不会白流，我们要向日本鬼子讨还血债！"

陈雁行爬到龚二柱身前，满眼流泪，跪在地上，规规矩矩地磕了几个响头："兄弟！我陈雁行以你为榜样，日后当效命抗日疆场！"

他从龚二柱腰间的子弹夹中拿出几发子弹揣在自己衣兜里："兄弟！你的灵魂伴着我，看我怎样杀敌！"

铁锁瞅着唐珊："少校，你们还有任务吗？"

"护卫长，我们的任务完成了！感谢那颗哑火的子弹！"

铁锁伸出手："少校！抗日战场上见！"

"护卫长！我会永远记住我是个中国人！"铁锁与钟然带领抗联战士钻入密林中。

十

石原拿着望远镜，望着狼牙碴子山的顶峰，嘴中叨咕："没动静，这山上咋没动静呢？龟田！命令部队快速进攻，拿下山寨，等候熊天彪的部队钻网，快快的！快快的干活！"

山路崎岖，行走艰难。日伪军在崎岖的山路上艰难地攀爬。一长串日伪军挂在崎岖的山路上。先头的日伪军已快攀爬到山顶，突然山上响起了枪声。山顶上、山腰中、山下，都响起了枪声。

山路上，一长串的日伪军都被拦腰截断，只见日伪军在枪声中一个个地滚落山下，哇哇怪叫声、哭爹喊娘声不断。

石原见了，大声吼叫起来："机枪全部开火！——压制马胡子的火力的干活！统统的冲锋，前进——！"

日伪军蜂拥向山上攻击。枪声、手榴弹爆炸声连成一片，狼牙碴子山上展开了绞杀。

石原对身边的山口荷子说道："荷子小姐，山上马胡子的，人数不多！速速消灭他们，我们在熊天彪的山寨里审讯熊天彪。"

"石原君，不可乐观，现在还看不出胜负，我觉得有诈，我们伏击南京笨猪的行动被抗联破坏了！我们一小队的皇军所剩无几，农舍中的共产党特派员与熊天彪逃脱了！我们还要打下去吗？"

"抗联破坏了我们对付南京的行动是个意外，熊天彪与共产党的特派员会急于回到山上。我想熊天彪现在带着他的部队在回援路上，我们设伏还有时间。"

山口荷子脸色微变："石原君，你听！马蹄声！"

石原惊讶地把望远镜对准了山下沟口："马队！熊天彪马队的干活！熊天彪为什么回援这样快！迎击！迎击！"

"晚了！这是我见过的中国军人最精悍的骑兵！"

"不！——是义勇军！他们不是正规部队！"

"石原君，你错了！他们是张大帅生前暗中培植的抗日武装力量！正规部队没有他们魔鬼一样的屠杀能力！"

"荷子小姐！我要决战！我要收缴他们手中的屠刀！我要让他们看到大日本

皇军不可战胜!"

"我命令:一小队皇军与一个排皇协军阻击山上的马胡子下山,其余部队全线压向熊天彪的骑兵,集中火力消灭熊天彪骑兵部队!"

石原把部队撤到山下摆好了架势要与熊天彪的骑兵决战。

小胜子带领三百人马队开始向日伪军的阵地冲锋。三百骑兵个个伏在马下镫里藏身,几挺机枪向日伪军疯狂扫射。

日伪军只见一片黑压压的马影飞跃。战马嘶鸣,喊杀声震天。突然山上放下来弩弹,一颗颗弩弹在日伪军中爆炸,火光四起,硝烟弥漫,日伪军乱成一团。

小胜子趁着日伪军混乱,带领弟兄们翻身到马背上,挥舞马刀暴风般冲进日伪军阵地劈杀起来。训练有素的关东三寨精英铁骑儿郎刀刀不空,刀刀带血,劈杀得日伪军鬼哭狼嚎。

日伪军的什么机枪、小钢炮,都已失去了威力。在马刀劈杀下,日伪军失去了抵抗能力。将近一个中队日本兵和一个营伪军被砍杀得七零八落,尸横遍地。

石原见大势已去,命令撤退:"龟田君!——撤退的干活!"他不见龟田。

"郭麻子!——撤退的干活!"他不见郭麻子。

日伪军没命地逃窜。没跑出多远,前面响起了机枪声。罗志焕与杨二木两支队伍把他们拦在了中间。一阵激烈狙杀,日伪军又倒下了一片。石原心想:完了,完了!要全军覆没,愧对天皇,他把战刀对准了自己的肚子,向天皇谢罪吧!

他双手握紧了战刀,突听山坡上枪声大作,只见常跛带着二十多个弟兄冲下山来,架起石原就跑,钻入了密林中。

有读者要问,山口荷子小姐呢?哦!山口荷子多精明,熊天彪走出农舍时,她已知道又中了燕飞天的妙计,她已逃之夭夭了。

石原的一个日军中队,一个营皇协军在长白山里丢盔卸甲,损失惨重,石原与山口荷子逃回了松潘县城。

第十四章　啼血鸿魂

一

　　铁锁与钟然带着三十多个抗联战士来到狼牙碴子山上。钟然走在崎岖的山路上叹道："这狼牙碴子真是天然埋葬小鬼子的墓场，我中华大地，多少天然屏障，到处都是好战场。燕飞天的神机妙算，关东的儿郎好汉，加上这天然屏障，到处都是日本人的坟墓。光复河山，驱除外虏，中华儿女可成就民族大业。"

　　铁锁、钟然与众人到了山顶，熊天彪与小胜子迎接在门外。小胜子见了铁锁，上去就是一拳："兄弟！你咋来了？多年没有消息，我还以为你的小命被小鬼子勾走了呢？"

　　铁锁抱住小胜子旋了两圈，高兴得眼中流泪："胜子哥，好想念你们！小鬼子还没那么大的能耐，我耿铁锁的命专索他们的命！"

　　铁锁见了熊天彪，跪地施礼："三当家的，铁锁有礼了！"

　　熊天彪笑道："铁锁，你现在是共产党的人了！不必多礼，与特派员一起坐下说话吧！"

　　铁锁笑道："三当家的，铁锁到啥时都是关东三寨的儿郎。铁锁在关东山寨长大，从小吃的是关东三寨黑土地上的粮食，喝的是鹰不落山上的泉水。

　　"关东三寨是我的根，关东三寨的黑土地是我的魂！我能忘记我的家吗？"

　　熊天彪笑道："铁锁，多年不见了！你出息了！在周保中那儿还好吗？"

　　"三当家的，我还好，跟着周保中同志到过莫斯科，听过苏联同志讲课。"

　　"哈哈！咋张嘴闭嘴都是同志？咋不叫我同志呢？"

　　铁锁笑了："三当家的，只有共产党的人才能叫同志，是我们共产党人的称谓。"

"哦！那好，那好！你随便称呼吧！铁锁，二当家的在哪里？他也是你的同志吗？"

"三当家的，二当家的同志在苏联伏龙芝军事学院深造，他是我的同志。"

熊天彪笑道："不对，不对！二当家的又咋能叫同志呢？"

铁锁笑道："三当家的，二当家的在家里是二当家的，在工作学习上是我的同志。"

"听不明白，我不问了！二当家的还好吧？"

"二当家的还好，只是想念你们。二当家的不知道老夫人、大当家的、天娇姐姐被日本人杀害了！"

熊天彪咬牙切齿道："铁锁，不要说了！我熊天彪与小日本死磕没完！"

"特派员先生，你该说话了！你到我山寨来，尽情地叙谈吧！"

钟然笑道："耿鸣同志，咋不见你师父呢？"

忽听外面有人说道："咋见不到我？我这不是来了吗？"燕飞天推门走了进来。

钟然见了，赶忙站起身来，铁锁扑通一声跪在了地上："师父！——徒儿叩头了！"

燕飞天笑道："铁锁，起来吧！我知道共产党不讲这个礼节，按照你们共产党的规矩来吧！"燕飞天拉起来铁锁。

钟然见燕飞天三十多岁，俊雅飘逸，英姿勃勃，满脸的冲天浩气，浑身的骨架似钢浇铁铸，看那眉宇间充满了智慧。

钟然笑道："燕先生果然光彩照人，英雄气概！常人无法相比，今日得见让日本人闻风丧胆的燕飞天真是三生有幸！"

燕飞天笑道："钟先生过誉了！草野村夫不足挂齿，钟先生请赐教吧！"

钟然笑道："赐教不敢！只是国难当头，共议抗日救国大业，光复我中华大好河山。"

燕飞天道："不知钟先生有何见教？"

钟然道："卢沟桥事变，日军长驱直入，占领了大半个中国，他们把东北作为侵华战争的根据地。九一八事变后，东北风起云涌的抗日义勇军没有统一的指挥和领导，他们各自为战，不能形成一个拳头，最终被日军各个击破，丧失了大好的抗日时机。

"我党主张是组成抗日统一战线，团结一切抗日力量，共同抗击我们的民族敌人，解救在日本鬼子铁蹄蹂躏下的中国人民。"

燕飞天道："我们关东三寨人马，只区区千多人马，能有多大作为，不知哪天我们也会弹尽粮绝，死于日本人手中。我们只是尽一个中国人的拳拳爱国心，我们知道我们最终会牺牲生命，但我们没有愧为中华儿女。蒋介石先生不是中国人吗？你们共产党积极抗日，他为什么还要刺杀你这个共产党特派员？"

"哦！西安事变后，蒋先生已同意了与共产党联合抗日，我们共产党红军已改编成了八路军和新四军。"

"钟先生，我不懂政治，也不问政治，我没有党派倾向，我要说的是，蒋介石迫于全国人民压力，不得不与共产党联合抗日。

"但蒋先生又怕你们共产党扩大武装力量抢夺他手中的政权。

"你们共产党也在利用日本人侵略中国的机会趁机扩大自己的武装力量。即使我们赶走了日本人，你们两党也会为了权益争斗得你死我活。

"你们共产党在南方搞打土豪、分田地，凭什么抢夺人家的土地和财产？让没有财产和土地的人作为你们夺取政权的工具。

"一旦你们共产党掌握了政权，我们关东三寨几辈人辛苦开垦出的黑土地，你们也要分给没有土地的人吗？

"你们共产党人讲共产主义理想，你们不知道人类的自私和贪婪是天性，是不可改变的吗？什么样的物质生活和精神生活都满足不了人类无限的贪婪和欲望。要想改变社会现状，关键是掌握国家政权的人怎样为人民着想，节制少数人的贪婪和欲望。就因为一个人就要流血，就要战争吗？受苦、遭罪的是老百姓！

"我赞成共产党的抗日主张，但我们不会做任何党派的工具，我们要赶走日本人！我们要保护自己的黑土地！"

钟然笑道："燕先生，我们现在不讨论党派的信仰，我们的宗旨都是赶走日本人，光复山河，解救被奴役的人民，我们要争取的是民族解放。"

"钟先生，说一说我们联合抗日的具体内容吧！"

钟然道："作为抗日联军，要有统一的指挥和编制，抗日联军是共产党组成的各种武装力量的联合军事组织。当然要共产党来领导指挥，要用统一的编制番号，要有统一的指挥员，才能形成一个拳头与日军作战。"

"钟先生，说吧！把我们编入哪支队伍？给我们什么番号？我们上面的指挥员是谁？"

"我党的意见是把你们编入杨靖宇将军领导的抗联第一路军，你们的番号为抗日联军第一路军独立团，由杨靖宇同志统一指挥，我作为你们与军部的联络员。"

燕飞天道："我们只是联合作战，我们可以隶属抗日联军，但我们不接受共产党的领导！军事上，我们有自由行动权利。当然，重大军事行动我们会事先与你们沟通。”

钟然笑道："我们是抗日联军，不讲政治派别，只要我们团结合作，拧成一股绳打小鬼子就是好兄弟！杨靖宇同志的意见：任命熊天彪同志为独立团团长！"

熊天彪赶忙说道："特派员，我不接受共产党的领导，你不能叫我同志！就叫我熊天彪吧！"

钟然笑道："我说的同志是我们共同打小鬼子的同志！"

"哦！那就叫同志吧！"

钟然又说道："任命谭同胜同志为副团长！至于你们分成几个营，谁任营长，你们自己决定。"

钟然又笑着对燕飞天说道："燕先生，杨军长说你才高八斗，学富五车！你应当做带动民众抗日的司令员！能到军部与杨军长合作吗？"

燕飞天哈哈大笑："我们是打小鬼子拼命！不是去做官！我知道我身上的担子有多重！山口荷子很快就会来蹚摸我手中的碧玉蟾！"

狼牙碴子熊天彪的义勇军正式改编为抗日联军独立团。熊天彪把他的人马分成四个营。

第一营骑兵直属队：鄂二江为营长。

第二营三寨儿郎：王长生为营长。

第三营罗志焕部：罗志焕为营长。

第四营杨二木部：杨二木为营长。

团直属侦察队长：邵学

团警卫队长：张舒

团参谋副官：李志、王璞

东北抗日联军——第一路军独立团：计一千二百余人与日军拼杀在白山黑水间。

二

唐珊带领他的特工队回到了奉天城，特派员见陈雁行身受重伤，脸上不改往日的严酷："怎么——陈雁行同志，你没有完成任务，你知道要承担什么后果吗？你想让我怎样向戴老板交代？"

"特派员！我知道我没有完成任务，但我庆幸那颗子弹哑火。救援我们的共产党抗联长官牺牲在我眼前，他是那样的无私无畏，我的生命是他救出的。我不想死在自己人枪口下，我要到战场上与小鬼子厮杀，我要在疆场上为党国献身！"

唐珊掏出腰间的手枪递到特派员手中："特派员！我是队长，陈雁行没有完成任务是我的责任，你杀了我吧！我不会丢失军人的荣誉！"

雄灵看着特派员冷酷的脸："特派员！共产党以德报怨，咋说是他们解救了我们二十几个弟兄，并与我们一起干掉了几十个日军，我们的特工队是有功绩的！"

"雄灵小姐！你以为我不明白吗？我知道怎样向戴老板交代，我知道我怎样为我的属下请功，你们虽然没有杀掉共产党特派员，是一次意外事故，我们应当找枪弹制造商说话。是他们生产的子弹放过了共产党特派员。你们能在日本人一统天下的战场上宰杀了几十个日军，已为党国建立了功勋。我祝贺我的勇士们！你们会得到中正勋章！"

啪。"谢特派员！"

啪。"谢特派员！"

啪。"谢特派员！"

三个标准的军礼。三声道谢声。

三

日军石原大队部里，石原铁青着脸，一言不发地坐在那里。村上柳有些微怒地凝视石原："大佐阁下！为什么要强攻狼牙碴子？我预定的计划是佯攻，诱熊天彪回援，我们在途中设伏歼灭熊天彪的部队。你刚愎自用，贻误了战机，南京特工队的逃脱是个意外，但为什么没能引起你的注意？抓捕共产党特派员与熊天彪的失利已给了你信号，你为什么不早加防范熊天彪的马队？

"你在熊天彪的马队手中损失还小吗？你不知道燕飞天与熊天彪善用骑兵吗？大佐阁下，你损失了一中队的皇军和一营的皇协军，你怎样向军部解释？你怎样面对天皇陛下？是我的无能，还是你的无知？"

山口荷子坐在石原身旁,她脸上一阵红一阵白。"村上君!我不明白,共产党特派员与熊天彪在农舍会面,他的身边为什么没有警卫人员。我们只见熊天彪带了几个卫士,难道那个共产党特派员是假的吗?"

"你们的判断能力太差,很显然,到农舍与熊天彪会面的是假的共产党特派员。我现在可以下结论,这一切都是燕飞天布的局,你们陷入了燕飞天的圈套中!"

山口荷子迷惑地看着村上柳:"熊天彪与共产党假特派员在农舍中被他的马队抢出,他为什么那么快带领他的部队回援?"

"问你的石鼠吧!熊天彪的部队根本就没有远走,他们提前下山,在大山里隐蔽了起来。燕飞天等待你们上钩,石鼠简直是只死鼠!"

山口荷子汗流浃背——又被燕飞天算计了!燕飞天的文韬武略令人匪夷所思,我山口荷子真的不是他的对手吗?燕飞天,来日方长,我山口荷子定要拿走你的碧玉蟾!

石原突然呀的一声站起身来,他脱下上衣,撕开内衣,抄起了军刀。他嘴中喘着粗气,两眼血红:"我愧对天皇陛下!我丢了大日本皇军的荣誉,我自裁谢罪!"

石原把军刀缠上白布,跪在了地上,他双手攥住军刀,对准了自己的小腹。

村上柳喝道:"石原大佐!——你被燕飞天征服了吗?你害怕中国人了吗?你丢失了武士道精神吗?

"你不配做军人!想死是没有勇气去战斗!想死是鄙视自己无能!放下你手中的军刀吧!做有勇气的真正军人!这次失利也不全是你的错,我到军部向将军陈述,这是一场意外的失利,石原大佐会尽心尽力为天皇效忠!"

石原站起身来,大吼道:"我要争回大日本皇军的荣誉!——我要洗刷我的耻辱!——我要杀了燕飞天!——我要杀了熊天彪!——我要杀尽关东三寨的人马!我宁愿战死疆场!燕飞天……燕飞天……"

四

山口荷子自老风口狼牙碴子一战,便足不出户,把自己关在寝室中反思自己:自从她来到中国接触到燕飞天,就有了无尽的烦恼,为了碧玉蟾她绞尽了脑汁，可屡屡受挫。

她也知道，燕飞天善用骑兵，可每次与燕飞天的较量都吃亏在骑兵手中，为什么就克制不了他呢？

她的石鼠潜伏得天衣无缝，为什么会送出假情报？是我的情报人员素质差吗，还是石鼠暴露了自己？看起来，动用军事手段，想先剪除熊天彪，再对付燕飞天不是良策，我要另辟途径。

可从哪儿下手呢？本不想拿他的家人做文章，可现在又没有别的途径可走，我万般无奈，也管不了那么多了！没有办法，这是战争，这是生死的较量，只好如此了！

夜已深了，大街上不时有日本宪兵巡逻走过，昏暗的路灯下，两个年轻人在墙上刷贴反满抗日标语。女孩子低声对男孩子说道："默凡，快些粘贴！还有两张。"

男孩子在墙上刷好糨糊低声道："亚秋，快贴！有脚步声。"于亚秋赶忙贴上最后两张标语，这时一队日本宪兵已发现了他们。

何默凡抓起于亚秋就跑。日本宪兵在后面追赶起来，啪啪，大街上响起了枪声。

何默凡拽着于亚秋跑进一个黑暗的胡同里，突然一个老大娘拉开了房门："孩子！快进来避一避！"老大娘关死了房门。日本宪兵跑过那所屋子向前面追去。过了一会儿，于亚秋和何默凡听外面没有了动静，谢过老大娘，二人回到了于亚秋家中。

于静航见他们俩这么晚回来："亚秋，你与默凡干啥去了？这么晚才回来？这年头兵荒马乱的，晚上日本人到处抓人！你们俩可别出点啥事儿！"

何默凡笑道："伯伯！我们不会出事，我们年轻，手脚利落跑得快！"

"咋？你们还有子弹跑得快吗？小鬼子打死一个人，就像捻死一个蚂蚁！以后晚上不要乱跑了！"

于亚秋伸了一下舌头："爸爸——以后不乱跑了！我若有姐夫的本事就好了！杀小鬼子！"

于静航板起脸："留着你那两下子吧！弱不禁风！小林黛玉！"

于亚秋调皮地眨了眨眼睛："爸爸！还有梁红玉呢！梁红玉击鼓退金兵！"

于静航笑道："那得有韩世忠啊！默凡，你是韩世忠吗？"

何默凡满脸通红："伯伯，我想学韩世忠保国安民！"

于静航目光严厉地看着何默凡、于亚秋："抗日救国是大人的事儿，你们还小，不要捅出来娄子！小鬼子可不管你大小，他们在关内连老人和小孩子都杀！"

于亚秋道："爸爸，我们都十六岁了！我们什么都懂，不赶走小鬼子，我们做亡国奴吗？"

"我们做了亡国奴还有什么前途，只能任人宰割！"

"这个理，我还不懂吗？我是说你们还小，惹出麻烦咋办？"

"我不怕，上次哥哥被日本人骗去，燕飞天去了！他们就把哥哥放回来了！日本人怕燕飞天！"

"胡说！为了你哥哥，你姐夫是往虎口里钻，你以为日本人不敢杀你姐夫吗？是因为他们杀了你姐夫，无法拿到碧玉蟾。"

"我不管！反正他们怕姐夫燕飞天！"于亚秋噘起了嘴。

"亚秋！可不要再胡闹了！别给燕飞天增添麻烦！"

"爸爸！我不是胡闹，王老师说了！国家兴亡，匹夫有责！赶走日本人是中国民众的事！"

"你一个女孩子，手无缚鸡之力，你能做什么？"

"爸爸，今晚我和默凡去粘贴反满抗日的标语了！让日本人知道，中国人不愿做亡国奴！中国人要和他们斗争，中国人要把他们赶出中国去！"

于静航盯视着何默凡："默凡！以后放学后晚上不要出去，在家中研习工笔丹青，不要误了学业！不要让你爹娘为你担忧！"

"伯伯，大半个中国都被日本人占领了！我的学业再好又咋样？做了亡国奴，没有了尊严和自由，我们活着还有什么意义？我们虽然年龄还小，我们做些力所能及的事情，为抗日救国出一份力！"

"好了，默凡，回家吧！以后不要再和亚秋出去粘贴标语了！我不想看到你们发生任何意外！"于亚秋看于静航有些不快，赶忙道："爸爸——咋生气啦？以后晚上我们不出去了！默凡，太晚了，回家吧！"

于静航不是反对于亚秋和何默凡参加反满抗日活动，自从上次于亚园被日本人诱骗到山口荷子的特务机关，他知道日本人早晚要打他们的主意。他不想让日本人抓到任何的把柄，他要让日本人无从下手。

他知道燕飞天会全力保护他们，可在日本人统治下，能一点也没有闪失吗？何况燕飞天是日本人的众矢之的。想躲避吗？躲避不了！能扔下金少达的珠宝店不管吗？

就是躲出去，日本人想找你还找不到吗？于静航处处谨小慎微，以免引来麻烦。

何默凡家境尚好，爷爷中过清末秀才，父亲何华亭在中央大街内开了一爿茶叶店，母亲那冰兰是旗人，是大家闺秀，知书达礼。

于亚秋从小与何默凡在一起读书，青梅竹马。何默凡大了，长得唇红齿白，面目俊雅，是个翩翩美男子。于亚秋出落得更是美艳如花，光彩照人，是学校中有名的校花儿。多少名流、富家的子弟都仰慕欲猎艳。于亚秋从不理睬那些纨绔子弟，时常与何默凡挽手于校园中，引来嫉妒的目光。

这天，于亚秋走在回家的路上，一个头戴日军军帽、脚蹬马靴、嘴中吹着口哨的年轻人拦在于亚秋面前。他抖动着一条腿，色眯眯地笑道："秋小姐，我们一起到好地方去玩好吗？"

于亚秋知道他是日军司令部曹翻译官的大公子曹伐，她不屑地看了曹伐一眼："曹大少爷，本姑娘没有时间遛鸟，你自己到树林里叫去吧！恕不奉陪，让路！"

曹伐受到奚落，有些恼羞成怒，他拽住于亚秋的一只胳膊："秋小姐！不给面子吗？我就喜欢你的脸蛋！不陪我去玩也可以，让我摸摸你的脸蛋。"

曹伐伸手向于亚秋脸上摸去。啪一声响，一个俊俏少年抢起画板砸在曹伐的头上，画板中的油彩流了曹伐一头一脸。

曹伐捂着头大叫起来："何默凡！——你敢打我！你是反满抗日分子！宪兵队马上就来抓你！"

他扯着嗓子大喊起来："宪兵！——宪兵——有反满抗日分子！——宪兵！宪兵！——反满抗日分子砸碎了我的头！"

这时吱嘎一声，一辆小轿车停在了他们面前，草儿与金祖德下了轿车。草儿见是于亚秋与何默凡。草儿见何默凡暴怒的小脸通红，俊俏的脸已扭曲，嘴中喘着粗气。

"默凡！咋回事？"

何默凡一言不发，指着曹伐吼道："问他！让他自己说！汉奸崽子！"

于亚秋扑到草儿怀里哭泣："姐姐——曹伐……他侮辱我……"

曹伐还在大喊大叫，一队宪兵跑了过来。金祖德拉开车门："你们快都上车！"草儿把于亚秋拽进车内，何默凡也钻进了轿车，小轿车一溜烟地开跑了。小轿车开到一大饭店门前停了下来。

金祖德领着他们进入一个包厢，大家坐下后，金祖德问道："亚秋妹妹，咋回事？曹伐咋说你们是反满抗日分子？"

何默凡平静地一字一板地说道："金先生！曹伐那个汉奸崽子强行让亚秋与他去玩儿，亚秋拒绝了他。他图谋不轨，竟伸手摸亚秋的脸，亵渎亚秋！曹伐这汉奸崽子狗仗人势，光天化日下，行猪狗之事！

"我们做了亡国奴，还有尊严吗？宪兵队来了，我们就是反满抗日分子！到了宪兵队，我们就成了猪狗，任他们宰割。

"我们中国人凭什么屈服他们？今天我就是死了，也要维护亚秋的尊严！她是我心中至爱的人，我不能让任何人亵渎她、侮辱她！一个男人，他至爱的人都保护不了！我们这个民族还有什么希望？我宁愿死，也要维护我的尊严——一个男人的尊严，一个民族的尊严！"

于亚秋已泣不成声，她抓住何默凡的手啼泣："默凡哥……你若不来，我今天不知要出多大的丑！以后谁拿我当人？以后我还咋做人？"

草儿看着瘦弱俊雅的何默凡："好小子！姐姐钦佩你！你是个小男子汉！"

"亚秋！不要哭了！有默凡这样的护花使者，你不欣慰吗？"

于亚秋扑哧一声笑了："姐姐笑我！我喜欢默凡哥！"

金祖德道："默凡，你打了曹伐那小子，他不会甘心，你们俩日后要提防他。他仗着父亲是日本人的翻译官，什么坏事都能做得出来！"

"金先生，我会尽量提防他，他若敢再欺辱亚秋，我大不了与他同归于尽！"

"默凡哥，不要与他同归于尽！我与你一起对付他！实在不行让燕飞天姐夫杀了他！"

草儿笑了："亚秋，净说小孩子话，你们都多防范他吧！需要时姐姐就出手了！"

金祖德看着笑靥如花的草儿："你们都是大侠、好汉！就我手无缚鸡之力，还要于小姐保护。于小姐保护我一时一事，能保护我一生一世吗？"他瞅着草儿笑。

草儿知道金祖德的用意："金先生，万事皆由缘，说不定哪一天我血染黄沙，岂不误了金先生终身大事！"

金祖德慌张道："于小姐千万不要出此言！祖德失言了！于小姐女中豪杰，定会飒爽安度终生。"

草儿笑道："金先生，国难当头，先放下儿女私情，赶走了日本人，都有好的归宿。"于亚秋与何默凡听了他们俩的谈话，看着他们俩的脸，似乎明白又不明白。

五

　　五月下旬的天气清爽宜人。奉天城郊东大帅陵附近的山坡上开遍了野花，树林中的鸟儿在啼叫。山坡上绿茵茵的嫩草散发着清香，对对斑斓蝴蝶在野花丛中飞绕。

　　于亚秋、何默凡相依在绿茵茵草地上。"默凡哥，今天的阳光真好！这里的风景真美！我真想在这里建一草屋，享受这美好的自然风光！"

　　"亚秋，不要动！马上画好了！赶走了日本人，我在这里建一木屋，春天里我们来踏青作画。"

　　突然树林里响起了枪声，一群日本兵在追赶几个手中持枪的人。只见一个瘦弱的女人隐蔽在一棵大树后面与日本兵对射，两个日本兵倒在了她的枪口下。还有两个年轻人在一个山包后面，护着一个中年人不停地向日本兵射击。

　　只听女人喊道："铁锁哥哥！——我来掩护！你们快走！"

　　铁锁回应道："草儿！——我来掩护，你带领他们走吧！"

　　"铁锁哥哥！——我不是你们的人！无法与他们一起走，你们快走吧！"

　　"草儿！——我们都杀日本鬼子！到了这个时候还分什么谁是谁的人！"

　　"铁锁哥哥！——不要说了！没有时间了！大批小鬼子马上上来了！你们快走——！"于亚秋与何默凡趴在草丛中，大气都不敢出，看着小树林里的战斗。

　　于亚秋低声说道："默凡哥，女人的声音好熟！像是草儿姐姐！"

　　"我听也像草儿姐姐！"何默凡紧张地拉住于亚秋的手。这时枪声更激烈了，只见三十多个日本兵已包围了草儿。草儿手中的双枪不停地点射，不时有日本兵倒下。

　　"铁锁哥哥！——告诉铁蛋哥哥！我没有给关东三寨父老丢脸！我没有给爷爷丢脸！告诉铁蛋哥哥！我想念他……"

　　"草儿！——草儿——！"

　　"不要管我了！——你们快走吧……为我报仇……"

　　于亚秋突然站起身来："是姐姐，是姐姐！"何默凡一把把于亚秋摁在草丛中："亚秋！不要命了吗?"

　　"不！——我要我草儿姐姐！"何默凡一下子捂住了于亚秋的嘴："你救得了

草儿姐姐吗?"于亚秋捂着脸哭泣起来。

铁锁现在是抗日联军一路军军部保卫部长,每次接送上级要员,他都亲自接送。这次途经奉天的特派员到长白山抗联各处视察指导工作,出了叛徒消息外泄。

他们出了奉天城就被日本人跟踪上了,他们已牺牲了几个同志,铁锁与一个战士带着特派员逃入东陵山中。

雄灵的军统东北特工站也在关注共产党与日本人的动向,草儿奉命观察共产党的动向。草儿在奉天城内发现了共产党的行动已暴露,日本人会截杀铁锁一行人。她不能眼见铁锁死在日本人手里,她暗中跟踪了下来。

日本人似乎预知铁锁他们要走东陵这条路,事先已设伏,危急时刻,草儿出手帮助铁锁他们从树林中逃到山下。

草儿见自己与铁锁他们已被日本人截击,知道如果没有人掩护就会全部死在日本人手里,她一咬牙,决定舍弃自己,为铁锁他们创造逃生条件。

她不愿看铁锁死,她不愿看到关东三寨的弟兄在她眼前被日本人杀害,她不愿将来铁蛋问她为啥不救下哥哥,她不愿铁蛋娘在她面前哭泣。

善良的草儿、朴素的草儿、大义的草儿、怀有浓浓亲情的草儿、勇敢的草儿、对爱情充满憧憬和幸福的草儿,情系关东黑土地的草儿,用生命演绎中华儿女惊天地泣鬼神的壮举。

草儿的枪法是菊儿亲授,已达到了炉火纯青的地步。她的两把二十响盒子枪左右开弓,只要日本兵一露头,头盖骨就被草儿的枪弹击碎。

日本兵已倒下了十几具尸体,草儿静静地躲在三棵大树后面,左右前后与日本兵搏杀,她阻挡了日本兵对铁锁他们的追杀。

于亚秋与何默凡躲在草丛中眼见草儿英姿飒爽地与日本兵搏斗,眼见草儿击毙了众多的日本兵,心中暗暗地为草儿叫好,都深深地为有这样的姐姐骄傲、自豪。

他们眼前柔弱的姐姐是那样的雄伟高大,是那样的让人崇敬。

枪声停止了!草儿身上已多处负伤,草儿已没有了子弹。草儿艰难地挺直了身躯,她把两只盒子枪扔在了草地上。

几十个日本兵冲上前去,把草儿围在了中间。一个日军军官手中握着军刀:"马胡子大大的厉害,把你带回去,寻找抗联的干活!"

突听草儿哈哈大笑起来:"我抗联的不是!普通的中国人的干活!你们抢占了我们的土地,你们毁了我们的家园!你们是强盗!你们才是马胡子的干活!"

只见草儿手指疾动，噗噗噗，几个日本兵咽喉中了她的龙须指环，倒在了血泊中。

众多日本兵冲上前去，把伤痕累累的草儿捆绑了起来。草儿骂道："小鬼子！——姑奶奶不怕死！到了阴间还要索你们的命！"

日本兵把草儿塞到一辆军车里，一溜烟地开走了。于亚秋与何默凡爬起身来，拼命地喊叫："姐姐！——姐姐！——草儿姐姐——！"于亚秋眼泪泉水般涌落下来。

何默凡望着远去的日本人军车："姐姐！——我们不会忘记你！你是我们中华儿女的榜样！我们也会与小鬼子血拼搏杀！"

第二天，日本人到处宣扬，他们抓到了一个马胡子悍匪。他们不说是国民党，不说是共产党，也不说是抗日联军。他们愚弄被奴役的人们，粉饰他们统治下的"太平盛世"。

山口荷子坐在草儿的病榻前："于亚涵小姐，你终于露出了你的真面目，我知道你的生命到了终点，你想说点什么？"

草儿艰难地笑道："荷子小姐，谢谢你来看望我！我们交过手，你是个出类拔萃的漂亮姑娘。可惜战争让你丧失了本性，把你的品格倒回到人类的原始状态——残忍、嗜杀、阴险、没有亲情。我知道，你不会放下屠刀，你要为你的天皇而战！

"我没有信仰，我只有我心爱的人！我只有赖以生存的黑土地！我只有爷爷、娘亲！

"爷爷为了保卫自家的土地，被你们杀害了！你们毁了我们的家园，娘亲流离失所。为了与你们抗争，我与我心爱的人不能见面。你是我，你应当咋办？荷子小姐！你要回答我！"

山口荷子无言以对，讷讷地说道："于亚涵小姐，我尊敬你，你是真正的中国女性！不！——你是真正的中国人！这是战争，我是军人，我要忠于我的国家和民族。

"我知道，在你的嘴中我问不出什么，我遗憾！若不是战争，我们会成为好姊妹！也许燕飞天会来救你，可已来不及了！你安心地走吧！我会为你收尸。"

草儿艰难地说道："荷子小姐，我不怨恨你，我诅咒发动战争的人，若没有战争，美丽的你会牵着恋人的手，漫步在迷人的大海边，我也会与我心爱的人春天里在黑土地上播种！但是——为了生存！为了正义和自由，中华民族的儿女不怕流血牺牲，会战斗下去！直到赶走侵略者！"草儿在咯血，她昏迷了过去。

山口荷子喊道："护士小姐！尽量减少病人的痛苦！"她走出了病房。

已到了三更天，夜空漆黑一片，医院里的病人都在酣睡，偶尔传出几声病人的呻吟声。草儿病房外的两个日本兵在打瞌睡。

一个医生和一个护士推着床车来到草儿的病房。两个守护在病房外的日本兵睁开眼睛刚要说话，突觉腰间一麻，说不出话来，瘫坐在长椅上。

医生和护士走进病房，把草儿包裹好，抬到床车上，二人推着床车不慌不忙地走出了医院大门。

草儿躺在床上，气若游丝，昏迷中觉得有人呼唤她，她慢慢地睁开双眼……咋？我这是在哪儿？

雄灵的脸儿在她眼前晃动。草儿的嘴在慢慢地嚅动："老师……你咋会在这里？外面有日本人……"

雄灵的热泪滴在草儿脸上："亚涵！你在家里！你安全了！"

草儿见一张严峻的脸在她面前晃动："特派员……你也在这里……于亚涵没有愧对党国的栽培……特派员……我已不行了……我的生命已将终结……我有一件最大的憾事……我至死见不到我心爱的人……"她眼中流下两滴清泪。

特派员突然抱起草儿，眼泪唰唰地滚落在草儿脸上："你会见到！你会见到你心爱的人！"

草儿痛苦地勉强笑了笑："特派员……不要安慰我了……他是党国高级特工……一直没有他的音信……我好想念他……他是我一生的企盼……爷爷为了让我给他老人家生下个重孙……日本人攻打山寨……爷爷怕我被糟蹋……与日本人拼命……被日本人杀害了……我见不到我爱的人……不能为爷爷生养重孙了……我愧对九泉下的爷爷……铁蛋哥……铁蛋哥哥……"草儿又滴下了眼泪。

草儿微弱地喊道："老师……照看好亚秋和默凡两个孩子，我……我……怕他们遭到不测……"雄灵连连点头。

突听特派员大喊了一声："草儿！——我是铁蛋……我是你的铁蛋……"特派员撕下脸上的易容膜。

"草儿……我的草儿……铁蛋哥哥在这里……铁蛋哥哥在这里……"

草儿惊异地瞪大了眼睛："铁蛋哥……是你……铁蛋哥……铁蛋哥哥……"

草儿用尽了力气，紧紧地搂抱住铁蛋："铁蛋哥……草儿终于见到了你……铁蛋哥……铁蛋哥哥……"草儿死死地抱住铁蛋，不情愿地慢慢闭上了眼睛，她眼中的泪水还在滚落流淌。

铁蛋欲哭无泪，在草儿脸上亲吻了几口，吻干净草儿脸上的泪水，轻轻地放下草儿。

铁蛋整理一下军装，向草儿的遗体敬了一个标准的军礼："草儿……你是关东三寨的好儿女！你是中华民族的骄傲！"

铁蛋从内衣兜中掏出荷包，从荷包中抽出几根香草放在草儿身上，铁蛋抱着草儿的遗体放声大哭起来。

过了一会儿，铁蛋擦干了脸上的泪水，把易容膜贴在了脸上："雄灵同志，我不是铁蛋！也不是耿飞！我是特派员！记住！纪律！"

雄灵已哭得缓不过气来，她并不惊讶，点了点头："特派员，属下明白！属下早已明白！"

"哦！明白就好！"

六

燕飞天黎明前赶到了医院，他摸遍了整个医院的病房，也没有见到草儿，只见两个日本兵在一病房外昏睡。是谁？是谁把草儿救走了？燕飞天明白了！他不再寻找草儿，来到了雄灵的驻地。

他神不知鬼不觉地来到草儿遗体前，规规矩矩地向草儿的遗体鞠了三躬。

"草儿——哥哥来晚了！没有活着见到你！草儿，关东父老不会忘记你！你不会白白流血，我要让日本人百倍地偿还血债！"

铁蛋知道师父来到了身边，他不想打扰燕飞天。

燕飞天看着铁蛋没有表情的脸："铁蛋，师父愧对你！"燕飞天流下两行热泪。

铁蛋跪在地上流泪叩头："不，铁蛋不悔！草儿走了！娘亲有你们照料，铁蛋再无牵挂，日后我只专心为日本人挖掘坟墓！"

草儿的葬礼秘密举行了。金祖德在草儿的灵位上上书——亡妻刘草儿之灵位；下书——夫金祖德。

于静航看着金祖德悲痛欲绝的样子："贤侄，不可！不可！刘草儿有其夫，你不可自作主张！"

金祖德二目流泪："叔叔！于小姐从没有提及过她有夫婿。不！——刘草儿虽死，我金祖德也要认她为妻！我要让日本人看看——我金祖德也有血性，不是贪生怕死的人！"

突然铁蛋与雄灵走了进来，铁蛋一张冷酷的脸看着金祖德："金先生，拿下你供奉的灵位！"

"我为什么要拿下我供奉的灵位？"

"你不是刘草儿的丈夫！你当然没有资格以丈夫的名义供奉刘草儿的灵位！"

"谁是刘草儿的丈夫？他为什么不来？"铁蛋从怀中拿出草儿的灵位摆放在草儿的灵前。金祖德鄙视地看了他一眼："你是她丈夫吗？一个爷们儿到处乱跑，让自己的女人去打小鬼子！呸！丢人！"

"我打不打小鬼子是我的事儿！你打不打小鬼子是你的事儿！别在这里与我争老婆！"

"哎！你这个人咋这么浑？刘草儿没有丈夫，我金祖德还不能认她为妻吗？我今天认定了！把你拿来的灵位拿走！"

铁蛋冷酷地看了金祖德一眼："金先生！我不与你争辩！"他从内衣兜中掏出香荷包递给了金祖德。

"干啥！给我个荷包干啥？我也不是女人！"

"你看看就知道了！"

"看就看！你想替别人送定情物吗？"金祖德看着精美的荷包，"哦！这个荷包好漂亮！刘草儿！——你——你——你真是刘草儿的丈夫？我他妈的更恨你了！你若是个好男人，草儿会死吗？呜呜——"金祖德放声痛哭起来，"刘草儿活着不能嫁给我，死了我认她为妻还不行！呜呜——"

铁蛋面无表情地给金祖德鞠了一躬，声音沙哑地说道："金祖德先生，草儿地下有灵会感谢你，她知道你是个好男人，也是个真正的中国人！"

"呜呜——"金祖德抱住了铁蛋，"你要为刘草儿报仇……报仇……"

铁蛋强忍住悲痛把草儿的灵位摆放在草儿灵前。灵位上书——亡妻刘草儿千古；下书——掘墓人。

金祖德怒了："你是个什么东西？刘草儿没死前你就为她掘好了坟墓！你这家伙是什么意思？"

"金先生，不要恼怒！我是小鬼子的掘墓人！"

"好，好！算你尿性！是条汉子！"这时于亚秋和何默凡提着一个包裹走了进来。二人放下手中的包裹，扑在草儿的棺木上痛哭起来。

于亚秋双手拍打着棺木，号啕大哭起来："姐姐……姐姐……亚秋都看到了……姐姐与日本人拼命……我和默凡离你不远……我们看得真真切切。姐姐是那样的英勇无畏！我们亲眼见到小鬼子倒在姐姐的枪口下。姐姐的浩气惊天地泣鬼神！姐姐……再也没人像你那样疼爱、爱护我和默凡了……姐姐……姐姐……"

何默凡痛哭流涕："姐姐……你是我们关东黑土地的骄傲！姐姐……你有母亲一样的胸怀，你爱大家，爱你的同胞姊妹！姐姐……默凡要以你为榜样，默凡也要战斗！"

何默凡唰的一声打开包裹，拿出他和于亚秋赶制的挂图——《云朵中的姐姐向我微笑》。一幅幅挂图展现草儿与日寇搏斗的雄姿，展现中华儿女气贯长虹的画卷，让人激动，让人热血沸腾，让人引吭高歌——起来……不愿做奴隶的人们……把我们的血肉筑成我们新的长城……

第十五章　英雄少年

一

山口荷子知道于亚涵死了，但不是死在医院里，山口荷子陷入深思中：燕飞天没有时间救走于亚涵，是谁有这么好的身手，这么快就把临近死亡的于亚涵救走了？

守在病房外的两个日本兵熟睡浑然不知，是什么样的人高深莫测？若不是燕飞天，会是谁呢？难道是国民党方面的人吗？

这奉天城里真是藏龙卧虎，我山口荷子又有了新的对手了。

本想于亚涵若不死，用于亚涵要挟燕飞天，可于亚涵已没有活命的希望，她只得罢手另寻途径，但也不能让于亚涵逃出医院，大大的让皇军丢失脸面。

草儿牺牲后，日本人不想让中国人知道在他们的血腥恐怖统治下，还有热血的中国人在战斗，不想让中国人知道中国共产党领导的抗日联军存在，不想让中国人知道奉天城里的爱国志士在秘密地与他们厮杀、斗争。

他们掩饰真实的抗日力量，他们说，维持社会治安，击毙了一个悍匪马胡子。人们不知道那个马胡子啥样，更不知道她是哪里人。当然没人知道她叫刘草儿，人们更不知道刘草儿是为了民族自由与解放而献身。

校园里在传阅一本彩绘画报——《云朵中的姐姐向我微笑》，同学们争相传阅。

日本人说她是马胡子、悍匪，日本人掩盖真相——她是我们黑土地上的民族英雄！她是我们抗日救国的民族榜样！

弟兄们！姐妹们！我们要用血肉筑成新的长城！我们要保卫我们的白山黑水！我们要学习英勇牺牲的英雄女性！

校园里滚热的暗流在涌动，年轻的热血在沸腾。一夜间，奉天城内的大街小巷都粘贴了反满抗日标语。宪兵在大街小巷加强了巡逻，警察来到了校园，山口荷子也在关注这一突发事件——是什么东西增强了年轻人的凝聚力？是什么精神在鼓动年轻人的爱国热忱？

曹伐在校园里东蹀摸、西望望，他觉得这些日子同学们都有些奇怪，同学们不愿跟他在一起，都远远地避着他，他想知道为什么。

一天吃过中午饭，两个女同学正坐在树下看《云朵中的姐姐向我微笑》画报，听身后有脚步声，两个女同学警觉地回过头去。见曹伐嬉皮笑脸地站在身后。

曹伐用手指抠了抠脸上的骚疙瘩："嘿嘿！你们俩在看啥东西？"

一个女同学合上了画报的页面，厌恶地瞅了曹伐一眼："曹公子！走开，你身上有股怪味儿！"

"啥怪味？"

另一个女同学说道："是小狗的味道吧！"

曹伐已看到了画报的封面，他咧了一下嘴："'云朵里姐姐'的味道吧！"他顺手抢过了画报。

两个女同学涨红了脸："你咋和日本人一个德行，抢人家的东西！真是个狗杂种！"

曹伐瞪起眼睛："谁是狗杂种？就抢了你们的东西！爷爷拿走了！"曹伐转身就走。

"站住！把东西放下！狗崽子！"何默凡怒目相斥。

"嘿嘿！上次你打了我，我还没有和你算账呢！你又来多管闲事，想去宪兵队吗？"

何默凡怒道："骂你狗杂种你不愿意听！你动不动就拿宪兵队吓唬人！你不是日本人的狗杂种是啥？"曹伐恼羞成怒，伸手来扯何默凡的衣襟，二人厮打起来。

一个警察跑了过来："年轻人！为了女孩子打斗吗？不好好读书，回到家里不怕爹娘打屁股吗？都放开手！"

曹伐喊道："他反满抗日——！"

何默凡喊道："我在打狗——！"警察听曹伐喊何默凡反满抗日来了精神。

"好小子！你反满抗日！宪兵队请还请不到呢！你自己要去灌辣椒水，怪不得我了！"

何默凡喊道："凭什么说我反满抗日？——有什么证据——？"

曹伐举起手中的画报："何默凡！我早就跟踪你了！画报出自你手，不可抵赖吧！"

曹伐身后突然走来一个漂亮姐姐，她伸手把曹伐手中的画报夺走，不知扔在了哪里。

"默凡，都多大的孩子了！还跟人打架斗殴！你妈妈病了！让你赶快回家！"

"你——你——"

"我是表姐，刚到你家，你妈妈病了！家中无人，赶快回家吧！"何默凡向四处看了看，见于亚秋在不远处向他招手，何默凡立刻明白了！拽住漂亮姐姐的手："表姐，妈妈的病重吗？"

"别说话了！赶快回家吧！"漂亮姐姐拽着何默凡走出了校园。

到了无人处，于亚秋笑道："默凡！快叫灵儿姐姐！"

何默凡瞪着圆圆的大眼睛瞅着雄灵："姐姐——你真好！像草儿姐姐一样！"

"你们的草儿姐姐临终前嘱托我关照你们，她爱你们……"何默凡和于亚秋眼中溢满了泪水。

雄灵早就知道，于亚秋和何默凡就读的学校有共产党地下抗日活动；雄灵也知道于亚秋、何默凡用他们绘制的画报宣传草儿的抗日事迹。他们在鼓动同学们的抗日热情。

她见日本人已注意了这所学校，怕于亚秋和何默凡发生意外，她来到学校，正赶上了刚才发生的一幕。

雄灵对于亚秋、何默凡说道："日本人已注意到了学校，日本人会在教师、学生中安插特务。你与默凡一定要注意周边的人！曹伐显然是日本人的走狗，暗中还会有日本人的奸细，你们不要轻易相信身边的人，你们随时都有被捕的危险。"

何默凡看着草儿一样关心他们的雄灵，两眼湿润。"我们记住了姐姐的话，不让日本人抓住把柄。"何默凡在思念草儿姐姐。

雄灵见何默凡眼圈发红，知道何默凡想起了草儿："默凡，想草儿姐姐了吗？雄灵姐姐也会像草儿姐姐那样爱护你们。今天很危险，若被警察带走，曹伐手中有你的证据，你会有生命危险！亚秋、默凡，我真不放心你们！"

何默凡泪珠欲滴："雄灵姐姐，草儿姐姐为民族解放献出了生命，日本人害怕更多草儿姐姐那样的人。日本人要抓获我们，说明他们害怕了我的画报。我手中笔是锐利的武器！我画的画报是炸弹，日本人慌了手脚。"

"亚秋、默凡，这段时间风声紧，晚间不要出去了，一定要记住姐姐的话！"

"雄灵姐姐，放心吧！我们明白！"

"好了！我随时都来看望你们！今天早些回家吧！"

二

山口荷子的办公桌上放着一本画报，她有些愤怒——不想让中国人知道的，中国人知道了！想掩盖的事情掩盖不住了！于亚涵已死，还会掀起这么大的风浪——一夜间，满城都是抗日标语和传单，共产党的抗日活动猖獗。

她要打击，她要杀，她要让共产党知道她的厉害。山口荷子在各"国民高等学校"做了缜密的布置。

王老师接到高家成从监狱中传来的密报：这几天监狱中日本人秘密抓捕来很多青年爱国学生。很多学生遭受酷刑，遍体鳞伤，惨不忍睹。

王老师知道日本人要有大的行动，他在担心于亚秋和何默凡，他深怕他喜爱的小才子何默凡、于亚秋受到迫害。

何默凡创作的画报在各学校引起强烈的反响，激起很多热血青年参加抗日活动，有的爱国青年奔赴关内寻找抗日队伍。

日本人在寻找抗日画报的来源，他们的眼睛不会不盯上何默凡与于亚秋。

王老师知道，日本人的特务也盯上了他，他想方设法摆脱日本特务的跟踪，要通知何默凡、于亚秋尽快躲避起来。

今天是何华亭五十寿诞。于亚秋早早地来到何默凡家里帮那冰兰料理寿宴。何默凡的奶奶每次见了于亚秋都喜欢得不得了。"秋儿——不要你劳作，我们家里还有下人呢！你来陪奶奶说话儿！"

于亚秋笑道："奶奶——叔叔寿诞，秋儿要尽尽孝心！"

老夫人笑道："不用管他，陪奶奶说话儿吧！奶奶就是喜欢不够秋儿！"

何默凡在一旁笑道："亚秋，还不快过去陪奶奶说话儿！你是奶奶的掌上明珠，奶奶疼你比我都金贵，我都嫉妒了！"

于亚秋笑道："我们一起陪奶奶说话吧！"他俩坐在了老夫人身边。

那冰兰看着于亚秋可人的样子，脸上挂满了笑容："秋儿——想吃什么好东西？婶婶亲自下厨给你做！"

"婶婶——今天是叔叔寿诞，应让叔叔开心快乐！秋儿不敢劳婶婶费心！"

何默凡笑道："亚秋，妈妈和奶奶一样，都特别喜欢你，想吃啥？让妈妈做，我也跟着借光！"

于亚秋笑道："小馋猫！一大桌子的饭菜叔叔自己吃得了吗？还没有你吃的吗？不要麻烦婶婶了！"

何华亭坐在内堂看书，听到外屋的说笑声。"你们说得热闹！咋把老夫自己撇在了这里？"说着，他走了出来，坐了老夫人身旁，一家人其乐融融。

吃过晚饭天色已黑，何华亭对何默凡说道："默凡，天色已晚，世道不太平，早些送秋儿回家吧！"

于亚秋道："我出来一整天！该回家了！免得爹娘惦记。奶奶、叔叔、婶婶，改日我再来看望你们！"

老夫人不舍，慈祥地看着于亚秋："秋儿——常来看望奶奶！免得奶奶挂念。"

于亚秋笑道："奶奶——秋儿知道奶奶疼我，秋儿有空就来陪奶奶说话儿。"

于亚秋与何默凡穿好衣服，于亚秋别过老夫人、何华亭、那冰兰，和何默凡一起走出了院门。

夜空没有月亮，于亚秋与何默凡走在昏暗的小巷中。

突然黑暗中钻出几个人来，何默凡见有两个端枪的日本兵。何默凡知道不好，他把于亚秋挡在身后。

"你们是什么人？想干什么？"一个人低声说道："不要喊叫，到了宪兵队你就知道了！"两个日本兵把枪对准了于亚秋和何默凡。几个特务上前抓捕于亚秋、何默凡。何默凡血脉贲张，他没有胆怯，像一只成年的悍狼咆哮起来："不要碰她！——我跟你们走！"

一个特务道："小子！都得走！皇军一个也不会放过！"

何默凡喊道："亚秋！——快跑！"他像匹健狼一头向一个特务撞去，那个特务猝不及防被何默凡撞倒在地。何默凡头上受重重一击，昏迷了过去。于亚秋喊叫着扑到何默凡身上。几个特务架起于亚秋，把何默凡拖上了警车。

于亚秋大声呼叫："你们为什么抓我们？——畜生！强盗！默凡——默凡——"警笛声响起，警车开走了。

王老师躲藏在黑暗处，焦急地低语："来晚了！何默凡、于亚秋果然遭到了不测。"王老师恨恨地跺脚：完了！两个孩子完了！

王老师天黑后，翻越出后院墙，避开了监视他的特务，赶忙跑往何默凡家，他还没到何默凡家，就发现了警车。

他到了昏暗的小巷时，听到了何默凡的喊叫声，他知道，日本人动手了。他眼见着特务把何默凡、于亚秋拖上了警车。

夜已深了，于静航见于亚秋还没有回家，心中有几分不安。他对卓可姝说道："这么晚了！亚秋这孩子咋还没有回家？出了什么意外吗？"

卓可姝焦虑道："这孩子，真让人操心！这么乱的世道，咋不早些回家呢？"

"亚园！你妹妹还没回家！快到默凡家去看看，把亚秋接回来！"

于亚园见天色已晚于亚秋还没有回家，心中也在焦急。听卓可姝喊他，答道："妈妈，我马上去何默凡家，看亚秋是否在那里，也许默凡送她回家，在路上，说不定我还会碰到他们！"于亚园披上外衣走出了门外。

三

于亚园一路上没有碰到于亚秋和何默凡，他急匆匆地向何默凡家走去。

他到了何默凡家院外，见何默凡家亮有灯光，他上前拍打院门。何华亭以为是何默凡回来了："默凡！咋回来这么晚？院门没有关紧，快回屋吧！"

于亚园推门走到屋内："何叔叔，我是亚园，亚秋咋还没有回家？"

何华亭愣住了："亚园！你说什么？他们俩早已走了！默凡送秋儿还没有到家吗？"

"何叔叔！亚秋没有到家，爸爸妈妈心急，让我出来寻找。"

何华亭拍了一下大腿："妈呀！不好了，出事了！我刚才听到外面有警笛声，默凡与秋儿八成被日本人抓走了！"

"哎呀！——默凡……秋儿……"老夫人听了跑到屋外。老夫人一跤摔在了地上，口中喊着："默凡……秋儿……"昏迷了过去。

何华亭赶忙搀扶起老夫人，口中大声呼喊娘亲，老夫人紧闭二目，已不能言语。一家人手忙脚乱，乱作一团，何华亭与于亚园把老夫人抬到炕上，何华亭道："亚园侄子！我去找郎中救治娘亲，你马上回到家中报知你爹娘，两个孩子被日本人抓走了！我们要设法营救哇！明日我到你家府上共商营救两个孩子的办法！"

次日早上，何华亭早早地来到于静航家。他见于静航与卓可姝眼窝塌陷，两眼通红，知道他们一夜没眠。

何华亭已六神无主，口中连连喊道："老哥哥——这可咋办？这可如何是好？不知老哥哥有何良策？老哥哥快快拿出主张，晚了默凡与秋儿可就没命了！"何华亭捂着脸呜呜地哭了起来。

于静航两眼垂泪："华亭兄弟！莫要乱了方寸，昨夜我已让亚园告知了燕飞天，燕飞天会设法营救出默凡和亚秋，等候消息吧！"

何华亭急得团团乱转："老哥哥！日本人的监狱铜墙铁壁一样，燕飞天就是天大的本事也无可奈何！老哥哥！我的茶叶铺子不要了，也要救出默凡和秋儿！"

于静航道："华亭兄弟！——日本人不要钱，他们要两个孩子的命！你快快回到家里照看老娘，两个孩子的事儿就交与我吧！"

何华亭哭道："这让我如何是好，这让我如何是好？两个孩子若没有了，我也不活了！呜呜——"他哭着走出了于家。

四

何默凡和于亚秋被推下警车，几个特务把他们直接带到了审讯室。审讯室里摆放着各种刑具。山口荷子坐在那里看着俊雅的何默凡和美艳亭亭玉立的于亚秋。她心中暗叹：这个男孩子超凡脱俗，虽在审讯室里的各种刑具面前，毫无惧色。

看那姑娘，知道是于亚涵的妹妹。于亚秋的美丽让她嫉妒。她觉得自己已是个上等的美人了，可与于亚秋比，觉得自己相形见绌。她实在不忍心对于亚秋下手，也许她对于亚涵（草儿）存有敬意吧！

山口荷子和缓地说道："把于亚秋押下去，单独关押起来，任何人不可动她！没有我的命令，任何人不可见她！"

两个特务把于亚秋押了出去。于亚秋喊道："我不走！——我要与何默凡在一起！默凡——默凡——"

何默凡愤怒地看了山口荷子一眼："有我的一条命够了！你们不要伤害于亚秋！亚秋——亚秋——"

山口荷子冷冷地说道："你以为这是什么地方？这儿不是你家里！由不得你，年轻人！想一想怎样与我合作吧！"

何默凡笑了："你说什么？让我与侵略者合作？让我出卖自己的祖国！让我出卖自己的灵魂吗？——你问吧！我知道的都告诉你。"

山口荷子在审视何默凡："你很聪明，免得受皮肉之苦，你说吧！"

"让我说什么？你问吧！"

"《云朵里的姐姐向我微笑》，是你绘制的吗？"

"是我绘制的！"

"你根据什么编造了于亚涵的抗日事迹？"

"我不是编造！是我眼见姐姐与你们日本人拼杀！是我眼见姐姐击毙了你们众多的日本侵略者！"

"你怎么会眼见？"

"我就在姐姐与你们侵略者搏斗的附近，我见到了姐姐的英雄壮举！"

"我再问你，是谁指使你绘制的反满抗日画报？"

"没有人指使我，这是一个爱国者的自觉行动！"

"你还是个孩子，你要说实话，只要你说出来指使者，我就给你自由，包括你的恋人！我知道，你是在受共产党的愚弄，我知道有人指使你。你不说，我们也能抓到他——你们尊敬的王老师！是吧？"

"我尊敬我们王老师，但他没有指使我反满抗日，他也没有让我绘制《云朵里的姐姐向我微笑》的画报，我说过了！是一个爱国者的自觉行动！"

"你觉得你很勇敢吗？"

"不是我勇敢，是一个爱国者要挣脱枷锁的吼声！"

"我再给你加上一条锁链！"

"我砸碎它！"

"你没有武器！"

"我满腔的热血会化为利剑！"

"可你在我的手中！"

"可你在我们的国土上！"

"我不想让你皮肉受苦！"

"我做好了承受的准备！"

"我要杀了你！"

"自有后来人！华夏子孙是龙的传人，你们只是河中的泥鳅！"

"用刑——！"山口荷子在吼叫。

"我接招——！"何默凡从容不迫。

何默凡被各种刑具折磨得遍体鳞伤，奄奄一息，被拖进了牢房。

山口荷子不解——小小少年，他是铁骨？不！是铁的意志！她拖着疲惫的双腿走回办公室。

村上柳看着山口荷子有些暗淡的两只秀目："荷子小姐，你熬了一夜，征服不了一个少年吗？今天晚上，把他和于亚秋带到我这里来，看他们怎样向我屈服！你休息吧！"

"村上君，我累了！晚上让他们把何默凡与于亚秋押送到你这里来。"

又一个黑夜来临了，一辆日本军车驶出监狱的大门。何默凡、于亚秋被铁链锁着手脚躺在军车里。四个荷枪实弹的日本兵坐在军车内向外四处张望。

军车秘密开出监狱大门，没人知道要到哪里去，当然更没有人知道行车路线。军车行到一黑暗处，一根电线杆子横在马路中间。坐在驾驶楼里的特务喊道："一根电线杆子横在了这里，统统的下车！搬走电线杆子的干活！"四个日本兵赶忙下车搬抬电线杆子。

突然黑暗中蹿出几条身影，只听几声闷响，四个日本兵的咽喉被割断了！扑通扑通倒在了地上。司机和驾驶楼里的特务见了，赶忙拔枪，两支暗器射在了他们头上，身子一歪倒在了驾驶楼里。

雄灵拽开车门，夏凡与徐克拖下两具死尸，上了汽车，汽车开走了！

村上柳坐在他的办公室里，见押送何默凡与于亚秋的军车迟迟不到："荷子小姐，出问题了吗？押送犯人的军车为啥还不到达？要我亲自去吗？"

山口荷子有些奇怪："村上君，按时间计算，军车该到了！我做了秘密安排，没有人知道行车路线，不会出问题！"

"我没问你是怎样安排的！我现在要犯人！我现在要审问犯人！我要从他们的口中挖出奉天城地下共产党组织！"

"我——我——我马上出发，查明原因！"山口荷子带着常跋的侦缉队出发了。

一个时辰后，山口荷子带着常跋垂头丧气地回来了："村上君，为什么，为什么？军车失踪了！我们在路上发现了押送犯人的皇军全部被杀！"

"没有活着的吗？"

"没有！没有一个活口！"

"谁干的，谁干的？你知道谁干的吗？是共产党还是国民党？要么是燕飞天？"村上柳咆哮起来。

"村上君，我也糊涂了！押送犯人是绝密的，没人知道，怎么会……怎么会……"

"查看了尸体上的伤口吗?"

"我验过了,没有枪伤,都是冷兵器!"

村上柳说道:"奉天城里虽然很少听到枪声,但与我们大日本帝国对抗的力量不可忽视!他们是东方魔鬼!是我们很难对付的敌人!我们不想让中国人知道还有反抗我们的力量,可明天中国人就会知道,今天夜里,我们的几个皇军勇士被悄无声息地杀掉了!荷子小姐,暂时不要秘密逮捕学生了!不要引起更大的民众舆论,我们还需要这块物产丰富的根据地!"

"村上君,我不服气!根子还在燕飞天,我山口荷子定与燕飞天较量个高低!我定要拿到他的碧玉蟾!"

"荷子小姐,我希望你成功!我们的飞机、大炮对付不了燕飞天!我们的军刀也征服不了燕飞天!中华民族的智慧不亚于大和民族。我们比意志,比耐力吧!看谁的身体最强壮,看谁的血液中蕴藏最大的热量!"

山口荷子像只斗败了的公鸡,低垂着头,突然她站了起来:"不!——我并没有低估燕飞天!为什么我每次精心的策划都失败?我找不到答案,我要找到答案!我就是输在燕飞天的手里,我也要输得明明白白!"

"荷子小姐,不要激动!你好好想吧!怕你永远想不明白!需要时间,到时候你就明白了!"

五

军车停到郊外一院落前,雄灵令人抬下何默凡与于亚秋。何默凡面目皆非,身上道道的血痕,他和于亚秋戴着锁链扑到雄灵怀中放声大哭起来:"姐姐……怕再也见不到你了!姐姐……好想你……"

于亚秋哭道:"姐姐——咋知我们在军车上,秋儿在做梦吗?"

雄灵抚摸着何默凡的脸和于亚秋的头发,眼中流泪。"默凡——秋儿——不要啼哭了!我们回家了!姐姐不会扔下你们不管!"

夏凡、徐克,把何默凡搀扶进屋内,只见燕飞天目现悲情走了过来。他一只手扶着何默凡,一只手拉住于亚秋,眼中滴下热泪。

于亚秋扑到燕飞天怀里,放声大哭起来:"姐夫……秋儿知道姐夫会来……

秋儿知道姐夫会把秋儿默凡放在心上！姐夫……姐夫……"

燕飞天挥起独龙剑唰唰几声，斩断了于亚秋和何默凡手脚上锁链抛在地上。

"灵儿——把这东西收好，日后我要用在侵略者身上！以牙还牙！以血还血！"

雄灵道："姑爷爷！我们把默凡与秋儿解救了出来，日本人不会甘心，下一步咋办？"

燕飞天略加深思："奉天城内，两个孩子不宜久留，待默凡身体康复，我送他们到狼牙碴子。那里有众多铁血弟兄，他们会喜欢我们的小才子和我的漂亮小妹妹，他们会尽力保护好秋儿和默凡。"

于亚秋、何默凡听燕飞天说要把他们送到狼牙碴子，高兴得蹦了起来。何默凡看着燕飞天："我要参加抗日联军！我要打鬼子！"

燕飞天笑道："是抗日联军独立团！"

何默凡嚷道："只要是抗日的队伍就行！独立团也是抗联！"

雄灵怜惜地笑道："还用你们上阵杀敌吗？你们用手中的画笔做武器，用你们的青春热血打动所有的人。我们要用血肉筑成新的长城！让侵略者消失在中国的土地上！"

于亚秋道："姐姐，我懂了！我虽然是个柔弱的女孩子，我要拿起笔来，写我们的抗日义勇军！写我们的抗联！写我们中华民族不屈的人们！唤起民众的觉醒，踏着烈士的足迹，冒着敌人的炮火前进！"

燕飞天笑道："秋儿——真是长进！姐夫没有读过书，不懂什么马列主义！你接受的共产党思想倒能鼓起中华民族抗敌的勇气！"

过了几天，何默凡家中传来消息——老夫人病逝了！老夫人临终前拽着何华亭的手："我要我的默凡……我要我的秋儿……天杀的日本人……"老人家不闭二目，拽住何华亭的手不放，停止了呼吸。

何默凡眼中带血，抓着前胸，跪在地上放声大哭："是日本人杀害了奶奶！没有日本人，奶奶可安度晚年，享天伦之乐！日本人——侵略者！我的热血会化为钢枪！我的画笔会化成炮弹！奶奶……奶奶……孙儿不惜血肉之躯，誓与侵略者血拼到底——！"

起来……不愿做奴隶的人们……何默凡热血沸腾……

第十六章　前仆后继

一

天空飘着鹅毛大雪，万山皆白，狼牙碴子山上松林迎风呼啸。风雪中，熊天彪与小胜子带领众多弟兄站立在山下，迎接于亚秋、何默凡的到来。

小胜子问身边的王老师（王老师奉天城地下共产党的身份已暴露，上级把他派到了抗联，任独立团与抗联一路军的联络员）："王老师，你的那个小才子带来了《云朵里的姐姐向我微笑》的连环画吗？"

王老师笑道："我的小才子不带来连环画也无妨，他会带来笔和纸，他马上就会勾画出你谭同胜同志的抗联指挥官形象。"

"那么神吗？"

"要不咋叫小才子呢！"

"于亚秋那小姑娘比照我的嫂嫂漂亮吗？"

"你说的是哪个嫂嫂？"

"他姐姐于亚涵哪！"

"哪个于亚涵？是在美国的于亚涵，还是刘草儿于亚涵？"

"你还知道的不少呢！都算上！"

"我不知道在美国的于亚涵长得啥样，我无法告诉你，你见了亚秋这个小姑娘，你就知道了！"

风雪中，一挂大马车奔行在风雪弥漫的山路上，后面跟着二十多个骑在马上的抗联战士。于亚秋、何默凡包裹得严严实实坐在马车上，身上飘满了雪花。

于亚秋看着这白雪皑皑的神秘大山："默凡哥，这样的冰天雪地，我们的抗联弟兄要战斗，是何等气概？"

何默凡凝视着于亚秋。

"秋儿，怕吗？"

"默凡哥，我怕！我怕死在这大山里——可为了把侵略者赶出家乡，我宁愿我的遗骨埋葬在这大山里！"

燕飞天肃穆道："秋儿！你们不能死！你们是这个国家和民族的希望，你们是中国的未来，中华民族的崛起靠你们和你们的子孙！"

何默凡笑道："燕飞天，你说得真好！我对中国的未来也充满了希望。你说到了我的心里，我真不知道该怎样称呼你，以后我就叫你燕飞天吧！你是我的榜样和楷模！"

"好小子！我是燕飞天！你就叫我燕飞天！做中华民族的飞天骄子！"

马车来到了狼牙碴子山下，王老师赶忙跑上前去。

于亚秋和何默凡见了，惊讶地喊叫："王老师——你咋在这里？"

"哈哈！我的小才子！日本人看我教书不中用，逼着我拿枪跟他们干！我弃笔从戎，真刀真枪地在战场上跟他们干！亚秋，冻坏了吧！快下车跺跺脚暖和暖和！"

小胜子见于亚秋跳下马车，打开头上的围巾抖搂头巾上的积雪。

"哎呀！咋这么像！太像小嫂嫂于亚涵了！简直一个人一样，只是年纪小了些。"他看了一眼燕飞天："师父——我——我——叫啥？"

燕飞天笑道："叫同志！"

"啥？咋成了同志呢？"

"她来参加抗联了！你以为是家里吗？"

小胜子走上前去："于亚涵嫂嫂的妹妹小于同志、小才子同志！抗联独立团欢迎你们参加抗联打那帮小鬼子兔崽子！"

熊天彪笑道："胜子兄弟，不像军人，说话不利落！"

"啥？咋不利落了？"

王老师笑道："胜子兄弟有求于人，说话就不利落了！"

熊天彪笑道："求人家做啥？"

"副团长想求人家小才子给他画个标准像，说要留给他的子孙，他要让子孙知道他在白山黑水驱逐过豺狼虎豹！"

何默凡搓了搓有些冻僵的手，从挎包中拿出笔和纸，把纸铺在画板上："长官，站好了！"何默凡手中的笔在疾动，片刻工夫，一张栩栩如生的人头像递到了小胜子手中。

小胜子叫道："是我！是我！真他妈的是我！小才子，神笔！神笔马良啊！"

熊天彪把小胜子的头像拿到手中："胜子兄弟，我独立团的第一张抗日纪念头像，要保存好，免得有些王八蛋不认账！默凡！题上字！年月日！"

于亚秋从熊天彪手中拿过头像："我来题字！"

唰唰唰——

> 苍穹弥漫飞雪洒，
> 白山黑水驱寇杀。
> 中华儿女不可辱，
> 光复河山抖剑花。
>
> 　　　　　谭同胜先生一九三九年十二月于狼牙砬子抗日营地

于亚秋笑道："谭长官，这是我与何默凡同志送给你的见面礼！"

王老师笑道："我们抗联又出了才女！亚秋、默凡，用你们的笔和纸做刀枪吧！我们的热血一定会筑成新的长城！中国的希望在你们这一代人身上！"

一群战士围了过来，都要画像题词，熊天彪道："弟兄们——我们的才子、才女刚到，让他们上山休息吧！来日方长，两个才子会满足弟兄们的要求。"

自从于亚秋和何默凡来到狼牙砬子山上，战士们都把他们俩当成小弟弟、小妹妹，有什么好东西吃，战士们都送给他们俩。战士们经常送给他们俩采打的山珍野味。战士们求他们俩画像、题字，他们俩从来都是有求必应。

转眼春天到了，山上的冰雪已融化，满山的翠绿，山间的小溪淙淙跳跃流下，鸟儿在林中振翅啼唱。山坡上的野花迎风摇曳，山民开始在山坡上点种播种。

长白山的春天真美，似一幅画卷，让大山里的人们饱浴春光。

于亚秋坐在何默凡身旁，看着何默凡在画板上勾画树上的一只松鼠跳跃玩耍。

何默凡陶醉在大自然美景中。

"秋儿——这大山里风景秀丽，宁静祥和！谁会想到，这样一个美丽的地方，随时都会响起枪声，随时都会有人死去！我们美丽的家园是这样的残破！我们的民族还没有觉醒！"

于亚秋柔情地看着何默凡忧郁的双眼："默凡哥——我们被列强帝国落下得太多了！有了共产党，我们的民族还有希望。如果没有共产党的联合抗日，日本人有可能已占领了全中国。要想争得民族的解放，就得像草儿姐姐那样，不怕流血牺牲！但一两个草儿姐姐那样人能拯救我们的民族吗？共产党唤起民众的觉醒，只要我们的民族站起来了！日本人的侵略战争就会土崩瓦解。我们会有美好的未来，我相信这一天不会太远！我们一定要活到那一天。"

"秋儿，你的政治觉悟咋进步这样快？"

"王老师又给我讲了很多抗日革命道理。"

山坡上的山民在播种种地，突然传来一阵枪声，两个山民倒在了血泊中。一个日本兵喊叫："马胡子的干活！马胡子统统的死了死了的干活！"两个日本兵在哈哈大笑。

山林中的鸟儿惊恐地乱飞，山坡上种地的山民都钻入了树林中，日本兵还在向山上开枪射击。

日本人不想让山民种粮食，他们要切断抗日联军的食品来源，日本人想把抗日联军围困在大山里。

二

熊天彪决定要狠狠地打击一下日伪军。小胜子、王长生带领部队秘密下山了。

小胜子被于亚秋、何默凡缠得无奈，只好把他俩带到了身边。小胜子严肃地看着何默凡、于亚秋："两个小才子，一会儿我们的部队隐蔽在密林中，打起仗来你俩不要乱动，在山上看着我们收拾小鬼子！你们俩一定要听话！"

何默凡仰起脸："我也要跟你们去打小鬼子！"

小胜子拍了拍何默凡肩膀："小才子，我可舍不得你去与小鬼子拼命！好好地在山上陪伴秋儿姑娘吧！"

王老师看着何默凡："默凡，听副团长的话！本不该让你来，你们要出了什么差错，我们无法向燕飞天交代。你还小，党的事业还需要你们去完成！打起仗来你们千万不要乱动！"

日伪军的军车开过来了，山沟两旁的山坡上响起了激烈的枪声。

王长生带领的抗联战士一起向日伪军开火，日伪军跳下军车架起机枪向两面山坡上疯狂扫射。山坡上，抗联战士的机枪喷射着火舌，战士们手中的手榴弹雨点般抛向敌群。枪声、手榴弹爆炸声，震耳欲聋。山沟中的日伪军纷纷倒下，日伪军拼命抵抗。

小胜子见火候已到，拔出来马刀："二江营长！带领骑兵冲锋——！"

王老师跨上了战马，抽出来马刀，小胜子挡住王老师的马头："联络员，你干啥？你行吗？"

"杀小鬼子呀！"

"燕飞天说了！你是共产党有用的人！让我们保护你的安全。"

"为了抗日救国，我们共产党人就要做出牺牲！我不是到山上让你们保护来了！我是来和弟兄们一起战斗的！"

王老师催动战马，高擎马刀，紧随鄂二江的骑兵营向敌人扑去。

小胜子喊道："王璞——带着几个弟兄看护好我们的小才子！"他一磕马镫，战马旋风般冲上前去。

春天里的阳光是那样的温暖，和风轻拂葱绿的大山，山鹰在山顶盘旋，偶尔还有布谷鸟的啼叫声。

山沟两旁的开阔地里展开了疯狂的绝杀。阳光下，马刀闪着耀眼的寒光。阳光下，鲜血在飞溅。

小胜子的马刀在疯狂。

鄂二江的马刀在疯狂。

王老师的马刀在疯狂。

抗联战士的马刀在疯狂。

劈杀，惨烈地绝杀。

一个日军机枪射手端着机枪刚要向王老师扫射，小胜子的战马跃到，只见刀光一闪，那个日军机枪手的脑袋被劈成了两半。

王老师大喊了一声："谢了！——副团长！"只见他连挥马刀，两个日本兵被他劈倒在马下。

小胜子喊道："联络员！——你这两把刷子还行！"他手中的马刀不停，两个伪军惨叫着倒在了地上。

于亚秋和何默凡在树林中见抗联战士与日伪军厮杀，何默凡兴奋得连连喊叫。于亚秋看着惨烈的战斗场面心中突突直跳，她见有的抗联战士倒下牺牲了！心中无比悲痛，她要把这战斗的场面记录下来，她要把这战斗的场面永记心中。

何默凡忘记了害怕，站起身来大声呼叫："杀得好！——抗联弟兄们杀得好——！"

日伪军听到树林里的喊叫声，向树林里扫射过来一排子弹。

王璞一看不好，赶忙把于亚秋和何默凡摁在了身下。

噗的一声，一颗子弹射穿了王璞的肩膀。王璞捂着一只肩膀喊道："你们俩不要动！——不要暴露目标——"

两个抗联战士靠在大树旁把于亚秋和何默凡拽到身后掩护起来。于亚秋赶忙扯下衣襟把王璞的肩膀包扎好，内疚的眼泪滚落下来。

"王璞哥哥——都怪我们让你负了伤！回到山上我给你唱歌听！"

王璞笑了："才子妹妹，无大碍，没有伤到骨头，过些日子就好了！你的默凡小才子胆子真大！可吓死我了！"

王璞看着于亚秋撕破外衣鼓鼓的前胸，有些忸怩地看着于亚秋："看！弄坏了你的衣服！"

何默凡羞愧地轻轻抚摸王璞的肩膀："王璞哥哥，我真没用！险些害了哥哥的性命！"

王璞笑道："小才子，不要自责了！哥哥不是很好吗?"

他动了动手臂："哎哟！还真他妈的挺痛！"

日伪军开始溃退了，他们慌乱地爬上军车，扔下几十具尸体逃跑了。

小胜子带领弟兄们撤回到山上，把阵亡的弟兄掩埋好。

这一仗打得特别漂亮，打死了几十个日伪军，只伤亡了五六个弟兄。熊天彪道："小鬼子怕再不敢来骚扰山民们种地了，让他们知道我们抗联独立团的厉害！晚上设宴庆祝我们这次的胜利！"

晚上，熊天彪、小胜子、王老师带领几个弟兄到阵亡的战士墓前洒酒祭灵后回到了山上，与战士们同饮。

小胜子嘻嘻地看着王老师："王老师，看不出你还有两下子！你的马刀耍得不错！劈杀了几个小鬼子? 练过吗?"

王老师笑道："初次上阵，我的马刀已饮了小鬼子的血，若不是你的马快，我今天就死在小鬼子的机枪下了！我一猛劲劈杀了两个！共劈杀了三个日伪军！"

"你的刀法好快！"

"父亲做过张大帅东北军的武术教官，我从小跟父亲练过武把式，跟着父亲学练过刀法，现在派上用场了！"

小胜子笑道："我看你不该教书，天生就是杀人的料！"

"想教书也教不成了！日本人逼着我杀人，我只好杀他们了！"

小胜子哈哈大笑起来："干，干，干！"他端起来酒杯。

王璞托着一只胳膊走了过来。

小胜子看着王璞一只吊着的胳膊："王璞兄弟，肩膀还疼吗？咋不看住两个小才子，多危险！你若动作慢了，小才子今天说不定就牺牲了！"

王璞笑道："谢天谢地！两个小才子没出啥事！咦！亚秋小妹妹说要唱歌的！亚秋——亚秋——"

于亚秋听到王璞的喊声走了过来："王璞哥哥叫我？"

"是呀！你说要唱歌的！"

"好——我给大家唱歌！"

"默凡！过来！用你的口琴给我伴奏。"

何默凡赶忙走了过来，从衣兜中掏出来口琴。于亚秋拢了拢头发，低声吟唱："我的家在东北松花江上……那里有森林煤矿……还有那满山遍野的大豆高粱……我的家在东北松花江上……那里有我的同胞……还有那衰老的爹娘……九一八……九一八……从那个悲惨的时候……"

何默凡捧着口琴伴奏起让人忧伤的歌曲，于亚秋唱到动情处，竟流下来眼泪。有的战士跟着哼唱起来。

"九一八……九一八……从那悲惨的时候……"

王老师眼中流着热泪站起身来："我是地地道道的奉天人，我生在奉天，长在奉天，'九一八'的枪声让我寻找抗日救国的道路。可蒋介石不抗日！我屡屡受挫，后来我找到了共产党，参加了抗日救亡活动。同志们！让我们的白山黑水变成侵略者的坟墓！弟兄们！——我们要为民族解放而献身！"

有的关东三寨老战士痛哭失声。

"我们的山寨被日本人炸平了！我们的爹娘流离失所，我们不能在自己的黑土地上耕种，弟兄们！——不杀尽小鬼子是孬种！"

战士们群情激昂，个个暴睁二目："杀他们这帮瘟犊子！全给他们整死！他妈的小鬼子！老子就是拼到最后一口气，也要与小鬼子同归于尽！"

一个战士喊道："小才子！你画的连环画《云朵里的姐姐向我微笑》弟兄们争着看！多画几册吧！"

何默凡眼含热泪，向战士们鞠了一躬："大哥哥们！你们热血杀敌！我敬佩你们！我今夜就动笔，多画好看的抗日连环画送给大哥哥们！"

熊天彪大声说道："弟兄们！——两个小才子是我们的宝贝！弟兄们可要保护好他们俩！"

小胜子笑道："包在我身上了！"

王老师心中暗叹：无形的武器！无形的力量！日本鬼子必然要滚出中国去。

三

冬天到了，日本鬼子的讨伐队又开始进山讨伐抗日联军。石原要把熊天彪的独立团一口一口地吃掉，他决定先消灭熊罴山的罗志焕营，出动了他的日伪军全部人马开到了熊罴山下。

石原命令日军架起了小钢炮向山上轰炸。罗志焕带领他的支队战士坚守在阵地里。石原这次运用了围点打援的战术——他用一个中队日军配备一个中队的伪军攻打熊罴山，用一个中队的日军配备一个中队的伪军伏击卧虎山杨二木营的援军。

他把战斗力最强的龟田中队与郭麻子中队作为迎击熊天彪的预备队。大战拉开了序幕。

罗志焕阵地上的战士们在掩体里躲过日军的第一轮炮击，开始迎击日伪军的进攻。

日伪军依托大树和岩石做掩护步步向山头的阵地挺进。

罗志焕指挥部队拼命抵抗，成束的手榴弹抛下山去，机枪喷射着火舌，罗志焕营打退了日伪军的两次进攻。日伪军扔下了几十具尸体。

日军大部队的出动，邵学布置的眼线早已送来了消息。

熊天彪摸不准日军的动向，他派人通知罗志焕与杨二木做好防范准备，他吩咐小胜子通知山上各部弟兄做好应变准备。

杨二木接到熊天彪的通知，派出侦探在山下侦察日军的行动方向，侦探见日军的大部队开向了熊罴山，赶忙回山向杨二木报告。杨二木做好了从后面攻击日军的准备。

他听熊罴山打响了，命令部队下山攻击日军的后路。带领三百多个弟兄下了卧虎山，留下了五十多个弟兄守护山上的营地。

杨二木是个有战斗经验的人。他派出一个班尖兵行进在前面，他的大部队紧跟在尖兵一百米后面。可他哪知日伪军没走大路，他们事先偷偷地穿越山路，身披白床单秘密地埋伏在他的部队必经之路两旁的山坡上。

日军放过走在前面的尖兵，待杨二木营进入了他们的伏击圈，山坡上的日伪军一齐开火。一时间枪声大作，喊杀声震天，杨二木营被打得措手不及，倒下了十几个战士。

杨二木命令机枪手压制两侧山坡敌人的火力，带领部队后撤，可已经晚了！敌人的火力太猛，又倒下了十几个战士。

杨二木两眼血红，圆睁二目，他摘下狗皮帽子扔在地上，抄起机枪带领弟兄们向一个小山包后撤去。他抱着机枪准确地压制敌人的火力点。战士们拼命地向小山包后跑去。杨二木营凭借小山包的掩体，与日伪军展开了厮杀。

熊天彪接到探兵的报告，知道事态紧急，命令部队下山。

"胜子！——山上雪深林密，大批战马无法快速下山，你带领五十个弟兄到秘密战马营地牵出战马先行探路。长生带着你的营火速下山，待小胜子探明情况，再做决断！"

小胜子带领他的五十个弟兄下了山。他对鄂二江喊道："二江！——你带领众弟兄牵出战马分几路下山！"

鄂二江应了一声，跑去指挥骑兵营下山。

王老师说道："团长！敌人这次来者不善，向军部求援吧！敌情复杂，我也下山！"

熊天彪道："我独立团还没有打过败仗！现在不知杨军长在哪里！我们自己对付小鬼子吧！山上要有人留守，两个小才子没人照看，我不放心！"

王老师道："留下王璞守山吧！他和两个孩子还熟，两个孩子也会听他的话。"

熊天彪道："好吧！王璞！——带领一百个弟兄守山，给我照看好两个小才子，要谨慎，提防敌人偷袭！"

王璞答道："大队长放心吧！——有我在，就有营地在！我就是死了！也会护住两个小才子！"熊天彪带领大部队下了山去。

小胜子带领五十个弟兄到山下秘密营地里牵出战马，做好了战前准备，带领队伍谨慎地向熊罴山行进。

小胜子道："弟兄们！——前面怕有埋伏，镫里藏身飙行！"

小胜子的五十个弟兄在小胜子的教授下，多年前马上功夫就已纯熟。五十匹背上光秃秃的战马狂奔在大路上。

石原的暗探发现小胜子的马队到了山下，赶忙跑向石原报告，可小胜子的马队已跑在了他的前面。

石原正在指挥他的部队攻山，战斗异常激烈，日伪军已发动了四次冲锋，都被罗志焕营打退下来。

石原听到卧虎山方向响起了枪声，知道他设伏的部队与熊天彪的救援部队接上了火，心中异常高兴。他挥舞着指挥刀哇哇大叫，督促日伪军疯狂向山上进攻。一个中队的日军在待命。

突然，马蹄声骤响，一片战马黑压压地奔跑过来。石原听到马蹄声，惊愕地回过头来——哪儿来的马群？马上没有骑手。

他正在犹豫，马群已快到了眼前，马肚子下突然钻出骑手，高擎马刀劈杀过来。石原大惊失色，高声呼喊："马胡子！——马胡子的干活！射击！射击！"

日伪军刚举起枪，马刀就劈到了头上。小胜子带领五十个弟兄一阵劈杀，日伪军倒下了一片，小胜子喊道："弟兄们！——撤！"五十人马旋风般跑远了。

石原气得哇哇大叫："熊天彪的马队探路的干活！熊天彪的大部队马上就到了！准备阻击！"一个中队的日伪军进入了阵地。

罗志焕指挥他的弟兄们坚守在山头阵地上，他已听到了卧虎山方向的枪声，知道杨二木营与小鬼子接火了。他又看到小胜子带领马队冲入了敌群，他知道熊天彪的大部队援军快到了。

他高声喊道："弟兄们！——我们一定要坚守住山头！杨营长在与敌人交火，团长带领的人马马上就会来增援。弟兄们！——坚守住阵地就是胜利！我们不要忘记了熊黑山是熊天黑当初的山寨。"

战士们见山下来了援兵士气大振，打得日伪军龟缩不前。

四

小胜子的马队回到狼牙碴子山下，向熊天彪说明了敌我情况。

小胜子道："看起来，杨二木营受到了敌人阻击，也可能中了敌人的埋伏。他们已无能力援助罗志焕营，恐怕自身难保。石原在熊黑山下已准备了预备队对付我们，熊黑山怕要失守。

"熊黑山上枪声激烈，罗志焕营在与敌人浴血拼斗，熊黑山形势危急，我们应速去救援！"

熊天彪问道："二江！——我们的骑兵已下山了多少？"

"团长，还有一百多人没到山下。"

熊天彪略加思索："胜子！带领到了山下的骑兵弟兄走中路，要走在王长生营后面。马的目标大，容易被敌人射中！待长生营与敌人接火后再找突破口冲击！长生！带领你的营走两侧山坡，搜索前进，不要中了敌人的埋伏！胜子！长生！马上行动！"

"王老师！你等待山上的骑兵到齐后，率队跟进，作为预备队！"

"是！大队长！我执行命令！"

鄂二江带领马队殿后，王长生营沿着两侧山坡向前搜索前进。

石原在望远镜里见熊天彪的马队上来了，心中暗喜：熊天彪！今天死了死了的干活！抗联独立大队，死了死了的干活！我要洗刷前几次的耻辱！彻底消灭"马胡子"抗联独立大队！

石原只注意了走在大路正中的马队，忽略了两旁山坡。也许他是被熊天彪的马队吓怕了！

新任日军中队长小麻说道："石原君，来了！来了！我看到了！"

石原道："是来了，我也看到了！"

小麻道："石原君，已近了，开火吧！"

"不！——再放近一点！"

王长生在前面搜索的尖兵已发现了敌人的阵地隐蔽点。熊天彪命令抢先攻击敌人的阵地。

突然枪声大作，王长生营的机枪喷射着火舌。王长生高喊："司号员！——吹冲锋号！"冲锋号声嘀嘀嗒嗒地响了起来。战士们从两侧山坡开始向日伪军阵地冲锋。

石原见熊天彪的骑兵没动，两侧山坡上的抗联战士发起了冲锋，他挥起指挥刀："统统的把马胡子抗联消灭在阵地前沿！"

日伪军的机枪喷射着火舌，连连响起手榴弹的爆炸声。

王长生营的十二挺机枪喷射着火舌掩护战士们冲锋。

石原早有部署，日伪军的火力很猛，不时有抗联战士倒下。

熊天彪见部队伤亡太大，无法突破敌人的防线，命令部队停止冲锋，找有利地形与日伪军对峙。

熊天彪道："敌人的火力太猛，敌人的重机枪威力很大，不搞掉敌人的重机枪，我们无法前进！最好狙杀敌人的重机枪射手，不让敌人的重机枪发挥威力。"

李志道："团长！两侧山坡下面都是开阔地，狙击手无法接近敌人的重机枪。"

熊天彪道："若是王璞在就好了！用他的弩弹炸掉敌人的重机枪。"

李志道："王璞的弩弹也打不了那么远！想别的办法吧！"

忽听一声沉闷的枪声，敌人的重机枪不响了。一个日本兵推开倒在重机枪旁的重机枪手。重机枪又喷射出火舌。

啪，又是一声沉闷的枪声，日军的重机枪手又倒下了。

张舒喊道："是爷爷！我能听出爷爷的枪声！"

熊天彪二目放光："长生！——机枪掩护！胜子！——骑兵出击！越过敌人防线，直奔熊黑山！"

王长生营的十二挺机枪在两侧山坡上同时开火，压制住敌人的火力。

鄂二江带领一百多名骑兵战士挥舞马刀旋风般扑上前去。他带领骑兵战士穿越敌人阵地，来到熊黑山下。他命令战士跳下马背，各找有利地形向攻山的日伪军展开了攻击。战士们架起四挺机枪向攻山的日伪军猛烈扫射。

石原撤出一部分攻山兵力阻击鄂二江马队的攻击。

罗志焕营在山头阵地里牺牲了几十个战士，已快支持不住了。

罗志焕见鄂二江带领马队到了山下，站起身来大呼："弟兄们！——我们的援军到了！我们一定要顶住小鬼子的进攻……"

啪一声枪响，罗志焕倒在了血泊中，鲜血染红了他的胸口。两个弟兄跑到罗志焕身旁扶起罗志焕呼叫："营长！——营长——！"

罗志焕慢慢睁开双眼："弟兄们……顶住……就是战死了也不能当俘虏！不要忘了日本人的铡刀……"

五

杨二木营凭借小山包的掩护与日伪军拼命厮杀。杨二木抱着机枪躲在一块大石后面沉着地点射日伪军。他的部队是东北军的老兵，个个战斗经验丰富，虽然面对数倍于己的日伪军，但个个沉着应战。他们打退了敌人多次进攻，敌人凭借重机枪的掩护不停地向他们攻击。

杨二木身上已多处负伤，他的身旁已倒下了十几个战士。他听不远处的枪声，知道熊天彪的救援部队在与敌人交火。

他大声喊道："弟兄们！——我们原本就是当兵的！为大帅争地盘我们干

了！打小鬼子守土我们不能做孬种！我们是军人就要死在战场上！我们他妈的绝不缴枪投降！弟兄们！跟小鬼子死磕！"

战士们喊道："老营长！——放心吧！弟兄们没孬种！俺关东人不是瘪犊子！参加抗联就是为了打小鬼子！"

杨二木抱着机枪看住了小鬼子的重机枪，压制日军重机枪火力。杨二木营抱着必死的决心坚守在小山包后面。

王长生营与日伪军形成了胶着状态。熊天彪知道杨二木营被日伪军围困了！他要设法解救杨二木营。可前面敌人火力猛烈，无法突破，熊天彪焦急万分。

日军发现了山坡上的狙击手，派出十几个日军向山坡搜索。张宗海踏着滑雪板逃离了十几个日军的追击。

熊天彪真希望张宗海重新出现，干掉日军的重机枪手。

王老师带领的后援马队到了。熊天彪焦急地说道："小胜子已穿越了敌人的防线救助罗志焕营，杨二木营被敌人围困，怕支撑不了多长时间！后续马队应尽快穿越敌人防线救助杨二木营！"

王老师道："团长，我带领马队冲上去吧！"

熊天彪道："不行！敌人的重机枪火力太猛，你们无法穿越，不能做无谓的牺牲！"

啪、啪、啪，张宗海跑过的对面山坡上，连响三声清脆的枪声，日军重机枪射手倒在血泊中。

张舒喊道："三枪爷爷！——是三枪爷爷——！"

日军换了重机枪手，重机枪又吼叫起来。

啪又一声枪响，日军重机枪射手倒下了！

张舒喊道："老倔爷爷！——是老倔爷爷——！"

熊天彪两眼湿润："王老师！——马队突击！——解救杨二木营！"

小胜子一勒战马："王老师！我与你一起冲击！"

熊天彪道："胜子留下！你有重用！"

王老师高擎马刀率一百多铁骑扑向敌人的阵地。

王长生营的十二挺机枪喷射着火舌，掩护王老师带领的马队冲锋。王老师带领马队跃入敌人阵地一阵劈杀，向卧虎山方向扑杀过去。

日军见被围困的杨二木营来了援军，分出兵力迎击王老师的骑兵。

王老师带着骑兵先是一阵冲杀，然后下马利用有利地形与日伪军厮杀。

杨二木见王老师带领骑兵前来救援，精神大振，他手中的机枪响得更猛烈了。

他看了看身边的战士："弟兄们！——坚持住！我们的援军到了！我一定带领你们冲杀出去！"

日伪军的火力猛烈阻止住王老师部队不能前进，只是缓解了杨二木营的压力。

日伪军的兵力多出杨二木营与王老师的骑兵兵力，杨二木还是无法突围。

天色已渐晚，杨二木营的战士们也已一天没吃东西了。天冷，肚中饥饿，已有些支持不住了！伤亡在增大。

王老师带领战士们发起几次冲锋都被敌人火力压制下来，王老师想带领骑兵强行突击。

突然，山坡上响起了冲锋号声，只见一队抗联战士从山坡上冲杀下来。铁锁挥动着两把盒子枪喊叫："张副营长！——你带领一连、二连攻击敌人左侧，我带领三连攻击敌人右侧，坚决救出我们的同志！"一个营的抗联战士饿虎扑食般向日伪军扑去。

王老师大声喊叫："同志们！——你们可来了！"

王老师对战士们喊道："弟兄们！——上马——！"

一百多骑兵拍起战马跨上马背，挥舞马刀向敌群中冲杀过去。

战局突变，日伪军慌作一团，枪声响得爆豆一般。

王老师带领一百多铁骑冲入敌群劈杀起来。日伪军抱头鼠窜，哭爹喊娘，惨叫声不绝。

杨二木见了，带领弟兄们冲杀出来，战场上在殊死搏杀。

日伪军留下了大片尸体，溃不成军，开始向熊罴山石原处靠拢。王老师带领骑兵在后面追击劈杀。

鄂二江的骑兵在熊罴山下与日伪军对峙，见围困杨二木营的日伪军溃退下来，高声大喊："弟兄们！——上马！——迎击这伙小鬼子！"

鄂二江带领骑兵跃上马背，挥舞马刀迎着溃退下来的日伪军冲杀上去。两支骑兵把溃退下来的日伪军夹在了中间劈杀起来。日伪军被夹在中间，无法展开火力，只得端着刺刀与骑兵搏杀。

石原眼看着他的一个日军中队与一个伪军中队和两支骑兵搅在了一起，他怕伤到自己人，无法攻击骑兵。

这时，一个营的抗联战士与杨二木营也杀了上来，战场上乱成了一锅粥。

太阳已落山了，天色见黑，大山里刮起了小北风，天空中飘着零星小雪。石原见战局于己不利，命令日伪军撤退。

六

日伪军在马刀的劈杀中拼命逃窜。铁锁带领一个营的抗联战士拼命截杀，日伪军纷纷倒下。

石原急令他的部队与堵截熊天彪的部队会合，两伙日伪军紧急靠拢。

熊天彪见敌人撤出了阵地，命令道："胜子！带领你的五十个弟兄突击一番，快速撤回！"

天色已朦胧，小胜子的五十个老骑兵战士狂风般卷上前去。日伪军只见一片黑影卷到面前，马刀在他们的头上劈杀起来。日伪军又倒下一片。日伪军刚想展开火力，小胜子带领五十个骑兵旋风般撤走了！

熊天彪喊道："长生！——准备打阻击战！"王长生营在两侧山坡摆好了阵势。

熊天彪又喊道："胜子！——带领你的人马到前面大路上布跳弹！"小胜子带领他的那帮弟兄飞驰而去。

他们到了前面大路上把手榴弹绑成一束束，把拉火索绑在捕兽的夹子上，用雪掩盖好，只要敌人的军车碰到夹子，手榴弹就会爆炸。

小胜子他们布置好跳弹，埋伏在山坡上等待敌人的军车通过。

石原带领日伪军爬上军车，命令小麻中队和郭麻子的伪军掩护撤退。五六挺机枪在前面开路，开始撤退。

鄂二江和王老师带领两支骑兵在后面紧追不舍，开枪射击。铁锁拉过一匹牺牲了战士的战马，旋风般追上前去。

他的两把二十响盒子枪左右开弓，日伪军在军车上不时地倒下。

郭麻子喊道："这小子的枪打得太准了！机枪！机枪！干掉他！"

一个伪军把机枪对准了铁锁。嗒嗒嗒，铁锁一翻身已藏在了马肚下。那个伪军以为打中了铁锁，咧咧嘴："他妈的！老子的机枪不是吃素的！"他话音刚落，啪的一声枪响，他的脑袋被揭盖了！

铁锁骂道："想打死爷爷！没那么容易！"铁锁一连几枪，又撂倒几个日伪军，日伪军在军车上胡乱地向追兵射击。

日伪军军车进入了王长生营的阻击点，熊天彪一声令下，山坡两旁枪声大作。机枪吐着火舌，军车上的日伪军纷纷倒下，石原狂吼："重机枪压制马胡子抗联的火力！汽车加大油门的干活！快快地！快快地撤退！"

日伪军的军车加大了油门，拼命逃窜。好不容易冲出火网，石原长长地舒了一口气。

军车在漆黑的大路上颠簸，郭麻子和孙斗坐在军车驾驶楼里。郭麻子道："孙斗，皇军自从与关东三寨交火就没少损失人马，这次石原想得倒美！布置得天衣无缝，咋知又杀出来了杨靖宇的抗日联军。他们解救了杨二木营，使战局逆转。这熊天彪的骑兵也太厉害了！每次我们都吃了熊天彪骑兵的大亏！"

孙斗道："大哥，别说了！别看我们逃出来了！这四周漆黑一片，不知还会出啥事！"

"出啥事？熊天彪不知道天已黑了吗！他的人马还会飞到我们的前面去吗？"

突然军车下的跳弹爆炸了！两辆军车不动了。军车上的日伪军慌乱地跳下军车放起枪来。

轰、轰、轰，跳到军车下的日伪军触动了捕兽夹子，几束手榴弹爆炸了，车上车下的日伪军被炸倒十几人。漆黑的山坡上突然枪声大作，几挺机枪吐着火舌，向日伪军疯狂扫射。

石原惊愕了，他命令轻重机枪向山坡上开火射击。郭麻子跳下军车，趴在了军车底下："孙斗，孙斗！要完犊子！快趴在车下面别动！"

孙斗战战兢兢地说道："大……大哥！我……我没动！我在车下拉屎！"

"不要命了吗？这时候拉屎！"

"大哥……不拉不行！再不拉……就拉到裤兜子里了！"

"你妈个蛋的！比我的胆子还小！"

过了会儿工夫，山坡上的枪声停止了。日伪军爬上车，扔下两辆军车逃跑了。

孙斗钻到军车驾驶楼里："大哥！咱哥们儿又活过来了！"

郭麻子捂着鼻子说道："孙斗！早起没刷牙咋的？咋这么臭？"

"大哥！我没来得及擦屁股！"

"王八犊子！今晚到了窑子里二红得骂我！说我拉屎不擦屁股！"

"嘻嘻！大哥！她不让你上床！我上！"

"滚犊子！我劁了你！"

这一仗，熊罴山罗志焕营罗志焕战死，只剩下五十余人。卧虎山营地被日军偷袭，留守营地的五十余弟兄全部战死。杨二木身负重伤，营只剩下不足三百人，骑兵营牺牲了二十余个战士。王长生营也伤亡了五十余个战士，日伪军扔下了一百余具尸体逃回了松潘县城。

　　熊天彪把损失惨重的两个营合编成一个营。

第十七章　碧玉蟾

一

　　二次世界大战爆发，中国的抗日战争正值白热化。

　　日本军国主义政府为了扩大战争、打赢战争，秘密研制杀人武器。他们用中国人做活体试验，研究绝杀人类的毒气弹和细菌。他们还要制造更强大的聚能杀人武器。

　　他们眼中更盯准了燕飞天手中传说含有宇宙暗物质能量的碧玉蟾。

　　日本军界、情报机关没有人见过碧玉蟾。完达博川不知了去向，完达栀子嫁与熊天彪，渡边雄一已死在仙人台山。

　　唯一见过碧玉蟾的两个人，是被渡边雄一聘请到仙人台抢夺碧玉蟾的人——智郎与桥本。

　　智郎与桥本向日本军界透露了碧玉蟾的玄奥。

　　日本军界和情报机关更下定决心要拿到碧玉蟾。

　　德国人、美国人，都在研制核武器。苏联人也在研制新的战争武器。

　　苏联间谍在中国也探得了碧玉蟾传说有宇宙暗物质的秘密。苏联间谍也盯上了燕飞天。

　　戴笠早已得到了情报：密令军统东北站严密注视燕飞天手中碧玉蟾的动向，并协助燕飞天保护碧玉蟾。

　　燕飞天知道自己已成了众矢之的，他怕自己有什么闪失丢失了碧玉蟾，决定把一对碧玉蟾分开保管。

　　燕飞天来到于家，于静航问道："浩天！秋儿与默凡在山上还好吗？"

　　"叔叔，两个孩子都很好，他们在山上很快活，弟兄们都把他们俩当宝贝一样，老人家尽管放心。叔叔，时局恶化！各国间谍都盯准了我手中的碧玉蟾，我又要有多场恶战。为了碧玉蟾保险起见，我与叔叔商量，把一对碧玉蟾分开保管。

"叔叔，你见识过碧玉蟾的玄妙，你知道碧玉蟾的来龙去脉，你更知道碧玉蟾的重要！我交与你一只保管，我自己保管一只。把《双蟾戏水图》分为两半，你我各持一半，即使你我不在了！两个持图人可把碧玉蟾合二为一。

"如若我不在了！你要待亚涵从美国归来，把一只碧玉蟾与半张《双蟾戏水图》交与亚涵手中，到时候亚涵自有道理。"

于静航流泪道："天儿——为了保护碧玉蟾，我知道你已有必死决心！我不会负你与涵儿！你要好好地活着与涵儿团聚！叔叔年事已高，死不足惜，只望碧玉蟾完好无损，你与涵儿早日团圆！"

燕飞天内疚道："叔叔，天儿实不忍心拖累你老人家，但又别无良策。"

于静航止住泪水："天儿——国家兴亡匹夫有责！叔叔虽老迈，定视碧玉蟾为己命，你就放心地对付恶人去吧！"

燕飞天做好了一切应变的准备。

二

石原接到军部密令：务必尽快剿灭熊天彪的独立大队，切断熊天彪与燕飞天的一切联系。

山口荷子接到密令：要她尽快剪除燕飞天的党羽，孤立燕飞天，夺取碧玉蟾。她做了周密的部署，派出精干特工二十四小时跟踪燕飞天。

山口荷子在想：难道你燕飞天对碧玉蟾收藏地点那么放心吗？你燕飞天有时不会去你藏宝的地点吗？她要剪除燕飞天身边所有的人。

燕飞天一反常态，竟经常出没于戏园子与酒馆中，有时还到窑子里看看，听戏、喝茶。

跟踪燕飞天的人多了起来。一个、两个、四个、六个，燕飞天也不理会，就像个傻子到处游逛。

山口荷子接到情报，跟踪燕飞天的人越来越多，不知都是哪方面的人。她命令特工把跟踪燕飞天的人身份搞清楚。

山口荷子知道苏联人下手了。她愤怒了——在我们大日本帝国皇军统治下，外国人竟敢和我大日本帝国争夺碧玉蟾！什么英国人、苏联人、美国人，统统的消灭！

苏联间谍柯留金也发现了很多不明身份的人在跟踪燕飞天。在中国东北，他知道英美两国没有太多的间谍，他最可怕的对手是统治东北的日本人。但是为了夺取碧玉蟾，他要与日本人较量一番。

柯留金从哈尔滨调来远东情报行动队，要与日本人一决高下。

山口荷子决定捕捉苏联间谍，她设下了对付苏联人的圈套，让常跋的侦缉队做好了准备。

这天，燕飞天走进"大和汤浴池"洗浴。山口横寒见是燕飞天来了，心中一愣，赶忙放下手中的茶杯："燕先生！咋……咋……咋到我这儿来了？有我舅舅的消息吗？我大大的好想念他老人家！"

燕飞天看着结结巴巴的山口横寒，笑道："山口君！开了浴池的买卖，还浪吗？"

"燕先生，我大大的不浪了！买卖大大的好！赚钱的干活！燕先生，洗浴吧！这里的服务大大的好！搓澡、按摩的干活！花姑娘的要吗？"

燕飞天笑嘻嘻地眯缝着眼睛："我洗浴的干活，花姑娘我要两个的干活！过一会儿，我的苏联朋友来找我，让两个花姑娘陪他洗浴干那个……的干活！"

"哟西！哟西！我的明白！要两个花姑娘陪你的苏联朋友干那个的干活！"

燕飞天笑道："哟西！哟西！我的到里面洗浴的干活去了！"燕飞天走进了汤池间。

过了一会儿工夫，一个苏联人走了进来。山口横寒见了，笑嘻嘻地看着他："哦！你是燕飞天的朋友？燕飞天在里面洗浴的干活！他说你是他的朋友，让我给你叫来两个花姑娘陪你干那个的干活！你的明白？"

苏联人听山口横寒说燕飞天在里面洗浴，心中暗自高兴，庆幸没有跟丢燕飞天，在外面等着吧！

这时，两个花枝招展的女人走了过来："老毛子老爷好健壮！有人出钱让我们陪你打秋千！"

那个苏联人看着两个风骚的女人："两位小姐，打秋千什么意思？"

两个女人哧哧地笑："打秋千飘哇！爽啊！"

苏联人立刻明白了："两位小姐，在这里吗？"

"是在这里！"

"不行，不行！我今天有要事！改日到这里来吧！"

两个女人不由分说，开始脱苏联人的衣衫。苏联人措手不及，被两个女人扒光了衣服，一支手枪掉在了地上。

这时，常跋带着几个人走进屋内。两个女人抱住常跋喊叫起来："大爷！——我们姊妹俩在这里等候服侍燕飞天，这个老毛子见我姊妹俩容颜动人，脱光了衣服要那个……他还用枪……"

常跋喝道："把老毛子捆上，送警察局！"

苏联人瞠目结舌，百口难辩。苏联人穿着短裤被五花大绑地推出门外。浴池里外围满了看热闹的人。

天色已黑，围观看热闹的人都已散去，常跋带着几个弟兄押着苏联人向警察局走去。

一路上，苏联人东张西望，似乎在寻找什么人。常跋发现黑暗处有人影晃动，他提高了警惕。

突然苏联人大喊一声趴在了地上。常跋是何等的机警，他见苏联人趴在了地上，顺势也趴在了地上。

黑暗处枪声响了，常跋的几个弟兄倒在了血泊中。

枪声响过，一伙人冲出来要解救苏联人。黑暗中又响起了枪声，想解救苏联人的那伙人有几个人倒在了地上。

黑暗中，双方对射起来，不时有人中弹惨叫。不远处传来了日本宪兵巡逻队的警笛声。宪兵巡逻队跑了过来，一伙人仓皇地逃窜了！

山口荷子从黑暗中钻了出来，走到常跋身旁，见常跋死死地摁着苏联人。苏联人还在拼命地挣扎。

"常跋队长！你的功劳大大的！皇军会奖励你金票大大的！"

常跋站起身来，拍打拍打身上的泥土："老毛子！想跑！没门！荷子小姐，我又死了几个弟兄！"

山口荷子道："皇军会给你补偿！金票大大的有！"

三

苏联人被山口荷子秘密地押进了她的审讯室。山口荷子妙目转动："苏联人，你很英俊，我们能交朋友吗?"

"小姐，你很美丽! 你的眼睛告诉我，你不应当是个残忍的人!"

"先生，我是个温柔可爱的姑娘，可我的职业告诉我，应怎样对待我的敌人!"

苏联人瞪着眼睛："小姐，开始吧!"

"你是哪个国籍的人?"

"苏维埃社会主义共和国联盟。"

"你的名字?"

"克里·卡洛夫。"

"到满洲来做什么?"

"生意人，收购珠宝。"

"不对吧! 苏联远东情报机关派往满洲抢夺中华瑰宝碧玉蟾的间谍吧!"

"荷子小姐，既然你知道了，就不要问了!"

"我为什么不问? 我要问你的上司是谁，他在哪里，你们的行动队有多少人，他们潜伏在什么地方。我要把你们一网打尽!"

"我不会说!"

"我会让你开口!"

"你杀了我吧!"

"我让你痛不欲生! 除非把你的同志招供出来!"

"看看我的布尔什维克意志吧!"

"你想试试?"

"我别无选择!"

"好吧! 看看你的意志是否胜过苏联英雄——保尔·柯察金!"

卡洛夫被捆绑在老虎凳上，他腿下的青砖在一块块地加高，腿关节咔咔地响。

卡洛夫满脸大汗淋漓，昏死了过去。

一桶冷水泼在了卡洛夫脸上，卡洛夫苏醒了过来。

山口荷子笑道："这只是刚刚开始，我在考验你的意志! 我研究过苏联小说《钢铁是怎样炼成的》，我在鼓励你!"

卡洛夫的嘴唇动了动："好! 魔鬼的炼狱，继续吧!"

辣椒水灌入了卡洛夫的肚腹，卡洛夫又不动了。

一桶冷水又浇在了卡洛夫脸上，卡洛夫又苏醒了。

"继续吗?"山口荷子在笑。

"试试吧!"卡洛夫有些意识模糊。

山口荷子吼道:"用中国人古老的刑法——'披麻戴孝'!"

卡洛夫的后背被皮鞭抽打得皮开肉绽,鲜血淋漓。一条条白布粘贴在卡洛夫血肉模糊的后背上。

第二天晚上,卡洛夫被拖进审讯室,他的双手和双脚被捆绑在长木凳上。"卡洛夫先生,你休息了二十四小时,想和我说点什么吗?"

"美人蛇小姐!布尔什维克还要向你宣战!"

"那就看看《钢铁是怎样炼成的》吧?"

卡洛夫背上的白布被撕下一条,一条血肉模糊的皮肉被撕裂下来。卡洛夫惨叫一声,昏死过去。

一桶冷水浇在卡洛夫脸上。苏醒过来的卡洛夫背上又被撕下一条布,他啊的一声,又昏死过去。

卡洛夫慢慢地苏醒过来,他眼前金星晃动,朦朦胧胧觉得他回到了俄罗斯的白桦林中,一个美丽的姑娘手中挥舞着红纱巾向他跑来……

"荷子小姐,我忘记了你要问我什么。"

"哦!我会告诉你!卡洛夫先生,十六岁的翩翩少年何默凡是钢铁炼成的,他是中国人!"

四

柯留金安排远东情报机关特工中的中国人跟踪燕飞天,柯留金为了验证燕飞天的真实体貌,改换了经验丰富的卡洛夫跟踪燕飞天。

燕飞天知道,日本人绝不会让外国间谍插手在他们领地上的碧玉蟾。燕飞天要让他们之间相互残杀,减少自己的危险。燕飞天见苏联人跟踪自己,他布了局。

卡洛夫在明里跟踪燕飞天,柯留金为防不测,让他的行动队员暗中尾随跟踪燕飞天的卡洛夫。柯留金见卡洛夫跟随燕飞天进了大和汤浴池,见天色已黑,命令他的行动队隐蔽在了黑暗处。

柯留金不知道,山口荷子也设了局,让常跛跟踪尾随燕飞天的苏联人,并寻机抓捕跟踪燕飞天的苏联人。她带领一伙日本特工策应常跋的行动。

柯留金见卡洛夫被捕，想截下卡洛夫。他咋知山口荷子早有准备。黑暗中，他们双方发生了枪战。

柯留金知道日本人的酷刑，他担心卡洛夫的意志，卡洛夫是否会在酷刑下招供，他转移了满洲行动队的隐匿点。

山口荷子没有动用大批军警搜捕柯留金和他的行动队，她派出特务秘密侦查柯留金他们的几个活动据点，那里已没有了任何苏联人的踪迹。

卡洛夫与几个抗日青年、共产党员被押上了刑场。郊外小树林旁，卡洛夫与几个共产党员站在大树下。

山口荷子微笑地看着卡洛夫的蓝眼睛："卡洛夫先生，与你们的中国同志还要唱《国际歌》吗？不管是中国共产党，还是苏联布尔什维克，都不能颠覆我们大日本帝国在满洲的统治！你们到上帝那里唱《国际歌》去吧！"

卡洛夫看着身边的几个共产党员："同志们！我们共同为共产主义事业献身！我们共同与法西斯战斗！我想念我的祖国！我想念白桦林中我可爱的姑娘！"

山口荷子冷笑道："你会与你美丽的姑娘相会——那是你的阴魂！"

行刑队举起了枪。

突然枪声大作，几个日伪军倒在了地上。一队抗联战士冲杀上来，日伪军乱成一团，趴在地上开枪射击。

一个共产党员高呼："同志们！——快跑！"卡洛夫与几个共产党员钻入了小树林中。

山口荷子的两只秀目看着小树林的深处——但愿卡洛夫先生能与你心爱的姑娘相会！

五

柯留金得到情报：燕飞天晚间要与金祖德在南轩酒家吃饭，他决定劫持燕飞天。

夜已深了，燕飞天醉醺醺地走出酒楼，他把金祖德送上小轿车，晃晃悠悠地走在昏暗的路灯下。

只听啪的一声响，一颗麻醉弹在燕飞天面前爆炸了，燕飞天的身体摇晃几下倒在了地上。两辆小轿车飞驰到燕飞天身旁，车里钻出几个苏联人。

他们的脚步还没有站稳，嗒嗒嗒、嗒嗒嗒，几梭子子弹扫射过来，几个苏联人倒下了。

柯留金见劫持燕飞天的特工被射杀，命令暗中隐蔽的二十多个满洲行动队员向对方开火。

一时间枪声大作。

山口荷子吼叫："苏联人！——北极熊！统统的杀掉！"

柯留金怒气填胸："龟孙子！红军的军刀不锋利吗？同志们！——干掉日本人！"深夜里的枪声凄厉瘆人，在夜空回荡。

熟睡的人们被惊醒——小鬼子！折腾吧！早晚得滚出中国去！

日本宪兵的巡逻队听到枪声，赶忙跑了过来。突然枪声响起，一排排子弹向他们扫射过去。日本宪兵倒下几个。

雄灵喊道："唐珊队长！——全部歼灭！"陈雁行弹不虚发，一口气干掉了三四个日本宪兵。

山口荷子听枪声不对：谁截击了皇军宪兵巡逻队？她本想一举歼灭苏联人的满洲行动队，不知是哪方面的人截击了宪兵巡逻队。看起来，情况越来越复杂，谁的人呢？英国人？美国人？南京的人？共产党的人？他们为什么要解救苏联人？

山口荷子看了几眼被打烂了的两辆苏联人小轿车，燕飞天已不知了去向。

山口荷子听宪兵巡逻队的枪声已稀疏，知道宪兵巡逻队已被歼，她命令撤退。她带领她的行动队消失在黑暗中。

燕飞天不想让苏联人的满洲行动队被歼灭，他要让苏联人牵制日本人，为日本人设置对手。

雄灵带领唐珊的特行队消灭了日本宪兵巡逻队，解救出柯留金的满洲行动队。

柯留金回到驻地，他百思不解，是什么人解救了他的行动队，为什么要解救他的行动队。

是谁？抗联吗？抗联很少在大城市活动，他们在大山里。

他觉得中国关东的谜太多，为什么日本人知道我们要劫持燕飞天？为什么这么多人都关注燕飞天？看起来燕飞天的身上有太多的玄秘，他失眠了。

六

夜深了，英国人麦哈德在给美国中央情报局拍发电报：苏联远东情报机关在中国东北集结特工精英，与日本情报机关拼力争夺传说有暗物质能量的碧玉蟾，请求行动指示！

过了一会儿，美国中央情报局回电：麦哈德先生，密切关注燕飞天动向，藏有宇宙能量玄秘的碧玉蟾不能落入德日法西斯手中。我国与南京政府情报机关磋商阻止日俄的行动计划，你可缜密行动，打乱日苏的计划！

麦哈德销毁了电文，在沉思：搅和吧！把水搅浑，让日苏两国在迷乱中争斗。

燕飞天没有离开过日本特工的视线，山口荷子随时捕捉燕飞天身边的疑点，她不允许外界人接近燕飞天，她要控制住各国间谍伸向燕飞天的黑手。

跟踪燕飞天的特工失踪了，山口荷子不知是谁下的手，她增加了跟踪燕飞天的特工人数，她觉得又有新的力量与她较量。

可跟踪燕飞天的两个特工又失踪了，她见不到失踪特工的尸体，山口荷子知道遇到了狡猾的老牌特工。

是谁？哪国人？她开始迷惑，她决定查个水落石出，她要揪出这个让她憎恨的人。

一天，燕飞天正在饭馆里吃饭，坐在角落里吃饭的人突然倒在了地上。外面来了一辆收尸车，车上跳下两个人来，把那个人抬上收尸车开走了。

山口荷子的小轿车赶忙跟上了收尸车。收尸车到了一家医院，把那个人抬进了停尸间。

山口荷子下了小轿车直奔停尸间，见几具尸体盖着白布停放在那里。

山口荷子掀开盖着尸体的白布，她惊呆了——跟踪燕飞天失踪的几个特工躺在停尸床上。

山口荷子怒视医院的收尸人员："巴嘎！死人什么人送来的干活？"

收尸人战战兢兢地说道："漂亮太君，我们不知道人是咋死的！有人打电话告诉我们，说那里死了人，无人认领，让我们去收尸。"

山口荷子让日本军医解剖了死去的几个特工，死因是类似氰化钾中毒。

山口荷子知道，目前能生产毒性高于氰化钾剧毒品的没有几个国家，她断定——不会是苏联人，也不会是英国人，这种东西应来自美国。

难道美国人也来了吗？山口荷子的头在涨大。山口荷子命令跟踪燕飞天的特工：在外面不能食用任何食品和饮水，严防敌方间谍下毒。

可跟踪燕飞天的特工又失踪了，山口荷子觉得更可怕了。

不会是燕飞天吧？不可能！燕飞天没有现代科技手段。美国人！美国人！我要亲自出手！

山口荷子派出的两个特工又在跟踪燕飞天。

燕飞天一会儿逛一逛花鸟鱼市，一会儿听听大鼓书，一会儿看看二人转，游游荡荡。

跟踪燕飞天的两个特工跟在燕飞天身后东瞅西看。

一个卖花老人推着小车走过跟踪燕飞天的特工身旁，卖花老人的小车摆动，一盆滴水观音叶片上的水珠滴在了一个特工的口中。

片刻工夫，卖花老人失踪了。嘴中滴入水珠的特工口吐白沫倒在了地上。山口荷子立刻醒悟，带领一帮特工寻找卖花老人。

她只见放满鲜花的小车停放在一个角落里，卖花老人早已不知了去向。

燕飞天见死了人，走了过来："群魔乱舞，暗无天日！朗朗乾坤，光天化日！鲜血暗流，何人悲泣？走哉！悠闲矣！"

山口荷子傻傻地看着燕飞天："你——你——"

燕飞天笑了："你——你——谢谢你多日的护卫！有时间到你府上致谢品茶！"

山口荷子歇斯底里地喊叫起来："燕飞天！——我要你的碧玉蟾！"

"嘻嘻！不给，就不给！杀了我吧！杀了我，碧玉蟾就是大日本帝国的了！"

"燕飞天！——我杀了……我不杀……我要碧玉蟾！"山口荷子语无伦次。

"荷子小姐，告诉你的特工，杀手时刻都在你们身边，告辞了！"

山口荷子怔怔地站在那里，两只俊目泪花闪动。

七

山口荷子回到驻地，她打开了房门，见村上柳站在房中微笑看着自己。山口荷子哇的一声哭了起来，扑到村上柳身上："村上君！你到哪里去了？让我一个女孩子家承受失败的痛苦！"

她纤细柔软的小手在村上柳胸上抚摸。村上柳感觉山口荷子的小手温柔诱人。他看着山口荷子泪眼婆娑的妙目，慢慢地推开了山口荷子。

"荷子小姐，不要这样！我知道你很痛苦！你我都一样，都不愿做杀人机器，可这是战争！总会终结，各自把握人生吧！"

"村上君，我对燕飞天无可奈何！苏联人、英国人、美国人，又虎视眈眈！我们的敌人太多！我要崩溃了！"

"荷子小姐，振作起来！天皇知道你尽心尽力了！我们都迎接新的挑战吧！"

山口荷子轻轻地拉着村上柳的手，两只俊目痴痴地看着村上柳俊朗的脸。

她自从见到村上柳，心中就喜欢上了村上柳。村上柳俊雅和善，风度翩翩，满身的阳刚之气，让人有一种依赖的感觉。

也不知为什么，村上柳不在的时候，山口荷子心中常常想念他，她想看到村上柳俊朗、英气的面孔，她想向村上柳诉说心里话。

山口荷子心中有时也咒骂这害人的战争，若没有战争，她也许拉着村上柳的手漫步在迷人的海边沙滩上，在绿茵草地花丛中散步。

山口荷子又想到了姐姐栀子，若没有战争，姐姐与熊天彪会多么幸福。

战争让熊天彪和他的民族敌人厮杀，喋血疆场，骨肉分离。姐姐每天为自己的爱人担惊受怕。

面对亲人相互仇杀——战争，可恶的战争！山口荷子想要变成一只鸟儿，自由地飞翔，可战争把她抛在了硝烟弥漫的战场上。

第十八章　苏联人的面包炉

一

军统东北站接到密令：美国中央情报局密切关注日本人和苏联人对碧玉蟾的动向。他们要求国民党军统情报机关加强军统东北站的力量，抗衡苏联人与日本人争夺燕飞天手中的碧玉蟾。

美国人也想得到藏有宇宙暗物质能量的碧玉蟾。

柯留金自劫持燕飞天失败后，一直在想：日本人在自己的统治区内为什么拿不到碧玉蟾？日本人为什么不捕捉燕飞天？看起来要拿到碧玉蟾并非易事，燕飞天确是鬼神莫测，极难对付。他绞尽脑汁思谋夺取碧玉蟾的办法。

柯留金知道跟踪燕飞天的日本特工都神秘地失踪了，他要侦察出是何人所为，他要彻底查明都有哪些人在秘密关注燕飞天，他决定自己亲自跟踪燕飞天。

这一天，柯留金见有人跟踪燕飞天，他也尾随下去。

燕飞天到了一棵大树下，见两个老人在下棋，燕飞天驻足观看。

一个老者拿起自己的车要吃掉对方的马，燕飞天道："老人家，那马不能吃！"

"年轻人，二人下棋，多嘴是驴！勿要多言！咋吃不得？"

燕飞天笑道："老人家，对方有马后炮！"

对方老者看了燕飞天一眼："他的炮里没有炮弹！"

对方老者有些恼怒："我的炮里没炮弹，你的车没轱辘！"两个老人斗起嘴来。两个老人你一句我一句地互相讥讽对方，引来很多人驻足观看。

一个围观的人说道："老百姓让小鬼子祸害得都吃不上饱饭，你们两个老头下棋斗嘴，吃饱了撑的咋的？"

一个下棋的老者怒道："小犊子！二人下棋多嘴是驴！我们俩乐意斗嘴玩，

关你屁事？"

跟踪燕飞天的人和柯留金看两个老人斗嘴好玩，也挤了过来观看。柯留金忽觉鼻中嗅到一股香气，他见跟踪燕飞天的人手中拿着一支点燃的香烟瞅着他笑。柯留金觉得天旋地转，他倒在了地上。

围观的人见有人倒在了地上，怕招惹是非，都走开了。两个老人抱起棋盘就跑。

突然一个人拉着板车停在柯留金身旁，跟踪燕飞天的人伸手要把柯留金抱上板车。

柯留金突然飞起一脚向那人裆下踢去，他一个鲤鱼打挺，站起身来。

"想暗算我吗？"柯留金一记勾拳向那人下巴击去。

那人闪开柯留金的勾拳，亮开了拳击架势，二人用标准的西方拳击开始打斗。

柯留金咧嘴骂道："英国猪猡，好毒辣！为何给我使毒烟？你以为我像日本人那么愚蠢吗？我早有防范了！"

"北极熊！你聪明不到哪里去！我知道你会跟踪我！我们玩拳击，公平决斗！"他二人跳动、挥拳，打斗起来。

燕飞天嘿嘿地笑了："猪、熊，都是兽！你们两个畜生在这儿玩游戏吧！一会儿，日本人举着屠刀就来了！"两个人恍然大悟。

柯留金怒视英国人："英国人，不要坏了我的好事！要尝试红军的军刀吗？"

英国人讥讽柯留金："北极熊，滚回你的西伯利亚去吧！英国骑士会取出你的熊胆！不要白日做梦！"他们二人瞅了瞅燕飞天，转身跑入人群中。

近处已响起日本宪兵巡逻队的警笛声。

二

山口荷子的两只秀目情意浓浓地盯着村上柳英俊、刚毅的脸："村上君！查明白了！"

"是英国人杀害了我们优秀的特工！他们也企图阻止苏联人争夺碧玉蟾。英国人已失去了家园，他们在为美国人工作。"

"那么——我们真正的对手是苏联人和美国人！美国人在破坏我们和苏联人

的行动！"

"我们要抓住英国人，切断美国人的魔爪，专心地对付苏联人。让我们的电台侦破英国人的电台，切断英国人与美国人的联系，揪出英国间谍！"

"我去布置，一旦有不明的电台信号出现，我们的信号跟踪车跟踪定点、抓捕英国人！"

"好！去布置吧！"

麦哈德杀死了几个日本特工，他见日本人有所收敛，决定诱骗苏联人。他要再杀掉几个苏联特工，把水搅浑，让日本人乱了阵脚，趁机配合美国人夺取碧玉蟾。

美国人的动机是通过国民党政府的情报机关取得碧玉蟾。美国人与国民党政府共同研究碧玉蟾的宇宙能量玄秘，只不过是个幌子，他们想把碧玉蟾窃为己有，研制大规模的杀伤武器。

燕飞天早已掌握了各处的情报，他了如指掌，他要利用各国间谍的矛盾，游走于他们中间，在他们之间制造矛盾，个个利用，让他们之间互相残杀，减少自身的危机。

雄灵接到戴老板的密令：知道美国人也搅和了进来。她知道美国人怀有狼子野心，她与特派员商量怎样对付戴老板的密令。

特派员的脸上没有表情："戴老板的密令对我们有利，我们可向南京多要武器弹药，秘密送给熊天彪，壮大熊天彪的抗日队伍。我们要控制住麦哈德，让他向美国人提供假情报。我们保护麦哈德不被日本人捕捉到，让麦哈德直接为我们效力。"

雄灵点了点头："只怕唐珊和陈雁行泄露我们的动机！"

"这个你尽管放心，他们是我的特殊行动队，都有爱国心，会听从我的命令！"

雄灵道："要谨慎行事！"

特派员没有表情地看着雄灵："放心吧！雄灵中校！"

雄灵看着特派员冷峻的面孔："特派员，你很自信！"特派员笑了，冷峻的面孔有些诱人。

柯留金知道，英国人和自己一样，家乡都在遭受德国法西斯的炮火，他现在没有能力为自己的国家工作，那么！他在为谁工作？

美国人，只有美国人！他要破坏我们苏联人的行动计划，为美国人争夺碧玉蟾。可他手中没有武装力量，拿什么与我们苏联人抗衡呢？

他会不会与国民党的南京政府情报机关合作呢？间接地为美国人服务。

看来——当前的主要敌人是日本人和国民党在东北的军统特工，他在思谋对策。

麦哈德得到美国中央情报局的指示，可与国民党军统局东北站联络，让他借助国民党军统局东北站的武装力量。

三

山口荷子兴冲冲地走进屋内："村上君！我们破译了英国人的电报，锁定了英国人的电台地点！"

村上柳笑道："荷子小姐你很能干！我们行动吗？抓捕英国间谍！"

"村上君，行动吧！我要洗刷栽在英国人面前的耻辱！"

"好！命令你的行动队出击！不要动用太多的人，以免引起中国人的惊恐和不满！责骂我们日本人治安不力！"

山口荷子道："村上君！荷子欣赏你的长思远虑。"山口荷子带着十几人去捕捉英国人。

麦哈德给美国中央情报局发完电报，把发报机装在皮箱里隐匿好，准备去吃夜宵。他刚走下楼梯，听外面有杂乱的脚步声，他发现有情况，拔出来身上的勃朗宁手枪。

山口荷子的行动队已冲进了楼内，麦哈德举枪射击，击倒了一个山口荷子的行动队员。山口荷子喊叫："抓活的！——不要击毙他！"

麦哈德跑进屋内，顶上房门，负隅顽抗。山口荷子大喊："英国人！——跑不掉了！缴械投降吧！"

"日本人！想捕获我，你们要付出代价！我大英帝国虽在德国法西斯的炮火下，但在中国的土地上，我要死得像一个真正的英国绅士！"

山口荷子怒喊："英国绅士！——我不会让你死！我要你做我的向导，捕捉幕后指使你的人！"

麦哈德哈哈大笑起来："那里太远！你们日本人去不了！"

山口荷子喊道："英国绅士！——缴械吧！我会优待你，放下手中的武器！"

"不！——我是英国骑士！不会轻易放下我锋利的军刀！"

"好！我要看看，英国人与苏联人，谁的意志更坚强！射击！打断英国绅士的腿！再切下他的十根手指！"

啪、啪啪，山口荷子的行动队开始向楼上射击，麦哈德连连中弹号叫。

突然楼下响起了枪声。唐珊的行动队持冲锋枪向楼内山口荷子的行动队疯狂地扫射，山口荷子的行动队倒下了几人。

突然外面又响起了枪声，有人与唐珊的行动队接上了火。

楼内楼外枪声响成一片，已分不出来敌我。山口荷子见有人来救援英国人，见自己的行动队有损失，命令撤出战斗。

她忽听村上柳喊道："荷子小姐！——不要惊慌！我来接应你！"混乱中，偷袭他们的人撤退了。麦哈德跳到楼下，两个人接应他逃走了。

四

麦哈德被人背到郊外一所豪宅，一个美丽的姑娘走了进来："麦哈德先生，你的腿负伤了！赶快包扎吧！"

"你是谁?"

"中华民国军统局东北情报站中校站长雄灵！"

麦哈德赶忙站起身来："美丽的站长小姐——"

"哎哟！我的腿！"他又坐了下来。

"站长小姐，英国情报机关麦哈德！谢谢贵部挽救了我的生命！我以一个英国绅士、骑士的名誉向你保证：我愿意为漂亮的东方雄灵小姐效劳！"

雄灵为麦哈德倒了一杯干红葡萄酒，晃动了几下酒杯。

"麦哈德先生，这干红葡萄酒是透明的，麦哈德先生的诚意也是透明的吧！愿我们的合作成功。干杯！麦哈德先生。"

"美丽的雄灵小姐，我虽身负重伤，但很幸运结识了美丽的东方女性。雄灵小姐，我的心是透明的。干杯！"

五

山口荷子与村上柳回到驻地，村上柳问："荷子小姐，为什么有人来解救英国人？我们泄露了消息吗？"

山口荷子眨着迷惑的眼睛："不——是我的疏忽，我们截获的英国人电报中提及了南京的情报机关。看起来——满洲的南京军统特工救走了英国人。"

村上柳道："百密必有一疏，你带领行动队走后，我有种不祥的感觉。我怕你出意外，带着人赶到了这里，果不然，发生了意外！"

山口荷子两眼湿润："村上君！我——我——村上君！荷子好感激你！"

山口荷子温柔地拉住村上柳的手："村上君！我还像个女人吗？荷子好喜欢……好……好……"

"荷子小姐，村上知道你好美丽，好温柔。村上为你这样一个美丽的女孩子好担忧！我真想和你在一起……"

"在一起什么？"

"在一起结束战争的罪恶！有情人终成眷属。"

"有情人，有情人终成眷属，终成眷属！村上君！有情人……我……我……我们终成眷属？"

村上柳笑了："我们所有的人！"

六

卡洛夫回来了，组织上解除了对他的审查。他被拉上刑场那天，陪绑的几个青年爱国学生证实了他没有背叛祖国，没有背叛布尔什维克党。

在抗联与日伪军的战斗中，他逃脱了刑场。

柯留金笑呵呵地看着卡洛夫的蓝眼睛："卡洛夫同志，恭喜你通过了组织的审查，我们一起战斗吧！消灭法西斯，自由属于人民！我们在异国的战场上完成祖国、布尔什维克党交与我们的任务吧！"

卡洛夫脸上露出笑容："我热爱我的祖国！我热爱白桦林中我美丽的姑娘！我要为我的祖国，我美丽的姑娘而英勇战斗！"

柯留金道："研究我们下一步的行动计划吧！"

卡洛夫眨着蓝眼睛："传说燕飞天是个体内含有宇宙未知能量的人。若真是那样，碧玉蟾中的宇宙能量可与他体内的能量交融，我们无法杀死他，控制他。

"我们应寻找我们现在已应用的宇宙能量克制他，让他无反抗能力，交出碧玉蟾。"

柯留金恍然大悟："卡洛夫同志，你提醒了我，我们可以用电，用电的能量克制燕飞天，让他在电能中不能左右自己，我们逼迫他拿出碧玉蟾！"

卡洛夫瞪着询问的眼睛："柯留金同志，我们怎样实施我们的计划呢？"

"把他诱入几层电网中，让电能作为我们的战士看守他，让电能场作为他的无形牢房！让他在热炉中煎熬！让电能耗去他体内的所谓宇宙未知能量。待他耗尽了体内的能量，他只得任凭我们摆布了，碧玉蟾唾手可得！"

卡洛夫闪烁着欣喜的目光："让我们的科学家研制一个锁定燕飞天体内能量的能量战士吧！"

柯留金拍着脑门："我们苏联人的面包——大列巴，中国人很喜欢。我们制造一台特大的烤面包炉，当然要用电的能量！让燕飞天在烤炉里尝试烤大列巴的滋味；让燕飞天在烤炉中变成烤焦的小燕子！哈哈，哈哈！"

卡洛夫笑了："柯留金同志，这是你的创举，报请格别乌总部吧。"很快，柯留金的报告得到了苏联格别乌高层的认同。苏联科学家很快研制出一个庞大的烘烤机器。

燕飞天见日本人和苏联人好长时间没有新的阴谋，知道日本人和苏联人不会甘心，会有一场大的风暴。

特派员与雄灵也在严密地注视日本人和苏联人的动向。

麦哈德使出他多年的间谍生涯手段，也没有发现日本人、苏联人的蛛丝马迹。

这是一个冬天，外面的气温已达到零下三十多度。

大街上行走的人，头脸上包裹得严严实实，防御寒冷的侵袭。燕飞天像往常一样到酒店喝酒。燕飞天见一家新开业的酒店豪华气派，走了进去。一个四十多岁的中年人走上前来："先生，我们这里有上好的包间，先生要光顾吗？"

燕飞天看着似笑非笑的中年人："你不是中国人吧？咋看出我是苏联贵族呢？我怎么会喜欢这里？"

"哦！先生！你若是苏联贵族，你会喜欢这里！"

"我不是苏联贵族，我就不会喜欢这里吗？我喜欢这里的俄式装饰！"

"哦！先生，请光顾我们的特级包房吧！"

"我喜欢！请带路。"燕飞天跟随中年人走进了包房。

"哦！我喜欢这充满俄罗斯情趣的包房！这里有路易十四……人头马……哦！还有伏特加！"

中年人嘻嘻地看着燕飞天："先生，要喝一杯吗？"

"好的！我喜欢俄罗斯文化和伏特加！我们喝一杯吧！"

中年人打开了一瓶伏特加，给燕飞天倒上半杯："先生，我知道你会来，你不会放弃这个城市每一家新开业的酒店美食。"

"先生，你说对了，我们聊聊吧。"

突然，哗的一声，房门关死了，是一道厚厚的铁门。燕飞天没有惊异，没有惊慌，他不以为然地看着中年人："先生！怕强盗闯入吗？我是一个手无缚鸡之力的穷人！"

"不！——你身上的价值无法估量，我不想让别人夺走你！"

"你是谁？"

"苏联远东格别乌特工——柯留金。"

"你化装了？"

"我别无选择！"

"柯留金先生，我们就这样谈话吗？"

"哈哈！对不起，怠慢了你！"柯留金举起酒杯。

"为我们的相识干杯！"燕飞天举起了酒杯。

柯留金狡诈地眨着蓝眼睛："燕飞天先生，不怕我下毒吗？"

燕飞天直视柯留金的蓝眼睛："布尔什维克也像英国人那样卑鄙吗？"

"不，不，不！我说的是间谍手段。"

"柯留金先生，你说什么都无所谓！我喜欢现代科技在各个领域的突破，我不在乎手段。"

"好！燕飞天，我欣赏你。"

"你不是欣赏我，是欣赏我的碧玉蟾！"

"那好！我们进入正题吧！"

"我愿意聆听柯留金先生的高见。"

"能与我们苏联人合作吗？"

"为什么?"

"我们共同为反对法西斯而战斗,我们是兄弟!"

"你为你的祖国,我为我的祖国!我不相信我们是兄弟!"

"为什么?"

"沙皇苏联把我们边境几个屯子的同胞赶入江中,残害了我们几千中国人,占领了我们中国人的大片土地!你们苏联人是我们的兄弟吗?"

"不!——那是过去的沙皇苏联,不是现在!"

"那么现在你们苏联人为什么要抢夺中国人的碧玉蟾?"

"我们得到了碧玉蟾是为了帮助你们。你们的国家贫穷落后,科技不发达,我们用苏联的高科技研究碧玉蟾藏有宇宙能量的奥秘,我们研制克制敌人的武器,保护我们自己,也保护你们!我们不是兄弟吗?"

"我不相信一个自诩民族强大者的诺言!我相信自己的民族。我们中华民族几千年的历史告诉我——中国人有很多闻名世界的发明,柯留金先生不知道吗?中国人会奋发图强,会研制出自己的克敌武器。"

"与我们苏联人合作吧!斯大林同志会亲自为你颁发英雄奖章!"

"斯大林是你们苏联人的领袖,我们中国人在寻找自己的真知!我燕飞天不会与你们苏联人结盟!"

"你别无选择!"

"为什么?"

"这间包房是你的牢笼!"

"中国的土地上,没有人囚禁得了我!"

"我在这间包房里为你烤制苏联的大列巴面包,让你品尝,当然,你也像烤制面包一样,承受烤炉内的灼热!"

"谢谢柯留金先生!你能为我烤制面包,我就很满足了!不要以为彼得大帝的军刀永远锋利!"

"我让你的家人来与你共同承受痛苦!让你的老婆、孩子陪伴你!"

"在中国的土地上,你小瞧了我们的民族和我的家人,你只能搬起石头砸自己的脚!"

"燕飞天先生,你反思吧!没有人知道你在这里,没有人救得了你。你等待烤箱工作吧!柯留金告辞了!"

忽听哗的一声响,柯留金的座椅陷到了地下,柯留金不见了。地面又恢复了原样。

燕飞天听四周的墙壁咔咔作响，见四周的墙壁开始脱落。一会儿工夫，墙壁四周暴露出铁板，整个房间如同一个铁制的大烤箱。

燕飞天惊异不已，苏联人果然独出心裁，要把我燕飞天折磨死在这里。

七

燕飞天见墙壁四周的铁板在发热，室内的温度在增高，燕飞天热得有些喘不过气来。

燕飞天突然哈哈大笑起来："柯留金先生！这样你就会拿到碧玉蟾吗？你的炉温不够，继续加温吧！哈哈，哈哈！"

柯留金在观察窗旁见燕飞天神情自若地坐在那里。心想：可不能加温了！这燕飞天若真的昏死过去，想得到碧玉蟾更加无望了，我只是折磨他、恫吓他。

柯留金向卡洛夫挥了挥手："断电！"

燕飞天山岳一样稳坐在那里，视世间无物，燕飞天体内散发出层层雾气包裹住燕飞天。柯留金在室外见燕飞天被雾气包裹住，已不见了燕飞天的面目，他大惊失色：这燕飞天的肉体被烤箱烤化了吗？体内咋蒸发出热气！

柯留金惊慌地喊叫："燕飞天——燕飞天——！"燕飞天没有声响。

柯留金冲外面喊道："卡洛夫！往室内送冷风！"呼呼呼，冷风灌入室内。

忽听燕飞天在嘟囔："太冷！太冷！不舒服！"

柯留金又是大吃一惊："燕飞天！你可不要死！吓死我了！"

燕飞天笑了："柯留金，我不是孙悟空！想用我做活体科技实验吗？"

柯留金尴尬地看着燕飞天："不是实验，是考验！"

燕飞天嘻嘻一笑："咋？用烤箱考验我吗？"

"燕飞天！你感觉怎么样？"

"很好！外面天气寒冷，我在这里过冬了！我一个人游荡惯了！家里不会有人找我。"

"燕飞天，不管你咋说，你不拿出碧玉蟾，我是不会放你出去的！我的烤箱会继续加温，我真怕你化为灰烬！"

燕飞天看着柯留金有些恼怒的脸："也好！让你见识见识中华大地上，中国人的无限潜力。不久的将来，中国人会掌握宇宙人类未知的能量，中华民族会崛起！八国联军瓜分中国的时代将一去永不复返了！八国联军有你们苏联人吧？"

"那是沙皇苏联，不是我们布尔什维克！"

"你们的民族喜欢侵略！我不相信你们的民族！不要做美梦了！你今天就是把我烧烤死在这里，也拿不到碧玉蟾！"

"不！——我在这里磨掉你的意志！我不会让你死！你不拿出我们需要的东西，你就是我们布尔什维克的敌人！"

"哈哈！柯留金，你露出了苏联老沙皇的嘴脸，说到底，还是要抢夺别人家的东西！"

"燕飞天，老老实实地坐在那里！我的烤箱要工作了！你不要乱动。墙壁四周的铁板上都已通了电，你若碰到墙壁就会触电身亡！我们是用电能克制你体内的能量，你跑不掉！还是想一想与我们合作吧！"

燕飞天笑道："你的烤箱工作吧！就是太上老君的炼丹炉也奈何不了我燕飞天！"

"卡洛夫，送电！加温！"

"柯留金同志，控制按钮失灵！"

"为什么？"

"我不知道！"

燕飞天哈哈大笑起来："我知道！"

"你知道什么？"

"我身上的电能场为你们输出的电能卸了负荷，你们的电烤箱不能工作了！"

"燕飞天！你是魔鬼！"

"你们才是魔鬼——用电烤箱拿活人当面包烘烤！"

"燕飞天，室内有大列巴，还有各种美酒，自用吧！"

"卡洛夫同志，我累了！看守好这个大烤箱，我去休息了！"

燕飞天笑眯眯地看着卡洛夫："卡洛夫同志，你也去休息吧！我在这里品尝俄罗斯的伏特加！"

卡洛夫耸耸肩："燕飞天，我真希望你能成为我们的同志！"

"谢谢布尔什维克同志的好意！燕飞天是民族主义者！"

山口荷子这几天的心情极好，她每天都和村上柳在一起，她有一种充实和依赖感。

她觉得她精心布置的陷阱马上就要捕捉到猎物了。

"村上君！我们的猎物烤熟了吧！我们是不是该去取了！"

村上柳扫视一眼荷子笑意盈然的脸："哦！该是时候了！苏联烤鸭熟了！今晚行动吧！"

夜深了！柯留金的大酒店里客人还是络绎不绝，一队日本兵包围了大酒店，山口荷子的行动队冲进了大酒店。

枪声响了，酒店内端盘子的、刷碗的、扫地的都拔出来手枪向山口荷子的行动队开枪射击。

柯留金的二十多个满洲行动队员手中的冲锋枪喷射着火舌。柯留金惊慌地喊叫："卡洛夫！——快把燕飞天带走！"

卡洛夫带领几个苏联人跑向关押燕飞天的大烤箱。他打开了房门："燕飞天！——快跟我们走！日本人抓捕你来了！"

燕飞天揶揄地说道："不是吧！来抓你们吧！我不走，你们走吧！"

"不走也得走！"几个苏联壮汉上前要架起燕飞天。

燕飞天不紧不慢地伸了伸腰："我自己走。"

只见燕飞天身形一转不见了！几个苏联人喊叫起来："燕飞天丢了！——燕飞天跑了！燕飞天不见了！"

忽听燕飞天在酒店大厅里喊道："谁说我燕飞天丢了、跑了、不见了！我有些口渴，在喝伏特加……"

大厅外，枪声激烈。柯留金见酒店的后门也被日本兵守住了！无法突围，大声喊叫："同志们！——为苏维埃献身的时刻到了！斯大林同志万岁！——同志们！我们要战斗到最后一个人！"

又有几个苏联人倒下了，正在这紧急关头，酒店后门响起了枪声，几个日本兵倒在了血泊中。

二十多个手端卡宾枪的壮汉疯狂地向日本兵扫射。

柯留金带领他的满洲行动队拼命地冲出后门，跑在后面的几个苏联人被卡宾枪子弹击毙了。

山口荷子带着一队日本兵向后门围去，袭击他们的人撤走了。山口荷子迷惑了：又是什么人救走了苏联人？他们为什么要这样做？英国人？上次逃脱的英国人的武装力量吗？燕飞天在哪里？

谁也不知道燕飞天在哪里。双方枪战时，有人见燕飞天坐在餐桌旁，大口地喝伏特加酒，大口地吃俄罗斯牛排。

山口荷子回到驻地，满脸的不悦。村上柳知道苏联人大部分逃脱了。

"荷子小姐，我们的人有伤亡吗？"

"村上君，我们伤亡了几个人，苏联人被我们击毙了几个人。本应全部消灭苏联人的满洲行动队，可不知为什么又出来一伙人救走了他们。

"那伙人开枪击毙了几个苏联人！我不懂，我真的糊涂了！"

村上柳略加沉思："是英国人纠集了武装力量，是美国人在后面捣鬼。讨厌的英国佬！英国人一直在破坏我们的行动，我们要尽力捕捉到他，不知英国人藏匿在哪里？"

村上柳在沉思："荷子小姐，英国人为什么要杀死苏联人，他们视德国人为共同的敌人，他们要互相残杀吗？"

"不！——他们的政治倾向不一样，苏联人宣扬的是共产主义，英国人抵制的是共产主义。在满洲战场上，他们没有共同的利益，都为自己的信仰而战。"

"那么——英国人憎恨共产主义，憎恨苏联人？"

"是吧！英国人怕共产主义在西欧泛滥。"

村上柳道："德国人若打败了苏联人，他们谁也不用谈共产主义了；若德国人失败了，英国人、美国人与苏联人会对抗，他们会是仇敌。英国人会与美国人结成盟友。

"美国人在支持南京政府对我们大日本帝国抗战，他们早晚也会对我们下手，因此碧玉蟾对我们大日本帝国、对苏联人、美国人，都很重要！"

山口荷子道："可我们一直也拿不到碧玉蟾！渡边雄一老浪人与燕飞天争斗多年，最终他带领的满蒙决死团与一小队皇军被燕飞天绝杀仙人台。

"我们也与燕飞天争斗多年，我们对燕飞天还是无可奈何！怎样让燕飞天能屈服呢？"

"慢慢计议吧！当前重要的是防范苏联人卷土重来，他们不会甘心的。他们的斯大林迫切需要克制德国人的大能量杀伤武器。"

"我们密切关注苏联人的动向吧！"

柯留金与卡洛夫带领他们的满洲行动队好不容易逃脱了日本人的追击。柯留金大为不解的是——解救他们的人为什么还要射杀他的人？

他们到底是什么人？他解不开这个谜，他决定求助中国共产党东北的地下秘密组织，他向远东格别乌情报总部发出了电文。

第十九章　啼血杜鹃

一

　　熊天彪的抗联独立团，得到了雄灵暗中的武器支援，小胜子的五十个骑兵老弟兄都配备了卡宾枪，小胜子更是如虎添翼，他带领五十个弟兄经常轻装突袭日本人的镇公所、运粮车。

　　有时遇上日伪军的大队人马，他也带领五十个弟兄镫里藏身，卡宾枪集密扫射通过，杀得日伪军人仰马翻，日伪军见到小胜子的马队就打怵。

　　石原接到上面命令：让他尽快讨伐熊天彪的抗联独立团，消灭熊天彪的抗联队伍。

　　可狼牙碴子易守难攻，熊天彪的骑兵机动灵活，战斗力又极强，石原决定设法消灭熊天彪的骑兵部队，砍掉熊天彪的一只手臂。

　　小胜子突袭日伪军屡屡得手，心生骄意——凭这大山密林，凭胯下马，凭弟兄们的骁勇善战，小鬼子能奈我何，送命吧！

　　这年夏天，小胜子带着五十个弟兄下山来到一片瓜地旁，见熟透了的香瓜飘着瓜香，他带领弟兄们下了马。"大爷！这瓜多钱一斤？"

　　种瓜人看着这帮雄赳赳虎犊子一样的抗联战士："狼牙碴子的抗联弟兄吧！什么钱不钱的！你们打小鬼子命都不要了！吃我的香瓜还要钱吗？让弟兄们都下马吃瓜！"

　　小胜子笑了："大爷，不白吃你的瓜！"他从兜中掏出几块大洋塞在老大爷手中。

　　"二江！让弟兄们下马吃瓜！别忘了留几个弟兄放哨！"

　　鄂二江喊道："弟兄们！——下马吃瓜！放哨的弟兄在那儿等着，一会儿把香瓜给你们拿过去。"

五十来个弟兄跳下马背，跑到瓜地里大吃起来，瓜地里熟透了的香瓜几乎被他们吃光了。这帮弟兄正吃得高兴，突然放哨的弟兄发出了报警的口哨声。

小胜子喊道："弟兄们！——上马！"战士们扔下手中的香瓜，跨上马背，跑向路旁。

小胜子见三十多个日军骑兵在不远处东张西望。

小胜子喊叫："弟兄们！——干掉这帮兔崽子！"鄂二江带领弟兄们旋风般扑了上去。

枪声响了。日军骑兵见小胜子的马队来势凶猛，磨头就跑，小胜子带领弟兄们在后面紧追不舍。

日军骑兵拐过一个山头放慢了速度，回头开枪射击。小胜子抬手就是一枪，一个日军骑兵摔在了马下，日军骑兵又开始拼命逃窜。

鄂二江喊叫："副团长！——怕小鬼子有埋伏！"

小胜子大喊："就是有埋伏，我们也要冲杀上去！杀他个人仰马翻！"日军骑兵又跑过一个小山包不见了。

嗒嗒嗒、嗒嗒嗒，突然小山包上响起了枪声，密集子弹射向小胜子的马队。

几个弟兄从马上摔了下来，小胜子大喊："镫里藏身！快速突过！"五十来匹战马飓风般向前冲去。

嗒嗒嗒、嗒嗒嗒，前面山坡上也响起了枪声，又有几个弟兄摔下了战马。小胜子知道不好，中了日本人的埋伏。他见左面山坡上有一片白桦林，大喊一声："兄弟们！——进白桦林！"

几十匹战马向山坡上的白桦林里冲去，日军在山下把白桦林包围了。

二

小胜子带领弟兄们冲到白桦林里，跳下马背："二江！告诉弟兄们把马匹都隐蔽好，不要伤了我们的坐骑！弟兄们找好有利地形和掩体准备与小鬼子拼命！你再派出两个弟兄回山报信，让大队长速来解围！"

鄂二江道："副大队长！这次小鬼子给我们设了圈套，我们凶多吉少，我们的弟兄不能都死在这里，待与小鬼子交火后，找小鬼子的薄弱点，我带领部分弟兄掩护，你带领弟兄们冲杀出去。"

小胜子道："二江！我不能走，就是死，我也要和弟兄们死在一起！我不能把你们扔下。告诉弟兄们节省子弹，一会儿，小鬼子会炮击，不要管他！我们依托树木做掩护，待小鬼子近了我们再开枪，让弟兄们做好战斗准备！"

石原站在山下，手中拿着望远镜看着山坡上的白桦林：谭同胜——张作霖的贴身护卫，特殊行动队队长，今天你和你的行动队一起去陪伴你们的大帅吧！

"小钢炮的干活！——炮击！"

咣、咣、咣，日军的迫击炮开始向白桦林里轰击。炮击后，日军小麻中队与伪军郭麻子中队开始向白桦林里冲锋，密集的枪声在山谷里回荡。

郭麻子对身旁的孙斗说道："斗子！白桦林里被围困的抗联不是常人，是张大帅原先的贴身护卫谭同胜。五十个特别行动队队员都是张大帅卫队营的人，个个身经百战，以一当十！你可要小心点！别让人家在你的脑袋瓜子上穿个窟窿眼！——也好！你死了，没人和我争二红了！"

"大哥，说啥呢？谁和你争二红了？二红喜欢我的……"

"滚犊子！别说了！你看！皇军又倒下一个！"

"大哥，别拿女人提神了！死了吃啥也不香了！还想闻女人味吗？"嗒嗒嗒、嗒嗒嗒，他俩身边又倒下了几个日伪军。

日伪军向白桦林逼近，到了林边，一阵卡宾枪子弹把他们打了回去。小麻中队长挥舞着指挥刀不停地吼叫："呀机给！——呀机给！——冲锋！冲锋的干活！"日伪军的机枪在不停地吼叫。

小胜子沉着指挥战斗，他手中的两把盒子枪不停地点射，日伪军惨叫声不绝。

日军进行了第二轮的炮击，白桦林里硝烟弥漫，白桦树被纷纷炸断，又牺牲了十来个抗联战士。

日伪军又开始冲锋了。抗联战士见敌人冲到了眼前，一起撇出了手榴弹。爆炸声、枪声中，日伪军倒下了一片。

石原在望远镜中看着白桦林边的战斗，眼见日伪军被抗联战士纷纷射杀，他恼怒起来。他叫人找来了郭麻子："郭队长！你的皇协军为什么不效力？我们三百多人的部队消灭不了五十多人的抗联吗？"

郭麻子咧着嘴："太君！谭同胜大大的厉害！他们手中的武器大大的厉害！他们的卡宾枪统的机枪的干活！"

"巴嘎！郭队长，你组织冲锋队的干活！统统的机枪开路！消灭谭同胜的干活!"

郭麻子后背发凉，心中暗骂："王八犊子小鬼子! 让我们在前面送死，我们不是傻子! 狗日本人! 让我们中国人送死! 你们日本人也别想少死!"

"太君! 我马上组织冲锋队的干活!"

郭麻子跑到孙斗跟前!"斗子! ——你们连组织冲锋队冲锋!"

"大哥! 说啥? 我拿什么冲锋? 用我的十根手指吗?"

"我让日本人给你配备十挺机枪! 行吧?"

"大哥，你要害我! 我不和你争二红了! 我阳痿!"

"瘪犊子! 你给我硬起来! 带领冲锋队冲锋!"

"大哥，我硬不起来! 我硬起来就得死! 你不是告诉我了吗，别让张大帅的老卫队给我的脑袋瓜子穿个窟窿眼儿吗!"

"斗子! 傻子呀! 咋不会糊弄小鬼子咋的? 跟我争二红动的心眼都哪儿去了?"

"大哥，小弟明白了! 我组织冲锋队冲锋!"

孙斗摘下军帽扔在地上，脱下军装，在军装上扯下一块布条系在头上。

他光着膀子，背上了机枪子弹带："弟兄们! 听好了! 皇军给我们配备十挺机枪，我带领你们冲锋! 皇军说了，消灭了白桦林里的抗联，给我们大洋! 还找日本娘儿们让我们玩儿! 跟着我往上冲! 别害怕，我一个怕死的人都不害怕，你们怕啥?"

孙斗抱起机枪，带着他的一个连伪军开始向白桦林冲锋。机枪喷射着火舌。

石原在望远镜中见孙斗光着上身，抱着机枪冲在前面，他举起大拇指："哟西! 哟西! 大大的勇士! 金票大大的有!"

孙斗带着冲锋队快接近了白桦林，孙斗妈呀一声，倒在了地上。

"我的脚脖子崴了! 弟兄们快冲锋! 我揉揉脚，马上赶上你们。冲锋! 快冲!"他趴在地上盲目地扫射。

孙斗后面端着机枪冲锋的伪军见孙斗倒在了地上，心里都明白——就你是奸的，别人都是傻子!

"哎呀! ——妈呀! 我的脚被树杈子扎了! 脚不能动了!"

"哎哟! 这块石头咋绊了我一跤?"

抱着机枪的伪军都趴在了地上，后面的日伪军暴露在抗日联军的枪口下。

嗒嗒嗒、嗒嗒嗒，抗联战士的卡宾枪一起喷射火舌，日伪军又倒下了一片。

小胜子带领他的抗联弟兄已打退了日伪军的多次进攻，又伤亡了十来个弟兄。弟兄们的子弹已不多了，小胜子心中十分焦急——熊天彪的大部队咋还不到呢？只剩下三十多人了！子弹快要打光了。

小胜子做了最坏的准备："二江！你带领弟兄们牵出战马突围吧！能冲出几人是几人，我来掩护！"

鄂二江满脸汗水，瞪着小胜子："副团长，不行！敌人多于我几倍，敌人的火力太猛！我们一个也突不出去，我们节省子弹，子弹打光了，我们就用马刀与小鬼子死拼！

"你从后山钻林子下山吧！去讨救兵。我先前派出的两个弟兄看来是被小鬼子截杀了！"

小胜子瞪起眼睛："我不走！——要死我们死在一起！我谭同胜不能离开我的生死弟兄！"

小胜子看着白桦林中躺着的十多个弟兄，眼中流下热泪。

鄂二江大喊："敌人又冲上来了！准备战斗！弟兄们！若有活着出去的，不要忘记了，我家住在奉天城小西门内，到时帮我照看照看俺爹娘！俺鄂二江先谢过了！"鄂二江抄起了卡宾枪。枪声，喊杀声，手榴弹的爆炸声，又响成了一片。

三

已过了中午，熊天彪与王老师坐在大厅内喝茶，王老师道："大队长，胜子兄弟今天不知又去了哪里？他屡屡突袭日伪军，日伪军能不警觉吗？真怕副团长出个一差二错！"

熊天彪道："我这个弟兄在马上游荡惯了！不打仗就难受。他的爹爹与姐姐都死在了日本人手里，是张大帅救了他一命，把他抚养成人，教授他武艺，他恨透了日本人。

"张大帅被日本人谋害后，他誓为张大帅报仇，早已把生命置之度外，是难得的好男儿！"

这时只见王老偻推开了房门，他脸色苍白，上气不接下气地说道："天彪……天……彪！不好了……"

熊天彪见了，心中咯噔一下子，有一种不祥的感觉："老偻叔，不要急，慢慢说！"

"不好……不好了！胜子被日本人围住了！去晚了，怕不成了！胜子和他的弟兄们怕……怕……"

熊天彪脑袋嗡的一声，大吼起来："李志！——集合部队！"

王老倔道："天彪！山下有日本人活动，怕有埋伏！"

熊天彪问道："老倔叔，围困小胜子的有多少人马？"

"三百多人吧！我与三枪在山里瞎转悠，听到枪声，见日本人的骑兵把小胜子他们诱入了他们的包围圈。小胜子带领他的弟兄们撤入了一片白桦林中，被日伪军层层包围了。"

熊天彪问道："三枪叔呢？"

"三枪找杨靖宇的抗联去了！怕你自己的人马不够用！"

熊天彪喊道："王长生！——杨二木！带着你们的营分两路火速下山。你们互相照应，摸清敌人的伏兵！若接上了火，一定要压制住敌人的火力！

"王老师！——带领骑兵全数下山，待王长生与杨二木牵制住日军伏兵，带领马队强行突进到白桦林，解救小胜子和他的弟兄们！"

这时何默凡也挂好了马刀站在王老师身旁。

熊天彪看着何默凡："默凡！你干啥？"

"大队长，我也去救胜子哥哥！"

"胡闹！亚秋！——留下他！不许他下山半步！"

"大队长！——让我去吧！我的手不只会用笔！我已跟王老师学会了使用马刀！"

"不要说了！留下！"

王老师道："默凡，你还小！留下吧！"

"不！——我要去！我不能永远在你们的羽翼下，我要战斗！"

熊天彪瞅了何默凡一眼："是个爷们儿！有点我熊天彪的脾气！王璞！带上他！看住他，只让他见世面，不许他出手！"

于亚秋抓住何默凡的一只手："默凡哥——你要去战斗！我呢？"

"你还是个孩子！留在家里吧！不——你是个女孩子！留在家里吧！"

于亚秋默默地看着何默凡："去吧！战场上，要像个男人！保重！"于亚秋眼中溢满了泪水。

熊天彪带领部队下山了。王长生与杨二木兵分两路下了狼牙碴子。邵学的情报人员已送来了山下日伪军设伏的地点。

石原把他的打援部队设在了通往白桦林的必经之路上。王长生营偷偷地绕到设伏日伪军的后面。杨二木营在正面与日伪军交了火。

王老师带领二百多铁血骑兵待命突击。日军的伏兵堵住通往白桦林的要道，几挺机枪喷射着火舌，封锁住通往白桦林的必经之路。

四

突然日伪军背后响起了机枪声。王长生营在日伪军后面发起了猛烈的进攻。一时间枪声大作，喊杀声震天，日伪军腹背受敌，开始拼命抵抗。

小胜子带领他的抗联战士又一次击退了日伪军的进攻，小胜子的左臂已负伤。

小胜子看了看周围的弟兄："弟兄们！——我们聚拢一下，看看我们还剩下多少人！"剩下的战士向他靠拢，一个重伤的战士喊叫起来："副大队长！——你过来看！"

"看什么？"

"你过来就知道了！"小胜子走了过去。

"副大队长，看我身下的花儿！"

"什么花儿？"

"我只知是杜鹃花，可很奇怪！"

小胜子见那个战士躺在杜鹃花丛中，几丛杜鹃花被硝烟熏烤得已枯萎，唯有他身下的一丛杜鹃花枝叶繁茂，艳丽夺目。

小胜子奇怪地俯身观看，见那个战士的鲜血流淌在花根上，那丛杜鹃花血红耀目。小胜子突然想起在大帅府时有些名流与大帅赏花，提及的啼血杜鹃。

哦！是啼血杜鹃吗？小胜子随口吟出——

啼血杜鹃血润红，

白山黑水金戈声，

血沃中华男儿血，

啼血杜鹃怒峥嵘！

躺在杜鹃花丛中的那个战士已奄奄一息，嘴中在嚅动："是我的鲜血让杜鹃花的生命旺盛了吗……好美的花儿……副大队长……你是诗人吗……好美的诗句……"

小胜子两眼垂泪："不！——我不是诗人！我是战士！我和你一样，为民族自由而战！"

那个战士嗫嚅说道："我们为祖国的土地而战……祖国土地上的杜鹃花为我们啼血……"那个战士慢慢合上了眼睛。

小胜子扯下军装的衣襟盖在了那个战士脸上，他大吼起来："我们还剩下多少兄弟？——我们要战斗到最后一个人！杜鹃花在为我们啼血！用我们的鲜血浇灌关东大地上的杜鹃花，让关东大地的杜鹃花更加旺盛鲜艳！"

突然，不远处传来枪声。鄂二江道："副大队长，我们的援军来了吧？你带领弟兄们突围吧！我来掩护！"

"二江！为什么你来掩护？你们突围！我来掩护！"

"副大队长！——不要争了！我们没有子弹了！山下来了援军，你带领弟兄们冲杀出去，还有生存的希望！我鄂二江自跟随你胜子哥，已把生命置之度外，我不想看到你死！你即使死了，也不要让我看见！你带领弟兄们冲下山去，我鄂二江就当你活着离开了白桦林！胜子哥！——二江求你了！"

鄂二江站起身来，喊道："骑兵营长鄂二江命令：'全体战士上马突围！违令者军法论处！'"鄂二江举起了手枪。

剩下的二十几个战士从树林中牵出战马，他们跨上马背，向鄂二江敬了一个标准的军礼。

"营长！我们会记住你的话：奉天城小西门内你的家！如果我们活着，我们会孝敬你的爹娘！"

"兄弟们！——你们要活着！我们家是旗人，我的父亲叫鄂守仁！母亲叫贺冰梅！"

小胜子疯狂地抱住鄂二江："不！——你是我的好兄弟！我不能让你为我牺牲！我留下掩护！二江！——你带领弟兄们突围吧！"

鄂二江怒吼："弟兄们！——把副团长架上马背，我正面掩护，你们从侧面突围！"鄂二江把一支支卡宾枪放在了自己周围。

小胜子抱住鄂二江，想把鄂二江拖上战马，鄂二江喊道："弟兄们执行命令！架起副团长上马！"鄂二江端起卡宾枪开始向正面的日伪军扫射。

小胜子折下一枝杜鹃花的花枝放入口袋中。

"我们共同啼血吧！"小胜子的眼泪夺眶而出，"二江！——二江！——我的好兄弟！——二江……"小胜子跨上了马背。

五

山下的枪声越来越激烈，攻打白桦林的日伪军有些怠懈。

小胜子双腿一夹战马："弟兄们！——大帅的老卫队，抗联战士们！冲锋——！"二十几匹战马风驰电掣般冲下山去。

熊天彪与王老师带领二百多个骑兵寻机突破设伏的日伪军防线，他见王长生营吸引了敌人的大部分火力，拔出来背上的大刀。张舒带领的警卫队都拔出了大刀。熊天彪突然怒吼："机枪开路！——骑兵突击！"

王老师摇晃手中的大刀，身先士卒冲杀上去。二百多骑兵似飓风，似闪电，瞬间突破了日伪军防线，直奔白桦林。

熊天彪带领马队已接近了白桦林，只见一支抗联骑兵高擎马刀兵与日伪军拼命地厮杀。他见铁锁的两把盒子枪频频射杀日伪军。

哦！铁锁带领的抗联骑兵支队已先来了一步。熊天彪带领的骑兵高声呐喊，冒着枪林弹雨冲杀过来。铁蹄声声，枪声阵阵，抗联战士前仆后继，与日伪军搅在了一起。呐喊声、枪声、劈杀声、惨叫声，交织在一起。

小胜子见来了援军，士气大振，可他们毕竟被围困在山坡上。他带领二十几个弟兄冲下山坡时，已有五六个弟兄被日伪军射杀了。

小胜子双眼血红，与剩下的弟兄镫里藏身向山下冲去。

石原见小胜子的骑兵只剩下十几人，嘿嘿冷笑两声："停止对抗联骑兵的射击，我要活捉他们。我们大日本帝国骑兵勇士出击！活捉中国骑兵！"

五十多个日本骑兵冲杀出来，围住了小胜子他们十几个弟兄。小胜子见了，"哈哈！与我们比试劈杀的刀法吗，还是要活捉我们？

"弟兄们！——石原给了我们机会，我们面对面地劈杀！让日本人看看我们中国军人的英雄气魄！"

小胜子高喊："石原！——算你有种！我们刀对刀！魂对魂！"

石原大声喊叫："张大帅向你们招手！——你们很快就会叩见你们的大帅去了！"

小胜子怒吼："弟兄们！——石原在侮辱我们！拿出我们的看家本领，绝杀！"

小胜子与十几个弟兄抖擞精神，高擎马刀向日军骑兵迎了上去。

小胜子与他的十几个弟兄没有喊杀声，只是默默地瞪着血红的双眼，手中的马刀在暗暗地运力，他们要用致命一击砍下日军骑兵的脑袋。

双方战马在嘶鸣，双方战马的马蹄疾电般踏过。骑士的马刀在碰撞，惨叫声不绝。五六个日军骑兵的脑袋被斩落马下。

小胜子的马刀飞旋，两个日军骑兵号叫着摔到马下。四五个日军骑兵围住了小胜子。小胜子一个镫里藏身，马刀斩断了一个日军骑兵的马腿。日军骑兵的战马倒在了地上，小胜子顺手一刀，把日军骑兵的脑袋劈成了两半。

日军骑兵哇哇怪叫，举着马刀在小胜子马旁打磨磨，不敢上前。小胜子高喝一声，战马跃起，马刀挂着风声劈向一个日军骑兵。

那个日军骑兵吓得哇的一声，想带马躲过，小胜子的马刀逐电追风般劈了过来，那个日军骑兵斜着身子被小胜子的马刀劈成了两半。

小胜子带领十几个弟兄与日军骑兵厮杀，熊天彪在山坡下看得清清楚楚。

他想上前解救小胜子和他的弟兄，可敌人的火力太猛，几挺机枪封锁了他前进的道路，熊天彪为小胜子捏一把汗。

片刻工夫，小胜子的十几个弟兄又劈杀了几个日军骑兵。小胜子高喊：“弟兄们！——杀得好！还有十几个，干掉他！”

炫目的马刀在空中飞舞，鲜血在飞溅，惨叫声迭起。掉胳膊的、断腿的、耳朵被片下的，日军骑兵团团转，不敢上前。

熊天彪知道，如若小胜子杀绝了日军骑兵，石原会下令射杀小胜子和他的弟兄们，已刻不容缓，熊天彪举起了大刀。

“王老师！——让马上的弟兄们机枪集中火力压制敌人的火力，强行突击！”

战马上骑兵的十几挺机枪同时开火，压制住敌人的轻重机枪火力。

六

熊天彪跃起战马，二百多个铁血骑兵飚风般卷了过去。何默凡一提战马，高擎马刀跟在王老师后面冲杀上去。

王璞见了，跃马挡在了何默凡的马前：“默凡！撤后！不要鲁莽！”

“王璞哥哥！——我要救出胜子大哥！”

何默凡少年的脸上寒霜一样冰冷，王璞只好紧紧地随在何默凡马旁。

石原见熊天彪带领骑兵狂风般冲杀过来："击毙谭同胜的干活！开火！——开火——！"日伪军一起向小胜子开枪射击。小胜子身体在战马上晃了几晃，他高擎的马刀在空中画了最后一道圆弧，一个日军骑兵被他劈在马下。

小胜子的头低垂在马鞍前，手中的马刀掉在了地上。

何默凡见小胜子中弹，疯狂地踢胯下黄骠马，瞪着血红的双眼扬刀冲杀上去。

嗒嗒嗒，日军的机枪子弹扫射在何默凡马前。王璞见何默凡危险，跃身跳到何默凡马上，抱着何默凡滚下了马鞍，王璞把何默凡紧紧地压在身下。

何默凡挣扎着高擎马刀："副团长！——胜子哥哥！——副团长……"

熊天彪见小胜子中弹，两眼喷血："我的胜子兄弟——！"熊天彪疯狂了……

熊天彪冲入敌群，大刀伴着血肉飞舞。

张舒、李志，紧随其后，张舒的刀法堪为一流，他如虎入羊群，使出爷爷传授的刀法，在敌群中如砍瓜切菜。李志也不含糊，大刀生风，刀刀见血，张舒与李志在熊天彪左右两翼砍杀，日伪军抱头鼠窜。

熊天彪飞马冲到小胜子马前，他跳下马背，从小胜子马上抱下小胜子。小胜子一息尚存，熊天彪赶忙点住小胜子的穴道："胜子兄弟！——二哥来了！胜子兄弟……二哥带你回山……"

小胜子慢慢睁开了双眼："二哥……今年不能去看望娘亲了……二哥……我去服侍大帅去了……来生我们还是好兄弟……我便宜了这么多年！净管侯叔叫大哥……见不到侯叔大哥了……二哥……嘻嘻……二哥……二哥……师父……菊儿嫂嫂……二哥……二哥……师父……师父……燕飞天……"小胜子闭上了眼睛。（谭同胜：出生在汉民族英雄岳飞家乡——河南汤阴的苦孩子，为民族解放事业，在关东黑土地上流尽最后一滴血，长眠在白山黑水间！）

熊天彪两眼一黑，喊了一声："兄弟——！"两眼一翻，倒在了地上。

张舒喊道："卫队弟兄们！护住团长和副团长的遗体撤出战斗！"

这时，铁锁带来的人马也冲杀了过来。铁锁跳下马背，抱着小胜子的尸体放声大哭起来："胜子哥……胜子哥……铁锁来晚了！胜子哥……胜子哥哥……"

熊天彪慢慢地苏醒了过来："张舒！带领卫队护送胜子兄弟回狼牙碴子！"

"团长！你——"

"快走！——这里有李志和铁锁！"

张舒把小胜子的尸体抱上马背，带领卫队的弟兄们一溜烟地驰下了山坡。

熊天彪瞪着血红的双眼："李志！传令！全线攻击！"

这时，王长生已分出了一半人马来增援熊天彪，抗联部队的人数已超过了日伪军。

铁锁拿过司号员手中的冲锋号——冲锋号声响了。

熊天彪的独立团与铁锁带领的抗联骑兵支队发起了冲锋。

王老师带领的骑兵和铁锁的骑兵营突破了敌人的阵地。几百骑兵战士在敌群中砍杀起来。山谷里喊杀声震天，枪声震耳欲聋。

日伪军支持不住，开始溃退，四处溃退的日伪军被抗联战士截击射杀，日伪军伤亡惨重，石原已无力再战，命令部队撤退。

石原的部队在抗联骑兵的追杀中撤退回松潘县城。

七

熊天彪带领战士们到白桦林中寻找抗联战士的遗体，只见鄂二江身靠一棵大树，圆睁二目直视山坡下，两只手中提着卡宾枪还是射击的姿势。他的胸上布满了弹孔，胸上的鲜血一直流淌到脚下，他脚下是一丛旺盛火红艳丽的杜鹃花。

一簇簇的杜鹃花丛中洒满了鄂二江的鲜血。熊天彪抱起鄂二江的遗体放在杜鹃花丛中，抚合上鄂二江圆睁的双目。鄂二江两手还死死地抓着卡宾枪。

熊天彪两眼流泪："不要拿开二江兄弟手中的卡宾枪，就这样把我的兄弟抬下山吧！"

何默凡从衣兜中掏出纸笔，他看着鄂二江身下旺盛血红的杜鹃花，他的手在疾动。

"王老师，二江哥哥身下是啼血杜鹃花！我们的先辈开垦了这片黑土地，先辈的鲜血培育了啼血杜鹃花！如今，白山黑水的儿女又血洒沃土，啼血杜鹃花告诉我们：白山黑水儿女的鲜血不会白流！中国会强盛！中华民族会崛起！"何默凡的眼泪一串串地滴落在画纸上。

王老师轻轻地抱起鄂二江遗体放在树枝做成的担架上："默凡——把这几簇啼血杜鹃花带回去，栽培在烈士墓前，让啼血杜鹃花陪伴为民族事业献身的中华好儿女！"

狼牙碰子山下，一块向阳的山坡上安葬了牺牲的抗联烈士。

小胜子的墓前摆放着杨靖宇军长的挽联。

喋血白山黑水好男儿
光复河山自有后来人

小胜子与鄂二江坟墓前栽满了啼血杜鹃花。小胜子的墓碑上写着：抗联战士谭同胜同志永垂不朽。

鄂二江的墓碑上写着：抗联战士鄂二江同志永垂不朽。

于亚秋手中拿着已浸透了鲜血的小胜子肖像："默凡，这是我们刚到狼牙碴子山下，你画给胜子大哥的纪念品。我为胜子大哥整容时，从胜子大哥的内衣兜中发现的。默凡，你来保存吧！"

何默凡接过小胜子的肖像，两手在颤抖，热泪滴在了小胜子浸满鲜血的肖像上。"胜子大哥！我们活下来的人会记住你！"何默凡掏出巾帕包裹好小胜子的遗像。

于亚秋拿出一枝啼血杜鹃花："这是胜子大哥衣兜里的，我把它夹在书页里，作为我永久的留念！"于亚秋与何默凡在烈士墓前鞠躬。

突然有人喊道："燕飞天来了！"

熊天彪见燕飞天来了，扑到燕飞天肩上，抱着燕飞天号啕大哭起来："天哥……胜子没了……天哥……我的好兄弟没了！自我们小狼山结义，与渡边老浪人斗得你死我活，我们从没失过手。胜子兄弟身经百战，可死在了石原手里！石原老鬼子！我早晚要掏他的老窝，为我的胜子兄弟与众位兄弟报仇雪恨！"

燕飞天泪流满面："胜子兄弟也算我的半个徒弟，我拿他既当兄弟又当孩子！一个忠义薄天的人！我若在他身边，也许他不会被石原诱杀！

"可我现在与日本人、苏联人斗得你死我活，实是脱不开身子。"

菊儿走到小胜子墓前，拿出各种祭品摆放在小胜子墓前。

"胜子弟弟！小嫂嫂来看你了！小狼山几次绝杀，你都谈笑风生，你的马刀所向披靡！你的盒子枪让日本人丧胆，你这可真是血染疆场，马革裹尸！胜子兄弟——胜子兄弟……"菊儿号啕大哭起来。

唐珊与陈雁行跪在小胜子墓前两眼垂泪，唐珊哭道："胜子兄弟——小狼山上，你两次救我性命！我唐珊还没来得及报恩，你就去了！胜子兄弟！你的忠魂护佑我吧！我唐珊替你杀敌报仇！胜子兄弟，若有那么一天我唐珊战死沙场，我到地下去陪伴你！胜子兄弟……胜子兄弟……"唐珊号啕大哭。

陈雁行哭道："胜子兄弟，小狼山上，若不是你与熊天彪相助，我陈雁行早已命丧黄泉！小鬼子在中国大地上还在烧杀抢掠！我陈雁行是有血性的中国人！我会效仿胜子兄弟，为民族献身！胜子兄弟……胜子兄弟……"陈雁行痛哭不止。

雄灵走到小胜子和鄂二江墓前，咔咔敬了两个标准的军礼。

"你们都是军人！为了祖国，为了民族，死得其所！你们是真正的军人！你们是真正的反日本法西斯战士！国军中校雄灵向你们致哀！我将以你们为榜样，杀敌报国！"

王老师看着燕飞天："他们是国民党？"

"奇怪吗？你们现在不是国共合作、联合抗日吗？"燕飞天看着王老师的脸。

王老师看着燕飞天的眼睛："燕飞天，你咋搞起统战了？"

"你们的毛泽东不是说搞联合统一战线吗？"

"哦！你接受了共产主义思想？"

"不！——我在为民族解放搏杀！"

王老师笑了："我们都是为了民族自由解放的战士！"燕飞天也笑了。

这时，于亚秋、何默凡走到燕飞天身旁，于亚秋问道："姐夫！爸爸妈妈和哥哥还好吗？我很想念他们！"

"都好，他们也想念你们，你们还好吧？"

"哦！默凡，我来前见了你父母，他们都很好！你不必挂念！"

何默凡道："你要走吗？"

"你要做什么？"

"学本领，杀鬼子！"

"你没有笔吗？笔就是你的武器！"

"太慢，太慢！教我速成的杀敌本领！"

燕飞天看了一眼王老师："王老师，你的共产主义思想武装了他的头脑，让我燕飞天武装他的手脚吗？"

王老师笑道："我们共同把他武装成一个文武全才，做实现共产主义的斗士！"

"王老师，我没有接受共产主义思想，不要提共产主义！我们先要争得的是民族自由解放，赶走了日本人，看民心吧，那是最实在的东西。"

王老师笑道："顽固的民族主义者！"

燕飞天笑道："先赶走民族的敌人吧！"

何默凡见燕飞天与王老师在谈论思想意识问题，一时不好插嘴，他捅了一下于亚秋："问燕飞天哪！教不教我功夫？"

于亚秋嘻嘻看着燕飞天："姐夫，你还没回答默凡的问题呢！"

"哦！默凡，就武装你一下吧，是自保，不是上阵！"

燕飞天教授何默凡吐纳的方法，又在他身上的几个要穴揉拿一番："你自己练习吧，王老师也是武学世家，日后与王老师探讨吧。"

王老师笑道："我们俩门派不同，我是共产主义者，你是民族主义者。"

"那就看谁是大海了，看谁洗涤谁吧！"二人相视而笑。

雄灵看时候已不早了，她走到燕飞天身旁："姑爷爷，我们该走了吧？"

燕飞天道："不在山上住一宿吗？"

雄灵道："现在虽是国共合作，我们的老板还在秘密地控制属下与共产党的接触，避嫌吧！不要让老板抓住我们的把柄。"

燕飞天道："你们先走吧，路上小心，不要让日本人的狗嗅到你们的味道。回去后，要关注苏联人的动向。哦！让夏凡、徐克与你们一起回去吧，你们对这里的情况不熟悉，有夏凡与徐克跟随你们会方便些。"

雄灵道："也好！夏凡、徐克与我们一起走吧，途中好有个照应。"

燕飞天对夏凡、徐克说道："你们俩一路上多加小心！一定要保证雄灵的安全，护送雄灵安全抵达奉天城！"

雄灵与燕飞天、熊天彪告别，下了狼牙碴子，燕飞天送走了雄灵一行人，回到山上。

雄灵一行人到了火车站，雄灵觉得周围的气氛有些不对劲，她对夏凡、徐克说道："你们俩没发现有什么不对的地方吗？"

夏凡道："雄小姐，我们俩早已发现了日本人的特务在跟踪我们，我们有可能暴露了身份，我们不能坐火车走了，日本人会在火车上张网等待我们。"

唐珊道："站长，我和陈雁行引开特务，你与夏凡、徐克暂时避开特务的跟踪再做道理吧！"

雄灵道："已来不及了！你没发现吗，我们周围那么多闲逛的人？"

站台里一辆货车装满了木材，火车头冒着黑烟，货车已启动了。

夏凡沉思片刻："雄灵小姐，会扒火车吗？"

雄灵已明白了夏凡的用意："作为一个高级特工，能没有这方面的训练吗？"

"好！我们扒小鬼子的火车走，我与徐克掩护你们。你们先冲上火车头控制住司机，逼迫火车司机加速，待火车加速后，我与徐克再扒上火车。"

雄灵道："我自己去控制火车头就行了！唐珊、陈雁行，你们与夏凡、徐克一起阻击敌人，火车加速后，你们一起扒上火车。"

唐珊与陈雁行道："属下明白！"

雄灵向四周看了看："行动！"雄灵带领一行人向站台里走去。

雄灵他们刚走下站台，两个特务迎了上来。夏凡与徐克迎了过去。

夏凡掏出一支香烟："兄弟，借个火！"两个特务迟疑了一下。

夏凡与徐克手疾眼快，两个人手中的短刀割断了两个特务的咽喉，周围的枪声响了。

雄灵快步跑向火车头。

唐珊、陈雁行与夏凡、徐克，跑向装满了木材的火车。

四个人借助火车的掩护与特务和日军对射起来。

他们四个人的枪法都出神入化，日本兵和特务不时地倒下。

雄灵冲到火车头里，火车司机惊愕了："花姑娘，什么的干活？"

雄灵拔出手枪对准了火车司机的头："快快的！火车加速的干活！死了死了的干活！"

副司机见一个漂亮的姑娘登上了火车头，先是惊愕，他见雄灵拔出来手枪立刻明白发生了什么。

他没把这个孱弱漂亮的姑娘放在眼里，他抢起司炉的长锹。

啪一声枪响，日本副司机倒在血泊中。

雄灵秀目倒立，手枪顶在了司机头上："快快加速的干活！"

雄灵又对司炉的中国人喊道："你是中国人吗？你若是中国人快些加火！"

司炉明白发生了什么，他一声不吭地抢起大锹向火车头的锅炉里加煤。火车的汽笛鸣叫一声，冲了出去。

夏凡、唐珊他们依托火车上的木材做掩护频频射杀日伪军。火车冲出了车站。火车站里乱成了一团，等待坐车的人大呼小叫——可不好了！打仗了！抗联太厉害了！小鬼子死了不少人，抗联把小鬼子的火车开跑了！

火车一连闯过几个小车站。雄灵见铁路旁有一片小树林，她命令司机停了车，雄灵他们跳下火车，钻入小树林中。

第二十章　我们是亲兄弟

一

南满党组织接到苏联远东情报机关的求援报告，请求东北地下党配合苏联满洲特行队与日本人争夺碧玉蟾。

铁锁走进钟然的办公室，钟然看着铁锁沉静的脸："耿鸣同志，你要接受一个新的任务！"

"耿鸣服从党的安排！"

"任务很艰巨，你要有思想准备。"

"什么任务这么艰巨？"

"苏联兄弟党请求我们党配合他们夺取碧玉蟾！"

"你说什么？夺取碧玉蟾？什么碧玉蟾？"

"燕飞天手中的碧玉蟾！"

"这是什么兄弟党？抢我们的东西吗？让我们帮着他们抢夺我们老祖宗的东西！我不去，别的同志也不能去！我接受不了这个任务！"铁锁啪的一声把帽子摔在了桌子上。

"耿鸣同志，这是命令！党的命令！不要急，听我慢慢说。"

"你说吧！钟然同志。"

"耿鸣同志，上级碍于我们两个兄弟党的面子，不得不做出这样的安排。上级重点的指示是——若确认碧玉蟾是国宝，碧玉蟾不能离开中国。你明白上级的意思吗？我也知道，这个任务太艰巨了！别的同志无法完成，只有你可完成这个任务。"

"钟然同志，我明白了！我们中国人不是白痴！我知道该怎样做！"

钟然思索了一会儿："耿鸣同志，你自己独立作战，没有人帮助你，你面对的是狡猾、残忍的日本人和有欲求的兄弟党。你怎样去对付日本人？怎样去维护两党的关系，还要保住我们老祖宗的东西？耿鸣啊！你太难了！不是让你去牺牲，这个任务比让你去牺牲都难。耿鸣同志，党相信你，你会很好地完成这个任务！"

"钟然同志，我有信心很好地完成这个任务！我师父燕飞天教会了我怎样对付各种敌人。"

钟然笑了："这是啥事儿啊？还有徒弟帮助别人抢夺师父的东西吗？"

铁锁也笑了："我不会变成日本人！我也不会变成苏联人！"铁锁走出了抗联营地，走出了大山，他要面对敌人、面对兄弟党、面对自己的亲人去喋血。

郊外一个秘密公寓里，柯留金坐在沙发上，手中端着伏特加，他看着坐在眼前高高瘦瘦的中国人："耿鸣同志，为什么不喝我的伏特加？"

铁锁笑道："柯留金同志，你喜欢你们苏联的伏特加，我喜欢我们中国的高粱烧！"

"噢！耿鸣同志，品尝品尝我们苏联的伏特加吧！我们要合作！在东北，只有你们是我们的朋友！"

铁锁端起酒杯："柯留金同志，谢谢你的伏特加！愿我们合作愉快！"

铁锁喝了一口伏特加酒，咂咂嘴："柯留金同志，有种怪味道！味道不正？"

"是我有怪味道吗？我们苏联人的味道不正吗？"

"柯留金同志，我说的是伏特加！"

"噢！那么尝一尝你们中国人的高粱烧吧！"

铁锁为柯留金倒了一杯六十度老白干："柯留金同志，到了中国来，就要品尝中国酒，否则，你在中国东北无法活动，也不会完成斯大林同志交给我们的艰巨任务！"

柯留金笑眯眯地看着耿鸣："耿鸣同志，你的这个建议很好！今天我们就喝中国酒吧！"

柯留金端起来酒杯："为了斯大林同志干杯！"

柯留金一仰脖，把一杯老白干倒入口中。

柯留金咧起大嘴："耿鸣同志，你在捉弄我！这老白干太辣，我承受不了！我会酩酊大醉！"

铁锁笑道："柯留金同志，我不会捉弄你。"

铁锁端起酒杯一饮而尽："柯留金同志，在中国东北的土地上，你不会喝酒，我们无法合作！"

"耿鸣同志，再……再……再给我倒一杯！"柯留金又把一杯老白干倒入口中，"为了……斯大林同志！为了……碧玉蟾……为了我们的合作愉快……干……干杯……"

铁锁看着把头伏在桌子上的柯留金："柯留金同志，我们是好兄弟！好同志！好战友！"

铁锁心中暗骂一句："表面上的兄弟，包藏祸心！"

雄灵得到情报，柯留金身边多了一个中国人。雄灵知道，苏联人要有新的行动，她马上通知了燕飞天。

山口荷子的情报人员也发现了柯留金身边的中国人，山口荷子在严密地注视柯留金的动向。

二

这天晚上，铁锁在沉睡中，突然他觉得屋内有异常声响，过了一会儿，屋内平静。铁锁坐起身来："师父，现身吧！我知道你来了！"

"好小子！长进了！咋知道是我？"

"师父，铁锁这些年在刀尖上翻滚，与日本人明里暗里地斗杀，我还会把师父教授我的功夫忘记吗？师父，快坐下说话！"

燕飞天坐在铁锁身旁："铁锁，还好吗？分别多年，难得有机会在一起叙谈，我知道你们党又给了你新的任务！"

铁锁惊异地看着燕飞天："师父，你真是鬼神莫测，咋知道我有了新任务？"

"铁锁，苏联人想得到碧玉蟾，一筹莫展！他们要找他们的兄弟党帮忙。你们共产党碍于面子吧？我想你们党不会让我燕飞天拱手把碧玉蟾送给苏联人！"

"师父，中国共产党人也是人！首先是中国人，然后才是共产党人，我们老祖宗的东西为啥给外国人？外国人抢走我们的好东西还少吗？说是兄弟党，兄弟还要抢夺兄弟的东西吗？"

"铁锁，我知道你们党会让你怎样做，我也知道你会怎样做，我们先是民族的斗士，后再谈我们的信仰。"

铁锁突然落下泪来："师父，日本人侵占了东北，蒋介石不抗日，民族没有了希望。我们的同胞在日本人的铁蹄下生存。谁能拯救中国，谁能解民众之倒悬？共产党团结民众，真心抗日救国，中国算有了一线希望。

"我们的民族为什么不能强大？任人欺辱！师父，熊天罴同志带领我们关东三寨五百儿郎出师哈尔滨前线，参加哈尔滨保卫战！转战白山黑水间。除了铁蛋带回救援三寨的二百儿郎，我们与日军奋战的三百儿郎所剩无几！我们十勇弟兄还剩几人？夏凡、徐克，在你身边，铁蛋不知去向。

"我们十勇的那八个弟兄与一部分三寨儿郎在日军的围剿下，无奈随周保中越境到了苏联境内。可苏联政府拿我们义勇军战士当战俘看待。我们在苏联的义勇军战士热烈盼望回国抗日，苏联政府从新疆把我们几万义勇军同胞遣回到新疆境内。

"几万义勇军同胞身穿单衣，有的战士打着赤脚行走在冰天雪地的荒原上。无衣无食的几万义勇军同胞战士尸横遍地，死在冰天雪地的荒原中。

"我们的祖国为什么不能强大？我们的民族为什么这么孱弱？"铁锁抱住燕飞天放声大哭起来。

燕飞天热泪横流："几万同胞！几万义勇军战士！谁是我们的兄弟？谁能拯救谁？只有我们自己的民族团结起来，强盛起来！"

铁锁止住哭声："师父，我们的民族牺牲太大了！我们谁也不能依靠！要靠我们民族的觉醒。

"中国共产党在努力，中国共产党在唤起民众的觉醒。日本人、美国人、苏联人！都见鬼去吧！碧玉蟾是我们中国的国宝，谁也别想拿走！"

燕飞天忧心忡忡地看着铁锁："铁锁，提防那个卡洛夫！他与日本人有勾结！"

"师父，我们共同对付民族的敌人吧！我会当心！"

秋天来了，地面上飘满了枯叶，秋风不时地卷起街面上的尘土，大风过后，天空飘起了蒙蒙细雨。

铁锁走在黑暗的小巷中，铁锁拽了拽风衣的领子遮住了半边脸。

黑暗中，铁锁发现后面有声响，他佯作不知，猛地转过身来："朋友，现身吧！不必捉迷藏！"

黑暗中传来阴森森的声音："你是耿铁锁吧？"

铁锁心中一惊："你是什么人？"

"我问你是不是耿铁锁？"

"我不识得耿铁锁！你到底是什么人？"

"你不必问我是什么人！我问你是不是耿铁锁？"

"告诉你了！我不识得耿铁锁！"

"想你也不会承认！"

黑暗中，铁锁见这人也穿着风衣，理着短短的头发，黑暗中，看不清他的面孔。铁锁知道，来者不善，他做好了应战准备。

那人嘿嘿干笑了两声："出手吧，我便知你是不是耿铁锁了！"

铁锁道："我为什么要回答你的问题？我为什么要出手？"

"不要说了！你不出手，我出手！"

唰！疾如闪电的一掌探了过来，铁锁闪动身形，伸出两指戳向那人的掌心。

那人轻咦一声，变换了掌法，两只手掌上下翻飞，似那燕子在空中展翅。

铁锁心中一愣：燕翅连环掌，是师父所授，十勇弟兄都已习练得精绝。是谁？十勇的那八个弟兄还有活着的吗？分别多年，辨别不出我的相貌了吗？不对！即使是十勇的弟兄，咋会在这里？

铁锁也使出了燕翅连环掌的招式。两个人游斗了一会儿，那人一纵身，消失在夜幕中，嘴中喊道："是了——是了——"不见了他的踪影。

铁锁百思不解，会是谁？会是谁？我们都是一样的功夫，他说的什么是了，是了！

三

特派员今天晚上很兴奋，他拿出红葡萄酒，给雄灵倒了半杯："雄灵小姐，我今天的心情好极了！我见到了多年没有见到的亲人！为我祝贺吧！"

雄灵奇怪地看着特派员没有表情的脸："耿飞，这里没有别人，还要戴着你的假面具吗？我喜欢看到真实的你！"

铁蛋笑了："喜欢看就看呗！"铁蛋一抹脸，摘下来脸上的易容膜。一张英俊、笑意盎然的脸展现在雄灵面前。

雄灵痴痴地看着铁蛋，目现柔情："特派员，不——耿飞！到啥时，我才能见不到你严酷的面孔？我喜欢你在我面前永远是现在的这个样子。"

铁蛋脸上扫过一丝阴霾："草儿没了！我的心早已结成了冰，能不严酷吗？"

"耿飞，你不应当是那样的人，你应看到光明和温暖。你身边还会有爱你的人！你不觉得吗？"

铁蛋端起葡萄酒，抿了一口："爱是那么容易忘却吗？一个人心上的刀痕是那么容易愈合吗？我保护不了我心爱的女人，我还有资格爱吗？什么叫国破家亡？祖国被侵略者占领了！还有家了吗？就是有了自己的女人，能让自己的女人幸福吗？"

雄灵两眼溢满了泪水："不！——耿飞！我们需要并肩战斗！男人和女人一样，都要给予对方幸福，并不单纯是男人的责任。

"战争割断不了人类注定的爱，爱会激发你的斗志！爱会让你更加勇敢！人类为了自己所爱的人都会真诚地付出。

"草儿爱自己的祖国，爱自己的家园，草儿爱你，爱你的爷爷，爱你的娘亲，爱你的兄长。她为爱，付出了自己年轻的生命！难道不是吗？难道为了爱我不会付出吗？"

雄灵突然抱住铁蛋，泪水流淌在铁蛋结实的胸膛上："耿飞，灵儿爱你！你是真正的关东男子汉！"

铁蛋两眼湿润："保国护土是男人的事儿，咋能让女孩子家上阵杀敌？中国没有男人了吗？"铁蛋的热泪滴在了雄灵的脸上。

雄灵温柔的热唇轻轻地贴在铁蛋脸上游走："耿飞——灵儿爱你！我们并肩战斗！创造我们美好的未来吧！"

"我们先争得民族解放吧！待赶走日本侵略者那一天，我们到草儿墓前献上一束啼血杜鹃花！"

"耿飞，你还没有说，今天为什么高兴？"

"哦！我见到了我的亲人！"

"是谁？能告诉我吗？"

"不要说了，是我的亲人，也可能是我们的敌人！"

"耿飞！我不解。"

"不要问了，以后你便知道了，也可能你永远不会知道！"

"耿飞，不要和我打哑语，是秘密吗？"

"对于你是秘密！"

"好！我不问了，我们喝酒吧。"

雄灵含情脉脉地看着铁蛋俊朗的脸："耿飞，不要离开我！我怕！"

"怕什么？"

"怕见不到你！"

"灵儿，我注定是个不能安定的人，我怕我像辜负草儿那样辜负你！"

"不！——我会等待！除非我像草儿一样！"

"灵儿——不要说！我是说我自己！"

"不！——不！——你不会……"雄灵紧紧地抱住铁蛋。

外面大街上响了几声枪声："不知哪个爱国志士又被日本人枪杀了！"

雄灵松开了紧抱铁蛋的双手："我们必须战斗！直至把日本侵略者赶出我们的家园！"四只手紧紧地握在一起。

四

山口荷子两天没有见到村上柳了，心中一直在想念他。她见村上柳回到了办公室，兴冲冲地敲开了村上柳的房门："村上君——这几天怎么不见你？"

村上柳答道："你这里有苏联人身旁中国人的消息吗？我在寻找苏联人的老巢！"

"哦！有眉目吗？"

"我在酝酿一场大的行动，引出苏联人，勾出英国人。"

山口荷子异常兴奋，两只秀目的柔光停留在村上柳的脸上："村上君——说与我听听嘛！"

"还没有成熟，待时机成熟，我会与你一起行动！"

"你那面有了苏联人身边中国人的消息立刻告诉我，我要折断苏联人的拐棍！"

"有了消息，我立刻通知你！我要看看村上君的大手笔！"

"哟西！哟西！"村上柳的脸上露出诱人的笑容。

柯留金表情严肃地听取铁锁近日的调查报告。"柯留金同志，你们的队伍纯洁吗？你们的同志都忠于斯大林同志吗？为什么你们精心策划的烤箱行动日本人了如指掌，而英国人带领的行动队又袭击了你们？你没有想过吗？问题出在哪里？"

"耿鸣同志，我不明白！你为什么要指责我们的同志？我们的同志意志不坚强吗？我们的同志不忠于斯大林同志吗？我不怀疑我们的同志对布尔什维克的忠诚！耿鸣同志，我在问你，你调查到我们的同志有问题吗？"

"当然！我不会无的放矢！"

"说说吧！问题出在哪里？"

"你不觉得卡洛夫同志很奇怪吗？他那么容易就逃脱了日本人的法场吗？是哪支抗联部队袭击了日本人的法场？你们的上级情报机关调查清楚了吗？"

"耿鸣同志，我们不能怀疑我们远东情报机关，他们的工作效率是很高的！"

"我不相信你们的什么工作效率！我要的是事实！我们考验卡洛夫同志一下吧！让事实证明我说的话。"

"耿鸣同志，我尊重中国同志的意见！"

五

山口荷子兴冲冲地来到村上柳的办公室："村上君，苏联人身边的中国人有消息了！"

"哦！很好！说说吧！"

"耿鸣——抗联一路军军部保卫部部长，经常穿越奉天城与抗联营地，是一个经验丰富的共产党特工！他经苏联远东情报机关请求，配合苏联远东情报机关的满洲特行队，与我们大日本帝国争夺中国人的碧玉蟾！"

"哦！是了，是了！苏联人有什么新的动向吗？"

"情报表明：苏联人要有一次大的行动，针对我们日本人！"

"哦！明白了！我让他们步入我的圈套，荷子小姐，等待行动吧！"

吃过晚饭，铁锁看着拿牙签剔牙的柯留金："柯留金同志，你无事可做吗？看看我们的卡洛夫同志在做什么。"

"是散步还是工作？"

"我们在散步中工作不是很好吗？"

"哦！我明白了！你这个狡猾的家伙！"

"哈哈！日本人居住在海岛上，是捕鱼的高手；我生长在长白山的山林中，是捕捉狡兽的高手！"

"可爱的中国同志！我们出去散步吧！"

卡洛夫吃过晚饭，嘴中吹着口哨，悠闲地走在大街上。他东游西逛地来到一个水果摊旁，他拿起两个苹果在鼻下闻了闻："哦！中国苹果，啥时能带给我白桦林中可爱的姑娘？"他从衣兜中掏出钱递给了摊主，磨头走了。

水果摊主走进屋内，一个女人提着篮子走了出去。水果摊主又吆喝起来——苹果！上好的苹果！甜脆可口！他向四周看了看。

铁锁和柯留金跟随在那女人后面，见那女人走到无人处，拽开破壁上的一块砖头塞进一个东西，又塞上了砖头。她四周看了看，磨身走了。

铁锁与柯留金走到破壁前，铁锁看着破壁："柯留金同志，你把破壁里的东西拿出来吧！"

柯留金拽下砖头，从破壁中取出一个字条：柯留金与耿鸣今晚十时三十分与飞天在浑河树林中晤面。燕飞天有可能与中共、苏共合作。

柯留金的脸上冒出来冷汗："耿鸣同志，你的怀疑是对的！卡洛夫背叛了祖国！背叛了布尔什维克党！"

铁锁道："柯留金同志，你想怎样做？"

"我们将计就计！打击一下日本人的气焰，再杀掉卡洛夫，惩处这个布尔什维克的叛徒！"

"好！晚上集合我们满洲行动队的同志，下达行动命令吧！"

"耿鸣同志，谢谢你——中国共产党的优秀战士！"

山口荷子有些兴奋："村上君——我的苏联朋友很棒，今晚我们要一举歼灭苏联人的满洲特行队，捉住柯留金和耿鸣，除去我们的心头大患。

"除掉了苏联人，英国人对碧玉蟾就望而却步了！最终，燕飞天手中的碧玉蟾会到我们大日本帝国手里！"

村上柳斜着眼睛看着有些兴奋的山口荷子："荷子小姐，你很能干！本想我要实施我的计划，但你走在了我的前面，今晚我与你一起行动吧！"

"不！——你不要去，我不想让你涉险！我不想看到我爱的人中弹倒下。等我回来为我庆贺胜利吧！"

"你要多带人马，带领一小队皇军去吧！"

"不——我不想惊动太多的人，我不想让中国人说皇军统治下人心惶惶，我要神不知鬼不觉地解决苏联人。"

"荷子小姐，我已为你备好了庆功酒！"

"谢谢村上君！我回来，给我拥抱！"村上柳笑了，笑得很灿烂。

六

晚秋的浑河，河水在静静地流淌，瑟瑟秋风吹得河边白杨树哗哗作响，树林里漆黑一片。

卡洛夫与柯留金、铁锁隐蔽在浑河边的树林中。卡洛夫焦急地来回走动："柯留金同志，燕飞天为什么还不到？"

柯留金显得有些悠闲地看着卡洛夫有些游离的眼睛："卡洛夫同志，你着急了吗？你盼望的人会到的！"卡洛夫又开始来回走动。

铁锁走上前去，拍了一下卡洛夫的肩膀："卡洛夫同志，要暴露我们吗？不能安静些吗？"

"不，不，不！我是怕……怕……怕燕飞天不来！"

"哦！卡洛夫同志，要耐心！"

突然，黑暗的树林中传来山口荷子的声音："不要等燕飞天先生了！我等待的是你们苏联人！你们被包围了，缴械投降吧！"

嗒嗒嗒，柯留金端起冲锋枪，扫出一梭子子弹。卡洛夫与铁锁也拔出来手枪射击。

山口荷子喊叫："开火！——消灭眼前的苏联人！"山口荷子的行动队一齐开火。寂静的浑河边，枪声响成一片。

山口荷子忽听前面树林中已没有了枪声，喊道："常跋！——你的便衣队注意后面，苏联人的行动队想从后面吃掉我们！"

柯留金的满洲行动队在后面向山口荷子的行动队发起了攻击。

山口荷子早有准备，常跋便衣队的两挺机枪喷射着火舌，压制着苏联人满洲行动队的火力。

山口荷子带领日军和她的行动队队员向苏联满洲行动队的两侧包抄过去。

黑夜中，枪声伴着瑟瑟秋风震耳欲聋。黑夜中，不时发出惨叫声；黑夜中，侵略者与贪欲者在喋血。

黑暗中，山口荷子的俊目放射着冷光："苏联人，到浑河里喂鱼吧！"

突然，柯留金的枪口指在了山口荷子的头上。山口荷子突然倒地飞起一脚踢在柯留金小腹上。柯留金倒在地上哇哇大叫。山口荷子举起了枪。

突然，一个戴着礼帽、穿着黑风衣的人挡在了面前。

荷子见柯留金面前也站着一个头戴黑礼帽、身穿黑风衣的人。两个人都举起了枪。

啪、啪，两个人同时开枪了！两个人的礼帽都掉在了地上。二人举着枪，把自己身后的人都拉到了大树后面。

柯留金的满洲行动队扔下五六具尸体钻入树林中撤走了。

山口荷子的行动队也伤亡了五六个人。

山口荷子两眼放着炽热的光，嗲声道："村上君——为什么不让我射杀那个苏联人？"

"你没看到中国人耿鸣的枪口已对准了你的头吗？我不挡在你的面前，你还有命吗？"

"你咋来了？"

"为了你！我一直在暗中保护你。战争不应该让一个女人面对喋血！你应是一个好妻子！"

山口荷子扑到村上柳怀里："抱着我！我要你身上的温暖！我真不想这样死去！"山口荷子流下眼泪，嘤嘤地哭泣。

柯留金端着酒杯喝了一口老白干，咧了咧嘴，用手揉着身下："我的耿鸣好兄弟！你为什么不射杀了山口荷子？"

"我射杀了山口荷子，你还有命吗？你没看到山口荷子身前的黑衣人枪口对准了你的头吗？我们都只有开出一枪的机会，当然，我不能让你死掉！"

"我的中国兄弟！你是我伟大的兄弟！你是我的好兄弟！你用生命为我们兄弟党做出了榜样，我向你致敬！向毛泽东同志致敬！"

"好了，好了！我向斯大林同志致敬！"

柯留金连连说道："致敬，致敬！"

卡洛夫坐在那里，手中端着酒杯，一言不发，脸色苍白。

柯留金站起身来："亲爱的卡洛夫先生，你与山口荷子是朋友吗？你们是什么时候认识的？"

坐在椅子上的卡洛夫身子一抖："柯留金同志，我不认识山口荷子！我们怎么会是朋友？"

"你没有被捕过吗？你没有见过山口荷子？"

"哦！见过山口荷子，是在审讯室里！"

"我问的就是这个！在审讯室里，你们成了朋友？"

"不！——是酷刑！是难以忍受的魔鬼折磨！"

"你背叛了祖国，背叛了人民，背叛了布尔什维克党，背叛了斯大林同志！"

"我不想背叛！我想像保尔·柯察金那样坚强！可那种折磨是魔鬼的咒语，我丧失了意志！我不愿意！

"我爱我的祖国！我爱我白桦林中美丽的姑娘，我不能魂飘他乡，见不到我心爱的姑娘！"

"哦！就这样，你做了日本人的朋友，出卖了自己的同志！"

"我无奈！可恶的战争！"

"战争在考验人的意志！战争会唤起人类的良知！不能因为战争失去民族的尊严！失去自己的人格！你的背叛，意味着对同志的残杀！"

"耿鸣，我的中国同志！你看要怎样处理这个可恶的叛徒？"

"柯留金同志，这是你们党内的事情，让我怎样说？你可以代表祖国，代表人民尽你一个布尔什维克的义务！"

"那么好吧，耿鸣同志，我尽一个布尔什维克的义务——对卡洛夫的罪行由我和你来审判。我代表祖国，代表人民宣判卡洛夫死刑！"

卡洛夫双眼滴下了泪水。"柯留金先生，请求你不要告知我的母亲——我背叛了祖国和人民。不要告知白桦林中我心爱的姑娘。我愧对她对一个军人的爱和信任！"

啪，柯留金的枪响了，卡洛夫倒在了血泊中。

夜深了，铁锁躺在床上辗转难眠：他是谁？多么熟悉的身影！我知道他与我有渊源，我一枪射下了他的帽子，为什么他也是一枪射下了我的帽子！会是谁？他为什么在日本人那里？为什么为日本人服务？看来，他也识得我，以后又会怎样？我们还要厮杀吗？我一定要解开这个谜。

村上柳躺在床上也是辗转难眠：他完全可以一枪射杀了我，为什么他只射下了我的帽子？他认出来我了吗？我知道他是我的兄弟；可他并不知道我是他的兄弟！以后会怎样？相互残杀吗？我不能让他知道我是谁，我任重道远，我只能做出牺牲！

七

山口荷子几次接到土肥原的密令要尽快拿到碧玉蟾，可山口荷子力不从心，燕飞天抓又抓不得，杀又杀不得！她实在是无计可施，她想来想去，又想到舅舅完达博川。

最好能找到舅舅，毕竟碧玉蟾原是舅舅祖上之物，若找到舅舅也许还有办法。山口荷子决定上长白山寻找完达博川。

可这么大的长白山，舅舅会在哪里呢？她想还是问问姐姐完达栀子吧！可姐姐会出来见我吗？她来到了大和汤浴池。

山口横寒见荷子来了："妹妹，忘了哥哥吧！还知道来看望哥哥！也不知道哥哥想不想你？"

"哥哥，荷子能不思念哥哥吗？上面整天地逼着我要碧玉蟾，我每天都想着碧玉蟾，已被弄得焦头烂额，每天如坐针毡。

"妹妹实在是没有办法了！想找到舅舅，可不知舅舅在哪里，前来与哥哥商议。"

"你问我！我咋知道舅舅在哪里！我就知道每天来洗浴的人多少，算计我每天能赚多少钱。咋不去问栀子妹妹呢？"

"我到哪里找栀子姐姐？栀子姐姐能见我吗？"

"妹妹是让哥哥想办法帮你？从小哥哥就心疼你，你不开心，哥哥就不快乐！我让人送信给栀子妹妹，就说我有病快死了！让栀子妹妹来看望我。"

"哥哥，不要诅咒自己！荷子完成不了任务，宁愿自己向天皇谢罪自裁，也不要哥哥死！"

山口横寒掉下来眼泪："妹妹，哥哥知道你心疼哥哥，哥哥咋的也要帮你想办法，让你见到栀子妹妹一面。荷子妹妹，等哥哥的音信吧！"

这天，栀子带着秀儿、蝌蚪在院子玩耍，外面来个人敲开了院门："太太，我是大和汤浴池的伙计，我们掌柜的让我送来一封书信给完达栀子夫人，麻烦太太把书信转交给完达栀子夫人！"

栀子问道："你们掌柜的为啥给完达栀子送来书信？"

"掌柜的病重，说完达栀子是他的妹妹，他想见他妹妹一面。"

栀子心中有些悲戚，她知道山口横寒是个直性的人，心肠并不坏，山口横寒爱自己也无过错。从小青梅竹马，山口横寒难免心中怀有情愫，如今自己已嫁人，生儿育女，过去了的事情也不必耿耿于怀。

栀子听山口横寒病重心中十分难过，毕竟亲情还在，她决定去看望山口横寒。

"你告诉你们掌柜的，完达栀子明天会去看望他！"

"谢谢太太！我回复我们掌柜的去了。完达栀子夫人若能去看望我们掌柜的，我们掌柜的会很高兴！"

栀子送走了送信的人，与菊儿商量去看望山口横寒。

"菊儿嫂嫂，山口横寒病重，来人投书，山口横寒要见妹妹一面，妹妹思虑再三，毕竟亲情还在，觉得妹妹应去探望为是。"

"妹妹，你自己不能单独行走，以免发生意外，我们不是要提防山口荷子，山口荷子毕竟是你的妹妹，怕怀有险恶用心的日本人打你的主意，还是小心为好！"

"嫂嫂，那我如何是好？"

"可让夏凡、徐克与你同去，让他们俩在暗中跟随你，以防不测！即使遇有不测，也有人保护你或回来报信！"

栀子道："还要与哥哥商议吗？"

"天彪兄弟上次回来时说过，日本人大肆围剿抗联，抗联已牺牲了众多弟兄，杨靖宇军长的抗联部队危急。燕哥哥怕天彪的独立团被日本人剿灭，到狼牙碴子帮助天彪兄弟对付日本人去了。"

"那就不要让哥哥为我分心了，我明日与夏凡、徐克去探望山口横寒哥哥吧。"

菊儿道："只好如此了。"

第二十一章 血浓于水

一

第二天早上，栀子带着夏凡、徐克，前往大和汤浴池。栀子到了大和汤浴池，见山口横寒躺在床上，两眼微闭，嘴中喘着粗气。

栀子两眼湿润："山口哥哥，你这是怎么了？病得很重吗？妹妹来看望你了！"

山口横寒哇的一声哭了起来："栀子妹妹，哥哥好想你！咋不来看望哥哥？秀儿还好吗？哥哥也想念秀儿！栀子妹妹，哥哥要死了！活不了几天了！我想见舅舅！我想念舅舅哇！舅舅……舅舅……"山口横寒放声大哭起来。

栀子见山口横寒放声大哭，心中酸楚："山口哥哥，我也找不到父亲，我也不知道父亲在哪里！让我打探打探消息吧！看是否能找到父亲！"

"栀子妹妹，就没有一点蛛丝马迹吗？"

"只听燕飞天哥哥说，父亲在摩云观修道，谁知那摩云观在哪里！"

山口横寒眼中流泪："待哥哥病体康复，定要寻找到舅舅，见上他老人家一面，山口就是死了，也放心了。不要让妈妈骂我是个浑蛋！"

"好了，好了！山口哥哥，好好将养病体吧！过些日子，我再来看望你。"

突然山口荷子从屏风后面走了出来："栀子姐姐，好想念你，不要急于走！我们姊妹说说话儿吧！"

栀子心中一惊："荷子妹妹！你咋在这里？"

山口荷子笑道："姐姐，要说我想见你，你能来吗？只好让哥哥请你来。"

栀子笑道："荷子妹妹，恶事做多了吗？不敢见我？"

"姐姐，你从小看着我长大的，荷子是恶人吗？"

"中国人死在你手里的还少吗?"

"姐姐,我的职业是军人,我只能服从命令!我不愿意杀人,我也不想杀人!我与中国人没有仇恨,只是战争把我抛在了战场上。姐姐,我想要个家!我想有一个爱的人和我爱的人!可我无奈……"

"你不能选择离开吗?"

"姐姐,一个军人离开了战场,是对国家的背叛,让我不效忠天皇吗?姐姐,我做不到!姐姐,不说这些了,妈妈时常想念舅舅,荷子到了东北多年,一直没有舅舅的消息。妈妈在责怪我没有找到舅舅,我想到长白山里去寻找舅舅。有了舅舅的消息,妈妈也就安心了!"

"荷子妹妹,你别有用心,是为了碧玉蟾吧!"

"姐姐,除了碧玉蟾,就没有亲情了吗?妈妈要找舅舅,你不知道他们姐弟情深吗?让妈妈每天流泪吗?"

栀子眼中的泪珠在滚动:"荷子妹妹,姐姐何尝不想念父亲!姐姐也多年没见到父亲了!"栀子大滴的眼泪滚落下来。

"姐姐,荷子找到舅舅,带着舅舅来见你。"

栀子哭道:"荷子妹妹,你去吧!我只知摩云观,荷子妹妹,姐姐盼望见到父亲!"栀子与夏凡、徐克离开了大和汤浴池。

铁锁早上匆匆来到柯留金寝室:"柯留金同志,我马上要去解救我党的一个同志!"

柯留金从床上跳了起来:"耿鸣同志!我与你一起去,营救你们的同志!"

"柯留金同志,你不要去了,苏联人目标大,你给我几个中国弟兄吧!"

"耿鸣同志,你在满洲行动队里自己挑选,一定要最棒的!"

"谢谢柯留金同志!"铁锁匆匆地走了。

铁锁夜中发现房门下塞进一个字条,上面写着:

> 土肥原密布特工与宪兵队明天上午在大和汤浴池附近劫持熊天彪夫人完达栀子,速去营救!

铁锁一夜难眠:是谁送来的字条?他咋会知道土肥原的秘密?完达栀子为何要到大和汤浴池?一连串的问题让铁锁难辨真假,不管真假,我明天一定要到大和汤浴池,到那时就真相大白了。

为慎重起见,他决定带领五六个满洲行动队的中国弟兄化好装埋伏在大和汤浴池附近。

铁锁见栀子与夏凡、徐克走进了大和汤浴池，铁锁知道，字条上的情报是真实的，他吩咐弟兄们做好了战斗准备。

一会儿工夫，铁锁见栀子与夏凡、徐克走出了大和汤浴池。

铁锁带领弟兄们暗中跟在后面。走到一个十字路口，突然七八个人围上了栀子他们三人。

夏凡、徐克知道不好，二人掏出盒子枪向日本特工开枪射击。

嗒嗒嗒、嗒嗒嗒，双方对射起来，夏凡喊道："徐克！——保护栀子姐姐！我来掩护！"

夏凡的两把盒子枪左右开弓，放倒了几个日本特工。突然宪兵队的警笛声响起，两队日本宪兵从两个路口冲了出来。

枪声响成一片，徐克挡在栀子身前，护住栀子，一只手中的盒子枪不停地点射，两队日本宪兵近了。

铁锁忽听有人喊叫："耿鸣！——还不动手？"铁锁只见一个跨着摩托车的黑衣人，脸上遮着面罩，露出两只冷酷的眼睛扫视他一眼。摩托车风驰电掣而过，后面紧跟着一个驾驶着摩托车的瘦小黑衣人。

因来了两路宪兵，铁锁一时犹豫不知对付哪一队宪兵。铁锁不再犹豫，举枪向离得近了的日本宪兵开枪射击。

他带来的五六个弟兄一起开火，日本宪兵倒下了几个人。铁锁的盒子枪连连点射倒几个日本宪兵，日本宪兵一时冲不过来。

突然，一个路口冲出两辆吉普车。车上的人手持卡宾枪一起向两队日本宪兵疯狂地扫射。两队日本宪兵被吉普车上的人和铁锁的五六个弟兄打得龟缩不前。

两辆摩托车停在了栀子与夏凡、徐克面前，两个黑衣人喊道："快上车！"

栀子与夏凡、徐克跳上了摩托车，两辆摩托车疯狂地向前冲去。只见前面黑衣人头也不抬，手中的枪也不瞄准，抬手射击。

前面射击阻拦的日本特工纷纷倒下。他如入无人之境，与后面的摩托车冲出敌人的包围圈。

大批日伪军前来增援，枪声连成一片。

铁锁见栀子他们在黑衣人的营救下已突出了日本宪兵的包围，喊道："弟兄们！——撤！"他们钻入小巷中。

两辆吉普车上的人，卡宾枪边扫射，边撤出了战斗。

大街小巷警笛声四起，日本宪兵开始到处搜索袭击日本宪兵队的人。

二

山口荷子送走完达栀子，在屋内与山口横寒说话儿，一会工夫听到外面响起了枪声，她知道不好，顿足道："坏了，坏了！土肥原对姐姐下手了！"她跑出了门外，向枪声处跑去。她见夏凡、徐克已与土肥原派来的特工接上了火。

她在为完达栀子担心，生怕完达栀子被日本特工射杀，她又不能上前，急得团团乱转。突然她见冲出两辆摩托车，又见五六个蒙面人向日本宪兵开了枪，解救完达栀子。

突然又冲出两辆吉普车，车上的大汉卡宾枪疯狂地扫射，把她惊呆了，她见日本宪兵纷纷倒在卡宾枪枪口下。

见两个黑衣人把完达栀子和夏凡、徐克救走了。

她觉得那个黑衣人的身影很熟悉，好像在哪里见过他，可又想不起来是谁。

她的心情很复杂，不知怎样面对自己的姐姐完达栀子，不知怎样面对被射杀的日本宪兵。

土肥原见山口荷子迟迟拿不到碧玉蟾，心中很恼火，他知道山口荷子已尽心尽力了——可他也知道，山口荷子逾越不了她与完达栀子的亲情关系。

他憎恨完达博川，他憎恨完达栀子。渡边雄一费尽了心血，他带领的满蒙决死团与一小队日军都死在了燕飞天和熊天彪的刀枪下，他要惩罚完达栀子，他要用完达栀子逼迫燕飞天交出碧玉蟾。

土肥原调动了关东军司令部的特工与宪兵队要捉拿完达栀子，逼迫燕飞天束手就擒。

土肥原的布置是在绝密下进行的，山口荷子根本不知道，可为啥走漏了消息。

完达栀子被不明身份的人救走，土肥原百思不解，难道关东军司令部里有南京政府和共产党的特工吗？土肥原不动声色，他在暗中查访关东军司令部里每一个可疑的中国人。

两个黑衣人驾驭摩托车跑到无人处，小巷中跑出两辆大马车。黑衣人喊道："上马车！"栀子与夏凡、徐克一起上了马车，两辆马车载着他们跑到了浑河边。

一条渡船把他们渡到浑河南岸，他们钻入了一片高粱地。黑衣人道："安全了！日本人不会找到这里来了！"

栀子笑道："铁蛋！摘下你的面具吧！我早就知是你！"

铁蛋啊了一声："栀子姐姐！咋知是我？"

"你们十勇弟兄，谁有什么本事，姐姐还不知道吗？我知道，铁锁也来了！是你告诉他的吧？"

"姐姐，不能说！千万不能说！这都是师父安排的，千万不要说！我与哥哥不能见面！"

栀子道："铁蛋，不用说了！我知道哥哥的深意，你咋知道日本人要抓捕我？是谁要抓捕我？"

"是土肥原！"

"你咋知道？"

"不能说！姐姐，不要问了！我们先休息一下吧！"

铁蛋看了一眼雄灵，神秘地笑道："哦！栀子姐姐，这里还有你的一个亲人！"

"啥？啥亲人？"雄灵摘下来帽子，露出一头的乌发。

"你——你——女孩子？"

"三奶奶！灵儿有礼了！"雄灵向栀子鞠了一躬。

完达栀子惊讶一声："啊！你是——灵儿姑娘！早知你为党国做大事！不知你咋与铁蛋在一起！"

栀子想起了熊天鹤，眼中滴下了泪水："可惜天鹤哥哥不在了！天鹤哥哥……"

雄灵眼含热泪说道："三奶奶，爷爷不在了！爹爹无消息！灵儿的命好苦！"说着，雄灵扑在栀子怀里哭了起来。

栀子抚摸着雄灵的秀发："灵儿！不要啼哭了！你还有亲人，有三爷爷，三奶奶，还有燕飞天姑爷爷！大家都爱你！"

雄灵止住悲啼："三奶奶，你已无法留在奉天城了！土肥原势必要捕捉到三奶奶，你要设法离开奉天城，走得越远越好！"

铁蛋道："灵儿，由我来想办法吧！"

唐珊道："特派员，我们到地下室说话吧！隔墙有耳。"

陈雁行掀起高粱地里的一块草皮，拉开一块铁板，露出一个洞口。

雄灵道："三奶奶，你先在这里躲避几天，待我们设法把你送出奉天城。"

三

山口荷子坐在办公室里，手中端着酒杯，她脸上已有些微红，焦急地等待村上柳回来。他想尽快见到村上柳，他要向村上柳诉说心中的苦闷。

门外响起村上柳的口哨声，村上柳推门走了进来。山口荷子见村上柳一身褐色条纹西服，头发梳理得整齐瓦亮，脚上的皮鞋光亮耀眼。

"村上君——哪里去了？让我自己孤苦难挨！"山口荷子为村上柳倒了一杯酒。

"荷子小姐！你怎么了？你的眼神为什么那么忧郁？你有心事要和我说吗？"

"村上君——帮帮我吧！我不能眼看着我的姐姐被杀掉！"

"你的姐姐？谁要杀掉你的姐姐？你的姐姐在哪里？"

"村上君——这是我的秘密！你帮助我吗？"

"荷子小姐——我为什么不能帮助你？我们是朋友！我们是共同为大日本帝国战斗的朋友！"

"你答应了我？"

"我是个一言九鼎的人！"

"谢谢你！荷子心爱的人！"

"说吧！"

"我姐姐是我舅舅的女儿完达栀子，是熊天彪的妻子！也是燕飞天的妹妹！"

"荷子小姐，你说什么？我听不明白！你姐姐是你舅舅的女儿我明白了！她咋会是熊天彪的妻子，燕飞天的妹妹？"

"哦！我没说明白！多年前，舅舅受渡边雄一邀请到中国帮助他夺取碧玉蟾，碧玉蟾原本是舅舅家祖上之物。舅舅应渡边雄一的邀请带着栀子姐姐和我哥哥山口横寒来到了中国东北。

"后来舅舅知道他与燕飞天同是前大金国四皇子完颜兀术的后人。舅舅不想同族相残，放弃了碧玉蟾，入长白山修道。

"栀子姐姐与熊天彪厮斗中爱上了熊天彪，他们结成了连理。后来，渡边雄一在仙人台为夺碧玉蟾，死于燕飞天、熊天彪之手。

"土肥原一直记恨舅舅与姐姐，他看我拿不到碧玉蟾，欲捕捉栀子姐姐，置栀子姐姐于死地，要挟燕飞天索取碧玉蟾。栀子姐姐性命将不保，荷子无可奈何！"

"噢！我明白了！不能让土肥原捕捉到你的栀子姐姐！你的栀子姐姐到了土肥原的手里，定然没命！"

"村上君！咋办？我咋办？"

"哦！让我想想！"

"村上君——快些想办法呀！荷子要急死了！"

"哦！有了，有了！"

"什么有了？"

"走哇！"

"往哪儿走？"

"走出奉天城啊！"

"走出奉天城到哪儿去？"

"日本国呀！"

"什么？日本国？怎么走？走得了吗？"

"走不了也得走！她不是孤身一人，还有孩子！带着孩子走到哪里，土肥原也会抓到她，土肥原就是抓不到她，她怎么生活？靠什么生活？她若回到日本国，你的家人会照顾她，她的孩子也会健康成长。"

"村上君——你说得对极了！可荷子没有能力送姐姐与她的孩子回日本国。"

"要我帮忙吗？"

"你以为不是吗？"

"哦！荷子小姐，你信任我？"

"村上君——荷子爱你！荷子知道，村上君也会爱我！"

"你那么自信？"

"不是自信！我本是一个善良美丽的姑娘！"

"好！善良美丽的姑娘！你的姐姐与孩子交与村上柳吧——也是我的姐姐！"

四

燕飞天知道形势对他越来越严酷，他决定让栀子带着孩子回到日本躲避土肥原的追杀。

栀子说道："哥哥——我要带着蝌蚪一起走，蝌蚪没有妈妈了！蝌蚪还小，土肥原不知还会做出什么事情来，我怕他对我们的孩子下手。

"我带走小蝌蚪也可减轻菊儿嫂嫂的压力，菊儿嫂嫂腾出手来，能更好地照料淘淘和娟儿。日本人若有个什么风吹草动，菊儿带着淘淘与娟儿行走也方便！"

菊儿道："蝌蚪现在跟随我习惯了！跟着你能行吗？再有，我也舍不得蝌蚪离开我身边！"

熊天彪道："嫂嫂，就让蝌蚪跟随栀子去吧！说不定哪一天，我们都面临危险，咋说也要保住我们两家的根苗。

"以后不管出了什么问题，我们都有一个男孩子在，孩子就是我们的希望，孩子是我们的后来人，我们若死了，孩子会接替我们跟小鬼子干！我们燕、熊两家不能没有后来人！"

燕飞天咬了咬牙："我也舍不得小蝌蚪！没有妈妈的孩子，又要离开父亲，我的心能好受吗？天彪说得对！我们两家不能没有后来人！碧玉蟾不能没有人接替保护。菊儿，让小蝌蚪随栀子妹妹去吧。"

燕飞天两眼湿润，把小蝌蚪抱在怀中，在蝌蚪的脸上狂亲了几口。

"小蝌蚪——蝌蚪！不是父亲不要你！父亲要与小鬼子拼命，父亲无法把你留住身边哪！"

栀子道："哥哥尽管放心，蝌蚪和我的孩子一样，有一口吃的东西，我也会给蝌蚪吃，我与秀儿不会动半点！我会把两个孩子抚养成人，我只是担心你们。

"天彪哥哥！凡事不要鲁莽，听哥哥的话，我真怕……"栀子抱住熊天彪放声大哭起来。

熊天彪抚摸着栀子的秀发："栀子，咱不哭！栀子妹妹！俺还没活够！俺要看俺的秀儿长大！俺还要你再给俺生个儿子，俺要与你白头偕老！赶走小鬼子就好了！俺与你垦荒种地，让你天天吃白米、白面，让你白白的、胖胖的！咱天天过舒心日子！"

栀子哭得更厉害了："天彪哥哥……我不愿意离开你……我想在你身边照顾你……见不到你，我咋活？天彪哥哥……天彪哥哥……"

燕飞天两眼湿润，面现悲情："栀子妹妹！赶走了小鬼子，哥哥到日本国把你接回来，哥哥亲手给你们营建舒敞的新房！"

菊儿眼中泪水滚动，心中痛楚："栀子妹妹——烦你费心了！你带好了小蝌蚪，我们让九泉下的天娇姐姐安心了！"说罢，菊儿也放声大哭起来。

小蝌蚪愣愣地看着菊儿与栀子："妈妈不哭！姑姑不哭！蝌蚪听话，蝌蚪不淘气了!"

小蝌蚪伸出两只小手擦拭菊儿、栀子眼旁的泪水。

燕飞天泪水欲滴,大吼起来:"我中华何时崛起? ——中山先生告诉我! ——谁能告诉我——!"燕飞天眼中的泪水滚落了下来。

这时几个孩子跑进屋来,只见淘淘和娟儿扑通跪在了地上,娟儿啼哭:"爸爸……不要让弟弟走……爸爸……娟儿照看弟弟……爸爸……娟儿不要弟弟走……"

淘淘跪在地上哭叫:"爸爸……淘淘是男人……淘淘要照顾和保护弟弟……爸爸……淘淘不怕死……淘淘宁愿死……也会保护好弟弟……爸爸……淘淘不要弟弟走……"

燕飞天看两个孩子跪在地上啼哭、泪流满面,心中如刀绞一样,大呼:"天娇……天娇妻……叫我奈何……叫我燕飞天奈何……"

菊儿拉起两个孩子:"淘淘——你是哥哥,听妈妈话,日后要照看好娟儿!"

淘淘哭道:"妈妈……爸爸不在家……淘淘是大人了! 淘淘会照看好妹妹……小鬼子若想欺负妹妹,我用爸爸的铜钱打断他们的咽喉……"

菊儿泪水涟涟:"淘淘——你是大人了! 要懂事,让弟弟走吧! 你们长大了,姑姑会把弟弟带回来,看你们俩都有什么长进!"

淘淘从衣兜中掏出三枚铜钱塞到小蝌蚪手里:"弟弟——这是爸爸给我练功的铜钱,你带在身边,用这三枚铜钱练功,你看到了这三枚铜钱,就看到了哥哥! 你练好了功夫,与哥哥一起杀小鬼子!"

小蝌蚪看着手中的三枚铜钱:"哥哥——我怕人! 这铜钱能杀人吗?"

淘淘道:"弟弟——你是男子汉! 不要说怕杀人的话,我们不杀小鬼子,小鬼子就要杀我们! 你懂吗?"

"哥哥——蝌蚪不懂! 小鬼子为啥要杀人? 人死了,还能活吗?"

淘淘拉住蝌蚪的小手:"弟弟——小鬼子抢我们的东西,我们不给,他们就杀我们!"

"哥哥! 我们家的好东西不给别人! 谁要来抢,蝌蚪就杀了他!"

淘淘在蝌蚪脸上亲了一口:"弟弟! 好样的! 跟着姑姑好好练功! 把爸爸的本事都学过来,像爸爸一样,死磕小鬼子!"

小蝌蚪看着三枚铜钱上的字:"哥哥——铜钱上的道道是啥?"

淘淘道:"弟弟——是哥哥的名字呀!"

"哥哥,写的是淘淘吗?"

"弟弟，淘淘是哥哥的小名，哥哥的大名是颜鸣洋。"

"哥哥，我叫蝌蚪，我的大名呢?"

"弟弟，记住了! 你的大名叫颜鸣海。"

娟儿在一旁问道："哥哥，我有大名吗?"

"妹妹，你咋没有大名? 让妈妈告诉你!"

菊儿拉过娟儿："孩子——你的大名叫颜棋童。"

"爸爸——娟儿为啥叫棋童?"

"娟儿——中国围棋玄妙无比，含天地之玄机! 是中华文化之结晶。棋子可运出指上功力，也是玄妙的暗器! 可制敌，可修性，可养身，也是中华民族的精神瑰宝!"

"爸爸——教我修习围棋吧!"

"娟儿——待爸爸闲暇时教授你围棋与哥哥对垒!"

秀儿在一旁看着燕飞天："舅舅——秀儿走了! 无法习到舅舅的棋技了!"

"秀儿——待舅舅赶走了小鬼子，到日本国传授你棋技! 到那时，你们兄妹几个厮杀、对垒，舅舅可要乐翻天了!"

"舅舅! ——你是燕飞天! 现在就翻了日本人的天!"熊天彪听了，哈哈大笑起来。

燕飞天刮了一下秀儿的小脸："秀儿——哥哥、姐姐都问自己的大名，你为啥不想知道自己的大名呢?"

"舅舅——秀儿就是秀儿，是熊、颜两家的秀儿，爹爹和舅舅都是我的亲人，我咋知我叫啥名字好?"

燕飞天笑道："秀儿——舅舅告诉你，你的大名叫熊颜秀!"

"舅舅——咋讲?"

"熊、颜两家齐秀中华!"

秀儿喃喃自语："舅舅! 齐秀中华，要流血吗?"

燕飞天长叹了一口气："秀儿! 是中华儿女血沃中华吧!"

秀儿又喃喃低语："舅舅——秀儿小，咋叫血沃中华?"

燕飞天落泪了："像我和你爹爹这样，为了自己的民族和国家不惜生命!"

"舅舅! 爹爹! 秀儿明白了! 就像窗外摆放的啼血杜鹃吧!"

熊天彪眼含热泪，一把拉过秀儿，搂在怀里："秀儿! 到了哪里，到啥时都不要忘记自己是中国人!"熊天彪在流泪。

秀儿看着熊天彪挂满了泪珠的脸："爹爹! 秀儿不管到了哪里，都不会忘记我们关东山上的松涛声和遍布杜鹃花的白桦林！"

燕飞天在流泪，熊天彪在流泪，菊儿、栀子在流泪。

淘淘抱起小蝌蚪："鸣海弟弟——你就要到大海那面去了！哥哥再领着你玩一会儿吧！"

娟儿突然抱起小蝌蚪放声大哭起来："蝌蚪……要回来看望姐姐……"

蝌蚪在娟儿怀里奇怪地看着娟儿："姐姐——你们都是怎么了？蝌蚪随姑姑到大海那面去玩儿，蝌蚪玩够了，玩累了，就回来了！姐姐！不要哭！"

娟儿哭得更厉害了。

燕飞天长叹一声："国破家亡，妻离子散！"他的热泪又涌流出来。

完达栀子带着两个孩子走了。行前，完达栀子摘下耳上的一只耳环与一包黑发塞在熊天彪手中："天彪哥哥——栀子在你身边，永远陪伴哥哥！"他们夫妻抱头痛哭，挥泪惜别。

完达栀子咋知，这是永别，几十年后，完达栀子带着秀儿随山口荷子来到中国，在山口荷子的指引下，找到了熊天彪荒草丛生中的坟墓。

五

村上柳，一个神秘、风流倜傥的美男子，费尽周折把完达栀子与两个孩子安全送达日本国完达栀子的亲人身边。

山口荷子知道村上柳是个可信赖的人。村上柳会把栀子姐姐与孩子安全送到妈妈身边。她打点行装决计上长白山寻找舅舅。山口荷子行前到了大和汤浴池。

山口横寒在喝酒。

"哥哥，荷子去长白山寻找舅舅，栀子姐姐已离开了奉天城，我的朋友会把栀子姐姐与孩子安全地送到妈妈身边。荷子从长白山回来就有舅舅的消息了。

"你自己料理生意，不要贪酒、惹是生非！妹妹从长白山回来，来看望你。"

山口横寒嘿嘿傻笑："荷子妹妹，大日本皇军披靡中国，也用不到我们浪人了，哥哥尽心做生意多赚钱，给妈妈买好东西吃！给妈妈买花衣服穿！"

"嘿嘿！妹妹你只穿军装了，哥哥给你买你喜欢的和服，哥哥给你买你喜欢的首饰，哥哥让我的妹妹是公主，哥哥让我的妹妹要有白马王子爱你！哥哥还要看到你们生下的小宝宝。哥哥还像从小哄你一样，哄你的小宝宝玩儿！"

山口荷子的眼中要流泪："哥哥，荷子什么也不要！只要哥哥快快乐乐，平平安安过日子，妹妹就放心了。哥哥，妹妹走了，回来再看你！"

"嘿嘿！妹妹，你回来，哥哥给你买好东西！多多的好东西！妹妹快些回来！"山口荷子眼含热泪离开了大和汤浴池。

这天晚上，山口横寒一边喝酒，一边数钱。嘿嘿！我的钱不少了！给妈妈买什么呢？花衣服？妈妈年纪大了，不会穿！买好吃的东西？寄到日本国会坏了！噢！买支老山参吧！让妈妈益寿延年！给荷子妹妹买什么呢？花衣服？妹妹会喜欢！再给妹妹买条金项链！还要买金戒指和金耳环！哈哈！山口横寒好高兴。

一大堆钱摆放在山口横寒面前的桌子上，山口横寒的眼睛眯成了一条缝，嘻嘻！钱多真好！突然，屋中闯进几个人来："你山口横寒的干活？"他们眼中看着桌子上的一堆钱。

山口横寒见屋中突然闯进几个人来，眼中在盯着他的钱，他站起身来喝问："打劫吗？马胡子的干活？我大日本浪人！柔道八段的干活！"

一人说道："完达柜子哪里去了？"

"你们是什么人的干活？"

"什么人的干活，你不要问了！完达柜子在哪里？"

"巴嘎！完达柜子在哪里！我会告诉你们吗？统统地滚出去！"

"带走！"

"你们是劫匪！打劫我！"

山口横寒立掌向那人劈去。那几个人围住山口横寒想制伏山口横寒。

可山口横寒身怀武功，力大如牛，那几个人咋是他的对手，片刻工夫被他打倒几人。

一个家伙掏出来手枪，山口横寒更怒："手枪的干活！大日本浪人怕你的手枪吗？"

他举掌向那人手腕劈去。那人惊慌失措，手一哆嗦，枪响了，山口横寒倒在了血泊中。他胸口中弹，鲜血淋漓，口中喷出鲜血。

山口横寒艰难地爬向桌子，把手伸向桌子上的钱："妈妈……老山参的干活……荷子妹妹……花衣服……金……金……金首饰的干活……"山口横寒停止了呼吸。

第二十二章　摩云观

一

完达博川自仙人台一战，见栀子已与熊天彪完婚，他知道燕飞天有能力保护碧玉蟾，他知道日本人不会放过他。他已看破红尘，淡泊名利，决计入深山悟道——修身养性。

完达博川在深山里到处寻找悟道安身之处。这一天，他来到摩云岭下，见山川秀丽，向山上走去。

半山腰松林中露出红墙碧瓦，完达博川知道不是寺院就是道观，向树林中走去。

完达博川走到近前，见果然是一道观。完达博川见观门虚掩，门上的漆已脱落，观门上方三个大字"摩云观"。

完达博川见观里似没人居住的样子，他推开了观门，见观内地上落满了枯叶，房檐下布满了蜘蛛网，完达博川知道这是一座空观。

完达博川推开房门，见灶房中有完好的锅灶和用具。完达博川看了看屋内屋外，哦！这倒是个好地方，完达博川在那里居住了下来。

完达博川在院外开垦了一片菜地，在山坡上种植了粮食，每日里悟道修炼。他习练医理、数术、天文地理，观日落日出。

每到晚上，他站在山顶之上，观看满天繁星，解读碧玉蟾藏有宇宙未知能量的暗物质玄秘。

这一天，完达博川背着药篓，拿着药锄在山间采药，见前面有一奇峰风景秀丽，听山间流水淙淙而下，山谷里鸟语花香，完达博川向那奇峰攀去。

快到了山顶，完达博川身边白云缭绕，飘来阵阵扑鼻花香。完达博川抬头望去，见不远处有一寺院，寺院不大，院外种满了片片的郁金香。郁金香花丛中一长老坐在石桌前。

完达博川快步走上前去，见石桌旁的长老白须飘动，面色红润，两眼死死地盯着石桌上的棋盘。他手中捻着棋子，举棋不定，旁若无人，无视完达博川的存在。

完达博川见了，立起手掌："无量天尊！贫道有礼了！"

那长老头也不抬："阿弥陀佛！自便！"完达博川见长老再无言语，两眼还是死死地盯着棋盘。

完达博川站在一旁静静观看着石桌上的棋局。

咦！黑白棋子对垒玄妙，长老手中的棋子无从下手，长老手中的这一棋子关乎胜负大局。

完达博川惊异不已，无人对弈，为何有这么玄妙的棋局？看那长老的样子，神情肃穆，似一棋子定生死。

完达博川细看黑白棋局，知局中玄机太深，忍不住道："长老，举棋不定，一子定生死吗？"

长老的手在颤抖："老道！一子定乾坤！输不得！输不得！关乎中华命运。一子之错，害了谭嗣同！"

完达博川心内大惊——与康有为变法的谭嗣同有关联吗？

只见长老啪的一声，把棋子放在石桌上，挥手一掌，把那颗棋子击得粉碎。

"望门投止思张俭，忍死须臾待杜根。我自横刀向天笑，去留肝胆两昆仑！"

完达博川看长老威风凛凛，气贯长虹，似英雄无用武之地，他不敢多问。"长老，歇息吧！贫道告辞了！"完达博川施了一礼，下了山去。

突听长老道："道友，常来盘桓吧，想你也是郁郁寡欢之人。"

此后，完达博川经常到紫云寺与长老聊天，研习武功和各种易理，二人已推心置腹。

二

山口荷子只身来到松潘县城。石原见山口荷子只身来到松潘县城："荷子小姐，你的胆子太大了！为什么只身前来，你不怕熊天彪的抗联吗？"

"石原君，电话中，你不是说，杨靖宇的抗联部队被你讨伐得所剩无几了吗？熊天彪的独立团也被你消灭了不少人马，我只身前来，还有什么顾忌吗？"

石原笑道："哟西！哟西！你的石鼠很能干，为皇军立了大大的功劳，我要奖励他！"

"石原君，我要到长白山里，给我些能干的人吧！"

"荷子小姐，你需要多少？"

"看你的能力了！"

"哦！没问题！给你一个皇军小队吧！"

"太多，目标大！二十多个就可以了！"

"哟西！我挑选最棒的士兵跟随你，他们都有战斗经验。让菊隆小队长带领他们保护你的安全！"

山口荷子笑道："谢谢石原君，你的士兵听话吗？"

"荷子小姐，哪一个男人不想为漂亮女人效劳？他们会唯命是从！你就是他们的天皇！"

"哦！荷子多谢了！"山口荷子带领二十多个日军士兵化装成勘探队，进了郁郁葱葱的大山。

可这么大的长白山，到哪里去找舅舅呢？山口荷子找了一个向导。向导是个五十多岁的山里人，他们一起进了深山。

山口荷子带领二十多人在大山里转了十多天，也没有找到摩云观，山口荷子心中有些焦急，他决定把二十多个人分成四路寻找摩云观。山口荷子带领几个人在大山里转悠。

夏天的深山里，草木茂密，蚊虫很多，叮咬得他们脸上、身上多处凸包，每个人都弄得昏头涨脑。

一天，山口荷子走得有些乏累，她对跟随的人道："我在这里休息一会儿，你们到四处看看，找到山民打探寻找摩云观，日落前，到我这儿集合。"

几个人按照山口荷子的吩咐，又走进了大山。

山口荷子休息了一会儿，在山溪中洗了洗脸，想着心事儿：栀子姐姐与孩子到了日本国吗？一路上是否安全？她又思念村上柳——村上君，快些回来吧！荷子好想念你！舅舅到底在哪儿呢？

她心里在默喊："舅舅——你在哪里？"

突然，她觉得腿上一麻，一阵钻心的疼痛。她见一条毒蛇在她身旁蹿起，山口荷子惊叫一声，倒在了地上。

啪的一声枪响，毒蛇的头被打得稀烂，山口荷子晕了过去。

山口荷子昏迷中觉得有人用嘴在她腿上吮吸，她渐渐地苏醒了过来，见一个老人吸出她腿上的污血吐在地上，老人满嘴的血污。

老人见山口荷子苏醒过来，冷冷地瞪了她一眼："大姑娘家不在家里好好地待着，跑到这深山里来疯野！总算保住了你的小命！"

老人拿出一些草药塞到嘴里咀嚼起来。老人把草药咀嚼碎了，把草药糊在她的伤口上。"好了！不要动，歇着吧！"

山口荷子挣扎着想坐起来，可她浑身无力，身子不听使唤，她像一摊泥躺在了那里。

"爷爷！这是什么地方？"

"你自己不会看吗？"山口荷子见自己躺在一个小木屋里的床上，小木屋墙壁上挂满了兽皮和日用品。

"爷爷！猎人的木屋吗？"

"知道了，还要问！"

"爷爷！你救了我！"

"知道了，还要问！"

"爷爷——伤我的是什么蛇？"

"你没看到吗？很美的，脖子上花花绿绿的蛇！"

"哦！爷爷，我知道了！是美女蛇！"

老人看着妙颜如花的荷子："美女蛇是指怀有毒蛇心肠的漂亮女人！"

山口荷子的脸一红："爷爷，不是所有的漂亮女人都有毒蛇心肠！"

老人绷着脸："谁知道！"

山口荷子不能动，心中焦虑万分，眼看太阳快落山了，她派出去的几个人很快就回到了集合地点，他们见不到她，会怎样？

"爷爷，我能走吗？"

"你能走！死在了路上，我就管不着了！别说我是恶人！"

"爷爷，你到我被毒蛇咬伤的地方，有几个朋友在等我。"

"什么朋友？他们马上就到这里了！"

"爷爷，你咋知？"

"因为我是爷爷！"

一会儿工夫，小木屋外响起了脚步声，有人喊叫："屋里有人吗？"

老人道："姑娘，这不是来了吗？"

山口荷子道："爷爷，咋知是找我的？"

"我不是告诉你了吗！我是爷爷！"

"爷爷，你好古怪！"

小木屋外又有人喊叫："屋里有人吗？"

老人突然吼了起来："小瘪犊子！——在外面瞎喊叫什么？不会进屋来看吗？"

几个人推开了小木屋门："荷子小姐，可把我们急坏了！你咋在这里？"

山口荷子道："你们咋会找到这里？"

"荷子小姐，你给我们留下了路标。"

"什么？我在昏迷中，怎么会给你们留下路标？"

老人看了一眼荷子："姑娘，我知道你不是一个人，我怕你的同伴找不到你，在杂草中留下了路标。"

老人斜楞了他们一眼："看到这个女孩子没死，你们就走吧！我这里没有饭给你们吃，出去吧！你们自己找饭吃去吧！"

荷子道："我被毒蛇咬伤，是老人救了我，我现在已无大碍，你们出去吧！到山民家中找些吃的东西，待我能行动了，我们再一起走吧。"

老人犹豫了一会儿："天已黑了！深山里到哪里找吃的？我给你们掰些玉米棒子，煮了吃吧。大夏天的，在外面将就一宿吧！怕有蚊虫吗？我这里有艾蒿捻子，拿去熏蚊虫，坐在外面睡一宿吧。"

这几个人唯唯诺诺："老爷爷，大大好人的干活！"

老人一愣："姑娘！你们是日本人？"

山口荷子有些紧张："爷爷——他们是进山勘探的！是我雇来的日本工人。"

"哦！勘探的，勘探抗日联军吗？你一个姑娘家咋雇日本人来勘探？你是哪国人？"

"爷爷，我是中国人！"

"哦！中国人就好，勘探到抗联，告诉他们赶快跑，别让小鬼子抓住了，让小鬼子抓住了就往铡刀里塞！姑娘，爷爷救你救对了！你是个中国人，爷爷很高兴。"

山口荷子心里就像打翻了五味瓶，不知是啥滋味，他在这个纯朴善良的老人面前感到无地自容："爷爷——不说这些了，你老人家歇歇吧。"

第二天早上，山口荷子的身体已恢复，她谢过老人，从兜中掏出一沓钱递到老人手里。

"老人家，拿去用吧！我不会忘记你老人家！若有机会，会来看望你老人家！告诉我，怎么称呼你老人家？"

"还称呼啥，不是叫爷爷吗？看望我？明天我可能就死了！你到哪里去看望我？"

"爷爷，为什么？"

"小鬼子不走，有我们的好吗？土地没了！家园没了！小鬼子毁了我们的家园，我们挺着吗？没办法！就得鱼死网破！我这一大把年纪了，还怕啥吗？大不了是个死！姑娘，好好活着！宁愿我们死，也不让你们这些孩子死！"

山口荷子眼中要流泪，她不知说什么好，她无法说什么，心中只能咒骂——战争！战争！——摧残人类的战争！

荷子瞅着眼前可敬的老人，她突然在老人面前跪了下来。

"老人家……老人家……我……我……老人家，我忘不了您！"

老人拉起山口荷子笑道："什么忘了不忘的！咱们中国人不都是这样吗？温良恭俭让！见人有难，哪有不帮的道理！姑娘走好！我再给你带些草药，以防毒蛇。"

山口荷子不想让属下看到她失态，强咽下泪水。"老人家，告辞了！保重！"山口荷子带着几个日本人离开了小木屋。

山口荷子突然折了回来："老人家——知道摩云观吗？"

"摩云观！问这个干什么？"

"老人家——知道吗？"

"摩云观！找人吗？"

"找舅舅！"

"哦！西北五十里处，有一摩云岭，到那里去找吧！"

山口荷子心中真是感激这个老人："老人家！多谢多谢！多多保重！"山口荷子告别了老人。山口荷子与那三伙人会齐后，一起赶往摩云岭。

三

山口荷子带领一行人行至一条大河边，河面水流湍急，山口荷子坐在河边想着过河的办法。

突然河对面响起了枪声，只见几个骑马的人沿着河床狂奔，后面追赶的日伪军开枪射击。

几匹战马跑得近了，山口荷子咦了一声。她见何默凡骑在马上，手中握着马刀，他们不停地向后面的日伪军开枪射击。

菊隆小队长拔出来手枪，要向何默凡他们开枪射击。山口荷子不想射杀何默凡——她喜欢这个勇敢、坚强的孩子。小木屋中的老人刚刚救活了她，她现在不想杀中国人。

山口荷子看了一眼菊隆："菊隆小队长，放下你的枪，我们距离骑马的抗联这么远，有把握射杀他们吗？他们后面有我们的皇军在追击，还怕他们跑了吗？"

"哈依！山口少佐！"

河床侧面是一片树林，何默凡他们想冲到树林里，突然王老师中弹，从马上摔了下来。何默凡跳下战马，想把王老师扶上马背，敌人的追兵已近了。

王老师高喊："默凡！——不要管我！敌人马上追上来了！快跑——！"何默凡瞪着血红的双眼："王老师！我不能丢下你！我扶你上马！"

这时日军骑兵已近了，看样子，他们想活捉骑在马上的抗联。

正在危急时刻，忽听河对面响起了枪声，冲在前面的日军骑兵摔下了马背。

何默凡顾不得多想，把王老师扶上马背，风驰电掣而去，冲入前面树林中。

河对面的情景山口荷子看得清清楚楚，每听到一声枪响，就见一个日本兵倒在地上，开枪的人枪法极准，可以说百发百中。开枪的人就在河这面，距离她不远，会是谁呢？她想起了蛇口下救她性命的老人，会是他吗？一个让人崇敬、可怕的老人！

东北抗日联军已处于低谷，日本人合村并屯，切断了抗日联军的食品供给。抗日联军被封锁在冰天雪地的深山里，无衣无食，很多意志不坚定的人投敌叛变，部队极大地减员。杨靖宇只得把部队化整为零与日军讨伐队周旋。

这天王老师与何默凡带领十几个战士到军部接受新任务，归途中遇上了日军讨伐队，几个战士在战斗中牺牲，王老师与何默凡带领几个战士突出日伪军围攻，他们在河边遇险时被解救。

山口荷子带领二十多个日本兵沿着河流下游行走，找到河流水浅处蹚过了河对岸，天黑前，山口荷子他们来到一大车店。

山口荷子进了大车店，见院内停放一棺木，院内哭声一片。一个六十多岁的老大娘把头抵在棺木上号叫，痛哭："闺女呀……闺女……你咋想不开……咋就服毒死了……天杀的小鬼子！天杀的小鬼子……闺女……闺女……"

山口荷子自己走进院内，看一个老大爷坐在那里哭泣："大爷！这是咋啦？"

老大爷见漂亮姑娘问话，在她脸上审视一会儿："这么好看的姑娘自己随处乱跑！不怕日本人祸害你吗？"老大爷的眼中又滚下了泪水。

"大爷！到底咋啦？"

"我家闺女到山上采蘑菇，遇上了搜山的日本兵，被五六个日本兵糟蹋了！我家闺女爬到家里，下身全是鲜血，已奄奄一息，俺闺女抓起墙边的老鼠药服毒自尽了！

"闺女……闺女……"老大爷又放声大哭起来。棺木旁老大娘的头在棺木上已磕出了鲜血，老大娘的头撞击着棺木，两手不停地拍打着棺木："闺女……闺女……天杀……天杀的……小鬼子……小鬼子……"老大娘昏了过去。

山口荷子两眼血红走出店外，她怒视着眼前的二十几个日本兵，把手伸向腰间拔出来手枪。她咬着牙看着眼前的日本兵："你们谁干过这样的事儿？谁——！"

几十只眼睛惊惧地看着山口荷子有些扭曲的脸，山口荷子枪膛中的子弹随时都会射向他们的头颅。

菊隆结结巴巴地说道："荷子……小姐……我……我……"山口荷子的枪口对准了他的脑袋。

"不要叫我小姐！叫我少佐！菊隆！我要处决你！"

"少佐……我……我制止过他们！"

"你们里面有吗？"

"没……没有！"

"战争就可以为所欲为吗？你们没有姐妹吗？回到松潘县城，我要严查大和民族的败类！"

早上，太阳出来了，阳光照射在郁郁葱葱的山林间，山间的泉水淙淙流下，在岩石间跳跃。鸟儿在充满阳光的林隙中飞鸣，山坡上飘来阵阵的野花香。

夏日的长白山真美，山口荷子觉得自己不是军人，是在异国浏览如画的山川。

中国的东北，神奇的黑土地，黑土地上神奇的人，神秘的大山，充满了宝藏的高山密林！

这里宁静，这里祥和，这里的人们勤劳善良、勇敢！我们为什么要打破这些？我们为什么要欺辱这里的人们？是我们的民族强盛吗？是我们的军刀锋利吗？

没有家园的小木屋老人，射杀野兽的猎枪不会射杀侵略者吗？被侵略者糟蹋了的女孩子——她的父亲、母亲、哥哥、弟弟，不会拿起刀枪反抗吗？

想征服一个民族，想压迫一个民族！有五千年悠久历史的中华民族能生存到现在，难道不是勇敢、坚忍、智慧的伟大民族吗？是可征服的吗？

山口荷子在整理自己的思绪，她在辨别发动战争的人贪欲的立场，人类不应当自相残杀！

四

山口荷子来到摩云岭下，见山峰陡峭，满山的青翠，松涛声时起时伏。

林间不时有梅花鹿跑过，山坡上簇簇红艳的杜鹃花点头微笑。

蜂蝶在花枝上穿来绕去。嗡嗡蜂声，斑斓蝶舞，伴着林间鸟啼声。

山口荷子暗思：舅舅倒是找了一个修真养性的好地方，多年不见，不知舅舅现在变成什么样子了？

山口荷子吩咐菊隆带领众人在山下等候，自己向山岭上走去。

山口荷子走到半山腰，见树林中露出红墙碧瓦，心想：这就是摩云观吧！

山口荷子在探视——观外空地上种满了庄稼，绿油油一片。

见那观门整齐，漆色耀眼，看来，舅舅是潜心修炼，悠然自得。

山口荷子正窥视间，忽听有人道："何人鬼头鬼脑，在这里窥视？"

山口荷子心中一惊，见一俊朗壮汉站立在自己面前。

"鲁莽！没教养！何为窥视？难道你也在窥视我吗？"

那人嘿嘿一笑："我是在窥视！我怕日本人的狗蹿上山来！"

"你咋骂人！我的模样像狗吗？我不是日本人的狗！我是日……"

"你日什么？白日踩点，晚上动手吧！"

"你是什么人？我踩啥点？动啥手？"

"你自己知道，你到底来干啥来了？"

"我来干啥还要告诉你吗？我到摩云观找人！闪开！让路！"

"哈哈！果不然是来找人的！你不说明白休想过去！"

山口荷子心中有些冒火，身形转动，想越过那人。

"哦！武功不错！"那人身形飘动，挡在了山口荷子面前。

山口荷子喝道："好没道理，竟想拦住我的去路！"山口荷子探掌向那人肋下抓去。

那人咦了一声，闪电般出掌接住山口荷子的手掌。二人各使绝技斗杀起来。

他二人酣斗了一会儿，山下突然响起了枪声。那人喊了一声不好，急向山下跑去。

山口荷子听到山下枪声，知道她带来的人与人交火了，也赶忙跑下山去。

熊天彪的独立团自白桦林一战，在日军讨伐队的围攻下，已损失了不少人马。

杨二木营被打散，杨二木阵亡，他手下的弟兄有的投降了日本人，剩下的弟兄无力再战，各奔他乡。

熊天彪只剩下了关东三寨的老班底。按照军部的指示，为了不被日军歼灭，抗联部队化整为零。熊天彪的独立大队也化为两部分。一部分由王长生带领，一部分由王老师带领，与日军讨伐队周旋。

熊天彪知道形势于自己不利，不知哪天要战死在白山黑水间。栀子带着孩子已回到了日本国，他已别无牵挂，他要到摩云观看望完达博川。

熊天彪要告诉完达博川，栀子和孩子已平安到达了日本国，他想与完达博川见最后一面。

熊天彪带着卫队来到了摩云岭山下，他让张舒带着卫队在山下等候，自己来到摩云观。

熊天彪在树林中发现也有人到了摩云观，他知道日本人也在到处寻找完达博川，他怕是日本人的特务，跟上了山口荷子。他二人互不相识，在树林中动起手来。

熊天彪听到山下响起枪声，知道山下有情况，可能张舒与日本人交了火，他赶忙跑下山去。

熊天彪上了摩云观后，张舒带着十几个弟兄隐蔽在山下的树林中，有一个弟兄到一棵大树下大便，惊起树上的一群鸟儿，他们发现不远处大树上也飞起了一群鸟儿。

张舒知道那里有人活动，张舒知道日本讨伐队近日经常搜山，他让弟兄们做好了战斗准备。

菊隆小队长带着二十几个日本兵在山下等候山口荷子，他见近处树顶上飞起一群鸟儿，知道那里有人，且不是一个人，他留下一个日本兵原地不动等候山口荷子，便带领那二十多个日本兵向鸟儿飞起的方向搜索过去。

张舒发现有人过来了，看他们都是便衣，手中拿着短枪，张舒知道，这是意外遭遇，他与弟兄们做好了战斗准备。张舒见那伙人近了，喊道："什么人——？"

菊隆听到喊声："抗联的干活！开火——！"

二十几个日军一起开枪射击。

张舒见敌人开火了，大吼一声："弟兄们开火——！"

树林里，子弹横飞，树上的鸟儿纷纷惊起，树叶到处飘散。

菊隆见抗联人数不多，他精神头十足："抗联的！是被我们打散的干活！统统的消灭！"二十多个日军向前冲锋。

菊隆怎知，张舒带领的卫队个个都是精英，身手矫捷，枪法好。片刻工夫，菊隆带领的日军士兵被撂倒了五六个。

菊隆知道遇上了劲敌，命令士兵沉着应战。山口荷子跑到山下，知道是菊隆带来的日军与少数的抗联交了火，他命令菊隆撤出战斗，守护在去往摩云观的必经之路上。菊隆带着他的属下撤出了战斗。

熊天彪见日军已撤退，他告诉张舒带领弟兄们撤到摩云观外树林中，以防有人进观。

五

熊天彪疾步向摩云观走去。熊天彪到了树林中，发现山口荷子也到了树林中："你怎么又来了？没听到刚才枪声吗？山下那伙日本人是你带来的吗？"

"我没见到！我咋知是干啥的？"

熊天彪心中有些冒火："小姐！再往前走，我就不客气了！"

"啥？我是小姐？"

"不要装糊涂了！我早已看出你是个女人，否则，我早就动手了！"

"我是女人！咋的？让路！"山口荷子飘起身形，熊天彪展身相迎。一个急于要见到舅舅；一个生怕是日本人的奸细，二人各不相让。

突然山下枪声大作，一会儿工夫，张舒跑上山来："大队长！——山下发现大批日军向山上进发！"

熊天彪一愣："怎么？日本人发现了我们？"

　　山口荷子也是心中一愣，她知道事情有变故，不顾一切地向摩云观跑去。

　　熊天彪见了，喊道："张舒带领弟兄们隐蔽！——不要和小鬼子硬拼！"熊天彪甩开大步向摩云观跑去。

　　二人跑到摩云观前，见观门紧锁。二人向山顶望去，见山顶上一白须飘动的紫衣道人与一身披大红袈裟的长须长老在石桌上对弈。

　　他二人跑上前去，山口荷子喊道："舅舅！——舅舅！——可算找到舅舅了！荷子已把栀子姐姐和秀儿送回了日本国！舅舅放心吧！"山口荷子扑到完达博川怀里放声大哭起来。

　　熊天彪心中一惊——舅舅——她是山口荷子？

　　熊天彪喊道："岳父大人！——栀子和秀儿确已到了日本国，岳父大人放心吧！"

　　什么？岳父大人！他是熊天彪？山口荷子蒙怔了。

　　完达博川慈祥地看着山口荷子和熊天彪："紫云长老！两个孩儿都来看望我来了！"

　　紫云长老笑道："摩云道长，心中无恶恶自恶，佛门无恶恶必除。看——来了，来了！"一大队日本兵已围住了摩云岭山头。

　　熊天彪知道，今天绝难生还，他对紫云长老施礼："紫云长老，日本人奔岳父大人而来，又巧遇了我熊天彪，我熊天彪今天万难活命！紫云长老还是避开为好！"

　　紫云长老拂动白须："熊施主，避开不好，避开不好！知你武艺超群，一会儿在日本人面前，老衲要与你较技，老衲想见识见识熊施主的好身手！"

　　山口荷子的身上在冒汗，这让我如何是好？熊天彪还有命在吗？为何大批皇军赶到了这里？土肥原知道我这次来摩云观的使命，为何来了大批皇军？熊天彪哇熊天彪！你今天为何要到这里来？让我山口荷子如何是好？山口荷子进退两难。

　　熊天彪听紫云长老要与自己较技，一时没有明白紫云长老的意思。完达博川捻须道："天彪儿——紫云长老与你较技必有深意，听之吧！"

　　这时石原带着一队日军已来到大家面前："荷子小姐，一路上辛苦了！"他在熊天彪脸上盯视片刻："熊天彪，我们终于见面了！"

　　"这位道者就是完达博川先生吧？"完达博川立掌念道："无量天尊！贫道摩云道人。"

　　石原抬眼看了看紫云长老："长老松风鹤骨，想必是世外高人！不知长老法号怎样称呼?"

"阿弥陀佛! 老衲紫云。"

山口荷子走到石原近前:"石原君! 你为何带领大队皇军来到这里?"

"荷子小姐! 你没看到熊天彪在这里吗? 我是来找完达先生,也许是巧遇吧!"

"你怎么知道我舅舅在这里?"

"是荷子小姐你带我来的呀!"

"石原君! 我在执行特殊任务,你为什么要来?"

"对不起,荷子小姐,我也在执行任务!"

"石原君! 你什么意思? 你要干预我的行动吗?"

"我不是干预,是取代!"

"你在执行谁的命令?"

"关东军司令部!"

"为什么我不知道?"

"土肥原先生说这是秘密!"

"什么? 土肥原先生! 我到这里来,土肥原先生知道哇!"

"所以土肥原先生让我来协助你!"

"你意欲何为?"

"我要请走完达先生!"

"石原君! 大日本帝国最高情报机关给我的指示是——你们不能接触完达博川所知道的关于碧玉蟾的一切秘密!"

"这是土肥原先生对我的命令! 我不受大日本帝国最高情报机关的指挥!"

"你要劫持完达博川?"

"我在执行命令!"

山口荷子怒道:"我这里有田中将军手谕,任何人不可干预我的行动!"

"这里是中国东北,不是在日本国! 我只能执行我上级的命令!"

"那么——我怎么向天皇交代?"

"你不知! 这是军部的行动!"

"让我欺骗天皇吗?"

"皇军需要大能量的杀伤武器,这是策略!"

熊天彪本想以死相拼,他怕殃及完达博川与紫云长老,大声喝道:"石原拓圳! ——你们不是抓我熊天彪吗? 我跟你们走,不要难为他人!"

紫云长老听了："阿弥陀佛！熊施主，你现在不能走！老衲约你来是比试武功，老衲与你比试完了，熊施主任便。"

石原嘿嘿笑道："都说你熊天彪武艺超群，我今天看看你与老和尚较技，开开眼界，再请走你也不迟。皇军喜欢英雄！皇军希望你与我们大日本皇军合作！"

完达博川一声无量天尊："天彪儿——与紫云长老过招吧！高山之巅展你绝技，老道也开开眼界！"

完达博川站起身来，抓住熊天彪的肩膀，熊天彪觉得一股柔和的力道源源输入体内。熊天彪脚步微动，觉身轻如燕，有欲飞的感觉。熊天彪立刻明白了紫云长老的用意。

熊天彪眼中湿润，知完达博川死志已决："岳父大人，孩儿不愿舍下老人家！孩儿不能周全老人家实是愧疚！孩儿拼命一搏吧！"

熊天彪向紫云长老一揖："长老，出手吧！熊天彪想与长老、岳父同行！"

紫云长老笑道："施主，我等老朽矣！光复河山，需你辈后来人！我终生一大憾事！错落一子！谭嗣同先生血染菜市口！老衲会乘风而去！与摩云道长仙游也！"

紫云长老脱下大红袈裟，拿在手中抖展开来，一片红光耀目。"'红云渡'施主出手吧！"

只见熊天彪旋起身形，一手抓住紫云长老手中的大红袈裟，一手抓向完达博川，大喝一声："一起走——！"

只见完达博川躲开熊天彪抓来的手掌，旋起身形，一扬手，手中的金雀羽撒向身后的日军。金雀羽闪着金光刺得日军睁不开眼睛。

完达博川一掌向熊天彪推去。紫云长老手一抖，熊天彪飞出一丈多远，手中扯着大红袈裟向山下飘去。

只见紫云长老与完达博川手牵着手跃下摩云岭，空中传来紫云长老的声音——

> 中华自古多豪杰，
> 血洒春秋不思还。
> 大刀王五空怀恨，
> 劈杀豺狼安人间！

空中又飘来完达博川声音——荷儿——告诉姐姐！舅舅已魂安长白山……

石原惊愕，突然吼叫起来："开火！——开火！——射击的干活！打死熊天彪！打死熊天彪的干活！"

日军向山下啪啪啪胡乱地开枪射击。

菊隆趁人不备，在山口荷子背后偷偷地举起了枪：我要杀了她！我糟蹋过中国小姑娘，山口荷子回到松潘调查，我就没命了！

啪一声枪响。

菊隆倒在了血泊中。只听山顶树林中传出苍老的声音——姑娘……你身后的人要射杀你……只见树林中身影一晃。

山口荷子回过头来，见菊隆头上鲜血直流，手中握着枪，距她几米远。他为什么要射杀我？山口荷子不解。

山口荷子扑在山顶上放声大哭起来："舅舅……舅舅……舅舅……"山口荷子的哭声、喊叫声在山谷中回荡。

六

山口荷子两眼充血，看着惊愕的石原。"你抓到熊天彪了吗？你请走了我舅舅吗？我要到最高军事法庭控告你！你破坏了我的行动计划！"

石原满头是汗，惶恐地说道："荷子小姐，很抱歉！石原失职！石原请求荷子小姐的谅解！"

山口荷子愤怒地咆哮起来："不！——我不需要你的致歉！我不会谅解你！那是我的舅舅！你把他逼下了山崖！石原大队长，我们关东军司令部见！"

石原不知如何是好："荷子小姐，息怒！荷子小姐，你惩罚我吧！我无奈！"

山口荷子指着地上死去的菊隆怒道："你的部下为什么向我开枪？为什么——！"

石原嗫嚅道："不知！我不知！"

"你不知吗？你的部队为皇军脸上抹黑！他们轮番强暴中国小姑娘！我要惩罚他们！他们害怕了！要暗杀我！这就是你的部队！你要这样征服中国人吗？"

山口荷子有些歇斯底里了，她拔出了手枪："石原！——听好了！你若对我没有合理的交代，我要把你送上军事法庭！"

石原的脊背开始冒汗："荷子小姐！石原治军无方，石原是个浑蛋！荷子小姐放过我，以后我会服从你的命令！荷子小姐，放过我吧！"石原连连向山口荷子鞠躬。

石原命令部队下山搜索完达博川和紫云长老的尸体，可山上山下都搜查遍了，也没有发现完达博川和紫云长老的尸体。

石原奇怪，山口荷子也奇怪——难道舅舅与紫云长老没有死吗？还是被人救走了？山口荷子在摩云岭找了三天，也没有找到完达博川和紫云长老的尸体，也没有他们的任何消息，山口荷子回到奉天城。

长白山里又有了新的美丽传说——熊天彪孤身被大批日军围困在摩云岭上。熊天彪在弹尽粮绝、走投无路时，来了一僧一道两个神仙。

僧人把身上的大红袈裟化作一朵红云。道人吹出仙气把熊天彪送上红云。红云载着熊天彪飞离了摩云岭。

山口荷子回到奉天城，她要告诉哥哥，舅舅在长白山摩云岭已跳崖身亡。

山口荷子来到大和汤浴池，见门庭冷落，没有做生意的样子。她推开房门，一个伙计迎了出来："小姐，我知道你会来！掌柜的死了！"

山口荷子脑袋嗡的一声，身体有些打晃，她强站稳身子："伙计！你说什么？哥哥死了？"

"小姐，你哥哥是死了！"

"告诉我！我哥哥怎么死的？"

"日本人射杀了他！"

"为什么？"

"你哥哥在屋中数钱，听他叨念要买老山参孝敬妈妈，他还说给妹妹买花衣裳和金首饰！突然进来一伙日本人要带你哥哥走，你哥哥问他们是什么人、想干啥。他们不说，你哥哥怕他们是劫匪抢钱，厮打了起来，他们开枪射杀了你哥哥！"

山口荷子没有眼泪，眼中露出母狼一样的凶光："哥哥的尸体呢？"

"不知被日本人弄到哪里去了！"

山口荷子来到了警察局，山口荷子找到警察局局长："我是山口荷子，我哥哥山口横寒是怎么死的？"

"荷子小姐，我们也不明白！上面只让我们把你哥哥的尸体火化了，等待你来取他的骨灰。"

山口荷子把山口横寒的骨灰带回自己的驻地，把山口横寒的骨灰盒摆放在桌子上，跪在地上放声大哭起来。

"哥哥……哥哥……荷子没有哥哥了……哥哥……哥哥……为什么？为什么？他们要杀了你？哥哥……哥哥……我怎样向妈妈交代！舅舅死了！哥哥你也死了！哥哥……是荷子的过错吗？荷子怎么了？保护不了舅舅！也保护不了哥哥！哥哥……哥哥……"

完达博川的死，对山口荷子打击太大，哥哥又突然死去，山口荷子心力交瘁，晕在地上。

山口荷子在昏迷中，有人抱起来她。山口荷子在昏迷中觉得这人很熟悉，她慢慢地睁开了眼睛："村上君……村上君……"山口荷子抱住村上柳号啕大哭起来。

"村上君……你为什么才回来？为什么不帮我看着哥哥？村上君……为什么不陪我到长白山寻找舅舅？村上君……村上……"山口荷子又昏了过去。

村上柳轻轻地抚摸山口荷子的脸，呼唤昏了的山口荷子："荷子……荷子……村上在你身边！荷子……荷子……村上回来了！"

山口荷子长吁了一声，醒来把脸贴在村上柳脸上，眼泪哗哗地滚落在村上柳脸上。

"村上君——栀子姐姐平安到达了日本吗？舅舅死了！哥哥也死了！这里没有我的亲人了！我效忠了天皇！他们为什么还要这样？村上君……告诉我！告诉我！——为什么？为什么——？"

村上柳柔声道："荷子——不要多想了！战争毁掉了朋友、亲情！贪欲者在玩弄自己同胞的情感！他们只要龌龊、怀有野心的自己！他们不理会他人的感受，振作起来！我们还要生存！我们要反思自己，也让制造战争的人反思自己！人生美好，爱情美好，和平更美好！"

第二十三章　红枫林

一

晚秋，山坡上一片枫红，何默凡和于亚秋坐在枫林中的树干上，何默凡看着山坡对面呼啸摇动的黑松林。

"亚秋，又起了松涛声！"他手中的画笔在动。

"默凡，环境越来越艰苦，冬天快到了，不知今年的冬天我们怎样度过？"

何默凡成熟的脸上闪过一道阴影："同志们缺吃少穿，去年冬天，冰天雪地里，我们死了十几个弟兄！日本人的并屯给我们造成了极大的困难！大队长说，要到日本人那里搞粮食！"

于亚秋看着何默凡清瘦的脸："你要去吗？"

"我要去！部队需要战斗力。"

于亚秋瞪着两只忧郁的大眼睛，默默地点了点头。

"亚秋，不要担心我！同志们都做出了流血牺牲，我何默凡也是抗联战士，我不能退缩！"

"默凡，我明白这个理！战场上，多动头脑，不要做无谓的牺牲！"

何默凡攥住于亚秋柔软的小手："亚秋——放心吧！我不会离开你！"何默凡见于亚秋眼中泪花闪动。

两人听到有脚步声，见王老师走了过来。王老师笑道："在作画，还是在说悄悄话？难为你们了！不能享受年轻人正常的爱情！"

于亚秋脸色微红："王老师，有任务吗？"

"是！我们要为冬天准备粮食，突袭日本人的粮车！"

何默凡问道："到铁路线上吗？"王老师点了点头："我们没有其他的办法，

只能这样了!"

何默凡略思片刻:"王老师,风险太大了!就是搞到粮食,我们回来路上,敌人也会截击我们。"

"默凡,我们已没有其他的办法了!同志们不能饿着肚子过冬!没有粮食,我们会都被日本人消灭在深山里,到那时,我们抗联的火种都没有了!"

"王老师,大队长去吗?"

"我们不能让大队长涉险了,若大队长牺牲了,我们这支抗联队伍怕就要失败了。我们大家的一致意见,我与王璞带领同志们前去搞粮食,大队长在途中接应我们。"

何默凡站起身来:"王老师,啥时行动?"

"今天夜里出发,到铁路线上。默凡——做好战斗准备吧!"

夜里,王老师带领七八十个骑兵弟兄出发了。他们绕过日军据点,走小路,午夜前到了铁路线上。

王老师带领战士们埋伏在铁路两旁,等待运粮的火车。天见亮时,一列运粮车开了过来。前面的铁路是个缓坡,火车减慢了速度。

十几个战士一跃而起扒上了火车。一包包粮袋被抛下火车。一会儿工夫,火车上抛下三十多袋粮食。

押运火车的日本兵发现有人扒车,向火车上的战士们开枪射击。

王老师一声令下,机枪向押运粮车的日本兵疯狂地扫射起来。十几个日本兵被打倒在火车上。

王老师命令战士们用事先准备好的粮袋把粮食分装在粮袋中。黎明的晨曦中,王老师带领战士们驮着粮食急速向山里赶去。

王老师知道,敌人很快就会截击他们。王老师带领战士们已走出了二十多里路远,发现日伪军已在前面堵截。王老师知道要面临一场血战。

他对王璞道:"你带领驮着粮食的战士走在前面,保护好粮食!我在后面迎击敌人,一定要冲杀出去!我们就指望这些粮食了!默凡!——你随王璞在一起,不要乱跑!"

何默凡一勒战马:"王老师!我带队迎击敌人,你在前面保护粮食吧。"

王老师突然板起脸来:"何默凡同志!——执行命令!"

何默凡勒住战马:"同志们!——粮食就是我们的生命!保护好粮食!"何默凡抽出来马刀。

王璞道:"默凡!不要冲动!注意安全!到后面去!这里有我!"

何默凡道："王璞大哥！我是战士，我和弟兄们一样要流血牺牲！"

王璞怒道："退下！——到后面去！你的命比我的命值钱！"

何默凡倔强地看着王璞："王璞大哥！——我手中拿着的是谭同胜副团长的马刀！谭大哥在看着我，我不能辱没了副团长马刀的荣誉，我要杀敌！"

王璞怒道："小才子！闭嘴！执行命令！再说，我收了你的马刀！我不想看到你倒在敌人枪口下！"

日伪军上来了，响起了枪声。何默凡不再作声，他突然喊了一声："王璞大哥！——我执行命令！"他双腿紧夹着战马，手中的马刀在运力。

王老师果断命令："弟兄们！——镫里藏身！机枪火力压制敌人火力，掩护粮队强行通过！"

几十铁血骑兵镫里藏身，向堵截的日伪军冲杀过去。

嗒嗒嗒、嗒嗒嗒，日伪军的机枪向冲击上来的抗联骑兵疯狂地扫射，抗联骑兵的机枪也在不停地扫射。枪声、战马嘶鸣声交织在一起。

王老师带领战士们高声呐喊，胯下的战马似飓风。一个、两个、三个、十个，抗联骑兵战士前仆后继，挥舞马刀，冲上了敌人的阵地。

日伪军开始号叫，阵地上血肉横飞。王璞见王老师已得手，大吼一声："弟兄们！——快速突过！"

几十匹战马突然飙起，卷向前面的大道。日伪军的机枪还在疯狂地扫射，王老师无法撤出战斗。没有掩护，王老师一旦撤出，敌人的火力就会大量杀伤抗联骑兵，王老师只得咬着牙带领战士们与日伪军拼杀。

王璞知道这样下去，王老师与全部弟兄都会牺牲在这里。王璞命令驮着粮食的战士从马上卸下粮食："弟兄们！——冲杀回去，救出王老师与众弟兄！"战士们跳下马背，把粮食藏在草丛中，王璞带领几十个弟兄冲杀回去。

何默凡扬起马刀，高声呐喊，王璞喝道："退后——！"他的战马冲在了何默凡前面。

王老师见王璞带领弟兄们冲杀了回来，士气大振："弟兄们！——王璞回援了！杀绝这帮小鬼子！"几十个抗联战士的马刀在狂劈，又是一片惨叫声。

王璞已冲入了敌人阵地，他的马刀在挥舞。何默凡的战马也跃入到敌人的阵地中。他的马刀在飞旋——他兴奋，他愤怒，他连连劈倒了两个日伪军。突然，一个日军端起机枪对准了他。何默凡不知所措。

突听王璞高喊一声："默凡——！"他的战马跃到了何默凡马前。

嗒嗒嗒，王璞从马背上摔落下来，王璞腹中的肠子流了出来，鲜血染红了王璞的下身。

何默凡怒目跃马，马刀挂着风声把那个端着机枪的日军脑袋劈成了两半。

何默凡跳下马背，扶起王璞，王璞喃喃低语："小才子……告诉你退后……咋不听哥哥的话……"王璞昏了过去。

堵截的日伪军已被杀退，王老师喊叫："默凡——照顾好王璞！"他命令战士们的战马驮好粮食向狼牙砬子奔去。

何默凡把王璞抱上战马，眼中流着泪水："王璞大哥……王璞大哥……醒醒……醒醒……小弟弟带你回我们营地的家！王璞大哥……王璞大哥……"何默凡眼中的泪水噼啪噼啪地滴落在王璞身上。

王老师带着队伍又走了五六里路，李志带领接应队伍赶到了。李志带领的队伍在路上也遇到了日军的拦截耽搁了时间。

李志见王璞身负重伤，从何默凡马上抱过王璞放在自己马上："王璞……王璞……我是李志兄弟！你醒醒！醒醒……"

王璞慢慢睁开眼睛："李志兄弟……小才子呢……这是到了哪里？离营地还远吗？大队长来了吗……"

"快到营地了！我们也遇到了小鬼子的拦截，来晚了！王璞兄弟，挺住！快到营地了！"

王璞轻轻点了点头："还好……粮食总算弄回来了……"说完，王璞又昏迷过去。

一会儿工夫，熊天彪带领的人马也赶到了。熊天彪见王璞在李志的马上昏迷不醒，知道王璞负了重伤。

熊天彪到李志马前抱起王璞，两眼落泪："王璞兄弟……自我们兄弟出山斗渡边，日本浪人没少死在我们弟兄手中，这些年我们打小鬼子，小鬼子也是闻风丧胆，我们兄弟没有白活！给咱中国人争了气！咱回到营地好好养伤，伤好了咱照样打小鬼子！好兄弟！挺住！"

王璞昏迷中听熊天彪在和自己说话，强打着精神说道："大队长！我……我……我王璞也够本了！死就死呗……今天不死，不知哪天也得死……小鬼子不滚蛋……咱就得死磕！只是舍不得弟兄们……俺弟兄们还得跟日本人拼……"王璞又昏迷过去。

二

熊天彪把弄来的粮食拿出一部分支援了杨靖宇直接率领的抗联部队，带领战士们省吃俭用，可到了深冬粮食剩不多了。

为了熬过冬天，熊天彪只得下令杀马，骑兵战士哪有不爱马的？哪个战士也不愿杀掉自己的战马。

熊天彪最后留下五十匹战马，让张舒执行命令杀掉战马。战士们抱着自己的战马哭了一天，没有办法，张舒只得执行命令。熊天彪把马肉分出一部分到王长生营。

王璞伤口一直不见好转，他腹部已溃烂，部队转移时要人抬着走。

何默凡和于亚秋每天守护在王璞身边护理王璞。王璞有时痛得浑身冒汗，他只是咬着牙一声不吭。于亚秋和何默凡看在眼里默默地流泪。可冰天雪地里无医无药，王璞只能硬挺着。

每次部队转移，熊天彪都来到王璞身旁，有时熊天彪亲自抬着王璞的担架在冰天雪地里行军。

有几次熊天彪滑倒了，也不让别人来抬。王璞知道自己已支持不住了，挺不过冬天，他不想拖累大家，怕自己影响部队行动。

一天，部队转移到一个新营地，战士们用钢盔烧开了雪水，熊天彪端着热水来到王璞面前："兄弟！喝点热水暖暖身子！"

王璞虚弱地笑道："天彪哥哥！弟兄们在一起真好！我们从小在一起玩耍、一起练功，大了一起喝酒！一起打日本浪人，一起打小鬼子，王璞真不愿离开你们！我王璞是个废物了，给弟兄们添累赘！天彪哥哥——有酒吗？哦！还有李志兄弟，我们喝上一口吧！张舒呢？咋不见张舒？"

熊天彪眼含热泪，强笑看着王璞："王璞兄弟——好好养伤！熬过冬天就好了，我找个好郎中，给你治好伤，我们还一起打小鬼子！"

"天彪哥哥——怕熬不到那时候了！"王璞眼中滴下了泪水，"天彪哥哥——拿酒吧！"

熊天彪喊道："李志！——把张舒叫来，带些酒过来！"

一会儿工夫，李志拿来了一壶酒："大队长，张舒带领战士们去扫除我们部队走过的痕迹，一会儿就回来了。"

王璞喃喃道："可惜张舒兄弟不在！我们喝几口吧！"李志把酒壶递到王璞嘴边。

王璞喝了一大口："好酒，好酒！我们兄弟以后没有机会在一起喝酒了！"王璞眼中又滴下来泪珠。

熊天彪接过酒壶喝了一口："王璞兄弟——待你养好伤，我们哥儿几个再较量酒量！"

李志接过熊天彪手中的酒壶笑道："王璞兄弟——你跟小才子学画画学得咋样了？伤养好后给我画一张，看像不像我？"

王璞笑嘻嘻地看着李志："别砢碜我了！我的手指像个棒槌……从小就知舞枪弄棒……让我像大姑娘那样拿绣花针可愁死我了！看人家小才子画得好看……总想试试……不行！弄坏了小才子两支笔，下辈子托生到文人家……写一写长白山的风土人情！画一画长白山的自然美景。"

熊天彪笑道："王璞兄弟——你还敢比画几下！小才子的画笔我碰都不敢碰！慢慢来！学会了画画，也给我画一张。"

"嘻嘻！这辈子不行了……下辈子我天天给哥哥画……"

熊天彪道："王璞兄弟，少喝吧！于伤口不好！我出去看看！张舒咋还不回来？"

李志道："大队长，我与你一起去吧。"他二人走了出去。

王璞身旁只剩了于亚秋一人，于亚秋觉得王璞今天有些反常，神情不对劲，她有些发愣：王璞哥哥咋反常呢？他在想什么？

王璞看于亚秋愣愣地坐在那里不动："亚秋妹妹——我要和你说几句话儿！"

"王璞哥哥——想说啥就说吧！"王璞闭着眼睛，嘴唇嚅嚅地动，声音很小。

于亚秋凑到王璞身前，王璞在说："俺从小到大……没碰过女人！俺只碰过俺娘……俺好想碰碰女人的手！俺好想……"

于亚秋知道王璞处于生命的边缘——多么朴实无畏的男人，他用生命保护了何默凡的生命，他把何默凡当成了小弟弟，把我当成了小妹妹，多么让人尊敬的男人！

于亚秋抓住王璞的大手："王璞哥哥——睁开眼睛看着我！我是妹妹亚秋！王璞哥哥——我的手温暖吗？哥哥——握住我的手！"

王璞的身体颤抖了一下，在于亚秋的手背上轻轻地抚摸几下："亚秋妹妹——你的手好温暖！亚秋妹妹——哥哥想喝水！"

于亚秋放下王璞宽厚的大手："哥哥！亚秋妹妹去取水。"于亚秋走了出去。

于亚秋走出十几步远，突听王璞啊的一声。于亚秋磨身跑了回来，见王璞胸口上插着一柄短刀。王璞胸口上鲜血在涌流，王璞已闭上了双眼。

于亚秋扑到王璞身上，哇的一声，放声大哭起来。

战士们听到于亚秋的哭声，都跑了过来，见王璞静静地躺在那里，他脸上没有痛苦，似一个过于疲惫的人在休息，脸上带有一丝满足。

只是胸口上插着的短刀让人知道——王璞是经历了怎样的痛苦，为了自己的弟兄、为了自己的同志们，他做了多么勇敢的选择。

熊天彪、张舒、何默凡从外面一起回来，听到于亚秋的哭声，见战士们都围在这里，知道是王璞出事了。

几个人急忙跑到王璞身旁，见王璞胸口上插着短刀，王璞安详地躺在那里。于亚秋哭得声音已沙哑，战士们在流泪。

何默凡跪在王璞面前，抱着王璞的头，把他的头抵在王璞头上，号啕大哭："王璞哥哥为我而死！王璞哥哥待我如亲兄弟！"

"亚秋！——王璞就是我们的亲哥哥！你我为哥哥戴孝！"

于亚秋跑回自己住处扯了两块白布。何默凡和于亚秋头上系上白布，他二人跪在地上向王璞遗体连连叩头痛哭："亚秋！——哥哥生前喜欢干净，你去烧些热水，你我给哥哥擦干净身子！不能让哥哥就这样走！"

熊天彪拉住王璞的手，泪流满面："兄弟！——我们鹰不落六杰，你走在了头里，你是我的好兄弟！好战友！哥哥愧对你，到现在也没讨上媳妇！

"哥哥真是愧疚！本想赶走了日本人，哥哥给你说个好姑娘陪伴你，男耕女织，生儿育女！我们的后人在这片黑土地上幸福、欢乐！

"不成了，不成了！王璞兄弟你走了！哥哥早晚也会去陪伴你，我们还是大碗喝酒！大块吃肉！一起打小鬼子！

"我们的魂跟着小鬼子的魂！让小鬼子永远不能欺辱我们中国人！王璞兄弟……兄弟……"熊天彪拽着王璞的手放声大哭起来。

李志哭道："王璞兄弟——刚才还说让你跟小才子好好学画画，算了吧！不要学画画了！你的刀法比我好！只是你的枪法比照我差一点儿！"李志掏出盒子枪塞在王璞僵硬的手中。

"兄弟！——最后摸摸枪吧！到了那面，勤习枪法，专打小鬼子的一只眼珠子，让小鬼子的另一只眼睛看到你的子弹是怎样射穿他的脑袋！到了那面别手软！见了小鬼子往死里地整！不给他们喘气的机会！待哥哥去了，你就不孤单了！有胜子哥哥在那里，还有那么多的好弟兄！我们还捆在一起跟小鬼子干！千万不能让小鬼子的阴魂抬头！"

李志号啕大哭："小鬼子！我拿你们的头为我的兄弟祭灵！"

于亚秋端来热水，和何默凡轻轻地脱下王璞的衣服，于亚秋眼中流着热泪，在王璞身上轻轻地擦拭。

她生怕惊醒了王璞，她是那样的虔诚用心。她擦遍了王璞全身的每一处，她没有感觉到王璞已离去，她似在为熟睡中的哥哥尽亲人的义务。

何默凡清理干净王璞的手指甲和脚指甲，把他创作的一幅《长白山山水图》盖在王璞伤口上。

"哥哥——安息吧！让长白山的高山、河流陪伴你，永垂不朽！"

王老师泪流满面："我们中华民族做出了太大的牺牲！我们有多少优秀的中华好儿女牺牲在敌人的屠刀和枪弹下！我们要化悲痛为力量！前仆后继，赶走我们的民族敌人！"

天气寒冷，大雪封山，抗联为了躲避日军讨伐队的围剿，经常变换秘密营地。

三

邵学这几天觉得任春有些特别不对劲儿——任春每天背着一个大兜子，装满了食物在大山里转。

他每天都回来得很晚，有时打些猎物，有时空手而归。邵学早已注意了任春，打不到猎物到山里干啥？可任春自从到了马蹄沟，认了翠姑干姐姐，装作规规矩矩地做生意，邵学已发现了他的马脚。

这天，邵学又来到了马蹄沟大车店。石凳见了喊道："干爹——任春舅舅有个好东西不让我看！"

邵学问道："石凳，什么好东西？"

"干爹，那天我见任春舅舅的兜子里鼓鼓囊囊的，我打开兜子见里面有一个两条腿的圆东西，带着两个玻璃眼儿！"

邵学心中一愣——望远镜！他带这个干什么？是军人用的东西！邵学马上警觉到，任春的来路确有问题——日本人的特务，抗联独立团的几次损失与他都有关联。邵学的头上冒出来冷汗。

邵学决定晚上任春回来后试探试探他。天黑了任春才回来，邵学见任春两手空空。

"兄弟，跑了一天，咋空手而归？"

任春笑道："风雪太大，睁不开眼睛，野兽都猫冬了，白在大山里转了几天！"

"明天还要去吗？"

"我不服气！咋就打不到东西？明天远些走——这天够冷的了！"

邵学一夜辗转难眠，他见任春已熟睡了，偷偷地打开任春的兜子，他用手一摸，果然是只望远镜。他怕山上抗联密营发生意外，决定明天起早上山。

邵学来到红枫林时，天已大亮，他听红枫林里已响起了枪声，邵学跺着脚喊叫："晚了！——晚了！"

熊天彪与他的主力部队都在红枫林秘密营地，他们已被日军讨伐队包围了。

红枫林里枪声密集，不时传来抗联战士的喊杀声和手榴弹的爆炸声。

邵学跪在雪地里，抓着身下的雪往脸上拍打："天彪兄弟……我邵学是个罪人！害了你和弟兄们！天彪兄弟……天彪兄弟……"邵学撕心裂肺地把头拱在雪地里痛哭。

熊天彪昨天晚上带着张舒和卫队去了王长生的秘密营地，他想看看王长生营的伤亡情况，临走时告诉王老师与李志——这几天怕敌人有大的行动，晚上要多加岗哨，防备敌人的偷袭。

告诉于亚秋和何默凡不要因为王璞的牺牲过于悲伤，要恢复体力，预防突发事件。熊天彪带着张舒和卫队离开了红枫林。

天已见亮，王老师早早起来要去查岗，他见一个哨兵倒在雪地里，身上流出的鲜血已染红了身下的积雪。王老师已听到了踏雪声，王老师拔出手枪，啪啪啪，他开枪示警。

"同志们……快起来……敌人上来了！"红枫林里响起了激烈的枪声。

李志听到枪声，一骨碌爬起身来："同志们！——抄家伙！"战士们抄枪冲向阵地。抗联战士的机枪喷射着火舌，与敌人展开了激烈的战斗。

何默凡挂上马刀，提着枪也冲了出去，他靠着一棵大树向敌人开枪射击。

小麻中队长在山下高喊："熊天彪！——你们已被包围了！下山投降吧！你们的人一个也跑不了！熊天彪——只要你投降，皇军给你官做！"

王老师对李志说道："团长昨晚下山了，否则我们都死在这里了！我们暴露了营地，敌人有备而来！"

"王老师——死拼吧！我们附近没有兄弟部队，王长生营离我们较远，就是王长生营赶到了，他的营战士已不多了！也无法解围，我们做最坏的打算吧！"

"李志——让弟兄们节省子弹，我们一定要坚持，就是打到最后一个人，我们也绝不能投降！"

小麻在山下又开始喊话："熊天彪……投降吧！再不投降，我下令炮击了！熊天彪……听到了吗？"

山上没有回话声，只听机枪在怒吼。小麻一挥手，日军的小钢炮开始向抗联阵地发射。

咣咣咣，炮弹落在抗联阵地上，硝烟弥漫，几个战士倒在血泊中。

已战斗到下午，敌人没有攻上阵地，抗联战士的机枪还在吼叫，阵地上趴满了牺牲的抗联战士。战士们手脚已冻伤，有的战士已不能行动。

于亚秋冒着生命危险在炮火中抢救伤员，为伤员包扎伤口。突然一颗炮弹落了下来，王老师扑向于亚秋，他倒在了血泊中。

李志抱起王老师，王老师嘴中大口地喘着粗气，胸上鲜血在流淌。

于亚秋扑在王老师身上放声大哭起来："王老师——王老师——"

王老师嘴唇艰难地嚅动："亚秋……共产党人流血不流泪……你已是共产党员……"

王老师两眼无神地看着李志："李志同志……把何默凡叫来……快……"

李志大声喊叫："默凡——何默凡——"

何默凡听到李志的喊声，赶忙跑了过来，他见王老师身负重伤，胸上的伤口在流血。"王老师……王老师……王老师……"

王老师的手颤抖着从内衣兜里掏出一个信封，信封已被鲜血浸透，王老师艰难地说道："默凡——党组织已批准了你和于亚秋的入党申请……我是你们的入党介绍人……信封里是……是……你和于亚秋同志的党员身份证明。

"你和于亚秋同志离开这里，找……找满洲省委……党组织已决定把你和于亚秋送到延安学习……你……你……你与于亚秋马上离开这里……这是党组织的决定……"

何默凡大吼起来："不——我不离开这里！我要与你们一起战斗！"

王老师微弱地说道："何默凡同志……这是党的决定！执行命令……执行命令……"

"李志同志……把于亚秋和何默凡同志从密道中送走……让于亚秋同志……

何默凡同志安全离开长白山……李志同志……执行命令吧……"

王老师慢慢地合上了眼睛，一只手紧紧地抓着何默凡的手不放。

他是那样爱他的同胞、同志、学生和可爱的长白山山川、黑土地。

王老师长眠在长白山的红枫林中，到现在，人们也不知道他的名字，只知道他叫王老师——一个共产党人，奉天城人。

四

红枫林密营的抗联战士没有人投降，他们打完最后一发子弹，拥着不能移动的双腿把手榴弹压在了身下。敌人上来了，轰隆、轰隆，手榴弹爆炸了。

抗联战士的鲜血洒遍了红枫林的枫叶上，冬日残阳中，红枫林是那样火红。

邵学在红枫林山下见红枫林密营里枪声停止了，他知道红枫林密营的抗联战士全部牺牲了，熊天彪也不会活着逃出来，他揉着红肿的双眼，迈着沉重的步伐向马蹄沟走去。

邵学进了大车店屋内，见任春正在打点行装。

任春见邵学两眼红肿地走进屋里："邵大哥，你这是咋啦？两眼咋红肿了呢？"

邵学死死地盯着任春的脸："我为你高兴哭肿了双眼！我为你完成了帮助日本人，消灭了熊天彪的抗联独立团而高兴！你不高兴吗？完成了日本人交给你的任务要走吗？"

任春脸上搐动了一下："邵大哥！从何说起？我完成了啥日本人交给我的任务？我咋不明白？"

翠姑在一旁道："梢条！说啥呢？多年的兄弟了，咋说他是日本人的特务呢？你不要胡说！任春可是我的好兄弟！"

邵学吼道："闭嘴！——你不要说话！"

翠姑见邵学发怒，摸不着头脑："你看！你看！你这人咋这样？我得罪你了吗？干吗冲我发火？"

任春笑道："邵大哥今天不顺心，发火就发火吧！姐姐就不要多说了！"

邵学怒道："任春！——你在干什么？你的背包里装的是什么东西？"

"哦！明天我回天津，都是随行物品。"

"让我看看——！"

"有啥好看的！破东烂西的！"邵学上前一步，拿过任春的背包，从里面拿出来望远镜："任春！——这是什么东西？"

"哦！你说这个？上山狩猎找猎物哇！"

"任春！——说实话！到底干什么用的？"

任春转过脸对翠姑说道："姐姐，你看！这东西就是狩猎用的，能干别的吗？"

翠姑道："梢条！是呀！这东西能干别的用吗？"

邵学把望远镜塞到翠姑手中："你拿着！向远处看看！"

翠姑拿起望远镜向远处的山上看去："咦！梢条！这东西咋能看得这么远？咦！山上的一只鸟儿在飞！梢条！梢条！这是好东西！"

"任春！——从哪儿弄来的？"

任春笑道："姐姐，一个朋友送给我的。"

"日本朋友送给你的吧？"

"邵大哥！咋又和日本人扯在了一起？"

"任春！——不要嘴硬了！说实话吧！今天我不会放过你！你这披着人皮的狼！你为日本人通风报信，我有多少好兄弟死在了你的手里！"

翠姑惊愕了："任春！到底咋回事？我救了你性命！你就这样对待我的弟兄们吗？你到底是什么人？"

任春笑道："姐姐，我是什么人有关系吗？我拿你当姐姐看待，好吃的、好东西没少给你买，和我是啥人有啥关系？"

翠姑怒道："任春！——你必须说明白！我不稀罕你的东西！"翠姑从手上摘下金戒指摔在任春脚下。

邵学已判定任春是个日本特务，他把手伸向了腰间。任春突然一把拽住翠姑，藏在翠姑身后，两人同时拔出枪来。

任春笑道："邵学！你敢开枪吗？翠姑在我手里，放我走！我不想杀了你们，好歹在一起这些年，翠姑姐姐！你说是吗？"

邵学恨恨地盯视任春："想跑吗？你走不出这个屋子！告诉我！谁派你来的？"

"邵学！告诉你有用吗？我是日本特务，你说对了！我的任务也完成了！今天，熊天彪的抗联独立大队已被皇军歼灭了！

"熊天彪也死在了红枫林，我不提供情报，皇军会找到抗联的秘密营地吗？

我完成了任务，我当然要走了！我留在这里陪你们吗？"

邵学的脸在抽搐，他两眼在冒火，邵学的牙咬得咯咯响。

"任春！你到底说实话了，你放开翠姑！打斗是爷们儿的事，别让我再瞧不起你！"

任春嘿嘿干笑两声："邵学！不要跟我说这个！我是特务、间谍，我不讲什么爷们儿娘儿们！我只要达到目的不择手段。"

"你还是中国人吗？"

"我是满洲人，八旗子弟！"

"为啥帮着日本人？"

"我想大清王朝重新崛起！"

"靠日本人吗？"

"也许不是！"

"浑蛋！中华民族的败类！带领强盗掠夺自己的家园！你还是人吗？"

"我已做了狗，已被主人锁住了头，我无从选择！"

"好吧！放开翠姑，我们公平决斗！"

翠姑突然挣扎起来："任春！——你这个没有良心的狗东西，悔不该当初救了你！你这头狼！"

"姐姐！我为啥倒在你家门外，你以为我真的迷路了吗？我不那样做，怎么接近你们？怎么完成我的任务？姐姐，不要后悔了！有我这个弟弟不是很好吗？"

翠姑号叫起来："滚开……放开我……你这个畜生！"

"姐姐——不要喊叫了！邵学在找机会，看我们谁的枪快！"

翠姑在拼命地挣扎，邵学手中的枪在蓄势，他要找准机会一枪毙命。

突然屋门大开，一个孩子跃进屋内，只见他一挥手，一物奔任春面门而来，任春哎呀一声，掉下来两颗门牙。

任春抬手举枪，邵学知道孩子危险，一纵身扑向孩子，两个人的枪同时响了，一颗子弹从任春脑门正中射入，任春一声没吭倒在血泊中。

邵学把孩子压在身下，他身上的鲜血流淌在孩子身上："石凳……好样的……干爹没白疼你……你那块石头打得真准！干爹不如你……"

翠姑扑在邵学身上号叫起来："梢条……梢条……翠姑在抱你……梢条……梢条……翠姑不能没有你！石凳也不能没有你……"

石凳翻起身来，跪在邵学面前："干爹……干爹……我手中的石头是枪就好了！

"干爹……干爹……石凳要你教我打枪……杀小鬼子……杀坏人……"

邵学再没有说一句话，他一只手拉着翠姑，一只手拉着石凳，两只眼睛瞪得圆圆的。他胸口的鲜血还在涌流，他为中华民族献出了最后一滴血。

此后，山口荷子再也没有接收到石鼠——付冰的电文，山口荷子也不想再接收到石鼠的电文。

第二年春天，山民在深山的岩洞里发现了一部电台，是付冰留下的吧……

第二十四章　最后的骑兵

一

又是一个春天，万物都在复苏，熊天彪独立大队仅剩下的三十匹战马在山坡上吃草。瘦得皮包骨的战马熬过了一个冬天，在绿油油的草地上贪婪地享受大自然春天里的美味。

这是熊天彪最后三十匹战马，意味着熊天彪只剩下最后的三十个骑兵。

熊天彪一千二百多人的抗联独立团，大部分都牺牲在抗日的白山黑水间。

日本人为了消除熊天彪的抗日武装，他们收买不了熊天彪，对熊天彪只能穷追猛打。熊天彪宁愿挨饿，也不放弃他最后的战马。

熊天彪在高山之巅，坐在一块青石上，看着身边的几十个弟兄，这些弟兄都是关东三寨剩下的最后精英。

熊天彪远眺重叠的山岚，思绪万千：想我关东三寨受张大帅恩惠，厉兵秣马，与日本浪人暗中争斗。张大帅遇害，少帅易帜，却保不住关东大好河山！

九一八事变，关东大地义勇军风起云涌，我关东三寨五百儿郎征战疆场。二哥熊天罴率三百铁骑征战白山黑水间，三百关东三寨儿郎不知还存活几人！二哥熊天罴不知身落何方！不知是否还在人间！

娘亲与大哥熊天鹤、姐姐熊天娇死于日本人炮火中。关东三寨失守，死了那么多的护寨好儿郎。

参加了抗日联军，几经征杀，杀得日本人闻风丧胆，可我关东三寨儿郎都血染疆场，如今只剩下这几十个弟兄。是我熊天彪无能，还是国人不觉醒！我中华民族还在沉睡吗？

共产党倒是诚心爱国抗日，可眼前关东大地日本人疯狂至极，没有我们抗联喘息的机会，我们就这样束手就擒吗？

不！——关东儿女不会屈服！我熊天彪战斗到最后一个人也要与日本人血拼到底！

熊天彪突然站起身来，虎目圆睁："弟兄们！——就剩下你们这些人了！你们都是关东三寨最后剩下的好弟兄！眼前我们是死路一条，愿意下山自寻出路的弟兄我熊天彪不拦阻！愿意与我熊天彪同生死的弟兄留下！"

哗！——全体战士都跪了下来。"我们无一人想生还，愿与哥哥同生死！关东三寨儿郎没有孬种！"

熊天彪泣道："都是我熊天彪连累了你们，可我熊天彪是男子汉大丈夫！能任人欺辱吗？我关东大好河山能送给日本人吗？祖宗地下有知，我们怎么去见祖宗，祖坟里还能容下我们吗？"

张舒看着矢志不移的熊天彪："天彪哥哥、李志兄弟，我关东三寨儿郎誓死报国！宁愿马革裹尸。你们在密林里隐蔽，现在战马膘肥健壮，我带队下山去干掉小鬼子的一个据点，我片刻就回！"

李志道："张舒哥哥，你在山上陪伴天彪哥哥吧！我带队下山，去去就回。开春了，让日本人知道，熊天彪没死，熊天彪的抗联独立团还在战斗！"

熊天彪道："张舒，李志，我与你们一起下山吧！我也多日没活动手脚了！与你们一起下山，找机会干他一把！让小鬼子再尝尝马刀的滋味！"

熊天彪带领几十个弟兄到密营中牵出战马寻机杀敌。

二

山口荷子自从到长白山寻找舅舅回来，一直意志消沉，她厌恶这场战争。

舅舅跳崖，哥哥死去，都是战争造成的恶果。她觉得对不住栀子姐姐，还想到长白山打探舅舅的消息，她还想见到熊天彪一面，想让他避开战争，与栀子团圆。

荷子不想让栀子姐姐每天忧心熊天彪，以泪洗面。

山口荷子告别村上柳要独自去长白山，村上柳看山口荷子决计去长白山，有些担忧地说道："你自己去能行吗？你若真见到了熊天彪，你怎样面对呢？"

山口荷子道："我想让熊天彪远离战争，我与他提供方便条件，他可以到日本与栀子姐姐团聚，我也了却了一桩心事。"

村上柳道："熊天彪是爱国者，他会听从你的劝导吗？他与侵略者有着刻骨的仇恨！他会放弃他奋斗的目标吗？"

"我尽其所能吧，他就是不听从我的劝导，我也要尽力保护他。我不能让栀子姐姐没有丈夫，我不能让秀儿没有父亲，战争已毁掉了太多人的幸福，我不想让战争继续下去，我尽我所能保护饱受战争摧残的人！"

村上柳赞许地点了点头，"荷子，你醒悟了！我们共同反对战争吧！我是你的同盟者。"山口荷子笑了！笑得很甜。

"村上君——我知道，你会永远在我身边。"

"我也说不准！现在会！我会伴你走一程！"

"不！——我要永远！"

"你我都去问上帝吧！"

"我与你同行！"

"你我都要相信，明天会更美好！"

"但愿！"

山口荷子的秀目中放着期盼的光，她独自去了长白山。

石原见山口荷子来到了他的大队部，恭敬地站起身来。"荷子小姐，谢谢你没有到军事法庭控告我，需要我做什么吗？"

"有舅舅的消息吗？为什么寻找不到他的尸体？你的士兵搜山时不会疏忽吧？"

"荷子小姐，我的士兵反复搜查了几遍，没有见到你舅舅尸体，也许被野狼吃掉了吧？"

"石原君，我不喜欢你用这样的言语，舅舅是在你的威逼下跳下了山崖，葬身狼腹也是你所为，你不希望舅舅有个全尸吗？"

"荷子小姐，对不起，石原失言了！请荷子小姐多多谅解！"

"有熊天彪的消息吗？"

"熊天彪已没有了太多的人马，他的大本营被我偷袭，主力被我歼灭，他人数不多的王长生营也被我剿灭了。熊天彪只剩下三十多个骑兵，在到处流窜。"

"哦！我想说服他，让他为皇军效力，没有必要让更多的士兵牺牲了！"

"荷子小姐，熊天彪的民族思想过激，大大的仇恨我们日本人！你能说服他吗？"

"让我试试吧！我尽力。"山口荷子化装成一个山里人每天在大山里转悠，打探完达博川和熊天彪的消息。

熊天彪带领他的三十个弟兄在葱绿的密林中如鱼得水，三十人的马队时聚时散，不时地袭击日伪军。

石原也感到头痛，若山口荷子能劝降熊天彪何乐而不为呢？他希望山口荷子劝降成功。

熊天彪有他的打算——夏天里不缺吃穿，战马不缺草料，只要不和小鬼子硬拼，小鬼子也奈何不得他。

到了秋天，在密林中储备食品以备越冬，到了冬天把三十个弟兄分散隐蔽，到了春天再聚齐人马与小鬼子干。

熊天彪这几天心情不错，弟兄们猎杀了一头野猪，到山下弄来了老白干，熊天彪看着面黄肌瘦的众弟兄："多日来弟兄们肚中没有油水，今天弟兄们饱餐一顿，吃饱喝足了，下山再收拾几个小鬼子。不能让他们安静！"

李志道："团长，你就不要去了！有我与张舒带队你还不放心吗？"

熊天彪笑道："好好好，你们去吧！我在山上等候佳音，不要贪，宰杀他们几个就跑，让小鬼子摸不着头脑。"

李志答道："放心吧！大队长，吃饱喝足了咱们就下山。"

李志与张舒带领弟兄们下山后，熊天彪坐在大树下思念秀儿、栀子，他从内衣口袋中掏出栀子留给他的黑发布包，两眼湿润：不知栀子、秀儿现在咋样？到了日本国，生活是否有了着落？不知秀儿在日本国是否习惯？

栀子自己带走秀儿不知有多艰难，妻离子散，骨肉分离，自己不能在身边照顾他们，熊天彪心中十分内疚。

熊天彪内心里十分感谢栀子，一个日本人，相敌对的民族；一个如花似玉的好姑娘不顾多方压力能嫁与自己，应有多大的勇气。熊天彪想着他们之间的甜蜜和幸福，恨透了这场战争。

熊天彪心里明白——他与栀子、秀儿再无相见之日。

千人多的弟兄只剩下几十人，日本人绝不能放过我们，我又不能跪地投降，最终只能与日本人死拼，熊天彪心中不免有些悲伤——秀儿没有爹爹了！

咳！只能拜托栀子把秀儿抚养成人，他想给栀子捎封信，可咋能办得到呢？

三

熊天彪正在想着心事，突然觉得有轻微脚步声，这时来人已到了他的身后，熊天彪跳起身来，喝道："何人？"

他转过了身，一个瘦弱的年轻人嘴上长满了微须，戴着破草帽站在熊天彪面前。熊天彪觉得面熟，可又不知在哪里见过："你是何人？咋到了这里来？"

来人摘下破草帽，露出一头乌发，她在嘴上一抹，不见了胡须。

"不识得我吗？"

熊天彪大吃一惊："是你！山口荷子！你咋来到了这里？"

山口荷子笑道："你叫我山口荷子！我咋称呼你？叫你熊天彪吗？"

熊天彪有些尴尬："大日本帝国的少佐、高级特工，你咋称呼我？"

山口荷子笑道："我是少佐、高级特工！可你是我的姐夫，我是你的妹妹！"

熊天彪哈哈大笑："生死拼杀的冤家！你咋会是我的妹妹？我的妹妹不会做侵略者！不会到别人土地上滥杀无辜！"

山口荷子道："完达栀子不是你的妻子吗？我荷子不是完达栀子的妹妹吗？我为什么不能叫你姐夫？"

"完达栀子是我的妻子！她是一个善良的日本人！你呢？你的双手沾满了中国人的鲜血，我没有你这样的妹妹。"

"熊天彪！我本是个善良的日本女人，战争！是战争把我卷入残杀的旋涡！我不想流血！也不想让别人流血！我不想看到无辜的老人和孩子在战争中死去！

"可——我又有什么办法？我能制止战争吗？我也是战争的牺牲品和受害者！熊天彪，罢手吧！放下武器，不要坚持了！

"皇军会剿灭你们，你们没有能力与皇军作战，大半个中国都在日本人手里。满洲——我们日本人统治了这么多年，你们的民族不是照样生存吗？你不要做无谓的牺牲，识时务者为俊杰。

"放下武器，与日本人合作吧！你可以不去杀人，你只是帮助皇军做事，安安稳稳地过日子，或者你到日本国去，与栀子姐姐团聚，我毕竟是栀子姐姐的妹妹，我不能不为你们着想，姐夫！听荷子的规劝吧！

"我上次到长白山是为了寻找舅舅，妈妈爱舅舅！妈妈只有舅舅一个亲人，妈妈每天都在为舅舅担忧，我们日本人就没有亲情吗？

"我也爱栀子姐姐！栀子姐姐从小把我带大，手把手地教授我武功，我希望你们妻离子散、骨肉分离吗？

"我知道姐姐爱你！你也爱姐姐，我知道姐姐为你而痛苦，你让姐姐每天以泪洗面，姐夫……"

熊天彪眼中在流泪："荷子！在这里我熊天彪叫你一声妹妹！在战场上我们是敌人，我不会留情！让我熊天彪投降日本人，为日本人做事——我安安稳稳地过日子？让我熊天彪眼睁睁地看着日本人屠杀我们中国人吗？我到日本国与老婆孩子团聚，让我抛下祖国的同胞任侵略者蹂躏吗？

"我是中华民族的子孙，我为什么要屈服？我为什么要屈服于侵略者？不要祖宗了的人，还是人吗？猪狗不如！

"我不会放下武器！我不会停止战斗！我的鲜血情愿洒在关东的黑土地上。我不惧怕！我不后悔！我不会抛弃我的祖国和民族！我会战斗到流尽最后一滴血！

"我爱我的妻子！我爱我的孩子！我知道！我若死去，他们会痛苦。他们也可能沦为奴隶。正是为了他们，为了他们的安定与幸福，为了子孙的未来，因此，我要流血！我要牺牲！我要为反抗侵略者，为保卫祖国的河山死去，关东的白山黑水也会为我而骄傲！"

山口荷子眼含热泪："姐夫！不能听妹妹的劝导吗？你忍心抛下栀子姐姐与秀儿？你这样做就能解除中华民族的危难吗？你们的力量太弱小，你们抵抗不了日本人的飞机大炮！"

"不！——我们有血肉！我们有民族精神！我们会用我们的血肉筑成新的长城！我们在血与火中正在锻造利剑，我们的剑光会划破东方夜空！"

山口荷子见熊天彪意志坚决，抱定死志，浩气冲天。"姐夫！这是我们唯一的谈话吗？"

"是第一次，也是最后一次！"

山口荷子两眼黯然："姐夫！不能再想想吗？"

熊天彪到附近梨树上摘下几个熟透了的山梨，塞到山口荷子衣兜中："荷子妹妹！你来见姐夫，姐夫谢谢你！到了姐夫这里，没有什么好东西，尝尝长白山的山梨吧！就算姐夫招待了你。

"你若回到了日本国，拜托你关照栀子和秀儿。日后，熊天彪的阴魂会感激你。"

山口荷子的眼泪唰地流了下来："姐夫！我会照顾好姐姐与秀儿！你若死在了长白山，我会带着秀儿到她爹爹坟墓前祭奠！"

熊天彪突然说道："宗海爷爷！出来吧！偷听了我们大半天的谈话。"

山口荷子一愣："姐夫！有人跟踪我？"

大树后钻出一个老人，山口荷子惊讶了——爷爷！是蛇口下救了她性命的老人。

张宗海笑呵呵地看着山口荷子："姑娘，你一上山我就跟着你，我知道熊天彪在山上，怕天彪有意外，我注意了上山的人，我一直跟在你的后面，还好，你没发现我！你们的谈话我听得清清楚楚。姑娘，救你时就知道你是日本人。"

"爷爷！知道我是日本人，为什么不杀了我？"

"我为什么要杀了你？你向我开枪了吗？我会杀了一个没有攻击我的女孩子吗？你若攻击了我，你就没命了！不只你，还有你其他的同伴，我绝不会攻击不想伤害我的人。对吗？姑娘！"

"爷爷，摩云岭顶，开枪射杀我身后的人是你老人家吧？"

"姑娘！没错，他要暗算你，我恨透了这样的人。那天你若向熊天彪开枪，我也会射杀你，明白吗？"

山口荷子给张宗海跪了下来。"爷爷，你两次救我性命，山口荷子铭记不忘！你是让人崇敬的中国老人！爷爷，荷子知道以后怎样对待中国人，荷子不会让爷爷失望！"山口荷子咣咣咣向张宗海磕了几个响头。

熊天彪笑道："荷子妹妹，记住了，中华民族是善良的民族！告诉你身边的人和后人，我们应和睦相处。"

山口荷子爬起身来："荷子见到了姐夫，领略了姐夫的民族气节！荷子不会成为你的敌人。我们不要在战场上见面，我不想看到……我不想姐姐没有丈夫！不想秀儿没有……"

山口荷子的眼泪夺眶而出："姐夫……不要忘了寻找舅舅的尸体……"山口荷子哭着跑下了山去。

四

孙斗自从攻打白桦林后，石原看中了他，提拔他为伪军中队副队长，这小子仗着有石原撑腰，在松潘城里为非作歹。

他泡上了二红，二红缠着他要金项链。孙斗心想：我哪来那么多钱？我买得起吗？到哪里弄钱呢？他想来想去，到乡下敲诈些土财主吧！

这天，他带着二十多个伪军出了县城，他知道抗联部队已被击垮，他无所顾忌地大摇大摆地走在大路上。

突然前面来了一队日本兵，孙斗赶忙让路。日军小队长见了，停了下来："孙队长，你的，什么的干活？"

孙斗点头哈腰道："太君，前面的干活！寻找熊天彪的干活！"

"哦！哟西！哟西！不怕熊天彪的，杀了，杀了你们的干活？"

"皇军大大的厉害！熊天彪不敢出来了的干活！"

"哟西！哟西！孙队长，前进的干活！"

孙斗点着头，龇着牙："太君，我前进的、大大的干活！我找到了熊天彪，皇军快快地过来，杀了熊天彪的干活！"孙斗带着二十多个伪军向乡下走去。

孙斗带着伪军走了五六里路，见前面山坡下有一大院落："哦！刘几斗家，是个大财主！是当地的保长，弟兄们！到他家看看！"

孙斗带着伪军走进院内，见刘几斗家在操办婚事。刘几斗的儿子结婚，院子中摆放着酒席，酒桌上吆五喝六，非常热闹。

刘几斗见孙斗带着二十多个伪军走了进来，赶忙迎了出去："哎呀！孙队长光临了，快让弟兄们坐下来喝喜酒。"

孙斗倒也不客气："弟兄们！——坐下，坐下！喝酒，喝酒！"这帮伪军坐了下来，盯准了酒桌上的肥肘子、扒鸡，咧开了大嘴，手中的筷子飞旋。

孙斗喝了一会儿酒，心想：我来干啥来了？得弄金项链哪！到他妈的哪里弄呢？哎！有了！

"弟兄们，你们吃着！我去方便一下，一会儿就回来。"孙斗放下酒杯，溜了出去。

孙斗趁人不备，溜进了洞房，新娘子蒙着盖头坐在炕上听见有人进来也不敢吱声。新娘子结婚前与丈夫没见过面，她以为是新郎进来了，害羞不敢说话。

孙斗见新娘没有动静，走到新娘子身前摸了一下子新娘子的脖子，咦！金项链。

新娘子见来人摸她的脖子，娇羞道："夫君，亲朋好友都在外面吃饭，你咋不在外面陪伴客人？客人还都没有走，大早的天就想干那个……不能等到晚上黑天再……"

"嘻嘻！不要害羞，不看你的脸蛋！我摸摸你的脖子！晚上我再好好亲你！我的小宝贝！"

"嗯——！"

孙斗摘下新娘子的金项链，磨身走了。孙斗回到酒桌前："弟兄们，我的肚子不好，拉稀了！我们走吧！"这伙伪军站起身来跟着孙斗走出了大门。

孙斗走后，新娘子坐在炕上觉得脖子上少了些什么，她抬手往脖子上一摸，咦！我的金项链！我的金项链哪里去了呢？

新娘子在洞房里大声呼喊起来："有贼——有贼！——我的金项链被偷走了——"

院子中吃饭的客人听到呼叫声都惊讶地站起身来，议论纷纷。新郎跑进屋内见新娘扯下了盖头，脸上挂满了泪珠，连哭带号："什么人家？有名的大户！洞房里进小偷，偷走了我的金项链！老刘家的人都出来！——抓小偷，追回我的金项链！"新娘号啕大哭起来。

孙斗带着伪军走出刘几斗家大院，把手伸在裤兜里捂着偷来的金项链，口中吹着口哨，哼着小曲——小妹妹……嘴儿甜……叫得哥哥腿儿软……

孙斗正暗自高兴，突听刘几斗在后面喊叫："孙队长——等一等——"

"喊啥？不在家里陪客人！喊我干啥？"

"丢……丢……我丢人！"

"咋丢人了？"

"大喜的日子，儿媳的金项链不小心掉在地上不见了！"

"在家里找哇！你找我干啥？"

"我想问问你看到没有？"

"砢碜人哪！我看到了，能不吱声吗？回去找吧！"

"我不回！"

"咋不回？"

"有人见你进了洞房！"

"我没进洞房，我进了茅房！不信问问弟兄们，我说没说我去茅房。"

"孙队长，开开面！儿媳妇在哭闹！"

"闹呗！不会再买一条吗！"

"现在到哪儿买？"

"我有一条金项链，但不能卖你！我还留给小妹妹！"

刘几斗带着哭腔道："孙队长！今天把金项链还给我，改日我给你补上！"

"啥，啥，说啥呢？我偷了金项链吗？"

突然二十几匹战马扑了过来，瞬间到了眼前，这帮伪军还没有反应过来，马刀已劈在了头上，孙斗妈呀了一声，脑袋被削去了一半，他的手还在裤兜里。

李志跳下战马，从孙斗的裤兜里拽出他的手，孙斗死死地攥着一条金项链。

李志骂了一声："汉奸！早就该死了！"李志从孙斗手中拽下金项链扔给了刘几斗："赶快回家去吧！"

十几个伪军倒在了马刀下，剩下的十来个伪军拼命地逃窜。刘几斗望着风驰电掣而去的战马惊呼："熊天彪的战神！神马战神——！"

孙斗被战神劈杀了！日本人会怪罪我吗？怪罪就怪罪吧！孙斗这个汉奸早就该杀！我就是做个伪保长也没给他妈的日本人真心办过事！

逃出去的十来个伪军拼命逃窜，只恨爹娘少生两条腿。

有的伪军把鞋都跑掉了，直喊："不要鞋！不要鞋！鞋太沉了！光脚跑得快！"

有的伪军听了，也把鞋脱下扔在地上。"光脚跑得快，光脚跑得快！"

一个伪军喊道："他妈的！日本人给的皮鞋太沉了！不跟脚，扔了，扔了！光脚跑得快！"哪个伪军不怕战神的马刀劈在头上。

这帮伪军正跑着，一队日军迎面跑了过来。一个伪军喊叫："日本人的皮鞋不跟脚，脱下跑得快！"

日军小队长拔出军刀："巴嘎！站住！什么脱下皮鞋跑得快的干活？"

"皇军的皮鞋不跟脚！熊天彪战神的干活！马刀的大大的厉害！脱下皮鞋跑得快！"

"巴嘎！皇军的皮鞋大大的厉害！皇军的皮鞋跑得快！"

一个伪军捂着鼻子乐了："太君快跑！熊天彪的战神来了！皇军的皮鞋跑得快！"

"巴嘎！什么皇军的皮鞋跑得快？熊天彪哪里的干活？"

那个伪军望着远处，心有余悸地喊叫："太君，飞走了！神马一样地飞走了！孙斗太君，不！——不！孙斗队长的脑袋两半了的干活！熊天彪的马刀，咔嚓的干活！脑袋，脑袋！脖子上的脑袋！咔嚓两半的干活！"

日军小队长举起了军刀："你的带路！追击！追击的干活！"

"太君！我脚上没鞋！光脚的干活！"

"光脚跑得快！你的，带路！追击的干活！"

那个伪军低着头，暗骂了一声："王八犊子日本人！我刚逃出来，让我去送死咋的？"

"嘻嘻！太君，我的带路的干活！"

五

伪军带路，日军在大道上向前搜索前进，前面大路两旁是高粱地，没人深的高粱秆子被风吹得沙沙作响。

日军走出了十几米远，突然从后面的高粱地里冲出几十匹战马，风驰电掣般跃上大道。

日军听到马蹄声，转过身来，马刀已劈到了头上，慌乱中日军无法展开火力，只得仓皇迎战。五十多人的日军小队，被李志、张舒带领的三十个骑兵战士劈杀得七零八落，日军没有还手的余地。

片刻工夫，日军被劈杀倒二十余人，日军纷纷向高粱地里逃窜。

那个伪军躲在高粱地里喊叫："皇军的皮鞋不跟脚！脱下皮鞋跑得快！你妈蛋！傻货日本人！咋不脱鞋？"

逃窜到高粱地里的日军架起了机枪，向骑兵疯狂地扫射。

那个伪军吐吐舌头："咋？骑兵没影了？熊天彪的战神骑兵跑得快！"

张舒连呼："过瘾！——过瘾！"

李志笑道："张舒，那个伪军咋大喊，皇军的皮鞋不跟脚，脱下皮鞋跑得快？"

张舒哈哈大笑："我们劈杀孙斗时，那个伪军吓出病了！他脱下了日本人配给的皮鞋光脚跑掉的！他知道不穿鞋跑得快。"战士们笑得前仰后合。

张舒问道："李志，刘财主咋叫刘几斗？"

李志答道："听人说，刘财主的爹也是闯关东的山东人，到了关东山见了大片的黑土地蒿草没身，知道清除蒿草就是良田。

"他带领儿孙扎在蒿草中，没白没夜地滚在蒿草中，开垦出好良田。

"到了秋上打完了粮食，爷爷看着大堆的粮食乐得不想吃饭。

"儿子问：'爹爹，咋不吃饭？'爷爷说：'儿子！先饿着吧！饿极了再吃！'儿子问：'为啥？'爷爷说：'留几斗！万一明年闹灾荒呢？到时吃啥？'

"爷爷决定留下几斗粮食谁也不能吃，饿急了，全家人到粮堆前看一看，孙

子饿急了，抓了一把米塞在嘴里，爷爷说：'吐出来！不是还没有饿晕吗？饿晕了再吃！留几斗！留几斗！'

"儿子说：'爹爹！我要饿晕了！'爷爷说：'饿晕了也不能吃，你不是孙子！留几斗！留几斗！'

"就这样，刘家连年积攒粮食，爷爷过世后，儿子继承了爷爷的传统，后来刘家成了大户。"

张舒望着山坡上的高粱地："土地是咱农民的命根子！爷爷为啥不离开长白山？爷爷舍不得自家的黑土地！

"爷爷现在有时也偷偷地种地，打下粮食藏在山里，要不爷爷吃什么？爷爷说，就是死，也要死在自己的黑土地上！"

熊天彪的三十个骑兵劈杀日军的这一幕，山口荷子在山上的树林中看得一清二楚，山口荷子在惊叹——这是熊天彪最后的骑兵，具有战神精神的骑兵！代表中华民族精神的战神骑兵！

这个伟大的民族不可征服，这个伟大的民族会崛起，这个伟大的民族会把日本侵略者葬入汪洋大海！历史会写出中华民族光辉的一页。

六

冬天临近了，枫叶披着严霜在寒风中摇曳，深秋的长白山万物将进入冬眠。熊天彪命令他最后的骑兵分散储粮，以备战士与战马的越冬。

石原知道冬天是熊天彪最难挨的季节，他要在冬季里消灭熊天彪和他的最后骑兵。石原派出大批暗探查找熊天彪战马的隐匿地点，他要先杀光熊天彪的战马，熊天彪的骑兵没有了战马，熊天彪就失去了机动灵活性。

熊天彪怕暴露目标，他让战士把战马分散在深山多处，战马的嘴上戴上皮套，不让战马嘶叫。

每一匹战马的马厩都有掩饰，外人很难发现，熊天彪有行动时，命令战士把战马集中，平时战马分养。

石原在冬季前加紧了搜山，他要在冬季前杀掉熊天彪的所有马匹，石原秘密悬赏——查到熊天彪的一匹战马，赏五十块大洋。

日本人很快杀掉了十几匹战马。熊天彪发现了石原的诡计，他让弟兄们潜伏在战马周围，杀掉了几个日本人的暗探。

日本人的暗探再也不敢轻易上山，熊天彪只剩下了十几匹战马。熊天彪知道他的战马无法保留下来，他决定封冻前用仅剩下的战马与日本人做一次拼杀，然后把战马分散到各处，暂时放弃战马，带领弟兄们钻山。

熊天彪把李志、张舒叫到一起："李志，我们的战马无法保留了！用仅有的战马与小鬼子再拼杀一次吧！我决定亲自下山，狠狠地咬小鬼子一口。

"我带着张舒与十个骑马的弟兄下山，你带着其他的弟兄在山下隐蔽好接应我们，现在天还不算冷！一定隐蔽好，不要暴露目标。

"我最后一次骑马上阵了！这次要杀个痛快，打完这仗，弃马钻山！"

李志道："团长，你不要去了。还是我和张舒去吧！你带领弟兄们接应。"

张舒也说道："团长，你不要去了，我和李志去吧！你千万不能出什么差错，我们哥俩去，你还不放心吗？"

熊天彪咬牙说道："李志，就这么定了！你带领弟兄们接应，我与张舒带领弟兄们去拼杀。让我们的马蹄声刺破敌人的耳膜！让我们的马刀最后饮日本人的血！下山——"

石原知道熊天彪只剩下了十余匹战马，他吸取以往教训，调来五十个骑兵专门对付熊天彪的十几个骑兵，他要用五十个骑兵杀光熊天彪最后的骑兵。

熊天彪带领十余个战士在大路上寻找战机，他怕遭到日本人的埋伏，警惕地向两旁的山坡上观望，他希望在大路上碰到日本人，便于骑兵厮杀。

熊天彪带队走出十余里路，也没有发现日伪军的踪影，张舒道："大队长！今天碰不到小鬼子了吧？"

熊天彪道："不急！天早着呢！我就不信小鬼子这么老实！"

说话间，眼尖的张舒喊道："大队长！来了，来了！是骑兵，几十个人！"

熊天彪展目细看，影影绰绰地见几十个日军骑兵不疾不徐地走了过来。

熊天彪心中暗喜："弟兄们！——他们人多，我们人少，有信心干掉他们吗？"

张舒道："骑兵对骑兵，机会难得，没有这样的机会了，团长！——拼吧！弟兄们没孬种！"

熊天彪知道，剩下的最后骑兵骑术都是小胜子亲授，马上功夫纯熟，个个刀法精绝，对付几十个日军骑兵绰绰有余。

熊天彪掣出了大刀："弟兄们！——一对五，准备绝杀！"

唰，张舒的祖传大刀提在了手中，唰、唰、唰，十余个铁血男儿手中的马刀闪着耀眼的寒光。

熊天彪的骑兵在前进，日军的骑兵在前进，前进，都在前进！日本骑兵在笑，熊天彪的抗联骑兵也在笑。

中国人！十余个骑兵与我们大日本皇军五十个骑兵对抗，统统死了死了的干活！

日本人，仗着你们的人多吗？看看是你们的脑袋硬，还是我们的马刀硬？

近了！熊天彪已看到了日本人的仁丹胡子。近了！日本人已看到了熊天彪手中的大刀在晃动。

突然，马蹄声骤起，深秋的土地上卷起尘土，战马嘶鸣，喊杀声震耳，战马在飞跃，战刀闪着寒光在碰撞。

咔嚓、咔嚓、咔嚓，双方一交手，十来个日军骑兵被劈杀在马下。

熊天彪最后的骑兵似疯虎战神，似平地卷起的飓风，疯狂地绝杀。

日军骑兵的死尸倒挂在马镫上，战马乱窜，哇哇怪叫声迭起，日军骑兵脖腔中喷射出的血花似晴天的血雨。

三十多个日军骑兵躺在地上在饮血，日军骑兵在顽抗，又有十来个日军骑兵被劈杀在马下。

熊天彪、张舒马到之处，只见刀光剑影，血花飞溅，日军骑兵支持不住了，一个日军骑兵把枪口对准了战神一样的熊天彪。

张舒见了，大喝一声，跃马扬刀向那个日军骑兵扑去。枪声响了，张舒的身子一震，手中的大刀快如闪电，那个日军骑兵的脑袋飞出三尺多远，张舒伏在了马背上。

熊天彪见了大呼一声："张舒——！"跃马向张舒马前冲去，两个日军骑兵高擎马刀想拦截他，熊天彪手起刀落，一连两刀，两个日军骑兵连头带肩被劈成了两半。

熊天彪到了张舒马前，张舒已没有了气息。熊天彪从张舒马上抱过张舒，大吼一声："弟兄们撤——！"

熊天彪带领弟兄们撤出了战斗，日军骑兵见熊天彪带领马队撤退了，在后面紧紧地追赶。

熊天彪的马队跑过一个小山包，日军骑兵紧追不舍。

突然枪声大作，李志带领的二十来个弟兄一起开火，日军骑兵纷纷从马上摔落下来，剩下的五六个日军骑兵磨头逃跑了。熊天彪跳下战马，抱起张舒后与弟兄们钻入了密林中。

第二十五章　熊哮寒天

一

　　熊天彪与李志坐在张舒坟墓前，李志在张舒坟墓前栽满了已落了花叶的啼血杜鹃花。李志双眼红肿，沙哑地说道："明年春天里，这几簇杜鹃花会血红！张舒兄弟——你的大刀我拿着呢，在我的手中会更加锋利，我们会为你报仇，更多的人会为你报仇！兄弟——咱鹰不落六杰你也走了，走得值！小鬼子的脑袋滚了一地——他们知道，我们的大刀越磨越锋利！兄弟，我不会退却！等着我，共产党人与你一样——视死如归！"

　　熊天彪两眼有些痴呆，他瞅着山顶的一棵松树："李志，我死了埋在哪里？有人知道我的坟墓吗？"

　　李志晃了晃头："团长，我也不知道！我要死在你的前面，我不想看到你的坟墓！我要死在你的身旁，让你埋葬我！"

　　"李志！为什么让我埋葬你们？我埋葬了我的好兄弟小胜子、鄂二江、王璞，又埋葬了我的好兄弟张舒。我埋葬了那么多的好兄弟，你还要我埋葬你，你们都是我的好兄弟！我不想看到你们一个个死去，我宁愿先死。你带领剩下的弟兄好好活下去，张舒为我而死，你们不要为我而死。我死了，你们也要继续杀敌！不要为我牺牲，我心痛，心痛啊！

　　"胜子兄弟死了！王璞、张舒兄弟死了！那么多鹰不落好儿郎都死了！你还要死在我前头吗？李志——你不要死！鹰不落六杰，我身边只剩你一个人了！呜呜呜——"熊天彪放声大哭起来。

　　张宗海背着枪跟跟跄跄地来到张舒墓前。"天彪——你与李志走吧！弟兄们还等着你们俩呢！我在这里守着舒儿，舒儿走了！我也没啥指望了！本想赶走了日本人给舒儿娶房好媳妇！让他们给爷爷生几个孙孙，让爷爷享享清福，可我的舒儿先走了！我张家没有后人了！舒儿他爹娘啊，俺对不住你们！俺连自己的孙儿都护不住，俺咋办？俺咋办哪——？"

张宗海抱头大哭，两手不停地捶打自己的脑袋。

熊天彪、李志见张宗海大哭，他二人忍不住也放声大哭起来。李志抱住张宗海："爷爷！李志若不死，李志给爷爷生一堆孙儿、孙女，让爷爷安享晚年！"

张宗海哭道："李志——只怕你也走了，指望不上！小鬼子！——只要我关东山的男人不死绝，就要你们的命！小鬼子……"

熊天彪哭道："爷爷——回小木屋去吧！你老人家年纪大了，保重身体要紧！我熊天彪若不死！会常来看望我的好弟兄！熊天彪不死，给你老人家养老送终！"

张宗海泪水涟涟："你们走吧！弟兄们还等待你们，去吧！去吧！"张宗海打开背包，数里面还有多少子弹。

熊天彪与李志回到营地，见弟兄们个个面带悲戚，熊天彪道："弟兄们——以后我们没有战马了！我们只能钻林子，在大山里与小鬼子死磕吧！有没有不愿留下的？我也不愿弟兄们与我熊天彪死在一起！想走的就走吧！"

一个战士道："往哪里走？俺特意投奔你打鬼子，俺知道跟着你熊天彪必死无疑，可俺愿意！小鬼子天天到山里去，俺还咋狩猎？碰到小鬼子，他们就往死里整我们，还有活路吗？咋也是个死，跟小鬼子干，就当我在山里狩猎，被日本人打死了，就当我被野兽吃了。怕啥？俺不走！"

熊天彪哈哈大笑："不怕死？不后悔？"

"两条腿支着肚子，都挺着个脑袋，谁怕谁？大不了是个死，有啥后悔的？"

熊天彪道："弟兄们！——既然你们愿意与我熊天彪同生共死，我们就忍受困难与日本人拼死相搏吧！"

二

严冬到了，日军讨伐队封锁了通往山里的各个要道，石原想把熊天彪和他的部队困死在山上。熊天彪不想出击，也没有能力出击，他只想挨过冬天。

熊天彪带领弟兄们躲在营地里，不敢轻易下山，可山上粮食奇缺，储备的粮食吃完了，大雪封山，到哪里找吃的？

李志道："团长，我下山到刘几斗家吧！他家的粮食充裕，我搞些回来，给同志们应急。"

熊天彪道："可靠吗？他是伪保长，他不会报告日本人吗？"

李志道："团长，你的战马就留在了他家里，他把战马的毛剪掉了，弄得秃秃的，马身上泼上粪便，弄得脏脏的，在战马的大腿根上勒了一根皮筋，战马走起路来踮脚，日本人搜查战马时，他说是匹病马，糊弄过去日本人。我先下山探探路，看看情况，若弄出粮食来，你派人下山来取。"

熊天彪道："这倒是一个办法，你速去速回！免得我惦记你！"

李志第二天，打点好行装下山奔向刘几斗家。

天气寒冷，刘几斗坐在热炕头上："根子，酒烫好了吗？咱爷儿俩喝几盅。"

二根子道："爹！酒瓶里不多了，留几盅吗？"

"小犊子！粮食留几斗，这酒还能留吗？时间长了变水了。"

"嘻嘻！爹爹！都喝了，都喝了。"

"外面天冷，都喝了吧！"

爷儿俩吃完饭坐在炕上喝茶，刘几斗道："李志兄弟的那匹马加草料了吗？过年开春李志他们还不得用吗？"

"爹，饭前我就加草料了，明年开春给李志大哥一匹膘肥滚圆的好马。"

刘几斗见外面刮起了小北风，叹了一口气："熊天彪和李志他们在山上不知咋挨过这寒冬？粮食也不知还有没有？"

"爹爹！日本人若知道你这个保长惦记着抗联，不得砍了你的头！"

"放屁！小犊子！我没惦记抗联，我惦记的是咱们中国人！中国人的英雄好汉！咋的？你不服咋的？人家李志神不知鬼不觉地跟随孙斗到了你的洞房，别说孙斗把你媳妇的金项链偷走了，就是孙斗把你媳妇那个……那个了……谁也不知道！根子，悬不悬？"

"爹——别说了！那帮王八蛋！要不是李志大哥，那天我媳妇不得作翻天！"

突然，外面有敲门声，刘几斗道："根子，去看看，是谁，这么晚了来干啥。"

二根子推开房门喊道："谁呀？——黑灯瞎火的！大冷的天！"

"根子兄弟，根子兄弟！"

二根子听出是李志的声音："哦，李志大哥！我马上开门！"

二根子打开院门："李志大哥快进屋！"他向门外四处看了看，关上了院门。

李志笑道："兄弟，放心吧！没人看见我！"

李志随二根子到了屋内，刘几斗哎呀一声："兄弟！这么晚了大冷的天！没吃饭吧？"

"根子，叫你媳妇炒几个菜！给李志兄弟烫壶好酒！"

根子媳妇腊梅在里屋一听李志来了，赶忙下炕走出屋外："李志大哥！什么风把你吹来了？快坐在热炕头上暖和暖和！妹妹马上给你炒菜，喝几盅！"

二根子道："腊梅！炒几个硬菜！"

李志坐下后，刘几斗问道："兄弟，你这么晚来了，必有要事，说吧！是缺粮还是少衣？"

李志笑道："老人家，正为粮食而来！"

刘几斗笑道："兄弟，不要说了！我刘几斗的粮食不缺，每年我都留几斗，今年留下的几斗粮食你们都拿走吧！不要让兄弟们饿着肚子打鬼子，派人来拿吧。"

第二天夜间，熊天彪派出几个兄弟背走了刘几斗家的几斗粮食。

隔墙有耳，刘几斗家不远处有个叫胡疤癞眼的人，这人不务正业，耍钱、逛窑子、抽大烟。这天夜间耍钱回来，见刘几斗家有人影晃动，他扒在墙头上窥视，见五六个人从刘几斗家背走了粮食，他想：什么人半夜三更的到刘几斗家拿粮食？看来刘几斗帮助了抗联。日本人封山，要困饿死抗联，我若告发了刘几斗，日本人会给我赏钱的。

这胡疤癞眼家原也是大户，到了他这辈上，他不学好，吃喝嫖赌、抽大烟，不务正业，偌大的家业让他快败光了。好房、好地都卖掉了，老婆带着孩子改嫁了他人。

石原接到报告，有人告发保长刘几斗给抗联粮食资助抗联，他怒气冲冲地吼道："巴嘎！——把告发刘保长的人叫到我这里来，我要问明白，刘保长帮助抗联，死了死了的干活！"

胡疤癞眼来到石原面前点头哈腰地咧着嘴，眼珠快速转动，疤癞在跳。

"太君，刘保长良心大大的坏了！粮食，抗联的给！"

石原伸手拍了拍胡疤癞眼的肩头："你……良民大大的！哟西！皇军金票大大的奖赏你，告诉我，刘保长的粮食抗联的给？"

山口荷子已站在门外，她不动声色地听石原的问话。

胡疤癞眼听石原说金票大大的奖励，两眼笑成了一条缝："太君，我的，亲眼地看见刘保长家里来了十多个抗联，扛着粮食跑到山上的干活！"

"真的吗？说谎的不要！说谎死了死了的干活！"

胡疤瘌眼眨着小眼睛："太君，说谎的不敢，说谎死啦死啦的干活！"

"哟西！哟西！金票大大的给！"

<h1 style="text-align:center">三</h1>

刘几斗与儿子、儿媳坐在炕上正从玉米棒子上往下搓玉米粒，一伙日伪军闯了进来，一个伪军道："刘保长！石原太君请你到他那里去，赶紧走吧！"

刘几斗心中一愣——坏了！有人告发我，有麻烦，弄不好，要没命！

刘几斗心里在打鼓："兄弟，石原太君不认识我，请我干啥？我不去！没看见吗？我在干活！"

那个伪军拽住刘几斗的胳膊："下炕吧！不去也得去！由不得你！"

刘几斗知道躲不过去："好好好！我去，我去！"刘几斗穿上鞋。

"根子！年年打下的粮食都要留几斗，爹爹去了！"

腊梅见了，号啕大哭起来："公公——咱咋啦？我也去！儿媳陪爹爹去！"

那个伪军道："没请你！你去干啥？"

"冰天雪地的，道路滑！我怕公公摔倒了！"

"你愿意去，你就去！我管不着！"

腊梅对二根子道："我与爹爹去了，你看好家！关好门！不要像昨天晚上不关好大门，来了一帮胡子抢走了我们家的粮食！"

根子已明白了腊梅的用意。"腊梅，我陪爹爹去吧，你留在家里。"

"你傻呀！家里没有男人能行吗？"腊梅对那个伪军道："等我一会儿，我到茅房方便一下。"腊梅从茅房回来和刘几斗随日伪军走出了家门。

石原见刘几斗来了，后面跟着一个俊俏小媳妇。"花姑娘来的，什么的干活？"

刘几斗见了石原，不免心中有些打怵，他笑着脸："大太君！我的儿媳妇怕我滑倒了，大大的孝敬老人的干活！"

"哟西！哟西！你的坐下说话！"

"大太君，有事情吗？需要我做什么吗？"

"你的保长的干活！为皇军效力的干活！不要你做什么，说说你送给抗联粮食的干活！"

腊梅突然放声大哭起来："大太君！粮食被土匪抢去了的干活！爹爹到了冬季，腿关节有病的干活！走不了路的干活！爹爹要找大太君报案的干活！走不了路，来不了的干活！大太君帮我们找回粮食的干活！我们全家谢谢大太君的干活！"

腊梅扑通跪在了石原面前，一把鼻涕一把泪地哭号起来。

石原愣住了："什么？马胡子的干活？有人告发你们，不是马胡子的干活！抗联的干活！"

腊梅突然脱下小棉袄，哧的一声，撕开了内衣袖子，露出雪白的胳臂，她把胳臂伸到石原面前："大太君，你的看看！马胡子打得厉害的干活！出血了的干活！大太君，好痛，好痛的干活！"腊梅龇牙咧嘴地又放声大哭起来。

石原见腊梅的胳膊上满是伤痕，血道子一条一条的："胡疤癞眼子，说谎的干活？你们今天不能走了！明天我找到告发人，要对证的干活！若真是马胡子抢粮，我放了你们，你们若送给抗联粮食，死了死了的干活！"

腊梅喊道："马胡子！——就是马胡子抢走了我们的粮食，找谁来对证我们也不怕！就是马胡子抢了我家的粮食！"

刘几斗知道腊梅在暗示自己，暗思：好儿媳，腊梅好样的！我刘家有福，有这样机智勇敢的女中豪杰！打死我，也是土匪抢了我家的粮食，绝不能供出抗联。

山口荷子突然走进屋内："石原君，没有证据不要虐待人家！明日找到目击证人再说吧！"

"荷子小姐，我不会虐待他们，刘先生是皇军信任的保长的干活！今天他们不会受苦！证人到了，就真相大白了，那么……"

山口荷子笑道："石原君，待明天吧！"

胡疤癞眼抽完大烟，过足了烟瘾，到酒馆里要了一盘猪头肉、一盘花生米，捏着酒壶独酌起来："真他妈的好受！金票大大的有！喝完小酒逛窑子去！小兰花！不理我！看你那撩人样，我就眼馋！老子金票大大的有，今晚好好搂搂你……美……舒服……"

小兰花迷迷瞪瞪中觉得屋中有人，只听胡疤癞眼脖子上刺啦一声，她觉得一股热流喷到她脸上，那人拿起胡疤癞眼的钱包转眼不见了。

小兰花一摸脸，黏糊糊的，她把手放在鼻子上一闻，大呼起来："血——血——杀人啦！——杀人啦——！"

警察来了，有人杀了胡疤癞眼，抢走了他的钱包，是图财害命。

石原看看外面的太阳已升起多高："证人，证人的！胡疤瘌眼的！为什么不来？"

一个去寻找胡疤瘌眼的伪军跑进来喊道："太君！——太君！——胡……胡……胡疤瘌眼死了死了的干活！"

石原站起身来，迷惑道："什么？你说什么？"

那个伪军结结巴巴地说道："太君！胡疤瘌眼昨天夜里被人杀害了！"

"什么人的干活？是熊天彪吗？他怎会知道胡疤瘌眼的，告密的干活？"

"太君，警察说了，是图财害命！"

山口荷子冷笑道："石原君，你管理下的松潘县城治安大大的混乱！老百姓不高兴的干活！你给那个浑蛋的钱太多了！他不喜欢，死在了妓院里。"

石原瞟了山口荷子一眼："你怎么会知道证人死在了妓院里？"

"石原君，你不知道我是高级特工吗？"

石原大吼起来："证人！——证人！——我要证人！胡疤瘌眼的骗了，骗了我的金票的干活！"

山口荷子道："还要扣押刘先生吗？"

"放人！放人的干活！放人——！"

四

刘几斗与腊梅回到家中，二根子欣喜若狂。"我知道，我的腊梅就是辣！辣得日本人没辙！"

腊梅沉思片刻："二根子，别这么说！有人帮我们！胡疤瘌眼不会突然死去！有人怕我们遭到不测，杀了胡疤瘌眼。石原死无对证，只好放了我们，若胡疤瘌眼不死，我与爹爹怕保不住性命！但不知是谁杀了胡疤瘌眼，恩人哪！恩人！"

根子道："不会是熊天彪和李志吧！"

腊梅道："熊天彪和李志不知有人告密，咋会杀了胡疤瘌眼？但我想，是与熊天彪有渊源的人！"

刘几斗看着二根子道："根子！——爹爹能安全回家，不管咋说，要谢谢咱家的你媳妇，你看看她的胳膊！血痕累累！知道为什么吗？你媳妇走前说去茅房，你咋知，她在茅房中划破了自己的胳臂！儿啊！这样的女人哪里找？多智，多勇！你快快谢过你媳妇！"

腊梅笑道："爹爹差矣！不要谢我，儿媳虽不明白什么大道理，可爹爹能舍命不怕杀头救助熊天彪那帮英雄好汉，难道让爹爹受尽侮辱被砍头吗？儿媳无能，只是在恶人面前撒泼罢了！"

刘几斗泣道："儿啊！你媳妇尚能如此，做个热血好男儿吧！"

二根子跪在腊梅面前："媳妇！你能让爹爹全身而归，足见你胜过男儿，待爹爹过世，你主持家业吧！"

"胡说！不要说些不吉利的话！腊梅要孝敬爹爹！根子，快快起来吧！哪有丈夫跪媳妇的道理？不要让人家笑我！"

根子站起身来："爹爹，今晚设宴吗？"

刘几斗哈哈大笑："为啥不设宴？二次托生！谢那暗中救助我们的人！为他敬酒！"

五

山口荷子自与熊天彪见面后，心中一直为熊天彪担心。她知道，熊天彪死志已决，她不希望熊天彪死去。

她见已到了严冬，正是熊天彪危险时刻，她从奉天城又来到了松潘县城，她以打探舅舅的消息为名，在石原处常驻不返。

石原也想借助山口荷子尽力说服熊天彪，达到他管辖下抗联灭迹的局势。可熊天彪宁死不降，石原下定决心剿灭熊天彪，石原又密布暗探到深山老林，寻找熊天彪的踪迹。

熊天彪带领三十来个抗联战士不断地转移营地，他知道，一旦日本人发现了他们，就是抗联独立团的毁灭。

腊月二十三，已是小年，中国人的传统，不管穷富，都准备过年。熊天彪带领弟兄们艰难地行走在风雪中，到了秘密的宿营地，熊天彪道："李志，今天是小年，我这里还有一块野猪肉，拿去煮熟了！大家算过小年吧！"

李志看了看还飘着雪花的天空："这样的天气，敌人不会发现我们的炊烟吧！"

李志让战士们点燃了树枝，钢盔中的野猪肉在翻滚，热气中散发着肉香。熊天彪摘下身上的酒壶。

"弟兄们！每人喝一口吧！咋说这也叫过年！小年也是年！老祖宗定的规矩，咱不能忘！"

战士们围了过来，你一口、我一口，一个战士骂道："禽兽小鬼子！待赶走了他们，爷爷好好过个年！长白山的山珍，北海的海味，爷爷把它都鼓捣全了！再加上老白干！弄个痛快！"说话的战士喝了一口酒，瞅着熊天彪笑。

熊天彪肃然道："兄弟们！我们怕等不到那一天，留给儿孙们享福吧，不赶走日本人，儿孙们也没有好日子过！"

熊天彪接着说："赶走了日本人，到我关东三寨，兄弟们想吃什么，我熊天彪大大的有！撑死你们！"

李志道："没有国，哪儿有家！没有家，我们是四处流落的孩子！没有人呵护我们，我们任人欺辱，我们没有尊严，我们失去了人格，我们变成了奴隶，我们是侵略者眼中的狗！"

六

又度过了一个难熬的黑夜，天亮了，雪停了，山顶上露出了阳光。战士们抖落盖在身上树枝上的积雪，挪动着麻木的躯体。

突然，响起了枪声，熊天彪知道，到了最后的时刻。他拿出最后的几块煎饼分给了大家。

"弟兄们！——这是我们最后的早餐！我们的生命将要终结，你们害怕吗？"

没有人说话，他们默默地拿过一块煎饼塞在口中，边咀嚼，边往口中塞着冰雪，他们端起枪，艰难地爬向可用的掩体。

黑压压的日伪军把山头包围了。日伪军戴着厚实的防寒帽子，身上穿着棉大衣，脚上穿着棉皮鞋，蜂拥向一个能避风雪的石砬子。石砬子下是熊天彪的阵地。

枪声突然震耳，雪地里一群饥饿、冻得麻木的中国人向侵略者射出了仇恨的子弹。

李志呼叫："天彪哥哥——我掩护！你带领弟兄们攀石砬子从后山突围！大

队长！——你听到没有——"

"李志——我听到了！我誓与弟兄们共存亡——"

"天彪哥哥——我求你——快走——"

"李志兄弟——我早已知道你是共产党人——你走——我们要留下抗日的火种——"

"天彪哥哥——我是共产党人——我是你的亲兄弟！快走！——快走——！"

熊天彪带领弟兄们边打边撤，不知不觉已撤到了山顶，只剩下了十来个人。

李志喊道："天彪哥哥！——你走吧！我在这里掩护你！你有希望逃脱出去，不要都死在这里！"

熊天彪怒吼："李志！——我们是兄弟吗？若是兄弟，就不要让我走了，让我抛下你们，自己逃命吗？我熊天彪做不到！李志！——哥哥与你同生死！"

熊天彪带领剩下的弟兄依托巨石和大树做掩护与日伪军拼杀，剩下的弟兄个个枪法不弱，射杀得日伪军一时无法前进。

山口荷子站在石原身旁，石原道："荷子小姐，熊天彪到了最后时刻，他已剩下不多人了，他还在顽抗！"

石原把望远镜递给了山口荷子。山口荷子接过望远镜："石原君，你马上就要去了一块心病！但战斗还没有结束，我们还要付出代价。"

山口荷子把望远镜对准了山顶，她影影绰绰地看到了熊天彪的身影。熊天彪只剩下十来个人了，可不时地有日伪军在他们前面倒下，他们的枪口还在喷射着火舌，没有人退缩，只见他们在不停地战斗。

山口荷子心想：有什么办法能救下熊天彪呢？她看着寒风中石原没有表情的脸："石原君，我们要活捉熊天彪，我不想让他这样死去，我要在他的嘴中得到燕飞天的秘密！我要拿到碧玉蟾！"

石原笑了："熊天彪跑不掉了！我也不想杀死他。活捉他！我要看看熊天彪在我面前是否能屈服，我喜欢这样的勇士！中国人中少有的勇士！我尊敬他！"

熊天彪身边的人越来越少了，只剩下四五个人了，他们身上已没有了子弹。日伪军在一步步地逼近，熊天彪射出最后一发子弹，他拔出来大刀："弟兄们！——只我们几个人了！我们死在一起吧！"

李志早已抽出来大刀："天彪哥哥！这叫同生死共患难！来生咱还这样！弟兄们！好吗？"

一个弟兄吼道："天彪哥哥！——爷爷们没白活！小鬼子被我们撂倒了这么多，早就够本了！我们还没死！要我们死，小鬼子还得拿命换！

"天彪哥哥——我们到胜子哥哥那里聚齐，你还带着我们跟小鬼子干！非把他们干服不可！"

熊天彪大喊："好弟兄！——小鬼子上来了！举刀——！"

石原与山口荷子都来到了近前，石原道："熊天彪，你什么都没有了！只剩下几个人，还要打下去吗？我敬佩你！你是中国大大的勇士！你是大大的有智慧的人！放下你的战刀，到我那里好好谈一谈，我们做朋友，大大的好！"

山口荷子神色黯然："熊天彪，放下武器吧！不要做无谓的牺牲，石原君也许说得对，我不想让你这样死去！你们放下武器，我保证不会杀你们其中的任何一个人！"

熊天彪看着山口荷子黯然的神色，他知道，山口荷子在为栀子心疼自己，他知道，山口荷子无法面对亲情的绝杀。

他不恨山口荷子，他仇恨发动战争的人，他仇恨残暴的人。

他想：在荷子的面前死去也好，她会告诉栀子，她的丈夫死在了哪里，她会带着栀子和秀儿来看望他，我熊天彪就心满意足了！

"弟兄们！最后的绝杀！我知道！我们必死！绝杀——！"

熊天彪与李志带领几个弟兄挥起战刀，向敌群冲杀过去。

石原喊道："不要开枪！——活捉他们！"

熊天彪与李志背靠背挥舞大刀，片刻工夫，劈倒了五六个日军。

他们劈杀了一阵，几个弟兄倒在了血泊中。熊天彪与李志身上也多处负伤，李志的左臂已不能动，血顺着衣袖往下流淌。

李志背上突然被日军刺中，李志倒在了熊天彪怀里。周围的日军端着刺刀盯视着熊天彪和李志不动，他们等待熊天彪和李志投降。

李志无力地看着熊天彪溅满鲜血的脸："哥哥——弟弟走了！弟弟在那面等你……"

李志脸上抹过一丝笑容，他突然举起大刀向一个日军劈去。几个日军的刺刀刺在李志前胸和小腹上。李志大吼一声，倒在了雪地里。

熊天彪哈哈大笑两声："好兄弟！——死得好！死得壮烈！"

熊天彪大吼一声："来吧！——小鬼子！"只听熊天彪的大刀与日军刺刀的碰撞声，只听日军的惨叫声，熊天彪身上到处流血。

山口荷子闭上了眼睛，她不想看到熊天彪血肉模糊的躯体，她不想看到熊天彪流干身上的鲜血。

熊天彪身上已中了十几处刀伤，血流不止，他手中的大刀还在挥舞。熊天彪身上的鲜血已快流干，他用最后的力气抛出大刀劈倒一个日军，倒在了雪地上。

石原走上前去："熊天彪，你已没有了战斗力，还不投降吗？"

熊天彪把头靠在一棵大松树上微弱地说道："石原……我不会投降……你不是胜利者！你看……你付出了多大的代价……我们杀死了多少你们的人……

"待我中华民众都觉醒时，看看你们日本岛国有多少人抵得住我们铸成的利剑……中国人杀不绝！我们的子孙会在血与火中锻造刺破苍穹的利剑……你要记住了！后辈们的利剑要比你们日本人的军刀锋利得多……我熊天彪——死不投降！熊天彪死不投降……"

"好好好！成全你！想咋死？"

山口荷子突然喊道："熊天彪！——你想死？没那么容易！你还没有说出燕飞天的秘密，我能让你死吗？"

"石原君，让你的士兵抬着熊天彪下山！"

熊天彪知道山口荷子的用意，他突然拔出短剑："山口荷子……不要让人来抬我，我要再说几句话……向我的弟兄们告别，再随你下山。"

熊天彪摇摇晃晃地站起身来，向前走了几步，面对白雪皑皑的群山大喊起来："我熊天彪愧对大帅——愧对鹰不落三寨父老兄弟——不能保国安民——我熊天彪愧对养育我的长白山——"

熊天彪突然转身凝视山口荷子片刻："荷子妹妹！我不想让你看到你们的人射杀我……我不想倒在你面前！照看好栀子、秀儿！姐夫自己去了！"

熊天彪急蹿几步，跑向悬崖，一纵身跃下山崖。几个日本兵跑到悬崖边，向山下开枪射击。山口荷子大怒，抬手一枪击在一个日军腿上。"为什么开枪？我要活的！我要活的熊天彪——！"

石原惊异地看着山口荷子："荷子小姐，熊天彪会死吗？"

"石原君，你没看到他手中的短剑吗？石原君，我寻找碧玉蟾的线索又让你的士兵破坏了！让你的士兵下山寻找熊天彪的尸体，把他埋葬了！"

"荷子小姐，这是冬天！"

"我不管！——我尊敬他！难道你不尊敬他吗——？"

"下山，下山！统统的下山！——寻找熊天彪的干活！埋葬他！"

熊天彪死了，除了日本人，没人知道熊天彪死了！

第二年春天，腊梅和二根子到白石碴子去寻找他们的尸体，只发现了李志和其他兄弟的尸体。根子寻找到熊天彪的大刀带回家中。刘几斗让人埋葬了抗联战士的尸体，在李志的墓前做了标记。

　　老人们说熊天彪死了，有人说，熊天彪没死，说他只身杀出了日本人的包围隐姓埋名了。

　　有人说，熊天彪突出重围后到关内投奔了八路军。

　　还有人说，熊天彪去了日本国寻找完达栀子去了。众说纷纭。

　　第二年春天，燕飞天带着夏凡、徐克来到长白山寻找熊天彪的遗体，他们踏遍了白石砬子山左右的大山，也没有找到熊天彪的遗体。

　　燕飞天只寻找到李志的坟墓。燕飞天与夏凡、徐克在李志墓前栽满了啼血杜鹃花。

　　一个晴朗的夏日，山顶夕阳的余晖中，有人见熊天彪骑着他的黄骠马，身背大刀，腰间插着两把盒子枪，奔驰在夕阳余晖中。他的战马跑到一片枫林前不见了！老人们在惊异：熊天彪没死！他回来了！杀小鬼子！

　　根子半夜里回到了家中："腊梅，我把熊天彪的黄骠马藏在了一个无人知道的山洞中，你把两把盒子枪和熊天彪的大刀收藏好，不知啥时要用，我要让日本人一提起熊天彪就没魂！"

　　腊梅笑了："爷们儿！你是咱关东山的纯爷们儿！"腊梅在根子脸上狠狠地亲了一口。

第二十六章 虎口逃生

一

　　熊天彪死后，燕飞天昼夜不眠，他把自己关在屋子里暗暗流泪，他思念熊天彪，他惋惜熊天彪。他自随都迅上了鹰不落关东三寨，与熊家结下了不解的情缘。

　　老夫人待他胜过亲子，熊天娇嫁与他，他与熊天娇恩爱情深。他与熊天彪亲如兄弟，他与熊天彪几次决战小狼山，杀得渡边满蒙决死团七零八落。

　　仙人台绝杀渡边雄一，全歼渡边的满蒙决死团和一小队日军。枪林弹雨，几经生死，到如今，老夫人与熊天娇、熊天鹤殉难在日本人的炮火中，熊天罴下落不明。熊家只剩熊天彪一个顶梁柱，又被日本人杀害，燕飞天觉得自己愧对熊家。

　　都是碧玉蟾，可孙先生遗嘱时刻铭记在心，不能辜负了孙先生的一片忧国忧民之心。国难当头，怎顾得了儿女私情，只能以身许国，为中华民族挣脱枷锁献身。

　　燕飞天知道，山雨欲来，土肥原不会放过碧玉蟾，他还会有新的阴谋，燕飞天在做最坏的打算。

　　东北抗日联军已失败。杨靖宇将军一九四〇年二月弹尽粮绝被杀害。赵尚志将军一九四二年二月战斗中受伤被俘，拒不疗伤牺牲。部分抗联将士撤到了苏联境内。

　　柯留金找到铁锁："耿鸣同志，你们的抗日联军已失败，你们的部分同志撤到了我们苏联境内，远东情报机关指示我们撤离中国东北，暂时放弃碧玉蟾。"

铁锁面无表情地看着柯留金："那么以后呢?"

"据我向上级情报机关反映的燕飞天现实情况，我们情报机关的分析——日本人一时拿不到碧玉蟾，现在的形势于我们不利，上级命令我们撤出满洲。耿鸣同志，你必须到苏联去! 到了苏联，我帮助你找到你的同志，你在苏联休养一段时间，待时机成熟，你回国参加反日本法西斯战斗。"

"柯留金同志，我尊重你的意见，我随你到苏联去，但我要回来战斗，我的祖国还在侵略者的铁蹄下!"

"可爱的中国耿鸣同志，你会回来，有可能我会与你一起在中国东北参加反对日本法西斯的战斗! 相信我! 耿鸣同志!"

"谢谢你，柯留金同志!"铁锁随柯留金走向苏联边境。到了长白山脉，铁锁望着远处长白山鹰不落大山的方向，他泪流满面——鹰不落关东三寨已没有了他的家，爷爷死在了日本人的枪口下，娘亲孤苦伶仃地隐藏自己，弟弟铁蛋下落不明，草儿为了掩护自己牺牲在奉天城东的树林中。

我要回来! 我要为我的祖国战斗! 我要保卫自己的黑土地! 我要赶走侵略者!

母亲——你的儿子会为你而战斗——铁锁在心中呐喊。

二

聚宝斋珠宝店不像往日那样红火，于静航每天尽心地照看铺面。

草儿死后，铺面里显得有些冷清，于亚园每天在店里帮着于静航打理生意。自从草儿死后，于亚园有些寡言，他常常思念草儿，他对草儿有一种念念不忘的情结。

他喜欢草儿，他心中爱着草儿，他明明知道草儿有自己心爱的人，可他还是默默地爱着草儿。草儿死了，他心灰意冷，恨透了日本人。

草儿死了，妹妹亚秋与何默凡去了延安，家里冷冷清清，于亚园晚间无事可做，经常到舞厅里消磨时间。

这天晚上，于亚园走出舞厅想吃点夜宵，他到了一家小酒馆喝了几盅酒。于亚园吃完饭赶忙回家，突然来了几个宪兵和警察，他们说搜查反满抗日分子，于亚园没有在意，心想：我什么也没做，你们爱怎么折腾就怎么折腾吧! 他向前面走去。

一个警察喊道："站住！搜查反满抗日分子！"

于亚园停下来脚步："喊我吗？"那个警察走到于亚园面前："喊的就是你！搜查！"

于亚园道："搜查我什么？我是反满抗日分子吗？"

"那得看你身上有没有东西！"

于亚园露出不满的神色："搜吧！看我身上有啥东西？"

警察向他衣兜里摸去，警察从于亚园衣兜中掏出几张折叠的纸片。警察打开纸片："好小子！这是反满抗日传单！走吧！到宪兵队！"

于亚园感到奇怪，我根本就没有什么反满抗日传单，谁把传单放在我衣兜中的呢？于亚园不解："这不是我的！我不知道谁把传单放在了我衣兜里！"

两个日本宪兵不由分说把于亚园推上了警车。于亚园大声呼叫："你们凭什么抓我？我不是反满抗日分子！"

警察立睖起了眼睛："还他妈的犟嘴！就凭你身上的几张反满抗日传单！有话到宪兵队里说吧！"警笛响了，警车呼啸着开跑了。

土肥原告诉宪兵队不要给于亚园用刑，他知道抓了于亚园没有什么用处。

他只是要告诉燕飞天，"满洲"在大日本帝国统治下，你燕飞天已折了羽翼，你还在日本人的手掌中。你若不交出碧玉蟾，我土肥原可以让你身边的人一个个地死掉。

燕飞天原以为土肥原会先从自己的亲人下手，他已把菊儿和孩子带着铁蛋娘隐藏到一个安全地点。

他下一步要说服于静航全家离开奉天城，还没等他安排好于静航全家的去处，土肥原已动手了。

燕飞天心中明白，于亚园这次与上一次不一样，上次是山口荷子抓的他，这次是土肥原动的手，很难救出于亚园。燕飞天绞尽脑汁，想方设法营救于亚园。

山口荷子自熊天彪死后回到奉天城，终日借酒消愁，她甚至不敢回日本国，她怕见到栀子姐姐，她怕见到妈妈。她怕妈妈责问她——找到舅舅了吗？你哥哥还好吗？她无法回答。

她怕见到栀子姐姐，他怕姐姐问她——荷子妹妹，你姐夫能与姐姐和秀儿团聚吗？

山口荷子每天晚上都做梦，熊天彪满身鲜血地站在她面前——荷子妹妹，咋不回日本国看望妈妈和姐姐？

荷子妹妹！姐夫死得难看吗？姐夫跳下山崖，你为什么不拉住我？让我见不到你的栀子姐姐和秀儿？

山口荷子的精神崩溃了，她常常夜里醒来，抱头痛哭——熊天彪……姐夫……不要折磨我！我无奈……我是柔弱的女人……

已近中午，山口荷子还在昏睡，屋外响起敲门声，山口荷子跌跌撞撞地打开了屋门。

"村上君……你……你咋才来……"

山口荷子扑在村上柳怀中放声大哭起来。

"村上君……村上君……不想要荷子吗？村上君……不喜欢荷子吗？村上君……荷子无助！村上君……荷子要死了……"

村上柳抚摸着山口荷子的秀发："荷子！村上柳不是自由身，村上要为天皇效命！村上在为祖国战斗！"

山口荷子歇斯底里地吼叫起来："你荣耀吗？你自豪吗？你的双手喜欢沾满中国人的鲜血吗？"

"不！——荷子，是祖国民族的热血在激励我去战斗！"

"村上君！我迷茫！我是大和民族的子孙，我希望我们的民族强大！但我不希望我们的民族侵略和残杀！

"我要看湛蓝无云的天空！我要看阳光下情侣手挽手的笑脸！

"我不要看到飞溅的鲜血！我不想看到侵略者挥起军刀时的狞笑！

"为什么拿别人的鲜血灌溉自己的土地？为什么用他人的财富建造自己的乐园？

"残忍！残暴！贪欲！嗜血！是一个民族辉煌伟大的象征吗？

"人类不会容忍他人的侵略，人类都会维护自己的尊严！人类都会为自己的民族自由而战！

"让我们民族的鲜血告诉全人类：侵略者会是什么样的下场！让我们民族的鲜血告诉全人类，不只是自己的民族战刀锋利——有更伟大的民族，他们的利剑比我们的军刀更锋利！

"不要忘记中华民族！中华民族是个伟大的民族！我们的民族还在襁褓中，这个民族已屹立在东方！"

村上柳轻轻地抚摸着山口荷子清秀的脸，静静地听着山口荷子疯狂地发泄。

他温柔地说道："荷了——你想咋样？"

山口荷子咆哮起来："我能做什么？我眼睁睁地看着栀子姐姐心爱的人跳下

悬崖！我是他的敌人无能为力！我不能不效忠天皇！我不想看到姐姐的亲人死去！我什么都做不了！我是个活着的死人……"

村上柳擦干山口荷子脸上的泪花，把他的唇轻轻地贴在山口荷子的红唇上。

"荷子——安静吧！静思！为受奴役的人们做点什么？"

山口荷子静了下来，她温柔地看着村上柳，两只俊目放着异光："村上君——告诉我！我能做些什么？"

"于亚园又被捕了！"

"土肥原想下最后的赌注吗？"

"他想让燕飞天身边所有的人都死！他逼迫燕飞天屈服！"

"村上君——让我怎样做？"

"告诉土肥原，监狱中不适合关押于亚园！应关押在你的秘密特务机关！"

"土肥原会听从我的吗？"

"我来做！"

"村上君——你很神秘？你到底是什么人？"

村上柳笑了："我是啥人有关系吗？要看我的良知和信念！"

"你的信念是什么？"

"正义、平等、和平、人类生存和幸福的权利！"

"你不效忠天皇？"

"一个人代表不了人类真实的愿望！"

"村上君——你是一个无法让人看到心底的人！"

"你已看到了！我的灵魂和我现在一样，一个懂得爱的人！"

"村上君——把于亚园弄到我这里来，我想为中国人做点什么——赎罪！"

"你会如愿！"

几天后，土肥原告诉山口荷子，他不想让更多的人知道碧玉蟾的秘密，他不想让中国人知道日本人梦寐以求碧玉蟾。

他要把于亚园秘密关押在山口荷子的特殊狱室。

三

于亚园被押解到山口荷子的秘密狱室。山口荷子没有让日本人看押于亚园。

她告诉常跋，照看好于亚园。

土肥原不急于寻找燕飞天，他要关押于亚园一段时间，从精神上折磨燕飞天。他下一步要抓捕于静航，给燕飞天施加更大的压力。

他不想寻找燕飞天的家人，他怕燕飞天与他鱼死网破，得不到碧玉蟾两败俱伤。

燕飞天告诉于静航，已为他们全家安排好了去处，让他带着一只碧玉蟾尽快离开奉天城。

于静航早已把一只碧玉蟾藏好，他不愿马上离开奉天城，因金少达在北平治病，金祖德在北平陪伴金少达。他要等待金祖德回到奉天，交代完聚宝斋珠宝店诸事方能离开奉天。

燕飞天知道于静航一时不能离开奉天城，他让雄灵带领特派员的特殊行动队暗中保护于静航。

于亚园被宪兵队抓进监狱，他知道日本人在诬陷他，他衣兜中根本就没有什么反满抗日传单。他回忆在舞厅跳舞时，舞女搂着他的腰，他感觉衣兜中动了一下，他没有在意。

看起来日本人是有预谋地把他抓进监狱要挟燕飞天。

于亚园知道，这次与上次不一样，日本人不会轻易放过他。他知道自己无辜，可日本人既然把自己当作反满抗日分子抓了进来，自己不承认日本人也不会放过自己，干脆就说自己是反满抗日分子，就是死，也要死个人样！不能让日本人看自己是个孬种。他要学草儿，做个轰轰烈烈的男子汉。

可日本人并没有拷打他，只是把他关押了起来。他见日本人把他押进了山口荷子的秘密狱室，心中有些不解，他不知道日本人在玩什么花样，他在等待对他意志的考验。

于亚园见没有日本人看押他，是两个中国人，他更感觉奇怪——日本人为什么这样做？是燕飞天使的手脚吗？他不解，他在等待，他盼望见到燕飞天。

山口荷子对常跋没有说过多，只是告诉他把于亚园看护好，不能出任何差错，不能虐待他。

常跋安排两个平时他信任的人看守于亚园。一个叫张绿，一个叫范四，这两个人，一个好耍钱，一个好逛窑子，没事时喜欢喝个小酒。

这两个人不知道于亚园的底细，见于亚园每天好吃好喝地供着，日本人也不提审，似个有钱人家的少爷。

这两个人财迷心窍，想在于亚园身上弄点钱财。

一天晚上，张绿见于亚园吃完饭坐在那里打瞌睡，心想：这小子像没事人一样，吃饱了就睡，真是大户人家子弟。

"哎！小子！别睡觉！唠唠嗑！"于亚园的眼睛半睁不闭地斜楞了他一眼。

"唠啥？狗会唠嗑吗？"

"哎！小子！你骂谁？谁是狗？"

"谁是狗，谁知道！我是人，不想与狗唠嗑！"

"得得得！我是狗行了吧！想家里人吗？"

"是人有不想家的吗？"

"想家里人好办哪！让他们来看你呀！"

"你说了算吗？"

"没别人！就我们俩说了算，我给你捎个信，让你的家人来看你。"

"你咋那么好心？"

"兄弟！给点零花钱！"

"哦！要多少？"

"看着给呗！"

这时范四进来了，醉醺醺地说道："啥？啥？钱少了不行！十块大洋让你家人见一面！"

于亚园鄙视地看了范四一眼："你给我十块大洋，让我看你一眼我都不愿看！"

"小子！嘴硬！"

"张绿！——不给他水喝！"

于亚园骂了一句："狗仗人势！不得好死！"于亚园再也不说话。

金祖德知道于亚园被捕，连夜从北平回到奉天。他到了于静航家，见卓可妹哭得双眼红肿。

"婶母，不要悲伤过度！我金祖德就是变卖家产也要救出亚园弟弟！"

于静航摇着头道："祖德呀！事情并非那么简单，土肥原老鬼子是要挟燕飞天，燕飞天不出面，亚园难于归还！"

这时燕飞天已走进屋内："叔叔、婶母，亚园弟弟已被押出大牢，被单独关押在山口荷子的秘密地点，暂无大碍，大家不要心急，待我设法解救亚园弟弟。"

金祖德道："燕飞天，我能见见亚园弟弟吗？"

燕飞天道："现在不行！日本人不会让任何人见他，有很大的难度，我设法去见亚园弟弟吧！"

卓可姝哭道："天儿！快设法看看园儿吧！园儿若出了啥差错，婶母无法活了！草儿死了！亚秋抗日去了不知死活！园儿若没了，婶母还能活吗?"说罢又泪流满面。

燕飞天道："叔叔，金先生已回来了，你与金先生交代珠宝店事宜，与婶母速速离开奉天城！"

卓可姝哭道："园儿不回来，我哪儿也不去！我要我的园儿！"

燕飞天知道卓可姝救子心切，只好安慰道："婶母，天儿这就去设法见亚园弟弟，婶母与叔叔做好出走准备。"

这天上午，常跋领着一个乡下老头来到关押于亚园的牢室，老头胳膊上挎着小筐进了牢房，常跋道："范四、张绿，你们出去吧！"

他二人点头哈腰道："队长，这小子挺牛！你得好好收拾收拾他！"

常跋瞪了他俩一眼："出去吧！"

常跋把老头领到于亚园面前，向老头点了点头："我出去了。"老头点了点头。

于亚园觉得奇怪——谁呢? 我不认识，咋来看我?

老头低语："亚园，不要说话，我告诉你，我这里有一包药，你明早卯时吃下，假死，我设法救你出去，筐中都是好吃的东西，晚上吃饱了养足精神！"

"姐夫——"

燕飞天把一包药塞在于亚园手中："好了！我走了！切记！"燕飞天走出了牢房。

燕飞天走后，范四与张绿走了进来，此时已到了中午，于亚园坐在那里啃着一只烧鸡，旁边还有香肠、火腿。

范四见了，嘴中馋出来口水："小子！咋自己吃? 把香肠、火腿拿过来！俺哥儿俩喝几盅！"

"张绿，把酒拿过来！"

张绿屁颠屁颠地拿过来一瓶老白干："范四，酒来了！"

范四过去就拿于亚园的香肠和火腿，于亚园扒拉一下范四："我这东西不是给狗吃的！滚开！"

"哎！小子！咋骂人！在这里就得听老子的！他妈的！拿过来！"范四伸手就去拿香肠、火腿。

"别动我的东西！待我吃完了，你们啃我吃剩下的骨头吧！"

"他妈的！老子还没受过这个！"他拔出来手枪，顶上了火。

"你拔枪咋的？拔枪也得吃剩下的骨头，狗就得啃骨头！"于亚园来了倔劲。

范四把枪对准了于亚园，他想吓唬吓唬于亚园。

于亚园气往上撞："你们也太霸道了！我的东西就不给你吃！你还敢杀了我咋的？"于亚园伸手扒拉了范四一下。

范四心想：不好！这小子要抢我枪。

他一惊慌，手指一动，啪的一声，于亚园倒在了血泊中。

范四哆嗦着把手枪扔在了地上："我……我……我没想杀你……"

常跋听到枪声，跑进牢室，见于亚园倒在血泊中。

范四哆嗦着喃喃自语："我杀了他……是我……杀了他……"

常跋脑袋嗡的一声："范四！——怎么回事儿——"

"我……我……我要吃香肠、火腿……他……他……不给……"

"他不给，你就杀了他！"

这时山口荷子跑了进来，她见于亚园胸口中弹已气息全无。

"怎么回事？谁干的？——谁？——让我怎么向土肥原交代！"荷子秀目圆睁。

范四扑通一声跪在山口荷子面前。"荷子小姐太君！我的干活！我的杀了于亚园的干活！"

"为什么？"

"香肠、火腿……香肠、火腿……"

"什么香肠、火腿？"

山口荷子拔出来手枪。

常跋怒道："张绿！——你说怎么回事儿？"

"队……队长……范四见老头给于亚园送来了好吃的，范四要拿于亚园的香肠、火腿，于亚园不给，范四掏出来手枪……"张绿战战兢兢地磕巴起来。

山口荷子吼道："明白了！不要说了……"她把枪对准了范四的头："中国人——中国人！——中国人的败类！去陪伴于亚园吧！"

啪，一颗子弹从范四的头正中穿过。

啪，一声枪响，张绿也倒在了血泊中。"常跋！——为啥杀了张绿？"

"荷子小姐，于亚园抢去了看守的枪，射杀了两个看守，我们击毙了于亚园！土肥原先生会满意我们的这个答复。"

"你……就这样答复土肥原先生吧！可怎样答复于亚园的家人？"

"是个意外！我们也不想发生这样的事儿！"

"常跋——你知道你犯下了多大的过错吗？你的属下为什么没有中国人的精英？都是中国人的败类！"

"你们没来时他们就是狗人！不务正业！你们来了，他们只能狗仗人势！别说人的精英，狗的精英都没有！"

"好了，好了！把无用的狗都杀了吃肉吧！不要让我再见到这样的狗人！"

四

燕飞天告诉于静航，他把一切事情都已安排妥当，只待明天上午接回于亚园的假尸体与他们老两口一起出城，借机脱身。

到了下午，常跋派人来报信：于亚园死了。

燕飞天听了大吃一惊——怎么会死了？于亚园不会这么早就吃下假死药哇！不会有什么失误吧！

报信人把于亚园被范四打死的经过说了一遍。燕飞天大叫一声，倒在了地上。

"常跋呀！常跋！你害了我燕飞天！让我怎么向两个老人家交代？亚园——亚园——哥哥见不到你了……"燕飞天号啕大哭起来。

夏凡与徐克见了赶忙扶起燕飞天。

夏凡怒道："师父！不要悲啼！我与徐克去杀了常跋那个王八蛋，我早就看那小子不顺眼了！我与徐克杀了他给于亚园报仇！"

燕飞天止住哭声："夏凡，徐克，现在这个时候不要添乱了！我们赶忙到于家去吧！"他带着夏凡、徐克赶往于静航家。

于静航知道燕飞天把事情安排得天衣无缝，他与卓可姝已打点好行装，只待明天接出于亚园的假尸体离开奉天城。

卓可姝对于静航道："老爷，待我们脱离了险境，给园儿说房媳妇吧！老大不小了！我们老两口该抱孙孙了！"

于静航道："亚园这孩子还是忘不了草儿，他也不喜欢别的姑娘！我说了他几次，让他快找个媳妇，我们老两口要抱孙孙！可他总是摇头，说没有合适的，咋整？这回由不得他了！到了新地方，说啥也要给他找个媳妇！我们老两口哄孙子吧。"

卓可姝道："亚秋和默凡也不知咋样了，延安那地方远吗？咱们的孩子在那里能吃饱饭吗？他们还要拿枪上前线吗？"

于静航笑道："问我，我知道吗？问燕飞天吧！燕飞天能知道！"

"那我就问燕飞天！一会儿我见到天儿就问他！天儿告诉了我，我就放心了！"

老两口正在屋中聊着，燕飞天推门走进屋里，燕飞天扑通一声跪在了两个老人面前放声大哭："叔叔、婶母！弟弟没了！弟弟被杀害了！"

卓可姝啊一声倒在地上，人事不知。

于静航脑袋嗡的一声："天儿——你说什么，什么？"

燕飞天哭道："叔叔——弟弟被他们杀害了……"于静航两眼一翻，倒在了地上。

燕飞天与夏凡、徐克赶忙呼唤两个老人，好半天，于静航慢慢地缓过气来，抱着头放声大哭起来。

卓可姝苏醒过来，抱着于静航的头号啕大哭："园儿……园儿……咋就离开了爹娘……园儿……园儿……咋就撇下了爹娘……亚秋……默凡……哥哥死了……哥哥死了……亚秋……默凡……杀……杀……杀小鬼子……"

常跋派到燕飞天报信的人回去后，常跋问道："燕飞天咋说？"

"燕飞天说——常跋呀！常跋！你害了我燕飞天！他身旁的两个人说要找你报仇！"

"谁？你认识吗？"

"听燕飞天叫他俩夏凡、徐克。"常跋突然打了个冷战——夏凡、徐克！这俩人可是一号杀手，惹不起！坏了！与他们结下了梁子！

范四呀！范四！你害了我常跋！都是我他妈的疏忽大意！让那两个王八犊子看守于亚园。爱咋咋的，挺着吧！反正燕飞天不能来杀我，好歹菊儿是我干姐姐！

于静航老两口已卧病不起，金祖德到于家来处理于亚园丧事。

金祖德跪在两位老人面前道："叔叔——婶母！亚园虽然没了，我金祖德就是你们的儿子！我金祖德会为两位老人家养老送终！待赶走了日本人，我把两位老人家接到我的家中，奉养两位老人家，颐养天年！"

于静航也不言语，只是频频点头，他两眼痴痴地看着燕飞天。

他知道自己还身负重任，自己不能死，他要振作起来，要为燕飞天分担风险保护好碧玉蟾。

于亚园死后，土肥原把眼睛转在于静航身上。他知道于静航懂宝、鉴宝，于静航不会不知道碧玉蟾藏匿之地，他命令特务监视于静航的行动。他知道于静航重病在身，卧床不起，他不敢对于静航下手，怕于静航一命呜呼。他告诉山口荷子，待于静航身体好转，抓捕于静航。

燕飞天知道土肥原不会放过于静航，他只是顾忌于静航的身体。他知道一旦于静航身体康复，土肥原就会下手囚禁于静航。

燕飞天在等待时机把于静航与卓可姝送出奉天城。

燕飞天对于静航道："叔叔，你的病已见好转，但不能让日本人知道，你每天还要照常用药，避开日本人特务的耳目。

"待婶母病体康复，我设法把你们送出奉天城，现在千万不能露出马脚！"

于静航道："天儿！老朽心中明白，我现在只愁你婶母身体不见康复，一路上跟不得我颠簸，待你婶母病体康复，我们速速离开奉天城！尽快避开日本人的爪牙！"

日本特务见于家的烟囱每天都不停地冒烟，药铺每天都送来大包的中草药，知道于家夫妇的病体没有康复。

转眼到了初秋，燕飞天见卓可姝病体已见好转，他决定送走于静航夫妇。于静航与卓可姝一切已打点妥当，一天深夜，伸手不见五指，燕飞天做好了准备。

燕飞天对雄灵道："灵儿，天亮前我们一定要到浑河南岸！否则天亮后日本人封锁了奉天城，两个老人家就走脱不了啦！你的人马都准备好了吗？"

雄灵道："姑爷爷！灵儿已做了周密的安排，放心吧！我一定把两个老人送到浑河南我的秘密据点。"

已到了三更天，人们都在熟睡，夏凡与徐克偷偷地摸向两个特务的暗哨。两个日本特务暗哨在于静航家附近的墙角里，黑暗中一直窥视于家的大门和院墙。

越是月黑天，他们越怕有人偷袭他们，黑暗中，他们胆突突地四处张望。

夏凡与徐克已神不知鬼不觉地摸到了他们身后，两个特务只觉得脖子上一麻，悄无声息地倒在了地上。

燕飞天轻轻地打开院门，夏凡与徐克背起于静航和卓可姝消失在夜幕中。

五

燕飞天他们刚走出十几步远，一个特务小头目来查看暗哨，见于家院门大开，那家伙知道不好，用手电筒照了一下院门，吹起了警笛。

埋伏在周围的特务听到警笛声也吹起了警笛。一时间，警笛声四起，大批特务和日本兵出动了，日本兵封锁了各个路口。

燕飞天在黑暗中见日本人已发现了，他知道时间越长对自己越不利，对雄灵道："把封锁路口的日本兵干掉！快速通过！"

雄灵对唐珊道："唐队长，你带领弟兄们在前面开路，我带着几个弟兄在后面掩护！"

唐珊低吼一声："弟兄们干掉路口的日本兵！"

嗒嗒嗒……

突来的枪声使路口的日本兵一时蒙了，他们不知道哪里开枪射击，已倒下了几个人。

夏凡、徐克背起于静航和卓可姝穿过路口。前面又到了一个路口，路口上的日本兵已警觉了，他们端着枪四处张望，生怕有人向他们开枪。

枪声响了，几个日本兵倒在了地上。只见几个黑影在路口一跃而过，日本兵开枪追击。

嗒嗒嗒……

雄灵带着几个弟兄疯狂地扫射，他们消失在夜幕中。这时，日军的汽车已开进了路口，明亮的车灯照得路口如同白昼，汽车上架着机枪。

雄灵喊道："弟兄们！——打灭车灯，射杀机枪手！"陈雁行啪啪两枪，汽车灯灭了，卡宾枪一阵疯狂地扫射，汽车上的日本兵都倒下了。

雄灵蹿上驾驶室，推下日本兵尸体："都快上车——！"

夏凡、徐克跳上汽车，抛下日军尸体，把于静航和卓可姝抱上汽车。弟兄们都跳上了汽车，汽车疯狂地蹿了出去。他们后面已响起汽车车轮滚动声。

雄灵喊道："准备下车——！"她刹住汽车，弟兄们跳下汽车，夏凡、徐克背起于静航、卓可姝钻入了黑暗中。

日军在各个路口增加了堵截力量。警察局也出动了，满大街枪声、警笛声响成一片。

燕飞天他们已快到浑河北岸的沙山了，十几个日军堵住了前面，后面日军的汽车也追了上来。唐珊他们的卡宾枪一阵疯狂扫射，几个日本兵倒在了黑暗中。

日军汽车的大灯突然照射过来，在前面背着于静航、卓可姝狂奔的夏凡、徐克暴露在灯光中。

嗒嗒嗒……

汽车上的机枪响了，卓可姝在徐克背上哎呀了一声，卓可姝的身体瘫软了。

突然，燕飞天跃起身形，消失在夜空中，只见日军汽车旁黑影一闪，只听啪啪啪、啪啪啪几声连响，汽车车灯灭了。

只听汽车上的日军惨叫连连，燕飞天手中的铜钱镖连连发射，汽车上的日本兵纷纷倒下。

燕飞天高声大呼："快走！——我掩护——"黑暗中，只要有日本兵动一下，燕飞天的铜钱便切断了他的咽喉。

谁也看不到燕飞天，谁也不知道燕飞天在哪里，日本兵趴在地上，没有人敢动。

这时，又有一辆日军汽车追来，车灯照射着趴在地上的日军。

日本兵趴在地上一动也不敢动，生怕铜钱切在自己的脖子上。燕飞天见日军汽车离得近了，捻动手中的几发子弹射向车灯，车灯灭了！

燕飞天手中的乾坤连环铜钱镖又撒向日军车顶。

又是一片惨叫声，日本兵纷纷倒下。燕飞天见日军不敢再追赶，他向浑河边纵去。

燕飞天到了浑河边，雄灵他们的渡船已快到了浑河南岸。燕飞天蜻蜓点水，向河对岸掠去。突然一辆日本军车追到了河岸边。军车上日本兵的机枪向渡船疯狂地扫射。唐珊带领弟兄们疯狂地还击。

于静航躺在渡船里呼唤已奄奄一息的卓可姝。

"可姝！——可姝！——醒醒——醒醒——"卓可姝紧闭二目只是微弱地呼吸。

唐珊带着几个弟兄挡在后面不停地向北岸的日军射击。突然，唐珊倒下了，他胸部中弹。

渡船已到了岸边，夏凡、徐克背起于静航，昏迷的卓可姝下船，钻进了岸上的高粱地里。

雄灵带领众人到了高粱地中的密室。卓可姝醒来拉着于静航的手只说了一句话："天儿的碧玉蟾不要弄丢了……"

卓可姝离世了，她带着对于亚秋、何默凡的幽思，带着对于亚园的怀念默默地离世了！

燕飞天见唐珊已奄奄一息，他抱着唐珊的头："兄弟！从小狼山打日本浪人到现在，过去了多年，我们第一次面对面说话，我们是朋友，我们是弟兄！"

唐珊仔细地看着燕飞天的脸："燕飞天——小狼山决战，你救过我的性命，那时我不敢见你！

"我是党国的人，我避嫌，但我心中有你这个朋友！我……尊敬……你……我……我……我终于见到你的……面……"唐珊闭上了眼睛。他没有后悔在关东大地、白山黑水与燕飞天并肩战斗。

第二天，燕飞天以儿子的身份埋葬了卓可姝。只是一个普通的坟包，燕飞天在坟包前埋下一块大石，他在大石上刻下——婶母：卓可姝之墓；孝儿：颜浩天。

几日后，燕飞天与夏凡、徐克送于静航去了燕飞天早已安置的新宅。雄灵安置好唐珊的尸体，在唐珊的坟墓前做了暗记，她带领陈雁行一行弟兄回了奉天城。

灯光下，于亚秋泪水涟涟，何雨燕眼中噙满了泪水。

"妈妈！——舅舅被日本人杀害了！外婆被日本人杀害了！妈妈，后来外公呢？"

于亚秋摇了摇头，擦去眼中的泪水："默凡——爹爹到底哪里去了呢？燕飞天找遍了关东大地，俺俩踏遍了山山水水，咋就没有爹爹的消息呢？"

何默凡眼中黯然："亚秋！燕飞天杳无消息，碧玉蟾各分东西，不知何时燕飞天现身，不知何时寻找到爹爹！哎！"

"爸爸！燕飞天怎么了？燕飞天也失踪了吗？""唉！"于亚秋长叹一口气，又陷入回忆中……

第二十七章　国际间谍

一

耿飞与英国人麦哈德坐在咖啡厅里。

"麦哈德先生，你的使命已完成，回到你的祖国吧！"

麦哈德微笑着，他的蓝眼睛闪着智慧的光。"我的叔叔迈洛是个催眠师，他告诉了我碧玉蟾的秘密！日本人为了不泄露碧玉蟾的秘密，渡边雄一杀害了我叔叔！我叔叔被害前有预感，叔叔给我拍发了电报。我也想知道碧玉蟾是个什么样的秘密。

"我要为大英帝国服务，我到了中国，当然我是个英国间谍！可德国人发动了战争，我无法为我的祖国工作，我只得寻找反抗法西斯的伙伴。

"在中国东北，我与你们合作得很愉快！我要回到我的家乡了，你们还要与日本法西斯战斗！我不管到了哪里，我都会给你——我亲爱的中国朋友提供各国的情报，当然是在不损害祖国利益的前提下！"

耿飞笑道："麦哈德先生，我很欣赏你！我们都在为祖国而战，当然，我们的生意还要做！我们互通情报吧！当然，在不损害祖国利益的前提下！"两人同时笑了起来。

于静航逃脱了，寻找碧玉蟾的线索断了。土肥原大发雷霆，监视于静航的特务都是他布置的，追捕于静航的部队也都是他调动的，他无法指责山口荷子。

他知道燕飞天已无所顾忌，燕飞天会寻机报仇，报复他。他严令各军事部门严加防范，防止燕飞天的暗杀和破坏。

山口荷子心情有一丝愉悦——于静航逃脱了，她觉得对于亚园的死减轻了些罪恶感，她在静静地思索：村上柳到底是一个什么样的人？他身上充满了神秘，他飘忽不定，神龙见首不见尾！他受大日本帝国最高情报机关的领导，不受土肥原的约束，他到底是什么人？

村上柳风流倜傥，阳刚的身躯上有股诱人的力量。他温柔、文雅，脸上总是挂着笑容，有时还流露出几句英国话，山口荷子有些迷茫。山口荷子知道，她已离不开村上柳。

村上柳陪伴她度过了很多痛苦漫长的时刻。村上柳又离开了奉天城，不知他又去了哪里，山口荷子刻骨铭心地思念。

二

燕飞天在一个偏僻的小镇安置好于静航，他与夏凡、徐克回到了奉天城。燕飞天已无所顾忌，他告诉夏凡、徐克——查找恶贯满盈的日本人和汉奸，全部除掉，不要声张，秘密进行，愈神秘愈好，让罪大恶极的汉奸人人自危。

夏凡与徐克潜入吉林、黑龙江、辽北、辽西等地。

吉林的一个山村里有个叫陈德营的人，四十多岁，两口子在山坡上开垦了两亩薄地带着十六岁的姑娘淑容过活。已近年关，陈德营到二十多里路远的镇上赶集置办年货，回来时，天已见黑。

陈德营正在急匆匆地赶路，突然前面雪地里蹲着两只饿狼，两只饿狼瞪着闪着绿光的眼睛，挡在他面前。

陈德营战战兢兢地靠在一棵大树后面，琢磨脱身之策。可两只饿狼死死地盯着他，随时都会扑过来，陈德营转身爬上了大树。

两只饿狼走过来蹲在树下吐着舌头，死死地盯着树上的陈德营，陈德营心想：完了！要葬身狼腹，他突然想起在集市买的老鼠药，咋也不能让饿狼吃了我，我死在树上吧！陈德营把老鼠药吞入腹中。

两只饿狼见陈德营在树上不动，在树下绕着大树转起圈来。陈德营在树上见两只饿狼在树下转圈，头有些眩晕，再过一会儿，陈德营觉得腹中血往上涌，陈德营一张口，鲜血从口中喷了出来。

两只饿狼跑到陈德营喷出的鲜血前舔吸起来，两只饿狼舔吸干净地上的鲜血，一会儿工夫，在地上翻滚一命呜呼了。

是陈德营腹中的老鼠药毒死了两只饿狼。

　　陈德营在树上已无力下树，他瘫软在树权上，昏迷过去。

　　这时，山路上走来一个二十多岁的年轻人，他到了大树下，见两只饿狼死在了大树下，拔出腰间的手枪在树下查看起来。

　　他见大树的树权上坐着一个昏迷不醒的人，他爬上大树救下陈德营。陈德营为了感谢年轻人的救命之恩，也没有问年轻人的根基，把十六岁的女儿陈淑容许配给了年轻人。

　　这年轻人叫葛地丁，他原本是个土匪，后来投靠了日本人，是一个伪军的小队长。他看快过年了，给老娘送年货回来路过，救了陈德营。

　　这葛地丁嗜赌成性，一输钱了就强取豪夺。老娘见他已定了婚事，规劝他戒赌娶媳妇好好过日子。可他不听老娘规劝，还是照样花天酒地，每天待在赌场里。

　　葛地丁有钱了就去逛窑子，他也不怎么看重娶媳妇，仗着有日本人撑腰胡作非为——摸大姑娘的屁股，牵人家的耕牛。

　　看谁家的爷们儿老实，就要搂人家的媳妇睡觉，十里八村没人敢惹他。

　　这天赌场上，葛地丁输红了眼，他大声喊叫："我押媳妇！"

　　一个赌徒道："别不知道砢碜了！你哪儿来的媳妇？不押，不押！"

　　葛地丁突然从内衣兜中掏出定亲帖："看看！这是什么？这不是我媳妇吗？"

　　那个赌徒道："没过门不算！"葛地丁啪的一声，把定亲帖摔在桌子上："我说算就算！我押了媳妇！我输了，领你们去交人！"

　　葛地丁又输了，他一咬牙："我把媳妇家的两亩地也押了！"

　　那个赌徒道："咋？押了人家的姑娘，还要押人家的地！你损不损？"

　　葛地丁暴怒道："你他妈的少管闲事！我说押，就押！"葛地丁又输了。

　　葛地丁带领几个伪军与赌徒来到陈德营家。陈淑容知道了事情的来龙去脉，骂道："畜生！——比狼还狼！"她一头撞在了墙上，当时气绝身亡。

　　陈德营放声大哭起来："我当初为什么不被狼吃了！咋遇上了你这个狼心狗肺的人！葛地丁！你还我闺女！"他一头向葛地丁撞去。

　　葛地丁嘿嘿干笑两声："丈人——把地契拿出来吧！"

　　陈德营两眼血红："葛地丁！你这个畜生，我就是死了，地契也不给你！"

　　陈德营抓起墙边的铁锹向葛地丁劈去。

　　啪，陈德营倒在了血泊中。葛地丁看了一眼血泊中的陈德营："反满抗日分子！你的两亩地归我了！"

　　陈德营的媳妇哭喊起来："强盗！——强盗……我不活了……天杀的葛地

丁……"她跑到河边跳进了河水中。

葛地丁老娘知道后，在家里哭了一天一夜，恨死了她的不孝儿子葛地丁。不孝就不孝吧！咋祸害人家！她觉得无脸面见人，悬梁自尽了。

十里八村的人没有不痛恨葛地丁的，都盼他早死。

葛地丁这晚喝完酒，离了歪斜，深一脚浅一脚地去找窑姐。

突然，头被猛烈一击，一个麻袋套在了身上，他什么都不知道了。醒来时，发现自己在一片坟茔地里，他被四马攒蹄地捆在地上，只听有人说道："这小子狼心狗肺！杀了他，剖开他的肚腹，摘除他的脏腑，把狗的脏腑塞进去！让大家伙看看他作恶的下场！"

葛地丁听了，知道自己罪有应得，他没有吱声，眼中挤下两滴眼泪，心中念道："娘——来生我做好人！孝敬你老人家！"

第二天，人们发现了葛地丁的尸体，见他的尸体旁扔了一堆自己的脏腑，肚腹中塞满了狗的心肺、脏器。

老人、孩子在议论——看见没？恶人自有恶报！老天有眼！济世大侠出世了！

三

磕口自来到中国就喜欢这里，他腆着肚子，挺着高傲的头，趾高气扬地在中国作威作福。

中国人见了他都点头哈腰地畏而远之。

磕口到了镇上扬言，十天内抓捕到杀过日本人的凶手。他带着两个日本兵背着枪四处查访，想要捕捉到凶手。

一天中午，磕口喝点小酒，吃过午饭，走到高粱地旁，他对两个日本兵道："我的，拉屎的干活！臭臭的干活！我的高粱地里去臭臭的干活！"

磕口钻进了高粱地，两个日本兵见磕口好半天也不出来，喊道："磕口君！——快快地，开路的干活！磕口——磕口——"

高粱地里没有声音，两个日本兵觉得不对，端着枪向高粱地里摸去。到了高粱地里，两个日本兵惊叫一声，只见磕口的尸体躺在高粱地里，磕口的脑袋被割走了。

两个日本兵吓得赶紧回去报告，日本人到处寻找磕口的脑袋。土地庙的供桌上发现了磕口的人头。

一个死心塌地为日本人效力的伪县长突然暴毙家中。一个伪保长到日本人那里缴粮食，回家的路上掉到一条河里淹死了！

一个日军小队长杀个反满抗日人士喝酒庆贺，到井边喝水摔倒在井台边，掉到井里浸死了！

一个日军翻译官参加朋友的婚礼归途中被汽车撞死了！

日本人不想声张，日本人不想让中国人知道在他们的统治下有人在反抗。

这天晚上，常跋带着他的便衣队弟兄在一起赌钱，屋中乌烟瘴气，喊叫声一片。常跋没有赌钱，他坐墙旮旯里打瞌睡，他根本就没有睡觉，他时刻都在提防夏凡、徐克前来寻仇。

常跋微闭着眼睛，突然他听窗户纸刺啦响了一声，常跋知道不好，一纵身蹿到桌子底下。

嗒嗒嗒……

枪声响了，五六个人倒在了血泊中，没有死的人操枪还击，外面早已没有了动静。

夏凡、徐克到处转悠，只要查证了该死的日本人、汉奸、地痞、恶霸，手下绝不留情。日本人，警察局也没有办法，他们派出暗探、特务，到处抓捕作案人，可作案人来无影去无踪，不留任何痕迹。

他们也怀疑是燕飞天的人所为，可他们更找不到燕飞天，燕飞天在人间蒸发了。

四

雄灵朝思暮想的耿飞回来了，耿飞风尘仆仆，脸上带有倦意。"耿飞！——到哪儿了？这么长时间见不到你！"雄灵柔情似水地看着耿飞略带倦意的脸。

"让你挂念了！灵儿中校，我走的路好远！给我一杯酒。"

雄灵默默地倒了一杯红酒递到耿飞手中。"耿飞！还要走吗？"

"是的！太平洋战争爆发了，美国人已向日本法西斯宣战，日本人在中国的日子不长啦！苏联人也准备对日宣战，现在国际、国内形势微妙，我要游走于各大国之间，我要知道他们都在做什么，我要知道他们想做什么。"

"上峰的意思吗？"

"委员长想掌握各大国的动态和政治倾向。共产党也关注抗战胜利后各大国对中国的政治倾向。抗战胜利后，国共两党为了争夺政权，要有一场生死搏杀！国共两党都在做自己的打算。"

雄灵忧心地问道："你有立场吗？"

"我不知道！我只知道中国人自己不应互相残杀！中华民族不能再自相践踏！"

"会有第三次国共合作吗？"

"不知蒋先生咋想，他要独揽大权，不想给共产党留有余地！"

雄灵疑虑地说道："赶走了侵略者，我们的同胞还要流血吗？"

耿飞笑道："灵儿中校，你是党国军人，你要忠于党国！"

雄灵突然喊叫起来："不！——我不想看到我们的同胞再流血！我不想看到硝烟再一次弥漫祖国的山河大地！人们要和平！人们需要安定！"

雄灵突然搂住耿飞："我要有个家！我要你陪伴我！我要每天挽着你的手度过我们的青春年华——直至老去！"

雄灵把头伏在耿飞的肩上，嘤嘤地哭了起来。"耿飞——不要远走！灵儿爱你！灵儿不能没有你！马上就要赶走了侵略者，我们还要浴血？我怕……我怕你倒在血泊中……"

雄灵把她柔软的双唇紧紧地贴在耿飞双唇上，疯狂地亲吻耿飞的唇和脸，双手在耿飞健硕的胸上揉摸。"耿飞！不要离开我！不要离开灵儿……耿飞！即使你离开了我，我也会至死不渝地等待你……耿飞……灵儿爱你……"

耿飞紧紧地搂抱着雄灵，他感觉雄灵的躯体柔软炽热，雄灵的躯体在颤抖。

耿飞的唇开始在雄灵脸上游走，两人的头紧紧地抵在一起。"灵儿……耿飞爱你！耿飞也不愿离开你……耿飞从心中喜欢你！草儿留给我的创伤太大……一时无法愈合。

"耿飞会永远怀念草儿……耿飞也会好好爱你！灵儿……还记得吗？你四岁时离开鹰不落关东三寨那天，你牵着爷爷的手，流着眼泪不愿离去，俺娘带着我来为你送行，俺把两个山梨蛋子塞在了你的衣兜里。

"你哭着说，铁蛋哥哥！我会回到鹰不落大山来看望你！你在流泪，我也流泪了！

"战争！战争让我们又相遇。血与火中，我们都在为中华民族的解放事业奋斗，我们在血与火中相爱，耿飞会珍惜你的爱！耿飞会铭记！"

"耿飞……我心爱的人！告诉我！你还要走到哪里去？还要走多远？"

"我不知！美国、苏联、英国，都会有我的足迹吧？哪里都有我的朋友！"

"耿飞！亲爱的！你是国际间谍吗？"

"不！——灵儿！师父为了鹰不落关东三寨的安全和保护碧玉蟾，送我到都迅老师那里培训。师父想让我学会现代间谍技术打入日伪情报机关，掌握日本人的动向，保护碧玉蟾，保护关东三寨的父老乡亲。

"都迅老师见了我，认为我天生就是做间谍的料，都迅老师非常喜欢我，要把我培养成一个高级国际间谍。

"我学会了现代间谍的各种手段，都迅老师又把他全身的武功传授了我。师父把他的易容术也传授了我，我成了多面人。

"我以特派员的身份初来时，只有草儿嗅出了我身上的气味，知道我是谁，她知道这是我的秘密佯作不知。

"灵儿！后来你也知道了，我对你无法保密，是吧？师父与都迅老师，他们一直在秘密联系，谁也不知道他们用的是什么手段，他们两个人是死神的化身，都是那么神秘莫测！

"他们俩都是孙先生的好学生！都遵照先生的嘱托行事。

"他们都是民族主义者，仇恨外虏的欺辱！都迅老师不热心政治，师父燕飞天也不问政治，他们俩最钦佩的是孙先生——推翻清王朝的领袖！"

雄灵问道："知道燕飞天现在在哪里吗？"

"不知道！我现在也找不到燕飞天，只有都迅老师知道燕飞天在哪里！"

雄灵眼含热泪，幽幽地看着铁蛋："亲爱的！我的铁蛋哥哥……走前还要到鹰不落的黑土地上看看吗？"

耿飞长长地叹了一口气："那里的家没有了！爷爷死了！娘亲与菊儿在一起！那里的黑土地荒芜了！哥哥铁锁逢面不能相认，我们在战场上互打一枪，都只是打掉了对方的帽子！他已去了苏联，不知我们何时能见面，不知我们能在什么场合见面。"

雄灵双眼滴落下泪水："鹰不落关东三寨也没有我的亲人了。太奶奶、爷爷、姑奶奶都死在了日本人的炮火中！三爷爷不知被日本人杀害在了哪里，到现在也找不到三爷爷的坟墓。

"二爷爷说是在苏联，但现在也不知死活。自妈妈生下我，爸爸远走他乡，参加了孙中山先生的辛亥革命，说是他后来去了美国，到现在杳无音信。"

"妈妈呢?"

"妈妈带着我到了北平外公家,我在北平读书。我十几岁那年,妈妈见爸爸多年没有音信,误以为爸爸牺牲在辛亥革命中,改嫁了他人。外公外婆把我抚养大,十六岁那年,不知都迅老师咋找到了我,把我带到他的身旁。"

雄灵哭道:"铁蛋哥哥——外公、外婆已过世!我身边已没有亲人了!铁蛋哥哥……"雄灵抱着耿飞,泪如泉涌。

耿飞轻轻地抚摸着雄灵的秀发,擦拭雄灵的泪水。"灵儿——把你身上的鸡血石吊坠半成品交给我,我去了美国,有机会寻找熊致远先生!"

"铁蛋哥哥!亲爱的!要不我也想把鸡血石吊坠交给你!这是我们的定情信物!"雄灵把铁蛋搂抱得更紧了。

五

太平洋战争的爆发,使国际形势发生了急剧的变化。日军在中国战场上已成了强弩之末。日军在太平洋战场上连连失利,日军上层一片惊慌。

村上柳走进山口荷子办公室,见山口荷子正在擦拭眼泪。"荷子小姐!怎么了?在流泪!"

"我不知道为什么流泪。我们的军队在太平洋战场连连失利,美国人的战舰和飞机实力强大,我们的战争还能维持多久?我们大日本帝国要战败!"

"你为这个流泪吗?"

"不!——战争会很快结束,我知道,我们会战败!我流泪也许是企盼来了和平吧!人们不再遭受炮火的摧残,情人会挽着手漫步在春天的阳光里,我与你看富士山下的樱花,我们到海边柔软的沙滩上散步,你挽着我的手!我亲吻你的脸!"

村上柳脸上闪过一缕幽思:"我们!你说的是我们?我们会如愿吗?即使战争结束了!新的战争不会爆发吗?我们是快要失败了!新崛起的列强不会对弱小的民族和国家诉诸武力吗?共产主义思想会结成强大的阵线,资本主义国家会束手就擒吗?两个阵营要对垒,到了顶点,要爆发战争。远的地方我们不说,看看中国国内的形势——国共两党联合抗日,我们战败后,他们两党为了权力不会兵戎相见吗?战争!又是流血的战争!"

　　山口荷子奇怪地看着村上柳："怎么？你在为中国人担忧？他们中国人自己的事情，你左右得了吗？回到我们的国家去，建造我们的家园！我们远离战争，告诉我们的后人，也要远离战争！让人类都享受平静的生活！让人类都有一片晴朗的天空！"

　　"荷子小姐，我有我的使命！我的脚步不能停留，我要为世界和平而努力，我要告诉各国人民——日本侵略者给中国人民带来的灾难，让全世界人们反对和制止战争！让我们的后人铭记，我们发动了战争，给中国人民带来了灾难，同时也是自己民族的灾难！"

　　山口荷子觉得村上柳的神情有些不对："村上君——你要离开荷子吗？你不爱荷子吗？你不愿与我回到日本国，你不喜欢我？"

　　山口荷子抱住村上柳，眼中溢满了泪水。"村上君——荷子爱你！荷子离不开你！和我一起回日本国吧！战争马上就要结束，我们早做准备吧！"

　　村上柳痴痴地看着山口荷子如花的脸，看着山口荷子秀目中溢出的泪水。"荷子小姐！村上柳喜欢你！你本是个天真无邪的好姑娘！你的良知找回了人类善良的天性，你对中国人已有了忏悔！若天能作合，我们会成为伴侣！"

　　山口荷子几近疯狂，她拍打着村上柳的胸膛，眼中的泪花飞溅："村上君……村上君……什么意思……什么意思……你不爱我！你要离弃我！我不愿意……我不愿意……战争我没有死去，战争快要结束了，你要因为你的离去，让我死去吗……村上君……不要离开荷子……"

　　村上柳眼中含满了泪水，他擦拭山口荷子脸上的泪水，柔声道："荷子——好姑娘！村上爱你！村上不是离开你，村上是去战斗！我的同胞还有苦难！"

　　山口荷子惊异了："什么？你的同胞还有苦难？日本人，还是中国人？"

　　"荷子小姐！有关系吗？我是中国人！"

　　山口荷子瞪大了眼睛："不！——你说谎！你不是中国人！"

　　"不！——我是中国人！一个地地道道的中国人！长白山黑土地上的中国人！"

　　山口荷子撕心裂肺地哭喊起来："不！我不管你是哪国人……荷子爱你……荷子爱你……"

　　山口荷子扑在村上柳怀里，她的泪水洒在村上柳胸膛上，她的脸紧紧地贴在村上柳脸上。"村上君——不要说你是中国人！你是中国人，也不要说你是中国人！"

　　"为什么我不能说我是中国人？"

　　"你过于优秀！超越了大和民族，你不要让我显得渺小！"

村上柳温柔笑道:"你若是做了中国人的老婆,不就不渺小了吗?"

山口荷子在村上柳脸上狂吻,嘴中在不停地低喃:"村上君……我做你的老婆……我做你这个神秘的中国人老婆……村上君娶我……娶我……"

村上柳走了,没有人知道他到哪里去,他在奉天城消失了。

山口荷子哭成了泪人,她要等待,她要回到日本国等待。她喜欢这个神秘的中国人,她爱这个神秘的中国人,她要嫁给这个神秘的中国人。

一天,土肥原转给山口荷子一份秘密文件,山口荷子打开了卷宗:村上柳,中国人,中国名字耿飞,满洲吉林长白山人,一九三六年到日本早稻田大学学习,进入日本最高情报机关。

调查表明,耿飞是国民党政府军统高级特工,熟通日语、英语、俄语,系国际间谍,耿飞武功高强,间谍手段奇特,系江湖奇人燕飞天,国民党军统总教官都迅门下。

山口荷子看过密件,放声大哭:"耿飞……耿飞……你在哪里……你是哪国人没关系!为什么是个国际间谍?你让我到哪里去找你?耿飞……耿飞……荷子等你……"

耿飞——一个鹰不落大山里的苦孩子,抗日义勇军的骑兵中队长,成为了民族解放的斗士。他名义上是国民党军统的高级特工,他没有党派,没有政治倾向,他只希望中华民族崛起、强大,人民幸福。

他不受命任何党派,他的初衷是为了维护关东三寨农民的黑土地和反抗日本侵略者。为了师父燕飞天手中的国宝,他在血与火的炼狱中成长为一个真正的民族斗士。

抗战胜利后,他不想看到人民流血,他不想看到战争的硝烟。他先到了香港,后来旅居瑞士、美国,他没有参加解放战争,迈入了国际间谍生涯。

抗美援朝中,耿飞为中国情报机关提供了很多有价值的美军情报。他生命中两个重要的女人——山口荷子在"八一五"日本政府宣布投降后,回到了日本国与完达栀子开办了一家服装厂,她没有嫁人,她在默默地等待着耿飞。

雄灵在解放战争末期到了台湾,后来她到日本国寻找到完达栀子和秀儿、蝌蚪(颜鸣海)。

她在日本国见到了山口荷子,两个冤家都在默默地等待耿飞。

第二十八章　燕飞天梦散桃源

一

一九四五年八月十五日，日本天皇的《停战诏书》正式播发，宣布无条件投降。国民党政府接收了东北的政权。时隔不久，中国人民解放战争打响了。

共产党的先头部队在海上从庄河（隶属大连市）沿海登陆，沿着岫岩、桓仁长白山余脉行进到吉林临江，与国民党军队打响了四保临江战役。

四保临江战役胜利后，东北民主联军派出工作队在农村大规模地展开了土地革命斗争，斗地主、分田地、分浮财，搞得轰轰烈烈。

日本人投降后，常跛靠从日本人手里弄来的钱财买了不少的好地。他想：赶走了日本人，买上十几垧好地，再娶房媳妇，过几天安稳舒适的日子。谁知共产党的军队来到了大山里要搞土地革命，斗地主、分田地。

常跛心里窝火：我是他妈的哪家子的地主，刚买了好田，种上了粮食，还没有收获，就成了地主了！

不理他！看谁敢分我常跛的土地？老子不是软柿子！随便捏！

一天，农会来人让常跛到农会开会。常跛进了会场，见到会的都是有头有脸的财主，我来干吗？他磨身走出了会场。

农会主席三墩子喊道："常跛——别走！别走！马上开会了！"

常跛揶揄地看着三墩子："到这来的都是大财主！我是个啥？和他们坐不到一个板凳上！"

三墩子绷起脸："你是啥？你是大地主！坐下！你不知道咋的！"

常跛有些气恼："三墩子！横啥？我欠你的账吗？乡里乡亲的，说话和气些！"

这时，土改工作队队长刘璐走了过来："墩子主席，他是地主吗？"

三墩子点了点头："他不但是地主，他家的土地多着呢！"

常跋瞪了三墩子一眼："咋的？抢来的偷来的吗？我自己花钱买来的！犯了哪门子的国法？"

"我在城里还有店铺呢！问问大家伙儿！是偷来的，还是抢来的？"

刘璐见常跋理直气壮地嚷嚷，他瞅了常跋几眼："不靠剥削穷人，哪儿来的那么多财产？我们共产党的政策是人人有地种，人人有饭吃！你不靠劳动得来的财富不是剥削别人吗？"

常跋不屑地看着刘璐："我不懂什么剥削！我从小鬼子那儿糊弄来的钱是剥削吗？"

刘璐突然瞪起眼睛："你给日本人做过事儿？你是不是汉奸？"

三墩子瞪着眼睛看着常跋："刘队长！这小子做过日本人侦缉队队长！"

刘璐听了，脸上立刻变了颜色："日本人的侦缉队队长！不是汉奸是什么？你杀过抗联吧？捆起来！"

常跋见刘璐要捆绑他，气往上撞："日本人的侦缉队队长就是汉奸吗？你们凭什么说我是汉奸？我是抗联的卧底！不信去问问燕飞天、熊天彪！"

刘璐问三墩子："谁是燕飞天？谁是熊天彪？把他们叫来！对证对证！看这个大地主说的是真话还是假话！"

三墩子嘿嘿干笑两声："燕飞天是日本人都不敢惹的大胡子头，到哪里去找他？熊天彪死了！让死人替你说话吗？"

常跋愤怒了："三墩子！你是个浑蛋！方圆几百里，谁不知道燕飞天！问问大家！燕飞天是胡子头吗？他杀了多少小鬼子，你没听说过吗？你竟敢侮辱燕飞天！"

常跋伸手向三墩子抓去。

三墩子吓得躲在了刘璐身后："刘队长！这小子厉害！会武功！"

刘璐掏出来手枪对准了常跋："你这个反动地主！民兵！——把他捆起来！"

几个民兵背着枪站在那里不动，他们平时与常跋没有过节，他们也知道常跋没有剥削人。一个民兵瞅了三墩子几眼："三墩子！说话得凭良心，日本人布下了千军万马抓燕飞天，为什么？不就是燕飞天带领关东三寨弟兄杀的日本人太多吗？你说燕飞天是大胡子头，别说常跋急眼，我都想骂你！你咋叫三墩子？你自己不知道吗？

"你家的半亩薄地你为啥不种？人家问你，你说地太少了！你若是大地主天天长在地里。你给人家打短工，到了地头就蹲着，不蹲三袋烟工夫你不干活儿！人家刘几斗看到响午了叫你吃饭，你嘿嘿地干笑不动，不饿，不饿！再蹲一会儿！我没干多少活儿。你是个宁可饿着也不愿干活的家伙！我说得对吗？"

三墩子低着头，两只脚在地上直磨磨。"说啥呢？别砢碜人了！俺那几天肚子疼！"

那个民兵笑道："行了，行了！三墩子！你一干活就肚子疼！吃猪肉炖粉条子咋不肚子疼？"

"哈哈，哈哈！"旁边的人哄堂大笑。

刘璐听了，对那个民兵道："你这个同志阶级觉悟咋这样不高！我们这叫阶级斗争！找不到燕飞天，找熊天彪！"

三墩子低着头嘟囔："刘队长，找啥呀？大人小孩儿都找好几年了！谁知熊天彪死在哪儿了！"

刘璐问道："熊天彪是干什么的？咋死的？"

刚才说话的那个民兵有些奇怪："刘队长，你咋不知道哇？熊天彪是抗联独立大队大队长！小鬼子让他带领的独立大队杀死老鼻子了！小日本一听熊天彪的名字就麻爪！"

刘璐哦了一声："我们八路军杀的小鬼子也不少，小鬼子也没麻爪呀！这熊天彪有那么厉害吗？"

"刘队长！不信咋的？你见到熊天彪就知道了！"

刘璐斜楞了他一眼："熊天彪不是死了吗？让我咋见他？"

"对对对！活人见了死人无法说话！"

刘璐看着蹲在地上的三墩子没好气地说道："今天的会不开了！都回家吧！"

常趼看了刘璐几眼，撅跶撅跶地走了。常趼回到家里，咋合计也不是个事儿——有地就是地主，地主的地就要分给大家，我说我没剥削，他们不信！我说我是抗联的卧底，他们让我找证人！我到哪里找证人？我能找到燕飞天吗？让我到地下找熊天彪去吗？

常趼觉得不妙，若被他们捆起来有我的好吗？不如早做打算！逼急眼了我就上山躲起来。

二

刘璐自从见了常趼，觉得这个地主分子气焰嚣张，他决定调查常趼，看他在日伪时期都做了些什么坏事，有没有民愤，他要发动群众，揭发检举常趼的罪恶。

刘璐召开了几次群众大会，也没有揭发出常跋什么问题。过了一段时间，刘璐收到一封检举信，信上说常跋指使他手下的侦缉队杀害了聚宝斋珠宝店的伙计于亚园，又有检举信说常跋在一九三八年杀害了一个抗联干部。

刘璐请示区长赵原，赵原怀疑常跋是个罪大恶极的汉奸，他让刘璐带领民兵把常跋抓了起来。刘璐带着民兵到了常跋家，常跋刚吃完晚饭在喝茶，他听到敲门声，问道："谁呀！"

三墩子嚷道："找你到农会开会！"

常跋打开了院门，刘璐带着五六个民兵冲到院内。常跋还没有明白怎么回事儿，就被摁倒在地上五花大绑起来。

刘璐把常跋押送到了区上。赵原见刘璐把常跋押送来了，他要亲自审讯常跋。

常跋被五花大绑地推进审讯室，被两个民兵按跪在了地上。常跋大喊起来："为什么抓我！——你们共产党就随便抓人吗？"

赵原看着跪在地上气哼哼的常跋："常跋！我们共产党没有随便抓人！我们有证据，你老老实实地交代罪行吧！"

常跋气呼呼地看着赵原："让我交代啥罪行？我有啥罪行？我是当了日本人的侦缉队队长！可那是给抗联干事儿！我在日本人身边卧底是燕飞天安排的！打小鬼子我暗中出了不少力！"

"燕飞天？燕飞天是谁？我们党的领导人吗？"

"我哪知燕飞天是啥党的人？我只知道燕飞天带鹰不落关东三寨英雄好汉打小鬼子！小鬼子怕他怕得要命！"

"我们共产党的抗联没有让你到日本人那里卧底，我们咋知道你到日本人那里安的什么心？"

"我安啥心了？我给燕飞天、熊天彪送日本人的情报，我到日本人的兵营纵火，你说我安的啥心？"

"这都是你自己说的，谁知道？谁看见了？"

"燕飞天知道！熊天彪也知道！"

"好吧！告诉我们，燕飞天在哪里？把他找来与你对证！"

"让我找！土肥原都找不到燕飞天！让我到哪里去找燕飞天？想问熊天彪吗？熊天彪带领他的独立大队弟兄们都战死了！你到地下问他去吧！"

"常跋，找不到燕飞天，熊天彪牺牲了，没有人证实你是抗联的卧底！除非你找到燕飞天！"

常跛急得脑门直冒汗："反正我在日本人那里没做坏事！"

"是吗？说一说，抗日志士于亚园咋死的？"

"哦！说于亚园哪！于亚园被捕后，燕飞天与我设计让于亚园假死，第二天早上我们要救出于亚园。可看守于亚园的两个浑蛋为了抢夺燕飞天给于亚园的香肠、火腿，于亚园反抗，范四误杀了于亚园！"

"不对！日本人留下的档案中清清楚楚地写着，于亚园夺枪反抗，你们射杀了于亚园！"

"那是我编造的！为了应付土肥原，你们可以调查侦缉队其他的弟兄！他们都知道！燕飞天也知道！"

"又是燕飞天？燕飞天是我们共产党的人吗？他归共产党领导吗？"

"我不知道！"

"不知道，以后就不要提燕飞天了！"

"我咋不提燕飞天？燕飞天就是我的领导，打小鬼子的领导！"

"于亚园的死因我们会搞清楚，你要老实交代，不要怀有侥幸心理蒙混过关！你再说说一九三八年的事儿吧！"

常跛蒙怔了："一九三八年？啥事儿？一九三八年我咋啦？"

赵原一拍桌子："常跛！——老实交代！装什么糊涂？一九三八年在老风口……"

赵原一提老风口，常跛脊背上冒出来冷汗——一九三八年在老风口山上，山口荷子与石原为了捕捉共产党特派员钟然在老风口设伏，日军与国民党军统特行队遭遇。国民党军统特行队危急时刻，抗联一个排的战士与日军交火，救出了国民党军统特行队。

他在茅草丛中看唐珊穿着国民党军服很抢眼，他照着唐珊开了一枪。

没想到，抗联排长龚二柱为了掩护钟然，中了常跛的子弹。

这事别人也不知道哇！他的身后跟随着两个弟兄，是他俩检举我的吗？赵原见常跛低头思忖不言语。"常跛！想好了吗？如实交代吧！"

"我开枪打的是国民党的长官！我咋知道好几拨人咋回事？咋的了？"

"你打死了我们的抗联同志！你知罪？"

"我没打抗联！我打的是国民党的人！我咋知抗联的人扑了过去被射中了！"

"好！你承认了！你杀害了我们的抗联同志！"

赵原对刘璐道："带下去吧！关押好！加双岗，不要让他逃跑了！"常跛被押了下去。

赵原见审讯中常跋不时地提及燕飞天,他决定到县里向上级汇报。

赵原连夜赶赴县城,第二天早上,赵原来到了县长的办公室。

县长石中汉见赵原来这么早:"连夜赶来的吧?"

赵原笑道:"事情急迫,赶来向你请示汇报!"

"什么情况?说吧!"

赵原把审讯常跋的经过一五一十地向石中汉做了汇报,石中汉沉思片刻:"我们刚到了这里,对这里的情况不熟悉,常跋有可能是个罪大恶极的汉奸,也可能是抗联的卧底。这样吧!你们先看押好常跋,我向上级汇报,要找到抗联的党组织,他们会清楚常跋的情况。

"常跋若是个罪大恶极的汉奸,我们坚决镇压!他若真是抗联的卧底,也算是我们的同志,一定要处理好!

"我们刚到这里来,要站稳脚跟,做好土改工作,把地主的土地合理地分配给农民。他们有了土地种,就会拿起武器保卫自己的胜利果实,我们党的军队就会不断壮大,我们很快就会打败蒋介石,解放全中国。"

石中汉又道:"至于燕飞天、熊天彪,我也听到了群众的很多传说,有人说燕飞天是民族主义者,他没有政见,是个江湖奇侠。

"也有人说,燕飞天是个大土匪头子,他操纵了很多山寨的土匪。燕飞天打没打小鬼子,我们也不知道,不知我党的同志与他有没有接触。据群众说,熊天彪一千多人的抗联独立团战斗力极强,他们打了多次的胜仗,消灭了很多日本鬼子!

"杨靖宇同志牺牲后,他的部队一直与日本人作战,他坚持战斗了多年,最后牺牲在一个叫白石砬子的山上。

"可没有找到他的尸体,没有他的坟墓!有人说熊天彪没有死,他到哪里去了呢?他投敌叛变了吗?

"还是到日本国寻找他的日本妻子去了?这些都是未知数!待我们找到抗联的老同志就清楚了!赵原同志,情况复杂,把常跋看押好了!等待我的消息。"

三

常跋被关押在黑屋子里,两个民兵在看守他,他看两个民兵警惕的样子,心里在打鼓——这不完蛋了吗！两个人看押我，怕我逃脱了！说我杀害了于亚园！说我杀了共产党抗联！我就是跳进黄河也洗不清了！让我找证人，我到哪儿去找燕飞天？熊天彪死了还能说话吗？我还有活路吗？逃吧！上山当土匪也比被他们杀了强！常跋在想逃脱的办法。

夜深了，常跋冲看押他的两个民兵喊叫："我要拉屎！憋不住了！"

一个民兵打着吨："常跋！半夜三更的，憋着吧！天亮了再说吧！"

常跋抬脚踹门："不开门，我就拉在屋里了！"常跋到门前拽门。

两个民兵揉着眼睛："拉吧，拉吧！我给你一个盆，拉在屋里吧！"民兵打开了房门。常跋一个箭步蹿到门外，抓住两个民兵的头发，把两个民兵的头撞在一起，两个民兵昏倒在地。

常跋急忙跑回家中，找些需用物品带着枪支跑到了山上密林中。常跋又拉拢了一些人跟他上了山。

赵原从县里回到区里见常跋逃脱了，知道事情不妙——常跋是个大地主，又疑身负血债，他逃脱了，下步的土改工作无法进行，他请示石中汉要剿灭常跋。

石中汉接到赵原的报告知道事态严重，他亲自带领一个排的民主联军战士赶到了松山镇。

石中汉到了松山镇，让赵原带领部队寻找常跋，他要与常跋亲自对话。

赵原派出的民兵在大山里找到了常跋，常跋告诉民兵，我可以和你们县长对话，但他不能带部队来，你们别想抓住我！

那个民兵把常跋的话带给了赵原，赵原对石中汉道："常跋不是个简单人物，他在日本人情报机关干过侦缉队队长，是个诡计多端的人，不能不防备他！我们前去，我带领一个排的战士隐蔽在暗处，必要时射杀他！"

石中汉带领队伍出发了，他们来到一个小山梁下，小山梁后面是一片密林，常跋站在密林边等候石中汉。

一个弟兄跑了过来："大哥！那个县长不是一个人来的，他带着一个排的大兵埋伏在周围！"

常跋气恼地说道："爱咋的咋的吧！大不了鱼死网破！"

石中汉见常跋出现了，喊道："常跋——我们谈谈！你为什么要逃脱上山？"

常跋喊道："我不逃脱，你们不就杀了我吗！我现在跳进黄河也洗不清！你们说我杀了共产党抗联，我咋知道国民党、共产党咋回事？我打的是穿着国军军服的人，我咋知你们抗联的人扑了过去？你们能查清楚吗？你们查不清楚，我就得死！你们为什么不找燕飞天？燕飞天让我做了抗联到日本人那里的卧底，你们硬说我是汉奸！我冤枉！我更不能冤死！你们找燕飞天吧！你们找到了燕飞天，我们再说话吧！"

石中汉道："常跋！就是找到了燕飞天又能咋的？燕飞天他不是我们党的领导人，他说的话就算数吗？还有人说他是大土匪头呢！大土匪头说的话我们也相信吗？"

常跋骂道："你这个县长是个浑蛋！你知道燕飞天杀了多少日本人吗？你知道燕飞天为黑土地上的穷苦百姓做出多大的牺牲吗？"

石中汉有些恼怒："燕飞天是共产党人吗？他有共产党的牺牲大吗？充其量也是个匪！是个大匪！就是你们这些人的头子！他为什么不参加共产党？为什么不在共产党领导下抗日？说不定别有用心！"

常跋怒道："你敢辱骂燕飞天？你是个什么东西？我们白山黑水的好弟兄与日本人拼死了多少人，你知道吗？那时你在哪里？现在说什么浑蛋话！"

"我也打鬼子了！我们共产党的军队也死了不少的弟兄！"

"你们的弟兄是人，我们的弟兄不是人吗？"

石中汉喊道："常跋！——不要说别的了！缴械下山接受审查！"

"让我下山！杀我吗？燕飞天来了我就下山！我不相信你们！"

"常跋！——顽抗到底死路一条！"

"我下了山，也是死路一条！你们现在杀了我吧！"

"你等着燕飞天来救你吗？燕飞天来了也没用！我们不能听一个土匪头子的鬼话！"

常跋更怒了："你咋说燕飞天是鬼？日本人害怕燕飞天说燕飞天是鬼，你是哪国人？说话咋和小鬼子一样口气？"

石中汉听常跋说他说话和日本人一样口气，气恼得下意识地摸了摸腰间的手枪。

赵原在隐蔽处见了，哦！石中汉在暗示射杀常跋。他举起了枪："同志们！——射击！消灭他！"

嗒嗒嗒……

常跋倒在了血泊中。石中汉大吼起来："谁让你们开枪？——停止射击——！"

常跋死了！瞪着圆圆大大的眼睛死了！他思念燕飞天，他好想见到燕飞天，他死不瞑目。

赵原走到石中汉面前："县长，我见你在掏枪，我就下了命令！"

"我在摸枪！是掏枪吗？命令！知道命令吗？我下了命令击毙常跋吗？"

"他是土匪！"

"我说了吗？"

"你说燕飞天是……"

"我说的是气话，我是说燕飞天为什么不参加共产党，为什么不在共产党领导下抗日！胡子！胡子头！也可能是吧！"

四

常跋死了，松山镇的土改斗争轰轰烈烈，开始给贫下中农分配土地了。郑老东坐在炕旮旯里抽着闷烟。"刘队长，我郑老东也算地主吗？"

刘璐看着郑老东满是皱纹的脸："你咋不算地主？关东三寨里都是好地，你占了那么多年！你不是地主是啥？"

郑老东磕磕巴巴地说道："刘队长，说话要讲良心，我那叫占地吗？日本人攻打关东三寨，关东三寨众儿郎打小鬼子！老少爷们儿都逃难去了！扔下大片良田无人耕种。

"开春时，日本鬼子到山上骚扰，无人敢上山种田。我看那么好的良田荒芜了可惜，偷着上山耕种，我的弟弟二东子在山下播种玉米时被日本人射杀了！

"那我也没间断偷种粮食，也是为了养好肥沃的土地。待赶走了日本人，老少爷们儿回来时，把土地还给人家！

"就是帮着人家照看照看土地呗！我算啥地主？关东三寨里的土地不能分！我要等人家回来还给人家！"

三墩子突然站起身来，眼睛瞪得像个铃铛："咋不能分？他们不是没回来吗？我早就看好了那里的土地！我要一块！"

郑老东猛地坐了起来："三墩子！你这个小瘪犊子！就是分，也不能分给你！那年我看地里荒草太多，让你帮帮忙薅草，我还说了，到了秋上你背回些粮食免得饿肚子。

"你咋说？'我怕挨日本人的枪子！怕死！'我说：'你的肚子不饿吗？'你说你愿意饿着！宁愿饿死，也不让日本人的子弹打死！我无办法，自己在地里薅吧！

"正赶上二福子、三疙瘩路过这里，他们俩二话没说帮我薅了起来。三疙瘩踢了你一脚，说了一声：'三墩子，干活!'

"你嬉皮笑脸地说：'谁挨累，谁遭罪!'你在旁边瞅着我嘻嘻地笑！三墩子！你他妈的还是个人吗？"

三墩子脸色一阵红一阵白，嘟囔道："都过去的事了！还提他干啥？谁让我肚子疼了!"

刘璐看着三墩子猥琐的样子："三墩子！我乍来时咋看好了你当农会主席！我撤下你这个农会主席撤对了!

"不管哪个政权都希望老百姓好好做人！共产党让贫穷的劳苦大众翻身，共产党不鼓励不务正业的人!"

先遣到达东北的共产党八路军先头部队到了长白山区后，在陈云的组织下成功地打赢了四保临江战役，开辟了大片的根据地，发动群众开展土地革命。

分到土地的农民为了保卫自己的果实踊跃参军，东北共产党的武装力量日日强大，与从苏联回国的抗联余部组成了东北民主联军。

熊天罴与耿鸣也回到了国内，随东北野战军打完辽沈战役，熊天罴已任骑兵团长。熊天罴随着林彪第四野战军浩浩荡荡入关。

耿鸣留在了东北，任长白山地区一个城市的公安局局长。日本人投降后，燕飞天想把于静航与铁蛋娘都接到一起，过个安稳日子。

燕飞天到他安置于静航的小镇去寻找于静航。他到了小镇，于静航居住的房屋已倒塌，于静航不知去向。燕飞天问镇上的人，镇上的人说，一天夜里几个土匪到老人那里抢劫，老人受了重伤，后来不知老人去了哪里，房屋无人居住，年久倒塌了。

燕飞天到处寻找于静航，他几乎走遍了附近的城乡，也没有寻找到于静航。

燕飞天又到了鹰不落附近，知道常跋已死在共产党手里，知道共产党说他是土匪，是大土匪头，甚至于怀疑熊天彪为民族捐躯。燕飞天有些心灰意冷，他不知道新的政权会怎样，民众是否会幸福，民族是否会崛起，国家是否会强盛。他要看新生政权，他要看共产党怎样为人民谋幸福。

一个桃花盛开的季节里，燕飞天编织着梦想，隐踪匿迹了，他秘密地到处寻找于静航，到处寻找熊天彪的坟墓。

人们几乎忘记了他，可他无法退出历史舞台，他手中的碧玉蟾还会掀起风云……

※　　※　　※

中华人民共和国成立后，各强国都在研制宇宙空间飞行器的动力。各国间谍还在寻找能解开宇宙暗物质能量的碧玉蟾。

他们寻找不到燕飞天，把魔手伸向燕飞天的配偶和后人。他们想得到开启宇宙暗物质能量的密码——哪怕燕飞天配偶、后人的皮骨血肉。

早年潜入美国中央情报局的熊致远（雄灵父亲），与定居香港的都迅，旅居瑞士的耿飞，身在日本国的完达栀子、山口荷子，为保护身在美国的于亚涵，在日本国的颜鸣海（蝌蚪）与各国间谍展开了惊心动魄的绝杀——刀光剑影，血雨腥风。

海外赤子的拳拳爱国心、忏悔的日本樱花、体内流着中华血统的异国女人——她们已融入了中华民族的民族魂。

美利坚的绝杀；日本国的绝杀——他们弘扬中华民族的坚忍、智慧、勇敢与骄傲。

碧玉蟾是否会重见天日……燕飞天在人间蒸发了吗……于静航老人是否还在人间……高樱春与高子扬是什么样的结局……

熊致远、于亚涵、耿飞、雄灵、都迅，能回归祖国吗？山口荷子与耿飞是什么样的结局？熊天彪的忠骨寻找到了吗？

朋友们拭目以待吧！我会呈现给朋友们视觉大餐。

望朋友们爱我——爱我的辛劳作品。祝朋友们在共和国的阳光下生活幸福，开心快乐！